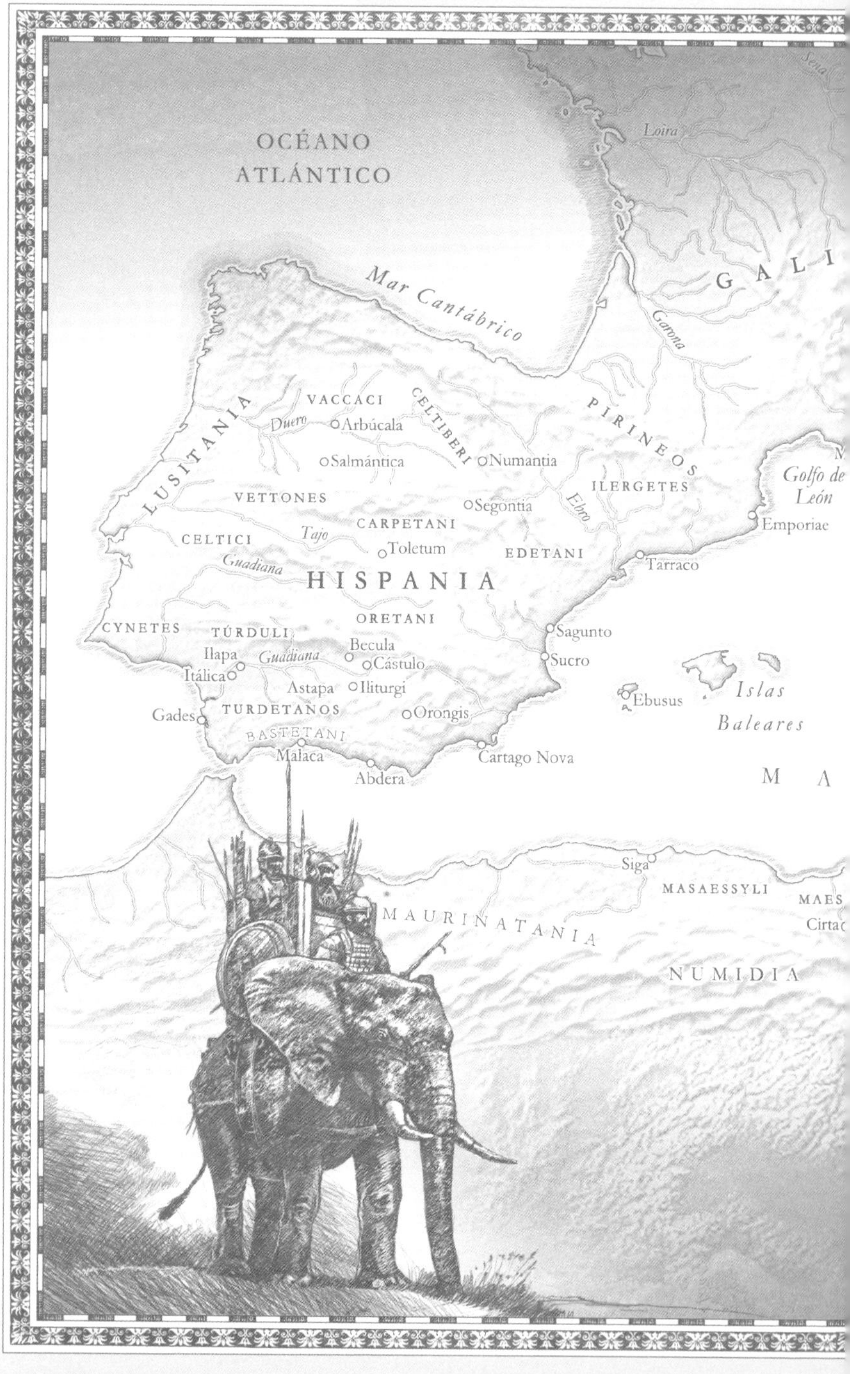
OCÉANO
ATLÁNTICO
Mar Cantábrico
Sena
Loira
G A L I
Garona
PIRINEOS
VACCACI
CELTIBERI
LUSITANIA
Duero
Arbúcala
Salmántica
Numantia
ILERGETES
Golfo de
León
VETTONES
Segontia
Ebro
Emporiae
CARPETANI
CELTICI
Tajo
Toletum
EDETANI
Tarraco
Guadiana
HISPANIA
ORETANI
CYNETES
TÚRDULI
Sagunto
Becula
Ilapa
Guadiana
Cástulo
Sucro
Itálica
Astapa
Iliturgi
Ebusus
Islas
Baleares
Gades
TURDETANOS
Orongis
BASTETANI
Malaca
Cartago Nova
Abdera
M A
Siga
MASAESSYLI
MAES
MAURINATANIA
Cirta
NUMIDIA

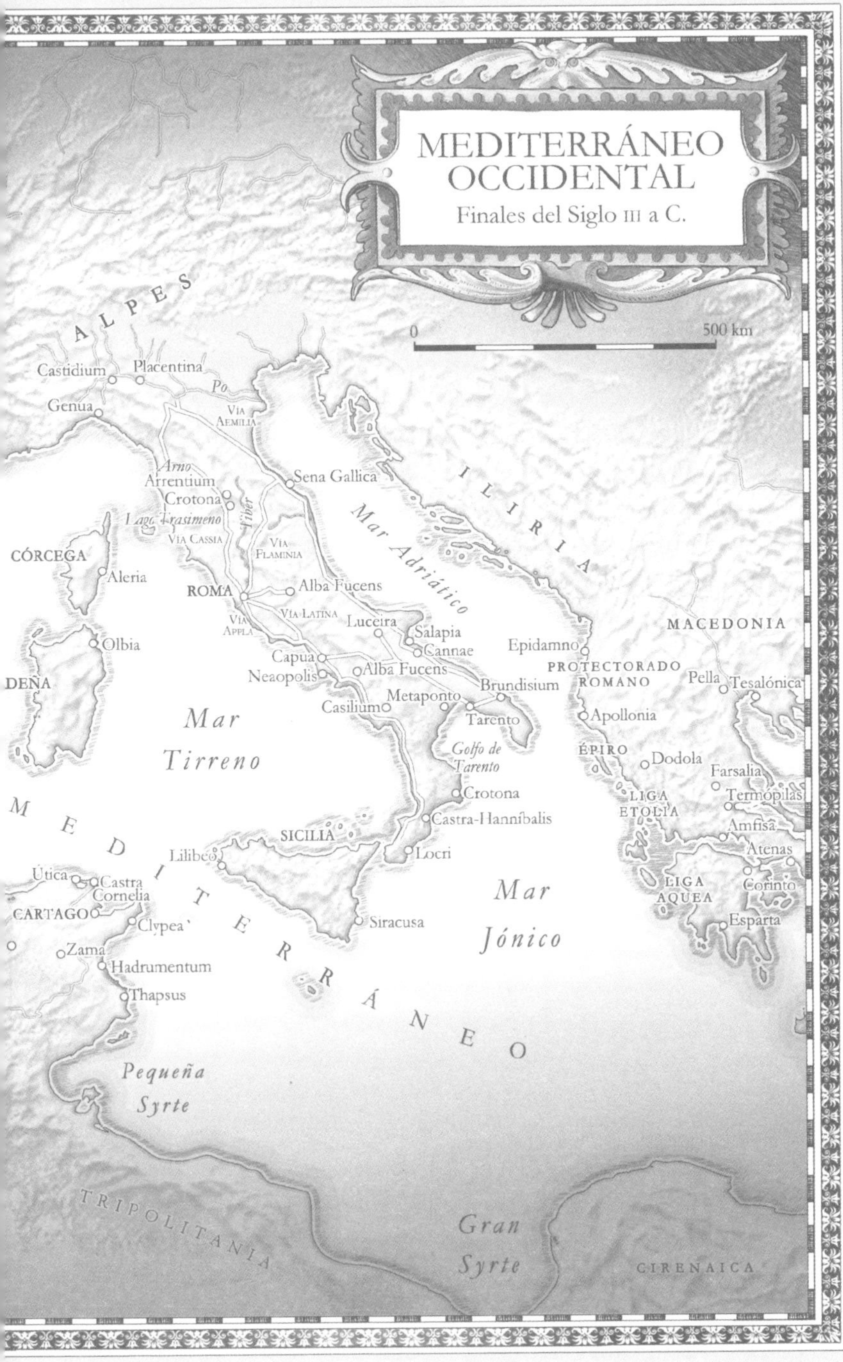
MEDITERRÁNEO
OCCIDENTAL
Finales del Siglo III a C.
0
500 km
ALPES
Castidium
Placentina
Po
Genua
VIA AEMILIA
Arno
Arrentium
Crotona
Lago Trasimeno
Tíber
VÍA CASSIA
VIA FLAMINIA
Sena Gallica
ILIRIA
Mar Adriático
CÓRCEGA
Aleria
ROMA
Alba Fucens
VÍA LATINA
VIA APPIA
Luceira
Salapia
Cannae
Olbia
Capua
Neaopolis
Alba Fucens
DEÑA
Casilium
Metaponto
Brundisium
Tarento
Epidamno
PROTECTORADO ROMANO
Apollonia
MACEDONIA
Pella
Tesalónica
Mar Tirreno
Golfo de Tarento
Crotona
Castra-Hannibalis
ÉPIRO
Dodola
Farsalia
Termópilas
LIGA ETOLIA
Amfisa
Atenas
Corinto
LIGA AQUEA
Esparta
SICILIA
Locri
Lilibeo
Útica
Castra Cornelia
CARTAGO
Clypea
Siracusa
Mar Jónico
Zama
Hadrumentum
Thapsus
MEDITERRÁNEO
Pequeña Syrte
TRIPOLITANIA
Gran Syrte
CIRENAICA

Santiago Posteguillo, doctor europeo por la Universidad de Valencia, es en la actualidad profesor titular en la Universidad Jaume I de Castellón. Ha estudiado literatura creativa en Estados Unidos, y lingüística y traducción en diversas universidades del Reino Unido. En 2006 publicó su primera novela, *Africanus: El hijo del cónsul*, el inicio de una trilogía que continuó con *Las legiones malditas* y *La traición de Roma*. También es autor de la Trilogía de Trajano, compuesta por *Los asesinos del emperador*, *Circo Máximo* y *La legión perdida*. Posteguillo recibió el Premio a las Letras de la Generalitat Valenciana en 2010, el Premio Barcino de Novela Histórica de Barcelona en 2014 y, en 2018, fue galardonado con el Premio Planeta por su novela *Yo, Julia*, a la que siguió *Y Julia retó a los dioses* en 2020. Actualmente está dedicado a su proyecto literario más ambicioso: una serie de novelas dedicadas a la vida de Julio César, que inicia con *Roma soy yo* (2022) y continúa con *Maldita Roma* (2023). Es el autor más vendido de novela histórica en lengua española con más de 4.500.000 de lectores. Además, en 2018 fue profesor invitado del Sidney Sussex College de la Universidad de Cambridge.

www.santiagoposteguillo.es

Papel certificado por el Forest Stewardship Council®

MIXTO
Papel | Apoyando la silvicultura responsable
FSC® C117695

Penguin Random House Grupo Editorial

Primera edición en B de Bolsillo: julio de 2011
Primera edición con esta presentación: marzo de 2022
Sexta reimpresión: octubre de 2025

Diseño de la cubierta: Penguin Random House Grupo Editorial
Imagen de la cubierta: © Alejandro Colucci

Printed in Spain – Impreso en España

ISBN: 978-84-1314-359-0
Depósito legal: B-989-2022

Impreso en Black Print CPI Ibérica
Sant Andreu de la Barca (Barcelona)

BB 4 3 5 9 B

Las legiones malditas

SANTIAGO POSTEGUILLO

A las primeras palabras de Elsa.
A los maravillados ojos de su madre.

Agradecimientos

Gracias a Yolanda Cespedosa por confiar en esta novela, al igual que al resto de profesionales de Ediciones B y mi reconocimiento a Verónica Fajardo por su amabilidad y eficacia durante todo el proceso de creación y edición de esta obra.

Mi agradecimiento muy especial a Salvador Pons, por sus consejos, por sus revisiones y sus comentarios y, por encima de todo, por su amistad. Gracias a los profesores Jesús Bermúdez y Rubén Montañés de la Universitat Jaume I por su ayuda con los textos latinos y griegos.

Gracias a todos aquellos que con sus comentarios positivos me dieron ánimos para dar término a *Las legiones malditas,* en particular a todos los lectores de *Africanus, el hijo del cónsul*, que con sus mensajes por correo electrónico o desde diferentes foros de Internet me han insistido una y otra vez en que deseaban saber más sobre la épica figura de Escipión el Africano y todo su entorno.

Gracias a mis familiares y amigos por estar siempre ahí. Y, por encima de todo, gracias a Lisa por apoyarme constantemente cada día de escritura, por animarme y por ayudarme. Y, por fin, gracias a nuestra pequeña hija, Elsa, por ser muy buena y dormir mucho, pues en sus horas de sueño las «legiones malditas» marchaban hacia Cartago.

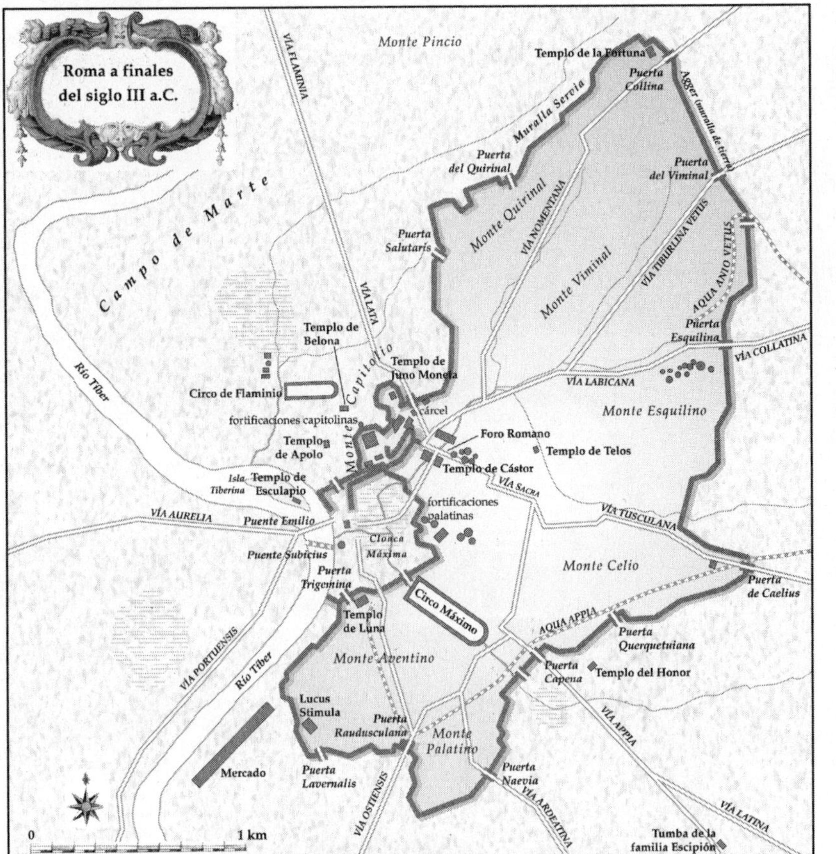

1. Rostra
2. Graecostasis
3. Senaculum
4. Cárcel
5. Scalae Gemoniae
6. Templo de la Concordia
7. Lago de Juturna
8. Templo de Saturno
9. Tabernae veteres
10. Lapis Níger
11. Templo de Jano
12. Templo de Venus
13. Tabernae novae
14. Templo de Cástor
15. Templo de Vesta
16. Arboleda de Vesta

Prooemium

Si fas endo plagas caelestium ascendere cuiquam est
Mi soli caeli maxima porta patet

Palabras puestas en boca
de Publio Cornelio Escipión
por el poeta ENNIO en sus *Elogia*

[Si es lícito a un mortal llegar allí donde viven los dioses,
Para mí solamente se abre la gran puerta del cielo]

Publio Cornelio Escipión sólo tenía 26 años cuando aceptó comandar las tropas romanas en Hispania. Su padre y su tío habían muerto durante la eterna guerra que Roma libraba contra Cartago y a Escipión le correspondió dirigir el destino de una de las más apreciadas, y también envidiadas, familias de Roma en medio de los terribles vaivenes de aquel conflicto bélico. Por su juventud buscó el apoyo de su amada esposa Emilia Tercia y del veterano Cayo Lelio, un oficial que antaño prometiera al padre del joven Escipión proteger a su hijo y luchar con él el resto de su vida. Publio Cornelio Escipión contaba con el apoyo de oficiales valientes que veían en él la reencarnación misma de sus legendarios padre y tío que durante años comandaron a los romanos contra las huestes de Aníbal, pero el joven general también tenía enemigos temibles: en el campo de batalla, Asdrúbal y Magón, hermanos de Aníbal, y el general púnico Giscón esperaban reunir sus tres ejércitos para masacrar sus legiones en Hispania, mientras que en una intrigante Roma, el viejo senador Quinto Fabio Máximo intentaba aprovechar la interminable guerra para eliminar a todos sus adversarios políticos, entre los que destacaban los Escipiones. En medio de ese tumultuoso escenario, las pasiones y los anhelos de Plauto, el famoso comediógrafo, Netikerty, una hermosa esclava egipcia, Sofonisba, la hija de un general cartaginés, Masinisa, un rey destronado, Sífax, un monarca tan lascivo como astuto, o Imilce, la esposa ibera de Aníbal, no son sino piezas de un complejo rompecabezas que sólo alcanzan a comprender en toda su fastuosa complejidad la incisiva mente de Quinto Fabio Máximo y la intuitiva personalidad del propio Escipión, al tiempo que el todopoderoso Aníbal sigue acechando, esperando el momento idóneo para lanzar su más mortífero ataque. Mientras tanto, en Sicilia, desterradas para siempre, las legiones V y VI permanecen olvidadas por todos. Son legionarios desmoralizados, indisciplinados, desarrapados, sin provisiones ni tribunos que los gobiernen, pues representan la vergüenza de Roma: son los derrotados de Cannae que sobrevivieron y huyeron para ser luego condenados al destierro por una despechada Roma para quien aquellos hombres sólo encarnaban el espíritu más despreciable de la derrota y el fracaso. Por eso todos llamaban a aquellas tropas las «legiones malditas». Sólo un desesperado podría estar tan loco como para asumir su mando.

Dramatis personae

Publio Cornelio Escipión, ***Africanus*****,** protagonista de esta historia, general en jefe de las tropas romanas destacadas en Hispania y en África, cónsul en el 205 a.C., procónsul el 204, 203 y 202 a.C.
Emilia Tercia, hija de Emilio Paulo, mujer de Publio Cornelio Escipión
Lucio Cornelio Escipión, hermano menor de Publio Cornelio Escipión
Pomponia, madre de Publio Cornelio Escipión
Cayo Lelio, tribuno y almirante bajo el mando de Publio Cornelio Escipión
Lucio Emilio Paulo, hijo del dos veces cónsul Emilio Paulo, caído en Cannae; cuñado de Publio Cornelio Escipión
Cornelia mayor, hija de Publio Cornelio Escipión
Publio, hijo de Publio Cornelio Escipión
Cornelia menor,* hija pequeña de Publio Cornelio Escipión

Netikerty, esclava egipcia
Calino, esclavo al servicio de Lelio
Icetas, pedagogo griego

Quinto Fabio Máximo, cónsul en el 233, 228, 215, 214, 209 a.C., censor en el 230 a.C. y dictador en el 217 a.C., *princeps senatus* y augur vitalicio
Quinto Fabio, hijo de Quinto Fabio Máximo, pretor en el 214 a.C. y cónsul en el 213 a.C.

* Las mujeres en Roma sólo recibían el nombre de su *gens*, en este caso ambas pertenecían a la *gens* Cornelia y de ahí sus nombres, pero no recibían un *praenomen* como los hombres, por ello se las distinguía dentro de una familia con apelativos como *mayor* o *menor*.

Marco Porcio Catón, protegido de Quinto Fabio Máximo, *quaestor* de las legiones

Claudio Marcelo, cónsul en el 222, 215, 214, 210 y 208 a.C.
Quincio Crispino, cónsul en el 208 y pretor en el 209 a.C.
Claudio Nerón, cónsul en el 207
Q. Cecilio Metelo, cónsul en el 206
P. Licinio Craso, cónsul en el 205
Cneo Cornelio Léntulo, cónsul en el 201
Cneo Octavio, procónsul en el 201
Cayo Léntulo, *praetor urbanus*

Lucio Marcio Septimio, centurión y tribuno al servicio de Escipión
Mario Juvencio Tala, centurión y tribuno al servicio de Escipión
Quinto Terebelio, centurión y tribuno al servicio de Escipión
Sexto Digicio, oficial de la flota romana
Cayo Valerio, *primus pilus* de la V legión
Silano, tribuno al servicio de Escipión

Cayo Albio Caleno, centurión de la guarnición de Sucro
Cayo Atrio Umbro, centurión de la guarnición de Sucro
Marco Sergio, centurión de la VI legión
Publio Macieno, centurión de la VI legión
Pleminio, pretor de Rhegium
Décimo, centurión renegado al servicio de Aníbal
Atilio, médico de las legiones romanas
Marco, *proximus lictor* al servicio de Escipión

Quinto Fulvio, viejo senador proclive a las ideas de Fabio Máximo, cónsul en el 237, 224 y 209 a.C y pretor en el 215 y 214 a.C.
Cneo Bebio Tánfilo, tribuno de la plebe

Marco Pomponio, pretor y senador
Marco Claudio, tribuno de la plebe
Marco Cincio, tribuno de la plebe

Indíbil, líder celtíbero
Mandonio, líder celtíbero

Tito Maccio Plauto, escritor de comedias y actor
Nevio, escritor, amigo de Plauto
Ennio, escritor
Livio Andrónico, escritor
Casca, patrón de una compañía de teatro
Aulo, actor

Aníbal Barca, hijo mayor de Amílcar, general en jefe de las tropas cartaginesas en Italia
Asdrúbal Barca, hermano menor de Aníbal
Magón Barca, hermano pequeño de Aníbal
Asdrúbal Giscón, general cartaginés
Hanón (1), general cartaginés en Hispania
Hanón (2), general cartaginés en África
Maharbal, general en jefe de la caballería cartaginesa bajo el mando de Aníbal
Imilce, esposa ibera de Aníbal
Sofonisba, hija de Asdrúbal Giscón

Sífax, númida de los masaessyli, rey de Numidia occidental
Masinisa, númida de los maessyli, general de caballería, hijo de Gaia, reina de Numidia oriental
Búcar, oficial númida al servicio de Sífax
Tiqueo, jefe de la caballería númida de Aníbal en África

Filipo V, rey de Macedonia
Antíoco III, rey de Siria y señor de todos los reinos del Imperio Seléucida
Epífanes, consejero del rey Antíoco III
Ptolomeo V, rey de Egipto
Agatocles, tutor de Ptolomeo V

LIBRO I

LAS INTRIGAS DE ROMA

209 a.C.
(año 545 desde la fundación de la ciudad)

Qui periurum convenire volt hominem ito in comitium; qui mendacem et gloriosum, apud Cloacinae sacrum, ditis damnosos maritos sub basilica quaerito. Ibidem erunt scorta exoleta quique stipulari solent, symbolarum collatores apud forum piscarium. In foro infimo boni homines atque dites ambulant, in medio propter canalem, ibi ostentatores meri; confidentes garrulique et malevoli supera lacum,qui alteri de nihilo audacter ducunt contumeliamet qui ipsi sat habent quod in se possit vere dicier. Sub veteribus, ibi sunt qui dant quique accipiunt faenore. Pone aedem Castoris, ibi sunt subito quibus credas male. In Tusco vico, ibi sunt homines qui ipsi sese venditant, vel qui ipsi vorsant vel qui aliis ubi vorsentur praebeant.

PLAUTO
de su obra *Curculio*, versos 470 a 485

[Si quieres encontrar un perjuro, ve al *Comitium**; si buscas un mentiroso o un fanfarrón, inténtalo en el templo de Venus Cloacina; y si buscas a maridos ricos malgastadores, ve a la Basílica. Allí también habrá putas, algunas ya muy envejecidas, y hombres dispuestos a negociar, mien-

* Donde se reúnen los senadores antes de cada sesión del Senado.

tras que en el mercado del pescado encontrarás a los organizadores de banquetes. En la parte baja del foro pasean ciudadanos de reputación y riqueza; en la parte media del foro, cerca del canal, sólo encontrarás los que van a exhibirse. Al otro lado del lago se encuentran los personajes cínicos, charlatanes y malvados que siempre critican a otras personas sin razón alguna y que, sin embargo, ellos mismos podrían ser objeto de verdaderas críticas. Más abajo, en las *tabernae veteres* están los prestamistas que ceden y cobran dinero en condiciones de auténtica usura. Tras el templo de Cástor están aquellos en los que harías mal en confiar demasiado a la ligera. En el *VicusTuscus* están los hombres que se venden, ya sean los que se entregan a sí mismos, o los que dan a otros la oportunidad de entregarse ellos.]

1

Los estandartes clavados en la tierra

Siete años antes de la batalla de Zama
Lilibeo, Sicilia,
agosto* del 209 a.C.

Iba tambaleándose de un lado a otro. Por su *gladio*, una espada oxidada y sin filo, que sonaba al ser zarandeado por los vaivenes de su propietario, y por una vieja malla sucia de cuero se adivinaba que aquel borracho era o había sido legionario de Roma. Sus ojos semicerrados buscaban con mirada turbia un punto donde aliviarse y descargar parte del líquido ingerido. Como un perro se detuvo junto a dos enormes postes de madera que se alzaban inermes ante él.

—Éste es... un buen... sitio...

Dijo en voz alta, entrecortada, y soltó una carcajada que resonó absurda entre las tiendas que rodeaban el lugar. Empezó a orinar, pero apenas había comenzado sintió que lo alzaban del suelo con una furia inusitada. Con su miembro al descubierto aún rezumando vino barato filtrado por su ser, fue arrojado a varios pasos de distancia. El hombre lanzó un grito de agonía mientras rodaba por el suelo. Cuando su cuerpo se detuvo, apoyó sus manos empapadas de orina sobre el polvo del suelo que se le pegó a la piel como un manto de miseria. Se alzó y vociferó con odio dirigiéndose a su atacante.

—¡Por Cástor y Pólux y todos los dioses! ¿Estás loco? ¡Te voy a matar!

* Hacemos referencia a los meses del calendario actual, pero hay que tener presente que en aquella época el calendario romano se regía por los ciclos lunares, tenía sólo diez meses y luego dos meses añadidos al principio más uno intercalar que se añadía según se estimara necesario para mantener la consonancia con el paso de las estaciones (*véase* calendario en el capítulo 14).

Su oponente no pareció impresionado. Se acercó despacio con la espada desenvainada, dispuesto a ensartarlo como a un jabalí al que fuera luego a asar a fuego lento sobre una hoguera de brasas incandescentes.

El legionario ebrio echó entonces mano de su arma. La sacó de su vaina y la blandió torpemente. Fue entonces cuando un instante de lucidez le ayudó a reconocer las *faleras* de bronce y los *torques* de oro que colgaban del cuello de Cayo Valerio, el *primus pilus*, el primer centurión de los *triari*, el oficial de mayor rango de la V legión de Roma desterrada en Sicilia, quien, espada en ristre, se abalanzaba sobre él con la mirada envenenada, asesina. ¿Pero qué había hecho para que aquel centurión la tomara así con él? El legionario levantó la espada para frenar el primer golpe que se cernía sobre sus maltrechos huesos pero fue insuficiente para detener el pulso firme de su superior. El arma cedió al empuje del centurión y saltó por los aires sin apenas desviar el golpe certero que asestó el maduro oficial sobre el hombro derecho del legionario.

Un grito de dolor rasgó el amanecer en el campamento de las legiones V y VI de Roma junto a Lilibeo en la costa oeste de Sicilia. Una multitud de legionarios salió de sus tiendas para contemplar cómo el *primus pilus* escarmentaba a uno de los suyos con una saña fuera de lo común. Un centurión de menor rango se acercó a Cayo Valerio e intentó calmarlo.

—¡Es suficiente, Valerio! ¡Por Júpiter, vas a matarlo!

Valerio se revolvió como un felino.

—¡El muy insensato ha orinado sobre los estandartes de la legión!

Un silencio denso se apoderó de la muchedumbre de legionarios. El *primus pilus* estaba a punto de matar a uno de los suyos pero tenía razón: orinar sobre las insignias del ejército era un acto insólito y sacrílego.

—Estoy... borracho... y... aaggh... no sabía lo que hacía...

El legionario herido por Valerio gimoteaba e imploraba en el suelo, consciente a golpes y sangre de la terrible felonía que había perpetrado. El primer centurión de la legión giró sobre sí mismo, lentamente, observando a todos los soldados que se habían arremolinado aquella mañana junto a los estandartes, en el centro del campamento. No había tribunos en aquel ejército desterrado, desarbolado, olvidado. Nadie más para imponer orden. En el rostro de los soldados el centurión comprendió que habían entendido la gravedad de la ofensa de su compañero. Nadie osaba interceder ya. Valerio se volvió de nuevo hacia su víctima y antes de que ningún otro oficial pudiera decir nada, ensartó de nuevo al borracho retorciendo su espada al sacarla, asegurándose de hacer el mayor destrozo posible. Un grito seco, ahogado, culminó la operación. El legionario había sido juzgado, condenado y ejecutado. El cuerpo inerme quedó encogido sobre el polvoriento suelo de Sicilia. Los soldados, poco a poco, fueron dispersándose. Era la hora del desayuno. Las cornetas no se hacían sonar ya entre aquellas tropas, pero los estómagos de todos sabían adivinar el horario de cada escasa comida.

Cayo Valerio se quedó a solas junto al muerto, al lado de los estandartes. Él era el centurión que había ordenado clavar aquellos estandartes en aquel lugar. Parecía que sus astas de madera se hundieran en las entrañas de la tierra. Allí, varados en el destierro, llevaban las insignias más de siete años, desde la terrible derrota de Cannae. Sí, ése era el secreto de aquel destierro, la mancha que impregnaba las almas de todos los legionarios de aquellas dos legiones: eran los supervivientes de la derrota de Cannae. Demasiado humillante para Roma verlos vivos. Su pena fue el destierro. Un castigo dictado por Quinto Fabio Máximo, cinco veces cónsul de Roma, una vez dictador. Una sentencia refrendada por el Senado reunido en la *Curia*. Los tribunos supervivientes que los sacaron de la masacre de Cannae fueron perdonados. Patricios como el propio hijo de Fabio Máximo, o el joven Publio Cornelio Escipión, su amigo Cayo Lelio y otros tribunos que el Senado perdonó, pero los legionarios y el resto de los oficiales fueron condenados a un ostracismo permanente: «¡Hasta que Aníbal fuera derrotado!», dicen que había sentenciado Fabio Máximo. Cayo Valerio se sentó junto a los estandartes. Estaba agotado. No del esfuerzo sino vencido en su ánimo. La indisciplina se apoderaba de todos sus hombres. Vino, mujeres traídas con dinero o la fuerza, saqueos en las poblaciones vecinas, hombres que no cuidaban las armas o las vendían por un trago de licor, legionarios sin uniforme, empalizadas troceadas para calentarse en invierno, guardias que no se cumplían. Apenas tenía un grupo de fieles que mantenía cierto orden dentro de aquel caos de deshonra y podredumbre. Y mucho peor era todo en la VI legión. Allí Marco Sergio y Publio Macieno, que ejercían como centuriones al mando, hacía tiempo que habían cedido a las presiones de sus subordinados y consentían el pillaje, los robos y las violaciones en toda la comarca. Más aún, ahora lideraban las salidas de saqueo y terror por toda la región. Por su parte, Valerio se esforzaba por mantener un ápice de orden y dignidad en la V, pero aquello ya no eran dos legiones de Roma, sino salvajes abandonados, sin esperanza ni jefes, aguardando a que el tiempo pasara. La guerra se desarrollaba a su alrededor pero nadie los reclamaba para ningún frente. En Hispania combatía el joven Escipión; en Italia, el hijo de Máximo luchaba contra el ejército de Aníbal, y lo mismo con el resto de los tribunos perdonados; todos parecían tener su oportunidad de redimirse, pero ellos no. Las legiones V y VI de Roma estaban condenadas a pudrirse hasta que todos les olvidaran. Rogaron en vano al cónsul Marcelo tras su conquista de Siracusa; creyeron ver en él a alguien que intercedería en su favor; y lo hizo: un general clemente que se apiadó de su lenta tortura, pero a quien Fabio Máximo denegó posibilidad alguna de perdón para aquellos soldados manchados de deshonra y cobardía, según dicen que había sentenciado el viejo senador. Desde entonces ningún otro general se había interesado por ellos. Roma ganaría o perdería aquella guerra, pero antes de recurrir a las «legiones malditas» la ciudad del Tíber había sacado de las cárceles a los reos de muerte o liberado y armado a los propios esclavos o a legionarios casi niños. Cualquier hombre por vil o inexperto que pudiera ser era mejor a los ojos de Roma que los legionarios de las «legiones malditas». Cayo Valerio sintió que algo le cegaba los ojos. Una de las *faleras* brillaba y reflejaba en su rostro curtido la luz del sol. El veterano centurión sonrió con lástima. De su pecho colgaban las viejas condecoraciones testigo de su valentía contra los piratas de Iliria o los galos del norte. Allí parecían fuera de lugar. Sin embargo, él, tozudo, se esmeraba en sacarles brillo cada mañana. Hoy acababa de matar a uno de sus hombres que de borracho que estaba no sabía ni lo que hacía. Aquello no tenía sentido. ¿Por qué albergar esperanza alguna de redención?

Cayo Valerio, sentado sobre la seca tierra de Sicilia, carraspeó con profundidad sonora. Escupió en el suelo. Cerró los ojos. Un legionario, dubitativo, se acercó al centurión. El soldado llevaba un cuenco con el rancho. Valerio olisqueó en silencio. Percibió el olor intenso de la pasta de algarrobas que tenían para desayunar. Llevaban varios días con la misma comida cada mañana. Era alimento para bueyes, pero los suministros de Agrigento o Siracusa se retrasaban *sine die*. Sus cartas de reclamación estaban sin respuesta. Valerio abrió los ojos, tomó el cuenco que le acercó el legionario y con la cuchara de madera que venía con el tazón empezó a comer con disciplina. No tenía hambre, pero debía dar ejemplo.

2

Publio Cornelio Escipión

Cartago Nova, Hispania,
agosto del 209 a.C.

—Hay mucha sangre —dijo el general Publio Cornelio Escipión. Un hombre joven, de apenas veintiséis años. Una juventud casi insultante para sus subordinados y, sin embargo, todo había cambiado desde la conquista de aquella ciudad, desde la caída de Cartago Nova—. Mucha sangre —repitió el joven general, como hablando para sí mismo. A sus espaldas Lucio Marcio Septimio, un veterano tribuno de cuarenta años, le escuchaba con respeto.

Se hizo el silencio.

Ambos caminaban por lo alto de la muralla norte de aquella ciudad conquistada apenas unos días atrás. Marcio pensó que el general esperaba una explicación.

—Estaba repleto de cadáveres, mi general. Estuvieron retirando cartagineses muertos hasta ayer mismo.

Publio se detuvo y se giró de súbito encarando al experimentado tribuno.

—Debió de ser una lucha temible, Marcio, la que tuvo lugar aquí. Terebelio se ganó a pulso la *corona mural*. Viendo esto me alegro de que se la hayamos concedido. Igual que a Digicio, por lo hecho junto con Lelio en la muralla sur —y de nuevo, dándole la espalda al tribuno, el joven general continuó hablando, como distante, meditabundo—. Fue un combate glorioso pero tan doloroso para ellos y para nosotros...

Marcio no sabía bien qué añadir. No sabía ni siquiera si debía añadir algo. El joven general volvió a mirarle.

—Tenía un buen plan, Marcio, un plan perfecto. Sólo así hemos podido conquistar esta ciudad en apenas seis días, pero sin el valor vuestro, Marcio, el tuyo, el de Lelio, el de Terebelio, Digicio... sin vuestra sangre esto no habría sido posible. Ahora es cuando creo por primera vez que tenemos una posibilidad, Marcio: los cartagineses nos triplican en número, pero yo tengo mejores oficiales, mejores soldados.

Marcio hinchó el pecho sin casi darse cuenta. Estaba claro que el joven general sabía hacer que todos se sintieran bien, importantes, respetados. Qué diferente al vanidoso Nerón, que tuvo el mando temporalmente en Hispania tras la caída de Cneo y Publio Cornelio Escipión, el tío y el padre del joven general. Marcio le miraba atento mientras este nuevo líder de las legiones romanas escrutaba el horizonte desde lo alto de la muralla. El general volvió a hablar.

—Hay que acelerar los trabajos para levantar este muro. Hay que hacerlo y hacerlo rápido.

—Estamos en ello, mi general, pero no creo que los cartagineses vayan a atacar pronto...

El joven Escipión le interrumpió.

—Ellos tampoco esperaban que nosotros atacáramos y ahora están muertos. Que se aceleren los trabajos, Marcio. Toma el doble de hombres si hace falta.

—De acuerdo, mi general. —Y Marcio bajó del muro para dar las órdenes a sus legionarios.

Publio Cornelio Escipión oteaba el paisaje húmedo y pantanoso de la laguna desde lo alto de la muralla norte de Cartago Nova. A su alrededor, decenas de legionarios se afanaban en traer más piedras y argamasa con la que cumplir las órdenes de su general: elevar ese sector del muro veinte pies más para proteger así la ciudad recién conquistada de un posible ataque cartaginés de represalia. Publio arrugaba la frente y las comisuras de los ojos en un vano esfuerzo por descubrir alguna patrulla púnica en lontananza, pero no se veía nada. Los cartagineses, de momento, sólo habían respondido con silencio y una cada vez más fastidiosa quietud a su heroico asalto a la capital de la región. Todo aquel vasto territorio no era sino tierra enemiga, hacia el interior, donde se encontraban las grandes minas de plata, hacia el sur e incluso hacia el norte. Sólo unas pequeñas fortificaciones y poblaciones de la costa eran fieles a los romanos: la retomada Sagunto, aunque debilitada y en ruinas, y el campamento militar de Sucro, establecido por el propio Escipión para salvaguardar sus rutas de abastecimiento desde el norte del Ebro. Sólo allí, cruzado el gran río, aumentaban las fuerzas de Roma, pero aun así, con una frontera débil y permeable a los ataques púnicos organizados. Y quedaba Tarraco, como capital romana en Hispania, donde su mujer embarazada y su hija pequeña le esperaban ansiosas por verle de nuevo junto a ellas. Hacía meses desde que partiera y las dejara allí, lo mejor protegidas que podía en aquel terreno hostil a la causa romana, ya por los propios cartagineses como por los mismísimos iberos, los pobladores originarios de aquel país. Eran demasiados los enemigos a batir, demasiados los peligros y escasos sus recursos. Pensó que la toma de Cartago Nova azuzaría el caliente temperamento de Asdrúbal, el hermano de Aníbal, y le conduciría a alguna acción descabellada contra la ciudad caída, una batalla de asedio que Escipión aprovecharía para debilitar a los cartagineses, pero nada de todo aquello había ocurrido. Asdrúbal había encajado la pérdida de Cartago Nova con inteligencia y se había contenido, a la espera de atacar a los romanos en campo abierto, donde les triplicaban en número. Publio bajó la mirada y suspiró. La lucha en Hispania iba a ser mucho más complicada de lo que había imaginado. Ahora lo único que podía hacer era reconstruir y fortalecer las fortificaciones de Cartago Nova, dejar en ella una guarnición lo suficientemente poderosa como para resistir cualquier ataque y replegarse hacia el norte, por la costa, pasando por Sucro y Sagunto, hasta alcanzar el Ebro y luego Tarraco, con sus dos legiones, con sus dos únicas legiones. Necesitaba refuerzos. Necesitaba refuerzos como un árbol necesita agua para vivir. Necesitaba que Cayo Lelio, a quien había enviado a Roma con todo tipo de prisioneros púnicos y riquezas extraídas de Cartago Nova, convenciera al Senado de lo preciso de enviar nuevas tropas a Hispania: dos legiones más. Eso era todo. Tan poco y tanto a la vez. Dos legiones más e Hispania sería suya. Sin refuerzos, por el contrario, los cartagineses, advertidos ya de su audacia, desconfiarían y no buscarían entrar en combate con él hasta unir sus tres ejércitos, el de Asdrúbal Barca, el de Magón Barca y el de Asdrúbal Giscón, y sólo entonces se lanzarían contra él en un golpe único pero mortal y definitivo. Sin refuerzos tendría que hacer una guerra de ataques y repliegues agotadora para sus hombres y de resultados inciertos. Sacudió la cabeza. No. Esto no tendría por qué ser así. Estaba Lelio. En el Senado. Quizá lo consiguiera. Al menos una legión. Sí. Y forzó una sonrisa. Sí. Habría refuerzos. Tenía que pensar de esa forma. Si no, sólo cabría esperar la intercesión de los dioses en su favor o verse abandonado por ellos y, como su padre y su tío tres años atrás, perecer en la cruel tierra de aquella región. Quizá fuera buena ocasión aquella mañana para hacer un sacrificio. Eso nunca estaba de más. A los legionarios les gustaba. Les daba seguridad.

Publio Cornelio Escipión comenzó a descender de la muralla. Sus *lictores* le seguían. Todos se apartaban a su paso y le saludaban con respeto. Pese a su enorme juventud para ostentar el mando de dos legiones se había ganado la lealtad de todos, por su habilidad como estratega, por su valor en la batalla y porque se había corrido la voz de que los dioses le protegían. Sólo así podía explicarse el prodigio de tomar una ciudad inexpugnable en tan sólo seis días, sin traición en el interior de la misma, sino sólo por la fuerza del asalto emprendido. Los dioses estaban con él, de eso estaban convencidos sus hombres, y Publio lo leía en sus ojos. No se esforzó nunca en desmentir esa creencia. Él, no obstante, se sentía más perdido, más solo que nunca. Con Lelio lejos, su mejor hombre, se encontraba solo, aunque Lucio Marcio Septimio, quien ya combatiera con su padre y su tío, se había mostrado como un muy fiel tribuno. A lo mejor debió haber mandado a Marcio al Senado. Se le veía más hábil con las palabras, pero tenía más confianza en Lelio. Además, con el botín y los prisioneros de Cartago Nova exhibidos en Roma, no deberían hacer falta muchas palabras para persuadir a los senadores. Esas pruebas deberían abrir las puertas a los refuerzos; claro que estaba Fabio Máximo. Quinto Fabio Máximo. Publio frunció el ceño. Máximo ya negó refuerzos a su padre y su tío, pese a las victorias iniciales de éstos en Hispania, y ahora su padre y su tío yacían muertos en aquellas tierras, abatidos en derrotas tremendas, fruto de la traición y la falta de recursos, sin tan siquiera haber recibido los funerales que merecían como procónsules de Roma. Publio, hijo, sobrino y nieto de cónsules, se sintió amargo en su soledad. Sin su padre y su tío, muertos, sin su mejor oficial, Lelio, ahora en Roma, y sin un hijo varón. Sobre Publio recaía todo el peso de la impresionante historia de una de las más poderosas familias de Roma. La responsabilidad le abrumaba. Tenía a su hija Cornelia, pero necesitaba un varón para preservar el clan, su familia, su historia. Emilia estaba embarazada. Ésas habían sido buenas noticias que celebrara bebiendo con Lelio poco antes de la partida de éste hacia Roma. Publio tenía puestas sus ilusiones en este nuevo embarazo de su amada Emilia. Podría tratarse ahora de un niño. Llegó al pie de la muralla y se adentró en las calles de la ciudad en dirección a la gran puerta este, la que daba acceso al istmo. Allí tenía las tropas de maniobras. No había dejado que sus hombres tuvieran un momento para la holgazanería pese a la gran victoria conseguida. Los necesitaba fuertes y preparados. Permitía, no obstante, que tomaran vino por la noche, con moderación, que disfrutaran de mujeres y que comieran en abundancia. Los hombres así se sentían bien tratados y, a la vez, estaban preparados y dispuestos para el ataque o la defensa, según aconteciera. Publio ensanchó el pecho mientras andaba.

No debía dar sensación de desánimo ante sus legionarios. Cuando paseaba por la ciudad o entre sus tropas era el centro de todas las miradas. Su apariencia, su porte, su seguridad eran importantes. Eso se lo enseñaron su padre y su tío. Sí, quizá tuviera un hijo, y pudiera ser que Lelio regresara con refuerzos. Había esperanzas en el horizonte. Todo era posible.

3

El amigo de Plauto

Roma, septiembre del 209 a.C.

Tito Maccio Plauto había decidido cruzar el foro. Era más frecuente que rehuyera aquella ruta y que bordeara el centro de la ciudad, pero era temprano y pensó que apenas habría gente. Entró al foro desde el norte, atravesando las *tabernae novae* donde los carniceros y pescadores empezaban a exponer su mercancía. El olor a carne cruda y pescado fresco era penetrante, pero a Plauto aquello no le molestaba. Ahora era un reconocido autor de teatro, de comedias, como les gustaba enfatizar con cierta ironía despechada a algunos de sus colegas escritores, autores de tragedias, de teatro serio, digno, eso decían. Pero Plauto creció entre las penurias y la miseria y el olor a plebe no le asustaba. Esa gente que trasladaba jabalíes abiertos en canal y colgaba pollos ensartados en grandes ganchos de hierro era la misma que le aclamaba las tardes de teatro, la que le alimentaba, la que había hecho que su vida cambiara. Dejó las *tabernae novae* y cruzó el foro en perpendicular. En el centro de la gran explanada tuvo que rodear un nutrido grupo de libertos que se arremolinaban ya en las primeras horas del día en torno a la estatua de Sileno o, como el pueblo la llamaba, el *Marsias*. Los esclavos que eran manumitidos y aquellos que conseguían comprar su propia libertad seguían la tradición de visitar el cercado que rodeaba la estatua, y pasando junto a la vid, el olivo y la higuera que crecían junto a la misma, aproximarse hasta tocar el *pileus*, el gorro frigio de aquel ser de piedra que simbolizaba la libertad recién obtenida. Desde que la ciudad se veía obligada a recurrir a esclavos para completar sus ejércitos en la interminable guerra contra Aníbal, los desfiles de libertos frente a aquella estatua se habían quintuplicado. Plauto siguió avanzando y llegó al lado sur del foro. Allí, en las *tabernae veteres* los cambistas abrían sus pequeños comercios, mirando con ojos nerviosos a un lado y a otro, siempre distantes, siempre temerosos del hurto o del engaño. Plauto había saboreado el amargo negocio de sus actividades prestatarias cuando en el pasado dependió de ellos para su fracasado intento de comerciar en telas. Los puestos de los cambistas habían crecido en número con la ampliación de los dominios de Roma, y aún ahora, en medio de la guerra contra Aníbal, sus servicios de cambio de moneda y créditos varios eran más necesarios que nunca.

Plauto paseaba despacio, en parte porque el peso de sus cuarenta y un años se dejaba notar y en parte porque estaba tranquilo. Roma ya no era aquella urbe cruel con él, que le despreciara, una ciudad en la que antaño se arrastrara mendigando limosna o algo para comer. Todo aquello había pasado. Qué diferentes parecían las cosas ahora. Y, sin embargo, aquella guerra amenazaba con llevárselo todo por delante. Nueve años de combates. Batallas en las que él mismo se vio involucrado para poder subsistir. Se sonrió con pena al recordar su paso por el ejército de Roma como miembro de las tropas auxiliares que salieron junto con las legiones hacia el norte para detener el avance de Aníbal. De aquel tiempo sólo recordaba con añoranza la amistad del joven Druso. Su único amigo de verdad. La guerra era cruel y fría. Ni siquiera tuvieron tiempo de ver de dónde venía el enemigo, entre aquella densa niebla, aquel fatídico amanecer, junto al lago Trasimeno. Los legionarios siempre estaban en manos de patricios aventureros que arriesgaban las vidas de los soldados sin conocimiento ni justificación. Eran más de una decena las legiones que habían ido cayendo ante Aníbal y varios los cónsules muertos. Cayo Flaminio o Emilio Paulo eran los caídos más renombrados, pero junto con ellos habían perecido decenas de senadores. Eso le hizo sentir un poco mejor a Plauto mientras seguía esperando junto a las *tabernae veteres* la llegada de su nuevo amigo: Nevio.

Cneo Nevio era un escritor de tragedia y poesía épica algo mayor que él y que había disfrutado del éxito desde hacía más tiempo. Plauto le apreciaba porque era de los pocos escritores que veían en sus comedias algo más que un mero pasatiempo para el populacho. Plauto vio la figura gruesa de Nevio coronada con su cabeza casi sin pelo y su andar pesado cruzando el foro desde la explanada del *Comitium*, abriéndose paso entre el tumulto de libertos arremolinados junto al *Marsias* y alcanzando los puestos de los cambistas. Plauto cruzó la explanada del foro y le sorprendió por detrás mientras Nevio observaba a los libertos haciendo cola frente a la estatua del guerrero frigio.

—Se les ve felices —dijo Plauto.

Nevio reconoció la voz de su amigo. Le respondió sin sobresalto, con una voz pausada y manteniendo su mirada fija en los esclavos recién manumitidos.

—Pobres libertos. No saben que van a algo peor que la esclavitud.

—¿Qué quieres decir? —inquirió Plauto.

Nevio se volvió hacia su amigo.

—Tú, tú más que otros deberías saberlo: antes eran esclavos y malvivían, eso es cierto, pero ahora son sólo carnaza para esta guerra inacabable, tropas auxiliares, primera línea de combate, los primeros en caer heridos o muertos.

Plauto asintió. Rememoró sus tiempos en el ejército. Trató de borrar los funestos recuerdos sacudiendo la cabeza.

—Es contradictorio, pero tienes razón, Nevio: mejor esclavo que legionario. Claro que hay algo peor.

—¿Algo peor? —Esta vez era Nevio el confundido.

—Sí, por todos los dioses: ser *calon*, esclavo de un legionario.

Nevio rio a carcajadas lanzando su cabeza hacia atrás.

—Cierto, cierto, por Júpiter, Plauto, siempre te superas. No es extraño que triunfes en Roma con tus comedias. Esclavo de un legionario, las dos desgracias juntas, no lo había pensado.

Plauto miró a su alrededor con el rabillo del ojo. Su amigo seguía riendo y había levantado demasiado el volumen de su voz.

—Quizá no debiéramos hablar de estas cosas en público...

—Muy al contrario —intervino Nevio con rapidez—, deberíamos hablar mucho más de estas cosas y siempre en público, incluso deberíamos mencionar estos asuntos frente a nuestro público, en nuestras obras.

Plauto vio acercarse una patrulla de *triunviros* que rondaban a esa hora por el foro. Habían aparecido girando por el templo de Cástor y estaban cruzando el foro en diagonal marchando directos hacia ellos. Plauto miró nuevamente a su alrededor. ¿Les habría delatado alguien? ¿Tan rápido?

—Estamos en guerra y criticar al ejército es peligroso, Nevio —dijo Plauto sin dejar de vigilar la ruta de los *triunviros.*

El aludido asintió, pero se rebeló en sus palabras.

—Es peligroso vivir, querido Plauto. Y sí, es especialmente peligroso criticar al ejército y a los senadores y a los patricios y los cónsules. Nadie relacionado con el poder puede ser criticado porque estamos en guerra. Es un magnífico orden de cosas... para los que mandan. Y, sin embargo, querido amigo, en tu última obra, y no lo niegues porque lo recuerdo perfectamente, dices: *opulento homini hoc servitus dura est, hoc magis miser est divitis servos.* [¡Qué duro es ser esclavo de un poderoso! ¡Qué terriblemente desgraciado es el esclavo de un rico!]

—Ya. Dudé antes de ponerlo. Y sigo preocupado desde que se estrenó la obra. A veces siento que me vigilan. —Y señaló hacia la espalda de Nevio—. Los *triunviros*... vienen hacia aquí.

Nevio se volvió despacio. Los soldados se acercaban con paso firme. Ambos amigos contuvieron la respiración. Los legionarios pasaron ante ellos con paso veloz sin detenerse. Se dirigían a la *Curia Hostilia*, donde se reunía el Senado de Roma.

—¡Al final conseguiste que me pusiera nervioso yo también, por Júpiter! —exclamó Nevio dejando salir el aire contenido en sus pulmones durante unos segundos—. Eres un loco y además te crees el centro del mundo: ¿acaso crees que los *triunviros* no tienen otra cosa de qué preocuparse que de lo que tú escribes en tus obras?

—Lo siento, pero a veces pienso que jugamos con fuego. Tengo dudas sobre esta reunión.

Nevio abrazó a su amigo por la espalda.

—Nadie dice, querido Plauto, que no sea peligroso, pero debemos hablar, primero entre nosotros, entre los que sabemos en esta ciudad y luego, una vez que estemos de acuerdo, debemos hablar en público, al público. No podemos quedarnos de brazos cruzados esperando que toda Roma termine como cadáveres en los campos de batalla. Al principio de la guerra había casi doscientos cincuenta mil ciudadanos romanos. Hoy apenas son doscientos mil. ¿Cuál es el límite?

—Visto así... supongo que necesitamos preservar a nuestro público, no podemos perderlos a todos o nadie vendrá a nuestras obras.

—Eso es bueno —Nevio volvió a reír—, eso no lo había pensado: si todos mueren nos quedamos sin público; espera que se lo cuente a Livio: eso sería quizá lo único que le persuada. Seguro que no lo ha pensado. Anda, vamos, acompáñame y, por todos los dioses, alegra esa cara. Pareces culpable de algo, de todo, y ya sabes que en Roma lo que importa son las apariencias.

Plauto intentó relajar un poco la adusta expresión de su rostro, irguió su espalda y se alejó del foro caminando junto a su amigo. Cruzaron el foro transversalmente, dejaron a su derecha las *tabernae veteres* y bajaron por las calles que discurrían paralelas a la *Cloaca Máxima* en dirección al *Foro Boario*, donde a esas horas se compraba y vendía el ganado. El hedor de la gran cloaca de Roma y la imagen de los corderos en venta para ser sacrificados se mezclaron en su mente de forma convulsa. Eso era Roma: hedor y ganado con el que comerciar. Y, sin embargo, había empezado a amar a esa misma ciudad que tanto le había hecho sufrir. Las ideas de Nevio, no obstante, proponían alterar este inicio de paz y estabilidad que su vida había encontrado en Roma. Tenía, una vez más en su agitada existencia, miedo. Sentía que de nuevo se estaba metiendo en problemas pero, como en otras ocasiones, se dejaba llevar por los acontecimientos pese a sentir presagios nefastos. Además estaba seguro de que Casca, su protector y el que financiaba sus obras, no estaría nada contento si se enteraba de su amistad con Nevio.

—¡Cuidado!

Plauto sintió que Nevio le cogía por la espalda. Un carro tirado por caballos pasó casi al galope y tras él un segundo vehículo. Plauto no tuvo tiempo de ver quién iba en el primero, pero el segundo parecía llevar a un oficial del ejército. Estaban en la intersección entre el *Vicus Tuscus* y el *Clivus Victoriae*.

—Aquí siempre hay que ir con mil ojos —añadió Nevio—. Y tú, mi querido Plauto, siempre tan distraído.

Plauto asintió.

—No deberían permitir esos vehículos y a esas velocidades por el centro mismo de la ciudad —dijo el comediógrafo.

—¿A Catón, protegido de Quinto Fabio Máximo? —Nevio hablaba entre risas—. Yo sólo quiero poder hacer públicas mis críticas a esta guerra y tú ya quieres prohibir circular por Roma a uno de sus hombres más poderosos. Por cosas como ésta me encanta hablar contigo.

—¿Estás seguro de que era Catón? —preguntó Plauto en voz baja.

—El mismo —aseveró su amigo Nevio—, pero tranquilo, que a esa velocidad no pueden oír cómo les critica el pueblo.

Siguieron caminando. Nevio dio unas palmadas en la espalda de

Plauto y se adentraron entre los puestos de ganado del *Foro Boario*, el cual cruzaron rápido, molestos entre otras cosas por el mal olor de los animales hacinados y el gentío que se arremolinaba en cada esquina. Siguieron hacia el sur, dejando a su izquierda el gran altar, el *Ara Maxima Herculis Invicti*, en honor del todopoderoso Hércules. Tras él, ambos amigos sabían que se encontraban las cárceles del circo de Roma, un lugar desagradable del que era mejor alejarse, aunque todos sabían que más horribles eran las mazmorras de la cárcel subterránea excavada en tiempos arcanos junto a la plaza del *Comitium*, lejos, al norte, en el foro, desde donde habían empezado su caminata en busca de la casa del poeta Ennio. Entraron así en las callejuelas del Aventino y ante sus ojos desfilaron los templos que los antiguos reyes y cónsules levantaran en aquel viejo barrio de la ciudad hacía decenas de años, en algunos casos siglos: el templo de Diana y el templo de la Luna, erigidos ambos por el rey Servio Tulio; el templo de Minerva, y luego el de Juno Regina, cuya construcción fue ordenada por el cónsul Camilo tras los acontecimientos del asedio de Veyes y, finalmente, el moderno templo de *Iuppiter Libertas*, levantado por mandato de Sempronio Graco no hacía ni veinte años. Plauto no pudo evitarlo.

—Tanta religión, tantos templos levantados en honor de tantos dioses y qué poco se acuerdan ellos de nosotros.

—Te equivocas, querido Plauto, ahí te equivocas. Se acuerdan cada día y cada noche de nosotros. Es sólo que los dioses se regocijan mortificándonos. Por eso esta guerra, por eso tanto sufrimiento.

Plauto pensó en argumentar sobre la sacrílega sentencia de su amigo, pero, examinando su vida, aquella visión de Nevio sobre los dioses era, a fin de cuentas, la que mejor explicaba la mayor parte de las cosas que le habían sucedido. Un pensamiento le atemorizó: ahora que le iba tan bien y que era un escritor respetado y amado por el pueblo de Roma, ¿sería que los dioses se habían olvidado de él? Mejor así. Se encogió de hombros sin decir nada y siguió a su amigo. Estaba cansado. En casa de Ennio habría buena comida y bebida. *Carpe diem.*

Llegaron en pocos minutos. La casa del poeta era una pequeña *domus*, sin apenas vestíbulo, de modo que en cuanto un esclavo les abrió la puerta y les dejó pasar, Plauto y Nevio se encontraron en medio del atrio de la casa. Allí les recibió con afecto Ennio, el joven poeta que había aceptado la propuesta de Nevio de acoger a todos los escritores importantes de la ciudad para debatir sobre política. Eso era lo mismo que decir que quería cuestionar el actual curso de los acontecimientos, pero dicho de un modo más suave. Ennio se había esmerado: en los diferentes divanes que conformaban el *triclinium* ya se encontraban otros escritores, entre los que destacaba la vieja figura del respetado Livio Andrónico: el más veterano de todos ellos, también el más conservador. Plauto recordó las palabras de su amigo Nevio al describir a Livio: «un hueso duro de roer, mejor dicho, un hueso viejo y duro de roer, mejor aún, un hueso del que apenas queda ya nada por roer». La carcajada de Nevio retumbaba aún en la mente de Plauto, pero en aquel momento, al ver al viejo escritor allí reclinado, comiendo aceitunas en espera de la comida que había organizado el joven Ennio, aquel anciano no parecía alguien tan temible. Y, sin embargo, el desenlace de la velada no hizo sino confirmar los temores de Nevio.

Se sirvió lechuga y atún de entrantes, pollo de plato principal y uva de postre. Con los postres comenzó la larga *comissatio* o sobremesa en la que Nevio no tardó en exponer sus ideas: había que hacer ver al pueblo la sangría que estaba suponiendo aquella guerra sin fin; lo mejor era intentar detener aquella locura, incitar al Senado para que pactara una paz con Cartago, sembrar ese mensaje en sus obras, difundirlo en cada representación hasta que calara en el pueblo. Plauto apoyó a Nevio como pudo. Sentía sus palabras torpes al lado de la depurada retórica de su colega. Ennio aludió a su condición de anfitrión para proclamarse neutral en el debate y se limitó a invitar a que el resto participara en la discusión con sus opiniones, pero todos callaron y miraron a Livio Andrónico. El viejo escritor era para los poetas y dramaturgos de Roma lo que Fabio Máximo representaba para los senadores y demás políticos, por eso, cuando carraspeó antes de hablar, todos dejaron de comer fruta, de masticarla e incluso, algunos, hasta dejaron de respirar unos instantes.

—La guerra es una sangría, sí —empezó Livio Andrónico—. Eso es un hecho incuestionable, pero esta guerra la empezó Aníbal. Roma se defiende. Eso también es un hecho irrefutable que ni vuestras palabras ni las mías podrán cambiar. Ese argumento tan sólo, en manos de un senador mediocre, será suficiente para diluir cualquier idea en el sentido de alcanzar una paz con Cartago y, en manos de alguien como Fabio Máximo, la idea de que Roma tan sólo se defiende será un arma tan poderosa que, si nos oponemos abiertamente a luchar, nos barrerá de un solo soplido. Somos sólo escritores, poetas. Entretengamos los unos al pueblo, como hace nuestro amigo Plauto con tanto acierto, y cantemos las hazañas de nuestros héroes, como tan bien sabe hacer nuestro anfitrión. —Y miró a Ennio, que le respondió con un cabeceo de asentimiento—. La guerra es inevitable, su final, incierto. Roma, amigos míos, es un enigma que se encuentra en una encrucijada. Hemos perdido cincuenta mil ciudadanos en esta guerra. Nevio pregunta cuántos más habrán de morir antes de que esta contienda concluya. Yo os responderé: tantos como haga falta hasta que se derrote a Aníbal y todos, incluidos nosotros, si es él el que nos vence. Las palabras tienen cierto poder, pero el de las armas es muy superior y el tiempo de las palabras se desvaneció cuando Fabio Máximo declaró la guerra ante el mismísimo Senado de Cartago. Me sorprende aún que los cartagineses le dejaran salir con vida de allí, pero divago... ésa es otra historia. Mi respuesta, en conclusión, a lo que propone Nevio es que no seré yo quien empiece a cuestionar a los cónsules y a los senadores sobre el modo de conducir esta guerra. En mi caso me limitaré a escribir, a asistir a vuestras obras cuando éstas se representen y a cenar con vosotros cuando me invitéis. Para eso me tendréis siempre, para lo otro nunca. —Con esto se levantó y se dirigió hacia Ennio—. Y debéis perdonarme, pero mi edad me obliga a retirarme temprano. Espero que paséis una hermosa velada. Con permiso de nuestro anfitrión os dejo. Que los dioses os sean propicios.

Livio se levantó, saludó a Ennio y se despidió de todos sin decir más. Plauto observó la decepción anclada en el rostro de su amigo Nevio, que le musitó un comentario en voz baja.

—Valiente mentiroso está hecho. Se va pronto porque se va de putas. Y encima dice que es viejo. Sólo para lo que le interesa.

Y Nevio tenía motivos para su desilusión. A los pocos minutos, el resto de los invitados fue desapareciendo. El intento de Nevio por alimentar la rebeldía entre sus colegas había quedado en nada. Plauto no pudo evitarlo: en el fondo se sentía más tranquilo. Ya había padecido hambre, miseria y esclavitud en el pasado y tenía pavor a revivir una situación similar. A fin de cuentas, quizás el propio Livio tuviera razón. En cualquier caso, Plauto se sintió mal por su pobre amigo. Nevio estaba desolado. Por un momento, Plauto temió que su amigo estuviera tramando alguna insensatez.

4

El futuro de Lelio

Roma, septiembre del 209 a.C.

El sol de aquel final de verano caía implacable sobre la sudorosa frente de Cayo Lelio, tribuno de las legiones desplazadas a Hispania bajo el mando de Publio Cornelio Escipión. Lelio se secó algunas gotas que se deslizaban sobre las mejillas con la propia toga blanca inmaculada que vestía. No quería que el sudor llegara a su barba, eso le molestaba sobremanera. Pero no era el calor lo que le agobiaba, sino el fracaso. Había procurado engalanarse oportunamente para acudir al Senado; sin embargo, ni sus ropas ni sus argumentos ni la gran conquista de Cartago Nova, ni los rehenes cartagineses ni el botín conseguido parecían haber impresionado a los senadores, al menos lo suficiente como para conseguir esos refuerzos que su general y amigo Publio Cornelio Escipión le había encargado conseguir. El sudor era pues el fruto agrio del vano esfuerzo por intentar convencer a un Senado sorprendentemente reacio a escuchar peticiones provenientes de un general victorioso. Aquello le había sorprendido. Una cosa es que los senadores no quisieran empeñar más recursos del Estado en empresas que se prueban infructuosas, pero no era frecuente negar refuerzos allí donde las cosas empezaban a ir bien después de varias terribles derrotas, allí donde un general romano estaba enderezando el curso de los acontecimientos.

Se detuvo junto a la higuera *Ruminal*, en medio de la explanada del *Comitium*, frente al edificio de la *Curia*. Aquélla era la higuera en la que la tradición dictaba que el Tíber, en una de sus legendarias crecidas, había depositado la canastilla con Rómulo y Remo, los fundadores de la ciudad. Bajo aquel árbol de leyenda Lelio sentía una mezcla de calor y desazón. Sentía que había fallado a su general. Incluso, por un instante, temió que el joven Escipión se lo echaría en cara, pero sacudió la cabeza; aquélla no sería su reacción. Seguro que, aunque frustrado y dolido con el Senado, como el propio Lelio, Publio le quitaría importancia; el joven general haría alguna broma y se retiraría a preparar una nueva campaña en Hispania contra tres ejércitos cartagineses con las exiguas dos legiones de las que disponía, buscando alianzas con las tribus indígenas, maquinando algún nuevo plan, alguna insospechada estratagema y, cuando todo estuviera diseñado, Publio le llamaría un atardecer a su casa de Tarraco para desvelárselo y recoger su opinión. Así serían las cosas. Lelio apretó los labios mientras contemplaba el suelo y su mente navegaba hacia Hispania.

—¿Cayo Lelio, enviado de Publio Cornelio Escipión? —Una voz de hombre, pero aguda y rasgada, le interpelaba a su espalda.

Lelio se volvió lentamente, seguro de sí, un poco molesto por verse interrumpido en su meditación en medio de su tiempo de recuperación del fracaso recién cosechado en el Senado. Al girarse, el adusto militar romano vio varias decenas de magistrados saliendo del edificio del Senado, algunos reunidos en pequeños grupos en el *senaculum* junto a la *Curia* y otros difuminando sus siluetas por las calles de Roma. Frente a él estaba un joven ciudadano, aproximadamente de la misma edad que el propio Publio, pero con otra expresión en el rostro y con un aspecto muy diferente: era un hombre joven y delgado, demasiado delgado, casi cadavérico, con un entrecejo profundo dibujado entre los ojos que mantenía a la espera de recibir respuesta a su pregunta.

—Eres Cayo Lelio —se respondió a sí mismo el que había preguntado ante el obstinado silencio del propio Lelio—. Te he esperado hasta que salieras del Senado. Yo soy Marco Porcio Catón. Me envía Quinto Fabio Máximo, cónsul de Roma. Quin-to, Fa-bio, Má-xi-mo.

El joven mensajero repitió el nombre de quien le mandaba sílaba por sílaba, dejando salir cada sonido despacio y rematando el nombre completo con una tenue y extraña sonrisa plasmada entre unos finísimos labios.

Evidentemente, Cayo Lelio reconoció el nombre de Fabio Máximo, el viejo y experimentado senador de Roma, elegido cinco veces cónsul y una vez dictador de la República y ahora *princeps senatus* permanente en razón de su edad y su experiencia; un hombre en todo extremo poderoso, respetado por sus colegas y temido por sus enemigos. Según algunos, igual de temido por sus amigos. La cuestión con el viejo cónsul era saber de qué lado consideraba Fabio Máximo que se encontraba uno, si a su favor o en su contra. El anciano senador no parecía dejar demasiado espacio para opiniones intermedias.

—¿Qué desea el cónsul? —preguntó al fin Lelio.

Catón esperó unos segundos con su sonrisa en los labios. Estaba devolviendo con silencio el silencio anteriormente recibido. Lelio sabía reconocer el rencor en los ojos de un hombre y, sin duda, aquél era un hombre profundamente vengativo. Lo tendría presente para el futuro.

—Bien —dijo al fin el joven enviado desdibujando su sonrisa con inusitada rapidez y retornando a su semblante rígido y serio con un nuevo ceño fruncido—. Fabio Máximo desea entrevistarse contigo, en privado. Hay más asuntos de Hispania que le interesan, además del tema de los refuerzos que el Senado ha negado, pero desea plantearte sus... propuestas... en su casa. ¿O es que tienes algo más importante que atender?

No era una pregunta. Lelio llevaba muchos años dando y recibiendo órdenes y sabía cuándo una pregunta no esperaba respuesta. El comandante romano respondió lo único que podía decirse.

—Estoy a tu disposición.

—Bien, sígueme entonces.

Catón se giró y comenzó a caminar con celeridad en dirección opuesta al edificio de la *Curia* donde tenían lugar las deliberaciones del Senado. Lelio le siguió. Detrás de ellos varios esclavos armados con espadas y *pila* propios de legionarios les escoltaban. Estaba claro que aquel hombre no confiaba demasiado en las calles de Roma. La cuestión era si confiaba en alguien, esto es, más allá del propio cónsul que le enviaba. ¿Propuestas?

Cruzaron el foro, pasando por encima de la *Cloaca Máxima*, cuyo hedor era especialmente desagradable en las postrimerías del verano. Lelio vio el agua sucia discurriendo por el canal y pensó cuánta razón tenían aquellos que proponían que debía taparse de una vez, pero la guerra imponía trabajos y ocupaciones más urgentes para los ingenieros que la sanidad y el bienestar de los ciudadanos de la urbe.

Así caminaron durante unos doscientos pasos más por el *Vicus Tuscus*, una concurrida calle que transcurría en paralelo a la *Cloaca Máxima* hasta llegar a dos carros tirados por sendos caballos y custodiados por tres hombres, parados en la intersección con el *Clivus Victoriae*. Catón subió en el primero de los carros junto a un conductor y un esclavo gigante que actuaba a modo de guardaespaldas e indicó a Lelio que hiciera lo propio con el otro carro. Nada más subir, escoltado por uno de los guardias y otro conductor, el vehículo de Lelio se puso en marcha persiguiendo velozmente el carruaje de Catón. Salieron tan rápido que casi arrollaron a dos ciudadanos que se cruzaban en su ruta. Lelio agradeció que al menos uno de aquellos hombres fuera de reflejos rápidos y retuviera a su compañero evitando así ser aplastados por los caballos del carro.

Casi al galope, rodeando la colina del Palatino, presidida por el templo de Júpiter Víctor, llegaron a la puerta Capena, al sureste de la ciudad, y entraron en la *Via Appia*. Por ella rodaron unos cinco minutos hasta desviarse en uno de los múltiples caminos de tierra que partían de la calzada romana, justo antes de alcanzar el desdoblamiento de la *Via Appia* y la *Via Latina*. Avanzaron durante otros veinte minutos hasta alcanzar una colina sobre la cual se dibujaba el perfil de una inmensa villa, rodeada de varias casas para esclavos, cercados para el ganado e imponentes y altos cipreses que, afilados, se erguían como vigilantes perpetuos de aquel camino: la villa personal de Quinto Fabio Máximo, una gigantesca mansión desde donde Lelio podía respirar en el aire el poder que emanaba desde cada piedra, desde cada ventana, desde cada habitación de aquel majestuoso recinto. Y pensar que Aníbal estuvo acampado allí cerca apenas hacía dos años.

A medida que se acercaban, Lelio observó la extensa plantación de viñedos que poblaba las laderas de la colina. Sin duda, una de las mayores del entorno de la gran ciudad. Aquello le hizo recordar que su primera idea al salir del Senado había sido la de tomar un buen vaso de vino fresco y mitigar así un poco su sensación de derrota. Quizás el viejo senador tuviera al menos la cortesía de regalarle con algo de buen vino de cosecha propia. No obstante, algo le decía al veterano oficial romano que si Fabio Máximo invitaba a alguien a una copa en su casa esa copa sería de elevado coste personal. Lelio se sentía incómodo en aquella situación, pero rechazar una invitación de uno de los hombres más poderosos de Roma, no, del más poderoso hombre de Roma, no parecía una buena estrategia para hacer amigos en la ciudad. Había hecho lo correcto: aceptar la invitación, acudir adonde se le llevase y escuchar. Las circunstancias y su criterio dictarían por dónde conducirse durante la entrevista. Bueno, quizá restaba otro hombre de igual importancia en la ciudad: el aguerrido senador Marcelo, cuatro veces cónsul. Sí, sin duda, los dos hombres se disputaban ser el senador más respetado o más temido de Roma. Sólo que Marcelo parecía concentrar más sus esfuerzos en el campo de batalla, frente a las tropas de Aníbal, mientras que Máximo parecía repartir sus energías entre la guerra y las intrigas por controlar Roma.

Mientras Lelio entretenía su mente con estos pensamientos, fue conducido por varios guardias a través de un cercado primero y luego un muro que rodeaba la gran casa del senador. Llegaron así al vestíbulo de la villa y, por fin, a un gran atrio adornado con diferentes mosaicos encargados por Fabio Máximo a los mejores artesanos del momento. En los mosaicos se recogían diversas escenas donde se advertía la figura del propietario de aquella gran *domus* derrotando a diferentes enemigos de Roma. Destacaba especialmente un gran conjunto de miles de pequeñas teselas que recreaba el primer gran *triunfo* celebrado por Fabio Máximo para festejar su victoria sobre los ligures en el año 521 *ab urbe condita* según rezaba al pie del mosaico. De eso hacía ya... Lelio se entretuvo calculando el tiempo... veintitrés años. Unos artesanos trabajaban con tesón en una esquina del atrio en otro gran mosaico.

—Ya está aquí, mi señor —comentó Catón con tiento.

Fabio Máximo le miró desde su butaca.

—Bien, querido Marco —empezó el cónsul—, ha llegado el momento del día en el que se compra la voluntad de un hombre.

Catón asintió, pero el viejo cónsul percibió duda en el gesto de su joven pupilo.

—Crees que ese hombre es incorruptible, ¿verdad, Marco? —preguntó Fabio Máximo—. Crees que nada hay en este mundo que pueda quebrar su lealtad a ese infausto joven Escipión que nos importuna desde Hispania con sus cada vez más extravagantes acciones militares, ¿no es así?

Catón no quería admitir que, en efecto, en esta ocasión, disentía del plan de su mentor.

—Llevan muchos años juntos, desde Tesino —empezó Catón a modo de justificación—. Tesino, Trebia, Cannae y ahora la campaña en Hispania. El campo de batalla une a los hombres de forma extraña. Y está también esa promesa que hizo el tribuno Lelio al padre del joven Escipión, la de protegerlo siempre.

El cónsul le escuchó atento. Tomó un sorbo de la copa de vino que sostenía en la mano, la dejó entonces en una pequeña mesita y tomó la palabra.

—Tu juicio es ajustado, joven Marco: no hay nada que una más a dos hombres que compartir victorias en el campo de batalla y, más aún, sobrevivir juntos a una o, como es el caso, varias derrotas. Además está el juramento que mencionas. Eso tampoco es desdeñable. No lo es. Pero volvamos al campo de batalla, ahí es donde se forja el destino de los hombres. Estos hombres, Escipión y Lelio, han sobrevivido a varias derrotas y de entre ellas a la peor de todas, a la temible masacre de Cannae. En eso te doy la razón: nos encontramos ante un profundo lazo entre ellos, pero aquí es donde tu experiencia se queda corta frente a la mía, querido Marco. Verás: todo hombre es corruptible, Marco, absolutamente cualquier hombre, hasta el más honesto es corrompible, pues, de un modo u otro, todos tenemos un punto débil. La sagacidad del que te habla, joven Marco, reside en la destreza que tengo de detectar el punto débil de cualquier hombre. Ésa es la tarea difícil. Una vez detectado ese punto, el resto es trabajo para principiantes, casi una tarea inapropiada para mí, aunque me ocuparé de la misma, me ocuparé, por todos los dioses que lo haré, pero que pase ya ese oficial. Será un agradable entretenimiento dilucidar cuál es la ambición o la duda o el sentimiento que hace débil a quien tú juzgas indomable.

Catón asintió y partió en busca de la presa con disciplina, aunque cuando consideró que, una vez dentro del *tablinum*, no estaba ya a la vista del cónsul, Marco negó con la cabeza en claro desacuerdo con su mentor: aquel oficial no sería una pieza tan sencilla de cazar. Era cierto, no obstante, que el experimentado cónsul ya le había sorprendido en más de una ocasión, pero se hacía viejo, demasiado anciano para esgrimir su poder con la maestría habitual. En todo caso, en un rato se vería quién de los dos estaba en lo cierto: la voluntad de un hombre estaba en la partida.

Lelio paseaba por el atrio con las manos a la espalda, estudiando con atención los impresionantes muros de teselas diminutas con sus batallas, asedios, conquistas. El viejo senador parecía no tener prisa en hacer acto de aparición y de Catón no sabía nada desde que hablaran en el foro antes de subir a los carros. Sin duda, el carro de Catón llegó antes que el suyo, que había ido ralentizando su marcha de forma deliberada para que así el enviado del cónsul pudiera advertir a Fabio Máximo de la llegada del tribuno romano con tiempo suficiente. Lelio imaginaba a Catón relamiéndose al transmitir con orgullo el cumplimiento de la misión encargada.

Allí, en aquel amplio atrio, no había apenas plantas, sólo los mosaicos y pinturas al fresco. Las pinturas también estaban dedicadas a cantar las glorias del poder adquirido por el actual cónsul en el transcurso de sus diferentes máximas magistraturas. Un cuadro mural que cubría gran parte de una de las paredes estaba nuevamente centrado en mostrar la victoria de Fabio Máximo en su campaña contra los ligures del norte. Y así con cada pintura, con cada conjunto de teselas. Si la intención de toda aquella parafernalia del atrio era la de hacer ver a cualquiera que allí esperara la grandeza del dueño de aquella casa y, a un tiempo, empequeñecer al visitante, sin duda resultaba efectiva. El propio Lelio, pese a ser tribuno, jefe de la caballería romana e incluso almirante de la flota de Hispania, no podía sino sentir admiración y respeto ante una vida de combate y victorias; claro que allí no estaban recogidos numerosos episodios oscuros de diferentes mandatos del cónsul, como sus controvertidas campañas contra Aníbal en territorio itálico, de discutibles resultados para muchos, como la extraña batalla de los desfiladeros de Casilinum.

Lelio se aproximó despacio a los artesanos que trabajaban en el nuevo mosaico. Eran tres hombres: dos aprendices jóvenes y un artesano mayor, de unos cuarenta años, que examinaba con minuciosidad las teselas que sus pupilos acababan de depositar en la base del nuevo gran panel sobre el suelo. Lelio se dirigió a este último.

—¿Y esta nueva obra a qué está dedicada?

El veterano artesano se giró y evaluó la figura de quien le preguntaba antes de responder. La robusta presencia del oficial romano le pareció digna de consideración, de modo que, separándose un par de pasos de la obra en curso, se situó frente a Lelio.

—Está dedicada a la toma de Tarento por el cónsul Quinto Fabio Máximo, señor de esta casa.

Lelio asintió con reconocimiento y miró la parte que ya llevaban elaborada. En el mosaico a medio realizar se veían las murallas de lo que representaba la ciudad de Tarento elevándose por encima de hombres y bestias destacando así lo inexpugnable de aquella fortaleza. En el otro extremo del mosaico se representaba con nitidez las legiones dirigidas por Fabio Máximo asaltando aquellas murallas pese a lo aparentemente imposible de su empeño. Lelio pensó en preguntar si los brucios que traicionaron a los tarentinos abriendo las puertas de la ciudad para permitir al viejo cónsul la toma de la fortaleza iban a aparecer también representados en la obra, pero estimó al fin que no venía al caso incomodar a unos artesanos que, a fin de cuentas, no podían sino ejecutar su labor según las instrucciones recibidas.

—Impresionante —contestó Lelio.

El artesano se sintió alabado e iba a empezar una explicación sobre su técnica a aquel interesado visitante cuando una voz le impidió disfrutar de unos minutos de gloria.

—Por aquí —Catón hizo acto de aparición de nuevo e, ignorando a los artesanos, se dirigió de modo seco a Cayo Lelio—. El cónsul te recibirá en el jardín.

Lelio se volvió hacia Catón. Decididamente, aquel joven y esquelético mensajero del cónsul poseía el don del sigilo. Aparecía y desaparecía casi como un druida galo en los bosques del norte. Al menos eso había oído Lelio que contaban de los druidas.

El oficial romano pasó por el *tablinum* que daba acceso al peristilo porticado de dos plantas que rodeaba un bello jardín. Era una tarde agradable y el sol acariciaba cada rincón de aquella verde isla en aquella fortaleza de mármol, piedra y ladrillo. En una esquina, a la sombra de una inmensa higuera que emergía por encima del propio pórtico y que impregnaba todo de su espeso aroma, refrescante e inconfundible, el viejo cónsul de Roma, recostado en un *triclinium,* degustaba con aparente aire distraído una copa. Junto a él dos hermosas esclavas. Una sostenía un jarrón con vino, preparada para rellenar la copa del cónsul cuando éste así lo indicara, y otra portaba un ancho plato de cerámica lleno de frutas diversas, algunas desconocidas a los ojos de Lelio, pero de entre las que destacaban unas hermosas uvas frescas.

No había otro *triclinium* donde reclinarse sino tan sólo un austero *solium* de madera de respaldo alto y recto, frente al cónsul. Catón señaló la butaca a Lelio y desapareció tan sigilosamente como había entrado. Lelio, no obstante, no se sentó. Antes se dirigió al cónsul.

—Te saludo, Quinto Fabio Máximo, noble cónsul de Roma, que los dioses te guarden y te sean propicios.

—Salve, salve —empezó el cónsul, acompañando sus palabras con un breve gesto de la mano—, y siéntate, siéntate. Un valeroso soldado de Roma es siempre bienvenido en esta casa, siempre bienvenido...

Cayo Lelio se sentó. Lo de «soldado» le había herido, pero cómo discutir con un ex dictador cinco veces cónsul. Además, de sobrenombre «Máximo», un apelativo obtenido por el bisabuelo de Quinto Fabio al derrotar a los sabinos, de eso hacía ya decenas de años, pero la familia Fabia no había dejado de usar aquel título que los destacaba por encima de los demás. Sí, quizá para Fabio, Lelio sólo alcanzaba la categoría de soldado. Además, su familia no era patricia, ni nadie había llegado a ejercer la máxima magistratura entre sus antepasados. Sin duda, hoy el cónsul consideraba que se estaba rebajando.

—Cayo Lelio. Un leal a Roma. Gran combatiente. Has servido en numerosas y difíciles batallas. —El cónsul enumeraba los acontecimientos a los que se refería despacio—. Unas cuantas derrotas, como Tesino, o Trebia... alguna victoria, como la reciente conquista de Cartago Nova. En cualquier caso, un leal a Roma. Es esta lealtad tuya, esta característica la que me ha impulsado a llamarte hoy. ¿Puedo invitarte a una copa de vino?

Lelio había pensado que esa pregunta no iba a llegar nunca.

—Sí y lo agradezco. Hace calor y seguro que tu vino apaciguará mi sed, noble cónsul.

Una de las esclavas acercó una copa de vino a Lelio y una tercera esclava entró en el jardín con otra jarra, diferente a la del cónsul, y le llenó la copa. Lelio saboreó el vino. Era bueno, sabroso, algo suave para su gusto, demasiado rebajado con agua, pero quizá lo suyo no era el refinamiento que se estilaba en los banquetes y comidas senatoriales. También le quedó la duda de si aquel vino sería el mismo que el cónsul estaba tomando o si quizás el cónsul regalaba diferentes vinos en función de la alcurnia de sus huéspedes. En cualquier caso, aquel vino era mejor que el de una taberna. Él no necesitaba más. Lo que sí le sorprendió fue la extremada belleza de las esclavas de tez infinitamente bronceada por el sol. Tanta belleza contrastaba con el rostro arrugado por el tiempo de su dueño, quien además veía cómo emergía de su labio inferior la protuberancia de una añeja verruga, rasgo que le valió el apodo de *Verrucoso*, sobrenombre, por otro lado, que nadie osaba utilizar en su presencia. La admiración de Lelio por las esclavas no fue pasada por alto por el cónsul.

—¿Hermosas, verdad? Esclavas arrebatadas a los piratas en Iliria. Jóvenes muchachas procedentes de Egipto, de sangre noble, confesaba su dueño, al menos eso dijo antes de morir. El imbécil creía que con esa confesión salvaría su miserable vida. —Fabio Máximo echó otro trago y dispuso su copa para ser rellenada; una de las esclavas diligentemente vertió más vino en el cáliz—. En fin, ningún mensaje ha llegado para reclamarlas desde aquellos territorios, así que me quedé con ellas. Son muy, como podríamos decirlo, complacientes. Yo soy estricto, pero parece ser que se sienten mejor acogidas en mi casa que en Iliria.

Lelio observó marcas de latigazos en las zonas del cuerpo que quedaban al descubierto, en los antebrazos y parte de la espalda, ya que llevaban unas ajustadas túnicas nada romanas y desde luego nada apropiadas ni para una joven romana, ni tan siquiera para una esclava. Las miradas tristes de las jóvenes tampoco parecían estar acordes con las palabras del cónsul. Sin embargo, no era el momento de contradecir al viejo senador en cuestiones domésticas.

—Hermosas. Un gran combatiente como el cónsul merece disponer de su botín de campaña a su gusto —comentó Lelio con tono conciliador.

—Sí, en efecto, así lo veo yo. El reparto de un botín de guerra puede resultar fastidioso en ocasiones. Recuerdo una vez, contra los ligures que... pero no, has de tener cuidado con un anciano o puede aturdirte con viejas historias, casi ya leyendas de la historia de Roma. Hablemos de sucesos más actuales, de Hispania, por ejemplo, o de algo aún más próximo: hablemos de hoy en el Senado. Supongo que te habrás llevado una gran decepción.

Lelio guardó silencio meditando una respuesta adecuada. La diplomacia no era lo suyo. Deseó no haber terminado su copa. Ahora necesitaba toda la agilidad mental de la que pudiera disponer.

—Bien... sí... —empezó dubitativo— en cierto modo sí. Escipión ha conseguido una gran victoria, se puede revertir la situación en Hispania —Lelio empezó a sentirse más seguro— con unas pocas tropas adicionales...

—¡Tropas de las que no podemos prescindir! ¡Por Júpiter! —interrumpió el cónsul arrojando su copa contra el suelo. Una de las esclavas se arrodilló y empezó a limpiar, pero Fabio Máximo dio una palmada y las tres jóvenes salieron corriendo dejando solos a Lelio, asombrado e inmóvil ante la poderosa reacción del senador y cónsul de Roma.

—Lo siento, no he querido ofender al cónsul...

—¡Pues hay ofensa! Porque la estupidez es la mayor de las ofensas. Tenemos aquí, aquí, en la península itálica, a Aníbal, el mayor enemigo que nunca jamás ha tenido Roma y se necesitan todas nuestras fuerzas para combatir a ese salvaje cruel y sanguinario que asesina y arrasa por doquier. No damos abasto para contener sus continuos ataques y se nos piden más tropas por parte de un Escipión desde Hispania; esto lo entiendo, pero de un leal de Roma como tú, Cayo Lelio, eso sí me ha decepcionado a mí.

Cayo Lelio no supo qué contestar. No tenía tampoco muy claro que el cónsul deseara una respuesta.

—Mi buen Lelio —Máximo serenó su rostro y adoptó una voz más sosegada—, no interpretes la vehemencia de mis palabras como un ataque a un valeroso soldado de Roma, pero es que me enerva ver cómo leales a Roma como tú son absorbidos por la locura propugnada por insensatos como ese Escipión al que tanto pareces defender. —El cónsul estudió el impacto de sus palabras y al observar el silencio de su interlocutor prosiguió con su razonamiento—. Sé que estimas su persona, Lelio, y que le crees grande, igual que creías grande a su padre. Y, sin embargo, qué han hecho estos Escipiones por Roma. Perder legiones. ¡Perder legiones! Miles de jinetes en Tesino y miles de legionarios en Trebia y al final el inmenso desastre de Hispania. Sí, nos dicen que los dos Escipiones, el padre y el tío del actual Publio, combatieron hasta la muerte, pero parecen todos olvidar que con ellos perdimos a legiones enteras y además no se ciñeron a su objetivo esencial: evitar que los cartagineses puedan abrir una ruta de suministro desde Hispania hasta la península Itálica para hacer llegar víveres, armas y refuerzos a Aníbal. En su lugar, llevados de ese loco afán de gloria que corre en la sangre de su familia, condujeron a nuestras legiones a la aniquilación completa. Y ahora el hijo se lanza a conquistar ciudades. ¿Cuántos cayeron en Cartago Nova? ¿Cuántos? Incluso tú, me consta, estuviste a punto de perder la vida en esa locura de ataque. No. No digas nada ahora. Escúchame bien, Cayo Lelio. Sí, se toma una ciudad, pero los tres ejércitos púnicos permanecen vagando a sus anchas por Hispania, esperando el momento para abalanzarse sobre Roma, unirse a Aníbal y terminar con todos nosotros. ¿No ves el absurdo, Cayo Lelio? En Hispania no hay que conquistar ciudades, sino matar a los enemigos de Roma, masacrar a esos tres ejércitos púnicos y no pasearse por la región como asustado, esquivando a los enemigos, sin salirles al encuentro.

Lelio quiso articular una defensa. La toma de Cartago Nova había debilitado enormemente las alianzas de los cartagineses con las tribus de Hispania al liberar Escipión a todos los cautivos iberos. Y las derrotas de su padre y su tío en Hispania habían sido fruto de la traición al abandonar los celtas e iberos a los romanos en pleno campo de batalla...

—Sí, sí, te veo luchando en tu interior Lelio. —El cónsul prosiguió su argumentación con la misma intensidad que empleaba en sus discursos ante el Senado—. Sinceramente crees en la habilidad militar y estratégica de tu general, pero, en realidad, pensemos, pensemos juntos, Lelio, ¿qué ha hecho ese joven Escipión por Roma? —Y sin detenerse prosiguió—: Yo te lo diré: salvar a un cónsul, meritorio, sí, pero ¿quién salvó realmente a ese cónsul en Tesino, a su padre? ¿Él o tú, Cayo Lelio? Tengo mis informadores en el Estado. Sé lo que pasó allí. Una acción de un joven e inexperto loco que sólo se salvó por tu intervención. Y de Cartago Nova ya he dicho lo que pienso. Una pérdida de recursos y de refuerzos, un desvío del objetivo principal y que si llegó a un desenlace positivo fue, una vez más, gracias a tu inestimable intervención.

El cónsul se tomó un breve respiro antes de continuar. Lelio permaneció sentado. Sostenía su copa vacía sin decir nada. Miraba al suelo. No entendía adónde quería llegar el cónsul. Muchos de esos argumentos ya los habían esgrimido varios miembros del Senado aquella misma mañana. ¿Por qué citarle ahora en su casa para insistir en lo mismo?

—Mi buen Lelio. Un hombre leal. Eso eres, así me consta. Los buenos dioses romanos no quieren que los hombres leales a Roma y su causa se pierdan en compañía de generales confundidos por costumbres y lenguas extranjeras importadas por sus familiares...

Esta alusión fue demasiado para Lelio. El comandante romano se levantó de su butaca e interrumpió al cónsul.

—El interés de Publio Cornelio Escipión por el teatro y por los autores griegos no empaña su lealtad a Roma que, tal y como he presenciado en persona, es la que preside y dirige todas sus decisiones militares y políticas.

Lelio se encontró frente a la figura del cónsul, recostado en su *triclinium*, mirándole con intensidad, sus labios muy apretados, tensos.

Fue entonces el cónsul quien se levantó despacio. Sus sandalias hicieron añicos los restos de la copa quebrada que había quedado sin recoger. Fabio Máximo era un hombre alto, extrañamente fuerte para sus largos setenta y cinco años y con una penetrante y aterradora mirada, especialmente cuando, como ahora, intentaba contener la ira. El oficial romano retrocedió hasta toparse con su *solium* y de nuevo tomó asiento. Se había dejado llevar por los sentimientos... y ante el propio Fabio Máximo. Tragó saliva. Del semblante desgarrado del viejo cónsul, sin embargo, salió una voz dulce y acaramelada.

—Lelio, Lelio, Lelio. La vida puede ser infinitamente difícil para un oficial romano en estos tiempos de guerra, o sorprendentemente agradable. Hay pocos espacios intermedios. Si sigues con ese Escipión acabarás junto a él, en la misma tumba que su locura encuentre, con toda probabilidad en algún campo de batalla en Hispania, pues Escipión no regresará de Hispania vivo. He consultado los auspicios, he hecho sacrificios especiales que sólo un cónsul puede hacer. Sabes que soy augur vitalicio. Sé más que el resto de los mortales, mi buen Lelio. Escipión no regresará vivo de Hispania y los que le acompañen alimentarán con sus cuerpos a los buitres de aquella región sobre un desolado campo de batalla. Así lo quieren los dioses; así será. ¿Es ése el futuro que quieres, Lelio, para ti, para los tuyos? ¿Es así como deseas que tu persona sea recordada, como el perrito faldero de un joven loco y perdido entre influencias extranjeras perniciosas?

Lelio observaba sin responder al cónsul mientras éste se acercaba despacio y proseguía con su discurso.

—¿O quieres una vida diferente, especial, una auténtica vida de un senador de Roma? ¿Dime, Lelio, qué es lo que deseas, qué mueve tus plegarias a los dioses, cuál es tu anhelo, tu ambición?

El cónsul se detuvo y dio una fuerte palmada. Las tres jóvenes esclavas egipcias aparecieron y velozmente se acercaron al anciano cónsul. El viejo senador dio una palmada más y las tres, sin esperar más instrucciones, se arrodillaron a los pies del cónsul. Una de las esclavas, la más bella a los ojos de Lelio, se clavó los trozos del vaso roto que su amo había arrojado al suelo y cuyos restos permanecían diseminados a su alrededor. Lelio vio cómo la sangre manaba de una de las rodillas de la joven esclava y, sin embargo, ésta ni gemía ni se quejaba. Lelio la vio cerrar los ojos y tragarse su dolor empapado en la miseria de su servidumbre a aquel cruel anciano.

—¿Deseas placer, esclavas fieles, hermosas, deseas su obediencia, sus favores, sus cuerpos, sus almas? Todo eso puede tener quien trabaje conmigo si eso es lo que te mueve. —El cónsul analizaba con su profunda mirada las reacciones de su silencioso interlocutor—. Te sobrecoge el dolor contenido de una esclava joven, ¿verdad? Tienes un corazón noble, repudias el sufrimiento sin sentido. Eso te ennoblece. Es digno de respeto. ¿Te gustaría salvar a estas esclavas de su existencia bajo mi poder? Sí, lo leo en tus ojos y... sin embargo... no es ésa tu ambición máxima... ¿o sí...? —Dos palmadas y las tres esclavas se alzaron y con la misma velocidad y sigilo con el que habían entrado desaparecieron tras los pórticos del jardín. Una de ellas esforzándose por disimular su cojera, con una mano en la rodilla—. Te gusta el buen vino, la buena mesa. Todo eso es digno de un líder de Roma, de un leal al Estado. El mejor de los vinos. Eso te gusta. Y no está mal. Yo mismo encuentro un sincero placer en los frutos de Baco. Catón me lo echa en cara, no de palabra, pero leo en sus ojos su desaprobación. Catón tolera mis debilidades porque sabe que mi fin último es servir a Roma, igual que él; pero debo reconocer que sería agradable tener a alguien con quien compartir estas pequeñas debilidades. Catón es tan recto que puede aburrir —aquí el cónsul alzó la voz y la proyectó hacia el *tablinum* cuyo acceso estaba vedado por una espesa cortina oscura—; no es nada personal, querido Marco, pero eres tan recto... —Y volviéndose una vez más al oficial romano continuó—: Lelio, tú puedes estar junto a mí, junto a nosotros. Luchar por una Roma limpia de influencias extranjeras. Tu mando, tus hombres, tu valor al servicio de Roma, no de un joven patricio que sólo busca una venganza personal en Hispania usando las tropas, los recursos que necesita Roma para defenderse del invasor. Dime, Lelio, ¿qué decides? ¿Roma o la locura? ¿Roma, el favor de los dioses y del Senado, o la muerte en tierra extraña?

Lelio retó entonces con la mirada los inquisitivos ojos del cónsul. Quería combatir en silencio aquel torrente de palabras al que no sabía cómo responder. Quería que su negativa a dar respuesta se transformara en desafío. No pensaba ceder. Nada le haría cambiar su lealtad a Escipión. Nada.

Y de pronto, como si el cónsul leyera sus pensamientos, el anciano aderezó su voz con un tono que consiguió hacer zozobrar la voluntad de Lelio.

—Nada. Ninguna respuesta. Nada parece ser capaz de hacer torcer tu obcecación, tu fidelidad obtusa a una causa sin sentido. O... ¿quizá sí? —Y el cónsul asintió con la cabeza lentamente primero y luego más rápidamente, varias veces, acompañando su diagnóstico—. Sí, ahora lo veo: hay algo que te mueve, Cayo Lelio, más allá de tus fidelidades; por todos los dioses, ¿cómo he tardado tanto en verlo? Sin duda me hago viejo. Cayo Lelio, más que otra cosa en este mundo, deseas ser un hombre nuevo, un hombre que llega a cónsul, a la magistratura máxima del Estado pese a que nadie de su familia antes lo haya conseguido. Ése y no otro es tu gran anhelo. Y por eso estás dispuesto a arriesgar todo y crees que bajo el loco mando de ese Escipión y sus victorias insospechadas algún día llegará ese reconocimiento, el consulado. Ahora todo encaja. Eso te mueve.

Lelio sintió su corazón palpitar con inusitada rapidez. Presentía el camino que iban a tomar las próximas palabras del senador.

—Pues bien, Lelio. Cónsul quieres ser, cónsul serás. Te lo garantiza quien ejerce la magistratura por quinta vez, el senador más poderoso de Roma, el *princeps senatus*, pero sólo si hoy, aquí y ahora eliges sabiamente. Creo que ya sobran las palabras. Sólo decirte que si optas por tu fidelidad a ese Escipión extranjerizado, igual que te he garantizado la máxima magistratura, con la misma intensidad velaré porque ni tú ni nadie de tu familia jamás llegue al consulado. Jamás, Cayo Lelio. Jamás. Y no sólo eso, sino que me ocuparé personalmente de hacer que tu existencia en Roma y en todos sus dominios te resulte profundamente ingrata.

Lelio digirió el último mensaje, las últimas palabras del senador. Pasaron cinco largos, lentos e infinitos segundos hasta que Lelio, bajo la atenta mirada del cónsul, decidió levantarse.

—Entiendo perfectamente el alcance de tus palabras y lo que ellas implican. Lamento profundamente que tengas una visión tan... tan... tan distante, diferente de la mía en lo referente a las acciones de mi general en jefe, Publio Cornelio Escipión. Y, sí, eres muy sagaz, como no podía ser de otra manera en alguien de tanta experiencia e inteligencia, eso es indiscutible. Sí, mi gran anhelo es ser cónsul, una ambición que me mueve... pero... estoy *voti reus*, me debo a la promesa que hice la víspera de la batalla de Tesino al padre del joven Escipión. Prometí defenderle con mi vida y juré hacerlo siempre y puse como testigo a los dioses. Y seré fiel a mi palabra, como no podría ser de otra forma.

El cónsul parecía no dar crédito a lo que escuchaba. ¿Hasta qué punto era capaz aquel joven Escipión de hechizar a los que lo seguían? Nadie se le había resistido nunca tanto. ¿Qué veían en él aquellos hombres valientes como Lelio que estaban dispuestos a seguirlo hasta el final horrible al que sin duda los conducía, como antes hicieran su padre y su tío con las legiones de las anteriores campañas en Hispania?

—Así que, Quinto Fabio Máximo, pido tu permiso para partir de tu casa.

El cónsul no respondió. Lentamente, se dio la vuelta e hizo un gesto rápido de desdén con la mano indicándole que partiera. Lelio emprendió la marcha hacia el atrio cuando a sus espaldas escuchó alta y clara la poderosa voz grave del cónsul.

—Cayo Lelio, sólo recuerda que *voti reus* también se expresa como *voti damnatus, voti condemnatus*. Ése es el camino que has elegido.

Lelio se detuvo un momento. Escuchó las palabras. Se volvió hacia el cónsul, pero éste se alejaba cruzando el jardín con parsimonia sin mirar atrás. Allí sólo estaban los árboles, las plantas, el suave sonido del viento entre las ramas y los restos del vaso roto desparramados sobre el suelo. Un trozo de arcilla manchado de sangre de la joven esclava relucía bajo el sol. En ese justo instante, sin saber exactamente por qué, como llevado por una extraña fuerza, Lelio lanzó su voz con potencia.

—¡Una cosa más, cónsul de Roma! ¡Una cosa más! —Y quedó allí quieto esperando respuesta. Y el cónsul detuvo su marcha. Arropado por la sombra de su cuerpo, una sonrisa extraña pobló su rostro, pero el anciano senador se cuidó mucho de borrar aquel gesto y tornarlo en un ceño fruncido, entre sorprendido y molesto con el que se volvió de nuevo hacia su interlocutor de aquella intensa tarde.

—No hace falta gritar, y mucho menos en mi casa. Soldado, no tientes mi paciencia. Si tienes algo que decir, dilo y márchate. Si quieres cambiar de decisión, ésta es tu última oportunidad.

Las fuerzas que habían acompañado a Lelio en sus últimas palabras parecían diluirse con inesperada celeridad ante la magnífica presencia del cónsul. Sin embargo, aun siendo consciente de jugar con fuego, se dirigió una vez más al viejo senador.

—Sí... sí... una cosa más... esa esclava... la esclava... ¿está a la venta? Pagaré lo que pidas.

El senador mantuvo la sorpresa en el semblante y, por un momento, pareció que su respuesta iba a ir acompañada de furia y desdén. Fabio Máximo parecía no dar crédito a sus oídos.

—¿Te llamo para hablar de gloria o de muerte y tú, Lelio, vas de compras? A lo mejor sigues a ese loco general porque estás igual de loco... —Pero el senador meditó y, antes de seguir en esa línea, modificó su razonamiento; quedaba una última posibilidad—. Aunque dices que me pagarás con lo que pida. Un momento.

El senador dio una palmada. Las tres jóvenes esclavas egipcias reaparecieron al segundo. Una de ellas llegó un poco rezagada. Cojeaba y sangraba aún, algo menos ya, pero todavía de forma patente, por una de sus rodillas. Las tres quedaron tras el cónsul.

—¿Es ésta, Netikerty, la que ha despertado tus apetitos, Cayo Lelio? —dijo el senador señalando a la joven esclava herida. Netikerty, como las demás, apenas iba cubierta con una muy fina túnica de lino blanco que contrastaba con el oscuro color bronceado de su piel. El vestido apenas cubría hasta los muslos, dejando al descubierto la mayor parte de sus piernas, delgadas y estilizadas. Netikerty no osaba mirar al cónsul ni a Lelio pese a que se hablara de ella, sino que mantenía sus ojos fijos en el suelo—. Te alabo el gusto. Netikerty es, de las tres, sin duda, la más bella y la más servicial. No sé si son hermanas o familia o conocidas. Nunca me he interesado por averiguar el origen o las relaciones de mis esclavas, sólo me ocupo de saber hasta dónde pueden proporcionar placer, y Netikerty es de las mejores, de las mejores, Lelio. —Y dejando de mirar a la esclava, volviéndose hacia el oficial romano, continuó—: «Lo que me pidas», ¿has dicho, Lelio? Bien. Ya sabes lo que quiero. Yo no necesito dinero, pero me interesa tu alejamiento de ese hombre de la familia Cornelia. Te lo aconsejo por última vez: quédate aquí, junto a mí en Roma, Lelio, combate conmigo a Aníbal y te cedo gratamente a Netikerty. Así de sencillo. Puedo arreglarlo todo para que muestres a ese Escipión que te ves obligado a permanecer aquí. Puedo hacer que el Senado reclame tus servicios para luchar en Italia. Eso no será complicado. En cierta forma te debes a un voto, sí, pero si el Estado dictamina de forma distinta es la voluntad del Estado la que debe prevalecer por encima de los intereses del individuo, Lelio. Escipión lo entenderá. Él seguirá en Hispania y hará lo que sea que quiera hacer y tú te quedarás aquí, serás un general victorioso de la guerra contra Aníbal, respetado por todos y... bien... tendrás a la joven, dulce y preciosa... Netikerty. Ven, Netikerty, acércate para que un futuro cónsul de Roma pueda verte y gozar de la sensualidad que desprendes.

Netikerty avanzó hasta ponerse entre el viejo cónsul y Lelio. Mantuvo la mirada en el suelo por temor a provocar la ira de su amo y, a un tiempo, para evitar pisar más restos del vaso roto y volver a herirse.

—Te doy seis ases por la esclava —fue la respuesta de Lelio.

En el rostro del cónsul volvió a dibujarse una furia contenida.

—Lelio, sabes el precio que pido. No me humilles ofreciéndome el pobre sueldo de unos días de paga de un legionario.

—Lo siento. Llevas razón. —Inspiró y lanzó una cifra sobrecogedora que multiplicaba por veinte el precio de cualquier esclavo—. Te ofrezco treinta dracmas.

«Este hombre está loco de atar.» La conclusión de Fabio Máximo era definitiva. Lo malo es que locos como aquél, bajo el mando del joven Escipión, podrían suponer un enorme peligro para los nobles de Roma, para el Estado, para su propio hijo Quinto y todos los planes que tenía pensados, un peligro para todos. El caso es que aquel hombre no respondía a lo que se pedía. Esta vez fue el soldado quien leyó sus pensamientos.

—No puedo pagarte con la moneda que me pides, cónsul. Mi lealtad a Publio Cornelio Escipión es definitiva. Esa esclava, no obstante, me interesa. Me interesa mucho, hasta el punto de ofrecer un precio que nunca nadie te volverá a ofrecer. Si lo deseas, aquí llevo treinta dracmas en monedas de oro acuñadas en Sagunto, parte de mis ganancias por la conquista de Cartago Nova. —Y alargó el brazo ofreciendo la bolsa con el oro a Fabio Máximo.

Netikerty escuchaba en silencio entre aterrada, por la posible reacción de su amo, y totalmente sorprendida por la oferta. Los piratas que la secuestraron en las costas de Egipto la vendieron a otros, que luego caerían en una batalla naval contra el viejo cónsul, por sólo dos ases. Desde que estaba en Roma, Netikerty había aprendido el valor de las monedas, entre otras muchas cosas agradables, las menos, y muy desagradables, la mayoría. Un dracma tenía doce ases, luego aquel oficial romano estaba ofreciendo 180 veces más de lo que sus primeros amos pagaron e infinitamente más de lo que su actual amo había pagado por ella: nada. Alguna vez, en alguna fiesta algún invitado borracho había pujado por ella ante el viejo senador hasta ofrecer doce ases. Pero el oficial romano que ahora pujaba por ella ni siquiera parecía ebrio.

—Márchate, márchate de aquí, soldado, y vete con tu promesa de fidelidad al que pronto no será otra cosa que un muerto, ve rumbo a tu propia tumba...

Lelio retiró la bolsa lentamente del alcance del cónsul y se dispuso a atarla de nuevo a su cinturón, pero el viejo senador continuó.

—Pero si deseas llevarte a esta puta por treinta dracmas, tuya es. Déjame ver ese dinero.

Lelio lanzó la bolsa al aire hacia el pecho del cónsul, pensando que caería al suelo por la falta de reflejos del viejo senador pero, con una agilidad poco común para su avanzada edad, Fabio Máximo cazó la bolsa en el aire, la abrió y examinó las monedas de su interior.

—Netikerty, vete con este hombre, con este cadáver. Con este dinero se pueden comprar treinta o más como tú. —Y con esas palabras, acompañado de las otras dos esclavas, el cónsul dio la vuelta y desapareció.

La muchacha quedó en el centro del jardín sin entender bien exactamente lo que acababa de ocurrir. Entonces habló el oficial romano.

—Ven. Sígueme. Nos marchamos de esta casa.

5

El león agazapado

**Metaponto, sur de Italia,
septiembre del 209 a.C.**

Aníbal leía atentamente la tablilla que le habían traído unos mensajeros desde Hispania. Su hermano Asdrúbal le escribía. Estaba preparándolo todo. Se tomaría el invierno para organizar una campaña contra el nuevo Escipión que había tomado Cartago Nova. Lamentaba la pérdida de la ciudad pero le aseguraba a su hermano mayor que en la próxima primavera reuniría sus tropas con las del hermano pequeño de ambos, Magón, y con las de Asdrúbal Giscón, el otro general púnico de Hispania. Con los tres ejércitos reunidos, sus setenta y cinco mil hombres y sus cuarenta elefantes aplastarían al joven general romano.

Aníbal dejó la tablilla en el suelo. La mesa grande con todos los mapas de Italia estaba demasiado lejos. Asdrúbal parecía estar seguro y prometía venir a Italia, siguiendo su ejemplo y su ruta, por el norte. Y Asdrúbal siempre cumplía sus promesas. Vendría. De eso no había duda.

—¿Todo bien?

Era la voz de Maharbal, el noble púnico jefe de la caballería africana de Aníbal. Su más fiel oficial. Su confidente y, a veces, el único que se atrevía a discutir con Aníbal y, a su vez, el único, aparte de sus hermanos, al que Aníbal toleraba que le planteara una duda.

—Todo bien —respondió Aníbal—. Con la ayuda de Baal y, especialmente, de mi hermano Asdrúbal, las próximas campañas serán duras para Roma. Muy duras.

—También para nosotros —añadió Maharbal, mirando los planos extendidos sobre la gran mesa de madera de pino.

—Sí, Maharbal, para nosotros también, pero nunca dije que doblegar a Roma fuera sencillo.

Maharbal sonrió levemente.

—No, nunca lo dijiste.

El tono ligeramente irónico no pasó desapercibido para el general.

—¿Hay algún problema, Maharbal? —preguntó Aníbal.

—Nada especial. Es sólo que...

—Habla. Quiero saber lo que piensas y lo que crees que piensan los hombres.

Alentado por Aníbal, Maharbal se aventuró a expresarse con mayor libertad.

—Los hombres, yo, todos nos sentimos un poco como atrapados, aquí, refugiados en una esquina de Italia, mientras los romanos preparan nuevas levas. Llevamos meses de inactividad.

Todo lo dijo Maharbal rápido, sin respirar. Suspiró al terminar sus breves frases. Aníbal le miró de soslayo.

—Somos un león agazapado, Maharbal. Pronto saldremos de caza, pero los leones no se mueven por un pequeño cervatillo. Esperaremos a que aparezca un gran ciervo o, mejor aún, un poderoso jabalí.

—Tus enigmas me confunden.

—Es cierto. Dicho de forma clara: esperaremos a que llegue un cónsul. Ya sabes que Marcelo y Fabio están en mi lista. No los quiero vivos si es posible para cuando llegue Asdrúbal por el norte. Quiero que Roma, en medio de su miedo, no tenga generales veteranos a los que recurrir.

Maharbal asintió.

—¿Y mientras tanto?

—Mientras tanto, paciencia, pero si los hombres están inquietos saldremos a saquear la región y las ciudades más próximas leales a Roma.

Maharbal volvió a asentir. Aquello pareció satisfacerle.

—¿Un león agazapado? —repitió el oficial de caballería.

Aníbal asintió y recogió del suelo la carta de su hermano. Empezó a leerla de nuevo. Maharbal se inclinó levemente en una reverencia que pensó que había pasado inadvertida y dejó solo al general en jefe de las tropas cartaginesas en Italia. Aníbal observó la salida de Maharbal y su señal de reconocimiento con el rabillo del ojo. Luego volvió a concentrarse en la carta de Asdrúbal. Hacía cuentas. Invierno de este año. Preparativos. Al año siguiente Asdrúbal caería sobre Escipión y rompería de un modo u otro el bloqueo romano en el Ebro para cruzar a la Galia. Luego la travesía con el ejército tardaría varios meses. Asdrúbal llegaría por el norte en unos dos años. Lo difícil era saber cuándo exactamente. Eso era clave. Esencial. Eso y no otra cosa era lo que preocupaba a Aníbal. Sabía que la coordinación entre los dos ejércitos cartagineses, el del sur y el que debería traer su hermano por el norte, sería fundamental para el éxito de aprisionar a Roma con la terrible tenaza de dos temibles falanges africanas, las grandes fauces de una fiera cerrándose sobre su enemigo atemorizado. Era algo tan simple pero a un tiempo tan descomunal como ejecutar la misma táctica de Cannae pero no sobre un espacio de unas decenas de estadios sino maniobrando sobre todo un inmenso país. Si Asdrúbal estuviera a la altura, aquello era cosa hecha, pero ¿estaría su hermano al mismo nivel? Sabía del compromiso fraterno que los unía y de su lealtad y de su destreza, pero combatir contra Roma requería una astucia perfecta, milimetrada, fría. A Asdrúbal le hervía en ocasiones la sangre con demasiada rapidez. Aníbal sonrío. Quizás hicieran falta dos Aníbales para vencer a Roma y arrodillarla. Pero sólo había uno.

Sólo había un Aníbal y tendría que ser suficiente.

Pensó en yacer con una esclava y recordó a la bella meretriz de Arpi pero, como de refilón, se introdujo en su mente el recuerdo de Imelcea, su esposa ibera, o Imilce, como la llamaba él los pocos días que pasaron juntos, aquella princesa ibera hija del rey de Cástulo. Una hermosa joven, casi una niña, con la que se casó en sus tiempos de conquista en Iberia con el fin de congraciarse con los guerreros de aquel vasto territorio. Apenas pasaron unos días juntos después de la boda. Luego vino la guerra. ¿Qué sería ahora de ella? La dejó a cargo de Asdrúbal Giscón. Aquél no era un hombre de fiar, pero cuando partió de Iberia ésa pareció una solución razonable. Era un general veterano y de prestigio y quería que sus hermanos estuvieran libres de aquella responsabilidad, la de velar por su esposa, y pudieran moverse según requirieran las circunstancias por toda Iberia, por África o, como tendría que ser el caso, por la mismísima Galia e Italia. Además, Imilce no se había quedado embarazada. No había hijos que cuidar. Si hubiera habido algún niño, sin duda habría dejado a la joven esposa a cargo de su hermano Asdrúbal, pero sin hijos... No había hijos. Aníbal suspiró despacio. Aquél era un tema del que no se había ocupado. Siempre pensó primero en resolver el asunto de Roma, luego vendría lo demás. Los hijos eran un arma de doble filo: te daban fuerza pero te hacían más vulnerable. Un hijo te daba algo por lo que luchar, pero también podía ser un rehén que te impidiera combatir. Imilce. Una joven y hermosa princesa en un momento inadecuado. El matrimonio, no obstante, fue eficaz en su objetivo esencial: miles de iberos se alistaron en su ejército para invadir Italia y ahora allí estaban con él. Aníbal asintió en silencio. Quizá, si tenía la ocasión, debería resarcir a esa joven muchacha. Le había servido bien a sus fines. Y fue dócil. El general cartaginés sonrió con un ápice de ternura. La pobre muchacha estaba aterrada la noche de bodas. Él la trató con suavidad. La joven no sabía ni moverse. ¡Qué noches tan distintas las que pasó en Arpi con aquella voluptuosa meretriz! Y, sin embargo, después de tanto tiempo, el rostro que recordaba, el olor que percibía traído por su memoria, el tacto suave de la piel que casi podía palpar al cerrar los ojos, era el de aquella joven princesa ibera. Aníbal sacudió la cabeza y abrió los ojos. Se hacía viejo, nostálgico, melancólico. No había hijos, la princesa ibera estaba muy lejos de allí y tenía una guerra entre manos. Sus ojos repararon de nuevo en la tablilla que aún sostenía en su mano. En la carta de Asdrúbal no se decía nada negativo de forma directa con relación al general Giscón, pero había una frase que dejaba traslucir tensión entre líneas: «Reuniré los tres ejércitos para la próxima campaña. Es de esperar la cooperación de Magón y Giscón», había escrito Asdrúbal. Por eso había releído la carta en tantas ocasiones. «Es de esperar la cooperación de Magón y Giscón.» Esa frase no podía estar por Magón. Los tres hermanos eran uña y carne. Esa frase estaba por Giscón. «Era de esperar su cooperación.» El hecho de ponerlo era igual que manifestar una duda. Con certeza, Asdrúbal no quiso ser más explícito por escrito, pues la tablilla, transportada por un mensajero, podía perderse, caer en manos del enemigo o, peor aún, en manos de amigos de Giscón. Aníbal sabía de la ambición de Giscón. Un general que podría haber sido el líder del ejército púnico de no ser por los Barca, primero por su padre Amílcar y luego por el propio Aníbal. Imilce estaba bajo su vigilancia. ¿Debería haberla traído? En aquel momento pareció mejor que se quedara allí, como un baluarte de su paso por Iberia, como una señal de su posible regreso. La echó de menos por motivos militares la víspera de la batalla de Cannae. Las tropas iberas estaban inseguras, insatisfechas por la falta de provisiones después de dos años de encarnizadas luchas en Italia. En aquellos días lamentó su decisión de no haberse traído consigo a la joven princesa ibera, pues pensó que su presencia habría contribuido a fortalecer el vínculo de los iberos con él mismo, pero luego vino la gran victoria de Cannae y los iberos se mostraron encantados y entusiasmados de haberse alistado en aquel ejército. En fin. Aníbal volvió a suspirar. Imilce tendría que velar por sí misma. En cualquier caso, Giscón, al menos mientras él estuviera vivo, la cuidaría, aunque sólo fuera por mantener la diplomacia con las tribus iberas. La otra cuestión era más delicada: saber hasta qué punto Giscón actuaría en coordinación con Asdrúbal y Magón. Era peor tener a alguien socavando la unidad en el interior que estar rodeado de feroces enemigos. Asdrúbal tendría que actuar con cuidado.

6
Netikerty

Roma, septiembre del 209 a.C.

Lelio partió de la villa de Quinto Fabio Máximo en el mismo carro que le había conducido allí. A sus pies, encogida y atemorizada, estaba Netikerty, con una mano en su herida. Lelio se quitó la toga que llevaba y se la cedió a la esclava para que ésta se cubriera el cuerpo semidesnudo. Ella la tomó y se tapó, excepto la rodilla herida. Tenía miedo de manchar aquella bella toga con su sangre. Hoy ya la habían azotado una vez. Estaba cansada, dolorida y asustada. El conductor les dejó en el foro. Ambos, Lelio y Netikerty, bajaron del carro.

—Sígueme. —Netikerty le miró y asintió. Parecía que eso era todo lo que aquel oficial romano sabía decir, pero la joven egipcia ya había aprendido a base de golpes y tortura que en aquella ciudad más valía hacer lo que se le ordenaba, de modo que no lo dudó ni por un instante. Arropada por la toga de su nuevo amo como si de un manto se tratara siguió a aquel hombre por el laberíntico entramado de las calles de Roma. Cuando estaban acercándose a lo que ella conocía como el *Macellum*, al norte del foro, un gigantesco mercado, su nuevo amo giró por una calle estrecha. El tribuno se detuvo ante una *domus* vieja, el gran legado de sus padres. Lelio golpeó la puerta. Enseguida un viejo esclavo la abrió y se inclinó ante su amo. Lelio entró y se dirigió al esclavo.

—Calino, lleva a esta joven a que se dé un baño y déjale luego paños limpios con los que se pueda curar una herida que tiene en la pierna. Y a mí tráeme vino en cuanto te hayas ocupado de ella. Ah, y mucho cuidado con tocarle un pelo. Me ocuparé personalmente del que la toque y ya sabes lo que eso significa.

El esclavo asintió y condujo a la joven hacia una de las habitaciones que daban al atrio. Netikerty, asustada, volvió la mirada hacia el oficial romano, pero Lelio ya había desaparecido adentrándose por el estrecho *tablinum* al fondo del pequeño atrio. Netikerty bajó entonces los ojos y siguió a Calino. Seguía atemorizada, pero comprobó que Calino se mantenía a distancia y aquello la relajó un poco.

Lelio, una vez conseguida la ansiada soledad, se arrodilló frente al altar dedicado a los Lares y Penates, los dioses protectores de su familia, y rezó en silencio. Luego se sentó en un *solium* en el *tablinum* y esperó hasta que Calino le trajo una buena jarra de vino fresco y un vaso. El esclavo se retiró y por fin, con las primeras horas de la tarde, pareció que iba a poder degustar una copa de vino con algo de sosiego y paz. Mientras saboreaba el caldo, proveniente de algunas de las pocas vides de Campania supervivientes a aquella larga guerra, Lelio evaluó la situación: el Senado le había negado los refuerzos que tan encarecidamente le había solicitado Publio y, para colmo, el cónsul de Roma le había maldecido y poco menos que deseado su muerte, a ser posible más bien pronto que tarde. No, definitivamente, aquél no era su día. Y, luego, sin saber bien por qué, había dilapidado gran parte de su capital en la absurda compra de una esclava que, si bien era hermosa, no lo era tanto como para pagar todo lo que se había gastado. A un primer vaso, le siguió un segundo. Una de las normas casi sagradas de Cayo Lelio. Bien, sobre lo hecho ya no restaba nada que hacer sino recibir la bronca e incluso el castigo que Publio considerase oportuno a su regreso a Hispania por su incapacidad en las gestiones políticas con el Senado. En cuanto a la entrevista con el cónsul, mejor omitirla de su relato al joven general. Era curioso el enorme temor que la persona de Escipión concitaba en alguien tan poderoso como Fabio Máximo. Y qué insistencia con acusar al joven general de influido por los extranjeros, por su interés en la cultura griega. Lo hecho hecho estaba. Quedaba el segundo encargo de Publio: asistir al estreno de la nueva obra de aquel autor de tanta fama, de Umbría, creía que le había dicho que era de aquella región, un tal Plauto, que escribía tragedias o comedias, o no sabía bien qué. La cuestión era asistir al estreno para luego comentar al general de qué iba la obra y cuál era la reacción del público. Se tomó un tercer vaso de vino. Saboreó el licor con deleite. Decidió que esa tarde se emborracharía. Mañana sería otro día y empezaría a ocuparse de organizar su regreso a Hispania y de averiguar cuándo tendría lugar la próxima representación de Plauto. Podría llenar los barcos de los que disponía de provisiones y armas. Eso lo podría conseguir si no tiraba más dinero. No serían dos legiones pero al menos mostraría a Publio que había hecho cuanto había podido. Visitaría también a Lucio, el hermano de Publio. Había pensado hacerlo ese mismo día, pero primero la entrevista con Máximo y ahora el sinsabor del fracaso por la negativa del Senado le retenían. Ya habría tiempo para eso. Seguramente el propio Lucio informaría a su hermano de lo desastroso de su intervención ante el Senado. Quizá mejor así. Cuando llegase, las malas noticias le habrían precedido. Sólo quedaría dar explicaciones.

Estaba agotado. Netikerty. Extraño nombre. Preciosa piel. Dulce mirada. Ojos miel. Algo había sacado de toda aquella tarde. Algo bueno, sentía que algo bueno, pero era aquél un mundo tan complicado, el de la política. Se desenvolvía mejor en un campo de batalla que entre las calles e intrigas de Roma. Publio debía haber enviado a otro. A Marcio o a Mario. Terebelio y Digicio desde luego que no: demasiado rudos, pero Marcio o Mario eran buenos hablando en público. El vino empezó a aturdirle. Fue a rellenar la copa, pero la jarra estaba vacía. Pensó en llamar a Calino. Tenía sueño.

Se quedó dormido y soñó con el viento, el mar y un largo viaje más allá de todas las guerras.

7

Las dudas de Catón

Roma, septiembre del 209 a.C.

Catón entró en el jardín cuando la figura de Lelio seguida por aquella esclava herida aún se recortaba en el umbral del atrio. Fabio Máximo estaba de nuevo reclinado en su *triclinium*.

—No ha podido ser —comentó Catón, sin ocultar cierto aire de satisfacción por haber tenido razón.

—¿Qué quieres decir, querido Marco, exactamente? —preguntó el viejo cónsul con un tono de sorprendente calma, como distraído, entretenido en reorganizar los cojines de su *triclinium* para estar más cómodo.

A Catón le parecía innecesario dar detalles, pero no dudó en aclarar su comentario.

—Que no ha habido forma de torcer la voluntad de ese terco soldado. Es obvio que está cegado por su lealtad a ese Escipión. No se ha conseguido nada.

—¿Nada? ¿Tú crees? Yo estoy más bien satisfecho.

El cónsul parecía divertido contemplando la faz de sorpresa que se adivinaba en los abiertos ojos de su joven pupilo. Estaba claro que Marco no parecía compartir la misma opinión. El viejo senador decidió precisar su enigmática aseveración.

—Esta tarde, querido Marco, esta tarde no hemos cosechado, eso es cierto, pero hemos sembrado, hemos sembrado y con buena simiente. Veo en tu rostro que no entiendes mi punto de vista, pero es sencillo. Esta tarde hemos sembrado la duda en el corazón de ese hombre. Es cierto que hoy se nos ha manifestado como un oficial de férrea voluntad, indomable, inflexible en su lealtad, pero acaba de decir no a un consulado y eso, querido amigo, eso pesará en su ánimo: se ha visto obligado a renunciar a lo que más anhelaba por seguir ciegamente a quien le ha enviado desde Hispania, a ese Escipión. Veremos qué sentimientos se cruzan en su persona cuando Escipión continúe con su extraña campaña militar y la Fortuna deje de favorecerle como lo hizo en Cartago Nova. ¿Qué crees que pasará entonces por la mente de Cayo Lelio cuando Escipión comience a tomar decisiones discutibles o en conflicto con la voluntad del Senado? ¿Hasta dónde crees tú que le seguirá fielmente y sabiendo que al hacerlo se negó a sí mismo el acceso a la máxima magistratura que, sin duda, con mi apoyo habría logrado bien pronto?

Marco, despacio, aún negaba con la cabeza.

—¿Crees, sinceramente, Marco, que incluso entonces le seguirá?

—Eso pienso, aunque el cónsul de Roma tiene más experiencia.

—Eso piensas... entiendo... más experiencia, desde luego que tengo. Bastante más que tú, Marco. No hace falta que me lo recuerdes. Mis huesos lo hacen a cada minuto. Me hago mayor, pero no creas que pierdo mi intuición en estas cosas y menos aún en el arte de juzgar a las personas. Por ejemplo, sé que hace tiempo que dudas de mi capacidad y me sigues por una mezcla de afecto e interés en la que adivino que a cada momento aumenta el interés y se reduce el afecto. No, no digas nada, no añadas a tu menosprecio a mi persona la carga de la mentira, Marco. Sé cómo son las personas: los que llamo mis enemigos y los que están a mi lado. No me canses con excusas ni explicaciones. El único en el que confío plenamente es en mi hijo. Sé que él me sigue por afecto sincero, como debe ser por la sangre que nos une.

Máximo se quedó mirando al vacío, pensando en su hijo, ahora en el frente de guerra en Italia. Catón bajó la mirada. El viejo cónsul continuó.

—Esta tarde se ha sembrado bien en el corazón de ese hombre y la simiente germinará en el momento apropiado —concluyó el viejo senador.

Marco Porcio Catón asintió al fin, aunque su alma no acompañaba el gesto. El cónsul le incitó a hablar una vez más.

—Pero, amigo Marco, dime, ¿qué es lo que aún corroe tu espíritu? Aunque sepa de tus dudas hacia mí, siguen interesándome tus apreciaciones porque yo, al contrario que tú, no infravaloro ni a mis enemigos ni a los que me rodean, pues ése es el principio de todos los fracasos.

Azuzado por el cónsul, Catón se animó a hacer tangible su pensamiento.

—¿Y si Cayo Lelio, pese a las dudas que hayas incitado en su espíritu, se mantiene firme junto a Escipión? ¿Entonces qué?

El cónsul se recostó en su *triclinium* e inhaló y expulsó aire con profundidad.

—En ese caso, estimado Marco, en ese caso pondremos en marcha un segundo plan para demoler de raíz la confianza de Escipión en su apreciado segundo en el mando, en su inefable Cayo Lelio. Cuando no se puede quebrar una soga por un extremo conviene que intentemos cortarla por el contrario. De hecho, lo idóneo es intentar segarla a un tiempo por ambos extremos. Y, aunque tú no te hayas dado cuenta, eso es exactamente lo que hemos empezado a hacer esta tarde. Ahora sólo nos resta esperar y entretenernos intentando discernir cuál de los dos extremos de esa amistad se quebrará antes. No digo bien, más que entretenernos, lo que al menos yo pienso hacer es divertirme al ver cómo cada pieza del mecanismo que he puesto en marcha hoy se va activando hasta que de modo inexorable quiebren el destino de esos dos hombres, el de ese Escipión y su fiel Cayo Lelio.

Y con estas palabras el cónsul lanzó una sonora carcajada que reverberó entre las piedras y los ladrillos del peristilo de aquella enorme villa en las afueras del sur de Roma. Tras la risa, Máximo despidió a su joven interlocutor.

Catón desapareció entre las sombras de los arcos que daban acceso al atrio, ensimismado y confundido, pero con un encendido interés por saber hasta qué punto estaba a las órdenes de un loco o del más genial de los líderes. En cualquier caso, ser cauto era buena política. Así se lo había enseñado el propio Fabio Máximo. Fue en ese momento cuando Catón decidió tomar algunas medidas suplementarias para asegurarse de que Lelio no regresara junto a Publio Cornelio en la lejana Hispania. Entre las sombras, el joven Catón se concedió una tímida sonrisa. Le costó mover las comisuras de los labios en aquella dirección tan poco acostumbrada.

Quinto Fabio Máximo, *princeps senatus* y augur permanente de Roma, salió del ciclópeo edificio de su *domus* y paseó entre las construcciones de su gran villa, dejando a un lado las porquerizas y al otro las pequeñas viviendas de los esclavos. Ascendió por un estrecho paseo en cuyos lados crecían altos cipreses como centinelas del pasado anclados en el tiempo. La senda, por la que no cabía un carro, condujo a Fabio Máximo hasta lo alto de una colina en el centro de su inmensa hacienda. En su lento ascenso, Máximo se ayudaba en ocasiones del *lituus*, un largo bastón terminado en forma curva, necesario para la ceremonia que iba a realizar. Una vez llegado al final del sendero dio unos pasos más hasta situarse justo en medio del pequeño altozano. A su alrededor podía ver sus tierras, rodeadas de un poderoso muro y, más allá de aquella pared, las grandes murallas de Roma, ante las que su fortaleza quedaba empequeñecida. Pero en ese momento, Máximo no estaba interesado en el paisaje terrenal. Trazó con el *lituus* una larga línea en el suelo, el *cardo*, de norte a sur, con la que dividía el espacio celeste en dos regiones, y luego dibujó de igual forma otra perpendicular de este a oeste, *decumanus*. A continuación fue trazando líneas paralelas a las ya marcadas para tener así al fin un gran prisma constituido por cuatro cuadrados, las cuatro regiones celestes en las que dividía el mundo desde el punto en el que se encontraba y, al fin, se situó en el centro donde se cruzaban las dos líneas centrales, donde el *cardo* y el *decumanus* formaban una cruz. Máximo inspiró lentamente y cerró los ojos alzando la cabeza. Técnicamente aquél no era un campamento *augurale* aceptado comúnmente, pero él ya había hecho levantar allí mismo un pequeño templo a Júpiter para que aquel altozano quedase como un *auguraculum*, un lugar purificado, un sitio desde el que observar el futuro en el vuelo de las aves, esto es, si uno era de los pocos augures elegidos en Roma, y él era el más antiguo. Máximo giró despacio sin salirse de la cruz de las dos líneas clave de su espacio dibujado en el suelo hasta quedar encarado hacia el sur, hacia el sol del mediodía. Para ello, el *princeps senatus* se dejó guiar simplemente por la intensidad de la luz que atravesaba la fina y gastada piel de sus viejos párpados cerrados. Todo lo que estaba ante sí era el *antica* y lo que quedaba a sus espaldas era el *portica*. Normalmente, habría venido acompañado de alguien que le habría planteado aquellas cuestiones que querían consultarse a los dioses, pero en aquel día era él, Quinto Fabio Máximo, el que deseaba consultar personalmente a las divinidades.

—Sea, por Júpiter —dijo sin levantar la voz y abrió los ojos mirando al cielo, con cuidado de evitar la luminosidad directa y cegadora del sol, pero escrutando en silencio el cielo. Cualquier ruido, cualquier chasquido de una rama al quebrarse, el relincho de un caballo en aquel momento darían por terminado el augurio, pero los dioses estaban con Fabio aquel día, y sólo el zumbido suave de la brisa llegaba tranquilo a aquella colina. En aquel instante, lo importante era observar el vuelo de las aves. Si éstas venían de su izquierda, de oriente, el augurio sería bueno, positivo para sus designios, pero si venían de occidente, de su derecha, sus planes se truncarían irremisiblemente. Fabio no pudo evitar una sonrisa de cierto desprecio al recordar cómo para los griegos esto era al revés, pues se situaban mirando hacia el septentrión. ¿Qué podía esperarse de un pueblo que ni tan siquiera sabía predecir el futuro con propiedad? También era importante que las aves no volaran demasiado bajas, *aves inferae*, pues éstas sólo traían consigo malos augurios. Por el contrario, las *aves praepetes*, de vuelo alto, confirmaban un presagio positivo. Fabio Máximo volvió a cerrar un instante sus ojos y se centró en sus planes sobre Lelio. Los abrió entonces de golpe y levantó el *lituus* en el aire y, casi por ensalmo, se recortó en el cielo la figura inconfundible de una bandada de aves. Podrían ser gansos o quizá patos, pensó, pero aquello era lo de menos. Lo esencial es que venían de su izquierda, de oriente. Sus planes estaban en marcha. Todo transcurriría según lo planeado. Fabio dejó caer despacio el *lituus*. ¡Qué simple era Catón!, pensó. Simple pero leal, un fiel servidor, pero servidor al fin y al cabo. Se había forjado grandes expectativas para Marco Porcio Catón, pero cada vez veía más claro que sería su propio hijo el que debería sucederle, el que estaba a la altura de comprender hacia dónde debía ir Roma. Un buen hijo. Un fiel a Roma. Sangre de su sangre.

Quinto Fabio Máximo echó a andar y en tres pasos salió del *auguraculum* dibujado en el suelo. El *princeps senatus* se encaminó hacia el sendero para, satisfecho, emprender el camino de regreso a su *domus* y, por qué no, solazarse con alguna de sus jóvenes y bellas esclavas egipcias. Aún le quedaban dos y de la otra había conseguido un precio absurdamente enorme. Máximo sonreía con buen ánimo cuando tropezó con una piedra que le hizo perder el equilibrio y a punto estuvo de caer, pero el *lituus* le ayudó a mantener la vertical al apoyarse con él en el suelo. Una vez recuperado de la sorpresa, pues no era Fabio, pese a su edad, proclive a semejantes tropiezos, se reajustó la *trabea* de augur, la toga nacional con decoraciones en púrpura y rojo escarlata, y miró al suelo. A sus pies una piedra grande, del tamaño de su puño, se erguía impertinente. Fabio le asestó un calculado puntapié con su sandalia y la piedra cayó rodando por la ladera de la colina. Era raro que no la hubiera visto. Y es que Máximo hacía gala de su excelente vista que, pese a sus años, le permitía discernir con nitidez el vuelo de los pájaros más distantes. Lo que el *princeps senatus* desconocía es que una parte de su nervio óptico estaba dañada por la edad y, aunque mantenía una excelente vista, había una pequeña parte del ángulo de visión que había perdido precisamente en la parte inferior derecha, justo donde había estado aquella inoportuna piedra. De igual forma, el anciano senador y augur no había visto cómo, al tiempo que observaba el lento y elegante vuelo de la bandada de aves altas venidas de oriente, un pequeño gorrión, sin duda menos exótico y menos interesante, había volado a ras de suelo desde occidente, pero, quizás esto no fuera importante, pues ¿qué puede hacer un pequeño gorrión para contravenir el curso de la historia?

8

El hijo de Publio

Tarraco, otoño del 209 a.C.

—¡Paso, abrid paso!

Los legionarios que actuaban a modo de *lictores* gritaban por las calles de Tarraco mientras ascendían hacia el centro de la población en busca de la *domus* sede de la familia del joven Publio Cornelio Escipión, general *cum imperio* sobre las dos legiones desplazadas a Hispania.

Detrás de los *lictores* caminaba a buen paso el joven general. Publio, tal y como ya hiciera cuando partieron hacia el sur hacía unos meses, marchaba a pie, al igual que los legionarios, para dar ejemplo y mostrar a sus hombres que compartía con ellos el duro esfuerzo de las eternas jornadas a paso ligero con las que había habituado a sus legionarios a desplazarse por las agrestes tierras hispanas. El sudor que poblaba su frente atestiguaba el ejercicio físico al que el general sometía a sus tropas y a sí mismo, pero había quedado demostrado con el éxito de la campaña de aquel año, especialmente mediante la conquista de Cartago Nova, contra todo pronóstico, que aquellas durísimas marchas eran la mejor forma de sorprender a un enemigo, los cartagineses, aún demasiado confiado en su superioridad numérica y en las alianzas con los iberos de la región. Publio, a la vez que ascendía de regreso a su residencia en Hispania, en Tarraco, donde se disponía a pasar el invierno, acantonado con el grueso de sus tropas, meditaba sobre cómo atajar esos dos problemas: la superioridad numérica de los tres ejércitos cartagineses de la península ibérica, con veinticinco mil hombres cada uno, y las fuertes alianzas que éstos mantenían con gran número de tribus celtas e iberas de la región. Contra el primero de estos problemas no podía ya hacer mucho sino esperar que las gestiones de Lelio ante el Senado dieran sus esperados frutos y que su segundo en el mando regresase a Tarraco con un par de legiones más, pues los hombres de las dos legiones de las que ya disponía, más las tropas auxiliares que había traído consigo y la marinería de la flota romana estacionada en Tarraco, no alcanzaban los treinta mil hombres, y eso contando con las tropas que encontró cuando llegó a Hispania, los restos de las unidades supervivientes a las terribles batallas en las que tanto su padre como su tío perecieron. La ausencia de ambos seguía pesando sobre su ánimo enturbiando los destellos de felicidad a los que tenía acceso en su atribulada vida como general romano en territorio hostil en medio de la más cruenta de todas las guerras a las que el Estado romano había tenido que hacer frente. Esos destellos habían sido la conquista de Cartago Nova, en el ámbito militar, y el nacimiento de su segundo hijo, esta vez un varón, en lo familiar. Un hijo. Ver a su recién nacido vástago era lo que insuflaba fuerzas adicionales a sus exhaustas piernas. Algo que el resto de los legionarios admiraba y sufría al tiempo, pues les resultaba sorprendente la energía de su general, algo que respetaban, pero que también padecían al tener que mantener el enérgico ritmo de marcha que éste se marcaba para sí mismo. En cualquier caso, la victoria de Cartago Nova y el reparto del botín entre legionarios y marineros habían dejado ampliamente satisfechos a todos los hombres. Nadie estaba descontento por tener que deslomarse en largas jornadas si eso culminaba en victoria y riqueza para todos.

Pero Publio, además de los pensamientos en su hijo, al que aún no había conocido al nacer éste mientras estaba en campaña en el sur, seguía meditando sobre el segundo de los problemas al que debía hacer frente: quebrar las alianzas entre los cartagineses y los indígenas de la región. A ello se había entregado en cuerpo y alma desde la toma de Cartago Nova. Allí mismo empezó su estrategia de liberar a decenas de rehenes iberos que mantenían presos los cartagineses en las cárceles de su capital hispana, para de esa forma conseguir el joven general romano congraciarse con aquellas tribus que, de momento, en gran medida, se habían mantenido o bien al lado de los cartagineses, por gusto o por presión, o bien habían estado al margen del conflicto entre Cartago y Roma. Con acciones como la sistemática liberación de presos, Publio estaba seguro de poder ganarse la simpatía de muchos de esos pueblos y, si bien quizá no consiguiera que se pusieran a su lado, ya sería una gran victoria que éstos dejaran de combatir junto a los cartagineses engrosando las filas del enemigo con aguerridos luchadores que, para colmo, eran los mejores conocedores de aquel territorio. Había tratado ya con la mayoría de los jefes iberos del sur, pero ahora quería tratar con los del este y el centro de Hispania. Por eso esperaba que durante el invierno llegaran enviados de estos pueblos iberos y celtas a Tarraco, para buscar la forma de pactar con ellos para que se unieran a él contra los cartagineses o para que, al menos, no interfirieran en la contienda que aún quedaba por librar. Sí, aquí Publio se pasó una mano por la frente y se quitó parte del sudor: quedaba mucho por hacer; de hecho, lo peor estaba por venir. Unos ochenta mil cartagineses, cuando éstos juntaran sus tres ejércitos, contra sus escasos treinta mil. Era una gesta imposible. Aunque lo mismo dijeron de la posibilidad de tomar la inexpugnable Cartago Nova por la fuerza; pero aquello fue distinto. Con Cartago Nova tenía un plan elucubrado con sosiego durante años y ejecutado con gallardía por sus generales, por Lucio Marcio Septimio y, por encima de todo, por Cayo Lelio. Y luego la valentía de centuriones como Quinto Terebelio o Sexto Digicio y también el tribuno Mario Juvencio. Sí, fue una conquista épica, pero ahora todo el valor de aquellos hombres sería insuficiente si no se conseguía equilibrar las fuerzas de los unos y los otros. Los refuerzos que debía traer Lelio eran necesarios, absolutamente imprescindibles.

Llegaron a su destino. La *domus* en la que Publio Cornelio Escipión y su familia se alojaban en Tarraco había sufrido varias ampliaciones desde que el general dejara la residencia apenas unos meses atrás. Estaba claro que su mujer, Emilia Tercia, además de dar a luz a su hijo, no había estado indolente durante ese tiempo y se había concentrado en mejorar la vivienda que para la familia había procurado el joven Publio, que no era otra sino la que de modo incipiente empezó a edificar su fallecido tío Cneo. El joven general entró en el atrio de su casa acompañado tan sólo por los doce *lictores* de su escolta y por sus oficiales de mayor confianza: los tribunos Lucio Marcio y Mario Juvencio y los centuriones Quinto Terebelio y Sexto Digicio. El *impluvium* estaba rebosante de agua clara y fresca de la lluvia de la tarde anterior, las paredes, limpias, y en dos de ellas el general descubrió nuevas puertas que debían de dar a las dependencias añadidas a la *domus* por Emilia, pero en el centro, junto al *impluvium*, pequeño y desnudo, sobre una manta de lana que lo protegía del frío de la piedra del suelo, yacía el cuerpo de un niño. El pequeño agitaba sus diminutos brazos como si mantuviera un combate con un enemigo invisible: se le veía sano y fuerte y, para sorpresa de todos los presentes, excepto si acaso para su madre, el bebé se agitaba llorando con tal fuerza que su llanto penetraba en los oídos de los que lo rodeaban como alfileres punzantes. Aguardaba asustado, confundido. Su madre, Emilia Tercia, hija del que fuera dos veces cónsul de Roma, el senador Emilio Paulo que cayera en la batalla de Cannae, permanecía al fondo del atrio, junto a la puerta que daba acceso al *tablinum*. Emilia, al igual que su pequeño retoño, esperaba también pero, a diferencia del niño, sin decir nada. Los *lictores* y los oficiales de Publio se quedaron junto al vestíbulo de entrada y los sirvientes y esclavos que atendían a la familia se apretujaban en los umbrales de las puertas laterales, de modo que cuando el joven general dio varios pasos al frente para situarse junto al bebé de apenas un mes de edad, el atrio era sólo de ellos, padre e hijo. Publio se arrodilló entonces y tomó al pequeño entre sus brazos. Al instante, el niño detuvo su llanto y asió con una de sus pequeñas manos uno de los dedos de su padre.

—¡Es sano y fuerte! —exclamó Publio con el corazón encendido—. ¡Sano y fuerte como un legionario! —Y se echó a reír. Los *lictores* acompañaron a su general con gruesas carcajadas de soldados orgullosos por la comparación que su general acababa de hacer y a las risas se unieron los oficiales y luego el resto de los presentes.

Publio se acercó al pequeño altar de los dioses Lares protectores de la casa cuando su joven y bella esposa se aproximó y le detuvo cogiéndolo del brazo. El tacto suave de la mano de su mujer hizo que Publio sintiera unas irrefrenables ansias de estar con su esposa a solas, pero se vio obligado a contenerse en medio de tantos presentes. No se besaron. Las muestras de afecto en público iban contra la tradición romana, incluso entre marido y mujer, y ambos sabían de la importancia de cumplir con las tradiciones. Había legionarios fieles al general por lealtad pura y legionarios fieles a la tradición de Roma. Cumplir con las tradiciones, al menos en público, garantizaba lealtades inquebrantables.

—Antes de aceptarlo como tu hijo, te ruego que me prometas algo —dijo Emilia.

El general se detuvo. Con el niño entre sus brazos miró a los ojos de su preciosa mujer romana con intensidad. Se perdió en los ojos oscuros que lo enamoraron cuando ella apenas tenía dieciséis años, en la villa de su padre, Emilio Paulo. Hacía tan poco y hacía tanto tiempo. Aquél era su segundo hijo. Ya tenían a Cornelia. Y ahora un niño. Un niño. Por fin. La familia de los Escipiones perduraría más allá de sí mismo.

—¿Qué he de prometer? —Publio, para sorpresa de todos, no preguntó con enfado o indignación, algo que habría sido natural ante la intromisión de la madre en el momento en el que el *pater familias* estaba aceptando a su hijo. Pero Publio sabía, igual que Marcio y algunos otros oficiales que habían seguido al general hasta su casa, que Emilia Tercia no era una mujer más. Aquélla era una matrona romana patricia hija de un cónsul caído en la guerra contra Aníbal, una auténtica matriarca que, pese a su juventud y belleza, transmitía una enorme sensación de fuerza y poder, y una mujer que, sin lugar a dudas, influía con determinación en un hombre bajo cuyo mando estaban dos legiones romanas completas. Aquélla no era una mujer normal. Y además, tenía intuición. Algunos decían que percibía el futuro. Se comentaba que cuando el general hablaba de que había tenido un sueño premonitorio, en realidad era su mujer, Emilia, la que lo había tenido.

—Sólo pido, mi señor —dijo Emilia en voz alta—, que me prometáis que este niño quedará a salvo de la guerra contra Aníbal.

Publio la miró. Era aquélla una extraña petición. Entre otras cosas porque aquel bebé sólo tenía un mes y la guerra ya duraba nueve años. No era previsible que el conflicto perdurase durante dieciséis o diecisiete años más como para que aquel bebé alcanzara la edad militar con el conflicto aún activo.

—No creo que dure tanto la guerra contra Aníbal, Emilia.

—No importa. Sólo júramelo, por los dioses Lares de nuestra casa y por Júpiter Óptimo Máximo. Jura que Aníbal nunca podrá hacer daño a nuestro hijo.

Publio mantuvo la mirada intensa de su mujer. Todos escuchaban atentos aquel inesperado debate entre los cónyuges. El niño no lloraba, sino que se aferraba a su padre y cerraba los ojos, respirando tranquilo, lejos ya del frío del suelo. Sólo quería dormir.

—Con Cornelia no me hiciste jurar nada.

—Las niñas no van a la guerra, los niños se hacen hombres, los hombres van a la guerra y muchos no vuelven.

—Así es la vida, Emilia.

—Sí, y lo acepto. Pero Aníbal ya me ha arrebatado a mi padre, mi hermano le combate en Italia, tú combates a sus hermanos en Hispania, mi suegro, tu padre, y tu tío también han caído. Quiero que al menos los dioses preserven a mi hijo. Júrame que este niño quedará a salvo de Aníbal.

Publio bajó la mirada. Inspiró y expiró. Sintió el calor del bebé acurrucado contra su pecho y creyó percibir la extensión de su sangre en el tiempo.

—Esta guerra —empezó Publio alzando la mirada—, esta guerra terminará antes de que el niño sea soldado. Antes. Y Aníbal ya nunca será un peligro para él. Lo juro por nuestros dioses Lares y por Júpiter Óptimo Máximo.

Emilia cerró los ojos y se arrodilló ante su marido.

Publio levantó al niño en sus brazos, proclamó que en quince días habría un gran banquete de celebración e hizo las ofrendas oportunas para agradecer a las divinidades la feliz llegada a su vida de aquel pequeño que daba paso a una nueva generación. Arrodillado en el altar, Publio tuvo que contener las lágrimas. Ya no era el último de los Escipiones. Tragó saliva. Se levantó y sin derramar una sola lágrima se volvió hacia sus oficiales que se acercaban para felicitarle. Publio los sorprendió. No podía contenerse más, así que los abrazó uno a uno. Primero a Lucio Marcio y le dijo:

—¡Tengo un hijo, Marcio, un hijo!

A continuación hizo lo mismo con el tribuno Mario Juvencio.

—¡Un hijo, Mario, un hijo!

Y repitió la escena con los rudos Quinto Terebelio y Sexto Digicio, incómodos, pero contentos, ante las muestras de efusividad de su general en jefe. Al fin Publio se dirigió a todos.

—¡Tengo un hijo! —Y se volvió con el rostro feliz y agradecido a su joven esposa—. ¡Tenemos un hijo! De aquí a quince días, en cuanto nos hayamos establecido en nuestros cuarteles y asegurado las provisiones para el invierno, celebraremos este acontecimiento con un banquete. Marcio, Mario, Quinto, Sexto os quiero a todos aquí. Deberíamos esperar a Lelio, pero si hace falta celebraremos otro banquete entonces a su llegada. Así celebraremos también la llegada de los refuerzos que necesitamos.

Emilia, aparentemente más tranquila tras el juramento de su marido sobre la protección que el niño recibiría, ordenó que sirvieran agua, vino, *mulsum*, que dispusieran varios *triclinia* y que, a la espera del anunciado banquete, se sacara toda la comida posible para agasajar a su marido y a sus oficiales a su feliz regreso tras haber conquistado la inexpugnable fortaleza de Cartago Nova. Emilia supervisó los trabajos de los esclavos para atender a todos los oficiales de su marido, pero en su cabeza permanecía la duda sobre si aquel juramento bastaría para salvaguardar a su recién nacido de la larga mano de Aníbal y su sempiterna guerra contra Roma.

9

El ejército de Asdrúbal

Campamento general de Asdrúbal,
proximidades de Cástulo, Sierra Morena, Hispania,
otoño del 209 a.C.

Los bramidos de los elefantes despertaron a Asdrúbal. Eran animales jóvenes que necesitaban adiestramiento. Aún no se habían aclimatado bien al clima más frío del centro de Iberia. El hermano de Aníbal se levantó y se vistió solo, sin ayuda de ningún esclavo. Le gustaba hacer las cosas por sí mismo. Tenía la teoría de que recurrir demasiado a los esclavos debilitaba el espíritu de un guerrero. Tenía una misión que llevar cabo, una promesa que cumplir: seguir la misma ruta que su hermano mayor y cruzar la Galia y los Alpes para lanzarse desde el norte contra Roma. Era el plan de su hermano. Era un buen plan. Como todo lo que ideaba Aníbal. Hacía un par de años había conseguido terminar con los dos generales romanos que impedían su avance hacia el norte. Todo estaba dispuesto para empezar el gran viaje cuando apareció un nuevo general, el hijo y sobrino de los que habían muerto. Un nuevo Escipión. Un joven guerrero que les había sorprendido con la toma de Qart Hadasht. Su primer impulso había sido el de salir a toda prisa y marchar contra la caída de Qart Hadasht, pero sus oficiales le hicieron ver que era mejor reagruparse primero, reunir a los tres ejércitos para de esa forma conseguir una superioridad numérica total, de modo que en una batalla en campo abierto pudieran masacrar a las dos legiones de ese nuevo e inoportuno general romano. Sus oficiales tenían razón. Aníbal siempre decía que tenía el temperamento demasiado caliente, pero había aprendido a escuchar. Lo que no podía evitar era estar nervioso. Hacía quince días que había remitido mensajeros hacia el sur y hacia el oeste. Su hermano pequeño, Magón, ya había enviado respuesta desde Gades explicando que en unas semanas se reuniría con él en Cástulo, pero, como siempre, no había llegado respuesta alguna de Giscón. Giscón siempre se hacía de rogar. Le gustaba desesperarle y por Baal y Tanit que lo conseguía.

Asdrúbal salió de su tienda y preguntó a los guardias apostados en la puerta.

—¿Ha llegado ya algún mensajero de Lusitania?

—Nada, mi general —respondió uno de los centinelas africanos mirando al suelo, temeroso de la reacción de su superior—. Lo siento.

Asdrúbal se contuvo. El Asdrúbal de unos años atrás habría arremetido a empujones con el pobre soldado. Ahora se limitaba a escupir en el suelo y maldecir entre dientes.

—Giscón miserable. Tendrás que venir aquí con tus hombres o iré a buscarte antes de emprenderla con el romano...

Asdrúbal añadió unas pocas palabras más, pero éstas ya resultaron inaudibles para los guerreros. El general estaba rabioso. Estaba irritable, tenso. La única ventaja era que todos sabían que pronto volcaría toda esa rabia contra el joven general romano, una vez que los tres ejércitos estuvieran reunidos. En el fondo de sus almas, todos los cartagineses acampados en Cástulo daban por muerto a aquel general romano.

Lusitania. Campamento general de Giscón, otoño del 209 a.C.

Giscón era un hombre corpulento, tosco y decidido. Tenía un andar pesado, lento, pero que infundía temor con su mirada de ojos apretados, como estudiándolo todo para preparar un ataque. Giscón era desconfiado por naturaleza y por necesidad. Sólo él había podido abrirse camino con brillantez entre el dominio creciente de la familia de los Barca y sólo él había conseguido el mando de uno de los tres ejércitos de Hispania sin ser hermano del todopoderoso Aníbal. No, no lo había tenido fácil. Tampoco le importaba. Sólo pensaba en ello como quien constata un hecho. La densa barba y su frente arrugada resaltaban aún más la ferocidad del rostro y todos, oficiales, soldados y esclavos se guardaban de importunarle con preguntas irrelevantes. El problema era que para Giscón todo parecía ser irrelevante excepto tres cosas: primero, derrotar al nuevo general romano; dos, a ser posible, derrotarlo solo, sin colaborar con los Barca, para de esa forma superarles en prestigio y seguir en su ascenso al poder, y tres, su hija Sofonisba, una hermosa y particularmente inteligente hija. Giscón tenía planes y su hija era el eje mismo de todas sus maquinaciones, pero, al contrario que en la mayoría de los casos, la propia hija estaba al tanto y era favorable, más aún, parecía deleitarse en confabular con su padre, aunque en los planes se comerciara con ella misma. El general terminó su paseo y se detuvo frente a las tiendas en donde se encontraban las dos mujeres a su cargo: por un lado Imilce, la mujer ibera de Aníbal que el propio Barca dejara atrás para marchar a Italia. El mismísimo Aníbal había insistido en que al final Imilce quedara a su cargo. En cierta forma pensaba que era un cebo que le tendían los Barca. Habían argüido hábilmente que era mejor distanciarla de su ciudad, Cástulo, para tenerla a modo de rehén y asegurarse la lealtad de aquella fortaleza próxima a las minas de oro y plata de Sierra Morena que explotaban los cartagineses dirigidos por Asdrúbal. Pero él sabía más. Estaba convencido de que Asdrúbal y Magón querían que picara, que se delatara causando daño a aquella mujer, pero Giscón hacía tiempo que había decidido cumplir su cometido de cuidar a esa esposa ibera de un poderoso marido ausente. Y no había que olvidar que Imilce representaba un lazo de unión con las tribus iberas y hacerle daño o humillarla sólo podía conducir a perder fuerza en Iberia, y eso tampoco le interesaba. Además, el propio Giscón se vio sorprendido al ver cómo aquella joven ibera se conducía con discreción, sin dar problemas y sin hacer requerimientos fastuosos o absurdos. No, aquella mujer era callada y sencilla. Salía poco por el campamento, lo cual era mejor, pues su belleza agitaba las filas de guerreros eternamente insatisfechos en sus apetitos carnales. No, Imilce no daba motivos para molestarla o para las murmuraciones. Giscón decidió recompensar esa discreción de Imilce tratándola con respeto y benevolencia. A fin de cuentas, ella no tenía culpa de estar casada con quien lo estaba. Había sido moneda de cambio en un mundo en guerra y había aceptado su papel con dignidad. Lo mismo que su hija, Sofonisba, dispuesta a seguir los planes en los que había estado trabajando durante los últimos años. Ahora bien, aquí Giscón suspiró con profundidad, allí donde Imilce se presentaba como discreta, su hija representaba el polo opuesto: altiva, independiente, decidida, saliendo por el campamento de día o de noche, haciendo que todos los soldados iberos, númidas o africanos dejaran de beber, comer, jugar, luchar o lo que fuera que estuvieran haciendo para observarla en un silencio babeante henchido de anhelo y puro deseo por poseerla. Sin embargo, como era lógico, nadie se atrevía a dirigirse a ella, pues todos sabían que una palabra de más significaría la muerte. Así, todos miraban y callaban. Todos menos uno. Giscón se giró hacia la tienda de su hija. Todos menos uno. Ése era un pensamiento que no podía quitarse de la cabeza. El general cartaginés Asdrúbal Giscón frunció el ceño y con esa expresión en el rostro entró en la tienda de Sofonisba.

La encontró sentada, de espaldas a la puerta, donde cuatro fieros africanos seleccionados por su padre apartaron las telas que aislaban a la joven de las miradas lascivas de todos cuantos la deseaban. Sofonisba dejaba que una esclava mayor le cepillara el pelo.

—¡Ay! —exclamó la joven—, ¡eres una bestia, por Tanit! ¡Sal de aquí y deja ya de torturarme, estúpida!

La madura esclava, delgada, casi escuálida, asustada, dejó el cepillo frente a la mesita de su ama y, aún más aterrorizada al ver la figura imponente del general Giscón en la puerta, se desvaneció entre reverencias por la cortina de entrada a la tienda.

—Si esta esclava no te satisface puedo traerte otras —dijo Giscón con lo que él entendía era ternura. Su hija se volvió.

—Todas son unas estúpidas, padre —respondió Sofonisba con lo que sí era una voz dulce y melosa, una voz que como la de las sirenas, hacía que los hombres que la escuchaban se sintieran honrados de que aquella voz se dirigiera a ellos—. Sólo tú, padre, eres capaz de entenderme y de tratarme, pero claro, no tienes tiempo para mí, siempre luchando, siempre combatiendo.

Giscón se sentó en una silla amplia de madera cubierta de pieles de lobo. El suelo estaba acolchado por tupidas pieles de oso y en una esquina ardía incienso en un pequeño cuenco, mientras que junto a su hija, en la mesita donde ésta se estaba aderezando, una lámpara de aceite completaba la fina luz del día que se filtraba por las rendijas de las cortinas de la puerta. Su hija estaba tan hermosa como siempre: piel oscura, casi de ébano, ojos grandes como dos lunas envueltas en una noche negra; una nariz pequeña, suave, redondeada; un pelo rizado y denso, espeso, que caía sobre unos hombros desnudos, curvos, incitantes. En ocasiones, para Giscón, Sofonisba sólo tenía un defecto: ser su hija.

—Estás enfadado, padre, pero no sé si es conmigo, con los romanos o con los Barca.

—¿Enfadado?

—Lo llevas escrito en la frente, padre.

Giscón relajó los músculos del rostro. Al menos, lo intentó.

—Todo un poco, supongo. Asdrúbal Barca me ha escrito para que prepare las tropas para unirnos a él, junto con Magón y atacar todos juntos a ese nuevo general romano.

—¿El nuevo Escipión? —preguntó la joven al tiempo que tomaba el cepillo y reemprendía la tarea que su supuestamente torpe esclava había dejado a medias por orden suya.

—Exacto.

—Pero, ¿cuántos son en esa familia? ¿No matasteis a dos hace unos años?

—Eran su padre y su tío.

—Por Tanit, parece que los Escipión se reproducen como los Barca.

Giscón sonrió ante el comentario de su hija; sin embargo, paseando la mirada por la estancia sus ojos descubrieron, en la mesita donde su hija se arreglaba, algo que le perturbó.

—¿Y eso? —preguntó señalando con un dedo acusador.

Sofonisba no se puso nerviosa. Ni tan siquiera se inmutó. Siguió cepillándose el pelo con cuidado de no hacerse daño. Realmente era difícil no tirar de él.

—Es un brazalete, padre —respondió sin añadir más.

Giscón se levantó y se acercó despacio. Era un brazalete que reproducía el cuerpo sinuoso de una serpiente con una cabeza ancha al final, como la cobra.

—Es de él, ¿verdad?

—Sí, padre, es del príncipe Masinisa, el jefe de la caballería númida, el único hombre, además de ti, que se atreve a dirigirse a mí en cuanto tiene oportunidad y que insiste en entregarme todo tipo de regalos.

Giscón se dio cuenta de cómo su hija se deleitaba en torturarle. Cualquier otro hombre habría sido atravesado por su espada, pero Masinisa era príncipe, o así gustaba considerarse, hijo de la reina Gaia, enfrentado al rey Sífax por el trono de Numidia. Masinisa insistía en que ese trono era suyo por linaje y sería suyo por la fuerza si era necesario. El rey Sífax, claro, era de opinión bastante opuesta.

—Es un príncipe sin reino —añadió su padre para humillar al autor de aquel regalo y así, aunque más toscamente, menospreciar ante su hija a quien le había entregado aquel presente.

—Lo sé, padre, pero él jura y perjura que Numidia será suya y que yo debo ser su reina. Es un osado y me gusta. Me sorprende que aún no le hayas castigado por las confianzas que se toma conmigo. Es más, yo diría que cada vez es más atrevido.

Pero la pasividad de su padre realmente no sorprendía a Sofonisba. Ella sabía, y su padre también, que la caballería númida que comandaba Masinisa era clave en todas las operaciones militares que se estaban realizando en Iberia. Si había un punto débil entre los romanos era la caballería y ya en Cannae se vio lo esencial que la caballería podía resultar. Giscón estaba atado de pies y manos en todo lo relacionado con ese maldito príncipe númida. Masinisa, bendecido por el Senado cartaginés desde que contribuyera a frenar un ataque de Sífax contra Cartago en el pasado reciente, era un protegido del poder púnico en África. En resumen: Masinisa era intocable. Y el muy cerdo lo sabía y se aprovechaba cortejando sin discreción a Sofonisba y, lo peor de todo, con la aparente connivencia de la joven. Pero la política de alianzas de Cartago con los reyes númidas era cambiante y quedaba por ver hasta cuándo perduraría la inmunidad de Masinisa.

—Sabes que es con Sífax con quien deberás casarte en el futuro, no con Masinisa. Ése es el plan.

Sofonisba se giró y sonrió a su padre. Le hablaba como quien hablaba a un niño.

—Lo sé, padre, lo sé. Y cumpliré con mi cometido y me casaré con ese viejo gordo y feo y bestia de Sífax si con ello te ayudo a ti y ayudo a Cartago, pero no veo por qué no puedo, al menos ahora, divertirme un poco y torturar a ese Masinisa al que tanto odias. Recibirle, escucharle, aceptar sus regalos le da esperanzas, eso acrecienta su deseo por mí y eso le hace sufrir aún más que si le hubiera despreciado desde un principio.

Su padre la admiró con los ojos bien abiertos. Nunca lo había pensado así. Por una vez veía que compartía algo con el presuntuoso de Masinisa: ambos amaban a Sofonisba y ambos, por motivos distintos, nunca podrían tenerla, sólo que el númida sufriría un extra por poder concebir esperanzas. Sí, su hija tenía razón, como solía ser el caso: hablando con Masinisa, dejando que la cortejara, agradeciendo sus atenciones, incrementando su deseo, sin lugar a dudas, su sufrimiento, su ansia se vería llevada a límites de angustia insospechados. Giscón vio cómo su hija se ponía el brazalete en su brazo derecho.

—Además, estimado padre, deberás reconocer que el regalo bien valía la pena —comentó Sofonisba exhibiendo su botín al estirar su brazo que, desde el codo hasta casi el hombro, quedaba cubierto por tres vueltas de aquella serpiente dorada. Giscón se acercó para examinar la alhaja con el detenimiento que merecía.

—Oro puro —comentó el general ensimismado—, y bien tallado. Cada escama está trazada con delicadeza y precisión, sobre oro reblandecido a golpe de martillo para hacerlo fino y flexible. Una obra excelente. Ese hombre te ama. No hay duda.

—Y no lo has visto todo —añadió la joven girando un poco su brazo para que su padre pudiera observar bien la cabeza de la serpiente que constituía el remate final del brazalete. Una cabeza de cobra, meticulosamente esculpida sobre el oro que le miraba con dos ojos brillantes aparentemente inyectados en sangre pues se trataba de dos resplandecientes rubíes igual de altivos que su hija o que el propio príncipe Masinisa.

»Veo que al fin he podido sorprender a mi padre. Creo que la joya merecía que la aceptara. Has de admitir que Masinisa me aprecia. Sí, seguramente me ama, como aman los hombres: me quiere poseer, pero ya le he dicho que sólo puedo ser del rey de Numidia.

—¿Y qué te ha dicho? —preguntó el general cerrando la boca que había tenido abierta no sabía bien por cuánto tiempo.

—Eso es lo curioso —continuó Sofonisba mirando y remirando su recién adquirida alhaja—, ha dicho que eso es algo que se arreglará a su debido tiempo... que eso es lo que seré, la reina de Numidia.

Giscón guardó silencio. Se despidió de su hija, no sin antes rogarle que procurara no exhibirse por el campamento cada noche, a lo que la muchacha respondió que intentaría ser más recatada en sus paseos, una respuesta apropiada de alguien que nunca hace lo que dice. Su padre suspiró y salió de la tienda. Algo que se arreglaría a su tiempo. Giscón volvió a fruncir el ceño. La seguridad de aquel joven príncipe le producía arcadas. Un pensamiento le tranquilizó por dentro: la guerra pone a todos en su sitio, especialmente a los soberbios.

Masinisa vio cómo el general Giscón salía de la tienda donde descansaba su hermosa y, también, terrible hija. Sofonisba le torturaba pero lo hacía con tanta gracia, con tal elegancia que le divertía y le encendía a la vez. Sí, estaba loco por ella y la codiciaba, pero había algo que todavía no había conseguido hacer entender a aquella joven caprichosa y mimada noble púnica de apenas dieciocho años: él la quería tanto en cuerpo como en alma. Ella sería una delicia con la que deleitarse en la cama tras un día de guerra o de caza o de viaje, pero algo le decía que más allá del fuego existía una llama más profunda en el espíritu de aquella mujer. Sofonisba había nacido para ser reina y él haría que aquellos designios de los dioses se cumplieran, pero él no se sentiría satisfecho con tan sólo poseer el cuerpo de la joven; no, él quería más, mucho más. Él lo quería todo: anhelaba los pensamientos y la voluntad de Sofonisba. Todos ansiaban su piel, sus brazos, sus senos, su boca. Él quería eso y también sus sentimientos más ocultos. Tanta frialdad, tanta risa frívola, tanto desdén para con todos, excepto para con su padre, no era más que una fachada en la que se protegía una mujer vulnerable como las demás, que se había construido una muralla de piedra helada para que ningún hombre, aunque la poseyera, pudiera tan siquiera atisbar el más mínimo recoveco de pasión auténtica, de ternura, de amor. Él, Masinisa, príncipe de los maessyli, hijo de la reina Gaia, y futuro rey de Numidia, pese a Sífax, pese a los cartagineses y a los romanos, él, sólo él conquistaría esas murallas y tendría el honor de contemplar su interior. Y no tenía miedo de hacerlo. Aquél era un asedio que le entretenía de modo sublime. Sofonisba creía que sabía tanto, que lo sabía todo de él, y, sin embargo, sabía tan poco de sus planes...

Imilce era una reina alejada de su reino, una esposa separada de su marido, una mujer distanciada del amor. Tuvo una infancia feliz, mimada por su madre y con un padre que le concedía todos los caprichos. Ahora, en sus largos días de soledad, se aferraba a aquellos recuerdos con la intensidad de la melancolía. No se consideraba desgraciada, pero ansiaba un retorno al pasado o, al menos, el regreso de su marido. Su relación con Aníbal fue muy breve. Él la tomó siendo casi una niña. La eligió porque era hija de los reyes de Cástulo y en Cástulo había minas de oro y plata. Imilce no era ingenua. Cedió al mandato de su padre porque, a fin de cuentas, qué otra cosa podía hacer. Había más de un joven guerrero ibero del ejército de Cástulo que la cortejaba y más de uno del agrado de la pequeña Imilce, pero tenía el deber de obedecer a su padre y quizá la falta de valor para oponerse. Aníbal, además, era el señor de toda Iberia, el hombre más poderoso de aquellos territorios. También el más temido. Imilce se entregó a aquel desconocido de veintiocho años que casi le doblaba en edad, pero aquel guerrero africano se mantenía fuerte y joven.

Imilce se sentó en la puerta de su tienda. Dejaba la cortina a medio cerrar y se entretenía en ver el ir y venir de los hombres de Asdrúbal Giscón. Sus ojos estaban allí, sobre aquellos soldados, pero su mente viajaba hacia el pasado. Aníbal se mantuvo distante y frío durante la presentación de Imilce por sus padres y también durante toda la larga ceremonia. Luego vino la temida noche de bodas. El gran guerrero africano estuvo comiendo y bebiendo horas enteras con sus generales y sus oficiales y con los padres de Imilce. Ella permanecía acurrucada, asustada, hecha un ovillo al pie del lecho nupcial. Pasó la medianoche y aquel inmenso hombre entró en la habitación. Dijo algo en su lengua e Imilce escuchó los guardias que custodiaban la puerta del dormitorio reír mientras se alejaban. Imilce se sentó en la cama. No quería mostrar todo su terror. Sintió la mirada de aquel hombre fija sobre su pequeño cuerpo apenas cubierto por una túnica fina de lana blanca, impoluta como su piel, como todo su ser. Aníbal dio un paso adelante y se detuvo contemplándola. Imilce recordaba cómo en aquel momento esperaba el dolor. Su madre le había dicho que había algo de dolor en la noche de bodas pero no le había explicado ni cómo ni cuándo. Imilce, en su desconocimiento, pensaba que la sola presencia de su marido traería el dolor pero, de momento, no pasaba nada. Aníbal le habló en su lengua, con acento extraño, pero le entendió.

—Ahora eres mi mujer.

Ella asintió sin decir nada.

—Soy hombre de pocas palabras, pero creo que debemos dejar algunas cosas claras desde el principio.

Imilce volvió a asentir sin abrir la boca.

—Veo que hablas poco. Eso es una virtud en cualquiera. Verás... —Y se sentó a su lado; la cama se dobló por el peso de Aníbal e Imilce se estremeció al recordar cómo su cuerpo cayó hacia el del gran guerrero, quien la asió pasando un poderoso brazo por su espalda sin hacer nada más, sólo sosteniéndola—. Sólo te pido —decía su grave voz— que seas fiel y que me des un hijo. Lo primero es fundamental, pues si me eres infiel eso se interpretará como que no me respetas y si no me respeta mi mujer nadie me respetará y tendría que renegar de ti. Lo segundo es importante porque necesito un heredero. Ésas son tus dos obligaciones. Por lo demás, yo cuidaré de ti. Sé que siempre has tenido de todo, eres hija de reyes y como tal te han tratado. Yo haré que no te falte de nada. Cuando quieras algo sólo tienes que pedírmelo. ¿Has entendido todo lo que te he dicho?

Imilce volvió a asentir sin decir palabra. Aníbal arrugó la frente.

—Esta vez no me vale tu silencio. Dime que has entendido todo lo que he dicho.

Imilce habló sin mirarle. Fue una frase corta y rápida, pero sencilla y clara.

—He entendido todo lo que has dicho, mi señor. Sé lo que tengo que hacer y lo que no puedo hacer. Y...

Aquí la joven se detuvo.

—¿Y...? —inquirió Aníbal con el gesto ya más relajado.

—Y... gracias por cuidar de mí. No me hagáis mucho daño... por favor.

Aníbal la miró con detenimiento esta vez. Imilce sabía escudriñar la mirada de un hombre de reojo y adivinó en el semblante de aquel gran guerrero, su marido, un anhelo extraño que ya había visto en varios de los jóvenes que la habían cortejado aunque infructuosamente al encontrar la oposición de su padre.

—No te haré daño.

Imilce recordaba en silencio mientras la tarde se desplegaba sobre el campamento general de Asdrúbal Giscón. Aníbal no le hizo daño. Sólo sintió un tirón fuerte y seco en un momento, cuando estaba desnuda, debajo de él. Todavía se sorprendía de que aquel enorme hombre apenas le hubiera hecho daño. Ni aquella vez ni las siguientes en las que estuvo con él. Pero luego, de pronto, llegó la gran guerra y de la separación de sus padres y de su reino, pues Aníbal se la llevó a Qart Hadasht, pasó a la separación de su marido. Ahora Aníbal estaba en la lejana Italia, sus padres en Cástulo, Qart Hadasht había caído en manos de los romanos y ella estaba acogida en un campamento cartaginés en la remota Lusitania. Todo estaba del revés. Se sentía sola, pero, por algún extraño motivo, no se sentía abandonada. Oyó un relincho que le hizo sonreír. Aníbal, a la mañana siguiente de poseerla por primera vez, la condujo al campamento cartaginés acampado frente a Cástulo. La llevó hasta las tiendas que hacían de establo de los lustrosos y ágiles caballos africanos.

—Espera aquí —es todo lo que dijo. Y ella esperó. Aníbal desapareció en el interior de aquella gigantesca tienda y salió con una hermosa yegua negra azabache.

»Es del color de tu pelo, del color de tus ojos —le dijo Aníbal—. Tus padres me han dicho que te gusta montar. Es tuya. Es la mejor de mis bestias, con la excepción de *Sirius*, pero ése es un elefante y... —Pero Aníbal se vio sorprendido porque la muchacha tomó la yegua de las riendas, y sin saber muy bien cómo, la ágil muchacha, de un salto fruto de la experiencia, se montó sobre el animal.

—Es preciosa, mi señor —dijo Imilce sonriendo. Era feliz. Aníbal también sonrió y no lo hacía a menudo.

La yegua dejó de relinchar. Mañana saldría a dar un paseo con ella, caída la noche, escoltada por dos guerreros de Giscón, para evitar miradas inoportunas. A sus veintitrés años las miradas anhelantes de los hombres que la veían aún eran frecuentes. Imilce no había podido cumplir con la segunda de sus obligaciones: dar un hijo a Aníbal, pero tenía la firme decisión de cumplir la primera con exquisita pulcritud. Viviría sola, sería una reina sin reino, una esposa sin marido y una mujer sin pasión, pero sería fiel a Aníbal. No tenía nada más a que aferrarse. Sentía que mientras fuera fiel a aquel guerrero que tenía al mundo entero en guerra, tenía algo, algo fuerte y poderoso que era lo único que alimentaba su monótona existencia, algo que hacía que todos la respetaran y no quería hacer nada que pudiera alterar eso, su único tesoro.

10

El *nimbus*

Roma, otoño del 209 a.C.

Netikerty estaba vestida con una túnica azul de lana suave. Se había bañado y aún tenía el pelo mojado. Las nuevas ropas le cubrían el cuerpo con decencia, de forma que ya no parecía una prostituta sino una esclava de alguna familia acomodada de Roma. Las suaves líneas del rostro, su pequeña nariz y sus marcados labios oscuros seguían allí. El volumen de sus pechos aún se adivinaba bajo la túnica, pero esta vez de forma mucho más difusa. Lelio seguía, no obstante, sintiendo esa tremenda atracción por la muchacha que lo había conducido a regatear con el cónsul por su posesión apenas hacía unas semanas.

—¿Aún te duele la herida?

La joven miraba al suelo y no respondía.

—Te he preguntado si te duele la herida. Puedes responderme... y puedes mirarme. Nadie te va a pegar por responder a una simple pregunta ni por mirarme.

Netikerty dudaba, no estaba segura de haber entendido bien. Aún se le escapaban muchas palabras del latín. Su lengua materna era el egipcio. También entendía la lengua griega, hablada por los gobernantes de su país, pero el latín sólo lo había aprendido a base de golpes de su amo y gritos de otros esclavos. Lelio se acercó a la muchacha y puso su mano en la barbilla. Suavemente empujó el rostro de la chica hasta que ésta lo subió lo suficiente como para que sus ojos quedasen a la altura de los de su nuevo amo.

—¿Te duele la herida? —Lelio preguntó a unos ojos almendrados, dulces en medio de un mar de tristeza por el sufrimiento acumulado, de mirada intensa, como el viento del mar.

Netikerty miró los ojos de aquel hombre y no percibió odio ni rencor ni temor. Todo lo contrario a lo que estaba acostumbrada a ver en los de su anterior amo.

—No —dijo al fin—. Está mucho mejor. Gracias, mi señor.

Lelio se quedó mirándola sosteniendo la cabeza de la muchacha con la mano, sin permitirle que la bajara. Estaba sorprendido de su intensa belleza y de su fuerte espíritu pese a la adversidad en la que se había visto envuelta. No había podido ver a la muchacha en un par de semanas porque se había dedicado a preparar su regreso a Hispania manteniendo incontables negociaciones en el foro para conseguir suministros para su barco, víveres para el viaje, nuevas armas.

Netikerty, por su parte, no resistió la mirada así que, como no podía bajar su rostro, cerró los ojos. Lelio la liberó retirando su mano y acariciando con su dorso la barbilla de la joven. Sintió la suavidad infinita de una piel tersa y se sobrecogió. Era una tarde aún cálida de otoño. Calino y el resto de los esclavos habían salido a comprar comida y bebida para un pequeño banquete que Lelio quería dar con algunos amigos antes de su regreso hacia Hispania. Estaban solos en medio del atrio de una casa desierta. Él era dueño y señor de aquella joven y hermosa esclava. Estaba sobrio y hacía días que no gozaba de ninguna mujer, desde que la semana anterior se desahogara con una prostituta en casa de la gran *lena* de Roma. No había querido gozar de Netikerty por una confusa conjunción de sensaciones o sentimientos que le habían inducido a dejarla tranquila unos días, pero aquello no podría seguir así siempre. Aquella esclava había costado una pequeña fortuna y ya era hora de sacar rendimiento a su inversión.

Lelio, desde su *sella*, un pequeño asiento sin respaldo, se estiró hacia un lado y tomó un cestillo que estaba junto a él. Cogió la canastilla en sus manos y la situó frente a Netikerty.

—Ábrela —dijo Lelio.

La joven miró y dudó, pero era una esclava.

—Sí, mi señor —respondió, y se arrodilló ante su amo para tomar la canastilla en sus manos. Fue a levantarse pero sintió la mano poderosa de Lelio sobre su hombro. Su señor no deseaba que se alzara. De rodillas, abrió con sus manos morenas la canastilla. Miró en su interior. Algo resplandecía a la luz del sol que inundaba el pequeño atrio de la *domus*.

—Cógelo —dijo Lelio.

La joven introdujo sus manos y sacó una preciosa alhaja de oro. La extendió en las palmas de sus manos, dejando que la hermosa joya brillase en todo su esplendor cubriendo sus manos y dedos. Era una hermosa lámina de oro de la que colgaban innumerables perlas, todo unido a una fina cinta de lino con la que sin duda se ceñía a la cabeza.

—¿Sabes lo que es? —preguntó Lelio con curiosidad.

Netikerty asintió antes de responder y mientras lo hacía no despegaba su mirada de aquella suntuosa joya.

—Es un *nimbus*, mi señor, para ceñir en la cabeza, dejando que cuelgue por la frente. Su nombre, *nimbus*, procede de la luz que rodea la cabeza de vuestros dioses.

Lelio se quedó sorprendido.

—Para ser una esclava proveniente de un país tan lejano sabes mucho de nuestras costumbres. Y sabes mucho de nombres.

—Los nombres son importantes, mi señor, y de forma especial en mi país, Egipto, donde...

—Bien, bien —la interrumpió Lelio aburrido de aquella conversación—. No te he comprado para hablar. Ponte la joya.

Netikerty calló, asintió y tomó el *nimbus* por la cinta de lino y pasó la fina cuerda por detrás de su cabeza ligando con un suave nudo ambos extremos. Había visto a muchas romanas ricas, invitadas en la casa de su anterior amo Quinto Fabio, acudir a banquetes con joyas similares, aunque ninguna tan lujosa como la que se estaba probando ahora ante su nuevo amo. Estaba desconcertada, pero se ajustó bien el *nimbus*, de modo que la lámina de oro con las perlas colgando cubrieran la mayor parte de su frente. En Roma se consideraba que las frentes pequeñas eran un rasgo claro de hermosura en una mujer. Por eso las romanas patricias dejaban caer rizos de su cabello por la frente o, las que se lo podían permitir, lucían hermosos *nimbi* con piedras preciosas.

—Esa joya me ha costado una fortuna y tú otra. —Lelio la miraba admirado—. Supongo que lo idóneo es que estéis juntas. Los dioses saben que no miento y saben también que si sigo así voy a dilapidar todo lo que he ganado en la conquista de Cartago Nova en menos de dos o tres meses, pero he de reconocer que el gasto ha merecido la pena. Una hermosa joya para una preciosa esclava. Poseerte me hace sentir bien.

Hubo un breve silencio que terminó bruscamente con una palabra lanzada por Lelio, como una orden más a sus hombres en el campo de batalla.

—Desnúdate.

Las palabras de su nuevo dueño no parecieron sorprender a Netikerty. Se separó un paso para poder retirarse la túnica. Ésta cayó con pesada lentitud sobre el frío suelo de piedra del atrio. Netikerty no llevaba nada más, de forma que su escultural cuerpo quedó descubierto por completo ante los ávidos ojos de su amo. Ella, no obstante la aparente tranquilidad de su gesto, encogió los hombros en un vano intento de protegerse ante lo inevitable.

—Haré lo que mi señor quiera, pero por todos los dioses de Roma, no me pegue —acertó a musitar la joven mirando al suelo.

Lelio paseaba su mirada por los hombros bien formados, redondeados, la piel fina, bronceada, los pechos prietos como manzanas, el vientre plano, la cintura estrecha, una generosa cadera y unas largas piernas apoyadas en sus pequeños pies calzados con sandalias romanas. Al escuchar la interpelación de la joven, hizo ascender de nuevo sus ojos por el cuerpo de la esclava y, más allá de su ansia física por poseerla, reparó en los cardenales de las piernas, las pequeñas cicatrices en la cintura y la cadera y en, lo peor de todo, las quemaduras próximas a los pezones hechas con toda probabilidad con algún afilado hierro candente al rojo vivo. Eran recuerdos de su reciente pasado con su anterior viejo y cruel amo Fabio Máximo. Eran heridas que su joven y fuerte cuerpo había sabido digerir y envolver con la belleza del conjunto al igual que la yedra cubre una casa ocultando las grietas de sus muros cansados por el tiempo. Este segundo examen añadió unas gotas espesas de amargura en el corazón de Lelio, que salpicaron su apetito por la muchacha agriándolo, impregnando sus ansias sexuales de misericordia.

—Vístete y déjame solo.

Netikerty, con rauda destreza, se tapó con la túnica azul con tal rapidez que Lelio se quedó dudando de si realmente había llegado a estar desnuda ante él aquellos breves segundos. La joven desapareció del atrio y Lelio se quedó acompañado por el silencio y unos poderosos latidos de su corazón. Aquella muchacha, desnuda e indefensa ante él, le había recordado a un humilde gorrión herido, un pequeño gorrión sin rumbo, sin origen ni destino.

11

Una gran celebración

Tarraco, noviembre del 209 a.C.

En la residencia de Publio Cornelio Escipión en Tarraco todo era un ir y venir de esclavos, un continuo trasiego de personas cargadas con platos, vasijas, ánforas, vasos, cacerolas y todo tipo de viandas: carnes, pescados, frutas. Los primeros invitados estaban llegando y eran recibidos por tres esclavas que arrodilladas les limpiaban los pies y los perfumaban, mientras les retiraban las togas de modo que todos quedaran simplemente con su túnicas, más cómodos y libres para poder disfrutar de los diversos manjares que se estaban preparando para su deleite. A la invitación del joven Publio habían venido sin falta todos sus oficiales, Marcio Septimio, Sexto Digicio, Quinto Terebelio, Mario Juvencio, en su mayoría solos, excepto el primero, pues Marcio, que era el que más tiempo llevaba en Hispania, había hecho traer a su familia de Roma para que estuviese con él. Claudia, su esposa, era una matrona de aspecto frágil y delicado y actitud discreta con la que Emilia Tercia, la mujer de Publio, gustaba de conversar. Acudieron más oficiales y también representantes de las autoridades de la ciudad de Tarraco así como incluso algunos líderes iberos con los que los romanos tenían relaciones particularmente buenas. Publio no desperdiciaba ocasión para mostrar a los iberos de la región su interés por mantener con ellos la mejor de las amistades y ahondar así aún más en las lealtades que intentaba cultivar para asegurarse el dominio, primero al norte del Ebro, y luego del resto de Hispania.

Publio recibía a sus invitados en el atrio de la *domus* cuya edificación iniciara su tío Cneo y que luego, bajo la supervisión de Emilia Tercia, se había transformado en una residencia razonablemente confortable para una familia patricia romana obligada por las circunstancias de la guerra a residir fuera de la capital durante un largo periodo de tiempo. Emilia, además de añadir varias estancias, había insistido en hacer construir un gran horno fijo en un lateral de la casa, aprovechando la ladera natural, excavando debajo del suelo de la propia *domus*, para que así el calor de la leña quemada en aquel horno se distribuyera por toda la residencia, pasando por espacios que abrieron entre los tabiques y por debajo mismo de los suelos. De esa forma, la mujer del general había conseguido un sistema de calefacción similar al de las grandes residencias patricias de Roma y aunque se aproximara ya el invierno, todos los invitados podían sentirse confortables sin necesidad de tener que arroparse con pesadas túnicas.

Publio era un mar de confusos sentimientos. Se sentía orgulloso de lo que había conseguido, la conquista de Cartago Nova, un gran triunfo para Roma en una Hispania esencialmente púnica, feliz por tener ya un heredero pero, a la vez, le habían llegado rumores de mercaderes que trataban con Roma sobre la decisión del Senado de no enviar más refuerzos a Hispania. Los mercaderes seguían con atención estas decisiones, pues el establecimiento de más legionarios en Tarraco sería algo muy positivo para sus negocios centrados en su mayoría en ser los proveedores oficiales de todo tipo de recursos para unas insaciables tropas de guerra; pero de igual forma, con frecuencia, sus informaciones llegaban deformadas por sus intereses económicos y bien pudiera ser que Lelio hubiera conseguido algunos refuerzos pero no tantos como los mercaderes deseaban y eso bastaba para que se propagase el rumor de la ausencia de tropas de apoyo para las campañas romanas en Hispania.

El banquete empezó con una larga serie de aperitivos con lechuga, menta, puerros y atún fresco, para pasar luego a la *prima mensa* donde se sirvieron habas y albóndigas, luego, como *secunda mensa,* pollo y jamón, y así varios platos más con tordos, col, salchichas sobre gachas blancas y judías con magro, para al fin llegar al *fundamentum cenae*, el plato fuerte de la noche, tres enormes cabritos servidos en una riquísima salsa de aceite de oliva y vino. Todo acompañado por los mejores caldos que Publio había podido encontrar en la región junto con las ánforas que había conseguido traer desde Roma. Se sirvió uva, peras, manzanas e higos para terminar presentando largas bandejas repletas de *bellaria*, un amplio surtido de dulces de confección ligera para no indigestar más a unos ya completamente saciados invitados. Entraron entonces flautistas y músicos que acompañaron durante media hora el final de la cena, hasta que, bien entrada la noche, éstos se retiraron para dejar que una larga sobremesa, la *comissatio*, tuviera lugar, durante la que uno a uno, todos los oficiales de Publio alzaron sus copas y ofrecieron brindis en honor del recién nacido vástago de la familia Escipión.

Publio y Emilia se acostaron cansados pero felices. El joven general en jefe de las tropas romanas desplazadas a Hispania encontró en el sopor del vino y el *mulsum* descanso para sus preocupaciones sobre la guerra durante gran parte de la noche pero, al amanecer, sus sueños se tornaron turbulentos, agitados por su persistente preocupación por la necesidad de refuerzos para conseguir sobrevivir en aquel lejano y complejo país rodeados por indígenas de lealtad difusa y siempre acosados por los pertinaces enemigos cartagineses que, con toda seguridad, debían de estar preparándose para contraatacar y devolver el golpe recibido en Cartago Nova.

12

La nueva obra de Plauto

Roma, noviembre del 209 a.C.

Lelio pensó que ya era hora de cumplir con el segundo de los encargos que había recibido de Publio Cornelio Escipión: ir al teatro a ver la nueva obra de Plauto, ese autor que tanto le interesaba. Lelio fue en busca de su recién adquirida esclava. La encontró donde debía estar, en la cocina. Entró en la estancia y la muchacha, que estaba de espaldas con un cuchillo en una mano mientras que con la otra tomaba zanahorias, dio un respingo al escuchar la potente voz de su nuevo amo.

—¿Dónde está Calino? —preguntó Lelio. Netikerty volvió su rostro hacia su amo, sin dejar el cuchillo y la zanahoria que sostenían sus manos.

—Ha salido al mercado, creo, no sé si ha vuelto.

—Entiendo. Bien. No importa. Deja lo que estás haciendo. Ya terminará él de cocinar. Sígueme. Nos vamos. Nos vamos al teatro. Así lo llaman. —Y gritando—: ¡Calino! ¡Calino!

El esclavo, un poco encorvado por el peso de los años, pero aún recio y con fortaleza, apareció en la cocina.

—Me marcho esta noche al teatro. Esta nueva esclava viene conmigo. Y quiero que nos acompañes. Regresaremos tarde.

Y sin esperar respuesta, Lelio, veloz, salió de la cocina y cruzó el atrio. Netikerty le seguía de cerca. El oficial romano empezó a hablarle.

—Mira, esta tarde vamos al teatro. Es una especie de... no sé... es... salen unas personas... actores los llaman y representan algo... una historia, eso es, cuentan una historia entre todos. Eso es lo que tengo entendido. Yo no he visto nunca una representación de éstas, pero esta noche tengo que ver una e intentar recordar la historia para contársela a... a un general... a un amigo. Sí, a un amigo.

Lelio dejó de hablar. Estaba confuso. Por un lado era agradable tener alguien a quien contarle el sentido de sus idas y venidas por aquella ciudad; por otro se daba cuenta de que hablaba a una esclava que poco podía entender de todo aquello. En cualquier caso, dentro de lo incómodo del encargo, se sentía mejor acompañado que solo y, teniendo en cuenta el precio que había pagado por la muchacha, al menos, tenía sentido aprovecharse del acompañamiento de aquella esclava. A decir verdad, la sensación de soledad que había sentido desde que partió de Cartago Nova sólo se había diluido desde que esa joven se acurrucara a sus pies en el carro que los llevó desde casa de Fabio Máximo hasta el foro. Calino era un buen esclavo, pero nunca sintió por él nada especial. Lo había adquirido ya adulto, cuando su carrera militar, plagada de ascensos, le permitió mejorar su nivel de vida. Salir con él no era salir acompañado, era salir algo más protegido. Calino era formidable con una estaca en la mano y ésa no era una destreza desdeñable en las peligrosas noches romanas, pero no era compañía para un alma melancólica. Calino apenas hablaba y Lelio de por sí tampoco era un gran conversador. Quizá por eso llevaban tanto tiempo juntos.

Zigzagueando entre las calles de Roma, dejando el *Macellum* atrás, y enfilando al fin por el *Argiletum,* llegaron al foro. Allí, poco a poco, una multitud se iba congregando. Había gente de todo tipo y condición: libertos con humildes andrajos que pululaban de un lugar a otro, mendigos pidiendo limosna, comerciantes ofreciendo productos que habían traído desde el mismísimo *Macellum* para aprovechar la gran cantidad de público reunida en torno al recinto del teatro; patricios acompañados de escoltas y esclavos, senadores solos, senadores con sus esposas y senadores con sus amantes.

Lelio se acercó hasta un puesto donde se podían retirar las *letterae* o entradas que daban autorización para acceder al recinto donde tendría lugar la obra de teatro. La admisión era gratuita pues el Estado financiaba aquellas representaciones como parte del entretenimiento que se brindaba al pueblo de Roma. Había una cola larga. Lelio y Netikerty esperaron en la fila durante unos minutos distraídos ambos en sus pensamientos y en admirar el desfile de diferentes personajes que circundaban todo el recinto. Al fin les llegó su turno.

—Dos —dijo Lelio.

El encargado de las entradas no dijo nada y alargó unas *letterae*.

Lelio tomó dos pequeñas tablillas de piedra en donde podía leerse lo siguiente: *Amphitruo* de Plauto. Bueno, aquello estaba bastante claro: así, al menos, recordaría el título de la obra. Sin duda alguna debía de haber antiguos militares entre aquellos artistas, al menos parecían organizados. Aquello le gustó. Un poco de orden en medio de aquel aparente caos.

Avanzaron siguiendo al tumulto de gente que se agolpaba a las puertas del teatro. Allí antes no había nada y, de pronto, casi como por arte de magia, en unos días, habían levantado un notable entramado de madera que acotaba gran parte del foro de la ciudad. Entraron en su interior y observaron la estructura del recinto. A la izquierda había una especie de escena levantada sobre un andamio de madera, de unos veinte pasos de longitud. A la derecha sólo un gran espacio vacío donde la gente se repartía para asistir en pie a la representación. Lelio se situó próximo al escenario y nadie se interpuso en el camino del veterano y robusto oficial. Netikerty seguía a Lelio de cerca. Tenía miedo de perderse entre aquel gentío. Lelio, de pronto, la cogió de la mano, sin decir nada. Ella lo agradeció. Estaban en un lateral del recinto pero razonablemente próximos a la escena. No es que Lelio no pudiera obtener una posición aún mejor, es que no quería estar justo en el centro, frente a los actores. No podía evitar sentirse fuera de lugar. Estar acompañado de Netikerty le ayudaba, pues muchos podían pensar que estaba allí por ella, por la curiosidad que ella pudiera tener por el teatro. Ese pensamiento le hizo sentirse algo más relajado. Publio le había comentado en más de una ocasión cómo en Grecia y en muchas de sus colonias había auténticos teatros de piedra, inmensos, edificados en las laderas de las montañas para aprovechar mejor la... ¿cómo lo llamaba él? Sí, la acústica... es decir, que se oía mejor a los actores. Teatros enormes de piedra con capacidad para miles de personas. En aquel recinto, no obstante, también habría unas dos mil personas. Sin duda, si aquel fenómeno del teatro terminaba calando entre los romanos, tendrían que pensar en hacer algún teatro de esos de los que Publio le había hablado. Él nunca había visto uno. Decían que al sur de la península itálica, en las colonias de la Magna Grecia o en las colonias griegas de Sicilia también había teatros de ese tipo. En Siracusa había uno gigante, levantado por uno de los tiranos de aquella ciudad. Allí, aguardando el principio de la representación, sintió curiosidad por poder algún día visitar una de esas inmensas edificaciones bárbaras. En cualquier caso, sólo por ver toda aquella gente reunida tenía su gracia haber ido a aquel lugar.

Netikerty permanecía en silencio y meditaba sobre los más recientes acontecimientos de su azarosa vida. Hacía unos días era la esclava sexual de Quinto Fabio Máximo, un importante noble de esa ciudad. Recordando las personas que vio desfilar por casa de su anterior amo debía de tratarse de uno de los hombres más influyentes de aquella gran ciudad. Sin embargo, para ella toda esa influencia y poder sólo se habían traducido en tormentos y humillaciones. Múltiples noches las había tenido que pasar con aquel anciano haciendo toda clase de cosas para excitarle. Y lo peor no era el sexo sino los azotes y la tortura. El viejo parecía gozar más causando dolor que buscando placer. Y, en unos instantes, de aquella vida de tortura y vejaciones había pasado a manos de un desconocido que, de momento, se preocupaba por sus heridas y le proporcionaba un baño y ropa digna. De todas formas habría que ver cómo era una noche con aquel nuevo amo antes de tener una idea más precisa de lo que le esperaba. Hasta la fecha se había contenido de tomarla y hacerla suya, pero eso llegaría. De hecho, la contención de Lelio la tenía confundida. Ahora estaba aturdida por el gran número de gente y aquel extraño lugar al que habían ido.

El teatro ya estaba lleno hacía minutos. El sol brillaba aún en el atardecer lento de aquel otoño romano. Un actor salió a escena. Lelio intentó ver si podía identificar a Plauto, pero el maquillaje que el cómico lucía en su rostro imposibilitaba reconocer a su portador. Fuera quien fuera aquel actor empezó a declamar con voz poderosa para hacerse oír por encima de los centenares de personas que, aún ajenos a la salida del cómico, continuaban enfrascados en sus conversaciones privadas.

—*Ut vos in vostris voltis mercimoniis* —empezó Plauto con potente voz— *emundis vendundisque me laetum lucris /adficere /atque adiuvare in rebus omnibus /et ut res rationesque vostrorum omnium /bene ‹me› expedire voltis peregrique et domi /bonoque atque amplo auctare perpetuo lucro /quasque incepistis res /quasque inceptabitis, /et uti bonis vos vostrosque omnis nuntiis /me adficere voltis, ea adferam, ea uti nuntiem /quae maxime in rem vostram communem sient —/nam vos quidem id iam scitis /concessum et datum /mi esse ab dis aliis, nuntiis praesim et lucro—: /haec ut me voltis adprobare adnitier, /[lucrum ut perenne vobis semper suppetat] /ita huic facietis fabulae silentium /itaque aequi et iusti hic eritis omnes arbitri /Nunc cuius iussu venio et quam ob rem venerim / dicam simulque ipse eloquar nomen meum. / Iovis iussu venio, nomen Mercurio est mihi...*

[... Si queréis que yo, propicio, os proporcione beneficios en vuestras compras y vuestras ventas y os ayude en todas las cosas; si queréis que saque adelante los negocios y finanzas de todos vosotros en el extranjero y en vuestra patria y que haga prosperar continuamente con grandes y cuantiosos beneficios vuestras empresas, tanto las presentes como las futuras; si queréis que os proporcione a vosotros y a todos los vuestros noticias buenas, que os transmita y comunique las noticias más favorables para vuestro bien común (pues sin duda sabéis que los otros dioses me han dado y otorgado plenos poderes sobre las noticias y las ganancias); si queréis que os conceda estos favores y que ponga todo mi esfuerzo en que tengáis siempre constantes y copiosos beneficios, en este caso guardaréis silencio durante esta representación y seréis todos jueces justos e imparciales. Ahora os voy a decir por orden de quién vengo y a qué he venido, y al mismo tiempo os voy a decir mi nombre. Vengo por orden de Júpiter y mi nombre es Mercurio...]* —Aquí Plauto se detuvo un momento, en parte para recuperar el aliento, en parte para deleitarse en el silencio que sus palabras habían conseguido extraer del público y, en parte, porque estaba preocupado por los altos *coturnos* que como dios Mercurio le correspondía llevar. Una vez ya se torció un tobillo representando a Júpiter y no quería correr la misma suerte de nuevo.

Lelio estaba admirado. El actor declamaba su papel con viva pasión y había conseguido captar el interés del público, incluido él mismo. Hablaba elevado sobre unos *coturnos* altos, adornados con borlas doradas, tal y como correspondía a su rol de dios en la obra, pero andaba con cierta torpeza. Lelio se dispuso a prestar máxima atención para comprender la trama de la obra desde un principio cuando una mano firme se posó sobre su hombro. El veterano tribuno se giró molesto pero al ver al hermano de Publio, Lucio Cornelio Escipión, sonriéndole con afabilidad, Lelio se relajó y saludó al joven senador.

* Traducción según la versión de José Román Bravo en el volumen *Comedias I* de Plauto publicado en 1998 (véase la bibliografía).

13

Una carta de Lucio

Tarraco, diciembre del 209 a.C.

Estimado Publio,

Querido hermano, ésta es la tercera carta que envío. Otros dos mensajeros partieron semanas atrás, pero tu última misiva me ha hecho ver que no llegaron, las rutas son peligrosas, los galos están en rebeldía en el norte y los piratas campan a sus anchas por el mar. Sólo temen a nuestros barcos de guerra y éstos deben concentrarse en combatir a la flota cartaginesa. Espero que este mensaje sí que llegue a tus manos. Tampoco he querido recurrir a los mensajeros oficiales para evitar que mis comentarios caigan en manos que los trasladen a nuestro querido enemigo Fabio Máximo.

Lamento tener malas noticias que comunicarte: Lelio no ha conseguido persuadir al Senado para que enviaran refuerzos a Hispania. Tendrás que seguir la lucha sólo con las dos legiones de que dispones. Lelio fue persistente. Es cierto que no es un gran orador, pero realmente la conquista de Cartago Nova, el botín y los prisioneros deberían haber sido causa suficiente para que el Senado cediera pero, como siempre, Máximo insistió en que se necesitan todos los recursos en Italia para mantener a Aníbal alejado de Roma. Como te imaginarás, el miedo hizo el resto. La verdad es que no creo que un orador mejor hubiera podido hacer cambiar de opinión al Senado dirigido por Fabio Máximo, que ya parece ser *princeps senatus* vitalicio. Sé que Lelio, junto con mi ayuda y la de nuestros amigos, está intentando cargar las *trirremes* con las que vino con provisiones y armamento para no regresar a Tarraco con las manos vacías. Ayer estuvo en casa para cenar y estaba claro que teme tu reacción. Como te he dicho antes, no creo que se le pueda culpar de la debilidad y el temor de los senadores. Nuestra madre es de la misma opinión y ruega a los dioses para que te protejan en todo momento. Lo hacemos todos. Y no hace falta que te diga lo orgullosos que nos sentimos de ser tu hermano y tu madre. En el foro, para desazón de Máximo, se sigue hablando aún de la toma de Cartago Nova en tan sólo seis días. De ese modo apenas si se alaba la reconquista de Tarento por Fabio y los suyos. Por mi parte, puedo asegurarte que no hay día que vaya al foro en el que no me saluden varios patricios y plebeyos de renombre y me insistan en que te haga llegar su agradecimiento por tu victoria en Hispania.

Ahora recuerdo que también vi a Lelio en el teatro. Supongo que por influencia tuya. Incluso le vi conversando con el propio Plauto tras la representación. Por cierto, Lelio iba acompañado por una muy hermosa esclava egipcia. No me extrañaría que se la llevara consigo a Hispania. Yo lo haría. No sé dónde la ha comprado, pero si lo averiguas házmelo saber.

Que los dioses te guarden con salud y te preserven de la ira del enemigo.

Tu hermano,

LUCIO CORNELIO ESCIPIÓN

—¿Y bien? —preguntó Emilia con vivo interés—, ¿qué cuenta Lucio?

Publio dejó la tablilla en la mesa y suspiró. Estaban sentados en el amplio jardín de su *domus* en Tarraco. Emilia llevaba una túnica teñida de verde y ceñida a su cuerpo. Publio la miró con intensidad. Era increíble lo rápidamente que su mujer recuperaba su aspecto lozano después de un parto. Ya le sorprendió cuando nació su hija mayor, Cornelia, y de nuevo le resultaba admirable aquella pronta recuperación tras el nacimiento del pequeño Publio.

—Dice que Lelio no ha conseguido convencer al Senado para que nos envíen refuerzos. Piensa que no es culpa suya. No sé... quizá no debí mandarle a él. A lo mejor Marcio o incluso Mario habrían sido más convincentes, aunque Lucio opina que da igual a quién hubiera enviado. Lo cierto es que creí que los hechos expuestos con la concisión propia de un militar como Lelio serían más que suficientes para conseguir esos refuerzos, pero se ve que Fabio Máximo hizo prevalecer su opinión: todas las legiones deben permanecer en Italia para salvaguardar Roma. Supongo que debemos estar agradecidos de que no nos quiten las legiones que tenemos. No ven que la guerra se ganará si conseguimos sacar el conflicto de Italia, no ven que así luchamos la guerra que Aníbal quiere que luchemos. No lo ven. No lo ven —concluyó Publio, y pegó un puñetazo en la mesa. La tablilla y una copa que había sobre la misma cayeron. La tablilla se partió y la copa se hizo añicos esparciendo su contenido de vino y miel por el suelo.

Emilia le miró con cierta preocupación. Publio no era hombre que se dejara llevar por sus pasiones y menos que dejara salir muestras incontenidas de dolor o frustración. Fue la primera vez en que Emilia se percató con nitidez de que la guerra estaba cambiando a su marido y, con la clarividencia que da el amor, comprendió que aquella transformación no había hecho sino comenzar. Era lenta y sutil, pero estaba teniendo lugar. Poco a poco el objetivo de poner fin a aquella guerra ejecutando el plan de su padre y su tío parecía ir convirtiéndose en una obsesión y cualquier obstáculo que dificultara dicha meta turbaba a su marido sobremanera, de una forma desbocada.

Publio miraba el suelo empapado en *mulsum*. Un esclavo recogía con una pala pequeña y una escoba los restos del recipiente mientras otro ponía los dos pedazos de la tablilla sobre la mesa.

Publio guardó silencio y su mujer también. Emilia creyó haber visto una pincelada de deseo en los ojos de su marido hacía apenas unos segundos, pero si así había sido ahora ya no estaba aquel anhelo. No, la mirada de Publio se perdía en el vacío. Emilia sabía que estaba calculando, pensando, buscando la forma de derrotar a los cartagineses que le triplicaban en número con las escasas tropas de las que disponía. Emilia prefería la otra mirada, pero sabía que, al menos esa noche, los otros pensamientos tendrían prioridad. La cuestión era hasta cuándo. Pero la voz de su marido la sorprendió al desvelar que su mente no estaba exactamente concentrada en cómo derrotar a los cartagineses sino en cómo sobreponerse a algo peor: los enemigos internos.

—A veces me pregunto —dijo Publio ensimismado, mirando al suelo—, ¿hasta dónde estarán dispuestos a llegar Fabio Máximo y sus seguidores para terminar con todos nosotros?

14

Una noche de fuego

Roma, noviembre del 209 a.C.

Eodem tempore septem tabernae quae postea quinque, et argentariae quae nunc novae appellantur, arsere; comprensa postea privata aedificia —neque enim tum basilicae erant— conprehensae lautumiae forumque piscatorium et atrium regium. Aedis Vestae vix defensa est tredecim maxime servorum opera, qui in publicum redempti ac manu missi sunt. Nocte ac die continuatum incendium fuit, nec ulli dubium erat humana id fraude factum esse...

TITO LIVIO, AB URBE CONDITA, 26, 27, 1-4

[Al mismo tiempo, las *tabernae septem*, que luego fueron cinco, y los puestos de los cambistas, ahora conocidos como *tabernae novae*, se incendiaron; luego prendieron casas privadas —en aquella época no había basílicas—, luego las canteras, el mercado del pescado y el templo de Vesta. El altar de Vesta se salvó con dificultad gracias a la intervención de trece esclavos que, posteriormente, fueron comprados por el Estado y liberados. El incendio continuó por la noche y el día siguiente y todos estaban convencidos de que se debió a algún acto criminal...]

Lelio se extrañó de encontrar tan poca gente al dejar el foro y enfilar por el *Argiletum*. Se detuvo en seco, obligando a que sus esclavos se tropezaran entre sí al imitarle. Había pedido a Calino que, a la hora del término de la representación, viniera acompañado con otros esclavos para así, todos juntos, regresar a casa. En caso de un mal encuentro sólo se podía confiar en la lealtad de Calino, pues el resto eran jóvenes esclavos recién adquiridos para tareas menores de la casa, pero el ir escoltado por varios servidores era con frecuencia un modo eficaz de desalentar a los grupos de malhechores nocturnos que, sigilosos, se movían entre las sombras de las calles de Roma. Netikerty, más atenta a todo lo que sucedía a su alrededor, quedó a unos centímetros de su amo y contuvo la respiración. Sin saberlo, ella y su amo compartían la misma sensación de que algo no marchaba bien.

Por la calle bajaban un par de carros que sin duda venían del *Macellum*, el gran mercado al nordeste de la ciudad. Lelio arrancó de nuevo, pero esta vez dejando la gran avenida del *Argiletum* y se adentró en el laberinto de callejuelas que se extendía tras las *tabernae novae*, cruzando por las *tabernae septem*. Pensó que por aquellas callejuelas, acercándose siempre hacia el mercado, encontraría el abrigo de los mercaderes, los pescadores y los artesanos que en aquellas horas aún trajinarían preparando las mercancías del nuevo día que habría de venir. Y al principio fue así, pero cuando giraron de nuevo hacia el norte, pasada ya la ubicación del *Macellum* se encontraron de pronto en una calle completamente desierta. Lelio ya no tuvo dudas. Con rapidez se llevó la mano debajo de su *sagum* para palparse la espada. Allí estaba. Se alegró de no llevar toga. Aquélla fue una sabia decisión, como probaría el desenlace de aquella noche. La toga siempre resultaba una ropa incómoda para luchar, mientras que el *sagum* permitía mucha mayor libertad de movimientos. La calle estaba a oscuras salvo las sombras débiles que proyectaba la luna blanca del cielo, hasta que poco a poco, por ambos extremos de la estrecha callejuela, crecieron unas siluetas negras temblorosas a la luz de las antorchas que las mismas sombras portaban. Lelio contó cinco, seis, quizá siete hombres por cada extremo. Demasiados para él, Calino y los dos jóvenes esclavos que traía consigo. Netikerty en aquel momento no contaba o si lo hacía, era más una carga que un aliado. Lelio se pasó el dorso de la mano por la boca. La tenía seca. Pensaba quién podría atreverse a organizar un ataque contra un tribuno de la las legiones de Roma, contra el segundo de Escipión, pues aquello tenía toda la pinta de algo premeditado y no un encuentro fortuito con atracadores y las ideas que le venían a la mente no le tranquilizaban. No podía tratarse de una banda de ladrones. No era normal que fueran tantos bandidos juntos. Los perseguidores se hicieron visibles por ambos extremos. Lelio, en el centro de la callejuela, con los esclavos a sus espaldas, miraba a uno y otro lado. Buscaba el refugio de una de las paredes laterales. Eran casas de madera lo que les rodeaba, mal construidas, apiladas una contra la otra sin la magnificencia de los grandes edificios del foro que, irónicamente, se encontraba tan próximo y, sin embargo, para Lelio, en aquel momento, tan lejano. Desenvainó la espada. Los dos grupos de atacantes se acercaron hasta quedar a diez pasos por cada lado.

—Soy Cayo Lelio, tribuno de las legiones de Hispania, a las órdenes de Publio Cornelio Escipión. No sabéis lo que hacéis. Por Hércules, retiraos todos antes de que vengan los *triunviros* y acabéis todos crucificados.

No hubo respuesta por parte de aquellos hombres, sino que se mantuvieron en sus posiciones. No eran bandidos. Aquello habría sido suficiente para disuadir a cualquier banda nocturna de desalmados. En la noche se escuchó una docena de espadas desenvainándose a un tiempo. Por el sonido, inconfundible para sus experimentados oídos, el tribuno reconoció que eran *gladios* militares. Lelio ya sabía con quién se las veía: antiguos legionarios a sueldo de un particular. No era gente dispuesta a retirarse ante las palabras, no importaba quién las pronunciara. Tenían una misión y un dinero que cobrar que no estaría entre sus manos hasta cumplir las órdenes recibidas. Lelio miró a sus esclavos: estaban aterrados, los jóvenes en especial y Calino, aunque mantenía la sangre fría, estaba igual de asustado, tal vez porque era el único de entre aquellos siervos que comprendía la gravedad de la situación. La muchacha se le había pegado como una lapa. Así no podría luchar.

—Tomad a la chica y protegedla.

No tenía sentido pedir que le ayudaran en aquella pelea. Ninguno sabía combatir, sería como echar carne a lobos hambrientos. Lelio optó por la única estrategia que podía sorprender a sus enemigos: atacar. No estaba dispuesto a dejarse matar en medio de aquel infame olor a pescado rancio que descendía desde las proximidades del *Macellum*.

Los hombres vieron la sombra de Lelio dando cinco pasos rápidos plantando cara al grupo que le cortaba el camino hacia el norte de la callejuela. Nada más alcanzarles, la espada del tribuno atravesó a uno de los sorprendidos atacantes, pero el arma ya estaba de nuevo fuera del cuerpo ensartado para frenar los golpes de dos de los cinco que quedaban en ese grupo. Lelio detuvo ese golpe, se volvió hacia los otros tres agachándose al girar y segó dos piernas de atacantes distintos. Éstos cayeron aullando al suelo, inutilizados, arrastrándose hacia la pared opuesta, dejando uno de ellos la antorcha que los había iluminado hasta allí, perdida en el suelo polvoriento. Quedaban tres armados. Lelio retrocedió entonces para acometer al grupo que estaba al sur de la calle. Éstos no habían intervenido entre sorprendidos y divertidos por lo que esperaban una rápida caída de su presa, pero al ver que el tribuno se acercaba ellos, dos de ellos le salieron al encuentro. Lelio repitió el movimiento de agacharse para intentar cortar alguna pierna de sus oponentes, o pinchar en ellas, pero se encontró con las espadas de sus enemigos, advertidos ya de la destreza militar de Lelio. El tribuno frenó su embestida y se situó en el centro, junto a la antorcha perdida por el atacante herido. El asunto se complicaba. Aquello empezaba a parecerse demasiado a la toma de las murallas de Cartago Nova, pero ahora no disponía de Sexto Digicio y sus hombres. En ese momento, cuando se acercaban dos por el norte y dos por el sur y Lelio meditaba sus opciones, Calino se puso a su lado, tomó la antorcha y embistió a los atacantes del norte, lo que permitió que Lelio se centrara de nuevo en arremeter contra los del sur, esta vez sin agacharse, sino con estocadas rápidas que se abrieron paso hasta que su espada pinchó el rostro de uno de los atacantes y con el brazo libre golpeó en el pecho del contrario tumbándolo, quien, para su mala fortuna, cuando quiso levantarse se encontró con la espada de Lelio resquebrajando su esternón. Dos menos, pero aún quedaban siete en pie en total, tres a un lado y cuatro al otro. Lelio se volvió y vio que Calino se defendía blandiendo la antorcha con furia, manteniendo a raya a los tres que quedaban en aquel extremo, pero no podría resistir mucho así que partió en su ayuda. Uno de los atacantes cortó de cuajo la antorcha que salió despedida como una bola de fuego y se perdió entre las casas de madera apoyadas sobra las *tabernae septem*. Aun así Calino acertó a golpear con el asta que le quedaba de la antorcha tronchada clavándola en el hombro de uno de los tres enemigos, pero ni su osadía ni la intervención de Lelio le salvaron de que una gélida espada le rajara por la espalda. Calino cayó sin gritar. Lelio mató entonces a su vez al que había ejecutado a Calino. Sólo quedaban uno al norte, con dos heridos en la pierna, arrinconados, y otro encogido con la mano intentando arrancarse el asta de la antorcha. Era el lugar por donde huir. El sur seguía defendido por cuatro. Estaba decidido. Miró hacia Netikerty, acurrucada en el portal de una de las tiendas de la callejuela. Los esclavos jóvenes habían echado a correr: uno hacia el norte, que escapó, no era el objetivo que los atacantes perseguían, y otro hacia el sur que sí fue ensartado por dos espadas que no gustaban de dejar testigos. La joven esclava había sido más inteligente y se quedó a la espera de ver lo que hacía su amo. Lelio agradeció aquel comportamiento, de la misma forma que se sentía agradecido y sorprendido, por qué no admitirlo, por la valerosa y leal intervención de Calino. Ahora no tenía tiempo para llorar su muerte.

El tribuno hizo una señal a la joven esclava y ésta, sin dudarlo, se levantó y fue hacia él. Lelio se encaró de nuevo con el atacante que quedaba al norte de la calle, ya se ocuparía Netikerty de seguirle para escapar, cuando sintió un dolor punzante en su gemelo izquierdo: uno de los heridos se había revuelto y le estaba rasgando la pierna con su espada. Lelio, furioso, le remató clavando su arma en la cerviz de aquel hombre que se convulsionó como un buey al ser sacrificado y luego quedó quieto. Lelio volvió a encarar al enemigo del norte sin perder de vista el avance de los cuatro oponentes que ascendían por la calle para, entre todos, rodearle a él y a Netikerty, cuando algo ocurrió que les dejó a todos paralizados. De súbito, como una explosión, una de las *tabernae septem* prendió en llamas. La antorcha perdida había encendido un fuego que con un golpe del aire que bajaba de norte a sur se había avivado culminando en un incendio. Lelio, sobrepuesto de la sorpresa, pudo examinar los rostros de los hombres que le rodeaban a la luz de las llamas. Eran guerreros de mediana edad, veteranos de alguna de las múltiples campañas de Roma, de rostros enjutos en su mayoría, acostumbrados a las penurias, que aún no habían saboreado durante suficiente tiempo la molicie de ser asesinos a sueldo como para hinchar sus panzas y perder destreza con las armas. Una lástima, pensó Lelio mientras cojeaba en busca de su enemigo al norte, pero su caminar era ahora más lento y pronto él y Netikerty se vieron rodeados por los cinco hombres que quedaban en pie. Lelio se pasó la mano por la barba. La joven esclava seguía a sus espaldas. Aquello pintaba mal. Estaba cansado y herido y ya no era posible sorprender a sus atacantes con trucos de viejo militar. Lelio fue retrocediendo, Netikerty a su lado, hacia la tienda en llamas. Los hombres que los rodeaban se acercaban, espadas en ristre, apuntando a la garganta de su presa. El incendio se extendía y la segunda de las *tabernae septem* prendió también. El aire llevaba humo y pavesas. Lelio se giró ciento ochenta grados, tomó a Netikerty en sus brazos, volvió a girarse para observar por última vez a sus atacantes que se abalanzaban sobre ellos y empujó con su espalda la puerta en llamas de la segunda tienda incendiada. Ésta, quebrantada por la furia del fuego, se partió y cedió al empuje del tribuno, que con la muchacha en los brazos entró en medio del incendio. Los hombres intentaron seguirles pero una de las vigas de madera cedió a la vorágine de las llamas y les cerró el paso momentáneamente. En el interior, Lelio cruzó las dependencias de la tienda a toda velocidad, conteniendo la respiración hasta salir por la parte de atrás a una especie de atrio que contenía un *impluvium* lleno de agua. Con la muchacha en brazos se echó al estanque y empaparon sus ropas humeantes y ambos respiraron con profundidad. Pero no había tiempo para detenerse. Todo eran casas de madera y el incendio cobraba cada vez más y más fuerza. Se oían gritos de decenas de personas y las voces autoritarias de los *triunviros* que, alarmados por la luz de las llamas, al fin habían salido del foro y se habían acercado a las proximidades del *Macellum*. Lelio se abrió camino, más seguro con las ropas mojadas, entre otro grupo de tiendas en llamas y a fuerza de quebrar puertas y de olvidarse del dolor de su pierna herida, emergió con su joven esclava aterrada en el otro extremo de la calle. Ya no se veía a ninguno de los atacantes, sino a soldados de las *legiones urbanae*, libertos y esclavos, trayendo cubos de agua para intentar detener aquel incendio que se extendía sin freno y amenazaba con acercarse a los edificios sagrados del foro. El tumulto y la confusión arroparon a Lelio y Netikerty, que ya caminaba de nuevo al lado de su amo, en una huida lenta pero tenaz hacia la casa del tribuno herido.

Llegaron a casa de Lelio pasada la medianoche. En las últimas calles Netikerty ayudó al fornido tribuno a caminar. Entraron en el atrio y Lelio se tumbó en el *triclinium*, boca arriba, mirando al cielo nocturno. Por encima de la casa se veían las pavesas del incendio que el aire transportaba consigo.

—¿Aquí estaremos seguros, mi señor? —preguntó la joven esclava arrodillándose junto a su amo.

Lelio asintió y, como se sentía agradecido hacia Netikerty por su ayuda en los últimos metros de la huida, añadió una explicación.

—El viento... va hacia el sur. Nosotros estamos al norte. Las llamas se propagarán hacia el sur; además allí, hasta llegar al foro, encontrarán más madera. Y toda Roma debe de estar ahora luchando por detener el fuego. Aquí estamos seguros... por unas horas. Asegúrate de que la puerta está bien cerrada y trabada por dentro. Calino ya no está aquí para ayudarnos.

Netikerty fue veloz a la puerta y comprobó que estuviera bien asegurada. Era un portón grueso y pesado de madera reforzada con remaches de hierro.

—La puerta está bien, mi amo.

—Bien. Entonces pasaremos aquí la noche y mañana partiremos de Roma. Esta ciudad empieza a ser más peligrosa que un frente de batalla. En Hispania estaremos más seguros.

Netikerty pensó en preguntar sobre quién creía él que eran los hombres que les habían atacado, pero lo pensó mejor y calló. En cierta forma, estaba segura de que tanto ella como él pensaban lo mismo. Netikerty estaba algo confusa con aquel ataque, aunque nadie la había agredido personalmente, pero le quedaba la oscura duda de qué habría pasado si Lelio hubiera sido abatido. En cualquier caso, ahora no debía preocuparse por eso, sino por cuidar de su amo. La muchacha, de nuevo de rodillas junto al *triclinium*, se sacó unos rollos de entre su túnica mojada y los depositó con cuidado sobre el suelo.

—¿Están bien? —preguntó Lelio.

—Sí, mi señor —respondió la joven esclava—. Los he preservado del fuego y del agua. Están bien, mi señor.

Lelio se recostó exhalando aire, aliviado. La muchacha levantó despacio el *sagum* del tribuno.

—Hay que curar esa herida, mi señor.

Lelio se incorporó un poco apoyándose sobre los codos y se miró el corte: no era demasiado profundo pero sí doloroso. Él no sabía mucho de medicina, pero lavar las heridas bien con agua era lo que siempre recomendaba el médico griego de las legiones en Hispania.

—Trae agua y unos paños y límpiala bien. Luego ponme una venda.

Netikerty asintió y en un minuto regresó con todo lo necesario. Puso una bacinilla con agua fresca al pie del *triclinium* y con un paño limpio fue lavando la herida frotando con suavidad. Sintió cómo su amo tensaba los músculos, cerraba la boca con fuerza y no decía nada. La joven intentó aplicar el lavado con mayor suavidad, pero sin dejar de limpiar la herida bien con el agua y luego secando la sangre con otro paño limpio que había traído. Su amo giró la cabeza hacia un lado y se quedó con la mirada fija en una de las paredes contemplando una larga serie de símbolos latinos en tinta negra la mayoría y algunos en tinta roja que para la joven no tenían ningún sentido. Reconocía largas columnas de letras del alfabeto latino, que debían de seguir algún patrón pero que ella no había acertado a descifrar. Podía leer alguna palabra suelta de latín pero poco más.

AKJAN	FK FEB N	BK MAR	AK APR F	FK MAI F	FK IVN	B K QVI	AK SEX	Fk SEP F	C K OCT	BK NOV	GK DEC	G INTER
B	G N	C F	B F	G	F	C	B F	G C	D F	C	H	H
C	H N	D C	C C	H	G	D	C	H C	E C	D	A	A
D	A N	E C	D C	A	H C	E	D	A C	F	E C	B	B
E NON F	B NON	F	E NON	B C	A NON	F	E NON	B NON F	G	F NON	C NON	C NON
F	C N	G	F N	C C	B N	G	F C	C F	H C	G	D	D
G	D N	H NON F	G N	D NON N	E	H NON	G C	D	A NON	H	E	E
H	E N	A	H	E F	F	A N	H C	E CM	B	A	F C	F
A	F N	B	A	FLEMVRN	G MATR N	B N	A	F CM	C	B C	G C	G
B	G N	C	B N	G C	H	C	B	G CM	D C	C	H C	H
C CAR	H N	D	C N	HLEMVRN	A EIDVS	D C	C C	H	E MED	D	A AGONN	A
D C	A N	E C	D N	AC	B N	E C	D C	A	F C	E	B	B
E EIDVS	B EIDVS	F	EEIDVS N	B LEMVR	C Q STDF	F C	E EIDVS	BEIDVS N	G FONT	F EIDVS	CBDVSN	C EIDVS
F EN	C	G EQVIR	F N	C	D C	G	F F	C F	H	G	DF	D F
G CAR	D LVPER	H EIDVS	GFORD N	D EIDVSN	E C	H EIDVS	G C	D	EN	H	E CONS	E
H C	E	A F	H N	E F	F C	A F	H CA	F	A EIDVS	A	F C	F
A C	F QVIR	B LIBER	A N	F C	G C	B C	A	G	B EN	B C	G SATVR	G
B C	G C	C QVIN	B N	G	H	C C	B	H	C	C C	H C	H
C C	H C	D	C CERIA	H C	A	D LVC N	C VIN	A	D	D	A GTA	A
D C	A	E	D N	A C	B	E C	D	B	E ARM	E	B	B
E	B FERA F	F	E PARIL	B AGON	C	F LVC N	E CONS	C	F	F C	CDVAL	C
F	C C	G	F N	C TVBIL	D	G	F EN	D	G	G C	D C	D
G	D TERMIN	H	G VINAL	D	E	H	C VOL	E	H C	H C	E LAREN	E R
H C	E	A	H C	E	F	A N	H C	F C	A C	A C	F	F
A C	F	B	A ROBIG	F	G C	B FVR	A CPIC	G	B C	B C	G C	G
B C	G	C	B C	G	H C	C C	B	H	C C	C C	H C	H
C C	H EQVIR	D	C	H	A	D C	C VOLTV	A	D	D	A C	A
D	A C	E	D C	A C		E	D	B	E	E C	B C	
E C		F C	E C	B		F	E		F	F C	C C	
		G C		C		G C			G C			
		H C		D		H C			H			
									A C			

—¿Qué son esas letras, mi amo?

Lelio se giró despacio, sorprendido por la pregunta.

—Es un calendario, un calendario romano.

—Ah —respondió la joven muchacha, mientras apartaba el trapo húmedo y se esmeraba ya sólo en secar la herida.

—Es un calendario. En él están los meses, arriba, *Ianuarius, Februarius, Martius, Aprilis, Maius, Iunius, Quintilis, Sextilis, September, October, Nouember, December* y un mes adicional *intercalar*... para completar el año. —Hablar le hacía bien, le alejaba del dolor, quizá por eso la propia Netikerty le preguntaba. La muchacha escuchaba atenta mientras seguía secando la herida.

—¿Pero...?

—Sí —invitó Lelio a que siguiera con su pregunta. Sentía curiosidad por las dudas de su joven esclava.

—Pues que si *quintilis* significa el quinto y *sextilis*, el sexto y así el resto, no lo entiendo, porque *Quintilis* es el séptimo mes de vuestra lista y el siguiente el octavo y así... no tiene sentido.

Lelio sonrió. Era cierto.

—Es que antiguamente... sólo teníamos diez meses en el calendario... empezando por *Martius*, pero como eran insuficientes para el año agrícola y las estaciones... se añadieron dos al principio: *Ianuarius* y *Februarius*. Y luego se añadió también el mes intercalar... para completar los días que según los sacerdotes eran necesarios para mantener el calendario de acuerdo con las cosechas y las estaciones... —Lelio detuvo sus explicaciones. Estaba cansado.

Netikerty escuchaba, pero no parecía satisfecha.

—Pero entonces los nombres de *Quintilis* en adelante han perdido su sentido. Y los nombres deben tener sentido.

Lelio la miró. ¿Los nombres deben tener sentido? Los egipcios eran gente peculiar. La muchacha mantenía la mano con el paño suavemente sobre la herida. El dolor se había disipado en gran medida y sentía el calor de la piel de la joven a través del fino paño. Era un calor vital, igual que la mirada de la muchacha con sus pupilas brillantes e inquisitivas estudiando la pared donde estaba el calendario. Qué extraña era la vida. Acababan de ser atacados por desconocidos en medio de las calles de Roma, a punto de perder la vida, rodeados de un mundo en guerra, en medio de una misión que no había podido cumplir pues había fracasado en su intento de recibir refuerzos para la lucha en Hispania, y en todo lo que podía pensar ahora era en el cuerpo caliente y moreno de aquella esclava.

—Miraba el calendario —continuó Lelio—, porque quería saber cuándo sería un día propicio para partir de Ostia de regreso a Hispania.

—¿Y eso puede saberse mirando esas letras? —preguntó Netikerty bajando su mirada hacia el paño y la herida, y, al ver la tela ensangrentada, cambió el trapo por otro nuevo que fue poniendo alrededor del corte a modo de venda.

—Cada día tiene asignada una letra, desde la A hasta la H. La H indica que es día de mercado. Así van sucediéndose los días del mes. Luego la K indica que son las *kalendae*, el primer día del mes, y NON marca las *nonae* que es cuando la luna está en el cuarto creciente. EIDVS señala el día decimotercero o decimoquinto de cada mes coincidiendo con la luna llena. Y luego verás que unos días hay una C, una N o una F. La C marca los días *comitiales* en los que se puede celebrar cualquier acto público, los días N son *nefasti* y en ellos no es legal hacer nada público pues están reservados para adorar a los dioses, en cambio los días F son los que me interesan, pues son los días *fasti*, aquellos en los que se permite emprender cualquier cosa. Ésos son días buenos para partir. Para los soldados y las tripulaciones de los barcos que comando estas cosas son importantes.

Netikerty vendaba despacio la herida de Lelio. El tribuno la miraba. Ella, para ir pasando los paños que estaba usando de venda alrededor de su pierna, apoyaba las palmas de sus manos sobre el muslo o sobre la pantorrilla, levantando la pierna de su amo. Lelio sentía la tersa piel de la joven y comprendía que pese a su esclavitud, Fabio no la había usado para trabajos en la cocina o de limpieza. La había preservado de esas tareas para mantener su piel intacta y suave y gozar de ella en otras actividades. La muchacha, aparentemente ajena a las intensas miradas de Lelio, seguía observando la pared de forma intermitente.

—También hay otras palabras en algunos días, ¿no?, como LEMVR o AGON o TUBIL.

Lelio respondió sin dejar de mirarla, sin volverse al calendario.

—¿LEMVR, AGON, TUBIL...? Estás en el mes de *Maius*, dedicado a la diosa *Maia* y en él se indican las fiestas principales: LEMVR para referirse a las *Lemuria* cuando adoramos a los *lemures*, los espíritus de los difuntos, AGON por *Agonium Veiouis* cuando sacrificamos un carnero a *Veiouis*, una divinidad de los infiernos, y TUBIL para referirse al *Tubilustrium,* cuando purificamos las trompetas de la guerra. Y así con cada nombre que ves en el calendario.

Netikerty había terminado de vendar a su amo. Lelio la veía de rodillas, sus pequeñas manos cruzadas sobre su pierna herida, como queriendo calmar el dolor y, se sorprendió, parecía que así fuera, como si la muchacha absorbiese su sufrimiento.

—¿Y los días en rojo? —preguntó la joven.

—Son días especiales, los primeros de la semana, de cada ciclo lunar o fiestas especiales. Con rojo marcamos aquellos días de particular importancia. Es una costumbre como cualquier otra. No sé cuándo empezó ni cuándo dejará de usarse.

Y no había terminado de pronunciar aquellas palabras cuando

Lelio alargó su brazo derecho y tomó a la muchacha por la cintura, asiéndola con firmeza pero sin hacer daño a la joven, la hizo levantarse hasta quedar en pie a su lado y luego sentarse junto a él. La miró a los ojos. Ella bajó la mirada pero no quitaba sus manos pequeñas de la pierna de Lelio. Justo allí, en la entrepierna, algo pareció moverse y la muchacha sintió cómo el miembro de su amo crecía de tamaño. No pensó que aquel hombre herido pudiera tener fuerzas para poseerla en aquel momento. Se equivocaba.

15

Catón y Fabio

Roma, diciembre del 209 a.C.

A Fabio Máximo las noticias le llegaban con rapidez, pero hasta el propio Catón se admiró de que ya tuviera conocimiento de lo que estaba ocurriendo aquella noche en Roma, por eso no pudo evitar que cierta sorpresa se dibujara en su faz cuando el viejo cónsul le lanzó aquella pregunta.

—¿Es cierto lo que he oído, que Roma está en llamas?

Catón asintió y, ante la mirada sostenida de su interlocutor, completó la información con lo que sabía.

—Es un incendio en el barrio del *Macellum*. Parece que ya está controlado pero han ardido las *tabernae septem* y dicen que se han visto afectadas las *tabernae novae* e incluso algo el edificio de la *Regia*, aunque eso está por confirmar. El templo de Vesta se ha salvado por la intervención de un grupo de esclavos.

—Esos esclavos deberán ser recompensados.

—¿Dándoles la libertad? —preguntó Catón.

—Sí. Eso gustará al pueblo.

—Así se hará. Me ocuparé de ello.

—¿Y se sabe el origen del fuego?

Catón guardó silencio un instante antes de responder.

—No. Incendiarios quizá.

Máximo no preguntó más. Tenía la punzante sensación de que Marco no decía todo lo que sabía. En cualquier caso, el viejo cónsul decidió no indagar más. Hay veces que es mejor dejar la verdad oculta y Catón, con su silencio, parecía compartir aquella visión, incluso Fabio Máximo quiso ver cierto alivio en el rostro de su discípulo político cuando éste vio que no se preguntaba más sobre el tema.

—Voy a ocuparme del asunto de los esclavos —dijo Catón, y partió sin decir más.

Máximo se quedó a solas. Habría que reconstruir lo quemado y con celeridad. Estaban en medio de una guerra atroz y un centro urbano devastado por un misterioso incendio era lo último que necesitaban para animar la moral del pueblo. Y necesitaban al pueblo. Necesitaban soldados.

LIBRO II

PUBLIO CORNELIO ESCIPIÓN *IMPERATOR*

208 a.C.

Cuius aures veritati clausae sunt, ut ab amico verum audire nequeat, huius salus despernada est.

CICERÓN
en *Laelius, de amicitia*, 24, 90

[Aquel cuyos oídos están tan cerrados a la verdad hasta el punto que no puede escucharla de boca de un amigo, puede darse por perdido.]

16

El regreso de Lelio

Tarraco, enero del 208 a.C.

Publio se levantó de su diván y le recibió con los brazos abiertos. Lelio suspiraba de alivio al sentir el abrazo de su general, de su amigo, del joven patricio a cuyo padre había prometido defender y proteger por siempre. Sabía que le había fallado al no conseguir las dos legiones extra que Publio le había solicitado, pero aquel afectuoso abrazo diluía sus dudas y le sosegaba el alma. ¿O es que acaso Publio aún no sabía lo ocurrido? No, eso no tenía sentido porque el propio Lucio le dijo que escribiría a Publio para que tuviera conocimiento de lo acontecido tras aquella pérfida sesión en el Senado. ¿Qué más sabría o no sabría Publio de todo su periplo en Roma? ¿Cuánto debía contarle?

—Pero pasa, Lelio, pasa a nuestra casa y descansa. Pareces aturdido. —La voz de Publio sonaba sincera y pacífica, con una honesta intención de animarle—. Pero dime, ¿cómo está Roma?, ¿de qué se habla? Del Senado ya me ha contado mi hermano por carta pero quiero oírlo de ti. ¿Qué ocurrió exactamente?

Emilia vino al rescate.

—Si no le dejas ni tiempo para respirar, ¿cómo esperas que te responda, Publio?

—Tienes razón, Emilia, como siempre, tienes razón. Ven, Lelio, pasa y siéntate junto a nosotros. —Dirigiéndose a un esclavo que se hallaba en pie en el atrio, junto a los *triclinia*— y traed vino, vino solo, y *mulsum*, y por todos los dioses, rápido. Tenemos en casa a un amigo, el mejor de los amigos, que seguro estará sediento después del largo viaje.

Lelio, conducido por un afable Publio, tomó asiento en el *triclinium sumus* que quedaba a la derecha del anfitrión de la casa y que era el lecho reservado para comer sólo para los invitados de mayor rango. La conversación empezó y Lelio fue dando respuesta a la larga batería de preguntas lanzada por Publio. Narró su fracasada intervención en el Senado, cómo por un momento pensó que se iba a conseguir el objetivo de obtener los esperados y tan necesarios refuerzos para Hispania hasta que intervino Quinto Fabio Máximo haciendo valer su categoría de *princeps senatus* y su gran oratoria para persuadir a todos de que el verdadero enemigo era Aníbal y que no se podían enviar más tropas fuera de Italia. Publio escuchó con atención asintiendo con regularidad para mostrar su interés y su aceptación de los hechos descritos. Luego Lelio, en un intento por cambiar de tema, introdujo el asunto de *Amphitruo*, la última representación de Plauto, realizando una muy pobre recreación de los eventos que narraba la obra del popular escritor.

—Había un esclavo, y éste era engañado por los dioses, por Mercurio y también por Júpiter para que así Júpiter pudiera yacer con la mujer del amo del esclavo, o algo así, pero lo curioso es que aunque aparecían los dioses aquello no era una tragedia sino más bien una comedia, o eso me pareció a mí.

—¿Una comedia con los dioses presentes en escena? —le interrumpió Publio incrédulo—, veo que te confundes en el teatro aún más de lo que yo esperaba.

Lelio se defendió con audacia.

—Sabía que si no traía pruebas no se me creería, así que me procuré una irrefutable. Toma y juzga por ti mismo, Publio.

Sacó entonces Lelio de entre los pliegues de su toga los rollos de la copia que el propio Plauto le había entregado. Publio tomó los rollos entre sus manos con admiración.

—¿Un original, escrito por el propio autor? En este caso te has superado, has superado todo lo esperable —comentó Publio mientras desplegaba uno de los rollos con auténtica ansia en la mirada.

Pasó un minuto de silencio en el que tanto Lelio como Emilia respetaron el deleite de Publio sin decir nada. Lelio se decidió a añadir unas palabras.

—Me hice tanto lío con el argumento que tras la representación hablé con Plauto y le pedí una copia de la obra. Al principio se extrañó, pero al decir que era para ti se mostró entre sorprendido y halagado, creo. Bueno, lo esencial es que me dio esa copia.

Publio asentía mientras no dejaba de examinar el primero de los rollos. Lelio, por su parte, omitió la milagrosa contribución de Netikerty para preservar esos rollos intactos de las llamas o del agua en su huida nocturna entre los callejones del *Macellum*. Al fin, el propio Publio dejó los rollos sobre la mesa, cuidadosamente plegados, luego dudó, los volvió a tomar e hizo una indicación con la mano a uno de los esclavos presentes durante la cena. El aludido se acercó con rapidez a su amo.

—Llevad estos rollos al *tablinum* y dejadlos allí, sobre mi mesa, y hacedlo con mucho cuidado de no dañar estos hermosos y muy preciados rollos. —Y mirando a Lelio y su esposa alternativamente añadió—: No es ahora momento para que me solace en la lectura atenta de esta obra y que así compruebe si lo que Lelio nos cuenta, Emilia, es cierto o no, aunque admito que aquí salen dioses y que en el prólogo de la obra detecto un tono sarcástico impropio de una tragedia... pero dejemos esto y sepamos más cosas de tu estancia en Roma, querido Lelio. Me han dicho que no regresaste solo. No trajiste contigo un ejército pero tampoco viniste igual de solo que cuando marchaste a Roma.

Lelio frunció el ceño. No sabía bien a qué quería hacer referencia Publio con aquellas palabras. Pensó en Netikerty, pero le sorprendió que la adquisición de una esclava pudiera levantar tanto revuelo, si bien, admitía para sus adentros, era consciente de que la belleza y sensualidad de su recién adquirida esclava egipcia no había pasado desapercibida entre la tripulación de la *quinquerreme* en la que regresaron de Roma. Incluso él mismo le prohibió que saliera a cubierta, salvo por la noche para refrescarse un poco, y así no ser vista por todos constantemente. ¿Era posible que la fama de la belleza de aquella esclava hubiera llegado ya a oídos de Publio?

Ante el silencio de Lelio, Publio continuó hablando.

—Me han dicho, nos han dicho —mirando a su esposa—, que has regresado acompañado de una muy hermosa esclava.

Lelio tragó vino de su copa. Era posible. No quería ocultar nada sobre Netikerty pero explicarlo todo parecía algo embarazoso. Quizá pudiera salir del tema sin tener que precisar el lugar donde la había comprado.

—A Lucio, mi hermano —prosiguió Publio—, le encantaría saber dónde la compraste. Creo que quiere una igual para él.

Lelio se atragantó. Tosió y terminó escupiendo grumos de vino y babas en el suelo. Lelio pidió un poco de agua. No porque la necesitara sino por ganar tiempo. Sin embargo, mientras le traían el líquido, aquello no hizo sino despertar aún más el interés de Publio, pues Lelio nunca pedía agua. No obstante, el general decidió guardar silencio y dar tiempo a que su gran amigo se rehiciera o pensara o decidiera callar sobre el tema. Sabía que Lelio ya había estado muy preocupado con aquel encuentro por el penoso asunto de las legiones que no consiguió del Senado como para agobiarle más con algo que, aunque no lo pensó en un inicio, parecía ser un tema sensible para el más fiel de sus oficiales.

—Es sólo una esclava egipcia. Muy bella, sí, eso es cierto, pero tan sólo una esclava.

Publio sabía que esa explicación merecía una pregunta como «¿y por eso te atragantas?», pero mantuvo su línea de discreción. En el espeso silencio que siguió, Lelio, que se debatía entre sincerarse o callar por completo, decidió que con Publio sólo la honestidad mantenía la fortaleza de su alianza, por ello, tomó de nuevo la palabra y narró con concisión pero con detalle suficiente su salida del Senado, el modo en el que el joven Catón le abordó, la entrevista con Quinto Fabio Máximo en su gigantesca villa, incluyendo la oferta de apoyo político por abandonar a Publio, su propia negativa a dejarse comprar, el episodio de la compra de Netikerty y el ataque nocturno en las calles angostas próximas al foro y el incendio de la ciudad. Lelio narró los acontecimientos como un torrente. Publio y Emilia entendieron con rapidez que su amigo se estaba desahogando y que el desconocimiento por Publio de aquella entrevista le pesaba en el ánimo y que sólo ahora, al verter toda la verdad como una jarra que se vuelca de golpe quedaba su espíritu apaciguado en su interior.

—Y ésa es la historia de dónde y cómo conseguí comprar a esa esclava. Ésa fue mi visita a Roma. Eso es todo.

Publio y Emilia le miraban atónitos. Fue el general el que intervino para dar expresión a sus sentimientos.

—Fabio te intenta comprar, te lo ha ofrecido todo, incluso el consulado, y tú te has negado.

Lelio asintió sin decir más.

Publio le miraba con admiración. Así permanecieron unos segundos hasta que Publio rompió a reír.

—Y no sólo eso —empezó entre carcajadas—, sino que en medio de ese debate por comprar tu voluntad tú le espetas una puja por una de sus esclavas. Fabio Máximo, estoy seguro, no daría crédito a tu propuesta.

Lelio empezó a sonreír.

—Al principio no, pero luego sí; se ve que el dinero le sigue interesando al viejo senador.

—Nunca hay que despreciar el poder del dinero, así es —confirmó Publio, y se echó a reír—. El viejo Fabio te ofrece un consulado y tú pujas por una de sus esclavas. Luego, envía a un montón de asesinos para acabar contigo y tú incendias Roma entera para escapar. Por Júpiter y todos los dioses, Lelio, eres insuperable, insuperable. Levanto mi copa en tu honor y propongo un brindis: estás aquí conmigo, con nosotros y eso es lo único que importa. Cayo Lelio, me eres leal. Lealtad es lo que ofreces cada día y si de todo esto, después de los trabajos que te he encomendado, has conseguido una bella esclava, te la has ganado; que la disfrutes con salud, mi buen amigo. Aún me acuerdo cuando brindamos por nuestra amistad aquella noche junto al río Trebia, ¿lo recuerdas, Lelio?

—Nunca lo olvidaré. Creo que me ata a ti aquel brindis tanto como el juramento a tu padre.

Publio asintió orgulloso.

—Sea pues, bebamos de nuevo juntos por la amistad, Lelio. Creo que cualquier otro que hubiera enviado a Roma, no habría regresado: o bien se habría aliado con Fabio Máximo o bien estaría muerto. —Y alzó su copa recién repleta de vino, esta vez sin miel. Emilia y Lelio le imitaron y los tres bebieron con placer saboreando en sus paladares el deleite de la amistad sincera.

La conversación, conducida ahora por algunas preguntas de Emilia sobre el día a día en la Roma que añoraba, transcurrió relajada mientras Publio se perdía en pensamientos más oscuros. Tenía a su gran amigo junto a él, habiendo superado la tentación del éxito político y el lujo propuestos por Fabio. Era algo de lo que sentirse satisfecho, pero de nuevo la dura realidad de la carencia de tropas suficientes para enfrentarse o, incluso, para defenderse de los cartagineses, le golpeó en toda su crudeza. ¿Cómo es que Fabio Máximo y el Senado no veían la necesidad de detener a los cartagineses allí mismo, en Hispania? ¿Qué pretendía Máximo? De súbito una sensación deslumbradora y trágica a la vez invadió su alma: Máximo estaba dispuesto a arriesgar Roma, a permitir incluso que los cartagineses se apoderasen de Hispania y que avanzaran por la Galia, como había hecho ya Aníbal, si con eso conseguía eliminar a sus enemigos políticos: a él mismo, Publio Cornelio Escipión, y a cuantos le apoyaban. La certidumbre tornó en amargo el sabor del vino, pero Publio mantuvo una sonrisa suave mientras Lelio intentaba, de modo torpe, describir la forma en la que las mujeres vestían y se peinaban en Roma.

—Quizá deba hablar con tu esclava —comentó Emilia divertida ante las inconexas explicaciones de Lelio—; seguramente ella sabrá ser más precisa en todo lo tocante a la ropa y peinados femeninos. ¿Tiene un nombre esa muchacha?

—Netikerty —respondió Lelio con las mejillas ligeramente enrojecidas, quizá por el alcohol, quizá por sentirse azorado ante su incapacidad en aquel tema en el que se le preguntaba.

Publio enarcó una ceja al escuchar aquel nombre y pensar en su significado. Netikerty. Pero no dijo nada. Qué curioso que cosas aprendidas de niño, bajo la tutela de los preceptores griegos contratados por su padre, de pronto, se tornaran interesantes. Siempre entendió la utilidad de hablar griego, pero nunca le vio el sentido a estudiar egipcio y otras lenguas bárbaras. Emilia se dirigió a él entre risas.

—Por Cástor y Pólux, Publio, has de pedir a Lelio que la próxima vez que venga se haga acompañar de esa esclava. Tengo que hablar con ella. Necesito noticias frescas de Roma sobre temas en los que claramente tu mejor oficial es bastante poco experto.

Publio asintió sonriendo. Lelio cabeceó también en sentido afirmativo. Todos se sentían bien por estar juntos, aunque a cada uno le palpitaba el corazón con una intensidad especial por motivos diferentes. Publio, olvidado ya el destello sobre el significado de aquel nombre egipcio, seguía en esencia preocupado por la carencia de las dos legiones que tanto necesitaba; Lelio no sabía si había hecho bien en hablar tanto de Netikerty y dudaba de cómo sería tratada por Emilia y por Publio; Emilia, por su parte, estaba llena de curiosidad por conocer a aquella esclava que había cautivado el corazón del más fiel oficial de su marido. Porque algo era evidente en aquella cena, aunque aquellos dos hombres que la acompañaban fueran ciegos: Cayo Lelio se había enamorado.

17

La rebelión de Etruria

Roma, febrero del 208 a.C.

El nuevo año llevó a Marcelo a ser elegido cónsul por quinta vez. Una vez más el Senado buscaba alguien con experiencia para asegurarse una defensa adecuada frente a la incontenible furia de Aníbal. El año anterior dicho cargo había recaído en Quinto Fabio Máximo y ahora se elegía a otro senador que, de igual forma que Máximo, alcanzaba ahora su quinto consulado. La otra magistratura se decidió que fuera para Quincio Crispino, más joven, sin tanta veteranía en la guerra, pero algo necesario: Roma buscaba ir preparando a hombres nuevos que pudieran ir adquiriendo la destreza precisa en previsión de la continuidad de aquel conflicto bélico cuyo principio parecía ya casi remoto y cuyo final nadie acertaba a vislumbrar, ni los augures oficiales ni los *auspex* más reconocidos.

Aquella mañana el Senado estaba repleto. Poco a poco se habían ido incorporando nuevos senadores para ir reemplazando a todos los que habían ido cayendo en el campo de batalla. Fabio Máximo, en calidad de *princeps senatus*, observaba desde su privilegiado lugar en la primera fila de bancadas de la *Curia Hostilia* cómo el resto de sus colegas iba incorporándose a la reunión. Hoy había temas más que importantes de los que ocuparse. Ya se había decidido sobre el reparto de las legiones: dos para cada cónsul para operar en Italia y acosar a Aníbal, o defenderse, según cómo se mire; y el resto de las legiones que debían permanecer en sus posiciones del año anterior repartidas entre las guarniciones de Capua, Tarento, Cerdeña, la frontera con la Galia y las fuerzas desplazadas a Hispania bajo el mando de Publio Cornelio Escipión. A Terencio Varrón se le concedió el mando de las *legiones urbanae*. Después de su desastrosa dirección en la batalla de Cannae, nadie parecía dispuesto a conceder a Varrón grandes misiones. Fabio observaba a su colega caído en desgracia. Terencio aparentaba dignidad, con su *toga virilis* bien ceñida; sin duda, esclavos no le faltaban a Varrón aun en medio de su catástrofe. Al menos, pensaba Fabio, el otro cónsul al mando en aquel desastre de Cannae, Emilio Paulo, se inmoló en medio de aquella terrible batalla en lo que todos recordaban como una épica *devotio*. Si no fuera porque los Emilio-Paulos se habían aliado tan estrechamente con los Escipiones —el joven Publio Cornelio se había casado con Emilia Tercia, hija de Emilio Paulo—, Máximo incluso se habría mostrado más respetuoso con la actuación de Emilio Paulo. De hecho su *devotio* había lavado la imagen de los patricios ante el pueblo y, mínimamente, salvado el honor del Senado. Fabio miró al suelo. En cualquier caso los temas que debían tratar en ese día eran otros: el asunto de Etruria y la concesión de recompensas a Livio, el centurión al mando de la guarnición de la ciudadela de Tarento cuando la ciudad cayó en manos de Aníbal.

El debate se inició con el asunto de Etruria. Éste era un tema importante, desde el punto de vista militar, pues se trataba de una rebelión que se extendía desde Arrentium por toda la región etrusca, donde las ciudades se negaban a proporcionar refuerzos a Roma, algo que no se podían permitir en medio de aquella guerra contra Cartago, sobre todo porque había que evitar que dicha rebelión se contagiase a otras regiones, como ya ocurriese hacía unos años con el levantamiento de varias ciudades latinas. Unos defendían que había que negociar, pues no era conveniente enfrentarse militarmente con regiones aliadas. Sin embargo, la oposición de los senadores de Arrentium a ceder más hombres, víveres y suministros a Roma, era cada vez mayor. Todas las regiones que apoyaban a los romanos estaban exhaustas.

Maximo escuchaba y con cada nuevo informe que se leía, comprendía cada vez mejor la sabiduría con la que Aníbal estaba luchando: asediar Roma directamente era una locura y por eso sólo amagó el cartaginés y sólo como distracción para que los romanos trasladaran las tropas que asediaban Capua para defender a Roma; sí, Fabio Máximo hacía tiempo que lo intuía pero ahora estaba claro: Aníbal buscaba derrotar a Roma por puro agotamiento. El cartaginés estaba llevando a todos los aliados de Roma a la mismísima extenuación. De ahí a la rebelión sólo había un paso. Ya habían tenido que aplacar el levantamiento de las ciudades latinas y luego recurrir a enrolar a esclavos y hasta a reos de muerte para proseguir combatiendo al invasor cartaginés y, pese a todos los esfuerzos, Aníbal seguía allí. Y si la diosa Fortuna aún no se había decantado definitivamente a favor del cartaginés era porque éste todavía no había recibido los refuerzos necesarios ya por el sur, desde Cartago, o por el norte, si su hermano Asdrúbal conseguía doblegar las legiones de Escipión en Hispania. Todo estaba por ver. Pero ahora era Etruria. Máximo compartía la opinión de intentar evitar la guerra abierta contra Arrentium y toda la región de Etruria, pero también aceptaba que los que proponían mano dura llevaban razón: había que controlar aquella revuelta con rapidez, antes de que se extendiese por toda Italia. Fabio Máximo se levantó, se situó en el centro de la *Curia* y aguardó que se hiciera silencio. Pronto todos esperaban el consejo del más veterano, del *princeps senatus*.

—Todos lleváis razón: los que promulgáis que debemos atacar Etruria y castigar la rebelión y aquellos que os mostráis más cautos. Todos lleváis razón y, sin embargo, debemos decidir y decidir rápido, pues la enfermedad que supone un levantamiento se contagia con rapidez de una población a otra y de una región a otra. Esto, sin duda alguna, es lo que desea Aníbal y esto es lo que en modo alguno debemos permitir nosotros que ocurra. ¿Qué hacer? —Y Máximo miró a los senadores girando su cuerpo, dejando que el silencio pesase sobre sus ánimos—. Yo os diré qué hacer. —Máximo disfrutaba tratándoles como niños; su edad y su condición de príncipe del Senado se lo permitía y la admiración de los unos y el temor de los otros fomentaba su actitud paternalista y cínica—. No atacaremos pero enviaremos una legión y esa legión cortará la rebelión sin derramamiento de sangre, o, al menos, sin guerra abierta. La legión tomará rehenes de entre los hijos de los senadores de Arrentium o entre otros prohombres de la ciudad. Ciento veinte me parece un número suficiente para asegurarnos las voluntades de su Senado entero. Rehenes jóvenes, niños mejor. Traeremos a Roma los rehenes y los trataremos como corresponde a su noble origen, con dignidad, incluso con generosidad, pues hemos de hacer entender que Roma paga con generosidad la lealtad, igual que pagamos con crueldad extrema la rebelión. Si Etruria permanece leal, nada habrán de temer los padres de los rehenes y si Etruria se obstina en su defección, primero descuartizaremos a los niños no ya de senadores sino de traidores a Roma y luego... luego exterminaremos Arrentium, pero esto último, esto último seguro que no será necesario. Ya se ocuparán los senadores de Arrentium de que esto no sea preciso y trasladaremos así nuestras preocupaciones por dominar Etruria de nuestro ejército a sus propios gobernantes, liberando así a una legión, o más que serían necesarias para doblegar por la guerra las voluntades etruscas, liberando digo estas legiones para lo realmente importante: la guerra con Aníbal.

Los senadores aceptaron de buen grado el consejo de Máximo. Sólo quedaba por decidir quién se haría cargo de aquella nada memorable misión: capturar niños para usarlos como rehenes. No había demasiado honor en aquella táctica, por muy eficaz que pudiera ser y que, en efecto, resultó ser. Todos cruzaban miradas pero nadie se postulaba como voluntario. Los *patres conscripti* miraron de nuevo a Máximo y éste les respondió en silencio, sus ojos fijos en Terencio Varrón. El mensaje fue entendido y Varrón fue puesto al mando de la legión que acudiría a Arrentium. Aquél era un hombre marcado por su desastrosa dirección en Cannae, sin posibilidad ya de carrera política y militar, pues la confianza de todos en él era nula. Raptar niños parecía algo muy apropiado para su nivel de destreza. Se le ofreció el cargo con palabras oficiales y de gran sonoridad y Terencio Varrón se levantó y lo aceptó de buen grado si con ello era útil a su patria. Se tragó la vergüenza. Máximo le había encumbrado hasta comandar ocho legiones y partir hacia Cannae. Ahora le hundía. Y todos compartían ese conocimiento. Así era la política en Roma y así era Quinto Fabio Máximo. En aquellos días, además, todos sabían que Fabio había puesto su empeño en promocionar a su propio hijo Quinto, y a un joven advenedizo que le seguía a todas partes: Marco Porcio Catón. Ambos eran temidos, no por ser quienes eran, sino porque todos sabían que detrás de ellos estaba el mismísimo Fabio Máximo.

El Senado prosiguió su larga sesión de aquella mañana y pasaron a la segunda cuestión por la que se habían reunido aquel día. Este segundo asunto era menor: premiar a Livio, el oficial al mando de la ciudadela de Tarento, pero tocaba el orgullo de Fabio de forma directa y personal, pues Máximo era el que había liberado Tarento del dominio cartaginés y no quería compartir el honor de tal liberación con nadie. De hecho, ya procuró cercenar de raíz el rumor de que sólo había conquistado la ciudad gracias a la traición de un regimiento brucio que desertó del bando cartaginés y se pasó a los romanos abriendo las puertas de la ciudad para que entrasen las tropas de Fabio. Todos daban por hecho que con seguridad algo así habría ocurrido, ya el propio Aníbal usó una estrategia similar para tomar la ciudad, pero sea como fuere, porque aquello era mentira o porque Fabio Máximo fue meticuloso en no dejar testigos, no se había encontrado a nadie que defendiera semejante versión en público. En cuanto a Livio, el caso era particular: estaba al mando de Tarento cuando Aníbal fue ayudado por ciudadanos tarentinos que anhelaban liberarse del yugo de Roma y por ello asistieron al general cartaginés para que tomara la ciudad. Livio resistió lo que pudo, pero al ser traicionado y quedar la puerta Teménida abierta los cartagineses irrumpieron por toda la ciudad. Livio optó entonces por, en lugar de combatir hasta la muerte, atrincherarse en la fortaleza interior de la ciudad, en una pequeña ciudadela en el extremo noroccidental de la ciudad y que controlaba el acceso al puerto. Con aquella maniobra Livio había rendido la ciudad, pero dificultaba en gran medida que Tarento pudiera ser usado por Aníbal como puerto donde recibir refuerzos. El Senado estaba dividido entre los familiares y amigos de Livio, que defendían que aquélla había sido una maniobra inteligente, y un mayor servicio al Estado que si Livio hubiera optado por una inmolación ante el enemigo, pero del otro lado estaban los que interpretaban la pérdida de la ciudad como una funesta derrota que no hizo sino aumentar el poder de Aníbal en el sur de Italia, favoreciendo que multitud de poblaciones brucias y de la Magna Grecia se pasaran al bando cartaginés y que, en consecuencia, Livio no debía ser recompensado por esconderse como una alimaña durante varios años, sino que, muy al contrario, debía ser castigado con severidad. La discusión se prolongó durante varias horas sin que ninguna de las partes cediera en sus posiciones. Al cabo de ese tiempo, como siempre en aquellos casos de duda, los senadores buscaron de nuevo a Fabio Máximo. El viejo senador había estado elucubrando con tiento cuál debía ser su posición. El rumor de que Tarento había vuelto a sus manos por una traición de los brucios era demasiado fuerte para ser ignorado. Si decidía apoyar que se castigara a Livio por cobardía, sus enemigos no harían más que azuzar al pueblo con la idea de que era la envidia la que le movía, que no deseaba compartir con nadie la gloria de recuperar una ciudad tan importante como Tarento. Alimentar esos rumores y habladurías no era positivo. Una posición diferente, la de premiar a Livio, le revolvía las tripas. Y no era fácil encontrar una postura intermedia. Máximo se pasó su arrugada mano derecha por su blanquecino y fino pelo dejando que los dedos lo acariciasen hasta descender por la nuca. No había, no obstante, seguía meditando, que perder el norte de lo que era y no era importante. Llevaba años de guerra empujando al Senado en la dirección que estimaba siempre como más oportuna, y lo que ahora se debatía era, aunque le hiriese en su amor propio, algo muy menor, de nula implicación militar y escaso valor político. Ceder ahora era invertir en el futuro. Sus enemigos perderían fuerza, no podrían describirlo como alguien siempre radical, inflexible. Sus adeptos respetarán lo que decida y aquellos que siempre van de un lado a otro le considerarán un hombre que no se rige por su ambición personal sino por lo que interesa al Estado. Cerró el puño de su mano derecha y asintió para sí mismo. Se levantó y tomó la palabra.

—Llevamos ya un tiempo dilatado dirimiendo sobre lo que es oportuno hacer con relación a la actuación de Livio. Y todos me miráis de reojo, no, no digáis que no. Me miráis así los que soléis coincidir con mi forma de analizar las cosas y los que por el contrario no soléis estar de acuerdo conmigo. —Esbozó una tenue amable sonrisa que, a su vez, extendió sonrisas por el Senado, incluso entre alguno de los Emilio-Paulos presentes, enemigos acérrimos de Máximo—. Y me miráis porque, a fin de cuentas, yo recuperé Tarento. Esto, sin duda, otorga a mi opinión un valor especial. —Guardó entonces silencio; pasaron un par de largos segundos—. Yo estimo que debemos premiar a Livio. —Unos miraban sorprendidos, los amigos de Fabio, otros, sus enemigos, fruncían el ceño entre confundidos y recelosos—. Por favor, por favor, premiad a Livio y hacedlo con todas mis bendiciones y con todas las bendiciones de los dioses, pues sin duda Livio fue clave para la recuperación de la ciudad por mi parte, ya que si Livio no hubiera perdido Tarento en un principio yo no habría podido recuperarla para el Estado después. —Un centenar de carcajadas inundó el interior de la *Curia Hostilia* procedentes de las gargantas de los aliados de Fabio; por el contrario, en la faz de sus enemigos, las tenues sonrisas desaparecieron—. Es más, por Cástor y Pólux, cuanto más le premiéis más dichoso me haréis.

Y Quinto Fabio Máximo se sentó en su banco. Varios amigos se acercaron y formaron un corro en torno a su persona donde las risas iban y venían con facilidad. Pasaron unos minutos antes de que la sesión pudiera proseguir. Se acordó mantener a Livio en su rango militar, concederle el mando de una guarnición y una gratificación económica, asuntos que quedarían por precisar para una futura sesión, pero ya daba igual. Por Roma corrieron las palabras de Máximo como esparcidas por el viento. «Sin duda Livio fue clave para la recuperación de la ciudad pues si Livio no hubiera perdido Tarento en un principio, yo no habría podido recuperarla para el Estado después.» Livio, en efecto, recibió recompensas, pero pocos premios habían generado tanta burla y escarnio público en la ciudad de Roma.

18

El resurgir de Aníbal

Apulia, en las proximidades de Venusia.
Finales del invierno del 208 a. C.

Una colina boscosa, alta y oscura a la luz del amanecer. El sol se deslizaba sobre la tierra de Apulia, pero sus rayos de momento sólo lamían levemente la ladera este de aquel promontorio cubierto de verde. Claudio Marcelo, cónsul de Roma por quinta vez, un honor que le igualaba con Fabio Máximo, observaba aquella elevación del terreno. Marcelo se encontraba rodeado por un nutrido grupo de *lictores*, oficiales y legionarios que le acompañaban en su recorrido por el campamento levantado en las proximidades de Venusia que le había conducido hasta la *porta praetoria*. Allí se detuvo, contemplando la colina de la que tanto le habían hablado y que parecía interponerse entre ellos y las fuerzas de Aníbal. Y allí, bebiendo un poco de agua, con la frente despejada, esperaba a su colega en el mando, el cónsul Crispino, con el que había unido fuerzas en un intento más de enfrentarse a Aníbal y, de una vez por todas en el campo de batalla, poner fin a esa guerra.

Sabía que todos le observaban. Marcelo mantenía su figura recta, pese a sus cincuenta años, y hacía gala de un porte entre distinguido y terrible que abrumaba a sus oficiales y despertaba la admiración entre los legionarios. Todos le miraban con asombro: era el único general que había derrotado en alguna ocasión a Aníbal, aunque fueran pequeñas victorias pírricas, era el conquistador de Siracusa y era cinco veces cónsul. Ni siquiera Máximo podía igualarle, al menos, en el campo de batalla. Marcelo pensó unos segundos en Fabio Máximo. No lo consideraba pusilánime, como algunos decían, ni débil. No. Máximo, para Marcelo, era un estratega, pero demasiado precavido. Siguiendo sus pautas aquella guerra duraría infinitamente. Por el otro extremo estaban los Escipiones y su osada idea de llevar la guerra a África. En ese punto, Marcelo coincidía con Máximo: la guerra debía ganarse en Italia derrotando a Aníbal de forma rotunda, apresándolo vivo si era posible y, si no, abatiéndolo en el lance de un combate. No, ni la exagerada precaución de Máximo ni la osadía sin límites del joven Escipión eran los caminos a seguir. Marcelo sentía que en él residía la esperanza del pueblo de Roma. Sus pensamientos se recogieron de lo más lejano a lo más próximo y volvieron a posarse sobre aquella colina que se interponía entre los ejércitos consulares y las tropas mercenarias y africanas de Aníbal.

—¿Es ésa la colina? —preguntó el cónsul Crispino al llegar junto a Marcelo. El interpelado se volvió y le saludó con respeto. Claudio Marcelo era escrupuloso con las formas. Luego pasó a exponer su plan.

—Los informes de los grupos de reconocimiento son confusos. Ya no sé si esa colina nos conviene o si es mejor que alejemos el campamento de aquí.

—Entiendo —convino Crispino—, ¿tienes alguna sugerencia? Me inclino a seguir lo que tu experiencia intuya como más apropiado.

Marcelo echó un último trago de agua y arrojó la copa a un lado. Un *calon* la recogió y la guardó junto con el ánfora de agua que llevaba a sus espaldas.

—Creo que lo mejor sería que fuéramos juntos y la exploráramos. Sólo así nos formaremos una opinión adecuada sobre lo que conviene hacer. Es quizás algo arriesgado, pero no sé qué decisión tomar de otro modo.

Crispino asintió despacio.

—Puede ser lo mejor. Los cartagineses se están quietos. Nadie ha informado de tropas púnicas en movimiento. ¿Cuántos hombres crees que deben acompañarnos?

—Doscientos jinetes serán suficientes para protegernos en caso de un ataque sorpresa y no demasiados para permitirnos movernos con rapidez.

—Sea. Doscientos jinetes. Vamos allá —aceptó Crispino.

Era una mañana con bruma densa. Los caballos númidas piafaban entre los árboles. Sus jinetes se afanaban en calmarlos acariciándoles el cuello y susurrando palabras de consuelo casi mágico. El vacuo sonido del silencio, igual que el vapor espeso del amanecer, envolvía a aquellas sombras sobre sus monturas. Parecían estatuas de otro tiempo, detenidas en el bosque de la colina. Vieron pasar a los caballeros romanos por el camino que serpenteaba hacia lo alto de aquella suave montaña, pero permanecieron impasibles, quietos. Miraban a su jefe de caballería. Maharbal, curtido noble cartaginés, con su caballo ligeramente adelantado a la línea de jinetes númidas, estaba si cabe aún más inmóvil que el resto, como si bestia y hombre estuvieran congelados por un alba fría.

Los romanos ascendían en columna de a cuatro. Una *turma* ampliada a cuarenta caballeros de Fregellae abría el camino. Les seguían los dos cónsules con los *lictores* de su guardia personal y luego el resto de jinetes de origen etrusco. Los primeros parecían confiados, los etruscos, sin embargo, recelaban de los bosques: les recordaban sus luchas contra los galos en la región cisalpina y los árboles y las colinas nunca les habían traído nada bueno, pero seguían a sus generales, leales y atentos. Quizá sólo fueran miedos de malos recuerdos. Nada de lo que preocuparse. Y una guerra no se podía luchar como mujeres atemorizadas. Algunos de los etruscos se sintieron avergonzados por sus temores. Otros seguían mirando nerviosos a ambos lados del camino.

—Los cónsules han salido hacia la colina —comentó un veterano oficial africano a su general en jefe. Aníbal se volvió y le miró con aire incrédulo.

—¿Los dos cónsules?

—Los dos, mi general. Así lo confirman sus uniformes púrpura.

—No puede ser tan fácil —continuó Aníbal perplejo. Luego calló. No podía luchar contra los dos ejércitos consulares. De hecho su plan era seguir con las pequeñas escaramuzas y luego retirarse de nuevo hacia el sur, hacia el Bruttium o acosar Locri una vez más, pero los dos cónsules en una avanzadilla... aquello era un regalo de los dioses Baal, Melqart y Tanit juntos.

—Mi caballo, rápido —ordenó Aníbal con decisión—, y quiero mil hombres a caballo en dirección a la colina ya, ¡ya!

El oficial se desvaneció como una centella. Aníbal escuchó el tronar de su caballería despegando del campamento en menos de un minuto. Azuzó a su montura y en un momento estaba con ellos, galopando, y se sintió joven, pese a sus cuarenta y un años. Era el amanecer y pronto entrarían en combate. Si aquello salía bien, sería un duro golpe contra la moral romana. Una estocada certera que atravesaría la yugular del corazón de Roma. Un mandoble temible que dolería más por estar los cartagineses en inferioridad numérica y de recursos. Era lo que necesitaba para resarcirse de los últimos años indecisos y para animar a sus mercenarios a dilatar la contienda hasta la llegada de su hermano Asdrúbal por el norte.

Claudio Marcelo percibió algo indefinido, difuso, en el aire. De pronto comprendió lo que le confundía: el silencio. No era un silencio normal sino denso, pesado, como estancado. Amanecía y no se escuchaban los pájaros, como si hubieran volado asustados por algo o por alguien. Escuchó los primeros gritos en la retaguardia. El general, cinco veces cónsul de Roma, y único miembro de la *nobilitas* que había puesto en apuros a Aníbal en un campo de batalla, hizo que su montura girara ciento ochenta grados. Los *lictores* le imitaron y le siguieron cuando, al trote, marchaba hacia atrás en busca de los gritos que habían surgido en la retaguardia de la caballería romana. Crispino y sus *lictores* le emularon tras ordenar a la *turma* de Fregellae que permaneciera en vanguardia, vigilante y preparada para la defensa en caso de ataque frontal.

Marcelo alcanzó en veinte segundos la retaguardia romana, que ya no era una formación, sino una batalla en curso donde los jinetes etruscos, cazados por sorpresa desde ambos flancos, habían perdido una decena de hombres mientras otros tantos caían heridos atravesados por dardos y jabalinas. Marcelo escuchó el silbido inconfundible que anunciaba su muerte pero su instinto guerrero hizo que levantara el escudo y agachara su cuerpo pegándose al cuello de su caballo. La lanza chocó lateralmente con su arma defensiva y luego se perdió por encima de él, sin ya casi fuerza, sin herir a nadie. No hubo tiempo para respirar ni para dar órdenes. Dos númidas surgieron de entre las ramas bajas de los árboles contiguos y aullando como salvajes arremetieron contra el cónsul, delatado por el vistoso púrpura de su uniforme. Marcelo los recibió con la espada desenvainada. A uno lo derribó de un golpe y al otro lo esquivó, pero no tuvo tiempo de hacer que su montura girase en busca del que se le había escapado porque tras sus dos atacantes aparecieron tres más. Los dioses se apiadaron por un instante del cónsul y los *lictores* de su guardia embistieron a los tres nuevos jinetes númidas. Esto le dio unos segundos a Marcelo para mirar a su alrededor. Ya no había formación alguna, sino que toda la columna estaba siendo atacada por la retaguardia y por los flancos. La única salida era hacia lo alto de la colina. Marcelo dudó entre reagrupar sus fuerzas y lanzar a todos sus jinetes supervivientes contra el ataque de la retaguardia en un intento desesperado por acercarse hacia el campamento del modo más directo u ordenar que ascendieran al galope hacia lo alto de la colina y luego descender rodeando la montaña para regresar a la seguridad de las cuatro legiones acampadas apenas a cinco mil pasos de aquel lugar. No era momento para dudas.

—¡Hacia lo alto de la colina! ¡Por Júpiter, replegaos hacia lo alto de la colina! ¡Seguidme todos!

Y cuantos podían se zafaban de sus atacantes y hacían que sus caballos siguieran al gran Claudio Marcelo en su ascenso por aquel camino que parecía conducirlos a todos hacia la supervivencia. Crispino no tenía claro que aquélla fuera la mejor de las maniobras, pero tampoco era momento de discutir ni de dividir fuerzas y siguió a su colega camino arriba.

Los númidas se vieron de pronto sin enemigos contra los que luchar pero azuzaron sus animales y persiguieron de cerca a los caballeros de Etruria y Fregellae, a los *lictores* y a sus dos cónsules en su desesperada huida.

—¡Seguidles, rápido! —ordenó Maharbal, aunque la instrucción ya estaba siendo ejecutada antes de que su voz inundase la ladera con su anuncio de persecución sin cuartel.

Claudio Marcelo vio el fin de su vida ante sus ojos minutos antes de que ocurriera, cuando al aproximarse a lo alto de aquella nefasta colina adivinó cómo se perfilaba contra el horizonte del amanecer la figura de centenares de jinetes cartagineses, en lo que parecía el grueso de la caballería púnica. No había más remedio que volver a dar la vuelta y luchar contra los númidas que les seguían, aprovechando ahora la fuerza del ataque desde una posición más alta. Era una locura, pero las otras alternativas eran la rendición o la muerte. Marcelo miró a su colega y sin decir más los dos hombres se entendieron en medio de su desgracia sin límites: un cónsul de Roma lucha o muere, pero nunca se rinde.

—¿De nuevo contra los númidas? —preguntó Crispino de forma algo retórica. Ésa había sido la primera idea de Marcelo, en efecto, pero ahora el veterano cónsul se daba cuenta, viendo ascender al galope a los númidas, que aquélla tampoco era la ruta a seguir.

—Por entre la espesura, descendiendo en diagonal. Nos cazarán como a jabalíes entre los árboles, pero quizás alguno sobrevivamos —respondió Marcelo con los ojos brillantes y un sudor frío por la frente.

Crispino le miró asombrado por la frialdad con la que Marcelo hablaba de lo que iba a acontecer. Eran ya apenas unos ciento cincuenta jinetes contra trescientos o cuatrocientos al menos que ascendían por el camino y más de mil que estaban formando en todo lo alto de la colina. Crispino asintió.

—Sea y que los dioses estén con nosotros.

Marcelo no respondió nada. Lo único en lo que podía pensar es que muy probablemente ellos estarían camino del infierno cruzando el río Aqueronte muy pronto.

El descenso entre los árboles fue como había predicho el cinco veces cónsul de Roma: los númidas y los cartagineses se dedicaron a cazar con lanzas y flechas a los jinetes romanos en franca huida. Los caballeros de Fregellae se rindieron sin seguir a los etruscos. De esa forma sólo ciento veinte se adentraron en el bosque. De ésos, fueron cayendo uno aquí otro allá, en el fuego cruzado de dardos y jabalinas. Una lanza hirió al cónsul Crispino, pero éste mantuvo el equilibrio sobre su caballo y continuó cabalgando junto con los únicos seis *lictores* supervivientes de su guardia. Marcelo hizo por seguirlos, pero una jabalina se clavó en su pierna y otra en la espalda. El caballo continuaba galopando, pero el veterano cónsul sintió un profundo dolor por todo su hombro derecho y una gran debilidad que se apoderaba de él. Soltó las riendas y se aferró a la crin de su montura, pero el animal dio un salto para evitar un tronco seco que se cruzaba en su camino y el cónsul de Roma cayó rodando al suelo. Al rodar, las jabalinas se partieron, y al resquebrajarse se movieron con violencia en el interior del cuerpo de Marcelo rasgando y cortando músculos, venas y piel. Marcelo encontró fuerzas para reincorporarse y, apoyado en un árbol, alzarse aunque algo encogido y con temblores que no podía controlar. Dos *lictores* pusieron pie a tierra y se situaron a ambos lados del general. El cónsul les miró con aprecio y respeto. El resto de su guardia había muerto. Seis lanzas llovieron de entre los árboles y los dos *lictores* cayeron ensartados como fruta madura sin haber tenido la oportunidad de defender a su general. Marcelo, herido de muerte, se mantuvo en pie. Era lo único que podía hacer: morir con dignidad. Sólo rogaba a los dioses tener fuerzas para no recibir el último golpe de rodillas. Él no. Una decena de jinetes africanos le rodearon. El que parecía un oficial al mando desmontó y le miró a los ojos. Le vio sonreír. El oficial dijo algo en su lengua y los jinetes respondieron con risas. Claudio Marcelo, cónsul de Roma, se mantuvo firme, apoyado en el árbol. En su interior imploraba porque el fin fuera rápido. No sabía cuánto tiempo más podría resistir, pero aquellos hombres reían y reían y no parecían decidirse a dar la última estocada. Alrededor, el fragor de la batalla se alejaba. Si alguien se había salvado estaría ya lejos. De súbito las carcajadas frenaron y Marcelo vio cómo los jinetes númidas desmontaban y apartaban sus caballos para dejar paso a un hombre cubierto de pieles de lobo. Era un hombre férreo, con una faz seria de poblada barba y con un parche en el ojo izquierdo. Marcelo comprendió enseguida ante quién estaba. Aníbal caminó hasta ponerse delante del cónsul de Roma. El oficial dijo algo y de nuevo los jinetes africanos empezaron a reír, pero Aníbal lanzó un grito potente y seco diciendo una frase en su lengua que Marcelo no pudo entender pero que hizo que todos los hombres callaran. Incluso el cónsul, no sabía si por el agotamiento y la pérdida de sangre, quiso ver que algunos de los jinetes se asustaron al escuchar a su general en jefe. El oficial dijo algo que parecía una disculpa. Marcelo no podía más, así que se dejó caer hasta quedar sentado, siempre evitando caer de rodillas. Sostenía la espada como señal de lucha pero no podía levantarla. La sangre manaba de su cuerpo a borbotones y la vida se le escapaba por momentos. Aníbal se acercó al moribundo cónsul de Roma y le habló en griego.

—Estos hombres... mis soldados... no volverán a burlarse de ti —dijo, y esperó alguna señal de su interlocutor. Marcelo asintió moviendo ligeramente la cabeza como signo de que entendía lo que se le decía. Aníbal volvió a hablarle—: ¿Quieres morir en pie o sentado?

Claudio Marcelo quiso hablar, pero sólo salió sangre de su boca. Entonces, en último esfuerzo empujó con sus pies para intentar alzarse, pero las fuerzas le fallaron y tras haberse levantado apenas unos centímetros del suelo volvió a desplomarse y, al caer, la mano le traicionó y soltó la espada.

Aníbal miró con intensidad a aquel hombre. Se había enfrentado a él en numerosas ocasiones. Era el único general que se había atrevido a plantarle batalla campal cara a cara y que alguna vez le había puesto en situaciones difíciles. El general en jefe de las tropas cartaginesas en Italia dio una orden en su lengua y dos de los jinetes africanos se acercaron y, tomando al cónsul moribundo y desangrado por los brazos, lo alzaron. Luego Aníbal se agachó, cogió la espada del cónsul tomándola por el filo para así acercarle el mango a su dueño. Marcelo, al sentir la empuñadura de su arma en la palma de su mano, cerró con fuerza y la aprisionó con los dedos. Miró entonces a su mortal enemigo y volvió a asentir.

Aníbal desenvainó su arma. El filo chirrió en el nuevo día de una nueva derrota romana y al segundo se estrelló contra la coraza enrojecida del cónsul. Claudio Marcelo dejó de respirar cuando el general cartaginés extrajo su espada del cuerpo del romano. Aníbal miró entonces a los hombres que lo sostenían y éstos, a una señal suya, depositaron el cuerpo de Claudio Marcelo en el suelo del bosque. Aníbal contemplaba el cadáver de su oponente de forma enigmática para sus hombres, con una intensidad y una atención extrañas, como si buscara algo. El general cartaginés se agachó y estiró de la espada del cónsul. Tuvo que tirar con fuerza para desasirla de la mano de Marcelo. Examinó entonces los dedos y no encontró lo que buscaba. Dejó esos dedos y tomó la otra mano del cónsul. Estaba cerrada con fuerza. Intentó abrirla pero no pudo. Giró el puño de Marcelo. No se veía nada. Era extraño. Debía estar allí. Aníbal frunció el ceño y, agachado junto al cadáver de su gran oponente ya abatido, meditó un instante. Se volvió hacia los guerreros africanos que le observaban sin atreverse a decir nada. Les parecía peculiar la actitud de su general, pero nadie osaba abrir la boca.

—Un puñal —pidió Aníbal.

Varios soldados se acercaron con diversos cuchillos en manos nerviosas que estiraban para acercar su arma al gran general de Cartago. Aníbal tomó el que le pareció más afilado y volvió a centrar su atención en el cadáver de Marcelo. Cogió de nuevo el puño cerrado del cónsul muerto con una mano, sosteniendo el brazo del romano por la muñeca, mientras que con la otra mano hundía el puñal entre los dedos del general enemigo. La sangre, aún caliente, pero escasa ya, de Marcelo, empezó a fluir por el filo de la daga. Aníbal se sorprendió al ver que el cepo de los dedos del cónsul no cedía un ápice. El cartaginés hundió con potencia el arma hasta que se clavó una docena de centímetros entre los heridos dedos del cónsul. Una vez asegurado el puñal en el corazón del puño cerrado del cónsul muerto, Aníbal lo giró en un intento por separar los dedos de Claudio Marcelo, pero la hoja del arma se partió y el general cartaginés, sorprendido, se quedó con el mango de la daga en la mano sin haber conseguido su objetivo. Aníbal se sentó y lanzó a un lado el arma rota y ya inservible. Se pasó el dorso de su mano derecha por debajo de la nariz. Hacía algo de fresco aquella mañana y arrastraba un resfriado que le molestaba al respirar. Escupió en el suelo, lejos del cadáver. Pensó en tomar una roca y estrellarla contra el puño pero temió dañar lo que buscaba. Tomó entonces el dedo índice del cónsul con una mano y con la otra apretó hacia abajo la mano del cónsul para hacer más fuerza y tiró del dedo con toda la furia de su alma. El dedo, al fin, cedió, se escuchó un chasquido de las falanges quebradas y el índice del cónsul quedó flojo, como suelto. Aníbal repitió la operación con el dedo anular. Nada. Segía sin ver nada. Rompió entonces otros dos dedos. Fue en ese momento cuando, entre la sangre y los dedos rotos, aún aprisionado por el pulgar firmemente doblado sobre sí mismo, Aníbal vio lo que tanto anhelaba. Quebró al fin el pulgar del cónsul y su trofeo quedó libre. El general cartaginés, con cuidado, despacio, tomó el anillo de oro del cónsul de Roma, el anillo de Claudio Marcelo, empapado en su sangre, se levantó y alzó en el aire la joya para observarla en todo su esplendor: la sangre goteaba por el interior del anillo pero el exterior de oro, ya limpio, resplandeció a la luz del sol. Aníbal bajó el anillo, lo limpió un poco contra las pieles de lobo y sin importarle que aún tuviera restos de sangre de Marcelo, se puso el anillo en el dedo anular. Encajó perfectamente. En el índice y en el corazón de esa misma mano derecha exhibía otros dos anillos similares, los de los cónsules Cayo Flaminio y Emilio Paulo, abatidos en campañas anteriores, que acompañaban a otro anillo de plata más pequeño rematado en una turquesa que lucía en el meñique. Sólo entonces los soldados que le rodeaban parecieron entender lo que había estado buscando. Aníbal les miró con seriedad.

—Os reíais de un hombre que es capaz de luchar aun después de muerto. Si cada uno de vosotros tuviera en su pecho la mitad de espíritu que ese cónsul muerto, hace tiempo que acamparíamos en medio del foro de Roma. —Los hombres bajaban la mirada—. Ahora eso no importa. Coged su cuerpo y llevadlo a lo alto de esta colina y allí haced una pira con leña y quemad su cadáver. Un hombre que ha sido capaz de plantarme cara tantos años en el campo de batalla no merece que su cuerpo sea pasto de los lobos y las alimañas carroñeras del cielo. Al menos mostradle ahora el respeto que no habéis sabido mostrar cuando luchaba él solo y herido contra diez de vosotros.

Cuatro, cinco, hasta seis guerreros africanos hicieron falta para levantar el cadáver de Marcelo. Aníbal observaba cómo lo alzaban cuando llegó Maharbal con noticias.

—Crispino, el otro cónsul —dijo el oficial de la caballería púnica— ha escapado, herido, creo que de gravedad, en una pierna y en el costado, pero ha escapado.

Aníbal asintió. No recibió aquel informe con desagrado.

—No importa. Crispino es un segundón. Lo que importa es que

hemos abatido a Marcelo. Roma temblará. Ahora sólo les quedan generales inexpertos y Fabio Máximo, pero este último es ya demasiado viejo para el combate. Hoy es un gran día. Un gran día, Maharbal. Para cuando Asdrúbal llegue por el norte y nosotros ascendamos por el sur, Marcelo ya no mandará sus tropas. Y además... —levantó su mano mostrando los anillos que lucía con orgullo—, además tenemos su anillo.

Maharbal comprendía lo que eso significaba y sonrió compartiendo la alegría de su general.

El cónsul Quincio Crispino yacía gravemente herido sobre un lecho ensangrentado en la tienda del *praetorium* del campamento romano. Su cuerpo estaba dolorido y su espíritu quebrado. Marcelo había caído. Aquello era terrible, desolador, definitivo. Crispino era consciente de su posición en aquella guerra, en el Senado, en su vida y sabía que no era un gran general. Sabía además algo más: era consciente de que iba a morir. No era sólo el sufrimiento que sentía y la sangre que no dejaba de manar empapando todos los paños con los que los médicos intentaban detener la hemorragia mortal, sino el rostro desencajado de aquellos sanadores del campamento cuyas muecas de desesperanza hablaban por sí solas. Le mentían y le intentaban animar, pero él sabía que ya era tarde para él. De nuevo Aníbal había sabido engañarlos a todos, incluso al propio Marcelo, desconfiado siempre: se confió una sola vez y esa sola vez bastó para que Aníbal le envolviese en una enloquecida emboscada. Las noticias debían llegar a Roma y, más importante aún: a todas las ciudades de alrededor, pues si Aníbal había abatido a Marcelo eso implicaba que tendría su anillo consular, y podría usarlo como sello para falsificar cartas o documentos con los que engañar a las guarniciones romanas próximas, confundiéndolas, sembrando el más completo de los desórdenes. Quincio Crispino sabía que la historia no le guardaba un lugar muy grande, pero tenía una gran virtud romana: era un comandante disciplinado. Se incorporó un poco y ordenó que se convocara a los tribunos de su estado mayor. Aunque fuera lo último que hiciera haría que se enviaran mensajeros a todas las poblaciones cercanas y a la propia Roma. Todos debían estar advertidos de que Aníbal poseía el anillo de Marcelo.

En menos de una hora, las cartas fueron escritas y los mensajeros salían por las puertas *praetoria, decumana, pincipalis sinistra* y *pincipalis dextra* en dirección a Salapia, Forentum, Numistro, Luceria, Arpi,

Cannae, Herdonea, Compsa, Geronium, Nola, Benvenutum, Capua y la mismísima Roma. Luego, Quincio Crispino ordenó que le dejaran descansar y se dedicó a respirar, sólo a respirar. Respirar. Dormir.

19

Baecula

Tarraco, Hispania,
primavera del 208 a.C.

El campamento de las legiones romanas a las afueras de Tarraco era un hervidero de preparativos. A los legionarios, por mandato expreso de Publio Cornelio Escipión, se les había unido la mayor parte de la marinería, pues aquélla iba a ser una campaña de interior, donde la flota no era necesaria, pero donde se precisaba del mayor número posible de hombres. Por eso Publio decidió que los marineros se integrasen en las legiones y que se distribuyera entre ellos el armamento capturado en Cartago Nova. Era una forma de encontrar refuerzos, de suplementar sus tropas con algunos miles de hombres más. Publio Cornelio Escipión había dado la orden de marchar hacia el sur y, en esta ocasión, hacia el interior de aquel vasto territorio. Todas las tropas, legionarios y marineros, animados por la conquista de Cartago Nova durante la campaña del año anterior, se mostraron dispuestos y diligentes en el cumplimiento de las órdenes. Así, cuando Publio y Lelio llegaron al campamento no era de sorprender que los manípulos en perfecta formación recibieran a sus generales golpeando sus escudos con los *pila* y los *gladios.*

—La moral de las tropas es alta —comentó Lelio a un emocionado Publio mientras desfilaban ante los manípulos en formación. El general en jefe asintió. Por un lado se sentía abrumado por aquella muestra de lealtad y júbilo ante una nueva campaña, pero por otra parte no podía evitar sentir la pesada carga de la responsabilidad. La energía de todos aquellos hombres le seguiría a ciegas, eso estaba claro. Nadie había conquistado antes una ciudad como Cartago Nova, prácticamente inexpugnable, en tan sólo seis días. Aquello tenía maravillados a sus hombres. Fue sin lugar a dudas una hazaña impresionante, fruto de su inteligencia y de su estrategia, pero también conseguida por el pundonor de aquellos legionarios que confiaron en él por el solo hecho de llevar el nombre de Escipión, por ser hijo y sobrino de quien era. Paseando entre el estruendo de aquellos escudos el joven general tenía la sensación de que aquel clamor de respeto y furia era no sólo para él sino dedicado a su padre y a su tío, muertos a manos de Asdrúbal y sus generales hacía tan sólo tres años. Los legionarios parecían leer en su mente y sabían que esta campaña sería diferente a la del año anterior: era como si supieran que pronto estarían frente a Asdrúbal, el hermano de Aníbal, sus nuevos elefantes, su infantería africana, su caballería númida y sus mercenarios iberos. Cualquiera sentiría pavor de partir hacia su encuentro y, sin embargo, aquellos hombres golpeaban sus escudos y saludaban a su general. De forma espontánea, el grito de guerra que resonó entre las calles de Cartago Nova tras la caída de la misma volvió a resonar con fuerza en el campamento de las legiones de Tarraco.

—¡Hasta el infierno! ¡Hasta el infierno! ¡Hasta el infierno!

Hasta allí estaban dispuestos a seguirle. Publio pensó en dar un discurso, pero pronto comprendió que era innecesario. No había ánimos que encender, sino sólo hombres que guiar. El tribuno Lucio Marcio le presentó un hermoso caballo blanco para ponerse al frente de las tropas, pero Publio declinó con palabras de agradecimiento.

—Gracias, Marcio, pero no. Vamos todos al frente. Lelio, tú y los demás tribunos, pero a pie. Marchas forzadas. Al interior de este país. Vamos a barrer a Asdrúbal. Que los legionarios reciban la orden.

Y la orden corrió de boca en boca, de tribunos a *primus pilus*, y de los primeros centuriones al resto de los oficiales hasta alcanzar a cada uno de los legionarios de las dos legiones. Marchas forzadas. A por Asdrúbal. El general al frente, caminando como ellos, resistiendo la misma velocidad de avance que el resto de las tropas, igual que hiciera el año anterior. Todos los legionarios sabían que ninguno andaría ni más ni menos de lo que anduviese su propio general en jefe. Al sur, al interior, a por Asdrúbal.

Los millares de sandalias levantaron el polvo del camino tortuoso que descendía hacia el Ebro. Una espesa nube de tierra blanquecina anunciaba el avance decidido e inexorable de las legiones de Roma.

Los que traían aquellos informes eran iberos y celtas del noreste de Carpetania. Habían estado apostados junto a los pasos del Ebro. Informes concluyentes. El nuevo joven Escipión marchaba esta vez hacia el interior. No iba a por ninguna ciudad, como en la campaña del año precedente, sino que se dirigía directo hacia las minas de oro y plata de Sierra Morena, hacia Cástulo.

Asdrúbal Barca meditó largo tiempo. Deambuló por las calles de la población y revisó las murallas de la ciudad. Al mediodía tomó una determinación.

—Salimos de aquí —comentó a su estado mayor—. En esta ciudad no podemos hacer uso de nuestra infantería y tampoco de los elefantes, y el terreno es demasiado agreste para una batalla campal. Iremos a Baecula, a las colinas que rodean aquella ciudad. Es un emplazamiento próximo. En unas horas nos podremos instalar allí, tomar una posición de ventaja y dejar que los hombres descansen mientras los romanos se agotan en su rápido avance hacia el sur. A la vez enviaremos mensajeros a mi hermano Magón en Gades y a Asdrúbal Giscón en Lusitania, para que se unan a nosotros según les informé meses atrás. Los romanos tendrán que luchar agotados contra nosotros y, o les vencemos en la primera acometida, o simplemente resistiremos desgastándoles hasta que lleguen Giscón y mi hermano. Entonces, reunidas nuestras fuerzas, los masacraremos. Ese general romano es hombre muerto. Un nuevo Escipión que regará con su sangre esta tierra que nos pertenece desde que mi padre y mi hermano Aníbal la sometieran al poder de Cartago. Luego, restablecido el orden natural en la región, Giscón asediará y recuperará Cartago Nova mientras Magón y yo marchamos hacia el norte a arrasar Tarraco y los aliados romanos del norte del Ebro. Después nos reuniremos los tres ejércitos y organizaremos la campaña sobre Italia para cumplir la promesa a mi hermano de reunirnos con él y atacar Roma. Ése es el futuro. En marcha.

Todos los oficiales asintieron con firmeza. Había un nuevo ejército romano que exterminar y un nuevo general, vástago de los anteriores, que ejecutar. Los buitres pronto saciarían su apetito infinito con roja y brillante sangre romana esparcida sobre las colinas de Baecula.

En territorio de los ilergetes, al norte del Ebro

Los jefes iberos Indíbil y Mandonio, líderes de los ilergetes y los ausetanos del norte de la península, salieron al paso de las tropas romanas. En esta ocasión el joven general sí aceptó la montura que el tribuno Marcio le ofreció. Así, acompañado por Cayo Lelio y una *turma* de experimentados jinetes, Publio cabalgó raudo al encuentro con los líderes iberos. En unos minutos quedaron frente a frente: el joven general romano y los dos curtidos y maduros jefes iberos. Los hispanos habían adelantado una veintena de jinetes que arropaban a sus jefes frente a la treintena de caballeros romanos que cabalgaban con Publio y Lelio.

El general romano levantó la mano y la *turma* de caballeros se detuvo. Desmontó entonces de su caballo y se dirigió a Lelio.

—Ven conmigo, Lelio. El resto de los hombres que espere aquí, pero que estén atentos a nuestras señales.

Lelio asintió y transmitió las órdenes. En el tono vibrante de la voz del general había detectado cierto nerviosismo. Lelio sabía que Publio había pasado el invierno preparando aquella entrevista, pero en el palpitar de la voz del joven general había sentido que Publio no podía olvidar que, al fin y al cabo, aquellos líderes iberos habían formado parte de las alianzas que los cartagineses trazaron para acabar con su padre y su tío apenas hacía un par de años.

A pie, Publio Cornelio Escipión y Cayo Lelio avanzaron hasta quedar a unos pasos de Indíbil y Mandonio, quienes, imitando los movimientos del general romano, se habían adelantado solos y a pie también para parlamentar.

Publio probó primero en griego pero no hubo suerte. Intentó entonces el latín pero los jefes iberos se miraron y no dijeron nada. Luego hablaron éstos en su propia lengua pero ni Publio ni Lelio sacaron nada en claro. El general romano no se desesperó e hizo una señal. Uno de los jinetes de la *turma* se adelantó, desmontó del caballo y se acercó corriendo. Los jefes iberos no se sintieron nerviosos y esperaron a ver en qué devenía la aparición del nuevo interlocutor.

Lelio observó que se trataba de Mario Juvencio Tala, centurión de la legión, testigo de la muerte del tío de Publio en Hispania y mensajero de las terribles noticias en casa de los Escipiones en Roma. Sabía que era un hombre curtido en la guerra de Hispania y sería posible que supiera algo de la lengua de aquellos bárbaros. Las palabras que Publio dirigió al recién llegado Mario confirmaron las deducciones de Lelio.

—Diles —empezó Publio—, que los romanos no queremos la guerra con los iberos... que los cartagineses son nuestros únicos enemigos.

Mario asintió y tradujo despacio. Al principio los jefes iberos fruncieron el ceño pero se mantuvieron atentos a las explicaciones. Publio prosiguió mientras que Mario iba traduciendo.

—Debéis juzgarme por lo que sabéis de mis actos, no por lo que oigáis que cuentan de mí los cartagineses. Conquistamos Cartago Nova y liberamos a todos los iberos, todos los rehenes quedaron libres y fueron escoltados a sus pueblos... respetamos a todas las mujeres. Y así será siempre con todos aquellos que nos ayuden a echar de esta tierra a los cartagineses. Ellos atacan nuestras ciudades en Italia. Hemos tenido que venir a luchar aquí para debilitarles y obligarles a abandonar nuestra tierra.

Mario terminó con la traducción y tanto Publio como Lelio se quedaron expectantes. ¿Qué efecto causarían aquellas palabras en aquellos rudos hombres hechos a la guerra y desconocidos para los romanos como negociadores?

Indíbil, el que parecía mayor de los dos miró al primero; éste asintió y entonces empezó a hablar. Fue una respuesta breve, tres frases sencillas. Quería hacerse entender. Mario escuchó con atención y tradujo con la mayor precisión que supo.

—Dicen, mi general, que os respetan por vuestros actos en Cartago Nova y durante este invierno, que ellos no quieren ni cartagineses ni romanos en sus tierras, pues son sus tierras y que mientras vayáis a luchar contra los cartagineses, ellos no se opondrán a nosotros y nos dejarán pasar.

—Bien —aceptó Publio—. Diles que cruzaremos este territorio para enfrentarnos a los cartagineses y que luego nos retiraremos, y que sabremos recompensar su neutralidad con generosidad.

Mario volvió a hablar en ibero.

Esta vez los dos jefes iberos se separaron un poco de los tres romanos y hablaron en voz baja. Luego regresaron junto a sus interlocutores e Indíbil planteó sus condiciones.

—Piden caballos —dijo Mario—. Dicen que quieren doscientos caballos como los nuestros. Sólo entonces nos dejarán pasar y no combatirán contra nosotros.

—¡Por Cástor y Pólux y todos los dioses! —exclamó Lelio indignado—. ¡Los muy...! —Pero Publio le hizo callar poniéndose delante de él.

—¡Silencio! —dijo Publio, y le cogió del brazo. Lelio se contuvo. Publio se volvió de nuevo a Mario.

—Diles que tendrán no doscientos sino trescientos caballos iguales a los nuestros una vez que derrotemos a los cartagineses.

Mario tradujo. Los jefes iberos abrieron los ojos, luego se miraron entre sí una vez más y se echaron a reír con fuerza. Era una carcajada tenebrosa, potente, temible. Hablaron a Mario y sin esperar nada se volvieron sobre sus pasos.

Publio y Lelio miraban a Mario, tensos.

—Dicen que de acuerdo. Nos dejarán pasar.

—¿De qué se reían? —preguntó Lelio.

—No sé... no han dicho más. Creo que les ha hecho gracia que el general ofrezca más de lo que pedían... o...

—¿O qué? —inquirió de nuevo Lelio. Estaba claro que no se sentía cómodo en conversaciones cuya lengua no comprendía.

Mario fue a responder pero Publio le interrumpió.

—O les ha hecho gracia que dijera «después de que derrotemos a los cartagineses». En cualquier caso, por Júpiter, qué más da. Hagamos como ellos y regresemos junto a los nuestros.

Así hicieron.

Una vez sobre sus caballos, Lelio pareció darse cuenta de otro detalle y le preguntó a Publio:

—¿Y de dónde vamos a sacar nosotros trescientos caballos con los que pagar a esos salvajes?

—De la victoria sobre Asdrúbal.

—Ya... pero... ¿y si no vencemos?

Fue ahora Publio el que se echó a reír.

—Si no vencemos, querido Lelio, los iberos serán el menor de nuestros problemas, ¿no crees? Seguramente ya no estaremos vivos.

El general habló con sosiego, casi con lágrimas en los ojos por su forzada carcajada. Lelio le conocía bien. Aparentaba estar animado, pero tenía miedo. Era un temor profundo el que corroía al joven general, algo diferente a su nerviosismo cuando se acercaban a Cartago Nova el año anterior. Iban a enfrentarse contra el hombre que había segado las vidas de su padre y de su tío. En el caso de este último, fue la espada del propio Asdrúbal la que lo atravesó. Era lógico que estuviera temeroso y era apropiado que ante los legionarios intentara aparentar seguridad. Quedaba por saber qué les preparaba la diosa Fortuna. Lelio miró al horizonte. El sol se ponía en el oeste, justo allí donde se recortaban el perfil de los jinetes iberos que se alejaban al trote.

Puestos de guardia cartagineses

El oficial cartaginés observaba desde lo alto de su montura la sinuosa estela que el camino de tierra dibujaba en la distancia. Le había parecido ver polvo en suspensión, una nube que, juraría él, crecía por momentos. A su alrededor el resto de los jinetes a su mando se esforzaban por discernir en el horizonte lo mismo que él buscaba. De momento aún no se veía nada con claridad. Podían ser refuerzos de las tribus iberas aliadas de la región o podrían ser los romanos. El oficial era, por naturaleza, incrédulo ante las acciones sorprendentes. Según todas las noticias que les llegaban, el joven general romano apenas habría salido de Tarraco hacía una semana o diez días. Era imposible que hubiera atravesado ya media Hispania y menos aún con las diferentes tribus iberas hostiles a su causa. Aunque era cierto que los iberos, tras la caída de Cartago Nova el año anterior, parecían vacilar en sus fidelidades. Eran gente inconstante. El oficial los despreciaba. Escupió al suelo. Cuando alzó de nuevo la mirada la polvareda había dado paso a figuras de soldados avanzando. Estaban fuertemente armados, con los *pila* y los escudos propios de los ejércitos de Roma. Increíble. Aquello no tenía sentido; pero se sobrepuso y reaccionó. El sentido se lo tendrían que buscar sus superiores. Su misión era avisar del avance romano al propio Asdrúbal, detener allí mismo las tropas enemigas y quedar a la espera de refuerzos.

—Tú, rápido —dijo dirigiéndose a uno de sus subordinados—, ve a los puestos de retaguardia y solicita refuerzos y luego sigue hacia Baecula: dile a Asdrúbal que los romanos han llegado.

El jinete azuzó su montura, el caballo relinchó nervioso y salió como si le hubieran clavado una lanza en un costado. El oficial se sintió seguro. En pocos minutos su mensaje llegaría a los diferentes puestos de caballería que Asdrúbal había ordenado distribuir por todos los caminos que llevaban a Baecula para estar informado de los movimientos de ese nuevo joven general romano y, al mismo tiempo, interceptar su avance. Además, los romanos que se aproximaban a pie eran infantería ligera, una avanzadilla de las legiones desplazadas a Iberia y que, sin duda, llevarían días de marchas forzadas. Estarían agotados.

—¡Serán presa fácil! —gritó a sus hombres. Éstos rieron mientras se ponían en dos hileras de veinte jinetes, dispuestos al ataque, extendiendo su formación más allá de los lindes del camino sobre la pradera seca de aquella llanura.

Alto mando romano

—Los hombres necesitan descanso —decía Lelio. Marcio, Mario y otros oficiales parecían estar de acuerdo.

Publio, desde la pequeña colina a la que todos sus tribunos le habían acompañado, oteaba el paisaje. Una pequeña patrulla de jinetes númidas y cartagineses se interponía en el avance de las primeras líneas de *velites*. Había que decidir qué hacer.

—Los hombres quieren luchar. Lo siento en sus miradas —dijo el joven general.

Los tribunos se miraron unos a otros. Nuevamente fue Lelio quien habló, pero parecía hacerlo por todos.

—Es posible. Los hombres te admiran, tienen fe ciega en ti desde lo de Cartago Nova. Mayor motivo para hacer uso adecuado de sus fuerzas. Es prematuro lanzar un ataque.

—¡Mirad! —exclamó Lucio Marcio señalando hacia donde se encontraban los cartagineses—. Llegan más destacamentos de caballería. Cien, doscientos, quizá junten ya varios cientos de jinetes. Necesitaríamos lanzar a todos los *velites*, apoyados por tropas auxiliares de infantería ligera y por los *hastati* si queremos que tengan alguna oportunidad. Nuestra caballería está demasiado retrasada para llegar tan rápido.

Publio asintió. Volvió a mirar al horizonte y lanzó su orden.

—Atacaremos, *oppugnatio repentina* —dijo, sin levantar el tono de su voz, pero con rotundidad.

Lelio parecía desesperarse y se giró hacia el resto de los oficiales a su alrededor. Encontró miradas cómplices pero nadie se atrevía a secundar sus dudas.

—He dado una orden... —insistió Publio.

—Vamos allá, pues —dijo Lelio, y exhaló un profundo suspiro—. Vamos a por esos cartagineses y rápido.

Publio no se volvió hacia sus oficiales, pero esbozó una suave sonrisa que despuntaba en la comisura de sus labios. Todos llevaban razón en plantear dudas sobre un enfrentamiento contra aquellos destacamentos de caballería púnica, pero había algo por encima de la lógica que todos habían olvidado: la pasión de los hombres. Los legionarios estaban enardecidos por la conquista de Cartago Nova y, desde aquel día, meses atrás, sólo anhelaban el momento de batirse contra las huestes cartaginesas en campo abierto. Bien: aquel día había llegado. Sus oficiales entenderían el descanso y la preparación del combate, pero los legionarios no. Por alguna razón Publio había empezado a sentir que existía un vínculo directo entre sus soldados y su persona que parecía pasar por encima incluso de sus oficiales. Aquéllas eran sus legiones. Harían lo que él dijese. Y lo esencial ahora era una victoria en un primer enfrentamiento que reforzara aún más la confianza ciega de su ejército en él. Era arriesgado: podía perderse mucho. Lanzar aquel ataque improvisado parecía pasión desatada, pero, en realidad, era la fuerza del corazón de los hombres fríamente filtrada por la cabeza y el pensamiento. Ojalá los dioses lo vieran igual. No había tiempo para sacrificios.

Vanguardia de la infantería romana

Quinto Terebelio, centurión, se había adelantado con los *velites*. No era frecuente ver al *primus pilus* de la legión entre los infantes más jóvenes, pero, sin duda, impresionaba a aquellos legionarios y daba idea de la importancia de la acción que estaban realizando si el mando de la misma era encomendado a un oficial de tan alto rango.

—¡La caballería púnica se lanzará sobre nosotros! —gritaba Terebelio—. ¡Resistiremos con el pie en tierra, protegidos con los escudos y las lanzas en alto! Tras el impacto de su primer envite lucharemos cuerpo a cuerpo. Herid a los jinetes en las piernas si no llegáis al cuello, y pinchad los vientres de los caballos! ¡Un caballo malherido del enemigo es nuestro mejor aliado! ¡Y, por Júpiter, mantened la formación! ¡Manteneos juntos o nos masacrarán! ¡La vida de cada uno depende del resto! ¡Y por todos los dioses: si alguien se retira, un paso tan sólo, yo personalmente lo mataré al final de la batalla! ¡Si seguimos vivos, claro! —Y aquí el centurión se echó a reír como poseído por alguna de las temidas divinidades infernales.

Los jóvenes legionarios primero sintieron miedo ante aquellas palabras, pero había algo enigmático y contagioso en aquella profunda carcajada gutural del veterano oficial que impregnó sus espíritus y de pronto toda la formación se echó a reír generando un clamoroso estruendo que parecía sacudir el viento.

Vanguardia de la caballería cartaginesa

—No se retiran —comentaba un joven oficial númida al caballero al mando de la vanguardia púnica.

—No importa. Pasaremos por encima de ellos.

—¿Qué es ese ruido que trae el viento? —preguntó intrigado otro de los jinetes.

Todos callaron.

—Se están riendo —musitó el oficial númida, sorprendido.

—¡Así es! —Esta vez el oficial al mando sonó más enérgico—. ¡Pues morirán riendo! ¡Por Baal y Tanit, a la carga! ¡Al galope!

Centenares de jinetes asestaron golpes secos con sus talones a los vientres de sus monturas. Los animales relincharon y como resortes de catapultas salieron disparados hacia su destino.

Vanguardia romana

Los jóvenes *velites* sudaban bajo el sol. Eran gotas frías fruto del calor de la primavera hispánica y producto de sus nervios. La caballería cartaginesa y númida se lanzaba contra ellos a toda velocidad. La tierra empezaba a vibrar, suave primero y luego intensamente. Las risas cesaron entre los hombres. Clavaron los escudos en el suelo. Se escondieron tras ellos. Desplegaron sus lanzas largas a media altura, buscando caballos y jinetes. Algunos se ajustaban el casco con rapidez. Muchos recordaban a sus familias en Roma; otros rezaban a Marte, a Júpiter o a sus dioses Penates. La silueta del ejército púnico se transformó en una inmensa nube de ruido y polvo donde brillaban las lanzas afiladas de los caballeros africanos y númidas. Algún legionario cerró los ojos.

—¡No os mováis! —Escuchaban todos a Quinto Terebelio desgañitándose para mantener toda la formación sin retrasarse nadie un ápice—. ¡Por Júpiter, no os mováis! ¡Manteneos quietos! ¡Tensad las armas! ¡Asidlas con fuerza! ¡Apoyadlas en el suelo! ¡Protegeos! ¡Ya están aquí! ¡Ya llegan! ¡Por Roma! ¡Por nuestro general! ¡Por Publio Cornelio Escipión! ¡Por todos los dioses! ¡No os mováis! ¡No...!

Su voz seguía escuchándose pero sus palabras dejaron de ser comprensibles. La caballería había llegado. El choque fue terrible. Hombres y bestias impactaron con la fuerza descomunal de la locura colectiva. Los cartagineses, convencidos de que los romanos se replegarían en algún momento, los romanos, decididos a no dar un paso atrás. Fueron apenas dos segundos de impacto. Hombres y bestias volaron por los aires. Montones de jinetes africanos salieron despedidos al quedarse sus monturas ensartadas entre el mar de picas de la infantería romana. Otros tantos legionarios caían barridos por las lanzas de los cartagineses que habían atravesado sus escudos o que habían encontrado huecos entre los mismos. Gritos y horror. En la línea del choque de las vanguardias de ambos ejércitos, decenas de soldados ensangrentados se retorcían, unos intentando zafarse del tumulto, otros arrastrándose dejando regueros de sangre por la tierra del camino, sobre la hierba de la pradera.

La voz de Terebelio, del *primus pilus* de la legión, resurgió de entre los heridos y los muertos.

—¡Por Júpiter y Marte! ¡Por Roma! ¡Cargad! ¡Cargad con todo lo que tengáis! —Los jóvenes infantes romanos se rehacían como podían, recuperaban escudos, picas, *pila*, espadas y arremetían contra los cartagineses, confusos por la pertinaz resistencia que habían encontrado, aturdidos por los numerosos compañeros caídos. Los oficiales púnicos se esforzaban en reorganizar las líneas, pero los romanos cargaban con tanta fuerza y a tal velocidad que descabalgaban a muchos de los jinetes, a golpes de espada o *pilum,* o rasgando el vientre de los caballos. Atacaban como poseídos por espíritus malignos. Los númidas desconocían esa furia. Llevaban años de campañas victoriosas por toda Iberia, contra los guerreros de la región o contra otras legiones de Roma. Hasta entonces no habían encontrado nada parecido.

Retrocedieron.

La caballería cartaginesa se batía en retirada. Terebelio mantenía el orden en el avance romano. No quería una desbandada de diferentes manípulos sin control. En ese instante llegó un jinete desde la retaguardia romana.

—¿El *primus pilus*? —gritó el caballero romano buscando entre los ensangrentados infantes de la legión.

Quinto Terebelio alzó su espada. El jinete se acercó hasta él.

—El general dice que detengas el avance.

Quinto asintió.

—¡Quietos todos! ¡Deteneos! —vociferó a pleno pulmón. Las trompas de la legión ratificaron sus órdenes. Los *velites* detuvieron su carga. En el horizonte sólo se veía el mar de polvo levantado por la caballería púnica en su huida hacia al campamento de Asdrúbal. Terebelio se sacudió el polvo y se miró los brazos. Estaban cubiertos de sangre. Se palpó los antebrazos con las manos, sin soltar la espada. No era sangre suya. Bien. Por aquella mañana ya habían hecho bastante. No dijo nada, pero en su fuero interno agradecía la orden del general. Tenía hambre. Se habían ganado comida y algo de vino. Seguro que el general lo tendría presente.

Campamento general cartaginés

Asdrúbal recibió las noticias de la derrota de las avanzadillas de su caballería que había cedido ante la furia y firmeza de la infantería romana. Escuchó sin decir nada y cuando los jinetes, que habían accedido al campamento general en lo alto de la colina próxima a Baecula, terminaron sus informes, el general cartaginés se quedó pensativo. Sabía que sus hombres esperaban una acción de represalia, una respuesta rápida, incluso una batalla campal. Eso los soldados, pero ¿y sus oficiales?

—¿Qué pensáis? —preguntó Asdrúbal a los miembros de su estado mayor una vez que los jinetes númidas abandonaron la tienda del general en jefe.

—¡Yo atacaría!

—Es mejor esperar.

División de opiniones. Atacar o aguardar la llegada de refuerzos. Asdrúbal era cauto. La precaución le sacó de aquel desfiladero en donde Nerón lo encerrara años atrás. Sí, la prudencia sería la mejor política.

—Esperaremos la llegada de las tropas del sur de mi hermano Magón y las tropas de Lusitania del general Giscón. Una vez reunidas todas nuestras fuerzas masacraremos a ese nuevo Escipión y no dejaremos de él ni los huesos para los buitres. Acabaré con él igual que hice con su tío Cneo. —Y desenvainó la espada que años atrás esgrimiera para atravesar el corazón de Cneo Cornelio Escipión. Los oficiales del general cartaginés asintieron admirando el arma que se había empapado en el pasado con la sangre de un general enemigo. Pocos podían exhibir espadas tan cargadas de gloria para la causa cartaginesa. Sólo el propio Aníbal podía superar a su hermano.

Turma *romana en misión de reconocimiento*

Era una noche clara, con luna llena. La pálida luz del astro nocturno bañaba las praderas de Baecula. El cielo limpio dejaba ver las estrellas. Los jinetes se detuvieron en el último puesto de guardia en la vanguardia del ejército romano. Publio y Lelio desmontaron y dejaron sus caballos en manos de los *lictores* del general. Avanzaron unos pasos. En lontananza se vislumbraba la silueta de la colina en la que Asdrúbal había establecido su campamento. Era una meseta con una terraza inferior y una segunda planicie en la que el cartaginés había levantado el campamento.

—Es una posición de fuerza —dijo Lelio.

—Sí, pero defensiva —apuntó Publio—. Desde ahí poco le valen sus elefantes. Para eso tendría que descender a la llanura.

—No lo hará. No lo ha hecho en dos días y seguirá sin hacerlo.

—Eso es cierto —concedió Publio—. Está dispuesto a esperar la llegada de los otros dos ejércitos cartagineses. —Aquí el joven general romano suspiró con profundidad—. Nosotros no podemos esperar.

—Tampoco podemos atacar —interrumpió Lelio—; no mientras siga fuerte, refugiado en esas terrazas que les protegen como murallas.

Publio volvió a examinar con detalle la colina. Habían pasado ya dos días, en blanco, sin batalla. Había arrastrado a sus hombres hasta el corazón de Hispania. Tenían la moral alta. Deseaban atacar, querían luchar. Era ahora o nunca.

—Mañana al amanecer hablaré a los hombres —concluyó Publio—. Mañana atacaremos.

—Supongo que tiene que ser así. Eso o retirarse antes de que lleguen Magón y Giscón.

—Exacto. Eso o retirarse. —Y Publio miró a Lelio, como quien busca una respuesta.

—Atacar —respondió el veterano tribuno.

—Sea, y que los dioses nos acompañen.

Los dos hombres regresaron junto a sus caballos y, escoltados por los *lictores,* sus figuras se perdieron en dirección al campamento romano.

Campamento general romano

La luz del alba despuntaba entre las encinas del bosque próximo que descendía desde el norte de la colina y se perdía en la distancia. Las sombras eran tenues y alargadas. Un momento casi fantasmagórico del día. Los legionarios vieron la silueta de su general erguida sobre una tarima de maderas y troncos que, apresuradamente, habían levantado un grupo de *velites* durante los turnos de guardia nocturna. Publio Cornelio Escipión, general *cum imperio* sobre las dos legiones desplazadas a Hispania en una misión imposible, detener a los cartagineses e impedir que avanzaran sobre Italia, esperaba mientras sus tropas se desplegaban mostrando toda su fortaleza a lo largo de una milla. No podrían escucharle todos, su voz no llegaría tan lejos, pero muchos sí le oirían y harían que su mensaje llegara al resto. Había indicado a Lelio que se levantara una tarima desde la que hablar a las tropas. Quería asegurarse de que al menos todos los legionarios le vieran bien. El desayuno, por orden suya, había sido adelantado dos horas. Los legionarios comieron a la luz de las hogueras una ración doble de gachas de trigo con leche de cabra abundante. Los quería saciados, los necesitaba fuertes. El general miró a sus espaldas, sin girarse, por encima del hombro. La colina donde estaba el campamento cartaginés permanecía en calma. Bien. Así debía ser. Se sabían fuertes y seguros los púnicos. Y así era. Volvió de nuevo su mirada hacia sus tropas. Ya estaban en formación. Pronto los vigías púnicos, cuando la luz del sol descubriese las legiones preparadas para el ataque, darían la voz de alarma y prepararían sus defensas en las terrazas de la elevada colina que los protegía.

—¡Legionarios! ¡Legionarios! ¡Legionarios de Roma! —gritó Publio para reclamar su atención—. ¡Hoy, mientras vosotros desayunabais he hecho un sacrificio a Marte! ¡He sacrificado un hermoso buey y su sangre se ha vertido sobre esta tierra! ¡Sé que los dioses están con nosotros! ¡He soñado con una gran victoria y esa victoria será hoy! ¡Está en vuestras manos! —Publio miró a su alrededor. Los soldados le escuchaban atentos. Tenían interés, pero tenía que darles algo más, algo a lo que aferrarse más allá de los dioses y de su lealtad a Roma. Algo tangible, algo que pudieran sentir cercano—. ¡Nos tienen miedo! ¡Los cartagineses nos... os tienen miedo, tienen miedo de vosotros! —Se detuvo para observar el impacto de sus palabras; iba por el buen camino; hasta Lelio, que estaba al pie de aquel improvisado escenario, se giró para mirarle. Ése era el camino a seguir. A partir de ese momento las palabras fluyeron solas—. ¡Tienen tanto miedo que se refugian en lo alto de una colina, tienen tanto miedo que no se atreven a salir a campo abierto! ¿Y sabéis por qué? ¿Sabéis por qué están tan asustados? —Se detuvo, una pausa retórica, degustó el sabor de la expectación en los ojos abiertos de sus legionarios fijos en su persona—. ¡Os tienen miedo porque nada más llegar derrotasteis a su caballería! ¡Aún más, os tienen miedo porque el año pasado conquistasteis lo inconquistable: tomasteis al asalto su ciudad más segura, su capital en Hispania! ¡Cartago Nova fue vuestra por las armas, cayó bajo el poder de vuestras espadas! ¡Por eso se esconden: os tienen terror! ¡Y Asdrúbal el primero! ¡Se refugian en lo alto de una colina! ¡Y se creen seguros allí! ¡Pero os diré una cosa: tienen miedo pero no son estúpidos los cartagineses, no lo son! ¡Son traicioneros! ¡Están esperando, siempre están esperando que el viento sople a su favor, que sus dioses vengan en su ayuda, pero hoy es el día de Marte, lo he soñado, lo siento en mi corazón y sé que vosotros podéis sentirlo palpitar en vuestro pecho! —Se detuvo un instante e inspiró con fuerza; tenía sed, pero no era el momento, no podía callar ahora—. ¡Los cartagineses esperan refuerzos, aguardan que sus dos ejércitos del sur y del oeste se les unan, porque os tienen tanto miedo que no se atreven a entrar en combate en una batalla de igual a igual, donde las fuerzas estén equilibradas y sea el temple de los brazos y las espadas el que decida el vencedor! ¡No, eso es demasiado sencillo para ellos, y no se arriesgarán frente a quien temen tanto, frente a los conquistadores de Cartago Nova! ¡Anteayer, nada más llegamos aquí, comprobaron el amargo sabor de la derrota cuando su caballería tuvo que retroceder ante el empuje de nuestros *velites*! ¡Y éstos son los más jóvenes de entre nosotros! ¿Os dais cuenta? ¿Os imagináis qué podremos hacer si nos juntamos todos a una: *velites, hastati, principes, triari*, marinería y caballería? ¡Todos juntos podemos pasar por encima de ellos, destrozar sus filas y acabar con todos ellos antes de que caiga el sol de este día! ¡Podemos hacerlo! ¡Debemos hacerlo! ¡Por Roma y por todos los dioses! ¡Ellos sólo saben esperar hasta que sus refuerzos lleguen y cuando nos superen en número, cuando nos tripliquen, sólo entonces, bajarán de su colina para rodearnos y atacarnos, pero yo digo que nosotros no vamos a esperar, no vamos a dejar que eso ocurra y os diré por qué! ¡Sois los mejores hombres, los soldados más fuertes, pero es justo que luchemos de igual a igual y eso es lo que os ofrezco! ¡Os hice marchar a toda velocidad, sin apenas daros descanso para llegar aquí antes de que los cartagineses pudieran reagrupar sus fuerzas! ¡Asdrúbal lo sabe y se ha escondido allá arriba! —Se giró y señaló la planicie de la elevada colina donde se atisbaban, con el despunte del sol, los estadartes de las tropas cartaginesas, sus puestos de guardia, donde se veía cierto movimiento de tropas; Publio comprendió que Asdrúbal estaba preparando la defensa de su fortaleza natural ante el despliegue que había detectado ya de sus enemigos; era lo lógico; Publio retornó hacia sus hombres—. ¡Allí están, preparándose como mujerzuelas asustadas para defenderse de nuestro ataque, esperando que lleguen los que los deban rescatar! ¡Pero lo que vamos a hacer es ir allí y sacarlos a golpes de *pilum* y *gladio*, con la fuerza de nuestro empuje y de nuestra sangre si es necesario! ¡No quiero que quede un solo cartaginés en aquella colina al atardecer, no quiero que los refuerzos púnicos encuentren a ninguno de los suyos aquí cuando sea que éstos lleguen! ¡Y lo más importante de todo, lo más importante: podemos hacerlo, podéis hacerlo! ¿Acaso no conquistasteis las elevadas murallas de Cartago Nova? ¿Acaso son más escarpadas las planicies en las que se han refugiado hoy los africanos? —De nuevo se giró hacia la colina y señaló—. ¿Son esas terrazas de la colina más inalcanzables que las infranqueables murallas de Cartago Nova? ¿Acaso vosotros no podéis trepar por ellas y echar al enemigo de sus posiciones, matarlo allí mismo, acosarlo en su huida, exterminarlo? ¿O acaso no tengo ante mí a mis legionarios, los conquistadores de Cartago Nova? —Y mirando a sus hombres hinchó su pecho y gritó a pleno pulmón—. ¡Decidme todos, decidme! ¿Rendisteis vosotros Cartago Nova? ¿Lo hicisteis? ¡Respondedme, os digo!

—¡Sí, general, sí, sí!

—¡Fuimos nosotros!

—¡Ya lo creo, lo hicimos!

—¡Por los dioses, lo hicimos!

Las voces atropelladas de las respuestas de los legionarios insuflaron un ánimo especial en el alma del joven general Escipión. A Publio le costaba creer lo que estaba haciendo, y le costaba aún más creer que sus hombres le respondieran con aquella lealtad, con aquella pasión y es que estaba experimentando por primera vez en su vida una sensación extraña a su ser, pero tan intensa, tan poderosa que parecía aturdirlo igual que el vino bebido en abundancia. Se sentía eufórico: estaba hablando a unas tropas bajo su mando, a soldados que le habían seguido hasta una victoria, hasta derrotar al enemigo y a los que se dirigía para prepararlos ante una nueva batalla. Nunca antes había hablado a legionarios a su mando que ya hubieran servido con él y que ya hubieran vencido con él. Era algo inexplicable: en la voz y en las miradas de aquellos hombres, Publio detectó una fe ciega en su persona, una lealtad más allá de las palabras y los juramentos de los soldados, una conexión casi mística que le empapaba el espíritu: todos eran él y él era todos y cada uno de aquellos soldados. Decidió concluir su discurso.

—¡Por Roma y por todos los dioses! ¡Esos que allí se esconden son los que mataron a nuestros hermanos hace dos años, los mismos que no tuvieron agallas ni para defender su capital, son los que mataron a mi padre y a mi tío, los que masacraron a nuestras legiones al comprar a los iberos para que éstos traicionaran a nuestros generales! ¡Son sólo traidores! ¡Vamos a por esos cobardes, vamos a por los cartagineses y sus númidas y sus iberos y sus baleáricos y todos los que luchan bajo el gobierno de su dinero, y hagamos trizas su alianza y sus tropas! ¡Trepemos por esas laderas y arrastrémoslos por la tierra como animales, porque somos más fuertes, porque nosotros no tenemos miedo, porque Roma nos lo exige! ¡Por Roma, por Roma, por Roma!

—¡Por Roma! ¡Por Roma! ¡Por Roma! —respondieron los legionarios nerviosos, resueltos, ávidos por entrar en combate. Los centuriones mezclaron sus voces con las de sus subordinados, incluidos el *primus pilus* Terebelio y el oficial al mando de la marinería armada, Sexto Digicio, y hasta los tribunos Marcio, o el propio Cayo Lelio, todos gritando a una, todos impulsados por un joven general que se llevaba la mano al pecho y aullaba con ellos dejando salir saliva por las comisuras de sus labios y lágrimas por los ojos.

—¡Por Roma, por Roma, por Roma!

Publio Cornelio Escipión descendió de forma apresurada, restregándose los ojos con el dorso de la mano. Al pie le recibió Lelio.

—Vamos allá, por Cástor y Pólux y todos los dioses —dijo Publio.

—Vamos allá, por Júpiter —respondió Lelio.

Empezaron a marchar rápidos hacia un extremo de la formación.

—Que salgan ya, los *velites* y los *hastati*, contra la primera de las planicies —ordenó Publio—; que crucen el arroyo y el río; que vayan los manípulos de Terebelio y los de Digicio, con sus marineros.

Lelio asentía, pero al escuchar las últimas instrucciones, dudó.

—¿Terebelio y Digicio, juntos?

—Sí —aclaró Publio—. Sé que hay mucha competencia entre los marineros alistados de Digicio y las tropas de Quinto Terebelio, especialmente desde lo de Cartago Nova, pero ambos tienen *coronas murales*, necesitamos de su valor y de la fuerza de los suyos. Su ambición por mostrarse mejor los unos sobre los otros puede ser un acicate para doblegar al enemigo antes.

Lelio aceptó las explicaciones, aunque tenía sus dudas.

—También quiero que Lucio Marcio y Mario Juvencio se lleven varios manípulos de hombres expertos y se atrincheren en los caminos que descienden de la colina por la retaguardia cartaginesa. Hay que controlar sus movimientos por ese sector y evitar una huida cartaginesa sin lucha alguna. Asdrúbal buscaría otro lugar donde esperar a su hermano Magón y al general Giscón y todo nuestro esfuerzo no habría servido para nada.

—¿Quieres que lleven *principes* y *triari*?

Publio asintió.

—De acuerdo —concluyó Lelio, y partió hacia los tribunos que esperaban las órdenes de ataque.

Campamento general cartaginés en lo alto de la colina

Asdrúbal estaba desayunando en su tienda cuando irrumpieron los oficiales. Estaban nerviosos y les acompañaba un númida de los puestos de guardia de la planicie inferior. El hermano de Aníbal no necesitó palabras. Dejó su comida a medio terminar y se envainó la espada mientras un esclavo le ajustaba la coraza que ya llevaba puesta.

—¿Es una avanzadilla o el grueso de las tropas? —preguntó Asdrúbal.

—Es difícil de decir aún —empezó uno de los oficiales—. Desde luego han sacado todo el ejército del campamento, pero de momento parece que sólo la infantería ligera está cruzando el río.

—¿Infantería ligera...? Bien. —El general púnico meditó unos instantes. Tenían desplegados jinetes númidas por la planicie que rodeaba el campamento. No sería suficiente—. Honderos baleáricos, todos los que tenemos, e infantería ligera nuestra, africana, que bajen a la planicie. Eso será suficiente para detener el avance romano, eso si llegan a escalar la ladera. Con eso los detendremos. Sólo necesitamos ganar dos o tres días más y llegarán Giscón y Magón y los aplastaremos como ratas.

El general y sus oficiales salieron raudos de la tienda. Una batalla estaba a punto de dar comienzo.

Vanguardia romana. Río Guadiel

A Quinto Terebelio le llegaba el agua por la cintura. Maldijo su suerte.

—¡Por Cástor y Pólux! ¡Siempre agua! ¡Este general debe pensar que somos ranas!

Algunos soldados rieron al comprender que el *primus pilus* recordaba cómo habían tenido que vadear una laguna para atacar Cartago Nova el año anterior. En todo caso, el agua no cubría ya más del pecho y la notable distancia que separaba el río de la escarpada ladera que debían ascender para acceder a la primera planicie dominada por los cartagineses permitía que la operación de vadear el río se realizase sin peligro de ataque enemigo.

—¿Ranas? —Era la voz de Sexto Digicio, que comandaba los infantes de marina alistados en la legión por orden del general—. Más bien patos asustados, eso es lo que parecéis.

Los marineros de Digicio se echaron a reír viendo cómo los hombres de Terebelio parecían adentrarse con miedo y asco en el agua del río. Ellos, por el contrario, eran marineros acostumbrados al mar y los ríos. Estaban en su elemento.

Terebelio y sus hombres ignoraron las provocaciones de Digicio. A fin de cuentas la ladera era territorio seco y era allí donde se debía evaluar el valor de cada uno.

Vanguardia cartaginesa

Los honderos baleáricos cargaron sus hondas y empezaron a hacerlas girar. Pronto un denso zumbido de centenares de hondas en movimiento, girando y girando para que los proyectiles adquirieran una velocidad mortal, se apoderó de la cima de la ladera. Tras ellos la infantería ligera africana preparaba sus jabalinas y, al fondo, los caballos de los jinetes númidas piafaban y agitaban sus cabezas inquietos. Los animales olían la antesala del combate y tensaban sus músculos.

Los hombres de Terebelio llegaron al pie de la ladera. Miraron un instante hacia arriba, pero un zumbido intenso les hizo protegerse con sus escudos de forma instintiva, agachándose en cuclillas y conteniendo la respiración. Una lluvia de piedras bajó del cielo estrellándose contra sus escudos, cascos y protecciones de brazos y piernas. Algún grito se escapó, pero apenas cayó ningún hombre. Quinto Terebelio observó el ala de marineros dirigidos por Digicio. Hacían lo propio.

—¡Esperad! —gritó Quinto a sus hombres—. ¡Ahora lloverán jabalinas! ¡Esperad, mantened los escudos en alto! ¡Mantenedlos en alto!

Y un silbido cruzó el aire. Las lanzas caían por todas partes. Algunas atravesaron escudos y seccionaron brazos. Los aullidos de dolor se multiplicaron. La andanada de proyectiles cesó. Terebelio sabía que ahora vendrían las piedras de los honderos una vez más. Era mejor intentar ascender contra piedras que contra jabalinas.

—¡Ahora, rápido! ¡Ascended protegidos por los escudos! ¡Los escudos por delante! ¡Ahora!

Los legionarios empezaron a trepar por la ladera, un brazo sosteniendo el escudo en alto y la otra mano agarrándose a los matorrales y los resquicios de roca para poder ayudarse y trepar mejor por aquella escarpada ladera. No era un ascenso especialmente difícil, pero sostener el escudo, resistir la lluvia de piedras y las intermitentes andanadas de jabalinas dificultaban la subida enormemente. Muchos perdían el equilibrio, soltaban el escudo para no caer hacia atrás rodando, pero entonces eran golpeados por varios proyectiles y atravesados por lanzas; caían heridos de muerte rodando en su descenso como troncos recién cortados y arrastraban consigo a varios compañeros de armas. No iban a conseguirlo. Terebelio se detuvo a mitad de camino. La ladera era una acusada pendiente de sesenta grados con unos cuarenta pasos de longitud. Miró hacia Digicio y los suyos. Estaban al igual que ellos enfrascados en medio del ascenso, pero parecían encontrar los mismos problemas. Pero no cejaban. Había que admitir que aquellos marineros tenían agallas.

—¡Por Hércules! —clamó Terebelio—. ¡Esos marineros van a alcanzar la cima antes que nosotros! ¿Vamos a permitir semejante humillación? —Y sin esperar respuesta de sus hombres se lanzó en una larga carrera, asiendo el escudo con energía y trepando como un gato. Varias piedras golpearon contra su arma defensiva y un proyectil, rebotado del escudo de algún legionario que seguía sus órdenes, le pegó en un ojo abriéndole una tremenda brecha. Terebelio se detuvo un instante. Se sintió mareado, pero percibía cómo varios de sus hombres le rebasaban continuando el ascenso. Eran unos valientes. No podía quedarse atrás. Era el *primus pilus* de la legión. Sacudió la cabeza y recuperó el resuello y la noción del equilibrio. Se alzó de nuevo y lanzando un grito infernal ascendió los últimos pasos hasta alcanzar la cima de la ladera.

—¡A la carga, a la carga! ¡Acabad con todos estos miserables!

La llegada de Terebelio a lo alto de la planicie animó a los pocos legionarios que habían llegado a la cumbre. Se reagruparon y en un instante empezaron una lucha cuerpo a cuerpo, primero contra los confundidos honderos y luego contra los infantes africanos. Los baleáricos cedían terreno con rapidez, lo suyo no era el combate cara a cara, sino el bombardeo a una distancia segura. Esta retirada de los baleáricos fue un grave error para el conjunto de las tropas cartaginesas, pues mientras los honderos eran relevados por la infantería ligera africana, los romanos tuvieron un minuto clave de tregua en su ascenso por la ladera, consiguiendo así que todas sus tropas ligeras accedieran a la planicie y pudieran disponerse en formación ante la infantería africana.

Retaguardia romana

—¿Por qué no usa la caballería númida? —Lelio no comprendía bien las maniobras de las tropas enemigas.

—No tienen espacio para una carga —explicó Publio—. Están encajonados entre la segunda ladera y la línea del frente de batalla al borde de la primera planicie. No hay espacios en la primera terraza para movimientos de gran número de tropas. La caballería, igual que los elefantes, no son de gran utilidad en espacios cerrados como las dos mesetas en las que Asdrúbal se ha atrincherado. Era una posición defensiva, una buena posición defensiva, pero poco adecuada para el contraataque.

—Pues parece que Terebelio y Digicio están consiguiendo el objetivo —apostilló Lelio con orgullo.

—Así es, así es... y ahora debemos ayudarles. Mira. —Y Publio señaló hacia lo alto de la planicie superior donde se encontraba el grueso de las tropas cartaginesas—. Asdrúbal está sacando todas sus tropas del campamento y las está empezando a desplegar.

—Sí, diría que con los africanos, su infantería pesada en el centro y en las alas los mercenarios iberos... —confirmaba Lelio mientras se cubría los ojos para protegerse del sol.

Publio meditó unos instantes. Estaba dudando. Lo lógico sería hacer que sus tropas ascendieran a la primera planicie en bloque para reforzar la línea de ataque frontal que Terebelio y Digicio habían iniciado con éxito, pero eso terminaría en una lucha por tomar la segunda ladera contra las tropas pesadas de Asdrúbal, con los púnicos en lo alto y ellos intentando ascender y, aunque sin la misma eficacia que en una gran llanura, con los jinetes númidas y los elefantes acosándoles por todas partes. Eso era lo que esperaba Asdrúbal. Al cabo de una hora tendrían que retirarse sin poder tomar la segunda ladera, agotados y retirando centenares de heridos. Luego el cartaginés sólo tendría que sentarse en su colina y esperar la llegada de sus refuerzos del sur y del oeste para perseguirlos en una penosa huida de vuelta a Tarraco. Publio tragó saliva. Tenía la garganta seca.

—¡Agua! —exclamó.

Lelio se volvió raudo hacia los *lictores* que los escoltaban.

—¡Agua para el general! ¡Rápido, por Hércules! ¡Agua para el general!

Un aguador joven, de apenas diecisiete años, apareció a todo correr con un odre de piel lleno de agua. Vertió líquido en un cazo de arcilla, con muescas y una pequeña grieta, que traía para servir al general, y le acercó con brazo un poco tembloroso el vaso. El general asió la copa y bebió con ansia. Luego, antes de devolver el vaso se quedó contemplando las muescas. Nerón, el anterior general en jefe *cum imperio* en Hispania, sólo bebía de copas de plata u oro, pero Publio había insistido en usar el mismo material de intendencia que emplearan sus hombres.

—Tenemos que mejorar la vajilla de nuestras tropas, Lelio, recuérdame eso después de que hagamos salir a Asdrúbal de su madriguera. Además ese odre pierde agua —concluyó Publio señalando un vértice de la piel de cabra que servía de continente del agua por donde se veía un reguero de gotas viajando por la superficie del recipiente hasta ir cayendo sobre un pequeño charco que se había formado mientras el joven aguador sostenía el odre. El joven muchacho sintió vergüenza y miró al suelo.

Publio fue a decir algo más, pero su mente regresó al campo de batalla.

—Lelio, vamos a llevar el grueso de las legiones a lo alto de la primera planicie, pero no vamos a ayudar a Terebelio y a Digicio en su segundo ataque a la segunda ladera. Tendrán que valerse por sí solos contra las tropas africanas. Una vez que accedamos a la primera planicie nos dividiremos, tú hacia el norte y yo hacia el sur con los *principes* y los *triari*. Bordearemos la línea del frente de batalla hasta alcanzar los extremos de la segunda ladera y ascenderemos por los límites laterales para subir a esa segunda ladera confrontándonos contra sus fuerzas auxiliares, no contra la infantería pesada. El despliegue tendrá que ser rápido. Quiero atacar sus flancos. ¿Está claro?

Lelio asentía pero estaba confundido.

—Terebelio y Digicio lo pasarán mal.

—Lo pasaremos mal todos si no hacemos esto.

—De acuerdo.

—¿Y los manípulos de Lucio Marcio y Mario Juvencio están desplegados ya en la retaguardia cartaginesa? —preguntó Publio con cierta tensión. Necesitaba saber que sus órdenes se seguían al pie de la letra. Cualquier confusión sería fatal.

—Sí —confirmó Lelio, meditabundo. Publio parecía querer rodear a los cartagineses y atacarles por todos lados a la vez. Pero los legionarios que se habían llevado Marcio y Mario no eran suficientes para un ataque.

—Bien, envíales un mensajero: que no ataquen y que se embosquen. Si todo sale bien los cartagineses terminarán saliendo por su retaguardia y quiero que les sorprendan.

La nueva orden sosegó el ánimo de Lelio. Eso tenía más sentido, pero era tan improbable que Asdrúbal decidiera retirarse...

Publio se quedó contemplando a Cayo Lelio taciturno, inquieto. Le asió con aprecio por el brazo.

—Vamos a por ellos, Lelio, les haremos salir de allí, ya lo verás. Ten fe en mí. —Y le sonrió. Lelio respondió con una sonrisa un poco forzada pero sincera en sus sentimientos.

—¡Vamos allá, por Hércules! —replicó el veterano tribuno con fuerza—. Es una buena mañana para cazar cartagineses. —Y se volvió hacia las tropas caminado ligero, erguido, pisando firme la tierra de Hispania. Publio comprendió que ya no tenía nada que temer sobre el flanco norte. Ahora quedaba por ver si él era capaz de cumplir con la parte que le tocaba. Tenían que conseguir ascender por los dos extremos a un tiempo. Eso era clave.

Campamento cartaginés, en lo alto de la colina, por encima de la segunda ladera

Asdrúbal estaba algo incómodo. No eran nervios sino molestia. Ese testarudo Escipión había decidido suicidarse aquella mañana y tenía que hacerlo contra sus tropas.

—Que se replieguen los númidas y los africanos, y lo que quede de los baleáricos, que suban todos a la segunda planicie. Si los romanos quieren la primera terraza que la tengan. Eso no cambia las cosas en lo sustancial. Nos haremos fuertes aquí.

Asdrúbal quería todas sus tropas concentradas en lo alto de la colina. Estaban en igualdad numérica con los romanos pero con una posición mejor. Aquel combate que el Escipión había iniciado era absurdo. Su tío Cneo también le sorprendió por su irritante resistencia a morir. ¿Cuántas cargas númidas hicieron falta para abatirle? Y aun así se volvía a levantar, herido, atravesado por una lanza, envuelto en un mar de sangre. Había que reconocer que eran una raza, los Escipiones, que sabía sufrir. Pero nada más.

Asdrúbal, brazos en jarras, desde su posición central en la retaguardia, admiró el despliegue de su infantería pesada en el centro. Aquello era un muro infranqueable. Luego estaban los mercenarios iberos en las alas. Una nota de color. Sonrió. Y siempre quedaba bien parecer más de los que en realidad eran. La fortaleza de su ejército residía en la infantería africana pesada. Hombres rudos y completamente leales a Cartago que no cederían un ápice de terreno sin combatir hasta la muerte. Los romanos chocarían contra ellos y perecerían en aquella segunda ladera.

—¡Vino! —exclamó el general cartaginés. Pudiera ser que el joven romano al mando quisiera fastidiarle el día de descanso que tenía planeado, pero él no iba a dejarse importunar por la locura de un familiar despechado. Era la ira por vengar la muerte de su padre y su tío la que había ofuscado la mente de aquel general romano con toda seguridad. Bien, la ira sin control conduce al fracaso. El vino llegó. Asdrúbal bebió con placer. Aquélla era una mañana que sabía a victoria.

Primera planicie

Las legiones habían accedido por completo a la primera meseta de la gran colina. En pocos minutos, siguiendo las instrucciones de Publio, la infantería pesada de la legión se dividió en dos grandes bloques de manípulos que, a marchas forzadas, se encaminaban en direcciones opuestas, hacia el norte y el sur respectivamente. Los hombres de Terebelio y Digicio se quedaban solos en el centro. Un mensajero a caballo llegó hasta donde se encontraban el *primus pilus* y el oficial en jefe de la marinería armada. Sin duda, traía órdenes del general. Centurión y marinero en jefe se miraron extrañados por los movimientos de los legionarios de la infantería pesada. Habían esperado que éstos tomaran el testigo y los relevaran en la lucha por acceder a lo alto de la segunda ladera y ahora veían que se alejaban en direcciones opuestas dejándolos solos. El mensajero desmontó. Era un jinete de la caballería, joven, hijo de algún patricio. Terebelio lo miró con respeto pero no pudo ocultar una dosis de arrogancia y orgullo. El *primus pilus* sangraba por un brazo y por la sien y tenía restos de piel de algún enemigo desparramados por la coraza. Además, un ojo estaba horriblemente hinchado. Estaba sudoroso, pegajoso y maloliente. Escupió en el suelo, a un lado del mensajero, y no se molestó en excusarse. Digicio no tenía mejor pinta.

—Un mensaje del general. —El joven caballero con coraza impoluta, brillante, el pelo rasurado y limpio y la espada envainada, se sintió un poco intimidado; además el mensaje era incómodo en aquellas circunstancias.

—Habla, te escuchamos. No tenemos todo el día, estamos en una batalla, ¿sabes? —dijo Terebelio, y miró a Sexto Digicio. Los dos veteranos oficiales se echaron a reír. Una carcajada rotunda que se quebró en seco, casi al tiempo, dejando sólo la mirada fría de ambos guerreros.

—El general dice... —el mensajero pensó en suavizar el mensaje, pero recordó la insistencia del general y su voz diciendo «di exactamente esto y no otra cosa», así que tragó un poco de saliva y soltó su mensaje como una andanada de jabalinas enemigas—. El general dice que ha visto nenas asustadas trepar mejor por una montaña y que espera que lo hagáis mejor en esta segunda ladera. Y que os espera en lo alto a media mañana. Ése es el mensaje.

El jinete trepó veloz a su caballo, azuzó al animal y desapareció antes de que los boquiabiertos oficiales de la infantería pudieran reaccionar.

—¿Nenas asustadas? —preguntó en alto Terebelio—. ¿Ha dicho nenas asustadas, por todos los dioses, o he oído yo mal?

—Ha dicho nenas asustadas —repitió Digicio asintiendo con la cabeza.

—¡Maldito sea...! —Y aquí Terebelio se contuvo—. ¿Y adónde va? ¿Tú, marinero, que tan tranquilo estás, adónde va el general con las tropas? ¡Por los dioses!

—Adónde va no lo sé, centurión, pero nos ha dejado claro que tenemos que tomar la segunda ladera.

—Ya sé lo que ha dicho, lo que me revienta es no entender por qué.

—Bueno, él es el general.

Aquí Terebelio se calló unos segundos. Tampoco entendió las órdenes en Cartago Nova y al final todo tuvo sentido.

—Va a ser más difícil que la primera ladera —comentó al fin el *primus pilus* mirando hacia lo alto de la cima de la colina—. Los cartagineses están concentrando todas sus tropas pesadas en el centro. No podremos. Nos van a matar.

Digicio miró a lo alto.

—Eso parece.

—No pensé yo que moriría esta mañana —continuó Terebelio— rodeado de marineritos.

—Ni yo de soldaditos que trepan como nenas.

—Lo de nenas lo ha dicho por los dos.

—Puede ser.

—¿Puede ser? —Terebelio estaba a punto de desenvainar su espada.

—Podemos matarnos aquí mismo o dejar que lo hagan los cartagineses —respondió Digicio llevándose la mano a la empuñadura de su arma.

Terebelio se relajó y volvió a mirar hacia lo alto de la cima.

—Sinceramente, marinero, ¿crees que tenemos alguna posibilidad?

Digicio miró hacia la segunda ladera y vio la infantería pesada africana disponiendo las lanzas y las picas en la primera línea, asomando en el borde mismo donde terminaba aquella infinita segunda ladera por la que debían trepar bajo una lluvia de jabalinas y proyectiles enemigos.

—Sinceramante, no, centurión: no tenemos ninguna posibilidad.

Terebelio y Digicio se miraron.

—¿Vamos allá entonces? —preguntó el *primus pilus*.

—Vamos allá —respondió Sexto Digicio, y le tendió la mano, sucia, ensangrentada, fría.

Terebelio le miró fijamente.

—El día que le dé la mano a un marinero dejaré de luchar. —Y se volvió sin más hacia sus hombres gritando que formaran, que movieran el culo y que cogieran las armas, que tenían una nueva posición que tomar y que ya estaba bien de descansar mirando al cielo.

Digicio se quedó allí, un poco perplejo por el enorme desprecio que Terebelio mantenía ante los marineros. Se limpió un poco el sudor de la frente con la misma mano que había tendido al centurión y, más despacio que Terebelio, pero con la misma decisión, fue hacia sus hombres.

—¡Por Cástor y Pólux! ¡Todos en marcha! ¡Hay que tomar la nueva ladera y no quiero oír ninguna queja! ¡Esta batalla no ha hecho más que empezar!

Campamento cartaginés, en lo alto de la colina

Asdrúbal se había retirado a su tienda unos instantes. Quería relajarse un poco. Si la tozudez de aquel Escipión era similiar a la de su tío estaría atacando y dejando morir a legionarios durante todo el día. Aquello podía terminar resultando tedioso. El general cartaginés sintió el ansia de los hombres y decidió complacerse. Una vez en el recinto cerrado de su tienda hizo que le trajeran a dos jóvenes iberas. Éstas llegaron de mano de cuatro soldados africanos. Los guerreros las empujaron ante su general y éstas cayeron de rodillas ante él. Luego los soldados se retiraron. Las jóvenes apenas tenían quince años. Estaban maniatadas por la espalda. Las dos, arrodilladas, hundían su cabeza en el suelo y respiraban con dificultad.

—¡Miradme! ¡Quiero ver vuestros rostros! ¡He de saber qué tipo de presente me han mandado vuestros padres!

Las dos jóvenes eran regalos de las tribus del interior, hijas de jefes iberos vacceos que buscaban un pacto de amistad con el que daban en llamar el «rey de los iberos». Asdrúbal había dejado que los indígenas de Iberia le concedieran tal título. Al fin y al cabo era él quien gobernaba sus vidas. Y le gustaba oírse aclamado como rey. Como todos, tenía su dosis de vanidad.

Las muchachas temblaban. Eran muy parecidas. Quizás hermanas. Rasgos suaves, labios carnosos, tez morena, ojos oscuros, pelo negro, lacio, piel tersa. El ansia creció en el cuerpo de Asdrúbal. De pronto, un oficial africano descubrió la tela de acceso a la tienda.

—¿Por qué me molestas, imbécil? ¿No ves que estoy ocupado?

—Los romanos, mi general... los romanos están maniobrando...

—¿Maniobrando? ¿Maniobrando cómo?

—La infantería pesada se está desplazando por la primera de las terrazas sin atacarnos, hacia los extremos, dividida en dos, como si fueran a rodearnos.

Asdrúbal se atusó la barba con una mano. Las muchachas volvieron a agachar sus rostros.

—¿Hacia los extremos? ¿Estás seguro de lo que dices? ¿Y quién ataca el centro de nuestra infantería?

—Los mismos que lideraron el primer ataque. Sin refuerzos.

Asdrúbal era vanidoso, orgulloso e impulsivo, pero no era imbécil. Saltó del lecho en el que estaba sentado, apartó a las muchachas de un golpe, y salió de la tienda maldiciendo.

—¡Por Baal y por Tanit! ¿Cuánto tiempo llevan con esa maniobra?

El oficial le seguía de cerca mientras el general aceleraba el paso en dirección a la salida del campamento, hacia el frente de batalla.

—Unos veinte minutos. Al principio no sabíamos lo que hacían, pero luego nos pareció extraño. Con los soldados que dejan en el centro nunca superarán a nuestra infantería pesada y las alas están protegidas por los iberos y la propia ladera...

Asdrúbal se detuvo en seco y se giró hacia su oficial.

—Precisamente: el romano busca confrontar su infantería pesada con los iberos en las alas y eludir así el combate contra nuestros africanos, nuestros mejores hombres. Si las alas ceden, y pueden ceder, tendremos un problema serio. Tendremos una batalla campal en toda regla. Aquí arriba, en lo alto de la colina. Y eso no debe ocurrir. No debe ocurrir.

Asdrúbal reemprendió la marcha hacia el frente. El oficial le siguió a poca distancia. Pensó que el general estaba viejo, exageraba. Los flancos del ejército resistirían. Los iberos eran un poco inconstantes, pero ayudados por la ventaja de su posición en la cima de la colina detendrían a los legionarios romanos igual que lo harían los africanos del centro.

Ala derecha del ataque romano, al norte de la colina

Los *principes* regresaban de su primera acometida contra los cartagineses apostados en lo alto de la segunda pendiente que daba acceso a la cima de la colina. Publio los vio arrastrando algunos heridos por jabalina, muchos ensangrentados, pero con ánimo de lucha en sus ojos. Estaba asombrado de cómo la fe de aquellos legionarios en él mantenía su espíritu de lucha incluso cuando los hacía combatir en una posición tan desventajosa. Sin duda, permanecía en la mente de los soldados romanos el recuerdo del asalto de Cartago Nova, y sus palabras haciéndoles ver que si habían podido con aquellas murallas podrían también con estas encrespadas laderas habían surtido un profundo efecto.

—¡Los *triari*, a la carga! —ordenó Publio con energía.

Las trompas de la legión subrayaron la orden de su general y los *principes* que descendían por la pendiente fueron reemplazados por el más lento y pesado avance de los *triari*. Éstos, protegidos por sus escudos y con sus alargadas picas atadas a la espalda, fueron trepando por la ladera. Primero llovieron las jabalinas, luego una andanada de flechas mezclada con piedras, pero al cabo de unos minutos estaban al borde mismo de la cima. Los *triari* soltaron entonces los escudos y tomaron las picas con ambas manos. Y gatearon hacia la cumbre de la ladera en un último impulso. Los iberos se esforzaron en detener la acometida romana, pero las picas se abrían camino resquebrajando brazos, piernas, incluso ensartando más de una cabeza hispana. Los *triari* alcanzaron la cima. Arrojaron las picas o dejaron que éstas se fueran clavadas en sus víctimas que serpeaban por el suelo mutiladas, retorciéndose de dolor y desenvainaron las espadas. Los iberos reemprendieron la defensa de su colina en una denodada lucha cuerpo a cuerpo. Era un combate cruel, despiadado. Los hispanos se defendían con vigor y no cedían terreno hasta que por la cima ya desprotegida asomaron los refuerzos romanos de los *principes* supervivientes del primer ataque contra la segunda ladera. Los iberos sabían que necesitaban más hombres para frenar a los romanos que ascendían a centenares, pero los africanos del centro no maniobraban para llegar a aquel lugar. Se sintieron solos y sus ánimos empezaron a desfallecer.

Centro del ejército cartaginés

Asdrúbal asistía nervioso al desarrollo de la contienda. El empeño de aquel romano por materializar una batalla campal estaba dando sus frutos. El general cartaginés se dio cuenta de lo complicado de la situación: no había terminado de desplegar aún todas sus tropas, pero la mayoría estaban concentradas en el centro, frente al campamento, en espera de una gran acometida frontal, mientras que el nuevo Escipión había llevado a su infantería pesada a los extremos de la formación cartaginesa. Así, las alas iberas de su ejército cedían por falta de hombres y empuje y los romanos accedían a la colina por ambos lados, norte y sur. En el centro, como era de esperar, sus africanos veteranos resistían, pero tendría que hacerles maniobrar hacia las alas para evitar el desastre. Miró hacia su espalda y de nuevo al frente. No había espacio suficiente entre el campamento y el borde de la ladera para una maniobra de aquella envergadura, y tampoco había tiempo con la presión que los romanos ejercían sobre ambos flancos. Se podría intentar. Quizás aún se podría revertir el curso de la batalla, pero no estaba claro. Lo único que era evidente es que el romano había venido a combatir contra él antes de que llegaran los refuerzos de Magón y Giscón, y lo estaba consiguiendo. Incluso si aquello terminara en una victoria púnica, Asdrúbal comprendía que ésta no se lograría ya sin un enorme coste de vidas. Tendría que emplear a sus mejores hombres. En cambio, si se retiraba ahora, se podía organizar una maniobra de repliegue en relativas buenas condiciones y salvaguardar el grueso de sus tropas. El corazón le pedía luchar, pero su razón y, más aún, el juramento que hizo a su hermano Aníbal de alcanzar Italia y ayudarle desde el norte a atacar Roma, pesaba más que su enfurecido ánimo. Y los elefantes no podían ayudar ya en el ataque, pues la línea del frente era una confusa maraña de soldados romanos, iberos y cartagineses entremezclados en un combate mortal. Las enormes bestias causarían tantas bajas entre los suyos como entre los enemigos. Sin embargo... los elefantes podrían... Asdrúbal asintió para sí mismo.

—¡Coged los elefantes y cargad el tesoro en ellos! ¡Tomad las tropas de reserva que aún están en el campamento y salid por el este de la colina! ¡Nos replegamos! —espetó a un sorprendido oficial—. ¡Y que se ordene el repliegue de la infantería pesada que pasará de estar en la vanguardia del ataque a actuar de nuestra escolta de retaguardia! ¡Si nos salen tropas romanas para impedirnos el paso que los elefantes y la caballería númida despejen el camino! ¡Hemos de salir de aquí cuanto antes! ¡Moveos, por Baal! ¡Moveos, por Cartago!

Los elefantes bramaban mientras sobre sus lomos se apilaba el oro y la plata procedentes de las minas de Sierra Morena. Allí estaba el dinero necesario para pagar a un gigantesco ejército de mercenarios iberos y galos con el que desplazarse hasta el norte de Italia. Era un tesoro que debía salvarse a toda costa. Los jinetes númidas se pusieron al frente de la formación. La infantería africana de la vanguardia empezó a replegarse lo más ordenadamente que podía, salvando así la gran parte de su formación en el centro frontal de la misma, pero perdiendo gran cantidad de iberos en los flancos norte y sur por donde atacaba el grueso de las tropas romanas.

Centro del ataque romano

Tanto los hombres de Digicio como los de Terebelio estaban exhaustos. Tras tres embestidas contra la densa formación cartaginesa habían sido rechazados sin apenas conseguir nada. Estaban sin resuello. Agotados, asustados. Tenían órdenes de seguir atacando hasta tomar la colina pero ambos habían comprendido que era una orden suicida. ¿Qué hacer? Entonces ocurrió algo inexplicable. Los cartagineses empezaban a retirarse. ¿Era una trampa?

Digicio miró hacia donde se encontraba Quinto Terebelio y lo vio dando instrucciones a sus soldados y una patada a un legionario que parecía demasiado cansado para obedecer con celeridad.

—¡Vamos, perros! ¡A lo alto de la colina! ¡Los cartagineses se repliegan! ¡Éste es el momento! ¡Todos arriba, por Hércules! ¡Coged los escudos y arriba!

La voz de Quinto llegó hasta los hombres de Digicio y los marineros se volvieron hacia su oficial en jefe. Digicio se levantó del suelo donde se había sentado para recuperar el aliento y bramó sus órdenes con fuerza.

—¡Vamos allá, por todos los dioses! ¡Hemos hecho lo difícil y no vamos a dejar ahora lo fácil a Terebelio y los suyos! ¡A por la cima! ¡Podemos hacerlo! ¡Por el general, por Roma!

Los marineros se levantaban y raudos seguían a su jefe que ya emprendía el ascenso de la segunda pendiente de aquella maldita colina.

Sector este de la colina. Tropas de Mario y Marcio

Lucio Marcio Septimio y Mario Juvencio Tala habían emboscado sus hombres en torno a los caminos angostos que descendían de la colina cartaginesa por la vertiente oriental de la misma. Los legionarios se ocultaron entre los matorrales del monte bajo, al abrigo de las encinas desperdigadas que salpicaban la región, entre los peñascos y rocas de aquella tierra escarpada. Desde sus posiciones se escuchaba el fragor de la batalla en lo alto de la colina. Vislumbraron algunos de los efectivos del general ascendiendo por la ladera norte y lo que parecían ser otros legionarios haciendo lo propio por el sur, comandados por Lelio, pero desde la distancia era difícil saber lo que estaba pasando, cómo se estaba desarrollando el combate. Pasó una larga hora de espera e indefinición, hasta que Marcio vio uno de sus exploradores que descendía de la primera pendiente a toda velocidad, como perseguido por los espíritus del Hades. El joven legionario pronto llegó hasta la posición del tribuno.

—Los cartagineses descienden, tribuno. Descienden con sus elefantes y la caballería númida al frente. Detrás viene la infantería. —El soldado terminó su mensaje e inspiró intentando recuperar el aliento. Estaba tenso y agotado por la carrera.

—¿Quieres decir que descienden con todas sus tropas? ¿Que se retiran en esta dirección?

—Así es, tribuno. Eso creo.

Marcio asintió. Dio instrucciones para que se informara a Mario, el otro oficial al mando, y a sus hombres, y ordenó que todos permanecieran emboscados hasta nuevo aviso.

En pocos minutos el bramido tenebroso y gutural de los elefantes empezó a escucharse descendiendo ya por la segunda pendiente. La tierra parecía temblar bajo el peso de aquellas pisadas descomunales. A su alrededor centenares de númidas cabalgaban al trote, escoltando a aquellas gigantescas bestias. Marcio esbozó una sonrisa que quedó más en mueca que otra cosa. Como si esas bestias necesitaran protección. Sería mejor dejarlas pasar junto con los númidas y luego abalanzarse sobre la confiada infantería cartaginesa. Con un poco de suerte, Mario pensaría lo mismo. Ya no había tiempo para comunicar. Los primeros elefantes y jinetes africanos pasaron sin ser molestados, pero cuando llegaba un segundo grupo de paquidermos, los hombres de Mario arrojaron una andanada de *pila*. El ataque había empezado. Marcio escupió en el suelo.

—¡Por todos los dioses! —Sacudió la cabeza negando con fuerza pero ordenando lo que ya era inevitable—. ¡Al ataque, por el general, por Roma!

20

Salapia

Italia, primavera del 208 a.C.

Un soldado, vestido de centurión romano, hablaba con Aníbal, quien, rodeado de sus oficiales, le escuchaba atento.

—Nos esperan por la noche. Parecen encantados de que el cónsul Marcelo haya seleccionado su ciudad para acantonar sus tropas. Es cosa hecha, mi general.

Aníbal asintió pero no mostró complacencia.

—Seguid adelante. Ve con todos tus hombres, romano, ¿cuántos son?

—Mil doscientos, mi general —respondió Décimo, que así era como se llamaba el centurión renegado, aunque ya estaba acostumbrado a que Aníbal se dirigiera a él con el genérico de «romano», aliñado con un cierto tono despectivo, pero todo eso iba a cambiar, e iba a cambiar pronto.

—Bien, bien. Por Baal, deberán ser suficientes. Salapia no tiene una guarnición poderosa. Son sus murallas las que les protegen.

Decimo asintió y partió raudo para cumplir con aquella misión. Estaba contento porque la toma de aquella ciudad sería cosa sencilla una vez que hubieran conseguido acceso al interior de la misma al hacerse pasar por una avanzadilla del cónsul Claudio Marcelo. Nada sabrían aún los habitantes de Salapia de la muerte del mismo. La estratagema de Aníbal redactando una carta con el sello del anillo consular de Marcelo había surtido efecto. El centurión aún recordaba la mirada de asombro y admiración de los guardias de Salapia ante aquel sello. Todo marchaba perfectamente. Tomada Salapia, Aníbal confiaría más en su regimiento de desertores romanos. Vería cuán útiles le podían ser para tomar otras ciudades y aquello sólo podía culminar en mucho oro, mujeres y vino para todos. El centurión sonrió con auténtico placer. Esa noche tendría de todo eso, aunque antes debería atravesar con su espada unas cuantas decenas de ciudadanos de Salapia, incautos e ingenuos. Arropado por sus pensamientos, Décimo se encontró frente a las murallas de Salapia a la hora de la cuarta guardia, en medio de una noche plagada de sombras inciertas proyectadas por una luna llena que habría de ser testigo de la caída de aquella ciudad. Al alcanzar la puerta, uno de los hombres de Décimo gritó hacia lo alto.

—¡Gentes de Salapia! ¡Por todos los dioses de Roma, abrid las puertas a las tropas del cónsul Marcelo!

Pasaron unos segundos sin respuesta. Un minuto. El soldado romano volvió a aullar en la noche su requerimiento, pero no parecía que nadie estuviera escuchando desde las murallas. Se giró hacia Décimo. Éste suspiró. No sabía bien qué hacer. El emisario que habían enviado durante el día había confirmado la predisposición de Salapia a recibir las supuestas legiones de Marcelo. ¿A qué venía aquel silencio? Pero cuando más dudas surcaban su mente, un crujido lento y prolongado, sostenido, cruzó el aire nocturno. Las puertas de Salapia se abrían, pesada pero decididamente. Dos enormes paneles de madera que se separaban hacia el interior hasta quedar apoyados contra sus respectivos lados del muro. De la ciudad emergió luz de antorchas que caía sobre el suelo en forma de pequeños cuadros, pues aún quedaba una gigantesca puerta de hierro forjada en poderosas barras que se entrecruzaban perpendicularmente y que, pese a haber abierto las puertas de madera, impedía el paso de los hombres: era una salvaguarda contra posibles ataques que incendiaran las puertas, pues si éstas caían siempre permanecería aquella enorme verja que sólo podía ser levantada desde dentro tirando con varios caballos de dos fuertes cadenas de gruesos eslabones. Un nuevo sonido llegó a los oídos de los romanos renegados formados frente a la muralla a la espera de obtener vía libre para entrar en la ciudad. Décimo comprendió que las cadenas de la gigantesca verja se tensaban primero y, unos segundos después, empezaban a tirar con fuerza levantando los hierros de aquel último obstáculo. La gran verja se alzaba despacio, poco a poco. Unos centímetros, luego el espacio suficiente para que pasara un gato, un niño, y, al fin, se levantó hasta casi dos metros. Quedaba al menos un par de metros más de verja por levantar pero el chirrido desapareció y todo parecía indicar que los hombres de Salapia no iban a abrir más aquella verja. Décimo no concedió importancia al asunto. En cualquier caso, aquélla era toda la altura que necesitaban para que sus hombres pasaran. Décimo dio las órdenes y sus soldados empezaron a desfilar penetrando en el interior de la ciudad. Al cruzar por debajo de la verja, se veían obligados a bajar sus *pila* que de otro modo no pasarían por debajo de los hierros. Décimo sonrió y miró hacia sus espaldas. Fijó los ojos en una colina lejana, a varios estadios de las murallas, donde se veía un grupo de jinetes que sin duda los habitantes de Salapia tomarían por Marcelo y sus oficiales.

Aníbal, rodeado de sus mejores hombres, con Maharbal a su derecha, todos montados sobre ágiles caballos africanos, contemplaban cómo Salapia abría sus puertas y levantaba la verja que daba acceso a su ciudad.

—Los hombres de Décimo están entrando —comentó Maharbal—. Parece que el romano lo va a conseguir.

—Así parece —confirmó Aníbal en lo que Maharbal intuyó como un tono de alegría contenida, cuando de súbito se escuchó un chasquido seco en la noche al que siguieron gritos lejanos que ascendían desde el valle. Ni Aníbal ni sus hombres necesitaban explicaciones para saber que era el sonido de un combate campal. El general cartaginés enarcó la ceja de su ojo sano. Era demasiado pronto. Los romanos desertores aún no habrían tenido tiempo de entrar todos en la ciudad. Aquello no le gustaba.

La verja de la puerta de Salapia había caído como una guillotina. Varios de los legionarios de Décimo yacían bajo la misma atravesados por sus punzantes agujas oxidadas. Los que más suerte habían tenido habían muerto por el impacto o las heridas mortales de los hierros, pero algunos estaban malheridos y obligados a contemplar cómo por un lado sus compañeros en el exterior intentaban levantar aquellos pesados hierros y cómo, por otro, los que habían conseguido entrar se veían sorprendidos por continuas andanadas de todo tipo de proyectiles: jabalinas, dardos y piedras que llovían por todas partes.

Décimo, aún fuera del recinto amurallado, no entendía lo que estaba sucediendo. En un primer instante pensó que, por accidente, alguna cadena había cedido y por eso se había desplomado la gran verja sobre sus indefensos hombres, pero al acercarse y ver entre los heridos los proyectiles que caían sobre los manípulos que habían entrado en la ciudad, comprendió lo que estaba ocurriendo. Décimo miró a su alrededor. En una rápida evaluación vio que unos quinientos hombres habían entrado pero que el resto, otros tantos, permanecía en el exterior. No serían suficientes. Necesitaban ayuda, pero entonces empezaron a caer proyectiles hacia el exterior de la ciudad también lanzados con furia desde las murallas. Décimo, impotente, vio a sus legionarios batirse en retirada abandonando sus vanos intentos por levantar la verja. Miró hacia lo alto de la colina. Quizá si Aníbal acudiera en su ayuda con la caballería númida aún tuvieran opciones.

Aníbal exhaló aire. Se pasó la palma de su mano derecha por la boca y la nariz. Escupió en el suelo y con su mano izquierda hizo que su montura diera media vuelta.

—El cónsul Crispino ha cumplido con su deber incluso malherido. Son duros estos nuevos cónsules de Roma, más que los primeros. Tardaremos más tiempo del que pensaba en doblegarles. Seguiremos en el empeño pero no en Salapia.

—¿Y Décimo? —preguntó Maharbal.

Aníbal siguió cabalgando sin mirar atrás.

—Son desertores de Roma; los más cobardes y que sobrevivan volverán a nosotros, por el resto no podemos hacer ya nada. Era una buena idea la de usar el sello de Marcelo, pero no ha salido bien. Iremos ahora a Locri. Allí nos necesitan para levantar el asedio de los romanos. Hemos de apoyar a las ciudades que se han pasado a nuestro bando, como Locri.

Maharbal asintió y puso su caballo en paralelo con el de su general. La luna les acariciaba con un manto de luz pálida mientras se alejaban de Salapia.

Décimo vio a Aníbal y sus oficiales alejándose y comprendió que todo estaba ya perdido. Sus sueños de gloria, poder, oro y mujeres se desvanecían esparcidos por el viento nocturno. Buscó su caballo, pero los hombres que debían haber estado esperándole habían huido ya hacía rato. Estaba junto a la muralla y su figura quedaba escondida por la sombra de la misma, pero no podía permanecer allí por mucho tiempo. Estaba sudando copiosamente y las gotas de líquido salado salpicaban su frente. En el interior y en el exterior se escuchaban los silbidos de los proyectiles y los gritos de sus hombres al caer abatidos. Apenas quedaban ya legionarios en el exterior. Todos se habían desvanecido entre las sombras de la noche. Décimo decidió probar suerte y se lanzó a una veloz carrera hacia la colina por donde se había perdido la silueta de los oficiales de Aníbal. Al principio todo fue bien y consiguió separarse casi treinta pasos de la muralla sin ser alcanzado por ningún proyectil. Algunos silbidos pasaron muy próximos pero las flechas caían sobre el suelo a ambos lados de su camino, hasta que de pronto sintió un golpe seco en su espalda y, pese a que siguió corriendo, notó que le faltaba el resuello, así que tuvo que detenerse contra su voluntad. Se desplomó de rodillas. Los aullidos de sus hombres muriendo en Salapia fue lo último que escuchó antes de quedar inmóvil, con los ojos abiertos, tumbado de lado, solo.

21

Imperator

Baecula, Hispania. En lo alto de la colina, primavera del 208 a.C.

Publio accedió a lo alto de la cima rodeado por su guardia personal, sus *lictores* no oficiales, ya que no era magistrado, sino sólo general *cum imperio*, aunque en cualquier caso, aquellos soldados seleccionados por Lelio para salvaguardar la vida del general, desvinculados de las tareas ordinarias del campamento y con un *stipendium* superior, protegían en todo momento al general con sus escudos, con sus armas, con sus vidas si era preciso. Ya lo hicieron en Cartago Nova y lo seguían haciendo desde entonces. Antes por obligación, ahora con orgullo.

El general observó, una vez sobre la meseta de la cima de la colina, el repliegue veloz de las tropas de Asdrúbal cuyos últimos efectivos descendían ya hacia el oriente, en dirección adonde los manípulos de Marcio y Mario estaban apostados. Algunos oficiales miraron al general. Necesitaban instrucciones. Muchos esperaban que ordenara que las legiones siguieran a los cartagineses que se retiraban.

—¡Saquead el campamento! —dijo a los soldados bajo su mando, que habían ascendido por el sector norte. Vio entonces a Lelio, que llegaba tras haber accedido a la meseta por el otro extremo de la misma. Venía a caballo para recibir órdenes lo más rápido posible.

—¿Qué hacemos?

—Seguidlos —respondió Publio señalando la infantería cartaginesa en retirada—, pero sólo hasta las posiciones de Marcio y Mario. Haced prisioneros, todos los que podáis, de entre los que caigan en la emboscada al pie de la colina, pero no vayáis más allá. Ya decidiremos qué hacer con el resto del ejército de Asdrúbal más tarde.

—¡De acuerdo! —confirmó Lelio, e hizo que su montura girase para volver con sus hombres.

Al atardecer de aquel día, el campamento de la colina que apenas unas horas antes era el bastión de los cartagineses, se había transformado en un emplazamiento bajo dominio romano. En el centro del mismo los legionarios habían levantado el *praetorium* desde el que los romanos habían trazado, derribando tiendas cartaginesas abandonadas por el enemigo a toda prisa o levantando tiendas romanas según procediera, dos grandes calles, una que cruzaba el campamento de norte a sur, la *via principalis*, y otra que la cruzaba transversalmente de este a oeste, el *decumanus maximus*. Publio había ordenado levantar un campamento romano completo, para lo cual los legionarios, una vez saqueado el campamento cartaginés, se enfrascaron en la ardua tarea de levantar las empalizadas necesarias para completar la protección del mismo. El general no quería que un contraataque de Asdrúbal, al abrigo de la noche, les sorprendiera sin las medidas necesarias. No era probable que el cartaginés contraatacase, pero no quería pasar riesgos innecesarios y todavía quedaban los refuerzos de Magón y Giscón que aún podrían llegar, seguramente no en una semana, pero era mejor prevenir. Los legionarios estaban exhaustos por la batalla; sin embargo, acometieron la tarea de levantar las empalizadas con cierto sosiego de ánimo por la victoria conseguida. El general, por su parte, había prometido comida extra y algo de vino aquella noche, en cuanto estuvieran terminadas las fortificaciones. Era un incentivo que surtió efecto. Llegado el anochecer, había empalizadas dispuestas en los cuatro lados del campamento, no las definitivas, pero sí unas fortificaciones provisionales razonables, y guardias apostados en la *porta praetoria*, en la *porta decumana* y en las puertas *principales sinistra* y *dextera*. Los tribunos y los *praefecti sociorum* de las tropas auxiliares fueron acomodados en tiendas levantadas a lo largo de la *via principalis* y las tropas legionarias fueron acantonadas entre estas tiendas y la *porta praetoria.* Las tiendas se diseminaban en filas dobles con decenas de pequeñas calles secundarias que discurrían paralelas al *decumanus maximus*, tras el que se habían instalado las fuerzas de caballería, divididas según sus *turmae*, tras las cuales, en orden de dignidad y veteranía estaban los *triari*, los *principes* y los *hastati*. Las tropas auxiliares eran las que acampaban más alejadas del *decumanus maximus*, más próximas a las empalizadas de la fortificación, junto a las puertas *principalis sinistra* y *dextera.* Más allá de las puertas del campamento, en el exterior, se levantaban las tiendas de la infantería ligera, los *velites*, que de esta forma actuaban de puestos de guardia avanzados en torno al campamento. En este caso, el general ordenó que parte de la infantería ligera quedara próxima a las empalizadas del campamento, mientras que otros grupos se apostaran bajando la pendiente superior, instalándose en la primera terraza. Con ello se aseguraba no ser sorprendidos en modo alguno por una incursión nocturna del enemigo.

En el centro de campamento, frente al *praetorium* se levantó el *quaestorium*, donde, *sub hasta*, se arremolinaban centenares de prisioneros cartagineses e iberos a la espera de ser vendidos como esclavos bajo la supervisión del *quaestor* de las legiones desplazadas a Hispania. El sol ya había caído enterrado en el horizonte pero el general había dado órdenes de empezar aquella misma noche con la venta. Quería saber el número de prisioneros, el dinero que suponían como botín y cuánta fuerza habían restado a Asdrúbal en su repliegue.

A la puerta del *praetorium*, el joven general Publio Cornelio Escipión repasaba con sus oficiales las acciones a tomar con respecto a los prisioneros por un lado y con relación a los ejércitos cartagineses que acechaban: el huido de Asdrúbal y las tropas de Magón y Giscón, cuyo paradero era aún incierto. El general había hecho traer *sellae*, pequeños asientos, para sus tribunos Cayo Lelio, Lucio Marcio Septimio, Mario Juvencio Tala y otros y, de este modo, sentados en torno a una hoguera y rodeados de antorchas clavadas en la tierra entre las que se diseminaban los centuriones de más alto rango, como el primípulo Terebelio o el centurión Digicio, y el resto de los oficiales y *praefecti sociorum* de las tropas auxiliares, Publio empezó a tomar determinaciones y a recibir informes de sus subordinados. A su derecha, como era costumbre, estaba sentado Lelio, satisfecho, orgulloso, saboreando un vaso de buen vino.

Fue Marcio el que empezó a informar al general de lo acontecido en su posición, en la ladera occidental de la colina.

—Quisimos detenerles al pie de la segunda pendiente, pero resultó imposible, mi general. Llevaban consigo más de treinta elefantes y se abrieron camino aplastando a muchos legionarios. Era una lucha desigual en una posición de desventaja. Las bestias descendían azuzadas por sus conductores y protegidas por la caballería. Tuvimos que dejarles pasar. Fue luego, cuando descendía la infantería, cuando pudimos abalanzarnos sobre ellos y, en la confusión, causarles numerosas bajas. Era todo cuanto podíamos hacer.

En la voz de Marcio, el joven Publio adivinaba cierto desconsuelo y una agria sensación de decepción. Marcio, como otros oficiales, quizás el propio Lelio, habrían esperado que se hubiese ordenado que las dos legiones siguieran a Asdrúbal en su huida, sin importarles la dirección que el cartaginés hubiera podido tomar, menospreciando los riesgos de adentrarse por la noche en territorios que desconocían.

Publio asintió, como aceptando por satisfactorio el informe de Marcio. Éste, que se había alzado de la *sella*, volvió a tomar asiento, un poco más relajado. Aceptó una copa de vino que le ofrecía un *calon*. El joven general tomó la palabra.

—Hiciste lo que podía hacerse y fue más que suficiente. Tenemos centenares de prisioneros que supondrán un buen botín. No hemos conseguido, sin embargo, hacernos con el tesoro de oro y plata de Asdrúbal. Sin duda, debía de viajar a lomos de esos elefantes resguardados por su fortaleza y por la caballería númida, pero el gran número de esclavos africanos que hemos conseguido hoy nos resarcirá con creces.

El general subrayó con intensidad lo de «africanos», aun cuando habían apresado también a iberos de Carpetania, Celtiberia, baleáricos y de otras regiones de Hispania. No tuvo tiempo de explicarse, pues un torrente de voces, como un mar de júbilo que se arrojara contra un navío en medio de la tempestad, llegó hasta el círculo de oficiales procedentes de la próxima tienda del *quaestorium*. El general se limitó a mirar un segundo a uno de sus *lictores* y éste salió disparado para averiguar lo que ocurría. Varios centuriones y tribunos se giraron hacia el *quaestorium* con mirada inquisitiva. Se veía entre las sombras a varios grupos de hombres entre los apresados que saltaban y gritaban en su lengua bárbara. Al principio todo eran sonidos discordes y entremezclados en un tumulto desordenado de voces, pero al cabo de un minuto, aun desconociendo la lengua ibera, los oficiales romanos comenzaron a discernir que aquel sonido adquiría una cadencia rítmica y repetitiva, como si todos aquellos prisioneros clamaran al unísono una misma frase.

El *lictor* regresó, se detuvo a espaldas del general y, agachándose, le musitó al oído lo que había averiguado. El joven Publio asintió y esbozó una cálida sonrisa de satisfacción. Decidió hacer público lo que acontecía para tranquilizar a sus desconcertados oficiales.

—Son los prisioneros iberos, o mejor dicho, los que eran prisioneros iberos. He dado orden de que los liberen.

Varios centuriones y tribunos miraron confundidos al general. Sabían de su magnanimidad para con los vencidos. Ya lo demostró en Cartago Nova, pero allí se liberó a rehenes iberos sometidos por los cartagineses y aquello les pareció aceptable, pero ahora estaba dejando libres a guerreros hispanos que habían combatido contra ellos activamente durante aquel mismo día. El general leía en las miradas de sus confundidos oficiales y sabía que debía persuadirlos, que debía hacerles comprender su política en la región.

—¡Escuchadme todos! —Y se levantó para, así, a medida que hablaba, ir ganando el centro del círculo de oficiales—. Somos dos legiones perdidas en un territorio hostil. Tenemos tres ejércitos cartagineses que derrotar con una fuerza que nos triplica en número. No podemos luchar contra cartagineses e iberos a un tiempo. Hemos de convencer a los iberos de que nuestra guerra no es contra ellos, pues además es así; no luchamos contra los iberos sino contra los cartagineses. La liberación de los rehenes de Cartago Nova nos ha permitido ganar aliados entre los bárbaros de este país y que otros nos dejaran libre el paso hasta alcanzar esta colina donde hoy hemos derrotado a Asdrúbal, pero tenemos que afianzar estos lazos y, decidme, ¿cómo nos van a ayudar estos pueblos en nuestra lucha contra Cartago si vendemos como esclavos a sus hermanos? —Publio giró, despacio, trescientos sesenta grados, sosteniendo la mirada de cada uno de sus oficiales. En el resplandor de la hoguera central, la figura del general parecía envuelta de un aura mágica y todopoderosa. En el silencio de sus subordinados llegó hasta sus oídos la cadencia del canto de los recién liberados iberos. Publio se dirigió entonces a Marcio. Era de los más veteranos en la región.

—¿Entiendes qué dicen?

Marcio miró a su general. Dudó. Publio sostuvo la mirada y el tribuno respondió.

—Te aclaman como rey.

El silencio se hizo aún más denso. Las ramas de encina de la hoguera crujieron y se resquebrajaron lanzando al cielo oscuro destellos rojizos de pavesas incandescentes. Marcio añadió algo más.

—Hasta ayer esos hombres aclamaban a Asdrúbal Barca como su rey, pero ahora proclaman su lealtad hacia ti.

Publio estaba digiriendo las palabras de Marcio. Aquello no hacía sino darle la razón. Bien era cierto que las lealtades iberas eran volubles y traidoras. Aquél era un ejemplo más. En su recuerdo brillaba intensamente cómo miles de iberos abandonaron a su tío en medio del campo de batalla pero, en cualquier caso, siempre era mejor que dijeran que se decantaban a favor de uno que en su contra. Estaba, no obstante, el problema de la palabra «rey». Publio advirtió de nuevo recelo entre sus oficiales. Sabía lo que se preguntaban. ¿Luchaban para la república o para un general que se creía rey? ¿Había olvidado el general la revolución del 570 o se creía heredero de Rómulo, Tarquino y el resto de los reyes legendarios? No, no podía permitir que los iberos se dirigiesen a él como rey. Si tal hecho llegaba a oídos del Senado y, en particular, a oídos de Fabio Máximo, aquello sólo podría traerle problemas, recortes en los suministros e incluso una orden de regreso a Roma, pues en Roma, desde el año 244 de la fundación de la ciudad, ya no había reyes y de eso hacía ya más de trescientos años. Ni podría haberlos jamás. Pero los iberos habían decidido aclamarle y no debía tampoco despreciar aquel gesto. Debía darles algún nombre, alguna forma en la que dirigirse a él, pero ¿qué era él? Los pensamientos se agolpaban como caballos desbocados en la mente del joven general. No podía decirles que le aclamaran como cónsul o procónsul porque Fabio Máximo ya se ocupó de que no pudiera ir a Hispania con rango de magistrado o promagistrado, ni siquiera como pretor o propretor, aduciendo su juventud. A Publio sólo se le concedió permiso para acudir a Hispania como *privatus,* como un ciudadano particular sin rango más allá que algo clave, necesario para llevar su misión: *imperium*, mando sobre dos legiones. Era *imperator* del ejército de Hispania. Publio respondió a Marcio.

—El título de rey es inaceptable. Ve al *quaestorium* y hazte entender entre los iberos. Diles que no soy su rey, que soy su *imperator* y que sólo así pueden llamarme.

Marcio se levantó, se llevó la mano al pecho y partió con celeridad hacia la tienda del *quaestor*. Publio se quedó allí en pie. En pocos segundos empezó a escucharse la voz de Marcio gritando, dirigiéndose a las huestes de recién liberados iberos. Publio creía tener la situación de nuevo bajo control cuando Lelio decidió intervenir.

—Y si tenemos el apoyo de los iberos, ¿por qué no salimos en persecución de Asdrúbal y terminamos lo que empezamos esta mañana?

Después de lo de hoy, la moral de nuestros soldados está muy alta y los cartagineses parecían mujerzuelas y niños acobardados —concluyó Lelio con una profusa carcajada a la que se unieron el resto de los centuriones y tribunos.

Publio suspiró. Cerró un instante los ojos y caminó con lentitud en torno a la hoguera. Sabía que alguien iba a sacar ese asunto más bien pronto que tarde en aquella reunión de su estado mayor, pero lamentó profundamente que hubiera sido Lelio. Ahora debía contradecirle y lo último que deseaba era tener que desautorizar a su mejor oficial, a su más leal guerrero, a su mejor amigo, delante de todos, pero no había otra posibilidad. Publio esperó con paciencia a que la risa que se había desatado entre sus hombres se disipara.

—No vamos a salir en persecución de Asdrúbal —dijo Publio, pronunciando cada palabra despacio, sin levantar el tono de voz. Sabía que aquella orden sería impopular.

Lelio se levantó entonces y se situó en el centro del corro de oficiales, encarándose con Publio.

—Sabes que te seguiré siempre, Publio; eres mi general, nuestro general, mi amigo —añadió Lelio volviéndose hacia el resto—, pero en esto no estoy de acuerdo: dejar escapar a Asdrúbal es una muestra de debilidad. Debemos perseguirle y debemos hacerlo ahora.

Publio observó con el rabillo del ojo, sin mover un ápice su rostro, cómo varios centuriones y tribunos asentían en señal de aprobación. Como temía, Lelio no hacía más que poner voz al sentir general de sus oficiales. Tenía que ser cauto y ojalá Lelio no hubiera bebido tanto vino.

—No podemos salir en su persecución porque Asdrúbal se dirige hacia el norte y el interior de este país y no tenemos el apoyo de los iberos de esa región...

—¡Los cartagineses tampoco! —le interrumpió Lelio en público, la primera vez que el veterano guerrero lo hacía desde que estaban en Hispania. Publio no recordaba un enfrentamiento así con Lelio desde la batalla de Tesino.

—Los cartagineses —continuó Publio, aún sin levantar el volumen de su voz— llevan más años en este territorio. Aníbal, el hermano de Asdrúbal, llegó hace pocos años tan lejos como Helmandica o Arbucala en el norte. Allí temen a los cartagineses y poco saben aún de nosotros. Además... —Lelio parecía exasperado, con los brazos en jarras, frente a él. Publio prosiguió—: Además, los otros dos ejércitos púnicos pueden unirse a Asdrúbal en cualquier momento y triplicarnos en número...

—¡Por eso mismo! —volvió a interrumpirle Lelio—. ¡Más a mi favor, por Cástor y Pólux y todos los dioses! ¡Por eso mismo debemos asestar un golpe rápido ahora!

Publio estaba poniéndose nervioso, algo poco habitual en él. Si alguien sabía de la importancia de los desplazamientos rápidos de tropas era él. Así había conquistado Cartago Nova y así habían conseguido aquella reciente victoria sobre Asdrúbal, pero hasta esa estrategia tenía unos límites.

—La rapidez sólo vale sobre la base de la sorpresa, Lelio —continuó el joven general, aún controlando su tono—; Magón y Giscón, los otros generales, ya están advertidos de nuestra presencia aquí hace tiempo y deben de estar a punto de llegar con sus tropas; el factor sorpresa se ha perdido, debemos... —Publio dudó un instante—, debemos replegarnos... replegarnos y aguardar mejor ocasión.

—¿Mejor ocasión que ésta? —Lelio insitía—. ¿Cuándo vamos a tener mejor ocasión que ésta? Asdrúbal se ha ido corriendo como un perro apaleado. ¡Por Júpiter, ése es el mismo hombre que derrotó a tu padre y que personalmente mató a tu tío Cneo! ¿Y lo vas a dejar escapar?

De pronto los murmullos que habían ido surgiendo cesaron. Sólo se escuchaba el chisporroteo de las ramas ardiendo en la hoguera en torno a la cual estaban reunidos. Publio Cornelio Escipión avanzó despacio hacia Lelio.

—Ya sé que Asdrúbal Barca fue el causante de la caída de mi padre y que mató al procónsul Cneo Cornelio Escipión, mi tío, con su propia espada y no necesito que nadie me lo recuerde y mucho menos tú, Cayo Lelio. Te lo perdono porque sé que es más el vino el que habla por tu boca que tus pensamientos. —Publio hablaba con volumen controlado, algo más fuerte que antes, mucho más intenso, aún sin levantar la voz.

Lelio dio un paso atrás. La insinuación de Publio sobre su posible embriaguez le había pillado por sorpresa. Hizo ademán de girarse y volver a su asiento, pero quizás el vino o quizá la intensidad del momento hicieron que cambiase de opinión y volvió a dirigirse a Publio.

—Cneo lo haría, él habría perseguido a Asdrúbal.

Publio digirió aquella respuesta. Tragó saliva y respondió con sequedad.

—Es probable, pero Cneo está muerto y yo y nadie más soy el general en jefe de las tropas romanas en Hispania. Tropas, por otro lado, insuficientes, Lelio. No tenemos bastantes tropas para adentrarnos hacia el norte en persecución de Asdrúbal. Me faltan dos legiones, las dos legiones que tú deberías haber conseguido del Senado y que no lograste traerme.

Publio no necesitó increpar a los dioses ni alzar su voz para desarmar a su mejor oficial. Lelio recibió aquellas últimas palabras como lo que eran: una enorme humillación pública. Sintió cómo el resto de los oficiales no estaba ya con él. Lo que había dicho Publio era cierto. Aquella vez falló él. Debería haber persuadido al Senado pero no hubo forma. Nunca hasta entonces se lo había echado en cara el joven general y ahora, ahora lo hacía y lo hacía en público delante de todos.

—Quizá... —dijo Lelio cabizbajo, entrecortadamente— quizá tengas razón. Tú eres el que mandas... pensaba distinto... eso es todo... seguramente... estoy equivocado. —Lelio retrocedió, llegó junto a su asiento, pero pasó de largo. Varios centuriones se hicieron a un lado y Cayo Lelio se esfumó entre las sombras.

Publio Cornelio Escipión se quedó entonces solo en el centro del corro de oficiales. Hacia él retornaron todas las miradas. Se dirigió a Marcio.

—Que se tomen las medidas de costumbre para la vigilancia del campamento. Además, quiero varias patrullas en las cuatro direcciones: norte, sur, este y oeste. Quiero saber si hay movimientos de tropas. Que salgan de noche. Quiero informes al amanecer. Mañana nos replegaremos hacia Cartago Nova y allí decidiremos sobre el resto de la campaña de lo que queda de primavera y del verano.

Publio se dirigió hacia su tienda mientras los *lictores* de su guardia le abrían paso entre la multitud de legionarios que se había ido arremolinado en torno a la tienda del *praetorium*. Desde atrás, Publio escuchó cómo centenares de gargantas empezaban a corear una palabra. Al principio no le prestó demasiada atención, pero, poco a poco, el término era tan claro que no pudo escapar a sus oídos.

¡Imperator, imperator, imperator!

Los iberos le aclamaban como su gran jefe. Aquélla había sido una gran victoria y, sin embargo, no se sentía tan solo desde el día en que le comunicaron la muerte de su padre y de su tío. Sí, Cneo habría salido en persecución de Asdrúbal. En eso llevaba razón Lelio. A Publio su corazón le pedía salir en busca de Asdrúbal sin atender a más consideraciones, pero ese deseo se encontraba una y otra vez con las palabras de su padre: «Las batallas se pueden ganar con el corazón, pero las guerras sólo se pueden ganar con la cabeza.» Y su cabeza decía que no tenía tropas suficientes, que debía esperar. Puede que Asdrúbal escapara hacia el norte, incluso que alcanzara Italia, aunque eso era complicado, pues tendría que hacerlo por el interior de Hispania y luchar contra los vacceos o negociar con ellos, pues por el Ebro tendría enfrente a las tropas de Tarraco. En cualquier caso, aun a riesgo de incumplir con el mandato del Senado sobre su obligación de impedir que Asdrúbal alcanzara Italia, no podía perseguirle. No debía hacerlo. Mañana sería otro día. Lelio estaría con resaca pero más sosegado. Sí, ése sería buen momento para hablar con él y hacerle entender. Mañana.

22

Las calles pintadas

Roma, abril del 208 a.C.

Plauto abría los ojos de par en par. Miraba a un lado y otro de cada calle y no podía creer lo que veía. Roma había amanecido repleta de pintadas. Las primeras las había visto en algunos de los puestos de ganado del *Foro Boario*, pero a medida que avanzaba por el *Vicus Tuscus*, las cosas no hacían sino empeorar. En paredes sucias, en muros en construcción, en el suelo, en cualquier lado, menos en los templos, se podía leer las palabras que su amigo Nevio había pronunciado en la última cena en casa de Ennio, donde, pese a la negativa del joven poeta a unirse a ellos en una lucha de palabras contra aquella guerra interminable, seguían reuniéndose con frecuencia. En las cenas se empezaba hablando de literatura y se terminaba siempre discutiendo sobre política y sobre la guerra. Nevio, en medio de una de sus tremendas borracheras, se había levantado y pronunció aquel brindis en el que todos rieron, incluso Livio Andrónico, al apreciar el doble sentido de aquel verso saturnio: «*Fato Metelli Romae fiunt consules.*» Y es que si bien aquella frase podría traducirse como «los Metelos son nombrados cónsules en Roma por la ley del destino», a nadie escaparía que ese mismo verso podía significar «es fatal para Roma que los Metelos sean nombrados cónsules». Por la noche todos rieron la gracia con profusión y se bebió abundantemente alabando la ocurrencia de Nevio. Nevio. Plauto sacudía la cabeza nervioso. Estaba llegando al foro. Nevio seguía criticando en público a los patricios que conducían aquella guerra según sus intereses particulares. Había criticado a los Emilio-Paulos y a los Escipiones, al mismísimo Fabio Máximo y ahora la emprendía con la familia de los Metelos por su enriquecimiento durante el tiempo de guerra. Podía tener razón. La tenía, sin duda, pero estaba solo. Ahora alguno de los jóvenes escritores asistentes a la cena, seguramente aún borracho, habría pensado que sería una travesura graciosa pasarse pintando toda la noche, embadurnando las calles de Roma con las palabras de Nevio, rehuyendo furtivamente a las patrullas nocturnas de los *triunviros*. Nevio no había podido hacer tantas pintadas en una sola noche. De hecho, era imposible que Nevio hubiera podido hacer ni una sola de aquellas pintadas, pues Plauto vio cómo se quedó en casa de Ennio completamente vencido por el poder de Baco. Y lo peor de todo es que, en su creciente inconsciencia y osadía, Nevio no se percataría de lo peligroso de todas aquellas pintadas.

Plauto llegó al foro. Para su mayor desesperanza, no había lugar entre el templo de Vesta y la tumba de Rómulo que no estuviera salpicado con la maldita pintada. *Fato Metelli Romae fiunt consules*. Muchos iban a sonreír aquella mañana con aquellas palabras. Pero los Metelos no. Ellos no.

23

El alejamiento de Lelio

Baecula, primavera del 208 a.C.

Publio se alzó antes de la salida del sol. Apenas habían pasado cuatro horas desde que se recostó en el lecho de su tienda. Un joven esclavo semidormido le asistió mientras se ponía la coraza y le ayudó a ajustarse bien las grebas de las piernas. El general salió rápido de la tienda acompañado por una sorprendida escolta de *lictores*. En unos minutos dejó atrás el *praetorium* y llegó a la tienda de su oficial de mayor confianza. Había un legionario apostado justo en medio de la entrada. El soldado vio acercarse al general e instintivamente se hizo a un lado, pero Publio se lo pensó un instante y se detuvo sin llegar a entrar.

—Legionario, entra y di a Cayo Lelio que quiero hablar con él —dijo el general. Publio no quería sorprenderlo si estaba disfrutando de la preciosa esclava que se había traído consigo. Por el campamento había corrido ya el rumor de que el veterano oficial estaba enamorado de aquella egipcia, incluso que deseaba manumitirla y casarse con ella. En el fondo de su ser, Publio esperaba que aquello no fuera cierto, al menos la segunda parte. Si quería enamorarse o jugar o lo que sea con aquella esclava, eso no le concernía, pero casarse con una esclava manumitida sería el final de la carrera política de Lelio y eso no podía ser, pero no debía dejarse llevar por sus ideas sobre el matrimonio y la política. No había venido a discutir con Lelio de ese tema, sino a hacer las paces por la agitada bronca de la noche anterior.

—Cayo Lelio no está, mi general —respondió el legionario algo nervioso. Tenía la sensación de que aquello iba a contrariar al *imperator* de las legiones.

—Por todos los dioses, ¿cómo que no está? Aún no ha salido ni el sol.

—Lo sé, mi general —respondió el legionario aún más nervioso—. Marchó hace una hora. Pidió su caballo y partió hacia la *porta praetoria* del campamento. Eso es lo que me ha dicho su esclava. Debió de salir en el turno de guardia anterior al mío, mi general.

—Entiendo... —Escipión se quedó pensativo. Lelio no quería hablar con él. Le había herido más de lo que pensaba, pero no le dejó margen. Le estaba cuestionando delante de todos. Como si él mismo no quisiera perseguir a Asdrúbal, el verdugo de su padre y de su tío... pero había que mantener la cabeza fría y no dejarse llevar por impulsos. Los impulsos sólo conducirían a la derrota. Publio dio media vuelta. Iba a marcharse cuando de pronto tuvo una idea. Volvió a girar y se dirigió a la entrada de la tienda de Lelio. El guardia que había vuelto a tomar su posición apenas si tuvo tiempo de retirarse para dejar pasar al general que cruzó el umbral como una centella.

En el interior de la tienda de Lelio sólo había un lecho grande cubierto de pieles de lobo, una mesa pequeña en el centro con una jarra grande de vino, dos *sellae*, un *triclinium* y tres baúles abiertos. En uno se veían espadas, dagas y otras armas. En el segundo había una toga *virilis* y otras ropas de Lelio y un cofre pequeño donde seguramente guardaría joyas y otros bienes preciados procedentes de los botines de guerra. En el tercer baúl había ropa de mujer. Lelio se acercó despacio a la mesita. La jarra estaba vacía. En la esquina vio varias ánforas apiladas. Una yacía aparte, rota. Publio sintió una presencia y se giró desenvainando la espada de forma instintiva. De entre las pieles surgió el rostro de tez morena y facciones suaves de Netikerty. Al lado del lecho se veía una túnica blanca de mujer. La muchacha, que abrazaba fuertemente las pieles para cubrirse, debía de estar desnuda. Publio la miró un segundo. Y nerviosa. El general envainó la espada.

—Busco a Lelio —dijo secamente.

Netikerty, al contrario de lo que podría esperarse de una esclava, le miró fijamente mientras respondía. No era, no obstante, una mirada impertinente, sino curiosa, inquisitiva y, en gran medida, embriagadora. Publio recordó los ojos oscuros de Emilia cuando la conoció en el jardín del cónsul Emilio Paulo.

—Salió hace más de una hora —explicó la muchacha.

—¿Dijo adónde iba?

—A salir en una misión de reconocimiento, dijo algo de que había que vigilar que los cartagineses no organizaran un contraataque.

—Comprendo —dijo Publio. Se sintió cansado. Tomó asiento en una de las *sellae* vacías junto a la mesa.

—¿Puedo ofreceros algo, mi señor? —preguntó Netikerty.

—Algo de agua estaría bien, pero no sé si Lelio guarda agua por aquí.

—Tenemos agua, mi señor —dijo Netikerty, y se sentó en la cama cubriéndose con las pieles. Quería ponerse la túnica, pero era tarea imposible sin soltar en algún momento las pieles y dejar al descubierto su cuerpo desnudo. Por otro lado era una esclava y no podía pedir a un patricio y menos aún al general en jefe de aquel ejército que se volviera. Publio pareció leer en sus pensamientos y se dio media vuelta. Rápida, dejó las pieles y se vistió con la túnica, fue detrás de la cabecera del lecho y tomó una jarra con agua y un vaso limpio. Puso el vaso en la mesa y escanció el agua. Luego se separó del general un par de pasos. Publio bebió con avidez.

—¿Estaba enfadado, Lelio quiero decir, estaba enfadado? —preguntó dejando el vaso vacío sobre la mesa, junto al que Lelio había usado durante la noche para beber vino.

Netikerty callaba.

—Tú le conoces, muchacha. ¿Estaba enfadado... conmigo? Habla.

Netikerty dio un paso hacia atrás. Estaba claro que no le gustaba aquella conversación.

—Nervioso, mi señor, estaba nervioso. Pidió vino y bebió más de lo que acostumbra. Luego...

—¿Luego...?

—Luego... estuvo conmigo y se durmió. Se levantó hará poco más de una hora y me dijo lo de la misión de reconocimiento. Es cuanto sé, mi señor.

Publio la miró detenidamente. Había llegado a una conclusión. Aquélla era una mujer hermosa, algo que saltaba a la vista, pero también inteligente. Entre otras cosas no había respondido a su pregunta.

—No me has respondido a lo que te he preguntado —insistió el general—, ¿estaba Lelio enfadado conmigo? Y no me digas que no habló del tema. Tú no necesitas que él te hable para saber lo que piensa. Sólo respóndeme lo que crees. Dímelo y me marcharé. No quiero molestarte; Lelio te estima y sólo por eso te mereces que no te trate mal, pero no me iré sin que me respondas a esa pregunta.

Netikerty asintió despacio, en señal de que comprendía la situación. Así también ganaba unos preciosos segundos con los que organizar sus pensamientos.

—Lelio, mi señor, en mi opinión, estaba muy nervioso y aunque no habló sobre nada en concreto actuaba como alguien que se siente traicionado por una persona a la que aprecia mucho y sé que la persona a la que más aprecia es al general en jefe de estas legiones, mi señor.

Publio la miró y digirió cada palabra. Eran sólo las conjeturas de una esclava pero coincidían tanto con su propia lectura de la reacción de Lelio que casi le daba miedo, miedo por tanta coincidencia, miedo al ver sus peores sensaciones confirmadas.

—Bien —comentó el joven Publio—. Bien. Me marcho. —Y se levantó y encaminó sus pasos hacia la puerta, pero cuando alcanzó el umbral se detuvo y se volvió de nuevo hacia Netikerty que, inmóvil, le contemplaba en silencio—. Dile, cuando vuelva, dile a Lelio que me pasé por aquí, para hablar con él... para... disculparme, para explicarme, que sé que él no tiene culpa de lo de las legiones de refuerzo que no trajo, ¿de acuerdo?

Netikerty asintió dos veces.

—Bien. Que los dioses... que tus dioses velen por ti. —Y el general

Publio Cornelio Escipión salió de la tienda. Netikerty se acercó a la mesa y tomó el vaso de agua en su mano. Se quedó meditando unos segundos. Se giró y caminó hacia la cabecera de la cama y depositó el vaso donde lo había cogido. Luego se quitó la túnica despacio y, desnuda, volvió a meterse en la cama. Lelio volvería pronto y le gustaba encontrarla desnuda en la cama. Preparada, decía él. A ella no le importaba. Desde que estaba con él nadie la golpeaba. Apenas sí tenía que trabajar y todo dependía de hacer feliz a aquel hombre. Se sentía cómoda en aquella situación, pero la vida era tan complicada. Tan complicada. Hundió su cabeza en la almohada y se echó a llorar.

Publio regresó al *praetorium* con la primera luz del alba. Marcio les estaba esperando frente a la puerta junto con varios legionarios que custodiaban a un joven númida de mirada nerviosa. Publio se paró un segundo y observó al númida un instante; luego entró en el *praetorium* seguido de Marcio. Publio tomó asiento mientras Marcio, en pie, comenzó a hablar.

—Ese númida dice llamarse Masiva y asegura que es sobrino de Masinisa.

Publio consideró el tema con atención, aunque su mente no dejaba de dar vueltas al asunto de Lelio. No debería haberle echado en cara lo de las legiones, pero los dos se pusieron nerviosos y una cosa llevó a la otra.

—¿Mi general...? —La voz de Marcio devolvió a Publio al tiempo presente. Masinisa era el rey de los maessyli, en disputa con Sífax por el trono de Numidia, alguien importante en África; alguien cuya confianza podía ser importante en el futuro.

—¿Le crees? —preguntó Publio—, ¿crees que es el sobrino de Masinisa?

—Varios iberos lo han confirmado. Parece que Masinisa no quería que viniera a Hispania a luchar pero vino de incógnito y se puso al servicio de Asdrúbal. Sé que siempre quieres estar informado de los nobles que caen prisioneros, por eso he pensado en informar.

—Y has hecho bien —confirmó Publio con rotundidad. Marcio era leal y con un sentido más sutil del deber y la responsabilidad, mucho más que Lelio. Si su padre hubiera hecho jurar a alguien como Marcio que velara por él, en lugar de a Lelio, todo sería más sencillo. Sin embargo, Cayo Lelio era invencible en el campo de batalla, pero luego carecía de visión global, de perspectiva política y estratégica—... Que lo liberen, a Masiva, al sobrino de Masinisa, que lo liberen, Marcio —añadió el general con determinación—; y que salgan mensajeros hacia el norte, al Ebro, para informar a Indíbil de que pronto tendrá sus trescientos caballos prometidos.

Marcio asintió y salió de la tienda. Publio se quedó a solas con sus reflexiones. Debía proseguir con esa política de intentar estrechar vínculos con todos los pueblos de Hispania y, si se le daba la oportunidad, con los pueblos de África. Todos debían ver que los enemigos de Roma eran los cartagineses, ni los iberos ni los númidas, sólo Cartago.

Cayo Lelio tardó más de lo esperado pero al fin regresó. Desplegó con energía la cortina de la puerta de la tienda, entró y se sentó en una de las *sellae* junto a la mesa. Netikerty se había dormido pero sintió la llegada de su amo y se incorporó en la cama. No se tapó, de modo que al sentarse sus senos quedaron descubiertos.

—¿Quieres vino, mi amo? —preguntó la joven.

—No. Ayer bebí demasiado —dijo Lelio. Netikerty quedó a la espera de recibir instrucciones de su amo, sentada en la cama, medio desnuda.

—Ha venido el general... buscándote, mi amo —dijo la esclava egipcia.

Lelio se levantó de su asiento.

—¿Y qué ha dicho?

Netikerty recitó la respuesta que había elaborado y memorizado entre lágrimas.

—El general no ha dicho nada. Sólo que os buscaba. Nada más.

—¿Nada más?

—Eso es cuanto ha dicho, mi amo.

—Entiendo. —Y añadió Lelio—: Entonces sí, ponme algo de vino.

Netikerty se levantó y, desnuda, sin ponerse la túnica, tomó un ánfora y vertió parte de su contenido en la jarra de la mesa. Luego tomó la jarra y sirvió a Lelio. Éste la tomó por la cintura y la sentó en su regazo. Ella no opuso resistencia.

—Menos mal que te tengo a ti. —Y la cogió del pelo tirando de su cabeza hacia atrás. Lelio besó el cuello de piel suave que Netikerty se veía obligada a dejar al descubierto. Primero fue brusco, pero la mansedumbre de Netikerty al recibir de buen grado aquel tratamiento le apaciguó un poco, pero aún tenía demasiada ansia en su ser. La tomó entonces en sus fuertes brazos y la llevó a la cama, donde la depositó de golpe. La muchacha quedó boca arriba, quieta.

—Vuélvete. Ya sabes lo que quiero —dijo Lelio con voz dura.

Netikerty se volvió y se puso a cuatro patas sobre la cama de espaldas a Lelio. El rudo oficial se desnudó con rapidez. Netikerty escuchó el ruido de las armas al caer sobre el suelo de la tienda; golpes metálicos amortiguados por las pieles que rodeaban el entorno del lecho. De pronto sintió a Lelio en su interior, sin avisar, poderoso, empujando con fuerza, al tiempo que las grandes y ásperas manos del guerrero la asían por la cintura. Netikerty cerró los ojos y se dejó poseer y más, pues cuando al cabo de unos minutos el empuje del oficial romano pareció aflojar, ella tomó la iniciativa e hizo algo que sólo hacían las putas, y pagando bien, pues ninguna mujer romana que se preciara se atrevería a humillarse de esa forma. Netikerty se arrodilló a los pies de su amo, tomó el miembro viril de su amo con sus manos suaves, lo introdujo en la boca y empezó a mover la cabeza rítmicamente hacia delante y hacia atrás, complementando la falta de energía de su amo con sus propios movimientos. Lelio, tumbado, sudoroso, agradeció la entrega de la muchacha y se quedó en reposo. Ahora era ella la que dirigía, pero a Lelio no le importó. El veterano tribuno mantenía los ojos cerrados meditando por qué las romanas se negaban a entregarse de esa forma.

Netikerty se empleó a fondo. Lelio empezó a gemir y ella hundió su rostro en el regazo de su señor sin dejar de moverse, aunque ahora ya más despacio, alargando los dulces instantes. Ya que no podía entregarse a su amo, al que quería, en alma, Netikerty decidió entregarse por completo en cuerpo.

En la puerta de la tienda, un legionario vigilaba y sonreía.

LIBRO III
LA SANGRE DE ANÍBAL

207 a.C.

Iucunda macula est ex inimici sanguine

PUBLILIUS SYRUS

[Deja una mancha agradable la sangre del enemigo]

24

Orongis

Orongis, Hispania, diciembre del 207 a.C.

Estaban en las proximidades de Orongis. Publio estudiaba las murallas de la ciudad desde un altozano. A unos pasos estaba su guardia personal. La campaña militar del nuevo año estaba siendo provechosa pero no decisiva. Publio se sentó en una roca y repasó los últimos acontecimientos. Necesitaba ubicarse. Lucio, su hermano menor, había venido ese año y había conseguido traer refuerzos, dos legiones, las dos legiones que no consiguió Lelio. Había que entender que la victoria de Baecula había hecho cada vez más difícil que Máximo pudiera mantener una constante negativa del Senado a enviar tropas a una región en la que no hacía Publio otra cosa que obtener importantes victorias. Los refuerzos fueron una gran noticia que agradó a todos, pero que hundió aún más a Lelio en su melancolía. De un tiempo a esta parte se mostraba cada vez más distante, y que su joven hermano hubiera conseguido lo que él no había podido hacer le debía de haber desmoralizado aún más. Para colmo, Silano, un recio oficial que había venido de Roma con los refuerzos de Lucio y que Publio había enviado como avanzadilla con parte de las tropas, había conseguido una sonada victoria sobre los cartagineses apresando a uno de sus comandantes, un tal Hanón, que ahora tenían preso en Tarraco. Publio sabía que Lelio había esperado recibir el encargo de esa misión y, sin embargo, tuvo que ver cómo él prefería dar el mando a un recién llegado, a un recomendado de su hermano. Publio carraspeó y escupió en el suelo. No se puede confiar en quien está ofuscado y distante y, además, la victoria de Silano había confirmado que su decisión había sido la correcta. Luego vino lo más difícil: partir junto a su hermano para reunirse con Silano y con todas las tropas, cuatro legiones, para marchar contra Giscón y así acabar de una vez por todas con los ejércitos púnicos en Hispania, pero, una vez más, dejando a Lelio al mando de la retaguardia. En la cabeza de Publio persistía el rostro impasible de Lelio recibiendo las órdenes.

—Necesito alguien de confianza en la retaguardia, por si pasa un desastre. Si caemos derrotados necesito que cuides las fronteras y, si es necesario, que lo organices todo para que mi mujer y mis hijos regresen seguros a Roma.

Lelio había asentido con la cabeza, pero Publio necesitaba una confirmación.

—¿Te encargarás de eso, verdad?

—Siempre he cumplido tus órdenes —respondió un lacónico Lelio—. Me debo a un juramento. —Y se dio media vuelta para alejarse, pero se detuvo un segundo y añadió una frase—: Tu familia estará segura, por Hércules, de eso no debes preocuparte. —Y partió.

Aquellas palabras reconfortaron algo el ánimo de Publio. No tanto por su contenido, pues estaba claro que Lelio defendería a su familia de todo mal con su propia vida si era preciso, sino por el mero hecho de que Lelio las pronunciase. Publio se debatía en la forma de poder reconciliarse con él y sabía que sus decisiones durante la nueva campaña, oportunas desde el punto de vista militar, no habían ayudado a corregir el enfriamiento de su relación desde la discusión de Baecula. Sólo quedaba pendiente el asunto de Asdrúbal Barca, quien después de Baecula, tras reunirse con Giscón y Magón, había pactado con los otros dos generales cartagineses que éstos permanecerían en Hispania mientras él cruzaba los Pirineos y la Galia para atacar Italia por el norte. Si eso ocurría, el Senado no se lo perdonaría nunca y todo sería aún mucho más difícil para él. Pero ahora debía ocuparse de lo que estaba en su mano: Giscón y Magón, y que Roma se ocupara de Asdrúbal Barca si llegaba a Italia y, si no, haberle enviado refuerzos antes de Baecula... Eso no le dejaba dormir por las noches... La voz de su hermano Lucio irrumpiendo en su mente hizo que Publio regresara a la realidad que le rodeaba: Orongis, Hispania y la lucha contra Giscón y Magón.

—¿Has decidido ya qué debemos hacer? —Era la voz de su hermano menor, Lucio, que había llegado junto a él pasando entre los *lictores* que no habían dudado en hacerse a un lado para dejar paso al hermano de su general en jefe.

Publio le miró hacia arriba, desde su improvisado asiento.

—Algo he pensado, sí, hermano. Creo que debemos replegarnos.

Lucio le miró intrigado. Giscón estaba apenas a unas jornadas de marcha tras los poderosos muros de Gades. Publio decidió completar su comentario con una detallada explicación para que su hermano comprendiera el porqué de su decisión.

—Giscón ha repartido su ejército por las ciudades de toda la Bética. Los cartagineses están atrincherados en diferentes fortalezas. No tenemos tropas para asediarlos a todos, incluso con los refuerzos que has traído, y ellos no quieren combatir en campo abierto, no después de la derrota de Hanón de este año. Están agazapados, esperando mejor oportunidad. Así que concentraremos nuestros esfuerzos en tomar una sola de esas ciudades, como mensaje para el resto de las poblaciones que aún les apoyan. Será ésta, Orongis, la que asediaremos, mejor dicho, la que asediarás tú, hermano, con dos legiones. Yo me retiraré al norte con las otras dos legiones. Si detectas movimientos de tropas cartaginesas, retírate al norte sin dudarlo. Yo debo buscar nuevas alianzas con los iberos y afianzar nuestro dominio en el este y en la región del Ebro. Si dejamos a Lelio con pocas tropas mucho tiempo los iberos pueden rebelarse. Por tu parte, ocúpate de Orongis. Es una de las fortalezas más accesibles de todas las que han usado los cartagineses para refugiarse y desde Orongis tendremos el control de algunas de las minas de plata de la región. Eso agradará al Senado. Eso es lo que haremos. Tengo que hacer algo para compensar que Asdrúbal Barca se nos haya escapado.

Lucio estaba asintiendo cuando un mensajero a caballo llegó levantando el polvo del camino. Por sus ropas sucias y su faz sudorosa parecía que aquel jinete llevaba días sin parar de cabalgar. Venía escoltado por otros jinetes que se habían detenido a cien pasos de distancia. Parecía traer noticias de vital importancia. Publio se situó delante de su hermano, de Silano y del resto de los oficiales. El jinete desmontó y se puso frente al general en jefe de las tropas romanas en Hispania. Parecía nervioso, feliz, orgulloso, una mezcla confusa de sentimientos. Publio le estudió con atención mientras el soldado alargaba la mano con unas tablillas con el sello del Senado. Un correo oficial.

25

El encarcelamiento de Nevio

Roma, diciembre del 207 a.C.

—¡Imbéciles! ¡Hoy me detenéis a mí y mañana seréis más carnaza para esta guerra! —Nevio luchaba por zafarse de los fuertes brazos de los dos *triunviros* que lo arrastraban hacia la puerta. Estaban en casa de Casca, el patricio que financiaba las obras de Plauto, quien se lanzó contra los legionarios para socorrer a su amigo, pero el propio Casca, ayudado por dos de sus esclavos, se interpuso entre el comediógrafo y los legionarios. Nevio seguía gritando. A Plauto, aunque la irrupción de los *triunviros* le había sobresaltado, no le sorprendía que Nevio fuera finalmente prendido. Desde que Roma apareciera cubierta de pintadas con los ingeniosos versos de Nevio contra los Metelos, éstos no habían cesado en solicitar la detención del escritor. En un principio, todo pareció que iba a quedar en anécdota, pues a las pintadas de Nevio, parecía que los Metelos sólo responderían con más pintura: *dabunt malum Metelli Naevio poetae*, que dependiendo de cómo se interpretara *malum*, como manzana, símbolo de regalo, o como mal, daba lugar a lecturas muy distintas: «los Metelos darán un regalo al poeta Nevio» o, lo que sin duda querían decir, «los Metelos darán su merecido al poeta Nevio». Hasta el propio aludido concedió a sus colegas escritores que los Metelos habían estado elegantes en la respuesta, pero Plauto no compartía la ligereza con la que Nevio y el resto de los amigos interpretaba aquellas palabras. La irrupción de los *triunviros* en casa de Casca, cogiendo con violencia a Nevio y llevándoselo preso con dirección, muy probablemente, a las horribles cárceles de Roma, era una contestación mucho más acorde con lo que Plauto había estado temiendo en las últimas semanas.

—¿Sabías tú algo de esto? —preguntó Plauto a Casca con una mirada furiosa, asido aún por los esclavos del patricio.

—No, te lo juro por los dioses.

Nevio desapareció por la puerta. Plauto se deshizo entonces del abrazo de los esclavos de Casca y salió al umbral. Nevio había cedido y caminaba rodeado de media docena de *triunviros*. Se volvió y al ver a su amigo en el dintel de la puerta le lanzó una petición.

—¡Llévame al menos algo para escribir! ¡Y comida!

Giraron la calle para perderse por el camino sagrado que transcurría junto al templo de Júpiter Státor. Plauto comprendió que tendría que terminar pronto una nueva obra para con el dinero de la misma obtener los recursos necesarios para sobornar a los guardias de la cárcel y poder visitar a su amigo. Se sintió impotente, iracundo, traicionado. Los dioses volvían a cebarse en cualquier hombre que se dijera amigo suyo.

26

El mensaje más cruel

Campamento general romano junto a Canusium,
noviembre del 207 a.C.
Un mes antes de que Publio reciba
el correo oficial del Senado

Nerón estaba satisfecho consigo mismo. No sólo por la victoria absoluta contra Asdrúbal Barca y todo lo que eso suponía en la larga guerra contra Cartago, sino por el plan que debía ejecutar esa mañana en la que acababa de retornar desde el norte al campamento general romano emplazado frente a los cuarteles de Aníbal y sus tropas, en las proximidades de Canusium. Nerón apenas había dormido un par de horas, pero con la primera luz del alba salió del *praetorium* y ordenó que trajeran la cesta en la que traía el mensaje para Aníbal Barca. Un centurión trajo la cesta y la puso a los pies de Nerón. El cónsul se agachó para examinar su contenido. Al inclinarse un olor nauseabundo le produjo arcadas.

—Que lancen esta cesta contra el campamento de ese condenado Aníbal. Usad una catapulta. Pero antes exhibid a los prisioneros encadenados delante de las empalizadas. Luego lanzad la cesta. Eso será suficiente —dijo, y se retiró un par de pasos. Vio cómo el centurión le saludaba con la mano en el pecho y cómo se inclinaba para levantar la cesta al tiempo que mantenía su rostro girado para evitar el mal olor.

En un principio Nerón había pensado que todo aquello era innoble; sin embargo, fue la carta de Fabio Máximo la que le persuadió. Para acabar con Aníbal no era bastante derrotar a su hermano, como habían hecho en el Metauro, al norte de Italia, y que el mayor de los Barca lo supiera. No, todos los mercenarios iberos, galos, númidas y africanos debían sentir el oscuro manto de la derrota completa apoderándose de sus almas.

Campamento general de Aníbal junto a Canusium, noviembre del 207 a.C., finales

Aníbal descendió de la empalizada de su campamento. No necesitaba ver más. Los romanos se entretenían haciendo que centenares de galos, iberos y africanos cubiertos de cadenas, muchos de ellos malheridos, pasearan por el exterior del campamento romano. Estaba claro lo que eso significaba: Asdrúbal había sido derrotado. Los romanos habían evitado que sus fuerzas y las de Asdrúbal se unieran. Luego habían acorralado a su hermano y derrotado su ejército. Quizá los romanos habían atrapado a alguno de los mensajeros enviados por él para coordinarse con Asdrúbal.

Aníbal aún rumiaba sobre el tamaño auténtico del desastre en el que había incurrido su hermano cuando una especie de piedra cayó del cielo, apenas a cien pasos de donde se encontraba. ¿Iban ahora a atacar los romanos y empezaban usando las catapultas? Eso no les conseguiría victoria alguna. Dispersaría a sus tropas hasta que se les agotaran los proyectiles. Pero no cayeron más piedras. Un negro presentimiento rasgó el corazón del temible guerrero. Aníbal sintió un dolor punzante por lo tenebroso de sus pensamientos. No se atreverían a tanto. ¿O sí? Por primera vez desde que empezara sus luchas en Iberia, Aníbal se quedó petrificado. No se había sentido así de impotente desde la muerte de su padre Amílcar junto al Tajo. Vio cómo Maharbal, que le seguía, le adelantaba y se aproximaba hacia la piedra. Aníbal lo vio acercarse primero y luego perderse entre el círculo de soldados africanos curiosos que habían formado un corro en torno al proyectil lanzado por los romanos. De pronto, se escuchó como un grito ahogado procedente de las gargantas de todos aquellos hombres y luego Aníbal vio los rostros de espanto de los que se alejaban, tomando distancia del lugar donde había caído el proyectil, como quien busca distanciarse de una desgracia que no le incumbe. Aníbal presenció cómo todos los guerreros se iban apartando e incluso impedían que otros se aproximaran murmurando palabras que helaban los rostros de los recién llegados. Sólo Maharbal permanecía arrodillado junto al proyectil. Aníbal se fue aproximando despacio. Primero unos pasos. Luego se detenía. Daba un paso más y volvía a detenerse. Cuando apenas estaba a diez pasos del proyectil Maharbal se levantó y al hacerlo dejó visible lo que parecía ser una manta vieja teñida de rojo de forma irregular, como a manchas. Una amplia pieza de tela que cubría algo... algo que aterrorizaba a todos sus hombres. Aníbal buscó la mirada de Maharbal pero éste, incapaz de mirarle a los ojos, había cerrado los suyos y parecía sollozar del modo más contenido que podía. Aníbal tragó saliva. Sus peores presagios parecían cobrar vida, pero no lo dudó y avanzó un paso, dos, tres, cuatro, cinco, seis, se frotó el rostro con el dorso de la mano derecha, siete, se restregó el ojo sano con el dorso de la otra mano, ocho, inspiró aire, nueve, empezó a agacharse, diez, se arrodilló, tomó la manta y empezó a descubrir aquello que tanto pavor había causado a todos. Con la pesada lentitud del que se sabe curtido por el sufrimiento decidió encarar con decisión aquel horror. Debajo de un pliegue había otro y luego otro, así que al final, tiró con fuerza de la manta para terminar con la tortura de la incertidumbre y, girando, como una piedra redonda, rodó por el suelo la cabeza cortada de un hombre, dando dos, tres, hasta cuatro vueltas y quedar con la faz hacia el cielo, un rostro herido, cortado por varias espadas romanas y podrido por los días de viaje desde el norte, pero pese a las facciones desfiguradas y el rictus hierático de aquella cara, ante sí Aníbal reconoció, con la infinita paciencia del que se sabe dispuesto a sufrir más allá de lo imaginable, el rostro de su amado hermano Asdrúbal. Sólo entonces comprendió Aníbal la auténtica dimensión del desastre que había acontecido junto al río Metauro, donde su hermano se había batido, leal a su causa, a su familia, leal a él, hasta la mismísima muerte. Pero él, Aníbal, siempre enterraba con honor a cuantos generales y cónsules romanos había abatido y cuando los romanos cumplían las leyes de intercambio de prisioneros él también las contemplaba. Había incinerado en enormes piras funerarias los cuerpos de Cayo Flaminio, Emilio Paulo y hasta al propio Claudio Marcelo y, sin embargo, los romanos le devolvían aquellos gestos de nobleza y respeto por sus generales decapitando a su hermano y arrojando su cabeza desde una catapulta.

Los hombres temieron la reacción de su general. Algunos oficiales veteranos recordaban aún el grito desgarrador que Aníbal lanzara en Iberia cuando descubrió el cuerpo de su padre muerto en la batalla junto al Tajo y esperaban escuchar aquel temible alarido, pero los segundos pasaban y Aníbal permanecía arrodillado ante la cabeza de su hermano muerto. Al cabo de un minuto de denso y pesado silencio llegó algo más doloroso aún que la muerte y el horror. A los oídos de todos los cartagineses presentes llegaron las risas, carcajada a carcajada, de las crecidas legiones romanas, y si todas aquellas risas atravesaron sus almas, en la cabeza de Aníbal aquellas carcajadas dejaron para siempre la indeleble marca del odio frío y calculador, más allá de la razón y la lógica. Era aquél un odio que sólo se diluiría con sangre vertida en un momento indicado en un momento concreto, allí donde más daño hiciera al hombre u hombres, no sólo que hubieran ejecutado a su hermano sino también a los que hubieran tomado la decisión de tratarlo con aquella vileza aun después de muerto.

Aníbal toma la cabeza de Asdrúbal y la abraza en su regazo y en silencio, sin que nadie oiga palabra alguna, en secreto, ante los ojos atónitos de sus dioses, Aníbal jura que se tomará la más pérfida de las venganzas contra la mente que hubiera elucubrado semejante humillación.

Algunos dicen que aquella mañana Aníbal, arrodillado, abrazado a la cabeza de su hermano muerto, lloró, pero otros aseguran que no hubo ni una lágrima vertida por el general en jefe de Cartago: sólo silencio, un silencio largo y espeso que oscureció el día. Un trueno resonó en el cielo y en unos minutos empezó a llover. No una tormenta henchida de relámpagos sino una lluvia fina e intensa que lo empapaba todo pero que a la vez parecía limpiarlo todo: los recuerdos, la memoria, el dolor. Maharbal se acercó a Aníbal y, con tiento, le habló al oído. Aníbal asintió y se levantó.

—Que tras la lluvia tomen leña seca de la que tenemos guardada para las hogueras y en cuanto amaine que levanten una pira funeraria y que en ella quemen la cabeza de Asdrúbal, mi hermano, un gran general de Cartago, un leal a nuestra causa, sangre de mi sangre. ¿Te encargarás de que así se haga, Maharbal?

El interpelado asintió y Aníbal le cedió la manta ensangrentada con la cabeza decapitada de Asdrúbal. Maharbal la tomó como el padre que toma un recién nacido por primera vez: con la misma torpeza y con el mismo cuidado. Aníbal le miró a los ojos y supo que sus órdenes serían ejecutadas como había indicado. Siempre había apreciado tener a Maharbal a su lado, incluso cuando discutieron en el pasado, pero ahora más que nunca, agradecía tener a un noble cartaginés de su capacidad y de su lealtad para apoyarse porque, por primera vez desde que comenzara aquella guerra, Aníbal comprendió que todos sus planes se habían quebrado y que ahora nadarían contracorriente, enfrentándose a una Roma más vanidosa y henchida por la sangre púnica derramada en el Metauro. Para cualquiera aquel golpe sería definitivo. Para cualquier otro general aquella muerte, aquella cabeza decapitada, significaría el desplome de su espíritu de lucha, pero Aníbal, mientras se alejaba solo, seguido a distancia por su guardia personal, observado por todos los iberos, africanos, númidas y galos de sus tropas, empezó a maquinar la forma de rehacer sus fuerzas, de contraatacar y de mantenerse en Italia, acechando, combatiendo hasta que se le ocurriese la forma de volver a acorralar a los romanos por un lado, y, por otro, discernir la mejor forma de ejecutar su decidida venganza. De su firmeza nacería de nuevo el pavor en Roma, pues alguien que ha sido castigado como había sido castigado él no debería de poder rehacer su ánimo, pero él, Aníbal Barca, pese a todo y pese a todos los romanos, se reharía y con su reacción, que con toda seguridad no encajaría en lo esperado por Roma, la propia Roma tendría un nuevo temor: Aníbal no es un hombre, no se detiene ni ante la muerte ni ante la tortura de su hermano. Sólo entonces entenderán los romanos que con él sólo había ya una paz posible y aquélla pasaba porque o bien Roma se rindiera o bien Roma le aniquilara, pero a él mismo, no a otro hermano, general, amigo o ciudad. Aquel día decidió Aníbal, al tiempo que entraba en su tienda y se sentaba en su butaca cubierta de pieles de león traídas de África, que incluso si Cartago caía derrotada, eso no sería el final de su lucha. Una Roma que combatía de aquella forma no merecía regir el mundo. Él lucharía hasta el final. Sólo los dioses sabían quién sería más fuerte. O quizá ni ellos mismos lo sabían y se entretenían contemplando la lucha. Aníbal se sirvió una copa de vino. Los esclavos no habían entrado por respeto. Aníbal levantó su copa en alto y brindó mirando al cielo.

—Espero que disfrutéis, dioses del mundo, romanos y cartagineses, espero, Baal, que encuentres gozo y diversión en este combate porque aquí, desde hace tiempo, sólo se siente el cansancio de la lucha y el sufrimiento por los seres queridos perdidos en combate. Primero mi padre y luego mi hermano. Pero ya no me importa. Ya apenas nada importa. —Bebió de la copa con ansia y vació su contenido. Volvió a servirse y volvió a brindar mirando al cielo—. Sentaos todos, divinas criaturas que regís nuestros destinos, porque aunque penséis que esta lucha entre Roma y yo puede estar llegando a su fin sólo os anuncio algo que puede que os sorprenda: esto no ha hecho más que empezar, esto no ha hecho más que empezar.

Y Aníbal volvió a vaciar su copa. Aníbal miró su mano derecha cubierta de anillos consulares, pero se quedó mirando el anillo de plata y con una turquesa que lucía en su dedo meñique. Era diferente a los demás, de plata y rematado en una piedra que podía abrirse para vaciar el polvo que contenía su interior. Aníbal pensó, por primera vez en su vida, en suicidarse, pero la idea pasó y se fue. Quedaba su hermano Magón. Él debería reemplazar a Asdrúbal y atacar por el norte. El plan no había fracasado por completo, sólo se había detenido. En el exterior la lluvia arreciaba torrencialmente. Llovía sobre los vivos como si todos los dioses de Cartago no hicieran otra cosa que llorar y llorar.

27

Ansia

Tarraco, diciembre del 207 a.C.

Publio estaba en pie, con las manos apoyadas sobre la mesa del *tablinum* de su *domus* en Tarraco. Por su cabeza paseaba el recuerdo de aquel correo oficial que trajo la noticia de la muerte de Asdrúbal Barca. Eso debía significar un punto de inflexión en aquella guerra, pero ni Aníbal había abandonado Italia ni él había conseguido desbloquear la situación en Hispania. Era cierto que su hermano Lucio había logrado conquistar la ciudad de Orongis con sus minas, y que Giscón se había retirado, pero Publio sentía que todo estaba en una calma extraña, incierta. Cartago no daba señal alguna de agotamiento y todo apuntaba a que la guerra continuaría como si la batalla del Metauro no hubiera tenido lugar. Aníbal estaba sufriendo ahora en sus propias carnes el derramamiento de sangre de su mismísima familia, como años atrás le ocurriera a él, a Publio, cuando padeció la muerte de su padre y de su tío a manos del propio Asdrúbal Barca. ¿Cuántos más habrían de morir en uno y otro bando hasta que o bien el Senado de Roma o bien el Senado de Cartago dieran su brazo a torcer? Publio tenía la imprecisa sensación de estar perdiendo perspectiva sobre los orígenes o sobre el fin último de aquella contienda que estalló cuando él tenía apenas diecisiete años y que a sus veintiocho años, con decenas de miles de soldados muertos por ambas partes, seguía dilatándose en el tiempo.

—¿Es cierto lo del la decapitación de Asdrúbal? —Emilia le hablaba detenida en el umbral del *tablinum*, su pequeña y delgada figura asomando entre la pared y la cortina que separaba el despacho del atrio. No había tenido tiempo para compartir con ella detalles, como era su costumbre, sobre los últimos informes de Roma desde su llegada del sur. Publio levantó la mirada de los mapas pero no dejó de apoyarse sobre la mesa con las manos.

—Eso parece.

—No creo que haya sido buena idea, cebarse así con el hermano de Aníbal, es decir —y Emilia dudó antes de añadir algo más—, incluso si fue el que mató a tu padre y a tu tío.

—Un error, sí —confirmó Publio con seriedad—. Yo no lo habría hecho. Se equivocan en Roma. Además, Asdrúbal abatió a mi padre y mi tío en batalla. Aquí le han cortado la cabeza después de muerto y arrojarla al campamento de Aníbal no hará sino enfurecer al general cartaginés. La verdad es que prefiero estar ahora en Hispania y saber que así sabrá él que nosotros no tenemos nada que ver con lo de su hermano.

—¿Cómo crees que habrá reaccionado? —preguntó Emilia.

Publio meditó su respuesta y frunció el ceño.

—No lo sé, pero estoy seguro de que intentará averiguar quién es el culpable e irá a por él. Yo lo haría.

—Dicen que fue Nerón —apostilló Emilia.

—Sí. —Publio dejó de apoyarse sobre la mesa y se sentó en una butaca; Emilia seguía en el umbral—. Sí, puede que le tuviera ganas desde que Asdrúbal lo engañó en Hispania y se le escapara de aquel desfiladero, pero no me encaja. Es algo demasiado retorcido —ahora hablaba ensimismado, como si nadie le escuchara—... demasiado retorcido para ser idea de Nerón... pero no es nuestro problema y la guerra transforma a la gente y llevamos tantos años de guerra...

Emilia sintió que era como si Publio hablara de sí mismo sin saberlo. Desde que había llegado del sur apenas habían hablado. Publio sólo parecía tener tiempo para sus oficiales, para asegurar los suministros de las tropas para el invierno, para organizar los planes de una nueva campaña... Era como si tuviera prisa por acabar con todo aquello y la única forma que hubiera encontrado era la de preparar una gran campaña final contra Giscón. Emilia estaba algo asustada, pero no sabía cómo decírselo a su marido, no sabía si decírselo a su marido.

—¿Cómo va todo? —preguntó al fin en voz baja. Publio enfocó con sus ojos la silueta de su mujer. Era como si viniera de algún lugar lejano.

—Bien. Bien. Voy a mandar a Lucio a Roma con el botín de Orongis y con los prisioneros cartagineses. El Senado debe ver que aquí conseguimos avances, pese a que dejara que Asdrúbal se escapara por el norte cuando aún no teníamos refuerzos suficientes, y además necesito a Lucio en Roma para que me informe de las maniobras de Fabio Máximo en el Senado. Y luego he de organizar un ataque frontal contra Giscón. Esto dura demasiado. Llevamos tres años en Hispania y el objetivo es África. —Aquí Publio se aceleraba al hablar—. África. Todo este tiempo en Hispania nos distrae de lo realmente importante.

Emilia sentía que estaba molestando a su marido, pero el miedo le hacía ser aún más inquisitiva.

—Si envías a Lucio a Roma, ¿contarás con Lelio en la próxima primavera?

Publio la miró con intensidad. Emilia bajó la mirada.

—No —dijo el general romano con dureza. Emilia hizo ademán de irse y Publio se sintió mal con respecto a su mujer, así que completó su seca respuesta con algunas palabras en tono más suave—. No debes hacer caso de mis modales, Emilia. Estoy cansado y nervioso. Quiero terminar con esta guerra y quiero hacerlo pronto. Tú misma me hiciste jurar que acabaría con ella lo antes posible y en ello estoy, para que nuestro hijo no tenga ya que enfrentarse a Aníbal, para que no herede de mí lo que yo recibí de mi padre y de mi tío. Con Lelio no contaré, al menos no en primera línea, porque está extraño, lejano, desde que se enfrentara conmigo en Baecula y, hasta cierto punto, que Asdrúbal llegara a Italia le da parte de razón, aunque sigo pensando que hicimos bien en no seguir a Asdrúbal porque no teníamos bastantes tropas, pero eso es ya el pasado. Tengo a Silano y a Marcio, y a Terebelio, y a Digicio y a Mario. Todos ellos excelentes tribunos y centuriones. Y leales. Con ellos puedo dirigir la campaña de primavera.

Emilia pensó en defender a Lelio y en interceder por él para que el enojo de su marido se redujera. En el fondo de su alma, Emilia estaba segura de que sin Lelio la victoria final sería imposible, pero estaban enfadados el uno con el otro por una estúpida discusión y el orgullo de ambos parecía haber levantado una muralla insalvable para todos. Una muralla que se mantenía como si alguien la alimentara en secreto, pero Emilia no entendía quién podía querer una cosa así y menos aún por qué. Emilia asintió y cubrió su rostro con una sonrisa. Su pequeña silueta desapareció tras la cortina. Publio se quedó sentado, contemplando los mapas, mientras su mente intentaba decidir cuál sería el enclave perfecto donde librar una batalla campal contra Giscón. Estaba ahíto de luchar y luchar sin fin. Sus ojos se detuvieron sobre la localidad de Ilipa. Tenía prisa. Hispania le alejaba de África. Prisa. Ansia.

28

Un astuto consejo

Gades, Hispania, diciembre del 207 a.C.

Giscón, sentado frente a su tienda, meditaba. No estaba contento, pero tampoco se sentía derrotado. Orongis había caído y los iberos reclutados por Magón y el ejército del general Hanón habían sido masacrados por los romanos. El propio Hanón había sido apresado y en esas fechas ya debía de estar cubierto de cadenas en el fondo de alguna *quinquerreme* enemiga camino de Roma. Giscón sonrió. Eso por imbécil. Recién ascendido a general y recién llegado a Hispania, el impetuoso Hanón creía que acabar con el nuevo general romano era cosa de niños. Giscón dejó de sonreír. Eso sí, Magón, como su hermano mayor, se las ingeniaba bien para sobrevivir y escapar. Algo que no había conseguido su otro hermano, Asdrúbal. La derrota del Metauro era un duro revés para Cartago, pero era aún mucho peor para los Barca. Aníbal acababa de perder a uno de sus dos hermanos, los únicos generales en los que Aníbal confiaba realmente, junto con Maharbal. Pero Cartago era más que los Barca. Para empezar, estaba él mismo: Giscón. Pronto los romanos comprenderían que debían temer no sólo por Aníbal, sino por otro general púnico. Con Asdrúbal Barca muerto, su ejército aniquilado, con Magón retirado y casi sin tropas y con Hanón prisionero de los romanos, la lucha contra el joven Escipión en Iberia era cosa suya. Sin embargo, Giscón tenía dudas. Había recibido noticias de Cartago. El Senado púnico estaba dispuesto a realizar nuevas levas y enviar más tropas de refuerzo, esta vez ya sólo bajo su mando, pero aun así eso podía no ser suficiente para enfrentarse con un general romano que cada vez contaba con más y más apoyos entre los iberos. El general cartaginés Asdrúbal Giscón decidió hacer lo que hacía siempre que estaba confuso. Se levantó y fue directo en busca de la tienda de su hija.

Sofonisba le recibió envuelta en una fina túnica de lana blanca de Tarento inmaculada que constrastaba con el tono oscuro de su suave piel. Llevaba el pelo negro largo, recién peinado, liso, brillante. En el brazo izquierdo lucía la preciosa alhaja de oro y rubíes en forma de larga serpiente cobra retorciéndose alrededor de su piel. Masinisa estaría contento si la viera, pero Giscón sabía que su hija sólo se la ponía en privado y que en público, especialmente si el númida Masinisa iba a estar presente, nunca se ponía aquella joya. La joven gozaba aceptando los regalos del joven líder de los maessyli para luego despreciarlos en público. Gozaba torturándole.

—Mi padre busca consejo —dijo Sofonisba con una sonrisa de satisfacción mientras se estiraba entre los almohadones del suelo de la tienda donde yacía medio tumbada, medio sentada—. Me alegro, porque es tan aburrido estar aquí... sola...

—¿Cómo sabes que busco consejo?

—Porque, querido padre, sólo vienes a reñirme si me he exhibido en exceso delante de tus soldados o cuando buscas consejo. Y hoy no he salido. Estaba perezosa. Montar a caballo, el polvo de los caminos... demasiado esfuerzo.

Giscón se sentó en una pequeña silla frente a su hija.

—Sea. Busco consejo.

Sofonisba se incorporó y se sentó recta sobre los almohadones esparcidos por el suelo de la tienda.

—Te escucho, padre.

Giscón la miraba. Siempre se sorprendía de volver allí, a comentar a una joven de apenas diecinueve años, sus planes, sus dudas, pero Sofonisba, desde siempre, desde que era una adolescente, parecía tener un don para dar consejos, no importaba de qué se tratara, de estrategia militar o de política y su padre, hombre pragmático donde los hubiera, no tenía reparos ni sentía vergüenza en acudir a ella en busca de alguna idea. Y casi siempre salía de aquella tienda con alguna nueva forma de encarar sus problemas de la guerra, con algún plan en el que no había pensado. Así que Giscón descargó en su jovencísima hija todos los datos sobre la guerra con los romanos en Iberia: las legiones de las que disponía el general Escipión, el reciente desastre de la derrota de Hanón y Magón, la posibilidad de recibir más refuerzos de Cartago, la creciente popularidad del general romano entre los iberos...

—No hace falta que sigas, padre —le interrumpió Sofonisba al tiempo que se reclinaba de lado sobre los almohadones y se miraba distraída la valiosa joya regalo de Masinisa—. Está muy claro lo que debes hacer.

Giscón la miró incrédulo. Estaba acostumbrado a las burlas de su hija y a su constante aire de superioridad. Se lo tenía consentido y eso no le molestaba, pero lo que no veía era qué pudiera haber tan claro en todo aquello que él no acertara a detectar con tanta rapidez. Sofonisba continuó hablando. Sabía que su padre, como todos los hombres, como los niños, necesitaban que lo evidente les fuera explicado despacito.

—Tenías superioridad numérica frente al general romano, pero poco a poco la habéis ido perdiendo: primero se marchó Asdrúbal con gran parte del ejército, para hacerse matar en Italia, luego Magón y Hanón han mostrado su incapacidad y han perdido innumerables tropas, tú, padre mío, al menos, con tu cautela has preservado a gran parte de tu ejército y sobre eso debes fundamentar nuestra victoria. Pero es cierto que el romano es listo y ha sabido granjearse el favor de muchos de los pueblos iberos. Estáis igualados en tropas, aunque con las nuevas levas quizá le superes de nuevo, pero está claro que necesitas lo que él ha conseguido, padre.

Y Sofonisba calló. Giscón levantó las palmas de las manos hacia arriba y como su hija seguía distraída regocijándose en el brillo de su precioso brazalete, Giscón no tuvo más remedio que insistir.

—¿Y qué es lo que necesito?

—Necesitas, padre, más iberos. Tendrás igual o más soldados africanos que legionarios tenga él, pero no puedes permitirte presentarle batalla sin conseguir refuerzos de los iberos. Necesitas más iberos.

—Bien, eso ya lo había pensado yo —dijo un irritado Giscón, aunque no fuera cierto que hubiera concluido que ése pudiera ser su punto más débil—. La cuestión es cómo conseguir esos iberos.

Sofonisba le miró levantando las cejas y suspirando, como quien se esfuerza en ser infinitamente paciente.

—Pídeselos a Imilce, padre.

Giscón frunció el ceñó y guardó silencio. Sofonisba apostilló unas palabras más.

—Llevas años cuidando de ella. Que te sea útil al menos una vez en su vida. Imilce es la esposa de Aníbal, Imilce es una princesa ibera, la hija del rey de Cástulo, o de eso se jacta. Si haces que les pida ayuda a sus padres, sus padres no se negarán. Tú no me niegas nada. Seguro que sus padres tampoco, si no por amor a su hija, por temor a ti y, si no, por un temor aún mayor.

Giscón la miró inquisitivo.

—Por temor a Aníbal —concluyó Sofonisba divirtiéndose al ver cómo aquellas palabras herían el amor propio de su padre. Pero Giscón era diestro, a fuerza de experiencia, en encajar las cada vez más hirientes indirectas de su hija sobre su menor valía con respecto a Aníbal. Lo fundamental era que Sofonisba, una vez más, tenía razón. Asintió y, sin decir más, se dirigió a la puerta de la tienda. Sofonisba se levantó entonces de un respingo, como una leona que teme un peligro inminente.

—Padre —dijo, y Giscón se detuvo sin volverse—, mis últimas palabras eran una broma. Pero sé que compararte con Aníbal es de las pocas cosas que te mueven a ser más valiente.

Giscón se volvió hacia ella y afirmó con la cabeza con una expresión algo más relajada. Sofonisba se quedó tranquila. Su padre salió y la dejó de nuevo a solas. La joven regresó a sus almohadones. Debía controlar sus ataques de desdén. A veces tenía miedo de tensar demasiado la cuerda.

Imilce escribía bajo la atenta mirada de Giscón. El general había insistido en que aquellos refuerzos eran fundamentales. En un principio, la joven princesa ibera pensó en resistirse, pero no veía con qué podía argumentar no pedir la ayuda que el general cartaginés le pedía. Giscón insistía en que pidiera aquellas tropas en nombre de Imilce y en nombre de su marido, Aníbal. La joven, al igual que Giscón, sabía que de ese modo sus padres no se negarían y enviarían a sus mejores guerreros y no sólo eso, sino que reunirían hombres de todas las ciudades y pueblos de alrededor. Lo harían por ella. Quizá todo fuera para bien. A lo mejor, aquellos refuerzos, junto con todas las tropas de los cartagineses, consiguieran al fin derrotar al joven general romano, como antaño hicieran, e Iberia estaría libre de los romanos, sometida a los cartagineses, eso sí, pero con su ciudad protegida por la alianza entre ella y su más poderoso general. Y, sin embargo... cuando Imilce alargó la mano con aquella tablilla de cera y vio cómo el general Giscón la tomaba en su mano, Imilce sintió miedo.

—Si no responden como deben lo pasarás mal.

Imilce no dijo nada. Se limitó a ver cómo el general salía de su tienda. De su cárcel. Imilce no temía por ella. Sabía que sus padres responderían con todo lo que pudieran y aún más. Traerían caballos, suministros, armas. Imilce temía por ellos, por todo su pueblo. Tenía la extraña sensación de no haber escrito una simple carta, sino de haber redactado una sentencia de muerte.

29

Algo peor que la muerte

Canusium, Italia, diciembre del 207 a.C.

El frío del invierno se hacía sentir por todo el campamento. Aníbal salió de su tienda y se acercó a una de las grandes hogueras que sus hombres habían encendido para calentarse durante el amanecer mientras se distribuía el desayuno. Al aproximarse Aníbal, el grupo de africanos e iberos que se habían arremolinado en torno a la gran hoguera se distanció de la misma para dejar un espacio prudencial entre ellos y su general en jefe. La dura figura de Aníbal se recortaba entre el resplandor trémulo de las llamas, proyectando una larga sombra sobre la tierra de Canusium. El sol no había despuntado, de modo que el fulgor de las llamas era aún intenso. En otro momento, la mayoría de los soldados que se habían apartado para dejar sitio a su general, habría ido a buscar el calor de otra hoguera, pero en aquellos días de incertidumbre y dolor parecían encontrar más abrigo en observar la resuelta silueta de Aníbal, firme y sereno, frotándose las manos ante los leños ardiendo. Sólo uno de entre todos aquellos hombres se atrevió a aproximarse al gran líder. Maharbal dio varios pasos hasta situarse junto al general, pero siempre guardando un par de pasos de distancia.

—Nerón nos ha enviado a dos de los nuestros, dos soldados que estuvieron en el Metauro. Supongo que quiere que nos cuenten lo que pasó para... —Maharbal se detuvo, pero Aníbal concluyó la frase sin dejar de mirar al fuego.

—Para que sepamos lo completa que ha sido nuestra derrota en el norte, ¿no es eso? —Y se volvió a mirar a su lugarteniente.

—Supongo que eso será. ¿Por qué si no liberar a dos de los nuestros? También nos hemos enterado de que Crispino, el cónsul que acompañaba a Marcelo en Venusia, ha muerto por las heridas de aquella batalla. —Maharbal añadió aquellas palabras con la esperanza de proporcionar alguna información que reconfortara a su general.

Aníbal se giró de nuevo hacia las llamas y asintió antes de hablar.

—Eso son buenas noticias, pero ahora lo importante son los mensajeros de los que me has hablado. Que los traigan. Poco importa lo que tengan que añadir. Nada será ya peor de lo que hemos visto y —de pronto el tono de Aníbal dejó de ser monocorde, cansado y se tornó en un timbre vivo, intenso—... y es posible que averigüemos alguna cosa interesante.

Maharbal empezó a retirarse confuso. Conocía bien el timbre resuelto que acababa de escuchar y le había extrañado descubrirlo cuando el general debía estar aún completamente abatido por la muerte de su hermano y, en especial, por la forma de su muerte. ¿Qué esperaba averiguar el general hablando con aquellos hombres? Si Nerón los enviaba no sería sino para acrecentar más su dolor. Quizá fue la noticia de la muerte de Crispino la que a fin de cuentas le había animado algo. La voz del general se dirigió a él desde la hoguera.

—¿Son africanos, iberos o galos... los prisioneros? —preguntó Aníbal.

—Africanos, mi general.

—Bien. Siempre serán más de fiar que los iberos o los galos.

Maharbal atravesó el campamento envuelto en sus reflexiones. En la puerta principal se encontró con los dos prisioneros africanos. Ordenó que le siguieran. Los cautivos recién liberados caminaron cabizbajos entre las miradas de repulsa de los veteranos de Aníbal. Sabían lo que pensaba cada uno de aquellos experimentados guerreros: «Llevamos aquí once años resistiendo a los romanos y vosotros caéis en el primer combate, ¿ahora qué haremos sin refuerzos?, ¿ahora qué haremos?»

Los dos africanos caminaban con cierto esfuerzo, pues ambos estaban heridos, uno en un costado y el otro en una pierna. Los médicos romanos les habían cosido las heridas de forma rápida y desinteresada. Sólo les preocupaba que sobrevivieran unas horas, las justas para transmitir su mensaje de horror. Lo que les pasara luego les traía sin cuidado. Agotados, llegaron frente a Aníbal.

El sol había nacido y cabalgaba sobre el horizonte mientras la hoguera estaba moribunda tras el general. Aníbal examinó a aquellos soldados: ambos estaban tatuados en brazos y piernas, siguiendo la costumbre de los soldados de su patria, y, de igual forma, de acuerdo con lo habitual en los ejércitos africanos, vestían una larga túnica blanca que abrochaban con un cinturón del que ya no colgaba arma alguna; las cabezas rapadas dobladas hacia el suelo ocultaban la tradicional pequeña barba común en aquellas unidades. Eran hombres que aún preservaban su origen, muy distintos a sus propias tropas africanas quienes, de tanto batallar en Iberia primero y luego en Italia, calzaban y vestían con una amalgama de ropas y armas de ataque y defensa producto de los botines de pasadas victorias. Aquellos derrotados le recordaron de golpe a Aníbal que existía una lejana patria que se llamaba África, pero no había tiempo para la melancolía.

—Decidme lo que ocurrió.

Los dos soldados se miraron entre sí. Al fin, el mayor, de unos cuarenta años, el que estaba herido en el costado, inició el penoso relato, que transmitió de forma entrecortada, pues la herida empezaba a sangrar de nuevo y parecía faltarle la respiración.

—Al principio fue bien, mi general... nuestra falange de africanos, de africanos e iberos, estaba doblegando a los romanos en su flanco izquierdo... y eso que eran más que nosotros, pero... los galos... los galos, los ligures no intervenían apenas... luego dijeron que el terreno era rocoso, complicado... se ve que un general romano, Nerón, eso dicen... estaba frente a los galos y al ver que no había apenas combate en esa zona... se llevó parte de sus hombres y rodeó sus propias tropas por la retaguardia... llegó entonces hasta nuestra falange derecha, la que avanzaba y nos atacó por el costado y por detrás... nos masacró y quisimos retirarnos pero los galos no ayudaban... luego todo fue un desastre... cayeron millares... todo el ejército está perdido, muerto, hecho prisionero o en huida por el norte...

El soldado se detuvo y se dobló hacia delante con la mano en el costado. Aníbal le miró atento. La túnica de lana blanca estaba empapada de sangre roja fresca. Aquel hombre no fingía su dolor.

—¿Y mi hermano? —preguntó Aníbal.

El soldado más joven fue a responder, pero el veterano se había recuperado e irguiéndose retomó el relato.

—El general Asdrúbal Barca luchó con gran valor, mi señor. Estuvo combatiendo en todo momento y en varias ocasiones consiguió rehacer nuestras líneas, pero cuando todo estaba perdido no quiso huir... se adentró cabalgando al galope contra las filas romanas... eso es lo último que vimos de él hasta...

Aquí el soldado interrumpió la narración, pero no porque le faltara el resuello.

—¿Hasta...? —inquirió impaciente Aníbal.

Esta vez el joven tomó el testigo con rapidez.

—Hasta el día después, mi general. Los romanos nos agruparon a todos los prisioneros y vimos cómo al amanecer del día siguiente traían el cuerpo de Asdrúbal, del general quiero decir, y lo dejaron delante de nosotros. Su cuerpo estaba atravesado por un montón de flechas y una lanza. Lo dejaron allí, delante de nosotros para que supiéramos lo que le había pasado...

—Pero no se atrevían a tocarlo, mi general —irrumpió el soldado veterano con vigor renovado—. No sabemos por qué. Yo creo que no sabían qué hacer con él. Así hasta el mediodía. Luego llegaron unos mensajeros de Roma y uno de los cónsules regresó junto al cadáver y ordenó que le cortaran la cabeza. Eso es lo que pasó. No pudimos hacer ya nada. Lo siento mucho, mi general, lo siento...

Y el soldado veterano volvió a llevarse la mano al costado para intentar reducir la hemorragia a la vez que se arrodillaba y repetía con insistencia sus últimas palabras.

—Lo siento, mi general... lo siento... lo siento de veras...

El guerrero más joven no comprendía bien aquello, pero pensó que era mejor imitar lo que su compañero más experimentado estaba haciendo y también se arrodilló y añadió sus disculpas a las de su compañero.

—Lo siento también yo, mi general.

Aníbal se dirigió al veterano.

—¿No tocaron el cuerpo de mi hermano hasta que llegaron los mensajeros de Roma? ¿Es eso exacto, soldado? Piénsalo bien, necesito la verdad en ese punto, la necesito por Baal, Tanit y todos los dioses. Piénsalo bien.

El soldado veterano calló un instante y, al fin, levantando la mirada se dirigió al general.

—Eso fue lo que ocurrió. Tal y como lo hemos contado.

Y volvió a bajar la cabeza.

Aníbal se giró una vez más hacia la ya inexistente hoguera. El sol iluminaba el mundo. La vida seguía como si no hubiera pasado nada, cuando todo ya había cambiado. El general en jefe de las tropas cartaginesas inspiró y exhaló aire profundamente. Habló sin mirar a nadie, de pie, con sus ojos cerrados hacia el sol.

—Que se lleven a estos hombres y que se les curen esas heridas.

Los dos guerreros se retiraron casi de rodillas dando gracias y pidiendo perdón, solapándose sus voces una con otra. Maharbal se dirigió a Aníbal con un tono de abatimiento completo.

—Ahora ya estamos seguros de que la derrota ha sido absoluta. Eso es lo que Nerón quería y no hemos aprendido nada más. Los hombres, sobre todo el veterano, parecían sinceros.

Aníbal le hizo un gesto con la mano a su lugarteniente y se encaminó a su tienda. Una vez en el interior, lejos de las miradas de todos, el general se sentó en su gran butaca de madera de pino cubierta de pieles de lobo y se permitió un suspiro y un gesto de enorme decepción. Maharbal comprendió que el general no quería que los soldados le vieran así. Fue, no obstante, tan sólo cuestión de unos segundos, pues, al instante, el semblante de Aníbal se tornó adusto y grave, preocupado pero con un remanente de rebeldía, unas gotas de resistencia que alimentaban el ánimo más allá de la desesperación y el agotamiento. Cuando Aníbal empezó a hablar, Maharbal entendió mejor que en ningún otro momento de su vida junto a aquel hombre, por qué Aníbal era quien era, por qué la todopoderosa Roma había estado de rodillas ante él y por qué aún no había nada decidido.

—Hemos perdido una batalla, Maharbal, no la guerra. Los romanos están satisfechos. Es lógico. Ha sido una gran victoria para ellos y una terrible y especialmente dolorosa derrota para nosotros, para mí, pero a medida que el tiempo dilate nuestra retirada, cada día que pase en el que permanezcamos en Italia será un día más que sumar a la angustia desbordada que ya han vivido los romanos. La angustia acumulada produce efectos devastadores. Asdrúbal ha caído, eso es cierto, pero queda Magón en Hispania; incluso queda el ambicioso Giscón. Aún quedan generales y recursos. Aún queda guerra. Los romanos han conseguido alargar la lucha, pero están impacientes por concluir la pugna. A diferencia de ellos, yo ya no tengo prisa alguna. Antes sí. Hubo un momento en que pensé que una guerra rápida sería lo mejor, pero ahora el tiempo, la prolongación de la guerra, juega a nuestro favor. Buscaremos un refugio en el sur y una vez más esperaremos refuerzos, asestando golpes aquí y allá. Mientras la guerra sea en sus tierras, son éstas las que se quedan baldías, son sus granjas las que esquilmamos, son sus ciudades las que sufren los asedios, son sus aliados los que deben decidir a cada momento si siguen leales o ceden a nuestros ataques. —Aníbal había hablado como un torrente. Se frenó un segundo y respiró un par de veces antes de continuar—. Además, yo creo que sí hemos aprendido de las palabras de esos hombres algo más allá de la intención de Nerón.

Maharbal no dijo nada pero abrió los ojos inquisitivo. Su general no dudó en complacer su curiosidad.

—Ahora, sólo ahora, Maharbal, sabemos, sé que no fue Nerón quien ideó la decapitación de mi hermano. No, no me mires con ese gesto de incredulidad. Sé lo que piensas: que Nerón estaba resentido contra mi hermano porque éste se le escapó de aquel desfiladero en Hispania, es cierto, es posible, pero si un hombre se deja llevar por su resentimiento actúa al momento; si Nerón hubiera sido el que quería humillar y vejar el cuerpo de mi hermano habría cortado la cabeza de Asdrúbal nada más localizar su cadáver. Pero ahora sabemos que no fue así, sabemos que pasó un día entero y que sólo después de que llegaran mensajeros de Roma se actuó en ese sentido. Alguien, Maharbal, alguien ordenó a Claudio Nerón, cónsul de Roma, que cortaran la cabeza de mi hermano y que la arrojaran contra nuestro campamento en Canusium.

Maharbal empezó a asentir, pero en su faz todavía se leía cierta duda.

—¿Pero quién puede dar órdenes a un cónsul? —preguntó Maharbal—, ¿el Senado?

—Podría ser... podría ser... a un cónsul cualquiera, en un momento difícil, es posible, pero no a un cónsul que acaba de conseguir una enorme victoria. No, sólo hay un hombre en Roma con el ascendente suficiente para poder ordenar una felonía tan humillante como decapitar a un general enemigo y catapultar su cabeza para que la vea su hermano. Sólo alguien que ha sido cónsul en multitud de ocasiones e incluso dictador de Roma, sólo quien declaró esta guerra en nuestro Senado de Cartago, sólo alguien así de osado puede atreverse a tanto y sólo hay alguien tan poderoso y retorcido en Roma.

—Quinto Fabio Máximo —concluyó con certidumbre Maharbal.

—Quin-to-Fa-bio-Má-xi-mo —repitió sílaba a sílaba Aníbal Barca.

El silencio que siguió fue tenso. Maharbal consideró con tiento sus palabras.

—Podríamos intentar ordenar un ataque contra él, como hicimos contra el cónsul Marcelo, pero Máximo apenas sale ya de Roma y en la ciudad siempre va muy protegido. He oído que su mansión en las afueras es una auténtica fortaleza.

Aníbal asentía despacio.

—Pero eso no importa pues no es su muerte lo que busco, eso no me satisfaría: asesinar un anciano es abreviar el sufrimiento intrínseco que lleva consigo la vejez. No, esa lenta muerte de la edad se la dejo para que la disfrute con deleite. No, Maharbal, hemos de buscar algo que le duela a Fabio Máximo aún más que su propia muerte.

Maharbal empezó a entender el razonamiento de su general.

Aníbal y su segundo en el mando hablaron largo y tendido aquella mañana. Nadie les molestó durante tres horas.

30

Voti damnatus, voti condemnatus

Campamento romano próximo a Tarraco,
diciembre del 207 a.C.

En la penumbra de una tienda militar, al amparo de la tenue luz de una vela, Cayo Lelio, tumbado en un lecho de paja cubierto de pieles de oveja, acariciaba el pelo lacio, largo y suave de su fiel esclava egipcia. La respiración sosegada de la muchacha le apaciguaba el mar turbulento de sentimientos en el que su alma parecía zozobrar. Se había pasado la mayor parte de aquella campaña residiendo en el campamento en lugar de en Tarraco. No era querido en el frente. Publio prescindía una y otra vez de sus servicios y, tal y como se desarrollaban los acontecimientos, con las brillantes victorias de Lucio, el hermano del general, y de Silano, el nuevo tribuno incorporado a las tropas de Hispania con los refuerzos que Lucio sí pudo conseguir, estaba claro que el general no precisaba de su ayuda para nada. Era curioso. Aquello desmontaba por completo el argumento que Fabio Máximo utilizara para intentar quebrar su lealtad a los Escipiones. Máximo insistió una y otra vez en que las grandes victorias de Publio se debían a su intervención, como el rescate de su padre en Tesino o la toma de Cartago Nova, pero Lelio había analizado las cosas desde aquella conversación con el viejo cónsul y senador de Roma. No, Publio era el auténtico estratega y no necesitaba ni de su ayuda ni de la de nadie. Publio sólo precisaba de tropas y de oficiales leales. Con eso conseguiría todos sus objetivos. Seguramente por eso Máximo le temía tanto. Quedaba la nueva campaña de la próxima primavera. Publio buscaba un enfrentamiento definitivo con las tropas de Giscón y Magón. Tenía prisa por salir de Hispania. Lo presentía. Publio seguía hechizado con su idea, con la idea de su padre y de su tío de llevar la guerra a África. Una locura según todos. Él... él mismo ya no sabía qué pensar. Publio se había mostrado acertado en muchas cosas. Quizá también tuviera razón en eso. Quizá no y, si así fuera, conduciría a la muerte, a la aniquilación total, a cuantos le siguieran y, si esa circunstancia se daba, él estaría allí, en los barcos que navegaran hacia África, siempre siguiendo a Publio, siempre con él. Netikerty se movió. Se estiraba para tomar una manta y tapar su cuerpo desnudo. Aquello le distrajo. Netikerty. La dulce Netikerty. Había estado haciendo el amor con ella toda la tarde. Estaba exhausto. Netikerty era lo único que le quedaba en la vida que le daba fuerzas. Nunca pensó que padecería tanto con el distanciamiento de Publio, pero le dolía hasta el infinito. Él sólo quiso manifestar que dejar pasar a Asdrúbal Barca hacia la Galia era un error y que el Senado lo usaría contra el propio Publio. Era cierto que cuando lo dijo había bebido demasiado y que se puso en contra del propio Publio en público, delante del resto de los tribunos, centuriones y legionarios. Ahora, todo aquello estaba superado por los recientes acontecimientos: con Asdrúbal Barca muerto, que Escipión le hubiera dejado pasar ya no parecía tan importante. Fue un error enfrentarse a Publio en público, pero el general ni siquiera vino luego a interesarse por él. Nunca. Desde entonces sólo distanciamiento. Había pensado en disculparse él, pero su orgullo se lo impedía y parecía que Publio tenía a su vez el orgullo de los patricios. Ahora, irónicamente, estaba condenado a defender la vida de alguien que apenas le hablaba, de alguien que ya no contaba con él para nada de auténtico valor. *Voti damnatus, voti condemnatus.* Y lo más curioso de todo es que ahora, lo único que le congraciaba con la vida, la dulce, hermosa y siempre dispuesta Netikerty, era algo que le había proporcionado Quinto Fabio Máximo.

Libro IV

LA CONQUISTA DE HISPANIA

206 a.C.

Fortunam insanam esse et caecam et brutam perhibent philosophi
Saxoque instare in globoso praedicant volubilei,
Quia quo id saxum impulerit fors, eo cadere Fortunam autumant,
Insanam autem aiunt, quia atrox, incerta instabilisque sit,
Caecam ob eam rem esse iterant quia nil cernat quo sese adplicet;
Brutam quia dignum atque indignum nequeat internoscere.

Marco Pacuvio

[La diosa Fortuna es loca, ciega, irracional, dicen los filósofos.
Nos la presentan encima de un globo pétreo móvil; dicen que viene a caer allí donde el azar impele al globo de piedra.
Dicen que es loca porque es cruel, incierta y mudable; añaden además que es ciega porque no ve adonde se dirige; irracional porque no sabe distinguir al que es digno del que es indigno de ella.]*

* De la tragedia *Paulo* del escritor Marco Pacuvio, contemporáneo de Escipión el Africano; traducción de Manuel Segura Moreno, ligeramente modificada por el autor de esta novela. Texto recogido en Manuel Segura Moreno (1989), *Épica y tragedias arcaicas latinas*, Granada, Universidad de Granada.

31

Ilipa

Primavera del 206 a.C.

Campamento general romano

Faltaban aún dos horas para el amanecer, pero Publio Cornelio Escipión ya había desayunado y sus hombres debían de estar terminando. El general observaba el movimiento de los legionarios yendo y viniendo con los preparativos que había ordenado. Lelio no estaba con ellos. Una vez más había dispuesto otra tarea para él: entrevistarse con el rey Sífax de Numidia, mientras él y Silano reclutaban tropas iberas en ruta hacia al sur para enfrentarse a Giscón; pero el encargo de entrevistarse con Sífax era una misión importante aunque la mirada de decepción con la que Lelio recibió aquella orden mostraba a las claras que el veterano tribuno no lo percibía así. Publio quería ir preparando el camino para la guerra en África. Puede que Giscón le derrotara aquella mañana, pero si no era así y él vencía, tenía que ir poniendo en marcha todas las alianzas necesarias en África. Luego, con el seguro enfrentamiento en el Senado de Roma, no tendría ni el tiempo ni las manos tan libres para establecer esas negociaciones. Los dioses decidirían al final del camino si estaba acertado o equivocado.

Publio sostenía aún su cuenco donde había terminado su doble ración de gachas de trigo con leche de cabra. También había tomado carne de jabalí seca y queso y pan y había sido meticuloso en dar instrucciones para que todos, desde los tribunos hasta el último de los legionarios de la infantería ligera, comiera un desayuno similar. Necesitaba hombres fuertes y bien nutridos, en especial aquel día. Llevaban una semana en aquellas lomas que los iberos de la región denominaban Pelagatos, acampados frente al cuartel general de las tropas cartaginesas concentradas por Giscón en las proximidades de Ilipa. Varios días en los que no pasaba nada que pudiera hacer avanzar la contienda de Hispania. A media mañana, Publio hacía salir a sus soldados, con las legiones en el centro y los aliados iberos en las alas y, como respuesta, Giscón hacía salir a sus soldados púnicos, también en el centro, y en las alas sus mercenarios hispanos. Ambos generales situaban sus respectivas fuerzas de caballería detrás de la infantería de cada ala, y a esto Giscón añadía unos pocos elefantes, insuficientes para desequilibrar un posible combate, en ambos extremos de su formación, pero luego no pasaba nada. Los ejércitos permanecían el uno frente al otro durante el resto del día sin que ocurriera nada. Eso iba a cambiar con el nuevo amanecer. Los legionarios estaban terminando el desayuno y empezaban a salir hacia el exterior del campamento. Primero cada manípulo formaba en la calle central o *principia*, justo frente al gran *praetorium*, bajo la atenta mirada de su general, para luego girar noventa grados hacia la derecha y encaminarse hacia la *porta principalis dextera*. Escipión había conseguido reunir unos cuarenta y cinco mil hombres, al sumarse a sus cuatro legiones diversos contingentes de tropas iberas, en su mayoría guerreros de infantería, pero también un regimiento de quinientos jinetes hispanos. Sin embargo, los cartagineses habían podido sumar hasta setenta mil hombres al reunir las tropas de Giscón junto con las nuevas levas llegadas de África y un elevado número de hispanos llegados de todas aquellas poblaciones donde el poder púnico aún ejercía una notable influencia, muchos procedentes de Cástulo.

Publio estiró su mano y un *calon* le retiró el cuenco vació y lo sustituyó por un cáliz de plata lleno de agua fresca. Nada de vino o *mulsum*. Eso llegaría a la noche si es que sobrevivían a lo que debía acontecer aquel día. Silano y Marcio llegaron, cada uno desde un extremo opuesto del campamento. Marcio fue el primero en informar al general.

—Todo estará dispuesto en poco tiempo. Los iberos ya han salido y las legiones lo están haciendo ahora. ¿Es seguro lo del cambio en la formación, mi general?

Publio asintió dos veces, con seguridad, y luego subrayó su voluntad con palabras.

—Atacaremos primero y atacaremos con una formación diferente a la que esperan. Llevaremos la iniciativa dos veces. Son más. Hemos de ser mejores, más fuertes, más inteligentes. Y estoy cansado de esperar. Vamos allá. —Y echó andar hacia la *porta principalis dextera* sin esperar respuesta alguna. Silano y Marcio se miraron levantando ambos las cejas y, sin dudarlo, siguieron a su general. A medio camino entre el *praetorium* y la *porta principalis*, Publio retomó la palabra.

—Yo dirigiré el ataque desde el ala derecha; vosotros conduciréis el ala izquierda y los iberos del centro serán dirigidos por sus jefes. Desde el centro, les resultará difícil abandonar la formación y huir. Por si acaso he ordenado a la caballería que vigile que no retrocedan. —Publio vivía con temor la reacción de los aliados iberos. El abandono de éstos en los ejércitos que comandaban su padre y su tío años atrás fue el factor decisivo que terminó con ellos muertos sobre las praderas de Hispania. Por eso los quería ahora en el centro, donde no pudieran escapar con facilidad. La clave, sin embargo, estaba en las alas. Siguió explicándose—. Les envolveremos. Hemos de doblegar sus flancos.

Campamento general cartaginés

Con la primera luz del amanecer, el general Giscón salió de su tienda. Hacía algo de fresco y se veía alguna nube oscura en el horizonte, pero en aquella parte del mundo aquello podía significar cualquier cosa. Igual podía llover torrencialmente durante horas, como despejar a lo largo de la mañana y hacer un sol radiante. Era un clima extraño el de aquel país. En las hogueras próximas a su tienda veía cómo se estaba calentado comida para el desayuno que aún no se había empezado a distribuir. No había prisa. Hasta el mediodía el romano no desplegaba sus tropas. Tenía sed.

—Traed agua —dijo, mientras un esclavo le traía su coraza y otro se situaba a su espalda para ayudarle a ajustarla bien al pecho anudando con firmeza las correas, cuando desde el ala este del campamento llegó un soldado corriendo a toda velocidad. Se detuvo en seco frente a él y entre grandes aspavientos para recuperar el resuello anunció su mensaje.

—Mi general... los romanos... todos... han formado ya... las cuatro legiones y sus aliados... y avanzan... avanzan hacia nuestro campamento en formación de ataque. Están a sólo cinco mil pasos...

Giscón abrió bien los ojos. Se zafó del esclavo que seguía ajustando las cinchas de su coraza y rechazó el agua que le ofrecía otro sirviente.

—¿Estás seguro?

—Sí, mi general. Todos sus hombres... y avanzan hacia nosotros. Es un ataque en toda regla.

Giscón salió en dirección a la empalizada del campamento cartaginés y a buen paso, en menos de un minuto, se encaramó a lo alto de la fortificación. Allí se topó con Magón Barca, quien advertido por sus propios oficiales, había acudido al igual que él, a comprobar que los romanos estaban realmente lanzando un ataque en toda regla. El soldado no había exagerado. Allí, ante los ojos de ambos generales púnicos, a menos de cinco mil pasos, en una progresión lenta pero constante, avanzaban todas las legiones de Roma desplazadas a Hispania. Giscón se pasó el dorso de su mano por sus labios resecos de la noche y, sin bajar de la fortificación y sin consultar a Magón, se dirigió a sus oficiales que se habían congregado a sus pies, debajo de la empalizada, en la parte interior del campamento.

—¡Que salga todo el ejército! ¡Ya! ¡Ya! ¡Por Baal, no tenemos un minuto que perder o no podremos ni usar los elefantes y la caballería! ¡Sacadlos a todos ya! —terminó gritando y levantando sus brazos. Los oficiales de Giscón desaparecieron y el campamento cartaginés se transformó en un torbellino de ir y venir de hombres y bestias.

Magón le cogió por el brazo y apretó con fuerza. Algunos de los oficiales leales a Magón dudaban en cumplir las órdenes de Giscón sin recibir confirmación del más joven de los Barca, y más aún ante la actitud tensa de su jefe que, en voz baja, discutía con Giscón.

—La formación romana no es la habitual —dijo Magón—. No sabemos lo que está planeando el general romano. Quiere que salgamos. Es mejor quedarse. Defendiendo el campamento desgastaremos sus tropas. Se retirarán y mañana tendremos oportunidad de atacarles sin haber sufrido apenas bajas.

Giscón negaba con rotundidad sacudiendo la cabeza con furia. Si por él fuera, habría arrojado a Magón Barca por encima de la empalizada. Dos razones de peso le hacían controlar sus impulsos: no estaba bien dar una imagen de división ante las tropas y, aunque le dolía admitirlo, no tenía claro que fuera capaz de realizar semejante empresa; no parecía fácil doblegar al joven Magón Barca, el pequeño de los hermanos de Aníbal.

Magón veía cómo era imposible razonar con aquel ofuscado Giscón. Apretó los dientes y, mirando a los oficiales que aún dudaban qué hacer, asintió una sola vez, con claridad y decisión. Lo único que compartía Magón con Giscón era la seguridad de que no podían dar órdenes contradictorias, no podían sacar medio ejército y dejar medio dentro. Eso era suicida. Toda vez que Giscón había puesto en marcha la maquinaria del inmenso ejército cartaginés en Hispania, Magón ya no podía hacer otra cosa sino seguir la corriente y rogar a Baal por su ayuda en medio de aquella vorágine.

La salida del ejército de Giscón y Magón aquella mañana no fue ejemplar, pero sí efectiva. En poco menos de media hora todas las tropas estaban formadas frente al campamento. No tuvieron problemas durante su despliegue por dos motivos: porque formaron a sus tropas de la misma forma que los días anteriores, con los iberos en las alas y los africanos en el centro, sin introducir variaciones. Giscón aún no se había percatado con claridad del cambio en la formación romana al que había aludido Magón, donde las legiones estaban en las alas y los iberos en el centro; y, en segundo lugar, porque salieron a toda prisa sin ni siquiera perder tiempo en distribuir el alimento del desayuno. Además, para sorpresa de todos, el general romano ordenó detener el avance de las legiones cuando éstas se encontraban a tan sólo mil pasos de distancia, aun cuando podría haberse aprovechado del cierto desorden que todavía reinaba entre la formación cartaginesa que no se había podido constituir aún en todas sus unidades. Una decisión la del romano que Giscón juzgó absurda pero que agradeció sobremanera. Los dioses cartagineses estaban con él aquella mañana. Así Giscón, en la retaguardia del centro de su gran ejército, sonreía entre confuso y satisfecho. Les habían intentado sorprender pero habían reaccionado con rapidez, pese a la estúpida duda de Magón, y, para mayor alegría, al final, en el momento clave, el general romano había tenido miedo y había detenido el ataque dando un respiro a sus hombres que ahora ya sí habían podido formar todas sus unidades y regimientos, dispuestos todos para la contienda. Aquel romano no sabía lo que hacía. Peor aún: no sabía ni lo que quería hacer. Igual ni siquiera habría combate. Giscón no tenía prisa alguna. Su ejército estaba muy bien abastecido y los lugares de aprovisionamiento eran ciudades cercanas amigas a su causa, mientras que el ejército romano combatía lejos de su área de mayor influencia, al norte del Ebro, y, si se dilataba la espera antes del gran combate, sus líneas de aprovisionamiento se debilitarían por la larga distancia entre Ilipa y Tarraco. Por eso Giscón no pensaba tomar la iniciativa. Sólo le fastidiaba no haber podido desayunar. La noche anterior cenó mal y bebió algo de más y un buen desayuno siempre le ponía el cuerpo a tono, pero aquello eran minucias que se solventarían en unas horas, cuando el romano volviera a retirar sus tropas, como ayer, como anteayer y como todos los días que habían precedido a aquella mañana.

Ala izquierda del ejército romano

Llevaban una hora en formación de ataque. Silano y Marcio se miraban de cuando en cuando y no decían nada. Volvían entonces sus ojos al otro extremo del ejército, en busca de la figura del general. Éste permanecía quieto, impasible, sin dar la orden de ataque. Ambos tribunos esperaron con paciencia media hora más antes de que Silano se atreviera a plantear una pregunta a Marcio. Silano dudaba porque era un recién llegado; sólo llevaba una campaña bajo el mando del joven general Escipión, mientras que Marcio había luchado varios años primero bajo las órdenes del padre y el tío del nuevo general y luego había estado a su lado en la toma de Cartago Nova y en la victoria de Baecula. Silano temía que su pregunta pareciera inoportuna o fruto de la inexperiencia.

—¿A qué esperamos?

Lucio Marcio Septimio se volvió hacia Silano, le miró un segundo sin decir nada, luego se giró hacia el general y de nuevo miró a Silano.

—No lo sé —dijo Marcio.

Y es que ninguno de los dos tribunos terminaba de entender bien a qué venía tanta prisa para levantarse si luego, una vez todos dispuestos, el general había detenido el avance, dando así tiempo a los cartagineses a ponerse en formación, para terminar luego permaneciendo, como cualquier otro día, allí, detenidos, como pasmarotes.

Pasó una hora más. Dos horas. Tres horas. Cuatro horas. Silano y Marcio dieron orden de que se distribuyera agua con frecuencia entre los hombres. El sol del mediodía caía de plano. Fue entonces Marcio el que tomó la iniciativa y se dirigió a Silano mientras montaba en un caballo que había mandado traer.

—Voy un momento a hablar con el general. Voy a preguntarle qué espera para atacar.

Silano asintió.

Retaguardia del ejército cartaginés. Alto mando púnico

Asdrúbal Giscón se quitó el casco y dejó que el aire envolviera su cabeza, pero el viento estaba detenido y el sol pegaba con tal fuerza que chorreaba sudor por los cuatro costados de su ser. Era desagradable aquella espera. Para no hacer nada sería más lógico que el romano hubiera salido al mediodía a formar su ejército y no hacer ese avance que parecía un ataque antes del amanecer. Definitivamente aquel general romano no sabía cómo llevar una guerra. Aquél era un día de sufrimiento inútil para todos.

Ala derecha del ejécito romano

Marcio desmontó de su caballo en cuanto llegó a la altura del general. Lucio Marcio estaba sudoroso, como todos, y cubierto por el polvo que su montura había levantado al galopar. Publio Cornelio Escipión no pareció sorprendido de su llegada.

—Mi general —preguntó Marcio—, por todos los dioses, y con el debido respeto, ¿a qué estamos esperando?

El joven Publio le miró y le respondió con concisión.

—A que tengan hambre. —Y señaló a los cartagineses.

Marcio empezó a comprender. Asintió despacio, pero aún tenía dudas.

—Pero, mi general, nuestros hombres también llevan horas sin probar bocado...

—Es cierto —le interrumpió el general de forma tajante—, pero ¿cómo está tu estómago, tribuno?, ¿realmente estás muerto de hambre o puedes aguantar?

—Puedo aguantar, general, y supongo que el resto de los hombres también.

—Bien, porque ellos llevan desde la noche anterior sin comer nada y el sol es igual de implacable para todos. Pronto empezarán a querer distribuir comida. Entonces atacaremos con todo lo que tenemos. Ataque frontal con los iberos y con las legiones haremos una maniobra envolvente. Quiero rodearlos. Sus elefantes son pocos y los han puesto en los extremos, rodeados de iberos que les tienen tanto o más miedo que nosotros. Nuestras legiones, con el apoyo de la caballería, deberán acabar con elefantes e iberos. Ésas son las órdenes.

Marcio se llevó el puño derecho cerrado al pecho.

—Sí, mi general.

Retaguardia del ejército cartaginés. Alto mando púnico

Magón Barca llegó junto al general Giscón y le propuso repartir comida entre los hombres.

—Llevan demasiadas horas sin comer. Si hay combate estarán agotados —dijo con aire de preocupación.

Giscón no odiaba nada tanto como tener que dar la razón a un miembro de la familia de los Barca, pero el hermano pequeño de Aníbal tenía razón, así que asintió sin decir nada. Magón partió para poner en marcha el avituallamiento de las tropas. A los pocos minutos se abrían las puertas del campamento general cartaginés para que esclavos y siervos de los púnicos llevaran cestas con comida a las diferentes unidades diseminadas por la llanura. Los soldados se alegraron al ver llegar los primeros cestos con pan, carne seca, queso y algunas frutas, pero apenas habían iniciado las unidades de la última línea a hincar el diente en algún pequeño pedazo de pan cuando las cuatro legiones de Roma y sus aliados iberos empezaron a avanzar de nuevo, a buen paso, haciendo que sus espadas golpearan los escudos hasta transformar todo el valle en un ensordecedor trueno de ruido y alaridos de guerra.

Asdrúbal Giscón montó en un caballo y ordenó que se interrumpiera el reparto de comida. No había ya tiempo para eso.

—¡Al ataque! ¡Avanzad! —aulló con todas sus fuerzas; sabía que éste era el choque definitivo; eran más, casi doblaban en número a los romanos. Acabarían con ellos—. ¡Por Baal, por Cartago! ¡Al ataque! ¡Exterminadlos! ¡Que no quede un romano vivo en toda la región!

Ala derecha del ejército romano. Vanguardia

Quinto Terebelio comandaba a los *triari* de la tercera línea de combate. Éstos permanecían inactivos mientras los *hastati* de primera línea arremetían contra el gigantesco tumulto de iberos, acompañados de unos quince elefantes, que se les echaba encima, pero los hispanos no estaban acostumbrados a combatir con aquellas bestias entre sus filas y, en ocasiones, entorpecían los movimientos de los paquidermos, anticipándose a ellos, interponiéndose en su camino, o los confundían con su mar de voces guerreras que inundaba todo lo que les rodeaba con la pretensión de infundir temor entre sus enemigos. El resultado era que para cuando los iberos al servicio de los cartagineses llegaban a confrontarse con los *hastati*, los hispanos de Cartago debían luchar a un tiempo contra los romanos y contra alguno de los elefantes que, en su locura, se había vuelto contra ellos. Por el contrario, los elefantes que sí habían alcanzado a los romanos antes de que se les interpusieran los iberos eran recibidos con diferentes andanadas de armas arrojadizas de todo tipo y, si bien alguno de los elefantes embistió a varios manípulos de la formación romana, en su mayoría fueron repelidos y puestos en fuga con dirección hacia los iberos del ejército púnico. Al cabo de media hora, todos los elefantes habían perecido, unos a manos de los romanos y otros por las lanzas de los mercenarios cartagineses que se defendían de aquellas bestias que no hacían más que impedirles combatir contra las legiones de Roma.

Retaguardia romana, ala derecha

Publio observó cómo se había conjurado el peligro de los dos pequeños grupos de elefantes, no sólo por la confusión de los animales al ser ubicados por Giscón entre los inexpertos iberos, en lugar de con la experimentada falange africana del centro, donde habrían sido más hostiles y operativos, sino porque, además, el terreno en los extremos de la formación de ambos ejércitos era más abrupto y, en consecuencia, menos conveniente para los propios elefantes. Otra cosa hubiera sido si Giscón hubiese dispuesto no de unos venticinco elefantes, sino de cincuenta o sesenta pero, pese a aquella victoria parcial, el enemigo aún le superaba en número y los *hastati* habían sufrido ya mucho en aquel choque inicial. Publio hizo una señal con su mano derecha a sus oficiales.

—Que entren en combate los *principes* —dijo, con serenidad, sin gritar. Las trompas y tubas de las legiones empezaron a sonar y el general vio cómo en el campo de batalla, sus manípulos obedecían con férrea disciplina, retirándose los *hastati* y dejando que las unidades de *principes* los reemplazaran. De ese modo, los soldados que recibían a los iberos de Cartago, que aún estaban aturdidos por el fiasco de los elefantes, eran legionarios frescos y, también, mejor alimentados en las últimas horas que los propios iberos, a quienes los estómagos vacíos empezaban a crujirles en las entrañas. El general dio una orden más.

—Que la infantería ligera de ambas alas rodee al enemigo y ascienda por los extremos apoyados por la caballería. Quiero que empiecen a atacar a esos iberos por los flancos.

Ala izquierda del ejército púnico

Los iberos de Cartago estaban hambrientos, sin embargo, tenían un orgullo guerrero que les hacía combatir con furia; pero los romanos iban sustituyendo las unidades de primera línea por nuevas unidades de refresco de forma continuada, mientras que ellos se veían obligados a combatir a destajo sin una organización similar que les permitiera intercambiarse unos por otros. En su lugar, los iberos de primera línea combatían hasta la extenuación o, en muchos casos, hasta que caían heridos por el enemigo, y entonces eran reemplazados por los que estaban detrás. No era un sistema tan eficaz como el romano, pero aun así podrían haber mantenido las posiciones durante mucho tiempo de no ser porque por su flanco izquierdo llegaron nuevas tropas del enemigo, respaldados por una poderosa carga de la caballería romana. Las bajas en aquel extremo fueron incontables y la confusión inicial entre los iberos sobre el resultado final de aquella batalla empezó a tornarse en profundo temor.

Centro de la batalla. Retaguardia cartaginesa

Giscón contemplaba cómo su bien organizada falange africana contenía a los aliados hispanos de los romanos, aunque aquéllos tampoco cedían demasiado terreno. En cualquier caso estaba satisfecho. Con los iberos siempre era así: resistían una o dos horas y luego empezaban a ceder terreno. Era cuestión de tiempo. Un jinete, escoltado por varios númidas, se acercó hacia la posición del alto mando. Giscón reconoció la inconfundible silueta de uno de los Barca sobre aquel caballo y sabía que si había abandonado su posición en una de las alas de la formación era porque traía malas noticias.

Magón desmontó de su caballo y se dirigió con vehemencia hacia Giscón.

—Hay que replegarse al campamento y atrincherarse allí. Las alas ceden. Los romanos nos sobrepasan por ambos flancos. Algunos iberos comienzan a huir del campo de batalla. Si nos replegamos los mantendremos con nosotros, pero si no, corremos el riesgo de una desbandada general.

Giscón le escuchó sin mirarle, concentrado como estaba en contemplar cómo su falange africana mantenía bien el tipo en el corazón de la batalla. Magón comprendió que Giscón estaba ofuscado.

—¡Lo que tienes delante de tus ojos es sólo un espejismo! —le gritó Magón—. ¡La batalla se está decidiendo en las alas, pero, por Baal, aún podemos evitar el desastre y dejarlo todo en un desenlace confuso! ¡Además, nuestros hombres, incluidos la falange, empezarán a dar signos de agotamiento por la falta de comida antes que los suyos! ¡Hay que retirarse!

Giscón se resistía a dar su brazo a torcer, pero los dioses iban a decidir por ellos. El cielo, que en la última hora de aquella tarde se había ido llenando de nubes, se rasgó en sus entrañas con un potente trueno que estalló encima de cartagineses, númidas, iberos y romanos, ajeno a sus pasiones, a sus odios y a su guerra. El agua se desparramó sobre guerreros y caballos, sobre heridos y cadáveres como un torrente inundándolo todo en cuestión de minutos.

Ala derecha romana. Alto mando

Publio Cornelio Escipión estaba calado hasta los huesos. Con una mano protegiéndose los ojos, apenas si alcanzaba a ver cómo las unidades de primera línea pugnaban por continuar con el combate en medio del fango mezclado con agua y sangre que lo empapaba todo y en donde las sandalias de los legionarios se hundían dificultándoles toda maniobra útil. En los extremos, los caballos, molestos por la intensa lluvia, perdían reflejos y resultaban menos combativos. Publio levantó la cabeza. Quería ver el cielo, buscar si había claros, pero ni tan siquiera pudo abrir los ojos de tanta agua como caía sobre él. Aquello no era lluvia, sino un diluvio brutal. Publio apretó los dientes con rabia. Suspiró y dio una patada en el suelo. Levantó su brazo derecho y *bucinatores* y *tubicines* tocaron retirada general. La victoria absoluta había estado tan cerca, tan cerca. No era momento para aflojar. Se retirarían al campamento y atacarían de nuevo en cuanto escampara.

32

La retirada de Giscón

Ilipa, primavera del 206 a.C.

Los romanos, tras la obligada retirada que forzó aquel gigantesco aguacero, no cejaban en su empeño y atacaban a diario y, sin dejar tiempo para el descanso, por la noche lanzaban flechas incendiarias que mantenían a todos los cartagineses e iberos del campamento de Giscón ocupados en apagar los fuegos que prendían por todas partes. Ése era el modo en el que llevaban luchando varios días. Los cartagineses estaban agotados, pero no vencidos. Giscón tenía que admitir que Magón había supervisado con notable éxito el refuerzo de las fortificaciones del campamento, lo que, unido a la posición en alto en la que estaba levantado, hacía del mismo una plaza difícil de conquistar; no obstante, los ánimos entre los mercenarios hispanos estaban calientes y las dudas impregnaban sus corazones siempre vacilantes.

Magón Barca entró en la tienda del general Giscón con aire cansado por las tareas interminables de defensa. Giscón le invitó a sentarse en una silla frente a él. Magón aceptó de la misma forma en la que aceptó el agua que le ofrecía un esclavo. Saciada su sed, empezó a hablar.

—La situación no es buena, Giscón, pero el problema no es ése; podemos aguantar así unos cuantos días, quizá semanas. Tenemos suministros abundantes. El problema es que irá a peor. Los iberos están recelosos. Han empezado las deserciones. De momento en pequeña escala, pero cada vez temo más que amanezca un día y que miles de ellos nos hayan dejado solos. En el campamento corre el rumor de que el general romano perdona a todos los iberos que nos abandonan.

—¿Y qué quieres que hagamos?

—Atacar ahora que aún están con nosotros —respondió Magón rápido.

—Cuando ordené el ataque te oponías, querías que nos mantuviéramos en las fortificaciones, y ahora que estamos dentro, quieres atacar —espetó Giscón desairado.

—Sí, está claro que tú y yo no compartimos cuál es el momento para el ataque y cuál es mejor para defenderse.

Tras el último comentario de Magón el silencio se apoderó de la estancia. El viento soplaba y agitaba la tela de las paredes de la tienda. En el exterior se oían algunos gritos. Había anochecido y los romanos volvían a arrojar flechas que prendían en diferentes puntos del campamento.

—Creo que es mejor que te ocupes de las tareas de defensa —dijo al fin Giscón— y que me dejes a mí la estrategia.

Magón sonrió con desprecio al tiempo que negaba con la cabeza. Se levantó y salió sin decir nada. Giscón se quedó a solas engullendo el menosprecio de su colega en el mando. No podía matarlo porque era un Barca y Aníbal era aún muy poderoso, pero en aquel momento se juró a sí mismo que si la guerra no acababa con aquel joven orgulloso bárquida, sería él quien maquinaría su muerte.

Giscón se levantó a su vez y salió de la tienda. Al salir se le unieron un pequeño grupo de guerreros africanos, su escolta personal, que lo acompañaron en su paseo por un agitado campamento donde brotaban pequeños incendios en distintos lugares mientras centenares de soldados corrían de un lugar a otro dando voces. Aquello era un desatino. Los romanos estaban jugando a volverlos locos y por Baal que iban por el buen camino. Giscón pasó por delante de la vigilada tienda de Imilice pero pasó de largo y continuó caminando unos pasos más hasta plantarse frente a la puerta de la tienda de su hija. Los guardias de la misma le apartaron la cortina de acceso y el general entró en el interior. Sofonisba estaba en una esquina entretenida en leer, a la luz de varias velas, un rollo que parecía escrito en caracteres griegos.

—¿Qué haces? —preguntó su padre mientras se sentaba en una pequeña butaca en el otro extremo de la tienda.

Sofonisba respondió sin mirarle, sin apartar sus hermosos grandes ojos negros del rollo que sostenían sus manos.

—Leo... una comedia de Aristófanes... sobre cómo unas mujeres son capaces de detener una guerra...

Su padre hizo una mueca de desdén que no pasó desapercibida para Sofonisba. La muchacha apartó el rollo y lo depositó sobre el suelo.

—Estoy de acuerdo contigo, padre, en que es una tontería —dijo sonriendo de forma malévola—. Sería mucho más entretenido si esas mujeres manipularan para iniciar una guerra.

Giscón había hecho aquel gesto de desprecio porque no entendía qué utilidad podía tener la lectura de viejos rollos en lenguas extrañas, aunque toleraba aquellas extravagancias de su hija porque la mantenían alejada de pasearse por el campamento exhibiéndose tentadora a los ojos de todos sus hombres. Sofonisba continuó hablando.

—Aunque, padre, con todo ese tumulto constante ahí fuera, es difícil poder leer con tranquilidad.

Giscón se encogió de hombros. Su hija sabía que aquel gesto no era de indiferencia, sino de impotencia. La joven frunció un suave ceño entre sus depiladas cejas y apretó los carnosos labios antes de volver a separarlos para hablar.

—Los iberos nos van a abandonar, padre. Lo leo en sus ojos cuando pasan por delante de mi tienda. Es duro lo que voy a decirte, padre, pero has perdido la guerra en Iberia. ¿Quieres que te diga lo que yo haría?

Su padre asintió despacio.

—Yo me escaparía con el ejército africano, el más capaz, el más leal a ti y, bueno, los iberos que aún quieran seguirnos... siempre hará falta carnaza para ir entregando a ese romano..., pero lo esencial, padre, es que debemos regresar a Gades y abandonar este país. Hay que preparar África para que cuando la guerra llegue allí, estemos en posición de ganarla. El general romano está envalentonado, pero África no será Hispania, no si consigues, si conseguimos a Sífax y los sesenta mil hombres de su ejército númida. Con Sífax a tu lado, el Senado te respetará, ganarás la guerra allí en África, Cartago te reconocerá como su mayor general, podremos reconquistar Iberia y, bien... yo seré reina de Numidia.

Su padre la miraba entre incrédulo y atónito. Era duro, como había dicho ella, aceptar que todo se había perdido en Iberia pero, en el fondo de su ánimo, estaba de acuerdo. Y siempre era mejor una huida ordenada y a tiempo que ser lentamente aniquilado por el enemigo. Asdrúbal Barca optó por la huida tras Baecula y fue capaz de recomponer un gran ejército y poner en peligro a Roma, aunque finalmente la incapacidad de poder comunicarse entre él y Aníbal le llevó a la muerte. Él podía optar por una retirada similar y recomponer su ejército no en el norte de Liguria y la Galia como hizo Asdrúbal, sino en África, con el superpoderoso Sífax. Quedaban, no obstante, un par de cabos sueltos.

—¿Y Magón? ¿Y Masinisa? —preguntó Giscón.

Sofonisba no tenía dudas.

—Llévalos contigo. No hay que confesarles todo lo que tenemos planeado, pero a los enemigos es mejor tenerlos cerca. Así siempre sabes lo que van a hacer.

Cuando Publio Cornelio Escipión fue informado de que Giscón abandonaba el campamento con el ejército que aún poseía, no tuvo dudas y, al contrario que en Baecula, ordenó la persecución de las tropas enemigas. Desde el *praetorium* dio las primeras instrucciones de forma apresurada, pero no eran órdenes que diera sin haber meditado. Llevaba días, desde que Giscón se encerrara en el campamento cartaginés, ponderando cuál debía ser su reacción en caso de que los púnicos intentaran replegarse en dirección a Gades.

—Que Silano tome el mando de la caballería y que ésta les acose y les salga al paso, que los entretenga —y mirando directamente a Silano—, debes hacer que el ejército cartaginés se detenga o que al menos ralentice su marcha para protegerse de las cargas de la caballería. Eso dará tiempo a las legiones. —Ahora miraba a Marcio, Terebelio, Digicio y Mario—. Avanzaremos a marchas forzadas para cogerles por la espalda y allí donde les encontremos, los masacraremos. Sin cuartel. Si la marcha dura días no levantaremos campamentos fijos por las noches sino que usaremos las tiendas pequeñas de campaña y antes del alba reemprenderemos la marcha para seguirles.

Todos asintieron. Los preparativos de la caza se pusieron en funcionamiento. Publio se quedó frente al *praetorium* con los brazos en jarras. Aquello no era Baecula: Giscón no era Asdrúbal, no tenía otros ejércitos que pudieran acudir en su ayuda, los iberos empezaban a estar más de parte romana... qué lástima que Lelio no estuviera allí para verlo todo.

33

La deserción de Masinisa

Sur de Hispania,
primavera del 206 a.C.

Sólo habían sobrevivido seis mil hombres a la gran masacre de la humillante retirada de Ilipa. Masinisa contemplaba el desfile de soldados cartagineses e iberos heridos ante su tienda y comprendía que aquello significaba el final del poder de Cartago en Hispania y quién sabe si el final de algo más. Ya lo había intuido durante la desastrosa planificación que Giscón había hecho durante la batalla antes de la gran tormenta, pero ahora ya no había dudas: estaba luchando en el bando perdedor. El general romano los había cercado. Les cortó el paso con su caballería y aunque él mismo, Masinisa, con sus valientes jinetes númidas les plantó cara, el cobarde de Giscón, en lugar de darles el apoyo necesario de la infantería africana, continuó con la huida dejándoles solos. Eso los sentenció a todos. Masinisa y sus jinetes contuvieron la caballería romana pero, cuando las legiones se incorporaron, no les quedó más remedio que retroceder y al hacerlo dejaron el camino expedito para que los romanos arremetieran contra la retaguardia del ejército cartaginés en fuga. Masinisa sacudía la cabeza. Giscón no sabía ni huir. El resto fue sangre, muerte, horror. Sólo habían sobrevivido seis mil hombres. Y las deserciones continuaban. Los pocos iberos que aún se encontraban entre las filas cartaginesas aprovechaban cualquier confusión para desvanecerse en pequeños grupos entre aquellas colinas que, a fin de cuentas, ellos conocían mucho mejor que sus aliados púnicos. Giscón y Magón se habían instalado en unos remontes encrespados en la confianza de que lo abrupto del terreno imposibilitara las maniobras de las legiones romanas que persistían en su persecución.

Frente a la tienda de Sofonisba sólo había un centinela. Las circunstancias habían obligado a Giscón a recurrir a sus más fieles para vigilar las deserciones, de modo que ahora sólo un soldado custodiaba la seguridad de la preciosa hija del general. Era un guerrero africano alto y fuerte que llevaba bajo las órdenes de Asdrúbal Giscón desde las primeras campañas de la conquista de Iberia, en aquellos ya lejanos tiempos cuando la presencia romana era del todo inexistente en la península. El guerrero estaba cansado y herido. El corte que tenía en la pierna derecha no era profundo, pero le hacía cojear cuando, para desentumecer los músculos, caminaba de un lado a otro frente a la tienda de la hija del general. Estaba cansado porque había combatido con energía durante la batalla, en Ilipa, luego había tenido que apagar fuegos durante varios días de asedio en el campamento y, para colmo, con las permanentes marchas forzadas para escapar de las legiones romanas, no había tenido tiempo de recuperarse. Decidió sentarse un momento, apoyando su espalda en uno de los postes de madera que sostenían la estructura de la tienda que vigilaba. Cerró los ojos un instante. No debía quedarse dormido. Eso era importante.

Sofonisba dormía un sueño suave. Tumbada boca arriba, sus brazos reposando a lo largo de las dulces curvas de su cuerpo, apenas tapado por una fina túnica de lana blanca, quedaban dibujadas las onduladas colinas de sus pechos. «Qué diferentes a los agrestes montes en los que se escondían», pensó Masinisa mientras se acercaba con el puñal aún ensangrentado goteando líquido oscuro y espeso sobre las pieles distribuidas alrededor del lecho de la más hermosa de las jóvenes. Masinisa se arrodilló junto a Sofonisba y posó su mano izquierda sobre la boca de la joven apretando con fuerza. La muchacha abrió los ojos y fue a gritar, pero la mano de Masinisa era implacable y ni un sonido consiguió zafarse de aquella férrea presión. El rey en el exilio levantó despacio su mano derecha para que su presa viera el puñal manchado de sangre.

—Un solo grito, un gemido y te mataré —dijo Masinisa y, mirándola fijamente a los ojos, retiró con cuidado su mano de la boca de la muchacha, aunque lamentó dejar de sentir el contacto de la piel de aquellos carnosos labios en la piel de sus dedos gruesos de guerrero. Sofonisba se mantuvo en silencio y se acurrucó en la cabecera del lecho abrazando sus rodillas con sus largos brazos de tersa piel. Masinisa la miraba con deseo. Ella estaba aterrada, pero, por primera vez desde que dejara de ser niña, no sabía bien qué hacer. Aquel hombre estaba loco. Nadie nunca se había atrevido a atacarla. La joven comprendió entonces lo mal que debía de estar la situación del ejército de su padre para que alguien como Masinisa se atreviera a irrumpir por la fuerza en su tienda.

Masinisa miró a su alrededor y encontró lo que buscaba. Se levantó y tomó el brazalete de oro y rubíes que le había regalado a Sofonisba y que yacía sobre una pequeña mesita junto a la cama.

—Póntelo —dijo, y se quedó de cuclillas junto a la cama viendo cómo la muchacha, aterrada y confusa, estiraba la mano para coger el brazalete que le ofrecía su atacante. Sofonisba se puso la joya con la destreza de quien ha hecho ese mismo gesto en muchas ocasiones. Aquella práctica llenó de satisfacción al orgulloso númida. Eso no pasó desapercibido a la aturdida joven, pero aún no sabía bien qué hacer. Eso era lo que más rabia le daba. Estaba a solas con un hombre y no sabía cómo manejarlo.

—Estáis hechos el uno para el otro —comentó Masinina—; esa joya y tú. Las dos sois muy hermosas y las dos sois serpientes, pero aún no sé cuál de las dos es más venenosa, si tú o la cobra.

Sofonisba se aventuró a responder pero sin levantar la voz.

—¿Para eso has venido aquí?, ¿para insultarme? Te tenía por más hombre y por más ambicioso.

Masinisa, que hasta entonces se había mostrado lascivo pero afectuoso, transformó su faz en un horrible entrecejo de furia contenida.

—Crees que lo sabes todo y no sabes nada. —Y la cogió por el pelo y tirando brutalmente la sacó de la cama; la muchacha fue a gritar pero de nuevo se encontró una poderosa mano del guerrero númida tapándole la boca. Estaba de rodillas ante él, con la cabeza a la altura de sus pies, pero él no podía tener la daga, pues con una mano la sostenía por el pelo y con la otra le tapaba la boca. Sofonisba buscaba de reojo dónde había dejado su atacante el puñal ensangrentado.

»Sólo he venido a despedirme, preciosa hija del general Giscón —le dijo Masinisa escupiendo saliva y lascivia en sus oídos—. He venido a decirte que hoy estás de rodillas ante mí por la fuerza, pero llegará el día en que te arrodillarás ante mí por ti misma, en que tú me rogarás por ti, por tu vida, en el que me implorarás. Ese día llegará y ese día empezará el resto de tu vida. Crees que lo sabes todo y no sabes nada.

De un empujón la arrojó sobre la cama. Sofonisba fue a gritar, pero la puerta de la tienda se abrió. Otro númida, uno de los maessyli de Masinisa.

—Mi rey —dijo el nuevo guerrero dirigiéndose a Masinisa—, debemos partir ya. Se acercan soldados cartagineses, de Giscón.

—De acuerdo —respondió Masinisa, y sin mirar ya a Sofonisba le dio la espalda y se dirigió a la puerta. La muchacha vio en el suelo el puñal ensangrentado y como una gata saltó sobre él. Se levantó y se lanzó con toda su rabia y su ira para apuñalar el corazón del exiliado rey númida que la había insultado y humillado en su propia tienda, pero Masinisa, rey de los maessyli del nordeste de Numidia, tenía el instinto guerrero de los mejores luchadores de África y percibió el movimiento de su presa humillada, se revolvió, detuvo con su mano la mano de la muchacha que empuñaba la daga con furia, apretó entonces la tierna muñeca con tal fuerza que la joven abrió sus dedos y el arma cayó al suelo en un segundo. Masinisa tomó entonces a la preciosa hija del general Giscón, la arrimó con el brazo izquierdo contra su enorme cuerpo, y con la mano derecha estirando del pelo de Sofonisba, hizo que el rostro de la muchacha quedara descubierto, sin defensa, vulnerable, acercó su boca a la boca de la joven y la besó larga y apasionadamente y, contrariamente a lo que Masinisa había temido,

Sofonisba ni le mordió ni se mostró indiferente a aquel beso, sino que el cuerpo de la muchacha pareció erizarse, estremecerse con tal intensidad que, cuando ella se vio libre de aquel abrazo, se quedó de pie en medio de la tienda, quieta, con los ojos muy abiertos viendo cómo un sonriente Masinisa se escapaba por la puerta escoltado por dos de sus hombres.

Sofonisba tardó unos segundos en reponerse de lo que había pasado. Salió entonces de la tienda y vio cómo unos jinetes se alejaban por la izquierda en dirección al valle, alejándose de las posiciones del campamento, al tiempo que por la derecha se aproximaba un regimiento de soldados de su padre. De pronto sintió que chapoteaba. Miró al suelo y descubrió el cuerpo inerte del que hasta la fecha había sido uno de los fieles guardianes de su tienda, con el cuello seccionado y su sangre vertida por todo el umbral de la puerta.

Al amanecer los romanos enviaron patrullas de reconocimiento a las agrestes montañas que ascendían desde el valle y se interponían entre su campamento y el mar. No encontraron nada.

—¿Nada? —preguntó un incrédulo Marcio. Detrás de él Publio Cornelio Escipión, sentado en un pequeño taburete, terminaba su desayuno de gachas de trigo.

—Nada, tribuno —repetía el decurión de caballería que traía los informes sobre las colinas que habían examinado aquella mañana—. Se han evaporado. Sólo quedan algunas tiendas vacías, abandonadas, hogueras a medio apagar, armas rotas, restos de un ejército, pero no queda ningún cartaginés. Los exploradores dicen que se han ido rumbo al mar.

Marcio levantó las manos en señal de impotencia. Silano permanecía junto a él, serio, con el ceño fruncido. El general en jefe de las legiones terminó su último bocado y dejó su cuenco en el suelo.

—Que traigan algo de vino —dijo el general. Marcio y Silano se volvieron hacia él. Llegaban también Quinto Terebelio, Mario Juvencio y Sexto Digicio. Todos querían saber si era cierto lo que se comentaba por el campamento. El general les respondió antes de que preguntaran—. Sí, centuriones y tribunos de las legiones: Giscón se ha esfumado. Seguramente habrá huido a Gades, en barco. Debería haber hecho venir la flota para impedirle la huida. Siempre pensé que todo se decidiría en el campo de batalla, pero Giscón se nos ha esfumado. —Publio parecía relajado, como si aquello no fuera con él.

—Una vez más... —dijo Silano.

—No —le interrumpió Publio—. Una vez más, no. Los iberos les han abandonado, y por lo que dicen los centinelas nocturnos, los númidas abandonaron el campamento por la noche. Giscón y Magón acudirán por barco al único bastión que les queda en Hispania: Gades.

—Vayamos entonces a Gades —dijo Marcio.

El general guardó silencio. Trajeron el vino. Publio indicó a los esclavos que distribuyeran copas entre todos sus tribunos y centuriones presentes frente a la tienda del *praetorium*. Una vez que las copas estaban servidas, el general levantó la suya y todos le imitaron.

—Hispania, tribunos y centuriones de Roma, es nuestra —dijo, y bebió un sorbo. Marcio, Silano y el resto de los oficiales le imitaron, excepto Quinto Terebelio que de un solo trago se bebió la copa de golpe. Luego, sin poder evitarlo, eructó.

—Perdón —dijo, mirando al suelo. El general se levantó y fue junto a su centurión. Le puso una mano en el hombro y le habló con una sonrisa amplia en el rostro.

—Quinto Terebelio puede eructar siempre que quiera en mi presencia —y mirando al resto—, como podéis hacerlo todos. Entre todos hemos liquidado el poder de Cartago en Hispania. Hispania, romanos, es nuestra. Gades es un reducto poco importante. ¿Ir a Gades? —y como si hablara para sí mismo, mirando al cielo un instante—, no sé...

Llegaron entonces nuevos exploradores. Uno de ellos desmontó y, vigilado por los atentos *lictores,* se posicionó frente al general. Publio le miró e hizo un ademán con la mano derecha para indicar al legionario que hablara.

—Hay unos númidas frente al campamento. Dicen que quieren hablar con el general. Uno de ellos dice que es rey.

—¿Un rey númida? —Publio hizo una mueca de aprobación—. Eso me interesa. Traedlo.

El general volvió a tomar asiento en su pequeño taburete mientras sus oficiales compartían el vino y se miraban intrigados. Aquel númida debía de ser uno de los mercenarios de Cartago que habían abandonado a Giscón por la noche. No tenía mucho sentido hablar con ellos, a no ser que fuera para matarlos, pero todos estaban acostumbrados a las extrañas formas de dirigir la guerra de su general y, a la luz de los éxitos cosechados, nadie podía criticar ninguna de sus estrategias. Si el general quería hablar con esos númidas, pues que hablara.

Masinisa desmontó del caballo en la *porta principalis sinistra* y siguiendo la *via principalis* a pie, rodeado por varios legionarios armados, paseó entre las decenas, centenares de tiendas de aquel inmenso campamento militar. El rey númida se quedó impresionado al ver aquella masa ingente de hombres ocupados en tareas de todo tipo: afilando armas, limpiando corazas, reparando lanzas, cocinando, dando de comer a sus caballos, reparando sandalias, cociendo pan... todo estaba perfectamente organizado. No le resultaba tan sorprendente la victoria romana sobre los cartagineses de Giscón. Los legionarios que le custodiaban se detuvieron frente a una tienda mucho mayor que las demás. Frente a la puerta había varios oficiales y en un pequeño taburete estaba el que, por la forma en que todos le miraban, debía de ser el general en jefe. No parecía nadie temible, pero el respeto en aquellas miradas, miradas de hombres rudos y fuertes hacia aquel joven general, advirtieron a Masinisa que no debía menospreciar a aquel hombre, que eso podría ser un grandísimo error.

—Dicen que eres rey —le dijo el joven general, sorprendiendo a Masinisa en medio de sus pensamientos.

—Así es, general de Roma. Soy Masinisa, rey de los maessyli, rey de todo el noreste de Numidia.

—Entiendo —le respondió el general mirándole con intensidad; le estaba estudiando. Se mantuvo firme—. Entiendo, joven rey de los maessyli, pero parece que el rey Sífax de Numidia no piensa lo mismo que tú.

Se hizo un silencio tenso. Masinisa respondió con sosiego.

—Sífax es un miserable y un usurpador que no reconoce mis legítimos derechos al trono de los maessyli y que sólo ayudado por los cartagineses ha podido subyugar a mi pueblo y obligarme a luchar en el exilio...

—A luchar en el exilio a favor de los mismos cartagineses que apoyan a quien te ha destronado —le interrumpió el general romano—. Eso es extraño, ¿no crees, joven rey?

Masinisa parpadeó un par de veces y miró al suelo. No estaba acostumbrado a que nadie le interrumpiera, pero, al menos, aquel general se dirigía a él como rey, algo que no hacía nadie, salvo sus hombres leales, desde hacía mucho tiempo.

—Pensé —empezó a explicarse Masinisa— que mostrando a los cartagineses mi valor en su guerra contra los romanos me permitirían recuperar mi trono, pero ahora comprendo que he estado equivocado todos estos años.

—Y eso lo has comprendido ahora que los cartagineses están derrotados —apostilló el general.

—Ahora que están derrotados en Iberia sí, pero también ahora que he visto cómo el general romano trata a sus aliados, con lealtad, con generosidad, ahora que he visto que en lugar de enviar preso a mi sobrino Masiva, años atrás, lo liberasteis, pese a que, igual que yo, luchaba contra ti y tus legiones. Eres un hombre extraño, general, pero los iberos te aprecian y no aprecian a los cartagineses. Tú cumples lo que dices y he aprendido que los cartagineses no cumplen sus promesas. Después de tres años luchando con ellos sé que nunca me ayudarán frente a Sífax, pero si tú te comprometes a ayudarme a recuperar mi trono, cuando la guerra llegue a África yo combatiré al lado de tus hombres. Mi caballería es la mejor del mundo.

—¿Cómo sabes que esta guerra llegará a África?

—Eso es lo que se ha debatido varias veces en el Senado de Roma y en todo el mundo se habla de lo que se discute en el Senado de Roma.

Publio Cornelio Escipión se levantó. Aquel hombre le intrigaba. Y era cierto que su caballería podía llegar a ser muy valiosa en un campo de batalla, podía desequilibrar un enfrentamiento entre grandes ejércitos y, por todos los dioses, si había algún punto débil en los ejércitos romanos era la caballería. Una alianza con aquel hombre podría ser interesante. Publio se detuvo frente a Masinisa, encarándolo, a tan sólo un paso de distancia.

—De acuerdo, rey Masinisa. Cuando desembarque con tropas en África tú me ayudarás a luchar contra los cartagineses y, a cambio, tras su derrota total, recuperarás la región de Numidia que te pertenece por linaje. Ése es el pacto que te ofrezco y ése es un pacto que cumpliré si tú cumples tu parte.

Masinisa miró al general, luego alrededor, al rostro de cada uno de los oficiales que allí se habían congregado y de nuevo al general.

—Yo cumpliré mi parte.

Publio asintió sin añadir más. El númida dio media vuelta y, escoltado reemprendió la marcha hacia el exterior del campamento. Publio se percató de que el joven rey iba sin espada.

—¿Por qué no lleva espada un rey númida? —Masinisa se detuvo y se volvió para responder, pero uno de los legionarios se anticipó.

—Mi general, le hemos desarmado en la puerta, por seguridad.

—El rey de los maessyli no debe ser desarmado en mi presencia —dijo Publio Cornelio Escipión, y tomando la espada que pendía de uno de los tahalíes de uno de sus *lictores* se la ofreció a Masinisa. El númida dudó pero alargó la mano y tomó el arma en su mano—. Es una espada romana —dijo Publio mientras el númida la examinaba—. Eso te recordará siempre para quién luchas ahora.

34

La carta de Lelio

Sur de Hispania,
primavera del 206 a.C.

El destino es a veces curioso. En la *porta decumana* Masinisa se cruzó aún a pie con un jinete que irrumpió en el campamento al galope. Los legionarios de guardia se hicieron a un lado para dejarle pasar, pues ya estaban advertidos por los exploradores que patrullaban los alrededores de la fortificación de que un correo oficial se acercaba procedente de Cartago Nova. Masinisa miró a aquel jinete con curiosidad, un poco perplejo porque se le dejara pasar sin oposición alguna, pero no le concedió mayor importancia. En la puerta se reunió con el grupo de maessyli que le habían acompañado. Los legionarios, siguiendo las instrucciones del general, les devolvieron las armas y los caballos. El rey de los maessyli montó sobre su corcel negro y sus hombres le imitaron y con la destreza de su ágil arte para montar se alejaron del campamento galopando en dirección a poniente.

El correo oficial desmontó frente al *praetorium* y entregó unas tablillas al general que le recibió en pie.

—Vengo de Cartago Nova, de parte del tribuno Cayo Lelio, mi general.

Publio tomó las tablillas, asintió, se dio media vuelta y echó a caminar hacia la entrada del *praetorium*. Era el momento de saber qué había respondido Sífax a Lelio.

Sífax se alzó contra los cartagineses, recibió ayuda en forma de asesoramiento militar de centuriones de su padre y su tío pero, en aquella ocasión, los cartagineses, con Asdrúbal Barca al mando, y Masinisa a su lado, le derrotaron; pero de aquello hacía ya tiempo y desde entonces Sífax se había rehecho y, aprovechando la lejanía de los ejércitos púnicos, desplazados a Hispania e Italia, y la ausencia también del propio Masinisa, también en Hispania, había recuperado el noreste de Numidia, el territorio de los maessyli expulsando a todos los leales a Masinisa, cuando no matándolos sin piedad. Sífax era ahora, sin lugar a dudas, no ya más poderoso que Masinisa, sino el hombre fuerte de aquel inmenso país y, como los cartagineses no querían abrir otro frente de guerra en África mientras luchaban contra los romanos en Hispania e Italia, habían aceptado las conquistas de Sífax como un nuevo *statu quo*, tal y como el propio Masinisa había lamentado hacía apenas unos minutos ante la misma tienda del *praetorium*. Cartago quería a Sífax como aliado y Publio también, por eso envió a Lelio a negociar con él. Aquellas tablillas desvelarían en un minuto cuál había sido el resultado de la entrevista. Sífax debía de estar disfrutando al ser ahora tan temido como deseado por todos. Masinisa no parecía ya nadie tan importante, pero Publio había estimado conveniente aceptar el ofrecimiento del rey exiliado, ya que cualquier refuerzo de caballería podía venir bien y Masinisa combatiría con ansia a favor de los romanos con la esperanza de recuperar así su reino perdido. Lo que parecía más complicado era cómo ganarse la confianza de Sífax, conseguir su ayuda o al menos su neutralidad y, al mismo tiempo, recuperar parte de Numidia arrebatándosela para dársela luego a Masinisa. Publio se encontró a solas en el interior del *praetorium* y se sentó en una pequeña *sella*. Cada cosa a su debido tiempo. De momento tenía la alianza de Masinisa. Un pacto con Sífax sería jugar a dos bandas al mismo tiempo, pero en aquella larga guerra todo era incierto.

—Veamos qué cuenta Lelio —dijo en voz alta, como para sacudirse el torrente de pensamientos que se acumulaban en su cabeza.

Publio Cornelio Escipión, Imperator *de las legiones de Hispania*

He hablado con Sífax, rey de Numidia, en el puerto de Siga. La entrevista fue corta. Se mostró ofendido. Insistió en que él es rey y que sólo negocia con reyes, sufetes o generales cartagineses o con cónsules romanos o generales de Roma investidos con el grado de *Imperator*. Dijo que, si Publio Cornelio Escipión quiere algo de él, debe ir en persona a negociar. No hubo forma de hablar más. En mi opinión, Sífax ha vendido ya sus servicios a Cartago. Estoy sorprendido de que nos dejara regresar con vida.

CAYO LELIO, tribuno

Publio dejó la tablilla sobre sus rodillas. Estaba sentado en su taburete, a solas. Necesitaba pensar. Lelio siempre tan parco en palabras. ¿Ir a Numidia? ¿Cruzar el mar en medio de una guerra? ¿Abandonar Hispania para ir a negociar con un rey loco? Y, sin embargo, Sífax permitió el regreso de Lelio. Había varias posibles razones: para que el mensaje le llegara alto y claro o porque no quería, en el fondo, dar razones para que Roma tuviera motivos para atacar Numidia directamente. De hecho, si Sífax hubiera matado a Lelio ahora tendría un motivo que presentar al Senado de Roma como causa justa para enviar legiones a África. La muerte de un tribuno enviado como negociador sería algo que muchos senadores considerarían un ultraje que no podía quedar sin respuesta. Publio sintió una sensación amarga en su estómago. Por un instante era como si hubiera deseado la muerte de Lelio.

Marcio y Silano entraron en la tienda, despacio, y se detuvieron nada más cruzar el umbral. Publio los vio y les habló con determinación.

—En una semana debemos estar en Cartago Nova. Allí embarcaremos en unas *quinquerremes*.

—¿Regresamos a Tarraco por mar? —preguntó Marcio. Publio, mientras, se pasaba la palma de la mano por la barbilla.

—No —respondió—. Tú iras a Tarraco y Silano permanecerá en Cartago Nova.

Los dos oficiales se miraron entre sí.

—¿Y qué va a hacer el general? —inquirió Silano.

—Yo iré a África.

35

Gades

Gades, sur de Hispania,
verano del 206 a.C.

Habían llegado órdenes del Senado de Cartago. Magón Barca parecía agitado, pero resuelto a ponerse en marcha. Debía partir hacia Baleares y de allí, una vez reclutado un ejército de mercenarios, desembarcar en el norte de Italia. El plan inicial de Aníbal parecía seguir obteniendo algo de apoyo entre los senadores púnicos. Quedaba sólo un asunto pendiente.

Magón se presentó ante Giscón que, a su vez, había recibido también instrucciones del Senado cartaginés de regresar a África. El joven Barca encontró al veterano general enfrascado en los preparativos para embarcar las tropas rumbo al sur.

—Las calles de la ciudad están revueltas —empezó Magón sin esperar a que el general de mayor edad le dirigiera la palabra.

Giscón engulló la ofensa, una más de los vanidosos Barca que se apuntó en la memoria.

—Saben que nos vamos —respondió sin mirarle, fingiendo estar ocupado en revisar las tablillas que contenían los inventarios de las provisiones para el tránsito de regreso a África.

—Saldré para Menorca con la próxima marea —anunció Magón.

—Sea —concedió Giscón sin mirarle.

—Queda una cosa pendiente.

Giscón levantó los ojos de las tablillas. Aquellos Barca le irritaban.

—¿Y bien?

—Imilce, la esposa de mi hermano. No puedo llevármela conmigo, pero tampoco nos interesa que se quede aquí y caiga en manos de los romanos.

Giscón inundó su rostro con una amplia sonrisa.

—No me parece que Aníbal la tenga en gran estima. Ni siquiera ha escrito preguntando por ella.

Magón negó con la cabeza.

—No se trata de algo personal, sino de una cuestión política y de poder. Imilce es la esposa de un general cartaginés. Puede que ya no nos sea útil, pero no podemos abandonarla a su suerte.

Giscón frunció el ceño. Odiaba que los Barca tuvieran razón. Decidió dar término a aquella conversación.

—Sea —dijo—. Se quedará conmigo y me acompañará a África. Será custodiada como esposa de un general cartaginés, como hasta ahora.

Magón asintió un par de veces. Dio media vuelta y se marchó.

Asdrúbal Giscón arrojó las tablillas al suelo. Una se quebró en varios pedazos. Un esclavo se acercó para recogerlas, pero el general le espetó un grito y éste se alejó corriendo dejando solo a su amo.

36

El rey de Numidia

Bahía de Siga, norte de África,
verano del 206 a.C.

Lelio estaba en la proa del barco. Habían avistado *trirremes* enemigas, pero desde cubierta aún no eran visibles. Era la segunda vez en poco tiempo que hacía la misma ruta. Una vez más de regreso a las costas de Numidia. La travesía había sido convulsa. Publio había decidido navegar sólo con dos *quinquerremes*. No quería llevarse toda la flota y desproteger las bahías de las ciudades hispanas, especialmente de Cartago Nova, por su valor estratégico, y de Tarraco, porque Emilia y sus hijos estaban allí. Aún recordaba Lelio las palabras de Publio al embarcar ante su mirada de preocupación por partir con tan sólo dos naves.

—Así iremos más rápidos. Una flota siempre es lenta.

En el horizonte empezaron a vislumbrarse los mástiles y las velas desplegadas de los barcos enemigos. Dos, cuatro, seis... siete en total. Siete *trirremes* contra dos *quinquerremes*. Las naves romanas eran de mayor envergadura y opondrían gran resistencia si eran alcanzados, pero el mayor número y la mayor capacidad de maniobra de las ligeras naves púnicas no presagiaban nada bueno. Si una de las *trirremes* conseguía embestir por un flanco, abriría una gran vía de agua y estarían condenados al naufragio o, aún peor, a caer presos.

—¿Qué ocurre? ¿Por qué me habéis despertado? —empezó a preguntar Publio, que se había situado en la proa a la espalda de Lelio, pero no terminó de hablar. Las *trirremes* cartaginesas eran ya bien visibles. Hubo unos segundos de silencio hasta que el propio Publio volvió a preguntar—. ¿Y la costa? Debemos de estar ya cerca.

Lelio miró hacia su derecha. Habían navegado mar adentro precisamente para evitar las patrullas de barcos cartaginesas que costeaban toda Numidia y África. De hecho la presencia de aquellos barcos debía de ser también anuncio de que se acercaban a su destino.

—Sí, debemos de estar cerca —confirmó Lelio—, pero nos alcanzarán antes de que lleguemos a Siga.

Publio miró a su alrededor. El barco estaba repleto de provisiones y armas. Miró hacia arriba. Las velas apenas estaban infladas por el viento.

—No hay viento casi —dijo entonces Publio, y empezó a hablar con rapidez—. Eso es bueno. Ellos tampoco tendrán viento. Se trata de la fuerza de nuestros remos contra la suya.

—Pero estos barcos son mucho más pesados —replicó Lelio.

—Eso es cierto... es cierto... tendremos que remar más fuerte. —Publio volvía a mirar a su alrededor—. Que arrojen todas las provisiones al mar. Todo lo que no sea un arma que valga para defendernos en caso de abordaje. Todo lo demás al mar. Y luego a los remos. Todos.

El mar empezó a recibir ánforas repletas de aceite o agua, sacos de trigo, grandes cestos con carne seca de jabalí, cestos de pescado envuelto en sal, todo por la borda. Y, acto seguido, todos acudieron a los remos. La segunda *quinquerreme* recibió las órdenes a gritos y, aunque algo incrédulos, al ver cómo desde la nave del general se arrojaban todos los víveres, siguieron el ejemplo de la nave capitana sin plantear dudas.

Los marineros bogaban al máximo de sus fuerzas, pero no era suficiente. Las *trirremes* cartaginesas se acercaban. Publio se desesperaba: tenía más hombres que remos. Ordenó entonces que los legionarios embarcados relevaran a los marineros cuando éstos empezaron a flojear. De esta forma consiguió un ritmo uniforme y poderoso que durante unas millas marinas mantuvo a los cartagineses a una distancia constante, pero fue un espejismo, porque al cabo de dos relevos, las *trirremes* volvían a recuperar distancia. El general tomó entonces una decisión insólita: en el siguiente relevo ocupó el lugar de uno de los legionarios y se puso a remar con todas sus fuerzas para dar ejemplo.

Lelio hizo lo propio y se sentó al lado del general. Los fornidos brazos del veterano tribuno y las musculosas y más jóvenes extremidades de Publio se estiraban y contraían a un ritmo brutal que el resto de los legionarios se esforzaba en seguir a duras penas. Pronto emergió el sudor en la frente del general y del tribuno. Lelio le miró un instante y, entre los entrecortados resoplidos de su agitada respiración, dirigió un comentario al hombre que los había puesto en aquella situación.

—Estás más loco de lo que yo pensaba.

Publio sonrió sin dejar de remar. No había ironía ni cinismo en las palabras de Lelio. Era lo que el veterano tribuno opinaba de verdad.

—Es cierto... —respondió Publio—, pero me reconocerás que conmigo no te aburres...

—¿Que no me aburro...? ¡Por los dioses...! —Y se echó a reír.

—No te rías, que pierdes fuerza —apostilló el general.

Pero la risa de Lelio era contagiosa y pronto se extendió entre todos los legionarios y marineros por igual aunque, al cabo de unos segundos, el continuado esfuerzo de los que remaban y la persistente preocupación de los que vigilaban en cubierta, mientras recuperaban el resuello antes de volver a reemplazar a los remeros, hizo que las carcajadas fueran remitiendo. Pronto sólo se oía la voz del general.

—¡Remad! ¡Remad! ¡Remad!

La línea de costa se vislumbraba al fin, acercándose, pero también lo hacían las *trirremes* púnicas.

Publio y Lelio fueron reemplazados en el siguiente relevo y ambos subieron de nuevo a cubierta.

—Se están separando —dijo Lelio.

—Quieren embestirnos y van a aproximarse por ambos flancos —comentaba Publio en voz baja. Calló un segundo y luego empezó a dar órdenes a gritos, como para que le oyesen también en la segunda *quinquerreme*, que a duras penas se las arreglaba para navegar en paralelo con ellos—. ¡No hay más relevos! ¡Marineros a los remos, legionarios a las armas! ¡Preparad los *corvus*! ¡Si se acercan los abordaremos! —Y de nuevo, en voz baja, a Lelio—: Si nos embisten y abren una vía de agua, abordaremos una de las *trirremes* y la usaremos para llegar a Siga.

Lelio asintió con los ojos repletos de asombro. Publio no parecía estar dispuesto a darse por vencido nunca, pero algo llamó su atención y señaló hacia la costa. Publio se volvió: Siga, la bahía de Siga, el gran puerto de Numidia se aparecía ante ellos, repleto de pequeñas embarcaciones de transporte y de decenas de barcos de pesca, los muelles, donde marineros y pescadores descargaban mercancías y donde al menos un centenar de soldados númidas custodiaban las instalaciones que alimentaban de pescado y otras mercancías al inmenso ejército de Sífax acampado en las proximidades.

—Siga —dijo Publio—. Estamos allí, estamos allí. Remad. ¡Por todos los dioses, remad! ¡Remad! ¡Remad! ¡Remad!

—¡Se detienen! —gritó Lelio.

Publio se giró para observar las *trirremes*. El general asintió mientras apostillaba lacónicamente.

—Eso es o porque temen a Sífax o porque ya tienen algún pacto. Sea lo que sea, lo averiguaremos pronto.

El rey Sífax aceptó recibir al *imperator* romano de las legiones de Hispania. Su piel negra y su gran altura, evidente pese a estar sentado en su pesado trono dorado, impresionaron al joven Publio quien, no obstante, no se arredró un ápice y se situó frente al rey. Sífax fue el primero en hablar usando un griego más o menos aceptable.

—Parece que has tenido una travesía complicada, joven general romano.

—Estamos en guerra y en las guerras hay sobresaltos, pero agradezco la protección de tu hospitalidad y tu consideración al aceptar recibirme.

Sífax sabía que aquellas muestras de respeto sólo buscaban congraciarse con él, pero las recibió de buen grado. Le gustaban los aduladores.

—Puedo ofrecerte comida y bebida y un lugar donde descansar hasta que decidáis reemprender el viaje de regreso, pero, romano, es difícil que pueda ofrecerte nada más.

Publio aceptó el vino que se le ofrecía y Lelio, muy agradecido, hizo lo propio. Sólo estaban ellos dos ante el gran Sífax. El resto de los legionarios que les habían acompañado desde el barco había tenido que permanecer fuera de aquel palacio real de adobe y piedra donde Sífax gustaba recibir últimamente a todos los embajadores que buscaban conversar con él.

Publio mojó los labios en el vino y devolvió la copa a una hermosa esclava que permanecía de rodillas junto a él.

—Te agradezco la comida, la bebida y el alojamiento pero, aunque te sea difícil, vengo a pedir algo más.

—¿A pedir? —El rey Sífax puso en pie sus dos largos metros de estatura y repitió una vez más, elevando su voz hasta que ésta retumbó por toda la estancia—: ¿A pedir?

Publio respondió con serenidad.

—A pedir, sí, a pedir que el rey Sífax de Numidia sea neutral en esta guerra entre Cartago y Roma.

Sífax quedó confuso. Aquel joven general no parecía haberse visto intimidado por haber desatado su furia.

—Debería ordenar que te mataran ahora mismo —amenazó, y los guardias númidas que estaban tras el trono avanzaron unos pasos situándose entre su rey y los altos oficales romanos.

—No harás tal cosa, noble rey —dijo Publio manteniendo aún un tono sereno—, porque el rey Sífax no quiere la guerra con Roma y matar a uno de sus generales no será considerado como un gesto muy pacífico por el Senado de Roma. He venido a negociar.

Sífax se contuvo y tomó de nuevo asiento en su trono. Los guerreros númidas se hicieron a un lado.

—Di lo que tengas que decir y márchate —apostilló el rey, aún visiblemente enfadado.

—Roma respeta a Sífax y Roma sólo quiere la amistad de un rey tan noble y poderoso como Sífax, pero Roma está en guerra con Cartago y, tarde o temprano, las legiones de Roma desembarcarán en África. Sólo te propongo que el rey Sífax permanezca neutral durante este enfrentamiento. Una vez derrotados los cartagineses, el rey Sífax podrá ampliar sus fronteras hacia el este, tomando bajo su poder gran cantidad de ciudades que ahora están gobernadas por los designios de Cartago. Es un buen premio por no hacer nada.

Sífax calló primero y luego se echó a reír. Carcajadas grandes, graves, hondas que terminaron en seco. Nadie más rio en la sala. Publio y Lelio se miraron con miradas confusas.

—¿Y si los romanos son derrotados? —preguntó entonces el rey—, ¿debo esperar entonces premios de los cartagineses o quizás hacer frente a su ira por no ayudarles?

—Ésa es una derrota que no va a ocurrir y, ¿desde cuándo el rey de Numidia tiene miedo de los cartagineses?

—¿Miedo de...? —El rey volvió a reír, esta vez de modo más relajado, más natural—. Tienes agallas, romano. Las tienes de verdad. ¿Neutralidad es lo que pides? Sea, romano. Tendrás mi neutralidad, pero no porque tú me lo pidas. Ésta no es mi guerra y tampoco quiero regalos de Roma. Cuando quiera ampliar las fronteras de mi reino lo haré como siempre: por la fuerza de las armas de mi ejército.

—De acuerdo, ¿tengo entonces tu palabra? —insistió Publio arrugando la frente.

—Sí —respondió Sífax, que acompañó su respuesta con una señal; los guardias rodearon a Publio y Lelio—. Ahora márchate de aquí y, lo antes posible, abandonad Siga. No quiero romanos en Numidia, ni ahora ni nunca.

Publio y Lelio dieron media vuelta y volvieron sobre sus pasos. El rey levantó su mano derecha y todos los guerreros númidas salieron del salón real. Sífax habló al aire.

—Ya puedes salir. No es necesario que te sigas ocultando, Giscón.

Y el general cartaginés apareció por detrás de las largas cortinas que se levantaban detrás del trono.

—El general romano te engaña, ¿por qué has tenido que darle tu palabra? —empezó Giscón—. Te promete recompensas si no ayudas a Cartago, pero si Cartago cae, Numidia será el siguiente objetivo de sus legiones. La ambición de Roma no conoce límites.

Sífax se reclinó dejando caer el peso de su pecho sobre su brazo izquierdo apoyado en el posabrazos real.

—La ambición de Giscón también parece no tener límites, pero en cualquier caso mi palabra, como mi voluntad, es voluble —respondió Sífax—. Admito que es posible que el romano esté mintiendo.

—Es seguro —insistió Giscón ignorando el comentario anterior sobre su ambición—. Rey de Numidia, él sólo te ofrece palabras. Yo te ofrezco algo más tangible, algo que tú mismo puedes palpar y... disfrutar. Y una alianza permanente con Cartago, Cartago, que dominaba el mar antes de que Roma tuviera una sola colonia y que al final de esta guerra volverá a regir el destino de todo el Mediterráneo occidental. Sífax, no te equivoques al elegir.

El rey Sífax se levantó y echó a andar hacia la gran puerta que daba acceso al salón.

—No te preocupes, Giscón, que no me equivocaré al elegir. Nunca lo hago —dijo mientras salía, sin mirar al general cartaginés que quedaba a su espalda—. Ahora ve y tráeme mi regalo. Luego... luego, ya veremos.

37

Descenso a los infiernos

Roma, verano del 206 a.C.

Tito Maccio Plauto caminaba con los hombros encogidos y la mirada hundida en el suelo sucio de las calles de Roma. Regresaba del Aventino, de casa de Ennio, donde había cosechado una negativa más. Ennio tampoco se atrevía a ayudarle. Nadie osaba interceder ante los poderosos senadores de Roma en favor del encarcelado Nevio. Ennio se había mostrado más comprensivo, más atento, más compasivo hacia la preocupación de Plauto por su amigo que el resto, especialmente que el distante Livio Andrónico, pero, en definitiva, la negativa había sido la misma. Plauto llegó al *Foro Boario* y allí, rodeado de decenas de mercaderes y centenares de compradores de todo tipo de ganado, entre los balidos de ovejas a punto de ser sacrificadas, de carneros descuartizados, de sangre de centenares de animales impregnando el aire de un olor que le hacía recordar el de un campo de batalla tras el combate, Plauto se sintió más abandonado que nunca. Todos los que llegaban a hacerse realmente amigos de él durante su complicada vida terminaban muertos o, peor, encarcelados, como ahora Nevio. Enfiló por el *Clivus Victoriae* para escapar de aquel hedor de muerte en venta y también para evitar la peste de la *Cloaca Maxima*, que contaminaba la otra avenida paralela, el *Vicus Tuscus*, que además estaría ya lleno de maricones ofreciendo sus servicios al mejor postor. Ya tenía bastante miseria inundando su ánimo como para añadirse más sufrimiento con los malos olores de aquella ciudad y la prostitución que parecía palpitar entre la sangre de animales muertos y la putrefacción de sus cloacas. Roma. La gran Roma. Plauto llegó al foro por el este, dando un rodeo, entrando en la gran explanada pasando junto al templo de las vestales. Allí se detuvo. Quizás el único lugar puro de toda la ciudad. Qué pena que fuera él tan poco religioso, tan sacrílego y que no conociera ni a sacerdotes ni sacerdotisas. En aquellos años de guerra, religión y superstición entremezcladas eran temidas por el pueblo y usadas por los senadores para manipular a todos a sus anchas. En eso Máximo era muy hábil, utilizando sus supuestas facultades de augur para predecir nefandos horrores si no se le hacía caso. Pero todos los patricios usaban la religión de igual forma. Escipión también. Quizá con algo más de sutileza, pero con la misma finalidad. Las vestales. Si conociera a una vestal, ésta podría interceder por Nevio y conseguir su libertad con más facilidad aún que el propio Quinto Fabio Máximo. Una vestal que se conservara pura a ojos del pueblo era sagrada y tenía la potestad de liberar a un hombre incluso de ser ejecutado si se cruzaba con él por las calles de Roma y su espíritu así la impulsaba. Plauto reemprendió la marcha. Eran sueños pueriles. Las vestales estaban vigiladas de cerca por el *pontifex maximus* y por legionarios de las *legiones urbanae*. Si quería ayuda, tendría que conseguirla entre los patricios, tendría que encontrar algún patricio que estuviera dispuesto a enfrentarse al resto para liberar a un despreciable escritor. Todo parecía imposible. Cruzó el foro, inmaculado de pintadas. Desde el encarcelamiento de Nevio, los meses pasaban y nadie se atrevía a plasmar sus ideas en las otrora frecuentes calles pintadas de Roma. Roma estaba en guerra y ni tan siquiera el disenso anónimo en una pintada era permitido. Llegó a las puertas de la cárcel de Roma y, tras el consabido soborno, los centinelas de la prisión le dejaron pasar. Plauto penetró así en las entrañas de la ciudad, hundiendo su figura en los túneles de la cárcel, sintiendo cómo la humedad que se filtraba por las angostas paredes de aquel lugar de perdición consumía el aire y asfixiaba toda esperanza. A cada paso que daba se plasmaba en su rostro el pavor de tener que confesar a Nevio que no había conseguido nada, que nadie les iba a ayudar. Comprendió que eso era demasiado cruel. Sólo quedaba una posibilidad: mentir. Mentir y dar falsas esperanzas y luego salir de allí y buscar la forma de que esas mentiras se hicieran realidad. Sólo conocía un patricio lo suficiente como para suplicarle ayuda, Publio Cornelio Escipión, y estaba en Hispania y también había sido objetivo de las críticas de Nevio, ¿y qué senador no lo había sido? Plauto se detuvo un momento para recuperar el resuello. Era casi imposible respirar allí. Se alegró de llevar un *stilus* para que Nevio pudiera escribir, un frasco de *attramentum*, una tinta espesa negra, varias velas y un grueso fajo de *schedae*, hojas sueltas de papiro. Sobornando a los guardias con regularidad conseguiría que Nevio tuviera un suministro regular de velas. Escribir le ayudaría a pasar las horas, los días, los años quizá, sin perder la razón. La luz de las antorchas era escasa y ante la falta de oxígeno las llamas eran trémulas, como cansadas de arder entre aquellas grutas del final del mundo. ¿Arderían bien las velas? Escipión. Sí, pensó Plauto. Sintió cómo el legionario que le acompañaba para indicarle dónde estaba la celda de Nevio se impacientaba. Plauto reemprendió la marcha. Escipión. Sí, pese a todo era su mejor opción, pero ¿regresaría vivo aquel patricio de Hispania? De momento llegaban buenas noticias de aquel frente de guerra, pero la Fortuna era tan voluble, tan voluble...

38

La sombra de la muerte

Cartago Nova, Hispania, verano del 206 a.C.

Habían terminado los juegos que Publio había ordenado que tuvieran lugar para festejar su triunfo absoluto sobre los cartagineses en Hispania y sobre los propios iberos, pues desde su regreso de Numidia, había conquistado las últimas ciudades iberas que se resistían al dominio romano. Entre otras, había sido especialmente cruel, contrariamente a su política general, con Iliturgis y Cástulo, dos poblaciones que había ordenado arrasar por su pertinaz lealtad a los cartagineses, primero, y luego por su permanente resistencia a reconocer el poder de Roma establecido en la región. Después llegó la rendición incondicional de Gades, toda vez que abandonada por Giscón y Magón, no disponía ni de tropas ni de recursos suficientes para resistir un asedio. Aquí, Publio fue, de nuevo, generoso, pues evitar un asedio suponía un ahorro de legionarios y recursos que vendría bien para las futuras campañas que estaba diseñando en su mente.

Cartago Nova estaba tranquila aquel amanecer después de varios días de festejos. Escipión se levantó temprano. Tenía ganas de emprender el regreso a Tarraco y abrazar a Emilia y a sus hijos, Cornelia y el pequeño Publio. Al salir del palacio del gobernador de la ciudad, encontró a Cayo Lelio y los *lictores* y un caballo. Todo dispuesto. Un manípulo de soldados estaba en formación en la plaza. El resto del ejército esperaba acampado en el istmo, junto a las murallas. Publio subió a su caballo.

—Buenos días, Lelio.

—Buenos días, mi general. Una mañana hermosa. Los dioses desean facilitarnos el regreso —respondió Lelio con respeto pero aún algo distante.

—Hemos cumplido bien nuestra labor —dijo Publio haciendo como que no percibía la frialdad del recibimiento de Lelio. El episodio del viaje a Numidia, remando juntos para salvarse de las *trirremes* cartaginesas les había vuelto a acercar, pero aún no parecía olvidada por ninguno de los dos la discusión de Baecula—. Los hombres han cumplido bien —añadió en voz bien alta de forma que muchos de los soldados allí reunidos oyesen sus palabras de satisfacción. Aquéllos eran soldados que habían venido con él desde Italia hacía ya cuatro años y que habían conquistado ciudades y derrotado a varios ejércitos bajo su mando. Aquellas tropas veían a su general y sentían el valor en sus venas. Con cada victoria sobre los cartagineses y sobre los diferentes pueblos de Iberia que se les habían opuesto se había creado una química especial entre aquellas legiones y Publio Cornelio Escipión.

Empezaron a cabalgar. Muchos ciudadanos de Cartago Nova se asomaban a las ventanas para despedir al que era ahora el indudable dueño de la ciudad. Publio erguía su cuerpo como solía hacer cuando montaba, aunque aquella mañana le costaba algo más que de costumbre. Se encontraba algo cansado, como dormido. Y tenía algo de frío. Una sensación extraña que no encajaba con el cálido sol que despuntaba en el horizonte. Lelio dijo algo sobre los juegos y los combates que habían tenido lugar, pero calló al observar que el general no estaba predispuesto a la conversación. Parecía que las cosas seguían algo difíciles entre ellos. No pensó más en ello. Además, de cuando en cuando, Escipión pasaba algunos días meditabundo y silencioso. Cayo Lelio había aprendido a respetar aquellos silencios, incluso ahora que estaban más alejados el uno del otro. Si él hubiera tenido que pensar en cómo conquistar una región tan vasta como Hispania, cómo apoderarse de diferentes ciudades y cómo derrotar a tres ejércitos cartagineses y sus aliados en apenas cuatro años, habría necesitado infinitas horas de reflexión para, sin duda, no alcanzar ni la mínima parte de los éxitos que aquel joven general había logrado. Es cierto que le humilló en Baecula. Aquello era algo no resuelto entre ellos. Ninguno lo comentaba, pero ninguno de los dos lo olvidaba. Lelio recordó la entrevista con Fabio Máximo y cómo quiso convencerle de que él, Lelio, era el gran artífice de las victorias, intentando despertar su vanidad para alejarlo de aquel hombre. También recordó la profecía del viejo cónsul:

«Escipión no regresará vivo de Hispania y los que le acompañen alimentarán con sus cuerpos a los buitres de aquella región sobre un desolado campo de batalla.» Después de las victorias de Baecula, Ilipa, la toma de Iliturgis y Cástulo, después de la derrota infligida a cada uno de los tres ejércitos cartagineses, con Giscón en África, Magón oculto en alguna isla del Mediterráneo, y habiendo conseguido sendos pactos con Sífax y Masinisa y celebrada la gloriosa victoria con los juegos de la semana pasada, aquellas palabras sólo parecían el rencor innoble de un viejo sin sentido. Lelio lamentó más que nunca que las palabras del viejo Fabio hubieran, en algún momento pasado, alimentado sus dudas, especialmente tras la decisión de Publio de no adentrarse hacia el norte después de enfrentarse con Asdrúbal. Ahora ya parecía tarde para pedir disculpas.

Llegaron a la puerta de la ciudad, fuertemente custodiada por decenas de soldados. Ni con dos legiones a las puertas ni con los ejércitos cartagineses derrotados, Escipión nunca bajaba la guardia. Su meticulosa cautela le había otorgado victorias y supervivencia allí donde nadie pensaba que un general romano podía triunfar y no pensaba ahora cambiar su estilo de actuar. Además sentía que los propios soldados habían aprendido a valorar aquellas normas estrictas y se sentían más seguros siguiéndolas y siéndoles ordenado que las siguieran. Cruzaron la puerta y pese a que el sol ya apuntaba poderoso desde el mar, el frío que sentía desde que se levantó se transformaba en punzadas intensas de dolor que azuzaban su frente. Publio se llevó la mano a la cabeza y notó gotas de sudor recorriendo su piel. Y, sin embargo, persistía la absurda sensación de frío. No, definitivamente no se encontraba bien. Quizás alguna cosa que hubiera comido la noche anterior, alguno de esos manjares del mar, las pesadas salsas, demasiado *garum*, o simplemente tantas cosas diferentes y, por supuesto, el vino. Observó de reojo a Lelio cabalgando a su lado. Estaba perfectamente, contento y satisfecho. Era increíble el vino que aquel hombre podía ingerir una noche y luego estar tan resuelto al día siguiente. Publio sonrió en su interior, pero vigiló que su sonrisa no llegara a asomar en su rostro. De pronto sintió un mareo extraño y perdió la noción del espacio. Era como si se balanceara en el caballo. Había perdido el sentido del equilibrio. No quería caer allí, delante de los *lictores* y los tribunos de las legiones, que ya estaban allí formados. Así que tiró de las riendas y detuvo al caballo. Los *lictores* y Lelio pararon. El mareo persistía y una sensación de querer vomitar, pese a haber desayunado frugalmente, y más sudor frío. Ahora sentía las gotas deslizándose libremente por el rostro, pero no podía secarlas porque sin saber cómo se había abrazado al cuello de su caballo para mantenerse sobre la montura y no caer; apenas tenía ya fuerzas y no sabía por qué, de forma que se rindió sin querer y soltó los brazos. Su cuerpo resbalaba despacio, cayendo hacia un lado del caballo. Lelio saltó de su montura y se situó junto al general y cogió su cuerpo a medida que se desvanecía cayendo hacia la derecha del caballo. Antes de que los propios *lictores* reaccionaran Lelio había recogido el cuerpo desvanecido y sudoroso de Publio y lo sostenía en sus brazos. Los *lictores*, los oficiales Silano, Marcio, Terebelio, Digicio y Mario, a quienes el general había vuelto a reunir en Cartago Nova para las celebraciones de aquellos días, y otros centuriones se aproximaron para ayudar, pero Lelio no permitió que nadie le tocara. Su voz resonó con fuerza.

—El general se encuentra indispuesto. ¡Abrid paso! —Y acto seguido, con Publio en brazos, entró andando de regreso a la ciudad. Los *lictores* rodearon a Lelio, abriendo camino. Los soldados del manípulo de escolta recibieron órdenes de Marcio de proteger a Lelio, que ya marchaba de regreso al palacio.

Cayo Lelio sentía temblar sus brazos por el peso del general pero en ningún momento pasó por su mente pedir ayuda. También luchaba por borrar de su rostro cualquier signo externo de preocupación. Un mareo, una indisposición la puede sufrir cualquiera. No había que dar más importancia a aquello que no la tenía. Los soldados eran gente supersticiosa y pese a encontrarse en una situación idónea en la Hispania en la que ahora se hallaban, era mejor no mostrar debilidad de ningún tipo desde los mandos. En unos minutos llegaron al palacio. Dentro, Lelio, una vez seguro de que las puertas estaban cerradas y que sólo estaban los *lictores* y él, ordenó a dos de aquellos que llevasen el cuerpo del general a su habitación. Una vez liberado del peso del cuerpo desfallecido de Publio, ordenó a otro que fuera raudo en busca de los médicos de la legión.

—¿Qué hacemos con las tropas? —preguntó Marcio. A su lado Silano, Terebelio, Mario y el resto de los oficiales miraban a Lelio nerviosos.

Cayo Lelio respondió con precisión y seguridad.

—El general necesita descansar. Las legiones se quedan en el campamento junto a la ciudad hasta nueva orden. —Y miró a todos los que le rodeaban. Marcio asintió y tras él el resto de los tribunos. Lelio se separó y con una señal invitó a Marcio y a Silano a que se acercaran. Marcio y Silano le entendieron. Los tres hombres parlamentaron separados del resto.

—He mandado llamar a los médicos —dijo Lelio en voz baja.

—Me parece bien —respondió Marcio en el mismo tono susurrante—. Quizá no sea nada.

—Eso pienso yo. Una indisposición. A todos nos ha pasado alguna vez —añadió Silano.

—A todos, sí —confirmó Marcio.

—Quizá bebió demasiado vino —concluyó Lelio, aunque sin convencimiento.

Marcio y Silano callaron. Publio nunca bebía demasiado y además era comedido con la comida. Aquel desmayo era extraño, pero no tenía sentido pronunciarse hasta escuchar la opinión de los médicos.

Al cabo de media hora, el médico de la legión, Atilio, nacido en Roma pero de familia tarentina y formación griega, salía de la habitación donde reposaba el general en jefe de las tropas de Hispania, acariciándose la barba con su mano derecha. Era un hombre de mediana edad, respetado en su profesión y curtido en las enfermedades de los legionarios tras varias duras campañas en Hispania. Atilio era un hombre apreciado entre los oficiales y los soldados por igual que en momentos de necesidad, tras un combate, tras una intensa batalla, se desdoblaba para acudir allí donde sus servicios eran requeridos. Desde que en la batalla de Cartago Nova ayudara en la recuperación de las heridas de Cayo Lelio, el general Publio Cornelio Escipión siempre se había portado con él con enorme generosidad. Ahora, al ver al propio general postrado y enfermo, Atilio se sentía apesadumbrado.

—Por todos los dioses, ¿qué tiene? —preguntó Lelio.

Atilio levantó la mirada y vio a todos los tribunos de las legiones congregados a su alrededor. Meditó un instante antes de responder.

—El general ha enfermado de unas fiebres que ya he visto en varios de nuestros hombres. La cercanía de la laguna al norte de la ciudad quizás influya. Estas fiebres son más frecuentes en zonas pantanosas, no sabemos por qué, pero es así. He visto a otros legionarios caer abatidos igual que el general. He recomendado que no se beba agua de allí sino de los pozos y las fuentes que usan los iberos.

—Ya, pero eso ¿qué significa? —insistió Lelio.

—Los otros hombres —intervino Marcio—, ¿se han recuperado todos?

Atilio miró al tribuno con aire preocupado.

—Unos sí, pero otros no. Y los que más tiempo llevan recuperados aún tienen ataques febriles intermitentes, pero éstos parece que van remitiendo. Los que no se han recuperado han... han... han muerto.

El silencio se apoderó de la asamblea allí reunida. Marcio y Silano miraban al suelo.

—¿Qué se puede hacer? —preguntó al fin Lelio.

—Bueno..., sugiero que el general beba mucha agua clara, de las fuentes de Cartago Nova, e infusiones con manzanilla. Convendría que algún esclavo de confianza estuviera siempre junto al general y le refrescara la frente y los brazos con paños húmedos, sobre todo si la fiebre sube, y es probable que lo haga. Es posible que tenga delirios. El general es un hombre fuerte y tiene voluntad de vivir. Tengo esperanza pero ésta es una batalla que el general tendrá que luchar solo. Nosotros no podemos hacer mucho más. Rezar a los dioses por él y ofrecerles sacrificios. Siento no poder proporcionar más ayuda, pero estas fiebres son nuevas para mí. El agua y las infusiones ayudan, pero pueden no ser suficientes.

Nadie criticó a Atilio. Todos sabían de su aprecio por el general y de su buen hacer siempre que podía ayudar. Los tribunos despidieron al médico, quien marchó indicando que volvería en un par de horas para ver cómo evolucionaba el enfermo, a no ser que hubiera cualquier crisis, en cuyo caso se le llamaría al instante.

—Yo me ocuparé de que el general esté debidamente atendido —dijo Lelio dirigiéndose a Marcio—. Ocúpate tú de las legiones.

Marcio asintió y acompañado por Silano y el resto de los oficiales desapareció descendiendo por la escalinata del palacio. Lelio se quedó con los *lictores*. Se dirigió a uno de ellos, al *proximus lictor*, el de más confianza.

—Marco, ve a mis aposentos y trae a mi esclava Netikerty. Ella atenderá al general.

El legionario salió diligente en busca de la joven esclava. Lelio intentaba organizar sus pensamientos mientras entraba en la alcoba donde yacía Publio, enfermo, tendido sobre la cama, con los ojos cerrados. Era la misma habitación que ocuparan tiempo atrás los anteriores generales en jefe cartagineses en Hispania, incluido el propio Aníbal. En aquel momento, sin embargo, era el hospital improvisado de un general romano. Varios esclavos habían traído ya toda suerte de bacinillas con agua fresca y un par de ánforas más que habían dejado de reserva. Había una mesita junto a la cama y una *solium* con respaldo para la persona que fuera a velar por el general. Sobre la mesita se habían apilado varias decenas de paños limpios. En el otro extremo de la habitación se había encendido el fuego de la chimenea y se había dispuesto un horno con hierro forjado y una cazuela de barro. Junto a la chimenea se había dispuesto un par de frascos de vidrio con especias. Manzanilla proporcionada por Atilio. Lelio estaba examinándolo todo cuando oyó a sus espaldas la voz de Netikerty.

—Me has hecho llamar, mi señor.

Lelio se volvió y contempló a Netikerty entre la penumbra de las sombras de la habitación. El *proximus lictor*, cumplida su misión, había desaparecido. Lelio sabía que los doce guardianes estarían apostados a la puerta de la habitación impidiendo que nadie no autorizado pudiera acercarse al general. Publio estaría seguro. Ahora faltaba que lo cuidaran bien, pero los soldados no valían para eso. Por eso había hecho llamar a la joven Netikerty.

—Te necesito, Netikerty —dijo Lelio—. El general está muy enfermo. No sabemos bien lo que es. Tiene mucha fiebre. Quiero que estés a su lado día y noche, que no te separes de él ni un momento. Has de humedecerle la frente y los brazos con agua y darle infusiones de manzanilla. Si tienes cualquier duda puedes hacer llamar al médico y siempre que necesites algo sólo tienes que pedirlo.

Netikerty se acercó despacio a la cama. Lelio la observó mirando al general. Parecía inquieta. La muchacha empezó a hablar y lo que dijo no satisfizo a Lelio.

—Creo, mi amo, que es mejor que busquéis a otra persona de más experiencia. Alguna otra esclava mayor. Saben más de cuidar enfermos y el general es alguien tan importante... No sé si seré yo la persona más adecuada para...

Lelio la interrumpió. Hasta ese momento Netikerty nunca se había negado a nada. Nunca había manifestado la más mínima de las dudas y ahora que la necesitaba como jamás había necesitado a alguien se encontraba con esta respuesta... y de una esclava.

—Eres una esclava y es una orden. Cuidarás del general y no vuelvas a replicarme nunca. Nunca.

Netikerty abrió la boca pero no dijo nada. Comprendió que era inútil oponerse, que no haría otra cosa sino enfurecer aún más a un ya muy preocupado amo. La joven asintió y se quedó mirando al suelo.

Lelio, más apaciguado, adoptó un tono más conciliador.

—Netikerty, sabes que te... que te aprecio mucho. No confío en nadie más como confío en ti. El general... bueno, estamos algo distanciados ahora, no sé, son cosas que pasan —Lelio hablaba pasándose la palma de la mano derecha por detrás de la nuca—, pero el general es mi vida. Buena o mala, pero es mi vida. Una vez... hace tiempo... juré... bien, juré a su padre que le protegería siempre. Ahora he de ir y hablar con Marcio, Silano y los otros tribunos. Hemos de hablar de la campaña y las legiones. No me iré tranquilo si el general se queda en manos de cualquier esclava que no conozco. Sé que tú me aprecias y sé que cuidarás bien de él. El médico irá viniendo, incluso puede que se quede, pero para velarle tengo más confianza en ti que en nadie. Qué sé yo de ese Atilio. Su familia es de Tarento. Una ciudad que ha pasado de unos a otros tres veces en esta guerra. No sé. A ti te conozco. Tú y nadie más estará al lado del general. Y se pondrá bien. Se pondrá bien. —Esto último lo dijo Lelio mirando al suelo, como queriendo convencerse a sí mismo.

Netikerty empezó a llorar. Lágrimas brillantes chisporroteaban por sus mejillas morenas. El sollozo semisilencioso de la muchacha atrajo la atención de su amo.

—¿Por qué lloras? —preguntó Lelio.

Netikerty se limitó a sacudir la cabeza. Lelio exhaló aire de golpe. No entendía a las mujeres, y a una mujer esclava aún menos. Tampoco le había ordenado nada tan terrible. ¿A qué tanto negarse primero y luego llorar? No era una tarea tan terrible... ¿la responsabilidad?

—Escucha —aclaró Lelio—. Tú sólo tienes que cuidarle. Es posible que se recupere o no, pero eso no te afectará, ¿entiendes?

Netikerty continuó mirando al suelo y sollozando, pero asintió.

Lelio volvió a suspirar.

—Bien, por todos los dioses, entonces todo aclarado. Ahora humedece esos paños y refréscale.

Netikerty se giró hacia la mesita y empezó a empapar varios paños en una de las bacinillas. Lelio la miró un instante y luego partió raudo en busca de Marcio.

Publio se agitaba incómodo entre las sábanas de la cama. Sentía un calor asfixiante y de pronto un frío gélido que le recorría las entrañas. Se incorporó un poco y echado a un lado contrajo su cuerpo movido por las arcadas que le punzaban en el estómago. Vomitó dos, tres, cuatro veces. Una voz suave le hablaba.

—Recuéstate, mi señor, y descansa.

Una voz dulce de mujer y una mano de piel tersa que se posaba en sus sienes.

—¿Emilia? —preguntó Publio.

—No, mi señor. Soy Netikerty. Me envía Lelio.

—¿Netikerty? —A Publio le costaba respirar. Y hablar—. ¿Dónde estamos? ¿Qué día es hoy?

—Estáis en vuestro palacio, en Cartago Nova. Está anocheciendo. Lleváis unas horas enfermo. Tenéis fiebre. A veces deliráis. Tomad. Debéis beber esto.

La mano se posaba en su espalda, un brazo firme y joven que le ayudaba a incorporarse. Publio se sentó y recostó su espalda en unos almohadones que surgían sin saber bien de dónde venían. Veía sombras. Estaba agotado. La muchacha le acercó un cuenco con una infusión caliente. Publio bebió tres sorbos largos. El líquido sosegó su ánimo. Se durmió.

Lelio salió aquella misma noche y en un altar levantado en honor a Júpiter mandó que se sacrificaran diez bueyes y diez corderos. Supervisó que los soldados dieran con eficacia el golpe de gracia a las reses y los corderos antes de degollarlos, para evitar quejas y lamentos del animal mientras se desangraba en honor del dios supremo. Y todo fue bien, hasta el último cordero. Éste, fuera porque hubiera sido testigo del destino de sus compañeros, o porque era él el destino, movió la cabeza para evitar el golpe, que debió de ser menos fuerte de lo que era necesario. Los soldados que ejecutaban la maniobra no se percataron de que el animal estaba despierto y tenso, de forma que cuando Lelio hundió el cuchillo de sacrificar en el cuello del animal éste se revolvió y baló de dolor al tiempo que se agitaba y salpicaba de sangre a todos cuantos le rodeaban. Aquél no fue un buen sacrificio y no auguraba nada bueno. Sin embargo, ya nada podía hacerse. Lelio elevó sus súplicas a Júpiter.

—¡Oh, Júpiter Óptimo Máximo! ¡A ti te imploro que no abandones a nuestro general y que le ayudes en esta oscura pugna suya contra la enfermedad! ¡A ti y al resto de los dioses ruego que le ayudéis en este trance! —Y ya en voz baja, de forma que no se oían sus palabras, continuó—: Ayudad a mi general y ayudadme a mí, pues yo ya no sé ni qué hacer ni adónde recurrir. Y si... si en algo os hemos ofendido, llevadme a mí al Averno y dejad al general con vida, si eso sirve para aplacar vuestra ira.

Lelio bajó del altar cabizbajo y derrotado. No tenía demasiadas esperanzas en aquel sacrificio terminado con aquellas malas maneras con el último animal. Ni en que los dioses quisieran tomar su vida en lugar de la del general. Lelio estaba desolado por la inmensa sensación de impotencia. Si se tratara de luchar contra un millar de enemigos a solas, pese a lo imposible de la empresa, sabría reunir fuerzas y acometer aquella locura. Él sabía combatir contra ejércitos, pero ante aquel enemigo invisible que atenazaba al general sentía que sólo hacía que dar palos al aire, era como luchar contra el viento con la espada desnuda. Y ¿quién puede herir al viento? De nuevo las palabras de Fabio Máximo resonaron en su mente: «Escipión no regresará vivo de Hispania y los que le acompañen alimentarán con sus cuerpos a los buitres de aquella región sobre un desolado campo de batalla.» Aquél no era, no obstante, un campo de batalla pero, a menudo, los augurios son imprecisos; lo que importa es el fondo que transmiten, y desde luego, en lo sustancial, aquel mal presagio, aquella maldición que Fabio había anticipado, se estaba cumpliendo. Pero Lelio, en su fuero interno, se rebelaba contra aquel desatino: Publio Cornelio Escipión no podía morir así, como un perro, enfermo en una esquina del mundo, sino combatiendo al frente de sus legiones, derramando su sangre para derrotar al mayor de los enemigos de Roma.

Netikerty llevaba una hora inmóvil. Era difícil tomar la decisión pero aún más horrible parecía no hacer nada. El general dormía plácidamente. Seguía con fiebre alta pero resistiría. No podía esperar más. Pensó que quizá la enfermedad decidiera por ella, pero aquel patricio romano al que tanto admiraba su amo Lelio tenía una voluntad férrea que aquellas fiebres no acertaban a doblegar. Fue entonces cuando, muy despacio, Netikerty se levantó y a pequeños pasos alcanzó la puerta que daba acceso a la estancia. Abrió la pesada puerta de madera, que crujió sobre sus viejas bisagras de hierro, y se asomó. Como imaginaba, allí, apostados a ambos lados del umbral, había varios *lictores*. Dos a cada lado de la puerta. El resto estaría vigilando en el pasillo y en el acceso principal al palacio desde la plaza del foro. Uno de los soldados, el *proximus lictor*, se giró al verla aparecer.

—Necesito algo más de agua, un ánfora llena. Y más paños —dijo Netikerty.

El soldado asintió.

—Y un cuchillo... bien afilado —añadió Netikerty cuando el legionario estaba a punto de marchar a por lo que había solicitado. Los cuatro *lictores* se volvieron hacia la chica. El que iba a partir la miró fijamente.

—¿Un cuchillo?

Netikerty respondió con un tono tranquilo.

—Sí. Lo necesito para trocear algunas hojas de manzanilla. Para que se diluya mejor y haga más efecto para aliviar al general.

El *proximus lictor* estuvo quieto un instante.

—Bien. Ahora te traeremos lo que pides. El *imperator*... ¿está mejor?

Netikerty dudó antes de contestar, pero al fin se atrevió a aventurar una respuesta.

—No soy el médico, pero diría que el general está mejor, sí; pero aún necesitará bastante tiempo, creo, para recuperarse por completo.

—Bien —respondió el legionario con más seguridad que al principio, dio media vuelta y marchó a por lo que la joven esclava había solicitado pero, de camino a las cocinas del palacio, donde esperaba obtener todo lo requerido, se detuvo en el aposento de Cayo Lelio. Era media tarde y el tribuno estaría descansando. El *lictor* llamó a la puerta. La voz de Lelio se escuchó potente.

—Adelante.

El legionario entró.

—Por Hércules —empezó Lelio levantándose del *triclinium* en el que estaba recostado—, ¿hay algún problema, Marco?

—No, no es eso. El *imperator* parece encontrarse mejor, según nos dice la joven esclava.

—Por Júpiter Óptimo Máximo. Eso son excelentes noticias. Es fuerte el general. Fuerte.

—Sí, tribuno. Así es —añadió el *lictor* sin decir más pero sin marcharse.

—¿Y bien?

—Es la joven esclava.

—¿Netikerty? —preguntó Lelio frunciendo el ceño—. ¿Qué pasa con ella?

El *proximus lictor* no sabía si hacía bien en plantear sus dudas. Sabía, todos sabían lo mucho que el veterano tribuno apreciaba a aquella joven esclava egipcia, era muy hermosa, pero... ¿un cuchillo?

—La esclava ha pedido agua y más paños...

—Llevádselos.

—... y un cuchillo.

—¿Un cuchillo? ¿Para qué? —indagó Lelio, pero despejando el ceño de su frente.

—Dice que es para cortar mejor las hojas de manzanilla y que se diluyan mejor en el agua o algo parecido, tribuno.

Lelio respondió con rapidez.

—Pues llevádselo entonces. Ya tardas. Todo eso debería estar ya en manos de esa esclava.

—Voy enseguida, tribuno. Siento haber dudado.

Pero Lelio lo despachaba ya con un gesto de su mano derecha indicándole que partiera raudo a por todo lo que la muchacha había solicitado. Una vez que se quedó a solas, Cayo Lelio se sentó en un lado del *triclinium*. El general estaba mejor. Mejor. Y contuvo una lágrima mientras en silencio agradecía el favor de los dioses.

El *proximus lictor* entró en la habitación y dejó los paños y el cuchillo sobre la mesita junto a la cama del general pero se quedó con el ánfora en la mano izquierda.

—¿Y esto?

Netikerty señaló la chimenea. Estaba entretenida volcando sobre un plato de barro el contenido de uno de los frascos que el médico había traído. El soldado vio cómo un montón de hojas secas, pequeños tronquitos de ramas y flores amarillentas se repartían por todo el plato y vio tomar el cuchillo a la muchacha y trocear aquellos pedazos hasta conseguir casi un picadillo donde ya no se distinguía lo que eran hojas, rama o flor. El soldado dejó a la joven esclava sola con el general.

La puerta se cerró dejando escapar un chasquido seco que retumbó en la penumbra de la habitación. El sol de la tarde apenas entraba por la ventana, pues Netikerty había corrido la espesa cortina de lana gruesa. Se filtraba el aire y corría una refrescante brisa por la sala, pero la luz era tenue. Netikerty continuó cortando las hojas y flores de manzanilla hasta reducirlas a polvo y cuando ya sólo eran polvo siguió pasando el cuchillo por encima sin detenerse, como asustada de acabar con aquella tarea. Las lágrimas brotaron de sus ojos y se deslizaron por su rostro hermoso pero contraído. Ahogó un gemido de sufrimiento. «Tenía que hacerlo, tenía que hacerlo», se decía una y otra vez. Había hecho todo lo posible por evitarlo, por no estar allí, por esperar, pero ya no quedaba más tiempo. El general se restablecía. Aquello nunca debía haber pasado. Todo marchaba más o menos bien hasta que el general enfermó. Luego todo se había complicado. Todo. Netikerty se volvió hacia el general con el cuchillo en la mano.

Publio Cornelio Escipión, general *cum imperio* sobre las legiones romanas desplazadas a Hispania, respiraba con más firmeza que hacía unos días, pero aún de modo agitado. Movía la cabeza de un lado a otro. Estaba soñando. El calor era infinito. El sol demoledor caía sobre todas sus tropas. Estaban en una tierra extraña y el enemigo había lanzado el ataque. Las legiones estaban dispuestas para resistir la acometida pero de pronto el suelo parecía temblar. Los elefantes bramaban con tal furia que el estruendo de sus salvajes gritos resultaba atronador. Él desenvainó la espada para dar la señal, y, de forma sorprendente, el sol se reflejó en la hoja de su *gladio* cegándole los ojos. Giró la cabeza y cuando volvió a mirar, la espada era un cuchillo y el cuchillo no lo sostenía él sino otra persona. Era una mano pequeña, de mujer. Pensó en Emilia, igual que hiciera hacía unos días, cuando deliraba, pero pronto se acordó de que estaba enfermo y que era la bella Netikerty, la esclava de Lelio, la que le cuidaba.

—¿Netikerty? —Publio pronunció su nombre despacio. El cuchillo permanecía en alto, apenas a unos centímetros de su rostro. Los pensamientos de Publio aún se confundían unos con otros. Se preguntaba qué hacía ahí ese cuchillo pero estaba intentando a un tiempo entender el significado de su sueño, atormentado aún por el bramido de los elefantes, ¿o quizás aún seguía dormido? A la vez, se sentía contento porque había recordado al fin algo que buscaba en su memoria de cuando era niño y estudiaba con Tíndaro, su tutor griego.

»Netikerty —volvió a decir hablando despacio y mirando al cuchillo que le parecía ver y que se acercaba lentamente—. Ahora recuerdo... lo que significa tu nombre... me lo enseñó el viejo Tíndaro... insistía siempre en que todo nombre egipcio... tiene un significado especial... el tuyo también...

El cuchillo se detuvo y, poco a poco descendió, pero no sobre el general sino sobre la mesa. Netikerty, con la mano temblorosa, lo depositó despacio. Esperó unos segundos a que el temblor desapareciera. Poco a poco. Más en calma, tomó el plato con la manzanilla cortada, triturada y la volcó en el cuenco de barro.

—Tiene razón, mi señor —respondió Netikerty en voz baja, susurrante—. Todos los nombres egipcios significan algo.

Netikerty se levantó y puso el cuenco de barro sobre el hornillo de hierro dispuesto en la chimenea encendida en el otro extremo de la habitación. Ya no lloraba. Sentía una paz extraña. Ya nunca conseguiría lo que anhelaba, lo que era justo, pero no podía ser porque no podía hacer lo que tenía que hacer.

—Sí, mi señor —repitió Netikerty desde la chimenea—. Todos los nombres egipcios significan algo.

Publio giró con lentitud su rostro hacia la chimenea. Vio a la muchacha calentando la infusión al fuego de la lar. Ahora debía de estar despierto y no antes. Entre ellos, no obstante, sobre la mesa, resplandeciente, había un cuchillo tumbado sobre la madera, impasible, inmóvil. El general no sabía distinguir lo que había sido sueño y lo que había sido realidad. Todo era confuso. Netikerty regresó junto a la cama con un cuenco caliente.

—Bebed, mi señor. Esto os hace mucho bien.

Publio se incorporó en la cama hasta quedar medio sentado. Se sentía más fuerte, así que tomó el cuenco con sus propias manos y bebió a sorbos pequeños.

39

El motín de Sucro

Cartago Nova, Hispania, verano del 206 a.C.

La luz del sol le cegó los ojos. Publio se protegió de la intensidad de aquel resplandor llevando su mano derecha hacia la frente, usándola a modo de visera. Se detuvo en el umbral del palacio que antaño fuera de

Aníbal en el corazón de Cartago Nova. Era la primera vez que salía desde su enfermedad. Le parecía que habían pasado años y, sin embargo, sólo habían sido unas semanas las que había estado postrado a causa de aquellas fiebres que hicieron que su cuerpo se debatiera entre la vida y la muerte durante días. Hacía calor. Hizo bien en haber bebido abundante agua, como le sugirieron los médicos. En su mente se dibujaba la constante presencia de Netikerty a su lado, atendiéndole en todo momento. Aquélla era una extraña esclava. Era atractiva y servicial, inteligente pero discreta. Era normal que Lelio se sintiera atraído por ella y era de agradecer que el propio Lelio hubiera dispuesto que fuera ella la que le atendiera durante su enfermedad en todo momento. Pero ¿qué veía aquella esclava en Lelio? Desde su lecho, aturdido por la fiebre, Publio tuvo mucho tiempo para meditar sobre la guerra, su familia, sus amigos, sus enemigos, Lelio, el mundo, Roma... Aquella esclava, en las pocas palabras que habían intercambiado esas semanas, o en otras ocasiones, destilaba auténtico aprecio por Lelio y algo más. Publio no acertaba a ver el fondo de aquella mujer y eso le incomodaba. Seguramente ella albergaba la esperanza no sólo de ser manumitida sino incluso de casarse con Lelio, algo del todo inaceptable. Intuía que Lelio pensaba algo similar y que no se atrevía a compartirlo con él. Sabía que él nunca aceptaría eso. Publio observó el *praetorium*, levantado justo enfrente del palacio, sede del general de Roma en Hispania. Sus pensamientos abandonaron las pequeñas historias personales y retornaron sobre lo acuciante: la guerra, Cartago, Aníbal.

Publio descendió las escaleras despacio, acompañado por los *lictores* de su guardia personal. Frente al *praetorium* había un par de jóvenes legionarios en pie, sudorosos, firmes pero exhaustos. Habrían pasado toda la noche castigados, firmes frente a la tienda de mando por alguna falta menor. La disciplina era esencial. Publio ignoró su presencia y entró en el *praetorium*. Estaba satisfecho consigo mismo. Antes de caer enfermo sabía que había cumplido sus objetivos: había derrotado a los cartagineses por completo y los había expulsado de Hispania, primero con la conquista de su capital en la región, Cartago Nova, y luego en las cruciales batallas de Baecula e Ilipa. Por eso esperaba encontrar caras felices entre sus oficiales al entrar en el *praetorium*, contentos por todo lo conseguido y satisfechos con la recuperación de su general en jefe. Por el contrario, Publio, nada más entrar, comprendió que algo no iba bien: Lelio, Marcio y Silano, con aire de preocupación, sentados tras una mesa, escuchaban a un mensajero cubierto de polvo hasta las cejas; y en sendos lados de la tienda el resto de los centuriones de primer rango, como Mario Juvencio, Quinto Terebelio, Sexto Digicio y otros, miraban al suelo apesadumbrados. Lelio y Marcio se levantaron enseguida al ver entrar a Publio. Él les lanzó una mirada inquisitiva. Lelio guardó silencio y fue Marcio el que empezó a hablar.

—Los dioses nos envían a nuestro general de regreso. Ésta es sin duda una gran noticia.

Publio asintió sin decir nada. Marcio comprendió que el general no buscaba cumplidos sino una puesta al día rápida sobre los acontecimientos en Hispania desde su enfermedad, algo que explicara la preocupación en el semblante de todos los allí reunidos. Marcio se aclaró la garganta y añadió algunos comentarios a su escueta bienvenida.

—Tenemos problemas, mi general. En el norte Indíbil y Mandonio se han rebelado y acosan a nuestras fuerzas del Ebro. La región es insegura.

Publio se sentó en un robusto *solium* que Terebelio y Mario le aproximaron. Lo agradeció porque aunque procuraba aparentar que se encontraba plenamente restablecido, en realidad aún se sentía débil. De hecho había abandonado el lecho contra el parecer de los médicos.

—¿Es eso todo? —La voz de Publio fue clara, seria, adusta. Marcio sabía que el general era hombre sagaz. Sin duda, la rebelión de los iberos era un problema de compleja solución pero no algo que justificara tanta preocupación entre los oficiales, especialmente toda vez que los cartagineses se habían retirado de Hispania y el general tampoco debía temer por su familia porque había suficientes fuerzas en el norte para hacer de Tarraco un bastión que resistiera hasta la llegada de las legiones de Cartago Nova.

—Hay un motín —añadió Lelio mirando fijamente a los ojos a Publio—. La guarnición de Sucro ha expulsado a los tribunos militares y se ha levantado en armas. No reconocen ningún mando. Controlan la ruta de abastecimiento entre Cartago Nova y Tarraco y no sabemos si piensan unirse a las tropas de Indíbil y Mandonio. Eso es lo que nos preocupa.

Un motín. Por todos los dioses. Publio comprendía entonces la tremenda magnitud de los acontecimientos.

—¿Cómo ha ocurrido eso? —preguntó el joven general. Su voz era menos firme. El impacto de la noticia se hizo patente en el vibrar de sus palabras. Y no era para menos: un motín sería usado por sus enemigos en el Senado para cuestionar toda su campaña, algo que añadir a su decisión de permitir que Asdrúbal escapara de Hispania. Publio se imaginaba a Fabio Máximo frotándose las manos. Un motín podía suponer el final de su carrera militar y política. Más aún: el final de su proyecto de conducir la guerra a África. ¿Cómo iba el Senado a apoyar a un hombre en una campaña tan arriesgada si ni tan siquiera era capaz de mantener el orden entre sus propias filas?

—Parece ser que ha habido retrasos en las pagas. —Era Marcio ahora el que retomaba las explicaciones—. Se quejaron de que hubiera dinero para los festejos en Cartago Nova y que, sin embargo, no lo hubiera para pagarles. Además, se sienten menospreciados por no haber participado activamente en las batallas de Baecula e Ilipa, por estar siempre en la retaguardia. Luego el rumor de que... —aquí Marcio dudó unos segundos; tragó saliva y prosiguió—, el rumor sobre la muerte del general, el mismo rumor que alimentó la rebelión de los iberos, hizo que varios centuriones de Sucro se levantaran contra los tribunos y tomaran la decisión de amotinarse. Parece que han decidido empezar una guerra por su cuenta, una guerra de saqueo en la región que controlan para resarcirse de los retrasos en las pagas.

—¿Es cierto lo del retraso en las pagas?

—Sí —intervino Lelio, y se detuvo un instante para continuar, esta vez bajando la mirada—. Me dejaste al mando... había muchas decisiones que tomar, estábamos todos preocupados por tu salud... todos los trámites administrativos se retrasaron... estuve... estuve negligente en mis funciones.

El silencio se hizo espeso. Nadie miraba a nadie. Sólo Publio observaba a Lelio. Fue el general el que quebró el ruido del aire que se filtraba por entre las telas de la tienda del *praetorium*.

—Un retraso justificado en todo caso: es lógico que la enfermedad del general en jefe conlleve a su vez una serie de retrasos en la toma de decisiones.

Todos exhalaron un suspiro. Con aquellas palabras el general estaba exonerando de responsabilidad en lo sucedido a Cayo Lelio. Publio sintió que la faz de los presentes se relajaba. Lelio era muy apreciado por todos y había demostrado valor al no ocultar su parte de responsabilidad, pero a su vez todos sabían de la tirantez de las relaciones entre aquellos dos hombres que, sin embargo, tan bien combatían juntos. Ningún tribuno ni oficial de los presentes quería que aquel perfecto tándem se quebrara. Con aquellos dos hombres unidos se sentían capaces de enfrentarse a cualquier crisis, pero su distanciamiento les había llenado de dudas y todos habían temido la reacción del general al ser informado de los últimos acontecimientos, en particular del motín de Sucro.

—Además —continúo el joven Publio—, ningún retraso en el cobro del *stipendium* puede justificar la rebelión: el motín es el peor de los crímenes que un legionario puede cometer. Es traición a Roma. Peor aún: es traición a mí.

Publio vio cómo todos le miraron con cierta sorpresa, con algún ceño fruncido. Era la primera vez que Publio parecía ponerse por encima de Roma, pero lejos de corregirse, reafirmó sus palabras.

—Ninguna guarnición romana se ha rebelado nunca contra un Escipión, y mucho menos contra mi padre o contra mi tío. Nadie se rebela contra un Escipión. Nadie. Eso es una ignominia que no puedo tolerar y que no toleraré. —Y lo subrayó de nuevo levantándose de su asiento—. Nadie.

Publio estaba iracundo, nervioso, tenso.

—¿Quién encabeza esta rebelión? —preguntó el joven general, su rostro sudoroso, enrojecido por los nervios.

—Cayo Albio Caleno y Cayo Atrio Umbro son los que los lideran —dijo Silano—. A éstos se les han unido unos treinta o treinta y cinco oficiales más. Luego el resto, hasta unos ocho mil hombres, les siguen como cegados por la locura.

Publio asintió varias veces con la cabeza antes de dar su primera orden tras su grave enfermedad.

—Quiero a esos dos hombres vivos... aquí, ante mí... no, quiero a esos ocho mil hombres aquí, en el foro de Cartago Nova, vivos, todos, y quiero oír de sus bocas cómo me reclaman los pagos atrasados y cómo justifican su traición. En menos de un mes, los quiero aquí a todos. Es una orden. Tomo de nuevo el mando. —Miró a Lelio. Éste asintió con la cabeza. Publio se volvió hacia todos los presentes—. Dos mensajeros: que salgan raudos hacia Sucro. El general en jefe está vivo y quiere hablar con Cayo Albio y Cayo Atrio. —Todos se sorprendieron de la facilidad con la que el general parecía haber grabado los nombres de aquellos dos hombres y nadie pensó que aquello presagiara nada bueno para esos dos oficiales en rebeldía.

—Y... —Era la voz de Marcio. Publio se volvió hacia él.

—¿Y...?

—¿Y los iberos?

—¿Los iberos? —Publio trazó la pregunta como quien recuerda

algo ya lejano en el tiempo—. Los iberos ahora, Marcio, no importan. Traedme a los amotinados de Sucro. Una vez limpia nuestra casa ya entraremos en la de los demás. Tarraco tiene suficientes fuerzas para resistir. Y no se atreverán a atacar Tarraco. Y cuando regrese al norte no se atreverán a volver a rebelarse contra mí.

Y con estas palabras Publio Cornelio Escipión abandonó el *praetorium*. A la salida se le unieron sus *lictores*. El general caminaba deprisa, pero de súbito se detuvo ante los legionarios castigados frente a la tienda de mando. Publio se dirigió a uno de ellos.

—¿Cuál ha sido vuestra falta?

El legionario, sorprendido, respondió entrecortadamente.

—Nuestro centurión... vio que... le pareció... no teníamos las armas bien limpias, mi general, eso es todo.

—¿Eso es todo? ¿Te parece excesiva la *munerum indictio*? —preguntó el general.

—No, mi señor, no. El castigo es justo.

—Bien, ¿qué has aprendido esta noche en pie frente al *praetorium*?

—Que debo mantener mis armas limpias.

—Las armas son todo en la vida de un legionario. Deben estar siempre preparadas. Nunca se sabe cuándo atacará el enemigo. ¿Le guardas rencor a tu centurión?

—No, mi general.

—¿Quién es tu centurión?

—Quinto... Quinto Terebelio, mi general.

—Un hombre valiente. Es posible que más de una vez te salve la vida en el campo de batalla. Debes respetarlo.

—Así lo haré, mi general.

—Bien, legionario, bien. —Publio se sintió de pronto agotado. Debía regresar al lecho lo antes posible y descansar un poco. No debía jugar con sus escasas fuerzas ni desvanecerse de nuevo ante todos. La debilidad nunca es respetada. El general se retiró sin volver la mirada atrás.

Los dos legionarios castigados frente al *praetorium* estaban más firmes que nunca. Hasta se sentían orgullosos de haber sido castigados. El general había hablado con ellos.

Mario Juvencio, centurión y experimentado mensajero, escoltado por varios jinetes, partió aquella misma tarde desde Cartago Nova hacia Sucro. En dos días a caballo, tras largas jornadas cabalgando, alcanzaron el destacamento junto al río Sucro. Antes de poder cruzar el río les salió al encuentro una *turma* de caballería romana cuyos caballeros, con espadas desenvainadas, hicieron que se detuvieran.

—¿Quiénes sois? ¿De dónde venís? —fueron las palabras, pronunciadas con un tono que destilaba desconfianza y nerviosismo, con las que recibieron al mensajero y su escolta.

Mario hizo que su montura avanzara un par de pasos antes de responder.

—Soy Mario Juvencio Tala, centurión de las legiones de Hispania, bajo el mando de Publio Cornelio Escipión, quien me envía para saber de vuestras reclamaciones y por qué habéis expulsado del campamento a los tribunos militares elegidos por el pueblo de Roma. Vengo para ordenaros que os presentéis ante el general Escipión en Cartago Nova para reclamar vuestras pagas.

Las palabras de Mario cayeron como un helado jarro de decepción.

—¿Entonces... —empezó, esta vez con tono menos hostil, el que parecía actuar como decurión de aquella *turma*—... el general está vivo?

—El general Publio Cornelio Escipión está vivo y esperando respuesta al mensaje que os acabo de expresar.

El decurión asintió varias veces.

—Seguidnos entonces. —E hizo girar a su caballo. Todos cabalgaron al trote en dirección al campamento de Sucro. Mario se sintió bien. Los amotinados aún no estaban seguros de que el general hubiera sobrevivido a su enfermedad. Ahora era cuestión de esperar a que la noticia se propagase entre las tropas rebeldes y observar quién de entre todos aquellos hombres se mantenía firme en su actitud de rebeldía. ¿Aceptarían presentarse frente al general? Tendrían que estar o muy locos o muy ofuscados para ello, pero los hombres que caen en la traición son capaces ya de cualquier cosa.

Las tropas amotinadas llegaron a las puertas de Cartago Nova. Cayo Albio y Cayo Atrio, pese a las instrucciones recibidas por Mario, habían retrasado su llegada a Cartago Nova hasta asegurarse por medio de sus exploradores de que Cayo Lelio había partido hacia el norte con el grueso de las legiones de Escipión. Eso les daba superioridad numérica, una situación en la que Cayo Albio, el cabecilla de aquel motín, se sentía a gusto. La enormidad de aquella fortaleza, no obstante, impresionó a aquellos soldados que apenas habían participado en las campañas de Hispania. Muchos habían oído hablar de la capital púnica de aquel vasto territorio que su general, Publio Cornelio Escipión, el mismo general contra el que se habían rebelado, había conseguido conquistar en tan sólo seis días. Admirando los elevados muros que resguardaban el acceso a Cartago Nova desde el istmo, el único punto de tierra firme que conectaba la ciudad con el resto del territorio, a todos les parecía imposible aquella conquista. La mente de los soldados rebeldes se llenaba de dudas y temor. ¿Quién era realmente aquel hombre contra el que se habían amotinado? Repasando las campañas pasadas, todos sacaban cuentas: aquel general con sólo cuatro legiones y sus tropas auxiliares, junto con alguna ayuda adicional, pero inconstante, de ciertas tribus iberas, había derrotado y expulsado de Hispania a tres ejércitos cartagineses comandados por los hermanos del legendario Aníbal y por el general púnico Giscón. Al tiempo que los amotinados cruzaban las puertas que se abrían de par en par para dejarles el paso libre, muchos se planteaban hasta qué punto había sido sabia su decisión de respaldar a Cayo Albio, Cayo Atrio y el resto de los cabecillas de aquella rebelión. «El general está muy enfermo —dijeron—, el general va a morir y ésta es nuestra ocasión para resarcirnos y cobrarnos nuestras pagas y nuestro botín de guerra por las penurias pasadas durante estos años de carencia y sufrimientos.» Entonces aquella manera de pensar pareció tener sentido, pero ahora, ascendiendo por las calles de Cartago Nova, en dirección al foro de aquella fortaleza, a punto de ver al propio general, todo aquello ya no parecía estar tan claro.

—Leo dudas en el rostro de muchos de los hombres —dijo Cayo Atrio en voz baja.

—Puede ser —respondió Cayo Albio—, pero las legiones de Escipión estarán ya lejos, cerca del Ebro, y el general sólo tiene una pequeña guarnición en Cartago Nova. Les quintuplicamos en número. Mientras los hombres vean que somos muchos más que los soldados de los que dispone el general no hay nada que temer.

Atrio asintió, sin mucha seguridad.

—Quizá debiéramos decirles algo de todo esto... —añadió.

Cayo Albio le miró unos segundos. Cabeceó y sin esperar más comentarios por parte de su compañero de rebelión empezó a hablar en voz alta y potente dirigiéndose a los soldados amotinados bajo su mando a medida que éstos pasaban delante de ellos.

—¡Ánimo, soldados! ¡Esta misma tarde cobraréis todos vuestras pagas atrasadas! ¡Habrá dinero y con él conseguiréis mujeres y vino y días de descanso merecido! ¡Hoy es el día en que nuestras justas demandas serán atendidas! ¡El general nos otorgará lo que es justo, lo que es nuestro o nosotros lo tomaremos con nuestras manos! ¡Somos los hombres de Sucro y somos muchos! ¡Ánimo, soldados! ¡Hoy será un gran día para todos!

Albio no era un gran orador pero sus palabras impregnaron de esperanza los corazones de los soldados, ávidos por cobrar el dinero por el que se habían rebelado, ansiosos por descansar y beber y yacer con una mujer. Apenas habían entrado en combate, sólo en pequeñas escaramuzas. Para la gran mayoría, aquella marcha desde Sucro hasta Cartago Nova era lo más duro a lo que se habían enfrentado. Albio tenía razón. Sus reclamaciones eran justas y si aquel general había perdonado incluso a los propios enemigos, pues de todos era conocida la generosidad de Escipión para con los iberos derrotados, más aún sería su generosidad para con ellos, legionarios de Roma, soldados a su servicio, sólo en rebeldía para demandar lo que era justo: sus pagas y un mayor reconocimiento a su trabajo y a su participación en aquel conflicto manteniendo las líneas de abastecimiento entre Tarraco y el sureste de Hispania. Y además, eran muchos más. El general apenas se habría quedado con un pequeño destacamento, quizás unos mil hombres, pues las legiones que marchaban hacia al norte, con las que se habían cruzado a más de un día de marcha de Cartago Nova, iban al completo, con su infantería ligera de *velites,* los *hastati, principes* y los veteranos *triari.* Más de uno de los oficiales próximos a Escipión había comentado que si hubiera habido alguno de estos veteranos quizá la rebelión no hubiera tenido lugar y, sin embargo, Cayo Albio y Cayo Atrio, los líderes del motín, eran *triari.*

Publio Cornelio Escipión contemplaba el atardecer sobre el foro de Cartago Nova. Las sombras del antiguo palacio de Aníbal y de los templos se extendían pesadas y alargadas sobre la extensa explanada del centro de la ciudad. Las calles que daban a la gran ágora estaban desiertas y en el mismo foro sólo se veía a los legionarios de la guarnición que el general había ordenado que se quedaran en la fortaleza para vigilar la población, defenderla de ataques enemigos y, en este momento, recibir a las tropas amotinadas de Sucro.

Publio estaba sentado en una amplia y confortable *cathedra* con respaldo ligeramente curvo. Era un asiento que en invierno solía cubrir con pieles de lobo, pero que en aquellos días de estío dejaba desnudo a excepción de un par de cojines en la parte trasera de sus riñones. El hecho de que hubiera pedido que se sacara esa cómoda silla en lugar de una simple *sella* sin respaldo parecía enviar a todos un mensaje de que el general pensaba que aquel asunto iba para largo. Junto al joven Publio se encontraban de pie, firmes, Lucio Marcio Septimio, que, con Lelio desplazado al norte, ejercía de segundo en el mando, Silano, con su mente fría y calculadora, y Quinto Terebelio, que como *primus pilus* actuaba de centurión al frente de las tropas emplazadas en el foro: doscientos hombres armados a espaldas del general y diferentes manípulos en cada una de las esquinas de la plaza. Hombres seleccionados con cuidado por el propio Terebelio y por Cayo Lelio, antes de su partida, pero en cualquier caso insuficientes, no importaba su demostrado valor, si las negociaciones con los sublevados se transformaban en un enfrentamiento civil entre tropas romanas.

Terebelio había advertido a sus hombres de lo peligroso de la situación y había solicitado al general la posibilidad de reducir la guardia de la puerta y de la muralla para así poder disponer de más hombres en el foro, pero el general había desestimado tal opción en todo momento insistiendo en que necesitaba estar seguro de que el control de la puerta sería de los legionarios leales. El veterano *primus pilus* ya había aprendido, a veces a las duras, que el general siempre tenía sus razones para actuar como lo hacía, de modo que no insistió más y puso hasta quinientos hombres, algo más de la mitad de todas sus fuerzas, controlando la gran puerta en el sector este de la muralla de Cartago Nova. ¿Por qué era la puerta tan importante cuando no había ya cartagineses en la región ni iberos en rebeldía?

Cayo Albio entró al fin en Cartago Nova con los últimos manípulos de sus tropas amotinadas. Se sentía seguro. Ocho mil hombres bajo su mando habían accedido a la ciudad. El general apenas disponía de mil. La situación estaba bajo su control. Negociaría en una posición de fuerza. Quizá podría plantear no sólo el pago de las pagas atrasadas y el perdón por la sublevación, algo que ya daba por hecho, sino un porcentaje del botín de guerra obtenido en aquellas campañas en las que ellos mantuvieron abiertas las líneas de abastecimiento.

—Deberíamos poner hombres en la puerta. —Era la voz de Cayo Atrio a sus espaldas—. No me gusta que sean ellos, los hombres del general, los que decidan cuándo abrir o cerrar las puertas.

Cayo Albio miró hacia lo alto de la muralla. Decenas de legionarios de la primera legión desplazada a Hispania se asomaban apostados entre los recovecos de la muralla y junto a las almenas próximas a la gran puerta de entrada a la ciudad.

—Que cierren las puertas si quieren —espetó Cayo Albio con desprecio y en voz alta. Un manípulo de los amotinados se había detenido junto a Albio y Atrio, que debatían sobre la cuestión del control de la puerta. Albio se percató y decidió sacar provecho de la situación—. ¡Pues sea, por todos los dioses, por Marte y Júpiter, si quieren cerrar las puertas que las cierren! ¡No tenemos miedo a quedarnos encerrados con los hombres del general!

Y Albio lanzó al aire una poderosa carcajada que pronto fue arropada por las risas de los legionarios de aquel último manípulo de los legionarios amotinados. El viento hizo su trabajo y elevó las risas hacia el cielo y en su vuelo regaron los corazones de los legionarios leales a Escipión en lo alto de la muralla de odio y desprecio, pero también de algo de temor. Pero Albio no tuvo bastante con las palabras y se plantó con los brazos en jarras y las piernas abiertas separadas, clavadas, frente a las puertas.

—¡Venga, cerradlas de una vez, malditos! ¡Cerradlas y quedémonos a solas vuestro general y yo, sus hombres y los míos!

Hubo dudas entre los legionarios en lo alto de la muralla, hasta que el centurión de guardia asintió con la cabeza y sendas decenas de legionarios empezaron a tensar las cadenas que hicieron crujir los goznes de las inmensas puertas de Cartago Nova. Al cabo de un pesado minuto de chirriar de bisagras sucias por su escaso uso, las gigantescas puertas de Cartago Nova quedaron selladas. Publio Cornelio Escipión se había encerrado con unas tropas sublevadas que le sobrepasaban ocho veces en número.

Un mensajero llevó raudo la noticia del cierre de las puertas a Terebelio y éste, con el ceño fruncido, pasó la información a Marcio, quien, a su vez, con voz seria, lo transmitió al general. Publio Cornelio Escipión asintió despacio.

—Bien, los dioses están con nosotros, ellos velarán por los que les son fieles y no transgreden los juramentos sagrados —fue la respuesta de Publio.

Marcio, Silano y Terebelio habrían agradecido palabras menos sacras y una acción más audaz. El general parecía convencido de que los dioses, al igual que lo ayudaron a conquistar Cartago Nova contra los cartagineses, les ayudarían ahora a preservarla de las tropas sublevadas, pero antes de que ninguno de los dos pudiera decir algo, los primeros manípulos de los amotinados empezaron a irrumpir en el foro de la ciudad. Lo hacían de forma ordenada, como queriendo mantener la apariencia de disciplina, de ejército romano. Y lo conseguían. A medida que entraban en la gran explanada iban tomando posición de ataque, infantería ligera al frente, *hastati* y *principes* detrás y al fondo los manípulos de los *triari*. Tanto Terebelio como Marcio y Silano hubieran deseado mayor indisciplina y desorden. Cuanto más próximos al ejército romano en su organización y actitud, más compleja sería la situación. Iban formando los manípulos dejando un pasillo en el centro del foro, como si dicha disposición de las tropas hubiera sido prediseñada por sus mandos en rebeldía. No reconocían a Escipión como general en jefe pero reconocían algún mando. Marcio y Silano miraron a Publio. El general permanecía impasible, observando la exhibición de orden militar de aquellas tropas rebeldes sin mostrar emoción, atento, pero contenido. ¿Cómo pensaba el general resolver aquello? ¿Cediendo a todas las peticiones? Quizá. De hecho en el actual estado de cosas ésa parecía ser la única salida, pero eso no haría sino animar la indisciplina y la sublevación en cuantas guarniciones romanas había diseminadas por Hispania. No podía hacerse semejante cosa, pero ¿qué otra salida quedaba? El enfrentamiento contra un número tan superior de tropas era en todo punto suicida. ¿Estaba realmente bien el general? ¿Se había restablecido por completo de su enfermedad o le habían quedado secuelas, no en su cuerpo, que parecía recuperado, sino en su mente, allí donde los ojos de los hombres no alcanzan?

Por el pasillo central que habían dejado las tropas amotinadas, entraron en la plaza del foro de Cartago Nova Cayo Albio y Cayo Atrio, como generales en un *triunfo*, aclamados por sus tropas que gritaban sus nombres como súbditos que aclaman a sus reyes.

Publio, sentado en su *cathedra*, aguardaba sin decir nada.

Cayo Albio y Cayo Atrio, respaldados por un nutrido grupo de unos treinta hombres, el resto de los cabecillas de aquella rebelión, se aproximaron hasta quedar a unos diez pasos del general. Los hombres de Escipión que actuaban como *lictores* fueron a adelantarse y situarse entre el general y los oficiales rebeldes, pero Publio Cornelio Escipión alzó la mano y los *lictores* se detuvieron en seco.

—No es necesario que me proteja, ¿verdad? —dijo Publio mirando a Cayo Albio directamente a los ojos.

Albio meditó un segundo su respuesta. Se había visto sorprendido por la rápida interpelación del general.

—Venimos en son de paz —dijo al fin.

—Entiendo —dijo Publio, se relajó en la *cathedra* y tras un gesto de su mano los *lictores* se replegaron y quedaron junto al general, pero a sus espaldas. Entre Publio y sus interlocutores sublevados sólo había diez pasos y nadie interponiéndose entre ellos. El general habló de nuevo.

»Habla entonces, te escucho.

Cayo Albio hinchó sus pulmones y se preparó para soltar el largo discurso de reclamaciones, demandas y justificaciones a sus actos que tenía aprendido y preparado desde hacía días. Cada jornada de marcha desde Sucro la había dedicado a redactar de memoria ese discurso. Ahora era el momento de exponerlo en voz alta y clara. Sabía que todos sus hombres, sus compañeros de rebelión, le escuchaban atentos, ansiosos.

—¡Venimos aquí... venimos aquí porque...!

—Disculpa —le interrumpió Publio—, pero, exactamente, ¿con quién hablo?

Cayo Albio le miró confundido. Publio se levantó despacio y habló con un tono resuelto y potente que resonó entre las últimas casas al fondo mismo del foro.

—¡Me explicaré! ¡Yo soy Publio Cornelio Escipión, general *cum imperio* sobre todas las tropas romanas desplazadas a Hispania, con mandato directo del Senado de Roma para expulsar a los cartagineses de esta región! ¡Soy el conquistador de Cartago Nova, la ciudad en la que ahora os encontráis porque yo la arrebaté antes a los cartagineses, y soy el vencedor sobre los ejércitos de Asdrúbal y Magón, hermanos de Aníbal, y sobre el ejército de Asdrúbal Giscón en las batallas de Baecula e Ilipa, y soy también el conquistador de cuantas ciudades iberas se encuentran entre el Ebro y la ciudad de Gades, tengo bajo mi mando varias legiones completas con sus tropas auxiliares y también la guarnición de Sucro! ¡Sin embargo... —aquí el general rodeó caminando en un semicírculo en torno a la figura de Albio, que estaba adelantado al resto de sus compañeros de motín—, sin embargo, no reconozco con quién tengo el gusto de hablar! ¡Por Cástor y Pólux, he de admitir que veo que en tu mano están las *fasces*, los símbolos de mando de un tribuno militar, y, es curioso, no reconozco en ti a ninguno de los tribunos militares que el pueblo de Roma escogió para estas funciones entre las tropas que tengo bajo mi mando! —En este punto, Escipión se detuvo, quedando en diagonal con respecto a la posición de Cayo Albio, mirándole al girar levemente la cabeza hacia un lado, como quien contempla algo extraño que no acierta a interpretar, o como quien observa a un ser deforme y siente cierto asco—. ¡Por eso, soldado, pregunto con quién estoy hablando, porque no lo sé y eso... eso... de momento me... cómo te diría, por Júpiter, eso me perturba!

Cayo Albio escuchó primero confundido las disquisiciones del general, luego con cierto desprecio y finalmente con ira contenida.

—¡Yo soy Cayo Albio! ¡Cayo Albio, el que tiene actualmente a su mando la guarnición de Sucro, los ocho mil hombres armados que están a mis espaldas y que vienen a reclamar lo que es suyo!

—Cayo... Albio... —dijo despacio el general sin dejar de mirarle con la cabeza ladeada—; he ahí un nombre que no olvidaré.

Albio no supo bien cómo interpretar esas últimas palabras. Parecían una amenaza. Algo absurdo. Ellos tenían ocho veces más hombres en Cartago Nova que el general. En cierta forma la ciudad estaba en su poder, sólo quedaba la cuestión de arrebatárselo a ese testarudo y estúpido general si no se atenía a razones. Sus hombres, todo el regimiento de Sucro, estaban ansiosos por cobrar dinero y resueltos a conseguirlo de una forma u otra. Aquella actuación del general era una pantomima absurda. En cualquier caso, Albio había olvidado ya su discurso.

—Vienes a pedir lo que es justo. —La voz del general volvió a cogerle por sorpresa mientras Albio sopesaba si seguir hablando con aquel fantoche o lanzar la orden de ataque y hacerse con toda la ciudad de Cartago Nova. Aquélla era una magnífica fortaleza. Podrían ejercer el poder con seguridad durante años. Roma estaba demasiado ocupada en la guerra con Aníbal como para ocuparse de ellos. Podrían ser unos nuevos *mamertinos* y vivir en el lujo y la opulencia el resto de su vida—. ¿Qué es lo justo, Cayo Albio? —La voz del general seguía allí, interrogándole, aturdiéndole.

Albio habló por fin como un torrente cuando se levanta un dique y el agua sale a chorro, con furia desatada.

—¡Lo justo es cobrar nuestras pagas atrasadas de este último año y recibir una parte razonable del botín conseguido en estas campañas porque ha sido con nuestro esfuerzo con el que se han mantenido las líneas de abastecimiento abiertas! ¡Eso es lo justo, eso es lo que pedimos y eso es lo que queremos ya!

El general escuchó de pie. Dejó, despacio, de ladear la cabeza y caminando con irritante lentitud volvió a su *cathedra* y se sentó de nuevo. Contempló a los cabecillas que acompañaban a Cayo Albio. Tras él se adelantaba otro supuesto oficial algo más que el resto. Sin duda sería el otro líder de la rebelión del que ya le habían hablado: Cayo Atrio. A este otro se le veía algo mayor, más veterano, más cauto. Lo tendría presente. El otro, Albio, el que hablaba, era un peligro, pero un peligro estúpido. Publio observó cómo los soldados de las primeras líneas de los amotinados, hasta donde alcanzaba su vista, asentían a la perorata de demandas de Cayo Albio. Aquello fue lo que más le pesó en el corazón. ¿A cuántos debería dar muerte para terminar con aquella sublevación? Se dio cuenta de que nunca antes había derramado sangre romana. Al menos no directamente. Es posible que hubiera habido algún condenado a muerte en las legiones bajo su mando por dormirse en las guardias o por no estar a la altura en el campo de batalla, pero eran casos que nunca habían llegado hasta él. Siempre se habían resuelto por sus tribunos o, como mucho, por Lelio o Marcio. Pero ahora era distinto. No había intermediarios entre el crimen cometido, sus criminales y él como juez.

—¡Llevas razón, Cayo Albio, llevas razón! —dijo al fin Publio Cornelio Escipión. Las palabras del general pillaron por sorpresa tanto a Albio y al resto de los sublevados como a los *lictores* y los legionarios que se encontraban a espaldas del general. Sólo Lucio Marcio, Silano y Quinto Terebelio mantuvieron su adusta expresión sin mostrar sentimiento alguno ante las explicaciones de Escipión.

»¡Llevas razón, Cayo Albio! —repitió el general, y se alzó nuevamente de su *cathedra* para que todos le vieran—. ¡Deberíais haber tenido participación en el botín de guerra tras vuestros grandes trabajos de protección de las líneas de abastecimiento y es sólo por negligencia mía y de mis mandos que se ha retrasado el pago de vuestro *stipendium*! ¡Todo esto debe remediarse! ¡Espero que entendáis que la negligencia se debe a mi enfermedad y que esto ha sido lo que ha retrasado vuestras pagas, pero todo puede y debe arreglarse!

Albio y Atrio se miraron extrañados. Ninguno de los dos había esperado que el general cediera con tanta facilidad. Albio concluyó que el general había atendido a lo obvio: la total superioridad numérica de sus hombres y de ahí ese repentino cambio de actitud por parte de Escipión. Atrio, más desconfiado, miraba a su alrededor, pero sólo alcanzaba a ver a las centenas, millares de soldados de Sucro que los acompañaban, frente a los cuatro o cinco manípulos de legionarios que el general había distribuido por los extremos del foro. Albio retomó la palabra.

—¡Queremos también que, una vez satisfechas nuestras demandas, no se tomen medidas de castigo contra ninguno de nosotros! ¡Sólo así reconoceremos de nuevo el mando del general! ¡Ningún castigo! —Y aquí Albio alzó las manos con la espada desenvainada volviéndose hacia los sublevados—. ¡Ningún castigo!

Los soldados amotinados golpearon sus escudos con los *pila* y repitieron las palabras de su líder como hombres resueltos y decididos a conseguir lo que exigían.

—¡Ningún castigo, ningún castigo, ningún castigo!

Publio esperó, suspirando despacio, a que la inmensa algarabía cediera poco a poco. Cuando los soldados sublevados callaron, Albio se giró de nuevo hacia él esperando respuesta.

—Bien, por todos los dioses —espetó Cayo Albio—, creo que todo está dicho.

—Sí, así es. Todo está dicho —respondió el general—. Lo oportuno será que paséis por escrito la cuantía exacta de vuestras demandas a Lucio Marcio y Silano. Es tarde, el sol está cayendo en el horizonte y estoy cansado, y vosotros debéis de estarlo aún más. Durante la noche repasaré con mis oficiales las demandas formuladas por escrito y mañana al amanecer nos veremos para satisfacer, una a una, todas vuestras peticiones. Entretanto, podéis acampar aquí, será una noche cálida, agradable, y ordenaré que distribuyan comida y vino entre tus hombres para que puedan relajarse y recuperarse. Mañana todo quedará resuelto. ¿Satisface esto vuestras reclamaciones, Cayo Albio?

Albio miró a los suyos. Los cabecillas se miraban entre sí, algo confusos, pero contentos por las palabras del general. Uno a uno iban asintiendo con rapidez. Atrio fue el que más tardó en conceder con su cabeza mientras miraba al general que, como distraído, alzaba sus ojos hacia el cielo del horizonte rojo de aquella tarde.

—¡Estamos de acuerdo! —dijo Albio al fin—. En una hora entregaremos nuestras peticiones a Marcio y mañana esperamos la satisfacción de las mismas.

—¡Sea! —respondió el general, y saltó como propulsado por un resorte de su *cathedra* y sin decir más se volvió en dirección al palacio. Los *lictores* se hicieron a un lado y, una vez que el general les hubo superado, todos le siguieron. Publio se detuvo junto a Marcio, Silano y Terebelio, que se habían acercado para recibir instrucciones. Publio les habló en voz baja, apenas un suave murmullo de órdenes precisas.

»Marcio, con Silano, recoged las peticiones de estos hombres y que reciban comida y vino, bastante más vino que comida. —Marcio y Silano sonrieron y asintieron; el general se volvió entonces hacia Terebelio—. Quinto, ¿tus hombres siguen controlando las puertas?

—Así es, mi general. Tal y como ordenaste.

—Bien. Que eso siga así. Estamos encerrados entre serpientes. Será una noche peligrosa, pero el amanecer nos traerá un nuevo día. Montad guardias en torno a los sublevados. Que no abandonen la explanada del foro. El que quiera salir, persuadidlo con más comida, con dinero, con vino, con mujeres si es necesario.

Marcio, Silano y Terebelio asintieron una vez más. El general les devolvió el saludo y se retiró hacia el palacio escoltado por los *lictores*, cuyas hachas afiladas resplandecieron al reflejar los últimos rayos de aquel sanguinolento sol del atardecer.

Mientras el astro solar languidecía en un horizonte entre rojo y añil, los legionarios leales al general empezaron a llevar grandes cestos con comida para las tropas amotinadas acampadas en el foro de la ciudad. A los amotinados empezó a derretírseles la boca cuando sacaban la comida de los cestos: estaban llenos de panes con su *cresta superior* empapada de huevo, granos de anís y comino y partidos en sus *quadrae* al más auténtico estilo romano; hacía años que no habían tomado pan semejante. Publio había solicitado la ayuda de todos los panaderos de la ciudad para preparar raciones extra de pan, primero para proveer a las legiones que partían hacia el norte y luego para recibir a los amotinados de Sucro con abundantes manjares con los que calmar sus quejas.

—No nos confiemos —dijo Cayo Atrio cuando los primeros cestos llegaron a manos de los cabecillas de la rebelión—. El general sólo busca ablandar nuestros corazones con un poco de comida y bebida.

—Puede ser —respondió otro de los oficiales—, pero hace años que no comía al modo romano y no me importa lo que pretenda el general. Además, mira, hay *circuli* y *laganum*.

Y el oficial hundió sus manos en una enorme canasta repleta de roscones hechos con agua, harina y queso, mezclados con otras pastas de diversas formas preparadas con una base de pasta de harina puesta a remojo con vino, aceite, miel y leche. Aquello no era comida, sino auténticos manjares para unos hombres que junto con la ausencia de sus pagas habían sufrido una carencia notable de provisiones durante los últimos meses, pues los suministros pasaban de largo en dirección al sur, allí donde fuera que estuvieran combatiendo las legiones del general.

—¿Y si está envenenada... la comida? —dijo Atrio mirando al resto de los líderes de la rebelión. Con sus palabras muchos dejaron de comer. Fue entonces Albio el que intervino con rapidez.

—¡Que cojan los nuestros a varios de los legionarios del general y que les fuercen a comer!

Se montó entonces una algarada en una de las esquinas, la más próxima a Albio y sus oficiales cuando decenas de soldados amotinados empezaron a obligar a legionarios del general a que comieran de los cestos de comida que estaban distribuyendo. Lucio Marcio, que junto con Silano estaba supervisando la distribución de comida a los amotinados, se hizo oír por encima de los gritos de los unos y los otros.

—¡Por Cástor y Pólux! ¡Silencio! ¿Qué ocurre aquí?

Varios legionarios leales le informaron de las dudas de los amotinados con respecto a la comida. Cayo Albio y Cayo Atrio, con las espadas desenvainadas, se habían aproximado ya al lugar donde Marcio intentaba mantener el orden.

—¡Si esa comida es buena, tribuno, come de ella! —dijo Albio mirando a Lucio Marcio. El tribuno, lugarteniente de Escipión en Cartago Nova, hizo un ademán alzando la mano para que sus legionarios depusiesen la actitud de enfrentamiento y se retirasen.

—¿Es eso entonces lo que os preocupa? ¿La comida? —preguntó Marcio.

—¡Come y calla! —dijo Albio blandiendo la espada amenazadoramente hacia Marcio. El tribuno asintió cabeceando un par de veces. Dio dos pasos y se situó junto a uno de los cestos de comida. Una cincuentena de soldados leales y varios centenares de amotinados observaban sus movimientos con ansiedad. Marcio se agachó hacia un lado, lentamente, y hundió su mano entre los panes amontonados. Extrajo uno y se lo llevo a la boca. En el intenso silencio que se había creado se escuchó el crujido de la corteza del pan quebrado por las mandíbulas del tribuno. Marcio masticó y tragó. Luego fue a otra cesta y tomó uno de los *circuli*. Repitió la operación y engulló el roscón en dos bocados grandes, y lo mismo hizo con otros cestos con carne seca de jabalí, queso y uva.

—Es mejor comida de la que merecéis. Si por mí fuera no os daría ni algarrobas, pero tenéis la inmensa suerte de beneficiaros de la generosidad y benevolencia del general —espetó Marcio con la boca aún llena, escupiendo comida mientras hablaba. Se acercó entonces adonde sus hombres habían amontonado varias docenas de ánforas.

—¡Un vaso! —pidió el tribuno alargando la mano a la espera de que uno de sus hombres cumpliera la orden. En ningún momento el tribuno dejó de mirar a Albio y a Atrio. Un legionario trajo un vaso. El propio tribuno se sirvió vino y lo bebió de un largo trago. Luego rompió el ánfora en el suelo.

—Me puedes obligar a que coma y beba para que estéis tranquilos y todo porque el general ha dicho que se os respete y se os alimente, pero nunca consentiré compartir un ánfora de vino con rebeldes como vosotros. De donde yo he bebido ya no beberá ninguno de vosotros—. Y se giró a sus hombres.

—Dejad la comida y la bebida aquí. Si quieren que coman y beban y si no quieren que se pudran ellos, la comida y el vino. —Y Lucio Marcio Septimio se abrió paso entre sus legionarios y dejó a los cabecillas de la rebelión a solas con las decenas de cestas de pan y pastas y las docenas de ánforas de vino.

—Comamos y bebamos —dijo Atrio.

Y centenares de soldados se abalanzaron sobre la comida y el licor. Lo que había comenzado siendo una ordenada distribución de víveres se transformó en una trifulca caótica donde el primero que llegaba a una cesta cogía de sus manos todo cuanto podía, pero ni Albio ni Atrio ni el resto de los líderes se preocuparon por el tema. La mayoría de los oficiales se dedicó a reclamar más comida y más vino y los legionarios del general se limitaron a satisfacer la petición trayendo más provisiones. Albio por su parte estaba entretenido en vanagloriarse de su hazaña.

—¿Habéis visto quién manda aquí? Pero, por Júpiter, ¿lo habéis visto? —decía—. El tribuno hacía todo lo que le pedíamos. Están más atemorizados de lo que pensaba. Mañana obtendremos todo cuanto pidamos y aún más... y aún más...

Dejó de hablar porque Atrio le pasó una pasta de *laganum* y una jarra de vino.

—Brindemos por mañana —propuso Atrio.

—Sí, brindemos —aceptó Albio. Y tres docenas de jarras alzadas por los cabecillas de la rebelión chocaron en el aire para festejar con júbilo el principio de sus tiempos de abundancia y recompensa.

—De todas formas —dijo Atrio tras el brindis—, deberíamos controlar que los hombres no beban en exceso. Y nosotros tampoco.

—En eso llevas razón —confirmó Albio. Y con el resto de los cabecillas acordaron que los soldados comieran cuanto quisieran pero que tuvieran cierto comedimiento con el vino. Las órdenes fueron transmitiéndose de un manípulo a otro, pero los soldados, aunque asentían a las órdenes, cogían cuanta comida y bebida podían y daban buena cuenta de ella sin atender a una disciplina que hacía meses estaba ausente entre sus filas.

40

La justicia de Escipión

Cartago Nova, Hispania, verano del 206 a.C.

El amanecer trajo un rocío fresco. Los soldados amotinados dormían despreocupados. Albio y Atrio habían conseguido, a duras penas, que un pequeño grupo se contuviera en la bebida e hiciese guardia durante la noche en torno al improvisado campamento del foro.

—Es posible que el general haya querido debilitar nuestra determinación a la hora de reclamar lo que nos pertenece con esta comida —empezó Cayo Albio dirigiéndose a su compañero en el mando, Atrio, mientras éste se desperezaba aún medio dormido—, pero se equivoca si cree que con un poco de pan y vino vamos a ceder en nuestras reclamaciones. Esto es sólo una pequeña muestra de lo injusto que ha sido hasta ahora el reparto entre sus legiones y nosotros.

Cayo Atrio asintió mientras se rascaba un ojo. Albio continuaba hablando, como enardecido por las horas de espera mientras aguardaban la decisión final del general sobre sus peticiones. Estaba decidido a no aceptar más dilaciones.

—O el general empieza el reparto de las pagas esta misma mañana o tendrá problemas.

—Me parece bien —confirmó Atrio, y luego, mirando hacia el palacio, añadió—: el general y sus oficiales... salen ya.

En efecto, Publio Cornelio Escipión, escoltado por su guardia personal y en compañía de Lucio Marcio Septimio, Silano y Quinto Terebelio, salían del palacio y descendían por las escaleras del mismo en dirección al foro. En ese momento, los cuatro manípulos leales al general formaron con rapidez en cada una de las esquinas de la gran explanada. Una vez que Publio quedó frente a las tropas amotinadas, desde las cuatro esquinas, sus hombres hicieron sonar las tubas con fuerza, como si estuvieran en el campo de batalla. El estruendo de las trompas, con su juego de ecos entre las casas colindantes, resultó atronador y los soldados amotinados vieron interrumpido su descanso de forma abrupta. La mayoría desenvainó las espadas pensando que estaban siendo atacados, pero en cuanto se dieron cuenta de que eran sólo los pocos hombres que el general había distribuido en las esquinas del foro metiendo ruido, pronto pasaron del miedo a la irritación. Sin embargo, no tuvieron tiempo de quejarse, ni siquiera tuvieron sus jefes, Albio o Atrio, tiempo de decir nada, pues el general, desde los primeros peldaños de la escalinata del palacio, empezó a hablar.

—¡Soldados de Sucro, pues no sé de qué otra forma dirigirme a vosotros, pues ni sois legionarios, ni ciudadanos de Roma ni enemigos! ¡No sois legionarios pues habéis roto todos vuestros juramentos al levantaros en armas contra vuestros mandos legítimos, ni sois ciudadanos de Roma pues habéis traicionado las leyes de esta ciudad, y no os puedo llamar enemigos porque sois mil veces peores que el peor de nuestros enemigos! ¡Pero basta ya, por todos los dioses, de palabrería! ¡Ya he tomado mi decisión con respecto a vuestras peticiones, Cayo Albio y Cayo Atrio! —añadió el general mirando fijamente a los dos líderes de la rebelión, confusos e irritados por el tono áspero del discurso del general, el cual, no obstante, continuó hablando—. Pero antes de avanzar más en la que será vuestra sentencia, Lucio Marcio os expondrá el actual estado de cosas.

Y con ello se separó de Marcio, al que dejó en la escalinata, y se sentó en la *cathedra* que su guardia nuevamente había traído consigo. Lucio Marcio observó la multitud en armas de los amotinados: ocho mil soldados dispuestos a todo, nerviosos, casi todos con resaca, muchos con las espadas en la mano, ávidos por acabar con aquellas negociaciones y dispuestos a tomarse la justicia por su mano y apoderarse si era necesario de aquella ciudad pasando por encima del general y sus hombres. Marcio nunca había tenido ante sí una muchedumbre armada de romanos tan hostil y peligrosa, pero las órdenes del general eran precisas y todo estaba saliendo según lo diseñado por Escipión. Comenzó su breve parlamento.

—Hace dos días, hombres de Sucro, os cruzasteis con las legiones que marchaban hacia el norte para enfrentarse a la rebelión ibera de Indíbil y Mandonio. Lo que no sabéis es que esas legiones tenían la orden explícita del general de girar y volver sobre sus pasos una vez que al cruzarse con vuestra marcha hubierais quedado fuera de su campo de visión. De esta forma, Cayo Lelio, siguiendo las órdenes del general, os siguió durante un día, acampando a cincuenta estadios de la ciudad, mientras vosotros entrabais en Cartago Nova. Y esta madrugada, apenas hace una hora, mientras dormíais en el foro, las puertas de la ciudad han sido abiertas de par en par por los legionarios bajo el mando de Quinto Terebelio. Así las dos legiones comandadas por Cayo Lelio y leales a Publio Cornelio Escipión, único general *cum imperio* en Hispania, han accedido a la ciudad y esperado la señal de las tubas con la que os habéis despertado. En este mismo momento, más de quince mil hombres armados leales al general ascienden por las calles que dan acceso a esta explanada y, al tiempo que termino, estas tropas rodearán el foro, cerrando todos sus accesos y tomando los tejados de todas las construcciones que hay levantadas en torno al mismo. ¡Los dioses están con Roma y Roma en Hispania es Publio Cornelio Escipión! ¡Salve, general!

Y, como de forma mágica, las palabras finales de Marcio fueron subrayadas por el estruendo de miles de sandalias que se escuchaban desde todos los extremos del foro. Y desde cada esquina los soldados de los cuatro manípulos respondieron al grito de Marcio envalentonados por saberse ahora arropados por dos legiones de compañeros leales a su misma causa.

—¡Salve, el general! ¡Salve! ¡Salve!

A decenas primero y en un instante a centenares, entraban legionarios por todas partes, resueltos, perfectamente armados con sus astas, *pila* y espadas, protegidos por escudos, cascos, corazas y grebas relucientes, frescos, decididos, hombres que habían dormido temprano, cenado ligero y desayunado bien, sobrios, fieles, en tensión de guerra, expertos en el combate cuerpo a cuerpo, conquistadores de ciudades, vencedores contra los cartagineses y los iberos, unidos a su general, obedientes a Roma. Por los tejados de las edificaciones contiguas al foro, asomaban arqueros preparados con sus saetas en los arcos, aguardando todos la orden de un único hombre, que, al pie de la escalinata del palacio, frente a las tropas amotinadas del centro del foro, sentado en la *cathedra*, se palpaba el pelo de su cabeza con parsimonia. Sólo el gesto serio del rostro dejaba entrever una intensa emoción de poder y desprecio entremezclados que se debatía en una lucha interna de inimaginables proporciones.

Publio Cornelio Escipión deja de acariciarse la cabeza. Su mano cae despacio hasta alcanzar la empuñadura de la espada, se levanta y se acerca lentamente hacia Cayo Albio y Cayo Atrio que, estupefactos, retroceden intentando difuminar sus cuerpos entre la multitud de amotinados. Entretanto, Cayo Lelio ha llegado hasta la posición de Marcio y consulta con él las órdenes que ha dejado Publio. Marcio le responde en voz baja sin dejar de mirar al general. Este último sigue caminando en busca de Albio y Atrio. Los oficiales rebeldes siguen retrocediendo, pero no alcanzan al grueso de sus tropas amotinadas, porque éstas, a su vez, se están replegando desde todos los puntos de la plaza, apiñándose en el centro de forma desordenada, cediendo así terreno a las legiones que van cerrando cada vez un cerco más estrecho sobre los hombres en rebeldía.

—¿Adónde vas, Cayo Albio? —dice el general al tiempo que desenvaina la espada y traza un arco en cielo girando trescientos sesenta grados con el arma, el mismo giro que le enseñara antaño su tío Cneo, el mismo gesto con el que indicaba a sus hombres que entraba en combate, un giro que, sin embargo, nunca antes había exhibido contra un romano. Albio se detiene. Está de espaldas a Publio porque busca por dónde adentrarse entre el mar de amotinados que ahora, preocupados por salvar sus propias vidas, se olvidan de él y lo dejan solo ante la ira del general. Cayo Albio se vuelve y, al ver a Publio Cornelio Escipión apenas a cinco pasos, blandiendo su espada, desenvaina su propia arma. Lelio, Marcio, Silano y Terebelio contemplan la escena desde la escalinata del palacio. Lelio lanza una rápida mirada a la guardia personal del general. El oficial al mando de los *lictores*, confuso, pues el general no ha indicado nada, interpreta con rapidez la mirada de Lelio y ordena a sus hombres que vayan en ayuda del general, pero no han empezado a aproximarse con sus espadas en ristre para defender al *imperator* cuando el propio general alza su mano indicando que se mantengan a distancia.

»¡Tranquilo, Albio! —La voz de Publio confirma a todos que aquel lance es algo personal—. ¡No necesito de mi guardia personal para hacer lo que tengo que hacer! ¡La escoria como tú no merece la atención de tantos hombres! Pero ¿por qué dudas ahora, Cayo Albio? Ayer por la tarde te mostraste muy decidido en tus demandas y también lo fuiste cuando obligaste a que mis oficiales comieran de la comida que os serví. ¿Crees acaso, infame miserable, que alguna vez contemplé otra posibilidad que no fuera la de ensartarte con mi espada? ¿Y creías acaso que me importa más resolver una sublevación ibera que un motín de mis tropas? Cayo Albio, eres aún más estúpido que vil. Traidor, corrupto, desertor de Roma. ¿Envenenarte con la comida? No, no, eso no saciaría para nada mis deseos. Tengo que verte atravesado por mi espada, y pronto, y luego iré a por todos y cada uno de los cabecillas de esta rebelión. ¡Uno a uno os voy a matar a todos, yo en persona! —Aquí el general eleva el tono de voz para que todos le oigan bien—. ¡Quiero que todos sepan lo que les ocurre a los que se amotinan estando bajo mi mando! ¡Quiero que lo sepan bien y quiero que lo cuenten, los que sobrevivan, si es que dejo que alguno sobreviva! ¡Venga, Albio, no retrocedas más, por Júpiter y todos los dioses, éste es tu momento de gloria! ¡Si alguna vez alguien te recuerda será porque te alzaste contra mí y ahora me ocuparé de que te recuerden por tu muerte y la de todos los que te siguieron!

Cayo Albio marca la distancia entre él y el general con el brazo estirado y la espada en el aire, algo temblorosa. Publio, por el contrario, habla con los brazos relajados, con el arma junto a su cuerpo, sereno pero en tensión, como un león al acecho, a punto de lanzarse sobre su presa. Albio mira nervioso a su alrededor pero nadie sale para ayudarle. Atrio se ha agrupado con el resto de los compañeros de rebelión y queda lejos igual que queda lejos el día de ayer, cuando los acontecimientos parecían desarrollarse a su favor. ¿Cómo ha cambiado todo en tan poco tiempo? ¿Las legiones dieron media vuelta y les siguieron? ¿Y la rebelión de los iberos? ¿Acaso eso no importa al general? ¿Quién es ese hombre que deja que los iberos se hagan con el norte de Hispania para concentrarse en atacarles? No tiene sentido, no tiene sentido, pero preocuparse ahora de todo eso no ayuda en nada. El general se acerca y lanza su espada contra la suya. Albio la detiene. Ambos luchan sin escudos, da un paso atrás, el general vuelve a atacar, esta vez por la derecha y Albio vuelve a parar el golpe pero acto seguido Escipión le está atacando por la izquierda. Demasiado rápido. Albio gira pero demasiado lento por una fracción de segundo. Un corte seco en la entrepierna izquierda hace que la sangre brote cálida. Le duele al pisar con su pie izquierdo, pero como experimentado *triari* sabe que no puede ni debe mirar su herida o en ese instante llegará el golpe fatal. Es un traidor, pero Albio sabe luchar. Aquel maldito general vuelve a atacar. Es tan rápido. Está por todas partes. Albio para un golpe que de nuevo viene por su izquierda y luego otro por la derecha y se prepara para uno más por la izquierda, pero Escipión ha cambiado de estrategia y repite dos golpes por el mismo flanco derecho. Un nuevo corte esta vez en su brazo derecho hace que su mano quede sin fuerzas y la espada cae al suelo. Está desarmado. El general se acerca.

—¡No puedes matar a un hombre herido y desarmado! —exclama Albio retorciéndose de dolor, medio encogido, retrocediendo, pero sabe que todo es en vano. Cierra los ojos. Percibe el olor de la sudorosa piel del general cuando éste se aproxima para hundir su espada en su pecho. Albio siente cómo el filo del arma le parte la carne, los músculos, el corazón. Cayo Albio inspira aire y se atraganta. No sabe con qué hasta que empieza a escupir sangre sobre el cuerpo de su verdugo. Siente cómo el general gira la espada en su interior mientras la saca despacio.

—Es cierto —le dice Publio Cornelio Escipión al oído—, no puedo matar a un hombre herido y desarmado, pero, querido Albio, tú... Albio, no eres un hombre, sólo eres un traidor; los hombres, Albio, honran sus juramentos. —Y Albio ve la espada salir de su cuerpo y con ella sus últimas fuerzas, un borbotón de sangre y la vida, la luz, la plaza, el grito de los amotinados, las voces de los oficiales del general, el olor de aquel hombre, todo se desvanece y cae derrumbado como había visto hacía años caer a los piratas de Iliria que, vencidos y presos, eran despeñados desde lo alto de la Roca Tarpeya en el mismo corazón de Roma.

Publio Cornelio Escipión giró ciento ochenta grados sobre los talones de sus sandalias. Fue un giro veloz, con la espada desenvainada, salpicando sangre fresca a su alrededor. A unos pasos encontró lo que buscaba. Cayo Atrio, el rostro pálido, sudorosa la frente, retrocediendo hacia sus hombres. El general le señaló con el dedo. Tras el gesto de Escipión los amotinados parecían encogerse dejando a Cayo Atrio solo en un círculo vacío de hombres. Atrio comprendió lo que venía. Pensó con rapidez. Desenvainó su espada.

—¡Un escudo! —gritó, dirigiéndose hasta los que no hacía más que unos minutos se decían sus hombres, pero nadie le lanzó el arma defensiva que solicitaba. El general tampoco llevaba escudo. Era un combate igualado. Para Lelio, Marcio, Silano y Terebelio, los *lictores* y el resto de los legionarios de las dos legiones leales, aquello era mucho más de lo que merecía aquel traidor.

Atrio no retrocedió más ni volvió a clamar por el escudo. Con el dorso de la mano libre se secó las gotas de sudor que se deslizaban por su frente coronada con un profundo entrecejo. Atrio caminó hacia el palacio.

Publio entendió el movimiento. Su oponente quería evitar combatir contra el sol. Publio sintió desazón en su alma. Eran buenos guerreros aquellos y, no obstante, debía matarlos a todos. A todos. Uno a uno. Exterminarlos para erradicar la rebelión y la indisciplina. No había otra solución. Dio varios pasos hacia Atrio. El oficial rebelde mantenía su espada en alto. Estaba en guardia. Era un oponente más cauto que Albio, más sagaz, más atento. El general contuvo la respiración y lanzó su ataque. Fue un avance fulgurante. Dos golpes secos que Atrio detuvo con la espada, un nuevo giro, esta vez completo, para atacar por el lado contrario que de nuevo Atrio detuvo. El general inhaló aire, retrocedió y dejó espacio entre él y su contrincante. Atrio avanzó despacio, pero estaba claro que dudaba en cómo lanzar su ataque. Publio decidió simplificar la toma de decisiones de Atrio. Raudo se abalanzó sobre el oficial rebelde y golpeó, al igual que había hecho antes, con su espada la espada de Atrio. Éste mantuvo tenso el brazo con el arma esperando un segundo golpe pero éste no llegó por arriba sino que el general, rodilla en tierra, pinchó en el muslo justo donde terminaba la greba protectora de Atrio. Éste gimió al sentir el filo penetrando en su piel. Se tambaleó, pero mantuvo la espada firme en su brazo para protegerse de una nueva acometida. Cerró, no obstante, un breve segundo los ojos para digerir el dolor de la herida abierta y cuando los abrió sintió el hierro frío del arma del general como una caricia extraña paseándose por la piel de su cuello. Atrio observó cómo el general se alejaba, dándole la espalda, como si buscara ya otro hombre al que enfrentarse, y no lo entendía. Se alzó y pensó en arrojarle su espada por la espalda. Podría herirle así y luego aproximarse rápido y rematarlo antes de que los *lictores* se acercaran para defenderle. Sí, eso debía hacer. Luego vendría una batalla campal. La espada pesaba tanto. Era extraño. Se sintió mareado. No veía bien. Fue a hablar. Escupió sangre. La espada. La oyó caer sobre el suelo. El general se alejaba sin mirarle. Se llevó las manos a la garganta. La sangre brotaba a raudales, desbocada, sin rumbo. Cayó de bruces. Su cuerpo convulsionó un par de veces y luego quedó quieto, inerte, inmóvil.

El general caminaba en busca de más cabecillas de la rebelión a los que matar. Necesitaba sangre. Uno a uno. Todos.

Lelio, desde la distancia, pensó en intervenir, pero Publio se había mostrado preciso y persistente en las instrucciones. No quería que nadie interviniese. ¿Cuántos hombres más debería matar antes de que la reciente enfermedad de la que apenas se había recuperado le hiciera entrar en razón? Lelio sacudió la cabeza. A su lado Marcio, Silano y Terebelio compartían en silencio su confusión.

Escipión apuñaló por la espalda con su espada a un oficial rebelde que huía. Eran alimañas. No importaba cómo matarlos. Sólo importaba acabar con todos. Pero aquello era demasiado lento, tedioso. Tenía sangre en la empuñadura del arma, entre los dedos, en las manos, en los brazos, por la coraza, en la frente, en sus sienes, por las piernas. Sangre de traidores a Roma, de traidores a su persona.

—¡Por todos los dioses! —clamó Publio Cornelio Escipión con todas las fuerzas de las que disponía después de haber matado ya a tres hombres—. ¡Coged a todos los cabecillas! ¡Apresadlos a todos!

Y el general se quedó quieto. A su alrededor, decenas de legionarios de las legiones leales se lanzaban sobre los treinta oficiales rebeldes supervivientes a sus ejecuciones en combate personal. Algunos intentaban esconderse entre la gran masa de soldados amotinados, pero éstos cada vez con más despecho empujaban a los que antes habían elegido como oficiales y los devolvían hacia los legionarios del general.

Publio Cornelio Escipión caminó despacio hacia la escalinata del palacio. Ascendió varios escalones y se detuvo en el centro, volviéndose hacia los amotinados. En las primeras filas había remolinos de hombres que luchaban. Unos a la caza de los cabecillas de aquella rebelión, éstos intentando escabullirse sin éxito entre la ingente maraña de rebeldes y estos últimos replegándose cada vez más.

—¡Miserables de Sucro! —La voz de Publio Cornelio Escipión sobrecogió a todos. Era terrible, implacable y con un vibrar temible en cada palabra. Todos le escuchaban, amotinados y leales, legionarios y centuriones—. ¡Sois miseria! ¡Y estúpidos! ¡Por todos los dioses!, ¿habéis olvidado lo que ocurrió con la legión que se rebeló en Rhegium? ¿No lo recordáis? —Aquí Escipión se detuvo para dejar que la memoria de los rebeldes encendiera su terror—. Sí. Lo veo en vuestros ojos. Muchos empezáis a recordar. Se alzaron en armas y bajo el mando del tribuno Décimo Vibelio se mantuvieron diez años en rebeldía sin reconocer la autoridad de su patria, de Roma, a la que, como vosotros, debían obediencia absoluta por nacimiento y por juramento. Y esos hombres al menos no negociaron con los enemigos de Roma, no pactaron ni con Pirro, ni con los samnitas ni con nuestros enemigos de Lucania. Se atrincheraron en esa ciudad y pretendieron vivir allí para siempre. Un anhelo absurdo. ¿Dónde están ahora todos ellos, dónde?, os pregunto. —Un breve silencio y la cruda verdad a continuación—: ¡Muertos, todos muertos, apresados, juzgados y ejecutados uno a uno en el foro de Roma, la ciudad a la que osaron traicionar! ¡Nadie traiciona a Roma y vive para contarlo! Y yo os pregunto, traidores, ¿no es más terrible aún vuestro crimen cuando vosotros no sólo os rebelasteis contra la autoridad de Roma, sino que además habéis negociado y pactado con Indíbil y Mandonio, nuestros enemigos en tierra enemiga? ¿O creéis que no sé de las negociaciones de Albio y Atrio con ellos? Veo que algunos me miráis extrañados. ¿Es que Albio y Atrio no compartían con vosotros la profundidad de su traición a Roma? Me da igual que lo supierais o no, me da igual todo, todo salvo castigar la rebelión con la muerte, pues, ¿qué otra sentencia sería justa ante tales crímenes? ¡Dioses, decidme qué debo hacer! ¿Qué debo hacer?

Publio alzó los brazos en alto, con su espada desenvainada apuntando al cielo. La sangre de los cabecillas atravesados por su arma recorría su piel como si se hubiera bañado en sangre de sacrificios. Para los legionarios leales de sus legiones aquél era un hombre ungido por los mismos dioses. Para los amotinados era la peor de sus pesadillas.

Pasados unos segundos, dos esclavos, por orden de Lelio, le trajeron una pequeña *sella*, una bacinilla con agua y una toalla. El general aceptó la *sella* y se sentó, dejando caer el peso de su cuerpo agotado, pero declinó usar el agua y la toalla. Lelio y Marcio se acercaron. Fue Lelio el que le informó.

—Todos los líderes de la rebelión están en nuestras manos. ¿Qué hacemos?

—¿Cuántos... cuántos son?

Lelio miró a Marcio y Silano. Marcio preguntó a Terebelio, que acababa de llegar, algo sudoroso pues él mismo había atrapado personalmente a más de uno de los oficiales rebeldes. Terebelio dio una cifra.

—Treinta, mi general. Treinta miserables.

—Que los maten a todos —sentenció Publio sin dudarlo un instante—; crucificadlos.

Terebelio iba a partir para cumplir las órdenes recibidas cuando el general continuó:

—Pero crucificadlos en el suelo, con clavos. Quiero oír cómo quebráis sus huesos al clavarlos a la tierra y quiero que sufran.

Terebelio asintió y se deslizó veloz hacia donde sus legionarios tenían presos a los condenados.

Lelio observaba al joven general. Respiraba entrecortadamente. No estaba plenamente recuperado. Combatir contra aquellos rebeldes no había sido una buena idea, o quizá sí. Los amotinados estaban aterrorizados y cuando empezase el suplicio del resto de los cabecillas aún lo estarían más y con razón. Parecía que el general no guardaba más que odio y rencor para cada uno de ellos. Rencor merecido, pero Lelio estaba nervioso. Nunca había visto tanta violencia reflejada en la faz de Publio. En otro tiempo habría intervenido. Era mejor rendir las tropas rebeldes y luego, con más sosiego, decidir qué hacer. Publio parecía, contrario a su costumbre, obrar a impulsos. Los aullidos de los primeros crucificados irrumpieron en su mente. Lelio se giró hacia los amotinados. A veinte pasos de donde se encontraban estaban clavando a varios rebeldes en el suelo. Pataleaban como cobardes que eran. Algunos rogaban increpando o maldiciendo a los dioses.

—¿Qué vamos a hacer con el resto? —preguntó Marcio mirando al general—. Son más de ocho mil hombres.

—Más de ocho mil. Sí. Son muchos. —Publio respondía así, mirando al suelo.

Marcio dudó antes de preguntar de nuevo, pero al fin se decidió.

—¿A todos? ¿Los matamos a todos?

El silencio en el cónclave de altos mandos se veía sazonado por los alaridos de los crucificados. Terebelio retornó y volvió a informar.

—Todos han sido crucificados. El sol y el hambre harán el resto. Agonizarán durante días. —Terebelio parecía satisfecho.

—Que los decapiten —contestó Publio todavía mirando al suelo—. Necesito silencio... para pensar.

—¿Decapitarlos? —Terebelio parecía contrariado.

Lelio intervino con rapidez.

—¡Todos decapitados, ya, Quinto! ¡El general no quiere escuchar más aullidos! ¡Esos perros tienen hoy su día de suerte!

Terebelio se llevó el puño firmemente cerrado al pecho y partió para cumplir las órdenes. Con él se llevó a dos de los *lictores* armados con hachas. Los dos guardianes del general, convertidos en verdugos, fueron de crucificado a crucificado dejando caer sus pesadas hachas sobre los cuellos desnudos de aquellos infelices. Hasta treinta veces se escuchó el chasquido inequívoco de un cuello seccionado por el poderoso filo de las hachas. El silencio se propagó por el foro manso, mientras la sangre de los recién decapitados regaba la tierra de Cartago Nova.

—Ocho mil hombres y muchos buenos guerreros, otros no, pero muchos podrían ayudarnos. —Publio parecía no escuchar a nadie, hablaba solo—. Necesitamos a esos hombres para atacar a Indíbil y los suyos y, sin embargo, debemos matarlos.

Silano aventuró una posible solución.

—Podríamos diezmarlos.

Publio alzó la mirada.

—¿Diezmarlos? —Miró entonces a Lelio—. Tú tienes más experiencia. ¿Qué te parece la idea de Silano?

Lelio se sintió sobrecogido. Era la primera vez, desde Baecula, que Publio preguntaba por su parecer. Quizá la enfermedad hubiera borrado parte de la distancia que los había separado en los últimos años.

—Diezmarlos. Es una buena idea —concluyó Lelio.

—Supongo que así es —aceptó Publio—. Necesitamos hombres. Incluso estos miserables nos pueden ser útiles para acabar con la rebelión de Indíbil y Mandonio. —A medida que hablaba, Publio parecía convencerse de la idea—. Diezmadlos y los que sobrevivan los usaremos de primera línea de combate. Así, los que tengan valor, redimirán su crimen... al menos, en parte.

Lelio, Silano y Marcio asintieron.

—Estoy agotado —continuó Publio, y se levantó despacio—. Que me traigan agua al palacio. Voy a descansar. Terminad con las ejecuciones lo antes posible. Mañana partiremos al alba, dirección norte, a Tarraco y allí decidiremos qué hacer con los iberos. Ya nos hemos retrasado bastante.

Y el general ascendió pesadamente las escaleras que le restaban flanqueado por los *lictores* de su guardia personal.

Lelio, Marcio y Silano se miraron.

—Creo que te corresponde a ti dirigirte a los hombres —dijo Marcio mirando a Lelio.

—De acuerdo —respondió Lelio; se puso firme, carraspeó y escupió en los escalones, y desde allí mismo pronunció la sentencia, una sentencia que nunca jamás pensó que pronunciaría en su vida, una sentencia con la que condenaba a ochocientos hombres, uno de cada diez de los rebeldes, a morir ejecutados en las próximas horas—. ¡Traidores de Sucro, el general Publio Cornelio Escipión, en una muestra de magnanimidad fuera de lo común, ha decidido que vuestro destacamento va a ser diezmado! —Lelio observó cómo muchos de los rebeldes suspiraban y cómo otros, más precavidos, mantenían la respiración pues aún no se había indicado quién iba a ser ejecutado y quién no—. ¡Para ello pasaréis a formar ahora mismo según vuestros manípulos! Una vez formados os numeraremos y uno de cada diez, a partir del punto en el que empecemos a contar, será ejecutado sin misericordia. Si alguien intenta cambiar de posición una vez que empecemos la cuenta, será ejecutado también. Los demás, los que sobreviváis aun sin merecerlo, me seguiréis para integraros en la fuerza de castigo que partirá mañana hacia el norte para enfrentarnos con los iberos. ¡Y dad gracias a los dioses por vuestra suerte!

Desde su habitación, Publio escuchaba los alaridos de los hombres a los que la Fortuna había abandonado durante el mortal sorteo, los soldados que debían ser diezmados; unos eran gritos de terror que se mezclaban con las súplicas infructuosas de otros. Así, lento y doloroso, fue pasando el resto de la mañana, del mediodía y de la tarde. El sol del anochecer acarició la tierra con los últimos rayos acompañando las ejecuciones finales de aquella sangrienta jornada. Publio no recibió a nadie en aquellas horas. Permaneció encerrado en su habitación. Se sentó primero en un *solium*, el mismo que usara Netikerty cuando le veló en su larga enfermedad, luego en el *triclinium* y finalmente en su lecho. Allí, se acurrucó como un niño, abrazando sus rodillas con sus manos y, sin que nadie lo viera, lloró en sollozos silenciosos pero convulsos. Estaba aturdido y cansado. Aquel castigo ejemplar era necesario, se decía, pero el gemido de ochocientas gargantas romanas seccionadas martilleaba en su ser como si estuviera preso en la mismísima fragua de Vulcano. Así, agitado y con remordimientos y dudas, su mente se adentró en un tortuoso sueño que le hizo moverse de un lado a otro de la cama durante varias horas, hasta que ya entrada la madrugada, de alguna forma, su alma encontró cierto sosiego, una paz endeble pero que su cuerpo recibió con ansia.

Publio Cornelio Escipión nunca más volvió a sufrir un motín.

41

Indíbil y Mandonio

Junto al Ebro, al este de Hispania,
otoño del 206 a.C.

A los pocos días de resolver el motín de la guarnición de Sucro, Publio congregó a las legiones en el istmo de Cartago Nova y arengó a los legionarios con gran vehemencia.

—¡Legionarios de Roma! ¡Habéis conquistado esta ciudad inexpugnable, y habéis derrotado a Asdrúbal Barca en Baecula y a Giscón y Magón en Ilipa! ¡Bajo el poder de vuestras armas han caído las últimas ciudades iberas que apoyaban a nuestros enemigos! ¡Deberíamos poder decir que Hispania es nuestra, pero no es así! ¡Por Júpiter Óptimo Máximo, no es así! ¡Hemos sido clementes con los iberos! ¿Y qué ha ocurrido? Yo os lo diré. La mayoría de los pueblos de todo este vasto territorio nos han jurado lealtad, pero de entre todos estos innumerables pueblos, los iberos liderados por Indíbil y Mandonio se han rebelado de nuevo contra nosotros! ¿Y sabéis por qué? —Aquí detuvo su discurso mirando a sus tropas desde el estrado de madera desde el que les hablaba—. ¡Yo os lo diré! ¡Porque me creían muerto! ¡Y yo os pregunto, yo os pregunto alto y claro! ¿Estoy muerto, os parezco un general muerto? —Y los soldados replicaron a miles.

—¡No, no, no!

—¡No, no estoy muerto, pero eso daría igual porque lo que importa es que no estáis muertos vosotros y vosotros sois los que gobernáis este país ahora! ¡Hispania es vuestra y los que se rebelan deben perecer bajo vuestras armas porque vosotros sois Roma y Roma gobierna en Hispania y los que no lo entiendan o se nieguen a aceptar ese hecho sólo merecen morir! ¡Morir! ¡Morir!

Y las legiones replicaron con potencia.

—¡Muerte, muerte, muerte! —Mientras, su general, con las manos en alto, ordenaba que se sacrificara doce bueyes para que los dioses bendijeran la nueva campaña.

Publio Cornelio Escipión, completamente restablecido de su enfermedad, se puso al frente de sus cuatro legiones y ascendió desde Cartago Nova hasta alcanzar el Ebro en unos pocos días de tremendas marchas forzadas. De ese modo, días antes de lo que podían esperar los líderes iberos en rebeldía, el general romano avanzaba contra ellos. Publio no se detuvo ante nada y no sólo eso, sino que ordenó, una vez cruzado el Ebro, que sus tropas lo arrasaran todo, granjas, pequeñas poblaciones, plantaciones, todo, quemando, destruyendo, y confiscando el ganado y el grano. Indíbil y Mandonio no tuvieron mucho tiempo para pensar en una estrategia. Siempre pensaron que el general romano, siempre tan avenido a negociar con ellos, haría, una vez más, lo mismo, y cuando vieron que las legiones lo arrasaban todo a su paso, no supieron bien cómo reaccionar, más allá de plantarles cara lo antes posible para intentar detener toda aquella destrucción.

El primer enfrentamiento fue bestial. La infantería ligera de las legiones no se detuvo cuando Indíbil y Mandonio plantificaron su ejército enfrente, sino que arremetieron repitiendo el ataque al asalto de Baecula. Los iberos lucharon con bravía, hasta el punto que los *velites* padecieron un incalculable número de bajas, hasta que la caballería romana comandada por un Lelio enfervorizado al verse de nuevo en el centro de un ataque de las legiones, intervino haciendo retroceder a los hispanos. La noche sorprendió a todos y el combate se detuvo. Sin embargo, al amanecer los iberos no habían disminuido su ansia por combatir contra las legiones y una vez más plantaron todo su ejército frente a las tropas romanas, pero cuando Publio vio que en su incapacidad como generales, Indíbil y Mandonio habían mezclado su caballería con la infantería, comprendió que aquello era sólo cuestión de unas horas. El general romano ordenó que las cuatro legiones avanzaran frontalmente contra la infantería y caballería ibera. El enfrentamiento estuvo igualado durante una hora, hasta que, una vez más, la caballería romana de Lelio emergió por la retaguardia ibera, una vez que hubo rodeado las posiciones hispanas. Los iberos, que debían combatir en dos frentes al mismo tiempo, fueron perdiendo terreno y el combate terminó en una de las mayores masacres que Publio Cornelio Escipión dirigiría en aquella interminable guerra.

Al anochecer, Indíbil y Mandonio estaban ante el *praetorium* del campamento provisional que Escipión había levantado junto al Ebro. El general recibió sentado a sus nuevos prisioneros. Les habló con despecho:

—De rodillas —dijo en un tono sereno y, como fuera que los orgullosos iberos no se humillaban, el general se alzó y bramó su orden con furia brutal—. ¡De rodillas!, he dicho, ¡de rodillas!

Y, sin que los legionarios que custodiaban a los iberos tuvieran que intervenir, Indíbil y Mandonio, seguros ya de su próxima muerte, sin saber bien por qué, se arrodillaron, quizá con la fútil esperanza de que aquel gesto pudiera aún contribuir a salvar sus vidas.

Publio Cornelio Escipión se levanta de su *sella* y se acerca a los dos jefes iberos que tienen sus rostros casi hundidos en la tierra de Hispania. Les habla no ya con rencor, sino con amargura.

—Os traté bien, os di hasta trescientos caballos de regalo, respeté vuestras tierras y, ¿qué hacéis vosotros? ¿Qué hacéis? Por todos los dioses. Os levantáis contra mí, os rebeláis contra mi generosidad y ahora, sin embargo, ahora que he arrasado vuestros campos y aniquilado vuestro ejército, os arrodilláis ante mí. ¿Es esto lo único que entendéis? Me habéis tenido como amigo y ahora me tenéis como enemigo. Decidme, los dos, decidme alto y claro, ahora que me habéis conocido como amigo y como enemigo, ¿cómo me preferís, iberos?

Indíbil y Mandonio se miran entre sí, confusos. Es Indíbil el que aventura una respuesta.

—Como amigo, *imperator*, como amigo.

—Como amigo —repite Publio asintiendo de forma exagerada con su cabeza—. Y ahora lo veis. Y, digo yo, ¿no creéis que es un poco tarde para daros cuenta de eso? ¿No lo creéis? —Y calla para entretenerse viendo el sudor frío que se desliza en pesadas gotas por las frentes de los dos jefes iberos—. Debería mataros a los dos, aquí y ahora. Debería crucificaros y dejaros morir de inanición lentamente. Eso me complacería y sé que complacería a mis hombres. —Y vuelve a callar; ve cómo Indíbil y Mandonio miran al suelo de su patria, arrodillados ante él, tragando saliva y miedo—. Pero no lo haré. Os perdonaré y os daré una segunda oportunidad si me juráis aquí y ahora lealtad absoluta para siempre. ¡Juradlo! ¡Juradme lealtad y seréis libres!

—Lo juro, *imperator* —dice Indíbil, rápido.

—Lo juro, *imperator*, lo juro, lo juro, por mis dioses —añade Mandonio.

Publio se vuelve hacia el *praetorium* y habla a los *lictores* de su escolta, dando la espalda a los jefes iberos arrodillados ante él.

—Liberad a estos hombres y lleváoslos de mi presencia —y luego, mirando a Lelio, Marcio, Silano, Terebelio y el resto de los tribunos y centuriones—, y vámonos de aquí. Es hora de regresar a Roma.

Dos noches después, Publio yacía en la cama de su *domus* en Tarraco. No podía dormir. A su lado podía escuchar la respiración suave y rítmica de su esposa. Pensaba que estaba dormida. Se alegró de que al menos uno de los dos pudiera conciliar el sueño con sosiego.

—¿Estás bien? —le preguntó su esposa en un dulce susurro.

—Pensaba que dormías —respondió, girándose de costado para verla mientras le hablaba.

—¿Qué te preocupa? —insistió Emilia.

—Creo que debo presentarme a cónsul en las próximas elecciones, este año.

—El pueblo te apoyará —respondió Emilia, nada sorprendida por la idea de su marido—, aunque tendrás más de medio Senado en contra, con Fabio Máximo al frente.

—Lo sé —dijo Publio—, pero debo intentarlo.

—Lo conseguirás. Después de tus victorias en Hispania no podrán negarse. Ni siquiera Máximo podrá oponerse a eso, pero...

—¿Pero...? —preguntó Publio.

—Pero Máximo se negará a que te den permiso para invadir África con un ejército consular.

Publio calló. Emilia tenía razón. De todas formas, debía intentarlo. Quizá pudiera persuadir al Senado si, investido como cónsul, le dejaban exponer sus razones a todos los senadores en una reunión plenaria en la *Curia*. Se podría hacer.

—Los niños y yo te seguiremos siempre, donde quiera que vayas. Eso debes saberlo —añadió Emilia para intentar animarle. Publio sonrió. La lealtad inquebrantable de su mujer, después de batallas, asedios, motines y rebeliones, era como una bahía en la que refugiarse en medio de la interminable tempestad en la que se había convertido su vida.

42

El templo de Bellona

Roma, invierno del 206 a.C.

Publio ascendió por la pequeña escalinata que daba acceso al templo de Bellona, diosa de la guerra. Pasó entre las columnas y se quedó en pie frente al altar de la vieja deidad romana. Allí, en medio del campo de Marte, fuera del recinto de la muralla servia, hacía casi un siglo que Apio Claudio el Ciego levantó aquel templo. En el silencio del interior Publio se recogió con sus pensamientos. Buscaba sosiego y calma para debatir con Máximo, que pronto llegaría presidiendo la comisión del Senado que debía recibirles. Afuera esperaban sus más fieles oficiales, Cayo Lelio, Lucio Marcio Septimio, Sexto Digicio, Mario Juvencio, Silano y el siempre intempestivo Terebelio, entre otros. Todos anhelaban que se les concediera el honor de celebrar un triunfo por las calles de Roma. Habían luchado duro, con enorme tenacidad y contra adversidades ante las que la gran mayoría habría sucumbido y, sin embargo, aquellos hombres, con sus legiones, todos bajo su mando, habían invertido el curso de los acontecimientos y de la guerra en Hispania. Llegaron a una región bajo control cartaginés y regresaban de un territorio que ahora quedaba regulado por las leyes de Roma. Merecían un *triunfo*. Lo merecían, pero Fabio Máximo se opondría. ¿Hasta qué punto, con qué saña? Eso es lo que no sabía Publio. ¿Sería posible negociar con el resto de los senadores o todos seguirían al viejo *princeps senatus* como corderos asustados? Según le había informado su hermano Lucio se haría lo que Máximo aconsejara. Tal era su control y su poder en Roma. Publio esbozó una sonrisa lacónica. Lástima que contra el viejo Fabio no se pudieran emplear las armas. Funestos pensamientos. Sin duda insuflados por la diosa de la guerra en cuyo templo se encontraba. Quizás aquél no fuera el mejor lugar para encontrar el autocontrol que precisaba para un nuevo debate con Fabio Máximo. Estaba cansado de aquel hombre. Todo empezaba en él y todo terminaba en él. Cuando Publio era niño aquel hombre ya era cónsul. Había conquistado toda Hispania y aquel hombre seguía controlando Roma. Era el mismo hombre que negó los refuerzos que su padre y su tío reclamaban, y su padre y su tío perecieron al tener que buscar los hombres que les faltaban en volátiles alianzas con los siempre volubles iberos. Fue Máximo el que se opuso a que se le concediera luego el mando sobre las legiones de Hispania y cuando Publio, pese a todo, lo consiguió recurriendo al pueblo, pasando por encima del Senado, fue de nuevo Máximo quien maniobró para evitar que fuera a Hispania con el rango de magistrado proconsular; a instancias de Máximo, Publio quedó con el *imperium* sobre las legiones, para evitar enfrentarse con el pueblo que le respaldaba, pero despojado de la nobleza de la promagistratura. Ése sería el punto donde Quinto Fabio Máximo se centraría y Publio, con desazón, no por él sino por ver truncada la justa aspiración de recompensa de sus oficiales y legionarios, no veía defensa posible. No la había. Habría que saltarse la ley y eso implicaba saltarse a Máximo y eso, sencillamente, en el corazón de la mismísima Roma, era imposible.

Publio salió algo más sereno que cuando entró en el templo. Desde el pórtico del santuario observó a sus oficiales arremolinados entre las columnas del espacio enlosado que se extendía a unas decenas de pasos del templo de Bellona. Aquella pequeña plaza, cubierta en uno de sus extremos y descubierta en otro, rodeada de viejas pero firmes columnas, era uno de los tres *senaculum* erigidos en Roma. Eran espacios que se usaban a modo de salas de espera para importantes invitados. Había uno junto al edificio de la *Curia*, que los propios senadores usaban como antesala y donde a menudo se reunían en pequeños grupos antes y después de las sesiones, y había otro junto a la puerta Capena, al sureste de la ciudad. El tercero era donde se encontraban Lelio, Marcio y Terebelio con el resto de los oficiales, esperándole y esperando a su vez a la comitiva de senadores que debía recibirles después de aquella tan exitosa serie de campañas militares en Hispania. Publio vio cómo Lelio señalaba algo a Marcio en dirección sur, el general fijó su mirada en el horizonte y vislumbró la comitiva de senadores que se recortaba contra las paredes del templo de Apolo. Estaban a doscientos pasos de distancia. Los senadores caminaban despacio. Todos seguían al anciano pero todopoderoso Quinto Fabio Máximo.

Los senadores se habían dado cita frente al edifico de la *Curia Hostilia*. Quinto Fabio Máximo dio las órdenes con concisión.

—Bien, por todos los dioses, vamos a recibir a esos oficiales de Roma.

Al usar el plural con «esos oficiales» diluía el protagonismo de Escipión. En la ciudad, no obstante, no se hablaba de otra cosa que no fuera la llegada de Publio Cornelio Escipión, victorioso tras derrotar en repetidas ocasiones a los cartagineses en Hispania. Fabio lo sabía y a conciencia evitaba nombrarle.

Era una comitiva de quince senadores, en su mayoría proclives a las ideas más conservadoras. Fabio ya se había preocupado de hacer la selección adecuada. Sabía que el joven Escipión insistiría en obtener un *triunfo* y si había algo que Fabio Máximo tenía claro era que aquel joven general sólo obtendría un *triunfo* en Roma pasando por encima de su cadáver.

Todos los senadores seguían al anciano pero firme *princeps senatus*, escoltados por una veintena de legionarios armados asignados de las *legiones urbanae* y por un puñado de esclavos con agua, vino, bacinillas para aseo personal y algo de comida. Cruzaron la explanada del Comitium hacia el suroeste y ascendieron la cuesta que daba al Vucanal. Fabio se detuvo ante los dos grandes árboles que, como vigías del tiempo, presidían aquel amplio espacio dedicado al dios Vulcano. Se trataba de un gigantesco, alargado y altísimo ciprés que se cimbreaba en su copa mecido por el viento. A su lado estaba el antiquísimo *lotus* plantado por el mismísimo Rómulo si la tradición no mentía. Fabio, sin embargo, admiraba más la estilizada e imponente figura del enorme ciprés. Allí estaba aquel árbol presenciando el devenir de los años, los siglos, las guerras, los hombres, a Roma entera mientras ésta crecía en gloria y poder y también en aquellos días, cuando la ciudad pugnaba por sobrevivir a Aníbal. Fabio se detuvo y señaló al enorme ciprés.

—Roma crecerá junto con este árbol y un día, cuando se sienta dueña del mundo y crea que nada le puede ocurrir, el árbol sufrirá y con él toda la ciudad. Lo presiento. Lo veo en su forma de mecerse, lo siento en la profundidad de sus raíces y lo leo en el vuelo de los pájaros. —Y señaló a una bandada de gansos que surcaba el cielo. Luego, por unos segundos, el viejo senador cerró los ojos. Parecía como transportado a otro mundo, a otro tiempo. Al fin, reemprendió la marcha. Era un vaticinio. Todos le miraron con respeto. Máximo era augur permanente y sus opiniones en todo lo que tenía que ver con el futuro, incluso si se trataba de un futuro lejano, eran respetadas con gran profundidad. Ninguno sabía que aquel ciprés aún había de vivir dos siglos y medio más. Lo miraron uno a uno, cada senador al pasar a su lado, calculando al observarlo la altura de aquel ser vivo clavado en el centro mismo de Roma. Un árbol que vería el desenlace de la guerra contra Aníbal, la conquista de Grecia, Egipto, Asia Menor, el Egeo, África, la mismísima Galia, los Balcanes; un ciprés que asistiría impasible a las guerras sociales, al enfrentamiento entre Mario y Sila, y a la lucha contra Espartaco y su ejército de esclavos sublevados; un ciprés que se mecería bajo el viento cuando Julio César pasease por el foro, un árbol bajo el que Cicerón repasaría sus discursos contra Catilina; un vigía que sería testigo de las cruentas guerras civiles y del final de la República, que disfrutaría de la paz de Augusto, cuando el emperador cerró las puertas del templo de Jano, y que presenciaría el advenimiento de Tiberio, su impetuoso reinado al que le sucederían los desmanes y las locuras de un perverso Calígula; un ciprés que vería partir al emperador Claudio para conquistar Britania y que, finalmente, un día caería consumido en las terribles llamas de un incendio que arrasaría el corazón de Roma bajo el reinado del emperador Nerón. Del *lotus*, el viejo senador no dijo nada, aunque aquel árbol sobreviviría al nefando incendio y perduraría más allá incluso de los tiempos de Trajano. Pero de todo esto nada sabían aquellos senadores, preocupados más por el inmediato presente que por los vaticinios de aquel intuitivo augur que los guiaba sobre un futuro ignoto. Tenían otros asuntos más urgentes de los que ocuparse.

Tomaron el *Vicus Jugarius* dejando a su derecha el templo de Júpiter Capitolino en lo alto de la colina que nunca había sido conquistada por los enemigos de la ciudad ni en sus tiempos más antiguos. Alcanzaron la puerta Carmenta y cruzaron la muralla servia. Allí se les unió un manípulo completo de soldados que los escoltó en su ruta hacia el templo de Apolo y luego, cuando cruzaron el campo de Marte en dirección al *senaculum* levantado al pie del templo de Bellona.

Fabio ascendió despacio la pendiente sobre la que se había construido el *senaculum* hasta quedar frente a aquel joven general Escipión que esperaba rodeado de sus fieles oficiales.

—¡Salve, Publio Cornelio Escipión! —dijo con voz rotunda Fabio Máximo—. Roma te saluda, a ti y a tus oficiales y os está agradecida por vuestros leales servicios al Estado.

El *princeps senatus* navegó entonces con su mirada escrutando los corazones de los oficiales más próximos al general: Terebelio, un hombre recio, un buen centurión en las manos adecuadas, sin lugar a dudas; Marcio, un astuto tribuno, buen soldado, leal por oficio; Sexto Digicio, curtido en el mar, disciplinado; Silano, un tribuno callado, introvertido; Mario Juvencio, otro centurión, atento, con la mirada del viajero, y Cayo Lelio, valeroso al límite, y fiel por convicción más allá de la razón, un loco al que se le ofrecía una magistratura y respondía pujando por una torpe esclava. Fabio no olvidaba aquella entrevista del pasado. En él detuvo el viejo Fabio su mirada un segundo más hasta que su interlocutor visual cedió y bajó sus ojos. Vino entonces el momento de mirar al joven Escipión. Fabio vio sus peores augurios confirmados. Ambición y arrogancia sin límites y algo... algo peculiar: una fe en sí mismo descomunal, más allá de toda lógica, ¿alguien que se cree ungido por los dioses? No estaba claro. Fabio comprendió entonces qué era lo que le ponía nervioso de aquel muchacho: había heredado la misma destreza que su padre, la habilidad de hacer difícil que otro supiera lo que pensaba. En Fabio, acostumbrado a mentes más débiles, aquello despertaba una profunda ira.

—Debéis de estar agotados —continuó Fabio con la más conciliadora de sus persuasivas voces—. Traemos algo de vino y comida, algo frugal, fruta y carne de ave, y agua para lavaros. Siempre encuentro el polvo de los caminos enojoso...

—Gracias por pensar en nuestra comodidad, Quinto Fabio Máximo, *princeps senatus* de Roma —le interrumpió Publio—, pero ya habrá tiempo para lavarnos y para comer más tarde. Se trata ahora de saber si se nos concede lo que con nuestro esfuerzo nos hemos ganado en el campo de batalla.

—Ya —respondió seco Fabio; no le gustaba que le interrumpieran; eso lo sabían todos, hasta el propio Escipión—. ¿Y qué es eso que tanto os habéis ganado, si puede saberse?

—Un *triunfo*.

—¿Un *triunfo*? —espetó Fabio levantando los brazos y volviéndose hacia la comitiva de senadores—. Ya os dije que vendría con esas pretensiones —y de nuevo mirando a Escipión—, ¿un *triunfo*? Por Cástor y Pólux y todos los dioses. Un *triunfo* no es posible, mi querido oficial.

Publio no se arredró y alegó sus méritos, los méritos de todos los que le rodeaban.

—Fuimos a Hispania con sólo dos legiones y con ellas y las que luego trajo mi hermano Lucio conquistamos primero Cartago Nova y luego cuantas ciudades se opusieron a la ley de Roma. Y derrotamos a tres ejércitos cartagineses, uno tras otro, pues no podíamos luchar contra los tres a un tiempo al no tener más refuerzos y suministros

—aquí miró fijamente a Máximo para luego proseguir dirigiéndose al resto de *patres conscripti*, pasando sus ojos por encima de los hombros del anciano senador—, y a todos los derrotamos. Hemos expulsado a los cartagineses de Hispania y apaciguado a los iberos para que...

—¡Pero no detuvisteis a Asdrúbal Barca en su avance hacia Roma! —interrumpió uno de los senadores de la comitiva. Publio vio cómo Máximo miraba al suelo para ocultar una sonrisa.

—¡No teníamos fuerzas suficientes, por Júpiter! —exclamó Publio visiblemente nervioso. En aquel momento sólo tenía dos legiones.

—¡Pero ésa era vuestra orden! —exclamó otro senador.

«Una orden suicida», pensó Publio, pero se contuvo. Inspiró profundamente y exhaló aire antes de continuar.

—En cualquier caso —prosiguió con el sosiego retomado—, la cantidad de ciudades conquistadas, las derrotas infligidas a cartagineses e iberos, el número de enemigos abatidos, todo ello nos hace merecedores a mis hombres y a mí, nos hace merecedores de un *triunfo* y lo sabéis. Lo sabéis. ¡Lo sabéis!

—Es una pobre retórica la que recurre a la repetición y a elevar el tono —dijo Fabio Máximo reincorporándose al debate—. Sé que eres capaz de mucho más a la hora de argumentar, mi querido general. La cuestión no reside en lo que habéis hecho o no, en lo que habéis conquistado o no. El *quid* es que no has conseguido estas victorias o conquistas como cónsul o procónsul en ninguna de estas campañas en Hispania y la ley es taxativa: sólo aquel general que, ejerciendo una magistratura o una promagistratura consular y que haya sido excepcionalmente victorioso contra el enemigo, puede disfrutar de un *triunfo* por la calles de Roma, como, por ejemplo, fue lo que ocurrió en uno de mis varios consulados tras mi exitosa campaña contra los ligures. Ya torcimos la ley al daros el *imperium* sobre las tropas de Hispania y fue positivo porque fue en beneficio del Estado, pero torcer ahora la ley de nuevo sólo redunda en tu propio beneficio. Las leyes sólo pueden flexibilizarse por algo más importante que para satisfacer la ambición personal de un ciudadano.

Era la ley. La ley *sibilinamente* interpretada por Máximo. Publio calló unos segundos. Para sus adentros, sonreía lacónicamente: Fabio obtuvo un *triunfo* al machacar a los ligures, pero con qué habilidad el anciano senador omitía el detalle de que eran sólo tribus sublevadas y desorganizadas; mientras que él, Publio Cornelio Escipión, había conquistado ciudades defendidas por guarniciones púnicas y derrotado a tres ejércitos regulares de Cartago y, no obstante, por un subterfugio legal, se le negaba el *triunfo*.

—¿Qué merecen entonces, a vuestro juicio, estos hombres? —preguntó Publio con sequedad.

Fabio enarcó una ceja. ¿No iba a insistir más el Escipión sobre el asunto del *triunfo*? Aquello era peculiar.

—Puede desfilar por la ciudad una selección de tus tropas —respondió Fabio con cautela, frunciendo sus dudas en el entrecejo de su rostro ajado por las grietas del tiempo—. Y puedes exhibir el botín con el que desees contribuir al tesoro del Estado.

—¿Eso es todo? —preguntó Publio, serio, distante.

—Eso es lo justo —dijo Fabio con serenidad.

—Quiero tierras para mis veteranos. Las han ganado con sangre —insistió Publio.

—¿Tierras? —preguntó Máximo con desconfianza. En una Italia arrasada por años de guerra las tierras de labor útiles escaseaban.

—En Hispania, en el sur, en Itálica —añadió Publio con rapidez.

Fabio Máximo ponderó la petición con cautela. Era mucho ceder, pero también era mucho lo que le había quitado: no habría *triunfo*, eso era lo esencial, y lo de las tierras en Hispania era inteligente y estúpido por parte de Escipión. Era inteligente, porque Publio Cornelio sabía que había escasez de tierras apropiadas en la Italia actual, con las tropas de Aníbal aún acechando cada ciudad, cada granja, cada villa... y era estúpido porque si el Senado aceptaba ceder terrenos a los veteranos de Escipión en Hispania, éstos se irían allí en poco tiempo, alejando de Roma a gran número de ciudadanos que podrían votar a favor de los Escipiones en las numerosas elecciones que se celebraban en la ciudad. Máximo asintió despacio mientras respondía.

—Sea. Terrenos en Hispania, en esa ciudad para tus veteranos.

Publio asintió también y se alejó unos pasos mientras le seguían sus oficiales. Fabio se volvió hacia los senadores.

—Un general que consulta a sus subordinados —dijo iluminando su faz con una amplia sonrisa, mezcla de desprecio y aparente sorpresa.

En un extremo del *senaculum* quedó la comitiva de senadores, y en el otro ángulo Escipión con sus oficiales.

—Es una vergüenza que no se nos conceda el *triunfo* —dijo Lelio en lo que él entendía que era voz baja.

—Es una lástima —continuó Marcio—. Los hombres se sentirán desilusionados, pero lo de las tierras es bueno.

—Nunca les prometí un *triunfo* —dijo Publio mientras exhalaba aire.

—No, pero los hombres lo esperaban. Lo merecen —se reafirmó Lelio.

—Lo merecemos todos, pero no podemos... no debemos insistir y, como dice Marcio, los lotes de tierra los agradecerán más a medio plazo. Hay debates más importantes en los que oponerse a Fabio y los suyos —añadió Publio de forma enigmática. Se percató de que había captado la atención de Lelio, Marcio, Mario, Silano, Digicio y hasta el propio Terebelio. Todos le miraron con respeto.

—Lo que decidas estará bien —dijo Lelio con seguridad, y añadió más—. Tú siempre ves más lejos que los demás y creo que ahí hablo por todos.

El resto asintió.

—Bien —aceptó Publio con satisfacción interna por su parte. En gran medida, la confianza ciega de sus oficiales era de por sí el mayor de los *triunfos*. Escipión se volvió raudo hacia los senadores que esperaban y, sin tan siquiera acercarse a ellos, respondió desde donde se encontraba.

»¡Sea! ¡Mañana entraré en la ciudad con unos manípulos de mis mejores hombres y ofreceremos al tesoro más de catorce mil libras de plata, para todos, para Roma! —Giró ciento ochenta grados de nuevo y, envuelto en su capa de general, desapareció en dirección al templo de Bellona rodeado de todos sus oficiales. Tras él quedaban unos estupefactos senadores admirados por la gigantesca cantidad de libras de plata que Escipión había anunciado donar al tesoro de Roma. Lelio se detuvo un instante, dejando pasar al resto de los oficiales de Publio por delante y aprovechó para mirar a Fabio Máximo.

El viejo *princeps senatus* estaba en pie, firme, erguido como un centinela de guardia, con la expresión fría, meditando. Cayo Lelio se incorporó con rapidez a los suyos y, dando pasos rápidos, llegó hasta la altura de Publio. El general guiaba a los suyos hacia el norte, bordeando la muralla servia, en busca de la *Via Flaminia* que los conduciría hasta el campamento donde estaban esperando las tropas.

—Fabio se huele algo, por Júpiter —dijo Lelio.

—Lo imagino —respondió Publio sin dejar de caminar velozmente.

Todos callaron manteniendo el paso rápido del general hasta que Marcio se atrevió a preguntar lo que todos querían saber.

—¿Cuál es el debate que te interesa, en el que todos debemos enfrentarnos a Fabio?

Publio Cornelio Escipión se detuvo en seco. Casi tropezaron unos con otros ante lo inesperado de la reacción del general. Publio miró a Marcio y pronunció una única palabra.

—África.

Todos callaron.

—¿Invadir África? —quiso aclarar Lelio.

Publio afirmó con la cabeza. Los miraba valorando su reacción. ¿Le seguirían?

—Pero antes debo ser cónsul —añadió Publio como quien añade que quizá llueva aquella tarde.

—Por todos los dioses, por eso has mencionado la enorme cantidad de dinero que aportamos al tesoro, ¿verdad? —preguntó Marcio.

Publio sonrió.

—Pero Fabio —intervino Lelio— se ocupará de que no se difunda el dato.

—Y nuestros amigos de lo contrario, Lelio —explicó Publio—. Mañana al amanecer, toda Roma no hablará de otra cosa y no sólo eso, sino que, además, sabrán que se nos ha negado el derecho al *triunfo*. El Senado puede que no lo controlemos, pero el pueblo, querido Lelio, el pueblo estará con nosotros. Seré cónsul y no pediré combatir ni en Cerdeña, ni en Italia, ni en la Galia. Pediré África. África.

Uno a uno, cada uno de sus oficiales asintió despacio. Lelio, el último, pero quizá Publio sintió mayor firmeza en el gesto. Estaban con él. Mientras aquellos hombres le siguieran, todo era posible. Ahora quedaba hablar con Emilia. Necesitaba su apoyo, su comprensión... y su intuición.

Quinto Fabio Máximo regresaba hacia Roma. No habló mucho durante el camino de vuelta hacia el *Comitium*. El joven general no había insistido en el asunto del *triunfo*. Era extraño. De pronto Fabio lo comprendió todo. Las piezas del rompecabezas encajaban poco a poco, pero necesitaba más información. En el *Comitium* se separó del resto de los senadores, de los que se despidió con un breve gesto de su cabeza y, rodeado por varios esclavos de su confianza que lo escoltaban, se dirigió al foro pasando entre los *Rostra* y la *Graecostasis*. Una vez en el foro, junto al *Lapis Niger*, la tumba de Rómulo, Marco Porcio Catón le aguardaba. Máximo se sintió más seguro. Necesitaba de algo de juventud a su lado. Las fuerzas, aunque se negaba a admitirlo públicamente, empezaban a escasearle y con su hijo Quinto en el frente, Catón era su apoyo inmediato en las intrigas de Roma. En cualquier caso, si el joven Escipión creía que ya tenía el camino expedito hacia sus últimos objetivos se equivocaba de medio a medio. La guerra se lucharía en Italia, nunca en África, y sabía que para ello contaría con el apoyo del Senado y con algo más valioso: con el persistente miedo de Roma.

LIBRO V
CÓNSUL DE ROMA

205 a.C.

Quod quisque possit, nisi tentando nesciat.

PUBLILIUS SYRUS

[No se puede saber de lo que cada uno es capaz si no se pone a prueba.]

43

Duelo en el Senado

Roma, enero del 205 a.C.

Roma era un hervidero. Dos nuevos cónsules habían sido elegidos: C. Licinio Craso y Publio Cornelio Escipión; pero eso no era lo que comentaba la gente en el foro. El pueblo, los patricios, hasta los libertos y esclavos no hablaban de otra cosa que no fuera sino la intención de Escipión de invadir África. El nuevo y joven cónsul quería desembarcar en las costas dominadas por Cartago con uno de los ejércitos consulares que le correspondían ese año y obligar así a que Aníbal abandonara Italia al tener que acudir en ayuda de su ciudad y los suyos. No era un plan sorprendente. Ése fue de hecho el primer plan del propio Senado al estallar la guerra, cuando enviaron al cónsul Sempronio Longo a Sicilia para preparar aquel desembarco en África mientras que el padre de Escipión intentaba detener el avance de Aníbal en la Galia. La imposibilidad de frenar al gran general cartaginés obligó entonces, en el primer año de aquella interminable guerra, a reclamar el ejército consular de Sempronio, quien tuvo que olvidar sus preparativos para conquistar África y acudir a toda prisa hacia el norte de Italia. Desde entonces, nadie había planteado de nuevo con decisión la vieja idea de atacar el corazón del enemigo, de asestar un golpe allí de donde provenían todos los males de Roma. La política romana había sido la de defenderse. Sólo los Escipiones, apoyados por los Emilio-Paulos, habían proseguido con la guerra en el exterior como un objetivo útil para conseguir derrotar a los ejércitos de Cartago. El pueblo había visto cómo el joven Publio Cornelio Escipión, ahora cónsul, siguiendo el ejemplo de su padre y de su tío, conseguía terminar lo que sus progenitores iniciaron: la conquista de Hispania, desalojando a los cartagineses de aquel país y recortando así los suministros, provisiones, oro, plata y mercenarios que tanto habían alimentado las huestes de Aníbal en Italia. El pueblo también había visto cómo el Senado le negaba un *triunfo* al joven Escipión apoyándose en la letra de la ley: un no magistrado no puede celebrar sus victorias, por muy impactantes que éstas fueran, con un *triunfo*. Se aceptó aquello porque la ley era la ley, pero el Senado no podía impedir que la figura de Escipión, recién elegido cónsul, despertara una intensa simpatía, un sentimiento que hacía ver con buenos ojos cualquier plan que aquel hombre propusiera, e invadir África era algo que a los ojos de los exhaustos ciudadanos de Roma parecía un dulce sueño que les era difícil no anhelar. Publio, a sabiendas de aquellos sentimientos de la plebe, había aprovechado su recién adquirida condición de magistrado para convocar al Senado. De forma ordinaria, sólo un cónsul o un pretor podía convocar al Senado y, extraordinariamente, un dictador, un *magister equitum*, los decemviros *legibus condendis*, es decir, para redactar leyes, un tribuno militar *consulari potestate*, o sea, con autoridad excepcional consular, un *interrex* o magistrado provisional en período de elecciones, o el *praetor urbanus*. Y no era nada sencillo conseguir uno de esos cargos, de modo que Publio vio en su consulado la posibilidad de conducir el destino de Roma en la dirección que tanto tiempo atrás soñaran ya su padre y su tío. Decidió empezar pisando con fuerza, usando su poder para convocar al Senado.

Publio era sensible a las sensaciones positivas que emanaban de la plebe con relación a un ataque a África cuando salió aquella mañana fresca de marzo de su gran *domus* en el centro mismo de la ciudad, entre el templo de Saturno y las *tabernae veteres*. Caminaba acompañado por su hermano Lucio y por Cayo Lelio, Lucio Marcio, Quinto Terebelio, Sexto Digicio, Mario Juvencio, Silano y otros oficiales de su confianza, todos veteranos de los combates en Hispania. Para el pueblo, ver a aquellos hombres andando por el foro de su ciudad era como un desfile casi triunfal: eran esos y no otros los tribunos, oficiales y el *imperator* que habían derrotado a Asdrúbal Barca, Asdrúbal Giscón y Magón Barca. Publio sabía de lo importante de los gestos públicos, por eso hizo que todos ralentizaran el paso, cuando cruzaron entre el *senaculum* y la *Graecostasis* para acceder a la gran plaza del *Comitium* frente a la *Curia Hostilia*, sede del Senado. Publio se detuvo un momento junto a la *Graecostasis* y saludó con respeto a los embajadores de Sagunto que habían acudido a la ciudad para mostrar su agradecimiento a Roma por haber recuperado su ciudad y devuelto a los supervivientes del asedio de Aníbal los dominios de aquella región. Los embajadores le contaron algo que él ya sabía, pero Publio les escuchó con atención y paciencia durante unos minutos mientras éstos le relataban cómo habían ofrecido y regalado al Senado y a Roma una hermosa corona de oro para el templo de Júpiter en atención por todo lo que Roma había hecho por ellos y cómo se encontraban abrumados al haber recibido del Senado de Roma no sólo el permiso para visitar las ciudades italianas que desearan, sino por haberles entregado la cantidad de diez mil ases a cada uno de ellos como recompensa por la lealtad de Sagunto. Publio se despidió al fin de los saguntinos y prosiguió su camino atravesando la plaza del *Comitium* de sureste a noroeste. Pasó junto a la estatua del legendario augur Atto Navio, dejó a otro lado el *puteal* que encuadraba el espacio donde se suponía que Navio había enterrado la piedra y la navaja de afeitar con las que mostró su poder al incrédulo rey Tarquino, y pasó por fin junto al *Picus Ruminalis*, una moribunda higuera partida por un rayo bajo la que se suponía que la loba amamantó a los gemelos Rómulo y Remo. Frente a aquel lugar se erigía la estatua de plata que rememoraba aquel legendario acontecimiento levantada apenas hacía diez años, para sustituir el ya muy deteriorado memorial de bronce. Publio miraba de reojo todos aquellos monumentos del pasado de una ciudad centenaria y sentía que le arropaban. ¿Sería él un nuevo augur con el mismo poder que Atto Navio? ¿Le pediría Fabio Máximo, como hiciera el rey Tarquino antaño, que mostrara su poder cortando una piedra húmeda por la mitad usando tan sólo una navaja de afeitar? No. Con toda seguridad Fabio Máximo pensaría que sus palabras, demoledoras como siempre, serían suficientes para persuadir al Senado y quitarle el apoyo necesario para emprender la conquista de África.

Finalmente, el joven cónsul pasó bajo la *Columna Maenia* levantada para celebrar por siempre la victoria de Maenio sobre los latinos y que supuso el principio del dominio de Roma sobre la Italia central. Publio saludaba a todos los que se le acercaban, siempre rodeado por sus oficiales y bajo la atenta mirada de Cayo Lelio, pues desde el ataque que él mismo sufriera en Roma apenas hacía cuatro años, todos los amigos de Publio se afanaban en proteger la vida de su joven líder, ahora cónsul, del ataque de un sicario, pues una mañana en la que iba a enfrentarse con el todopoderoso Quinto Fabio Máximo, cualquier cosa era posible. Pero fuera porque había demasiada gente en el foro y el *Comitium*, o porque Publio iba bien protegido, o quizá porque los seguidores a ultranza de Fabio Máximo, como el joven Catón, confiaban aún plenamente en la capacidad del viejo *princeps senatus* para desarbolar al nuevo Escipión en el Senado y dejarlo sin casi seguidores, sea por lo que fuera, nadie se acercó a Publio Cornelio Escipión sino para felicitarle y agradecerle sus trabajos y esfuerzos por proteger y engrandecer Roma. Y Publio saludaba a unos y a otros y recibía con una amplia sonrisa las muestras de aprecio y las continuas imprecaciones a los dioses a los que los romanos rogaban que le preservara sano y salvo por mucho tiempo o, al menos, hasta que el terror de Aníbal desapareciese por siempre de sus vidas. Tantas debieron de ser las oraciones aquella mañana, pronunciadas por tantos miles de gargantas, que más de un dios decidió aquel día ligar el destino de aquellos dos generales, Aníbal y Escipión, en vida y en el momento de la muerte.

El Senado estaba reunido en pleno. Ya se había celebrado el sacrificio preceptivo de un buey; así lo había solicitado Escipión, que quería subrayar con el tamaño de la bestia seleccionada la importancia que concedía al asunto que se iba a tratar. Las entrañas habían sido analizadas por los augures y nada extraño se había descubierto en ellas. El Senado podía reunirse y tomar las decisiones oportunas. Publio permaneció en la escalinata de acceso a la *Curia Hostilia*. No quería dar sensación de tener prisa.

En la gran sala aún nadie había tomado asiento; los senadores estaban dispersos en diferentes grupos, donde se consideraba cuál podía ser la posición más adecuada a tomar. Ya se había decidido en una sesión anterior el reparto de las provincias: Sicilia para Escipión y el sur de Italia, en especial la región del Bruttium, donde se encontraba atrincherado Aníbal, para Licinio Craso. Algo en lo que Craso había estado de acuerdo, porque al deber compatibilizar su magistratura consular con el puesto de *pontifex maximus* de Roma, era indispensable para él no alejarse de Italia. Como, por otro lado, Escipión no deseaba sino lo contrario para preparar una invasión de África, Sicilia se ajustaba perfectamente a sus fines. Hubo acuerdo entre las partes y no se hizo el tradicional sorteo para adjudicar a cada cónsul una provincia, sino que el Senado aceptó el pacto entre ambos magistrados. Pero Escipión había llevado para muchos senadores demasiado lejos su idea de que al tener asignada Sicilia eso implicaba el permiso, más aún, el encargo del Senado y del pueblo de Roma, de atacar África. En eso gran parte del Senado no estaba de acuerdo y, en particular, si había alguien que consideraba aquella idea como descabellada, ése no era otro que Quinto Fabio Máximo. El joven cónsul Publio Cornelio había hecho correr por la ciudad su idea de que iba a invadir África. Por su parte, Fabio Máximo había trabajado con intensidad en que por cada calle, por cada tienda, por cada barrio de Roma, se supiera que Quinto Fabio Máximo y con él el Senado, aquella mañana, iban a explicar al joven Escipión por qué aquello no era posible y cuál, con precisión, era el encargo y las órdenes que el Senado y el pueblo de Roma tenían para el cónsul. El enfrentamiento estaba servido. Gran parte del pueblo estaba con Publio, como la muchedumbre que lo arropaba en su camino al Senado demostraba, pero la opinión de Fabio Máximo pesaba aún, y mucho, sobre los romanos: fue él, a fin de cuentas, el viejo *princeps senatus*, el que salvara a Roma en sus horas más bajas, cuando Aníbal llegó hasta las mismísimas puertas de la ciudad cuando nadie sabía ya qué hacer. Sólo él preservó la calma, la cabeza fría y supo tomar las decisiones necesarias para salvaguardarlos a todos. Por eso los romanos, si bien sus corazones se decantaban por el joven Escipión, y hacia él volcaban su afecto, tenían sus sentimientos divididos y el alma repleta de dudas. En su fuero interno, todos compartían el sentir de los senadores más veteranos: había que escuchar a Máximo y también dejar hablar a Escipión y que luego senadores y tribunos de la plebe tomaran la decisión final. Ellos eran más sabios. Ellos sabrían qué era lo conveniente.

Publio había llegado a las puertas del Senado embriagado por el calor del pueblo de Roma, pero no tanto como para no percibir las dudas que también acuciaban a aquella gente y que sus planes, la invasión de África, dependían de lo que se decidiese aquella mañana en el Senado, más allá del fervor del pueblo hacia su persona por las victorias de Hispania. Tenía que enfrentarse a Fabio Máximo, el más experimentado y hábil político de Roma, contra el que ya había perdido en otras ocasiones: cuando fue elegido procónsul para ir a Hispania, Máximo, con su majestuosa oratoria, manipuló al Senado para que se le despojara de la magistratura y así, aunque se le concediera el *imperium* sobre las legiones de Hispania, si vencía no podría celebrar un *triunfo*. Ley que Máximo había sabido esgrimir con maestría justo tras su regreso de Hispania. Dos derrotas flagrantes las que ya le había infligido el viejo ex cónsul y ex dictador. Publio luchó en la primera ocasión y perdió la promagistratura; en la segunda ocasión, para sorpresa de sus oficiales y del propio Máximo, en el templo de Bellona, Publio no planteó batalla, sino que se reservó, pero ahora debía volver a plantar cara a Máximo. Roma esperaba, anhelaba aquel combate dialéctico. Querían saber quién tenía razón: si la experiencia de Máximo o la osadía de Escipión.

Publio se despidió de sus oficiales de confianza a la puerta del Senado, abrazándolos uno a uno. Al pueblo le conmovía el aprecio que el general sentía por sus hombres. Luego dio media vuelta, inspiró profundamente y, acompañado tan sólo por Lucio, su hermano y Lucio Emilio Paulo, su cuñado, entró en el Senado de Roma.

Así como en su paseo por las calles colindantes al foro Publio había sentido el calor del pueblo, entre los espesos muros del Senado de Roma, el joven cónsul sintió el peso del silencio, pues nada más aparecer él junto con su hermano y su cuñado todos los senadores callaron y se dirigieron a sus sitios en las gradas de la gran sala dividida en dos amplias secciones de bancos en línea ascendente, separados por un amplio pasillo que los oradores podían usar para hablar y desplazarse con libertad mientras se dirigían a sus colegas si así lo deseaban, aunque muchos preferían permanecer de pie en su lugar sin moverse. Los senadores no tenían un escaño asignado fijo, sino que se sentaban según su costumbre y podían cambiar de sitio si lo deseaban, aunque la tradición y las afinidades habían hecho que a un lado de la sala se acumularan todos los partidarios de Fabio Máximo y enfrente se sentaran los que solían estar o bien a favor de los Escipiones o, al menos, con posturas más moderadas, los que oscilaban y votaban a favor de los unos o de los otros en función de las razones que se expusieran en cada debate. Solamente algunos senadores y representantes tenían espacios fijos asignados: los cónsules ocupaban cada uno una *sella curulis*, sin respaldo pero con patas curvas de marfil que se cruzaban para poder cerrarse como una tijera y así facilitar su transporte allí donde fuera cada cónsul, y los tribunos de la plebe, que tenían la posibilidad de asistir siempre, un banco específico para ellos. Otros magistrados que asistieran debían sentarse entre los senadores libremente, fueran ediles, cuestores o censores. Junto a la *sella curulis* ocupada por Publio se sentaron su hermano y su cuñado y, alrededor de ellos, un nutrido grupo de partidarios de los Escipiones y los Emilio-Paulos. Fabio Máximo se sentó en el extremo opuesto, en su asiento de siempre, el que gustaba ocupar en calidad de *princeps senatus*, que, si bien no tenía por qué ser el mismo sitio siempre, nadie se atrevía a ocupar, de modo que incluso si el anciano Fabio Máximo, por enfermedad, no podía asistir al Senado, el asiento quedaba vacante, como una señal de que aunque aquel día Máximo no hubiera acudido, su presencia, de algún modo, seguía allí, vigilante. Claro que, bien pensado, eso no ocurría con frecuencia. La fortaleza de la salud del viejo ex cónsul y ex dictador que ya rondaba los setenta y ocho años era un asunto de legendaria discusión entre los ciudadanos de Roma.

Pero aquel día, Quinto Fabio Máximo ya estaba sentado en su lugar, en la primera línea de asientos, con su cuerpo ligeramente grueso, arrugado por los años, y su mirada aguda, encendida y segura. Era la mirada que nadie desea ver en un enemigo. Publio sostuvo con sus ojos un breve pulso visual con el viejo senador mientras se acomodaba en su *sella curulis*, más o menos frente a él, pero en el otro extremo de la sala, pero al fin fue el propio Publio quien cedió y bajó la mirada. Publio parecía turbado y eso era exactamente lo que quería parecer. Sabía que Fabio se sentiría más seguro, que atacaría aún con más fuerza. No importaba. Publio tenía preparada su respuesta y sería tan fulminante que ni la más depurada y punzante de las diatribas de Fabio podría contra sus razones. Esa jornada el Senado debería ceder. Tendría que ceder. Cederían a su voluntad. No importaban las acusaciones que Máximo desparramara por su boca. Y serían muchas. De eso no tenía Publio la menor duda.

De pronto, desde el fondo de la sala, encaramado en un podio, Cayo Léntulo, el *praetor urbanus*, encargado de presidir aquella histórica sesión, carraspeó con profundidad dando a entender que ya era hora de iniciar el debate. Estando los cónsules en la ciudad lo lógico es que aquel de los dos al que le correspondiera por turno —turnos que cambiaban de mes en mes—, presidiera la sesión. Le correspondía a Publio presidir, pero en un acto en el que buscaba congraciarse no ya con la facción de Fabio Máximo, algo a todas luces imposible, sino al menos con aquellos senadores más moderados dispuestos a analizar cada palabra, cada gesto, cada propuesta con detenimiento, y que sólo en función de esos datos tomarían decisión última sobre el sentido de su voto, había decidido ceder la presidencia al *praetor urbanus*, Léntulo en ese momento, quien normalmente sólo la ejercía cuando los cónsules estaban ausentes de la ciudad. Era una cesión importante, pues el presidente concedía la palabra a cada interviniente y controlaba el orden en el Senado; también era obligación del presidente de la sesión enunciar la *relatio*, es decir, la descripción concisa pero clara del asunto sobre el que se iba a deliberar. Léntulo no era hombre de Máximo, como era lógico si lo había nombrado Publio ejerciendo su poder, pero tampoco era un claro seguidor de los postulados de los Escipiones. Una nueva concesión del cónsul en su política de conseguir el mayor número de adeptos a su propuesta de invadir África. Así, Léntulo, *praetor urbanus* de Roma, se levantó en su podio y aclaró una vez más su garganta. Los *lictores*, que en todo momento rodeaban al presidente de la sala, se pusieron firmes, tensos: una sesión del Senado de Roma iba a dar comienzo. Las puertas de la *Curia Hostilia*, no obstante, permanecieron abiertas de par en par. No era una sesión secreta y aquélla era una señal de que los senadores velaban por los ciudadanos y los ciudadanos podían escuchar lo que allí se hablaba. De hecho, la plaza del *Comitium*, frente a la *Curia*, estaba repleta de una muchedumbre de ciudadanos ansiosos por saber lo que se diría y, más aún, lo que se decidiría. Ante el estado de cierto nerviosismo y la división entre los que defendían la idea de la invasión y los que preferían que las legiones se concentraran en Aníbal, el *praetor urbanus* había ordenado que dos manípulos de las *legiones urbanae* formaran ante la sede del Senado para, en caso de necesidad, mantener el orden e impedir que ningún ciudadano no autorizado entrara en el edificio de la *Curia Hostilia* pero, eso sí, las puertas, según mandaba la tradición, debían permanecer abiertas por completo. El Senado exigía respeto a sus deliberaciones pero no ocultaba lo que allí se discutía.

Léntulo, al fin, con el prestigio y la veteranía de sus cincuenta años, empezó a hablar y su voz resonó profunda. Comenzó pronunciando la fórmula acostumbrada para abrir cualquier sesión del Senado de Roma.

—*Quod bonum felixque sit populo Romano Quiritium referimos ad vos, patres conscripti...* [Referimos a vosotros, padres conscriptos, cuál es el bien y la dicha para el pueblo romano de los Quirites.] El asunto que nos compete en esta mañana es el siguiente: una vez asignadas las provincias, la región próxima al Bruttium por un lado, y Sicilia por otro, a cada uno de los cónsules, que el magistrado que tenga asignada Sicilia no sólo se ocupe de asentar por completo nuestro poder en dicha provincia sino que se le permita preparar desde allí un ataque a África con el supuesto fin de perturbar el abastecimiento de provisiones y refuerzos al ejército de Aníbal y, si le es posible, con el fin incluso de atacar a cuantos ejércitos púnicos o aliados de los púnicos se le opongan durante dicha acción militar. —Léntulo se tomó un respiro tras enunciar la *relatio*. Habría agradecido un vaso de agua, pero no era el momento. Todos estaban tan pendientes de él que debía concentrarse en su tarea. Prosiguió—. En función de mi cargo de presidente de esta sesión me corresponde además precisar quién propone esta moción ante el Senado y quién, si es el caso, se opone a la misma. Bien. Es el cónsul electo Publio Cornelio Escipión el que presenta por voz mía ahora esta moción ante el Senado de Roma para su deliberación y votación que, si procede, regularé en su momento. Y es Quinto Fabio Máximo, *princeps senatus*, el que ha transmitido a esta presidencia su total y absoluta oposición a esta moción por razones y motivos que expondrá a continuación. A mí me corresponde ahora callar y conceder la palabra a los que deseen expresarse a favor o en contra de esta moción y que el Senado se pronuncie *de ea re quid fieri placeat*, sobre el asunto y diga qué es lo que desea hacer. Ahora, Quinto Fabio Máximo, en honor a su rango de *princeps senatus*, tiene en primer lugar el uso de la palabra durante el tiempo que estime necesario para exponer su punto de vista.

En el silencio de la sesión y con la respiración de muchos de los presentes contenida aun sin saberlo ellos mismos, Quinto Fabio Máximo, cinco veces cónsul de Roma y un dictador de la ciudad, *princeps senatus* y augur vitalicio, se levantó y dando un par de pasos al frente, para que su figura fuera bien vista por todos y para que su bien templada voz, pese a los años, resonara clara y vigorosa en aquella sala, en aquel templo de las decisiones de Roma, en aquella que el sentía, más que ninguno, como su propia casa.

—Gracias al presidente de la sala, *praetor* de esta gran ciudad, por su concisa pero muy exacta *relatio* y gracias por concederme la palabra como, efectivamente, me corresponde por años, experiencia y rango en el Senado de Roma. Algunos quizás esperen de mí un largo preámbulo, pero ése no es mi estilo. Otros quizá penséis que haré una larga exposición antes de entrar en el asunto que nos ha reunido aquí, pero todos sabéis que ése no es mi estilo. Sé que muchos me acusan de retrasarme a la hora de atacar en el campo de batalla, aunque luego mis estrategias son las que han preservado a Roma en esta larga guerra mejor que la impetuosa arrogancia de otros inexpertos generales, pero si hay una ocasión en la que no concedo espacio a los circunloquios es cuando se trata de decidir sobre el futuro y la seguridad del Estado, y ésta es una de esas ocasiones. Y es que, estimados *patres et conscripti* de la patria —a Fabio Máximo le gustaba marcar la diferencia entre los *patres* patricios, miembros del Senado desde tiempos inmemoriales, y los recién elegidos senadores entre otros ciudadanos libres de Roma ajenos a la nobleza, denominados *conscripti*; los había que usaban el término *patres conscripti* para referirse a todos de forma genérica, como había hecho Léntulo en su *relatio*, pero a Máximo le gustaba dejar claras las diferencias mientras hablaba—, Roma está en peligro, en peligro mortal. Muchos pensáis, lo leo en vuestros ojos, que no os descubro nada, pues Aníbal sigue aquí en Italia, pero no lo digo por eso, que también, sino porque teniendo a nuestro peor y más vil enemigo en nuestro territorio hay quien de entre nosotros alberga la absurda idea de llevarse decenas de miles de nuestros soldados fuera de Italia, lejos de Roma para embarcarlos en un desventurado e imposible proyecto, especialmente en las actuales circunstancias: atacar e invadir África. —Aquí surgieron los primeros comentarios en voz baja, especialmente entre las filas de los que apoyaban a Escipión, pero Léntulo les dirigió una mirada fulminante y el silencio pronto volvió a reinar en la magna sala—. África. Por eso estamos aquí todos reunidos. Porque tenemos dos cónsules y uno de ellos, en lugar de querer luchar contra Aníbal, lo que plantea, y no abiertamente, sino haciendo que sus ideas se propaguen entre la plebe en forma de murmullos y rumores, es invadir África con el ejército consular que le corresponde: dos legiones más todas sus tropas auxiliares. Una locura. Una temible idea impregnada de fracaso y dolor para todos, para nosotros, para el pueblo, para Roma. Ya se decidió hace tiempo que esta guerra se combatiría aquí en Italia, pese a nuestro sufrimiento, pues es aquí donde ha venido el enemigo, donde se encuentra Aníbal. Cuando el rey Pirro del Épiro nos atacó pasando a Italia, le derrotamos aquí, aunque nos costara. A nadie de nuestros insignes antepasados, cuyas estatuas adornan nuestras calles, se le ocurrió la descabellada idea de atacar el reino de este rey, sino que nos defendimos aquí y aquí, al fin, le derrotamos, hasta que el osado rey extranjero tuvo que huir vencido y humillado. No, Roma no quiere reyes extranjeros que la gobiernen. Lo mismo debe ser, lo mismo debe ocurrir con Aníbal. ¿O es que acaso nosotros no podremos estar a la altura de nuestros antepasados? —Fabio se detuvo, por un lado para inhalar aire y recobrar fuerzas, y por otro para permitir que desde las filas de los que le apoyaban se escucharan voces de asentimiento con sus últimas palabras. Léntulo les miró, pero como eran voces surgidas desde las propias filas de Máximo y el propio Máximo parecía agradecerlas, permaneció en silencio. Cuando los comentarios, una vez más, remitían, el anciano *princeps senatus*, decidió continuar—. Claro, diréis algunos, incautos y cegados por seguir los impulsos de nuestro joven electo cónsul Publio Cornelio Escipión, diréis «lo que ocurre es que el viejo Máximo es cobarde», o pensaréis «lo que pasa es que Máximo no quiere que nadie le supere en méritos y por eso desea detener el proyecto de invadir África». Ingenuos. Vuestra ingenuidad me deja perplejo. ¿Cobarde alguien que ha luchado en repetidas ocasiones contra Aníbal? ¿Cobarde alguien que ha sido cinco veces cónsul y una vez dictador de Roma? ¿Cobarde quien supo tener la sangre fría para dirigir la defensa de esta ciudad cuando el propio Aníbal llegó hasta las mismísimas puertas de Roma? Son éstas, entiendo yo, preguntas que se responden por sí solas. Sin embargo queda pendiente dar respuesta al otro razonamiento, más sutil, más retorcido: «el viejo Máximo desea evitar que otro alcance más gloria que él al, por ejemplo, invadir África». Pero, por Júpiter Óptimo Máximo y por todos los dioses, ¿hay alguien en esta sala que realmente piense que este viejo anciano tiene por qué competir con un recién elegido cónsul por primera vez que es incluso aún más joven que mi propio hijo? Yo ya he salvado a Roma de Aníbal y la he salvado para que otros puedan proseguir haciendo de Roma una Roma aún más grande, fuerte y poderosa. Sin mi intervención y la ayuda de los dioses quizás hoy ya no estuviésemos ninguno aquí. ¿Creéis que busco honor más grande que haber salvado a esta ciudad? ¿Qué puede haber más grande? No, yo no deseo más. Otros sí. Son jóvenes, ambiciosos y, por edad, les corresponde crecer en la política y en el campo de batalla; a mí, a mis años, sólo me resta una pequeña pero cuán noble tarea: velar por el Estado, velar por que lo que se haga, sea quien sea el brazo ejecutor de lo que designe esta noble reunión de senadores, sea para bien de todos, no para bien de uno o de unos pocos y he aquí, *patres et conscripti*, que invadir ahora África mermando las fuerzas de las que disponemos en Italia para protegernos y luchar contra Aníbal no es algo que vaya a favor del bienestar y la seguridad de todos los aquí presentes y de los miles y miles que esperan anhelantes nuestra decisión sobre este asunto. —Fabio se detuvo una vez más, sólo un segundo, lo suficiente para sentirse a gusto consigo mismo por tener a todos los senadores, incluido el propio Escipión, pendientes de sus palabras; retomó su discurso—. Pero veamos: nuestro noble joven cónsul desea, dicen los rumores extendidos por la ciudad, mediante su plan de invasión de África, dar término a esta guerra. Bien. Pero yo os digo, os pregunto, si el que empezó esta interminable guerra es Aníbal y Aníbal está aquí, atrincherado en el Bruttium, ¿por qué ir a buscarlo adonde no está? Que nuestro joven, fuerte y vigoroso cónsul derrote aquí y ahora a Aníbal y luego, si quiere, que invada África para castigar a los que han financiado a nuestro enemigo mortal. Ése debe ser el orden natural de las cosas. Lo contrario es querer hacerlo todo al revés. Lo contrario carece de sentido. Pero por si éstas, que son las razones que el sentido común nos proporciona para saber discernir entre lo oportuno y lo absurdo, por si estas explicaciones aún no han sido suficientes para todos aquellos que, imbuidos de una pasión por vuestro joven líder, aún creéis que el orden debe ser otro, primero África y luego Aníbal, examinemos entonces, tan siquiera por un momento, la imposibilidad de vuestro proyecto. Veamos por qué invadir África es una completa locura. Vayamos por partes. En primer lugar, no disponemos de recursos suficientes para semejante empresa y, al mismo tiempo, mantener la lucha sin cuartel contra Aníbal en Italia. No. Para atacar África tendríamos que utilizar todas nuestras fuerzas y eso es algo que, hoy por hoy, con Aníbal agazapado, no podemos permitirnos. ¿O acaso deba recordaros que no hace ni tres años, cuando veíamos a Aníbal acorralado, éste se las ingenió para emboscar y asesinar a los dos cónsules de aquel año, a Claudio Marcelo y Quincio Crispino? Aníbal, como todas las fieras, es aún más peligroso cuando está acorralado y lucha por su supervivencia. Un zarpazo suyo, incluso en su agonía, podría conllevar tremendos males para Roma que sólo podemos impedir manteniendo el grueso de nuestras fuerzas en Italia, o en Sicilia, pero no en la hostil África. Pero hay más. En segundo lugar, invadir África es invadir territorio extranjero que luchará a muerte con una saña aún desconocida por nosotros. Y son infinidad los fracasos que la historia nos cuenta de reyes que intentaron invadir territorios extranjeros y vieron sus planes truncados, sus supuestas victorias malogradas, sus soldados muertos: los atenienses en Sicilia, el propio Pirro aquí en Italia... —se detuvo, se giró y señaló a Escipión—, tu mismísimo padre y tu tío en Hispania. —Y se giró de nuevo para evitar confrontar la mirada del aludido—. Invadir un país extranjero es tarea que suele concluir en el mayor de los desastres. No se puede acometer sin primero reunir todos los medios necesarios y un año no da margen para tal tarea y menos cuando aún estamos siendo atacados por Aníbal. Pero sé... sé —y elevó el tono de su voz para acallar los murmullos que habían surgido entre los seguidores de Escipión, aunque Publio permanecía callado, eso sí con lo que a todas luces era una mirada enfurecida pero aún contenida, por la alusión directa a su padre y su tío—, ¡sé! —y gritó aquí a pleno pulmón Máximo haciendo callar a todos—, ¡sé que me diréis que luego lo consiguió el joven Escipión, doblegar a nuestros enemigos en Hispania, y que ahora busca hacer lo mismo al invadir África! Pero, amigos míos, *patres et conscripti* de la patria, parece que todos buscan olvidar algo que resplandece como una hoguera en una noche sin luna: África, senadores de Roma, África os digo, no es Hispania. —Y se volvió de nuevo hacia Escipión; Publio le miraba con intensidad, los labios apretados, un rictus serio de formidable entereza frente al ataque al que estaba siendo sometido; pocos recordaban una crítica tan dura contra un cónsul electo desde hacía años—. No, África no es Hispania —espetó Máximo mirándole a los ojos—. En Hispania navegaste por las aguas amigas de nuestra Italia y las colonias griegas del sur de la Galia; arribaste al puerto amigo de Emporiae, encontraste una base segura en Tarraco y tropas disciplinadas ya acantonadas por todo el norte de aquel territorio, con una frontera delimitada en el Ebro, luego tomaste una capital, Cartago Nova, que los tres ejércitos púnicos decidieron no defender y sí, veo que tus amigos aquí consideran que conquistaste y derrotaste a los cartagineses, pero, pregunto yo, ¿qué victoria fue esa que permitió que el más temible de aquellos generales allí establecidos, Asdrúbal Barca, hermano de Aníbal, consiguiese zafarse de tus tropas y acudir en ayuda de su hermano aquí en Italia? ¿Es así la forma en la que Escipión va a protegernos siempre, atacando allí donde le place, sin preocuparse por los enemigos que le rodean y vienen a destruirnos? ¿Y más cuando ahora sabemos que es posible que sea Magón, el hermano pequeño de Aníbal, el que quizá nos ataque de nuevo por el norte? —Máximo escuchaba de nuevo los murmullos creciendo a su alrededor y cuando Léntulo iba a intervenir para pedir silencio, Máximo soltó una sonora carcajada que partió la sala y todos callaron confusos—. Sí, me río porque a veces la locura de nuestro joven cónsul me conmueve tanto que hasta me hace gracia: con su estrategia un día este joven se hará merecedor de un *triunfo*, no lo dudo, sólo los dioses saben qué ciudades conquistará para merecerlo, pero lo gracioso es que para cuando nuestro victorioso general regrese a Roma sólo encontrará ruinas y cadáveres ante los que desfilar, pues todos los enemigos que le hubieran sobrepasado ya habrían llegado hasta aquí para hacernos pagar con nuestra sangre y nuestro sufrimiento su osadía y altanería. Su *triunfo* sería un desfile entre muertos. —Aquí se levantaron los senadores del bando de Escipión, con su hermano Lucio y su cuñado Emilio Paulo a la cabeza, profiriendo gritos mezclados con decenas de imprecaciones a los dioses.

—¡Por Júpiter Óptimo Máximo, eso es inaceptable!

—¡Esto es una afrenta miserable, por Cástor y Pólux!

—¡Infame!

—¡Mentiras!

—¡No se puede dirigir así a un cónsul de Roma!

Pero Publio no se levantó. Veía cómo Fabio Máximo disfrutaba al conseguir sacar de sus casillas a todos los que le apoyaban. Máximo sonreía a placer, paseándose con los brazos en jarras por en medio de la sala, viendo cómo le señalaban, le gritaban y le amenazaban con los puños. Era una *altercatio* como pocas veces había conseguido levantar en el Senado. Máximo estaba feliz. Miró por un lado a un impotente Léntulo, que gritaba desde su podio de presidente exigiendo silencio y, por otro, observó al joven Publio levantar las manos y dirigirse a los suyos pidiendo que obedecieran las indicaciones del presidente. Aquello contrarió ligeramente a Máximo, pero fingió, con una leve inclinación de su cabeza, agradecer el gesto de su oponente en aquel debate y decidió continuar con sus razonamientos. Léntulo pudo también sosegarse y sentarse de nuevo tras su podio. Con un paño empezó a secarse el sudor que le corría por la frente. Aquélla iba a ser una sesión dura de dirigir. Ya lo había imaginado, pero ahora veía hasta qué punto iba a resultar compleja su tarea.

—Veo —continuaba Máximo— que la verdad descrita en su completa desnudez solivianta a los que te apoyan, joven Escipión, pero admiro tu frialdad al recibir mis críticas —y para sus adentros, Máximo pensó a un tiempo, «veremos si te mantienes igual de sereno para cuando termine con mi exposición»; y continuó hablando—, pero he descrito Hispania. ¿Qué hay de África? Os lo diré en pocas palabras: en África no hay aguas tranquilas, sino *trirremes* púnicas, en África no hay ni un solo puerto o bahía en la que atracar sin ser atacados, en África no hay aliados, ni siquiera aliados dudosos como los iberos... ah, pero veo que algunos se levantan de nuevo... entiendo... mencionáis a Sífax y a Masinisa. Cierto, cierto. Nuestro joven cónsul ha pactado con ambos, pero parece que todos olvidan que ambos, Sífax y Masinisa, se odian a muerte pues ambos pugnan desde hace años por ser el único y todopoderoso rey en Numidia; decidme, pues, ¿cómo va a ser que dos enemigos mortales luchen del mismo lado? Sin duda, uno de los dos se pasará al bando cartaginés nada más desembarcar nuestras tropas y es muy posible que otro se recluya hasta que nuestros legionarios sean masacrados para luego emerger y volver a su lucha anterior, la que les interesa: Numidia, no Cartago. Además, ¿qué garantías puede ofrecer alguien que viene de una familia que vio cómo nuestras legiones eran derrotadas al ser abandonadas por las tropas con las que habían establecido una alianza, como es el caso de los Escipiones y los iberos? Así fue como murieron el padre y el tío de nuestro joven y ambicioso cónsul. —De nuevo las voces y los gritos desde los bancos de Escipión se hicieron escuchar, pero a ellos se enfrentaron voces de apoyo a Fabio y, emergiendo sobre todo aquel escándalo, la voz firme del anciano *princeps senatus* lanzó una nueva y aún más mortífera acusación—. ¿Y cómo, puede saberse, pregunto yo, por todos los dioses, cómo hemos de fiarnos de unas alianzas establecidas por un joven e inexperto cónsul al que incluso sus propias tropas se le amotinaron en sus campañas de Hispania, en Sucro, *patres et conscripti*? —El escándalo se apoderó de toda la sala; Fabio Máximo caminó despacio hacia su asiento, los insultos y las amenazas surcaban el Senado como saetas cargadas de veneno. Sólo dos hombres parecían ajenos a aquellos gritos: Publio, serio, con el semblante casi hierático, como ausente, sentado en su *sella curulis*, y Fabio Máximo, de espaldas a él, caminando despacio hasta alcanzar su asiento, donde pasó una mano para sacudir el polvo de uno de los almohadones que traía a la *Curia* para evitar el frío de la piedra en sus cansados huesos. Léntulo, una vez más, se desgañitaba desde el podio de la presidencia, al fondo de la gran sala de la *Curia Hostilia*.

—¡Silencio, silencio, silencio! ¡Ordenaré que abandonen la sala aquellos que no guarden silencio! ¡Por Júpiter que lo haré!

La advertencia del presidente surtió efecto y los gritos fueron deshaciéndose como la lluvia se diluye tras una tormenta de verano, pero cuando todos habían pensado, incluido el propio Léntulo, que Máximo había terminado, el viejo senador se levantó de nuevo y habló otra vez, aunque en esta ocasión sin separarse ya de los suyos, como por si acaso, temiendo quizá que el efecto de las que iban a ser las últimas palabras de su bien meditado discurso pudiera hacer que de las amenazas se pasara a los golpes.

—África ahora es inconquistable. Aníbal esta aquí, entre nosotros.

Si el joven cónsul quiere acabar con esta guerra, me parece bien, pero que lo haga aquí, en Italia, derrotando a Aníbal. Si quiere tanta gloria para sí, sea: ahí la tiene, al alcance de su mano. Pero no en África, abandonándonos a todos, al Senado y al pueblo, y lo digo mirando fijamente a los tribunos de la plebe aquí presentes en representación de todos los ciudadanos libres de esta gran ciudad; ir a África es abandonar Roma, y debo deciros tan sólo una cosa más. Sólo una cosa más: cuando se es cónsul de Roma se es cónsul para servir, para cumplir órdenes, para salvaguardar la patria, no para decidir por uno mismo qué ciudades atacar o qué pueblos conquistar. No, no según nuestras leyes. Cuando se es cónsul de Roma hay que servir al Estado y hoy por hoy se sirve al Estado, se sirve a Roma, se sirve al pueblo, luchando aquí en Italia contra Aníbal y, querido joven cónsul de esta ciudad, debo recordarte tan sólo algo que pareces haber olvidado: Publio Cornelio Escipión: eres cónsul de Roma... —un segundo de pausa—, no su rey. No eres rey.

Lo que siguió ya no eran gritos normales, ni insultos habituales en una clásica *altercatio* de las muchas que las intervenciones de Fabio Máximo habían provocado en el Senado. Aquello era algo más. El presidente tuvo que intervenir a voz en grito, ayudado por sus *lictores*, para devolver el orden a una sala que, primero entre las filas de los Escipiones y luego, como respuesta, entre los bancos de los partidarios de Máximo, parecía haberse vuelto histérica. La sesión se había transformado de tal forma que no era ya otra cosa sino una contienda verbal de gritos, agravios y otras afrentas donde la distancia entre las simples palabras y los actos violentos quedaba ya muy reducida. Los gritos de Léntulo, con una nueva amenaza de desalojar a los que no respetasen el silencio, los propios gestos llamando a la calma del propio Publio y la presencia de los *lictores* fueron consiguiendo el objetivo de devolver al Senado a un cierto estado de calma: la calma que precede a una tempestad.

Al fin el presidente del Senado tomó de nuevo la palabra desde la profundidad de la sala.

—Tiene la palabra el cónsul Publio Cornelio Escipión, igual que en el caso anterior, sin límite de tiempo.

Publio no se levantó inmediatamente. Permanecía sentado con las palmas de sus manos sobre los muslos. Estaba mirando al suelo, digiriendo aún el último y más vil de los insultos de Fabio Máximo y considerando cuál sería la mejor forma de comenzar su discurso. Lo tenía todo pensado y había preparado una entrada en la que exponía una a una todas las razones por las que convenía al Estado la invasión de África, pero los ataques directos de Máximo hacían que aquel enfoque no quedara a la altura adecuada como respuesta a una crítica tan feroz como la que los senadores acababan de escuchar. No. Necesitaba algo más directo, algo diferente. Se levantó al fin de su *sella curulis* y, despacio, fue aproximándose hacia la pared próxima a la entrada de la *Curia*, justo a la zona conocida como *ad tabulam Valeriam*, pues allí Valerio Mesala ordenó que se pintara una de las paredes del Senado para conmemorar su victoria sobre Hierón de Siracusa. Publio se quedó junto a la enorme pintura. Un gigantesco haz de luz solar entraba por las puertas abiertas. El cónsul se situó justo bajo aquella poderosa exhibición de luz. Los senadores veían al magistrado, de pie, rodeado de una gran nube de minúsculas partículas de polvo en suspensión, mirando al gran cuadro de Valerio, sin decir nada, como si estuviera solo, transportado quizás a la batalla que allí se representaba. Pasaron así unos segundos. El presidente estaba a punto de intervenir para preguntar al cónsul si deseaba exponer ya su argumentación frente al discurso de Fabio Máximo, cuando, sin moverse de donde se encontraba, Publio, aún mirando el cuadro, empezó a hablar con una voz grave y seria, pero a su vez henchida de la poderosa energía innata de la juventud, que se elevaba por las paredes del edificio hasta alcanzar a cada uno de los senadores.

—*Patres conscripti* de Roma, a vosotros me dirijo, con la venia del presidente de esta sesión del Senado, contemplando una hermosa pintura que viene acompañando nuestras reuniones desde hace más de cincuenta años, cincuenta y nueve años para ser exactos si mi memoria no me falla. —Se volvió entonces hacia los senadores y, caminando con lentitud ensayada, fue acercándose hasta quedar en el centro del gran pasillo que dividía los dos grandes grupos de bancos de piedra, tomando la posición que minutos antes ocupara Fabio Máximo—. Una pintura que recrea nada más y nada menos que nuestra victoria sobre un extranjero en el extranjero, el gran rey Hierón, que gobernaba Siracusa y con ella la práctica totalidad de Sicilia. Hoy, sin embargo, Sicilia es romana. Nuestro querido *princeps senatus* ha tenido a bien recordarnos cuán peligroso puede ser intentar una conquista en territorio extranjero y nos ha puesto diversos ejemplos de pueblos y reyes que lo intentaron y fracasaron, los atenienses, Pirro y otros. Es cierto. No lo niego. Tiene razón: sin duda, conquistar un territorio extranjero entraña aún más dificultad que proteger y defender el territorio que durante decenios ha pertenecido a Roma, como es el caso de Italia y las ciudades aliadas a Roma, pero al fin, si nuestros antepasados nunca hubieran luchado por conquistar y ampliar los territorios sobre los que hoy día gobernamos, Roma nunca sería lo que hoy es. Siracusa y Sicilia, allí representadas —y señaló al gran cuadro de la entrada pero sin mirarlo, sino manteniendo sus ojos sobre los senadores—, eran territorios extranjeros y hoy son parte de Roma, una provincia de Roma sobre la que vosotros, *patres conscripti*, decidís quién gobernará durante el próximo año. La cuestión no es si invadir África, territorio bárbaro para la Roma de hoy, es o no una empresa difícil; nadie mejor que yo, que he meditado durante días, semanas, años, sobre esta empresa, sabe a lo que me puedo tener que enfrentar allí; no, no, ésa no es la cuestión; el punto clave es qué Roma tenemos cada uno de nosotros en la cabeza, el asunto es en qué Roma creemos cada uno de nosotros. Se ve —y aquí se giró ciento ochenta grados para mirar a Máximo— que los hay que creen en una Roma con sus actuales dimensiones y fronteras. Sea, es una visión razonable: preservar lo que nuestros antepasados nos legaron ganado con sudor y sangre en el campo de batalla. Pero, queridos *patres conscripti*, queridos senadores de Roma —y fue girando sobre sí mismo para dirigirse a todos—, los hay que creemos en una Roma aún mucho más grande, una Roma donde las fronteras actuales no tienen por qué ser las mismas que nosotros heredamos de nuestros gloriosos antepasados, los hay que pensamos, como Valerio Mesala, los hay que pensamos que se puede atacar y conquistar aquello que aún no se había atacado o conquistado antes y más aún cuando se tiene causa justificada por ser África el territorio del que se nutre de fuerzas nuestro mortal enemigo Aníbal. Y si en el fondo de vuestro espíritu no pensarais de esa forma, si en el fondo de su ánimo nuestros antepasados no hubieran pensado de este modo, ¿sobre qué gobernaríamos? ¿Sobre nuestras siete colinas? ¿O sólo sobre el capitolio? Pensad y pensad bien: ¿en qué Roma creéis: en la Roma pequeña, asustada y encogida que nos presenta Quinto Fabio Máximo, o en una Roma grande y poderosa que rija los designios del mundo? —Desde las filas de los partidarios de Máximo empezaron los primeros gritos. El presidente tuvo que intervenir por primera vez desde que Publio había tomado la palabra para pedir silencio. Pronto callaron todos y el cónsul pudo proseguir con su discurso. Publio estuvo a punto de bajar un poco el tono furibundo con el que había empezado a defender su estrategia de invadir África, pero las palabras hirientes de Máximo recordando la muerte de su padre y de su tío aún retumbaban en su cabeza—. Máximo nos ha recordado a todos cómo mi padre y mi tío murieron en Hispania. Es cierto. Fabio siempre utiliza datos exactos. Datos exactos, sí, pero los envuelve con palabras ajenas a los hechos mismos. Mi padre y mi tío murieron en Hispania luchando por esa Roma grande, épica, en la que mi familia y todos los que me apoyan creen con toda su alma y su cuerpo. Pero no seré yo quien devuelva alusión personal por alusión personal. De la familia de nuestro insigne *princeps senatus* sólo conozco personalmente a su hijo, pues luché junto a él en Cannae. Sé de su valor y su templanza, porque sólo en el peor de los desastres conoce uno la auténtica valía de los hombres. No aludiré, por mi parte, a nadie más de la familia de mi noble oponente hoy aquí en la sagrada *Curia* de Roma. —Ningún seguidor de Máximo se atrevió a decir nada, por miedo a parecer desconsiderado ante lo que de modo directo eran elogios hacia el hijo de su líder, claro que, de modo indirecto, el cónsul había recordado a todos que, si bien él mismo había combatido en Cannae, la más vergonzosa de las derrotas romanas de toda la historia, el hijo del *princeps senatus* también. Era un velado y sutil ataque que Máximo recibió con el rostro serio y los labios apretados, pero sin mover un ápice ni un solo músculo de su anciano y curtido cuerpo. Publio proseguía. El *princeps senatus* tenía curiosidad por ver hasta dónde estaba dispuesto a llegar el joven cónsul en su réplica—. Pero sigamos con todo lo que aquí hoy se ha expuesto: se me acusa de cobarde, de tener miedo a enfrentarme a Aníbal. Bien, ya llegaré a ello, al asunto de mi supuesta cobardía, pero vaya por delante que yo no creo que el *princeps senatus* sea cobarde. Queda, por otro lado, lo que comentabas —y nuevamente aquí Publio miró fijamente a los ojos de Máximo— sobre el hecho de que el pueblo considere que intentas detenerme en mi carrera política y militar al impedirme invadir África. No, no creo que te opongas a ello por envidia, aunque algunos lo puedan pensar; no, insisto en mi argumentación anterior: te opones a que ataquemos África porque crees en una Roma débil mientras que yo creo en una Roma fuerte. Tú crees que Roma sólo tiene fuerzas para hacer una cosa cada vez: primero Aníbal, luego África; y yo creo en una Roma capaz de ambas empresas al tiempo. Me dirás, me diréis: dividir las fuerzas de uno en ocasiones puede ser un error. Creedme, por todos los dioses, que cuando recuerdo la muerte de mi padre y mi tío, que dividieron sus fuerzas y murieron en el campo de batalla, comprendo muy bien el sentido de las consecuencias de ese tipo de error. No, no necesito que nadie me recuerde lo peligroso que esa estrategia puede resultar en según qué circunstancias. Pero juzgadme por mis acciones y no por lo que oigáis decir de mí. Varios años estuve en Hispania y prácticamente nunca dividí mis fuerzas, y ¿por qué? Porque las circunstancias no lo recomendaban, porque durante mucho tiempo sólo disponía de dos legiones para luchar contra tres ejércitos enemigos a un tiempo, por eso no dividí las fuerzas hasta recibir algunos refuerzos que trajo mi hermano aquí presente. Pero Roma es más grande y poderosa que las fuerzas expedicionarias que dispuse bajo mi mando en Hispania. Roma tiene en la actualidad más de veinte legiones en activo para hacer frente a los galos en el norte, a los movimientos macedonios en el Adriático, para mantener nuestro recién adquirido dominio sobre Hispania y nuestro control sobre Cerdeña y Sicilia, para asediar las ciudades italianas que se han pasado al bando cartaginés y para proteger aquellas que siguen con nosotros y, por fin, para atacar y acosar a Aníbal. Roma, como veis, es muy capaz de hacer más de una cosa al tiempo. Y si no, pensad de nuevo con detenimiento en cómo nuestros padres del pasado constituyeron la Roma en la que hoy vivimos: una república no con un cónsul, sino con dos; una Roma no con un ejército consular anual, sino con dos, porque en el origen de la sabiduría y el poder de nuestras leyes está grabado de forma clara e indiscutible la utilidad que en ocasiones tiene dividir nuestras fuerzas para acometer objetivos distintos a un mismo tiempo. Lo que planteo, invadir África a la vez que luchamos en Italia contra Aníbal, no es contrario al interés del Estado sino que encaja perfectamente con la forma en que nuestro Estado está organizado. No hay que recurrir a torcer ninguna ley o a promulgar una nueva, no hay que crear una magistratura nueva, simplemente basta con usar las magistraturas y las leyes que nos legaron nuestros antepasados en su impresionante conocimiento. Y, sin embargo... sin embargo, se propone hoy aquí tratar a Aníbal como si fuera alguien diferente a todos los enemigos contra los que hemos luchado. ¿Es que contra Aníbal no valen las estructuras legadas por nuestros mayores? ¿Es que contra Aníbal todo ha de ser diferente? ¿Es que contra Aníbal no se pueden emplear dos ejércitos consulares en acciones diferentes como tantas veces se hizo en el pasado? Se me acusa de tener miedo a Aníbal. ¿Y no será, digo yo, que contra Aníbal hay otros que sí tienen miedo, tal terror que no quieren que se le combata como en el pasado? Y yo os digo, por Júpiter Óptimo Máximo, que contra Aníbal hay que combatir sin miedo y con osadía, pues esa y no otra es la forma en la que él combate contra nosotros. Pero hay más, hay más... —Publio se pasó la mano por el pelo de la cabeza que, al volver a Roma, había vuelto a cortar para no llamar la atención con su larga y profusa melena que durante un tiempo luciera en Hispania y que aún le hacía parecer más joven de lo que era—. Hay más. Sí. Quinto Fabio Máximo me acusa por un lado de tener miedo, pero luego me acusa de ser un loco por proponer algo que para él es completamente imposible: atacar África con éxito, y pasa a enumerar todos los obstáculos e impedimentos con los que me encontraré en mi camino. ¿Miedo? Dice que tengo miedo a Aníbal y por lo que describe luego parece que invadir África es aún peor. Estimados *patres conscripti*, creo que nuestro *princeps senatus* debe decidirse: o tengo miedo o soy un loco, pero creo que ambas cosas a la vez no se sostienen. —Aquí surgieron algunas risas entre los bancos de los que apoyaban a Escipión; por su parte, Máximo permanecía serio, contenido, intrigado aún por dónde iba a terminar toda aquella larga perorata de su contrincante: el cónsul se defendía pero, de momento, Máximo estaba convencido de que su discurso aún pesaba más en el ánimo de los senadores. Publio continuó hablando—. Por todos los dioses, senadores, llevamos catorce años de guerra y no hemos atacado África, cuando la primera vez que estuvimos en guerra con Cartago y la lucha era en Sicilia, no en Italia, no hicimos otra cosa más que acechar las costas africanas con constantes ataques e incursiones y ahora, ahora que nuestro enemigo asola nuestras tierras, ahora que deja yermos nuestros campos y masacra a nuestros aliados, ahora, sin embargo, elegimos no acercarnos a las costas africanas. Eso es absurdo. Más aún: es una vergüenza para con nuestros mayores, una indignidad, una cobardía. Esto no puede, no debe seguir así por más tiempo. *Patres conscripti*, ¿no es hora ya de que África sienta en su propia carne las ásperas heridas de la guerra que lleva catorce años financiando? ¿No es momento ya de que sean los campos de África los que queden baldíos? ¿No es ya hora de que sean las ciudades de África las que sufran los asedios, el hambre, la miseria de esta guerra? —De entre los bancos de Escipión emergieron gritos a su favor que el presidente intentaba acallar.

—¡Por Cástor y Pólux, la guerra debe ir a África!

—¡África, África, África!

—¡Invasión, sangre, todo en África!

Una vez más, pasado un minuto, la voz de Léntulo se hacía con el orden en la sala y el cónsul prosiguió con su intervención, más firme, más seguro de sí mismo, aunque la impenetrable mirada de Máximo no dejaba de hacerle sentir que no había conseguido derrotarle. Debía ser aún más agresivo. Más.

—No hay recursos, dice Máximo. Yo no pido más que los de un ejército consular, lo que me corresponde con relación a mi cargo. No hay puerto donde desembarcar, dice Máximo. Esto no es un viaje de placer. Si no hay amigos en la costa, tomaré la costa por la fuerza. No hay aliados o los que he conseguido son de poca confianza. También se decía que todos los pueblos de Hispania eran unos inconstantes y hoy mismo hemos recibido la mejor prueba de lealtad por parte de los embajadores saguntinos que he podido saludar antes del inicio de esta sesión. Sagunto, una ciudad que prefirió ser arrasada antes que pasarse al bando de nuestros enemigos. Está claro que Sífax o Masinisa son aliados inseguros, pero quizás alguno de ellos se pruebe tan valioso como los saguntinos u otros pueblos iberos que me ayudaron a terminar con el poder púnico en Hispania. En cualquier caso, es un riesgo que estoy dispuesto a asumir, pues ninguna gran empresa se ha conseguido sobre una base de completa seguridad. Además, si hasta Aníbal encontró apoyos entre ciudades itálicas que creíamos completamente fieles a nuestra causa, ¿por qué no voy yo a poder encontrar algunos pueblos de África o Numidia que se decidan a apoyarnos a nosotros? Muchos son los rencores que el poder de Cartago ha sembrado entre sus vecinos. Pero se insiste en que África es un territorio peligroso. Por supuesto. Hemos sido derrotados en África antes. Desde luego, pero también fuimos derrotados antaño por los pueblos del Lacio, de Etruria, de la Magna Grecia, por los epirotas, por los galos o los iberos y ahora todos están sometidos o mantenidos alejados de nuestras fronteras. ¿Por qué África ha de ser diferente? Quinto Fabio Máximo dice que un cónsul debe servir al Estado. Estoy de acuerdo, pero hoy al Estado se le sirve mejor atacando África. África es la llave del fin de esta guerra. África es el camino de nuestra victoria. África es la ruta para derrotar a Aníbal. —Estaba cansado, sudoroso. Publio se detiene. Inspira un par de veces. Empieza a dar pasos pequeños de regreso a su *sella curulis*, junto a los suyos, pero a mitad de camino se detiene, levanta de nuevo la mirada y dirigiéndose a todos, dando un círculo completo, termina su discurso—. Máximo se ha esforzado en minimizar y hasta menospreciar mis conquistas y mis victorias en Hispania.

—Habla muy despacio; quiere que cada una de sus últimas palabras permeen en las mentes de los senadores—, yo podría hacer lo mismo con las campañas de Quinto Fabio Máximo, pero no lo haré. Al menos, aunque sólo sea en humildad, en algo superaré al *princeps senatus*. Yo he nacido para servir a Roma. Soy cónsul y como tal sé que debo aún más servir a Roma. Soy cónsul, no rey. Lo que ocurre es que quizás haya entre nosotros quien de tanto ser cónsul y hasta dictador de Roma se crea el rey y piense que los demás sólo somos sus súbditos.

Con esa frase final, Publio dio por concluida su respuesta y se sentó al tiempo que desde los bancos de los partidarios de Máximo le llovían las amenazas, los insultos y los ataques de todo tipo. Léntulo se desgañitaba desde su podio sin conseguir que la paz regresara a la gran sala de la *Curia Hostilia*. Fabio Máximo navegaba con su mirada entre los bancos donde se sentaban los senadores más moderados y que, como en tantas otras ocasiones, tenían la llave de la decisión final del Senado. En su mayoría permanecían sentados y con el rostro tenso. Aquello relajó a Máximo. Tuvo que controlarse para no dejar escapar una sonrisa, un gesto inapropiado para el momento. Si los moderados estaban nerviosos era porque no les había convencido el discurso del joven cónsul y, ante la duda, Máximo sabía que muchos de ellos se decantarían por la opción más conservadora, más tradicional, más segura. Además, aquello de que Publio le hubiera devuelto el insulto de rey había sido algo poco elaborado, demasiado simple, hasta incluso torpe, pues Máximo, con setenta y ocho años, ya no estaba en edad de promover una revolución para hacerse con el control absoluto de Roma; en cambio, su contrincante, el joven cónsul, sí que podría tener esas pretensiones. Aquello era lo que los senadores estaban meditando. Al final, Quinto Fabio Máximo había conseguido lo que se proponía: alejar de la mente de los senadores el asunto central del debate, la invasión de África, la guerra contra Aníbal, y hacer que todos pensaran en el miedo que despertaba la infinita ambición de aquel joven cónsul. En eso pensarían los senadores cuando votaran y en nada más. Tenía la votación ganada, pero quedaba algo por resolver, quedaba algo clave. ¿Se atendría el joven e impetuoso cónsul a lo que allí se decidiera? El tumulto proseguía y los alaridos de Léntulo intentaban dominar la situación aún sin conseguirlo. Máximo se giró y habló con un viejo senador que se sentaba a su lado: Quinto Fulvio, quien fuera cuatro veces cónsul y una censor, otro de los senadores más veteranos y respetados de la cámara. Fulvio le escuchaba atento. Asintió un par de veces.

—Cuando se calme el ambiente —respondió al fin Fulvio— intervendré yo.

—De acuerdo —dijo Máximo—. Tenemos que terminar con esto aquí y ahora. El árbol está ya maduro para ser talado. —Y le lanzó una mirada llena de satisfacción. Fulvio le sonrió asintiendo de nuevo.

Léntulo volvía a intervenir para encauzar el debate.

—Bien, *patres conscripti*, llegados a este punto y rogando a los dioses por que nos concedan sabiduría a la hora de decidir, una vez expuestas las opiniones del cónsul Publio Cornelio Escipión por un lado y del *princeps senatus* por otro, nos corresponde votar sobre lo aquí debatido. La votación será nominal...

—Un momento, presidente, con su permiso, con la aquiescencia de los dioses y con la venia de mis colegas, desearía añadir algo —dijo rápido el anciano Fulvio, alzándose de su banco.

Léntulo parecía molesto. Aquella sesión parecía no tener fin. Debería haber declinado presidirla, pero, por otra parte, no todo el mundo era elegido para presidir una sesión; era un honor difícil de rechazar. La vanidad, ahora lo veía claro, le había puesto en aquel trance.

—Si el ilustre Quinto Fulvio —empezó Léntulo— desea intervenir antes de la votación, no seré yo quien me oponga a ello.

Fulvio permaneció en pie sin moverse de su banco, junto a Fabio Máximo.

—Gracias, presidente del Senado en la sesión de hoy. Tengo... me siento en el deber de solicitar que el cónsul Publio Cornelio Escipión aclare ante todos y ante los dioses cuál es su auténtica intención al presentar la moción de no sólo obtener el mando de la provincia de Sicilia, algo que ya tiene, sino también de la de África para así tener la posibilidad de atacar aquel país. Me explicaré: todos hemos oído en el foro, vamos, en Roma no se habla de otra cosa, que nuestro joven cónsul piensa atacar África con o sin el consentimiento del Senado y que si el Senado no le concede el permiso, presentará entonces su moción directamente al pueblo ante los tribunos de la plebe aquí presentes. Por eso, por eso, por Cástor y Pólux, por eso me niego a votar si antes el cónsul no se compromete a obedecer lo que aquí se decida. Si sólo nos está sondeando para luego dirigirse a los tribunos de la plebe y al pueblo, que sea a ellos desde un principio a los que les plantee la moción. Si el Senado no gobierna ya Roma, si es eso lo que piensa nuestro cónsul, que lo diga con claridad. De forma que solicitó formalmente que los tribunos de la plebe me amparen a mí y a cuantos senadores nos neguemos a votar hasta que el cónsul aclare si va a obedecer o no al Senado. Los tribunos de la plebe están para defender al pueblo de decisiones injustas que pudieran emanar de aquí contra el pueblo romano, pero no para gobernar en lugar del Senado. Así ha sido siempre y así debe seguir siéndolo.

Una vez más quejas y amenazas surgían de entre los bancos de unos y otros. La algarabía era tal que Léntulo decidió operar esta vez de forma diferente. Mientras dejaba que sus *lictores* se esforzaran en rebajar la tensión y hacer que los senadores se callaran, el presidente bajó de su podio y caminó hasta donde se encontraban sentados los tribunos de la plebe. Alrededor suyo se formó un corro de senadores, la mayoría favorables a la visión de Máximo y Fulvio. Publio permanecía sentado en su *sella curulis*. Su hermano Lucio le habló al oído.

—Con esto no contábamos.

—No —respondió Publio entre nervioso pero contenido.

—Léntulo y los de Máximo están con los tribunos, les están presionando —añadió Lucio.

—Ya veo. Nada bueno saldrá de ahí para nuestros intereses —confirmó Publio entre cansado y confuso. Máximo le estaba ganando la batalla. El joven cónsul veía que había caído en el más viejo de todos los errores posibles: había infravalorado la capacidad de oposición de su enemigo. Publio había considerado la posibilidad de perder el debate ante el Senado, pero tenía pensada la alternativa de presentar la moción de invadir África ante los tribunos de la plebe si los viejos senadores no tenían agallas para respaldar aquel plan. Sin duda, Fabio Máximo era el más formidable de los enemigos, puede que no en el campo de batalla, pero sí en el Senado. Máximo había intuido su estrategia y se le había adelantado. Así de simple y así de sencillo: se le había adelantado. Le había superado en oratoria, o aunque hubieran estado igualados, Publio debía haber sido mucho más persuasivo para que los acoquinados senadores se atrevieran a votar en contra de los postulados de Fabio Máximo. Y encima, su segundo plan, recurrir al pueblo, estaba en jaque.

Léntulo retornó a su podio. El resto de los senadores y los tribunos de la plebe hicieron lo propio regresando a sus respectivos asientos. El presidente tomó la palabra una vez que la algarabía quedó reducida a murmullos.

—Quinto Fulvio ha planteado una duda importante antes de proceder a la votación y en este punto parece lógico escuchar lo que tienen que decirnos los tribunos de la plebe, a los que les concederé la palabra en esta sesión de forma excepcional y luego, si lo desea, podrá hablar también el cónsul Publio Cornelio Escipión —concluyó Léntulo mirando al aludido. Publio asintió. Léntulo suspiró algo aliviado y concedió la palabra a los tribunos.

Cneo Bebio Tánfilo, el tribuno de mayor edad, se levantó y sin alejarse de su asiento empezó a hablar. Publio le miraba como si sus ojos pudieran atravesarle. Cneo Bebio midió sus palabras. Navegaba entre dos aguas: entre la tumultuosa tempestad de los Escipiones y la profundidad insondable de Fabio Máximo.

—Como se ha dicho y se ha dicho bien, los tribunos asistimos aquí para velar por que no se vulneren los derechos del pueblo. La proposición sobre si se le permite al cónsul Publio Cornelio Escipión la posibilidad de atacar o no África es una cuestión que entendemos que no atañe de modo directo a los derechos del pueblo. Por ello pensamos que debe ser el Senado el que decida y si el Senado decide en sentido negativo a lo propuesto por el cónsul... —aquí el tribuno se detuvo un instante— y el cónsul acude a presentar de nuevo dicha propuesta ante nosotros, los tribunos de la plebe declinaremos aceptar toda moción que sobre el respecto ya haya sido debatida y votada en el Senado. De este modo amparamos al senador Quinto Fulvio según ha demandado públicamente ante los *patres conscripti*... ahora bien —y se hizo un silencio de un par de segundos en los que todos clavaron sus miradas en Cneo Bebio, en particular, tanto Fabio Máximo como el joven cónsul Escipión—, ahora bien... si el cónsul retira la moción del Senado y si esta moción, la de la invasión de África, llega ante nosotros sin haber sido votada por los senadores, entonces los tribunos de la plebe... sí que darán su opinión sobre la misma.

El tribuno se sentó. Léntulo miró al cónsul. Publio sentía cómo los murmullos habían emergido en ambos lados de la *Curia,* pero no había gritos. El cónsul, con las palmas de sus manos sobre los muslos, miraba al suelo. En un extremo de la gran sala, Máximo, que se mordía la lengua con sus afilados dientes de viejo lobo, a través de Fulvio, había creído cercenar de cuajo su estrategia de acudir al pueblo en caso de fracasar en el Senado, pero las últimas palabras del tribuno abrían la posibilidad de una crisis institucional, un enfrentamiento entre el tribunado y el Senado, entre el pueblo y los representantes de la *Curia.* En el otro extremo, Publio percibía cómo el fracaso de la propuesta de la moción en el Senado se palpaba ya en el ambiente. Era muy improbable que su discurso hubiera convencido a la mayoría necesaria de senadores para conseguir sus objetivos. La voz de Léntulo le llegó como si viniera desde otro mundo.

—... el cónsul de Roma debe dirigirse ahora a todos y responder a la cuestión planteada: ¿reconoces o no, Publio Cornelio Escipión, la autoridad del Senado para decidir sobre la asignación de las provincias a cada cónsul, así como la capacidad del Senado para delimitar las acciones a llevar a cabo por cada cónsul en cada una de esas provincias? ¿Reconoces esa autoridad o no? ¿O decide el cónsul retirar la moción y presentarla, y aquí he de ser claro, contra mi parecer y estoy seguro que el de la gran mayoría de los senadores, decide, digo, presentar la moción sólo ante el tribunado de la plebe? Y he de insistir: nunca antes el tribunado de la plebe ha decidido sobre las acciones militares de un cónsul. El magistrado Publio Cornelio Escipión tiene la palabra, pero, como presidente de esta sesión, debo advertirle que sus palabras deben ser mesuradas pues, de lo contrario, pueden conducir a Roma a una crisis de instituciones como no se ha conocido jamás.

Todos miraban a Publio y él lo sabía. Su hermano iba a decirle algo pero Publio levantó su mano izquierda separándola levemente de su pierna y Lucio guardó silencio, mientras veía cómo su hermano mayor, cónsul de Roma, se levantaba para dirigirse una vez más al Senado.

—Creo que la sesión de hoy ha sido ya muy larga y llena de demasiadas tensiones innecesarias para debatir sobre el bien del Estado. Pido un día de reflexión para responder a esas preguntas.

Desde las bancadas de Máximo emergieron una vez más los gritos, pero Fabio levantó sus manos y sus seguidores callaron inmediatamente. El *princeps senatus* bajó las manos y se limitó a mirar hacia donde se encontraba Léntulo y asentir una vez. El presidente asintió también y decidió levantar aquella pesada y compleja sesión, al menos por aquel día.

—El cónsul ha pedido un día de reflexión y es potestad mía como presidente concederlo. Entendiendo que la reflexión siempre es buena y más aún si ésta puede impedir un enfrentamiento entre el tribunado de la plebe y el Senado, entre el pueblo y los *patres conscripti.* De modo que levanto la sesión hasta mañana a la misma hora, *nihil vos teneo*, no tengo nada más que tratar con vosotros.

Y todos los senadores de Roma fueron saliendo en pequeños grupos del edificio de la *Curia Hostilia*. La sombra de la *Curia* se desparramaba alargada y en diagonal por la gran plaza del *Comi-*

tium. La muchedumbre rodeaba a los senadores que salían de la maratoniana sesión y preguntaban a los *patres conscripti*. Así se extendió, boca a boca, el resultado aún incierto de aquel debate. Del *Comitium* los comentarios viajaban entre los *Rostra* y la *Graecostasis* y el *senaculum* y alcanzaban a una multitud aún mayor congregada en la enorme explanada del foro. En menos de una hora, en toda Roma no se hablaba de otra cosa: el joven cónsul Publio Cornelio Escipión había defendido una y otra vez la necesidad de invadir África y Fabio Máximo se había opuesto por completo. No había tenido lugar aún votación alguna y se murmuraba que el cónsul podría retirar la moción y presentarla directamente ante el pueblo dirigiéndose a los tribunos de la plebe. Bebio había dicho que si el cónsul la retiraba del Senado considerarían la moción. Era un enfrentamiento entre el Senado y el pueblo. Entre Máximo y Escipión. Los unos defendían a Fabio Máximo, a su sabiduría que los salvó del ataque de Aníbal, y defendían la autoridad del Senado. Otros, hartos de la guerra interminable, estaban con Escipión: que los cartagineses tomaran algo de su propia medicina, que la guerra llegara a África. Fue en medio de aquel tumultuoso anochecer cuando Publio, rodeado de miles de personas, unas que le aclamaban y otras que le increpaban, escoltado por su hermano, su cuñado, Lelio y sus oficiales, llegó a su *domus* en el extremo sur del foro. Varios esclavos, apostados a la puerta de su casa, abrieron las puertas de la residencia de par en par para facilitar el acceso a toda la comitiva que acompañaba al señor de la casa en su regreso del Senado. Una vez que Publio y su séquito de familiares y amigos hubo entrado, los esclavos cerraron las grandes puertas, y anclaron los cierres de la misma con un enorme travesaño de madera de roble reforzada con remaches de bronce. En su interior, su familia y amigos. La casa de Publio Cornelio Escipión estaba cerrada ya para todos los demás, fueran clientes, curiosos, viajeros o senadores, daba igual su condición o su necesidad. Publio no recibiría a nadie en toda aquella larga y lenta noche. Ésas eran sus instrucciones. Los esclavos quedaron apostados a la puerta. No se debía molestar al amo con ningún requerimiento de nadie.

44

Una visita inesperada

Roma, enero del 205 a.C.

Emilia, ayudada por Pomponia, la madre de Publio, dispuso que en el atrio se distribuyeran divanes suficientes para acoger a su marido Publio, su cuñado Lucio, a su hermano Lucio Emilio, a Cayo Lelio y al resto de los oficiales amigos del cónsul. Como algo excepcional, permitió que la pequeña Cornelia de siete años y el benjamín de la casa, Publio hijo, de sólo cuatro, jugaran entre los amigos de su padre, junto al *impluvium*. Las obligaciones de su marido, siempre en campaña todos estos años y cuando estaba en Roma, siempre ocupado con el Senado y luego con los centenares de clientes plebeyos que se aproximaban a la casa de los Escipiones a pedir ayuda o consejo, no permitían que Publio pudiera disfrutar de un mínimo tiempo con sus hijos; por eso, siempre que éste estaba en casa, Emilia facilitaba que los niños permanecieran cerca de su padre, aunque eso implicara saltarse los horarios de dormir que, de otro modo, Emilia hacía que ambos, Cornelia y Publio hijo, cumplieran de forma escrupulosa. Los niños estaban encantados cuando su padre estaba en casa.

—Hay que acudir a los tribunos, no hay otra solución —comentaba Lelio con vehemencia.

Publio le miraba y asentía despacio pero era evidente que tenía grandes dudas. Miró a su hermano, reclinado en el *triclinium* a su derecha.

—No sé... —respondió Lucio dubitativo.

Publio miró entonces a su cuñado, Lucio Emilio Paulo, hermano de su esposa, hijo del gran cónsul Emilio Paulo, de quien siempre valoraba y mucho sus opiniones sobre las decisiones políticas, y aquélla, sin duda, era la decisión política más importante que debía tomar en su vida.

—Pienso como tu hermano, Publio —comenzó Emilio Paulo—; saltarse al Senado, retirando la moción ya presentada para acudir a los tribunos... será un enorme conflicto. Fabio Máximo puede echar mano incluso de las *legiones urbanae*, exigir una nueva dictadura para reinstaurar el poder del Senado si considera que se está vulnerando la capacidad decisoria del Senado en política exterior y asignación de legiones. Publio, el pueblo está contigo en su mayoría, pero a medida que Fabio Máximo recurra a más estratagemas políticas e incluso a la fuerza, el apoyo popular decrecerá. Y lo cierto es que ante Aníbal, necesitamos unión. Eso también lo valora el pueblo. Fabio Máximo hará correr el bulo de que sólo buscas poder y gloria a costa incluso de saltarte las leyes. Creo que es mejor dejar que la moción se vote en el Senado... tu discurso fue bueno y que aceptes someterte al Senado lo verán bien muchos de los senadores moderados y los predispondrás a tu favor. Pero la votación será complicada. ¿Alguien ha calculado cuántos votos...?

—Yo —dijo Lucio, el hermano de Publio—. Siendo optimista no tendremos más de ciento diez o ciento veinte. Máximo cuenta seguro con más de ciento cuarenta. Unos pocos más y tendrá el control completo. Y los indecisos caerán muchos de su lado. Es una votación perdida. África tendrá que esperar o tendremos que enfrentarnos con el Senado y...

—¿Y...? —preguntó Publio.

—No me gusta la idea —concluyó su hermano.

—A mí tampoco —confirmó Publio—. ¿Alguien tiene otra opinión?

Publio paseó su mirada entre sus oficiales. Lelio no dijo nada, pero ya había dejado claro que él estaba por la labor de no cejar en el empeño de invadir África. El resto, Marcio, Silano, Mario, Terebelio y Digicio, callaba. No sabían bien a qué atenerse. El poder del Senado era sagrado en cuestiones militares, pero ellos estaban con Publio hasta la muerte. Si Publio decidía enfrentarse al Senado le seguirían, pero no eran capaces de promover esa idea por sí mismos. Publio comprendía sus sentimientos y no les culpaba por sus dudas.

En medio del denso silencio, resonaron varios golpes secos y firmes sobre la gran puerta de la *domus* de los Escipiones en el corazón de Roma. Publio no le prestó mayor atención aunque los golpes se repitieron un par de veces más. Ya se ocuparían sus esclavos de deshacerse del inoportuno o inoportunos visitantes. Publio bajó la mirada mientras seguía meditando qué hacer. Todos callaban. Lelio bebía algo de vino aunque los nervios no le permitían degustarlo como acostumbraba. Lucio y Emilio Paulo tomaban algo de uva, más por entretener el paso de los segundos que por hambre, y Marcio, Silano y el resto de los oficiales no se atrevían ni tan siquiera a echar mano de la fruta que se les ofrecía. De pronto, uno de los esclavos de la puerta, el *atriense*, que en razón de su cargo era a quien le correspondía dirigirse al amo en aquellas circunstancias, apareció junto al *impluvium* donde los pequeños, ajenos a las pugnas políticas de Roma, jugaban con pequeños barcos de madera que habían confeccionado con su tío la tarde anterior, aunque percibían una sensación extraña diferente a otras reuniones que su padre había celebrado con todos aquellos hombres. Nadie reía.

Publio miró al *atriense* con claras muestras de irritación y es que, aunque el cónsul contuviera sus impulsos, estaba especialmente tenso aquella noche y cualquier desliz de un sirviente podía desatar su ira y a punto estuvo aquel esclavo de ser objetivo de la furia del cónsul, que se levantaba despacio, dispuesto a hacer azotar a aquel imbécil, cuando el sirviente se arrodilló y habló rápido mirando al suelo.

—Sé que habéis dicho que no se os moleste, lo sé, mi señor, pero es... Quinto Fabio Máximo. —Y el esclavo se arrodilló como un ovillo junto a los niños que lo miraban sorprendidos. Nunca habían visto a aquel hombre tan asustado. Miraron a su padre. El cónsul, en pie, reflejó en su faz un cambio de expresión: de la ira pasó a la confusión y de la confusión a su innata curiosidad. Todos le miraban.

—¿Le has dejado pasar? —preguntó Publio.

El esclavo respondía con su rostro hundido en el suelo.

—Está en el vestíbulo, mi amo, en el vestíbulo. —La voz le temblaba. Había incumplido la orden de su amo, pero no podía ser que su amo incluyera en su orden al propio *princeps senatus*.

Publio se sentó.

—Has obrado bien, *atriense*. Puedes estar tranquilo.

El esclavo suspiró aún sin atreverse a mover un músculo de su encogido cuerpo.

—Hazle pasar —apostilló el cónsul, y el esclavo partió casi gateando desde el *impluvium* en dirección al vestíbulo de la casa. Publio no añadió más de momento y se limitó a mirar a su alrededor. Todos compartían la confusión y la incertidumbre en el rostro por aquella inesperada visita.

—No te fíes —le dijo su hermano Lucio al oído—. Máximo no dice dos frases seguidas que sean verdad.

Publio asintió.

Con estudiada lentitud y paso en apariencia débil entró Quinto Fabio Máximo en el atrio de la casa del más mortal de sus enemigos políticos. Se acercó al *impluvium* y, al tener su mirada en alto, estudiando el cónclave de hombres allí reunidos, no vio al pequeño hijo de Publio con el que tropezó. El niño se apartó y se puso tras su hermana. El anciano senador trastabilló, pero con agilidad extraña para su edad se mantuvo en pie apoyado sobre su *lituus*, el viejo palo de augur que con frecuencia portaba consigo para recordar a todos su capacidad de leer el futuro. Máximo se detuvo y miró hacia el pequeño. Sin decir nada sonrió en lo que intentó que fuera una mueca afable y su boca exhibió una dentadura decrépita de dientes afilados por el uso y de su labio inferior emergió aún más su pesada verruga por la cual lo apodaban el *Verrucoso*. El pequeño Publio de cuatro años, en un gesto que conmovió a su padre, no se arredró ante aquel acontecimiento sino que reapareció de detrás de su hermana y se plantó ante ella, como intentando protegerla, recto en su escaso metro de estatura, tieso, serio. Máximo, que no vio su sonrisa correspondida, enarcó las cejas y se dirigió hacia el señor de aquella casa. A dos pasos de Publio, se detuvo y le saludó como correspondía a su condición.

—Te saludo, joven Publio Cornelio Escipión, cónsul de Roma, y te pido disculpas por mi intromisión en tu vida familiar a estas horas de la noche y más aún después de una tan larga jornada en el Senado.

—Te saludo, Quinto Fabio Máximo. El *princeps senatus* es siempre bienvenido a esta casa —respondió Publio con cordialidad, al menos en la superficie de su expresión.

—Eso está bien —replicó Máximo—, que en esta casa se reconozca la autoridad del Senado y sus humildes representantes.

A nadie pasó inadvertida aquella indirecta. Lelio casi rompe la copa de apretarla con la mano. Máximo le dedicó una rápida mirada. Lelio bajó los ojos, pero el viejo senador ya había leído todo cuanto juzgaba necesario en la faz del veterano tribuno.

Por su parte, Marcio y el resto de los oficiales allí reunidos miraban a Máximo con desprecio que procuraban ocultar, pero todos reconocían que tenía agallas aquel viejo. Estaba allí solo, en medio de todos ellos, y, en apariencia, desarmado. Aunque seguramente tendría una poderosa escolta a la puerta, pero allí estaba solo. Claro que, ¿quién en Roma podría atreverse a tocar un solo pelo de aquel hombre? Un ataque a Fabio Máximo supondría una condena de muerte automática para todos los implicados, sin importar su condición. No, Máximo era valiente, pero no un loco. Sabía medir hasta dónde arriesgarse y, en cualquier caso, aquél era el mismo hombre que declaró la guerra contra Cartago hacía años en el mismo Senado de Cartago rodeado de centenares de enfurecidos senadores púnicos. No iba a tener miedo entonces de un puñado de oficiales romanos.

—He venido a advertirte, Publio Cornelio Escipión. —Máximo se irguió mientras hablaba—. No te atrevas a soslayar la autoridad del Senado. La moción sobre la invasión de África debe ser decidida en el Senado y sólo en el Senado.

—¿Es una amenaza? —preguntó Publio con frialdad.

—Es un consejo, cónsul de Roma, un consejo de un anciano augur...

—A mí me predijiste que Publio no volvería vivo de Hispania y aquí estamos todos —interrumpió Cayo Lelio, que tenía enquistado en las entrañas a Fabio Máximo desde aquella hostil entrevista en su villa de las afueras de Roma.

Fabio Máximo se giró y se encaró al veterano tribuno. Le respondió sin un ápice de nervios en su voz bien atemperada y controlada.

—Por lo que he oído, Cayo Lelio, poco faltó, muy poco, pero la diosa Fortuna decidió interceder y devolvernos a nuestro joven cónsul de las horribles manos de la enfermedad, de lo que me congratulo, pero mis augurios se cumplen y se mantienen en su sustancia. —Máximo examinaba una vez más el iracundo rostro del tribuno al tiempo que hablaba despacio. La mente de Lelio se había hecho más compleja, más proclive a la duda—. Quizás el cónsul haya regresado vivo, pero parece haber perdido la razón y querer llevarnos a todos a la muerte y la destrucción. Eso es casi como estar muerto —concluyó mirando ya a Publio.

La tensión se podía cortar con un cuchillo. La dulce y suave voz de Emilia emergió salpicando de calma la tempestad de sentimientos confrontados.

—El *princeps senatus* pensará que hemos olvidado nuestros modales romanos. ¿Puedo ofrecer algo de comer o de beber a nuestro insigne visitante?

Máximo se volvió hacia la señora de aquella casa y se inclinó levemente mientras le respondía.

—Veo que hay aquí quien mantiene el orden y la tradición romana y eso me hace albergar esperanzas de que la cordura pueda volver a reinar entre estas muy nobles y respetables paredes. Las de los Escipiones y los Emilio-Paulos son familias de gran renombre y linaje y sólo anhelo que reencontremos el acuerdo general para acabar con nuestro enemigo común: Aníbal.

Una pausa en la que Emilia hizo que un esclavo llevara algo de agua al viejo senador, la cual aceptó enjugando los labios y la prominente verruga en el líquido fresco y transparente que se le ofrecía en un cáliz de plata. En todo momento, los ojos de Publio seguían fijos sobre la figura de piel seca y arrugada por el tiempo que permanecía plantada ante él, en medio de sus amigos y su familia, como un espino incómodo que crece en el mejor de los jardines.

—Pasemos al *tablinum* —dijo Publio en pie señalando hacia la cortina detrás de donde se encontraba ubicado su *triclinium*—. Hablemos en privado.

Quinto Fabio Máximo volvió a mojar sus labios en el cáliz de plata. Necesitaba un segundo para pensar. Esa estrategia no la había esperado. ¿En privado? ¿Quería el cónsul decir cosas que no quería que ni los suyos oyeran? Eso podía ser bueno. Podía estar dispuesto a ceder. Eso le interesaba. Cuando alguien quiere retractarse es más fácil hacerlo en privado que ante familiares y amigos. ¿Quería atentar contra él y que no hubiera testigos? Improbable y absurdo y, sobre todo, eso pondría fin a todo plan de invadir África. Si así ocurría, al menos su muerte sería cumpliendo con el bien del Estado. Y Quinto Fabio Máximo no tenía miedo y mucho menos de un Escipión. Se palpó con la mano izquierda la daga que llevaba oculta bajo su toga, mientras que con la derecha depositaba su copa de agua en una bandeja que sostenía un esclavo.

—Sea. —Y Quinto Fabio Máximo, pasando entre Emilia y el *triclinium* vacío de su esposo, pasó siguiendo a Publio Cornelio Escipión que, apartando la cortina del *tablinum*, aguardaba la llegada del *princeps senatus*. El viejo senador entró en el despacho y tomó asiento en un sobrio *solium* junto a la mesa. Publio corrió la pesada cortina y ambos hombres quedaron a solas.

Pese a la quietud de aquella estancia, a través de la cortina llegaban los murmullos de los que habían quedado fuera, y más aún, se escuchaba el tumulto permanente de la noche romana.

—Te respeto, Publio Cornelio —empezó Máximo—, por mantenerte viviendo en el centro de Roma. A mi edad necesito reposo y mi sueño débil y demasiado ligero es incompatible con el ruido constante de las calles romanas por la noche. Por eso vivo en mi villa desde hace años. Algún día deberías venir y visitarme.

Publio se sentó en otro *solium* al otro extremo de la mesa, que, situada entre los dos, parecía representar el muro que separaba a ambos hombres, por muy educados que ambos quisieran mostrarse. El cónsul tardó en responder al comentario de su interlocutor y Máximo no mostró prisa alguna. Publio fue directamente al asunto.

—No quiero recurrir a los tribunos, pero lo haré si no me dejas otra opción.

—¿Y qué otra opción puedo dejarte, cónsul de Roma? —Máximo se echaba sobre la mesa al hablar—. No puedo permitir que por tu locura el Estado, en medio de esta cruenta y larga guerra, pierda dos legiones recién armadas y adiestradas, con todas sus tropas auxiliares y sus suministros, todo un ejército consular en una descabellada aventura cuyo único final es el mismo que padeció Régulo hace años: la aniquilación en África. Eso es lo único que hay en África.

Publio inspiró profundamente. Para conseguir el mando de la misión en Hispania ya tuvo que ceder ante Fabio Máximo. En aquella ocasión aceptó no ser nombrado procónsul y eso, aunque consiguió la victoria absoluta en la península ibérica, le privó del merecido *triunfo* por las calles de Roma. Publio veía que si quería conseguir que Fabio aceptara la idea de la invasión, una vez más, debería volver a ceder algo... ¿pero qué?

—¿Y si los ejércitos consulares se quedan en Italia, los dos, el de Licinio Craso y el que me corresponde? —preguntó Publio de forma enigmática—. ¿Permitirías entonces que se aprobara en el Senado mi moción de invadir África?

Fabio Máximo se reclinó hacia atrás. Aquello era absurdo.

—¿Y con qué, si puede saberse, con qué tropas invadirías África? ¿Tú solo? No te sabía tan fuerte. —Y sonrió con cinismo.

Publio no se arredró y mantuvo la compostura.

—Con voluntarios, con los que me quieran seguir, no reclutados por levas, sino sólo aquellos que me quieran seguir y con las tropas que ya tenemos acantonadas en Sicilia.

Fabio Máximo ponderó el asunto. ¿Cuántos voluntarios podría conseguir el cónsul para aquella empresa? No muchos. África inspiraba terror. Sólo los muy leales a los Escipiones le seguirían. Quizás unos pocos miles. Insuficientes para la invasión, una insignificancia, teniendo en cuenta que los cartagineses podían juntar con facilidad treinta mil o cuarenta mil hombres en pocas semanas y que podrían tener de su parte el poderoso ejército de Sífax, de más de cincuenta mil hombres. Eso para empezar. ¿Y en Sicilia, qué había?

—En Sicilia no hay tropas, más allá de pequeñas guarniciones para la defensa de Siracusa o Lilibeo y otras pequeñas ciudades —respondió Máximo a la conclusión de sus pensamientos.

—Están las legiones V y VI —dijo Publio y, nada más decirlo, su estómago se le hizo pequeño, como si al pronunciar aquel nombre estuviera ratificando un pacto secreto que lo acercaba más y más al reino de los muertos.

—Ésas son «legiones malditas». Son tropas que no existen, que no cuentan en esta guerra.

—Por eso —defendió Publio con vehemencia—. Si no cuentan para nadie, si Roma no las quiere, que Roma me deje usarlas. O hago de ellas tropas adecuadas para una invasión o moriré al poco tiempo con todos ellos nada más desembarcar en África. Cedo mucho, Quinto Fabio Máximo, cedo mucho, cedo todo mi ejército consular, pero no pienso ceder en la idea de la invasión de África. Es esto o los tribunos de la plebe.

Quinto Fabio Máximo se levantó despacio y le dio la espalda mientras pensaba. En aquel despacho sólo se veían rollos y más rollos con caracteres en griego. Tanto griego había hechizado a aquellos Escipiones. Los había trastornado por completo, corría en su sangre decadente, pero el pacto que le ofrecía el cónsul era bueno. Bastante bueno, aunque podía ser aún mejor. Podía ser perfecto. Máximo se giró ciento ochenta grados y volvió a sentarse.

—De acuerdo —empezó—, la *senatum consulere* será la siguiente —y calló un instante mientras ponía en orden sus palabras; Maximo había usado el término de *senatum consulere* en lugar de *relatio*, porque el segundo era genérico aplicable a cualquier moción presentada por el pueblo u otros magistrados, pero la *relatio* que se iba a votar era por petición de un cónsul y el término exacto era *senatum consulere*, y la precisión para Máximo era clave tanto en las formas como en el contenido, y el contenido era el que ahora buscaba su aún ágil mente—: sí... el presidente propondrá votar que se te conceda permiso para invadir África desde Sicilia con los voluntarios que consigas aquí en Roma y los recursos que obtengas sin tocar un solo as del tesoro público, lo que implica que tendrás que conseguir tu propia flota y armas para transportar a esos voluntarios hasta Sicilia y, eso sí, una vez en la isla podrás sumar a tus tropas expedicionarias las «legiones malditas» si tanto aprecio les tienes, pero no podrás sumar ni las guarniciones de las ciudades ni hacer levas en la isla. Eso y sólo eso estoy dispuesto a apoyar ante todos los senadores. Tú tendrás el camino libre a África y no presentarás la moción de hoy a los tribunos.

Publio tragó saliva. Decir que con aquella moción tenía el camino libre a África era una clara hipérbole, pero era eso o recurrir a los tribunos y generar una gran fractura social en Roma de consecuencias incalculables. Además, existía la posibilidad de que los tribunos se vieran tan presionados por Fabio y los suyos que, en el último momento, tampoco se atrevieran a apoyar la invasión y entonces lo tendría todo perdido. Sería cónsul para nada. Poco a poco Publio asentía aún sin decir nada, como para convencerse a sí mismo de que hacía lo correcto, mientras repasaba de cuánto dinero disponía su familia para poder costearse una flota y no terminaba de verlo claro, pero no había margen para la negociación.

—De acuerdo —dijo, cuando todavía no tenía bien hechos los cálculos, pero ya lo había dicho. Ya estaba.

Quinto Fabio Máximo se levantó satisfecho.

—Sea —confirmó el anciano *princeps senatus*—, sólo una condición más.

Publio le miró con incredulidad. No podía exigirle nada más. Fabio moduló su discurso. Era un buen pacto lo conseguido y tampoco quería estirar la cuerda más allá de lo necesario.

—Realmente no es una condición más, sino una forma en la que el Senado se asegure de que se cumplen las condiciones impuestas en el *senatum consulere* que aprobaremos mañana.

—¿Qué es...?

—El Senado nombrará al *quaestor* de la expedición, que ejercerá de *quaestor* de las legiones de Sicilia y de los voluntarios que alistes en Roma. Sólo así aceptaré que se apruebe la moción.

Ciertamente, no era una nueva condición, pero sí un inconveniente añadido. Un *quaestor* hostil a la idea de la invasión sería como intentar hacer avanzar un carro con palos entre las ruedas. Además, Publio ya había estado pensando en cómo saltarse alguna de aquellas limitaciones de la compleja *relatio* que había propuesto Máximo, pero si el *quaestor* era nombrado por el Senado...

—De acuerdo —aceptó seco, frío, ahíto de aquel hombre.

Quinto Fabio Máximo se irguió con su orgullo henchido. Otra victoria que sumar a su dilatada carrera política. Cuando se despidió de Escipión se contuvo, pero sentía que despedía a alguien que ya nunca más iba a volver a ver. Su intuición de augur así se lo dictaba. Y no solía equivocarse: Escipión había regresado en cuerpo con vida de Hispania, pero su mente estaba tan entregada a la locura, que aquel cónsul era sólo pasto para los buitres.

El cónsul, todavía sentado en su *solium*, vio salir a Máximo del *tablinum*, corriendo de un tirón la cortina, y cruzar entre sus invitados sin apenas entretenerse en los saludos reglamentarios. Publio se quedó con la extraña sensación de haber negociado mal. Más tarde, cuando, rodeado por todos, en medio del atrio, fue desglosando las condiciones del acuerdo, su intuición se vio ratificada por los rostros apesadumbrados de sus familiares y amigos, en especial la sombría faz de su madre, aunque Pomponia, siempre discreta, se cuidó mucho de criticar la estrategia de su hijo mayor, y menos aún en público.

Publio percibía que, pese a todo, muchos le seguirían en su epopeya a África porque le eran leales hasta el infinito, pero era evidente que nadie pensaba que aquella invasión pudiera tener éxito alguno, no sin un ejército consular, sin suministros apropiados y menos aún si el cuerpo central del ejército expedicionario tenía que ser las «legiones malditas».

45

La votación

Roma, enero del 205 a.C.

Al día siguiente, un nervioso y aún no del todo recuperado Cayo Léntulo, *praetor urbanus*, presidiendo una vez más la continuación de la sesión interrumpida el día anterior, se alzó en su podio y modulando su voz se dirigió, una vez más, al cónclave completo de senadores de Roma.

—*Quod bonum felixque sit populo Romano Quiritium referimos ad vos, patres conscripti....* [Referimos a vosotros, padres conscriptos, cuál es el bien y la dicha para el pueblo romano de los Quirites], una vez más. Hoy vamos a votar una moción modificada que el cónsul, después de sus horas de reflexión, me ha presentado corregida en varios puntos, una moción que parece haber sido consensuada y que quizá pueda ser aceptada por los *patres conscripti*, quiero decir por los *patres et conscripti* aquí reunidos, una *senatum consulere.* —Y aquí Léntulo miró un instante a Fabio Máximo, mirada que no pasó desapercibida para Publio; estaba claro que la visita de Máximo a su casa no fue la última visita nocturna del *princeps senatus* la pasada noche. Publio se preguntó si aquel anciano descansaba alguna hora del día o de la noche, pero Léntulo seguía hablando—. Bien, la moción que ha de ser votada será la siguiente: Publio Cornelio Escipión, cónsul de Roma, con mando de las tropas en Sicilia, cede su derecho a disponer de un ejército consular propio que quedará en Italia para que estas tropas sigan en su lucha contra Aníbal o contra cualquier otro enemigo que nos ataque en Italia y... —Voces indignadas emergieron entre las filas de los partidarios de los Escipiones y Emilio-Paulos. Publio se levantó con las manos en alto con las palmas extendidas hacia abajo haciendo el gesto mediante el que reclamaba silencio a sus seguidores. Éstos, aunque confusos y enfadados, enmudecieron. Cayo Léntulo pudo proseguir con la lectura de la moción—. Bien, bien... agradezco la intervención del cónsul... a ver si es posible que terminemos hoy con esto. Veamos..., ¿por dónde iba? Sí, el cónsul Publio Cornelio Escipión recibe el mando de Sicilia, pero sin ejército consular, que queda en Italia, aunque a cambio el cónsul podrá contar con todos aquellos voluntarios que le quieran seguir y con la flota que él mismo, por sus medios, pueda procurarse sin recurrir al Estado. Una vez en Sicilia el cónsul Publio Cornelio Escipión tendrá la potestad de lanzar un ataque contra África si lo estima oportuno, pero para ello no podrá sumar a su ejército de voluntarios ni las guarniciones allí acantonadas para proteger las ciudades sicilianas ni podrá tampoco realizar levas; en su lugar, y de modo excepcional, aunque estas tropas están desterradas y apartadas de la contienda, el cónsul podrá emplear las legiones V y VI para esta empresa —y aquí la voz de Léntulo, una vez más, se desvaneció bajo un mar de gritos e improperios de los seguidores de Publio—, esas legiones, esas legiones —aulló Léntulo casi dando saltos en su podio—, esas legiones que llaman las «legiones malditas». —Publio volvió a alzarse de su asiento y reclamó silencio una vez más. A regañadientes los senadores proclives a su causa acataron sus órdenes, pero cada vez estaban más enfadados y confundidos, pues no veían a qué conducía todo aquello sino a votar una absurda moción que prácticamente reducía a cero las posibilidades de que Publio Cornelio Escipión pudiera llevar a cabo un ataque contra África con unas mínimas garantías de éxito. Una vez restablecido no ya un silencio, sino un nivel de murmullos que permitía la expresión en voz muy alta, Cayo Léntulo retomó la palabra.

»Y para terminar, el Senado se reserva el derecho de nombrar el *quaestor* de las legiones V y VI que velará por que estas condiciones se sigan al pie de la letra. Y por último y muy importante —ahora se dirigió al viejo senador Fulvio—, el cónsul me ha manifestado su firme voluntad de aceptar la votación del Senado como definitiva y de no recurrir a los tribunos de la plebe para presentar ninguna moción alternativa a la que acabo de exponer. Y esto es lo que hay que votar.

Y Cayo Léntulo tomó asiento y dejó que durante unos minutos los gritos, insultos, amenazas e injurias fueran proferidas por los unos y los otros hasta que el cansancio mismo de los que gritaban fue haciendo mella en los *patres conscripti.* La votación debía tener lugar a continuación, por ello en esta ocasión el *praetor urbanus* decidió tomarse todo el tiempo necesario hasta que se hizo el silencio en la sala. Cuando los unos y los otros se cansaron de gritar y retomaban sus asientos haciendo al fin caso a los gestos de Lucio Emilio Paulo, los seguidores de Publio, y del viejo Fulvio, los partidarios de Máximo, pues ni el cónsul ni el *princeps senatus* se levantaron más de sus asientos, sino que se mantenían quietos, inmóviles, estudiándose con sus ojos el uno al otro, como si quisieran leerse el pensamiento mutuamente y comprender quién de los dos estaba a punto de ceder y aceptar una locura. Máximo estaba persuadido de que ése no era otro que el impulsivo joven cónsul, y el propio Publio, toda vez que la reacción de sus seguidores, igual que la noche anterior en su propia casa con sus familiares y amigos, había sido de tanto rechazo hacia lo que él mismo estaba dispuesto a aceptar, empezaba a pensar que tanta gente no podía equivocarse y que, seguramente, el único que estaba ganando algo en aquella sesión no era otro, una vez más, sino el viejo y eterno Quinto Fabio Máximo. Léntulo se alzó de nuevo y se dirigió a todos desde su podio.

—Sea, toda vez que la moción ha sido definida y hecha pública, procederemos a la votación, que será en voz alta y nominal utilizando las formas de respuesta tradicionales, *uti tu rogas*, como solicitas, o, en este caso, *consentio Scipioni*, de acuerdo con Escipión, para el que esté de acuerdo con la propuesta del cónsul, o *nequaquam ita siet*, que de ningún modo sea sí, para el que esté en contra. Empezaré, como no puede ser de otra forma, reclamando el voto del más veterano de todos nosotros, del *princeps senatus*. Así que le llamaré por su nombre. ¡Quinto Fabio Máximo!

Y el viejo Máximo se levantó. Todos tenían bastante claro que Máximo aceptaría aquella propuesta que dejaba al cónsul prácticamente desprovisto de medios con los que ejecutar su plan de África y sólo entre los seguidores de Publio había algunos que alimentaban la esperanza de que, en su ofuscación por negarse a todo lo que provenía de Escipión, el mismísimo Máximo se negara también a esta propuesta y así, por su tozudez, salvara al joven cónsul de un consulado inoperante en el mejor de los casos y, en el peor, de un destino abocado a la muerte. Pero eran vanas esas esperanzas. Quinto Fabio Máximo se levantó y, ponderando muy bien la elección de las palabras, evitando decir el nombre de Escipión, en lugar de emplear la opción de *consentio Scipioni*, optó por la más impersonal de las fórmulas.

—*Uti tu rogas* —dijo, y lo dijo en voz casi baja, como un susurro, pero que retumbó en los tímpanos de todos, pues tal era el silencio que se había apoderado de la gran sala del Senado de Roma ante la expectación por saber la opinión de Máximo—. *Uti tu rogas* —repitió, y se sentó despacio en su asiento.

Tras el voto favorable del *princeps senatus* llegó la cascada del resto de los votos favorables de los seguidores del viejo senador así como de unos abatidos partidarios de Publio Cornelio Escipión, que no entendían por qué un tan valiente general aceptaba una tan humillante condición para su primer consulado.

Publio, por su parte, comprendió, al ver tan sumamente satisfecho a su eterno enemigo y al contemplar las sonrisas de Fulvio y el resto de los senadores próximos al anciano *princeps senatus*, que, sin duda, una vez más, Quinto Fabio Máximo le había derrotado en el Senado, como ya hiciera en el pasado, cuando le arrebató el título de procónsul antes de partir para Hispania. Y ahora le dejaba ser cónsul, pero le había quitado el ejército, le había prohibido hacer levas y sólo le dejaba el mando de unas tropas despreciadas por todos, por inútiles, cobardes e inservibles. Publio supo en aquel instante que, una vez más, debería recuperar en el campo de batalla todo lo que había perdido en el Senado, sólo que esta vez tendría que ser ante el mismísimo Aníbal, y que bajo su mando sólo tendría las legiones V y VI. Tragó saliva mientras la votación seguía su curso implacable. Tenía la garganta seca. Llegó el último voto. Era un partidario de Máximo.

—*Uti tu rogas.*

Todos favorables.

Cayo Léntulo, el agotado presidente de aquella sesión, dio por terminado el cónclave de los senadores.

—Ahora sí —dijo—, al fin, que los dioses estén con todos y os acompañen, *nihil vos teneo*. —Y no se sentó, sino que se derrumbó en su asiento, casi incrédulo de que al fin hubiera podido dar término a aquel galimatías de votación.

Por su parte, mientras todos salían de la gran sala, incluido Quinto Fabio Máximo, un concentrado Publio se mantenía sentado en su *sella curulis*, meditando. Su destino había quedado, para bien o para mal, unido al de las «legiones malditas».

46

La larga espada de la venganza

Quin ut quisque est meritus,
praesens pretium pro factis feras.

NEVIO

[Por cuanto que cualquier hombre merece
el premio que sus obras merecen.]

Roma, febrero del 205 a.C.

Fabio Máximo estaba cómodo en su inmensa villa a las afueras de Roma. Era cierto que el pueblo no dejaba de sorprenderle en su afán por apoyar la aventura del joven Escipión, la absurda idea de invadir África, y que el cónsul estaba consiguiendo reclutar varios miles de hombres entre ciudadanos y aliados de las ciudades latinas. Había conseguido un ejército de siete mil almas. Siete mil. Máximo sonreía mientras bebía un largo sorbo de vino. Siete mil locos. Siete mil cadáveres. De hecho, Escipión se llevaba consigo a todos sus oficiales de confianza, a Lucio Marcio, aquel tribuno de Hispania que contuvo a los cartagineses tras la muerte del tío y el padre del cónsul actual. Y también se llevaba a otros fieles a su causa y a su familia: Mario Juvencio, Quinto Terebelio, Sexto Digicio, Silano... y, por supuesto, a Cayo

Lelio. Lelio. Eso era lo mejor de todo. Pese a lo debilitada que estaba esa amistad. Fabio había visto la distancia que les separaba ahora a Escipión y a Lelio, lo había leído en la mirada fría de Lelio cuando visitó al cónsul en su *domus* próxima al foro: aquélla ya no era la mirada ciega de antaño; aún había notable lealtad, pero se había sembrado cierta duda en el ánimo de Lelio que había germinado en Hispania, aunque aún estaba por dar mayores frutos. Tiempo al tiempo. No, aquélla ya no era aquella indisoluble amistad, aquel lazo incorruptible. De hecho, Fabio Máximo había considerado volver a dirigirse a Cayo Lelio para intentar una vez más alejarlo por completo de Escipión, pero luego lo pensó con más calma pasados los intensos debates en el Senado y tuvo un momento de sórdida lucidez. La iluminación que a él más le gustaba: era mejor dejarlos juntos. Dos amigos que han visto deteriorarse su amistad son sujetos debilitados, susceptibles al error fácil, siempre desconfiados el uno del otro, obsesionados por ello y más aún cuando se esfuerzan en hacer como si su amistad permaneciera intacta al devenir del tiempo y los acontecimientos torcidos de la guerra; sí, ofuscados por sus propios sentimientos confusos, hasta el punto de que, con frecuencia, no ven la red de enemigos que les acecha desde dentro y desde fuera de su círculo de relaciones. No. Estaba claro que era mejor dejarlos marchar juntos. Todos a Sicilia y luego a África. Incluso el Escipión le había hecho el grandísimo favor de decidir llevarse consigo a su propia mujer con sus hijos. En una sola campaña la *gens* Cornelia vería cómo su rama Escipión quedaba cercenada de cuajo, todo su árbol genealógico arrancado de raíz, muerto, sobre las arenas de África.

Fabio bebía y en cada sorbo saboreaba con deleite el suave dulzor de la victoria que se forja día a día, poco a poco. Ver hundirse a tu mayor enemigo político en la locura y en la más total de las autodestrucciones era un placer que le sosegaba el alma. Las dos esclavas egipcias estaban a sus pies, como siempre medio desnudas. Era un momento adecuado para disfrutar de otros placeres.

—Trae el látigo —le dijo a una de las muchachas. La joven se levantó mirando a su amo con horror—. El látigo, he dicho, ¿o es que además de azotaros deberé mataros a las dos aquí y ahora? —La joven partió a por el látigo corriendo, sus pies descalzos casi resbalan sobre la fría piedra—. Debería haber preguntado al estúpido Lelio si no querría también compraros a vosotras. Así habría salido ganando algo tras sacaros de las manos de los piratas de Iliria.

Fabio Máximo puso su mano izquierda arrugada bajo la barbilla de la otra esclava egipcia obligándola a levantar la cara.

—Abre la boca.

La muchacha, más sometida que su compañera, entreabrió los labios. Fabio vertió entonces el contenido de su copa sobre la boca de la esclava. La joven empezó a beber el vino, pero el *princeps senatus* volcó más la copa de modo que el vino caía con demasiada rapidez como para poder ser ingerido por la muchacha. El licor resbalaba por la barbilla, el cuello y la piel de la chica hasta impregnar la fina tela que cubría sus senos. Los pezones quedaron marcados y la muchacha, instintivamente se llevó una mano a los pechos para cubrirse.

—Quieta —dijo Fabio Máximo con una voz gélida que heló el corazón de la esclava—, me gusta ver cómo cae el vino sobre tu piel. Tu compañera parece tardar demasiado en traer el látigo. El retraso le costará, os costará varios azotes extra a cada una. Parece mentira que las esclavas nunca aprendáis. Hoy, pequeña —y dejó de verter vino sobre la muchacha—, hoy vamos a hacer muchas cosas juntos, los tres, ¿qué bien, verdad? Hoy gozaremos a la salud de los dioses... los dioses romanos, por supuesto. Los dioses egipcios, está claro, hace tiempo que se olvidaron de vosotras.

La otra esclava llegó con el látigo solicitado. Fabio Máximo estiró el brazo derecho y tomó el flagelo. Se levantó despacio. No tenía que hablar. Las dos muchachas se arrodillaron a sus pies y, en un último intento por conseguir clemencia, se abrazaron a sus rodillas. Fue así como recibieron los primeros cintarazos de aquel día.

Liguria, norte de Italia

Liguria estaba agitada. Los galos de la región y de los pueblos vecinos esperaban que un nuevo hermano de Aníbal llegara al norte de Italia. Pese al desastre del Metauro, los cartagineses no parecían ceder y entre los galos no se hablaba de otra cosa: Magón, el hermano pequeño de Aníbal, llegaría al norte de Italia en cualquier momento.

Quinto Fabio Máximo hijo cabalgaba a lomos de su precioso caballo negro. Tras él, sesenta jinetes de las dos *turmae* con las que exploraba la región de Liguria. Había aceptado aquella misión por consejo de su padre.

—Aníbal está en el sur; por eso tú debes ir al norte; cuando Roma se canse de enviar a insensatos a luchar contra el cartaginés, propondré tu nombre y el Senado lo aceptará, por necesidad, incluso por convencimiento. Eres un general respetado y tu nombre, hijo mío, pesa ya mucho en Roma.

—Pesa por ti —le había replicado él, pero su padre fue contundente en la respuesta.

—Pesa por nuestra familia entera, pesa porque los Fabios llevamos siglos preservando las tradiciones de Roma; pesa por mi experiencia, pero pesa también por tu valentía. Tú mismo fuiste cónsul hace ocho años y te comportaste con dignidad, sin perder ninguna legión en los enfrentamientos contra Aníbal ni caer en ninguna de sus múltiples emboscadas que a tantos otros han sorprendido, incluido al que consideran legendario Marcelo. Y cuando fuiste pretor el año precedente, lo mismo. Sí, el Senado apreciará que en mi propuesta hay una buena posibilidad de derrotar a Aníbal. Y así será, hijo mío, así será. El secreto está en esperar el momento adecuado. Aníbal aún no es fruta madura, aún le falta un poco para ser cosechada. Por eso debes marchar al norte. Marcelo se equivocó y quiso cortar el fruto del árbol demasiado pronto y el árbol acabó con él.

—De eso hace tres años, padre.

—¿Tres años...? ¿Tanto tiempo? Bien, puede ser, pero debemos esperar que pase este consulado. Los Escipiones están demasiado fuertes, son demasiado populares. El joven Escipión será cónsul, querrá seguir adelante con su locura de invadir África. Le dejaremos, hijo, le dejaremos y perecerá allí. Eso desalentará al pueblo y confundirá al Senado. Entonces llegaremos nosotros, padre e hijo: la salvación de Roma, los Fabios, como debe ser. Así lo auguro, hijo, así lo quieren los dioses.

—¿Por eso debo marchar al norte?

—Por eso —terminó su padre de forma concluyente. Él le abrazó, como hacía siempre, por respeto y por aprecio. Sabía que era una de las pocas personas que realmente estimaban ya a aquel anciano. Su padre era respetado, temido, odiado, admirado, pero apenas era querido. Su carácter distante, su forma fría de presentar los acontecimientos, su enorme poder, lo alejaban del amor de todos. Su padre estaba preso de su propia leyenda. Era un anciano todopoderoso que vivía en la más absoluta de las soledades. A veces temía volverse como él. Pero siempre había seguido sus consejos políticos, pues nadie mejor que su padre sabía desentrañar el futuro de la vida política en Roma y especialmente ahora, en medio de aquella lucha sin fin contra Cartago. Aceptó acudir al norte, a patrullar la región y velar porque los galos no reavivaran las llamas de la guerra animados por falsas esperanzas en la llegada de refuerzos africanos. Era una misión en cierto modo humillante para alguien de su nivel y alcurnia, pero era lo que su padre quería.

—No importa lo que piensen de ti, no importa que piensen que huyes o que te escondes de Aníbal; la mayoría, hijo mío, la gran mayoría de todos los que piensen y murmuren en ese sentido habrán muerto en el sur antes de que acabe el año. Entonces llegarás tú y sobre sus cadáveres conseguirás el gran triunfo que mereces, que merecemos.

Los galos ligures, nerviosos por los rumores de una próxima llegada de Magón Barca, acechaban a las poblaciones fieles a los romanos. Aquella mañana, Quinto Fabio Máximo hijo tenía la misión de explorar treinta *millas* ascendiendo el curso del río Trebia desde Placentia en dirección a Genoa. Llevaban toda la mañana sin detenerse. Ningún decurión se había dirigido a él solicitando descanso, pero Quinto era un hombre experimentado y sabía combinar la disciplina con el sentido común. Levantó la mano derecha y toda la columna se detuvo en pocos segundos.

—Que los jinetes desmonten y que den de beber a los caballos. Descansaremos unos minutos —dijo Quinto Fabio Máximo hijo a uno de los decuriones.

Los caballeros romanos obedecieron con agrado y, caminando junto a sus animales, se acercaron al río. El Trebia bajaba lleno de agua fresca y clara. Los caballos piafaban de satisfacción mientras bebían. Algunos hombres se arrodillaron y hundían la cabeza en el agua del río para limpiarse el sudor y saciar su sed. Fabio Máximo hijo se agachó y formó un cuenco con sus manos. Se echó agua fría por el cogote y luego bebió dos veces. Un caballo relinchó. Al principio no le dio importancia, pero algo, en el fondo de su cabeza, se quedó intranquilo. Se levantó y miró a su alrededor. Los caballos bebían y los hombres se lavaban. De pronto comprendió lo que le perturbaba. Aquel relincho había venido de la otra orilla del río. Se puso la mano sobre la frente para protegerse del sol y poder escudriñar mejor el otro lado del Trebia. Fue entonces cuando cayeron las primeras flechas.

Catón irrumpió con furia en la *domus* de su mentor. Los esclavos que hacían guardia se apartaban ante la rauda figura del enjuto romano que se abría paso sin mirar a nadie ni atender a las llamadas que alguno de aquellos hombres le hacía. Al llegar al gran atrio de la mansión de Fabio Máximo vio a dos esclavos apostados frente a una de las puertas que daban al atrio. Catón dirigió sus pasos hacia allí cuando uno de los esclavos se interpuso entre él y la puerta.

—El amo está descansando. No se pasa —dijo el esclavo.

—Aparta de ahí, imbécil, si no quieres que te deslome a golpes —respondió Catón con una mirada asesina en su rostro. El esclavo empezó a sudar sin moverse de la puerta; sin embargo, su compañero, a sus espaldas, comenzó a alejarse. Catón, sorprendido por la obstinada persistencia del esclavo, movió con agilidad sus manos y debajo de su larga toga extrajo una daga.

—Es tu última oportunidad de seguir con tu miserable existencia, esclavo, o te apartas de ahí o por Júpiter que regaré este suelo con tu sangre innoble...

La advertencia de Catón se vio interrumpida por el chasquido de un látigo y el gemido desgarrado de una voz femenina. Luego siguió un sollozo ahogado y la carcajada inconfundible del anciano Quinto Fabio Máximo. El esclavo que permanecía en la puerta vio la punta de la daga que sostenía el brazo de Catón aproximarse hacia su pecho. El esclavo fue separándose de la puerta hasta que dejó el camino despejado. Catón dio tres pasos rápidos y entró en la estancia donde estaba el viejo *princeps senatus*.

Marco Porcio Catón suspiró al contemplar la escena que encontró en el interior. Fabio Máximo sostenía una copa de vino en su mano izquierda mientras que en la derecha blandía un largo látigo cuya cinta estaba enrojecida de sangre. Frente al ex cónsul y ex dictador de Roma dos jóvenes esclavas yacían arrodilladas y desnudas, mirando hacia la pared con la piel de su espalda cruzada por decenas de cortes finos y profundos por los que emergía un cálido líquido rojo que navegaba por los muslos de las muchachas hasta salpicar el suelo de piedra.

—¡He dicho que no se me moleste! —rugió el *princeps senatus* con una potencia aparentemente ajena a sus setenta y ocho años volviéndose para condenar con su mirada al inesperado intruso que le interrumpía en su diario disfrute de las esclavas de su propiedad—. Pero si es nuestro querido Marco Porcio Catón... como ves estoy ocupado.
—Pero pese al vino y a que la mente de Máximo estaba centrada en

menesteres muy mundanos y, como observaba en los ojos de su joven discípulo, claramente condenados por un Catón siempre tan pulcro, tan puritano, tan aburrido, el viejo senador no dejó de percatarse de que Catón, contrariamente a su costumbre, se había presentado por sorpresa, interrumpiéndole en su descanso y en sus entretenimientos y, lo que era aún mucho más sospechoso, había llegado sin afeitar, con polvo en los pies y con la toga mal ajustada—. ¿Pasa algo, mi buen Catón, algo que deba saber y que sea tan urgente como para interrumpirme y como para que salgas de tu casa sin afeitarte?

Catón, que ya había ocultado su daga bajo la toga, se llevó la mano derecha al mentón. Tal había sido su urgencia que ni siquiera había reparado en ese detalle. Por su parte, Máximo arrojó el látigo al suelo y dio instrucciones a sus atormentadas esclavas sin dejar de mirar a Catón.

—Marchaos, las dos. Esta noche proseguiremos con nuestro juego.

Las esclavas salieron agachadas casi a gatas, y no pararon hasta llegar a las cocinas, donde una a la otra fueron limpiándose las heridas con agua caliente y paños limpios, ambas con una terrible mueca de asco, dolor y odio plasmada sobre su rostro, hasta el punto que ningún otro esclavo o esclava se atrevió a acercarse a ellas, ya fuera para ayudarlas o para preguntarles qué quería aquel enfurecido Catón que había osado interrumpir al amo.

En el patio, Fabio Máximo hizo un gesto con la mano invitando a su joven discípulo a que hablara de una vez. Catón parecía dudar. Los dos hombres se encontraban frente a frente, en pie, junto al *impluvium* en el centro del atrio.

—¿Vas a decirme ya a qué debo esta inesperada actuación por tu parte? —insistió Máximo—. Marco, tú siempre eres un hombre retraído y mesurado en tus acciones. Tu porte y tu forma de entrar en esta casa no son propias de ti.

—Quizá... deberías... sentarte... —empezó un aún muy dubitativo Catón.

Fabio Máximo sacudió la cabeza.

—No, Marco —respondió con firmeza el viejo senador—. De pie, de pie he recibido siempre todas las grandes noticias de mi vida, las buenas y las malas: el nacimiento de mi hijo, la concesión por el Senado de mi primer consulado, el permiso para disfrutar de un gran *triunfo*, la caída de Sagunto, la llegada de Aníbal al norte de Italia, las derrotas de Tesino, Trasimeno, Trebia y Cannae, mi nombramiento como dictador y el posterior humillante nombramiento de Minucio

Rufo como mi igual; la llegada de Aníbal a las puertas de Roma, el acceso al consulado de mi hijo, sus victorias, la conquista de Tarento, la muerte de Marcelo, todo lo he escuchado firme y sereno y ahora no ha de ser diferente. Pero tú, querido Marco, tú que me conoces tanto... leo duda en tus ojos y... —Máximo frunció el ceño y arrugó los ojos como indagando en la mente de su interlocutor—. Marco, no sabía que en tu ánimo cupiera ese sentimiento sólo propio de los débiles: miedo. Hay miedo en tu mirada. Eso, eso sí me sorprende.

Catón decidió desparramar sus noticias como quien vuelca un cántaro repleto y ve cómo el recipiente se quiebra en su caída y vierte todo su líquido por todas partes, sin freno, sin control.

—*Princeps senatus*, tu hijo ha muerto. Ha caído abatido por las flechas en una misión de reconocimiento contra los ligures, junto al río Trebia.

Quinto Fabio Máximo, ex cónsul, ex dictador, el hombre más poderoso de Roma, el más experto, el más temido, el que declaró el principio de aquella guerra ante el mismísimo Senado de Cartago, el que acababa de derrotar en el Senado al popular Escipión, enmudeció. Toda su rica y elevada oratoria, toda su pericia en las palabras zozobró como una flota entera engullida por el furor del dios de las aguas. Máximo sintió los latidos de su corazón por todo su cuerpo, largos y pesados al principio y de súbito rápidos. Giró la cabeza y buscó dónde sentarse. Encontró un *triclinium* y fue a ayudarse de su mano izquierda pero todo ese brazo parecía haber muerto, haberle abandonado. No lo sentía. Entonces empezó el dolor agudo, punzante desde el brazo, que subía por el pecho, alcanzaba su cuello y luego se deslizaba cruel de regreso por el brazo inerme. Se ayudó del brazo derecho, que sí le respondía. Una vez sentado abrió la boca para respirar. Le faltaba el aire. Marco se había acercado a su lado y le había puesto una mano fría en la frente y hablaba, pero no le podía escuchar. Sólo quería respirar. Pasaron así varios segundos que a Fabio Máximo le parecieron una dolorosa y profunda eternidad, pero cuando pensaba que iba ya camino del reino de los muertos, cerró los ojos y concentrado en su respiración encontró que el aire volvía a entrar en su cuerpo, y que el dolor, aún fuerte y agudo, parecía remitir en su crudeza.

—¡Traed agua! ¡Rápido!

Máximo vio movimiento de esclavos a su alrededor y oía la voz de Marco dando órdenes a los mismos. Sintió agua fresca por su rostro. Su ánimo se fue sosegando. El corazón latía regularmente. Respiraba mejor. Sí. Se incorporó un poco. Estaba en el suelo, ahora apoyado con su espalda en la pared. Debía de haber caído del *triclinium* sin darse cuenta. Levantó un poco su mano derecha.

—¡Apartaos todos! —gritó Catón—. ¡Dejad espacio para que respire, por Cástor y Pólux y todos los dioses!

Máximo agradeció tener a alguien con sentido común a su lado en aquel momento. Luego entró en su ser la rabia y la sensación de humillación, ahí caído, en el suelo, ante sus esclavos.

—Que... que... se vayan todos... todos... —fueron las primeras palabras que acertó a pronunciar. Catón las amplificó y en un minuto quedaron solos el viejo senador y su discípulo, solos maestro y alumno.

»Ayúdame a levantarme.

Catón pasó un brazo por detrás de la espalda del viejo ex cónsul y estiró hacia arriba. Quinto Fabio Máximo consiguió erguirse. Luego se zafó con cierta brusquedad del brazo que le había ayudado. Catón se separó del ex cónsul. No se sintió ofendido. El viejo senador tenía derecho a su espacio, a su momento de debilidad, a su duelo. Su hijo había muerto. Sus esperanzas, Catón lo sabía, estaban todas puestas en él y Quinto hijo se había mostrado como un fiel y disciplinado vástago, lo que sin duda en aquel momento no hacía sino incrementar el dolor del *princeps senatus*. Catón le vio caminar hasta uno de los divanes, recostarse y cerrar los ojos.

—Ya has cumplido con tu misión, querido Marco, ya has entregado tus funestas noticias. No te culpo por ellas. Eres sólo el mensajero, pero ahora necesito estar solo. Sé que tú lo entenderás. Y agradezco que fueras tú quien viniera con semejante infortunio. Has evitado los rodeos absurdos. El golpe ha sido duro para un viejo como yo pero no podía ser de otra forma.

—Lo sé, mi señor —respondió Catón, y dudó antes de continuar pero al fin se decidió a añadir algo—. Daremos con los que han osado organizar ese ataque en Liguria contra tu hijo y sus *turmae* y te traeré su cabeza.

Fabio Máximo escuchó con pesadumbre aquellas palabras pues sabía de lo incierto de su cumplimiento. Era una promesa vana.

—No prometas, querido Marco, aquello que está más allá de tus posibilidades.

Catón insitió en su oferta.

—Se puede hacer: organizaré partidas expedicionarias hacia el norte. Daremos con ese grupo de galos. Se puede hacer. Se puede hacer, *princeps senatus*. Especialmente, lo he pensado ya mientras venía hacia aquí, si hacemos correr la voz de que habrá una buena recompensa a quien nos dé información de su paradero, de sus cabecillas, del líder que ordenó la matanza... no sería la primera vez que los galos se traicionan entre sí por un poco de oro.

—No, Marco, no. —Fabio, todavía reclinado sobre el *triclinium*, continuaba hablando sin abrir los ojos—. Quien ha ordenado este ataque tan preciso no está a tu alcance. Ni al alcance de ningún romano, por lo que se ve, de momento. Dime, Marco, ¿ha habido otros ataques similares en los últimos días, semanas quizá?

Marcó arrugó la frente mientras pensaba.

—No, lo cierto es que no, por eso esta emboscada es aún más sorprendente. Los galos están agitados. Quizá sea el principio de la revuelta a mayor escala que están preparando para unirse a Magón si al final éste desembarca en el norte.

—Ya. ¿Y ha habido más ataques desde esta emboscada?

—No. No los ha habido.

—¿Y no te parece algo peculiar todo eso? —Y Fabio abrió al fin los ojos.

—Peculiar... sí. Algo extraño, pero es difícil entender a esos bárbaros.

—No tanto, Marco, no tanto. Es un ataque premeditado para acabar con la vida de mi hijo. Hay alguien en este mundo, Marco, que ha sabido causarme más dolor del que me hubiera producido si me hubiera matado. Ese ataque no es trivial ni espontáneo. Y sólo hay alguien que puede haber acumulado tanto odio contra mi persona en estos años de guerra.

De súbito, Catón lo comprendió todo, pero como no podía asumir lo que su mente se esforzaba en hacerle entender, su respuesta se transformó en pregunta. Necesitaba la confirmación de su mentor.

—¿Aníbal?

Fabio fue capaz de esbozar una tibia sonrisa de satisfacción por tener un interlocutor medianamente inteligente con el que debatir.

—Sólo Aníbal me odia tanto, Marco, bueno, y quizás el joven Escipión, pero Aníbal en particular, especialmente desde la ejecución y decapitación de su hermano a instancias mías. El ejecutor fue Nerón, más vale que se cuide, por cierto, pero el instigador fui yo. Mi error fue jactarme de ello en el foro y en el Senado. La soberbia, la vanidad siempre nos pierde. Podría haber mantenido en secreto mi acción, mi consejo de ser implacable e innoble con el cuerpo caído de Asdrúbal, pero la vanidad me pudo. ¿Quién no querría apuntarse ese éxito ante el Senado y ante el pueblo? La cabeza de Asdrúbal rodando hasta llegar a los pies de Aníbal. El pueblo estuvo feliz, yo me pavoneé ante todos y eso, de algún modo, ha llegado a oídos de Aníbal, y ahora Aníbal me devuelve su venganza, bien fría, dos años después. Es toda una lección. Vete, Marco, necesito estar a solas con mi dolor y con mi fracaso.

Nunca antes Fabio Máximo había sentido la necesidad de suicidarse, pero en aquel momento lo consideró una opción razonable. Ya había vivido demasiado. Los padres deben morir antes que sus hijos. Ése era el orden natural. Aníbal había sabido asestar el golpe en su punto más débil, más aún, en su único punto débil. Aquel pensamiento le hizo reflexionar. Ahora ya no tenía más puntos débiles y tampoco le importaba ya vivir o morir. Sólo le había quedado ilusión por ver a su hijo reelegido cónsul una vez más, y luego censor, y disfrutar de verle desfilar tras un gran *triunfo* sobre Aníbal. Aníbal. Todo volvía al fin siempre al mismo nombre: Aníbal. Pero para terminar con Aníbal debía controlar Roma, preservar Roma y gestionar sus recursos con inteligencia y no permitir que un loco como Escipión dilapidara legiones y provisiones en ataques absurdos. Quinto Fabio Máximo se levantó. Su hijo había muerto. Era un mal día. Era el peor de los días, pero él era el *princeps senatus* y Roma, como siempre, le seguía necesitando. Y ya sólo luchar por Roma era lo único que podía dar sentido a su existencia. En consecuencia, debía aplicarse a la tarea con más esmero que nunca.

Catón caminaba hacia atrás. Aún dudaba de la salud del viejo ex cónsul, pero era la segunda vez que éste le rogaba que se marchara. No podía, no debía insistir en contrariarle. Estaba llegando al vestíbulo cuando la voz de Máximo le llamó.

—Marco, no te vayas —dijo el viejo senador, y Catón detuvo su marcha, dio media vuelta y regresó junto a su mentor—. Marco, ya velaré luego mi pérdida, pero Roma no puede, no debe esperar. Roma, Marco, aprende esto bien, apréndelo bien, Roma, Marco, está siempre por encima de todo. Sólo a ella debemos fidelidad eterna. Y esa fidelidad nos obliga a cuidar de la seguridad de Roma: Marco, quiero que seas el *quaestor* de las legiones V y VI de Sicilia. Has de controlar a ese maldito Escipión, has de controlar que no quebrante las precisas instrucciones que el Senado ha dictado con referencia a la invasión de África. Hemos de hablar de ese asunto largo y tendido. Siéntate, Marco, siéntate mientras recompongo mi mente y apaciguo mis pensamientos.

Marco Porcio Catón le miraba sin parpadear y boquiabierto. Ahora era él el que recibía las malas noticias: iba a embarcar en un viaje sin regreso posible como *quaestor* de las «legiones malditas».

47

Las «legiones malditas»

Lilibeo, costa occidental de Sicilia, finales de marzo del 205 a.C.

El aluvión de generosidad con la que no sólo los romanos, que alistaron a varios miles de voluntarios, sino de todas las partes del Lacio y las regiones vecinas, emocionó a Publio. Desde Caere llegaron grano y provisiones que pudieran servir de alimento para las tripulaciones y los soldados que se habían adherido voluntariamente a la expedición con destino a Sicilia primero y luego a la temida África. Pero hacían falta tantas cosas. El cónsul vio admirado cómo llegaba hierro para forjar centenares de nuevas armas enviado desde Populonium y la flota para transportar a sus soldados la pudo construir con telas para los velámenes procedentes de Tarquinii y madera cedida por Volaterrae, desde donde también se envió más trigo. Pero es que llegaban armas procedentes de todas los rincones de Italia: tres mil escudos, tres mil cascos y hasta cincuenta mil lanzas, jabalinas y *pila* enviadas desde Arrentium, y desde otras ciudades llegaban centenares de hachas, palas, picos y todo tipo de herramientas con las que poder construir barcos y que luego podrían emplear para levantar los campamentos de las tropas expedicionarias. Y se enviaba más madera desde Perusia, Clusium y Rusellae. Y, lo que más ansiaba Publio: llegaron algunos centenares más de voluntarios desde Umbría, Reate, Amiternum y el territorio de los sabinos. Desde Camerinum se presentaron seiscientos soldados perfectamente armados y dispuestos para el combate. Publio puso a sus hombres a trabajar día y noche con la supervisión de sus oficiales, de Lelio, Silano, Marcio, Terebelio y Digicio; en tan sólo cuarenta y cinco días, se construyeron veinte *quinquerremes* y diez *cuatrirremes*. El día siguiente partieron rumbo a un viaje en el que todos tenían puestas mil esperanzas, pero en el fondo de sus corazones todos sabían que, pese a la generosidad de muchas ciudades y pueblos de Italia, la expedición era reducida en número de barcos y efectivos. Publio, mejor que nadie, sabía que tenía bastantes armas y unos pocos hombres ilusionados, pero estaba seguro de que, sin las legiones V y VI fuertemente armadas, bien dotadas y, sobre todo, bien predispuestas para entrar en combate, la expedición navegaba rumbo al más estrepitoso de los fracasos. Pero debía intentarlo. Se lo debía a su padre y a su tío, se lo debía a toda su familia, al pueblo de Roma y a todas aquellas ciudades y regiones de Italia que confiaban en su idea de invadir África para alejar de una vez por todas la destrucción, el saqueo y el pillaje permanente al que Aníbal Barca los tenía sometidos. Todos necesitaban a las legiones V y VI, las necesitaban como el aire para respirar, las necesitaban por muy malditas que éstas fueran.

Publio desembarcó en Lilibeo con los siete mil voluntarios que se habían unido a su causa. El cónsul examinaba la silueta de sus oficiales recortada en un extremo de cubierta mientras admiraban la bahía del puerto más importante al oeste de Sicilia: Lucio Marcio Septimio, reflexivo e inteligente; Mario Juvencio, leal y valiente; Quinto Terebelio, fuerza bruta y decisión disciplinadas hasta sus últimas consecuencias; Sexto Digicio, siempre intentando hacer valer que los marineros de Roma eran tan o más valientes que los legionarios; Silano, hábil y seguro, un gran combatiente, y Cayo Lelio, aún algo distante, todavía dolido por haberse visto relegado por él en las últimas batallas de Hispania y, sin embargo, allí estaba. Y haría lo que se le pidiera, como siempre, y de hecho fue el que primero reaccionó cuando cayó enfermo en Cartago Nova. Allí estaban todos. Todos bravos, firmes, preparados, pero eran pocos, insuficientes para la magna empresa que Publio deseaba acometer. Todos sus pensamientos daban círculos para volver a lo mismo: Necesitaba las dos legiones acantonadas a pocas millas de Lilibeo. Necesitaba las legiones V y VI de Roma y las necesitaba tan leales, tan preparadas y tan dispuestas como los siete mil hombres que ahora le acompañaban en el desembarco en aquel puerto en el extremo occidental de Sicilia. A su pesar, a las dudas sobre la disposición de las «legiones malditas», había que añadir la presencia entre los oficiales de Marco Porcio Catón en calidad de *quaestor*. La última artimaña de Quinto Fabio Máximo, quien, no satisfecho por haber mermado las fuerzas de las que Publio disponía para poner en marcha su plan de atacar África, había introducido a su más fiel pupilo como *quaestor* de aquellas fuerzas. Publio podría haber luchado por impedir que Catón fuera el seleccionado para esa cuestura, pero era lo que había pactado con el propio Máximo y ya no había marcha atrás. Tenía sólo un año para, al menos, reunir un ejército fuerte, adiestrarlo y desembarcar en África. Publio sorprendió a todos cuando no puso ninguna oposición a la presencia de Catón entre sus fuerzas.

Si el plan de Máximo era embarcarlo en disputas largas y manipuladas con el inoportuno *quaestor*, él debía estar atento a no dejarse llevar por esa estrategia y no perder nunca el objetivo final de aquella campaña: África. Y si lo que Máximo buscaba con la presencia de Catón era intimidarle, también fallaría. Publio estaba decidido a hacer lo que fuera necesario para invadir África, independientemente de la acusadora y siempre entrometida mirada de Marco Porcio Catón.

Todo estaba tan en contra del éxito de su empresa que Publio, cada vez que surgía un nuevo impedimento, no hacía sino pensar que ya nada podía empeorar las cosas. En esos momentos sentía que se estaba equivocando y, al mismo tiempo, para su sorpresa, seguía estando seguro de que desembarcaría aquel año en África. De lo que ya no estaba tan seguro era del desarrollo final de aquella campaña una vez que las sandalias de sus legionarios pisaran aquella inhóspita y hostil tierra.

Publio había pasado la mañana saludando a los mandatarios de Lilibeo y organizando la estancia de su mujer y sus hijos en aquella ciudad, pues había decidido que éstos debían quedarse en Lilibeo hasta que se asegurara de cuál era la situación real de aquellas dos legiones por tantos años desterradas de Roma. Emilia aceptó quedarse en Lilibeo con la misma docilidad que su obstinada resistencia a quedarse en Roma. Su mujer sabía distinguir la frontera entre estar junto a su marido siempre que fuera posible y suponer un riesgo para que su esposo desempeñase los objetivos que se había marcado. Nadie sabía exactamente la posición de las legiones V y VI, ni nadie garantizaba que fueran a aceptar ya mando alguno procedente de una Roma que los había condenado a un ostracismo durante once largos y eternos años. Así de concluyentes se mostraron las autoridades del gobierno de Lilibeo.

—Que los dioses velen por ti —fueron las únicas palabras que dijo Emilia al despedirse de él, sin abrazos, sin besos, pues estaban rodeados por todos los oficiales de Publio.

El cónsul respondió mientras se alejaba hacia la puerta de la *domus* que le habían cedido las autoridades de la ciudad con palabras llenas de afecto pese a su brevedad.

—Y que os cuiden a vosotros. Volveré en unos días.

Y el cónsul partió. Comenzó a andar por las calles de Lilibeo buscando la puerta oriental. Tras él caminaban todos sus tribunos, Lelio al frente, y luego Marcio, Mario, Terebelio, Silano y Digicio. Catón caminaba tras todos ellos, deprisa, mirando siempre a un lado y a otro, como si quisiera escudriñarlo todo, como si tomara nota de cada gesto, de cada palabra del cónsul.

A la puerta de Lilibeo, había apostados varios caballos para el cónsul y sus oficiales, pero Publio, siguiendo su costumbre, los descartó y prosiguió la marcha a pie, en lo que, como no podía ser de otro modo, le imitaron todos sus oficiales, pero si alguien pensaba que aquello retrasaría el avance, al menos lo hizo mucho menos de lo que podía imaginarse. Publio marcó un paso acelerado, similar al que había usado en sus rápidos desplazamientos en Hispania previos a la toma de Cartago Nova o al de la batalla de Baecula. Sus oficiales, acostumbrados a aquellas agotadoras marchas, igual que la mayoría de los voluntarios que ya habían luchado con el joven cónsul, asumieron la ardua tarea con una mezcla de resignación y orgullo: pocos eran los que entre las legiones de Roma podían resistir unas marchas forzadas como aquéllas. Además, los tribunos encontraron un deleite especial al percibir el sudor que poblaba la frente de un sorprendido Catón, más acostumbrado a los desplazamientos en cuádriga o a caballo que a las largas y penosas marchas legionarias envueltos en una nube de polvo y arena, pues polvo y arena fue lo que les envolvió en poco tiempo a todos. Los campos por los que pasaban, donde antaño se cultivaban abundantes cosechas de trigo que luego se exportaban rumbo a Roma, estaban yermos, vacíos, convertidos todos ellos en un infinito erial ocre de tierras desnudas, semidesiertas. El sol de finales de marzo era poderoso anunciando la llegada de la primavera y el cielo despejado de nubes incrementaba su inclemente azote sobre los esforzados soldados. Catón sufría de forma desmedida y ya estaba seguro de que al final del día tendría ampollas en los pies, pero se cuidó mucho de ni tan siquiera musitar la más mínima palabra de queja. No le daría él esa satisfacción al engreído cónsul. Además, Catón estaba seguro de reír el último, pues al final de aquella absurdamente veloz marcha no encontraría el cónsul otra cosa que hastío, desesperanza y el final de todos sus planes, pero no dijo nada: quería disfrutar presenciando cómo el cónsul descubría por sí mismo lo imposible que resultaba ya para ningún general rescatar de la vergüenza y el abandono a aquellas dos legiones de cobardes y miserables derrotados de Cannae.

Publio, seguido de sus oficiales y de su ejército de voluntarios, continuó avanzando hacia el interior de la gran isla. Los terrenos baldíos les rodeaban cada vez más mientras se adentraban en Sicilia. Se veían pequeñas chozas quemadas y casas de piedra y adobe más grandes semiderruidas. No había ganado ni animales salvajes. Los árboles habían desaparecido, muchos talados años atrás para construir parte de las flotas romanas y cartaginesas de la anterior guerra púnica. Los unos y los otros habían contribuido al desgaste de aquel territorio, pero Sicilia era una tierra rica y productiva en otras regiones de la isla. Allí, por el contrario, sólo se percibía vacío, abandono, olvido. Publio miró al cielo y se detuvo un momento.

—Descansaremos un poco —dijo quitándose el casco y pasándose una mano por su cabello empapado de sudor. Luego miró al cielo. Había algo que le tenía intranquilo—. No hay pájaros.

Nadie se había percatado, pero al decirlo el general todos se dieron cuenta de que en efecto así era: desde que habían dejado Lilibeo atrás, no habían visto pájaro alguno. Al detenerse la marcha, el silencio se hizo aún más evidente. Todos callaron para escuchar mejor, pero no había nada. Ni siquiera viento.

—No es buen augurio —dijo Terebelio, el más supersticioso de los oficiales; también el más osado en el campo de batalla. Marcio y Lelio le echaron una mirada de reprobación, pero el general seguía mirando al cielo. Parecía que no había escuchado aquel comentario, pero sus palabras mostraron hasta qué punto el cónsul estaba atento a todo y a todos.

—No es ni un buen ni un mal augurio, Quinto Terebelio —dijo Publio—. Sin pájaros no tenemos augurio que leer, ni bueno ni malo, ¿no crees? —Y se echó a reír. El resto de los oficiales acompañó a su general en aquella risa contagiosa y cálida con la que siempre sabía relajar el ánimo de los suyos. Terebelio sonrió mientras se rascaba la cabeza metiendo los dedos por debajo del casco. Catón permanecía unos pasos atrás y pensó en decir algo sobre lo inconveniente de hacer bromas sobre asuntos religiosos, pero se contuvo y encontró alivio pensando que el final de aquella jornada supondría una decepción completa para las vanas pretensiones de aquel cónsul de encontrar en las «legiones malditas» tropas preparadas para la guerra. Era obvio que los mal llamados legionarios de la V y la VI se habían dedicado al pillaje y el saqueo de toda la región, un territorio supuestamente amigo de Roma. Hombres así ya no eran romanos, ni siquiera soldados, sólo bandidos sin disciplina inhabilitados para el combate, en otras palabras, inútiles para Escipión.

Las risas terminaron y el denso silencio volvió a rodearlos con su pesado manto de ausencia de todo. El general ordenó reanudar la marcha. El ruido de las miles de sandalias pisando la arena de Sicilia ahuyentaba el vacío del viento inexistente, de los pájaros que no había y del miedo de todos a no encontrar lo que andaban buscando, lo que tanto necesitaban.

Los dos se arrastraban por el suelo. Eran un niño de doce años y su hermana mayor de trece. Estaban aterrorizados, pero el hambre es aún más poderosa que el miedo. Habían descendido desde las colinas, desde las cuevas en las que sus tíos se ocultaban junto con el resto de los granjeros supervivientes al ataque de los demonios de la VI legión. Sabían que eran la VI legión porque lo repetían en cada ataque. El último fue el definitivo. Hasta ese momento se habían conformado con robar el ganado, el trigo y las verduras, pero la última vez lo arrasaron todo: incendiaron la granja, se llevaron todo lo que había para comer y mataron a sus padres. Ellos habían sobrevivido escondidos en un agujero en el suelo del establo que su padre había preparado para ocultar comida, como había hecho con otro zulo similar bajo la casa de piedra.

Los dos niños reptaban arropados por las sombras del atardecer, pero todavía había demasiada luz.

—Esperaremos a que anochezca —dijo la muchacha en la lengua local que hablaban salpicada de palabras fenicias y griegas y, más recientemente, con algún vocablo latino aprendido a sangre y fuego, como *far*, grano, o *puls*, gachas de trigo, o *panis militaris*. Antes ésas eran palabras asociadas a un próspero negocio: la venta de comida a los cuestores de las legiones allí atrincheradas; pero los soldados cada vez tenían menos dinero y el hambre era la misma. Primero pedían prestado, luego robaban por la noche y al fin venían en bandas organizadas de unos veinte hombres, armados hasta los dientes, con sus corazas, cascos y *gladios*. Su padre fingía que le robaban todo pero escondía siempre comida debajo de la casa y en el agujero del establo. Un día descubrieron el hueco de la casa y, como castigo, violaron y mataron a su madre. Su padre no resistió más y cuando montaban en sus caballos negros, tomó un cuchillo y se lo clavó en la espalda al líder de aquellos miserables. No pudo matarlo pero le dejó malherido. Los otros legionarios se revolvieron y asesinaron al padre también. Ellos lo vieron todo escondidos en el establo. Al caer la noche vinieron sus tíos y les condujeron a las cuevas de las colinas. Allí, los niños encontraron decenas de familias como ellos: arruinadas, diezmadas, destrozadas. Se consolaron en esa compañía tragando el dolor de su desdicha, pero llegó un día que el hambre reclamaba algo más que llanto y tristeza. Los dos niños sabían que quedaba comida escondida bajo el establo, así que, sin decir nada a nadie, al atardecer, se deslizaron entre los hombres y las mujeres dormidos de la cueva en la que se refugiaban y se adentraron en la espesura de los matorrales. Tenían hambre. Hambre.

—En una hora o dos será de noche —continuó la muchacha—. Entonces iremos al establo. Allí encontraremos comida.

Su hermano no decía nada pero asintió. Su hermano no hablaba desde que mataron a sus padres, pero ella sabía que él entendía. La muchacha se alegraba de que su pequeño hermano estuviera allí con ella. Pese a su duro silencio era una compañía reconfortante. Y, además, juntos podrían transportar más comida de vuelta a la cueva. La niña se deleitaba pensando en la cara de felicidad que pondrían sus tíos y el resto de los granjeros al ver el queso y el jamón, las hogazas grandes de pan, todas escondidas bajo la casa, en tinajas grandes volcadas para ocupar menos espacio; y podrían traer al menos un saco o dos de harina. Con eso podrían aguantar un poco más. Luego... cerró los ojos. Había que pasar el día a día, el día a día. Quizás ir todos juntos, unidos, para defenderse mejor, a Lilibeo. Eso era lo que habían hecho otros, pero la niña tenía miedo de alejarse de allí. No conocía otra vida, otro sitio.

—Por Hércules, mira lo que he encontrado. —La voz del centurión resonó como un trueno que anuncia la peor de las tempestades.

Los dos niños intentaron echar a correr, pero el gigantesco centurión se abalanzó sobre ellos y cogió a cada uno con una mano. El niño le mordió el brazo así que el centurión lo lanzó al aire y el pequeño cuerpo del muchacho se estrelló contra las piedras del suelo. Se oyó el golpe seco al caer el niño contra el suelo. Se quedó quieto. Sin moverse. Su hermana, sobrecogida, entró en pánico y comenzó a gritar.

—¡Calla, mujerzuela! ¡Por los dioses, calla o te mato! —Y el centurión reventó la cara de la muchacha con un sonoro bofetón. La niña dejó de gritar. El dolor era lo de menos. Su hermano parecía haber muerto. Pronto aparecieron más soldados. Los legionarios formaron un corro en torno a la joven. En sus rostros la niña leyó las mismas miradas que había visto en los hombres que habían matado a su madre. El instinto le hizo entender lo que le esperaba.

—Primero yo —dijo el centurión mientras se quitaba la coraza.

—¡Siempre igual! ¡Por los dioses que no es justo! —replicó uno de los legionarios. El centurión se giró hacia el que replicaba sin soltar a la chica, que se acurrucaba en el suelo, a sus pies.

—¡Publio Macieno es el centurión al mando y si tienes algo en contra te lo tragas o por Hércules que te atravieso aquí mismo! —Y se llevó la mano a la empuñadura del *gladio*. Los legionarios retrocedieron un par de pasos. El centurión, más tranquilo, se centró de nuevo en su ya dócil presa. Iba a disfrutar de lo lindo antes de matarla. La soltó.

»¡Desnúdate, puta! —espetó Macieno escupiendo saliva que llovió sobre el rostro aterrado de la joven. La muchacha, aterida por el horror, obedeció sin musitar palabra alguna. Su cuerpo quedó desnudo en apenas unos segundos al dejar caer su túnica de lana gris y sucia sobre la tierra de Sicilia. Se cubrió su delgado cuerpo como pudo, un brazo cruzando los pechos y una mano sobre su vello púbico. El fresco de la incipiente noche que reptaba desde las colinas la abrazó y sintió un escalofrío. El centurión avanzó hacia ella. La muchacha se arrodilló y llevó sus manos a las rodillas de aquel soldado. Quería implorar pero no tenía voz. Fue otra voz la que habló.

—¿Quién está al mando de este... grupo de... de esta expedición?

Macieno, centurión de la VI legión, se enfureció. Pensaba disfrutar de aquella muchacha con auténtica parsimonia y si para ello tenía que ensartar el corazón de varios de sus hombres no dudaría en hacerlo. Macieno desenvainó la espada y se giró hacia su inoportuno interlocutor. Al volverse vio la figura alta y joven de un soldado desconocido cubierto con una toga púrpura, la toga propia sólo de un cónsul. Macieno detuvo su espada. Un sol agónico se arrastraba por detrás de aquella silueta y le confundía los ojos. No podía ver bien a quién le estaba hablando.

—¿He de repetir mi pregunta, centurión?

—¿Quién eres tú? ¿Por qué no os deshacéis de él? —dijo Macieno dirigiéndose hacia sus hombres. Éstos desenvainaron las espadas. Aparecieron entonces algunos oficiales detrás de la extraña silueta púrpura que volvió a hablar.

—Ya que lo preguntas, te diré quién soy, pues yo no tengo por qué ocultar mi persona, como parece que debes hacer tú. Hablas con Publio Cornelio Escipión, cónsul de Roma, y estos que ves a mis espaldas son mis doce *lictores* y mis oficiales.

Macieno tragó saliva pero no se arredró. Estaban nivelados en cuanto a número. ¿Un cónsul de Roma? ¿Después de tantos años? Aquello parecía una broma.

—No ha llegado mensaje alguno al campamento sobre un cónsul de Roma en Lilibeo —respondió Macieno, y se sacudió a la joven muchacha que, llorando, gateó hasta acurrucarse bajo un gran olivo a unos pasos de donde tenía lugar aquel extraño encuentro.

Publio Cornelio Escipión no respondió a Macieno y se limitó a mirar la espada que éste blandía en alto.

—Es tarde para enviar un cónsul aquí —añadió Macieno—. Hace tiempo que no reconocemos el mando de Roma sobre nosotros.

—Entiendo... —dijo Publio, y dudó antes de continuar. Tras de sí estaban sus oficiales y también estaría Catón disfrutando ante la osadía de aquel centurión—. Ya veo, ¿y eso impide también saber con quién hablo?

—Soy Publio Macieno, centurión de la VI legión, segundo en el mando después de Marco Sergio, *primus pilus* de la legión.

Escipión ponderó las ironías y contradicciones de aquella respuesta: primero aquel renegado llevaba su mismo *praenomen* y luego, pese a no reconocer el mando de Roma, apelaba a la jerarquía propia de las legiones romanas para justificar su mando. Publio Cornelio Escipión miró a su alrededor y detuvo la mirada en la muchacha. Sin dejar de observarla, volvió a hablar.

—¿Y qué haces, Macieno, tan lejos del campamento?

—Buscamos comida. Roma hace tiempo que no envía suministros.

De súbito la niña lanzó un grito mirando al cónsul.

—*¡Tintu, tintu, rapi, rapi!* —Y calló y miró al suelo volviendo a acurrucarse.

—¿Coméis carne humana ahora? —preguntó Escipión.

Macieno fue a responder, pero el cónsul se había cansado de hablar. Dio la espalda a Macieno y se dirigió a los *lictores* y sus oficiales.

—Por Cástor y Pólux y todos los dioses, acabad con todos, menos con ese estúpido centurión. —Y se retiró unos pasos caminando hacia la niña asustada. Los *lictores* dejaron sus *fasces* en el suelo mientras desenvainaban las espadas. Entretanto Marcio, Lelio, Terebelio, Digicio, Mario y Silano, arropados por una docena de legionarios, ya se habían echado encima de los hombres de Macieno. La contienda no fue heroica. Los legionarios de la VI apenas opusieron resistencia más de dos golpes de espada antes de empezar a arrojar sus *gladios* y pedir clemencia. Los oficiales se volvieron hacia Escipión y éste negó con la cabeza. Las espadas atravesaron uno a uno el corazón de todos los hombres de Macieno. Publio estaba entonces junto a la niña y pidió que llamaran a alguien que entendiera a aquella chica. El centurión superviviente de la VI permanecía rodeado de los *lictores* del cónsul. Empezó a llorar. Se arrodilló.

—Por favor, por favor... —empezó a gimotear—, tengo familia e hijos... tenemos hambre... no hay suministros...

Lelio llegó junto a Publio con un joven de Lilibeo, un voluntario recién añadido al ejército del cónsul. Escipión había hecho correr la voz de que cualquiera que quisiera luchar y conseguir riquezas y gloria podía unirse a sus tropas. Muchos dudaban de aquella promesa, pues todos pensaban que sólo encontrarían la muerte en África, pero algunos, desesperados y abandonados de la diosa Fortuna, se habían unido a las tropas del cónsul. El joven se acercó y escuchó a la niña que volvía a hablar repitiendo las mismas palabras que había dicho antes y que ahora subrayaba señalando a Macieno.

—*¡Tintu, tintu, rapi, rapi!*

—Habla en la lengua local, mi general —dijo el joven que habían traído como intérprete—. No sé exactamente lo que quiere decir, pero *tintu* es un insulto, como perverso, malvado y creo que lo otro significa robar. Es todo cuanto puedo decir, mi general.

Escipión asintió.

—Dile a la niña que no tenga miedo, y hazle entender si puedes que ya no habrá más ataques a las granjas.

Publio dejó entonces a la niña hablando con el joven nuevo voluntario y se acercó a Macieno, que no dejaba de aullar entre sollozos y gemidos. Se dirigió a él empleando el mismo tono que había usado al principio de aquel encuentro, como si no hubiera ocurrido nada.

—Publio Macieno, centurión de la VI. Soy Publio Cornelio Escipión, cónsul de Roma, con mando en Sicilia y África. Vengo a tomar el mando de las legiones V y VI de Roma. Ahora ve al campamento e informa a tus superiores, al *primus pilus* de la VI y también al de la V... ¿hay *primus pilus* en la V?

—Cayo Valerio —musitó Macieno mirando al suelo, henchido de pánico.

—Bien, pues informa a ambos, a Marco y a Valerio, ya que tribunos no hay, de mi llegada. Diles también que espero más disciplina y más reconocimiento a mi mando del que he encontrado aquí. Puedes ilustrarles sobre el efecto de la rebeldía a mi persona explicándoles con detalle lo que ha pasado aquí. Llegaré al campamento mañana al mediodía, cuando el sol esté en lo alto del cielo.

Macieno no daba crédito a su suerte. Gateó para abrazarse a las rodillas del cónsul, pero Publio dio un paso atrás. Macieno se detuvo en su avance y habló mientras se incorporaba despacio.

—Por supuesto, mi general. Mañana al mediodía. Los hombres estarán formados a las puertas del campamento. Las dos legiones. Todos... esperando al cónsul... gracias, cónsul de Roma, no defraudaré al cónsul...

Publio Macieno tomó la espada que le tendía un Lelio que ardía en deseos de patear a aquel miserable, pero que se contenía por disciplina; Macieno envainó el arma y echó a andar sin mirar atrás. Despacio primero y luego corriendo como perseguido por los lobos.

—Allá va un cobarde —dijo Terebelio.

Publio le miró y Terebelio no añadió más. En ese momento apareció Catón que, por cautela, se había quedado en la retaguardia mientras tenía lugar la refriega entre los legionarios rebeldes de la VI y los hombres del cónsul. Marco Porcio Catón contó los cadáveres antes de hablar.

—Diecinueve muertos. Veo que el cónsul de Roma tiene una forma curiosa de ampliar su ejército. —Y sonrió con amplitud antes de sacar sus conclusiones—. A este paso conseguirá el cónsul un gran ejército de cadáveres.

Lelio fue a replicarle, pero Publio le tomó por el brazo y Lelio se contuvo, una vez más. Catón se alejó por donde había venido. Estaba satisfecho. Las cosas iban mejor de lo que nunca había imaginado. El cónsul tendría que combatir con cobardes o con muertos. Ninguno de los dos serían grandes aliados una vez desembarcados en África. Aquélla era una empresa abocada al más estrepitoso de los fracasos. Su sonrisa desapareció. Tendría que ver la forma de escabullirse de la misma antes de que fuera demasiado tarde. Eso era lo único que le quitaba el sueño, pero ya encontraría un subterfugio con el que retirarse de África cuando las cosas empezaran a torcerse definitivamente para el engreído cónsul. Volvió a sonreír. Mañana al mediodía, había dicho el cónsul. Eso significaba que descansarían esa noche. Sus pies lo agradecerían.

Publio se quedó con sus oficiales. Sabía que las palabras de Catón habían sembrado dudas sobre su actuación, pero no tenía ganas de dar explicaciones. Tendrían que confiar en él, como hacían siempre.

—¡En marcha todos! —ordenó Publio.

—¿Pero no has dicho que llegaremos mañana al mediodía al campamento? —preguntó Lelio—. Los exploradores dicen que estamos a menos de siete u ocho horas de marcha. Podemos hacer noche y llegar mañana al mediodía como has dicho a ese centurión, hay tiempo de sobra...

—Eso he dicho, Lelio, pero seguiremos la marcha y llegaremos allí de madrugada. La V y la VI se van a levantar más pronto de lo que suelen hacerlo.

Y con esas palabras el cónsul echó a andar y tras él su escolta de *lictores* con las *fasces* en alto, seguidos por los tribunos y, poco a poco, los miles de voluntarios.

Marco Porcio Catón estaba descansando sentado junto a unas piedras de lo que había sido un muro de una granja cuando observó que el ejército seguía con la marcha. Se había quitado las sandalias para aliviarse pero, maldiciendo su suerte, empezó a abrochárselas de nuevo a toda prisa.

La niña vio cómo los legionarios se alejaban con aquel extraño jefe al mando. Salió del abrigo del olivo y fue corriendo en busca de su hermano. Lo encontró tumbado sobre las piedras en las que había caído. Le llamó por su nombre un par de veces. El niño abrió los ojos y sonrió. Hermano y hermana se abrazaron. Parecía que la esperanza retornaba a sus vidas.

Era noche cerrada aún cuando bajo la tenue luz de una tímida luna menguante, Publio y sus oficiales avistaron el mítico campamento de las «legiones malditas». La luminosidad escasa no dejaba que uno se apercibiera del mal estado de las empalizadas, pero, incluso en medio de la noche, los veteranos mandos del ejército de Publio vislumbraban algunos huecos que los legionarios de la V y la VI no habían tapado con nuevos troncos. Asimismo, el foso, a medida que se acercaban descendiendo por una larga colina próxima al campamento, se hizo visible con zonas de poca profundidad. Posteriormente el mal olor de esas zonas hizo comprender a los hombres del cónsul que el foso estaba siendo utilizado de vertedero. Y lo más lamentable era que apenas si se veían hogueras encendidas y guardias. El ejército de voluntarios del cónsul de Roma se había acercado a quinientos pasos de las empalizadas y ningún centinela había dado la voz de alarma. Las «legiones malditas» dormían. Publio detuvo el avance de sus hombres. Miró a su alrededor. La faz de sus oficiales era seria. Sabía lo que pensaban. Catón, por el contrario, parecía el hombre más satisfecho del mundo. Si atacaran ahora a aquellos hombres, aun siendo el ejército del cónsul menos de la mitad en número de efectivos, podrían acabar con aquellas dos legiones antes del amanecer. Además, quedaba por saber cuántos de los legionarios de la V y la VI se habían acostado ebrios. Era evidente que las «legiones malditas» no esperaban ni temían a enemigo alguno. Se sentían olvidados, más aún, sentían que ellos eran el olvido mismo. Y los pobres granjeros asustados que se escondían entre los peñascos de las colinas no eran amenaza para aquellos veinte mil legionarios y tropas auxiliares transformados en bandidos. El desánimo en Publio no vino por todo lo que estaba observando, sino que provenía de otro origen. En su esperanza por convertir a aquellos hombres en soldados de Roma de nuevo, pensó que encontraría algo más de reacción tras la llegada del centurión al que habían perdonado la vida aquella tarde para que informara de su llegada, pero si había regresado al campamento y notificado el avance del cónsul, aquello no parecía haber alterado en lo más mínimo el devenir decadente de las legiones V y VI. No se inmutaban ni aunque tuvieran a un cónsul a medio día de marcha. La mirada brillante en el rostro de Catón era algo demasiado hiriente para el joven cónsul. Tendría que ser más duro con aquellas legiones de lo que había planeado. Tendría que ser implacable.

Cayo Valerio dormía siempre con un sueño ligero, un duermevela que se quebraba ante el más mínimo chasquido. Aquella noche se acostó preocupado. Macieno había regresado solo de su batida habitual para saquear las granjas del contorno. Cayo Valerio lo había visto cruzar el campamento al atardecer con su coraza manchada de sangre. Estaba claro que alguien les había atacado, pero Macieno no dijo nada y su figura se desvaneció en la tienda de Marco Sergio, el *primus pilus*, de la VI. Sea como fuere, Valerio sabía que no tendrían información sobre lo ocurrido. ¿Bandidos? Era extraño, porque no había más ladrones en aquella región de Sicilia que ellos mismos. ¿Se habrían armado los granjeros? Era posible, pero ¿cuántos campesinos harían falta para acabar con una *turma* de la VI? Más de un centenar, y aun así, era muy extraño que fueran capaces de acabar con todos menos con uno. ¿Cartagineses? ¿Un desembarco en Lilibeo? Las autoridades de la ciudad habrían enviado algún mensajero. Incluso siendo las «legiones malditas», era mejor dirigirse a ellos que dejarse arrasar por los cartagineses. ¿O tan mala era ya la opinión de los ciudadanos de Lilibeo que ni amenazados por tropas enemigas se dignaban recurrir a la V y la VI? Cayo Valerio se despertó de su medio sueño, medio vigilia y se sentó pasando los brazos por encima de sus rodillas. La paja seca del lecho era el mayor confort al que podían aspirar en aquel infinito destierro. No. Si estuvieran amenazados por tropas enemigas, Macieno y Marco Sergio habrían advertido al resto, a todos, y habrían hecho poner centinelas. En su cobardía y su miedo recurrirían a todos. Era otra cosa la que había ocurrido. ¿Una pelea entre ellos mismos, por algún botín? O también cabía otra posibilidad completamente distinta: quizás habían encontrado algo realmente interesante y el resto se había quedado guardando lo requisado, quizás un buen lote de ganado, mientras Macieno había regresado para solicitar refuerzos a Marco. Sí. Cayo Valerio empezó a asentir con fuerza cuando el mayor estruendo que nunca jamás había escuchado le hizo dar un respingo y ponerse en pie, desenfundando su espada, todo al tiempo. Aquello eran cornetas y tubas, decenas de ellas, en plena noche. Les atacaban.

Cayo Valerio salió de su tienda con la espada desenvainada, nervioso pero resuelto al tiempo, decidido a vender cara su piel. Casi estaba contento de poder luchar, aunque fuera para morir. En el exterior le recibió el caos más absoluto. Miles de legionarios corrían de un lugar a otro sin orden, como poseídos por las deidades infernales. Uno de sus hombres se dirigió a Valerio. Le habló como pidiendo consejo, buscando alguien a quien seguir en medio de aquel desatino.

—¡Mi centurión, dicen que hay mensajeros en todas las puertas! ¡Dicen que ha venido un cónsul de Roma!

Cayo Valerio le miró con incredulidad. ¿Un cónsul de Roma? Y el caso es que aquello sería lo único que podía dar sentido a aquella situación absurda: ningún enemigo despierta a sus oponentes antes de matarlos. Si eran víctimas de un ataque sorpresa, ¿dónde estaban los proyectiles y las flechas y las lanzas? El cielo estaba raso y plagado de estrellas. Era una buena noche para haberles atacado, como tantas otras, pero sólo se escuchaban tubas y trompetas. Y el correr de miles de soldados aturdidos, confundidos. Para desazón del legionario que acababa de dirigirse a Cayo Valerio, éste le dejó atrás y echó a andar hacia la puerta *decumana*. Tuvo que abrirse camino a empujones, pero su corpulencia y el tener un propósito definido le hizo avanzar rápido entre los legionarios perdidos y sin mandos. Observó que muchos empezaban a dirigirse a las empalizadas para observar así, de primera mano, lo que estaba ocurriendo en el exterior del campamento. Eso mismo quería él. Así se plantó en cinco minutos en la *porta decumana* y allí vio a un grupo de unos treinta legionarios bien armados y perfectamente uniformados al otro lado del foso. Demasiado pulcros y organizados como para pertenecer a las desvencijadas V o VI. Eran soldados recién alistados, aunque por su edad aparentaban veteranía. Una combinación peculiar. Parecían venidos ya de otro mundo, un mundo que Cayo Valerio había casi olvidado por completo: Roma. Uno de aquellos hombres parecía repetir un mensaje una y otra vez, rodeado por sus compañeros que, espadas en mano, estaban preparados para protegerle por si era atacado.

—¡Legionarios de la V y la VI, el cónsul Publio Cornelio Escipión de Roma ha venido a tomar el mando de estas legiones y el cónsul de Roma os ordena formar frente a la *porta praetoria* del campamento antes de que despunte el alba!

Callaba unos instantes y volvía a repetir el mismo mensaje. Cayo Valerio no comprendía por qué los legionarios seguían tan interesados en observar desde las empalizadas, por eso siguió avanzando hasta que sus ojos pudieron vislumbrar desde el suelo lo que otros ya admiraban desde lo alto de las semiderruidas fortificaciones del campamento. Tras los mensajeros, a unos quinientos pasos, en la ladera de la gran colina que se extendía frente al campamento de la V y la VI, se discernía un millar de antorchas distribuidas por toda la colina. Estaba claro que el cónsul no había venido solo, arropado por unos pocos hombres y confiado en una carta del Senado que persuadiera a los hombres de la V y la VI de sus obligaciones para con el general que reclamaba asumir su mando. Cayo Valerio siguió andando hacia el mensajero que repetía la orden del cónsul hasta que quedó frente a él apenas a unos diez pasos. Se detuvo cuando varios de los legionarios que acompañaban al mensajero se interpusieron entre él y el heraldo.

—No es necesario que repitas más tu mensaje, centurión —dijo Cayo Valerio dirigiéndose al mensajero e identificando su rango al hablarle—. Dile al cónsul que la V y la VI formarán frente al campamento de inmediato.

Valerio no dio tiempo a que el centurión interpelado respondiera. Tampoco éste sabía bien qué decir, pero dejó de repetir el mensaje y al poco ordenó al resto de los hombres que le acompañaban que se retiraran con él para volver con los suyos.

Cayo Valerio regresó al campamento con el ánimo encendido. Eso es lo que le había pasado a la *turma* de Macieno. Y no le habían informado de la llegada de un cónsul. La ira de Valerio iba en aumento. El cuerpo le pedía ir adonde Publio Macieno y su superior, Marco Sergio, y ensartarlos como salchichas, pero aquélla no sería la mejor forma de presentarse ante el cónsul. Valerio, reconcomiéndose sus ansias, llegó hasta su tienda en el centro del campamento y a voz en grito empezó a dar las órdenes precisas.

—¡Hombres de la V! ¡Todos a formar delante de la *porta praetoria*, ya, por Hércules, Júpiter y por todos los dioses, o voy a mataros uno a uno hasta que me hagáis caso! ¡A formar todos, por Hércules!

Los hombres le miraban y empezaban a enfundar espadas, buscar cascos olvidados, corazas desparramadas por el suelo, grebas, los que disponían de ellas, lanzas desperdigadas entre las tiendas... los hombres de la V habían seguido practicando la instrucción militar bajo el mando de Valerio, pero nerviosos como estaban, no les resultaba una tarea fácil organizarse y más, en medio de una noche, con apenas hogueras en el campamento. Mientras, los hombres intentaban uniformarse.

Cayo Valerio encendió una antorcha y con ella en alto se dirigió al centro mismo del campamento frente al abandonado *praetorium*, clavó la antorcha en el suelo y, cuando estuvo seguro de que varios centenares de sus hombres le observaban, tomó con ambas manos la insignia de la V legión de Roma, que llevaba once largos y lentos años clavada en aquel lugar, y tiró de ella con todas sus fuerzas. Para asombro de todos los legionarios de la V y sorpresa del propio *primus pilus*, el asta hundida de la insignia pareció resbalar por las entrañas de la tierra de Sicilia y, casi sin oponerse, salió suave, desclavándose de aquel punto quedando así firmemente asida por el centurión, quien exhibió la insignia en alto y volvió a repetir las órdenes, esta vez con un punto vibrante en su garganta desconocido para todos:

—¡Todos a formar, por Júpiter! ¡Ha llegado un cónsul de Roma!

Publio estudiaba la salida de las legiones V y VI de su campamento. Pronto el desánimo más completo se adueñó de su espíritu, pero mantuvo la cara altiva y el semblante serio, casi inexpresivo, con el fin de no acrecentar la incipiente sonrisa que adivinaba de reojo en el rostro ácido de Catón. De sus hombres percibía una honda preocupación: aquellos soldados que estaban formando de modo desorganizado y sin prisa eran los contingentes de tropas que debían reforzarles para la campaña de África. Sus oficiales, al igual que el resto de los legionarios del ejército de voluntarios venidos desde Italia, estaban desolados. Empezaba a entender que la campaña dependería de ellos y sólo de sus propias fuerzas. Nada podría hacerse con aquellos vividores, desaliñados, sucios y torpes que salían del campamento, una vez ya seguros de que no les atacaban, entre risas y con aires de desdén hacia el recién llegado cónsul. Publio Cornelio Escipión tragó saliva. Aquello era mucho peor de lo que había esperado encontrar. Era como si ante sí tuviera las tropas de Sucro de nuevo, pero más envalentonadas por el largo período de tiempo que habían pasado sin mandos efectivos. ¿Cómo recuperar aquellos hombres para el combate, para la causa de Roma, de una Roma que los había desterrado y condenado al olvido? ¿Por qué debían ahora luchar de nuevo por aquella ciudad? Publio repasaba en su mente las palabras que había pensado pronunciar para presentarse ante aquellos hombres, pero se daba cuenta de que el discurso que había diseñado no infundiría ni ánimos ni interés en aquellas tropas acantonadas durante once años en una esquina remota de Sicilia. La guerra para ellos era ya algo distante, indiferente, ajeno.

Publio Cornelio Escipión no pudo evitar un profundo suspiro mientras se pasaba la mano derecha por el mentón y bajaba la mirada hacia el suelo. Las legiones V y VI eran incapaces hasta de formar sus manípulos; simplemente salían del campamento como quien sale de una visita en una villa en el campo. Había pensado que las antorchas, la oscuridad, el ser despertados en medio de la noche, les infundiría temor, pero aquello sólo había durado unos minutos, hasta que los legionarios desterrados habían entendido lo que estaba ocurriendo. Parecían hasta molestos porque el cónsul les hubiera interrumpido el sueño. Y, sin embargo, aquéllos eran los mismos hombres que habían solicitado, rogado, implorado al cónsul Marcelo que intercediera en el Senado para permitirles de nuevo luchar y rehabilitar así sus nombres y ganarse de ese modo el derecho a regresar a Roma y volver a ver a sus familias y amigos. Pero eso, claro, fue al principio de su destierro. Fabio Máximo se opuso entonces a conceder tal posibilidad a los derrotados de Cannae, a las «legiones malditas». Y ahora hasta el cónsul Marcelo había caído abatido por Aníbal. Publio dibujó una sonrisa extraña e irónica. Viendo a los legionarios de la V y la VI deambulando por delante de su campamento, con algunos centenares de ellos sentados en el suelo, contraviniendo las órdenes de formar, Publio empezó a entender por qué Fabio Máximo había aparentemente cedido en la negociación en su casa y le había dejado el mando de estas tropas. Máximo, siempre tan informado, debía de estar al tanto de lo inútiles que eran ya aquellos hombres, de lo inservibles que resultarían en una campaña militar, y más aún en una campaña militar en nombre de Roma, de la misma Roma que los había castigado.

En medio de la más profunda desazón que embargaba el ánimo de Publio, Cayo Lelio se acercó entonces por detrás y señaló hacia el ala izquierda de la V legión. Publio agudizó la mirada y allí, en la penumbra de un amanecer escondido aún tras las colinas, divisó tres, cuatro, no, cinco, seis, varias decenas de manípulos en perfecta formación de combate: se distinguía perfectamente a las tropas ligeras, los *velites*, en primera línea, preparados para marchar, y detrás de ellos los *hastati, principes* y *triari*, todos dispuestos, con uniformes no impecables, pero sí razonablemente dignos y, lo más importante, todos armados hasta las cejas, pero no con los *pila* de las nuevas legiones itálicas o las *falaricas* iberas que llevaban muchos de sus voluntarios veteranos de las campañas de Hispania, sino con viejas armas arrojadizas, como el *verutum* o el *gaesum* gálico, las mismas que se usaron en Cannae y que poco a poco se habían ido reemplazando por las romanas durante aquella larga guerra en las nuevas legiones. Aquellos manípulos estaban en perfecta formación como parados en el tiempo. Por un momento Publio pensó estar de nuevo junto a las ruinas de la fortaleza de Cannae, con Emilio Paulo, su suegro, en medio de la infinita formación romana, a la espera de las órdenes del enloquecido Terencio Varrón que los condujo a la más horrible de las derrotas. Esos hombres habían formado con exquisita corrección, como si hubieran estado practicando durante todo el destierro esperando aquel momento. Eran sólo unos quinientos hombres de los veinte mil que allí había, pero eran algo: eran una semilla.

Publio asintió sin volverse hacia Lelio, pero éste comprendió que el cónsul había identificado lo mismo que él había detectado: un remanente de pundonor en medio de tanta desidia.

—Es un principio, Lelio, esos hombres son un principio. Empezaremos por ellos, esta misma mañana —comentó el joven cónsul—. Entérate de quién está al mando de esos manípulos. Quiero verlo cuando termine de hablar.

Lelio asintió y desapareció entre los oficiales. Habían hablado en voz baja, de modo que ni Catón ni el resto pudo apercibirse bien de sus palabras, pero todos, al igual que Lelio y Publio, habían observado con alegría aquellos manípulos que aún parecían recordar lo que era pertenecer a las legiones de Roma. Todos menos Marco Porcio Catón, que no dejaba de estar sorprendido por aquellos recalcitrantes derrotados que se empeñaban aún en intentar hacer creer al resto que eran legionarios; pero eran muy pocos, demasiado pocos hombres aún fieles a la legión y muchos millares de insatisfechos, villanos, bandidos, corruptos y cobardes. Catón escupió en el suelo en dirección a los manípulos del ala izquierda de la V legión.

Publio Cornelio Escipión inspiró aire con profundidad y dio varios pasos hacia delante. Los doce *lictores* de su escolta le rodearon con antorchas llameantes, resplandecientes en el albor de la madrugada. El cónsul de Roma avanzó unos quince pasos hasta ubicarse en lo que parecía ser un lugar al azar, pero que en realidad era el punto desde el que su voz, aprovechando la caída suave de la colina, se proyectaba mejor hacia todos los hombres de la V y la VI. De algo le tenía que valer todo lo que había leído sobre los teatros griegos y su forma de aprovechar la acústica natural de las laderas de las montañas. Tendría que hablar a voz en grito, pero al menos su esfuerzo valdría para que su mensaje llegara a todos aquellos desaliñados que antaño fueran legionarios. De alguna forma, la desorganización casi total de aquellas tropas era su aliada, pues al no guardar la distancia preceptiva entre un legionario y otro, los millares de hombres de la V y la VI ocupaban mucho menos espacio del que habría sido necesario para su perfecta formación manipular. Eso era un desastre militar, pero una gran ventaja para hacerse oír por todos.

Los legionarios de la V y la VI vieron al cónsul, rodeado de su escolta de antorchas, situarse frente a ellos. Todos esperaban un discurso pomposo y espeso del que no pensaban hacer el más mínimo caso. Además, la luz del día empezaba a hacer visibles las auténticas fuerzas que acompañaban al cónsul y los legionarios de la V y la VI eran más. Eso les hacía sentirse seguros.

Publio había pensado muchas veces cuáles podrían ser sus primeras palabras ante aquellos hombres con los que antaño combatiera y con los que compartiera una humillante huida del campo de batalla, pero al verlos allí, desastrados, distraídos y muchos de ellos pertinazmente sentados sobre la tierra de aquella isla, la ira se apoderó de su ser.

—¡En pie, malditos, en pie, por Hércules! ¡En pie todos o lanzo ahora mismo a todos mis hombres contra vosotros y regaremos todos con nuestra sangre esta mañana! ¡En pie, por Júpiter, en pie! ¡Prefiero morir matando a cuantos pueda de vosotros antes que permitir que permanezcáis sentados ante un cónsul de Roma! ¿Estáis vosotros también dispuestos a luchar hasta la muerte por permanecer con vuestros culos pegados al suelo? ¿Lo estáis?

Ningún hombre de la V o la VI esperaba esas palabras. Los que estaban en pie tensaron los músculos, y los que estaban sentados, unos empezaron a levantarse y otros, los más rebeldes, se miraban entre sí sin saber bien qué hacer. Entre ellos estaba el propio *primus pilus* de la VI, Marco Sergio, y su centurión, segundo en el mando, Publio Macieno.

—¡Por última vez: en pie todos o empezamos una batalla campal aquí mismo! —repitió el cónsul de Roma—. ¡Yo estoy acostumbrado a luchar pero creo que a vosotros os va a costar responder a nuestro ataque! ¡En pie, malditos de los dioses, en pie!

Marco Sergio y Publio Macieno se alzaron al fin, con desgana, pero se levantaron y con ellos los últimos reacios a ello. El cónsul no había conseguido mucho de momento, pero al menos tenía dos cosas: primero a todos los legionarios en pie, y, segundo, había despertado el interés y la curiosidad en muchos de aquellos hombres, por la extraña forma de empezar a dirigirse a ellos.

—¡Me debéis la vida, todos y cada uno de vosotros me debéis la vida! —gritó Publio Cornelio Escipión—. ¡Incluso esta miserable existencia en el destierro me la debéis! ¡Yo lideré las tropas que salieron vivas de Cannae, junto con otros tribunos, pero yo fui uno de esos hombres y por esos tribunos y por mí hoy estáis vivos, aunque viéndoos ahora me pregunto si no habría sido mejor para todos, para vosotros, para Roma y para mí, haberos dejado allí para que Aníbal y sus hombres os ensartaran como alimañas, para que os dejaran heridos agonizando en el campo de batalla durante días hasta que los buitres os sacaran los ojos, o, mejor aún, para que una vez presos por Aníbal sus hombres se hubieran entretenido haciéndoos luchar entre vosotros hasta que unos a otros os sacarais las entrañas para su divertimento, que es lo que les ocurrió a todos aquellos que allí se quedaron, a todos aquellos que no salieron de la masacre de Cannae! —Aquí Publio detuvo unos instantes su discurso para tomar aliento y para pensar, pues estaba improvisando, dejándose llevar, por primera vez en mucho tiempo, desde el motín de Sucro, por sus sentimientos; pero la pausa le sirvió también para comprobar que con sus palabras encendidas había captado la atención de los legionarios desterrados de las «legiones malditas». Más seguro del terreno que pisaba, pensando con mayor frialdad, pero manteniendo la intensidad emocional, prosiguió con sus palabras—. ¡Y vosotros os lamentáis y sentís lástima de vuestro destierro! ¡Miserables, miserables y mil veces miserables! ¡Se os perdona la vida y pagáis con desdén y rebelión la compasión de Roma! ¡Doblabais en número a vuestro enemigo y tuvisteis, tuvimos, que salir huyendo! ¡Todos deberíamos haber muerto aquel día! ¡Todos! ¡Pensáis que Roma es injusta, lo leo en vuestros ojos y no entendéis nada! ¡Roma es severa, estricta, implacable, pero nunca injusta! ¡Roma nunca lucha una guerra injusta y Roma nunca es injusta en sus castigos! ¡Lleváis años acumulando odio y desprecio hacia Roma cuando vuestro verdadero enemigo, el que os humilló, el que os condujo a esta situación, cabalga libre por las ciudades itálicas, asola a nuestros aliados, acecha las propias murallas de la ciudad natal de vuestros padres, madres, hermanos, esposas, hijos... todos los que queríais y amabais y habéis dejado atrás por vuestra incapacidad en el campo de batalla... todos perdidos pero no por Roma, sino por Aníbal y sus hombres; sí, los hombres de Aníbal, sus veteranos de guerra! —Nuevamente aquí Publio se contuvo durante unos segundos; el silencio era intenso, sus palabras resonaban enormes en aquella ladera, las legiones le escuchaban—. ¡Sí, los hombres de Aníbal! ¡Iberos, galos, africanos y númidas que se reúnen en las noches cálidas de Italia y, al abrigo de sus incontables victorias, narran sus hazañas, se ríen mientras rememoran cómo os hicieron huir, cómo herían a vuestros compañeros, cómo decapitaban a vuestros amigos, y cómo corríais asustados, cómo corríamos todos aquel día para escapar de sus espadas, de su odio! ¿Os duele lo que os digo? ¿Os duele saber que hay miles de hombres que se ríen de vosotros? Lo veo en vuestros semblantes serios. ¿Es dura la verdad? Quizás en el destierro os habéis esforzado en olvidar de dónde venís, pero mi deber como cónsul, mi primer deber al tomar el mando de las legiones V y VI de Roma es el de recordaros quiénes sois: no os importa ser la vergüenza de Roma, eso ya lo he visto, pero yo me pregunto, ¿tampoco os importa ser el hazmerreír de los veteranos de Aníbal? ¿No os importan los chistes, las bromas que se cuentan unos a otros, no os importan las carcajadas de esos galos, iberos, númidas? ¿No los oís en la distancia? Yo creo que si por las noches no os acostarais ebrios, escucharíais en vuestros oídos las carcajadas siniestras de los hombres de Aníbal pavoneándose de su victoria aplastante sobre vosotros y haciendo leyenda de su valor y de vuestra cobardía. ¿O quizá sí las oís y por eso bebéis, para ocultar en el sueño de la bebida el horror de esas risas que os despiertan en mitad de la noche? No sois la vergüenza de Roma porque Roma ya os ha olvidado. Ha enterrado vuestra derrota bajo infinidad de combates contra los veteranos de Aníbal, unas veces con batallas indecisas, otras con grandes victorias y otras también con derrotas, pero derrotas sin la humillante huida de sus legiones. Vosotros no existís ya para Roma, estáis enterrados en el olvido. Por eso no os llegan provisiones ni suministros ni os llegarán nunca. Nunca. Nunca si no es bajo mi mando. Vosotros sólo sois los personajes de las narraciones divertidas de los hombres de Aníbal, sus personajes favoritos: sus cobardes preferidos. Y yo os pregunto: ¿queréis ser eso, protagonistas cobardes y miserables de las historias que vuestros enemigos cuenten a sus hijos y a sus nietos, o queréis otra oportunidad? ¿Queréis ser miseria o queréis otra cosa? ¿Queréis ser miseria o queréis venganza? —Y Publio elevó el tono de su voz mirando al cielo azul del amanecer, gritando con todas su fuerzas—. ¿Queréis miseria o venganza? ¿Miseria o venganza? ¿Miseria o venganza?

Y calló y cerró los ojos, esperando durante uno, dos, tres, cuatro largos segundos de silencio que alguien de entre las «legiones malditas» rompiera aquel pérfido vacío, hasta que desde el ala izquierda el *primus pilus* de la V, Cayo Valerio, hinchó sus pulmones y respondió a gritos:

—¡Venganza, venganza, venganza, mi general, venganza, por todos los dioses!

Publio mantuvo los ojos cerrados, levantando despacio sus brazos extendidos hacia el cielo como si rezara al mismísimo Júpiter, mientras decenas, centenares, miles de gargantas de las «legiones malditas», empezaron a gritar al unísono.

—¡Venganza, venganza, venganza!

Sólo unos pocos, entre perplejos y sorprendidos, callaban y miraban extrañados lo que ocurría a su alrededor: Marco Porcio Catón, entre las filas de los hombres del cónsul, y los centuriones Marco Sergio y Publio Macieno de la VI, entre las legiones, quienes, con aire confundido, miraban a izquierda y derecha sin entender bien lo que allí estaba ocurriendo.

48

Cayo Valerio

Oeste de Sicilia,
finales de marzo del 205 a.C.

Cayo Valerio estaba nervioso, sudoroso, incómodo, mientras esperaba junto a los *lictores* que custodiaban la nueva tienda del *praetorium* que el cónsul había hecho levantar para reemplazar los harapos de tela que quedaban en pie del antiguo puesto de mando. Valerio paseaba de un lado a otro en pequeños pasos y meditaba qué decir al cónsul. ¿Por qué le había convocado tan pronto? Bien, era el *primus pilus* de la V y ante la ausencia de tribunos era el centurión de mayor rango. ¿Pero por qué le había citado a solas y no con Sergio Marco, el otro centurión *primus pilus* de la VI? Por lo que fuera, el cónsul quería verlo a solas, o, al menos, entrevistarse con cada centurión por separado. Estaría tanteando cómo estaban los ánimos. Sin duda. Más seguro, los pasos de Valerio se tornaron más amplios, pero de golpe le asaltó otro motivo para el nerviosismo: de su uniforme colgaban sus viejas *faleras* y *torques*, sus antiguas condecoraciones de guerra. En aquel sitio, en aquel destierro, parecían fuera de lugar. Veloz, Valerio se quitó todas las condecoraciones pero, ¿dónde guardarlas? Estaba aún pensando en ello cuando le llamó uno de los *lictores*.

—Centurión, ya puedes pasar. El cónsul te recibirá ahora.

Cayo Valerio apretó las condecoraciones entre los dedos de su mano izquierda y la puso detrás, a su espalda, mientras entraba en la tienda del nuevo *praetorium*. Valerio se encontró ante Publio Cornelio Escipión, cónsul de Roma, pero no a solas, como había pensado, sino que el general estaba acompañado de varios de los oficiales que éste había traido consigo. Valerio aún no conocía sus nombres, pero junto al cónsul, sentado sobre un sencillo taburete, estaban, en pie, Cayo Lelio, Lucio Marcio Septimio, Quinto Terebelio, Sexto Digicio, Mario Juvencio Tala y Silano, los oficiales de más alto rango y de mayor confianza de Publio. Valerio, hombre experto en juzgar a oficiales, adivinó con rapidez que entre esos hombres y el cónsul había algo más que una relación militar. Debía ser cauto en sus palabras y no molestar a nadie de los presentes.

—¿Eres Cayo Valerio? —preguntó Publio Cornelio Escipión con voz grave—, ¿el *primus pilus* de la V?

—Así es, mi general.

—Eso, en las circunstancias en las que ha vivido la V en los últimos años es lo mismo que decir que eres el hombre que ha estado al mando de la V todo este tiempo, ¿no es así?

—Sí, mi general. Desde que Roma no envía nuevos tribunos, he estado al mando de la V.

—Entiendo —dijo Publio mirando fijamente a su interlocutor. Luego guardó unos segundos de silencio durante los que Valerio bajó la mirada al suelo y continuó hablando—. La situación de la V legión no es muy buena, y el estado general del campamento es deplorable.

Valerio fue a hablar, a decir que hacía años que no había reabastecimiento, que sin provisiones para el invierno habían tenido que cultivar ellos mismos o negociar con los granjeros de la región cuando no saquear como hacían los hombres de la VI y algunos de su propia legión a sus espaldas; pensó en decir que sin suministros y sin tribunos era imposible hacer más, que..., pero el cónsul levantó su mano derecha y Valerio se tragó todas sus explicaciones con su propia saliva.

—Pese a todo, centurión —continuó Publio—, te las has arreglado para que varias decenas de tus manípulos aún recuerden lo que es una formación manipular de la legión y que preserven también sus armas en buen estado. Eso te honra. Y me consta también que los hombres de esos manípulos son los que mejor reaccionaron a mi discurso de esta mañana. Todo eso te hace acreedor de cierta confianza por mi parte en tu capacidad de mando, aunque la desorganización general del campamento, la falta de guardias, los saqueos en la región, hacen patente que es necesario reconducir la disciplina de estas tropas y que nuevos mandos son necesarios, ¿estarás de acuerdo en eso?

—Sí, mi general.

—Bien —respondió Publio con satisfacción en el momento en que una de las condecoraciones de Cayo Valerio se deslizó entre los sudorosos dedos de su mano izquierda cayendo sobre el suelo, tras sus pies, produciendo un gran chasquido metálico. El centurión se quedó firme, pero ya todos habían advertido que algo había caído de sus manos.

—¿Qué es eso que ha caído y que escondes tras tu mano izquierda? —preguntó Publio al tiempo que se alzaba y que Cayo Lelio, desenvainando su espada, se cruzaba interponiéndose entre el cónsul y el veterano centurión, pues el sonido era similar al que una daga habría producido al chocar con el suelo. Por su parte, Silano y Mario Juvencio se abalanzaron sobre Valerio y le asieron fuertemente de los brazos. Valerio comprendió que todos temían que se tratara de un puñal, de un intento de agredir al cónsul.

—¡No es nada, mi general, no es nada! —exclamó Valerio entre asustado y avergonzado—. ¡Son sólo mis *faleras* y *torques*! ¡Condecoraciones de otros tiempos!

Lelio enfundó la espada y recogió la cadena de oro del suelo.

—No miente —dijo—, y en la mano izquierda tiene varias más. Son sólo condecoraciones.

Todos se relajaron. Silano y Mario soltaron al confundido Valerio, que tomó de manos de Lelio su *falera* caída y la puso con las demás en su mano izquierda.

—¿Por qué escondes tus condecoraciones, centurión? —respondió Publio, más tranquilo, sentándose de nuevo.

—No sé, mi general, siempre las llevo puestas; más por imponer respeto a mis hombres que por otra cosa. Hace tiempo que perdí mi orgullo de soldado, lo admito. Son viejas condecoraciones ganadas contra los galos del norte y los piratas de Iliria, pero de eso hace ya tanto tiempo... y con el discurso de esta mañana, sabiendo de las carcajadas y risas de los hombres de Aníbal, me parecía fuera de lugar que alguien como yo se presentara luciendo condecoraciones, alguien que huyó como un perro de Cannae.

Cayo Valerio hablaba mirando al suelo, desolado, deseando que la tierra se lo tragara allí mismo.

—Yo también huí de Cannae, centurión de la V —respondió Publio Cornelio Escipión.

—Sí, pero por todos los dioses, como dijiste, nos salvaste a todos, nos guiaste, recompusiste nuestras filas para poder escapar. Eso tiene mérito en sí mismo, pero simplemente huir como hicimos los demás... y además, están todas las victorias que has conseguido en Hispania. Incluso aquí se sabe de la conquista de Cartago Nova o de las batallas de Baecula e Ilipa. Estoy ante un general temible, temido, y sólo soy un cobarde más de las «legiones malditas». Por eso escondía mis condecoraciones del pasado.

—Servid una copa de vino a este centurión —ordenó el cónsul dirigiéndose a un esclavo a sus espaldas—, y que traigan vino para todos. Escucha, Cayo Valerio, estos hombres que ves a mi alrededor, todos han sufrido derrotas contra los cartagineses, todos, y ahora, sin embargo, son mis mejores oficiales y creo que, por Cástor y Pólux, tú puedes estar entre ellos; ¿te gustaría formar parte de ellos, Cayo Valerio? Veo que asientes, eso está bien. Bien, toma la copa que te ofrece ese esclavo y beberás conmigo, con nosotros, pero ahora necesito respuestas rápidas y sinceras. Sólo me vales si puedo fiarme plenamente de ti, ¿me entiendes?

Valerio volvió a asentir.

—Perfecto, dime, Cayo Valerio, ¿me puedo fiar de los hombres de la V? ¿Es la V una legión leal a Roma?

—Yo creo que sí, mi general. Están desmoralizados y descontentos, pero sólo con la comida que habéis distribuido con vuestra llegada ya tienen otra cara. Desean un general. Son hombres que quieren una oportunidad, sólo que hace tanto tiempo que rogaron por eso que ya no saben ni lo que quieren, pero el nombre del general inspira temor y respeto a la vez. La V será de nuevo una legión de Roma bajo el mando de Escipión. Puedo asegurarlo.

—Bien, Cayo Valerio, lo que me dices resulta muy alentador. La instrucción será dura, voy a imponer pena de muerte por cualquier acto de rebeldía o insubordinación, ¿crees que los hombres resistirán esas normas, esa rigidez?

—Pienso que si se les trata con justicia aceptarán todo.

—¿Y qué es justicia para el *primus pilus* de la V legión de Roma?

Aquí Valerio meditó un instante.

—Justicia, mi general, es un rancho decente, comida suficiente, ropa limpia, un lecho de paja seca donde dormir y quizás algo de vino de cuando en cuando y... —Aquí se detuvo el centurión.

—Habla, por Hércules, habla, centurión, he de saber qué es lo que hará que estos hombres sean leales legionarios de Roma.

—Bien... está el tema de las mujeres... alguna mujer de cuando en cuando también sosegaría a más de uno. Comida, algo de vino y alguna mujer. Con eso la V aguantará la instrucción más dura. Aguantarán que el que incumpla las normas sea castigado con toda severidad. Y más si saben que existe la posibilidad de poder combatir de nuevo para terminar con el destierro.

—Esa posibilidad existe, Cayo Valerio; esa posibilidad se la daré a todos los hombres de la V, así que difunde esa información entre tus hombres. Y también habrá comida y, ocasionalmente, vino y mujeres. Me ocuparé de ello, pero a cambio tus hombres deben serme fieles hasta el final.

Las últimas palabras las pronunció el cónsul con una intensidad especial en los ojos. Valerio se vio sorprendido por aquel fulgor y, una vez más bajó la mirada, pero se lo pensó dos veces antes de responder. El silencio se prolongó unos segundos.

—Hasta el final, mi general —confirmó en voz firme Valerio, alzando de nuevo la cabeza y devolviendo la mirada al cónsul.

—Bien, sea, entonces bebamos todos juntos por Cayo Valerio, *primus pilus* de la V legión de Roma, por todos nosotros y por África.

Todos los oficiales del cónsul bebieron, pero el cónsul no, pues se quedó esperando a que Cayo Valerio hiciera lo propio, pero éste, al escuchar el nombre de África, se quedó como petrificado.

—¿África? —preguntó en voz baja Valerio.

—África —repitió con voz potente, decidida, Publio Cornelio Escipión—, África, centurión, África.

Valerio asintió un par de veces despacio, se llevó la copa a los labios y bebió un sorbo, dos. El vino estaba bueno. Cerró los ojos mientras la palabra África retumbaba en su mente entre trago y trago. La voz del cónsul le hizo volver a despegar los párpados y retirar la copa, ya vacía, de su boca.

—¿Y de la VI, Cayo Valerio, qué puedo esperar de la VI?

Valerio miró a su alrededor. Por un segundo se sintió atrapado, acorralado por todos aquellos poderosos oficiales y por el cónsul. Como si se tratara de una encerrona.

—¿La VI? —repitió dubitativo Valerio.

—Repetir mis preguntas, centurión, no es forma de responderlas. Has brindado con nosotros, eres uno de los nuestros, o vas a serlo pronto; ahora te pregunto por la VI y he de saber con precisión lo que puedo esperar de la VI. Quiero información, Cayo Valerio, la quiero clara, exacta y rápida y la quiero ahora mismo, centurión.

—Sí, mi general, sí... la legión VI, la legión VI es algo distinto... los hombres... los hombres de la VI son buenos hombres, pueden serlo, pueden combatir bien, pero allí la disciplina ha decaído aún más que en la V...

—¿Por qué o por quién, Valerio? —El cónsul interrogaba con tal velocidad que Valerio no veía otro camino que responder tal cual eran las cosas.

—Es Marco, Sergio Marco, el *primus pilus* de la VI, y Macieno, Publio Macieno, su centurión de mayor confianza...

—A Macieno lo conozco; háblame de Sergio Marco, centurión.

—Marco es un hombre vengativo, valiente, pero ha torcido su vida. Es él el que inició los saqueos de la región cuando los suministros empezaron a escasear, pero se hizo popular entre sus hombres y entre parte de los míos, lo he de admitir, sobre todo al principio, porque con los saqueos conseguía comida, provisiones, trigo y sobre todo vino y mujeres, mujeres que raptaba entre los granjeros, pero ahora todos los campesinos se han recluido en las montañas y en Lilibeo son pocos los que quieren comerciar con nosotros porque no tenemos dinero, de modo que Marco consiguió provisiones un tiempo, pero ahora todo está destruido alrededor de nuestro campamento, en decenas, centenares, miles de estadios entorno a nuestro campamento no hay un alma, ni comida. Marco, o Macieno, sólo consiguen nuevos botines ocasionalmente. Marco mantiene cierta popularidad entre los hombres de la VI, pero los de mi legión están resentidos con él.

—¿Se puede recuperar a los hombres de la VI para la guerra contra Aníbal?

—Es posible, sí, pero con Sergio Marco y Macieno al mando será muy complicado. En cualquier momento pueden montar una rebelión. Las normas estrictas, la pena de muerte por insubordinación pueden ser una forma de asustar a gran parte de los hombres de la VI, pero Marco y Macieno han vivido como reyes durante los últimos años. No creo que quieran volver a ser sólo centuriones. Lo harán de mal grado...

—Termina lo que estás pensando, Valerio.

—Quizá no esté bien... no me gusta criticar a otros... pero Sergio Marco y Macieno siempre han sido y siempre serán un problema, mi general. No son recuperables para la legión, pero... pero son los dos centuriones más antiguos de la VI. Sus hombres tampoco dejarán que se les sustituya por otros.

Publio, que había escuchado a Valerio con el cuerpo echado hacia delante, se retiró hacia atrás y suspiró despacio.

—Bien, Valerio, me has servido bien y me servirás mejor aún en el futuro. Espero grandes cosas de ti. Ponte tus condecoraciones y recupera el orgullo. Un oficial sin orgullo no es nada. Debes seguir como hasta ahora. Tus hombres tendrán el trato del que hemos hablado y a cambio tendré la lealtad de la V legión de Roma. Tenemos un pacto. Pareces hombre de honor. Confío en ti y en tu palabra, ahora retírate y cumple y haz cumplir mis órdenes en todo momento.

—Sí, mi general. —Y, tras llevarse la mano al pecho a modo de saludo militar, dio media vuelta, y Cayo Valerio, *primus pilus* de la V, salió de la tienda, se puso sus *faleras* y *torques* y se encaminó hacia los oficiales de la V que le esperaban ansiosos por saber de su entrevista con el cónsul de Roma.

49

Campamento general de las legiones V y VI

Sicilia,
principios de abril del 205 a.C.

Pasados unos días, Publio paseaba entre las hogueras del campamento. Los *lictores* le seguían, pero a una distancia de diez pasos, de modo que la silueta del general vestido con el *paludamentum* resultaba bien visible para los leginarios de la V y la VI. El cónsul quería que quedara plasmado en la mente de aquellos hombres que, de nuevo, después de once años de destierro, volvían a tener un general, un general que les ordenaba, que les exigía, que era duro, intransigente, pero que a la vez les había devuelto la dignidad, un rancho abundante, bueno y pequeñas recompensas en forma de vino, sobre todo. Sabía que si se dejaba ver a menudo, pronto todos asumirían la existencia del líder al que ahora debían lealtad, una obediencia que unos seguirían por convencimiento y otros por imperiosa necesidad ante los temibles castigos impuestos a los que se rebelaran. Publio no estaba cómodo en aquella situación, pero no había tiempo para dudas. Tenía apenas unos meses para recuperar aquellas dos legiones, para conseguir una flota de más de trescientos barcos y transportes y necesitaba más hombres. Más hombres. Pero el Senado, instigado por Fabio Máximo, había sido contundente: dispondría de las fuerzas desplegadas en Sicilia, excepto las guarniciones para proteger las ciudades, es decir, disponía sólo de las «legiones malditas», y no podía hacer nuevas levas. Tenía sus siete mil voluntarios y las legiones V y VI. Publio se detuvo a veinte pasos de una de las hogueras donde varios de sus oficiales se arremolinaban en medio de la noche. Un pensamiento le amargaba en particular: no tenía caballería, y sin caballería no tenía nada. En Cannae Aníbal destruyó sus flancos, primero el ala defendida por Emilio Paulo y luego la caballería de Terencio Varrón, que, al huir, los dejó desguarnecidos por la retaguardia. El resto fue pura masacre. Publio no podía quitarse esa imagen de la cabeza. No podía permitir que aquello se repitiera, que lo mismo volviera a ocurrirles a los mismos hombres. No, la V y la VI deberían tener un cuerpo de caballería aliada y otro de caballería romana. Sólo así podría tener sentido iniciar la campaña de África. Publio se acercó a los oficiales. Los *lictores* se mantuvieron a distancia. Alrededor de la hoguera estaban Cayo Lelio, Lucio Marcio, Mario Juvencio, Cayo Valerio y Silano. Terebelio y Digicio estaban comprobando que todos los puestos de guardia tuvieran a los centinelas en posición y despiertos. Desde que se ejecutó a dos legionarios que no habían entregado sus *tesserae* a la *turma* de caballería nocturna encargada de recogerlas como modo de comprobar que cada centinela estaba despierto en su puesto de guardia nocturna, no había más incumplimientos, pero tanto Terebelio como Digicio estaban muy interesados en que aquello no volviera a repetirse, especialmente en la VI, y aunque confiaban, como el cónsul y Cayo Lelio, en Valerio y sus hombres, no tenían la misma seguridad con Sergio Marco y los suyos.

—¿Dónde andan Terebelio y Digicio? —preguntó el cónsul acercándose a la hoguera con las manos extendidas.

Los oficiales le hicieron sitio.

—Se están asegurando del cumplimiento de las guardias —comentó Lelio.

El cónsul asintió. Un tiempo de silencio siguió en el que todos escucharon cómo chisporroteaban las ramas de olivo y ciprés seco mientras se retorcían en el centro de la hoguera. Algunas pavesas saltaban al aire y ascendían en zigzag hasta desvanecerse en la negrura de la noche.

—Mañana me voy a Siracusa —dijo el cónsul, frotándose ambas manos próximas a las llamas.

Todos le miraron. Lelio asintió. El cónsul añadió algunas explicaciones y órdenes concretas.

—He de preparar una flota adecuada para embarcar las tropas. En Lilibeo tomaré la flota que nos trajo y tantos transportes como pueda reunir. Iré en barco, bordeando la costa norte para evitar encuentros con los cartagineses. Luego está el asunto de la caballería. —Aquí el cónsul calló unos segundos que todos respetaron; el chisporroteo de las pavesas volvió escucharse en el corazón de aquel círculo de hombres—. Por Cástor y Pólux, necesito... necesitamos un cuerpo de caballería —insistió el cónsul, y Cayo Valerio asintió con decisión, pero observó que el resto de los oficiales no hacía gesto alguno; más bien parecían sorprendidos. El cónsul los miró a todos de uno en uno, como escrutando sus pensamientos—. ¿Alguien tiene alguna pregunta?

El silencio salpicado por el resplandor de las llamas fue su respuesta.

—Bien. —Publio se giró y volvió sobre sus pasos. Los *lictores* le siguieron y su figura se perdió entre las temblorosas sombras de las tiendas del campamento.

Cayo Valerio fue el que primero comentó las palabras del cónsul.

—A mí me parece bien lo de la caballería. En Cannae no tuvimos suficientes *turmae* y eso fue un desastre.

El veterano *primus pilus* de la V había esperado conseguir un consenso general hacia su comentario, pero en su lugar se encontró miradas de confusión y extrañeza. El resto se miraban unos a otros hasta que al fin Marcio se aventuró a responder a Cayo Valerio.

—El Senado prohibió terminantemente al cónsul hacer levas o reclutar efectivos nuevos en Sicilia. Sólo puede disponer de nosotros, el ejército de voluntarios que consiguió en Italia y de las legiones V y VI.

—Así es —añadió Mario—. El cónsul se está buscando un problema.

—Pero es cierto que necesitamos la caballería, en eso Valerio tiene razón —confirmó Marcio—. El problema será cuando Catón se entere de su intención al viajar a Siracusa para reclutar hombres.

—Y se enterará —continuó Mario—. Últimamente parece como si el *quaestor* tuviera oídos en todas partes.

—Eso no es difícil en este campamento —explicó Valerio—. Macieno tiene una red de informadores por toda la VI legión y todo lo que sabe se lo pasa a Sergio Marco y creo que Marco a ese *quaestor* del que habláis, Catón; he observado que han hecho buenas migas, Marco y el *quaestor*.

Todos, menos Lelio que permanecía callado con su mirada fija en el fuego, miraron hacia sus espaldas. No se veía a nadie, pero las sombras espesas les rodeaban. ¿Podía alguien haber escuchado aquella conversación entre el cónsul y sus oficiales?

—¿Qué piensas de todo esto, Lelio? —preguntó Marcio una vez que todos se volvieron una vez más hacia el corazón de fuego de aquel cónclave.

Lelio parpadeó un par de veces, como si se despertara. Miró a Marcio y luego a las llamas, mientras hablaba.

—El cónsul me ha conferido el mando de la V y la VI, me lo ha comentado antes de que viniera aquí a hacer público lo de su viaje a Siracusa, y tengo obligación de recuperarlas para el combate. Pensaba en la mejor forma de hacerlo y hacerlo rápido. Tú, junto con Mario y Silano, marcháis a Siracusa con él. Aquí me quedarán Valerio, Terebelio y Digicio. De lo que vaya a hacer el cónsul en Siracusa, nada que decir. Él está al mando. Ya tengo bastantes preocupaciones. Si Catón tiene algo que decir ya le responderá el propio cónsul.

Marcio pensó en insistir. Tenía curiosidad por saber qué pensaba realmente Lelio sobre la intención del cónsul de contravenir las instrucciones del Senado, pero desde Baecula, Lelio se lo pensaba mucho antes de opinar sobre cualquier decisión de Publio. Lelio, desde aquella batalla, se había tornado algo distante y frío, no sólo para con el propio cónsul, sino incluso entre ellos. Todos sabían que la relación entre el cónsul y Lelio no era la misma desde la discusión tras aquella batalla, pero estaban sorprendidos de que el enfriamiento se hubiera estigmatizado, y eso que todos vieron cómo el propio Lelio fue el que más sufrió cuando el cónsul cayó enfermo en Hispania. No obstante, nadie cuestionaba que Lelio era el más veterano de entre todos ellos y el segundo en el mando, especialmente en tiempos de crisis, y toda aquella campaña de Sicilia y África parecía una continua y eterna crisis militar. Silano, Mario y Valerio se despidieron para acostarse. Marcio miró un instante a Lelio. Quizás ese distanciamiento le permitía a Lelio cumplir las órdenes con su acostumbrada precisión, mientras que los demás se implicaban tanto emocionalmente con el cónsul que siempre padecían por todas sus decisiones, en particular cuando éstas podían entrar en conflicto con los mandatos del Senado. Sacudió la cabeza.

—Buenas noches, Lelio —dijo Marcio—. Que los dioses estén contigo.

—Buenas noches —respondió Lelio sin dejar de mirar el fuego—. Que los dioses estén con todos. Nos hará falta.

Marcio asintió y desapareció entre la oscuridad. Cayo Lelio, ahora tribuno al mando de las «legiones malditas», se quedó solo y solo era como se sentía. Publio marchaba hacia Siracusa con expresa intención de contravenir las instrucciones del Senado, que es lo mismo que decir Fabio Máximo. Máximo se enteraría, para eso estaba allí Catón. Las dudas de Lelio se agitaban en su mente al igual que las llamas bailaban en la hoguera. ¿Tendría razón al final aquel viejo y obstinado senador, ex cónsul y ex dictador? ¿Se creía Publio por encima del Senado? ¿Estaba loco? Si el Senado se enteraba de que pensaba reclutar hombres en Sicilia le depondrían del mando de aquella provincia y la campaña de África sería, una vez más, fulminada de los planes de Roma. Quizás eso fuera lo mejor. Lelio suspiró. Tenía un nuevo encargo de Publio: tenía que recuperar la V y la VI para el combate y tenía que hacerlo rápido. Ésa debía ser su preocupación y no otra. Siempre le había ido bien obedeciendo órdenes y era ya demasiado mayor para cambiar de forma de ser. Tenía alguna idea. Hablaría con los legionarios una vez que se hubiera ido el cónsul y precisaría cuál iba a ser el día a día en aquel campamento hasta que estuvieran preparados para embarcar hacia Siracusa. O marchar a pie.

En los ojos de Lelio resplandeció un fulgor profundo. Netikerty entró en su memoria. Ante sí tenía una noche de placer. Esa intimidad, esas caricias, era todo lo que le quedaba.

Cayo Valerio entró en su tienda. Hacía frío, pero la paja del lecho estaba seca. Se quitó la coraza, las grebas y las sandalias, pero se dejó el resto de la ropa. Se acurrucó entre la paja y cerró los ojos. Así que el cónsul iba a reclutar caballería en contra de las órdenes del Senado. Estaba claro que esos senadores no iban a combatir contra los cartagineses en África. Valerio esbozó una sonrisa mientras buscaba el refugio del sueño. Ese cónsul era un rebelde. Si alguien podía liderar aquellas tropas tendría que ser alguien como ese cónsul: dispuesto a todo. Al final se sabría todo en el campamento, como siempre, y los hombres de la V y la VI, en el fondo, lo comentaran en alto o no, agradecerían al cónsul que buscara un cuerpo de caballería que cubriera las alas en los próximos combates contra el enemigo. Pudiera ser que eso irritara al Senado pero, sin duda, encantaría a los legionarios de las «legiones malditas».

50

El amor de Netikerty

Sicilia, abril del 205 a.C.

Lelio entró en su tienda cansado. Estaba un poco abrumado por la gigantesca tarea que Publio le había encomendado: la instrucción de las legiones V y VI de Roma sería una labor para titanes, casi para Hércules. Eran hombres desesperados, desmoralizados, de vuelta de todo, difíciles de recuperar, pero la magnitud de la tarea hacía crecer en el cansado Lelio una nueva sensación, la impresión de que, de algún modo, el joven cónsul estaba recuperando la confianza en él. No se sentía así desde que recibió la orden de atacar la muralla norte de Cartago Nova, o desde que se pusieron a remar juntos para alcanzar la bahía de Siga antes de que aquellas *trirremes* púnicas se echaran encima de ellos, y esa sensación era buena, pues con ese espíritu conquistaron Cartago Nova y desembarcaron en Siga; en ambas ocasiones el cónsul se salió con la suya y él estuvo a su lado para celebrarlo.

Lelio esbozó una sonrisa mientras se sentaba en la butaca cubierta de piel de oveja que los *calones* a su servicio le habían preparado. Al minuto llegó Netikerty, con una túnica ajustada con un cinto por la cintura, de forma que la hermosa complexión de la joven egipcia quedaba dibujada bajo el manto suave de una lana blanca y pura comprada por Lelio a mercaderes que le aseguraron la procedencia tarentina de la misma, aunque siempre decían eso todos los mercaderes cuando tenían lana que destacaba por su pureza. La mejor lana para abrigar al más hermoso cuerpo, pensó Lelio cuando la compró. Lelio, por un momento, se sintió feliz. Netikerty escanciaba vino en la copa que el veterano tribuno sostenía en la mano. Cayo Lelio mantenía la sonrisa. Sí, triunfaba allí donde los encargos parecían imposibles: en la conquista de Cartago Nova, o en la toma de aquella posición en Baecula, pero cuando los encargos parecían más factibles la Fortuna le había abandonado, como con Sífax en Numidia en su primera visita, o, su peor fracaso, cuando no consiguió los refuerzos para la campaña de Hispania cuando el Senado, a la vista de todo lo conseguido por Publio, debería haberlos cedido sin mayor oposición. La figura de Fabio Máximo ensombreció la sonrisa de Lelio y, no obstante, ligada a la persona del temible *princeps senatus*, estaba el haber conseguido a la bella esclava que ahora le acompañaba de campaña en campaña y con la que se acostaba cada noche y con la que, casi cada noche, hacía el amor con intensidad y fuerza.

—Mi señor parece satisfecho esta noche —dijo con voz dulce Netikerty mientras se arrodillaba a los pies de su amo.

Lelio echó un trago y, relamiéndose, respondió a su esclava.

—El cónsul me ha confiado el mando de las dos legiones. Soy responsable de su instrucción.

Netikerty, mirando al suelo, hablaba despacio, como si sopesara el contenido de cada palabra.

—Ése es un gran honor y una gran responsabilidad para mi señor.

Lelio se entretenía acariciando el pelo azabache y lacio de la muchacha con la mano izquierda, mientras que con la derecha dejaba que el vino reposara en su copa.

—Una responsabilidad honrosa, importante, sólo propia de alguien en quien el cónsul confía por completo. Creo que sus dudas sobre mí se van disipando. Eso es lo que me tiene tan satisfecho.

—Me alegro por mi señor...

Y Netikerty calló dejando su voz en suspenso.

—Di lo que tengas que decir, Netikerty. No me gusta cuando te quedas en la boca palabras que piensas que pueden herirme. Sabes que me gusta saber lo que piensas, no sé exactamente por qué, pero parece siempre que tus observaciones son, no sé, ajustadas, sí, ajustadas. ¿Qué ibas a decir?

La joven esclava alzó suavemente los ojos, miró a su amo con ternura y habló con tiento.

—Es sólo que os veo tan ilusionado y... el mando de estas legiones parece tan bueno como peligroso... he oído que las llaman las «legiones malditas»... no parece un buen presagio.

Lelio la miró un segundo, luego soltó el pelo de la chica y echó otro largo trago de vino. No sabía por qué concedía valor a las palabras pronunciadas por una esclava, por muy complaciente que ésta fuera en la cama, no dejaba de ser una esclava. ¿Qué sabía ella del mando de legiones o de lo que mueve a un hombre como Publio Cornelio Escipión a dar el mando de unas tropas a un veterano como él mismo? Y, pese a todo... las «legiones malditas» era una expresión que le traía a la mente su discusión con Fabio Máximo. «Cayo Lelio, sólo recuerda que *voti reus* también se expresa como *voti damnatus, voti condemnatus*. Ése es el camino que has elegido», eso dijo Máximo y esas palabras perduraban en la mente de Lelio como grabadas con punzón y martillo, como cinceladas por un artesano escultor en lo más profundo de su ser. Quizá Publio sólo buscaba un motivo para desilusionarle ya de forma definitiva de él, para desembarazarse de él. Si no era capaz de enderezar el comportamiento de los legionarios de la V y la VI, Publio estaría completamente justificado ante todos, ante Marcio, Mario, Terebelio, Digicio, Silano, ante todos, para apartarlo del mando, para retirarlo de la próxima campaña en África. Sí, quizá todo fuera así de sencillo y aquella esclava que yacía con él cada noche lo presentía y estaba intentando advertirle. Estiró su mano y la puso debajo de la barbilla de la joven tirando hacia arriba, de modo que Netikerty quedó mirando fijamente a su amo. En aquellos ojos Lelio leyó dolor, sufrimiento. Soltó a la muchacha, que volvió a esconder su mirada bajo el manto brillante de su larga melena oscura. El corazón de Lelio palpitaba con fuerza. Si las insinuaciones de la joven esclava eran ciertas... Se sintió triste. La voz de Netikerty penetró en sus oídos como un bálsamo de agua fresca y clara.

—Mi amo ahora se muestra triste. Ya sabía yo que no debía hablar. Mis palabras a veces le causan dolor y eso es lo último que deseo. Ruego que me perdone. Debo hablar menos y rezar más a Isis por mi amo y ahogar en las oraciones mis pensamientos.

Lelio la miró conmovido. Aquélla quizá fuera la única criatura en el mundo que le amaba desinteresadamente. La amistad de Publio se había tornado en una asociación de interés y aquello, como decía Aristóteles, la amistad por interés, ya no era amistad. ¿Había dejado Publio de leer las lecturas que le pasaba al propio Lelio? Netikerty volvió a hablarle.

—Mi amo me mira con deseo. ¿Quiere yacer conmigo el amo?

—Sí, por Hércules, ésa parece una buena idea.

Netikerty se levantó despacio. Tiró del cinto deshaciendo el nudo con una sencillez estudiada. Se quitó la túnica sacándola por encima de su cabeza y quedó desnuda ante Lelio. Estiró la mano y, cuando Lelio se levantó, como a un niño, lo condujo al lecho, sólo que no iba a contarle ningún cuento.

Durante una hora suave y pausada, Cayo Lelio escapó de sus dudas y elucubraciones y los nombres de Publio Cornelio o Fabio Máximo parecieron sólo ser protagonistas de una vida ajena a la suya, protagonistas lejanos de una pesadilla en la que él ya no parecía formar parte. Era libre.

51

Las dudas del *quaestor*

Sicilia, abril del 205 a.C.

Publio Cornelio Escipión estaba reunido en su gran tienda del *praetorium* dando las últimas explicaciones a sus oficiales sobre la mejor forma de organizarse antes de su marcha a Siracusa, cuando un tumulto en el exterior le interrumpió de forma súbita.

—Parece que alguien quiere entrar y los *lictores* se lo están impidiendo —comentó Cayo Lelio. Marcio asintió. El resto, Silano, Terebelio, Digicio, Mario y Cayo Valerio, se volvió hacia la puerta de la tienda. Publio dejó de hablar y con gesto contrariado dio un paso hacia atrás, retirándose de la mesa de los mapas y se sentó en el asiento que tenía a su espalda. Los gritos de Catón desde fuera de la tienda aclararon a todos a qué se debía la algarabía.

—¡Imbéciles, tenéis que dejarme pasar! ¡Soy *quaestor* de estas legiones, nombrado directamente por el Senado de Roma y tengo que hablar con el cónsul al mando! ¡Por todos los dioses, apartaos de mi vista!

En el exterior, los *lictores* dudaron ante la seguridad y la vehemencia de Catón, pero pronto prevaleció sobre su ánimo la orden máxima a la que se debían: preservar al cónsul al que servían y obedecerle en todo, y lo último que les había dicho el cónsul es que no entrara nadie en la tienda hasta nueva orden, de tal modo que ninguno de ellos se retiró de la puerta del *praetorium*. Por otro lado, todos eran conscientes de que aquél era el *quaestor*, el máximo representante administrativo de las legiones y que le debían un respeto, por eso ninguno de los *lictores* se abalanzó sobre él para expulsarlo de allí a patadas, que es lo que habrían hecho con cualquier otro, incluido un centurión. Sólo se contenían en sus actuaciones ante los oficiales de máximo rango o ante el *quaestor*, como era el caso, pero nunca dejaban de cumplir sus órdenes. Incluso si hubiera venido el otro cónsul de aquel año, Craso, en aquel momento en el sur de Italia, no le habrían dejado pasar, no sin antes morir. En el espíritu de los *lictores*, aturdido por los gritos incesantes de Catón, crecía la esperanza de que la algarabía del *quaestor*, que no podía pasar ya inadvertida en el interior del *praetorium*, hiciera que el cónsul tomase una determinación que ratificase su orden de no dejar pasar a nadie o que les indicase lo contrario con relación a aquel impertinente y agrio *quaestor* que los miraba uno a uno como si quisiera grabarse en la memoria el rostro de cada uno de los legionarios que se estaban oponiendo a su entrada.

Para alivio de los legionarios, Marcio salió de la tienda y se dirigió a los *lictores*.

—¡Dejad pasar al *quaestor*!

Marco Porcio Catón se deslizó como una oscura anguila entre los *lictores* y el propio Marcio irrumpiendo en el *praetorium* con una habilidad y velocidad que sorprendió a todos. Una vez dentro sus palabras resonaron con estruendo en el interior de la tienda.

—¿Desde cuándo se le prohíbe a un *quaestor* dirigirse al cónsul de las legiones, por Júpiter? ¡Daré cuenta a Roma de cómo se trata aquí a sus representantes!

Todos los tribunos y centuriones dieron un par de pasos atrás, de modo que Catón quedó encarado con Publio, que desde su asiento daba muestras en su rostro de cierto divertimento ante el enfado de su *quaestor*.

—Mi muy apreciado Marco Porcio Catón —comenzó el cónsul con voz suave, conciliadora—, no me cabe duda de que mis *lictores*, en un exceso de celo, han malinterpretado mis instrucciones al ordenarles que no se me interrumpiera durante una hora. Evidentemente, esa instrucción no iba dirigida al *quaestor* de las legiones, para quien siempre estoy disponible. ¿Qué problema administrativo se te ofrece, Marco Porcio Catón? —Aquí el tono varió hacia la ironía—. Disculpa que sea tan directo, pero estoy intentando organizar una invasión contra nuestro enemigo, por mandato del Senado, por mandato de Roma, ¿recuerdas? Tenemos una guerra, estamos en guerra desde hace trece años y algunos trabajamos para darle término, pero claro, si hay algún problema administrativo, supongo que debemos dejar nuestras vanas ocupaciones militares y centrarnos en resolver aquello que tanto preocupa a nuestro *quaestor*. ¿Hay alguna cuenta que no te cuadra? ¿El recuento de los sacos de sal da de menos? ¿Alguien ha escamoteado trigo en el último envío desde Lilibeo? ¿Dime, *quaestor*, qué es lo que te quita el sueño? —Un segundo de silencio y el cónsul concluyó con un tinte de irritación en el timbre de su voz—. Así podremos volver a ocuparnos de cómo invadir África, derrotar a Aníbal y terminar con esta guerra con una gran victoria para Roma.

Los tribunos y centuriones contuvieron su risa, aunque la mueca de desprecio que se dibujaba en sus rostros no cogió por sorpresa al *quaestor*. Catón no entró a discutir sobre lo pertinente o no de su interrupción, ni a justificar la gran importancia de su cargo. Catón fue directo, como una espada gala en los bosques de Liguria.

—No puedes reclutar un cuerpo de caballería en Siracusa, cónsul.

Publio Cornelio Escipión retuvo el aire que acababa de inhalar un instante más de lo normal. Exhaló despació y sin mover una ceja de su rostro, con un tono serio, respondió igual de directo.

—Esperaba tu oposición, pero no la esperaba tan pronto. Está claro que las noticias en este campamento vuelan como empujadas por el viento.

—No puedes reclutar más hombres —insistió Catón, en pie, firme, ante el cónsul—. Es una orden expresa del Senado y yo estoy aquí para velar que se cumplan las condiciones bajo las cuales tienes permiso del Senado para preparar esa maldita invasión.

Publio mantuvo silencio uno, dos, tres segundos y retomó el discurso mientras sus ojos y los de Catón se escudriñaban mutuamente.

—El mandato que tengo del Senado es el de gobernar la provincia de Sicilia y preparar, con los recursos de esta isla, como tú bien dices, una invasión de África que quizá sea maldita para todos, eso no lo sé. Pero lo que sí sé es que para invadir África necesito caballería. Es imposible una victoria contra los ejércitos púnicos sin caballería. Eso lo sabemos todos.

—Eso es cierto —concedió Catón, para sorpresa de todos, incluso del propio cónsul—, pero tendrás que recurrir a otros medios. En el Senado dijiste que conseguirías aliados entre los príncipes númidas. Que éstos formen tu caballería, pues no está permitido reclutar hombres y menos caballeros ni en Sicilia ni en ningún territorio dominado por Roma.

—Dispondremos de caballería aliada —confirmó Publio—, pero en una batalla hay dos alas que defender y no puedo permitir que ambas estén bajo control aliado. Necesito un cuerpo de caballería romano o filorromano. Los caballeros sicilianos pueden darme ese cuerpo. No puedo presentarme en un campo de batalla con los dos flancos en manos de los númidas. Son inconstantes, como los iberos. Eso sería un tremendo error militar.

—Y reclutar caballeros en Sicilia será un enorme error político, cónsul. ¡No puedes hacerlo y punto, por todos los dioses! —respondió Catón gritando; en el exterior los *lictores* oyeron el vocerío del *quaestor* y dudaron si debían entrar, pero sabían que el cónsul estaba arropado por sus hombres de mayor confianza y su orden era la de permanecer en el exterior guardando la puerta. Se quedaron firmes en sus posiciones.

En el interior, Publio Cornelio Escipión, cónsul de Roma, se levantó con lentitud estudiada de su asiento, apartó de un estirón brusco la mesa a un lado, volcándola de forma que los mapas quedaron desparramados por el suelo, y avanzó tres pasos hasta colocarse a un metro de Marco Porcio Catón quien, impasible, permaneció clavado en su ubicación, eso sí, con cierto gesto de sorpresa en su rostro y llevándose la mano derecha a la empuñadura de su espada, al igual que estaban haciendo todos los tribunos y centuriones del cónsul.

—Por Cástor y Pólux, Catón, soy Publio Cornelio Escipión y soy cónsul. Tengo una misión encargada por Roma y voy a cumplirla y si para cumplirla he de reclutar caballería, reclutaré caballería y ni tú ni nadie podrá impedirlo, ¿hablo con suficiente claridad?

—No puedes hacerlo. Ni tan siquiera un cónsul está por encima del Senado. Incluso en los *triunfos*, el Senado desfila primero, precisamente para recordar al general victorioso que el gobierno del Senado está por encima de todos.

—No me importan los *triunfos*, *quaestor*, sino la seguridad de la misión. Voy a reclutar caballería en Siracusa y no puedes impedirlo.

—Informaré a Roma.

—Haz lo que tengas que hacer, *quaestor*, y yo haré lo mismo.

Marco Porcio Catón mantuvo la mirada del cónsul durante unos instantes y al final dio media vuelta y se encaminó hacia la puerta del *praetorium*. Iba a salir cuando la voz del cónsul habló una vez.

—¡*Quaestor!*

Catón detuvo su marcha, pero no se giró, dando la espalda al cónsul que se dirigía a él. Publio pasó por alto la impertinencia de Catón y le habló recuperando el tono conciliador con el que había iniciado aquel agrio debate.

—Que los dioses estén contigo...

Catón, sin decir nada, reemprendió su marcha y salió de la tienda con rapidez. El cónsul aprovechó para teminar su despedida.

—... si es que alguno soporta tu compañía —concluyo el cónsul, y todos sus oficiales se echaron a reír.

En el exterior, Marco Porcio Catón, bajo la inquisitiva mirada de un centenar de hombres, atraídos a los aledaños del *praetorium* por los gritos de la discusión entre el *quaestor* y el cónsul, escuchó aquellas sonoras carcajadas que a los ojos de todos los presentes no hacían sino acrecentar su humillación. Catón guardó para siempre aquellas risas en el fondo de su alma, en el espacio recogido y prieto que tenía reservado para el rencor. Ahora no podía ocuparse de aquellos oficiales, quizá la guerra lo hiciese por él. Ahora debía concentrarse en redactar su informe para que éste llegara a Roma lo antes posible, pero en el fondo de su alma se repetía a sí mismo, una y otra vez, «algún día, Publio Cornelio Escipión, algún día te has de arrepentir de haberte reído de mí, algún día, Publio Cornelio Escipión, algún día...».

52

La disciplina de las legiones

Sicilia, abril del 205 a.C.

Al amanecer del día siguiente, con los primeros rayos del alba, Publio se dirigió desde un podio de madera levantado frente al *praetorium* a los hombres de la V y la VI. El pedestal, de unos cinco metros de altura, permitía que el orador fuera visto por todos los legionarios, si bien sus palabras, al no estar arropadas por la ladera de la colina, quedaban a merced del viento. Para asegurarse de que el mensaje llegara a todos, los centuriones lo repetían en voz alta y así el cónsul se aseguraba de que nadie quedara sin entender lo que se había dicho.

Aquella mañana Publio fue conciso. Se limitó a informar a los legionarios que marchaba hacia Siracusa con el fin esencial de reclutar un cuerpo de caballería con el que reforzar y dar apoyo a los manípulos de infantería de las legiones y que, en su lugar, el mando de las dos legiones quedaba en manos de Cayo Lelio, que tenía potestad para llevar la instrucción según le pareciera mejor así como capacidad para ejecutar cualquier tipo de pena disciplinaria, incluida la pena de muerte en caso necesario. El cónsul se encomendó a los dioses, bajó del podio y, al frente de tres mil efectivos de su ejército de voluntarios, desfiló ante las «legiones malditas» saliendo por la *porta praetoria* en dirección a Lilibeo.

Cayo Lelio reemplazó al cónsul en lo alto del gran pedestal de madera y, mano en alto, saludó al cónsul y sus soldados mientras éstos marchaban hacia el exterior del campamento. Publio le había sugerido que ése era el momento indicado para dirigirse él mismo, como nuevo oficial al mando, a los hombres de la V y la VI. Lelio, tras una primera parte de la noche envuelto en las caricias de Netikerty, había pasado el resto de las horas oscuras meditando qué decir a aquellos hombres. Él no era un orador como el cónsul. Una vez que las tropas de Publio Cornelio Escipión se perdían por la cima de la colina de las proximidades del campamento, Lelio sintió como todas las miradas de los legionarios se volvían hacia él. Había llegado el momento. Inspiró profundamente y lanzó sus palabras con potencia.

—Yo no soy un orador como el cónsul. Soy Cayo Lelio, tribuno al mando de las legiones V y VI por orden del cónsul de Roma, Publio Cornelio Escipión. El cónsul marcha a Siracusa para conseguir caballería. Es más de lo que merecéis, pero hoy es vuestro día de suerte porque vuestro destino no está en mis manos sino en las del cónsul, que tiene un alma más joven y más generosa que la mía. Mi forma de actuar es muy sencilla: recibo órdenes y las cumplo; doy órdenes y se cumplen. Así es el ejército y así ha sido siempre. Así funciona. Yo cumplo las órdenes del cónsul y el cónsul las del Senado. Vosotros cumpliréis las mías. La disciplina es la base del éxito en cualquier campaña militar. Pero vosotros habéis olvidado lo que es la disciplina y el cónsul quiere que seáis de nuevo aptos para el combate en menos de tres meses. Tres meses. No tengo tiempo para instruir a los que no recuerden qué es un legionario de Roma, por eso el que no cumpla no llegará vivo al final de estos tres meses. —Aquí Lelio se detuvo un poco; los hombres le escuchaban con atención; estaba sorprendido. Decidió pronunciar ahora el listado de castigos que había meditado durante la noche—. Por todo esto, por la premura de tiempo más que nada y porque no estoy dispuesto a tolerar tonterías suprimo la *castigatio* y la *optio carceris.* —Los legionarios iban a gritar de júbilo pero se contuvieron porque preveían algo negativo y porque Lelio hablaba rápido y sus palabras siguientes aclararon el sentido de aquella supresión—. No tengo tiempo para que unos oficiales se entretengan azotándoos o para tener a unos legionarios encarcelando a otros. En su lugar, aquellas faltas penadas con el látigo o la cárcel conducirán directamente a la pena de muerte. El legionario muerto ya no vuelve a incumplir ninguna orden. También suprimo la *pecuniaria multa* y la *munerum indictio*. No me interesa quitaros vuestro dinero ni que realicéis trabajos impropios de un legionario. Recibiréis vuestras pagas y haréis tareas de legionario y sólo de legionario, y el que mereciera una pena de este tipo recibirá como castigo la pena de muerte. La *ignominia missio* queda abolida, porque para muchos sería un alivio ser expulsados de aquí con deshonor pero con vida. De aquí, o se sale legionario o se sale muerto. Así pues, sólo quedan dos penas para vuestras faltas: la *gradus deiectio* para los oficiales, que serán degradados si no cumplen a plena satisfacción mis órdenes —esto lo dijo mirando directamente hacia las posiciones de Sergio Marco y Publio Macieno de la VI—, y la pena de muerte, que será en la cruz para el resto. ¿Veis la colina pelada frente al campamento? De vosotros depende que no se convierta en un bosque de cruces con vagos y perezosos muriendo de hambre y sed para terminar como pasto de los buitres. Habrá pena de muerte para el que pierda su espada o cualquier otra arma de ataque o defensa, para el que se duerma en una guardia o abandone su puesto sin entregar las preceptivas *letterae*, para los que desobedezcan o se insubordinen y, por supuesto, para los que promuevan un motín o cualquier tipo de traición. Os lo dije, no soy un orador. Sólo un oficial de Roma. He pasado toda mi vida recibiendo órdenes y obedeciendo, y viendo cómo mis órdenes han sido cumplidas por aquellos bajo mi mando. Así he sobrevivido a innumerables campañas en Italia y en Hispania. Sólo así se sobrevive. Aunque sólo sea eso, eso lo aprenderéis. El cónsul prefiere mil hombres que hayan aprendido esto a veinte mil indisciplinados. Vosotros veréis dónde queréis estar: si en el campamento y vivir como legionarios o en la colina atados a una cruz. En una hora la VI sale de marcha conmigo y con los hombres del ejército del cónsul que no han marchado hacia Lilibeo. La V se quedará en el campamento y, al mando de Cayo Terebelio y Cayo Valerio, practicará el asalto de una plaza fuerte. El cónsul quiere que resistáis largas marchas, que maniobréis bien en campo abierto y que estéis preparados para un asedio. Ahora desayunad y que los dioses os acompañen, porque los vais a necesitar.

Cayo Lelio descendió del pedestal. No estaba seguro de haberse hecho entender pero, al pasar por entre las filas de soldados en busca de su rancho de gachas de trigo, leche y pan observó cómo los legionarios se hacían a un lado con rapidez para dejarle paso. Primero pensó que nadie quería ser crucificado por tropezarse con él, pero luego, mientras engullía su cuenco de comida, pensó que quizás aún pudiera cumplir el encargo del cónsul y hacer de aquellos hombres dos auténticas legiones de ataque, dispuestas para el combate en batalla campal o para tomar la más inexpugnable de las fortalezas. Y si no, al menos lo intentaría. Lo intentaría.

53

El foro de Siracusa

Siracusa, mayo del 205 a.C.

Publio llamó a Emilia a cubierta. Su mujer, con el pelo recogido, apareció rodeada por varios legionarios que la escoltaban por órdenes expresas de su marido. Nadie osaría ni tocar ni tan siquiera dirigirse a la mujer del cónsul, pero Publio era meticuloso con la seguridad de su familia.

—¿Y los niños? —preguntó Publio.

—Duermen. Aún es temprano —respondió Emilia con el semblante relajado y radiante. Le encantaba que su marido, pese a estar absorbido por los complejos preparativos de su plan para invadir África, encontrara momentos para compartir con ella.

—¿Temprano? —Estaba amaneciendo, pero Publio repetía su pregunta—. ¿Temprano? ¿Estamos llegando a la gran Siracusa y los niños duermen?

—Cornelia tiene siete años y el pequeño Publio tan sólo cuatro. Dales tiempo a crecer antes de intentar enseñarles el mundo entero.

Publio sonrió.

—Puede ser. Es posible que lleves razón, pero mira. —Y el cónsul señaló al norte—. El *Portus Magnus* de Siracusa.

En el horizonte se divisaba la gran bahía de la capital de Sicilia. Un inmenso puerto natural para dar cobijo al ingente tráfico mercante de uno de los mayores puertos de todo el Mediterráneo. Emilia se quedó admirada ante la extensión de la bahía natural, el gran tamaño de aquel puerto, el enorme número de naves de todo tipo que acogía y las grandes murallas que rodeaban la ciudad.

—Impresionante, ¿verdad? —dijo Publio satisfecho de que su mujer apreciara el espectáculo.

—No pensé que fuera tan grande...

—Más grande aún que Roma y desde hace mucho tiempo. Marcelo tardó años en rendir esas murallas. En parte por su altura y en parte por las defensas que construyó Arquímedes para mantener a nuestros barcos alejados de la base de las murallas.

—Ya me has hablado de Arquímedes en más de una ocasión. Es ese filósofo griego, ¿no?

—Matemático, filósofo, un sabio. Lástima que uno de los estúpidos legionarios de Marcelo lo matara. Ahora habríamos tenido ocasión de hablar con él, de conocerle... —Publio hablaba con brillo en los ojos, imaginando lo que podría haber sido, pero que ya resultaba del todo imposible—. En cualquier caso —continuó—, he pensado en localizar a algunos de los discípulos de Arquímedes. Quizás uno de ellos podría actuar como tutor de los niños. Como el viejo Tíndaro conmigo y Lucio...

Emilia veía cómo su marido se retrotraía a su feliz infancia, bajo la vigilancia de sus padres, la instrucción militar de su tío Cneo y la tutela en filosofía, geografía, latín y griego del anciano Tíndaro.

—Me hizo aprender, el viejo Tíndaro —añadió Publio—, los nombres de todos los gobernantes de Siracusa... creo que aún me acuerdo: Gelo, Hierón I, Thrasybulus, un período de sesenta años de democracia y de nuevo los tiranos de Siracusa con Dionisio I y Dionisio II, Dion y de nuevo Dionisio II, Callipus, Hipparinus y Aretaeus, Nysaeus, Timoleón, veinte años de oligarquía, Agatocles, Icetas, Toimón, Sosistratus, el rey Pirro del Épiro que conquistó la ciudad y la retuvo bajo su poder un par de años y el gran Hierón II. Sí, es increíble lo de Tíndaro. Aún puedo recordar la lista entera. Luego de Hierón vinieron las luchas internas entre Hieronymus, Andranodorus, Hipócrates y Epycides, unos con la idea de apoyar a Cartago y otros a nosotros. Al final nuestra intervención con la conquista de Marcelo puso fin a todo aquello. La ciudad misma debe de ser aún más espectacular que su puerto...

Emilia escuchó con el interés de una alumna aplicada todas y cada una de las explicaciones de su marido. Si Publio sabía de estrategia militar tanto como de historia y geografía, su plan de África tendría éxito. Emilia mantenía una fe ciega en su marido, aunque por momentos su corazón se afligía cuando a su alrededor escuchaba los murmullos de los esclavos acerca de la imposibilidad de conquistar aquel territorio. Pero Publio seguía hablando.

—Lo primero que haremos será buscar una casa apropiada para ti y los niños en el centro de la Isla Ortygia. Es la zona más segura de la ciudad. Después me ocuparé de los asuntos militares.

—¿Como reclutar caballeros pese a la negativa del Senado?

Publio la miró con un atisbo de sorpresa. Emilia siempre se enteraba de todo, más tarde o más temprano.

—Entre otras cosas —respondió al fin Publio.

—¿Y Catón, y Máximo y el Senado?

Publio sonrió ante la insistencia de Emilia.

—Supongo que tendrán que fastidiarse o enviar una delegación entera de senadores para quitarme el mando.

—¿Y no temes que lo hagan?

—Bueno, es una posibilidad, pero a los senadores no les gusta viajar, y menos en tiempos de guerra. —Y se rio, y con su risa pasó una mano por la espalda de su mujer acariciándola suavemente, sin permitirse más muestras públicas de afecto para no despertar las críticas de sus oficiales más tradicionales.

La mañana siguiente, cercano ya el mediodía, Publio cruzaba la ciudad de Siracusa. Salió de la casa que el pretor de la ciudad le había cedido para él y su familia en el corazón de la Isla Ortygia. Iba acompañado por Marcio, Silano y Mario y escoltado por sus doce *lictores* y varios manípulos de sus mejores legionarios. Juntos cruzaron la Isla

Ortygia de sur a norte. Atrás dejaron el templo de Atenea, el templo de Artemio y la ciudadela de Dionisio y pasaron así por el pequeño istmo que separaba el Puerto Pequeño del enorme *Portus Magnus*. Giraron entonces hacia el oeste y sus pasos les condujeron a la explanada del gran foro de Siracusa. Allí encontraron una multitud de soldados y de ciudadanos de Siracusa. Por un lado, en el lado norte del foro se encontraban dos mil hombres de las mejores tropas que el cónsul había traído consigo desde Roma y Lilibeo, frente a quienes se situaron Publio, Marcio, Silano y Mario y la escolta del cónsul y, tras ellos, unos trescientos soldados de los manípulos que habían acompañado al cónsul desde la Isla Ortygia y, tras estos últimos, dos mil hombres fuertemente armados de las tropas de voluntarios itálicos. Frente a ellos, en el lado sur del foro y por requerimiento expreso del cónsul de Roma, que ejercía de gobernador de la ciudad mientras permanecía en ella, por encima de la autoridad del pretor, se encontraban unos trescientos jinetes, a pie, junto a sus monturas, caballos hermosos, negros en su mayoría, jóvenes, recios, fuertes. Todos los jinetes eran caballeros de la mejor nobleza de Siracusa. Publio observó con detenimiento a hombres y bestias. Aquellos jóvenes caballeros habían acudido a su cita de forma puntual, tal y como se les había ordenado, y es que el joven cónsul había exigido que todos los nobles de Siracusa presentasen en el foro a uno de sus hijos equipado militarmente y con una montura para pasar a formar parte de su ejército expedicionario a África en calidad de cuerpo de caballería. Publio sabía que aquélla era una medida impopular, además de contraria a las directrices del Senado, pero necesitaba un contingente de caballería para la campaña africana y sabía que los nobles de Siracusa, tras siete años desde la caída de su ciudad en manos de Marcelo, sometidos a Roma y viendo que Aníbal no era capaz de doblegar las legiones itálicas, no se levantarían en armas contra esa orden, por muy terrible y mezquina que les pareciera. No obstante, como medida de seguridad, el cónsul había dispuesto docenas de arqueros y otros legionarios armados con *pila* por todos los sectores del foro, con la orden expresa de masacrar a los caballeros de Siracusa si éstos montaban en sus caballos y decidían cargar contra el ejército de voluntarios romanos e itálicos. Publio avanzó unos pasos por dos motivos: primero para hacerse visible a los ojos de los caballeros de Siracusa y del resto de los ciudadanos de aquella gran ciudad que se habían congregado en las inmedicaciones del foro aquella mañana para ver cómo se desarrollaban los acontecimientos. En segundo lugar, Publio se adelantó para poder escudriñar las miradas de aquellos caballeros con mayor detenimiento. Entre ellos y el cónsul apenas quedaban cincuenta pasos. Demasiada distancia para mirarles a los ojos. Acercarse más era peligroso, pero necesitaba leer las miradas de esos hombres. Publio se giró hacia sus *lictores*. No necesitó decir nada. Al instante sus doce escoltas estaban a dos pasos, tras él. Así, arropado por su guardia personal, el cónsul se aventuró a aproximarse a treinta, veinte, diez, cinco pasos de los jinetes de Siracusa. Ahora podía leer en sus rostros. No había miedo. Aquéllos serían excelentes en el campo de batalla si su ánimo les acompañara, pero en sus entrecejos se leía la sombra de la duda, el desprecio y la ira contenidas. Demasiado contra lo que luchar con tan poco tiempo para ganarse el respeto de aquellos hombres para convencerles de que lucharan en tierra extranjera, África, por una ciudad, Roma, que no era la suya, sino la que los tenía sometidos. Demasiado complicado. Pero aquéllos eran buenos jinetes, bien equipados y con excelentes caballos, fruto de los años de guerra en Sicilia y del poder y el dinero de los ricos nobles de la ciudad que habían sobrevivido al enfrentamiento primero contra Cartago, sus guerras civiles y luego al asedio de Roma. Algo distrajo la concentración del cónsul. Por el extremo norte del foro llegaba un pequeño grupo de legionarios protegiendo al *quaestor* de la V y la VI. Publio suspiró. Era de esperar. Marco Porcio Catón había llegado a la explanada del foro de Siracusa. Le había prohibido intervenir en sus acciones, pero era potestad del *quaestor* moverse con libertad y observar y, como sin lugar a dudas haría, remitir los informes que considerase pertinentes para el Senado de Roma. Publio regresó sobre sus pasos e, ignorando la mirada fija y cargada de ira del *quaestor*, se situó, de nuevo, al frente de sus tropas encarando a los caballeros de Siracusa. Inspiró despacio y, henchidos sus pulmones de fuerza y ansia a un tiempo, proclamó sus intenciones:

—¡Ciudadanos de Siracusa, caballeros de esta noble ciudad! ¡Habéis acudido aquí esta mañana por mandato mío y vuestra obediencia os honra! ¡Siracusa y sus ciudadanos han sido aliados de Roma legendarios y pese a nuestras diferencias recientes, Siracusa vuelve a estar en el centro de las alianzas de Roma, algo que honra a Roma y algo que repercutirá siempre en el bienestar de esta hermosa ciudad! —El desprecio que había leído en los ojos de los caballeros no descendía. Aquellas palabras de un cónsul romano sonaban a ironía y sarcasmo después de que Marcelo se llevara de Siracusa todas las estatuas de la ciudad para decorar las rústicas calles de Roma. Publio decidió ir al grano—. ¡Nobles caballeros de esta ciudad, os ofrezco la posibilidad de participar en el engrandecimiento de Roma y, por ello, de Siracusa también! ¡Como sabéis, estoy preparando una expedición a África con el fin de castigar a nuestro enemigo común más mortal: Cartago! ¡Cartago os ha atacado en el pasado y la alianza temporal con dicha ciudad os trajo desdicha, sufrimiento y derrota! ¡Ahora yo vengo a ofreceros que os cobréis esa deuda que Cartago os debe: marchad conmigo a África como cuerpo de caballería y allí tendréis derecho a participar del botín y del honor de nuestras victorias; vuestra alianza con nosotros será, como siempre lo fue en el pasado, origen de riqueza para vosotros y vuestra ciudad! ¡Ciudadanos de Siracusa: os ofrezco gloria y venganza bajo mi servicio, victoria y riqueza! ¿Qué decís a mis palabras, caballeros de Siracusa?

El cónsul calló y esperó respuesta, pero sólo obtuvo el silencio total de los caballeros salpicado de los murmullos que se extendían por la explanada del foro entre los ciudadanos que habían acudido a observar el desenlace de aquel reclutamiento forzoso. Publio sabía que sus palabras sonaban a huecas en los oídos de aquellos hombres. Lo había revestido todo de hermosos adjetivos, pero en la campaña de África habría combates terribles, dolor y muerte e, incluso si se conseguía la victoria, ¿cuántos de aquellos jinetes sobrevivirían para contarlo? No querían marchar a África a luchar en una guerra que no era la suya por una causa en la que no creían, bajo el mando de un líder que no era de los suyos. Pero necesitaba a aquellos caballeros, los necesitaba como el agua que bebía, como la lealtad de sus legiones. Publio estaba nervioso y el silencio perfecto de los caballeros de Siracusa, que, pudiera ser que le siguieran por miedo al castigo contra ellos mismos o sus familias si se negaban, era un aguijón en el ánimo del cónsul. ¿Cómo confiar la defensa de un ala en el campo de batalla a hombres tan indispuestos, tan poco proclives a la causa de luchar contra Cartago o, peor aún, poco estimulados para luchar a favor de Roma? Publio les dio la espalda. No quería que los caballeros de Siracusa leyeran en su rostro las facciones que la preocupación trazaba sobre su cara, pero al volverse se encontró con la mirada cínica de Catón, que sin hablar parecía unir su silencio al silencio de los nobles de aquella ciudad. Sabía lo que pensaba: «El Senado no te permite reclutar en Sicilia y aunque lo intentes, contraviniendo esas órdenes, nadie te seguirá a esa campaña de locura y suicidio.» Publio se revolvió de nuevo y se encaró a los nobles de Siracusa una vez más.

—¡Una cosa me queda por añadir! ¡No quiero conmigo a nobles asustados ni nostálgicos de su hogar que se pasen las noches de campaña añorando su amada Sicilia! ¡No quiero conmigo hombres que no estén seguros de querer luchar conmigo contra Cartago! ¡No quiero conmigo jinetes que duden en el campo de batalla! ¡Necesito saber si queréis realmente acompañarme o si sólo estáis aquí porque yo os lo he ordenado! ¡Por todos los dioses, maldita sea, por última vez, hablad, hablad y decid lo que pensáis! ¡Sois caballeros, tenéis valor, se os supone valientes, pues hablad, pues sólo los valientes se atreven a decir lo que piensan! ¿O es que acaso en Siracusa no queda ningún caballero con la osadía suficiente para decirle a un cónsul de Roma lo que realmente piensa? ¿Tan desarbolada, tan desasistida ha quedado la ciudad de Siracusa? ¿Tan cobardes son sus nobles? ¿Tanto miedo me tenéis?

Publio calló de nuevo. Esta vez respiraba de forma agitada y sentía cómo las gotas de sudor, fruto del calor del sol del mediodía y de la intensidad de su discurso, surcaban los pliegues suaves de su frente. El silencio de los caballeros parecía inquebrantable cuando uno de los nobles, joven, alto, moreno de tez y cabellos, con barba incipiente, avanzó unos pasos y habló alto y claro.

—¡El cónsul de Roma no está ante cobardes! —Publio fingió sorprenderse y retuvo en su interior la sonrisa que alimentaba su espíritu; su plan estaba en marcha; el cónsul avanzó hacia el joven caballero hasta situarse frente a él.

—Habla entonces, caballero de Siracusa, habla de una vez.

El joven, ante la presencia próxima del cónsul, sintió que su decisión inicial se debilitaba, pero en aquel momento ya era demasiado tarde para callar sin caer en el ridículo, y si había algo que no podía permitirse un noble era hacer el ridículo. Así que el joven retomó la palabra, con menos vigor que al principio, pero con firmeza.

—¡No somos cobardes...! ¡El cónsul pide nuestra opinión...! ¡Nosotros no... no... yo, al menos, yo, si se me permitiera decidir...! ¡Yo, al menos, no iría a África con el cónsul! ¡Y no sería ni por cobardía ni por falta de preparación! ¡Esta guerra entre Cartago y Roma es una guerra interminable y Siracusa está en medio y hemos sido y podemos volver a ser atacados por los unos o por los otros! ¡Somos vuestros aliados, eso es cierto, pero queremos estar junto a nuestras familias, en nuestra ciudad, para proteger mejor a los nuestros! ¡Os deseamos la victoria en África, pero yo, si pudiera elegir, me quedaría en Siracusa! —Y, bajando la voz, concluyó su diatriba—. Te he hablado con sinceridad porque me pareció que eso es lo que demandabas; ahora haz conmigo, cónsul de Roma, lo que tengas que hacer. Sólo te pido que respetes a mi familia y al resto de los nobles. He hablado por mí; por nadie más.

Publio Cornelio Escipión se mantuvo en pie, sin decir nada, unos instantes, frente a aquel joven noble; unos segundos que para el aristócrata parecieron años. Al fin, el cónsul de Roma respondió con tono sereno.

—¡Has hablado alto y claro y has hablado con sinceridad, como pedía y, con sinceridad, me has dicho que no, me has contrariado, pero has sido honesto y honestidad es lo que yo pedía ahora! —Publio elevó aún más su voz y se dirigió a todos los nobles a la vez paseando su mirada de este a oeste, por toda la formación de jinetes y monturas—. ¡Antes he dicho que con dudas y añorando vuestra casa no me valéis en África y así es, pero necesito un cuerpo de caballería y pienso tener un cuerpo de caballería de una forma u otra! —Entonces se centró de nuevo en el joven caballero que le había hablado y le hizo una propuesta—. ¡No quieres venir conmigo, de acuerdo, sea; acepto tu negativa: puedes quedarte en casa con tu familia y los tuyos para defender tu ciudad en caso de necesidad, pero a cambio te pido que tomes a uno de mis hombres, que lo acojas en tu casa, que lo instruyas en el arte de la caballería, que le enseñes a montar y a luchar como un auténtico jinete y que le entregues tus armas y que en tres meses me lo devuelvas hecho un perfecto guerrero, un caballero para mis legiones! ¡Acepta este pacto y te dejo marchar!

El cónsul se volvió y señaló a uno de los trescientos infantes que estaban tras la línea de *lictores*. El aludido avanzó hasta la línea de la guardia personal del cónsul que se hizo a un lado para dejarle pasar y, ante la insistencia del cónsul, el soldado se puso frente al caballero de Siracusa con el que Publio estaba negociando.

—¿Qué me dices, noble de esta ciudad, qué dices a mi propuesta? —preguntó de nuevo el cónsul

El joven no lo dudó. Había esperado la cárcel e incluso la muerte y todo lo que se le pedía era el caballo, las armas e instruir a un hombre. En su casa su padre tenía una decena de caballos más y docenas de armas. Era aquél un precio que su padre pagaría a gusto.

—Acepto, cónsul de Roma.

—Sea entonces, por Cástor y Pólux. —Y se volvió hacia el resto de los trescientos infantes y les ordenó que avanzaran hasta situarse frente al resto de los caballeros de Siracusa.

—¿Qué me decís, nobles de esta ciudad, qué respondéis a mi propuesta? —gritó el cónsul, y para su sorpresa y alivio, con gran rapidez, uno a uno, los trecientos caballeros de Siracusa empezaron a responder «acepto», «acepto», «acepto», y Publio cerró los ojos y dejó que cada aceptación cayera sobre sus oídos como agua de lluvia tras una larga y penosa sequía de estío. Al cabo de unos minutos, todos los caballeros de la ciudad dejaron el foro, cada uno acompañado por uno de los soldados voluntarios de las tropas del cónsul; junto con ellos, los ciudadanos que habían venido a observar lo que presentían iba a ser un terrible enfrentamiento, se dispersaron relajados y contentos porque se había llegado a un acuerdo aceptable con el cónsul y la explanada del foro de Siracusa quedó en calma y sosiego, pero con la imponente presencia de los dos mil hombres del cónsul que, atónitos y felices, habían presenciado cómo su general en jefe había conseguido reclutar lo que debería ser en poco tiempo un eficaz regimiento de caballería de treinta *turmae* sin derramamiento de sangre y sin entrar en conflicto con los nobles de aquella ciudad. Estaban admirados y contentos y su interés por alcanzar África bajo el mando de aquel hombre no había hecho sino acrecentarse. Muy al contrario, Marco Porcio Catón caminó hacia el cónsul y una vez frente a él le acusó con más virulencia de la acostumbrada.

—Acabas de incumplir el mandato del Senado.

—No he incumplido nada, *quaestor* —respondió Publio, y mirando fugazmente a sus oficiales—, y tengo testigos que así lo ratificarán ante el Senado. —El cónsul observó cómo Marcio, Silano y Mario asentían—. No he reclutado a nadie de Sicilia, sino que he conseguido caballos, armas e instrucción apropiada para transformar a trescientos de mis voluntarios en un cuerpo de caballería de apoyo para las legiones. Eso es lo que he hecho y sin coste para el Estado. De hecho, creo que cuando informes al Senado, éste quedará contento de conseguir trescientos jinetes sin recurrir al tesoro.

—Les has engañado, les has hecho creer que podías llevártelos.

Publio dejó su tono irónico y respondió con más contundencia.

—He hecho, *quaestor*, lo que tenía que hacer y lo he hecho cumpliendo con el mandato del Senado. He aumentado la efectividad de nuestras tropas y eso es bueno para mí, para el Senado y para Roma.

—Escipión —respondió Catón saltándose el tratamiento de cónsul que le debía ante la sorpresa y el enfado de los oficiales y los *lictores* presentes testigos de aquel nuevo debate entre el cónsul y el *quaes-*

tor—, te crees por encima de todos, te crees por encima del Senado y el Senado un día, un día el Senado acabará con tu soberbia y tus bravatas. El Senado está por encima de todos y tú te ríes de sus decisiones y las manipulas a tu antojo.

—El Senado existe porque existe Roma y Roma existe, *quaestor*, porque existen sus legiones y ahora yo y mis hombres somos sus legiones y haré lo que tenga que hacer para preservar a Roma y, con Roma, al Senado; incluso lucharé por preservarte a ti, porque eres parte de Roma, Marco Porcio Catón, *quaestor* de las legiones V y VI de Roma.

—Pensar que las legiones están en lo alto de la pirámide es el camino equivocado, Escipión, y me ocuparé de que más tarde o más temprano aprendas esa lección.

Publio se encaró entonces con el *quaestor* y llevó su rostro a un palmo del de Catón.

—A partir de ahora te dirigirás a mí sólo como cónsul y ahora márchate y desaparece de mi vista antes de que mi ira se desate y decida eliminar la vida de un *quaestor* impertinente bajo la excusa de insubordinación e intromisión en los asuntos que sólo competen a la autoridad del cónsul. Te mataría a gusto, Catón, aquí y ahora, y no me importaría luego tener que excusarme ante el Senado, ante Roma o ante los dioses, porque al menos ya no tendría que volver a aguantar tus impertinencias. Has acabado con mi paciencia y a partir de aquí sólo te queda conocer mi ira incontrolada que sólo reservo para el campo de batalla, pero que si he de usar la usaré contigo como lo hice con los hombres de Sucro.

Catón dio un paso hacia atrás. Por primera vez en mucho tiempo recuperó una sensación que tenía olvidada. El miedo. Aquel hombre estaba tan loco, se creía tan superior, que muy bien podía acabar haciendo lo que anunciaba. Catón tragó saliva, dio media vuelta y, protegido por unos pocos hombres fieles a su causa, se adentró por el oeste del foro, en las calles de Siracusa.

—Ese hombre es peligroso —dijo Marcio en voz baja.

—Sin duda —confirmó Mario al tiempo que Silano asentía.

—Sí, pero debemos respetarle —añadió Publio con sosiego recuperado—. Me he dejado llevar. No debería haberle amenazado, pero su insolencia acaba con mi tolerancia. Pero no dejemos que sus palabras huecas nos agüen la fiesta que vamos a celebrar esta noche —continuó Publio con voz más alegre—. Lo esencial es que tenemos en marcha la creación de un buen cuerpo de caballería. La campaña de África cabalga.

Y el cónsul recibió las felicitaciones de sus oficiales mientras, sin poder evitarlo, y traicionando el sentido de las palabras que acababa de pronunciar, no podía evitar sentirse aturdido por la discusión con Marco Porcio Catón. Tendría que ver la forma de deshacerse de aquella nefasta compañía de algún modo, pero por mucho que lo pensaba, no veía cómo hacerlo. Una cosa era discutir con él, incluso amenazarle, pero no podía deshacerse de un *quaestor* nombrado por el Senado. No, Catón estaba allí para quedarse. Escupió en el suelo.

54

Sífax

Numidia, mayo del 205 a.C.

La boda fue rápida porque el rey Sífax quería abreviar los preliminares e ir directo al asunto que realmente le importaba: Sofonisba, la bella hija de su ahora cartaginés suegro, el general Asdrúbal Giscón. Sífax cruzó entre el mar de tiendas plantadas en los alrededores de Cirta, su capital en Numidia, que constituía el campamento general de su ejército. Un campamento desordenado y caótico, pero inmenso y móvil, lo que le permitía trasladar a su poderoso y cada vez más numeroso ejército de una punta a otra de Numidia para así hacer frente a sus enemigos, en especial, los maessyli de Masinisa. Sólo recordar aquel nombre le revolvía el estómago, pero no aquella noche. Masinisa, el pretencioso joven hijo de la depuesta reina Gaia reclamaba para sí el reino entero de Numidia. Masinisa había pasado de ser un molesto incordio a una auténtica preocupación. El joven príncipe había estado primero bajo las órdenes de los ejércitos púnicos, incluso del propio Giscón con cuya hija se acababa de casar, pero ahora, con el cambio del viento que parecía soplar algo más a favor de los romanos, al menos en Hispania, Masinisa se había aproximado a los romanos, buscando una alianza con la que reunir aliados para atacarle a él y arrebatarle Numidia.

Sífax caminaba con pasos largos gracias a su gran estatura, pero en ocasiones su cuerpo oscilaba un poco de un lado a otro, no mucho, pero lo justo para que sus guardias estuvieran atentos por si su rey tropezaba, y es que Sífax había bebido mucho, pues mucho tenía que celebrar. Tenía un tratado de no agresión firmado con el general romano Escipión y sabía que ese romano cumpliría su palabra y ahora, al casarse con Sofonisba, además de añadir una hermosa hembra a sus varias esposas jóvenes y bellas, se aseguraba una cierta lealtad con el general cartaginés más poderoso en África en ausencia de Aníbal. Era un equilibrio difícil el que Sífax buscaba: no quería enfrentarse ni con los romanos ni con los cartagineses y, por otro lado, tenía fuerzas suficientes para intimidar a cualquiera de ambos bandos y para lanzarse ya muy pronto hacia el nordeste y masacrar a Masinisa, que había regresado de Iberia con sus tropas rebeldes. Pronto todo estaría en su sitio. Numidia sería un reino unido bajo su poder, fuerte e independiente, mientras los romanos y los cartagineses se desgastaban en una guerra que ya duraba más de diez años, que recordara él; no estaba seguro. El vino le embotaba un poco los pensamientos, pero no las ansias. Sofonisba. Tenía también aquella noche el placer de celebrar haber arrebatado a Masinisa la mujer que aquél anhelaba y es que Sífax hacía tiempo que sabía que el joven príncipe númida del norte pretendía a la hermosa hija del general cartaginés. Aquello no le importaba demasiado a Sífax hasta que los cartagineses volvieron a intentar congraciarse con él; por eso no lo dudó cuando Giscón le ofreció a su hija en señal de buena amistad. Sífax sabía que aquella hija del general púnico era pretendida por Masinisa, y Sífax no podía por menos que relamerse de satisfacción pensando en la cara que pondría Masinisa cuando éste se enterase de que la mujer de sus sueños era ya otra hembra más en propiedad de su odiado enemigo Sífax, el gran rey de los númidas. Sífax lanzó una carcajada al aire. Sus escoltas rieron con él, sin saber muy bien por qué reía su rey pero con la intuición que da la experiencia de los muchos años al servicio de un errático monarca, de humor cambiante, que no dudaba en castigar con la muerte al que no seguía sus chanzas o al que se atrevía a dudar de una orden suya. De ese modo, rey y guardias de su escolta llegaron riendo hasta la gran tienda preparada en el centro del campamento para la noche nupcial entre el rey Sífax y la joven púnica Sofonisba.

El gigantesco monarca desplegó con violencia el lienzo de tela que daba acceso a la tienda. Dio dos pasos, entró en el interior de aquella habitación improvisada sobre el desierto y dejó que la cortina volviera a caer de forma que ocultara a la vista de sus soldados tanto su gran figura como la delgada y sinuosa silueta de su recién adquirida esposa. Sofonisba le esperaba recostada sobre un tamiz de mantas suaves de lana. Su cuerpo de tez morena y piel suave parecía estar desnudo, sólo cubierto por una piel de león con cuya cabeza la joven muchacha se entretenía examinando, divertida, las enormes fauces de la fiera muerta. Sífax tuvo la sensación de que aquella joven jugaría con el felino de igual forma aunque hubiera estado vivo, pero rápido desechó el pensamiento como propio de las elucubraciones absurdas del licor. Sífax iba a hablar, pero su joven esposa levantó la mirada, que no la cabeza, y se dirigió a él con una voz melosa que hizo vibrar la espina dorsal del gran rey.

—¿Ves, pequeño león? Te dije que no podría estar mucho contigo, pues mi rey vendría pronto a verme, mi rey, al que debo servir.

Sofonisba terminó sus palabras arrojando la piel de león a un lado. Sus pechos quedaron al descubierto, firmes, prietos, con pezones duros rodeados de una areola pequeña y sobre ellos quedaron clavados los ojos del perplejo rey que había pensado en enfadarse, ¿dónde se ha visto que una esposa hable primero a un rey y menos aún en la noche de bodas? Pero era aquélla una mujer aún más hermosa de lo que había imaginado y su voz susurrante era relajante, agradable.

—¿Por qué no se sienta mi rey, mi señor? —continuó Sofonisba señalando con un largo y estilizado brazo engalanado con varias pulseras de plata y un precioso brazalete de oro que rodeaba hasta cuatro veces la circunferencia de su extremidad culminando en la imagen misma de una serpiente.

Sífax se sentó en una butaca cubierta de pieles de cabra y oveja y disfrutó del paisaje: Sofonisba, a cuatro patas, como una gata, se acercó a él, despacio, haciendo oscilar sus caderas y sus senos con el avance de su grácil cuerpo. Cruzó así Sofonisba la estancia iluminada por decenas de velas de la tienda hasta quedar de rodillas frente a su marido.

—¿Qué desea mi rey de mí? ¿Qué quiere mi rey que haga? —continuó la joven alargando las sílabas y dejando que su lengua paseara por sus labios húmedos al hablar—, pues mi señor ha de saber que soy su mujer y soy suya para lo que desee y que no hay nada que me haga a partir de ahora más feliz que complacer a mi rey en todo aquello que mi rey desee de mí.

Sífax no habló ni dijo nada, pero de debajo de sus túnica roja, de entre sus piernas, emergió una protuberancia que dejó muy claro qué ansias consumían en aquel momento al monarca de Numidia. Sofonisba sonrió y le miró como la madre que mira al niño que por primera vez ha dicho una palabra. La joven cartaginesa tomó con los dedos de sus manos la parte inferior de la túnica real y la estiró hacia arriba con una parsimonia infinita que no hizo sino prolongar la dulce tortura de su señor hasta que la muchacha liberó de su presidio el miembro erecto y viril del rey. Mientras Sofonisba trabajaba en proporcionar placer a su señor, éste observaba el hermoso brazalete que su recién adquirida esposa exhibía con aparente orgullo en su antebrazo.

—Ésa es una hermosa joya —dijo el rey.

—Ahá —respondió Sofonisba, pues en su boca ya no cabían las palabras.

—¿Regalo de alguien?

La joven asintió sin detenerse en lo que estaba haciendo. El rey empezó a gemir y entre el placer y la satisfacción su pregunta quedó sin respuesta y cayó en el olvido.

Aquélla fue una noche larga y, sin embargo, tan corta para el rey Sífax. Sofonisba le acarició, le lamió, le chupó, le besó, a la vez que se dejaba tocar, besar, morder, poseer, acariciar, pegar, azotar y vuelta a ser besada, tomada, disfrutada... Sífax, veterano en el arte amatorio, descubrió sensaciones, posturas y posibilidades totalmente desconocidas y todo ello guiado por las pequeñas, juguetonas, dóciles y seguras manos de su joven esposa. Fue así como al amanecer, aún despierto, mientras Sofonisba continuaba acariciando su pecho desnudo con fingida pero cuán dulce ternura, que el rey Sífax concluyó que no había adquirido una esposa más, sino que aquella noche se había casado con una reina, la reina Sofonisba que gobernaría con él sobre toda una Numidia reunificada que él levantaría sobre el cadáver de Masinisa y sus rebeldes.

—Mi rey sonríe, ¿mi rey está satisfecho? —preguntó Sofonisba con su dulce voz, tranquila, sosegada, como si no hubiera pasado nada en aquellas largas horas de lujuria sin control.

—El rey está contento, esposa —respondió Sífax complacido—. Recordaba que ese miserable de Masinisa te pretendía y estaba sonriendo pensando en cómo sufrirá cuando se entere de que ahora ya nunca serás suya.

Sofonisba sonrió y mirándose de forma distraída el brazalete dorado que recubría su antebrazo derecho respondió lacónicamente.

—Eso es lo que tienen los rebeldes como Masinisa, mi señor, que están condenados a sufrir.

La respuesta agradó al gran rey Sífax, satisfacción que se unía al hecho de sentirse, por primera vez en mucho tiempo, saciado en su lascivia por completo. Sífax se sintió generoso.

—¿Y en qué piensa mi joven y nueva reina en la noche de su boda con el rey de Numidia? —preguntó.

Cuando Sofonisba escuchó de labios del rey la palabra reina, no movió un solo músculo de su faz, pero en su interior se desató el mismo júbilo que sienten los generales cuando se saben victoriosos.

—Pensaba en cuánto poder tiene mi rey, en cuánto le temen todos, pensaba en que mi rey puede conseguir cualquier cosa.

Sífax se incorporó levemente, se apoyó en un almohadón y, contemplando el cuerpo desnudo, sudoroso e impregnado de todo tipo de efluvios íntimos de Sofonisba, respondió con la seguridad del hombre que se cree lo que escucha.

—Cualquier cosa, así es... —tardó un poco en atar cabos, pero Sofonisba era paciente—, ¿es que...? —empezó al fin Sífax—, ¿es que hay algo que mi joven reina desea? Porque si así es, pide Sofonisba, pídeme lo que quieras.

Y Sofonisba, abrazándose a la piel del gran león, como quien siente vergüenza, con voz baja pero clara, resuelta, zalamera, pidió. Pidió. Pidió.

55

Miles Gloriosus

Siracusa, Sicilia, junio del 205 a.C.

Plauto estaba sobrecogido. Se había situado en el centro mismo de la escena del gran teatro de Siracusa. Había llegado hasta allí por la invitación que el cónsul Publio Cornelio Escipión le había cursado como respuesta a su carta en la que le solicitaba una entrevista. El cónsul había sido más que generoso: le había ofrecido costearle de su propio bolsillo el desplazamiento hasta Siracusa de él y de toda su compañía de actores. «Quiero ver una de tus comedias representada en el gran teatro de Siracusa.» Así había concluido su carta el cónsul. Cuando la leyó, en casa de Casca, saboreando una de las famosas largas y eternas orgías de su protector en Roma, Plauto pensó con qué grandilocuencia el joven cónsul había empleado la palabra «gran» para referirse al teatro de Siracusa. Ahora, varado allí en el centro mismo de su escena, absorbiendo las dimensiones de aquella construcción, comprendía y compartía el sentido de las palabras del cónsul. Las gradas del teatro se extendían a ambos lados, excavadas sobre la ladera de la montaña, talladas en piedra, en un extensísimo diámetro de 140 metros. Estaban divididas en nueve secciones, nueve *cúneos,* separados por hasta diez escaleras para facilitar el acceso y la distribución del público por todo el recinto con rapidez. El coro, como era costumbre en los teatros griegos, era un amplio semicírculo para dar cabida a tantos cantantes y músicos como se deseara y la escena era de una enorme amplitud también. Todo en aquel teatro era megalítico, enorme, espacioso. Plauto se sonrió pensando en las estrechas plataformas de madera sobre las cuales estaba acostumbrado a actuar en el foro de Roma. Aquello era otro mundo, otra civilización. Por algo los griegos llamaban bárbaros al resto de los pueblos e incluían a Roma en el calificativo. Pero además de las dimensiones, todo el teatro estaba engalanado con estatuas, inscripciones, grabados en piedra... había paseado por las gradas y había observado cómo en cada pared se podían ver tallados los nombres de diferentes dioses en unos lugares y, en otros, los nombres de los parientes de la familia del gran Hierón II, el tirano bajo cuyo gobierno se construyó aquel teatro hacía ya treinta años.

El público empezaba a llegar. Las puertas de acceso se acababan de abrir. Eran soldados de las legiones V y VI. Plauto sólo había tenido tiempo de cruzar unas palabras con el cónsul.

—Actuarás para mis legionarios —le dijo Publio Cornelio—. Quiero que se diviertan, después de la obra tienen prometido por mí vino y mujeres, o sea que los tendrás bien dispuestos. No espero que mis hombres sacien sus ansias sólo con teatro, pero quiero que se entretengan, Plauto, quiero que se diviertan. La mayoría de estos hombres van, vamos todos a una misión casi imposible. Muchos aún no lo saben, pero caminan directos a la muerte. Merecen un poco de diversión. ¿Crees que lo conseguirás, Tito Maccio Plauto?

Plauto no dudó en su respuesta.

—Los hombres de la V y la VI pasarán un buen rato... y espero que el cónsul también.

—Bien, bien, por Cástor y Pólux, tu seguridad me da ánimos. Eso está bien... sé que quieres que hablemos con más calma sobre otras cosas, pero hoy no podrá ser. Tengo que ocuparme de otros asuntos relacionados con esta guerra. Sé que lo entenderás. Hablaremos de lo que tengas en mente, pero después de la representación. Eso tiene la ventaja de que si tu obra complace a todos estaré más predispuesto a favorecerte en aquello en lo que me quieras consultar.

Plauto aceptó, porque ¿qué otra cosa se puede hacer ante la sugerencia de un cónsul de Roma? Y se despidió. Estaría mejor predispuesto. Si gustaba la obra. Por el contrario, la misma frase conllevaba la otra cara de la moneda: si la obra no gustaba a los legionarios de la V y la VI, el cónsul ya le estaba anunciando que no esperara generosidad por su parte para sus ruegos o peticiones. Aquellas palabras hicieron mella en el espíritu de Plauto e introdujeron dudas sobre qué obra representar. En un principio había pensado recurrir a *Amphitruo*, que pese a su polémica mezcla de comedia y tragedia, había cosechado un gran éxito en Roma; luego pensó en traer una obra nueva, con tema militar, algo con un ambiente en el que los soldados se identificaran, pero era una obra demasiado atrevida, demasiado directa y crítica con algunas cosas... claro que en casi todas sus piezas se le escapaban críticas, no tan duras como las del pobre Nevio. Nevio. Seguía encarcelado en Roma. Las dudas crecían. Quiza sería bueno recurrir a la *Asinaria*, su primera obra, la que le valió el reconocimiento por todo el pueblo de Roma, pero, por otro lado, se había representado tanto que no sólo el cónsul sino que otros muchos la conocían ya casi de memoria. El cónsul esperaría algo nuevo. Nuevo. Plauto, clavado en el centro de la gran escena, confirmó la decisión que había tomado hacía días. Sí, sería su obra militar, el *Miles Gloriosus*, la pieza que representarían aquella tarde y que había representado en Roma un par de veces, no sin levantar ciertas críticas entre algunos senadores, pero, a fin de cuentas aquello no tenía por qué ser algo negativo: las acciones del cónsul también suscitaban la crítica de los viejos *patres conscripti*.

Ya habían entrado varios centenares de soldados y aún quedaban muchos más por irrumpir en las gradas que deberían dar cabida a varios miles. Y es que aquellos hombres irrumpían, no entraban, pues aunque el cónsul hubiera prometido vino para después de la representación, era evidente que muchos legionarios habían decidido agasajarse a cuenta de su paga con una degustación previa de los caldos de la región en las tabernas abiertas por toda la ciudad. Aquello, como siempre, era un arma de doble filo, como las espadas hispanas: si les gustaba la obra, por efecto del alcohol, reirían el doble, pero si la obra les aburría, también abuchearían e insultarían el doble. Plauto dio media vuelta y fue en busca de sus actores. Tenía que revisar que todo estuviera preparado.

El cónsul, custodiado por los doce *lictores*, se abrió paso entre los túneles del gran teatro que daban acceso a las gradas. Lo cierto es que sus guardias no debían esforzarse demasiado para avanzar, pues en cuanto los legionarios veían las *fasces* de su escolta, no tanto por miedo como por respeto hacia su general en jefe, todos se hacían a un lado y se llevaban la mano al pecho. Publio caminaba saboreando cómo Lelio había conseguido insuflar aquellas fuertes dosis de disciplina militar en unos soldados que todos habían dado por perdidos hace años. Faltaba ver si recordaban también cómo combatir.

Llegaron a uno de los dos *cúneos* centrales y el cónsul tomó asiento junto a sus oficiales que ya habían llegado. Allí estaban todos, una vez más reunidos: Lelio, Marcio, Mario, Silano, Terebelio, Digicio y Cayo Valerio. Sus hombres de confianza. Con aquellos tribunos y centuriones a su alrededor, Publio sentía que todo era posible. Todo. Emilia no le acompañaba en esta ocasión.

—Demasiados soldados, demasiados militares —había dicho ella—. Es una representación para tus hombres; debes disfrutarla con ellos. Yo me quedaré con los niños. Ya pediremos a Plauto que nos haga una representación en casa.

Publio no insistió. En el fondo llevaba razón. Era un día para estar él junto a sus hombres. Los demás tampoco habían traído a sus esposas. Las mujeres que se veían aquella tarde eran esclavas, libertas o prostitutas. No era aquélla la ocasión para exhibir a una matrona de Roma. Los niños. Ése era un tema que ocupaba la mente de Publio de modo intermitente y que siempre le acuciaba más cuando pasaba unos días con Emilia. Los niños crecían, decía su mujer constantemente, y llevaba razón. Cornelia tenía ya siete años y el pequeño Publio cuatro. Tal y como habían hablado en el barco de camino a Siracusa, había llegado el momento de buscar un tutor para ellos. Uno de los *lictores* se dirigió al cónsul por la espalda, en voz baja.

—Hay aquí un griego que quiere hablar con el cónsul. Dice que está citado aquí. Dice llamarse Icetas.

Publio asintió sin volverse.

—Que venga, dejadle pasar.

Los *lictores* se retiraron y permitieron que un hombre alto pero delgado, de unos cuarenta años, pasara entre ellos, hasta situarse frente al cónsul y sus oficiales. Fue Publio quien habló primero.

—Soy Publio Cornelio Escipión. ¿Eres tú Icetas?

—Así es, cónsul —respondió el aludido, e inclinó ligeramente la cabeza en señal de reconocimiento a la autoridad que le hablaba; no demasiado pero lo justo.

—¿Eras discípulo de Arquímedes? —preguntó Publio.

—Discípulo es una palabra muy grande para alguien que apenas llegaba a comprender sus teoremas más sencillos, pero si lo que preguntas es si me beneficié de sus enseñanzas, así es; asistía a sus charlas y debates hasta que los romanos tuvisteis a bien matarlo.

El ambiente distendido se esfumó y todos los oficiales, incluido el propio Publio, tensaron sus músculos.

—Aquello fue un lamentable error —apostilló el cónsul.

—Un lamentable error, sin duda —confirmó lacónicamente Icetas.

Publio pensó en despedir a aquel hombre. Era osado. Atrevido. Por otro lado, era lógico que estuviera dolido por la estúpida muerte de Arquímedes tras el asedio de Marcelo a manos de un soldado imbécil que no supo reconocer al grandísimo matemático griego mientras repasaba sus teoremas dibujando en la arena. El cónsul tomó aire un par de veces antes de volver a hablar.

—Tienes derecho a mostrarte resentido contra Roma por la muerte de tu maestro. Yo también lamento y mucho su desaparición, pero no era de eso de lo que deseo hablar contigo.

El cónsul calló e Icetas intervino.

—¿De qué desea hablar el cónsul con un humilde filósofo de Siracusa?

—Necesito un tutor, un pedagogo para mis hijos. Tengo un hijo de cuatro años... y también una niña. Quiero que ambos sean educados por alguien como tú, especialmente mi hijo. Quiero que aprendan griego, historia, latín, matemáticas, astronomía, geografía, filosofía. Quiero que sepan quién era Alejandro, Aristóteles, Dífilo, Filemón, Menandro, Aristófanes... Arquímedes.

Icetas había venido con la idea de rechazar cualquier solicitud de aquel cónsul, pero estaba sorprendido por la pasión con la que el joven general romano mencionaba los nombres de los filósofos, escritores y líderes griegos. Ante su silencio el cónsul continuó hablando.

—Podría ordenarte que fueras su tutor, pero un pedagogo que va obligado a enseñar sólo puede transmitir resentimiento. Si no puedes aceptar libremente este encargo, no te obligaré a ello. Pero piénsalo, Icetas: soy uno de los hombres más poderosos de Roma, y puedes instruir a mis hijos, puedes hacerles ver la importancia de cosas que ni yo mismo entendería. Respeto tus conocimientos y sólo quiero que mis hijos aprendan un poco de todo lo mucho que tú sabes. Puedes contribuir a que la próxima generación de líderes romanos sea menos... bárbara.

Icetas bajó la cabeza mientras meditaba. El cónsul respetó su concentración. El filósofo alzó de nuevo el rostro y miró fijamente a Publio.

—Eres un cónsul poco común, para lo que yo he oído de los cónsules de Roma. Instruiré a tus hijos, pero si éstos me faltan al respeto o no atienden a mis enseñanzas dejaré el encargo de su educación. Hay muchos que desean que les enseñe a ellos mismos o a sus hijos como para perder el tiempo con quien no tiene interés.

—De acuerdo —respondió Publio—. Te escucharán, te respetarán. Puedes venir mañana a nuestra casa, en la Isla Ortygia, junto a...

—Todo el mundo sabe dónde vive el cónsul de Roma —interrumpió Icetas. El cónsul no se molestó. Aquél era un hombre seguro de sí mismo y si acertaba a transmitir a su hijo esa misma seguridad eso sería bueno. Icetas volvió a inclinar la cabeza y, atravesando la guardia de *lictores*, desapareció entre la multitud que ya poblaba todas las gradas del gran teatro.

—Emilia estará contenta —dijo Cayo Lelio al oído de Publio.

—Eso espero.

—Y seguro que tus hijos le respetan. A mí me daba hasta un poco de miedo. Esos filósofos son seres extraños. Parecen no temer a nada ni a nadie, como si supieran cosas que los demás desconocemos —continuó Lelio.

—Las saben, amigo mío, las saben —concluyó Publio.

Plauto puso la mano en la espalda de un hombre joven. Se trataba de un campano liberto que, a causa de la defección de Capua durante la guerra, se había cambiado el nombre y se hacía llamar Aulo. Pese a su juventud, era veterano en el arte de la representación y Plauto le había confiado la lectura del argumento, al principio de la obra, y el papel central del esclavo Palestrión de la comedia *Miles Gloriosus* que iban a representar.

—En cuanto terminen los músicos, sales —le decía Plauto al oído—. Sal y habla en voz alta y clara, como tú sabes. Son muchos y tenemos que hacernos con su interés. Si no lo consigues no desfallezcas. Mi entrada les hará callar.

El joven asintió sin decir nada. Estaba un poco nervioso. Nunca había actuado para una audiencia tan grande y menos compuesta toda ella de miles de legionarios de Roma. Aulo se angustiaba pensando qué serían capaces de hacer todos aquellos soldados si se enteraran de que quien estaba ante ellos actuando no era sino un campano de la ciudad que desde el principio de la guerra se pasó al bando cartaginés y que sólo fue recuperada para la causa romana tras un interminable asedio.

Plauto, como si le leyera la mente, intentó tranquilizarle.

—No pienses en otra cosa que no sea la obra. Todo irá bien.

El joven volvió a asentir.

Entre las gradas del teatro Publio intentaba escuchar, en un vano esfuerzo, la música de los numerosos flautistas que desde la escena y el coro interpretaban como obertura introductoria a la comedia que iba a representarse. Era una música que no amansaba a las fieras de sus soldados que, distraídos, seguían hablando entre sí, más interesados por lo que algún fanfarrón contaba sobre sus hazañas bélicas pasadas o sobre sus conquistas amorosas, que sobre lo que estaba ocurriendo en el escenario. Al cónsul le asaltaron varias dudas que se atropellaban en su mente. ¿Había sido aquélla una buena idea o esa afición suya por el teatro no era más que una manera de perder el tiempo, especialmente cuando se trataba de distraer a sus hombres? Y... ¿eran sus soldados fieras? Más les valía. Más les valía a todos. La inaudible música cesó, o eso pensó Publio, más porque los flautistas desaparecían de la escena que por cualquier señal auditiva al respecto. Un joven actor subía al escenario. Sus hombres seguían, entre risas, ignorando la representación. Plauto tendría que superarse si quería captar la atención de sus hombres.

Aulo se situó en el centro del gran escenario del teatro de Siracusa y con la frente sudorosa cerró los ojos y empezó a recitar su prólogo:

Meretrices Athenis Ephesum miles auehit.
Id dum ero amanti seruos nuntiare uolt

Legato peregre, ipsus captust in Mari
Et eidem illi militi dono datust.
Suum arecesit erum Athenis et forat
Geminis communen clam parietem in aedibus,
Licere ut quiret...

[... A una cortesana la llevó raptada de Atenas a Éfeso un militar.
Cuando Palestrión, un esclavo, quiso contarlo a su amo, amante de ella
Pero de viaje como embajador, cae cautivo el esclavo en alta mar
Y lo regalan a aquel mismo militar.
Avisa el esclavo, pese a todo, a su amo de Atenas y perfora
En secreto la pared de las dos casas contiguas (la casa del militar ladrón y la casa de al lado),
Para que pudiesen reunirse los amantes.
Desde un tejado, el guardián de la cortesana los ve abrazándose:
Pero jocosamente le engañan, como si ella fuese otra.
E igualmente Palestrión persuade al militar
Para que deseche a la concubina porque —le dice—
La esposa del viejo vecino desea casarse con él.
Pide el militar a la cortesana que raptó que parta y la colma de regalos.
Él, sorprendido en casa del viejo vecino, paga su culpa por adúltero.]*

Aulo dio por concluido su recitado. El parloteo constante del público había decrecido un poco, pero muy poco. Pese a sus esfuerzos no estaba seguro de haberse hecho oír. Las cosas no marchaban bien. O la entrada de Plauto captaba el interés de aquellos legionarios o aquello acabaría mal.

* El texto latino y la traducción de referencia para los extractos de la obra de Plauto *Miles Gloriosus* siguen la edición y traducción de José-Ignacio Ciruelo. *Véase* la referencia completa en la bibliografía. La traducción ha sufrido algunas modificaciones estilísticas por parte del autor de la novela.

Publio se había concentrado para intentar entender el prólogo de la obra, pero el tumulto de sus hombres, sus carcajadas y su continuo hablar, sólo le habían permitido entender palabras sueltas: esclavo, viaje, cortesana, amantes, militar, viejo, adulterio...

—¿Alguien ha entendido de qué va la obra? —preguntó el cónsul a sus oficiales.

—Parece que va de amantes y adulterios —respondió Marcio, el más culto de entre sus oficiales y, en apariencia, el más interesado por seguir el desarrollo de la obra.

—Esto no interesará a nuestros soldados —añadió Lelio.

Publio guardó silencio. Compartía la visión de Lelio, pero se negaba a admitirlo.

Plauto, vestido ya para interpretar el papel de Pirgopolinices, el militar griego protagonista de aquella obra, recibió a Aulo tras el escenario. Plauto llevaba un escudo pequeño y una gran espada, colgando de su cintura, y estaba rodeado de varias decenas de hombres armados al estilo de los hoplitas de las legendarias falanges macedónicas.

—No te preocupes, Aulo. Lo has hecho bien.

Y sin dar tiempo a que el joven campano le replicara, Plauto irrumpió en escena a paso militar seguido de cerca por una treintena de actores ataviados con el uniforme y las largas picas características de los soldados del rey Filipo. A Plauto le había costado una pequeña fortuna hacerse con aquellas lanzas arrebatadas a los macedonios en Apolonia, la colonia ilírica de Roma, en frontera con el estado del rey Filipo, pero el dinero que el cónsul le había enviado a través de su hermano Lucio en Roma había sido abundante y Plauto quería mostrar que lo había empleado en la obra y no en orgías o fiestas nocturnas.

Los legionarios de la V y la VI, al ver el escenario tomado por treinta soldados macedonios armados callaron de golpe. Al frente de ellos iba un veterano que debía de ser su líder, acompañado por un par de esclavos que se encogían ante su amo. Los legionarios estaban confusos. Plauto no dudó en aprovechar aquel instante dubitativo para hacerse con la escena, con el público, con el gran teatro de Siracusa.

—*Curate ut splendor meo sit clipeo clarior quam solis radii esse...* [Mirad, esclavos, que tenga mi escudo mayor brillo del que los rayos del sol, cuando está el tiempo despejado; que cuando llegue la ocasión deslumbre las miradas de los enemigos en formación. Que ya tengo yo ganas de desenvainar también mi sable para que no se queje ni pierda moral porque ya ha tiempo que lo llevo ocioso; pobrecillo, se impacienta por hacer picadillo a los enemigos. Pero ¿dónde está Artótrogo?]

El esclavo aludido, retorcido, acurrucado en el suelo, como si adorase a su en apariencia poderoso amo, respondía con tono adulador.

—*Artótrogo está junto a un hombre fuerte y afortunado y además de regio porte, el gran Pirgopolinices, hasta tal punto aguerrido que no osaría Marte abrir la boca ante él ni equiparar sus méritos a los suyos.*

En el silencio que se había apoderado del teatro, las palabras de aquel diálogo llegaban diáfanas a todos los recovecos de la grada y la exagerada alabanza del esclavo no pasó inadvertida para un público que empezaba a sonreír. Plauto, metido en el papel de Pirgopolinices, siguió rápido con la conversación que mantenía con su esclavo en escena.

—*¿Acaso no indulté yo a Marte en los campos Curcolionenses, cuando Bumbomáquides Clitimistaridesárquides, nieto de Neptuno, era el general en jefe?*

Los soldados de la V y la VI comenzaron a reír por la fanfarronada, por un lado, de que aquel militar se vanagloriaba de haber derrotado a dioses e hijos de dioses y, por otro, por los absurdos nombres que recitaba, inventados y que, no obstante, ellos acertaban a desentrañar con facilidad, pues, aunque ellos no lo supieran, el autor había traducido los complejos nombres griegos a raíces latinas que todos ellos podían reconocer con facilidad, y así todos identifican con rapidez que *Curcolionenses* se refería a «gorgojo» y que el interminable nombre del supuesto hijo de Neptuno significaba «guerrero que sólo vocea y que es famoso hijo de príncipe mercenario».

El diálogo proseguía con las exageraciones de las supuestas hazañas de Pirgopolinices, el *miles gloriosus*, el gran soldado fanfarrón.

—*Lo recuerdo* —le respondía Artótrogo—; *desde luego, te refieres al de las armas de oro, cuyas legiones tú dispersaste de un soplido, como el viento las hojas o la veleta de un tejado.*

—*Aunque eso no es nada, por Pólux* —replicaba Plauto situándose en el centro del escenario mientras desenfundaba su espada y daba mandobles al aire como si combatiera contra un enemigo invisible.

—*Eso no es nada, desde luego, por Hércules* —repetía a su vez el actor que hacía de Artótrogo—, *nada entre lo restante que contaré.*

—Entonces el esclavo se encaminó hacia un lado del escenario y en un aparte, hablando al público pero como si lo hiciera a escondidas para que su vanidoso amo no le escuchara, distraído como estaba en su exhibición de espada—. *Si hubiese alguien visto un hombre más embustero que éste o más henchido de fanfarronerías de lo que está éste, poséame, yo mismo me entregaré como esclavo suyo. Pero hay una salvedad: da de comer unas olivas locamente buenas.*

—*¿Dónde te has metido, Artótrogo?* —preguntó Plauto en el papel del *miles gloriosus* desde el centro de la escena, mientras enfundaba su espada.

—*Heme aquí* —respondió el aludido retornando hacia el centro desde la esquina del escenario donde se había dirigido al público—. *Heme aquí... por ejemplo en... en la India, donde hay que ver cómo le rompiste la pata a un elefante.*

—*¿Cómo la pata?*

—*Quise decir el muslo entero.*

—*Y eso* —añadía Plauto— *que le di sin fijarme.*

Todos reían. Los legionarios de la V y la VI, los oficiales del cónsul, y hasta el propio Publio, aunque la referencia a los elefantes ensombreció su frente con un suave ceño que no fue a más porque uno de sus *lictores* se acercó y le dijo unas palabras al oído. El cónsul asintió y se dirigió a Lelio.

—Ven. Tenemos unos embajadores de Locri. Algo pasa en el Bruttium.

Cayo Lelio se levantó y siguió a Publio, que ya se había puesto en camino hacia el túnel que daba acceso a las gradas. Tras ellos los doce *lictores* les escoltaban. Marcio y el resto de los oficiales se miraron entre sí, pero permanecieron en sus asientos a la espera del regreso del cónsul y Lelio.

En el escenario Plauto y sus actores seguían con la representación.

Una vez en los túneles del teatro, Publio, Lelio y los guardias de la escolta del cónsul ascendieron hasta un pasadizo que se encontraba en la parte superior del teatro, excavado casi en la misma piedra y adornado con estatuas de los familiares de Hierón, obras de arte que los hombres de Marcelo olvidaron coger en su saqueo de Siracusa. Allí, entre las sombras de la luz trémula de las antorchas que iluminaban los túneles del teatro, aguardaban dos hombres. El cónsul se percató de inmediato de que no eran soldados y sus manos de dedos delgados adornados con anillos de oro y plata informaban con claridad de que estaba ante hombres de poder e influencia de la ciudad a la que representaban, Locri. Sólo había algo que no encajaba: Locri estaba en manos de los cartagineses.

—Me dicen que venís de Locri, que sois embajadores de esa ciudad. Hablad, decid lo que tengáis que decir.

El tono agrio, brusco, del cónsul no pareció sorprender a los embajadores. El cónsul, como representante de Roma, mostraba su rencor hacia una ciudad que se había pasado a su mortal enemigo.

—Gracias por recibirnos, cónsul —empezó el mayor de ambos hombres, de aspecto grueso y lozano pese a sus cincuenta años, alguien que sin duda no pasaba hambre ni tenía intención de hacerlo—. El cónsul se muestra desconfiado y es lógico, pero antes que nada y con los dioses como testigos, quiero que el cónsul sepa que habla con dos leales a Roma desde siempre. Representamos a Locri pero no venimos de Locri, sino de Rhegium, la ciudad en la que nosotros y muchos más ciudadanos locrenses leales a Roma nos refugiamos cuando nuestra querida ciudad cayó en manos de Aníbal. Desde entonces hemos estado allí, esperando, aguardando una oportunidad para recuperar nuestra ciudad y devolverla a la alianza con Roma.

Publio asintió.

—Te escucho entonces con más interés, ciudadano de Locri —apostilló el cónsul invitando a su interlocutor a que prosiguiera con su relato.

El embajador, más seguro, se lanzó a hablar con una voz vibrante. Estaba claro que aquel hombre había esperado ese momento largo tiempo y los nervios que sentía se delataban en el tono tenso de sus palabras.

—Gracias, cónsul de Roma, gracias por escucharnos. Hace unos días, en un combate entre las tropas romanas de Rhegium y las púnicas acantonadas en nuestra ciudad de Locri, cayeron presos unos hombres que nosotros reconocimos enseguida como ciudadanos de nuestra ciudad. Ellos aseguran que trabajan como artesanos para los cartagineses establecidos en una de las dos ciudadelas que hay en Locri. Locri está en el centro y a ambos lados se encuentran las dos fortalezas desde las que se controla la ciudad y el valle. Y estos hombres nos aseguran que a cambio de que se les perdone la vida, podrían proporcionar acceso a las murallas de una de esas ciudadelas. Sería una forma de recuperar, sin gran dificultad, al menos parte del control de la ciudad y estamos seguros de que si el gran Escipión acude en nuestra ayuda, también caerá la otra ciudadela. Tu solo nombre, cónsul, inspira temor entre los cartagineses. Las victorias del cónsul en Hispania sobre los propios hermanos de Asdrúbal o sobre el general Giscón son conocidas por todos. Por eso ya hemos pactado la venta de estos artesanos a los cartagineses de Locri por un rescate, para que no sospechen de su regreso con vida. ¿Nos ayudará el cónsul de Roma? ¿Nos ayudará Publio Cornelio Escipión?

Publio se quedó pensativo. Entonces, en voz baja, el embajador que había permanecido en silencio se dirigió a su compañero.

—No le has dicho lo de Pleminio y sus legionarios.

—Es cierto, es cierto. Cónsul, además he de añadir que el pretor Pleminio de Rhegium, que cuenta con una guarnición en su ciudad de tres mil soldados, está informado de todo y está dispuesto a ayudarnos, pero sólo si el gran Escipión se pone a la cabeza de esta empresa. Tres mil legionarios, cónsul.

Publio asintió, se giró despacio dando la espalda a los embajadores y tomando por el hombro a Lelio se apartó unos pasos. El cónsul y Lelio quedaron en el espacio en sombra entre dos antorchas. En la semioscuridad debatieron en un murmullo inaudible para los impacientes embajadores de Locri.

—¿Qué piensas, Lelio?

—Parece una buena oportunidad, pero Locri está en Italia y ése es el terreno adscrito a Craso, el otro cónsul. No podemos intervenir fuera de Sicilia.

Publio asentía varias veces, despacio.

—Además —añadió Lelio—, Pleminio es un loco. Luché con él en el norte, hace tiempo. Es un irresponsable y un saqueador. No me fío de él. Sólo tiene ambición. Si sale bien se vanagloriará de ser el conquistador de Locri y si sale mal nos culpará a nosotros. Y no dudará en traicionarnos ante el Senado y decir que le obligamos a intervenir. Ese hombre no vale ni lo que una nuez podrida.

—Sí, he oído hablar de Pleminio. Es como dices —respondió Publio, y guardó silencio. Lelio no entendía por qué seguía Publio meditando sobre aquel tema. Era absurdo planteárselo. Al cabo de un minuto, el cónsul se volvió de nuevo hacia los embajadores y caminó hacia ellos. Lelio le siguió de cerca.

—¿Por qué no habéis recurrido a Craso, el otro cónsul? —preguntó Publio al embajador—. Es el que tiene asignada Italia para combatir a los cartagineses.

El ciudadano de Locri en el exilio parecía tener respuesta para todo.

—Sólo tu persona nos produce suficiente confianza. Craso... Craso... es... inexperto. Necesitamos al mejor. El mejor es Escipión, cónsul.

Publio tenía claro que aquéllas eran alabanzas exageradas. Craso había sido pretor hacía tres años. No era mal general. Quizá tuvieran razón en confiar más en él, pero como Lelio había comentado, cruzar el estrecho y desembarcar tropas en Italia era ir más allá del poder que le había conferido el Senado. Por otra parte, Locri era una ciudad apetecible, una conquista accesible si lo que contaba aquel embajador era cierto. Una buena forma de comprobar la capacidad de combate de las legiones V y VI. En particular, podría practicar el asedio. El asedio. Aquello era clave. Publio dio la espalda a todos y se alejó solo entre las sombras. Los *lictores* habían cortado todos los accesos a aquella sección del túnel, de modo que el cónsul podía moverse con tranquilidad y no ser interrumpido en sus meditaciones. Publio se apoyó con una mano en la fría piedra de aquel pasadizo del teatro de Siracusa y cerró los ojos. Locri. Asedio. Las legiones V y VI. Pleminio, un pretor loco. La VI. La VI seguía siendo un problema. Tenía que hacerse. El Senado se le echaría encima. Catón informaría a Roma. Fabio Máximo atacaría en el Senado... pero si conseguía la ciudad de Locri... una victoria siempre apacigua los ánimos de todos. Una victoria daría moral a las «legiones malditas». Era arriesgado. Era peligroso. Era un error.

Publio regresó de entre las sombras.

—Os ayudaremos —dijo el cónsul al embajador, que abría los ojos de par en par como para asegurarse de que no estaba soñando—. En una semana desembarcaré en el Bruttium, cerca de Rhegium, con tropas suficientes para retomar Locri. Uniremos nuestras fuerzas a las de Pleminio y atacaremos. Ahora puedes marchar.

El embajador se arrodilló ante el cónsul y le abrazó las rodillas mientras por sus mejillas fluían lágrimas entremezcladas con emoción y alegría.

—Gracias, gracias, gracias... que los dioses os protejan y os sean siempre favorables... gracias... gracias... gracias...

El otro embajador le imitó y también se arrodilló e inclinaba su cabeza hacia el suelo humillándose. Publio retiró de sus rodillas las manos del embajador que aún seguía llorando, dio media vuelta y se encaminó junto con un confundido Lelio hacia el túnel que daba acceso de nuevo al teatro. Lelio fue a hablar pero un *lictor* se aproximó al cónsul y le informó de que aún había otra persona más que quería hablar con él.

—¿Quién es? —preguntó Publio.

—No ha querido dar nombre ni decir de parte de quién viene, cónsul. Sólo ha dicho que debe hablar con Publio Cornelio Escipión en persona... y a solas, pero por su aspecto se trata de un númida.

Publio y Lelio se miraron. Lelio aún no había digerido bien lo de embarcar tropas hacia Italia cuando ahora llegaba una nueva sorpresa, esta vez desde Numidia quizá. Publio suspiró.

—Está claro —empezó el joven cónsul— que hoy no veré la obra de Plauto. Lelio, tú regresa al teatro y vuelve con los demás. De momento no comentes nada de lo que se ha hablado aquí. En su momento informaré al resto. Ahora veré a ese enviado tan enigmático.

—Que los *lictores* no estén lejos —respondió Lelio aún dudando si marcharse o quedarse.

Publio sonrió.

—Aún te preocupas por mí. Eso me alegra. Los *lictores* estarán cerca. Te lo aseguro.

Cayo Lelio aceptó al final la sugerencia de Publio y volvió sobre sus pasos en dirección al teatro. Mientras se alejaba se giró un momento para ver a Publio rodeado de los *lictores* marchando en dirección contraria. Lelio sacudía la cabeza al tiempo que caminaba. Italia, Locri, una locura. Una terrible locura. ¿Por qué querría Publio meterse en aquella guarida de lobos, con tropas aún no preparadas del todo como la V y la VI, con otros soldados al mando de un loco como Pleminio, en un territorio que le correspondía al otro cónsul? La gigantesca preocupación de toda aquella empresa hacía que cayera en el olvido de su mente la llegada de aquel otro embajador que deseaba hablar con el cónsul a solas.

De nuevo en el corazón del pasadizo, Publio esperó entre las sombras la llegada del nuevo embajador. Uno de los *lictores* se anticipó para informar al cónsul.

—Le hemos retirado todas las armas. Llevaba un espada africana y una daga corta. Nos las ha entregado sin oponer resistencia.

—Bien. Traedlo.

Al segundo, el embajador númida, alto, fuerte, musculoso, de tez muy morena, curtida por el sol abrasador del desierto, se presentó, escoltado por dos de los guardias del cónsul, ante Publio.

—Soy Publio Cornelio Escipión, cónsul de Roma. Dicen que querías hablar conmigo. Bien, aquí estoy.

El númida no habló y se limitó a mirar a ambos guardias. Publio hizo una señal a los *lictores* y éstos se alejaron varios pasos hasta quedar ocultos más allá del fulgor de las antorchas de aquella húmeda gruta en las entrañas del gran teatro de Siracusa.

—Ahora estamos a solas —continuó Publio—. ¿Entiendes mi lengua?

—La entiendo —empezó al fin el guerrero númida—, pero prefiero hablar en griego. Me explicaré mejor y quien me envía dice que habláis bien el griego.

—En griego, pues —respondió Publio cambiando de idioma—. ¿Quién te envía?

—El rey Sífax.

Publio guardó silencio. Sífax. Se esforzó en mantener su rostro inmutable. El númida entregó su mensaje con concisión.

—El rey quiere entrevistarse con el cónsul.

—¿Aquí?

—No. El cónsul debe ir a Cirta.

Publio ya había visitado a Sífax el año anterior. ¿De nuevo un viaje a Numidia, justo cuando acababa de prometer desembarcar en Rhegium para atacar y recuperar Locri? No podía estar en todas partes. Además, desconfiaba de las intenciones de Sífax.

—Dile a tu rey que no me es posible acudir ahora a Cirta.

—Eso no agradará a mi rey —respondió el númida con sequedad.

Publio pronunció con tiento las siguientes palabras.

—Lo entiendo. Dile a tu rey que no es por mi voluntad que no voy, sino porque como cónsul de Roma, mis movimientos están sujetos a las directrices del Senado de Roma. Yo no soy rey y no disfruto por tanto de la libertad de un rey. Transmite al rey Sífax que lamento no poder acudir en esta ocasión a su invitación pero... —Publio hizo una pausa antes de seguir con la misma parsimonia y autocontrol que antes—, pero dile también que le recuerdo que tenemos un pacto y que tengo su palabra de que será siempre fiel a la causa romana, y que tengo su promesa de no atacarnos nunca, incluso si vamos a territorio africano.

Fue entonces el númida el que guardó silencio antes de responder.

—Yo sólo sé que mi rey me ha insistido en que os diga que debéis entrevistaros con él de inmediato. Debo entender que no vais a venir.

—No voy a ir, pero espero que transmitas al rey todo lo que te he dicho.

—Lo transmitiré todo tal y como me lo habéis dicho, pero nada de lo que habéis dicho mitigará su enfado.

Publio se encaró con aquel númida y dio un paso adelante hasta quedar con su rostro apenas a unos centímetros de la faz del guerrero africano.

—Sólo asegúrate de decirle una cosa a tu rey: dile a Sífax que es mejor para todos que sigamos siendo amigos. Sólo dile eso. —Y Publio levantó su mano y como por ensalmo varios *lictores* emergieron de entre las sombras y rodearon al númida—. Lleváoslo de mi presencia y aseguraos de que esté en un barco en menos de una hora con destino a Numidia.

El guerrero se sacudió las manos de los guardias y sin decir nada les siguió mientras Publio se quedaba acompañado con el resto de los *lictores*. El cónsul emprendió el camino de regreso a la *cavea* del teatro, pero se detuvo. Necesitaba pensar. Lo de Locri era una oportunidad... una oportunidad para resolver varios asuntos, pero el último mensajero, el númida, le había dejado intranquilo. Tenía que hacerse todo y todo a la vez. Debía desdoblarse y sólo podía hacerlo recurriendo, una vez más, al único hombre en el que podía confiar para aquella situación. Publio estuvo detenido en el pasadizo central del gran teatro de Siracusa durante varios minutos. Los *lictores* se mantenían a una distancia prudente, asegurándose de que nadie se aproximara a la posición del cónsul por ninguno de los dos extremos del túnel. Cuando Publio reemprendió al fin la marcha de regreso a las gradas del teatro no tenía clara la noción del tiempo que había pasado entre aquellos pasadizos en penumbra, pero sabía que poco quedaría ya por ver de la obra de Plauto. A medida que se acercaba, se escuchaba una gran algarabía entre el público. Los legionarios de la V y la VI reían con gran estruendo. Parecía que Plauto había cumplido bien la misión de entretener a los soldados. Eso estaba bien. El cónsul sonrió de forma enigmática. Un hombre extraño, Plauto, pensó. Y ya estaba llegando al final del pasadizo, se veía la luz brillante del exterior empapando las paredes de la salida del túnel, cuando el cónsul observó varias personas que se hacían a un lado, apretando sus cuerpos contra la pared, para dejar que el cónsul de Roma pasara sin ser molestado. Entre los que se hacían a un lado, Publio reconoció a Icetas, el que debería ser el tutor de sus hijos. El cónsul se paró frente al sabio griego.

—¿Tan malo es el teatro romano que un griego no lo soporta hasta el final? —inquirió el cónsul mirándole a los ojos. Icetas no se arredró y respondió de modo directo, de la misma forma en que había sido interpelado.

—Como supongo que el cónsul de Roma es autoridad que anhela recibir respuestas sinceras a sus preguntas, deberé responder que he encontrado la obra más tosca y brutal de lo que esperaba, al tiempo que he observado que el texto y la puesta en escena, no obstante, hacen de la misma algo que no deja de proporcionar entretenimiento, un pasatiempo algo mucho menos pulido que las grandes comedias de Aristófanes, pero un espectáculo que no me ha dejado indiferente e indiferencia era lo que esperaba sentir. Me marcho temprano porque el final es evidente y porque me gusta rehuir a las grandes masas de legionarios romanos empujando por los estrechos pasadizos del teatro. Los humildes griegos no tenemos escolta que nos abra camino.

Publio le escuchó con interés. Desde luego, se confirmaba que no era Icetas un hombre apocado ni servil, y eso le gustaba. Un pedagogo con espíritu de siervo transmitiría servilismo a su hijo; un sabio con sentido de su propia dignidad enseñaría autoestima. El cónsul sonrió abiertamente.

—Una respuesta sincera y cargada de significados. Meditaré sobre cada palabra que has dicho, aunque la política me ha mantenido alejado de las graderías y tengo pocos elementos para juzgar sobre la obra.

Icetas asintió e hizo una leve reverencia. Publio dirigió de nuevo sus pasos hacia el exterior. La luz del sol de la tarde era aún intensa y lo inundaba todo. Publio volvió a tomar asiento junto a Marcio, Lelio y el resto de los oficiales. Los legionarios aplaudían y reían. El cónsul miró hacia el escenario: Plauto, en el papel del *miles gloriosus,* estaba siendo azotado por otros actores, y no sólo eso, sino que uno de los actores que vestía como un cocinero exhibía un largo y afilado cuchillo con el que amenazaba a Plauto.

—*¿Cuándo empiezo a cortar?* —decía el actor con el cuchillo en la mano mirando al actor que hacía de su señor mientras con la mano libre buscaba bajo la túnica de Plauto.

—Creo que me he debido de perder muchas cosas —dijo Publio a Marcio, que le escuchó sin dejar de mirar la escena, pero comprendió que el cónsul buscaba una explicación rápida a lo que acontecía en la representación.

—El *miles gloriosus*, el soldado fanfarrón —empezó Marcio—, ha sido apresado mientras intentaba cometer adulterio con la mujer de ese hombre cuyo cocinero amenaza con castrar al soldado por pretender a la mujer de su señor.

—Entiendo —respondió Publio asintiendo; sí que parecía ser algo brutal la obra; el comentario de Icetas no parecía tan exagerado viendo la representación en directo... pero la mente de Publio retornó a los problemas de la guerra y, mientras Plauto suplicaba en medio del escenario para salvar los órganos de su virilidad ante un enfervorecido público, se volvió hacia el otro lado y habló en voz baja a Lelio—. Debes marchar a África, Lelio. Tenemos que acelerar el desembarco y necesito que explores la costa en busca del lugar adecuado para desembarcar con una flota de casi quinientos barcos. Llévate legionarios de la V. Yo marcharé a Locri con la VI.

Lelio dejó de mirar al escenario, meditó y, con el ceño cubierto de arrugas, planteó una alternativa.

—¿No sería mejor que fueses a Locri con la V? Son más leales.

—No. Es la VI la que debo llevarme a Locri, con Macieno y Sergio Marco incluidos. Tú búscame una bahía en África y, si es posible, haz alguna incursión para atemorizar la región. Debemos alimentar el miedo de Cartago a nuestra llegada.

—Pero juntar a Macieno y Marco con Pleminio puede ser peligroso —insistió aún Lelio.

—Seguramente, seguramente —concedió Publio de modo misterioso, pero con una firmeza que no dejaba lugar a más debate.

Lelio calló y asintió. Los dos volvieron a concentrar su atención por un momento en el escenario. Plauto, en su papel de *miles gloriosus*, se había librado de ser castrado en público humillándose ante sus enemigos, que no dejaban de reírse de él y, junto con ellos, todo el público. Plauto está tumbado en la escena, de lado, hecho un ovillo, casi llorando. Los legionarios de la V y la VI, al fin, ceden en sus carcajadas y callan. Parece que, por un instante, sienten hasta pena del pobre fanfarrón del que todos han hecho mofa durante toda la representación. Plauto se levanta despacio y mira a un lado y otro del escenario con los ojos nerviosos mientras extiende sus lamentos por todos los rincones de la escena.

—*Vae misero mihi! Verba mihi data esse uideo...* [¡Ay, mísero de mí! Ya veo que me han engañado. Maldito Palestrión. Él me metió en este engaño. Creo que me lo merezco. Si se hiciese igual con todos los adúlteros habría menos adúlteros; pues tendrían más miedo y menos ganas de meterse en estos lances. Vayamos a casa.] —Y se calla y mira hacia el público y se agudiza el silencio en todo el gran teatro de Siracusa, se queda inmóvil e inspira fuerte y grita con toda la potencia de su voz—. *¡Plaudite, plaudite, plaudite...!* [¡Aplaudid, aplaudid, aplaudid...!]

Y como un resorte, todos los legionarios de las legiones V y VI de Roma juntan sus manos y aplauden atronadoramente haciendo que las *cavea* del teatro de Siracusa tiemblen con el estruendo de sus palmadas.

56

Locri

Locri, sur de Italia, verano del 205 a.C.

Publio se ajustó el *paludamentum* para abrigarse. La noche era extrañamente fresca para aquellas latitudes del sur de Italia entrados ya en el verano. Había cenado poco. Quizá fuera eso. Sus hombres, sin embargo, fueron alimentados con una doble ración de gachas de trigo y carne seca de cerdo. Los necesitaba fuertes. Era la primera vez que los hombres de la VI iban a entrar en combate desde la derrota de Cannae. Para Silano y Mario, que le acompañaban en aquella incursión para reconquistar Locri, todo aquello era un error y, una vez puestos a meterse en aquella aventura, así habían denominado la campaña de Locri, habían insistido, al igual que hizo Lelio en el teatro, que habría sido mejor haber contado con los hombres de la V. Pudieran llevar razón. Sólo el pretor Pleminio y sus hombres parecían contentos de todo aquello. Esperaban sacar botín y gloria de todo aquello.

Publio se sentó en un tronco abatido por un rayo. Desde allí, gracias a la altura de la colina sobre la que se encontraba y a la luz de la luna creciente, podía observar con detalle las murallas de la ciudadela de Locri que debían conquistar aquella misma noche. Traerse a la V. Sí, seguramente, pero Lelio ya se había llevado a parte de la V para la misión de reconocimiento de las costas africanas para cuando le entraron al propio Publio las dudas sobre su complejo plan y traerse al resto de la V dejando a toda la VI con los conflictivos Marco y Macieno en Siracusa no era de su agrado. Por eso, definitivamente, se había reafirmado en su idea inicial, y había viajado a Locri con gran parte de los manípulos de la VI, aunque reforzó el contingente de tropas con soldados procedentes de sus voluntarios itálicos, completamente leales a su voluntad. Además, si Locri resultaba una conquista fácil, los legionarios de la VI empezarían a confiar más en él mismo, en Publio Cornelio Escipión, y dejarían de escuchar las insidias de Sergio Marco y Publio Macieno, pero era verdad que desde la colina Publio estaba detectando ciertos problemas en su gran plan: Locri era una ciudad que se extendía por un valle rodeado por dos mesetas encima de las cuales se habían levantado dos imponentes fortalezas. La idea era conquistar mediante traición uno de aquellos dos fortines, pero incluso si eso salía bien, quedaría el segundo por conquistar y éste debería ya de ser tomado a fuerza de sangre y fuego. ¿Estarían los hombres de la VI a la altura?

Mario Juvencio se acercó al general y le indicó con el dedo un punto del horizonte oscuro de la noche. Publio alzó la mirada que, distraídamente, absorto en su mundo de dudas y decisiones confusas, había bajado hasta hundirla en la hierba bajo sus pies. En la distancia, el cónsul de Roma vio una luz intensa moviéndose de lado a lado en lo alto de las murallas de la ciudadela.

—¿Es la señal? —dijo Mario en voz baja, como inseguro, buscando la confirmación de su general antes de atreverse a lanzar un ataque.

—Es la señal —confirmó con serenidad y voz más firme Publio. No dijo más. Mario habría preferido que el general se hubiera mostrado más cauto o inseguro y así poder retrasar el ataque. Se retiró unos pasos caminando hacia atrás y llegó junto a Silano, que esperaba igual de nervioso que él.

—¿Qué hacemos? —preguntó Silano a Mario.

—El general dice que es la señal.

Silano suspiró y a continuación escupió en el suelo.

—Sea entonces, por todos los dioses —añadió—. Vamos allá.

Ambos tribunos descendieron de la colina y fueron al encuentro de los centuriones Sergio Marco y Publio Macieno y los legionarios de la VI.

Publio permaneció en la colina rodeado de sus *lictores*. Desde allí se veía la masa de soldados avanzar hacia la ciudadela como una enorme serpiente oscura que ascendía lenta pero decidida hacia los pies de la muralla.

Sergio Marco y Publio Macieno tampoco tenían confianza en

aquella empresa pero no habían dicho nada a sus hombres. Esperaban que el duro encuentro con la cruda realidad, acompañada de dolor, sangre y muerte, les hiciera entender que estaban bajo las órdenes de un loco. La rebelión sería mucho más fácil tras un infructuoso y estúpido ataque nocturno. Sergio Marco veía a sus hombres con cuerdas y escaleras preparadas para la ocasión como si se tratara de niños estúpidamente ilusionados en una excursión al campo de Marte por primera vez. Sin dificultad alcanzaron el pie de las murallas, pero cuando tanto él como el propio Publio Macieno habían considerado que empezarían todos los problemas, en lugar de pez hirviendo, o flechas o lanzas o piedras, de lo alto de los muros sólo llovieron escalas que caían desenrollándose por toda la extensión de aquellas altas paredes. Por ellas treparon sus hombres sin encontrar ninguna oposición, para ser recibidos arriba por ciudadanos de Locri, amigos de la causa romana, que les indicaban dónde estaban los puestos de guardia cartagineses, quienes, incautos, los habían cedido a aquella hora de la noche, para que vigilaran a unos ciudadanos que no pensaban en otra cosa sino en traicionarles. Sergio Marco y Publio Macieno asistieron impotentes a la carnicería que con tremenda facilidad llevaban a cabo sus hombres entre los desprevenidos y durmientes centinelas africanos. Además, cuando alguno de los púnicos quedaba herido era rematado con saña por los locrenses. En poco tiempo toda la ciudadela estaba en sus manos y los cartagineses que habían acertado a reagruparse, en lugar de dar batalla optaron por huir abriendo una de las puertas de la fortaleza y buscando refugio en la otra ciudadela de Locri, todavía bajo su poder. Con la luz del amanecer, Marco y Macieno presenciaron la entrada triunfal de Publio Cornelio Escipión en aquella ciudadela liberada y reconquistada. Los legionarios de la VI, los soldados de Pleminio y los voluntarios itálicos le aclamaban.

—Esto ha sido un desastre para nuestros fines —comentó Macieno a Marco en voz baja mientras el general desfilaba triunfante entre los legionarios por las calles de aquella fortaleza.

Marco se mostró frío en su respuesta.

—El trabajo está a la mitad. Queda la otra ciudadela y los cartagineses ya no se verán sorprendidos por más traiciones. ¿Has visto estas murallas o las de la otra ciudadela? Será imposible tomarlas. Veremos cómo de agradecidos están los hombres cuando empiecen a caer uno tras otro y sus cadáveres se apilen bajo las murallas dominadas por los cartagineses del otro fortín. Veremos entonces. Por todos los dioses. Veremos.

Y se alejó ensimismado y maldiciendo, mientras Macieno ponderaba el alcance de aquella premonición.

Pasados unos días, Publio Cornelio Escipión miraba con gesto de preocupación cómo retiraban los últimos heridos bajo las lanzas púnicas de la ciudadela que los cartagineses aún preservaban junto a Locri. Todo empezó bien, muy bien, demasiado bien, con la caída en una noche de la primera fortaleza, pero ahora llevaban más de una semana atacando sin cesar el otro fuerte amurallado y todos los intentos no sólo habían sido completamente infructuosos, sino que habían diezmado las tropas que había traído para la misión. Además, los heridos se contaban ya por centenares. La misión comenzaba a complicarse más allá de lo imaginable. Todo lo contrario de lo que le había sucedido a Lelio en África. Habían llegado informes muy positivos desde Siracusa: Lelio había desembarcado en las costas africanas, en Hippo Regium, y desde allí había asolado los territorios próximos, saqueando, minando las defensas cartaginesas en la región y acumulando un sustancioso botín de guerra con el que impresionar al Senado de Roma. Y no sólo eso, sino que Lelio había aprovechado para entrevistarse con el impetuoso príncipe númida Masinisa, quien había reiterado su promesa de ayudar a los romanos cuando éstos desembarcaran con todas sus tropas en África. Más aún. Masinisa estaba impaciente por la llegada de Escipión y sus legiones. Según dejaba entrever Lelio en su informe, parecía que el joven númida sólo reprochaba la tardanza de los romanos por atacar África.

Publio exhalaba el aire despacio. Buscaba un sosiego que no podía encontrar. Quizá todos tuvieran razón y se había equivocado al ir a Locri. Sólo estaba retrasando la campaña de África que era lo realmente sustancial y encima la resistencia de los cartagineses en la segunda ciudadela estaba transformando aquel ataque en una carnicería. Publio había buscado reforzar la moral de sus tropas con una victoria fácil y, sin embargo, se estaba encontrando con una larga y lenta sangría. Era cierto que entre sus objetivos al atacar Locri había algo más que buscar una fácil victoria, pero para conseguir llevar a buen fin todos sus planes la victoria completa en Locri era necesaria. Tenía que conquistar aquella segunda fortaleza y tenía que hacerlo pronto, antes de que se complicaran más la cosas y Sergio Marco y Publio Macieno azuzaran la rebelión. Esto no había ocurrido ya por haberse traído también los hombres de Pleminio y parte de los voluntarios itálicos, cuerpos de ejército sobre los que el ascendente de los centuriones de la VI era nulo, pero si la carnicería perduraba, las insidias de Marco y Macieno pronto impregnarían las almas de los hombres de Pleminio, tropas poco acostumbradas a la lucha. Sólo le quedaría entonces la lealtad de Silano y Mario y la de los voluntarios de Italia. Publio empezó a considerar la posibilidad de construir una torre de asedio aunque aquello retrasara el ataque final, pero mantendría a los hombres ocupados con un objetivo definido y si levantaban una empalizada alrededor de la ciudadela cortarían toda fuente de suministros a los asediados. Publio era consciente de que por la noche los púnicos habían hecho salidas de aprovisionamiento que sus hombres no habían acertado siempre a impedir por completo. Aquellos cartagineses eran guerreros bastante más curtidos en el arte de la guerra y la lucha por la supervivencia que sus legionarios de la VI. Los púnicos habían luchado en Hispania durante años y habían tenido al mejor de los generales muchos años: Aníbal.

Publio escuchó los cascos de un caballo ascendiendo hacia la colina en la que se encontraba frente a la ciudadela púnica. Junto con él, Silano, Mario y un nervioso Pleminio aguardaban órdenes con las que dar continuidad al ataque sobre la fortaleza. El cónsul de Roma se giró y vio a un legionario sudoroso y cubierto de polvo desmontando de un caballo agotado. Era uno de los exploradores que Publio mandaba siempre para recorrer el territorio próximo allí donde fuera que estuviera realizando acciones militares. Le gustaba estar informado de todo lo que ocurría en las regiones próximas, para evitar sorpresas. Igual que aquellos púnicos, él también había aprendido a guerrear con cierta destreza.

El jinete se aproximó al cónsul pero los *lictores* se interpusieron en su camino.

—Dejadle pasar. Es de los nuestros. Es de confianza.

El explorador pasó por el estrecho pasillo que le abrieron los escoltas del cónsul.

—Saludo al cónsul de Roma, Publio Cornelio Escipión... —Tomó aire; jadeaba; llevaba horas cabalgando sin parar—. Aníbal, mi general... viene Aníbal... con todo su ejército.

Y no pudo más y se dobló apoyando sus manos en las rodillas para recuperar el aire.

Silano y Mario se miraron con sorpresa y cierto temor. Y Publio percibió una sensación similar entre sus *lictores* y aún mucho más nítida en la faz del pretor Pleminio. Publio guardó un segundo de silencio que empleó en ordenar sus ideas. Lo de la torre de asedio acababa de desvanecerse. Ahora eran otras las prioridades. Sergio Marco y Publio Macieno, como buitres que olfatean la catástrofe, ascendían por la colina. No se les había pasado por alto la estela de polvo que el galope del caballo de aquel explorador había levantado en el horizonte. Aquel legionario, en su afán de servirle bien y rápido, había levantado el polvo del miedo que pronto salpicaría a todos los hombres de su pequeño ejército desplazado a Locri.

—¿A cuántos días está Aníbal de aquí? —preguntó Publio.

El explorador se reincorporó, ya con el aliento más sosegado.

—Dos días, tres a lo sumo. Llevo cabalgando toda la noche sin parar, pero la mayor parte de sus tropas son de infantería, aunque la caballería númida podría adelantarse y alcanzar Locri mañana.

Publio vio cómo Marco y Macieno llegaban a lo alto de la colina. Sus miradas inquisitivas buscaban saber cuál era el problema.

—De acuerdo —continuó Publio—. Me has servido bien, explorador —y se dirigió a uno de sus *lictores*—, que den de comer y beber a este hombre, vino si lo desea y buena comida y que se le permita descansar en la fortaleza que dominamos; bajo techo y en un buen lecho. —Luego Publio se volvió hacia Mario, Silano y Pleminio, pero antes de que pudiera hablar, mientras el explorador se retiraba, se escuchó la voz de Sergio Marco desde detrás de los *lictores* que les impedían aproximarse más al cónsul.

—¿Qué ocurre, cónsul? Tenemos derecho a saber si hay un problema.

Aquellas palabras eran merecedoras de un castigo pero Publio, mientras se giraba hacia el centurión de la VI, cruzó sus ojos con la mirada tensa y agobiada de Pleminio, recordó sus planes iniciales y, como un destello, vio con nitidez confirmada la única forma en la que ahora podría ejecutarlos.

—Dejad pasar a los centuriones de la VI —dijo el cónsul. Una vez más los *lictores* se retiraron. Marco y Macieno se acercaron despacio.

Publio Cornelio Escipión, cónsul de Roma, explicó con concisión lo que ocurría a Sergio Marco y Publio Macieno.

—No ocurre nada especial en una guerra. Los sitiados han pedido ayuda y Aníbal acude con todo su ejército de veteranos y la caballería númida para ayudarles. Estarán aquí en dos días. Eso es lo que ocurre, Sergio Marco.

El general se quedó mirando a los centuriones con intensidad. Sergio Marco tragó saliva. Estaba confuso. Debería alegrarse porque aquélla era una catástrofe aún mayor de la que nunca podía haber imaginado y, algo curioso, en lugar de alegría, sentía un frío gélido que le helaba las venas. Aníbal. Venía Aníbal. Pese a todo guardó la compostura y soltó aquello que tenía pensado decir.

—Por Hércules, esto no es bueno. Deberíamos retirarnos ahora que estamos a tiempo.

—¿Retirarnos? —preguntó Publio despacio mientras rodeaba a Sergio Marco y le miraba girando muy despacio la cabeza—. ¿Quieres decir que los hombres de la VI legión de Roma vuelvan a retirarse ante el ataque de Aníbal tal y como ya hicieron en Cannae y por lo que sufrieron años y años de destierro? ¿Es ésa la gran idea del gran Sergio Marco?

El interpelado dudó unos segundos pero se reafirmó.

—Debemos marcharnos. No como en Cannae. Debemos marcharnos antes de que Aníbal comience a masacrarnos. Eso debemos hacer.

—Comprendo —dijo Publio; se frenó en su recorrido alrededor de Marco, levantó la cabeza y habló a gritos y escupiendo saliva y bilis con cada palabra—. ¡Pues escúchame, especie de miserable rata de río inmunda! ¡Por todos los dioses que no nos vamos a retirar! ¡Mientras yo esté al mando, los hombres de las legiones V y VI de Roma nunca, nunca, nunca volverán a replegarse ante la llegada de Aníbal! ¡Ese y no otro fue el principio de todos nuestros problemas y eso va a empezar a cambiar a partir de hoy mismo! ¡Tú no eres más que un centurión, un centurión que por cierto no cumple las órdenes recibidas y cuya incompetencia será juzgada por mí próximamente, y que los dioses se apiaden de ti cuando mi ira se desplome sobre ti y tu estupidez! —Sergio Marco retrocedía y junto con él Publio Macieno le acompañaba, andando los dos hacia atrás. Publio caminaba hacia ellos. Su rostro encendido por la furia, una furia que Silano y Mario recordaban en su general cuando éste se lanzó a luchar cara a cara contra los amotinados de Sucro, una furia que el pretor Pleminio desconocía y que le dejó perplejo. El general continuó aullando ante los cada vez más encogidos Marco y Macieno—. ¡Ahora marchaos de aquí y ocupaos de cumplir mis órdenes: trepad por esas malditas murallas y abridme las puertas de esa ciudadela de una maldita vez! ¡Y de Aníbal ya me ocuparé yo, porque por eso vosotros sólo sois unos míseros centuriones de una legión maldita por todos y olvidada por Roma y yo, sin embargo, soy cónsul de Roma! ¡Ya me ocuparé yo de Aníbal y de detenerle como hice en Tesino o como hice con su hermano y sus generales en Hispania! ¡Ahora desapareced de mi vista y hacedlo a buen paso! ¡O por los dioses que ordenaré que os ensarten como a dos jabalíes recién cazados!

Sergio Marco y Publio Macieno se dieron la vuelta y a paso de marchas forzadas descendieron colina abajo. En lo alto de la misma, Publio, más sosegado de ánimo, se volvió hacia Silano, Mario y Pleminio.

—Que salgan mensajeros hacia Siracusa en barco. En dos, no, en tres embarcaciones distintas para asegurarnos de que lleguen las órdenes. Hay que decirles a Marcio y Lelio que vengan en barco lo antes posible con el resto de la VI y con la V legión al completo y con un tercio más de los voluntarios itálicos. Que vengan también Terebelio y Cayo Valerio y Sexto Digicio y el propio Lelio. Que se quede Marcio al mando de Siracusa con el último tercio de voluntarios y las tropas que ya se encontraban allí. Parece ser que las «legiones malditas» se enfrentarán a Aníbal antes de lo previsto.

Silano dudó pero asintió y marchó hacia la ciudadela que dominaban para organizarlo todo. Mario fue a acompañarle pero se detuvo. Mario había sido el hombre que años atrás anunció al joven cónsul la muerte de su padre y su tío. Por eso siempre Publio Cornelio había sido especialmente afectivo con él y le había permitido una proximidad que sólo le había concedido a Lelio, sobre todo al Lelio de antes de Baecula.

—Mi general —empezó Mario en voz baja—, esto puede acabar mal. Los hombres de la V y la VI aún no están preparados para volver a enfrentarse a Aníbal.

Publio no se alteró.

—Eso que dices es cierto, pero tampoco puedo permitir que los hombres de la VI retrocedan ante Aníbal. Eso nunca volverá a ocurrir. Si han de morir, moriremos todos, pero las «legiones malditas» ya nunca retrocederán, esas palabras no son retórica —Publio escudriñó el rostro serio de Mario y el muy pálido de Pleminio, el pretor de Rhegium, y decidió añadir algo más—; pero enviaremos mensajeros también al cónsul Craso y a Metelo, para que sepan de los movimientos de Aníbal. Nosotros seremos el cebo. Las legiones de Craso y Metelo pueden coger a Aníbal por la retaguardia y así le tendremos rodeado. ¿Eso no suena tan mal, no, Mario Juvencio Tala?

Mario asintió, pero aún tenía dudas.

—Pero al traer las dos legiones de Siracusa estamos incumpliendo el mandato del Senado.

—Sin duda, Mario, pero para ser más precisos, estaremos incumpliendo el mandato que Quinto Fabio Máximo con sus ideas sobre esta guerra forzó en el Senado y con sus ideas esta guerra no ha hecho sino alargarse sin fin. Ahora tenemos una oportunidad, una oportunidad —repitió el cónsul con énfasis— y la utilizaremos. La utilizaremos. Y no se hable más de este asunto.

Mario se llevó el puño derecho al pecho, dio media vuelta y desapareció entre los *lictores*. Pleminio, sacudiendo la cabeza de un lado a otro, le siguió. Había buscado botín con una victoria fácil y se había metido en la boca del lobo con un general loco por jefe.

Publio Cornelio Escipión se volvió de nuevo hacia la ciudadela dominada por los cartagineses. Qué pequeño parecía ahora aquel objetivo. El cónsul de Roma miró al cielo y cerró los ojos. Existía la penosa posibilidad de que Craso y Metelo, por envidia o por rencor, o por ambos motivos juntos, decidieran no mover sus legiones y dejar que Aníbal masacrara a las legiones V y VI de Roma y con ellos a su impetuoso cónsul, pero Publio confiaba en la ambición de aquellos generales romanos: una posible victoria sobre Aníbal debería empujarles por encima de sus envidias. ¿O no? Si fuera Fabio Máximo abriría los ojos y buscaría en el vuelo de las aves desentrañar los designios de los dioses, pero como no era augur, Publio se mantuvo en aquella posición y rezó, rezó intensa y vehementemente a Júpiter todopoderoso, a Marte, el dios de la guerra, y a Minerva, que siempre había protegido a Roma y guiado los pasos de aquel pobre y humilde cónsul. No solía rezar en privado, sino en público, ante sus tropas, ante el pueblo, ante el Senado, pero aquélla era una ocasión especial. Aquel día, por primera vez en mucho tiempo, desde la muerte de su padre y su tío en Hispania, aquella tarde, con la próxima llegada de Aníbal, con las legiones V y VI divididas y mal preparadas, en aquella ocasión, Publio se sentía desesperado, desamparado y, aún distanciado de Lelio, profundamente solo.

Lelio se encontraba en la proa de la veloz *trirreme*. Estaba anocheciendo, pero una creciente luna y un cielo sin nubes les ayudarían en la navegación nocturna mientras rodeaban la costa más al sur de Italia rumbo a Locri. Tenían que llegar antes del amanecer o las tropas de

Aníbal dificultarían el desembarco primero y luego la unión con los legionarios de Publio en la ciudadela. No hacía ni veinticuatro horas desde que habían recibido el mensaje del cónsul pidiendo que embarcaran al resto de la VI y a toda la V legión y más voluntarios itálicos para unirse con él en Locri ante la inminente llegada de Aníbal. Una vez más Aníbal. Aquello, sin duda, no estaba en los planes del cónsul. ¿O sí? Hacía tiempo que la amistad de tantos años no se veía coronada con el adorno de la confianza ciega y Publio no compartía con él sus planes últimos para cada campaña, aunque luego recurría a él siempre, pero sólo como una herramienta más de su estrategia. Lelio escudriñaba el horizonte marino oscuro mientras pensaba. Él había encontrado consuelo en la joven Netikerty, pero ¿y Publio? Emilia, seguramente, Emilia sería ahora su mejor confidente. Una gran mujer. Pero aun así, ¿cuánto sabía ella de cómo llevar una campaña militar? Las cosas no se habrían complicado tanto si Publio le hubiera consultado. Marcio, Mario, Terebelio, Digicio, Silano, incluso el Valerio de la V, todos eran leales, pero Lelio sabía que Publio tampoco mantenía con ninguno de ellos la misma relación que tuvo con Lelio en tiempos, como cuando le confesaba los auténticos planes para conquistar Cartago Nova. Aquéllos fueron los mejores tiempos. Ahora, sin embargo, el cónsul, impetuoso como siempre, no tenía nadie que le recondujera en sus impulsos. Y pese a todo había conseguido el consulado y luego el mando de Sicilia y el permiso para lanzarse sobre África y hasta había conseguido reclutar una notable fuerza de caballería sorteando los impedimentos del Senado, pero sin control, sin dejarse aconsejar, los había empujado a todos a un enfrentamiento contra Aníbal con unas tropas faltas aún de moral y de adiestramiento y, lo peor de todo, en terreno itálico, contraviniendo el mandato del Senado: Italia era para Craso y Sicilia y África para Publio; y contraviniendo su propio plan de llevar la guerra a África. Ahora tenían que conseguir llegar y desembarcar durante la noche para incorporarse a las fuerzas romanas de Rhegium y de la VI en la ciudadela de Locri que dominaba Publio. Y mañana debían enfrentarse a Aníbal: si caían derrotados sólo les aguardaba la muerte o el tormento si eran apresados; y si, contra toda posibilidad, conseguían una victoria, Publio se vería negado de poder disfrutarla al hacerlo contra el mandato del Senado. Lelio sonrió. Nadie había derrotado a Aníbal, al menos de forma clara. En general, todo era una larga sucesión de derrotas infames ante el ejército del general cartaginés, algún empate quizá, y Claudio Marcelo, el único cónsul que había conseguido hacer huir a Aníbal en alguna ocasión, había sido abatido luego por los mercenarios del cartaginés en una emboscada que éste le tendió. Bueno, sí, quedaba el enfrentamiento entre Fabio Máximo y Aníbal, que se saldó con empate. Pero con empates sólo nunca se conseguiría que Aníbal abandonara Italia. Era todo demasiado complicado y confuso. Aquí era donde Lelio se perdía. Él podía leer con nitidez el desarrollo de una batalla, pero no la lenta progresión de una guerra cada vez más larga y dolorosa para todos. Ahí, no obstante, era donde Publio emergía siempre sin dudas, con decisión, diciendo a todos lo que se tenía que hacer y todos le seguían. Así conquistó Cartago Nova y luego toda Hispania. Hace unos días le dijo que fuera a África de reconocimiento y que él marcharía sobre Locri con parte de la VI, parte de los voluntarios y los hombres del pretor Pleminio de Rhegium. Lo dijo con la misma seguridad de siempre. En África todo marchó bien, mejor de lo que había esperado, pero Locri era un hervidero, un sinsentido hacia el que todos juntos navegaban sin freno.

Los jinetes númidas cabalgaban alrededor de la fortificación de Locri donde se habían refugiado todas las tropas romanas.

—¿Cuántos son? —preguntó Sergio Marco al resto de los oficiales que se habían encaramado junto al cónsul en lo alto de la muralla.

—Varios miles —contestó secamente Silano.

—Unos tres mil —confirmó Mario.

—La mejor caballería del mundo —añadió el cónsul—, pero la caballería vale para combatir en campo abierto, por eso nos refugiaremos aquí, dentro de la ciudadela. Además, los númidas son sólo la avanzadilla del ejército de Aníbal.

Mario y Silano no entendían la actitud del cónsul. Era como si Publio se regocijara en incrementar el temor ya de por sí muy grande de Sergio Marco y Publio Macieno, un miedo que no dudarían en compartir con las tropas de la VI y, en consecuencia, un pánico que se apoderaría de todos los legionarios en cuanto aquellos centuriones descendiesen de la muralla. Y de Pleminio, oculto por alguna esquina de la fortaleza, se podía decir otro tanto.

Aún no había terminado el cónsul de pronunciar aquellas palabras cuando los rayos del sol de la tarde que se arrastraban por la tierra del Bruttium iluminaron la silueta de centenares, miles de soldados que emergían desde detrás de las colinas que rodeaban el valle de Locri.

—¿Aníbal? —preguntó en voz baja Publio Macieno.

—Aníbal —confirmó Mario, y luego miró al cónsul como dudando de si había hecho bien en confirmar lo que por otro lado era evidente, pero el joven general no parecía estar escuchando la conversación que tenía lugar entre sus oficiales. Sus ojos se perdían en la aún lejana maraña de soldados iberos, galos, africanos, renegados de Roma, esclavos liberados y cartagineses que, al mando del temible Aníbal, avanzaba hacia ellos.

—¿Ha venido con todo su ejército? —preguntó una vez más Sergio Marco.

Mario asintió en silencio y fue el cónsul el que habló esta vez, pero no sobre lo que preguntaba Marco.

—¿Cuántas catapultas hay en la fortaleza?

—Dos en buen estado y dos más que necesitan ser reparadas —respondió el siempre eficiente Silano.

—Pues que las reparen rápido. Nos harán falta —continuó el cónsul—. Y las dos que están bien, que las dispongan detrás de la puerta, a unos cincuenta pasos. Ése es el punto más débil de esta ciudadela. Atacarán por ahí primero y luego por todas partes.

Mientras hablaba el cónsul, los jinetes númidas, que hasta ese momento se habían limitado a cabalgar alrededor de la ciudadela, empezaron a aproximarse en pequeños grupos y a arrojar lanzas hacia lo alto de las murallas. Eran hábiles y la mayoría de las mismas sorprendió a los romanos porque pasaban por encima de las almenas cayendo sobre la ciudad como una lluvia intermitente de dardos mortales. Muchas no daban en blanco alguno, pero unas decenas se clavaron en legionarios que no esperaban un ataque tan fulgurante. Los gritos de los que eran atravesados sobrecogieron el alma de todos en la pequeña fortificación de Locri. Pleminio, el pretor de Rhegium, ascendió la muralla buscando al cónsul. Llegó aullando y escupió a los *lictores* que le impidieron acercarse hasta el general y sus oficiales.

—¡Por Hércules! ¿Qué hacemos aquí dentro con todas las tropas en lugar de salir y acabar con esos malditos númidas?

A una señal de Publio, los *lictores* dejaron pasar al pretor. Éste avanzó hacia el cónsul con el rostro rojo de ira cuando sus ojos se percataron del ejército de Aníbal aproximándose hacia la ciudad. Eran más de veinte mil hombres, más la caballería númida que los acosaba. En la ciudadela, entre las tropas de la VI y los voluntarios desplazados por el cónsul y los hombres del pretor no habría más de seis mil hombres. Pleminio se quedó petrificado ante el inmenso ejército cartaginés, cada vez más próximo.

El cónsul respondió al pretor con tranquilidad.

—Cuando tú quieras, Pleminio, tienes mi permiso para salir con tus hombres de Rhegium y enfrentarte a Aníbal. Por mi parte, mis hombres y yo mismo nos quedaremos aquí dentro y esperaremos al resto de las tropas que he mandado traer de Siracusa. Pero si tú tienes prisa en salir, no seré yo quien te lo impida.

Pleminio guardó silencio. Todos callaban. En otro momento y circunstancia, Mario y Silano se habrían reído, pero la situación era demasiado grave para chanzas, aunque el cónsul parecía muy seguro de tenerlo todo controlado.

—Que retiren a los heridos y que habiliten un lugar en el centro de la fortaleza donde cuidarlos. He traído a nuestro mejor médico con nosotros. Él se ocupará de organizarlo todo. —El cónsul daba órdenes con la serenidad manifiesta de quien está acostumbrado a hacerlo desde hacía mucho tiempo; todos le escuchaban—. Los hombres de Pleminio, si no tienen interés en salir, que defiendan desde el interior. Que se encarguen de las catapultas y de proteger la puerta. La mitad de ellos en esas funciones. La otra mitad que descanse refugiándose de las lanzas y las flechas. Tendremos que hacer turnos para defendernos. La VI —continuó dirigiéndose a Sergio Marco y Publio Macieno— que se divida también en dos grupos. Un primer contingente a las murallas y el otro que descanse para ser el relevo durante la noche.

Los centuriones de la VI asintieron y se alejaron sin sus habituales impertinencias. Rodeados por el ejército de Aníbal no era el momento de mostrarse locuaces ni de promover una rebelión. Al menos no hasta ver cómo se desarrollaban los acontecimientos de aquel asedio.

Silano se acercó al cónsul y le habló en voz baja.

—Habíamos venido para asediar y ahora somos los asediados. —Pero lo dijo sin traslucir reproche en sus palabras, como quien reflexiona entre dientes.

—Así es, Silano —le respondió el cónsul—. Así es. La guerra con Aníbal siempre está llena de sorpresas. Es difícil saber cuáles serán sus reacciones o sus movimientos, pero lo importante ahora es resistir su embestida y confiar en que se sienta lo suficientemente seguro por su superioridad numérica como para no cercarnos por la noche. De esa forma podremos abrir las puertas y dejar que Lelio y sus tropas se unan a nosotros antes del amanecer.

—¿Llegará Lelio a tiempo? —preguntó Mario.

Publio Cornelio Escipión se giró hacia Mario y le miró como quien mira a alguien que ha dicho algo absurdo.

—Lelio llegó a tiempo en Tesino y en Cartago Nova. Llegará a tiempo también en Locri. Siempre lo ha hecho.

Mientras hablaban, Aníbal había dispuesto a todas sus tropas en formación de ataque: iberos y galos al frente, africanos y púnicos tras ellos. La caballería númida, una vez retirada de las murallas en un ala, y el otro extremo, otro fuerte contingente de caballería cartaginesa, aunque algo más escaso en número.

—¿Qué espera para lanzar el ataque? —preguntó Silano.

—Nada —dijo el cónsul y, al pronunciar aquella palabra, los mercenarios hispanos y galos se lanzaron al ataque con un enorme vocerío. No llevaban escalas, sino lanzas, flechas y espadas.

—Tenemos que resistir este primer ataque. Aníbal sólo busca desmoralizar a nuestros hombres. No ha reunido aún material de asedio. Eso lo hará en los próximos días con ayuda de los cartagineses de la otra fortaleza y de todo aquello que pueda coger de la ciudad. Ahora tenemos que resistir.

El cónsul tuvo que terminar su comentario elevando su voz con gran potencia para hacerse oír por encima de los alaridos irrefrenables de los iberos y galos que cargaban contra los muros de Locri arrojando lanzas y flechas en llamas por encima de las almenas y contra la puerta de la fortaleza.

—¡Aseguraos de que se apague el fuego de la puerta! —gritó el cónsul—. ¡Lo demás no importa, pero por todos los dioses, asegurad la puerta!

Lelio veía cómo la costa itálica se dibujaba en la negrura de la noche. Aún les quedaban varias horas de navegación y el viento había amainado.

—¡Remad con más fuerza! —espetó a los oficiales de la *trirreme*. Los marineros redoblaron sus esfuerzos para compensar las velas inútiles desinfladas ante la ausencia de viento—. ¡Remad, remad, remad! ¡Por Hércules! ¡Hemos de llegar esta noche! —y luego sin gritar ya, para sí mismo, a la vez que se volvía hacia la proa—, hemos de llegar esta noche, esta noche...

En el silencio de un mar sin olas y sin viento, el choque rítmico de los remos contra la superficie del agua de decenas de barcos repletos de soldados acompañó la mirada nerviosa de un preocupado y aturdido Cayo Lelio, abrumado por la responsabilidad a la que le ataba un juramento, proteger siempre a Publio Cornelio Escipión hasta el final de sus días, hasta que la muerte se llevara al propio Lelio por delante, *damnatus est*, le dijo Fabio Máximo. *Damnatus*. Sí. Maldito. Igual que aquellas legiones, igual que toda aquella guerra.

Aníbal contemplaba expectante el ataque de sus tropas. Era un tanteo. Sólo quería saber hasta qué punto pensaban resistir esos romanos. ¿Estaba Escipión realmente entre aquellos muros? Le costaba creerlo. Tenía asignada Sicilia. Eran Craso o Metelo los que debían haber atacado Locri. ¿Dónde estaban las legiones de Craso y Metelo? ¿Cuántos hombres había en la ciudadela dominada por los romanos?

Maharbal regresaba de la ciudadela dominada por los cartagineses y que había lanzado la llamada de auxilio a Aníbal.

—Tienen unos cinco mil hombres. Somos cuatro veces más que ellos por lo menos, si no más. Será cosa de tiempo que se rindan —explicó el jefe de la caballería púnica.

—¡Por Baal y Tanit, Maharbal! No tenemos tiempo para un asedio —respondió Aníbal—. Craso o Metelo pueden poner en movimiento sus legiones en dirección a Locri en cualquier momento. Tenemos que entrar en esa ciudadela antes de que lleguen. Sólo entonces podremos asegurar nuestra posición. La puerta parece el punto más débil. Mañana nos lanzaremos sobre ella. Al amanecer.

Una andanada de piedras llovió del cielo. Aníbal y Maharbal estaban hablando a unos doscientos pasos de la muralla, rodeados por una decena de soldados africanos. Varias piedras impactaron sobre tres de los guardias, uno en pie apenas a tres pasos de Aníbal. Los soldados africanos cayeron abatidos por el golpe mortal de las piedras. Sus cuerpos se retorcían de dolor mientras la sangre fluía por debajo de sus cascos abollados. Aníbal levantó la mirada hacia las murallas.

—Tienen catapultas. —Luego guardó un segundo de silencio y se volvió hacia Maharbal—. ¿Se ha confirmado la presencia de Escipión en la ciudadela?

Maharbal asintió al tiempo que respondía.

—Así es, mi general.

Aníbal volvió a mirar las murallas.

—Es raro que haya venido con sólo esos hombres...

—No esperaría que respondiésemos a su ataque trayendo todas nuestras fuerzas.

—Sin duda —concedió Aníbal mientras nuevas andanadas de piedras caían a su alrededor—. Nos retiraremos cien pasos, lejos del alcance de sus catapultas. Veremos cómo de firmes se muestran después de una noche apagando los incendios y amontonando heridos. Y que todos nuestros hombres se mantengan alejados del alcance de las catapultas. Que arrojen flechas en llamas y que se requise en la ciudad todo el material propicio para escalar esos muros. Y difunde entre todas las tropas que si mañana atrapamos a Escipión, vivo o muerto, habrá grandes recompensas para todos.

Aníbal dio media vuelta y se alejó de las murallas seguido por su guardia, que había sido reforzada por nuevos soldados que sustituían a los que acababan de caer. Maharbal se dirigió a la ciudad en busca del material que había solicitado el general. Mañana al amanecer derribarían la puerta de la ciudadela romana y entrarían a sangre y fuego. Se impondrían por la veteranía de sus hombres y por su tremenda superioridad numérica. Habría bajas, eso estaba claro, en todo asalto las había, pero la idea de cazar a Escipión, el general que había derrotado a los ejércitos de Asdrúbal y Giscón, era un gran aliciente y si encima el general prometía recompensas, todos, iberos, galos, númidas y los propios cartagineses, se mostrarían especialmente despiadados y crueles. Cuánto se alegraba Maharbal de no ser un romano bajo las órdenes de aquel joven cónsul de Roma que olía ya más a cadáver pasto de los buitres que a general de las legiones.

—¿Se sabe algo de Lelio? —Era Silano el que preguntaba a Mario Juvencio. Habían regresado a lo alto de la muralla después de una desmoralizadora inspección de la puerta de la ciudad.

—No, no sabemos nada. Ningún mensajero. Nada —respondió Mario—. Parece que se retiran.

—Nos dejarán dormir con nuestro miedo. —Silano hablaba con frialdad, pero incluso en su voz se dejaba entrever una creciente desazón.

—¿Y el cónsul? —preguntó Mario.

—Visitando a los heridos, que son muchos.

—Eso está bien.

—Sí, pero no resuelve nuestros problemas —sentenció Silano.

—¿Y no ha preguntado por Lelio?

—No.

—Es extraño —continuó Mario—. Yo supondría que debe de estar tan preocupado como nosotros, como todos.

—Es posible, pero se esfuerza en no aparentarlo. Lo único que les queda a nuestros hombres es la tranquilidad que da verlo caminando entre los incendios de los almacenes, dando órdenes, animando a unos, escuchando a los heridos... —Silano elaboraba sus pensamientos mientras los pronunciaba—. Es como si luchar contra Aníbal fuera algo normal para él. Todos estamos preocupados, tenemos al mayor de nuestros enemigos a quinientos pasos, con un ejército que nos quintuplica en número y nuestro cónsul se pasea por la ciudadela como si al amanecer estos muros fueran a resistir cualquier ataque. Y las puertas..., ¿has visto las puertas?

—Las puertas están en ruinas —confirmó Mario—. Los cartagineses han arrojado tantas flechas en llamas contra ellas que me sorprende que los hombres de Pleminio hayan conseguido apagar las llamas. No sé qué haremos mañana.

—¿Qué tendrá pensado?

—¿Aníbal? —inquirió Mario confundido.

—No, el cónsul.

Mario tardó unos instantes en responder. Se giró hacia el interior de la ciudadela. Escipión caminaba hacia ellos escoltado por los *lictores*.

—No lo sé, Silano, pero pronto podrás preguntárselo a él mismo.

En un minuto, el cónsul ascendió la muralla para reunirse con sus dos oficiales de confianza en Locri. Una vez con ellos miró hacia el campamento cartaginés.

—Se han retirado al fin —comentó Publio.

—Así es, mi general... —confirmó Silano, pero su voz quedó colgando; quería preguntar al cónsul sobre qué hacer al día siguiente, pero no sabía cómo hacerlo sin dejar traslucir su preocupación.

—Las puertas, ¿las habéis visto? —comentó Publio Cornelio Escipión a sus dos tribunos. Éstos asintieron—. No resistirán ni media hora. No nos queda más remedio que salir antes de que entren. Atacaremos al amanecer. Preparadlo todo para organizar una salida. Sólo nos queda usar el factor sorpresa. Los cartagineses no esperan que salgamos a campo abierto. Eso nos dará algo de ventaja.

El cónsul dio media vuelta y no hubo tiempo para hacer preguntas. Silano y Mario se miraron entre sí. Luego dirigieron su vista hacia el inmenso campamento de Aníbal. La sorpresa no sería suficiente para sobrevivir a todo el ejército púnico, ibero, galo y númida si la relación era de cinco a uno a favor del enemigo.

Todo estaba preparado para el combate. Aníbal desfilaba por delante de sus tropas dispuestas en formación de ataque a mil pasos de la ciudadela romana. Locri, la ciudad en litigio, se extendía a los pies de aquellas colinas como un testigo mudo a la espera de saber quién de los dos contendientes sería su nuevo dueño. En el otro extremo de la ciudad, las puertas de la ciudadela cartaginesa se habían abierto para dejar salir a sus soldados para unirse al gran ejército de Aníbal, el general temido por todos los romanos, que no había dudado en venir a rescatarlos del ataque nocturno del cónsul Escipión.

Aníbal ordenó que una avanzadilla de trescientos iberos ascendiera directo hacia la puerta cargados con más dardos incendiarios, lanzas y otras armas arrojadizas. En poco tiempo las llamas consumirían el endeble portalón de madera que daba acceso al corazón de la ciudadela. Por el agujero abierto en la protección de la fortaleza el resto de iberos y todos los galos entrarían en tropel y, una vez sembrado el desorden, miles de africanos se lanzarían a escalar unos muros desprotegidos al tener que combatir sus defensores en el interior. Luego vendría la matanza. Tenía curiosidad por encontrar el cuerpo del cónsul, el más joven cónsul que nunca Roma había elegido, y que, sin embargo, había derrotado en el pasado a su hermano Asdrúbal y también a Giscón. Lo de Giscón no le sorprendía. Aníbal no le tenía en gran valía, pero sí le sorprendía que, en Baecula, su hermano no hubiera podido detener el empuje de las legiones comandadas por ese Escipión. Podría él ahora cortar el dedo de la mano del cadáver del joven magistrado y extraer así otro anillo consular romano que añadir a su colección de trofeos que sus dedos exhibían orgullosos, junto con los anillos de Cayo Flaminio, Emilio Paulo y Claudio Marcelo. Anillos deslumbrantes que el general acariciaba con la otra mano mientras observaba cómo la avanzadilla de iberos se acercaba a la puerta de la ciudadela romana. Junto a esos anillos deslumbrantes, el anillo de plata remachado en una turquesa en el que Aníbal guardaba una dosis mortal de veneno parecía una pobre compañía para colegas tan majestuosos como víctimas de la soberbia o de la mala fortuna de sus anteriores amos.

Los iberos estaban a doscientos, ciento cincuenta, cien pasos de las puertas cuando varias andanadas de piedras y grava cayeron sobre ellos lanzadas desde las catapultas del interior de la fortificación. Una decena de guerreros fueron heridos y quedaron atrás, mientras sus compañeros seguían avanzando hasta situarse a escasos setenta pasos de las puertas desde donde arrojaron flechas y lanzas en llamas que se clavaban entre la vetusta madera de los portones de la ciudadela. El incendio empezó y los iberos iban a cantar victoria por haber alcanzado su objetivo con tan poca oposición justo en el instante en que las pesadas y heridas puertas se abrieron crujiendo por sus entrañas desencajadas y medio consumidas y envueltas en el fragor de las llamas y su calor abrasador. Al abrirlas, cada portón quedó bajo sendos andamios de madera, dispuestos al efecto, para que desde lo alto de los mismos arrojaran varios calderos gigantes de agua fresca que amortiguaron el efecto de las llamas en pocos segundos. Los iberos esperaban que las puertas fueran a cerrarse de nuevo una vez apagado el fuego por los romanos tras su hábil estratagema, por lo que sin pensarlo dos veces se lanzaron hacia la puerta abierta de par en par desenvainando sus sedientas espadas de doble filo. No habían alcanzado aún su objetivo cuando de entre el humo de los portones desvencijados emergió un torrente de legionarios armados con sus *pila,* protegidos por sus escudos, en perfecta formación, que los embistió con furia. El impacto de los hispanos con el inesperado enemigo que, contra todo pronóstico, salía a luchar fuera de las murallas, fue sangriento. Por un lado, los *pila* se abrieron camino entre las carnes desprotegidas de los valientes pero poco precavidos guerreros iberos y, por otro, desde lo alto de las murallas, lanzas y saetas romanas descendían afiladas y en tropel hacia el corazón de los iberos. Pese a todo, los guerreros traídos por Aníbal desde Hispania resistieron y habrían podido hacer regresar a los manípulos de legionarios que habían salido a luchar para defender la puerta, de no ser porque tras esos primeros manípulos emergieron, como escupidos por la ciudadela, más y más manípulos de legionarios, dos, tres, cuatro, seis, ocho, diez, más de trescientos legionarios ante ellos y seguían saliendo más y más, hasta el punto que se vieron rodeados por romanos en una acción tan rápida como inesperada que los hizo replegarse en un vano intento por escapar de aquella trampa mortal.

Aníbal lo contemplaba todo desde la distancia. Las puertas estaban abiertas, sí, pero ante ellas habían caído muertos más de doscientos de sus guerreros, una pérdida grave en aquella guerra en la que tanto le costaba conseguir refuerzos que apenas llegaban desde África y que ya no podían llegar más desde una Hispania que ese mismo Escipión que ahora le había sorprendido había conquistado cercenando sus fuentes de aprovisionamiento en la península ibérica.

Escipión salió con los últimos manípulos y a paso de marchas forzadas se puso al frente de sus tropas. Junto a él, Pleminio, sudoroso, asustado, a un lado y Mario y Silano al otro, encararon al ejército de Aníbal. Macieno y Marco estaban entre las unidades legionarias.

El general cartaginés les observaba no sin cierta sorpresa.

—Hay que reconocerle agallas a ese romano —dijo Aníbal.

—No tiene nada que hacer —respondió el jefe de la caballería cartaginesa—. Ha sacado todas sus tropas y ha conseguido sorprendernos, pero en cuanto empiece la batalla les masacraremos.

—Así es —dijo Aníbal, pero de pronto una duda le recorrió el cuerpo como si de un escalofrío se tratara—. ¿Sabemos algo de Craso o Metelo?

Maharbal comprendió lo que preocupaba al general.

—No se han movido de sus posiciones. Siguen a dos días de marcha al menos. Eso decían los últimos exploradores.

Aníbal asintió más tranquilo.

—Entonces no entiendo qué espera ese general romano —añadió mirando hacia la posición de Publio y sus oficiales.

Aníbal respiraba con profundidad. Aquel general romano ya se había cruzado con él en el pasado; cierto que entonces no era cónsul, sino apenas un muchacho, en Tesino y Trebia, o un joven tribuno en Cannae. Luego supo de aquel Escipión por sus batallas en Hispania: la conquista de Cartago Nova, su victoria en Baecula sobre Asdrúbal y luego la batalla de Ilipa donde puso en fuga al mismísimo Giscón. Asdrúbal era demasiado impetuoso pero inteligente y no pudo con el romano, aunque se las arregló para rodearlo y llegar a Italia evitando más enfrentamientos. Y Giscón, aunque siempre vanidoso, era tenaz y hábil para aprovechar los recursos de un buen ejército. No tenía sentido que el general que había conseguido doblegar a todos aquellos líderes de Cartago estuviera ahora dispuesto a suicidarse combatiendo contra un ejército más veterano, mejor preparado y cinco veces más numeroso.

—¿Atacamos? —preguntó Maharbal, presionado por las miradas impacientes del resto de los oficiales—. Los iberos están deseosos de vengar a los suyos. Es un buen momento para dejarlos que se resarzan cortando cabezas romanas.

Aníbal quería asentir pero seguía firme, rígido, tenso. Algo no estaba bien. Entonces, en la distancia, justo detrás de las posiciones romanas, surgiendo desde más allá de las murallas de Locri, ascendiendo desde la playa, apareció un regimiento de caballería romana. No eran muchos, quizá cuatrocientos o quinientos jinetes, pero eso no era lo importante. ¿Quiénes eran? ¿De dónde venían?

—Están llegando refuerzos —dijo Aníbal—. ¿Seguro que Craso y Metelo no se han movido?

—Eso es lo que decían los exploradores —respondió Maharbal—, y aunque lo hubieran hecho, es demasiado pronto. Además, éstos vienen de la playa.

—La playa... —Aníbal comprendió su error en un segundo. Puso las manos en jarras y miró al suelo. Había estado siempre pendiente de Craso y Metelo, que también podrían llegar, pero Publio Cornelio Escipión, cónsul de Roma con tropas asignadas para Sicilia, igual que había llegado a Locri desde aquella isla, había reclamado refuerzos allí mismo, donde tenía control pleno, y estos refuerzos habían llegado por mar. Por mar. Aníbal sonrió. Aquel romano seguía siendo hábil. Ya salvó a su propio padre en Tesino y luego detuvo la persecución de los númidas deshaciendo el puente. Y en Cannae se las ingenió para salir con vida con casi dos legiones enteras...

Cuando Aníbal volvió a levantar la cabeza no se sorprendió, al contrario que sus oficiales. Tras la serie de *turmae* de caballería romana, venían decenas, centenares de legionarios que se incorporaban a las filas del general romano. Aníbal volvió a sonreír cuando veía que el cónsul ni tan siquiera miraba atrás. Él ya sabía quién estaba llegando.

—Ha traído todas sus tropas de Siracusa —dijo Aníbal a Maharbal—. Dos legiones enteras. Ahora ambos tenemos aproximadamente el mismo número de soldados.

Maharbal asintió, pero se negaba a ceder con facilidad.

—Pero si son las tropas de Sicilia, eso quiere decir que son la V y la VI, las que los romanos llaman «malditas». Son los que huyeron de Cannae. Podemos volver a vencerles y esta vez no dejaremos ninguno con vida.

Aníbal escudriñaba el ejército del cónsul. La idea de Maharbal resultaba de lo más tentadora, pero quién sabía si aquel general romano no guardaba más sorpresas. Ya había tenido dudas en acudir a Locri, y cuando parecía que tenían ante ellos una fácil victoria, todo cambiaba y se transformaba en un complejo reto. Las «legiones malditas». Sí, así las llamaban. Hombres desmoralizados y desterrados y, sin embargo...

—El cónsul que comanda esas legiones no parece un cobarde —dijo Aníbal—, y también huyó de Cannae. No estoy seguro de querer entrar en batalla campal, cuando tenemos a cuatro legiones más a nuestras espaldas sin localizar con exactitud. Craso y Metelo pueden decidir venir en ayuda de Escipión y entonces nos cercarán por delante y por detrás. Todavía tenemos la posibilidad de unir nuestras fuerzas a las que Magón está reuniendo en el norte y volver a hacernos fuertes en Italia. Una derrota aquí terminaría con todo eso. Incluso aunque ganáramos a ese romano, tendríamos muchas bajas y al amanecer, tras la batalla, podrían llegar Craso y Metelo. No, Locri no merece tanto esfuerzo. Quizá sea mejor replegarse, pero no lo sé, he de meditarlo. Mantén las tropas en formación de ataque. Si el cónsul quiere batalla la habrá. No puedo permitirme tampoco el lujo de hacer huir a mis hombres ante un enemigo que ataca, pero si el cónsul no se decide, quizá nos retiraremos durante la noche. Envía un mensajero a la pequeña guarnición que aún queda en nuestra ciudadela y diles que esperen instrucciones. En cualquier caso, el viaje habrá servido para ganar refuerzos al recuperar a los soldados que teníamos en Locri. Eso compensará algo las bajas de esta mañana.

—Pero no compensará a los iberos —apostilló un apesadumbrado Maharbal.

—Eso es cierto, por eso necesito tiempo para pensar, pero si cada vez que los galos o los iberos han deseado algo les hubiéramos hecho caso ya no quedaría nadie con vida de nuestro ejército. Hay que saber cuándo la venganza es posible y cuándo ésta debe esperar. Si se muestran rebeldes, diles que les prometo que tendrán mejor ocasión de vengar a los suyos. Mi palabra aún tiene algo de valor entre ellos. Si hace falta, recuérdales que mi esposa es de los suyos. —Aníbal recapacitó un instante y recordó su manifiesta infidelidad con esclavas de toda índole y, especialmente, con la hermosa mujer de Arpi—. No. Mejor de eso no digas nada. Mi palabra deberá bastarles.

Maharbal se retiró para cumplir las órdenes y con él se reunieron los oficiales. Era raro que otro oficial se dirigiera directamente a Aníbal, con excepción de Maharbal. Aníbal se quedó solo al frente de su ejército, rodeado por sus guardias. El recuerdo de sus infidelidades le hizo ir más allá aún y traerle a la memoria su noche de bodas. Imilce fue una joven dócil y hermosa. Nunca planteó problemas. Y, en su momento, fue útil en las campañas de Iberia. ¿Qué sería de ella? Había recibido alguna noticia desde Cartago indicándole que Giscón, cumpliendo con su misión de protegerla, la había llevado consigo a la capital púnica. Si así había sido quizá sus amigos, los pocos que aún le quedaban allí, la protegerían. También había oído que el mismo general romano que estaba ahora ante ellos con las legiones V y VI había ordenado la destrucción de Cástulo, la ciudad de Imilce. La amistad o la unión con él, con el supuestamente gran Aníbal, no parecía ser fuente de grandes premios: su hermano Asdrúbal había muerto y su esposa se había quedado sin ciudad y sin familia. ¿Qué les depararía el destino a Magón, su hermano pequeño, o a Maharbal, que tan lealmente le servía? Miró hacia arriba. El sol estaba en lo alto. Había ascendido en ángulo desde su derecha y bajaría por la izquierda. Si los romanos atacaban, nadie lo tendría de frente. Y no había viento ni se veían nubes que presagiaran lluvia. Era un buen día para una batalla. Bien, todo está en manos de aquel cónsul. Si entraban en combate lo más posible era que derrotaran a esas legiones. El problema vendría luego, si Craso y Metelo venían con rapidez. Aníbal exhaló algo de aire de golpe. Siempre podrían refugiarse en las ciudadelas de Locri y resistir. Era la única solución y pasaba por ensartar con su espada a un cónsul más. La caída de un cónsul, por otro lado, siempre motivaba a sus tropas. Era como un revulsivo. Les hacía sentir que eran superiores. Nadie antes había estado en un ejército que hubiera dado muerte a tantos cónsules de Roma, cuatro al menos si se contaba a Crispino, que murió no en el campo de batalla pero sí por las heridas sufridas contra aquel ejército, su ejército. Además, la muerte del joven Escipión sería un golpe de efecto contra la agotada moral de Roma. Sí, era tentadora la idea de Maharbal de atacar de todas formas, pero algo en su fuero interno le decía que era arriesgarlo todo. Era como dejarse llevar por una posible victoria en una batalla dejando de lado la posible victoria total en la guerra. Quizá debía dar más tiempo a Magón y a la rebelión gala que estaba azuzando su hermano pequeño en el norte, que ya había dado algunos jugosos frutos, como la muerte del hijo de Quinto Fabio Máximo.

Aníbal Barca meditaba bajo el sol de aquel verano. Tras él su poderoso ejército. Frente a él, Publio Cornelio Escipión, cónsul de Roma.

Había anochecido. El ejército romano mantenía sus posiciones. Publio, rodeado de todos sus oficiales, observaba cómo las tropas de Aníbal parecían replegarse para pasar la noche.

—Esta noche ya no atacarán —dijo el joven cónsul, y se llevó la mano al cuello. Hacía media hora que apenas se movía y llevaba varias horas en pie, aguardando, esperando la decisión de Aníbal.

—Seguramente dejarán centinelas toda la noche —continuó Lelio—. Habrán levantado tiendas y pasarán la noche junto a las hogueras. —Y señaló un poco más atrás de donde habían estado situados los cartagineses. Allí se vislumbraban pequeñas hogueras que iban creciendo en número y en tamaño.

—¿Qué hacemos nosotros? —preguntó Silano al cónsul. Publio tardó en responder. Ahora sentía cómo todos estaban algo más tranquilos. La llegada *in extremis* de los refuerzos de Lelio había apaciguado un poco los ánimos, pero en el fondo seguía percibiendo dudas entre sus hombres. Al menos, recurrían a él. Eso estaba bien. Sólo desde la lealtad podrían salir todos indemnes de aquella situación.

—Mantendremos un fuerte contingente aquí fuera, toda la noche —comenzó al fin el cónsul—. Que enciendan antorchas a lo largo de toda la formación. Quiero que Aníbal sepa que no vamos a retroceder. Que sean los *velites* de ambas legiones los que se encarguen de esta guardia nocturna. El resto de los hombres que se refugien en la ciudadela y que duerman bajo techo todos los que puedan. A medianoche, que los *velites* sean relevados por los *principes* y antes del alba, que éstos sean reemplazados por los *hastati.* Con el nuevo día saldremos todos de nuevo. Todos. Para luchar contra Aníbal.

Publio miró a sus tribunos y centuriones. Asintieron y se retiraron. A todos les parecía un buen plan. A todos menos a Lelio. Éste, recordando lo ocurrido en Baecula, donde le contradijo en público, esperó a que el resto se marchara y cuando se quedó a solas con Publio le hizo una pregunta.

—¿Por qué Aníbal mantiene a sus tropas al raso y no aprovecha la otra ciudadela para que sus hombres descansen?

Publio miró hacia las hogueras del improvisado campamento cartaginés. Luego se volvió hacia Lelio.

—No lo sé —dijo—. No lo sé... quizá quiera estar preparado por si lanzamos un ataque sorpresa, como hicimos esta mañana, pero no lo sé... —Y ambos se quedaron forzando sus ojos para intentar ver en la negrura de la noche aquello que sus mentes no acertaban a entender.

57

Fantasmas entre la niebla

Locri, sur de Italia, verano del 205 a.C.

El amanecer fue lento. Una espesa niebla acompañaba los primeros brillos de un sol al que parecía costarle mostrarse por encima de las colinas. Desde lo alto de la muralla de la ciudadela, cada centinela se concentraba en ser el primero en poder transmitir al resto los movimientos de las tropas cartaginesas. El cónsul había ordenado que se distribuyera un rancho una hora antes del alba y que cada manípulo, según terminara el desayuno de gachas de trigo con leche y pan, saliera para formar en el exterior de la fortaleza. Así, con el nuevo día aún anunciándose en el horizonte, las legiones V y VI ya estaban de nuevo en formación preparadas para recibir el embate de los temidos hombres de Aníbal. Publio, fiel a su costumbre, se situó al frente, pero protegido de cerca por sus oficiales más leales y por los doce *lictores* de su escolta. Hacía fresco en aquel amanecer, pese a estar en junio, y el cónsul, de pie, se ajustaba el *paludamentum* de modo que le tapara bien brazos y muslos.

—No se ve nada —comentó Silano, junto al general. Alrededor estaban, como de costumbre, Lelio, Marcio y Mario como tribunos de confianza del cónsul y Sergio Marco quien, recordando el pasado enfrentamiento con Aníbal en Cannae, pensó que era mejor estar próximos a Publio Cornelio Escipión. Terebelio y Cayo Valerio estaban ubicados comandando la V. Digicio, por expresa voluntad del cónsul, había marchado junto a Publio Macieno en el otro extremo de la formación para supervisar el mando de la VI. Pleminio se había mantenido al lado del cónsul y había enviado a un subordinado a encabezar a sus tropas de Rhegium.

Las palabras de Silano fueron sólo respondidas por el silencio de los demás. Todos miraban hacia delante. ¿Qué habría detrás de aquella espesa niebla? Todos temían a esa densa blancura que más de una vez había sido aprovechada por Aníbal para masacrar a los romanos en el pasado, como ocurrió junto al lago Trasimeno. Todos compartían ese mismo temor, pero ninguno se atrevía a expresarlo, al menos no delante del cónsul, quien, impasible, permanecía junto a ellos, oteando como uno más el horizonte en busca de respuestas.

—Que avancen los *velites* —ordenó Publio—. Si Aníbal piensa atacar aprovechando la confusión de la niebla quiero que se encuentre con el obstáculo de nuestra infantería ligera antes de lo que tenía pensado.

Cayo Lelio miró a Publio.

—Cuando avancen les perderemos de vista —dijo Lelio poniendo en su boca las mismas dudas que tenía el resto.

—Lo sé —respondió Publio—, pero si ataca Aníbal, sus gritos servirán de aviso para las legiones. Sabremos por dónde atacan, si por el flanco derecho, el izquierdo o... por todas partes. Además, esta espera es peor para los hombres. Su miedo no hace sino crecer. Y que vaya Cayo Valerio al frente. Es el más experto en el combate cuerpo a cuerpo de la V, el *primus pilus*, el hombre al que más respetan. Lo quiero al frente de la formación. Aunque no le vean, su voz se hará sentir por encima del fragor de la lucha cuando ésta empiece. Que Terebelio, Digicio y Macieno permanezcan retrasados.

Lelio iba a seguir con sus dudas, aunque lo que decía Publio tenía sentido, cuando un explorador enviado a la ciudad de Locri a recabar información llegó hasta el puesto de mando. Detuvo su caballo, bajó de su montura y, cruzando entre los *lictores*, llegó hasta el cónsul.

—Te escucho, soldado —dijo el cónsul.

—He cabalgado siguiendo la formación de nuestras tropas, mi general. La niebla espesa es tan densa que en la ciudad apenas si se ve de una casa a otra. Todos los ciudadanos están encerrados en sus casas. Dicen que los cartagineses de la otra ciudadela bajaron ayer por la noche y saquearon algunas granjas próximas a la ciudad y que incluso intentaron apropiarse del tesoro del templo de Perséfone, pero un grupo de ciudadanos armados lo impidió. Los cartagineses se retiraron riendo diciendo que ya regresarían al amanecer para coger toda la plata y el oro del templo, violar a las mujeres y matar a todos los hombres por haber hecho venir a nuestras tropas. Decían que al amanecer atacaría Aníbal y eso sería el fin de los romanos y luego de todos ellos, mi general, eso es lo que dicen en la ciudad.

Silano y Mario contenían la respiración. Lelio miraba de nuevo hacia la espesa niebla pero sin conseguir ver nada. Sergio Marco empezaba a considerar la posibilidad de huir. Pleminio apretaba los labios y ponderaba algo similar. Podría decir que va junto a los suyos y luego escabullirse entre la misma niebla. Era una buena idea. Una vez muertos todos los legionarios de la V y la VI y el propio cónsul no quedarían testigos para hablar de su traición, pero, claro, ¿dónde esconderse de Aníbal y sus mercenarios? La misma duda le mantuvo junto al resto de los oficiales.

—¿Has hablado con alguien más de esto? —preguntó el cónsul al explorador.

—No, mi general. Mis órdenes decían que debía informar sólo al general de lo que averiguara.

—Has hecho bien, por todos los dioses. Tu servicio tendrá recompensa. Ahora te ordeno que te quedes aquí, junto a mis oficiales —añadió Publio mirando a sus *lictores* para asegurarse de que éstos harían cumplir aquella orden en caso de que el joven explorador tuviera dudas al respecto en medio del fragor de la batalla o, peor aún, antes de que ésta comenzase. El soldado se alejó unos pasos, de modo que el cónsul pudo quedar de nuevo a solas con sus tribunos para deliberar sobre cómo plantear la batalla.

»Ahora ya no debe haber dudas —insistió el cónsul mirando a Lelio—. Que avancen de una maldita vez los *velites,* por Cástor y Pólux, y que los dioses nos amparen y que guíen a Cayo Valerio en la espesura de la niebla.

Lelio no replicó más y asintió. No quería repetir el enfrentamiento de Baecula. Además, en Baecula discutió con Publio después de una victoriosa batalla, no antes. Discutir antes era minar la autoridad del cónsul y eso era algo que no quería hacer y que no interesaba y menos con Aníbal a mil o dos mil pasos de distancia. Quién sabe si menos. Lelio abandonó la posición del puesto de mando y mandó mensajeros a Terebelio y Valerio en la V y a Digicio y Macieno en la VI para que hicieran avanzar la infantería ligera al mando de Cayo Valerio.

Valerio recibió las instrucciones con cierta sorpresa, pero su rostro no lo desveló. Con la disciplina forjada en la derrota y el destierro, aceptó sin discusión la misión y su voz resonó imperiosa en aquella mañana de luz filtrada entre una niebla densa que los abrazaba como si quisiera estrangularlos.

Los *velites* avanzaron despacio. Eran los soldados más jóvenes e inexpertos, los primeros en entrar en combate, los primeros en caer. Sin embargo, en las «legiones malditas», tras once años de destierro, muchos de los *velites* tenían casi treinta años. Eso hacía de aquella infantería ligera un cuerpo especial entre las legiones romanas. De hecho la V y la VI estaban constituidas por tropas entre los veinticinco y los cuarenta y cinco años. Muy distintas a las nuevas legiones de esclavos, libertos y jóvenes, a veces casi niños, que Roma había tenido que ir alistando para sustituir a las tropas que iban sucumbiendo ante las fuerzas de Aníbal y sus hermanos.

Cayo Valerio gritó entre las nubes de vapor de agua.

—¡Avanzad, malditos, avanzad, por Roma, por el cónsul! ¡Avanzad!

Los *velites* de la V y la VI avanzaban con cinco lanzas atadas a la espalda y la sexta fuertemente asida por sus manos apuntando hacia delante para protegerse de una posible carga de la invencible caballería númida. Cada legionario buscaba clavar aquella *hasta velitaris* en un enemigo invisible que se ocultaba tras aquella tupida y húmeda niebla que parecía ascender desde el reino de los muertos. ¿Acaso no se adoraba a Perséfone, la diosa reina del Hades, en aquella ciudad por la que estaban luchando? ¿Se había aliado Perséfone con los cartagineses? Si así era, estaban perdidos.

La infantería ligera de la V y la VI había avanzado casi cien pasos sin encontrar oposición alguna, más allá de la bruma que los envolvía ahora ya por completo. Algunos miraban atrás y su terror aumentaba: ya no veían a sus tropas. Estaban solos. Mirar a los lados era algo más reconfortante, ya que podían ver hasta dos, tres, casi cuatro legionarios más como ellos, avanzando, todos sosteniendo el *hasta velitaris* con tensión. Algunos la agitaban, otros la mantenían firme, quieta, preparada, y algunos la retiraban hacia atrás y luego la lanzaban hacia delante como si quisieran pinchar a una sombra que creían haber vislumbrado ante ellos.

Cayo Valerio, en medio de aquella formación de fantasmas empapados de agua y terror, blandía su espada en alto y, como un espectro, repetía las órdenes recibidas con su voz atronadora e inmisericorde.

—¡Avanzad, avanzad, por Hércules! ¡No os detengáis o yo mismo ensartaré con mi espada a los rezagados!

Luego miró a su alrededor. No podía saber si había quien se hubiera quedado atrás. Siguió avanzando con su espada en alto. Elevó su escudo para protegerse. También podían llover flechas.

—Les hemos perdido de vista —dijo Lelio, subrayando lo evidente.

—Los hombres se detendrán en cuanto se den cuenta de que han perdido contacto visual con el resto del ejército —comentó Silano—, aunque las órdenes sean que sigan avanzando, se detendrán. Cayo Valerio no podrá ver nada. No sabrá qué ocurre a su alrededor.

Publio se volvió y miró a Silano.

—Es posible que tengas razón —dijo el cónsul—. ¡Que hagan sonar las tubas con la orden de avance! ¡Eso reforzará la orden!

Los *velites* estaban nerviosos. La formación parecía romperse en su lento avance pues algunos se habían detenido al perder de vista las tropas de retaguardia. Ahora, al mirar a ambos lados, en ocasiones veían a otros legionarios con sus lanzas en ristre al igual que ellos, pero los había que se veían completamente solos. De forma intermitente se escuchaban los gritos de los centuriones azuzados a su vez por la voz de Cayo Valerio, el *primus pilus* al mando.

En ese momento de confusión se escucharon las tubas. Avanzar. Avanzar. Ésa era la única orden que las enormes trompetas de la legión repetían una y otra vez. El sonido era transportado despacio entre la densa niebla que les rodeaba, pero no dejaba lugar a dudas.

Los *velites* de las «legiones malditas» avanzaron a ciegas, alejándose cada vez más de las legiones a sus espaldas, seguros de caminar hacia su muerte. Cien pasos, ciento cincuenta, doscientos pasos, doscientos cincuenta, trescientos pasos, trescientos cincuenta, cuatrocientos pasos... Y seguían, seguían...

—¿Qué distancia habrán recorrido ya los *velites*? —preguntó Publio.

—Cuatrocientos, quizá quinientos pasos algunos —afirmó Lelio con rotundidad—. Las líneas siempre se rompen en la niebla y unos andan más rápido que otros.

—¿Quinientos pasos? —preguntó de nuevo el cónsul, pero esta vez en voz baja, como si más que hablar, mascullara entre dientes sus pensamientos—. Deben de estar ya a mitad de camino entre sus tropas y nuestra formación... —Entonces elevó el tono de voz—. ¡Que las tubas hagan sonar el tono de alto! ¡No deben alejarse más!

Las tubas resonaron una vez más, pero esta vez con una música diferente.

Cayo Valerio aulló traduciendo el mensaje para los torpes o los sordos por el miedo que embotaba sus mentes.

—¡Alto, malditos! ¡Alto! ¡Por Hércules y todos los dioses, deteneos todos! ¡Firmes en vuestra posición! ¡Deteneos!

Los *velites* frenaron su avance de pesadilla. Cayo Valerio escuchaba atento. Podía llegar una nueva orden, quizá de repliegue, pero no se oía nada. Sólo un silencio tan espeso como la misma niebla que parecía haberlos engullido a todos en aquel amanecer inhóspito y despiadado. Cayo Valerio bajó la mano derecha con la que empuñaba la espada y, sin soltarla, con el dorso de la propia mano se secó el sudor que fluía por su frente. De nuevo iban a luchar contra Aníbal y una vez más iba a ser a ciegas, sin ver el rostro de los enemigos, como en Cannae. Allí fue el viento que los cegaba al arrastrar consigo la arena de la tierra seca de Apulia. Aníbal aprovechó el viento aquella vez, ahora empleaba la niebla. Las «legiones malditas» parecían estar condenadas a no poder nunca ver a su enemigo cara a cara. Así era imposible luchar. De pronto una ráfaga de viento y un sonido metálico. Cayo Valerio se sobrecogió, pero al momento se dio cuenta de que el ruido provenía de sus *torques* y *faleras*, sus condecoraciones del pasado, que, agitadas por la inesperada racha de aire, se habían movido y chocado entre sí. En la densa niebla su sonido se había amplificado hasta parecer el golpe de una espada contra otra. Aún no se había repuesto, cuando nuevas ráfagas de viento se levantaron a su alrededor. La niebla se movía deprisa y enormes masas de vapor de agua se acercaban a él como si quisieran atropellarle como un carro de caballos desbocados en el campo de Marte, pero era sólo viento y niebla y ni lo uno ni lo otro hería su cuerpo. El miedo, no obstante, permanecía con él igual que con el resto de los *velites* de aquella irregular formación que el cónsul había hecho adelantar. Cayo Valerio sabía que estaban allí para avisar a las legiones de cuándo empezaría el combate. El viento crecía en fuerza y la niebla desfilaba ante ellos como una gigantesca alma que ascendiera desde el Hades en busca de venganza mortificando a los pobres infantes de las «legiones malditas». Pero el viento, al fin, levantó la niebla y tras ella apareció ante Cayo Valerio huecos vacíos de nubes en donde se veía... en donde se veía... nada. Nada. No había nada que ver. Valerio dudó y mantenía su escudo en alto, su rostro tras él y la espada desenvainada y preparada para la lucha. Así durante medio minuto hasta que, al fin, relajó los músculos. La niebla se disipaba por la fuerza de la brisa que entraba desde el mar. No había nadie contra quien luchar. El campamento cartaginés se levantaba apenas a mil pasos más de distancia, pero allí ya no había nadie. Sólo hogueras apagadas, basura y otros pertrechos abandonados por viejos o inútiles. Nada. Nadie.

—Aníbal se ha ido —dijo Lelio.

—Y a lo que se ve se ha llevado todos sus hombres y también los de la ciudadela cartaginesa —precisó Silano—. Hasta han dejado las puertas abiertas.

—Se han ido a lo largo de la noche —concluyó Mario—. Se han ido sin más.

El cónsul permanecía callado. Sergio Marco no cabía en sí de alegría.

—Aníbal ha tenido miedo y se ha ido —comentó—. Aníbal ha tenido miedo de las legiones V y VI. Se ha ido. Se ha ido. —Marco parecía tener que repetirlo una y otra vez para convencerse de que el todopoderoso general cartaginés había dejado de asediar Locri—. Me marcho a hablar con mis hombres... me marcho... si al cónsul le parece bien...

La victoria, o más bien, la ausencia de lucha con la retirada de Aníbal había transformado a Marco en un aparente fiel oficial. Publio le miró sin relajar los músculos de su rostro, aún en tensión por los momentos vividos esperando la anunciada carga del ejército púnico y sus mercenarios. El cónsul asintió y Sergio Marco se alejó en dirección al flanco donde estaba en formación la VI legión de Roma.

—Imbécil —dijo Lelio mientras lo veía distanciarse.

Publio lo observó también unos instantes y luego se pronunció.

—Bueno, si cree que Aníbal se ha ido por miedo a nuestras legiones, está bien que difunda esa idea entre los legionarios. Eso les subirá la moral. De hecho esperaba que el asedio de Locri y su conquista sirvieran de revulsivo para su mermada moral tras once años de destierro, pero esto es mucho mejor. Inesperado, pero mejor. Los dioses han estado con nosotros esta mañana. Ojalá sean siempre compañeros tan leales. —Y miró al cielo unos segundos.

—¿Y por qué se ha marchado Aníbal si no es por miedo a nuestras legiones? —preguntó Pleminio.

Publio dejó de mirar al cielo y fijó sus ojos en aquel veterano oficial que parecía haber dejado de sudar.

—Aníbal no se ha ido por miedo a las legiones V y VI. Aníbal se ha ido por miedo a las nuevas legiones de Craso y Metelo. Y masacrar nuestras legiones no le ha parecido un premio que mereciera el riesgo de un combate que le retrasara en su necesario repliegue hacia el norte antes de que Craso y Metelo le corten el camino de regreso a alguna de las ciudades que controla. Aníbal se ha retirado porque no considera Locri importante. Pero lo que es peor y lo que no debemos olvidar —y aquí el cónsul miró al resto de los oficiales y no sólo a Pleminio—: se ha retirado porque tampoco nos considera importantes. Nadie considera importantes a las «legiones malditas». Antes pensábamos que era Roma, con Fabio Máximo a la cabeza, los que menospreciaban a estas legiones, ahora sabemos que no es así. Ahora sabemos que ni el propio Aníbal nos considera valiosos como trofeo. Es como si fuéramos un venado enfermo que no interesa a los cazadores. —El cónsul hablaba con cierta desesperanza, lo que contrastaba con el ambiente de felicidad que parecía extenderse entre los legionarios que empezaban a gritar «victoria, victoria, victoria». Publio se volvió hacia ellos antes de continuar—. Cantan victoria y ni siquiera fueron capaces de tomar la ciudadela defendida por los cartagineses, y ahora se creen que Aníbal se ha ido por miedo a ellos. —El cónsul suspiró—. En cualquier caso, eso es parte de lo que buscaba. Ya no dudarán en seguirme. Vosotros, sin embargo, si lo hacéis, será por lealtad.

—Bien, y ahora ¿qué hacemos? —preguntó Lelio.

—¿Ahora...? —Publio se quedó pensativo unos segundos. De pronto no se encontraba bien. Cerró los ojos un instante y los volvió a abrir para responder a Lelio—. Ahora nos marchamos. Tenemos que invadir África. —Todos asintieron levemente. No parecía dejar el cónsul demasiado tiempo para saborear la retirada de Aníbal y, como si Publio hubiera leído en sus mentes, se volvió hacia ellos para añadir unas palabras—. Pero antes celebraremos un banquete en Siracusa. Lo de hoy, da igual el motivo de la retirada de Aníbal, debe celebrarse. Y el avance de Cayo Valerio en medio de esa niebla... eso ha sido épico.

—La retirada de Aníbal hay que celebrarla, sí —subrayó Silano.

—No —le contradijo el cónsul—. Lo que hay que celebrar es que Aníbal nos haya permitido seguir con vida... una vez más. Eso, por Júpiter, merece un buen brindis y una buena comida a la que invitaremos a todos los dioses.

Y con esas palabras el cónsul se encaminó hacia la ciudadela escoltado por los *lictores*, no sin antes cruzar su mirada con la de Lelio. Sí, quiza sólo Lelio había podido entender su discurso hasta el final. Una vez más. Aníbal les había dejado con vida una vez más. Publio caminaba despacio mientras repasaba sus recuerdos. Se escaparon de Aníbal en Tesino y luego en Trebia, y en Cannae y ahora en Locri. Aníbal les concedía de nuevo más tiempo, pero ¿hasta cuándo sería Aníbal tan generoso con ellos? De súbito, Publio se detuvo y con él su escolta. El cónsul se giró y miró a su espalda, hacia el horizonte, allí donde hasta hacía sólo unas horas se había encontrado el ejército completo de Aníbal. No había nada. Nada. Por un momento temió que el repliegue del general cartaginés sólo hubiera sido una maniobra más de distracción, para que se confiaran, para engañarlos, pero no. Era lógica la retirada por temor a la llegada de los refuerzos de Craso y Metelo. Ellos sí que habían ganado aquella batalla y sin presentarse. Era a ellos a los que Aníbal temía. Nunca nadie había ayudado tanto sin tan siquiera moverse. El cónsul reemprendió la marcha, pero los mareos volvieron. No se asustó. Era una desagradable sensación la que invadía su cuerpo, pero eran unos síntomas conocidos. Las fiebres de Hispania parecían atenazarle con intermitencia. Quizá después de la tensión de aquella mañana se cebaban en él con algo más de fuerza que la usual. El cónsul, no obstante, siguió caminando sin detenerse. Debía descansar. Por la tarde llamaría a Atilio, el médico de las legiones. Miró de reojo a los *lictores*. Nadie parecía haber notado nada. Mejor así.

Al día siguiente Publio se encontró mejor. Una noche de sosiego, durmiendo bajo el techo de una amplia casa de una ciudad conquistada y segura y unas infusiones aconsejadas por Atilio restablecieron sus fuerzas. Se levantó con la energía propia de su edad y decidió primero visitar la ciudad y luego hacer los correspondientes sacrificios públicos a los dioses como señal de agradecimiento. En su visita por los alrededores de la ciudad le acompañaron Silano y Mario. Cayo Lelio permaneció en la ciudadela con la misión de organizarlo todo para reembarcar las tropas y regresar a Siracusa en un par de días. Al mando de Locri quedaría Pleminio, el pretor de Rhegium con algunos manípulos de los legionarios que se trajo desde su ciudad, apoyado por Sergio Marco y Publio Macieno con un contingente de tropas de la VI. Ninguno de sus oficiales, empezando por el propio Lelio, pareció entender el interés del cónsul en dejar a Marco y Macieno con aquellos manípulos de la VI en Locri, pero en los últimos días, el cónsul se mostraba oscuro y reacio a compartir sus planes con nadie. Además,

Sergio Marco y Publio Macieno recibieron con gran agrado aquella orden y era ya entonces de difícil revocación. Y es que tanto Marco como Macieno no veían grandes horizontes de riqueza en la campaña de África y sí, en cambio, muchos peligros, de modo que la posibilidad de poder quedarse en una ciudad conquistada en el sur de Italia, donde si bien podía regresar Aníbal, siempre había legiones a las que pedir ayuda, les parecía algo mucho más gratificante que adentrarse en el territorio completamente hostil y mortífero de África.

Silano y Mario acompañaron al cónsul con la idea de asistirle en los sacrificios a los dioses, pero Publio les llevó antes de visita por los alrededores de Locri para poder entrar en el gran teatro griego de aquella ciudad por la que habían estado combatiendo. Y es que Locri, como tantas otras ciudades griegas, poseía un imponente teatro de piedra levantado en la ladera de una de las colinas que rodeaban la ciudad. No era tan grande como el de Siracusa, pero seguía su modelo y daba cabida a cuatro mil quinientas personas. Lo impresionante era ver cómo parte del teatro estaba excavado en la misma roca, en las mismísimas entrañas de la montaña, algo sorprendente teniendo en cuenta que aquella obra civil tenía más de un siglo de antigüedad.

—Hemos reconquistado no sólo una ciudad, sino un lugar de renombre en el mundo griego —les explicó el cónsul a Mario y Silano, que le escuchaban con admiración. No podían entender cómo alguien tan joven para ser cónsul, además de haberse ganado el puesto por méritos propios con su hábil estrategia militar, podía además ser un hombre tan culto en literatura, historia, filosofía...—. Locri es la ciudad de Zaleuco, el gran legislador que empezó a poner por escrito normas que evitaran la arbitrariedad de los jueces, para evitar que un día dictaminaran en un sentido y otro día en otro. Y en Locri nació el filósofo Timeo o la poetisa Nosis, a la que llegaron a llamar la competidora de Safo, por sus preciosos epigramas, ¿cómo era...? Sí:

Ἅδιον οὐδὲν ἔρωτος· ἃ δ' ὄλβια, δευτερα παντα
ἐστίν· ἀπὸ στόματος δ' ἔπτυσα καὶ τὸ μελι.

[Nada excede al amor en dulzura, y no hay dicha alguna
que aventajarle pueda, ni la miel en la boca.]*

*Traducción de ambos epigramas de Manuel Fernández-Galiano (1978).

O aquel otro...

Αὐτομέλιννα τέτυκται· ἴδ', ὡς ἀγανὸν τὸ πρόσωπον
ἁμὲ ποτοπταζειν μειλιχίως δοκέει·
ὡς ἐτύμως θυγάτηρ τᾷ ματέρι πάντα ποτῴκει.
ἦ καλόν, ὅκκα πέλῃ τεκνα γονεῦσιν ἴσα.

[Aquí está Melina en persona; mirad qué bonita
su faz, que contemplarnos dulcemente parece;
¡Qué fielmente la niña a su madre aseméjase en todo!
¡Qué bien, cuando los hijos reflejan a sus padres!]

Pero veo que os aburro...

—No, no... —respondieron los dos oficiales al unísono.

El cónsul sonrió. Parecía feliz.

—Bueno, pues sabed también que los ciudadanos de Locri también consiguieron grandes victorias en los juegos olímpicos con Euthymus y Hagesidamus. Euthymus consiguió la victoria como púgil en tres ocasiones seguidas, eso quizá sea más de vuestro interés. En Locri se sabe luchar. No, no hemos conquistado un sitio cualquiera. Y también hemos quitado un puerto donde Aníbal podría recibir refuerzos desde Cartago. Pero basta de cháchara y vayamos a ofrecer nuestros sacrificios a los dioses y hagámoslo en grande que grande ha sido, sin duda, su ayuda.

De allí el cónsul dirigió los pasos de sus oficiales y de los *lictores*, al centro de Locri. En el sur de la Magna Grecia era frecuente la adoración a Perséfone, pero en Locri era donde quizá se venerara con mayor pasión a la reina del Hades, aunque allí, según el dialecto local, la llamaban Proserpina, de donde los propios romanos habían adoptado el nombre de la diosa. En el centro de la ciudad se levantaba un inmenso templo jónico, que en tiempos sustituyó a otro de planta más antigua. El nuevo templo tenía una imponente estampa con sus doce metros de altura, sus seis gigantescas columnas jónicas en la parte frontal y sus diecisiete columnas en cada lateral. Publio había elegido aquel templo por ser uno de los más adorados en la ciudad y ante sus puertas hizo los sacrificios para que pudieran asistir a los mismos todos los ciudadanos de Locri que así lo desearan, además de un gran número de soldados de sus legiones y de las tropas de Pleminio. El cónsul elevó sus plegarias a Júpiter y Marte y luego las hizo extensivas a Proserpina para congraciarse con los ciudadanos de la ciudad, cuyos sentimientos estaban aún dispersos entre las simpatías de los unos con los romanos y las preferencias de algunos otros por los cartagineses. Al hacer los sacrificios en el exterior del templo evitó también que sus oficiales y cuantos le acompañaban aquella mañana vieran en detalle las riquezas que los ciudadanos de Locri habían ido depositando a lo largo del tiempo en aquel lugar. El tesoro de Proserpina era legendario, pero de igual forma, aquella riqueza era sagrada para los ciudadanos de Locri. Por eso la defendieron a muerte cuando los cartagineses, en su huida, intentaron entrar en el templo. Y el caso es que ni él mismo pudo dejar de pensar en todo aquel oro, plata y piedras preciosas que se ocultaba tras aquellas inmensas columnas. Ése sería un buen complemento para financiar su campaña en África, pero ya había ejecutado demasiadas acciones sin permiso del Senado como para incrementar aún más los informes que Catón estaría enviando sin descanso hacia Roma. No, lo mejor era dejar el tesoro de Proserpina con su gente, en su ciudad, en su templo. Además, aunque Publio, en lo más profundo de su ser, no tuviera claros sus sentimientos religiosos, no podía dejar de pensar que robar a la reina del Hades, a la reina del reino de los muertos, debía traer consigo alguna temible maldición con la que prefería no tener que luchar.

Aquella tarde todos se retiraron temprano a descansar. Lelio dejó centinelas junto a los barcos ya preparados para el embarque de las legiones, mientras que pequeños grupos de legionarios, a modo de *triunviros*, patrullaban la ciudad nocturna. Los ciudadanos, que habían visto su población caer en manos púnicas y ahora regresar al poder romano, se cobijaron en sus casas confiando en que su amada diosa los protegiera de la interminable avaricia de los unos y los otros y les concediera un ansiado tiempo de paz.

Al amanecer, Publio, Lelio y las legiones V y VI, excepto unos pocos manípulos que quedaron al mando de Sergio Marco y Publio Macieno en Locri, junto con Pleminio y su pequeño destacamento, partieron de regreso a Siracusa.

58

El templo de Proserpina

Locri, finales del verano del 205 a.C.

Entre las sombras de las casas un hombre caminaba embozado en una túnica oscura. Sus sandalias desgastadas le delataban como un legionario, pero era difícil saber si se trataba de un soldado de la V, la VI o del destacamento del pretor Pleminio. El legionario escuchó las pisadas firmes de una de las patrullas nocturnas que custodiaban el templo de Proserpina. Allí era más frecuente su paso para disuadir a las mentes codiciosas de intentar un robo sacrílego que levantara los ánimos de los locrenses contra las tropas romanas que habían reconquistado la ciudad. Pero la avaricia, el ansia de riqueza conseguida sin apenas esfuerzo y la posibilidad de desertar de un ejército en permanente guerra eran sentimientos demasiado poderosos para apaciguarlos con tan sólo unas patrullas nocturnas. Los *triunviros* de Locri se desvanecieron tras el ruido de sus pisadas y la plaza que daba acceso al gran templo jónico quedó desierta. El soldado, ocultando su rostro tras la túnica negra que vestía, cruzó en una corta pero intensa carrera aquel espacio abierto donde apenas hacía unas horas se habían sacrificado diez bueyes en honor a los dioses de Roma y a la diosa Proserpina. Aún había sangre de los animales muertos esparcida por la arena de la plaza. El soldado llegó junto a las gigantescas columnas del templo. Las pisadas de los vigilantes *triunviros* regresaban. Iba a esconderse entre las columnas, pero pensó en abreviar y entró en el templo... a fin de cuentas, Helios, el dios del sol que todo lo ve, estaba durmiendo. Se olvidó, claro, de que la diosa del reino de los muertos no descansa.

El interior del templo parecía desnudo, sólo había una fuente de luz pálida: la del fuego del altar. El soldado se acercó despacio. Le pareció extraño que los habitantes de aquella ciudad, después de levantar un templo tan enorme, apenas iluminaran su interior. El legionario avanzó despacio. Sus pesadas sandalias militares chocaban contra la piedra del suelo y cada paso reverberaba por todo el templo. Se detuvo. No parecía haber nadie. Se aproximó hasta llegar a la llama que ardía de forma perenne en aquel lugar sagrado. Fue allí donde la vio: una copa dorada, con pequeños rubíes rojos incrustados en el oro. Era preciosa. ¿La utilizarían los sacerdotes para escanciar la sangre de los animales sacrificados o para ofrecer vino a los dioses? Aquello no le importaba. La copa sí. Miró a su alrededor. Aquellas columnas, aquellas paredes debían de esconder aún muchos más tesoros, pero éste era el que estaba a su alcance. Rodeó el pedestal sobre el que ardía la llama y se acercó a coger la copa. Entonces vio una sombra unos pasos más hacia el fondo del templo. Se asustó, pero enseguida comprendió que su miedo era innecesario. Se trataba sólo de una estatua de Proserpina, la diosa. La reina del Hades, la diosa de la fertilidad también. Curiosa mezcla. Se sonrió. La estatua parecía mirarle. El soldado estiró el brazo lentamente, hasta que las yemas de los dedos tocaron el metal dorado de la copa. La tomó en su mano. La estatua permanecía inerte. Tan muerta como los muertos sobre los que se supone que gobiernas, pensó el legionario. Aún sonriendo se dio media vuelta para marcharse con su trofeo cuando una voz grave proveniente de una sombra oscura al otro lado del pedestal le sobrecogió.

—¡Alto ahí! ¡No puedes entrar aquí! ¡No puedes llevarte esa co...!

Pero el sacerdote no pudo terminar sus palabras. El legionario extraía ya la espada de su cuerpo sagrado retorciéndola y la sangre del inoportuno vigilante del templo se escanció sobre la piedra del pedestal y del suelo. El sacerdote murió con sus ojos abiertos pronunciando palabras incomprensibles mientras dirigía su última mirada a la estatua de Proserpina. El legionario no se quedó para ver qué pasaba, sino que salió corriendo del templo. Estaba nervioso, y su huida, mal planificada, le hizo salir de entre las columnas del templo sin asegurarse de que no pasaba ninguna patrulla y, como un estúpido, su cuerpo fue a dar de bruces con los *triunviros* que cruzaban la plaza. Se detuvo y miró hacia dónde correr. Para entonces ya era tarde. Varias sacerdotisas salían del templo gritando y las voces de aquellas mujeres despertaron a todos los que residían en torno a la gran plaza frente al templo de Proserpina. En un minuto, decenas, centenares de ciudadanos encolerizados rodeaban a los *triunviros* que custodiaban al ladrón y a su botín en espera de instrucciones. Los *triunviros* eran hombres de la VI y habían mandado un mensajero a Publio Macieno y Sergio Marco. Macieno fue el primero en llegar. Protegido por un centenar de legionarios, se abrió paso entre la multitud. Unos y otros habían encendido antorchas y las sombras temblorosas de todos cuantos poblaban la plaza se agitaban como fantasmas nocturnos, como si las almas del reino del Hades estuvieran emergiendo desde el infierno.

El ladrón era un legionario de Pleminio, de la guarnición de Rhegium acantonada ahora allí en Locri. Por eso Publio Macieno no lo dudó al llegar y ver lo ocurrido. Antes de que el hombre pudiera decir nada en su defensa, lo atravesó con su espada con la misma frialdad con la que aquél acababa de matar al sacerdote del templo. Aquella ejecución rápida pareció sosegar los ánimos de los ciudadanos, pero todos estaban expectantes por lo que fuera a ocurrir con la copa sagrada del templo. Publio Macieno la tomó en sus manos y la contempló con admiración. Aquél era, sin lugar a dudas, el mejor botín que nunca hubiera estado entre sus dedos. ¿Por qué devolverlo ahora al templo, lejos de su alcance? En esas meditaciones estaba Macieno cuando llegó Pleminio con varios manípulos de Rhegium, unos ochenta hombres.

—¿Qué ha ocurrido aquí? —preguntó con furia, viendo cómo uno de sus hombres se desangraba rodeado por los legionarios de Macieno. Este último no dudó en responder con igual vehemencia.

—Ese imbécil estaba robando en el templo. Le hemos ejecutado.

—¿Has ejecutado a uno de mis hombres sin tan siquiera consultarme? —Pleminio parecía fuera de sí. Él era pretor, por lo tanto la autoridad máxima en la ciudad—. ¡Soy yo el que gobierna en esta ciudad!

Publio Macieno se hizo hacia atrás. Estaba ponderando la situación cuando Sergio Marco llegó a la plaza con refuerzos: otros doscientos hombres más, armados y dispuestos para la lucha.

—La ciudad la gobernamos los tres —interrumpió Sergio Marco—. Macieno, tú y yo. Así lo dictaminó el cónsul y si eres incapaz de controlar a tus hombres es justo que Macieno imponga orden entre las filas de tus legionarios.

Marco parecía haber llegado a la plaza con toda la información. El mismo mensajero que había avisado a Macieno había ido después a informar a su superior. Publio Macieno dejó de retroceder. Ahora eran ellos los que triplicaban en número a los hombres de Plemenio. Miró a Marco y se entendieron. Aquél era un buen momento para hacerse con el dominio completo de la ciudad.

—¡Yo soy pretor y mi rango es superior al vuestro...! —empezó a argüir Pleminio, pero sus palabras se hundieron en el abismo de los golpes de espada, lo silbidos de las flechas y el aullido de muchos de sus hombres sorprendidos por una impetuosa andanada de *pila* y saetas que mató e hirió a más de una veintena. Los legionarios de Marco y Macieno les atacaban sin más aviso. Era como si lo hubieran hablado antes y sólo hubieran estado esperando una oportunidad.

Aprovechando la superioridad numérica, los legionarios de la VI masacraron a los hombres de Pleminio, de los que sólo diez pudieron escabullirse entre los ciudadanos de Locri que, atónitos y confusos, contemplaban aquella batalla sin saber bien a qué atenerse. De entre los hombres de la VI sólo cayeron cinco. Marco y Macieno estaban encantados. El factor sorpresa había funcionado como habían planeado. Al marchar Escipión, habían quedado cuatrocientos hombres de la VI y trescientos de Rhegium en Locri. Ahora eran trescientos ochenta y cinco contra unos doscientos veinte. Todo marchaba bien. Faltaba enviar un mensaje bien claro al resto de la guarnición de Rhegium. Sergio Marco se acercó a Pleminio quien, herido en un brazo, custodiado por varios legionarios de la VI, se encogía por el dolor de la herida.

—Duele, ¿verdad? —le preguntó Sergio Marco entre risas. El resto de los legionarios acompañó a su tribuno con gusto. Mortificar a la gente, sí, aquello empezaba a recordarles los «buenos» tiempos en Sicilia, antes de que llegara ese duro cónsul. Entonces tenían más diversión. Mujeres. Muchos de los legionarios volvieron sus miradas hacia las sacerdotisas del templo. Marco y Macieno no tardaron en comprender las ansias de sus hombres. Necesitaban de su plena lealtad para terminar de acometer aquella rebelión con éxito.

Pleminio, en el suelo, no se había dignado responder. Publio Macieno se acercó y le dio un puntapié en la cara. Se escuchó un grito de dolor apagado por unas manos que intentaban proteger el rostro de más golpes imprevistos.

—El tribuno Marco te ha hecho una pregunta —repitió Publio Macieno—, y por todos los dioses que vas a responder. ¿Duele?

Pero Pleminio, terco, permanecía en silencio. Publio Macieno miró a Sergio Marco y éste asintió. Se lo estaba poniendo muy fácil. Macieno desenvainó entonces su espada y la llevó junto al rostro de Pleminio.

—Sólo te lo preguntaré una vez, pretor —le dijo en voz alta Macieno sosteniendo el filo de su espada a menos de un dedo del cuello de Pleminio—. ¿Quién tiene el mando en Locri?

Parecía que Pleminio iba a optar por el silencio, pero, ingenuo aún, desconocedor de la fría crueldad de sus enemigos, tradujo su obstinación en palabras funestas para su persona.

—Yo, el pretor Pleminio.

Publio Macieno soltó su espada, que golpeó el suelo con un sonido metálico que se escuchó en toda la plaza, pues todos, legionarios de la VI y ciudadanos de Locri, expectantes, guardaban silencio. Macieno rebuscó entonces debajo de su coraza y sacó una afilada daga. No habló más ni volvió a preguntar sino que se limitó a clavar el filo cortante del puñal en la carne de la cabeza de Pleminio, justo allí donde sobresalía una oreja. El alarido del pretor fue tan descomunal como su sufrimiento. Macieno se separó entonces un par de pasos de su víctima y exhibió su trofeo con orgullo. Una ensangrentada oreja del pretor pendía de su mano izquierda, mientras que con la derecha blandía la daga ejecutora con la que la había extraído.

Pleminio, sollozando y gimiendo de dolor, se arrastraba por el suelo, gateando, apoyándose en las rodillas y en una mano, mientras que con la otra mano intentaba frenar la hemorragia de la oreja segada. La pequeña herida del brazo, fruto del combate de hacía unos minutos, ya no parecía molestarle. El pretor gateó hasta llegar a los pies de varios ciudadanos de Locri, que, sin darse cuenta, retrocedían aterrados.

—¡Ayudadme, malditos, ayudadme o lo pagaréis caro...! —les espetó Pleminio mientras dos hombres de la VI lo arrastraban tirando de los pies del pretor en dirección adonde Publio Macieno, su verdugo, le esperaba para seguir torturándole.

Sergio Marco aprovechó la confusión para dar órdenes.

—¡Todos a vuestras casas! —gritó—. ¡Esto es un asunto que no os compete! ¡Todos a vuestras casas o por Hércules que lo lamentaréis!

Muchos ciudadanos hicieron caso con rapidez, pero algunos aún dudaban. La copa del tesoro del templo aún resplandecía, ahora en las manos de Sergio Marco, pero nadie se atrevía a decir nada. Pronto todos se desvanecieron tras las puertas de sus hogares, que aseguraron con pestillos y muebles cruzados tras los cerrojos. Las que quedaron solas fueron las sacerdotisas del templo que, por puro instinto, se recogieron entre las columnas buscando en sus oraciones el amparo de Proserpina. Mientras Macieno seguía ocupado en torturar a Pleminio, Sergio Marco ordenó que bajaran de la ciudadela el resto de las tropas de la VI.

—Nos conviene estar todos juntos, por si los hombres de Rhegium deciden contraatacar, aunque mientras tengamos a su jefe, dudarán en hacerlo. —Y se volvió a Macieno que ya exhibía divertido la otra oreja del pretor arrancada con el mortal filo de su daga—. Pásatelo bien, Macieno, pero no lo mates. Lo necesitamos con vida para controlar la furia de sus tropas.

Macieno asintió, pero se volvió de nuevo hacia su víctima. Sergio Marco hizo que se aseguraran todas las entradas a la plaza levantando-se barricadas con sacos, carros, piedras, madera de los tenderetes del mercado del pueblo y todo cuanto pudieran utilizar. Asegurada la posición y con Macieno distraído en despellejar al pretor, Sergio Marco, rodeado por una veintena de sus hombres, entró en el templo de Proserpina. Tenía que ver cómo de importante era el legendario tesoro del que tan celosos se mostraban los ciudadanos de aquella ciudad. Sus hombres, como imaginó, salieron corriendo detrás de las aterrorizadas sacerdotisas. Entre los aullidos de pavor que aquellas jóvenes emitían mientras eran ultrajadas, Sergio Marco, satisfecho de todo lo conseguido aquella noche, se adentró en las profundidades del templo en busca del tesoro de Proserpina.

La estatua de la diosa todo lo observaba en un silencio petrificado. Sergio Marco pasó por encima del cadáver desangrado del sacerdote del templo, junto a la llama permanente del pedestal y junto a la estatua de la diosa inerte. Como imaginaba, tras la representación en piedra de la deidad, había una puerta. Costaría derribarla, pero cuando sus hombres hubieran satisfecho sus ansias carnales, sólo sería cuestión de tiempo y golpes. Sergio Marco sonrió divertido. Podrían usar a la propia estatua de la diosa como ariete. Y lanzó una sonora carcajada que, en muchos casos, fue lo último que muchas de las sacerdotisas escucharon aquella noche antes de perder el conocimiento, aunque muchas de ellas encontraron fuerzas para imprecar a Proserpina para que la diosa maldijera a aquellos miserables.

59

Una cena privada

Siracusa, otoño del 205 a.C.

Plauto llegó a la residencia que Publio Cornelio Escipión había seleccionado para vivir con su familia durante su estancia en Siracusa. Era una amplia casa a medio camino entre el gusto griego y el romano, con un amplio atrio y un más grande peristilo con jardín al fondo. Ya habían llegado varios de los invitados principales entre los que se encontraban todos los oficiales de mayor rango bajo mando del cónsul. Plauto se lavaba las manos en una bacinilla que le ofrecía un esclavo mientras con sus ojos podía ver el gran atrio de aquella mansión poblado de tribunos y centuriones. Vio al respetado Lucio Marcio Septimio, quien quedara al mando de Siracusa cuando el cónsul llevó a las legiones a conquistar Locri, conquista, por otro lado, que servía de excusa para aquel banquete. Plauto vio también al intrépido Cayo Lelio, que ya había tomado asiento junto al cónsul. En una sencilla *sella*, justo detrás de Lelio, se veía a una joven de extraña belleza. El viejo escritor ya había oído hablar de la hermosura de la esclava egipcia de Lelio, pero incluso allí, desde la distancia, no dejó de sorprenderle la figura serena y el rostro de rasgos suaves, con labios carnosos, ojos grandes y piel morena de aquella sirvienta. Supuso que alguien que llevaba tantos años al lado del cónsul había de haber acumulado el dinero suficiente como para adquirir las más hermosas esclavas. Plauto no pudo eliminar una oleada de envidia que, como un escalofrío, recorrió su cuerpo. Él, a lo más que aspiraba, era conseguir una buena cocinera; los precios de las esclavas hermosas sólo estaban al alcance de los patricios o de los senadores más corruptos de Roma. En cualquier caso, la envidia igual que vino se fue, pues pronto pensó en los trabajos que aquel oficial, almirante de la flota, jefe de caballería y ahora tribuno de las «legiones malditas», había tenido que desempeñar para poder disfrutar de las mieles después de tantos riesgos en aquella guerra sin cuartel: escalar las murallas de Cartago Nova, dirigir las legiones en múltiples enfrentamientos contra los cartagineses en Tesino, Trebia, Hispania; sofocar motines, entrevistarse con crueles reyes extranjeros, incluso desembarcar en África y atacar a los cartagineses en su mismísima tierra. No. Plauto concluyó con celeridad que prefería esclavas menos llamativas y una vida de mayor sosiego. Él ya disfrutó de su ración de guerra en el pasado y no tenía ganas de repetir.

Tito Maccio Plauto entró en el atrio y un esclavo le condujo hasta uno de los *triclinium* dispuestos en el centro del gran patio, pero bastante más alejado de los anfitriones. El escritor vio cómo el cónsul le miraba y Plauto inclinó su cabeza en señal de saludo. Iba a decir algo, pero el cónsul, tras asentir levemente con la cabeza dejó de mirarle para continuar una conversación que tenía con Marcio y Lelio. Una conversación militar. Una conversación de importancia, concluyó Plauto al tiempo que se reclinaba en el lecho que se le había ofrecido. Una esclava le acercó una copa y otra le sirvió vino. No eran de la hermosura de la esclava egipcia de Lelio pero eran jóvenes bonitas y agradables de mirar. Plauto saboreó el vino y lo apreció en su justa medida. Al menos el cónsul no era de los que escatimaba entre sus invitados o de los que gustaba servir mejores vinos y viandas a sus invitados más próximos y productos de segunda calidad a aquellos invitados de menor rango. Allí había de todo para todos: alubias frescas, pato con nabos, *defritum* y pimienta, cabrito asado y adobado, lentejas con acanto, pollo con claras de huevo rotas, liebre deshuesada con miel, cochinillo caliente con salsa cruda... Plauto estaba un poco nervioso. A él, todo aquel festín, aquella exhibición de poder, toda esa suntuosidad culinaria que empezó a desfilar por delante de sus ojos, le importaba poco. Él sólo deseaba unos minutos a solas con el cónsul. Para eso había aceptado venir a Siracusa, pero primero tuvo que montar representaciones para sus tropas y luego, cuando parecía que se había ganado, una vez más, la confianza del general, éste se fue a Locri para emprender una conquista extraña y le tocó, de nuevo, esperar con paciencia el regreso del cónsul. Ahora, a su vez, le correspondía aguardar su oportunidad en el devenir de aquel banquete, y lo que más le fastidiaba es que encima debía estar agradecido por haber sido invitado y por poder estar allí sentado en el centro mismo del atrio en uno de los *triclinium* cuando se veía a otros invitados que se esforzaban por disfrutar de la comida de pie, tomando trozos de faisán, de pavo, de cerdo en salsa o de cabrito, según éstos desfilaban por entre las decenas de invitados.

Plauto volvió su mirada hacia el núcleo central de invitados. Se sorprendió al ver cómo el cónsul se había mantenido con las pasas y aceitunas gran tiempo, aperitivos con los que entretuvo su estómago sin adentrarse en los platos más fuertes, en los que ya se sumergían hace tiempo sus oficiales más rudos.

Además de Marcio y Lelio, allí estaban Silano, Mario Juvencio, Quinto Terebelio y Sexto Digicio, veteranos de las campañas de Hispania, y, por fin, Cayo Valerio, uno de los pocos centuriones de la V y la VI que había accedido al círculo de confianza del cónsul. Un raro honor. Círculo que se completaba con el propio Plauto y con un espacio vacío en los *triclinia* que llamaba en especial la atención por encontrarse justo al lado de Emilia Tercia, la esposa del cónsul. Emilia Tercia, una mujer valiente y leal a su esposo y cordial, pensó Plauto. Le atendió con exquisita corrección en sus momentos de desesperación por hablar con el cónsul y le aseguró que el general le recibiría cuando regresara de Locri. En su palabra tenía puestas el escritor todas sus esperanzas más allá de una ofrenda a los dioses que hizo aquella misma mañana por aquello de quién sabe. Él ya había renegado de los dioses en el pasado, en medio de un campo de batalla rodeado de cadáveres, pero luego parecían haberle redimido de sus faltas al concederle el éxito como comediógrafo y, por ello, en ocasiones concretas, Plauto realizaba algún modesto sacrificio con el que sólo pedía mantener aquel *statu quo*, algo así como «no os metáis en mis asuntos y yo no me meteré en los vuestros», pero aquella mañana fue diferente. Rompiendo su costumbre, aquel amanecer, bien temprano, Plauto hizo una ofrenda a Júpiter, Juno y Quirino para que intercedieran en favor de su amigo Nevio, quien continuaba pudriéndose en las más oscuras mazmorras de la cárcel del foro de Roma. Allí, en cambio, cuando Plauto pensaba que el festín ya estaba servido, empezó una procesión completamente inusual de viandas exóticas y sorprendentes: erizos de mar, almejas de diferentes tamaños y tipos, ostras recién cogidas, pastel elaborado con las mismas ostras trituradas y mezcladas con carne de marisco molido, tordos con espárragos, y más carne de caza, de ciervo, de jabalí y de diferentes aves difíciles de identificar por su aspecto, ya que venían copiosamente rebozadas en harinas y *garum*, una densa salsa de pescado a la que el cónsul se había aficionado en sus campañas de Hispania, y, cuando ya nadie podía apenas comer algo más, llegaron almejas de un color rojo, *murez*, un exquisito manjar del que Plauto había oído hablar pero que nunca había podido ni ver ni mucho menos degustar. Incluso él, ajeno a los deleites del paladar en la gran cocina que los patricios disfrutaban con frecuencia, no pudo evitar estirar sus brazos y coger un par de aquellas almejas para confirmar que su fama era justa y merecida. Todo ello además se servía con diferentes tipos de panes que unos y otros no dudaban en aprovechar para hundir con ellos sus dedos en las untuosas salsas y así saborear hasta el último de aquellos placeres degustativos con los que el cónsul había decidido regalarles aquella tarde, casi noche, pues el convite llevaba ya varias largas horas de orgía gastronómica sin freno ni medida. Fue en ese momento cuando llegó el invitado que faltaba y para el que el cónsul había preservado un espacio vacío junto a él y su esposa.

Marco Porcio Catón entró en el atrio sereno, serio, con su toga *virilis* impoluta, cuyo inmaculado estado destacaba aún más en comparación con las togas y el *sagum* de aquellos que se habían puesto más cómodos, en todos los casos llenos de manchas de incontables colores y, lógicamente, sabores.

—Llegas un poco tarde, mi querido *quaestor* de las legiones, ¿no crees? —dijo Publio Cornelio Escipión en un tono jovial que denotaba su estado de incipiente aunque aún controlada embriaguez.

—En estos convites tienes por costumbre ofrecer comida sin moderación, algo que no se acomoda bien a mi estilo de vida ni a mi estómago —respondió el enjuto Catón con sequedad—. He supuesto que incluso llegando a esta hora todavía tendría más que suficiente con lo que degustar un poco de alimento con moderación.

El cónsul no parecía inclinado a discutir.

—Por supuesto, por supuesto. —Y se levantó para indicarle el espacio que tenía reservado junto a su esposa—. Como verás te hemos guardado sitio y comida y bebida. Que no le falte nada al *quaestor* de mis legiones y que éste acuda a mis invitaciones cuando lo estime más conveniente. ¿Comida? Por supuesto. Aquí tienes la que quieras a tu disposición.

El cónsul volvió a sentarse. Catón cruzó entre los comensales y el resto de los invitados que habían callado, al igual que lo habían hecho los flautistas que, aunque apenas nadie lo hubiera percibido, llevaban más de una hora acompañando a todos con sus melodías. El cónsul los miró y éstos retomaron su música de inmediato. Aquello funcionó a modo de señal y todos continuaron comiendo y bebiendo, aunque el tono de las conversaciones descendió notablemente, pues todos tenían una oreja para sus propias charlas y otra dispuesta para intentar escuchar lo que el cónsul y el *quaestor* se decían.

Catón, una vez acomodado en su *medius lectus*, lugar preferente que el cónsul le había reservado para que no pudiera esgrimir en sus informes que su autoridad como *quaestor* no era reconocida, tomó algo de ave con una mano y se la llevó a la boca. Masticaba con cuidado mientras miraba con desdén el torrente de bandejas de plata repletas de comida y las jarras de vino que se escanciaban a su derecha e izquierda. Le acercaron una *patina* fría de espárragos, pero él la despreció, igual que rechazó el licor que le ofrecía otro esclavo. Quería estar bien sobrio. Se sentía incómodo sentado en medio de aquel festín que consideraba un derroche y más incómodo aún por tener que sentarse al lado de una mujer. No importaba que aquélla fuera Emilia Tercia, esposa del cónsul, e hija de Emilio Paulo, quien a su vez fuera cónsul en el pasado reciente. A Catón le molestaba cualquier cosa que transgrediera las tradiciones, y en la tradición romana más clásica las mujeres nunca se reclinaban en los *triclinia*, sino que tomaban asiento en *sellae* junto a sus esposos, pero claro, a un cónsul que ni siquiera obedecía al Senado, ¿qué podía importarle ya la tradición?

—Por Cástor y Pólux —empezó Catón—, todo esto es un exceso inútil, toda esta comida, las salsas, los dulces, el vino...

—Mis oficiales han conseguido una conquista y se merecen una celebración —respondió Publio, sin mostrar que se sintiera ofendido, tomando un sorbo de su copa de vino.

—En un ataque no permitido por el Senado, más aún: una intervención en contra de las instrucciones del Senado. Publio Cornelio Escipión, no tenías permiso para abandonar Sicilia y menos aún para desembarcar tropas en Italia y, lo peor de todo, ¿qué tropas?

—¿Qué les pasa a mis tropas? —preguntó con aire distraído el cónsul, ocultando su rostro una vez más tras la copa de vino, como si aquel debate no fuera con él.

—La V y la VI, las «legiones malditas» —precisó Catón con énfasis—. ¡Por todos los dioses, son legiones desterradas de Italia y tú las has llevado a combatir a territorio itálico en contra de la sentencia del Senado que pesa sobre ellas por su ignominia!

—Las he conducido a una victoria —respondió Publio aún con serenidad—, una victoria para Roma.

—Una victoria para ti en contra del Senado.

—Gracias por reconocer lo de victoria. —Y el cónsul sonrió mirando a sus oficiales, que rieron con fuerza. Se los veía nerviosos por los comentarios de Catón. Las carcajadas los relajaron. Marco Porcio Catón, sin embargo, se sintió ofendido.

—Con la comida y la bebida, con estos excesos, reblandeces a tus hombres. No es de extrañar que en Hispania se terminaran rebelando contra ti.

Todos callaron. Los músicos, una vez más, dejaron de tocar. Publio Cornelio Escipión dejó su copa en la bandeja que le ofrecía un tembloroso esclavo. Emilia Tercia posó su mano en el antebrazo del cónsul. Éste, con delicadeza, la apartó. Tomó un vaso de agua y bebió un trago lento. Luego miró fijamente a Catón.

—Todos los oficiales que se rebelaron contra mí fueron ajusticiados, muchos de ellos por mí personalmente. Los atravesé con mi espada como si fueran aceitunas maduras. Creo que todos los presentes saben lo que significa rebelarse contra mí.

Catón no se amedrentó por el cambio de tono, ahora mucho más serio y duro, de su interlocutor.

—Si no envilecieras primero a tus oficiales y legionarios luego éstos no se rebelarían contra ti. Tú mismo provocas el germen de la rebelión con estos absurdos e innecesarios banquetes y con tu incumplimiento de las órdenes del Senado. Si tú eres el primero que no obedeces una orden, ¿por qué otros deben obedecerte?

El cónsul se incorporó, separando su espalda del respaldo y acercando su rostro hacia donde estaba Catón. Emilia Tercia, entre ambos, se retiró hacia atrás.

—Mide tus palabras, *quaestor*. Hablas con un cónsul de Roma que sólo acumula victorias, una tras otra, a favor de Roma. Locri, que tanto criticas, hace unas semanas estaba dominada por las tropas de Aníbal, y nosotros se la arrebatamos en sus propias narices. Aníbal ahora ha perdido un puerto importante en el sur a través del cual recibía refuerzos y provisiones de África. Eso, querido *quaestor*, se denomina victoria estratégica. Tú lo puedes llamar desobediencia al Senado, pero ahora, gracias a mí y las legiones que tú llamas «malditas», gracias a las legiones V y VI de Roma, Aníbal ha visto debilitadas sus posiciones en el sur de Italia. Eso es lo que celebramos aquí y ahora y ni tus palabras ni tus insultos ni tu envidia nos amargarán este día.

—Ya veremos qué dice de todo esto el Senado —concluyó Catón.

—Ya veremos.

Y cuando todos pensaban que lo peor había pasado el *quaestor* volvió a la carga.

—Como las obras de teatro a las que llevas a tus hombres y que financias con dinero de Roma.

—Por Hércules —replicó con aire divertido Publio—, ahora Marco Porcio Catón se interesa por el teatro. Esto es nuevo. Quizás aún podamos entendernos.

—Sólo me interesa saber que haces que se representen obras en las que se menosprecia el servicio militar, en las que los actores se mofan de la oficialidad y en las que miles de legionarios asisten borrachos y locos riendo como posesos cuando debían enfurecerse y matar a palos a todos los que intervienen en semejante desatino. Una obra en la que incluso los actores se atreven a criticar el encarcelamiento de Nevio, el poetastro que se mofó de los patricios, ¿cómo decía el actor...? —Y Catón cerró los ojos un instante antes de activar su portentosa memoria y recitar el texto—. *Columnam mento suffigit suo. Apage, non placet profecto mihi illaec aedificatio; nam os columnatum poetae esse inaudiui barbaro, cui bini custodes semper totis horis occubant...* [Le ha puesto una columna a su mentón. ¡Diantre! No me gusta nada semejante edificio; pues he oído decir que un poeta latino tiene la cara sobre una columna y dos guardias lo vigilan sin cesar a todas horas.]

El cónsul iba a añadir algo, pero la referencia que había recitado Catón le había pillado a trasmano, pues se trataba de un extracto que Publio no escuchó durante la representación al encontrarse en los pasadizos del teatro hablando con los embajadores de Locri y de Numidia. Así que el cónsul, en lugar de defender al autor de la obra, se limitó a mirar al propio Tito Maccio Plauto y hacerle una sugerencia.

—Es tu obra la que critica el *quaestor*, escritor, ¿no vas a defenderte?

Plauto se vio sorprendido. No era plato de buen gusto verse invitado a participar en aquella tremebunda confrontación dialéctica, pero aquella tarde se combatía con palabras y no con espadas y *pila*. Era su territorio, o eso creía. Plauto aventuró una respuesta.

—El *Miles Gloriosus* no se mofa de las legiones, sino de los oficiales fanfarrones, que los hay. Los que se sientan aludidos deberían preocuparse por su forma de actuar en el campo de batalla y no por el modo en que actúan mis actores en el escenario.

Marco Porcio Catón se sintió ultrajado y lo remarcó con claridad enrojeciendo en sumo grado su rostro. Estaba encolerizado: una cosa era ser insultado por el cónsul, un cónsul loco y megalómano, pero otra ya del todo inadmisible era verse afrentado por un miserable actor.

Catón lanzó una mirada gélida y asesina a Plauto al tiempo que le replicaba.

—El *quaestor* de Roma en Sicilia no se ha dirigido a ti, escritor. —Esta última palabra la pronunció Catón como escupiéndola, como si se tratara del peor de los insultos—. Nunca, ¿me oyes? Nunca jamás vuelvas a dirigirte a mí. Jamás. O maldecirás el día en que naciste.

Tito Maccio Plauto ya había tenido multitud de ocasiones en el pasado para maldecir no sólo el día en el que había nacido, sino también el día en el que fue engendrado, el día en que llegó a Roma, el día en el que se alistó en las legiones y hasta el día en el que, una vez terminada su primera obra, fue apaleado por patricios borrachos junto al río Tíber. Pero ahora las cosas le iban bien, razonablemente bien, y abrir un frente de disputa con aquel *quaestor*, protegido del todopoderoso Quinto Fabio Máximo, era, a todas luces, apuntar demasiado alto. Plauto calló y bajó la mirada con cautela bien aprendida.

Catón estaba nervioso y no iba a darse por satisfecho. Iba a exigir disculpas a aquel miserable cuando Cayo Valerio, primer centurión de la V legión, se levantó de su lecho, eso sí, algo tambaleante por el obvio efecto del vino en su cuerpo, y se dirigió a Catón.

—¿Y el *primus pilus* de la V legión puede hablar con el *quaestor* o tampoco? Porque... por Cástor y Pólux y todos los dioses, creo que es a mí al que le corresponde cotejar con el *quaestor* todo lo referente a los suministros de la legión. Bien, pues a mí... —le costaba continuar; se apoyó con el brazo izquierdo en el *triclinium*, pues en la mano derecha sostenía una copa de vino de la que no se había separado en toda la comida—, a mí... a mí, me gustó la obra... mucho... y no la encuentro ofensiva, ni deni... deni...

—Denigrante —le ayudó Marcio a concluir la palabra.

—Eso, deni... deni... eso; lo que ha dicho el tribuno. Yo me lo pasé muy bien y mis legionarios también y estuvo, eso... estuvo bien.

—Yo no hablo de teatro con los centuriones de la legión —respondió Catón seco.

—Sea... —continuó un encendido Cayo Valerio; percibía las miradas de todos clavadas en él; sentía cómo le admiraban por enfrentarse al *quaestor*, por hacer lo que sólo el cónsul se atrevía a hacer; Publio también le miraba intrigado, curioso—. Sea, *quaestor*, pues hablemos de suministros. Fuimos a Locri y tuvimos que ir sin todos los pertrechos que debían haber llegado y eso es falta tuya... falta tuya... enviarnos a combatir sin todo el material... teníamos que asediar una ciudad y apenas teníamos escalas...

—El material, por orden del Senado, es para invadir África —se justificó Catón con firmeza.

—Vale, pues para África... pero ver a Aníbal desaparecer ante nosotros... ver a Aníbal irse... dejarnos con la ciudad para nosotros... nosotros que hemos sido heridos bajo las espadas de sus hombres... verlo huir en Locri... —Cayo Valerio, en pie, apoyado en el *triclinium*, veterano centurión donde los haya, cubierto de *faleras* y *torques* por sus hazañas pasadas, se puso a llorar—. Eso fue... precioso... se retiró... el cónsul nos ordenó atacar y nosotros atacamos y Aníbal... Aníbal... se retiró...

Cayo Valerio cayó entre sollozos en su lecho.

Marco Porcio Catón lanzó una carcajada y se levantó.

—Sí, *primus pilus*, sin duda Aníbal debió de tener miedo de un centurión que llora como una niña asustada. ¿No sería que Aníbal se retiró para evitar enfrentarse a las legiones romanas de Craso y Metelo, que podían llegar en cualquier momento? Eso y no otra cosa —añadió mirando al cónsul— sí es estrategia. Mala suerte para el Senado no disponer de generales tan hábiles y tan sensatos y en su lugar tener que mandar órdenes que no se cumplen a cónsules que no hacen sino convertir en niñas lloricas a sus centuriones.

Cayo Valerio se levantó enfurecido y se llevó la mano a la espada, pero Terebelio y Digicio saltaron como gatos y lo asieron antes de que pudiera desenfundar.

—Veo, cónsul de Roma, que tus centuriones ya se rebelan contra el *quaestor*. Es sólo cuestión de tiempo que se rebelen contra ti, como ya pasó en Sucro. Tendrás noticias mías. Pronto.

Con esas palabras cruzó por en medio de todos, sin mirar ni a Plauto ni a Valerio, y desapareció por el vestíbulo que daba acceso a la salida de la gran *domus*.

Cayo Valerio se zafó de Terebelio y Digicio, que habían aflojado ya su firme abrazo de sujeción. El *primus pilus* de la V estaba avergonzado. Había no sólo insultado al *quaestor* de la legión, sino que además lo había hecho frente al cónsul, en casa del propio cónsul, delante de todos y delante de todos había estado a punto de atacarle llevado por la locura del vino que fluía por sus venas y que le había nublado la razón.

—Lo siento... lo siento... mi general. —Era cuanto el aturdido centurión acertaba a decir, con su mirada hundida en el suelo y el dorso de sus manos secando las estúpidas lágrimas fruto de la confusión de sus pensamientos—; he insultado al *quaestor*... he bebido demasiado... digo cosas sin sentido... por todos los dioses, pido perdón, mi cónsul.

—No hay nada de lo que pedir perdón —le respondió con serenidad y para sorpresa de todos Publio Cornelio Escipión—. Estás invitado por el cónsul de Roma, eres uno de sus oficiales y estamos celebrando la conquista de una ciudad. Es un banquete, una fiesta y has bebido de mi vino. Eso es lo que hay que hacer y espero que lo hayas disfrutado. Y en cuanto al *quaestor*, ya llegó sintiéndose afrentado desde un principio y sus palabras no han hecho sino encender el ánimo de todos. Aunque está bien que Terebelio y Digicio hayan impedido que lo ensartaras con tu espada y que luego te lo comieras: se te habría indigestado y, además, me resultaría complicado explicarlo al Senado.

Todos los oficiales del cónsul rieron. Hasta Emilia esbozó una suave sonrisa al tiempo que con su mano tomaba unas uvas de un enorme frutero que dos esclavas habían dispuesto frente a ella. Sus sirvientas sabían que la esposa de su amo prefería comer fruta y menos platos de carne y pescado adobados y guisados como los que estaban nuevamente circulando por el atrio.

Pese a las palabras del cónsul y a las numerosas carcajadas, Cayo Valerio aún parecía abatido, de modo que Publio añadió una reflexión final a su comentario anterior.

—Además, Cayo Valerio, *primus pilus* de la V legión, hace unos días apenas, te ordené que te adentraras en una densa niebla con los *velites*, para que los lideraras en un avance a ciegas atravesando una niebla tras la cual debías encontrar al más mortal de los enemigos de Roma, al mismísimo Aníbal. Y lo hiciste. Obedeciste sin rechistar, sin mirar atrás, siguiendo mis instrucciones con disciplina férrea, con lealtad completa. Escúchame, Cayo Valerio, y esto va también por todos los que estáis aquí conmigo: mientras me obedezcas, mientras me obedezcáis así en el campo de batalla, no me importa cómo os comportéis en mi casa: podéis comer hasta vomitar o beber hasta caer ebrios, o tomar a mis esclavas y solazaros con ellas. Mi casa y mis propiedades son vuestras, mientras vuestra lealtad en el campo de batalla sea sin límites, sin dudas, inflexible. Lo que piense el *quaestor*, lo que diga el Senado, lo que se diga en Roma aquí no importa, igual que no importará cuando pronto nos volvamos a encontrar en un campo de batalla, en África, y tengamos enfrente a innumerables enemigos. Allí, tribunos y centuriones de las legiones V y VI, allí estaremos solos, allí no estará el *quaestor*, ni estarán los senadores, ni estará el pueblo de Roma. Estaremos solos, todos vosotros y yo. A solas lucharemos y a solas venceremos.

—¡Brindo por eso! —dijo un apasionado Quinto Terebelio. Y todos le respaldaron. Cayo Valerio se había sentado, más tranquilo, y tras el brindis decidió levantarse de nuevo y tomar una vez más la palabra.

—Yo, mi general, si me lo permite, desearía proponer también un brindis.

—Sea, por Cástor y Pólux —concedió Publio—, hoy es un día para brindar.

—Pues brindo... —y Valerio miró a todos los presentes uno a uno mientras hablaba—, brindo por Publio Cornelio Escipión, y por los dioses que lo han traído hasta nosotros, brindo por la conquista de Locri y brindo por que las deidades nos hayan enviado a un general que haya sacado del destierro y devuelto a esta guerra a las legiones V y VI. Nos llaman «legiones malditas», mi general, y puede que lo seamos, pero no le defraudaremos en el campo de batalla, no le defraudaremos nunca.

—Brindo por ello —respondió el cónsul y, una vez más, el vino corrió por las gargantas de todos los que allí se encontraban.

Llegó entonces un esclavo, se aproximó al cónsul y le habló al oído. Emilia vio cómo su marido fruncía levemente el ceño y cómo su semblante se tornaba serio.

—Ahora mismo vuelvo —le dijo Publio, y lo vio levantarse y pasar entre sus oficiales saludando y sonriendo hasta alcanzar el vestíbulo. Una vez allí, vio cómo un esclavo a una señal de su esposo corría las cortinas del vestíbulo para que desde el atrio no se viera lo que allí ocurría. Emilia miró a Lelio y Marcio. Eran los únicos que estaban atentos. También Netikerty. Eso le llamó la atención, pero claro, Netikerty siempre miraba allí donde miraba su amo. Una fiel y hermosa esclava donde las hubiera. Demasiado hermosa. Lelio debía de estar albergando ideas sobre ella más allá de mantenerla como esclava. Y el caso es que Netikerty era muy del agrado de la propia Emilia. La esposa del cónsul se dio entonces cuenta de que se había distraído y volvió a mirar hacia el vestíbulo, pero las cortinas lo tapaban todo.

Tras las tupidas telas, el cónsul escuchaba a un embajador recién llegado de Locri. El relato de aquel ciudadano fue breve pero intenso. El cónsul no mostró sorpresa ante sus palabras. Era un mensaje que esperaba desde el mismo día en el que emprendieron el viaje de regreso a Siracusa.

—No te preocupes —le respondió Publio buscando sosegar el ánimo de aquel mensajero, perturbado por los acontecimientos que se estaban viviendo en su ciudad—. Enviaré de nuevo tropas allí, al mando de un oficial de mi máxima confianza. Éste reinstaurará el orden en la ciudad, detendrá a los que hayan cometido los delitos y ultrajes que comentas y, por supuesto, devolverá el tesoro de Proserpina íntegro al templo sagrado.

El mensajero asentía, aunque su rostro denotaba aún cierta duda y nerviosismo.

—Que le den agua y vino y comida si lo desea, y una habitación donde descansar esta noche.

—No, no... partiré enseguida... he de llevar la respuesta del cónsul de inmediato.

—Sea, pero al menos aceptarás asearte y comer un poco —insistió Publio—. Un mensajero hambriento no suele llegar muy lejos.

El enviado de Locri asintió y aceptó una bacinilla con agua limpia que uno de los esclavos le ofrecía y algo de pan y queso, pero comió deprisa.

60

La petición de Plauto

Siracusa, otoño del 205 a.C.

Plauto asistió con discreción al resto de la cena de su anfitrión. Él, al igual que Marcio o Lelio, se había percatado de la extraña salida y vuelta del cónsul al y del vestíbulo, aunque Emilia Tercia no lo advirtiera. El escritor pensó que alguien importante había traído un mensaje de relevancia para el cónsul, pero podía tener que ver con tantas cosas que dejó de pensar en ello y se limitó a escuchar en silencio los debates sobre la guerra, sobre la campaña de Aníbal en Italia y sobre la próxima invasión de África que Escipión estaba preparando. Hablaban todos los oficiales, pues todas sus lenguas estaban avivadas por el vino, todos los tribunos y centuriones de confianza del cónsul: Cayo Lelio, Lucio Marcio, Quinto Terebelio, Mario Juvencio, Sexto Digicio, Cayo Valerio... Plauto los miraba con interés. Hombres curtidos en la guerra, unos veteranos de campañas pasadas en Italia, otros expertos en la guerra forjados en la lucha contra los cartagineses en Hispania y contra los propios iberos. De todo aquello, Plauto no quería hablar. Y de teatro, el único debate que había habido fue con el *quaestor* y no le había dejado demasiado buen sabor de boca. Además era otro el motivo que le había traído allí y no debía dejar que el vino le hiciera olvidar su objetivo de aquel día. Escipión le miraba de cuando en cuando. Había asistido a su representación del *Miles Gloriosus* y el cónsul había participado con alegría del evento y luego, aunque no le había defendido ante Catón, no parecía que el general tuviera en mucha estima las opiniones del *quaestor*. Plauto recordaba cómo vio reír al cónsul durante el principio de la representación, pero también observó que frunció el ceño en más de una ocasión. Sabía que su obra era atrevida y más en aquellos tiempos, pero era un buen prólogo para la petición que tenía que hacerle. Al menos, gracias a los dioses, los soldados y la mayor parte de los oficiales habían encontrado cómica la obra y habían dejado pasar por alto las pequeñas indirectas contra la guerra en sí misma, o ni siquiera las habían advertido, como probablemente fuera el caso de Cayo Valerio, que tan positivamente se había manifestado con relación a la obra. Quién sabe. Quizás en su fuero interno, más de un veterano compartiese esa sensación contradictoria: la guerra nos lleva a la gloria, pero la guerra nos conduce por la miseria y el dolor. Plauto bebió vino con moderación y saboreó algo más de los excelentes manjares que se servían a su alrededor: jabalí con pimienta, orégano, bayas de mirto sin hueso, cilantro y cebollas y unas buenas chuletas de cerdo ensartadas en brochetas espolvoreadas con pimienta, levístico, chufas y comino y, cómo no, abundante salsa *garum*.

El cónsul vivía bien. No le gustaban las privaciones. Como Fabio Máximo, como Casca, como todos los patricios que conocía. Excepto Catón, claro. En ese sentido no había diferencias entre ellos. Eso sí, unos como Escipión luchaban en primera línea de combate, otros usaban de la traición para conseguir sus victorias, como Máximo en Tarento y, los más, vivían en la opulencia sin tener que ir a la guerra, como hacía su, por otro lado, benefactor, Casca. Plauto despreciaba a todos estos hombres, a unos en mayor medida que a otros, pero en el fondo, aunque fuera desprecio lo que sentía, sin embargo, necesitaba de los unos y de los otros. Unos le financiaban, otros eran su público. Esa eterna contradicción le corroía por dentro.

Los comensales fueron dejando la residencia del cónsul. Pronto sólo quedaron Escipión y su esposa Emilia Tercia, Cayo Lelio, acompañado por la hermosa esclava, Netikerty, que Plauto ya viera en Roma, y Lucio Marcio. Plauto sabía que su permanencia resultaba ya extraña, pero no tenía otra forma de acceder al cónsul que aquella cena y su casi eterna *comissatio*. Marcio se levantó y se despidió de todos. Plauto comprendió que no podía alargar más su estancia, así que se alzó también y se dirigió al cónsul.

—Sé que he dilatado mi presencia más allá de lo que la cortesía y vuestra paciencia requieren, pero, por un lado, la compañía y los manjares que nos has servido, cónsul de Roma, eran un lujo demasiado agradable como para alejarse de él con celeridad.

Publio asintió y le interrumpió.

—Estimado Plauto, aprecio tus esfuerzos, pero para alguien que escribe con tanta fluidez obras satíricas y que luego actúa con gracia ante un público de miles de personas, continúan resultando forzados tus halagos ante un patricio.

Plauto sonrió lacónicamente. En cierta forma se sintió aliviado.

—Es cierto. Bien. Iré entonces al otro asunto por el cual he esperado al final de la cena, pero me pregunto... quisiera saber si sería posible una entrevista, con el debido respeto a todos los presentes lo digo, por todos los dioses, una entrevista en privado, ¿sería esto posible?

Publio dejó la copa de vino y miró a su alrededor antes de responder.

—Plauto, esto es una entrevista privada: aquí sólo veo a mi esposa, a mi mejor oficial, una esclava de su confianza y luego los esclavos que nos sirven que, sinceramente, no creo que vayan a traicionar lo que sea que vayas a pedirme pero... —dio una palmada fuerte y todos los esclavos y esclavas que habían estado atendiendo el banquete y que ahora andaban de una mesa a otra recogiendo platos medio terminados, vasos, copas y jarras de vino, *mulsum* o agua fresca, desaparecieron por las puertas que daban al gran atrio de aquella casa—, ¿estás más cómodo así?

Plauto miró a un lado y a otro. Las paredes oyen, pensó, pero comprendía que no era razonable ni útil para su causa presionar más al cónsul. Era ofensivo dudar de la presencia de su mujer o de Cayo Lelio y su esclava-amante. Quizás algún otro sirviente de la casa espiara tras alguna de las esquinas, pero, si eso era así, cuando eso se supiera, él ya no estaría allí para saber de la reacción del cónsul, que, sin duda, sería tan temible como la que tuvo con los legionarios de Sucro.

—He de solicitar tu ayuda y tu poder como cónsul de Roma para que liberes a un amigo mío, otro escritor que, de modo injusto, se pudre en los miserables calabozos de la cárcel en el foro de Roma.

—Te refieres a Nevio —dijo el cónsul, distante.

—Así es.

—Ya escuché las referencias que hiciste a su cautiverio durante la obra y que el *quaestor* ha tenido a bien recordarnos. Esa referencia, Plauto, no ayuda a mejorar mi imagen ante Catón.

—Los cónsules habláis mediante la fuerza de vuestras legiones, nosotros los escritores sólo tenemos las palabras de nuestras comedias.

—Y las pintadas de Roma —añadió Lelio.

Plauto suspiró. Hasta allí había llegado la algarabía de las pintadas que cubrieron Roma con el insulto a los Metelos atribuido a Nevio.

—Esas pintadas no las escribió Nevio —se defendía Plauto.

—Pero las dictó él —contravino Lelio.

—La frase es suya, lo admito, pero es una crítica a los Metelos y los Metelos no son amigos de los Escipiones y, desde luego, no son amigos de Roma. Los Metelos son sólo amigos de sí mismos.

—Si sigues por ahí —intervino Emilia intentando conciliar los ánimos, mientras que Netikerty, por su parte, permanecía callada escuchando las intervenciones de los demás pero, por supuesto, sin atreverse a participar—, Plauto, corres el peligro de terminar como Nevio.

—Creía que estaba entre amigos, gente de confianza, que se podía hablar con claridad.

—Pero, realmente, Plauto, ¿nos consideras tus amigos? —preguntó Publio mirándole fijamente, pero sólo obtuvo el silencio por parte del aludido, por lo que le presionó para obtener una respuesta—. Has dicho que hablemos claro, pues hagámoslo: te cedí el acceso a nuestra biblioteca, siempre he asistido a tus obras, yo contraté tu primera obra cuando era edil de Roma. Me debes mucho, no, todo. Puede que otros, como Casca, te hayan ayudado hasta hacer llegar tus obras a mí en aquel momento, pero al final la decisión era mía y podía haber decidido que tus obras no se representaran y, sin embargo, siempre muestras altanería y distancia a mi persona, a mis oficiales, a todos los que me rodean. ¿Te consideras amigo nuestro? Porque yo ayudo a mis amigos pero no sé por qué debo ayudar a quien no es amigo mío.

A Plauto, contrariamente a lo que pudiera esperarse de él, en aquel preciso momento, le costaba expresarse. Decidió dar rienda suelta a sus sentimientos y ponerlos en un latín claro, pero se esforzó en ser meticuloso en la selección de sus palabras. No quería herir, pero no quería faltar a la verdad, ya que, al menos, el cónsul mostraba interés por la sinceridad, por su sinceridad.

—Yo sólo he tenido tres amigos, dos están muertos, Praxíteles y Druso, y uno en la cárcel, Nevio. Praxíteles me enseñó latín y griego y me cuidó de niño. Druso fue un soldado que combatió conmigo en Trebia y Trasimeno y que esta guerra que con tanto interés promovéis los cónsules y los senadores se llevó de mi lado en una gélida mañana junto a un lago que ni siquiera llegué a ver por la niebla en la que nos sorprendieron los cartagineses. Los enemigos eran sombras que se arrojaron sobre nosotros porque un cónsul soberbio e incompetente decidió conducir a millares de hombres a una muerte cruel. Me es difícil ser amigo de quien encuentra en la guerra su camino de crecer en la vida, de modo que, por definición, me resulta difícil ser amigo de un cónsul o de un senador o de un patricio. Tú, Publio Cornelio Escipión, eres las tres cosas. Debo, no obstante, a Casca su ayuda para promover mis obras y a tu persona debo mi primera representación y que, a la vez que combates en esta guerra, promuevas el teatro en los juegos de Roma o ahora aquí, en tu estancia en Siracusa. Me muevo entre dos sentimientos contradictorios: aprecio alguna de las cosas en las que crees pero detesto muchas otras que tu persona representa, las detesto por completo como detesto esta guerra.

—Yo no empecé esta guerra; la empezó Aníbal y he perdido a mi padre y a mi tío en ella. Deseo, como tú, que esta guerra termine cuanto antes. De ahí mi plan de África. —Publio se explicaba de igual a igual. Plauto apreció el gesto. Se sentó en uno de los *triclinia* que había quedado libre. Lelio, Emilia y Netikerty escuchaban absorbidos por la intensidad del debate.

—De acuerdo —concedió Plauto—, pero fue un senador, un cónsul, el que declaró la guerra en Cartago.

—Quinto Fabio Máximo —confirmó Publio—, eso es correcto.

—No fue un panadero o un pescador o un labrador, ni un liberto o un esclavo el que declaró la guerra, y mucho menos un escritor, sino uno de los de tu clase acompañado de una comitiva de hombres iguales a él, que se vieron con hombres iguales a ellos, nobles, senadores de Cartago. Vosotros sois los que decís que ha de haber una guerra y en ella mueren millares de personas que no han tenido parte alguna en dicha decisión.

—Pero en Roma se eligen a los cónsules y a los senadores...

—Pero los cónsules son casi siempre elegidos entre los senadores y los senadores por un *censor* que ha sido senador antes. Es un sistema cerrado.

—También hay cónsules que vienen del pueblo.

—Los menos, y pronto son absorbidos por el sistema senatorial, domesticados.

—Y están los tribunos de la plebe que pueden vetar las acciones del Senado o de los cónsules.

—En teoría, pero nunca se oponen cuando el Estado está en guerra. La guerra es la excusa perfecta en donde todo se justifica. Por eso Nevio no puede criticar a senadores, patricios, cónsules o ex cónsules, porque estamos en guerra y esas críticas, nos dicen los patricios, debilitan al Estado.

La discusión había transcurrido veloz, encendida, apasionada, pero sin resultar agria. Era sincera. Publio tardó en responder unos segundos. Bebió algo de vino. Dejó la copa sobre la mesa frente a su *triclinium*.

—Entonces, Plauto —continuó despacio—, no eres mi amigo.

—Ni tu enemigo. Aprecio tu afán por buscar el final de la guerra, final en el que creo, pero me desagrada que en esa búsqueda anheles gloria y recompensas políticas, algo que no me negarás.

—Los esfuerzos requieren recompensas, especialmente los esfuerzos ímprobos, descomunales, y poner fin a esta guerra lo es.

—De acuerdo. Y aprecio tu apoyo al teatro, pero tú mismo te contradices porque no buscas apoyar al teatro en sí, sino sólo al teatro que te place. Si una obra es crítica, la cuestionas.

—Pero he aceptado tu representación, incluso delante de mis hombres, aun cuando sé que Catón andará en alguna esquina oscura escribiendo un informe a Máximo que éste transformará en una diatriba contra mí, por miles de cosas que no le gustan de mí y entre ellas por dejar representar tu obra.

Plauto respiró con profundidad.

—Eso es verdad, por los dioses. Supongo que los dos tenemos contradicciones. —Y guardó un instante de silencio antes de concluir—. Sinceramente, creía que te despreciaba, pero he de admitir que, examinando con detenimiento mis pensamientos, siento respeto y crítica hacia tu persona, cónsul. Crítica a muchas de las cosas que haces o que has hecho, respeto por algunas que promueves y me siento confuso porque me dejes hablar así. Intento entenderte y no lo consigo.

Aquí Publio Cornelio Escipión estalló en una carcajada que relajó el ambiente.

—Yo también intento entenderte, Plauto, y tampoco lo consigo. Creo que estamos empatados. Pero tus obras me gustan y creo en el teatro y admito que puede criticar, pero pienso también que las críticas deben tener unos límites. Nevio está acostumbrado a sobrepasar todos los límites. Critica a los Metelos, y puedo hasta estar de acuerdo con él; yo también he tenido mis diferencias con alguno de ellos, pero Nevio también ha criticado a mi familia abiertamente. Me pides que te ayude a liberarlo y no veo la razón por la que debiera hacerlo. Tampoco parece que deba hacerlo por amistad.

Plauto se levantó.

—No he sabido persuadirte, pero espero que aprecies que al menos no he intentado mentir para hacerlo.

—Eso te honra —concedió Publio.

Plauto se dirigió a Emilia.

—Una cena exquisita. Siento que mis hoscos modales y mis opiniones críticas no sean la mejor de las compañías, pero agradezco que se me invitara y que se me escuchara. —Esto último lo dijo mirando a Publio. Emilia asintió con la cabeza. Luego Plauto saludó con un gesto de su cabeza a Lelio, quien levantó su copa en respuesta. El escritor pensó en dirigir una mirada a Netikerty, pero temió que el oficial romano que acababa de saludarle tomase a mal dicho gesto, así que dio media vuelta y se dirigió hacia el vestíbulo que daba acceso al atrio. Cuando estaba a punto de alcanzarlo, la voz de Publio Cornelio Escipión resonó con fuerza a sus espaldas. Plauto se giró para escuchar.

—No, no me has persuadido, pero veré lo que se puede hacer. En cualquier caso, lo que dijo Nevio de Metelo es cierto. Pero no creo que pueda ayudar a tu amigo encarcelado hasta que concluya esta guerra.

—Un motivo más para terminarla cuanto antes —respondió Plauto desde la distancia y saludó con una leve inclinación. Estuvo a punto de decir gracias, pero si lo hubiera hecho ya no sería el mismo Plauto que entró en aquella casa. Una vez fuera, se dio cuenta de que aunque no hubiera dado las gracias, sin duda, ya no era el mismo ni veía con la misma frialdad a aquel extraño cónsul.

En el atrio del gran banquete, sin Plauto en escena, la conversación de los presentes se centró en la personalidad del escritor.

—Un hombre peculiar, pero inteligente —dijo Publio.

—Hay que reconocerle cierto valor —afirmó Lelio—, al defender sus opiniones con tanta dureza y ante un cónsul, aunque sepa de tu tolerancia. No deja de sorprenderme. Pocos se atreven a tanto.

—Y tú, Emilia —preguntó Publio—, ¿qué piensas de Plauto?

—No sé... es alguien que ha sufrido mucho, guarda mucho rencor y luego sus obras son tan divertidas. Parece imposible que alguien tan amargado pueda escribir lo que escribe.

Publio asintió con aprecio. Su mirada se quedó sobre Netikerty. ¿Qué pensaría ella de aquel comediógrafo?

—¿Y qué piensa nuestra querida Netikerty de Plauto? —preguntó Publio. No esperaba una respuesta meditada, sino alguna ambigüedad o algunas palabras nerviosas y esquivas.

Netikerty alzó los ojos levemente y los volvió a bajar para, mirando al suelo, pronunciar su valoración, con voz serena y clara.

—Creo que Plauto es un hombre acostumbrado a abrirse camino allí donde no es posible. En eso se parece al cónsul.

Emilia, Lelio y Publio se quedaron mirándola.

61

Un aviso

Siracusa, otoño del 205 a.C.

Los días que siguieron al banquete fueron de gran trabajo para Publio. Necesitaba más trigo, más aceite, más carne, más pescado, más ganado, más barcos, más caballos, más hombres, más adiestramiento, más tiempo... Catón no había molestado en unas semanas, aunque estaba seguro de que algo estaría maquinando, pero no tenía ni energía ni minutos para ocuparse de las posibles maniobras del *quaestor*. Tuvo el cónsul, además, que enviar a Lelio con parte de las tropas a Locri. El relato de los enviados de la ciudad recién conquistada había sido demoledor y debía reinstaurar el orden lo antes posible. Pero al menos había conseguido desembarazarse de Sergio Marco y Publio Macieno, quienes por su rebelión contra Pleminio quedarían ahora en Locri bajo arresto y en manos de un encolerizado y vengativo pretor.

Seguía informado de los acontecimientos en Roma por correos públicos con información del Senado y por cartas privadas, las más valiosas, que le llegaban escritas por su hermano Lucio. Recién llegado de revisar las tropas acantonadas junto a las murallas de Siracusa, el cónsul recibió de manos de su esposa unas tablillas grandes.

—Han llegado mientras estabas fuera —le dijo su esposa ofreciendo en sus manos la preciada carga.

Publio le dio un beso en la mejilla, tomó las tablillas, pesadas, en esta ocasión en lugar de dos debían de ser tres o más y se dirigió al *tablinum*, al fondo del atrio, donde tenía centralizado su despacho para asuntos oficiales. Se encerró en él corriendo las cortinas. Emilia se recostó en un diván en el atrio y esperó, como hacía siempre, a que su marido le transmitiera las noticias que venían de Roma. Lucio, sin falta, incluía información sobre su suegra, Pomponia, pero también sobre el otro Lucio, el hermano de Emilia, Lucio Emilio Paulo. Y en tiempos de guerra el corazón de una esposa o de una hermana permanecía constantemente en vilo. ¿Marcharía todo bien? Su hermano luchaba en el norte y los galos de Liguria estaban en rebelión. Ya habían matado al hijo de Fabio Máximo.

En el *tablinum*, Publio desató el cordel que anudaba el paño que cubría las tablillas para protegerlas y descubrió que su hermano, en efecto, no sólo había incluido tres tablillas engarzadas por un extremo, sino que además había escrito con letra muy pequeña. Mucho sería lo que había de contar. Eso, normalmente, no era bueno.

Querido hermano:

Espero que los dioses te guarden y te protejan pues se avecinan tiempos complicados para todos y, en particular, para nuestros planes de llevar la guerra a África. Fabio Máximo ha debido de recibir cuantiosa información a través de Catón y la ha usado con habilidad en el Senado para socavar tu autoridad y, en fin, proponer que una embajada del Senado con plenos poderes vaya primero a Locri y luego a Siracusa. La finalidad de dicha embajada es confirmar tu incapacidad, cito sus palabras, para llevar a cabo la invasión de África y relevarte del cargo. Sé que parece una locura, pero lee con atención: llegaron a Roma varios mensajeros de Locri y lo cierto es que lo que relataron conmovió al Senado. Empezaron con la brutal dictadura que Sergio Marco y Publio Macieno implantaron en la ciudad tras retirarte tú a Siracusa. Parece ser que primero atacaron a Pleminio, al que le arrancaron las orejas y la nariz y luego encerraron para que sufriera en prisión el horror de sus mutilaciones mientras, a sangre y fuego, asesinaban al resto de los legionarios del pretor. Todo esto debes de saberlo porque enviaste a Lelio con tropas y restableciste a Pleminio en el poder, arrestando a los tribunos de la VI en rebeldía. Como imaginarás, los actos de Marco y Macieno dieron pie a que Máximo recordara al Senado la rebelión de Sucro, lo que reiteró una y otra vez. Pero la cosa empeoró cuando los embajadores de Locri relataron cómo Pleminio, seguramente enloquecido por su cara desfigurada, lleno de odio, primero sacó a Marco y Macieno de la cárcel y los torturó a plena luz del día frente al templo de Proserpina. Allí les arrancó las orejas y la nariz, y luego los ojos y la lengua y mientras gritaban hizo que ataran sus extremidades a cuatro caballos que tiraron de ellos en direcciones opuestas hasta desmembrarlos. Luego tomó los pedazos y los arrojó a los cerdos sin sepultura alguna. Eran rebeldes pero eran tribunos. Tu arresto fue correcto, pero la actuación de Pleminio también enfureció al Senado. Y para mayores males, el pretor desató a continuación su ira contra los ciudadanos de Locri, según él por no haber impedido la rebelión de los tribunos, por no haberle ayudado cuando éstos le atacaron. Locri ha sufrido primero la crueldad de los cartagineses, luego la de Sergio Marco y Publio Macieno, pero las atrocidades con las que se ensañó Pleminio con los ciudadanos de Locri y que sus embajadores comunicaron a los senadores son demasiado extensas y demasiado terribles para ponerlas por escrito. He de decir que los enviados de Locri nunca te echaron la culpa, pero Fabio Máximo subrayó una y otra vez que fuiste tú el que puso primero a Marco y Macieno en Locri, contraviniendo el mandato de destierro que pesaba sobre todos los miembros de la V y la VI, y luego remarcó con insistencia que Lelio, por orden tuya, repuso a Pleminio en el mando de la ciudad. No entiendo por qué, hermano, decidiste lanzarte a esa conquista en Italia. Te conozco bien y estoy seguro de que habrás tenido tus motivos, pero he de decirte que desde el punto de vista político ha resultado muy negativo.

Hay más. Una vez que los enviados de Locri nos dejaron solos en la Curia, Fabio Máximo añadió más acusaciones, como tu sabida pasión por el teatro, acusándote de distraer a los legionarios con representaciones obscenas y que se mofan de la guerra, de los oficiales, de la disciplina; añadió que envileces a tus hombres con banquetes suntuosos, que regalas vino a raudales y que, en fin, haces todo aquello que un buen general no debería hacer nunca. Sentenció que permitirte que sigas al mando era perder dos legiones enteras a manos de un loco y concluyó con un dato que, si bien es algo anecdótico, añadió aún más leña al fuego. Dijo que habías llegado a un pacto secreto con el escritor Tito Maccio Plauto para liberar a Nevio de su prisión en Roma, lo cual, como estoy seguro que entenderás, puso a los Metelos del lado de Máximo sin dudarlo. Nosotros no teníamos ni fuerza ya ni argumentos para defenderte, pero se nos ocurrió maniobrar utilizando la influencia que nos quedaba para incluir entre los miembros de la embajada a los dos tribunos de la plebe, Marco Claudio y Marco Cincio. Éstos son hombres ecuánimes, representan al pueblo y el pueblo está contigo. Con ellos tienes la oportunidad de, al menos, recibir una evaluación justa. Incluso Marco Pomponio, el senador que encabeza la misión, aun siendo proclive a las ideas conservadoras de Máximo, no es ni mucho menos el más radical de entre ellos. Creo que Fabio Máximo lo ve tan fácil que decidió ceder en estos aspectos. La embajada acudirá primero a Locri para arrestar a Pleminio y restablecer el orden en aquella ciudad y luego acudirán directos a Siracusa. La visita a Locri te da un poco de tiempo y he hecho todo lo que está en mi mano para intentar que esta carta te llegue lo antes posible y puedas así, con tu habitual y sorprendente astucia, querido hermano, idear la forma de impresionar a la embajada del Senado para mantenerte en el gobierno de la isla y al mando de las legiones V y VI. Te deseo que con ellas acudas a África y que en África, contra todo lo que pronostican nuestros enemigos en Roma, encuentres la forma de alcanzar la victoria.

Los asuntos de la familia están en orden. Madre se encuentra bien, preocupada por ti pero bien. Si por ella fuera se escaparía por la noche para sacarle los ojos a Fabio Máximo, pero creo que aunque se lo permitiera Máximo es inalcanzable. Sólo viene a Roma a las sesiones del Senado y luego se refugia en su gran *domus* a las afueras de la ciudad donde un pequeño ejército de veteranos de la campaña de Tarento le custodian como si de un dios se tratara. La muerte de su hijo le ha hecho aún más mordaz en sus diatribas y más rencoroso.

A tu esposa mándale mis saludos y dile que su hermano está bien. Ha participado en varias misiones con las legiones en el norte y aunque los galos están revueltos ha regresado para estar unos días en Roma. Como siempre su presencia contribuyó a reforzar nuestras débiles posiciones en el Senado. A él le debes la idea de la presencia de los tribunos de la plebe en la embajada que te visitará pronto.

Cuídate. Ruego a Júpiter, a Quirino, a Marte y a Juno y a todos los dioses que velen por ti y que te guíen en tus planes y que te ayuden para que no desfallezcas en tu ánimo pese a las noticias de esta carta.

Tu hermano que te quiere y te admira,

Lucio Cornelio Escipión

Publio arrojó las tablillas contra la pared.

—¡Por todos los dioses! —exclamó, y se quedó con los brazos en jarras mirando a la pared del *tablinum*. Emilia, que había escuchado el golpe de las tablillas al chocar contra la piedra del muro, dejó la lana que estaba tejiendo, despacio, y con el alma en vilo, asomó su pequeña y delgada figura por entre los cortinajes que daban acceso al despacho de su marido desde el atrio. Publio permanecía en pie, tenso, pero al verla relajó un tanto su expresión y respondió a la inquisitiva y nerviosa mirada de su mujer.

»Tu hermano está bien, tu hermano está bien —dijo, y Emilia tranquilizó las tensionadas facciones de su rostro.

—¿Qué ocurre entonces? —preguntó con sincero interés.

—¡Por Júpiter Óptimo Máximo! —reinició Publio llevándose ahora las manos a la nuca y dejándolas allí, entrelazados los dedos, durante unos segundos. Emilia le observaba sin interrumpirle en sus imprecaciones a todos los dioses que se prolongaron durante un minuto entero, en pie, sin dejar de mirar la pared. Un esclavo entró algo agitado, pensando que algo de lo que habían servido a su señor estaba en mal estado o roto o mal cocinado. Sobre la mesa del *tablinum* había una copa de vino con *mulsum* y un cuenco con sopa de ave, bebida y comida que el cónsul gustaba de tener a mano en todo momento. Pero el esclavo no tuvo tiempo de preguntar nada. Apenas si había aparecido desde el atrio cuando Publio se giró hacia él y como si persiguiera un enemigo en medio de una batalla le maldijo a voz en grito.

»¡Fuera, fuera, por Hércules, fuera todos de mi vista! ¡No quiero ver a ningún esclavo en todo el día! ¡A ninguno! ¡Al que vea lo mato!

El esclavo, conducido por su experiencia y por la agilidad de sus piernas, desapareció por donde había venido como una hoja arrastrada por un viento de tormenta. Emilia decidió intervenir.

—Ya es suficiente, Publio. ¿Qué ocurre? No quiero quedarme sin esclavos y tu furia parece que quiera llevárselos a todos por delante.

Publio la miró. Suspiró, salió del *tablinum* y se sentó en un *triclinium* pero sin reclinarse. Emilia se sentó a su lado en el mismo *triclinium*.

—¿Qué ocurre? —repitió—. ¿Por qué arremetes contra los esclavos? Siempre nos han servido bien. ¿No era una carta de Lucio, tu hermano? ¿Tu madre está bien? ¿Tu hermano también?

Publio asintió con lentitud.

—Están bien, están bien. No es eso.

Y calló mirando a su alrededor. Emilia le comprendió.

—¿Temes que nos escuchen? —preguntó en voz baja.

Publio asintió.

—Bien —respondió Emilia, bajando aún más la voz, hasta convertirla en un susurro apenas perceptible por su marido—. Dime qué dice Lucio.

Publio habló mirando hacia el suelo, en un tono muy suave, de forma que sus palabras quedaban quebradas por el aire a más de un par de pasos de distancia, pero eran perfectamente audibles para su esposa.

—Lucio me habla del Senado, de la última intervención de Fabio Máximo. Ha utilizado toda la información de la que disponía, era de esperar, para atacarme y más aún, para atacar la invasión de África. Aún lucha contra esa idea. Quiere detenerla a toda costa. Ha utilizado mi desembarco en Locri y ha incidido en que las legiones V y VI son indisciplinadas, ha recordado al Senado el motín de Sucro, insistiendo en mi incapacidad para devolver esas tropas a la disciplina legionaria, ha criticado que vivamos en Siracusa, que fomente representaciones de teatro cuestionables, se refiere al *Miles Gloriosus*, que recibimos a escritores, en fin, que más que preparar una invasión dilapidamos los recursos del Estado en un retiro de lujo mientras Roma está luchando por su supervivencia. El Senado envía una embajada con un pretor al frente de diez *legati*, al que acompañan, gracias a los dioses y a la astucia de tu propio hermano, los dos tribunos de la plebe, menos mal, y un edil, todos juntos para examinar la situación y, según vienen aleccionados, para detener el desembarco en África. Ahora, cuando lo teníamos todo tan cerca. Pero eso ya lo esperaba. Puedo luchar contra todo esto. Tengo ideas. Contaba con ello, no sabía con qué, pero esperaba un golpe de Catón y su amo, Máximo. Algo iban a hacer y lo han hecho, pero ése no es el peor de los problemas. Hay más. Algo que me preocupa más.

—¿Qué más, por Cástor y Pólux, qué más, Publio?

Publio giró entonces el cuello y la miró a los ojos.

—Tenemos un espía entre nosotros, entre los esclavos, supongo. Máximo ha dicho que hasta he pactado con Plauto la liberación de

Nevio y esa conversación fue aquí, contigo y con Lelio y su esclava. Eso es todo. Nos escuchan. Máximo ha infiltrado uno o más esclavos en esta casa y nos escuchan. Al final las palabras de la obra de Plauto van a ser verdad.

—¿Qué palabras eran ésas?

Publio recitó de memoria unas líneas de la intervención del esclavo Palestrión al principio del III acto del *Miles Gloriosus* que se le quedaron especialmente grabadas en la memoria, al leer días después de la representación una copia escrita que el propio Plauto le había facilitado.

—*Nam bene consultum consilium surripitur saepissime, si minus cum cura aut cautela locus loquendi lectus est...* [con frecuencia se frustra aquella decisión bien tomada cuando se ha elegido con poca cautela el lugar donde hablar]. Me llamó la atención la profundidad de esa frase. No sabía hasta qué punto iba a parecerme tan acertada. Sin duda, Emilia, no fuimos lo suficientemente cautos al elegir hablar con Plauto en este atrio rodeado de decenas de orejas.

Emilia se quedó un instante pensativa.

—¿No será el propio Plauto el que haya vendido esa información a Máximo?

Publio meditó antes de responder, pero cuando lo hizo negaba con la cabeza.

—No, no tiene sentido. Sabe que tiene más posibilidades conmigo que con cualquier otro senador y, desde luego, sabe que no tiene nada que hacer con Fabio. Fabio detesta a los escritores, como Catón. Si por él fuera estarían todos en la cárcel con Nevio o, mejor aún, ensartados y muertos como los brucios que ayudaron a Fabio en Tarento. No. Es alguien de aquí dentro. Lo presiento. —Y miró a su alrededor.

—Son todos esclavos que viven con nosotros desde que viajamos a Hispania, algunos incluso nos acompañan desde casa de tus padres. Son fieles a tu familia. Les tratas bien. Cumplen bien. Incluso creo que están orgullosos de servirte. Y has manumitido a alguno de ellos al ser mayor. Lo saben y saben que nadie los tratará mejor.

—Todos son susceptibles de venderse por su libertad y un puñado de ases. Eso siempre es posible.

—Es posible —concedió Emilia—. Son muchos, unos veinte diría yo, tendría que contarlos y no conozco a todos en profundidad. ¿Quieres que hable con ellos?

—No —dijo Publio con resolución; mientras hablaba con Emilia había tomado una decisión—. Será Lelio quien lo haga. De la forma en la que hay que hablar con ellos, tendrá que ser Lelio quien lo haga. Ahora es mediodía —añadió mirando al cielo—. Al anochecer. Al anochecer Lelio me dirá quién es el traidor. Y, si es necesario, morirán todos.

Publio se levantó y se dirigió con paso firme hacia el vestíbulo en busca de uno de los *lictores* apostados a la puerta de la casa. Emilia le observó mientras daba instrucciones al soldado, seguramente indicándole que fuera raudo a por Lelio. Esa tarde iba a correr sangre. Emilia lo lamentó profundamente. Conocía a aquellos esclavos desde hacía años y le dolía lo que Lelio haría allí para saber la verdad, pero aquí Emilia irguió su cuello con orgullo romano y se alisó la *stola* que llevaba como vestido: si había un traidor era necesario descubrirlo, en eso su marido tenía razón. Emilia despreciaba aquella guerra. Era como un gigantesco mar de odio y envidia y dolor que lo impregnaba todo: su familia, la de su marido, y ahora sus sirvientes. Todo. Temía por sus hijos, sobre todo por el pequeño Publio. Crecía y crecía y la guerra no terminaba. No tenía fin.

62

Un espía de Fabio Máximo

Siracusa, otoño del 205 a.C.

Lelio apareció acompañado de Netikerty, pues el mensaje que había recibido del *lictor* enviado por Publio no transmitía nada urgente, sólo que viniera para charlar. Lelio solía venir con su joven esclava cuando visitaba a Publio porque, por un lado, le gustaba verla todo el tiempo que le fuera posible, le sosegaba el espíritu ver a aquella preciosa muchacha siguiéndole, dócil, obediente, después, como aquella tarde, de haber estado haciendo el amor con ella durante una hora. Para ser exactos, era ella la que hacía cosas y él sólo tenía que echarse en el lecho y disfrutar, primero de un masaje relajante, las manos de Netikerty esparciendo aceite perfumado por su fuerte espalda de guerrero de Roma; luego los besos, los labios de la joven rozando cada recoveco de sus músculos, para terminar dándose él la vuelta y dejar que ella se montara sobre él y contemplarla en todo su esplendor mientras ella se arqueaba entre gemidos y cerraba los ojos vertiendo lágrimas por sus mejillas. Netikerty se acurrucaba entonces junto a su amo y Lelio se entretenía acariciándole el cabello negro y largo, despeinado, apenas sujeto por el *nimbus* de oro y perlas que Lelio le regalara años atrás a los pocos días de comprarla. Tras una tarde como ésa, para él era un dulce orgullo pasear a aquella joven a su lado y llevarla a ver al cónsul de Roma. En su fuero interno, Lelio quería que ella viera, una y otra vez, el poder de los hombres con los que él trataba y que de esa forma la muchacha comprendiera hasta qué punto era afortunada por pertenecer a quien pertenecía. Lelio era torpe en palabras, pero mediante su trato amable con la muchacha, para algunos en exceso, para Catón de forma escandalosa, buscaba que Netikerty se sintiera querida, apreciada... amada. Lelio no sabía si lo conseguía, pero lo intentaba. Publio, por su parte, había observado Lelio, toleraba la relación con la muchacha; de hecho, Lelio sentía que Publio estaba agradecido a los cuidados de la joven cuando estuvo gravemente enfermo en Cartago Nova. Y, por fin, quedaba la circunstancia, nada desdeñable, de que Emilia parecía haberle tomado un afecto sincero a Netikerty y gustaba de entrar en conversación con ella cuando ambas quedaban a solas. ¿De qué hablaban? Netikerty no decía demasiado, pero conociendo a Emilia no sería ni de guerra ni de política. ¿Hablarían de ellos, de él mismo y de Publio?

Lelio irrumpió en el atrio y saludó amigablemente al cónsul. Netikerty se quedó un par de pasos por detrás de su amo.

—¡Que los dioses bendigan esta casa y a todos cuantos viven en ella! Querías verme, Publio. Aquí me tienes.

El cónsul de Roma comprendió por el tono satisfecho de la voz de Lelio lo que su oficial había estado haciendo aquella tarde con su joven esclava. No le culpaba. Probablemente él, en sus mismas circunstancias, haría lo mismo. Eso le trajo, de modo fugaz, a su mente, cómo ya no hacían el amor con tanta frecuencia Emilia y él. La política, la magistratura, la guerra, no eran buenas semillas para la pasión. Pero todo aquello fue un destello que se apagó por los problemas que le acuciaban en ese momento. Publio tomó del brazo a Lelio y lo llevó a una esquina.

—Tenemos un espía —dijo el cónsul en voz baja.

—¿Un espía? ¿Dónde?

Publio no dijo nada y se limitó a señalar al suelo. Lelio asintió. El cónsul puso en antecedentes a Lelio resumiendo los datos de la carta de su hermano haciendo especial hincapié en el hecho de que Fabio tuviera conocimiento de la conversación que sostuvieron con Plauto sobre la encarcelación de Nevio. Lelio asentía con la faz seria, atento, asimilando los datos y las instrucciones.

—Me marcho, Lelio, y te dejo con los esclavos y seis *lictores*. Me llevo a Emilia y los niños. No quiero que interfieran. Haz lo que tengas que hacer, pero, por Júpiter, encuentra al traidor y tráemelo vivo. —Y con esto el magistrado dejó a Lelio y partió con su esposa y los otros seis *lictores* rumbo al *Portus Magnus*: a los niños les encantaba ver los grandes barcos de transporte entrando y saliendo de la bahía.

Lelio ordenó llamar a todos los esclavos de la residencia de Publio Cornelio Escipión en Siracusa y que se alinearan junto a una de las paredes del atrio, la opuesta al altar levantado en honor de los dioses Lares de la familia. Había un total de veintidós esclavos. El mayor número pertenecía a la cocina, con tres cocineros y seis esclavas que les asistían. Luego estaban las esclavas personales de Emilia Tercia, cuatro, y tres esclavos que se ocupaban del magistrado, de su ropa, sus armas y su aseo; había un esclavo mayor, una especie de secretario que asistía en la redacción de cartas y otros documentos y tres esclavas más, que se ocupaban de la limpieza de la residencia y los jardines; un hombre de mediana edad, fuerte, con la mente despejada y mirada inteligente que actuaba como *atriense*, y, por fin, un niño pequeño que, con toda seguridad, sería hijo resultado del amor entre una de las esclavas y otro miembro de la servidumbre. Todos estaban nerviosos, pues aquella convocatoria en el atrio era totalmente inesperada y fuera de lo común. Además, si hubieran tenido frente a ellos al amo o a la señora de la casa, quizá pudiera tratarse de que se les anunciara la visita de prohombres importantes o algún asunto similar, pero la ausencia de los amos y verse encarados con un rudo oficial rodeado de media docena de los guardias personales del cónsul de Roma no auguraba nada bueno. Lelio les confirmó sus peores vaticinios con rotundidad y precisión.

—Hay un traidor entre vosotros, un espía que aprovecha su presencia en esta casa para pasar información sobre lo que aquí ocurre a los enemigos del cónsul en Roma y quién sabe si más allá de Roma. El cónsul me ha ordenado que averigüe quién de vosotros se ha dedicado a perpetrar tal traición y que se lo entregue. Tengo, para esta tarea, plenos poderes y haré lo que tenga que hacer. ¿Está claro, por Hércules?

Todos callaron. Varios de los hombres empezaron a sudar y alguna de las mujeres se esforzaba infructuosamente en contener un sollozo. Una de las esclavas más jóvenes tomó al niño pequeño, de unos siete años, y agachándose, lo apretó contra su pecho.

—¿Hay alguien que quiera, que tenga algo que decir? —preguntó Lelio con furia—, ¿o será necesario que empiece a torturaros uno a uno hasta que el traidor hable? Si hace falta que acabe con todos así lo haré. No seréis ni los primeros ni los últimos hombres o... a los que mate. —Lelio había pensado en añadir «mujeres», pero nunca antes había tenido que matar a una mujer o a un niño, pese a tantos años de guerra. Nunca participó personalmente en las contadas ocasiones en que se castigó una ciudad enemiga masacrando a la mayor parte de sus habitantes, como en Iliturgis o Cástulo en Hispania. También pensó que aquellos esclavos no lo sabían. Eso jugaba a su favor. ¿Por dónde empezar?

Netikerty había quedado tras los *lictores*. Lelio no le había dicho nada. Ella hubiera preferido no estar allí. Pensó que acompañaba a Lelio a una visita más a casa del cónsul y que ahora se habría encontrado envuelta en alguna pequeña e intranscendente pero siempre cálida conversación con Emilia Tercia. Por el contrario, se veía obligada a presenciar a su amo Cayo Lelio presionando, gritando, amenazando a un grupo de esclavos y esclavas, indefensos, como ella. Se sentía incómoda. Nerviosa. ¿Qué debía hacer?

Cayo Lelio lo pensó despacio. Podía ir uno a uno pero aquello podía llevar horas, días, y Publio quería resultados rápidos. Tomó entonces una determinación arriesgada pero práctica. Se acercó en tres pasos largos y rápidos adonde estaba el niño esclavo, lo agarró por el brazo y, haciéndolo volar, lo desgarró del abrazo de su madre esclava. Ésta profirió un alarido.

—¡Noooooo! ¡Piedad, mi hijo no, es inocente! ¡Inocente!

Lelio habló sin que su voz temblase.

—O sale ahora mismo el traidor que ha pasado información sobre esta casa o empezaré por cortarle las manos a este niño. —Y alzó al pequeño estirando del bracito infantil hasta que el crío quedó con sus pies colgando a un metro del suelo. La criatura estaba pálida y de puro terror ni siquiera lloraba. La madre se separó de la fila de esclavos e intentó ayudar a su hijo pero uno de los *lictores* se abalanzó sobre ella, la detuvo en seco y ante la pujanza de la esclava y su pertinaz insistencia en acudir en ayuda de su hijo, la empujó con violencia arrojándola contra el muro del atrio. La joven se golpeó en la cabeza y cayó sin sentido. Un par de esclavas mayores, asistentes de la cocina, se acercaron y tomaron el cuerpo de la joven en sus brazos acurrucándola contra la pared y comprobando que aún respiraba. El niño empezó a gritar.

—¡Madre, madre, madre!

Lelio no se ocupó de hacer callar al pequeño sino que se limitó a elevarlo aún más estirando del brazo. El niño empezó a llorar bailando del poderoso brazo del oficial romano como un cordero colgado de un pincho de hierro en el mercado. Así, Lelio se paseó por delante de todos los esclavos. El *atriense*, en el centro de la fila de esclavos, miraba a un lado y a otro. Nadie parecía que fuera a moverse. Lelio dejó caer al niño en el suelo. El muchacho se golpeó con fuerza contra las baldosas frías y se hizo sangre en las rodillas, pero lejos de quedarse quieto, se levantó y fue a correr hacia su madre, pero la mano de Lelio lo cazó por el cuello de su pequeña túnica, lo echó al suelo, le puso el pie en el pecho impidiéndole que se volviera a levantar, desenvainó la espada y se dirigió de nuevo a los esclavos.

—¡Las manos, por todos los dioses, le voy a cortar las manos a este niño si no me decís algo!

El silencio era aterrador. El niño lloriqueaba en una mezcla de miedo por su madre desvanecida y por la visión del enorme *gladio* que aquel soldado acercaba más y más hacia su dolorido brazo, del que hasta hace unos segundos había estado colgado. La espada se aproximaba más y más. Lelio dejó de mirar a los esclavos, apretó los dientes, el *gladio* tocó la piel de la muñeca del niño. Pensó en hacer un corte rápido para que sangrara y aterrar aún más a los esclavos. Sintió asco de sí mismo. Para esto le había dejado Publio, para ocuparse de matar a niños y mujeres y esclavos. Todo había cambiado desde Baecula. Todo. Máximo tenía razón. *Votus damnatus*. Lelio se sentía maldito entre legiones malditas.

—¡Deja al niño! —gritó el *atriense*—. ¡Deja al niño! ¡Yo soy el traidor que buscas! ¡Deja al niño!

Lelio mantuvo la espada tensa, su filo sobre la muñeca infantil, el niño aterrado, sus ojos cerrados, su llanto... el oficial comprendió las palabras del *atriense* que le llegaron como si viniesen desde muy lejos.

Aflojó la presión sobre la espada, relajó los músculos, se incorporó, quitó su pie del pecho del niño, envainó despacio el arma, vio cómo el crío se arrastraba y gateaba hacia donde las esclavas mayores atendían a su joven madre. Era un niño valiente. Sintió algo de alegría entre tanta miseria. Aquel niño, sin duda, merecía vivir. Ni siquiera había implorado por él mismo; sólo había estado preocupado por su madre. Lelio había visto a hombres más curtidos vender a sus propios padres en situaciones similares. Y de pronto la faz de Lelio se tornó nuevamente en un duro rictus de miseria. Un par de firmes pasos, agarró al *atriense* por los hombros de su túnica y asiéndolo con un vigor furibundo lo separó primero del resto de los esclavos y luego lo arrojó contra la pared opuesta, más allá de los *lictores*. El *atriense*, toda vez que vio cómo el niño quedaba libre, no opuso resistencia más allá de procurarse la mejor de las caídas posibles al estrellar sus huesos contra la pared de ladrillo.

—¡Los demás esclavos, fuera de mi vista! —vociferó Lelio. Todos salieron raudos del atrio. Cayo Lelio fue de nuevo donde el *atriense* se medio incorporaba, arrodillado, apoyando una mano en el suelo y, sin previo aviso, le dio una patada en la cara. El esclavo vio cómo del golpe su cabeza y detrás el resto de su cuerpo giraban ciento ochenta grados hasta toparse una vez más con el muro de ladrillo en mitad de su frente. El golpe fue seco y escuchó un chasquido en el interior de su nariz. Perdió el conocimiento un instante y cuando abrió los ojos se palpó la nariz notando un chorro de líquido caliente que brotaba con fluidez. Se mareó. Lelio le dio un respiro.

»La única razón por la que no te mato ahora mismo es porque el cónsul ha pedido que te entregue con vida. —Pero acompañó las últimas palabras con un nuevo puntapié en el pecho del dolorido esclavo. Éste quedó recogido en el suelo, en posición fetal, en un charco de sangre y espumarajos que brotaban de su boca. Era un hombre duro y resistente, pero si aquello continuaba no sabía cuánto más resistiría. Tenía que pensar en algo, pero como no se le hacían preguntas no sabía qué decir. Pensó en pedir perdón, pero aquello quizá no hiciese sino enfurecer aún más a aquel oficial romano al que tantas veces había abierto la puerta de aquella casa. ¿Qué había pasado, qué estaba ocurriendo? El niño estaba bien. Eso era lo importante ahora.

—Amo, déjale, por favor, os lo ruego, lo vais a matar. —Netikerty habló desde lejos, con una voz suave y suplicante, pero lo suficientemente clara para ser percibida por su amo con nitidez. Lelio se volvió hacia ella, nervioso. ¿Qué hacía ella allí? Se había olvidado de su presencia por completo, absorbido por resolver el asunto de la traición. No le gustó que hubiera presenciado todo aquello.

—¡Silencio, Netikerty! ¡No te metas en lo que no te incumbe!

Netikerty calló y vio cómo Lelio volvía a patear con saña al esclavo tendido en el suelo.

—¡Habla, miserable! ¿Desde cuándo pasas información a Roma, con qué frecuencia, a través de quién, por qué, para quién?

El *atriense,* con las manos en su cogote para protegerse la cabeza, estaba aturdido. Antes nada y ahora demasiadas preguntas de golpe. ¿Por dónde empezar? ¿Para quién, por qué?

Netikerty volvió a interceder a favor del esclavo.

—Mi señor, ¿no veis que ese hombre no hace sino proteger la vida de su hijo?

Lelio, agitado, se volvió hacia ella.

—¡Cállate, he dicho!

—Pero, mi amo, ¿no veis el parecido de ese hombre con el niño al que amenazabas antes? Es su padre, sin duda, y sólo busca protegerle de tu ira. Por eso se ha confesado. Golpeándole no conseguirás más que mentiras.

Lelio se giró hacia el *atriense*. Éste se había sentado y empezó a hablar entre chorretones de sangre que caían de su nariz.

—¡No hagáis caso a esa mujer, mi señor! ¡Yo soy el traidor! ¡He pasado información... siempre... que he podido... a senadores de Roma!

—¿A qué senadores? Dame nombres.

El *atriense* sacudía la cabeza e intentaba detener la hemorragia de la nariz con sus manos.

—No sé. Ellos me enviaban mensajeros, me pagaban, no sé para quién era la información.

—¿Y cuándo empezaste? ¿Aquí en Siracusa, en Hispania, en Roma? ¿Cuál fue tu primer mensaje?

El *atriense* guardó silencio. Estaba pensando.

—Os miente, mi señor. Se lo inventa todo —insistió Netikerty—. Traed al niño y veréis el parecido. Es fácil de comprobar.

—¡Maldita sea! —exclamó Lelio.

—¡No, dejad al niño, mi señor! —aulló el esclavo golpeado.

—¡Entonces decidme cuál fue vuestro primer mensaje!

—¡No me acuerdo, no me acuerdo! ¡Estoy confuso! ¡Dadme tiempo!

Lelio se dirigió a los *lictores*.

—¡Traed al niño!

Netikerty dio varios pasos hacia atrás hasta quedar entre las sombras del atrio, en el lugar opuesto adonde estaba el *atriense*, que la miraba con odio.

El niño regresó al atrio llorando, fuertemente asido por la cintura por uno de los legionarios. El *lictor* lo llevaba como quien lleva un saco de sal y como tal saco lo dejó caer junto al *atriense*. El esclavo abrazó al niño de modo instintivo y el crío ocultó su rostro entre los dobleces de la ensangrentada túnica del *atriense*.

—Mírame, niño —dijo Lelio en el tono más conciliador posible. Pero el crío se apretujaba aún más contra el pecho de su padre. Lelio le cogió de la pierna y tiró de él con fuerza. El niño, arrastrado por los pies, quedó separado de su padre. Dos *lictores* cogieron al *atriense* y lo mantuvieron en la pared. Lelio giró el cuerpo del niño y lo puso tumbado boca arriba. El niño, blanco como la cal de puro pánico, no decía nada. Pensaba que ahora sí iba a morir. Lelio examinó el rostro del niño y luego el del *atriense*, que hizo por esconder su cara pero le resultó imposible porque un *lictor* se la mantenía en alto asiéndole con fuerza de la barbilla. Cayo Lelio examinó la nariz puntiaguda, las orejas desplegadas de la cabeza en su parte final, como dobladas hacia fuera, los ojos marrones, la mente despejada de ambos. Eran iguales, salvo que el *atriense* ya no tenía la nariz puntiaguda. Netikerty tenía razón. Aquel miserable sólo buscaba proteger al niño, su hijo.

»¿Has recordado ya cuál fue tu primer mensaje, esclavo? —preguntó Lelio dejando al niño en el suelo, asustado, encogido.

—No... sí... en... Roma... sí, sobre... cuando el amo preparaba su partida a Hispania... dije... escuché que... que...

Lelio se desesperó. Desenvainó la espada de nuevo.

—Antes merecías morir por ser un traidor, pero no podía matarte porque la orden del cónsul me lo impedía, pero ahora mereces morir por haberme querido engañar, y si no eres el espía que busco puedo matarte sin contravenir la orden del cónsul. Estás muerto, *atriense*.

El esclavo se arrodilló ante Lelio y suplicó, pero no por él.

—De acuerdo, sea... pero dejad al niño. Matadme, pero dejad al niño.

Lelio le miró con cierta sorpresa. Siempre había considerado que los esclavos eran gente débil. Pensó que iba a rogar por su vida y en su lugar pedía por la del niño.

—Al niño no le pasará nada. No tiene culpa de nada —le confirmó

Lelio, pero alzó su espada para asestar un golpe contra aquel esclavo que, pese a lo inminente de su muerte, respiraba tranquilo por primera vez desde hacía rato.

Netikerty observaba, confusa y asustada, el extraño desenlace de los acontecimientos. ¿Ahora Lelio iba a matar a aquel hombre por mentir? ¿Pero en qué pensaban los romanos? ¿De qué forma buscaban mantener sus lealtades? Y el hombre, una vez salvado su hijo, aceptaba su destino sin más. No tenía fuerzas para luchar, para oponerse por más tiempo. Y su mente abrumada no daba de sí para seguir inventando su posible pasado de traidor.

Netikerty había querido salvarle y no había conseguido nada. Pensó que con desvelar el obvio parecido del niño con su padre sería suficiente para salvar la vida del esclavo, pero no era así. Ya no quedaba nada por hacer. O sí. Netikerty mira al suelo y cierra los ojos. Por su mente desfilan los recuerdos de toda una vida de felicidad y de miseria, de libertad y satisfacción y de esclavitud y tortura, hasta llegar a unos últimos años confusos, donde la pasión y el cariño se mezclaban con el dolor de la mentira y la duda. Está cansada, harta de tanto esconderse, de tanto ocultar, de tanto engañar. De pronto, siente que no puede fingir más. Hasta aquí. Hasta aquí. Dejará de mentir y de nuevo, aun en la más cruel de las desazones, volverá a ser, tan siquiera por unos instantes, libre. Total y completamente libre.

—¡Cayo Lelio, deja de una vez a ese hombre! —dijo Netikerty, la esclava, como si ya no fuera esclava.

Lelio se detuvo. La espada quedó a un palmo del pecho del *atriense*. El oficial se detuvo no tanto por las palabras sino por el tono de las mismas y por el imperativo. Era una esclava la que se dirigía así a él, una esclava la que osaba darle una orden y en presencia de los *lictores* del cónsul.

—Ese hombre no es quien ha traicionado al cónsul, ni tampoco ninguno de los otros esclavos de esta casa. Aquí no hay más espías que yo. Yo soy la que paso información desde que me compraste en la villa de Quinto Fabio Máximo y es a él a quien envío los mensajes: lo hago a través de enviados que me buscan en los mercados de las ciudades en las que hemos vivido, en Roma, en Tarraco, en Cartago Nova y si no a través de algún legionario que me aborda en los campamentos durante las campañas militares de los veranos en Hispania. Mi primer mensaje fue... sobre cómo buscabas un día *fasto* para partir hacia Hispania —Lelio recordó entonces las preguntas de Netikerty acerca del calendario romano; entonces pensó qué bien se sentía al responder a aquella joven esclava—, y mi último mensaje fue el que informó a Máximo sobre la posible ayuda del cónsul para liberar a Nevio a petición de Plauto.

Para Lelio el mundo se detuvo en aquel momento. Era como si no hubiera un antes o un después. Eran tantos los detalles, todas las respuestas a cada una de sus preguntas sobre la traición, que Lelio no tuvo dudas de que Netikerty decía la verdad. Lelio dejó libre al *atriense*. El esclavo gateó hasta tomar a su hijo y abrazarlo y acurrucarse con él junto a la pared. Los *lictores* les miraron pero esperaban alguna instrucción de Cayo Lelio. Éste, no obstante, estaba de pie, sus ojos clavados en Netikerty. No decía nada. No sabía qué decir. Desde Roma. Todo este tiempo. Desde que la compró. Pero ¿por qué? Sólo había quedado esa pregunta por responder, pero qué importaba ya aquello. La joven esclava a la que había estado protegiendo desde hacía años y con la que yacía todas las noches, la que le cuidaba las heridas, la que le acariciaba, la que le vestía y lo desnudaba, la que se movía como una gata en la cama, la que le escuchaba, la que había pensado en manumitir, convertir en liberta, incluso en desposarse con ella. Aquella misma mujer era la que le había estado traicionando día a día, noche a noche, caricia a caricia. Todo falso. Todo mentira. Qué importaban los motivos. Nada podía justificar aquella traición para con él y, aun si eso se pudiera justificar, no era lo más grave. Lo peor era la traición al cónsul, la deslealtad completa hacia Publio. Había jurado cuidar, velar por Publio Cornelio Escipión y era él el que había traído consigo la traición, el espionaje, la mentira al mismo corazón de la familia Cornelia, en Hispania, en Roma y ahora en Sicilia. Y todo por su debilidad con las mujeres. Y el vino. Netikerty siempre le servía vino. Sabía que Publio pensaba que últimamente bebía más y ahora se daba cuenta de que era Netikerty la que promovía aquello. Lo había estado haciendo desde el primer día. Y las noches en vela haciendo el amor. Luego se sentía cansado. Decía cosas inadecuadas, como en Baecula. Entonces llegó el distanciamiento de Publio, y cómo el general le alejó de las campañas hispanas durante un año, trayendo a Lucio, su hermano, y a Silano para sustituirle como tribuno. Todo encajaba en su mente. Netikerty daba pasos hacia atrás aunque Lelio permanecía inmóvil, como un estandarte romano clavado en la tierra de aquel atrio. Nadie decía nada. El niño sollozaba en la esquina junto a su padre ensangrentado. Los *lictores* aguardaban una orden, una señal. Lelio giró despacio su cabeza hacia la derecha y encontró lo que buscaba. Los *triclinia*, dos, dispuestos junto al *impluvium*. Fue hacia ellos y se sentó en el extremo final de uno de ellos, el más próximo.

Netikerty siguió retrocediendo hasta que su espalda chocó contra la pared del atrio. Allí se detuvo. Sabía que iba a morir. Su traición era completa y la mirada funesta de Lelio no presagiaba nada más, ningún otro desenlace posible. Netikerty pensó en dar explicaciones, pero sabía que su mentira estaba más allá de toda justificación para aquel hombre. No le culpaba. No podía permitir que Lelio matara a un inocente delante de sus ojos y ante los ojos de un niño pequeño y no podía impedirlo sin decir ya toda la verdad. En cierto modo, se sentía aliviada. La espada de Lelio sería rápida. O quizá fuera el hacha de uno de los guardianes que estaban allí detenidos como pasmarotes, aturdidos y confusos. Sólo ella y Lelio comprendían todo lo que se estaba descubriendo. Asistían como espectadores incultos, desinformados. Vigías ciegos pero obedientes. La voz de Lelio llegó como si viniera del mundo de Caronte, donde los romanos decían que viajaban sus muertos.

—No te puedo matar porque debo entregarte viva al cónsul de Roma, pero para mí estás muerta. Muerta. Muerta. —Y dirigiéndose a los *lictores* añadió la orden que tanto esperaban—. Prendedla, pero no la dañéis... de momento. El cónsul debe hablar con ella. Quedaos aquí y guardad el orden.

Lelio se levantó y, como Netikerty más temía, sin mirarla, partió de aquella casa. Dos de los legionarios de la guardia del cónsul la tomaron por los hombros y la obligaron a arrodillarse en la esquina. Uno le escupió y otro estuvo a punto de darle un puntapié, pero recordó las instrucciones de Cayo Lelio y se contuvo. Netikerty sabía que aquello era sólo el principio.

En la calle Lelio caminaba con pesadez. Tenía que ir a los muelles, buscar a Publio y decirle que ya sabía quién era el traidor, la traidora. Había cumplido su misión. Por una vez. Por una vez. Sonrió con una mueca retorcida. Miraba al suelo. Las calles de Siracusa no tenían nada que pudiera interesarle. ¿Qué haría ahora Publio con él? Él, Lelio, siempre empeñado en seguirle para cumplir con el juramento que había hecho al padre de Publio. Mejor le habría ido al joven cónsul sin su ayuda estos últimos años. Imbécil. Engañado por una esclava, por una puta. Estúpido. Sintió arcadas. Se detuvo y se apoyó en una equina. Su estómago se contrajo y vomitó dos, tres, cuatro veces. Puso una rodilla en tierra. Escupió en el suelo. Una última arcada. Bilis. Cerró los ojos. Se sintió mejor. Mejor en su cuerpo. Igual de mal en su alma. Algunos viandantes le miraban curiosos pero al ver su uniforme militar de alto oficial romano ninguno se atrevía a preguntar nada. No era extraño ver a un legionario o a uno de sus oficiales vomitando por la calle después de una noche de permiso y juerga. Lelio sabía lo que todos pensaban de él. Ojalá tuvieran razón. Ojalá sólo fuera una resaca. Ojalá todo fuera una maldita pesadilla.

63

El corazón de Netikerty

Siracusa, otoño del 205 a.C.

Las sombras resbalaban nerviosas por las paredes y el suelo del atrio. El cielo nocturno estaba despejado. Las antorchas chisporroteaban en las paredes. El agua del *impluvium* reflejaba en su quietud las estrellas del firmamento. Publio Cornelio Escipión estaba sentado frente a Netikerty, quien de rodillas esperaba el dictamen final, su sentencia de muerte. Cayo Lelio, detrás de la joven esclava, con aire taciturno y rostro pálido entre las sombras de la noche, era una figura pavorosa en su tristeza. En cada esquina del atrio un *lictor* presenciaba la escena sin interferir, discretos, expectantes, atentos. El resto estaba apostado en el vestíbulo y la puerta de la *domus* del cónsul de Roma en Siracusa.

Publio ya había sido puesto en antecedentes por un derrotado Lelio en los muelles del puerto. El ascenso fue una lenta y pesada caminata hacia la colina en donde se levantaba su residencia en medio de la Isla Ortygia.

—¿Así que eres tú la que ha estado pasando información a Máximo? —preguntó Publio, sentado en una sólida *cathedra*, sin más preámbulos, sin que aquello fuera una pregunta sino más bien un acusación, un juicio y casi una sentencia. Netikerty respondió con la serenidad de los que se saben muertos. Estaba muerta ya para la persona que más había amado; qué importaba ya lo demás.

—Así es, mi señor y... —Pero no dijo más.

—No, no, habla, quiero saber, es bueno saber —la animó Publio con cierto tono cínico—, ¿por qué cuando una esclava es tratada como una concubina, tratada casi como una matrona, por qué entonces ésta paga con la traición semejante trato? Es bueno saberlo. Lelio está demasiado aturdido y confuso para preguntarte, pero yo no. ¿Qué hay que pueda justificar tus acciones? ¿Qué puede haber que haga que te aparte de la tortura y la muerte en la cruz?

Netikerty levantó la cara y miró al cónsul de Roma directamente a los ojos.

—Sé que para vosotros nada hay que justifique una traición como la mía, pero Fabio Máximo tiene a mis dos hermanas pequeñas. Nos ha maltratado siempre, a las tres, desde que nos confiscó como botín de guerra cuando nos capturó en un barco de piratas de Iliria que nos había apresado unas semanas antes. Los piratas nos secuestraron en las costas de Alejandría y nos llevaban para vendernos a los ligures cuando Máximo les atacó en la costa gala con sus legiones. Pero eso ya no importa. Lo sé. Lo importante, para mí, es que él retiene a mis hermanas. —Netikerty detuvo aquí su relato, pero al ver interés en los ojos del cónsul prosiguió sin dilación. Las palabras brotaron con facilidad. Llevaban demasiados años escondidas en las profundidades de su corazón, atormentándola. Hablar era liberarse. Morir limpia la animaba—. Todo ha sido idea suya, de Fabio Máximo. Un plan que me he visto obligada a seguir al pie de la letra a riesgo de que la vida de mis hermanas se convirtiera en algo peor que la muerte. Tenía que atraer la atención de Cayo Lelio cuando éste fue llamado por Máximo a Roma. Por eso me herí ante él. Máximo me había instruido sobre el carácter noble de Cayo Lelio y se acordó que me heriría para llamar su atención. Al principio pareció que no funcionó, pero al final resultó y Lelio quiso comprarme. Máximo fingió no querer venderme al principio y enfadarse, pero mi venta a Lelio era lo que buscaba. Fingía no querer venderme para no levantar sospechas. Desde entonces mi misión era triple: primero enviar mensajes a Roma, a Máximo, sobre las acciones que llevabais a cabo, mensajes no filtrados por el cónsul, mi señor; después debía intentar alejar, distanciar a Lelio de tu afecto, mi señor; por eso nunca le dije que quisisteis disculparos y reconciliaros con él después de vuestra disputa en Baecula; sé que eso le ha estado, os ha estado corroyendo a ambos; tenía que alimentar esa distancia de modo que cada vez confiarais menos en Lelio o le confiaseis misiones de menor importancia; ahora, aunque me desprecio por ello, sé que conseguí gran parte de esa misión. A cambio, los mensajeros de Máximo, siempre alguien distinto, en lugares siempre diferentes, me confirmaban por carta que guardaba la salud de mis hermanas y que no las maltrataba. Sé que puede mentirme, pero sé que si fallaba en mis misiones las torturaría de forma horrorosa. Por eso, por ellas, me he visto obligada a traicionar al único hombre que me ha tratado como una mujer amada desde que caí en la esclavitud, incluso desde antes de ser esclava. De él, de Lelio, sólo he conocido afecto y cariño y cada día me he visto obligada a alejarlo del mejor de sus amigos y a traicionarle a él y al cónsul, mi señor, transmitiendo a vuestro peor enemigo en Roma todos vuestros pensamientos y planes; al menos, de todo aquello de lo que he podido enterarme. Y quería enterarme de cuantas más cosas mejor, pues pensaba que cuanta más información pasara a Máximo, más valiosa sería mi persona para él y, en cierta medida, más valiosas mis hermanas como forma de tenerme atrapada en su trama de mentira y traición. He cumplido las misiones con toda mi alma y he amado con todo mi ser a Cayo Lelio. Y del cónsul de Roma aquí presente y que me ha de juzgar y de su esposa sólo he recibido atenciones y aprecio, pese a no ser más que una esclava. A todos os he pagado con la mentira, y habría seguido haciéndolo, pero cuando he visto que Lelio iba a matar con su espada a un inocente por mis faltas no he podido resistirlo más, o quizá ya no podía resistir más tanta mentira entre personas que me tenían afecto y que se tenían afecto sincero entre ellas y que por mí y mis acciones torcidas se alejaban el uno del otro. Sé que voy a morir, pero espero que Máximo vea en mi muerte que le he servido bien hasta el final y que preserve la vida de mis hermanas en pago a mis servicios. No he podido hacer más, no he podido hacer más. Rezo a Serapis e Isis y todos los dioses de Egipto por ellas.

Netikerty se dobló entonces y, de rodillas, postrada en el suelo, ante un Publio Cornelio Escipión serio y un Cayo Lelio boquiabierto y absorto, lloró amargamente un llanto contenido durante días, meses, años.

Pasó un largo minuto de sombras temblorosas y antorchas humeantes bajo las estrellas del cielo de Siracusa. Publio Cornelio Escipión, inclinándose un poco sobre la *cathedra*, lanzó una pregunta que Netikerty esperó no tener que responder nunca.

—Has dicho que Máximo te dio tres misiones, pero sólo me has hablado de dos: mensajes a Roma y distanciar a Lelio de mí; ¿cuál era entonces la tercera misión?

Netikerty no despegaba el rostro del suelo y continuaba llorando. ¿Qué más podía hacer? Pero el cónsul puso palabras a sus lágrimas con una clarividencia que traspasó el alma de la joven esclava.

—Tu tercera misión era matarme, ¿verdad? —Netikerty dejó de llorar—. No, no hace falta que digas nada. —Netikerty había alzado su rostro cubierto de llanto amargo y miraba al cónsul con sorpresa—. Ésa era tu tercera misión: matarme si ello era posible. Por eso, por eso soñé yo con un cuchillo en mis delirios de Cartago Nova, cuando estaba con aquellas terribles fiebres. No soñaba. Eras tú. Estuviste a punto de hacerlo, a punto de matarme. Lo intentaste, pero por algún motivo, por alguna razón, desististe, o no pudiste...

Lelio se sintió morir. ¿Hasta dónde había traído miseria? Él personalmente insistió en que fuera Netikerty la que cuidara a Publio en su enfermedad, cuando ella insistía en que fuera otra persona. Ella misma intentaba evitar el mayor de los peligros, ella no quería esa oportunidad y fue él con su obcecación el que prácticamente le puso el puñal en sus manos, el que le dio el momento, la oportunidad, el permiso para tener un cuchillo junto al cónsul, pese a las dudas de los propios *lictores*.

—Y no lo hiciste —repitió una vez más Publio Cornelio Escipión reclinándose en la espaciosa *cathedra*—. No lo hiciste. Tuviste ese momento y no lo hiciste. Me cuidaste. Me curé. Y seguiste como antes. No lo hiciste.

—No pude, mi señor —dijo al fin la joven esclava con la voz quebrantada por su llanto—. Nunca he matado a nadie y no pude hacerlo así, con frialdad. Estabais indefenso, enfermo. No pude. No supe. Y pensé en que Máximo no tenía por qué enterarse de mi falta en esa misión. No lo sabría nunca. Eso me contuvo, creo.

—No, Netikerty, eso y algo más. Máximo, en toda su inteligencia, olvidó un detalle, un pequeño detalle: olvidó algo sobre lo que mi mente siempre vuelve una y otra vez cuando te veo. Máximo olvidó o, peor aún para él, menospreció lo que significa tu nombre. En Egipto todos los nombres tienen un significado y es un significado que acompaña a cada persona durante toda su vida. Tú lo has demostrado ahora con tus plegarias por tus hermanas, eres una persona religiosa. De forma consciente o inconsciente no podías ir contra tu nombre, contra tu ser, contra tu alma. Tu nombre es lo que te ata a tu país, a tus padres, a tus antepasados. Tu nombre impedía que me mataras, como tú dices, a un hombre enfermo, desvalido. Hasta ahí no podías llegar. Tu nombre te detuvo. —Y Publio sonrió entre un suspiro—. Y Máximo no reparó en ello —concluyó, y volvió a suspirar ahora ya con la sonrisa borrada—. Ahora sólo resta decidir qué hacer contigo... qué hacer contigo...

El cónsul de Roma miró a uno de los *lictores*. Esto fue suficiente. El *lictor* asintió en señal de reconocimiento y salió de su esquina y se encaminó hacia el vestíbulo. El resto de los guardias hizo lo mismo. Publio Cornelio Escipión, Cayo Lelio y Netikerty se quedaron a solas, al abrigo de las estrellas, arropados por las sombras que proyectaban las antorchas del atrio. Ninguno hablaba. Lelio estaba desolado. Se sentía traidor y traicionado a un tiempo: una mezcla terrible para cualquiera. Había sido traidor a quien más apreciaba, a Publio, al que había jurado proteger siempre, a su amigo, a su mejor amigo, y había sido traicionado por Netikerty, a quien amaba, a quien protegía, a quien quería haber protegido toda la vida, manumitirla, incluso, por qué no, desposarse con ella. Ahora todo estaba destruido, aniquilado. No había salida digna. Era el final de su mundo, el final de su mejor amistad con uno, no, con el hombre más valiente que nunca había conocido, y también el más inteligente. Y era el final de su pasión por aquella esclava. Estaba, de súbito, arrolladoramente solo.

Netikerty había dejado de llorar. Su pesadumbre estaba ya más allá de donde se vierten las lágrimas. Uno llora cuando siente la pena próxima; sus penas eran lejanas y duraderas. Lo único que había cambiado es que las había puesto al descubierto. Su sufrimiento era ahora visible para todos, pero sabía que los que la rodeaban en ese momento no tenían ojos para una visión tan profunda y que se limitarían a escrutar la superficie, allí donde flotaba su traición y su mentira. Estaba sola y a punto de morir.

Publio Cornelio Escipión, cónsul de Roma, tenía ante sí el desmoronamiento de todos sus planes: el que debía protegerle, en quien más debía confiar, había traído consigo la traición a su lado, la mujer que debía sosegar el ánimo del que debía ser su gran amigo y guardián era la fuente de la traición y, mientras, su mayor enemigo en Roma, Quinto Fabio Máximo, que había urdido todo aquello, preparaba su ataque final para terminar con su gran proyecto de llevar la guerra a África: una embajada de senadores envenenados por las palabras de Máximo vendría en pocos días a valorar su capacidad para acometer la empresa en la que el Senado ya se había retractado en el pasado, al principio de aquella interminable guerra. ¿Qué quedaba por hacer? La aplicación de la ley romana le conducía hacia un callejón sin salida: Netikerty debía morir por traicionarle; Lelio aceptaría, incluso puede que de buen grado, la sentencia pero, a medio plazo, la muerte de la joven pesaría sobre su conciencia porque la amaba, eso era evidente por los cuatro costados. Lelio estaba enamorado de aquella esclava, aunque en ese momento sintiera despecho e ira, como era lógico. Tanta afectación en su reacción no hacía sino subrayar cuánto le había dolido que la traición viniera de ella y no de otra persona. Lelio estaba descompuesto y la esclava, aceptando su final de forma fría, casi ausente. Publio miraba a la joven: era una estatua oscura hermosa en medio de aquella noche donde tantas cosas terminaban. Entendía la pasión de Lelio. Y, a fin de cuentas, la muchacha no había hecho sino intentar proteger a sus hermanas. Era una causa noble por la que mentir, por la que traicionar. Una esclava no tiene más que su cuerpo y su inteligencia para sobrevivir y para luchar por los suyos. Netikerty era culpable de ser lo suficientemente inteligente, brillante en opinión de Publio, como para haber usado tanto su cuerpo como su pensamiento con maestría. Había conseguido dilapidar poco a poco la mutua confianza entre Lelio y él mismo, algo que habría sido una tarea imposible si se hubiera intentado acometer frontalmente, como hizo Máximo en Roma al ofrecerle dinero y apoyo político. Pero Máximo, oh, por todos los dioses, siempre Máximo, era astuto como un zorro y sabía de esa imposibilidad. La entrevista con Lelio se lo confirmó. Publio lo veía todo ahora de forma nítida. A sabiendas de esa dificultad, de que romper esa ligazón entre Lelio y él era imposible, había preparado un plan alternativo sutil usando a Netikerty. Y ya sabía Máximo lo inteligente que era aquella muchacha y hasta dónde podría llegar: «Amistad destrozada entre generales que Máximo desea hundir y todo tipo de valiosa información.» Un excelente botín. Sólo en el final, en la posibilidad de que Netikerty le hubiera dado muerte, sólo allí erró Máximo. Hasta allí no llegó. En cualquier caso era una gran victoria para el *princeps senatus*. Y, sin embargo... allí, en medio de la zozobra completa, Publio encontró espacio para una sonrisa en la que ni Lelio ni Netikerty repararon, aturdidos como estaban por sus propios pensamientos. Sí, pensó Publio. Al menos había habido un fallo en el perfecto plan de Máximo: Netikerty no le mató cuando tuvo la ocasión y ahora él, Publio Cornelio Escipión, seguía vivo. Ése era el único fallo del plan, pero era un fallo inmenso, descomunal. Estaba vivo. Podía pensar. Podía cambiar las cosas, el curso de los acontecimientos, como hizo al salvar a su padre en Tesino contra toda posibilidad de victoria, como cuando luchó por ser elegido para mandar las legiones en Hispania pese a que su juventud lo hacía imposible, como cuando conquistó Cartago Nova en seis días aunque aquello era imposible, como cuando derrotó a todos los ejércitos púnicos en aquel territorio, uno tras otro, uno tras otro, siempre cambiando el curso de la historia, siempre modificándola, con sus ideas, con sus esfuerzos, con su fe en sí mismo. Y como en aquellas ocasiones, no tenía nada más, y nada menos, que a sí mismo... y a sus amigos... y a Emilia... y a Lelio. Lelio era recuperable. Era recuperable, pero no matando a Netikerty. Ése era el camino que Máximo desearía que cogiera si alguna vez la muchacha era descubierta, y si algo no debía hacer era aquello que Máximo deseara. No.

Publio se levantó y empezó a pasear por el atrio ante la mirada sorprendida de Netikerty y Lelio, que le observaban sin decir nada. El cónsul cruzaba de un extremo a otro, pasando junto al *impluvium* con sus ojos en el suelo. Publio meditaba con intensidad. Se detuvo. Cerró los ojos. Empezó a asentir despacio. Luego más rápidamente. Una, dos, tres veces, cabeceando con decisión. Levantó la cabeza, abrió los ojos y miró a las estrellas del cielo.

—Así tendrá que hacerse, así —dijo, sin levantar la voz, pero con una seguridad en la que Lelio vio la sentencia de muerte de Netikerty y se sorprendió al sentir un dolor agudo en su vientre y desprecio de sí mismo por sentir semejante sentimiento. Netikerty, por su parte, se preparó para escuchar la sentencia del cónsul. Pensó que, más allá de la mentira y la traición, hubo momentos en los que fue muy feliz con Lelio. Quitando los años de esclavitud bajo la tortuosa mano de Máximo, su vida había sido bastante buena. Sólo le quedaba un sufrimiento angustioso por sus hermanas. Ojalá una o las dos pudieran alguna vez disfrutar aunque sólo fuera de la mitad de la felicidad que ella había vivido al lado de aquel rudo oficial de los ejércitos de Roma. Pero Netikerty y Lelio no tuvieron más tiempo para pensar, pues Publio, tomando de nuevo asiento en su *cathedra* frente a ambos, empezó a explicar qué iban a hacer a partir de esa noche.

—Lo he pensado bien y creo que he encontrado una solución para salir todos adelante después de esta horrible noche, con la ayuda de todos los dioses, de los nuestros y de los tuyos —dijo mirando a Netikerty—. Necesitaremos de tanta ayuda que no desdeño lo que Serapis o Isis puedan hacer. Además, Netikerty, Isis es una diosa que en vuestra creencia es capaz de cambiar el destino, ¿no es así?

Netikerty no sabía qué decir. Había esperado cualquier cosa menos un debate sobre religión; además, estaba estupefacta por el enorme conocimiento de aquel cónsul romano por las cosas de su país: primero sabía el significado de su nombre y lo que eso implicaba y luego sabía de las atribuciones de Isis.

—Sí, así es, mi señor.

—Bien. Nos vendrá bien esa ayuda, pues nosotros los romanos, como los griegos, no creemos que el destino, el *fatum*, pueda cambiarse, ni siquiera por los dioses, así que esa ayuda extra nos vendrá bien. Esta noche —y aquí miró a Lelio—; esta noche no ha existido, Lelio. Esta noche no nos hemos visto, no hemos hablado. Aquí no hay traidores ni traición. No hay condena para nadie. Mañana todo seguirá igual. Tú y Netikerty vendréis por la tarde a cenar, como tantas otras tardes, y celebraremos una comida agradable, y hablaremos de esta guerra y de teatro y de política y de África. Viene una embajada del Senado. Bien: hablaremos mañana, Lelio, de cómo prepararlo todo. Sé qué haremos: prepararemos unas maniobras, las mejores maniobras que nunca antes haya visto una embajada del Senado, pero eso, como he dicho, lo hablaremos mañana. Y Netikerty —y ahora miró a la joven esclava que permanecía boquiabierta—, te voy a explicar lo que vas a hacer tú. Cada vez que pases un mensaje a Roma, a Máximo, me lo dirás primero y yo confirmaré punto por punto lo que puedes o no decir en cada mensaje. Dicho de otra forma: seguirás suministrando información, como si todo siguiera igual y continuarás trabajando para Máximo, pero esta vez seremos nosotros los que te diremos qué decirle exactamente. Y eso será lo que harás porque hay algo en lo que no has pensado pero que yo te voy a aclarar. ¿Qué crees que hará Fabio Máximo si se entera de que te hemos descubierto, qué crees que hará con tus hermanas? ¿Crees que las cuidará, que no las maltratará? Por todos los dioses romanos y egipcios, muchacha loca, piensa bien: tú has estado años bajo el servicio, en la esclavitud de Máximo: el viejo cerdo las matará, por despecho, por ira, porque se habrá cansado de ellas y ya no le son útiles al no poder usarlas como rehenes para mantenerte bajo su poder. No, sacrificarte por ellas, como pensabas hacer, es un sacrificio sin sentido, pues morirán en cuanto las noticias de tu propia muerte lleguen a Roma y más cuando Máximo sepa que te hemos matado porque supimos de tu espionaje y de tus servicios para con él. Máximo querrá borrar todo recuerdo de ti, toda posible prueba de su traidora estrategia. ¿Qué hizo acaso con los brucios que le ayudaron a reconquistar Tarento? Dime, Netikerty, tú que viviste en su casa, ¿qué ha sido de todos aquellos brucios que le abrieron las puertas de Tarento, que tanto le ayudaron?

—Todos... todos están muertos —respondió la joven con la mirada gélida al percatarse de la realidad que el cónsul le estaba descubriendo. Se había vendido para salvar a otro esclavo que iba a morir por ser confundido por ella, por su traición, pero había condenado a sus hermanas y a ella misma.

—Pero hay una solución, Netikerty —continuó el cónsul—, si ahora continúas igual que antes, todo seguirá igual: Máximo seguirá preservando la vida de tus hermanas; yo, con la ayuda de Lelio, prepararé todo lo necesario para resolver la visita de la embajada de Roma e invadiremos África y, no sé aún cómo, pero o moriremos todos allí o acabaremos de una vez con esta guerra y, si consigo esto, te prometo que al volver a Roma compraremos a tus hermanas y las pondremos bajo la protección de Lelio o las liberaremos, lo que desees. Sólo tienes que hacer como si trabajaras para Máximo, pero en realidad lo harás ahora para mí. Y trabajando para mí no creo que tus sentimientos estén en una lucha tan dolorosa, pues ya no tendrás que continuar traicionándome a mí, que es lo mismo que traicionar a Lelio. Entre vosotros no puedo meterme. Es cosa vuestra —dijo mirando un instante a Lelio y enseguida volviendo sobre Netikerty—. Eso es algo que tienes que resolver con Lelio, pero ahora necesito que me confirmes que entiendes todo lo que he dicho y que veas que lo que te planteo es lo correcto, lo mejor, lo bueno. Netikerty, sé fiel a tu nombre y únete a mí como Lelio. Es la única forma de salvarte, de salvar a tus hermanas, de salvarnos a todos.

Lelio miró a Netikerty. El cónsul mantenía su mirada también sobre la muchacha. La esclava, arrodillada entre ambos bajó la cabeza. Las antorchas chisporrotearon unos segundos. La madrugada refrescaba. Unas nubes cruzaron el cielo conducidas por Eolo. El aire levantó suaves curvas en el agua remansada del *impluvium*. Netikerty alzó la cabeza y miró al cónsul a los ojos. Algo inesperado en una esclava, algo que al cónsul no le importaba en aquella noche donde la frontera entre un esclavo y un cónsul era difusa en el complejo concierto de los acontecimientos humanos.

—Entiendo todo lo que me dices, mi señor, y entiendo que ayudarte es la forma de ayudarme a mí misma y a mis hermanas. Eres un hombre tan extraño como poderoso. Ahora entiendo el aprecio que Cayo Lelio tiene al cónsul, mi señor. Nadie he visto que pueda ver las cosas de un modo tan diferente y que así consiga que, donde todo parecía terminado, todo pueda volver a empezar. Enviaré los mensajes que Lelio me indique, según sean tus órdenes.

Y se plegó, postrándose por completo ante el cónsul de Roma. La joven había pensado añadir algo sobre que deseaba reconciliarse con Lelio, su protector, pero comprendió, sabiamente, que aquel no era el lugar ni el momento. Lelio, su Lelio, no era un hombre con el intelecto de aquel cónsul. Lelio necesitaría de tiempo, pero si de algo dispondría ahora nuevamente era de tiempo: una prórroga, un tiempo regalado por aquel hombre, por Publio Cornelio Escipión. No le extrañó nada que el todopoderoso Fabio Máximo temiera a aquel joven cónsul de Roma. Netikerty comprendió que su vida estaba condenada a transcurrir entre el pulso de dos mentes prodigiosas. Rogó en silencio, allí arrodillada, que Isis, tal y como decía el cónsul, se aliara con ellos para cambiar lo que hasta hace un momento parecía inexorable: que la empresa de la conquista de África no se pusiese en marcha y si se ponía en funcionamiento que fracasara y que Lelio la repudiara. Ahora todo eso podría ser distinto. Debía ser distinto. Y rezó, rezó, rezó: «Oh, Isis, todopoderosa, derrota al *eimarmené*, el destino de los hombres, y que el *eimarmené*, como en tantas otras ocasiones, te obedezca y sea él el que se pliegue a tus designios al amparo de mis oraciones.»

Cuando se levantó, Netikerty se vio custodiada por dos legionarios que la acompañaron fuera de la *domus* del cónsul. Lelio había ordenado que la condujeran de regreso a su morada, mientras él se quedaba a recibir las órdenes del cónsul.

—Mañana prepararemos todo el asunto de la embajada —comentó Publio llevándose una mano a la frente—. Ahora estoy demasiado agotado para ello. Debo descansar, pero ocúpate de decirle a mi *atriense* que si lo desea le manumitiremos, y también a su hijo y a la esclava que sea su madre. Siempre nos han servido con lealtad y no se la hemos pagado bien. Es justo que reciban una compensación. ¿Te ocuparás de ello, Lelio? —Terminó sin mirarle, con el rostro oculto tras su mano; parecía que fuera a caer en manos del sueño en cualquier momento, allí mismo, sentado en aquella *cathedra*.

—Me ocuparé de ello, por supuesto —respondió Lelio—, y añadiré una bolsa de oro de mi parte y le diré algo que nunca creí que diría a un esclavo.

—¿Y qué es eso, si puede saberse? —inquirió el cónsul con curiosidad quitándose la mano del rostro y mirando de nuevo a Lelio.

—Le diré que tiene un hijo valiente.

Publio asintió un par de veces. Lelio sonrió un poco, aunque enseguida su rostro volvió a tornarse triste. La traición de Netikerty era una herida demasiado profunda para cicatrizar con tan poco tiempo. Lelio iba a marcharse, pero una pregunta le hervía aún en su mente. No sabía si era el momento adecuado, pero su curiosidad le pudo y, antes de marchar, decidió preguntar al cónsul.

—Mi general...

—¿Sí...?

—¿Qué significa el nombre de Netikerty?

—Ah... —Publio no esperaba esa pregunta, no al menos en ese momento, pero no importaba. Sonrió con una satisfacción dulce que le recordaba que habían infligido una derrota al *princeps senatus* en la compleja trama de intrigas que Máximo urdía contra ellos—. Con frecuencia los egipcios ponen nombres a sus hijas que subrayan su belleza, empezando muchos de ellos por la expresión *nefer* y viendo lo hermosa que es tu esclava, bien podrían haber hecho lo mismo, pero por alguna razón que desconocemos, sus padres la llamaron *Netikerty*, que significa «la que es excelente, la que hace lo correcto, la que es buena». Máximo no debe conceder importancia al significado de los nombres extranjeros, pero los egipcios sí la conceden, para nuestra fortuna, los egipcios piensan que los nombres de cada uno son como son por algo y sienten que deben honrar ese significado. Para nuestra fortuna, Lelio, para nuestra fortuna.

64

La embajada del Senado

Siracusa, finales de otoño del 205 a.C.

La *quinquerreme* romana navegaba de norte a sur en paralelo a las inaccesibles murallas de la Achradina de Siracusa, las mismas que el cónsul Marcelo tardase años en conquistar. Ante la próxima visión de aquellos muros que se alzaban una decena de metros sobre el mar, hundiendo sus antiquísimos cimientos entre la roca sumergida bajo las aguas oscilantes, el pretor Marco Pomponio, que encabezaba aquella comitiva, los diez *legati* del Senado, el edil que los acompañaba y los dos tribunos de la plebe, se admiraban aún más de la gran conquista de Marcelo. Todos sabían además que esas murallas fueron protegidas por las extrañas y temibles invenciones del ingeniero Arquímedes y por las mentes de los embajadores romanos pasaban los relatos entonces increíbles de gigantescas *quinquerremes* romanas volando por los aires al ser ensartadas por enormes ganchos que pendían de poleas ciclópeas que los defensores de la sitiada Siracusa usaban para izar a los grandes barcos de guerra romanos. Admirados como estaban por el espectáculo de aquellas defensas y las historias de hazañas memorables que les traía a la memoria, no vieron cómo una pequeña *trirreme* se acercaba por estribor, algo en lo que sí repararon el piloto y el capitán de la embarcación en la que navegaban. Fue el capitán el que escuchó las instrucciones de un centurión enviado por el propio Publio Cornelio Escipión. El capitán asintió y la *trirreme* se alejó. El oficial al mando de la nave fue a comunicar a Marco Pomponio las órdenes recibidas. Se sentía orgulloso, pues traía una comitiva lo suficientemente importante como para que el propio Escipión enviara un centurión con una *trirreme* para darles instrucciones sobre cómo y dónde atracar el barco. Y es que, si bien los senadores de la embajada venían predispuestos a condenar las actividades de Escipión en Sicilia y su intervención en Locri, para la mayoría de los oficiales de las legiones y la marina de Roma, así como para la totalidad de los legionarios, Publio Cornelio Escipión no era alguien a quien se debiera condenar, sino alguien merecedor de la mayor de las admiraciones: era un general que había derrotado a los cartagineses en repetidas batallas en Hispania, que los había sacado de la península ibérica y que había conquistado infinidad de ciudades en aquella región, empezando por la inexpugnable Cartago Nova, la capital púnica en aquel país; y no sólo eso, sino que era el único general que insistía una y otra vez en querer llevar la guerra a África y así devolver con la misma moneda los ataques y miserias que Aníbal diseminaba por Italia. Por eso el capitán no dudó en aceptar las instrucciones remitidas por el propio Escipión; se sentía honrado: era como estar a sus órdenes, algo que muchos querían pero que el Senado no permitía; sólo le habían dejado el mando de las «legiones malditas» y de voluntarios que no estuvieran enrolados en el ejército. El capitán llegó junto al pretor Marco Pomponio, que continuaba distraído, admirando las murallas de la Achradina.

—Salve, pretor Marco Pomponio.

El pretor se giró, un poco molesto por verse interrumpido en su observación de las murallas. El capitán transmitió el mensaje sin buscar una disculpa.

—Nos han dado instrucciones de atracar en el Puerto Pequeño de la ciudad. Es el más próximo y nos ahorramos rodear la Isla Ortygia.

—¿Ordenado? —preguntó el pretor indignado, mirando al resto de los legados y enviados de la embajada.

—Bueno, pretor, son las órdenes que he recibido de un centurión remitido por el propio Publio Cornelio Escipión. Supongo que si el cónsul está al mando de Sicilia deberíamos seguir esas instrucciones.

El pretor no se sintió satisfecho con aquella precisión.

—Precisamente esta embajada viene a decidir si el cónsul debe seguir con su magistratura o si, como es muy probable, debe ser depuesto de su poder y enviado a Roma a responder de su cuestionable forma de actuar. Yo digo que debemos atracar en el *Portus Magnus*, que es la categoría que merece esta embajada. Cualquier otra cosa es inaceptable.

El capitán quedó confundido. No sabía qué hacer. Miró a su alrededor, buscando entre los diferentes miembros de la embajada alguien que le aclarara qué era lo correcto. Detestaba a aquel pretor aunque debía seguir sus órdenes, pero, por otro lado, estaban en la bahía de Siracusa y se debía a las órdenes del cónsul que gobernaba Sicilia, al mando de la isla al menos por el momento. Marco Claudio, uno de los dos tribunos de la plebe, se apiadó del confundido capitán.

—Comparto la opinión del pretor —empezó dirigiéndose a Marco Pomponio y consiguiendo el asentimiento de reconocimiento del mismo—, pero, por otro lado, el cónsul Publio Cornelio Escipión sigue al mando y creo que hasta que la embajada no evalúe el actual estado de cosas, debemos, incluso aunque nos parezcan inadecuadas, seguir las órdenes del cónsul. Quizás haya algún motivo por el que el cónsul considere mejor para nuestra comitiva atracar en el Puerto Pequeño de la ciudad.

—Humillarnos, eso es todo lo que Escipión persigue —respondió con desprecio Marco Pomponio.

—No lo creo, y aun así —insistió Marco Claudio— reitero mi opinión.

—Yo confirmo la visión de mi colega —añadió Marco Cincio, el otro tribuno de la plebe. El resto de los *legati* y el edil callaron. Todos sabían de la capacidad de veto que los tribunos de la plebe tenían y Marco Pomponio cedió con desgana. A fin de cuentas qué importaba dónde atracar el barco y no quería incomodar a los tribunos, sino ganarlos para su causa, para la causa de Roma, como le dijo Fabio Máximo antes de salir en aquella misión: deponer a Escipión de su cargo de cónsul y detener la locura de la invasión de África, donde sólo se iban a perder hombres y recursos que Roma necesitaba para la guerra en Italia contra Aníbal. Pomponio asintió y se volvió para fingir que continuaba admirando las impresionantes murallas de la Achradina, mientras que con su mente repasaba todo lo acontecido desde que habían partido de Roma, en especial la llegada a Locri y el desastroso estado en el que encontraron la ciudad, la forma en que tuvieron que detener a Pleminio, recurriendo a la fuerza de la legión que les acompañó hasta allí. Estaba claro que Escipión había sembrado cizaña por donde pasaba: Sucro, Locri... y, no obstante, el capitán de su *quinquerreme* parecía admirar a aquel general. Máximo tenía razón al advertir del peligro que el joven cónsul suponía para el Estado. ¿Sería necesaria también la fuerza de las armas para deponer al joven Escipión de su cargo de cónsul? Deberían haber venido acompañados por tropas; menos senadores y tribunos de la plebe y más tropas.

Por su parte, el capitán, ajeno a las disquisiciones de Pomponio y agradecido a la intervención de Marco Claudio, saludó, llevándose la mano al pecho, a los dos tribunos de la plebe por permitirle seguir con las órdenes enviadas por Escipión, y se dirigió hacia el timonel.

—¡A estribor! ¡Y plegad velas! ¡Avanzaremos con los remeros! ¡Dirigíos hacia el dique de entrada al Puerto Pequeño! ¡Entramos en Siracusa!

Publio Cornelio Escipión estaba de pie en medio de los muelles del Puerto Pequeño de la imponente Siracusa. A sus espaldas se encontraban sus oficiales de más confianza: Cayo Lelio, Lucio Marcio Septimio, Silano, Mario Juvencio, Quinto Terebelio, Sexto Digicio y Cayo Valerio. La *quinquerreme* con los embajadores acababa de echar amarras y la pasarela ya había sido dispuesta. Al minuto, los diez *legati*, los dos tribunos y el edil de Roma, todos ellos encabezados por la pomposa y gruesa figura del pretor Marco Pomponio, descendían por el puente de madera dispuesto para su paso a tierra. Publio se adelantó a sus oficiales y se puso al pie de la pasarela.

—Salve, pretor Marco Pomponio, tribunos, senadores y edil de Roma. Espero que los dioses os hayan proporcionado una travesía segura. ¿Deseáis descansar un poco y comer algo o preferís comenzar vuestra misión lo antes posible?

—Salve, salve —respondió Pomponio. Era ahora a él a quien le correspondía decidir. Tenía pensado acudir a los baños de la ciudad primero, poder así empaparse del ambiente de la ciudad, ver cómo se sentían los habitantes de Siracusa bajo el mando de aquel extraño y extranjerizado cónsul de Roma que, sin embargo, al menos, los había recibido vestido con la coraza militar propia de los generales romanos y armado con su espada, rodeado de sus oficiales y protegido por sus *lictores*. El caso es que, viendo al cónsul tan preparado, proponer cualquier cosa que no fuera empezar la misión parecería trivial. Pomponio no lo dudó, pese al cansancio que sus huesos doloridos debían soportar, obligados a cargar con un peso excesivo para su poco adiestramiento físico.

—Empecemos cuanto antes, cuanto antes, cónsul —respondió Pomponio con seguridad y cierta altanería—. Además, no creo que tardemos demasiado en evaluar vuestra capacidad o incapacidad para la misión que se os asignó: recuperar las legiones V y VI para el combate activo y preparar la invasión efectiva e inminente de África.

Varios de los *legati* sonrieron profusamente. El edil permaneció serio y los tribunos ocultaron sus sentimientos, pero coincidieron con Pomponio en empezar de forma inmediata la evaluación para la que se habían desplazado.

—Sea, por Hércules —aceptó Publio, y volviéndose hacia sus oficiales añadió una simple instrucción a los embajadores—. Seguidme.

El cónsul se adelantó con sus tribunos y centuriones y los embajadores le siguieron. Pomponio y los tribunos de la plebe que iban al principio de la comitiva de embajadores vieron cómo el cónsul impartía una rápida serie de órdenes a sus oficiales y cómo éstos asentían y, veloces, se desvanecían entre las calles de Siracusa, unos a pie, en dirección al *Portus Magnus*, hacia el suroeste y otros a caballo hacia el noroeste, en dirección al barrio que los ciudadanos de aquella urbe denominaban Neápolis. Por su parte, el general conducía a los embajadores por las calles de la Isla Ortygia y tanto senadores como tribunos como el edil de Roma no podían dejar de admirar los impresionantes templos, edificios y plazas por los que pasaban. Al parecer de Pomponio, el cónsul estaba dando un rodeo innecesario, pero el paseo por la ciudad le pareció igual de interesante que a sus compañeros, por lo que permaneció callado mientras cruzaban la gran Ágora de Siracusa o cuando cruzaban por la ciudadela de Dionisio.

Publio dirigía a aquel grupo de distinguidos mandatarios romanos con celeridad, sin darles respiro. Ése era su plan. No darles un momento de resuello. Eso entre otras cosas. Habían venido a evaluar su capacidad, pues lo harían, lo harían durante todo el día, sin detenerse. ¿Querían ver si estaba capacitado para dirigir una invasión? Bien, pues les daría todos los datos, toda la información. De hecho, Publio se sorprendió a sí mismo: estaba empezando a disfrutar. Para empezar, un paseo por la ciudad, esa ciudad que tanto subestimaban en Roma, la urbe de Siracusa. Una ciudad aún más antigua que Roma y que durante años dominó Sicilia y gran parte de las costas de su entorno. Una fortaleza y un puerto, no obstante, menospreciados porque no fueron conquistados por Máximo sino por Marcelo y, en consecuencia, de la misma forma que los aduladores de Fabio Máximo habían engrandecido la importancia de Tarento, que sí tomó Máximo, habían reducido la importancia militar y política de conquistar y dominar Siracusa. Por eso los llevaba por la ciudad en un primer paseo que pusiera a aquellos embajadores en situación. Dejaron la ciudadela de Dionisio y pasaron junto al templo de Artemisa hasta llegar al inmenso templo de Atenea donde, sin volverse, escuchó la exclamación de asombro de alguno de los senadores, petrificado, ante las elevadas y gruesas columnas jónicas sobre las que se levantaba aquella mole de piedra.

Aún estaban los embajadores sobrecogidos por la pesada silueta del templo de Atenea cuando al girar en una calle vieron ante sí la magnitud de la bahía del *Portus Magnus* de Siracusa, donde el cónsul no les había permitido atracar. Pero si antes era alguno de los senadores el que había exclamado de sorpresa ante el templo de Atenea, ahora era el propio Pomponio el que se quedó asombrado.

—¡Por todos los dioses! —dijo, y calló.

Y es que ante los embajadores estaba el amplísimo *Portus Magnus* de la eterna Siracusa, reina de los mares durante siglos, completamente repleto de embarcaciones de todo tipo, de carga, de pesca y militares. Una infinidad de buques que resultaba incontable para los senadores y tribunos.

—Son cuatrocientos barcos de carga y cuarenta navíos de guerra entre *trirremes* y *quinquerremes* —explicó Publio con confianza en sí mismo—. Son los que necesito para transportar a unos veinticinco mil hombres más los pertrechos militares necesarios para la campaña y las provisiones para emprender las primeras acciones bélicas hasta que podamos reabastecernos de los propios recursos de África. Venid.

Publio caminaba seguido por sus *lictores* y luego por los embajadores. Lelio, Terebelio y Cayo Valerio habían ido a caballo hacia el oeste de la ciudad, siguiendo sus instrucciones, mientras que Marcio, Mario, Silano y Sexto Digicio se habían adelantado a la comitiva para llegar al *Portus Magnus* con antelación. Digicio habría llegado el primero y partido en una veloz *trirreme* hacia mar abierto, tal y como habían planeado, mientras que Marcio Septimio, Silano y Mario Juvencio le esperaban a él y los embajadores junto a los muelles del *Portus Magnus*, justo allí donde se levantaban los enormes almacenes que los siracusanos habían utilizado durante años para abastecer su temible flota y que ahora usaba Publio como punto de partida de su próxima invasión a África. Publio esperó a que los embajadores llegaran adonde Marcio y Mario estaban, frente a uno de los grandes almacenes y, cuando el pretor y sus acompañantes alcanzaron aquel lugar, aún distraídos contemplando el mar cubierto de centenares de embarcaciones, admirando la mayor flota que nunca antes ninguno de ellos hubiera visto, ordenó a Marcio, Silano y Mario que abrieran las puertas de los graneros, no sin antes reclamar la atención de los distraídos senadores que no dejaban de mirar la bahía.

—Por favor, os ruego que examinéis estos graneros de los muelles para que podáis dar constancia a Roma de sus contenidos y de la capacidad que he tenido para reunir las suficientes provisiones para alimentar a veinticinco mil hombres durante un mínimo de cuarenta y cinco días, que es el margen suficiente para poder establecerse en África y comenzar un reaprovisionamiento tomando alguna de las plazas fuertes o de las ciudades de la costa.

Marcio ordenó que un grupo de diez legionarios corriera los portones de madera que daban acceso a los graneros de los muelles. Ante los embajadores aparecieron decenas, centenares, miles de sacos de trigo apilados en unos almacenes que se extendían a lo largo de todo el *Portus Magnus*.

—Entrad, entrad, por favor, os lo ruego —les invitó Publio Cornelio Escipión.

La comitiva se paseó entonces por las sombras de los almacenes. A cada cinco pasos había apostado un legionario armado de guardia. Sin duda, el cónsul no quería poner en peligro la enorme fuente de recursos que había estado reuniendo durante los largos meses de su estancia en Sicilia, pensaron los tribunos, y apreciaron la organización y disposición de cuanto se les enseñaba. Los senadores callaban y escuchaban, sorprendidos, pero aún recelosos.

—Tenemos trigo, harina, pan, carne seca de jabalí, carne de ave, sal, agua, vino, miel, frutos secos, todo ello repartido entre comida cocinada o preparada para ser consumida en los primeros quince días y luego alimento que ha de ser preparado para treinta días más. A esto hay que añadir el ganado que transportaremos, sobre todo cabras, ovejas, cerdos y vacas para mantener el aprovisionamiento de carne y leche durante las primeras semanas de campaña. Por favor, tomaos el tiempo que queráis para examinar estos víveres. Probad lo que queráis, Marcio o Silano o Mario os abrirán el contenido de cualquier saco que deseéis; podéis llevaros muestras, un saco entero si así lo queréis, pero os lo advierto, pesan mucho. —Y Publio salió sonriendo de los almacenes en dirección a los muelles del *Portus Magnus*. Quería comprobar que todo estuviera dispuesto para partir enseguida mar adentro.

Marco Pomponio no dudó en aceptar la invitación del cónsul para inspeccionar el contenido de algunos de los sacos e hizo que ante los ojos de todos los embajadores se abrieran diversos fardos. En todos encontraron lo que se suponía que debía de haber según el almacén en el que se encontraban: sal, trigo, carne seca de jabalí y cerdo, nueces, almendras y otros víveres diversos. Cuando el pretor pidió saborear el líquido de diferentes ánforas, encontraron agua fresca, vino, aceite, vinagre y *mulsum*. Y cuando llegaron a los establos habilitados en los muelles, hallaron varios rebaños de cabras, ovejas, gallinas y bueyes en perfecto estado, además de innumerables sacos de heno, grano y algarrobas acumulados para alimentar a los animales durante la travesía y, si era necesario, durante las primeras semanas de la campaña en África. Todo aquello estaba en perfecto orden. Pomponio salió de los almacenes siguiendo a Marcio, que los dirigía hacia la *quinquerreme* atracada en el centro del muelle principal del *Portus Magnus*. Pomponio empezaba a sentir una extraña mezcla de sentimientos: venía persuadido de la incapacidad de aquel hombre para poner en marcha una operación de tal envergadura como una imposible conquista de África, pero hasta el momento lo que había visto era una inmensa flota y un montón de provisiones. Eso no era suficiente para superar una peligrosa travesía surcando aguas hostiles infestadas de *trirremes* púnicas. Lo más posible es que si concedían permiso para que la expedición partiera, ésta fuera masacrada en medio del mar o, peor aún, que todos aquellos suministros cayeran en manos del enemigo. Pomponio caminaba ensimismado y no se dio cuenta de que estaban al pie de la pasarela de una *quinquerreme*. Levantó los ojos. Por la torre central del puente, más elevada de lo normal y por las dimensiones del buque, ligeramente más grande que una *quinquerreme* habitual, el pretor concluyó que aquél era el buque insignia de la armada que el general Escipión había construido para su loco sueño de guerra. El oficial que los acompañaba invitó a los embajadores a que subieran al barco. Pomponio aceptó. No estaría de más inspeccionar los buques que debían proteger todas aquellas provisiones en su travesía hacia África. De modo que Marco Pomponio ascendió lentamente y en unos segundos volvió a encontrarse en un barco, cuando apenas hacía una hora que habían descendido de la embarcación que los había traído de Roma. Empezó a examinar los remeros: había más de trescientos, como correspondía a una nave de aquellas dimensiones y, se sorprendió, empezaban a remar y con el impulso de los centenares de remos el barco comenzó a navegar. Pomponio se giró y comprobó cómo se alejaban del muelle y observó cómo el resto de los embajadores parecía igual de sorprendido. Pomponio buscó con sus ojos al capitán del barco y encontró al propio Publio Cornelio Escipión que descendía del puente de mando hasta la cubierta principal en donde se encontraba la comitiva.

—Vamos a navegar. Me gustaría que presenciarais el tipo de maniobras navales en las que hemos estado adiestrando a los pilotos de los barcos, a los remeros y a los legionarios de a bordo.

Aquello no era del agrado de Pomponio, pero pensó que un paseo por el *Portus Magnus*, entre embarcaciones amigas, pondría en ridículo al cónsul: si ésas eran las maniobras que acostumbraba practicar, su capacidad para dirigir la flota con posibilidades de éxito quedaría en entredicho.

—Sea, paseemos por la bahía, si eso es de vuestro agrado —respondió Marco Pomponio.

—Sea, por todos los dioses, paseemos —confirmó Publio, y repitió la palabra «paseemos» con cierto tono entre irónico y divertido.

La *quinquerreme* fue navegando hábilmente pilotada entre la infinidad de buques anclados en el *Portus Magnus* circundando la bahía en paralelo con la Vía Helorina que por tierra une las poblaciones de la costa hasta llegar a las murallas de Siracusa. Así hasta alcanzar la altura de Plemyrium, la última ciudad de la bahía antes de poner rumbo hacia el este, mar adentro.

—Como veréis, vamos en vanguardia de una pequeña formación de veinte naves de carga —empezó a explicar Publio a los hasta entonces tranquilos embajadores—. Una vez que emboquemos hacia el mar nos seguirán cuatro *quinquerremes* más que, junto con la nuestra, irán rodeando y protegiendo a las veinte embarcaciones de carga. Es un modo de simular lo que luego será la gran travesía con la flota al completo: cuarenta barcos de guerra protegiendo a más de cuatrocientos transportes. Bien. Una vez que superemos Plemyrium entraremos en mar abierto y allí nos atacará Sexto Digicio con una flotilla de cinco *trirremes*. Su objetivo será inutilizar nuestras *quinquerremes* para así poder abordar los transportes y llevarse las provisiones como botín. Nosotros, claro, tendremos que evitarlo, pero Sexto es un hábil marino. No resultará fácil. Espero que el ejercicio os resulte entretenido. Ahora, os ruego que me disculpéis.

Con estas palabras, Publio Cornelio Escipión concluyó su explicación de la maniobra naval que iba a tener lugar y bajó de la torre de mando para, una vez en cubierta, dar instrucciones a diversos oficiales de la nave. Marco Pomponio había escuchado con curiosidad pero sin impresionarse. El cónsul iba a simular un ataque. Bueno, habría que ver qué es lo que aquel hombre más apegado a vivir entre escritores y acudir a funciones de teatro entendía por ataque. El barco empezó a oscilar con vaivenes mayores que los habituales.

—La mar está algo agitada —comentó uno de los senadores de la embajada—. Esto dificultará las maniobras de los barcos. Espero que el cónsul sepa lo que se hace.

Marco Pomponio no dijo nada, pero en su estómago notaba cómo el barco ascendía y descendía rítmicamente. Daba gracias a los dioses por la fuerza de los trescientos remeros, que con su constante batir las aguas con sus remos conseguían que la nave embistiera las olas mitigando la sensación de mareo que comenzaba a surgir en su interior.

—¡Mirad! —exclamó Marco Claudio, uno de los dos tribunos de la plebe.

A un costado de la flotilla, a babor, apareció la silueta de un grupo de naves más pequeñas que, a toda velocidad, se aproximaba hacia ellos. Se trataba de las *trirremes* de Sexto Digicio anunciadas por el cónsul. Las *trirremes*, más pequeñas, sólo contaban con ciento setenta remeros, pero eran más ágiles y muy ligeras y en pocos minutos se situaron a la altura de la flotilla del cónsul. De pronto, una de las *trirremes* se separó del resto y se encaminó directamente a lo que parecía ser una embestida frontal contra la nave capitana, donde estaba el propio cónsul y los embajadores.

—¿Por todos los dioses, no irán a embestirnos con el espolón? —preguntó un agitado Marco Pomponio, sin percatarse de que unas gotas de sudor frío empezaban a delatar su confuso estado de ánimo.

—No, vamos, espero que no —aclaró Publio subiendo por las escaleras que daban acceso al puente—. Ésa no es la idea. Eso sería lo que harían en una batalla naval en toda regla y seguramente en su fase final, pero en un ataque que busca apoderase de los transportes lo lógico es que busquen inutilizar nuestros pesados barcos de guerra y luego abalanzarse sobre los barcos de carga. Para ello Sexto Digicio realizará una peligrosa pero espléndida maniobra de ataque propia de la armada cartaginesa: su *trirreme* barrerá nuestro costado, rozándonos casi para así destrozar todos nuestros remos de un lado y de ese modo dejarnos inutilizados, pasando a toda velocidad, sin detenerse, para una vez que nos haya dejado atrás dirigirse a por los mercantes. El resto de las *trirremes* hará lo mismo.

—¿Y no hay peligro en esta maniobra? —preguntó el edil.

—¿Peligro? —Publio preguntó al viento, mientras se protegía con su mano derecha del sol y observaba la maniobra de ataque de Digicio sobre su propia nave—. Sí, por Hércules, ya lo creo que hay peligro. Eso es lo que la hace interesante. Y es que, estimados embajadores, esto son maniobras de guerra que, por otra parte —y se volvió hacia Pomponio—, es lo que se supone que debo estar preparando, ¿no?

Pomponio fue a replicar, pero no tuvo tiempo, pues la nave de Digicio, a una velocidad sorprendente, se les echaba encima, frontalmente, por babor. El pretor escuchó el crujir de todos los remos de la *quinquerreme* al partirse en mil pedazos.

—¡Ahora! —gritó Publio a sus oficiales, y desde el centro del barco se lanzó el *corvus*, un gigantesco gancho asido a una muy gruesa y poderosa soga que, hábilmente lanzado, cayó en el centro de la *trirreme* de Digicio, destrozando las tablas de la cubierta y quedando enganchado entre ellas, de modo que la nave atacante viró bruscamente detenido su impulso cuando la soga llegó a su límite máximo. De esta forma, los dos buques quedaron unidos por el *corvus* y sus moles de madera chocaron entre sí haciendo chirriar y crujir todos y cada uno de los listones de ambas embarcaciones. La sacudida fue brutal y todos los embajadores cayeron por cubierta.

»¡Adelante! —añadió el cónsul, y los senadores, Pomponio entre ellos, se agarraban a las barandillas del puente para no caerse de nuevo por los latigazos que la *trirreme* enganchada creaba al intentar zafarse del *corvus*. Observaron entonces cómo, desde la parte frontal de la *quinquerreme*, un grupo de legionarios descolgaba la *manus ferrea*, un puente levadizo que hicieron girar con rapidez hacia el lado donde estaba la *trirreme* para, una vez desplazado y situado a la altura de la embarcación que les había atacado, soltar las cuerdas que lo sostenían plegado y dejarlo caer de golpe sobre la *trirreme*. De ese modo el puente quedó tendido entre las dos naves y, acto seguido, varias decenas de legionarios montaron sobre el puente y, en formación, como si estuvieran en tierra firme, avanzaron hacia la *trirreme*, donde por un lado unos marineros intentaban infructuosamente cortar la gran soga del *corvus* empapada en aceite, lo que dificultaba que fuera cortada, y otros se afanaban por preparar una defensa contra el abordaje que se les venía encima.

»En cada *quinquerreme* —continuó explicando Publio a voz en grito a los embajadores—, he ordenado instalar un *corvus* y una *manus ferrea* similares a las que veis aquí y cada nave lleva, como nosotros, además de los trescientos remeros, un manípulo de cien *triari*, expertos y veteranos. Esto nos hace lentos pero fuertes defensores de los transportes. Las *trirremes* podrán acudir a por las naves que no apresemos con los *corvus* en caso de ataque, además de ir por delante de la flota y avistar enemigos con tiempo suficiente para preparar una defensa adecuada. Además, ya habéis visto que Digicio es un hacha en eso de destrozar los remos de los enemigos. Ésa es una maniobra que han practicado todas las *trirremes*. Como son maniobras, los soldados sólo llevan espadas y lanzas de madera sin punta.

Los embajadores fueron testigos de cómo los marineros de la *trirreme* eran incapaces de cortar el *corvus* o de detener el empuje de los *triari*. En pocos minutos la nave de Digicio estaba rendida y lo mismo había ocurrido con el resto de las *trirremes* de la flotilla atacante.

—¡Bien, es suficiente por hoy! —exclamó el cónsul a sus oficiales—. ¡Regresamos a puerto!

Marco Pomponio quería sentarse, pero no había asiento alguno en aquel puente de mando. Los barcos estaban detenidos en alta mar mientras se realizaban las operaciones de desenganche y el vaivén de las olas en medio de aquella marejadilla creciente empezaba a resultar insoportable para su cabeza y, peor aún, para su estómago. El pretor se asomó por la barandilla del puente de mando. Las arcadas vinieron enseguida, su cuerpo se contrajo y empezó a vomitar sin reparar en que el puesto de mando estaba en el centro del barco y que se alzaba sobre el interior de la propia cubierta principal, de modo que su vómito no caía sobre el mar, sino sobre los marineros que se afanaban en las tareas de desenganche y en las de sustituir los remos dañados por otros de repuesto que cada barco llevaba en caso de ser embestido por un lateral.

Publio observó cómo el pretor se aliviaba y cómo los marineros se alejaban del lugar de aquella inesperada lluvia de jugos gástricos y bilis. Una vez que Marco Pomponio hubo terminado de vaciar su estómago por la cubierta del buque el cónsul se apiadó de él.

—¡Una bacinilla con agua y una *sella* para el pretor, rápido, por Cástor!

Las órdenes del cónsul se cumplieron con celeridad.

Una vez sentado y limpio el pretor agradeció el agua y la *sella* con concisión.

—Gracias.

Publio asintió sin añadir más. El pretor se había puesto en evidencia. Tampoco era inteligente ahondar en la herida y humillar a quien tenía el poder, junto con los tribunos, de votar a favor o en contra de su capacidad para dirigir la invasión de África, tal y como había dispuesto el Senado de Roma. Por primera vez en aquel día, Publio tuvo dudas sobre la forma en la que estaba llevando el asunto de la embajada. Había querido impresionarlos pero no humillarlos y menos al pretor, por muy hombre de Fabio que fuera; por eso, cuando llegaron al muelle central del *Portus Magnus*, Publio ofreció alternativas a la comitiva.

—Habéis visto nuestras fuerzas navales y la preparación para la defensa de los transportes de la invasión. Tengo preparadas las legiones V y VI para unas maniobras terrestres, al oeste de la ciudad, en la meseta de Epipolae y más allá de las murallas de Dionisio, pero quizá sea mejor que descanséis esta tarde y ya mañana podréis ver estos ejercicios. Se pueden posponer.

Todos en la embajada sabían que aquellos comentarios iban dirigidos a Marco Pomponio, pero que el cónsul, en un acto de discreción, los había dirigido a la colectividad de los senadores y tribunos de la plebe. El pretor agradeció en su fuero interno la oferta del cónsul y sobre todo la discreta forma de proponerla, pero, pese a la palidez del rostro, Pomponio se sentía ya algo mejor con sus pies sobre tierra firme. Pese a todo lo que había dicho Fabio, aquel general había demostrado su capacidad para realizar una travesía como la que había planteado en el Senado. Pomponio no tenía demasiadas dudas de que aquel hombre conseguiría desplazar los cuatrocientos transportes y descargarlos en África, pero quedaba lo más importante: las tropas y su capacidad real para luchar y vencer en África a los númidas aliados de Cartago, a sus mercenarios de diferentes regiones y a los propios púnicos. Y las legiones con las que contaba aquel hombre no eran otras que las «legiones malditas», la V y la VI, como había dicho el cónsul. Quizá, sólo quizá, pensó Pomponio por un instante, quizá con otras tropas... pero no con aquéllas, con los derrotados de Cannae y de Herdonea. No, no con esos legionarios. ¿Legionarios? ¡Qué absurdo! Llevaban once años de destierro. Demasiados para ser recuperables.

—No, cónsul. Hemos venido a tomar una grave decisión que puede afectar el curso de esta guerra y cuanto antes tengamos toda la información necesaria para tomar dicha decisión, mejor. De modo que si las legiones están dispuestas para ser revisadas por la embajada y si al resto de los *legati* y a los tribunos de la plebe y al edil no les parece inapropiado, me parece bien seguir la revisión de las fuerzas terrestres, toda vez que ya nos has mostrado las fuerzas navales de las que dispones y tu modo de utilizarlas para la defensa y el ataque —y, mirando fijamente a Publio, añadió—, y si te preocupa mi salud, sólo debo decirte, joven cónsul, que yo ya mataba galos en Liguria cuando tú aún eras amamantado por tu nodriza.

Publio no pudo por menos que reconocer cierta vieja bravura en las últimas palabras del pretor y no tomó a mal la indirecta que hacía hincapié en la excesiva juventud de un general al que se le podía encomendar, o no, la invasión del territorio del mayor enemigo de Roma. Publio no mordió ese cebo y decidió no enfrascarse en un debate estéril sobre su edad. Palabras. Ahí volvió a detectar Publio la alargada mano de Fabio Máximo. Contra las palabras, Publio hacía tiempo que había decidido sólo oponer hechos, como lo que acababa de hacer en el mar. Ahora debía hacer lo mismo en tierra.

Por su parte, los tribunos de la plebe y el resto de los miembros de la embajada accedieron también a continuar con la revisión de todo lo relacionado con la proyectada invasión de África.

—Sea —dijo Publio, y se dirigió a varias cuadrigas dispuestas para desplazar a los miembros de la embajada con rapidez por la amplia ciudad de Siracusa—. Montad a los carros. Cruzaremos la Isla Ortygia, el foro de la ciudad y el barrio de Neápolis.

Escipión subió al primero de los carros y los embajadores le imitaron montando en las diferentes cuadrigas dispuestas para ellos. La travesía por la ciudad fue rápida. Los caballos trotaban con premura siguiendo la ruta que el cónsul les había anunciado: del *Portus Magnus* ascendieron hacia el centro de la Isla Ortygia, pasando frente a todos sus grandes templos hasta cruzar a la Achradina fuera ya de la ciudad; luego atravesaron el foro sin detenerse hasta que los carros, siempre avanzando hacia el oeste, les llevaron al lugar donde se levantaba la inmensa *ara* de Hierón II, dedicada al dios Zeus. Pomponio se quedó impresionado ante los doscientos metros de altar, pero no tuvo tiempo de analizar con más detenimiento la estructura, pues los caballos seguían su ruta sin tregua. Del altar de Hierón pasaron, ya en la zona de Neápolis, al gran teatro griego, allí donde Pomponio sabía que el cónsul había entretenido a sus tropas asistiendo a representaciones de cuestionable contenido, en lugar de centrarse en el adiestramiento diario de la tropa. Sí, sería interesante ver a esas legiones desterradas y mal dirigidas por aquel cónsul ambicioso. Era cierto que Escipión había hecho gala de cierto dominio sobre las artes de la guerra naval, pero era en tierra donde tendría que doblegar a los cartagineses, y en su propio territorio. Cuanto más lo volvía a pensar, más absurda le volvía a parecer a Pomponio toda aquella idea de la invasión de África. Era un hecho, no obstante, que aquel general había derrotado en varias ocasiones a los cartagineses en Hispania, pero aquél era un país extranjero también para los púnicos y Escipión se había ayudado de las alianzas con los iberos, mientras que en África sería prácticamente imposible conseguir aliados de confianza, aunque el cónsul se empeñara en presentar su pacto con el rey Sífax como un aval más de su futura campaña. Sífax era un hombre colérico, de humor cambiante, del que podía esperarse poco o nada bueno para Roma. Pomponio, a bordo de su cuadriga, negaba en silencio. Además, las tropas con las que consiguió victorias Escipión en Hispania eran otras: legionarios nuevos por un lado, con pasión por Roma, y legionarios veteranos heredados de las legiones de su padre y su tío, con ansia por vengar su derrota anterior. Sin embargo, ahora, ¿de qué dispondría aquel joven nuevo Escipión? Sólo de las «legiones malditas». La V y la VI no eran tropas, sino carnaza de destierro y vergüenza.

Distraído en sus pensamientos, el pretor no se percató de que ya habían cruzado toda Neápolis y gran parte de la meseta de Epipolae hasta llegar a unas imponentes murallas que se extendían ante ellos hacia el noroeste y hacia el sureste: las murallas que Dionisio levantara hacía más de un siglo para proteger una ampliada y hegemónica Siracusa, centro del poder en Sicilia y gran parte del Mediterráneo occidental de antaño. Los carros se detuvieron y primero el cónsul y luego el resto de los miembros de la comitiva senatorial fueron bajando de sus cuadrigas. Ante ellos, a medio centenar de pasos de las murallas se acumulaban en dos filas decenas de catapultas y escorpiones, preparados para ser disparados por varios centenares de legionarios que se afanaban en acumular lo que parecía ser grava y tierra. Todo estaba dispuesto como si se preparara la defensa de un asedio.

—Seguidme, os lo ruego, a lo alto de la muralla. Desde allí lo podréis ver mejor todo —les invitó un visiblemente concentrado Publio al que se le acercaban oficiales a los que escuchaba y despachaba con una o dos rápidas instrucciones. Los oficiales asentían y partían a cumplir las órdenes recibidas. Los embajadores ascendieron por una escalinata de madera que los condujo a lo alto de la muralla occidental de Siracusa. Ante ellos se presentó un espectáculo inesperado. Las legiones V y VI de Roma estaban en formación de combate, con los *velites* ligeramente adelantados al resto de los legionarios; tras ellos, venían los manípulos de los *hastati*, mil doscientos hombres en cada legión, y a continuación otros tantos legionarios en los manípulos de los *principes*. En la retaguardia se encontraban los *triari*, seiscientos por cada legión, los hombres más veteranos y expertos y, por fin, unos seiscientos jinetes agrupados en diversas *turmae*, unos procedentes de los supervivientes de Cannae y otros voluntarios formados en Sicilia por los caballeros de Siracusa. En las alas se acumulaban los millares de tropas auxiliares de ambas legiones.

El pretor oteaba el paisaje que se dibujaba ante sus ojos: la formación era apropiada e impresionaba al que no estuviera acostumbrado a presenciar a un ejército consular, pero para los viejos huesos de Pomponio aquello no dejaba de ser una fachada. De pronto, algo fue lanzado desde el interior de la ciudad. Pomponio levantó la vista y observó una flecha incandescente cruzando el cielo de la tarde siciliana. Tras la señal, las legiones empezaron su avance. Pomponio se percató de que los *velites* tenían ante sí montones de hojarasca, ramas e incluso troncos de árboles recién cortados ante los que se detenían, tomaban ramas pequeñas y grandes y proseguían con su avance hacia las murallas. El pretor miró hacia abajo: las murallas terminaban en un foso profundo que dificultaba el acceso a la base de los muros. El foso parecía de reciente factura o, al menos, haber sido reparado en las últimas semanas o meses. Las legiones avanzaban.

—¡Ahora! —ordenó con voz potente Publio Cornelio Escipión.

Las decenas de catapultas empezaron a escupir grava y tierra compactada en terrones secos que volaban por encima de las murallas y caían sobre los *velites,* que se veían obligados a levantar con una mano sus escudos y protegerse de la lluvia de grava y tierra y, con la otra mano, seguir arrastrando su pesada carga de ramas, troncos y hojarasca. Fue un avance penoso y agotador para aquellos hombres, pero que en ningún momento cejaron hasta llegar a la base de la muralla, donde, por turnos, arrojaban todos los troncos y ramas hasta que a fuerza de arrastrar madera, hojas, tallos y troncos, fueron rellenando el vacío del foso en diversos puntos de la muralla. Una vez cumplida su misión, cegados muchos por la tierra, otros con sangre en la cabeza por la lluvia de grava, fueron retirándose con rapidez dejando paso entre su formación de repliegue a los manípulos de *hastati* y varias unidades de tropas auxiliares, que se lanzaban sobre la muralla con escalas y cuerdas a sus hombros. Los *hastati* sufrieron la misma lluvia de grava y tierra, pero no se detenían y continuaban hacia delante, hasta cruzar el foso por encima de las ramas y troncos dispuestos por sus compañeros legionarios de avanzadilla. Una vez al pie de la muralla lanzaban escalas y cuerdas, muchas de las cuales alcanzaban sus objetivos, pero que eran sistemáticamente soltadas por dos manípulos de legionarios repartidos por lo alto de las murallas, cuya misión era dificultar el acceso a las mismas de las legiones atacantes. El trabajo de los *hastati* proseguía de forma constante pero infructuosa cuando los *principes*, reforzados por más tropas auxiliares, entraron en acción agrupándose para atacar las puertas de la ciudad en aquel extremo del recinto amurallado. Los *principes* se lanzaron con pesados arietes con los que arremetieron contra los grandes portones de la ciudad pero, pese al empuje de los soldados, tanto las puertas como las murallas, bien defendidas por los manípulos de legionarios dispuestos por el general para oponerse a las legiones, parecían inexpugnables. Fue entonces cuando el pretor y el resto de los miembros de la embajada vieron emerger en la distancia dos lentas, altas y pesadas moles móviles que se deslizaban en dirección a la muralla. Eran dos ciclópeas torres de asedio de las que tiraban decenas de fornidos *triari*. Las torres, tambaleándose como gigantes ebrios, fueron aproximándose lenta pero inexorablemente hacia dos extremos de la muralla quedando varadas por los legionarios a apenas unos veinte pasos del muro. La lluvia de grava y tierra no cejaba, pero tanto los *velites* y los *hastati* persistían en sus esfuerzos por trepar hasta lo alto de los muros, como los *principes* pugnaban por derribar las puertas y asediar las murallas próximas a las mismas. Los legionarios de la defensa trabajaban a destajo y sin descanso; eran tantos los que asediaban y con tal furia que aquello ya no parecía un ejercicio: era como si las legiones V y VI se hubieran planteado tomar aquellas murallas en aquellas maniobras como algo que afectaba a su orgullo personal. Los legionarios sabían que una embajada del Senado había acudido allí para evaluar su fortaleza en la lucha así como la capacidad de su general para dirigirles, el mismo general que les había dado, por fin, una segunda oportunidad. Y todos sabían que ese mismo general no se lo iba a poner fácil, pues un ejercicio sencillo no impresionaría a los senadores; por eso, pese a la tormenta de piedras que caía sobre sus cabezas, a las escalas que de forma continua caían desenganchadas de los muros y pese a lo aparentemente imposible que resultaba la tarea encomendada, todos aquellos hombres, los derrotados de Cannae, defenestrados y despreciados por Roma, se empecinaban en doblegar aquella pertinaz defensa con una tozudez aún mayor que la de los propios impertérritos e insensibles muros de Siracusa.

Así, de las torres de asedio cayeron sendos puentes levadizos que descargaron a plomo su terrible peso sobre las almenas más altas del muro y, al instante, sobre el puente, decenas de sandalias de los *triari* desfilaron mientras sus propietarios, protegidos por sus escudos, avanzaban hacia lo alto del muro. En pocos minutos los *triari* habían despejado de defensores amplios espacios de la muralla, que a su vez eran aprovechados por *velites* y *hastati* para trepar raudos al muro y sumarse a sus compañeros, al tiempo que un chasquido ensordecedor anunciaba que las puertas de la ciudad cedían a los arietes y se quebraban por la mitad dando paso a que los *principes* entraran en Siracusa. El ejercicio estaba completado.

Desde lo alto de la muralla, rodeados ya por atacantes en vez de defensores, el pretor y los *legati* presenciaban el desenlace de la maniobra. Tal era el arrojo con el que los legionarios de la V y la VI habían tomado la muralla que algunos de los senadores se sintieron perturbados y algo confusos con respecto a su seguridad, pero en cuanto los *triari* alcanzaron la posición en la que se encontraban los embajadores, acompañados por el general en jefe de aquellas legiones, vieron cómo de entre los atacantes surgía el oficial al mando, el tribuno Cayo Lelio, por todos conocido en Roma como el segundo de Escipión, y veían cómo este veterano se dirigía a su joven general y le saludaba con la mano en el pecho.

—¡Salve, Publio Cornelio Escipión, cónsul de Roma! ¡Las murallas han sido tomadas según tus órdenes!

—¡Y por todos los dioses que mis órdenes han sido bien cumplidas! —respondió Publio, y se volvió hacia los embajadores—, supongo que todos conocéis a mi segundo en el mando, Cayo Lelio.

Publio vio como tanto el pretor como los *legati*, el edil y los tribunos de la plebe asentían en señal de reconocimiento. El cónsul se sintió, por primera vez en aquel día, plenamente satisfecho y orgulloso no sólo de ser quien era, sino de algo más importante, de tener la lealtad de los hombres que le rodeaban. Al girarse hacia Lelio y darle las nuevas instrucciones, que las legiones se reagruparan y formaran ante las murallas que habían tomado para que saludaran a la embajada, el propio Lelio leyó en los ojos de su general la sensación de felicidad que lo embargaba. Parecía que, poco a poco, los insultos de Baecula iban desapareciendo, como si la traición de Netikerty nunca hubiera existido, y que se encontraran tan cerca en sus almas el uno del otro como cuando luchaban en las murallas de Cartago Nova.

Trajeron agua y vino para los embajadores que todos aceptaron con agrado. El día había sido intenso. Seguían en lo alto de las murallas siendo testigos de la rapidez con la que los hombres adiestrados bajo el mando de aquel general se replegaban y formaban posicionándose cada legionario en su manípulo, pese a que algunos estaban heridos por las piedras y otros con tobillos torcidos por caerse al trepar los muros. También los había con piernas o brazos rotos que eran llevados al interior de la ciudad por un manípulo de soldados que el general parecía haber reservado para retirar a los heridos de consideración, junto con los cadáveres de tres hombres que se habían despeñado desde lo alto de las torres de asedio. Habían sido unas maniobras especialmente cruentas, pero necesarias. La realidad de la guerra, todos los sabían, sería aún mucho peor. Todo se hizo en pocos minutos y ante los embajadores, que aún vaciaban las copas de agua y vino que se les había traído, las legiones V y VI de Roma, las «legiones malditas», quedaron en perfecta formación. El general alzó su brazo y un silencio espeso pareció desparramarse por todo el oeste de Siracusa y alcanzar las tropas formadas ante sus murallas. Publio Cornelio Escipión dejó caer entonces su brazo y unas veinte mil gargantas, entre *velites, hastati, principes, triari*, voluntarios veteranos de la guerra en Hispania, jinetes de las *turmae*, soldados de las tropas auxiliares y hasta los propios *calones*, que unieron sus voces a las de sus amos, gritaron al unísono, al tiempo que todos golpeaban sus lanzas contra los escudos elevando hacia las murallas de Siracusa un ensordecedor rugido de guerra que el viento transportaba como si de las fauces de un colosal león se tratara. Las murallas temblaron y los embajadores dejaron de beber. El general alzó de nuevo su mano y el grito cesó tan abruptamente que un sorprendido senador dejó caer su copa, cuyo ruido al chocar sobresaltó al resto al resaltar tanto aquel sonido entre el silencio que nuevamente había vuelto a establecerse.

—Éstas son mis legiones, malditas para muchos, legiones de combate para mí y para Roma, al servicio del Estado, preparadas para invadir África —dijo Publio mirando a los embajadores uno a uno de un modo enigmático, como si sus palabras transportaran un contenido incontestable, como si quisiera decir que sus tropas estaban más allá de toda evaluación; una mirada, por primera vez desde que llegó la embajada, altiva, segura, poderosa, inquebrantable. Muchos de los *legati* terminaron mirando al suelo, pero no así Marco Pomponio ni los tribunos de la plebe, aunque, claramente, el primero no la bajó por orgullo y los otros, por admiración hacia el cónsul—. En cualquier caso —continuó Publio con un tono nuevamente conciliador—, sois vosotros los que debéis decidir sobre mi capacidad para el mando de estas tropas, pero me gustaría precisar que es sobre mí sobre quien debéis decidir, no sobre estos hombres que habéis visto hoy tomando estas murallas: estos legionarios, y así los llamo, legionarios de Roma, se merecen una segunda oportunidad: dadme a mí el mando o quitádmelo, pero no cercenéis una vez más la esperanza de estos soldados. Y ahora, si queréis acompañarme, creo que es el momento de celebrar un sacrificio por vuestra visita y por la invasión de África, sea ésta bajo mi mando o bajo el mando del general que estiméis más apropiado.

Con estas palabras todos quedaron entre admirados y perplejos de la forma en que el cónsul escindía la evaluación de los embajadores del futuro de las tropas y su misión, y hacía que la decisión de los *legati* tuviera que centrarse sobre su persona. Pomponio meditaba mientras descendía por la escalinata de madera en dirección a los carros que les esperaban al pie de las murallas para conducirles, según les había explicado el cónsul, al altar de Hierón II, donde tendría lugar el sacrificio. El pretor estaba intrigado: ¿era aquél un hombre audaz o un vanidoso, o quizás ambas cosas a un tiempo? ¿Y eran la audacia y la vanidad las características necesarias para dirigir una invasión de África? La decisión era complicada, más de lo que había pensado cuando aceptó la misión de encabezar aquella embajada. Fabio Máximo le había insistido en que negara el mando de Escipión y que prohibiera aquel desembarco en África por la locura que suponía y, pensaba el pretor, seguramente fuera una locura, pero ¿qué era mejor: mantener a ese loco en Roma, intrigando con el pueblo, o dejarlo que de una vez por todas marchara hacia su destino como antaño lo hicieran su padre y su tío en Hispania y así poner fin a los desatinos de aquel hombre? Y si para ello debía arrastrar consigo a todos los desterrados de la derrota de Cannae, ¿era eso acaso un problema o una bendición? Pomponio sonrió como pensó que lo habría hecho Máximo: era casi como cazar dos jabalíes en un mismo bosque. Además, los tribunos de la plebe, resultaba obvio, estaban claramente decantados a favor de Escipión.

La comitiva había llegado al altar de Hierón II: la ciclópea *ara* estaba levantada sobre una base cuadrada de roca pulcramente tallada en bloques, con dos amplias rampas en los laterales y unos canales que permitían recoger la sangre de todos los animales que allí se sacrificaban. En cada una de las rampas se veían las figuras de atlantes que parecían vigilar todo lo que allí acontecía y en la cornisa del altar, unas enormes cabezas de león lo observaban todo, atentas, frías, intemporales. Por los casi doscientos pasos de altar fueron desfilando hasta cien bueyes enormes, especialmente engordados para la ocasión que, uno a uno, eran sacrificados por el *popa* con certeros golpes de su pesada maza. El cónsul, al final del sangriento ceremonial, elevó una plegaria a Júpiter Óptimo Máximo, a Marte, dios de la guerra, y a todas las divinidades para que le ayudaran en su misión de derrotar a los cartagineses en su propia tierra, en el mismísimo corazón de África. Hasta el altar se habían desplazado centenares de legionarios de las legiones que habían obtenido permiso de Lelio para asistir a dichos sacrificios y, con su presencia, presionar en el ánimo de los embajadores. El sacrificio fue tan numeroso que la sangre de los animales muertos fluía por los canales como si de acueductos de agua roja se tratara. Para los tribunos de la plebe de la embajada era evidente que aquel general lo llevaba todo a la desmesura: las maniobras navales, el número de barcos preparados para el transporte, los víveres almacenados, las maniobras en tierra, el adiestramiento de las tropas y los sacrificios. Posiblemente, también había llevado a la exageración su pasión por el entretenimiento, por el teatro, por su trato demasiado complaciente con los escritores, pero, a fin de cuentas, el mero hecho de invadir o intentar invadir África era una desmesura en sí misma. ¿Quién mejor que alguien como aquel general para acometer algo que a todos los demás les parecía inverosímil? Y si esas tropas parecían dispuestas a seguirle, ¿quiénes eran ellos para impedirlo?

Publio Cornelio Escipión presidió los sacrificios y, una vez que éstos hubieron terminado, descendió del gran altar y se reencontró con los miembros de la embajada. En las manos, brazos, y rostro del cónsul había sangre de las víctimas en la que él mismo se había bañado en busca del favor de los dioses. Unos *calones* trajeron agua y paños para que el cónsul se limpiara. Mientras se aseaba se dirigió a un visiblemente cansado Marco Pomponio.

—Esto es cuanto quería mostraros, al pretor, a los *legati,* al edil y a los tribunos de Roma. Ha sido un día agitado, lo sé, pero quería que tuvierais toda la información necesaria para tomar vuestra decisión y quería que la tuvierais pronto. Por todos los dioses, sólo faltaría que se me acusara de no facilitaros la tarea. Ahora os acompañarán a vuestros aposentos en una de las casas principales en el centro de la Isla Ortygia. Allí podréis descansar y meditar sobre...

—Por mi parte no hay mucho que pensar —dijo Pomponio interrumpiendo al cónsul y disfrutando al interrumpirle y al sorprenderle. Era una de las pocas satisfacciones que le quedaban después de ver lo que había visto. Vio los ojos de Escipión interesados y nerviosos, mirándole, interrogándole. Disfrutó del momento unos instantes, pero luego dejó salir de su boca su dictamen. No tenía interés por alargar su estancia allí. No podía hacer lo que había venido a hacer. Lo leía en el rostro confiado de los tribunos de la plebe: estaban a favor de la invasión y seguros de la capacidad de aquel Escipión, al igual que muchos de los senadores. Oponerse sería oponerse a los tribunos del pueblo y crear un conflicto de poderes en la embajada y, visto lo que se había visto, cuando los tribunos hablaran en Roma, el pueblo se volvería contra el Senado y a favor de Escipión. No, ya no se podía hacer nada más que dejar que la historia siguiera su curso. Los dioses dictaminarían el resto—. No, por mi parte no hay mucho que pensar —repitió retóricamente Pomponio—. Sigo en contra de esta misión, de la invasión de África.

Para mí, como para muchos en el Senado, es una locura, pero esto ya se debatió y a mí, a esta embajada, sólo debe ocuparnos dictaminar si tú, Publio Cornelio Escipión, estás o no capacitado para llevar a cabo esta empresa. En mi opinión has reunido los transportes necesarios y la flota de guerra suficiente para la travesía a África y los marineros tienen la preparación para desembarcar con éxito todos los víveres acumulados en los graneros de esta ciudad junto con las legiones y el resto de las tropas auxiliares y de voluntarios de las que dispones. Y también admito que me ha sorprendido la fuerza, el vigor con el que los hombres de la V y la VI se han ejercitado esta tarde en el asalto a las murallas de Siracusa. Ha sido un ejercicio notable. Por todo ello no puedo negar mi voto de aceptación hacia tu capacidad para esta locura, pero dudo mucho que todo esto sea suficiente para derrotar a los cartagineses en su territorio. Creo, joven general, que caminas hacia tu muerte, con una decisión y una ceguera propias de la inmadurez y que te has rodeado de un grupo de oficiales que, por alguna extraña razón que desconozco, parecen compartir tu ilógica forma de ver las cosas; pero sea, como he dicho antes, eso ya no me compete. Por mi parte ya he visto bastante. Que los dioses de Roma estén contigo, general, porque en África... en África nadie más lo estará. Y ahora me marcho a descansar. Por mi parte, no veo inconveniente en partir mañana al mediodía de regreso a Roma.

Pomponio no esperó la respuesta de nadie. Estaba, en efecto, agotado. Maniobras navales por la mañana, paseos al trote en cuadriga y asedios por la tarde. Era una demasiado apretada agenda de actividades para su edad, pero se había esforzado en mantener la dignidad para que nadie pudiera cuestionar su intención en el caso de que hubiera solicitado posponer alguna de las maniobras para descansar. El pretor se abrió paso entre oficiales, legionarios y miembros de la embajada. Todos se hicieron a un lado, dejando un gran pasillo por el que Pomponio se alejó en busca de la cuadriga que le esperaba. No miró atrás. No le gustaba despedirse de los que pensaba que iban a morir. Creía que traía mala suerte.

Publio vio alejarse primero a Pomponio, luego a los tribunos de la plebe, que sí se acercaron a saludarle y a desearle suerte en su invasión de África, y al resto de los representantes de la embajada. Luego vio cómo los legionarios retornaban hacia el oeste de la ciudad, hacia el campamento de las legiones. Todos fueron marchando hasta que quedó, al pie del inmenso altar de Hierón II, rodeado tan sólo por los *lictores* de su guardia personal y junto a Lelio.

—Lo has conseguido, lo hemos conseguido —dejó escapar al fin Cayo Lelio.

—Así es, hemos conseguido lo más fácil —respondió un enigmático Publio.

—¿Lo más fácil? No entiendo qué quieres decir —indagó Lelio.

—Hemos conseguido convencer a la embajada de que nos permitan partir hacia el sur para la invasión de África. Eso, querido Lelio, era lo fácil.

—¿Y qué será lo difícil, ahora que tenemos el permiso de Roma para invadir África?

Publio le miró en silencio antes de responder.

—Sobrevivir a la invasión de África, Lelio, sobrevivir.

65

Una segunda embajada

Siracusa, finales de otoño del 205 a.C.

Todo estaba preparado. Publio había ordenado que los barcos de transporte y militares fueran desplazándose en pequeños grupos hacia el puerto occidental de Lilibeo. Las legiones se desplazarían por el interior de la isla a pie. Les iría bien practicar aún más las marchas forzadas. En África el tiempo en trasladar las tropas de un lugar a otro, ya fuera para atacar o para buscar refugio, podría llegar a ser un factor clave. Las legiones V y VI se mostraban razonablemente satisfechas. Incluso los legionarios más rebeldes de la VI, que habían sido nuevamente expulsados de Italia, en esta ocasión de Locri, se mostraban más dóciles después de que sus impertinentes oficiales Sergio Marco y Publio Macieno habían sido despedazados ante sus ojos por orden del pretor Pleminio, quien a su vez había sido depuesto por una embajada del Senado. A aquellos hombres, un nuevo destierro o una campaña en África les parecía algo bueno en comparación con la muerte segura que habrían obtenido de Pleminio si las tropas de Roma al mando del pretor Pomponio no hubieran irrumpido en Locri para imponer orden.

El cónsul estaba contento y daba por bueno todo el episodio de Locri.

—Error político, sí —había confesado a Lelio mientras ultimaban los preparativos de la travesía a África—, error político, pero un acierto militar: el puerto de Locri está en manos de Roma, reducimos así las líneas de aprovisionamiento de Aníbal, y yo me he deshecho de los dos oficiales más desleales de las «legiones malditas» sin tener que enfrentarme con el despecho de sus legionarios.

Publio ordenó que las pequeñas flotillas fueran a Lilibeo bordeando Sicilia por la costa norte, buscando alejarse de las flotas militares púnicas de África. Algunos de sus oficiales percibían todo aquel trasiego como un esfuerzo innecesario y un nuevo retraso de la invasión de África, pero Publio desconfiaba de todos. Sabía que si Máximo había conseguido infiltrar espías hasta entre los esclavos más próximos a él, a través de la esclava de Lelio, ¿qué no habrían intentado los cartagineses? Aquella maniobra de desplazar la flota a Lilibeo parecía retrasar la invasión. Eso es precisamente lo que dirían los espías, y, sin embargo, nada más concentrar toda la flota en Lilibeo saldría con los más de cuatrocientos buques, las dos legiones y su ejército de voluntarios, todos directos a África, mientras en Cartago aún se hablaría de que el cónsul romano en Sicilia no hace más que llevar sus tropas y barcos de un lugar a otro sin atreverse a cruzar el mar. Conseguir ese factor sorpresa era algo clave para sus propósitos. En un territorio infestado de enemigos y sin tan siquiera un puerto amigo o una ciudad en la que refugiarse, la sorpresa debía ser su aliada en conseguir la conquista de algún enclave portuario importante y fortificado. Sí, cuanto más lo pensaba, más claro lo veía. Además, todo hacía presagiar más informes funestos para la invasión. Había salido de su gran *domus* en el centro de Siracusa camino del *Portus Magnus*. Una nueva embajada había llegado a la ciudad. Una vez más, Sífax enviaba un mensajero para entrevistarse con él. En la última ocasión se zafó de las miradas curiosas al verse con el enviado del rey de Numidia en las entrañas del teatro de Siracusa mientras todos estaban ocupados en la representación de la última obra de Plauto. Ahora había citado a aquel nuevo mensajero en los almacenes de los muelles del *Portus Magnus*. El cónsul estaba seguro de que entre el tumulto que a diario se desarrollaba en aquel inmenso puerto, y más en aquellos momentos en los que cada día partían varias decenas de barcos hacia Lilibeo, los movimientos del númida pasarían más inadvertidos. E incluso Publio decidió salir de incógnito, sin lucir una toga púrpura que lo delatara o el *paludamentum* militar que le correspondía. En su lugar salió vestido con coraza, pero sin casco; armado con una espada, pero sin ningún tipo de aditamento, acompañado por tan sólo dos *lictores* armados con *gladios* a los que había requerido abandonar sus símbolos tradicionales. De esa forma, el cónsul, caminando a paso rápido, parecía un centurión más de la V y la VI arropado por dos de sus oficiales.

El encuentro con el mensajero númida tuvo lugar en un almacén de sal, pescado y ánforas de aceite. El olor a pescado ahuyentaba de por sí a muchos curiosos. A las puertas del almacén había una decena de legionarios custodiando la puerta y al mensajero oculto tras ella. Al ver llegar al que tomaron en principio por centurión le dieron el alto, pero al reconocer el oficial al mando de la vigilancia del almacén al cónsul de Roma en Sicilia, enmudeció y se hizo a un lado llevándose la mano al pecho. Publio pasó ante los legionarios en posición de firmes como una exhalación y tras él entraron los dos *lictores*.

Allí, entre centenares de ánforas, sacos de sal y cestos con pescado en salazón, un hombre negro, alto y musculoso aguardaba. No iba armado porque se había visto obligado a entregar su lanza, su espada y dos dagas a los legionarios que vigilaban la entrada al almacén. Vestía una túnica larga de color arena y por los hombros le colgaban pieles de algún animal que el cónsul no acertó a reconocer. Podría ser un león, pensó, o alguna otra bestia salvaje de África. Publio estudió a aquel hombre con detenimiento antes de decir nada. Había algo evidente: no estaba nervioso. La seguridad en tus posibles enemigos es mal síntoma. Publio se acercó un par de pasos más hasta quedar a tan sólo dos metros del númida. Por complexión parecía el mismo mensajero con el que se entrevistó en los pasadizos del gran teatro de Hierón unos meses atrás, mientras la representación de Plauto tenía lugar y sus legionarios se entretenían a carcajadas. Pero no estaba seguro. En aquella ocasión, la tenue luz de las antorchas y la faz oscura del interlocutor no le permitieron discernir los rasgos del mensajero con nitidez.

—Te escucho —dijo Publio en latín con voz segura pero suave, clara, pero no en alto. Aquélla debía ser una conversación muy privada.

—Me envía Sífax —respondió el aludido en griego. La inflexión de las consonantes, la voz profunda... era el mismo mensajero que la vez anterior. Ahora ya no había duda.

—¿Cómo te llamas? —preguntó Publio; si aquel hombre gozaba de la confianza del rey Sífax como para enviarlo en repetidas ocasiones de embajador debía de ser alguien de importancia y era importante registrar su nombre.

El númida se tomó unos segundos antes de responder. Aquella pregunta le había pillado por sorpresa.

—Mi nombre no es importante, lo importante es lo que vengo a deciros y en nombre de quién vengo.

—Sin duda, pero es la segunda ocasión que el rey Sífax te envía, lo que te hace a mis ojos como un fiel servidor de tu rey. Me gusta conocer los nombres de aquellos que sirven bien a mis amigos.

Publio enfatizó con su voz la última palabra.

—Amigo es mi rey, sí, y por ello me envía para transmitir un aviso: los romanos no deben desembarcar en África. Si lo hacen, mi rey os atacará.

Publio se separó un par de pasos hacia atrás y le dio la espalda. Necesitaba pensar. Sífax había cambiado por completo. De ofrecer un pacto de no agresión a atacar en caso de desembarco había mucho camino recorrido. ¿Qué le había hecho cambiar de opinión de forma tan rotunda? Publio se volvió de nuevo hacia su interlocutor y se aproximó hasta quedar a sólo un metro. El númida no se movió un ápice de su posición.

—Tengo la palabra de tu rey de no atacarme. Me lo dijo a la cara, ¿por qué he de creerte a ti? Es un cambio demasiado grande para no oírlo de su propia persona.

—Si el cónsul hubiera venido a África la última vez que hablamos, Sífax, mi rey, se lo habría dicho a la cara también, pero el cónsul no vino. Eso no ayudó.

—No puedo moverme con libertad y eso lo sabes tú y lo sabe tu rey.

—Es posible, pero ése es el mensaje que tengo.

—¿Y por qué tu rey ha cambiado de opinión?

—Eso tiene respuesta y se me ha dado permiso para informarte: mi rey ha tomado por esposa a Sofonisba, hija del general cartaginés Asdrúbal Giscón, con el que ha firmado un tratado de ayuda mutua. Si los romanos desembarcan en África, mi rey acudirá en ayuda de los cartagineses con un ejército de cincuenta mil hombres y diez mil jinetes y os arrasará. Y lo que he visto en vuestro puerto no me impresiona y no impresionará tampoco a mi rey. El cónsul de Roma no debe ir a África. Mi rey se toma la licencia de avisaros porque os estima, pero su pacto con Cartago es definitivo.

Publio sonrió en su interior en parte. Su plan de trasladar las tropas a Lilibeo daba frutos. Más de la mitad del ejército y de los barcos de transporte y *trirremes* militares ya no se encontraban en el *Portus Magnus* de Siracusa. Lo que había visto el númida sólo era la mitad de sus fuerzas, más de lo que vio la primera vez, por lo que consideraría que era el reagrupamiento de los romanos antes de partir, pero mucho menos de lo que en realidad disponía Publio para la invasión. Pero cincuenta mil hombres era una fuerza ya superior a sus legiones, a la que se sumarían soldados de Cartago y, lo peor de todo, diez mil jinetes, diez mil jinetes o más. ¿Mentía Sífax a través de aquel mensajero? ¿Fanfarroneaba de sus fuerzas? Lamentablemente, todas las informaciones de las que disponían los romanos apuntaban en la dirección de que el rey Sífax podía reunir un ejército de esas dimensiones en pocos días; un ejército, además, acostumbrado a trasladarse con velocidad de un punto a otro de la inmensa Numidia y que en poco tiempo podría llegar hasta allí donde los romanos desembarcaran. Publio se encaró con el mensajero.

—Aún no me has dicho tu nombre.

—Búcar.

—Búcar, ¿tu rey ha cambiado de aliados por una mujer?

—Mi rey hace lo que le parece mejor. Yo sólo transmito sus mensajes. Y mi rey, ya que lo preguntas, ha firmado un tratado con Giscón, no con una mujer.

—No te engañes, Búcar; pareces un hombre inteligente. Giscón y yo nos entrevistamos con tu rey y el rey Sífax pactó conmigo. Y ahora, cuando Roma es más fuerte, cuando los cartagineses están retrocediendo en Italia y cuando ya han perdido Hispania, ¿tu rey pacta con Giscón? No, lo único nuevo que hay ahora es una mujer, esa Sofonisba. Búcar, ¿sirves a un rey que obedece a una mujer?

Por primera vez el mensajero tensionó los músculos de su rostro. Publio estaba satisfecho. Había puesto el dedo en la llaga. Eso era exactamente lo que aquel mensajero pensaba pero no se atrevía a reconocer. Debía seguir presionándole.

—Búcar, puedes quedarte aquí y servirme a mí. Tu información me será útil y yo soy un hombre generoso. En Hispania fui muy generoso con los iberos que me ayudaron. Los cartagineses son malos pagadores y unirse a ellos suele traer muerte y destrucción.

Búcar callaba. Miró al suelo. Se pasó una mano por la incipiente barba negra, rizada y recia, que emergía por toda su barbilla. Luego negó con la cabeza.

—Es una oferta interesante, pero he visto ambos ejércitos. Romano, serás cónsul, pero tu país no te ha dado suficientes tropas. Si desembarcas en África morirás. No quiero estar a tu lado cuando mi rey te encuentre y te torture hasta morir. No es una buena oferta la tuya. Los cartagineses ya gobernaban en el Mediterráneo mientras vosotros os las componíais para sobrevivir contra los etruscos o los latinos o los galos. En mi país hemos visto ir y venir a los cartagineses, a veces victoriosos y a veces derrotados, pero siempre están ahí. Las pocas veces que habéis desembarcado en África siempre ha sido un desastre.

—Mi segundo en el mando, Cayo Lelio, desembarcó con éxito y regresó con un buen botín.

—Lelio escapó antes de que los cartagineses y mi rey reaccionasen. Tú quieres ir para conquistar y África no es Hispania. África está gobernada por Cartago y Numidia por mi rey. Ambas unidas os destruirán. Puede que mi rey esté ahora algo cegado por yacer con la joven púnica hija de Giscón, pero eso no cambia las cosas. Puede que no me guste, pero no cambia las cosas: os triplicamos en número y luchamos por nuestra tierra. No volveréis con vida ni uno de vosotros. Moriréis todos y los que no hayáis muerto y caigáis presos, desearéis haber muerto.

Entonces llegó un largo y tenso silencio.

El mensajero se había sincerado. Publio le miraba y el númida mantuvo la mirada con decisión. Publio se dio cuenta de que aquel hombre podría ser comprado pero por alguien que realmente, a sus ojos, pudiera doblegar a su rey. Era desconsolador observar cómo su análisis militar, muy preciso, mostraba a las claras que la misión de África era una total locura. Publio pensó en amenazar con violencia, en gritar, pero luego tuvo la sensación de que aquella guerra se manejaba con demasiadas variables y que lo que hoy parecía blanco al día siguiente podía ser negro, negro como la faz de aquel mensajero. A Publio le quedaba la baza de Masinisa. Era una apuesta arriesgada, pero la única que le quedaba al cónsul de Roma.

—Dile a tu rey —empezó al fin—, dile sólo que se lo piense mucho antes de atacarme. Dile que acudiré a África con mis legiones y que si me ataca... dile sólo que se lo piense mucho.

El númida lanzó una pequeña risa que resultó ofensiva para el cónsul, pero Publio no respondió, ni añadió más. Se sentía impotente, pero no quería sumar palabras de agravio que hicieran crecer la animadversión de Sífax hacia él, una animadversión suculentamente alimentada, parecía ser, por las lujuriosas caricias de una joven mujer. Pero aquella risa merecía alguna respuesta.

—También podría ordenar que te mataran. Así no tendrías ya la posibilidad de informar a tu rey. Y quizás así le llegase a Sífax más claro mi mensaje.

Búcar cerró la boca y apretó los labios. Instintivamente se llevó la mano derecha hacia su cintura, pero allí no había espada alguna, pues ésta había sido requisada por los legionarios antes de dejarle a solas con el cónsul. El númida miró a su alrededor. Todo estaba cerrado. Las ventanas eran pequeños orificios en lo alto de las paredes por las que entraba luz, pero demasiado pequeñas para un hombre. Tras el cónsul estaban los *lictores* vigilando la puerta en el interior del almacén y fuera había más legionarios. Huir era imposible.

—Eso no haría sino reafirmar el pacto de mi rey con Cartago y harían ciertas todas las cosas que Giscón cuenta del cónsul: que sois un traidor, que no tenéis palabra, que tras luchar contra Cartago lucharéis contra Numidia, que no sois de fiar... —Búcar hablaba rápido. Ahora sí estaba nervioso.

—Es cierto todo lo que dices, pero tu risa me ha ofendido y a un cónsul ofendido se le ofusca la razón y si me dejo llevar por mis sentimientos y no por mi razón, haría que te cortaran la cabeza, la ensartaran en una lanza y que la enviaran mis hombres de regreso a tu barco. Por los dioses que no sé por qué no hacerlo, pues cuanto más pienso en ello más satisfacción siento.

—Sífax ha pactado con los cartagineses, pero si no le dais motivos de ofensa que añadir a las palabras de Giscón, mi rey es un hombre que se forja sus propias opiniones en función de los actos de los demás. Matadme y Sífax ya no dudará en atacaros.

Publio no movió un músculo de su cara, pero en su interior se encendió una pequeña llama de esperanza. Sífax aún tenía dudas, incluso después de haber pactado con Giscón y aun después de haber tomado por esposa a la hija de aquél. ¿Habría pactado sólo para acostarse con aquella joven y luego haría lo que le viniera en gana? Era una posibilidad. Era la única posibilidad a la que poder aferrarse. Estaba, por otro lado, el hecho de que las informaciones del mensajero no serían precisas, al haber visto menos de la mitad de sus fuerzas y eso, como había pensado antes, haría que tanto Giscón como Sífax se sintieran más confiados.

—Márchate y nunca más vuelvas ante mis ojos —dijo Publio dándole la espalda y haciendo una señal a los *lictores*.

El númida, con grandes gotas de sudor resbalando por sus sienes, salió del almacén custodiado por varios legionarios de confianza del cónsul.

El númida embarcó en media hora y su barco fue escoltado por una *trirreme* hasta mar adentro. Allí lo perdieron en la distancia del horizonte. El cónsul permaneció en el muelle como si estuviera supervisando el embarco de nuevas tropas y víveres hacia su destino en Lilibeo pero, en realidad, mantenía sus pensamientos fijos en asegurarse de que aquel mensajero no regresaba. Sífax con sesenta mil hombres. ¿Cuántos reuniría Giscón? ¿Veinte mil, veinticinco mil? ¿Más, menos? Él apenas conseguiría juntar treinta mil reuniéndolos a todos, a los voluntarios y las «legiones malditas». Y habría elefantes. Habría elefantes. Puede que, después de todo, los cartagineses no necesitaran para nada reclamar a Aníbal. Sífax y Giscón podrían dar buena cuenta de sus legiones sin apenas esfuerzo. Publio Cornelio Escipión se acercó hasta el borde mismo del muelle. Cerró los ojos e inspiró con profundidad. El olor a la sal del mar lo embriagó. Tenía un plan y debía seguir adelante con él. Era un buen plan. Pese a todo. Aunque si Sífax era persuadido para atacar junto con los cartagineses... entonces todo resultaría imposible. La clave era conseguir una victoria rápida en algún punto de África que impresionara a Sífax lo suficiente como para pensarse dos veces acudir en ayuda de Cartago. Necesitaba una ciudad en África. Una ciudad donde hacerse fuerte, desde la que atacar y donde poder refugiarse, una ciudad con puerto para reabastecerse de suministros. Una ciudad como Cartago Nova en Hispania, desde la que iniciar la conquista de toda África. Una ciudad. Sífax dudaría y eso le daría tiempo, el tiempo justo para empezar a doblegar a los cartagineses.

Publio abrió los ojos, dio media vuelta y en voz baja, mientras retomaba el camino de regreso a su *domus*, masculló dos palabras entre dientes.

—Una ciudad.

66

El manantial de Aretusa

Siracusa, invierno del 205 a.C.

Emilia se dejaba conducir por su marido. Éste la llevó por las estrechas calles de la Isla Ortygia, pasando junto a la imponente figura de las catorce gigantescas columnas laterales del templo de Atenea, hasta descender a la bahía del *Portus Magnus*, justo donde se encontraba el manantial de Aretusa. Emilia sabía que no era necesario pasar junto al templo de Atenea para alcanzar aquel manantial, pero a Publio le gustaba pasear por Siracusa, especialmente con ella, según decía siempre, y admirar los impresionantes edificios de aquella ciudad. Más de una vez, Publio se había entretenido en explicarle cómo para abrazar una de aquellas inmensas columnas jónicas se necesitaban al menos dos personas. Incluso hubo un día que, ante la mirada de sorpresa de los *lictores* y de los viandantes de la ciudad, el cónsul se empeñó en demostrárselo físicamente, haciendo que ella abrazara una de las seis columnas jónicas frontales por un extremo mientras él hacía lo propio por el otro lado. Acciones como aquélla eran las que habían dado pie a las críticas de los enemigos de su marido: se pasea por la ciudad como un viajero de visita en vez de ocuparse de la invasión de África, del adiestramiento de las tropas. Emilia sabía que su marido era capaz de atender a sus responsabilidades políticas y militares y, al mismo tiempo, apreciar la belleza de una ciudad griega, de una ciudad cuya cultura respetaba y admiraba, pero aquello era una actitud y un comportamiento demasiado complejos para ser bien interpretados por unos senadores manipulados por las informaciones de Catón y los discursos de Fabio. Y, sin embargo, su marido había sido capaz de revertir, una vez más, el curso de los acontecimientos y persuadir a la embajada del Senado de que todo estaba convenientemente dispuesto para invadir África. El pecho de Emilia estaba henchido de amor y respeto a partes iguales hacia su marido, alguien tan poderoso, tan ocupado y que, contrariamente a lo que pudiera esperarse, siempre la hacía partícipe de todo. Hubo un momento, poco después de su boda, cuando tuvo que luchar con él por que la dejara acompañarle a Hispania, pero al fin él cedió con rapidez. Desde entonces siempre había estado junto a él, en Roma, en Hispania y ahora en Sicilia, pero el silencio con el que ahora paseaba su marido junto a ella, una vez que había conseguido resolver el tema de la embajada de Roma era algo que le preocupaba.

Llegaron junto al manantial. El agua fresca del río, que emergía fundiéndose con la del mar en un escenario rodeado del frescor de las plantas verdes y exuberantes que circundaban el manantial, lo empapaba todo. Era una humedad embriagadora y dulce que se mezclaba con la brisa de sal del mar, un festín para los sentidos. Pese a encontrarse ya en el principio del invierno la temperatura era templada, agradable.

—¿Sabes por qué lo llaman el manantial de Aretusa? —preguntó Publio sin mirarla, con sus ojos puestos en el agua de aquella gran fuente natural.

—No, me has contado muchas cosas de Siracusa, pero ésta no me la has explicado.

Publio la miró y sonrió.

—Aretusa era una ninfa, una ninfa de la diosa Artemisa —empezó a contar Publio, despacio, sus palabras fundiéndose con el ruido del agua al correr hacia el mar—. Alfeo, un río del Peloponeso, en Grecia, hijo de Océano y Tetis como la mayoría de los ríos griegos, se enamoró perdidamente de esa joven ninfa, pero esto enfadó a Artemisa de modo que transportó a su ninfa hasta aquí, hasta la Isla Ortygia y, no contenta con alejarla de Alfeo, decidió convertir a su ninfa en un manantial, el manantial de Aretusa. Desde entonces están separados por esa distancia enorme. ¿Entiendes?

Emilia asintió despacio, pero no estaba segura de entender. Publio prosiguió con su relato cuando Emilia pensaba que ya había concluido.

—Pero convertir a Aretusa en manantial fue el gran error de Artemisa, pues dicen que desde entonces el dios Alfeo empuja sus aguas hacia el mar y viaja cada día hasta llegar aquí y mezclar su agua con la del manantial de su amada y así, al unir sus aguas, se aman eternamente.

Publio pronunció estas palabras mirando a los ojos de su mujer. Emilia no pudo evitar sonrojarse y bajó la mirada. Después giró la cabeza hacia el manantial primero y luego hacia el mar.

—Cuando te pones tan cariñoso es que me vas a decir algo que no quiero oír —dijo ella.

—¿Es que no soy atento contigo normalmente? —preguntó Publio sorprendido por la respuesta.

—Claro que lo eres, pero no así de especial. Así eres cuando me vas a decir algo que sabes que no quiero hacer.

Publio suspiró. A veces se le olvidaba hasta qué punto lo conocía su mujer.

—Seguramente tendrás razón.

—La tengo, para mi desdicha, la tengo —se reafirmó ella sin mirarle, observando el mar en calma de la bahía del *Portus Magnus*.

Publio se dio cuenta. No iba a ser fácil.

—Bien... en cuanto a África... —empezó el cónsul.

—Quiero ir, igual que te acompañé a Hispania o aquí en Sicilia. Siempre he estado junto a ti, no veo por qué ahora ha de ser diferente.

Publio guardó silencio un momento. Luego tomó la palabra con una decisión casi gélida que mostraba una determinación desconocida para su bella esposa.

—No, Emilia, por Hércules, esta vez sí es diferente. Cuando quise que te quedaras en Roma por primera vez me hiciste ver, y mi madre se alió contigo, que el sitio de una esposa está junto a su marido y así es, así es... pero en Hispania y también aquí, en Sicilia, siempre hemos viajado a territorio fronterizo, sí, pero conquistado, con ciudades fieles a Roma en donde podía darte una seguridad razonable, a ti y a los niños, primero en Tarraco y luego aquí en Siracusa. Pero África es distinto. En África no tenemos ciudades conquistadas, ni tan siquiera amigas.

—Está Siga, ¿no es ésa la ciudad en la que te entrevistaste con Sífax, el rey de Numidia? ¿No ha enviado Sífax embajadores hace unos días confirmando su alianza contigo? Allí podría estar segura.

Publio resopló. Tomó aire y decidió que no había margen para ocultar nada a su esposa. Si quería que entendiera la gravedad de la situación debía contarle la realidad tal cual era.

—La embajada númida no era para confirmar el pacto de Sífax, eso es lo que dije a todos, excepto a Lelio y Marcio, para que se extendiera ese rumor. Tampoco te lo dije a ti porque no quería que supieras del auténtico peligro de esta misión, no quería preocuparte tanto, pero no puedes acompañarme y si para eso he de hacerte ver lo terriblemente difícil de esta campaña, lo haré. Los embajadores númidas vinieron a comunicarme la defección de Sífax, y lo han hecho en dos ocasiones. Sífax no sólo se niega a apoyarme en la invasión sino que además se ha pasado al bando cartaginés y ha jurado a su mujer, Sofonisba, hija del general Giscón, que si tomo tierra en África, luchará junto a las tropas de Cartago para acabar conmigo. Ésa, ésa y no otra es la situación de la invasión de África: tengo tropas escasas, como en Hispania, pero a diferencia de Hispania, no tengo ni un puerto ni una ciudad amiga; quizá consiga ayuda ahora de Masinisa, el enemigo de Sífax, pero sus fuerzas son menores y tampoco es una alianza segura. No es que no quiera que me acompañes, es que no tengo un lugar seguro donde protegerte a ti y, además, ahora están los niños. Te preocupa la seguridad de ellos, en especial te preocupa la seguridad del pequeño Publio. Me hiciste jurar que acabaría con esta guerra y que evitaría que tuviera que enfrentarse a Aníbal, y así lo haré, pero ahora debes tú pensar en ellos y protegerles yendo a Roma. Podrías quedarte aquí, pero la situación de la guerra es tan volátil que prefiero que regreses a Roma y allí, junto con tu hermano y mi madre, estés con los niños, resguardada de los avatares de esta guerra. En África no tengo ni una bahía en la que atracar los barcos. Todo lo que obtenga tendrá que ser por la fuerza y no tengo ningún plan para tomar una ciudad en seis días como hice en Hispania. Todo será mucho más difícil, más costoso. Sólo cuento con la determinación de mis oficiales y de mis hombres y con la ayuda de los dioses si éstos quieren. En África debo derrotar a Sífax, a las tropas mercenarias que reclute Cartago, que serán muchas, a los generales púnicos que decidan convocar para detenerme, y si consigo superar todas esas pruebas, Emilia, que ya de por sí es muy difícil, los sufetes de Cartago llamarán a Aníbal. En esta campaña no tengo sitio para ti más que en mi corazón, Emilia. No hay otra posibilidad. Debes entenderlo y debes ayudarme protegiendo a los niños. Son nuestro futuro y son el futuro de Roma.

Emilia calló. Publio se quedó algo más sosegado. Al menos su mujer no replicaba. Era un progreso.

—Además —añadió Publio—, me gustaría que acompañaras a mi madre. He pedido a Lucio, mi hermano, que venga conmigo. Necesito de su ayuda, de la ayuda de todos en los que más puedo confiar, y tú puedes ayudarme cuidando de los niños y de mi madre.

Emilia permaneció aún en silencio.

—¿Volverás de África? —preguntó la joven romana al cabo de unos segundos donde el rumor del agua amortiguaba los pensamientos tristes de separación.

—No lo sé —respondió Publio, y con amarga sinceridad añadió—: no lo creo, la verdad es que no lo creo, pero debo intentarlo. Debo intentarlo.

—¿Y no hay otro camino, por Cástor? ¿Otra forma de terminar esta guerra?

—Si lo hay no lo veo. Aníbal nunca abandonará Italia a no ser que le obligue su propio Senado y el Senado cartaginés no lo hará si no se ven en peligro inminente, y eso sólo lo puede crear una invasión como la que hemos preparado, incluso si ésta resulta infructuosa.

Emilia dudó antes de pronunciar las palabras que continuaron, pero al final lo hizo muy a su pesar. Estaba luchando por la supervivencia de su marido, de sus hijos, de su familia, de su vida.

—¿Y no sería mejor luchar en Italia, aunque eso sea lo que diga Fabio? ¿No podría tener razón?

Publio no se molestó. Entendía lo que empujaba a Emilia a ponerse incluso a favor, aunque tan sólo fuera por un momento, de las ideas de su mayor enemigo en Roma.

—Regresar a Italia —explicó Publio despacio— es dar agua y vida y tiempo a Aníbal. Es lo que llevamos haciendo durante catorce años sin conseguir derrotarlo. Y Aníbal no es el rey Pirro. Aníbal no cejará hasta que uno de los dos bandos sea derrotado. Aníbal puede seguir acechando a nuestros aliados en Italia durante años y Cartago, ya sea por el norte o por el sur, seguirá nutriéndole de refuerzos, quizá no todos los que Aníbal pide, pero seguirá proporcionándole más y más tropas. ¿Cuántos años más hemos de estar así? ¿Cinco, diez, veinte? Dijiste que no querías que tu hijo luchara contra Aníbal. Ésta es la única forma de evitarlo. Debes elegir entre la seguridad de tus hijos o la mía. No puedes tenerlo todo. No mientras Aníbal siga en Italia. Sé que parece injusto lo que digo, pero la vida, a veces, con frecuencia, es injusta. La diosa Fortuna nos ha sido propicia en innumerables ocasiones, pero esta vez debemos afrontar por separado nuestros destinos. Haré todo lo que esté en mi mano por regresar a Roma y volver a abrazarte. Te lo juro por todos los dioses y por nuestros hijos y por el amor que te tengo, pero ahora debes marchar con ellos a Roma y yo debo ir a África, con mis legiones y con mis oficiales y crear tal confusión en aquel territorio como para que Cartago reclame a su mejor general.

Cuando Emilia respondió, la resignación había germinado al fin en su voz.

—Si alguna vez eso ocurre, y espero que así sea, si alguna vez Cartago reclama a Aníbal, me alegraré porque sabré que has triunfado en la primera parte de tu plan, pero tendré entonces aún más miedo, porque Aníbal acabó con mi padre en Cannae y temo tanto que acabe contigo, lo temo tanto... —Y se echó a llorar. Publio la abrazó. Entre sus sollozos escuchó las últimas palabras que su esposa pronunció aquella tarde.

—Haré lo que dices, contra mi voluntad, pero haré lo que dices.

Publio la apretó con fuerza.

—Por las noches, cuando estés en Roma, yo seré Alfeo, navegaré por el mar desde África y me uniré a ti a través del Tíber, en Roma. Piensa en ello por las noches, cuando todo sea temor y distancia piensa en ello, Emilia, y volveré a ti, volveré a ti desde el mismo corazón de África.

67

Un amargo cáliz

Lilibeo, invierno del 205 a.C.

Lelio mandó llamar a Netikerty. La joven esclava egipcia entró en el dormitorio. Por un momento pensó que su amo la reclamaba para yacer con ella, algo que no había hecho desde que fuera descubierta su traición, pero el tono helado con el que Lelio le habló le hizo entender que no era para eso para lo que la había hecho venir.

—El cónsul quiere que transmitas un mensaje a Roma a través de los mensajeros que te envía Fabio Máximo. ¿Sabrás hacerlo, esclava?

Era la primera vez que Lelio empleaba la palabra «esclava» para dirigirse a ella, la primera vez en los cuatro años que llevaban juntos. No le culpó.

—Sí, mi señor. Lo haré.

Lelio no la miraba, sino que fijaba sus ojos de forma casi obsesiva en el cáliz de plata que sostenía. Echó un trago largo. Luego volvió a hablar.

—Has de transmitir que Sífax ha reafirmado su alianza con Roma, con el cónsul, ¿entiendes bien el mensaje, esclava?

La segunda vez dolió más, pero Netikerty asentía al tiempo que respondía mirando al suelo.

—Sí, mi amo. Sífax ha reafirmado su pacto, su alianza con el cónsul. Sífax está con Roma.

—Bien. Pues márchate. Cuando hayas comunicado el mensaje házmelo saber. Hasta entonces no quiero saber nada de ti y procura que no te vea cuando entre o salga de mi dormitorio.

—Sí, mi amo.

Netikerty retrocedió agachada como estaba, sin levantar la mirada del suelo, hasta llegar a la entrada del dormitorio. Allí dio media vuelta y, deslizando sus pies cubiertos por finas sandalias de cuero, desapareció.

Cayo Lelio terminó el cáliz de vino de un lento, largo y amargo trago. Luego se levantó despacio y, de forma brusca, arrojó la copa contra una de las paredes con todas sus fuerzas. El estuco del muro se desprendió en un par de palmos de pared y la copa mellada cayó rodando por el suelo de la habitación con un sonido metálico y agudo que Netikerty pudo escuchar aun cuando ya se encontraba en el otro extremo del atrio. La joven egipcia miró hacia el lugar de donde había venido el ruido. Su corazón la empujaba a regresar, pero su mente se impuso. Sólo el tiempo podría darle otra oportunidad y aun así debería ser infinitamente paciente y esperar. Quizá todo estuviera ya perdido con aquel hombre que la rescatara de la tortura y la esclavitud en Roma.

Libro VI

El desembarco

204 a.C.

Mundus caeli uastus constitit silentio
et Neptunos saeuus undis asperis pausam dedit.
Sol equis iter repressitungulis uolantibus;
constituere amnes perennes, arbores uento uacant.

Ennio,
fragmento de los *Anales* que describe
el paso de Escipión a África
con las legiones V y VI

[El inmenso mundo celeste se quedó en silencio
y el feroz Neptuno calmó las encrespadas olas.
El Sol detuvo la carrera de sus caballos de veloces pies;
Se detuvieron los ríos de continua corriente y el viento
dejó de agitar los árboles.]

seseque ei perire mauolunt ibidem
quam cum stupro redire ad suos populares

NEVIO,
describiendo la resistencia suicida
de las legiones de Régulo en África,
el único y funesto referente
de una campaña romana en África
previa a la de Escipión

[Prefieren morir en su puesto
antes que regresar cubiertos de deshonra ante sus conciudadanos.]*

* Ambas traducciones de Manuel Segura Moreno.

68

Rumbo a África

Mar Mediterráneo, entre Sicilia y el norte de África, primavera del 204 a.C.

La navegación sería nocturna en gran parte del recorrido. Por eso Publio pensó en ello mucho tiempo. Desde Lilibeo hasta la costa norte de África necesitaría al menos dos días y dos noches y, con suerte, al amanecer del tercer día avistarían la costa dominada por Cartago y sus aliados. No debían errar en el rumbo, ni marchar hacia el sur, una región inhóspita y alejada de los objetivos de la guerra, ni muy al norte, a costas dominadas por los númidas. Debía conducir toda la flota cerca de Cartago, pero no a Cartago mismo. El promontorio de Apolo, a un par de días de marcha de Cartago, era el lugar escogido por el cónsul.

Lilibeo era un hervidero de tropas, de legionarios cargando bultos, suministros de todo tipo, sacos, ánforas, armas, caballos, ganado. Marco Pomponio, que después de la embajada había recibido la orden del Senado de permanecer como pretor de Siracusa tras la partida de Escipión hacia África, junto con el siempre escéptico Marco Porcio Catón, *quaestor* de las legiones, supervisaban todo el proceso. Y, por encima de ellos, Publio, enérgico, decidido, iba de un lugar a otro comprobando cada pequeño detalle, abriendo a veces sacos, pasando su mano por el filo de espadas recién traídas desde las herrerías, repasando el número de remos de un barco, las velas de otro, las linternas que había ordenado que cada buque llevara para la navegación nocturna. Le acompañaban Lucio, su hermano, y Cayo Lelio.

—Es una flota excelente —comentaba un admirado Lucio—. No me extraña que convencieras al viejo de Marco Pomponio. —Esto lo dijo en voz baja y mirando a un lado y a otro—. Es la mejor flota que he visto nunca.

Publio le respondió con seguridad y orgullo mientras ordenaba que abrieran para él una ánfora de aceite.

—Cuatrocientos barcos de transporte y cuarenta navíos de guerra entre *trirremes, cuatrirremes* y *quinquerremes*. Es una de las mayores flotas de transporte que ha montado Roma, quizá la mayor, pero tenemos pocos buques de guerra para protegerla. Por eso quiero que naveguemos de día y de noche, sin parar; de hecho, cuanto más naveguemos por la noche mejor. Ni los piratas ni los cartagineses gustan de navegar por la noche; será más seguro.

—Pero los barcos pueden perderse —le respondió Lucio.

—No se perderán —dijo el joven cónsul, ahora procónsul tras recibir la prórroga de su mandato por el Senado, mientras bebía un sorbo del aceite que le habían escanciado en un cáliz. Publio asintió. Estaba bueno. Un esclavo tapó el ánfora y los soldados continuaron con la carga del barco con centenares de ánforas como las que acababa de probar el general en jefe de aquel ejército.

Pasado el mediodía todo estaba preparado, así que Publio no dudó en subir a su nave capitana, una de las grandes *quinquerremes* de la flota y desde la misma hizo todos los sacrificios en honor a los dioses. Luego, con sus propias manos, vertió las entrañas del buey sacrificado por la borda del buque a las aguas del mar, buscando así congraciarse con las divinidades del mar y las aguas que tan favorables le habían sido en otras ocasiones, especialmente en Cartago Nova. Los legionarios de las legiones V y VI escucharon absortos las imprecaciones que el procónsul dirigía a los dioses a los que les requería el favor en la guerra y a los que les pedía que les permitieran asestar a los cartagineses el mismo daño y sufrimiento en su tierra con el que Aníbal llevaba años torturando a Roma y sus aliados en Italia. Los soldados estaban sobrecogidos. Iban, por fin, a África. La esperada, la anhelada, la ansiada África.

El mar se llenó de una capa sin fin de buques repartidos en dos grandes grupos: en una ala de la formación naval iban los transportes y los navíos de guerra comandados por el propio procónsul y su hermano y, en el ala opuesta, navegaba el resto de los buques bajo el mando de Cayo Lelio y el *quaestor* Marco Porcio Catón. Pronto Lilibeo se fue desdibujando en el horizonte y todos los barcos quedaron rodeados sólo de las interminables aguas del mar.

Publio miró al cielo.

—Está despejado —dijo desde la proa de la nave capitana.

—Sí —respondió su hermano—; al menos este día y esta noche no debería haber problemas.

Y así fue. El primer día de navegación transcurrió sin mayores incidencias. Al caer la noche, el cónsul ordenó que encendieran las tres grandes linternas que estaban ubicadas junto al *corvus* de la nave. Publio había ordenado que cada buque de transporte llevara una de esas linternas y que cada barco de guerra llevara dos. Finalmente, la nave capitana, para poder ser identificada por todos en todo momento, encendería tres de esas luces. Eran todas linternas portátiles, pero de gran tamaño, ideales para la navegación en el mar por encerrar la llama de luz entre finas paredes de cuerno unas, *laterna cornea*, y de vejiga de cordero otras, *laterna de uesica*.

Paradójicamente, las mejores, aquellas de piel más fina, eran las que provenían de Cartago mismo, donde se fabricaban las mejores linternas, por eso las llamaban «linternas púnicas». Pero Publio pensaba que, al igual que habían copiado las espadas de doble filo ibéricas para armar a muchos de sus hombres, por qué no usar las mejores linternas para guiar a sus barcos en la noche.

Tras la navegación en las sombras nocturnas bajo una luna menguante llegó el amanecer y, para sosiego de Publio y Lucio, vieron cómo a su alrededor estaban todas las naves, surcando el mar despacio pero seguras, como si acabaran de zarpar. Pero todo estaba siendo demasiado sencillo. El segundo día, con la caída de la tarde se levantó una espesa niebla que los envolvió a todos bajo un manto gris y húmedo que apenas dejaba ver a más de treinta o cuarenta pasos. El cónsul ordenó encender entonces las linternas antes de que anocheciera. Las luces cumplieron con su cometido de forma espectacular y, pese a la densa niebla, eran visibles a unos cien pasos.

—Que naveguen todos más próximos los unos de los otros —ordenó el cónsul—. Y que cada barco controle que los que están a su lado no pierdan el ritmo.

Y así hicieron. Mientras los remeros bogaban sin detenerse en toda la noche, siendo sustituidos unos por otros y cuando éstos ya no podían por agotamiento, por los propios soldados, sendos grupos de legionarios observaban a ambos lados de cada barco asegurándose de que las naves del costado mantenían la formación. De esa forma, pese a la niebla y la noche, al amanecer del tercer día, la flota de las legiones V y VI de Roma emergió indemne e intacta para, cuando la niebla se disipó por la fuerza de un fuerte viento que se había levantado proveniente del este, avistar juntos la línea gris en el horizonte del amanecer: África.

Se divisaba una punta de tierra que daba lugar a dos fachadas de roca, una hacia el norte y otra hacia el sur. Era el promontorio de Apolo. Los pilotos no habían errado el rumbo.

—Hacia el sur —dijo Publio.

Las linternas se apagaron, la niebla se alejaba, el territorio enemigo estaba cerca y la línea de costa crecía ante los atónitos ojos de los legionarios de Roma. Sólo algunos habían estado ya en aquel territorio hostil, con el ataque exploratorio de Lelio, pero incluso éstos se veían absorbidos por un mundo especial de sensaciones, pues ahora no iban allí para hacer una rápida incursión y luego partir a toda prisa con el botín incautado. Ahora iban todos en aquellos barcos para quedarse y conquistar aquella tierra, la patria del mayor y más temible de sus enemigos. Iban a desembarcar en África, iban a atacar la tierra que vio nacer a Aníbal.

Quinto Terebelio y Sexto Digicio compartían el viaje en una de las veloces *trirremes*.

—Eneas estuvo aquí —dijo Terebelio. Era de las pocas cosas de la historia de Roma que sabía.

—Y hasta él tuvo que huir —respondió Digicio.

—Sí —concluyó Terebelio.

Eran tribunos valientes hasta el límite, algo que ambos habían demostrado hasta la extenuación en el campo de batalla y aun así... aun así... sus corazones latían con un temor extraño, premonitorio.

A una señal, los remeros detuvieron sus remos. Todos menos los de la nave capitana, que siguió bogando hasta alcanzar una playa al sur del promontorio de Apolo. De pronto, Publio y Lucio sintieron un enorme crujir de maderas. El pesado vientre de la *quinquerreme*, henchido de armas, ganado y provisiones, había chocado contra la dura tierra de África. Descolgaron una pequeña embarcación y a ella descendieron el cónsul, su hermano y los doce *lictores* que tomaron el papel de remeros improvisados para conducir aquel bote hasta la misma arena. Publio Cornelio Escipión fue el primero en descender y poner pie a tierra. Sus pesadas sandalias militares se hundieron en el agua que ascendió por sus piernas hasta la altura del muslo. El *paludamentum* púrpura se extendió flotando a su espalda mientras el procónsul se abría camino hacia la costa. Tras él saltó su hermano y a continuación los doce *lictores* que empujaron la barca hasta encallarla en la arena.

Publio caminó hasta salir del agua y dejar atrás el mar, las olas y su espuma. Sus sandalias se hundían ahora en la arena húmeda de la costa de África dejando a su paso las huellas de las pisadas de un procónsul de Roma.

69

Los maessyli

Norte de Numidia, primavera del 204 a.C.

El joven Masinisa, rey en el exilio de los maessyli del nordeste de Numidia, cabalgó todo un día y una noche sin apenas detenerse. Llegó a las playas del norte acompañado por su pequeño grupo de incondicionales. Eran apenas cien jinetes surcando la arena de África con sus caballos negros y blancos en las horas tibias del amanecer. Los animales estaban agotados, de modo que Masinisa ordenó aflojar la marcha. Al paso, los jinetes ascendieron por unas elevadas dunas que se interponían entre ellos y la parte sur del promontorio de Apolo. Al llegar a lo alto, Masinisa dio por bueno el esfuerzo de haber cabalgado sin descanso. A sus pies, a lo largo de varias millas de costa, decenas, centenares de embarcaciones permanecían ancladas a pocos pasos de la playa y la arena misma era apenas visible, pues toda ella estaba cubierta de soldados, centenares, miles de legionarios descargando las naves, y distribuyendo todo cuanto sacaban de los barcos en diferentes lugares de la costa. A doscientos pasos del mar, los romanos habían levantado una imponente empalizada con materiales que habían traído consigo y con centenares de palmeras que habían abatido para completar la fortificación. También habían ubicado varios puestos de guardia más hacia el interior, a modo de avanzadilla, uno de los cuales se encontraba muy próximo al lugar en el que Masinisa y sus guerreros se encontraban. El joven rey comprendió que no debía hacer nada, sino esperar.

Y así fue. A los pocos minutos, la empalizada se abrió en su parte central donde al parecer los legionarios habían construido una amplia puerta por la que emergieron más de trescientos jinetes de la caballería romana. Éstos cabalgaron al trote hasta situarse a escasos cincuenta pasos de Masinisa y sus hombres y allí se detuvieron. Era una distancia prudente: en el límite del alcance de las lanzas y con el campo justo para lanzar una carga al galope. Los romanos permanecían quietos, en espera. Masinisa ordenó a los suyos que se quedaran detrás y él azuzó su montura. El caballo condujo al rey númida exiliado, a trote ligero, hasta quedar frente al oficial al mando de aquellas *turmae* romanas.

—Soy Masinisa —dijo el monarca en un latín algo hosco pero comprensible—. Rey de los maessyli, y he venido aquí para reunirme con Publio Cornelio Escipión, general de Roma.

Los caballos romanos piafaron y arañaron con sus cascos la arena de África. El oficial al mando, con su pesado casco cubriéndole la cara, se adelantó con su montura hasta quedar a unos pasos de Masinisa.

—¿No me reconoces, joven rey?

Masinisa le miró con más detenimiento, sonrió y respondió.

—Como verás, Cayo Lelio, tribuno de las legiones de Roma, Masinisa ha venido, fiel a su palabra.

Lelio le contestó satisfecho.

—Eso te honra. Ahora acompáñame. Tus hombres pueden acampar aquí. Nadie les molestará y les traeremos agua y provisiones. Parece que habéis cabalgado mucho tiempo sin descanso.

—Como sabes, ardo en deseos de combatir a las órdenes del general.

Lelio le miró y asintió. Pronto tendría aquel joven rey oportunidad de hartarse de luchar contra númidas, cartagineses y todo tipo de mercenarios al servicio del imperio púnico. A Lelio, ya veterano y no sólo de aquella guerra sino de otras anteriores, le empezaba a sorprender esa ansia de los jóvenes por entrar en combate; claro que aquél era un rey depuesto por los aliados de Sífax en el nordeste de Numidia y la rabia por recuperar un trono robado era siempre una inagotable fuente de fortaleza y tenacidad. Lelio cabalgaba al lado de Masinisa sin mirarle. Sabía que el joven rey estaba admirado del poder de Roma, pero que al mismo tiempo cuantificaba hombres y bestias y máquinas de guerra en un esfuerzo por confirmar si aquel ejército sería suficiente para doblegar a Cartago y a Sífax.

Publio se encontraba en la tienda del *praetorium* levantada en el centro de la bahía donde sus hombres estaban desembarcando todas las provisiones, animales y armas que habían traído de Sicilia. Con él estaban Lucio Marcio y Silano. El resto de los oficiales, Quinto Terebelio, Sexto Digicio, Cayo Valerio y Mario Juvencio estaban en diferentes puntos de la playa controlando que el desembarco se hiciera en orden al tiempo que levantaban las fortificaciones necesarias para evitar que un ataque por sorpresa supusiera un peligro para los barcos que aún quedaban por descargar. Catón se mantenía alejado del *praetorium* aquellos días, algo que todos agradecían, absorbido por sus tareas de *quaestor,* controlando que no se perdieran suministros ni armas en todo el proceso de desembarco.

Un *lictor* entró en la tienda y se dirigió al cónsul.

—El tribuno Cayo Lelio regresa, procónsul.

—¿Viene con él Masinisa?

—Así es, mi general.

—De acuerdo... eso son grandes noticias... —pero el *lictor* completó su mensaje con cierto tono de amargura.

—Sí, mi general, pero Masinisa apenas ha traído consigo cien jinetes.

—¿Cien jinetes? —preguntó incrédulo Marcio.

El soldado asintió y se quedó mirando al suelo. El procónsul le ordenó salir y el legionario dio media vuelta y dejó a Publio a solas con Marcio y Silano.

—Cien jinetes no nos serán de mucha ayuda —añadió Silano.

El procónsul asentía mientras empezaba a hablar.

—Masinisa se ha alzado en armas varias veces contra Sífax y Sífax le ha derrotado en varias ocasiones; incluso le han dado por muerto más de una vez, pero la última ocasión consiguió armar un ejército de cuatro mil jinetes. Masinisa viene con pocos hombres ahora. Escuchémosle antes de juzgarle.

Los dos tribunos confirmaron con la cabeza que estaban de acuerdo con el procónsul. Al poco tiempo entraron en el *praetorium* Cayo Lelio y el propio rey Masinisa. Este último fue el primero en hablar.

—Me alegra volver a verte, Publio Cornelio Escipión, procónsul de Roma. Con tus legiones y mi pueblo conseguiremos al fin derrotar, juntos, a nuestros enemigos comunes.

Publio le respondió con cierta frialdad. Él, igual que sus tribunos, había esperado... necesitaba más jinetes. La caballería romana era buena pero escasa, pese a sus estratagemas en Siracusa para reforzarla, y los cartagineses tendrían miles de jinetes númidas proporcionados por Sífax. ¿Qué caballería iba él a contraponer contra esas fuerzas? Había confiado primero en que Sífax no le atacaría, algo que parecía que ya no podría evitar, y luego había puesto esperanzas en Masinisa y éste llegaba sin apenas jinetes. El joven rey exiliado empezó a explicarse y Publio dejó de elucubrar para escucharle con atención.

—Sabes que me he enfrentado varias veces contra Sífax para recuperar la parte de Numidia que legítimamente me pertenece, pero Sífax, ayudado por los cartagineses, me ha derrotado en dos ocasiones. He perdido muchos hombres, buenos soldados, buenos y leales amigos y patriotas, y, es cierto, me he quedado con sólo un puñado de jinetes. Los maessyli están sometidos por las tropas de Sífax que dominan ahora toda Numidia, pero nadie en mi pueblo le quiere como rey, le ven como lo que es, un usurpador y un tirano. Es cruel y egoísta y maltrata a mi pueblo. Dos veces he conseguido que los maessyli se levantaran en armas contra él guiados por mí y dos veces les he fallado, pero sé que cuento aún con el respaldo y el aprecio de mi gente. Saben que he perdido porque siempre me he tenido que enfrentar a ejércitos mucho más numerosos y mejor armados, pero saben de mi honor y de mi valentía. Sé que si ahora los maessyli ven que tengo el apoyo de Roma, sé que cuando se oiga en los campos y ciudades del norte de Numidia que Masinisa tiene el apoyo de Publio Cornelio Escipión, que ha desembarcado en África, sé que entonces volveré a conseguir más jinetes, un auténtico ejército de caballería para servirte. Sé que ante tus ojos y ante los ojos de tus oficiales no veis ahora más que un pobre exiliado sin apenas poder ni fuerza, pero sabéis de mi honor. Dije que en cuanto desembarcaras en África vendría para ponerme bajo tus órdenes y aquí estoy, aquí me tienes. Un día perdonaste la vida de uno de mis familiares en Hispania. A partir de entonces decidí juzgarte por tus acciones conmigo y no por lo que los cartagineses contaban de ti, y sé que hice bien. Sólo te pido que hagas lo mismo conmigo. Júzgame por lo que veas y no por lo te digan o te cuenten de mí los cartagineses o los hombres de Sífax. Yo he cumplido mi palabra. Sólo te pregunto una cosa, noble procónsul de Roma, ¿ha cumplido Sífax las promesas que te hizo?

Para entonces Publio ya había informado a sus oficiales de que Sífax no estaba dispuesto a apoyarles en su campaña de África y que incluso existía la posibilidad de que les atacara. Aquellas noticias cayeron en su momento como un terrible jarro de agua fría sobre todos los tribunos y centuriones, aunque las digirieron y las aceptaron, pero tener dicha información les hizo apreciar a Marcio y a Silano el auténtico alcance de las palabras del joven rey exiliado por Sífax. Publio puso voz a los pensamientos de sus oficiales.

—Tienes razón en todo lo que dices, joven rey de los maessyli. Tus actos hablan de tu honor y tu nobleza. Has cumplido conmigo y yo siempre cumpliré contigo mientras tus acciones refrenden tus votos de lealtad a Roma. Es sólo que la lucha que se cierne sobre todos nosotros va a ser una tarea de cíclopes y las escasas fuerzas de caballería que nos has traído están muy por debajo de las expectativas que tú mismo nos diste a entender en Hispania.

—Lo sé, pero no es por mi voluntad. Déjame luchar bajo tu mando, dame esa oportunidad y en cuanto consigamos una mínima victoria, por pequeña que ésta sea, decenas, centenares de maessyli se unirán a mí para luchar bajo tus órdenes. Te lo juro por mis dioses.

El procónsul miró a sus oficiales. Éstos asintieron, y Publio respondió al joven rey.

—Al menos, tú, Masinisa, rey de los maessyli, no cambiarás tu lealtad por los besos de una mujer, ¿no?

Esta alusión a Sofonisba pilló por sorpresa al rey númida en el exilio, que bajó un momento la mirada, algo que no pasó desapercibido al cónsul, y, rápido, volvió a alzar su rostro para encararlo con la seria faz del general romano.

—Mi lealtad estará siempre contigo.

Publio le miró de arriba abajo, ponderando el valor de aquella respuesta y el tono de emoción con el que había sido pronunciada. ¿Era lealtad a prueba de todo la que le ofrecía aquel númida? Había algo que le hacía dudar a Publio, pero necesitaba refuerzos, aliados, por pequeños que éstos pudieran ser y despreciar en ese momento a Masinisa no haría sino crearle un enemigo más en África, así que Publio suspiró y respondió ocultando bajo el manto de sus palabras sus dudas y sus preguntas. Sólo los dioses sabrían si estaba haciendo lo correcto.

—Sea, rey Masinisa —concedió al fin el cónsul—. Entras al servicio de Roma. A partir de ahora me servirás como fuerza de caballería de apoyo en las acciones de la campaña que las legiones V y VI de Roma inician para la conquista de África y, como dices, que sean tus actos en la guerra los que me hagan ver que la de hoy ha sido una buena decisión. Y si te muestras valioso en la campaña que emprendemos, yo personalmente te apoyaré para que recuperes la parte de Numidia que te corresponde. Y pongo a Júpiter y Marte y el resto de los dioses por testigo de este pacto.

Luego Publio se acercó a Masinisa y le dio un abrazo que sorprendió al joven monarca exiliado, pero que aceptó con gratitud. Se separaron del abrazo cuando uno de los *lictores* entró en la tienda.

—Mi general, han atrapado a varios pescadores de las ciudades próximas, quizá de Útica. ¿Qué hacemos con ellos?

Publio miró a su alrdedor. Ni Lelio ni Silano ni Marcio dijeron nada y Masinisa guardó un respetuoso silencio. No quería empezar su servicio al procónsul inmiscuyéndose en asuntos que no le competían. A partir de ahora, al menos durante un tiempo, debía acostumbrarse a recibir órdenes y cumplirlas.

El cónsul fijó sus ojos entonces en el *lictor*.

—¿Qué han visto esos hombres?

El soldado comprendió que la vida de aquellos hombres dependía de su respuesta, pero aquel hecho no podía menoscabar el cumplimiento de su deber, que no era otro sino el de informar al cónsul con precisión.

—Lo han visto todo, mi general. Los detuvieron al emerger por el promontorio de Apolo. Debían de navegar de regreso hacia su ciudad y se toparon con nuestra flota. Han pasado entre las *trirremes*, las barcazas de transporte, han visto nuestro ejército, las armas de asedio, las catapultas, el ganado, las provisiones. Lo han visto todo.

—Por Cástor y Pólux, entiendo... —dijo el procónsul, y se detuvo pensativo.

Todos aguardaban la sentencia del general, cuando Publio Cornelio Escipión soltó una sonora carcajada.

—Perfecto —continuó el cónsul de Roma—. Soltadlos, dejadlos libres y que cuenten todo lo que han visto. Que siembren el miedo en su ciudad y que de su ciudad se propague a toda África. Que sean nuestros mensajeros del terror que se avecina sobre toda esta tierra hasta que Cartago caiga o se rinda sin condiciones. Soltadlos, que vean hasta qué punto no nos importa que sepan que venimos.

El *lictor* saludó al cónsul y salió raudo del *praetorium*. Lelio intervino.

—Creía que la sorpresa era importante —dijo—. Ahora todos nos esperarán.

—Sí —dijo Publio—, todos nos esperarán... en Cartago... pero nosotros, nosotros, Lelio, Silano, Marcio, rey Masinisa, nosotros no marcharemos sobre Cartago.

—¿No? —preguntó Lelio.

—No, querido Lelio. No. Nosotros marcharemos sobre Útica. Mañana. Al amanecer.

70
El asedio de Útica

África, abril del 204 a.C.

Los ciudadanos de Útica habían cerrado las puertas de su ciudad. Ésta era una fortaleza levantada en las proximidades de la desembocadura del río Bragadas de camino hacia Cartago desde el lugar en el que Publio Cornelio Escipión había desembarcado con sus tropas. Todos tenían miedo, pero durante los días que precedieron a la llegada de los romanos, se consolaron pensando que las legiones del procónsul pasarían junto a su ciudad, saqueando sus campos y sus granjas de camino a Cartago pero sin detenerse, para dirigirse, con toda seguridad, al que debía de ser su objetivo principal: conquistar la capital del imperio púnico. Cuál no sería su sufrimiento y su dolor cuando vieron que el cónsul, en lugar de proseguir el avance con sus tropas, se detenía frente a las murallas de su ciudad y enviaba mensajeros para parlamentar.

Los habitantes de Útica no abrieron las puertas a estos mensajeros pero, en un intento por reducir los daños que los romanos pudieran ocasionarles, hablaron con ellos desde las murallas. El mensaje de los enviados del cónsul fue demoledor: o rendían su fortaleza o la arrasarían. Como era de esperar, los ciudadanos de Útica se negaron a rendirse y los mensajeros se retiraron. En Útica se reunieron los gobernantes de la ciudad y acordaron prepararse para la defensa de la ciudad. Las murallas que les protegían eran poderosas, no tanto como la inexpugnable Cartago, pero sí lo suficientemente recias y altas como para resistir un largo asedio, ya fuera por tierra, por mar o por ambas partes a un tiempo. Acordaron también enviar mensajeros por tierra y mar cuando el amparo de la oscuridad de la noche se lo permitiera, aunque aquello era, hasta cierto punto, innecesario, pues toda África sabía ya de la llegada de las legiones romanas, las legiones que llamaban «malditas» los propios romanos por estar constituidas por los restos de las tropas que huyeron de la masacre de Cannae en la que Aníbal aniquiló seis legiones de Roma en un solo día. No eran éstas pues tropas que les infundieran tanto temor. Sólo tendrían que resistir un tiempo hasta que Cartago organizara el ejército que en pocos días se presentaría en Útica para poner en fuga a aquellos romanos que tan locos estaban como para desembarcar en África y pensar que con sólo dos legiones y unos pocos voluntarios más podrían doblegar la fuerza y el poder de una metrópoli, Cartago, que mantenía en jaque a Roma desde hacía más de catorce años.

Ésa y no otra fue la respuesta de Útica. No se rendirían.

—Útica —dijo Publio señalando las murallas tras las que se refugiaban todos los cartagineses y africanos de la región de la desembocadura del río Bragadas.

Los oficiales del procónsul se dispersaron. Todos sabían cuál era su cometido, de modo que sólo quedaron junto al cónsul sus *lictores*, Lucio, su hermano, el rey Masinisa, intrigado por ver qué planes desarrollaban los romanos para tomar esa fortaleza, y Lelio. Catón, por su parte, se mantenía en la retaguardia: su misión no era la de dirigir ningún ataque, sino la de supervisar las provisiones y las armas hasta que éstas fueran requeridas.

Varios manípulos de la V empezaron, bajo las órdenes de Cayo Valerio, a levantar dos grandes torres de asedio, que construían próximas a las murallas de la ciudad, pero a suficiente distancia para estar a salvo de cualquier tipo de arma arrojadiza. Silano, al mando del ejército de voluntarios, inició una serie de cargas sobre la puerta de la ciudad que eran repelidas por los defensores con el lanzamiento de lanzas, flechas y, cuando los legionarios de Silano llegaban a las murallas, arrojando aceite hirviendo. Quinto Terebelio en un extremo y Mario Juvencio en otro, con los hombres de la VI, empezaron a remover la tierra en torno a las murallas, acumulando enormes cantidades, de modo que fueron creando un gigantesco terraplén que, poco a poco, a medida que se acercaban a las murallas de la ciudad, crecía y crecía con el objetivo de quedar casi a su altura. Los trabajos llevarían días, pero el rey Masinisa desplegaba sus ojos muy abiertos intentando digerir con auténtica pasión todo lo que estaba viendo. Además, desde donde se encontraban podían ver cómo por mar se acercaba parte de la flota del procónsul, al mando de la cual iba Marcio, apoyado por Digicio.

—¿Voy a lo mío? —preguntó Lelio al cónsul.

—Sí —respondió Publio—. Tienes un día para montarla y mañana al amanecer atacaremos por todos lados. Útica tiene que caer antes de que Cartago reaccione y nos rodee con sus tropas.

Cayo Lelio aceptó la orden y se encaminó hacia la playa. En cierta forma estaba contento. Aquel asedio le mantendría alejado de Netikerty. La última persona con la que quería estar en aquellos momentos y que Publio se había empeñado en llevar a África por si les era de utilidad. En su recorrido hacia la playa, el veterano tribuno escupió en el suelo y maldijo su suerte. Se sentía solo. Con Publio aún distante y sus sentimientos traicionados por Netikerty, empezó a acariciar la idea de que una muerte en el campo de batalla sería la forma más noble de dar por terminada su vida al servicio de Roma.

Desde lo alto de un promontorio, el procónsul, acompañado ahora sólo por su hermano Lucio, observaba las maniobras de sus legiones. Masinisa le interpeló con curiosidad.

—¿Adónde va Cayo Lelio?

—Va a levantar una torre de asedio que montará sobre nuestras dos naves más grandes, dos *quinquerremes*, que luego aproximará por mar para acometer la conquista de las murallas de Útica que dan al mar. Es parecido a lo que hizo en Cartago Nova y que consiguió, aunque casi le costó la vida. Ésa es su misión.

—¿Y lo volverá a conseguir?

—En eso confío —concluyó el cónsul.

—Yo creo que sí —confirmó Lucio—. Lelio es de una pasta especial.

Luego se hizo el silencio por unos minutos hasta que, de nuevo, Masinisa volvió a preguntar al procónsul.

—Todos te sirven, todos están trabajando para conquistar esta ciudad para ti, todos menos yo. ¿Es que no puedo hacer nada?

Publio le respondió sin mirarle. Estaba demasiado atento a supervisar que los trabajos de sus legiones se llevaran a término tal y como había ordenado.

—Tú y tus hombres sois parte ahora de mi caballería y la caballería no me es útil en un asedio, pero ya habrá tiempo para combatir en campo abierto. Entonces, joven rey, entonces me servirás.

Masinisa aceptó la respuesta, aunque no se sintió cómodo, quieto, sin hacer nada, mientras veinticinco mil legionarios trabajaban a destajo atacando unos y construyendo otros torres y terraplenes desde los que continuar el acoso y derribo de las defensas de aquella ciudad. Aún estaba en esas meditaciones cuando se vio sorprendido por el estruendo de varias rocas estrellándose contra la muralla alrededor de la gran puerta de Útica. Las catapultas de Silano habían comenzado a disparar.

71

La reina de Numidia

Cirta, abril del 204 a.C.

—¿A qué esperas para ayudar a mi pueblo? —preguntó la reina Sofonisba al todopoderoso rey de Numidia. Sífax la miró con cierto aire de diversión. La joven estaba desnuda para él, al pie de su lecho, con un collar de oro y perlas, unas pulseras de plata y un brazalete de oro por todo abrigo. Collar y pulseras regalo de él mismo y un misterioso brazalete por el que Sífax preguntara en una ocasión sin obtener respuesta. Eso fue en la noche de bodas. Días más tarde el rey volvió a insistir y su joven esposa le explicó que el brazalete era regalo de su padre. Hizo ademán de quitárselo en aquel momento.

»Si a mi rey le molesta el brazalete me lo quitaré y no lo llevaré más, pero es un recuerdo de mi padre, de mi patria y, si no le importa a mi bello y fuerte rey, me gustaría poder llevarlo.

Sífax, como en tantas otras cosas, cedió. ¿Qué importaba que una hija quisiera llevar la joya que su padre le había regalado? Hasta cierto punto le enternecía. Tan descarada en el lecho y luego con esos gestos de tierna inocencia filial... la hacían aún más deseable a los ojos de Sífax. Pero aquello fue hace tiempo. Ahora los requerimientos de Sofonisba eran más exigentes. Empezó con que se le permitiera llevar una joya que no era regalo del rey, continuó después rogando por que abandonara el pacto al que había llegado con el general romano Escipión, y ahora, cuando el romano había desembarcado en África, desoyendo todas las advertencias que le había hecho, Sofonisba le pedía, una y otra vez, que le atacara.

Sífax era un hombre cauto, receloso de entrar en guerra si no era estrictamente necesario. Entre otras cosas, porque la guerra le era fastidiosa: se comía peor, había que combatir, aunque él cada vez lo hiciera menos y se limitara a mandar sus ejércitos y, sobre todo, se veía privado de hacer el amor tanto como a él le gustaba, pues las largas cabalgadas, la preocupación de conducir la guerra, el evitar levantamientos, el conquistar ciudades, eran tareas que si bien daban gloria y poder, menoscababan sus energías en la cama, el lugar donde más disfrutaba y en el que más tiempo le gustaba estar.

—¿Qué espera mi rey para cumplir sus promesas con su humilde y servicial esposa? El general romano os desafía; pese a tus advertencias ha desembarcado, lo que es en sí una agresión.

Sofonisba era hábil con las palabras, casi tanto como con su cuerpo desnudo. Sífax la miraba como quien admira un maravilloso trofeo de caza que lleva de un lugar a otro para que todos vean lo que ha sido capaz de atrapar con sus propias manos.

—Espero que me lo pidan —respondió al fin el rey.

—Yo te lo estoy pidiendo, rogando, suplicando —dijo Sofonisba entre aparentes lágrimas de sufrimiento.

—Que me lo pidan desde Cartago —apostilló Sífax.

No había terminado de pronunciar aquella sentencia cuando un soldado pidió permiso desde el exterior de la tienda para hablar con su rey. Sífax miró a su joven esposa y ésta se tapó con unas pieles de león. El rey dio una voz y el guerrero númida entró en la tienda.

—Habla —dijo el rey.

—Cartago envía mensajeros. Solicitan la ayuda del rey Sífax para expulsar al romano de África.

Sofonisba sonrió. El rey la miró serio. Hizo una señal con la mano y el guerrero partió. Esperaba una respuesta, pero si su rey no quería darla en ese momento y ordenaba salir, salir era lo que se debía hacer. Sífax seguía mirando a Sofonisba que, ya sin sonreír, miraba al suelo.

—¿Qué va a hacer ahora mi rey? —preguntó la joven al tiempo que muy despacio se iba descubriendo, tirando poco a poco de la gran piel de león con la que había tapado su hermoso cuerpo. Fue entonces el rey el que sonrió.

—Primero poseerte hasta que no pueda más. Después dormir hasta recuperarme. Luego comer hasta hartarme y luego acudir a la llamada de Cartago. Además, hay algo más que yo sé que tú no sabes aún.

Sofonisba, ya completamente desnuda, le miró intrigada.

—¿Qué más sabe mi rey?

—Sé que el rebelde Masinisa, después de escapárseme por segunda vez de entre las puntas de mis dedos, se ha refugiado con el general romano. Eso añade un punto de especial interés para mí. Atacar al romano ya no será sólo cosa de política y alianzas, sino que será algo mucho más personal. Ardo en deseos de decapitar a ese maessyli y pinchar su desleal cabeza en una jabalina. Ésa será la única forma en la que los maessyli dejarán de alzarse en armas contra mí cada vez que reduzco la presencia de mis ejércitos en el nordeste.

—Comprendo —dijo Sofonisba pensativa, dejando que de modo inconsciente su mano izquierda acariciara suavemente el brazalete dorado que abrazaba su antebrazo derecho. El gesto no pasó desapercibido para el veterano rey de los númidas. Sífax frunció el ceño y se quedó meditabundo.

»¿Y cuándo desea mi rey empezar a poseerme? —preguntó Sofonisba, reptando desnuda hacia su rey como una leona en celo, disipando con su sensualidad los interrogantes de Sífax al ahogarlo en un mar de besos lascivos y caricias excitantes que transportaron al númida a los rincones más perversos del placer. En el momento culminante, el rey de Numidia pensó que aquellos momentos bien valían una guerra.

72

La resistencia de Útica

Útica, mayo del 204 a.C.

Los romanos atacaban sin descanso las murallas de Útica, pero los defensores combatían con su fe puesta en un pronto auxilio desde Cartago y con gran destreza militar. Los embates contra la puerta eran repelidos con flechas, lanzas y, cuando el viento les era favorable, con fuego con el que conseguían incendiar los grandes troncos que, a modo de ariete, los legionarios de la V, a las órdenes de Silano, utilizaban para golpear con enorme furia los gigantescos portones de madera y hierro de la ciudad. Los terraplenes estaban prácticamente terminados, pues los hombres de la VI, apremiados por Quinto Terebelio y Mario Juvencio, habían trabajado sin descanso, pero los defensores habían comenzado a hacer uso de catapultas, arrojando enormes piedras desde el interior de Útica que caían a plomo sobre el enorme terraplén, derribando grandes bloques de tierra apelmazada haciendo de la tarea de los legionarios de la VI una obra eternamente inacabada.

—Las torres de asedio ya están —anunció Cayo Valerio con orgullo.

—Sea, pues —respondió con tensión el procónsul de Roma—. Por

Cástor y Pólux, adelante con ellas. —Y es que la ofensiva sobre Útica llevaba ya varios días, las bajas eran cuantiosas, al igual que los heridos, y los avances en la posible conquista de la ciudad eran más bien escasos. Cayo Lelio ascendía por la colina hasta el puesto del *praetorium*. Parecía cansado pero satisfecho.

—Ya está hecho —dijo.

—Perfecto —respondió Publio, ahora más seguro de que el éxito de aquella empresa militar estaba más próximo—. ¡Adelante! ¡Por Hércules, las tres torres a la vez! ¡Sí! ¡Y Útica cederá!

El rey Masinisa vio cómo una vez más los oficiales del procónsul partían para poner en marcha las órdenes recibidas, excepto Lucio, el hermano del general romano, que se quedaba junto a él. Observó con asombro cómo dos gigantescas torres de asedio, que los legionarios de la V habían estado levantando durante las últimos días, empujadas por caballos y hombres, se movían, pesada pero firmemente, hacia las murallas de Útica. Marco Porcio Catón se situó a su lado. El *quaestor* había decidido aventurarse aquella mañana a observar el nuevo intento del procónsul de doblegar a los ciudadanos de Útica. Su feroz resistencia alimentaba los ánimos de Catón y quería ver el nuevo despliegue del general con más detenimiento. El *quaestor* tenía el buen presentimiento de que todo iba a fracasar.

En la ciudad, los defensores vieron lo que sabían que tenía que llegar, pues habían sido testigos de cómo día a día los romanos iban erigiendo aquellos enormes monstruos de madera que ahora empujaban hacia sus murallas. Pero su sorpresa y desesperanza fue aún mayor cuando vieron cómo por mar, sobre dos inmensas *quinquerremes* que los romanos habían anclado y ocultado tras un recodo de la bahía, navegaba una tercera descomunal torre de asedio, suspendida sobre una compleja plataforma elaborada con los dos *corvus* y *manus ferrea* de ambos buques entrelazados y afianzados por más troncos y sogas y refuerzos de hierro. Cayo Lelio dirigía las operaciones de aproximación a las murallas marinas de Útica.

Publio, junto a su hermano, miraba nervioso pero más confiado que en los últimos días. Después de todo, quizá los inacabados terraplenes no fueran necesarios. Por tierra las enormes torres de asedio se acercaban pesadamente con su carga de hombres y armas hacia las murallas de Útica; por mar las *quinquerremes* navegaron hasta que sus proas impactaron contra el muro de la ciudad que se hundía en las entrañas del mar. Cayo Lelio ascendió desde una de las grandes naves, por el interior de la torre marina, hasta llegar al último de sus pisos. Desde allí dio las órdenes a voz en grito.

—¡Abrid el portón! ¡Por Hércules, bajad el maldito puente!

Y los legionarios cortaron con hachas las cuerdas que sostenían el largo portón de madera, que a modo de gigantesca *manus ferrea* elevada, caía a plomo sobre las fortificaciones de lo alto de la muralla que defendía la ciudad de los ataques por mar. Por ella empezaron a salir legionarios a borbotones, animados por las voces de Lelio.

—¡Al ataque, al ataque! ¡Por Roma! ¡Por el procónsul! ¡Por las legiones!

Pero los defensores habían tenido tiempo de observar dónde iba a caer el puente de la torre marina, pues las *quinquerremes*, henchidos sus vientres por el peso de la enorme torre, se habían aproximado con gran lentitud hacia el muro, de modo que los legionarios fueron recibidos por varias andanadas de lanzas y flechas que parecían no tener fin. Decenas de legionarios cayeron al mar atravesados como fruta madura, mientras otros detenían la carga y con sus escudos se protegían como podían.

—¡Mantened la formación! —se desgañitaba Lelio, protegiéndose a su vez con un gran escudo de piel endurecida reforzado con hierro—. ¡Mantened la posición y avanzad, malditos! ¡Avanzad!

Pero entonces pasó algo que ninguno esperaba. Los habitantes de Útica dejaron de disparar para abrirse y dar paso a un regimiento de sus mejores soldados que se abalanzaron sobre el puente de la torre marina y entraron en combate con los legionarios que, sorprendidos por el repentino ataque de quienes sólo esperaban que se defendieran desde las murallas, cedían terreno, paso a paso. Cayo Lelio, no obstante, se abrió camino entre sus hombres y alcanzó la primera línea de combate. Clavó su espada en el hombro de uno de los cartagineses, se agachó, pinchó en la rodilla de otro, que se encogió por el dolor, lo que Lelio, a su vez, aprovechó para segarle la garganta que había dejado desprotegida. Se hizo sitio entonces en el hueco que el cartaginés había dejado y Cayo Lelio empezó a liderar el contraataque de sus hombres que, encorajinados por la presencia del tribuno, se rehacían y volvían de nuevo hacia el puente.

Los defensores del muro no estaban ociosos, sino que desde las murallas la emprendieron con flechas de fuego sobre las *quinquerremes*. Al principio Marcio y sus hombres se las compusieron para apagar los pequeños incendios que surgían por todas partes, pero tal fue la lluvia de flechas de fuego que al fin las llamas prendieron por todos los flancos de ambas naves y empezaron a ascender por la torre lamiendo sus vigas de madera.

Marcio miró hacia arriba. En lo alto de la torre Cayo Lelio luchaba enconadamente en el puente, pero abajo ya todo estaba perdido. El fuego lo consumía todo y sus hombres se arrojaban al mar para, nadando entre flechas y lanzas, alcanzar las *trirremes* que Digicio, en una sabia decisión, había aproximado lo suficiente para que los legionarios pudieran llegar a nado a las mismas y refugiarse, pero, al tiempo, no las había desplazado tan cerca como para ser pasto de la misma lluvia de lanzas, piedras y dardos incendiarios que habían destrozado las *quinquerremes*. Marcio gritó a Lelio.

—¡Lelio, al mar, al mar, al mar! ¡Por Júpiter, arrojaos al mar! ¡Todos!

En ese momento, una de las dos naves que sostenían la torre lanzó un crujido largo y profundo que sonó a muerte, preludio de su agonía. Marcio sintió el suelo de la cubierta temblando bajo sus pies y, sin esperar más, se lanzó por la borda junto con los pocos marineros que aún quedaban a su lado. El temblor de la nave resquebrajándose sacudió a su vez las endebles vigas de la torre ya medio consumidas por las llamas haciendo que varias se quebraran. Cayo Lelio pinchaba, cortaba y se protegía con su escudo rodeado por un nutrido grupo de legionarios cuando el suelo del puente se levantó de izquierda a derecha y, para cuando romanos y cartagineses fueron a percatarse de lo que estaba pasando, todos volaban por los aires rumbo a las aguas del mar.

En tierra firme, la suerte de las otras dos torres de asedio no había sido mucho mejor. Publio Cornelio Escipión, acompañado por el joven Masinisa, contemplaba cómo eran pasto del fuego provocado por los innumerables racimos de flechas en llamas que los cartagineses habían lanzado desde el interior de la ciudad y desde las propias murallas. Los legionarios de la V retrocedían despavoridos buscando refugio en la lejanía de aquellos muros que sólo escupían fuego, pez hirviendo y muerte. Cayo Valerio era una pobre figura en medio de todo aquel desastre intentando poner orden y rehacer las filas de sus manípulos.

—¡Deteneos, malditos, deteneos y regresad a las torres! ¡Por Hércules, hay que volver a ascender por las torres! —Pero los hechos rebatían las palabras del *primus pilus* con la terquedad de la realidad incontestable: las torres, envueltas en un mar de llamas, casi al mismo tiempo, caían en ruinas hacia un lado, como árboles abatidos por la constante hacha de un leñador de fuego.

Publio se pasó la palma de su mano derecha por el pelo de su cabeza, de arriba abajo, y miró al suelo. Suspiró. Luego se pasó la mano izquierda por su barbilla perfectamente rasurada y volvió a tomar aire. Lucio no decía nada. No quería añadir más dolor a su hermano con comentarios inoportunos. A sus espaldas dos mensajeros llegaron cabalgando a la vez. El procónsul se volvió hacia ellos. Los *lictores,* que reconocían en aquellos hombres sendos centuriones de la V, se hicieron a un lado. Los dos oficiales se miraron entre sí como preguntándose quién hablaba primero, pero el procónsul no tenía tiempo para dudas y se dirigió al que había llegado desde la playa primero.

—Habla, centurión.

—Sí, mi general. La torre de asedio de las *quinquerremes* ha caído y con ella han muerto muchos hombres, pero el tribuno Cayo Lelio, que estaba en lo alto de la torre junto con algunos más, ha sobrevivido milagrosamente y se encuentra bien, mi general.

Publio asintió repetidas veces. Ya había visto desde la distancia lo de la torre marina, pero saber que Lelio estaba bien pese a todo aquel fiasco era una información muy relevante que agradeció recibir.

—Bien, centurión, bien... muchos hombres... ¿cuánto es muchos hombres?

—No lo sé, mi general, Marcio y Lelio calculan que unos cien han muerto, más unos treinta heridos.

Cien, ciento treinta hombres fuera de combate, más otros tantos al menos, si no más, que habían caído con las torres de asedio que dirigía Cayo Valerio. Habían perdido más de doscientos hombres y no habían conseguido nada. Nada. El procónsul sentía la figura erguida de Catón moviéndose despacio a sus espaldas y percibía la felicidad del *quaestor.* En todo caso, de momento al menos, Catón permanecía callado. Pero quedaba el segundo mensajero. Publio se limitó a mirarle y éste empezó a hablar.

—Los cartagineses han enviado un ejército de caballería desde Cartago. Son unos cuatro mil jinetes, mi general.

Cuatro mil jinetes. Cuatro mil.

—¿Y nada más? —preguntó el cónsul—. ¿No han enviado infantería con ellos?

—Eso es lo que hemos visto. Se han resguardado en la ciudad de Saleca, a un día a caballo de aquí.

—¿En una ciudad? —Publio estaba sorprendido y miró a Lucio, que se encogió de hombros, y luego al rey de los maessyli—. ¿Un ejército de caballería acampado en una ciudad en plena primavera, casi verano?

Masinisa compartía la misma sorpresa. La caballería no valía para nada entre las murallas de una ciudad. Con buen tiempo, como el que hacía en aquellos días, su lugar era acampada en campo abierto, donde rápidamente los jinetes pudieran montar sus caballos y lanzarse a una carga en una amplia llanura. Allí era donde el potencial devastador de una fuerza de caballería tan numerosa resultaba prácticamente invencible.

—¿Sabemos quién es el genio que lidera ese ejército de caballería? —preguntó Publio.

—Atrapamos a unos mercaderes que salían de Saleca. Dicen que han llegado bajo el mando de Hanón.

El cónsul se giró hacia Masinisa.

—Es un inútil —confirmó el rey exiliado—. Es vanidoso e incompetente en lo militar.

Publio asintió. El hecho de llevar la caballería a una ciudad confirmaba la valoración de Masinisa.

—Bien —dijo Publio entonces dirigiéndose a Masinisa—. Ardías en deseos de servirme, ¿no, joven rey de los maessyli? Pues ésta es tu ocasión. Cogerás a tus hombres y atacarás Saleca.

El rey le miró confundido. Sólo disponía de doscientos jinetes y eso gracias a que algunos maessyli más se habían incorporado recientemente, atraídos por la presencia de las legiones romanas, pero Hanón, aunque fuera un inútil, tenía cuatro mil; sin embargo, el procónsul no le dejó replicar.

—Partirás al amanecer —apostilló Publio al tiempo que se alejaba colina abajo para reorganizar su ejército en medio de aquel desastre de asedio, pero sin volverse ya hacia atrás, añadió unas palabras—. Te daré algunos refuerzos para que puedas regresar con vida de Saleca.

El joven rey Masinisa se quedó contemplando cómo el procónsul, rodeado de sus doce *lictores* y acompañado por su hermano Lucio y los dos centuriones que habían traído todas aquellas noticias, descendía de la colina dejándole a solas con dos de sus guardias númidas y un silencioso Marco Porcio Catón que no dejaba de admirar las llamas que consumían las derribadas torres de asedio romanas.

Masinisa sacudía la cabeza. De hecho, todo alrededor de Útica eran llamas, centenares de romanos se afanaban en retirar heridos y recoger armas que habían quedado desperdigadas por los alrededores de las consumidas torres. En la playa, varias *trirremes* descargaban más heridos y muertos. El asedio estaba siendo un total y completo desastre y ahora aquel hombre le enviaba con sus pocos jinetes contra un ejército veinte veces más numeroso. ¿Unos refuerzos? ¿Qué entendía el cónsul por unos refuerzos? ¿Era aquél el mismo hombre que había conquistado Hispania? Uno de los guardias númidas se acercó al rey.

—¿Qué hacemos? —le preguntó en su lengua.

—Nos preparamos para el combate —respondió Masinisa—. Quizá sea nuestro último combate. —Y le puso una mano en la espalda. El joven guardia se sintió halagado y orgulloso de que su rey le tratara con aquella familiaridad. Descendieron de la colina. Catón se sentó sobre una roca. El espectáculo dantesco de las «legiones malditas» replegándose y retirando heridos era apasionante. Tenía buenas noticias para Quinto Fabio Máximo.

En su tienda, recostado de lado mientras el médico Atilio le curaba algunas heridas, el tribuno Cayo Lelio maldecía su mala suerte. En aquel momento irrumpió Publio en su tienda. El médico, Netikerty y el par de esclavos que había ayudado a Atilio salieron ante la intensa mirada del procónsul. Lelio se volvió y vio al general sentándose a su lado.

—¿Estás bien? —preguntó Publio.

—He estado mejor, pero si lo que preguntas es si puedo combatir, sí, sí que puedo.

—Bien.

—Aunque ahora que lo de las torres de asedio ha salido tan mal, no sé qué vamos a hacer.

Publio miró al suelo buscando una respuesta. Levantó al fin el rostro despacio y habló con la seguridad propia del hombre tenaz.

—Haremos, Lelio, lo mismo que Aníbal lleva haciendo en Italia durante catorce años: resistir.

Lelio asintió mientras se palpaba un enorme cardenal en una de sus piernas y contraía el rostro compungido por el dolor.

—Sea —dijo el tribuno entre dientes.

—Por de pronto nos envían cuatro mil jinetes, los cartagineses, y he pensado —continuó Publio— que Lucio se quede al mando aquí en Útica y que tú y yo nos encarguemos de ese ejército de caballería.

Lelio asintió una vez más y apretó los labios. Publio le puso entonces la mano derecha en el hombro y sin decir más salió de la tienda. Tenía muchas cosas en las que pensar. La invasión de África no había empezado bien. Todo lo contrario que en Hispania. El procónsul de Roma avanzaba por el campamento bajo las atentas miradas de sus hombres. Se esforzó por caminar erguido, decidido, como un líder que no pierde la esperanza.

73

La caballería de Hanón

Norte de África, junio del 204 a.C.

Masinisa cabalgaba ligero, resuelto, seguido por sus doscientos jinetes númidas directos hacia las puertas de Saleca. Habían llegado al anochecer y allí varios legionarios, exploradores de la V, que mantenían vigilada la ciudad para tener informado en todo momento al procónsul de los posibles movimientos de los cartagineses, recibieron con cierta sorpresa al joven rey de los maessyli.

—¿Siguen en la ciudad? —preguntó Masinisa aún sobre su caballo.

—Así es —respondió el centurión al mando de aquel puesto de guardia.

—Bien —respondió el rey—. El procónsul me envía para atacar Saleca.

El centurión no dijo nada y se limitó a mirar los escasos hombres con los que llegaba el rey exiliado del nordeste de Numidia al servicio del procónsul. Masinisa se dio cuenta de que el centurión estaba a punto de reírse, pero no lo hizo, seguramente por respeto, no a su persona, sino al procónsul que había ordenado aquella maniobra, y un oficial romano no podía hacer mofa de lo que el procónsul había ordenado, aunque pareciera absurdo.

El sol ya había desaparecido y las sombras de la noche se cernían sobre Saleca. Masinisa decidió olvidarse de esos legionarios. Era evidente que el procónsul sólo hacía partícipes de la complejidad de sus planes a unos pocos elegidos y él estaba entre ellos, pero no aquellos exploradores. Si el general romano llegaba alguna vez a vencer en África, estaba claro que él volvería a ser rey. Claro que lo visto en Útica no presagiaba nada en ese sentido, pero no tenía más caminos ni más aliados. Sífax había puesto precio a su cabeza, apenas tenía hombres leales, su pueblo estaba sometido y los cartagineses dependían del propio Sífax para luchar contra Roma. Sólo Roma era su aliado y Roma había enviado a aquel general, aquel procónsul.

Masinisa vio que los legionarios habían encendido una hoguera.

—¿No han enviado a nadie a investigar esa hoguera? —preguntó el rey númida a los romanos.

El centurión negó con la cabeza.

—Deben de sentirse muy seguros esos cartagineses. Bien. Pues la usaremos nosotros ahora. —Y a una señal suya, sus doscientos jinetes encendieron antorchas acercándose a la gran hoguera de los exploradores.

El regimiento númida de Masinisa, con él al frente, se lanzó al galope hacia la ciudad de Saleca ante la perpleja mirada del centurión y su pequeño grupo de legionarios.

—Los van a masacrar —sentenció, aunque para entonces Masinisa ya estaba lejos—, pero hay que reconocerles coraje.

Los númidas avivaban si cabe aún más su galope sosteniendo en alto sus antorchas. A medida que se acercaban a la ciudad se desplegaron y se separaron, de modo que desde las fortificaciones de Saleca, los sorprendidos cartagineses que vigilaban el horizonte en torno a la ciudad, sólo acertaban a ver antorchas que avanzaban hacia ellos en una larga formación que abarcaba casi media milla. Imposible cuantificar en la noche recién caída sobre el desierto de África la cantidad de enemigos que les atacaban. Los cartagineses se pusieron en pie de guerra y acudieron en tropel a lo alto de las no muy elevadas y poco protegidas murallas de Saleca. Aquella ciudad no era Útica, sino un pequeño enclave donde los mercaderes se detenían a intercambiar productos en sus grandes rutas por el norte de África. Saleca no estaba pensada para resistir un gran ataque y de ahí el temor de Hanón, el general púnico al mando, que, advertido por los gritos de sus hombres, ascendió con rapidez a una de las pequeñas torres de madera que se habían levantado hacía tiempo junto a las mismas puertas de la ciudad. Hanón no podía creer lo que veía. Ellos habían salido de Cartago para atacar a los romanos y ahora eran ellos los atacados. No lo esperaba. Estaba aguardando la llegada de la infantería que Asdrúbal Giscón debía traer en poco tiempo y también la incorporación del ejército del rey Sífax. Todos unidos arrasarían a las dos legiones romanas, pero ¿quiénes eran aquellos jinetes que se lanzaban sobre ellos en la noche con aquellos terribles alaridos?

—Son númidas, general —dijo uno de los centinelas de la puerta, que reconoció algunos de los gritos.

—Númidas... —repitió Hanón intentando serenarse y encontrar sentido a todo aquello—. Maessyli, seguro, rebeldes, seguro.

Los jinetes de Masinisa llegaban hasta las fortificaciones y arrojaban sus antorchas hacia las mismas, prendiendo las empalizadas en las que culminaban las murallas de adobe, y, sobre todo, iniciando un importante incendio en las mismas puertas de la ciudad. Los cartagineses, bajo las órdenes de Hanón, se ocuparon más en extinguir los fuegos que surgían en las defensas de Saleca que en contrarrestar las jabalinas y flechas que los númidas atacantes les lanzaban tras las antorchas, pero una vez que los incendios empezaron a remitir por los esforzados trabajos de los púnicos, Masinisa ordenó que sus hombres se replegaran. En menos de media hora de loco ímpetu y batalla, el rey rebelde del nordeste de Numidia regresaba junto al centurión que había sentenciado su muerte.

—Esta noche los cartagineses dormirán poco —dijo Masinisa al centurión—. Nosotros, por el contrario, descansaremos. Mañana será un día de guerra.

El centurión, con sudor en las manos y la frente, replicó con cierto enfado al rey númida.

—¿Y si salen a contraatacar ahora? Acabarán con todos nosotros, maldito númida.

Masinisa desmontó de su caballo, se acercó al centurión, le cogió de la coraza, lo levantó un metro en el aire y lo arrojó contra el suelo a varios pasos de distancia. El centurión rodó como un tronco rueda por la ladera de una montaña. Se levantó y desenfundó su espada al tiempo que lo hacían sus hombres, pero Masinisa, arropado por decenas de sus jinetes, ni se inmutó y se limitó a responder al oficial romano.

—No saldrán, imbécil. No saben cuántos somos. Sólo saben que tienen miedo y dormirán mal. Mañana al amanecer continuaremos. Ahora vamos a descansar y tú y tus hombres haréis lo mismo. El procónsul me ha ordenado que ataque Saleca hasta que los cuatro mil jinetes de Hanón salgan y eso pienso hacer.

La mención una vez más de las órdenes del procónsul surtieron el efecto que Masinisa buscaba. El centurión escupió en el suelo pero se tragó su orgullo y envainó la espada y junto a sus legionarios se separó de los númidas para regresar a sus tres tiendas donde recluirse y pasar la noche. Dejarían a un par de hombres de guardia y que los dioses velaran por ellos. Al amanecer buscarían refugio en las ruinas de una torre que había a menos de una hora de marcha en dirección a Útica y que los númidas se las compusieran como pudieran con toda la guarnición cartaginesa y mercenaria de Saleca. El cónsul sólo les había ordenado a ellos vigilar y no pensaban hacer otra cosa.

Cayo Lelio desmontó de su caballo. Pronto amanecería. El resto de los hombres de las diferentes *turmae* de la V legión le imitó. Habían descansado unas horas y ahora les tocaba esperar el nuevo día. Cayo Lelio dejó las riendas de su caballo a un soldado y caminó unos pasos para estirar las piernas. Le dolía el hombro y un poco el muslo, pero había tenido mucha suerte. Ninguna de las vigas de la torre de asedio cayó sobre él cuando la gigantesca estructura se desplomó en medio del mar. Luego sólo tuvo que matar con su daga a un par de cartagineses que había caído junto a él. Después nadar y subir a la *trirreme* que comandaba Digicio. Digicio siempre fue un buen soldado. Valiente en el combate. Excelente marinero. Todos tuvieron suerte, excepto los que cayeron abatidos. Un par de centenares caídos en el infructuoso intento de tomar Útica con las torres de asedio. Las cosas no marchaban bien. Pero no había descanso. De la torre de asedio a conducir la caballería de la V hasta aquellas colinas donde una fortificación en ruinas se levantaba olvidada por el tiempo. ¿Quién levantaría esas murallas agrietadas y pulidas por el viento hasta dejarlas en pequeños testimonios de un poder perdido? Se adivinaba también una torre justo en el otro extremo de aquel pequeño valle, justo allí donde Publio debía estar esperando con las *turmae* de la VI y el resto de la caballería reclutada en Siracusa. Aquella campaña no dejaba ni un día para el descanso. Lo bueno es que la caballería no había intervenido en el asedio de Útica y estaban frescos todos y deseosos de entrar en combate. Él también estaba contento allí. Salir del asedio y pasar directamente a comandar la caballería de la V le evitaba tener que regresar cada noche a su tienda y ver a Netikerty. Podría ordenar que estuviese en otra tienda, pero Publio estaba empeñado en que la protegiera personalmente y en que aparentemente entre ellos dos, amo y esclava, todo estuviera como si la traición de la egipcia nunca se hubiera descubierto.

—Has de cuidar de esa esclava como de mí mismo, ¿me entiendes, Lelio?

Eso había dicho Publio. Así que la mantenía en su tienda vigilada por dos esclavos de su confianza. Eso, claro, hacía inevitable tener que verla si regresaba a su tienda. No. Allí, en medio de aquel valle, entre ruinas olvidadas, estaba mejor. Esperando el amanecer, a punto de entrar en combate de nuevo. Seguramente ésta sería su última campaña. Lelio olía la muerte. La presentía cercana. Estaban en territorio enemigo, no como en Hispania, que, a fin de cuentas, era territorio enemigo tanto para romanos como para cartagineses, pero no allí. Allí ellos, los romanos, eran los que todos querían ver muertos: cartagineses, númidas y todos los pueblos del norte de África. Nadie quería que el poder de Roma llegara hasta sus costas y todos se aliaban contra ellos y ellos eran pocos. Pocos.

Cayo Lelio, tribuno y jefe de la caballería romana de las «legiones malditas», se enfundó el casco. El alba estaba despuntando. Pronto sería hora de combatir.

Publio se abrigó con el *paludamentum*. Eran extrañamente frías las noches pese a estar en medio del verano y un viento proveniente del interior agudizaba la sensación de frío. Apenas había una tímida luna creciente, pero era suficiente para proyectar una alargada sombra bajo la que había encontrado refugio del viento. Era la silueta de la torre fortificada que Agatocles, tirano de Siracusa, ordenara levantar en ese lugar para tener una posición protegida en sus incursiones por África. Agatocles. Publio miró hacia arriba. No era mucho lo que quedaba de aquella torre pero era testimonio de que lo que él mismo estaba ahora intentado era una buena idea. Agatocles, un pobre miserable de Siracusa que con habilidad y astucia ascendió en la escala social, primero casándose con una rica viuda, para terminar controlando gran parte del comercio de la metrópoli griega y desde ese poder lanzar diatribas contra la nobleza dominante, contra la que desencadenó un golpe de Estado apoyado por el pueblo hasta convertirse en el amo y señor de Siracusa. Publio pasó la palma de su mano desnuda por las piedras de la base de aquella torre. Agatocles, que consiguió casarse con una hijastra de Ptolomeo I Sóter, general que fuera de Alejandro Magno reconvertido en rey de Egipto; Agatocles, que en medio de su reinado consiguió casar a su propia hija con el audaz Pirro, rey del Épiro. Tal fue el poder de Agatocles, soberano de Siracusa, que bajo su reinado el imperio de Cartago tembló. Agatocles dominaba Siracusa y desde allí toda Sicilia, y desde Sicilia todos los mares del Mediterráneo occidental gracias a una compleja trama de alianzas con las ciudades costeras griegas. El enfrentamiento con Cartago era inevitable y el choque fue descomunal. Al final, los cartagineses, tras varios años de guerra despiadada, acorralaron a Agatocles en Siracusa y la suerte parecía estar echada. Fue entonces cuando la auténtica genialidad de aquel tirano de Siracusa quedó patente: asediado por los cartagineses en Sicilia, en lugar de defender su propio territorio, embarcó un pequeño pero bien adiestrado ejército en una flota, cruzó el mar y desembarcó las tropas en África, cerca de Cartago. Los cartagineses, que gracias a su poder y dominio centenario en la región carecían de enemigos próximos a sus tierras, se vieron sorprendidos. Agatocles inició una rápida serie de incursiones salvajes y terroríficas por toda África que obligaron a los cartagineses a replegarse de Sicilia y traer sus ejércitos y flotas de regreso a África para, finalmente, verse obligados a pactar una paz con el propio Agatocles, que se aseguró así el dominio de toda Sicilia durante casi veinte años más ininterrumpidos. Publio admiraba aquellas piedras. Eran obra de un genio. La idea, pues, de su propio padre y de su tío, Publio y Cneo Escipión, de llevar la guerra a África no era tan nueva. Era sólo que Roma ya lo intentó una vez en el pasado con Régulo y salió mal, pues los cartagineses, que habían aprendido de su error pasado, habían conformado nuevas alianzas para asegurarse una defensa de su propio territorio en caso de invasión. En aquella nueva ocasión, Cartago recurrió al espartano Jantipo quien, con su destreza militar, masacró las legiones de Régulo. Roma nunca más volvió a intentar nada en África, pues para cuando debía desembarcar Sempronio con varias legiones, Aníbal emergió en el norte de Italia y sus tropas fueron reclamadas por el Senado romano para apoyar a las legiones del norte. Nunca más se volvió a intentar la invasión de África. Hasta ahora. Hasta ese momento. Pero si a Agatocles le salió bien el plan, ¿por qué no a ellos? Quizá porque ahora los cartagineses tenían a Sífax, como antes tuvieron a Jantipo... quizá porque, si todo les fallaba, recurrirían a Aníbal.

Publio había dormido mal. El desastre de Útica pesaba sobre su ánimo, en particular los más de doscientos hombres perdidos. No tenía tantos legionarios como para permitirse errores como aquél. Además, entre las tropas estaba esparciéndose el mal de la desesperanza. Muchos oficiales, a sus espaldas, hablaban de que si las legiones V y VI no habían conseguido que cayera la segunda ciudadela de Locri, mucho menos fortificada, ¿cómo iban ahora a conseguir que Útica sucumbiera a sus armas? La primera ciudadela de Locri fue tomada gracias a la traición de parte de sus ciudadanos, pero con Útica esto era del todo imposible. Útica era un firme y leal aliado de Cartago desde hacía decenios y la propia Cartago no tardaría en enviar refuerzos. Publio sabía que eso era lo que se comentaba a su alrededor, de momento sólo en voz baja, en cuchicheos que callaban cuando el procónsul aparecía, pues en cuanto salía del *praetorium* y caminaba entre sus legionarios las conversaciones se interrumpían y, aunque eso pasaba con frecuencia, ahora, en lugar de mirarle con admiración, como ocurría en Hispania, se le saludaba por la inercia que el respeto a la figura del procónsul despertaba entre ellos. Al menos, eso habían conseguido: que los legionarios respetaran a un procónsul. Pero, ¿por cuánto tiempo? ¿Cuántos muertos más tolerarían las «legiones malditas» a los pies de las impenetrables murallas de Útica?

Publio Cornelio Escipión salió de entre las sombras. Su rostro serio, adusto, de facciones marcadas, con una piel ya algo ajada para sus treinta y un años, era visible no ya por la luna, sino por los primeros reflejos del alba que emergía en el horizonte del desierto. Se había escuchado ruido de cascos de caballos al galope. El procónsul miró hacia su espalda, por encima del hombro. Mil quinientos jinetes montaron en sus caballos con tan sólo esa mirada. Las bestias piafaban y algunas, nerviosas, empezaron a relinchar. El procónsul miró entonces hacia el frente: se distinguían las sombras de Lelio y las *turmae* de la V. Necesitaba una victoria y esa victoria la necesitaba ya.

—Mi caballo —dijo sin elevar el tono de voz, y un *lictor* le acercó las riendas de un precioso corcel negro—. Que se preparen los hombres. Atacaremos a mi señal y que los dioses nos protejan.

Los doce *lictores* montaron en sus propios caballos. Iban a entrar en combate. No era frecuente que un cónsul tomara posiciones en la primera línea, pero tampoco era frecuente invadir África.

Hanón vigilaba sin descanso patrullando con sus oficiales desde la madrugada por las fortificaciones de Saleca. Quería ver si el que había atacado a la caballería púnica y númida de Cartago seguía allí, frente a la ciudad. La luz del sol, aún oculto tras las dunas del desierto, certificó sus presagios. Ante ellos se veía a un par de cientos de jinetes númidas rebeldes y un líder a su mando.

—¿Es Masinisa? —preguntó Hanón a uno de los oficiales númidas al servicio de Cartago. El oficial llevaba unas brillantes pieles de león a modo de capa, dos largas jabalinas cruzadas a su espalda y un escudo ligero de cuero grueso y seco atado a su antebrazo izquierdo. El númida examinó la figura del joven rey de los maessyli mientras éste levantaba su espada en señal de desafío. El oficial escuchó cómo Masinisa gritaba unas palabras al aire henchidas de odio y fuerza.

—Es Masinisa, sí —concluyó.

—¿Qué ha dicho? —inquirió Hanón.

El oficial númida respondió al general cartaginés sin dejar de mirar a Masinisa.

—Ha dicho que hoy morirán todos los númidas que no saben reconocer a su auténtico rey y todos los cartagineses que les ayudan.

Hanón lanzó una sonora carcajada a la que se unió el resto de los oficiales cartagineses. El oficial númida, no obstante, permaneció en silencio.

—¿Y eso nos lo dice con sólo doscientos jinetes a su mando? —Hanón preguntaba aún entre risas—. ¿Cuál es tu nombre, númida?

El oficial le miró entonces.

—Búcar, mi general, mi nombre es Búcar.

—¡Pues por Baal, Búcar, hoy vamos a cenar cabeza de rey rebelde servida en salsa! —Y todos los oficiales cartagineses volvieron a reír—. ¡Sacamos toda la caballería! ¡Mis cuatro mil jinetes salen de caza! ¡Que las mujeres de Saleca estén dispuestas para nosotros al atardecer!

Búcar esbozó una pequeña sonrisa con cierto esfuerzo. Pensó en decir que las órdenes de Cartago y Numidia eran que la caballería debía esperar a la llegada del grueso de los ejércitos al mando de Giscón y Sífax; pensó en decir que Masinisa era experto en sobrevivir a cacerías como aquélla; pensó en decir que él mismo, Búcar, siguiendo las instrucciones del rey Sífax, ya había salido a la caza de Masinisa en más de una ocasión y que incluso llegaron a dar por muerto al maldito rebelde de los maessyli, pero que una vez más estaba allí. Pero Búcar no dijo nada, porque no había nadie con quien hablar ya. En unos segundos, Hanón había descendido de las fortificaciones y, montado sobre su caballo blanco, cruzaba ya las puertas con sus oficiales púnicos. Búcar no tenía prisa. Que los cartagineses vayan en vanguardia. Él, con sus jinetes númidas, cabalgaría tras ellos. Búcar hacía tiempo que había dejado de ambicionar la gloria. Últimamente se concentraba en su supervivencia.

Masinisa vio salir a la caballería púnica de la fortaleza de Saleca.

—Vienen al galope, mi rey —dijo uno de sus leales jinetes con una mezcla de nervios y ansia.

—¡Pues al galope los recibiremos! —respondió Masinisa, y golpeando con todas las fuerzas de sus talones en los costados de su caballo inició una carga contra la caballería cartaginesa que, al estar aún saliendo de la ciudad por la estrecha puerta, no había tenido tiempo material para posicionarse en una larga línea de combate—. ¡Por Numidia! ¡Por los maessyli!

Sus guerreros, enfervorizados por los gritos de guerra de su joven rey, le imitaron y todos a una, como una avalancha de nieve en una montaña rocosa, cayeron sobre los caballeros púnicos mientras seguían saliendo por las puertas de la ciudad.

Los cartagineses en el exterior de las murallas ya eran más de quinientos, frente a los tan sólo doscientos jinetes de Masinisa, pero se vieron sorprendidos por la rapidez del ataque de los maessyli y también por su violento empuje que hizo que muchos guerreros púnicos hicieran retroceder a sus caballos hasta refugiarse bajo las fortificaciones de la ciudad. Masinisa se dirigió a por el general de sus enemigos, pero Hanón reculó con su caballo y una decena de jóvenes jinetes púnicos salió a cortar el paso del joven rey de los maessyli. Masinisa se sintió contrariado y con golpes certeros abatió a uno, dos, tres jinetes, antes de que nadie tuviera oportunidad para responder con un golpe. Al fin, uno de los cartagineses blandió su espada con cierta agilidad y la hizo chocar contra el escudo del rey númida. Fue lo último que hizo, pues uno de los maessyli que acudían en ayuda de su señor clavó al osado cartaginés una jabalina que le atravesó de parte a parte, entre el corazón y los pulmones. El cartaginés se atragantó entre los borbotones de su propia sangre y con los ojos bien abiertos, mirando a un cielo que para él quedaba ya vacío, cayó de su caballo para ser pisoteado por los animales de los unos y los otros, enfrascados en una batalla sin cuartel a las puertas mismas de Saleca. Pronto el empuje de los maessyli dejó de ser suficiente para abatir a sus enemigos, pues éstos, a los gritos de su general, continuaban saliendo a decenas por las puertas de la ciudad. En poco tiempo, ya había más de setecientos jinetes púnicos y varios grupos se alejaban del centro de la lucha para, rodeando a guerreros y bestias entretenidos en su mortal disputa, intentar alcanzar a los maessyli por la retaguardia y así transformar lo que se había iniciado a modo de victoria para aquéllos en su exterminio colectivo y sistemático a manos de las espadas púnicas que clamaban venganza por sus compañeros caídos en los primeros compases de aquella batalla.

Masinisa repartía mandobles a ambos lados de su montura, pero ni los golpes que lanzaba contra sus enemigos ni los que frenaba o evitaba con rápidos movimientos sobre su caballo, le impedían mirar de reojo a todos lados para no perder ni la orientación ni el sentido de lo que estaba ocurriendo en el conjunto del enfrentamiento. Pronto comprendió la maniobra que Hanón estaba realizando, así que, igual de súbito que inició el ataque, aulló con todas sus fuerzas palabras en su lengua que todos sus guerreros comprendieron al instante. En un segundo, los maessyli supervivientes, unos ciento ochenta, daban media vuelta a sus caballos, lanzaban una andanada de jabalinas mientras las bestias giraban, y al momento las azuzaban para empezar a galopar en dirección opuesta a la ciudad.

Los cartagineses vieron cómo se replegaban los maessyli a gran velocidad, alejándose a toda prisa. Tras ellos dejaban una cincuentena de jóvenes jinetes púnicos, demasiado bisoños y mal entrenados, muertos, atravesados por espadas y jabalinas de los rebeldes maessyli. Hanón miró a su alrededor con rabia y odio. Entre los muertos aquella mañana había varios caballeros hijos de importantes nobles de Cartago que se habían apuntado para lo que todos pensaron que iba a ser una campaña fácil de aniquilamiento de las legiones romanas, como antaño hiciera Jantipo con Régulo y los suyos, toda vez que, juntados los ejércitos de Giscón y Sífax triplicarían en número a los malditos romanos. Hanón consideró por un instante que había infravalorado la capacidad destructiva de aquellos pocos rebeldes maessyli, pero tenía claro que lo único que podía borrar aquel episodio y suprimir las duras críticas de los gobernantes de Cartago a lo que allí acababa de ocurrir, era el extermino completo de aquellos maessyli. Hanón miró a su espalda y comprobó que sus dos mil jinetes estaban ya en el exterior de la ciudad y dispuestos para emprender la persecución, mientras que las tropas de masaessyli de Búcar estaban empezando a incorporarse al resto de la formación.

—¡Al ataque, por Baal y Tanit! —exclamó el general cartaginés—. ¡Que no quede ni uno vivo! ¡Muerte a todos los maessyli rebeldes! ¡Muerte a los amigos de Roma!

El centurión romano del puesto de guardia había visto el ataque inicial de Masinisa y la retirada que emprendía a toda velocidad en dirección hacia donde ellos mismos se encontraban.

—¡Malditos sean todos los dioses! —gritó y ordenó a todos sus hombres que se desperdigaran y se perdieran por entre las grandes dunas que se levantaban a unos centenares de pasos—. ¡Escondeos y que los dioses os protejan!

Los veinte legionarios del puesto de guardia se escondieron justo a tiempo de hacer desaparecer sus siluetas entre las dunas escuchando cómo las bestias de los maessyli pasaban cerca de ellos a galope tendido en una huida que pronto debería acabar en masacre y muerte.

Publio Cornelio Escipión alzó su brazo derecho. Los decuriones de todas las *turmae* estaban atentos a su brazo en alto. Los *bucinatores* y *tubicines,* legionarios encargados de hacer sonar las tubas con las que transmitir la orden de ataque a las *turmae* de la otra vertiente de aquel valle, donde se encontraba el tribuno Cayo Lelio, inspiraron para tener sus pulmones henchidos y dispuestos para hacer funcionar sus instrumentos. El ruido de los cascos de caballos sobre la tierra prieta del centro del valle que se había oído lejano se había transformado ya en un atronador eco de decenas, centenares de jinetes al galope. Tras unos instantes de expectación para todos, el rey de los maessyli surgió en medio del valle cabalgando a toda prisa, mirando atrás de cuando en cuando, asiendo con sendas manos y gran firmeza las riendas de su montura. Pegados a él venían sus jinetes númidas, luego una enorme polvareda y, de súbito, emergiendo a través del polvo, decenas, centenares de jinetes cartagineses en persecución ciega a por Masinisa y sus guerreros. Pasaron cien, doscientos, trescientos caballeros púnicos. Se hizo entonces visible la figura del que debía de ser su general, por su casco rematado en vistoso penacho y su larga capa militar diferente y de más longitud que la del resto, además de que a su alrededor se levantaba una decena de insignias de las diferentes unidades púnicas que componían aquel interminable destacamento de caballería cartaginesa. Tras aquel general enemigo, emergían más y más jinetes, cuatrocientos, quinientos, seiscientos... Publio mantenía el brazo en alto, tenso, con una gota de sudor que empezó a resbalarle por entre los dedos de su mano extendida. Unos setecientos, ochocientos, novecientos... Publio Cornelio Escipión, procónsul de Roma *cum imperio* sobre las legiones de África, bajó con un movimiento rápido y seco su brazo. Las tubas de sus legionarios resonaron en medio de aquel valle, apretó entonces con sus talones la panza de su caballo negro, éste relinchó, alzó las dos patas delanteras levantando al procónsul en el aire, pero Publio, jinete bien adiestrado por su propio tío Cneo Cornelio Escipión cuando él apenas era un niño en las laderas del campo de Marte de Roma, tiró de las riendas de su caballo hacia abajo con fuerza, el animal agachó la cabeza y volvió a poner sus patas sobre el suelo, transformando sus nervios en movimiento, creando una hermosa y acelerada carrera en busca de los enemigos de su amo. Tras el procónsul, los doce *lictores*, preocupados de que su general fuera el primero en salir, pues sabían de la velocidad de su caballo negro y temían no poder estar con el general cuando éste llegara a encontrarse con los primeros enemigos. Y tras los *lictores*, mil quinientos caballeros de las «legiones malditas», galopando y gritando consignas de destrucción.

Publio se acercaba hacia el grueso del cuerpo de caballería cartaginesa, cuyos jinetes apenas empezaban a darse cuenta de que estaban siendo atacados por los dos flancos. El cónsul tomó con su mano derecha un *pilum* que llevaba atado al caballo y, sin dejar de galopar lo arrojó contra la nutrida hueste de enemigos en movimiento. La jabalina surcó el aire con precisión mortífera y encontró su destino en la garganta de uno de los caballeros púnicos que no pudo ni gritar mientras escupía sangre por la boca, perdía el equilibrio y caía sobre la tierra de África. Fue arrollado como lo fueron varias decenas de guerreros cartagineses que caían abatidos por la lluvia de *pila* que los jinetes de la V y la VI, a imitación del cónsul, arrojaban sobre las filas enemigas. Los cartagineses empezaron a ralentizar el ritmo de su marcha. Publio había llegado a unos pasos de los primeros caballeros cartagineses que ahora se revolvían hacia él, hacia ambos flancos, para defenderse. Un par de lanzas pasó rozando al cónsul, pero éste las esquivó haciendo virar a su caballo con destreza y al fin se plantó cara a cara frente a sus enemigos. Con la espada desenvainada trazó un giro de trescientos sesenta grados en el aire haciéndola girar en su mano para terminar frenando el arma con firmeza y esgrimiéndola con habilidad rumbo al rostro de uno de los jinetes púnicos que más se había aproximado. El casco protegió al cartaginés, que a su vez respondió con un golpe seco de su espada que el cónsul detuvo con su escudo. Publio iba a contraatacar, pero para entonces estaba rodeado por varios enemigos que buscaban el momento de rajarle con sus armas. El procónsul de Roma aguijoneó su caballo con los talones, la bestia se levantó en el aire a dos patas, relinchando y sacudiendo las patas delanteras, de modo que el resto de los animales retrocedió y con ellos sus jinetes. El corcel negro del cónsul puso sus patas en tierra de nuevo y su amo lanzó una daga que reventó el rostro del cartaginés que antes había salvado la vida gracias al casco. Sin lanza y sin daga, Publio se concentró de nuevo en blandir su espada. Dirigió su caballo hacia otro de los jinetes, que respondió alzando su espada. Las dos armas chocaron, pero Publio fue más rápido en asestar el segundo golpe y su arma pinchó el estómago del guerrero cartaginés por debajo de su coraza de piel y metal. Debía de ser alguien de importancia en Cartago para permitirse tales protecciones militares, pero no había tiempo para pensar en otra cosa que no fuera girar su caballo y recibir al nuevo atacante que se cernía sobre él, pero no hubo necesidad ya de que el cónsul se defendiera. Los *lictores* le rodearon y a mandobles hicieron un hueco en aquel lugar de la batalla abatiendo enemigos que aún ni siquiera se habían repuesto de la sorpresa. Había muerto casi un par de centenares de cartagineses en el ataque sorpresa por los flancos y la lluvia de *pila* y ahora, en el combate cuerpo a cuerpo, los veteranos de la V y la VI se mostraban más capaces y destructivos que unos bisoños jóvenes jinetes cartagineses que habían sido reclutados a toda prisa o que se habían alistado voluntarios orgullosos con ansia de defender su tierra del invasor romano, pero que no habían calculado la incapacidad de su líder.

Publio observó a su alrededor. Cartagineses y romanos se habían detenido y se luchaba cara a cara con saña y furia. Sus hombres llevaban la iniciativa. Al otro lado de la gruesa columna de jinetes cartagineses se veía a las *turmae* de la V que bajo la experimentada dirección de Lelio estaban sembrando de cadáveres africanos toda su línea de ataque. Miró entonces hacia el final de la columna cartaginesa y vio que se interrumpía, más o menos donde terminaba la formación de sus hombres, y a unos centenares de pasos se dibujaba una segunda columna de caballería enemiga detenida. Eran parte de las fuerzas de Hanón que se habían frenado antes de entrar en el valle, pero vestían con más pieles y menos corazas... eran númidas, ¿refuerzos enviados por Sífax? Pero no intervenían. Publio salió de la zona de combate y se encaminó hacia la torre de Agatocles, siempre custodiado por sus *lictores* y por dos *turmae* de la VI que tenían orden de seguir al cónsul en todos sus movimientos por el campo de batalla. Publio detuvo su caballo, se puso la mano sobre los ojos para protegerse del resplandor del sol y escudriñó el horizonte. Estaba valorando dar la orden de replegarse para evitar que el nuevo contingente númida embistiera a sus jinetes mientras éstos estaban concentrados en masacrar las filas cartaginesas, pero no fue necesario. Los númidas daban la vuelta y emprendían la huida. Abandonaban a los cartagineses a su suerte. El cónsul se dirigió a los dos decuriones de las *turmae* que le seguían.

—¡Que una *turma* vaya a la entrada del valle y que confirme la retirada de los númidas! ¡Y si cambian de idea y regresan hacia el valle informadme enseguida!

Uno de los dos decuriones partió hacia la boca del valle seguido de treinta jinetes. El otro decurión se dirigió al cónsul.

—Y con los cartagineses, mi general, ¿qué hacemos?

Publio Cornelio Escipión miró hacia el centro del valle donde tenía lugar aquella cruenta batalla.

—Matadlos a todos —replicó el cónsul sin alzar la voz—. Que no quede ni uno. Luego nos ocuparemos de los númidas.

Masinisa frenó el alocado galopar de su caballo en cuanto los romanos se lanzaron sobre los cartagineses. Sus hombres pensaron que permanecerían allí durante el combate, pues habían cumplido a la perfección la misión que se les había encomendado: atraer hasta aquel valle a la caballería cartaginesa, pero el joven rey de los maessyli estaba ávido por dejar patente su valía ante los ojos del cónsul, de modo que sin mirar a sus hombres golpeó el costado de su animal con violencia y éste respondió con una carrera rápida en dirección al centro de la batalla. Sus leales no lo dudaron y, pese al cansancio, siguieron a su jefe hacia el fragor de sangre y horror donde combatían los cartagineses. Masinisa se adentró en las mismas entrañas de la formación púnica. No le interesaba abatir enemigos, apenas si blandía su espada, sino que buscaba, en el corazón de la formación cartaginesa, el penacho del casco del general en jefe de aquella caballería. Los cartagineses, ocupados en defenderse del empuje romano de ambos flancos no esperaban que los jinetes maessyli perseguidos se revolvieran y retornaran hacia ellos para atacarles, de modo que ayudado por la sorpresa y la distracción de los cartagineses, en apenas un minuto y con la poca oposición de unos pocos jinetes púnicos, Masinisa se encontró en el círculo que rodeaba al general Hanón. El rey de los maessyli lo vio dando gritos, enronqueciendo al intentar poner orden en una lucha que tenía perdida. Masinisa atajó con su espada una jabalina que le apuntaba al pecho, la partió, se revolvió y con una descomunal potencia paseó su espada por el cuello de su atacante que, con la garganta abierta, se derrumbó como un saco a los pies de su caballo. La bestia, sin control, como otras muchas de las que habían quedado sin amo, emprendió una carrera nerviosa buscando una salida en medio de todo aquel círculo de aullidos, dolor y miedo.

Masinisa quedó frente a un incrédulo Hanón, que no podía entender lo que había ocurrido. El joven rey de los maessyli no tenía pensado dar explicaciones. Se sabía protegido por sus hombres, que habían matado a los enemigos de alrededor. Masinisa se tomó su tiempo. Éstos eran momentos que convenía disfrutar. Era rey y lo habían destronado, perseguido y casi asesinado los hombres de Sífax con la connivencia de los cartagineses en varias ocasiones. Era momento de empezar a cobrar deudas. Envainó la espada. Tomó entonces con la mano izquierda una jabalina de su espalda. La pasó de mano y la sopesó con la derecha asiéndola por el centro. Hanón miraba a ambos lados. Su escolta estaba muerta o luchando contra los romanos que venían por ambos flancos. El númida le miraba fijamente con aquella jabalina en su mano, pero Hanón tenía su escudo. Con él se protegería y luego retrocedería hacia las filas de sus jinetes; retirarse antes de que el númida lanzara la jabalina era arriesgarse a que se la clavara por la espalda.

Masinisa estiró su brazo derecho hacia atrás para tomar impulso, luego hacia delante con toda la energía que da la rabia y el odio. Aquella fuerza hizo que la lanza volara feroz en busca del pecho de Hanón, éste interpuso su escudo, pero la energía del rey númida depuesto y humillado era demasiada y su odio, irrefrenable. La jabalina atravesó el escudo como si de un trapo se tratara y siguió su curso hasta hundirse en el esternón del general cartaginés. El hueso crujió al resquebrajarse y las costillas cedieron, se doblaron y se clavaron en los pulmones como dagas afiladas. Hanón se vio morir, con la lanza clavada en su pecho, sin poder respirar, oliendo su propia sangre hasta caer de lado sobre el suelo de su patria, con los ojos abiertos, pasmado.

El campo olía a muerte. Publio Cornelio Escipión, en pie, en medio de aquel mar de cadáveres, miró al cielo. Los buitres descendían en círculos. En torno al procónsul, los *lictores* y, a su alrededor, decenas de jinetes romanos que, dejando sus caballos en manos de otros caballeros, se afanaban en retirar los muertos, casi todos cartagineses, apilando los cuerpos inertes en grandes montones hacia donde las bestias de rapiña del cielo concentraban sus ojos hambrientos y anhelantes. Llegaron entonces varios manípulos de infantería que habían permanecido en la retaguardia. Los legionarios levantaron un improvisado *praetorium* en mitad del valle donde la torre de Agatocles, semiderruida, había asistido como testigo a la gran victoria de los romanos. Publio observó las ruinas de aquella fortificación y se alegró de que los cartagineses no hubieran encontrado, al menos de momento, un general con la capacidad del antiguo tirano de Siracusa o del legendario Jantipo. Cuatro númidas maessyli se acercaron hacia el *praetorium* portando el cadáver de Hanón. Tras ellos, orgulloso, satisfecho, se erguía la joven y fuerte figura del depuesto rey de los númidas del nordeste. Legionarios y *lictores* hicieron un pasillo por donde los maessyli pasaron exhibiendo el cuerpo sin vida del general cartaginés. Para facilitar el transporte, los númidas habían partido la lanza, dejando tan sólo la parte de la jabalina que estaba atravesada en el pecho del púnico. Al llegar frente a Publio Cornelio Escipión los maessyli se detuvieron y a una señal de su rey dejaron caer el cadáver a los pies del cónsul de Roma.

—Aquí tiene el procónsul de Roma el cuerpo de su general enemigo —dijo Masinisa, pero conteniendo su vanidad, hablando como el soldado que ha cumplido fielmente una orden—. ¿Cuál es nuestra siguiente misión, mi general?

Publio le miró sin preocuparse por ocultar su admiración. Con que Masinisa y sus pocos jinetes hubieran conseguido atraer a la caballería cartaginesa al valle para caer en la emboscada habría sido más que suficiente. Traer al general cartaginés muerto era mucho más de lo que se podía esperar de un pequeño regimiento de jinetes númidas exiliados.

—¿Esa lanza es tuya? —preguntó el cónsul señalando la punta de hierro que asomaba por la espalda del general abatido.

—Así es, mi general.

Publio asintió un par de veces antes de volver a hablar. Luego, al hacerlo, se dirigió no sólo a Masinisa, sino a los *lictores*, a los legionarios y a Cayo Lelio que, cabalgando, acababa de llegar desde el otro extremo del valle flanqueado por varios jinetes de su *turmae* de confianza.

—¡Que todos sepan que los dioses nos han bendecido con una gran victoria! —empezó el cónsul—. ¡Y que se escriba en los anales de Roma que la lanza del joven rey Masinisa, rey de los maessyli, fue la que atravesó el corazón de nuestro general enemigo! —Entonces miró a Masinisa—. ¡Joven rey, tienes mi reconocimiento y mi respeto y tendrás *torques* y *faleras* que recuerden a todos los que te vean que serviste bien a las legiones de Roma, aunque por encima de eso tendrás una corona de rey que yo mismo pondré sobre tu cabeza cuando Cartago capitule por fin ante mi ejército!

Masinisa se inclinó levemente, lo justo para reconocer el aprecio del procónsul de Roma y no más de lo que resultaría indigno de alguien que aspira a rey de toda una nación. A continuación el procónsul se volvió hacia Lelio que, una vez que había desmontado de su caballo, se había acercado para admirar el cadáver del general cartaginés muerto por los maessyli.

—¡Y que se escriba también que esta victoria fue fraguada gracias también a la disciplina de las *turmae* de la V legión al mando de Cayo Lelio, tribuno, almirante y jefe de mi caballería! ¡Que Júpiter y Marte y el resto de los dioses, Lelio, te preserven junto a mí por mucho tiempo!

Cayo Lelio apretó los labios y asintió una sola vez sin dejar de mirar el cadáver de Hanón. Eran palabras hermosas las que le dedicaba Publio, palabras que hacía tiempo que no escuchaba y que ya ni siquiera esperaba, palabras que le devolvieron de nuevo un poco de alegría por vivir, por estar allí y por conseguir una victoria. Palabras, en suma, que lo alejaron de su agobiante y perturbador sentimiento de culpa y decepción por el episodio de la traición de su esclava Netikerty. Volvía a ser útil para Publio. Alejado de esclavas y vino, volvía a tener valor para Publio. Si no hubiera estado rodeado de tantos legionarios habría llorado allí mismo. Publio se percató de la emoción que embargaba a Lelio y, hábil, entabló rápidamente conversación con sus oficiales con relación a las nuevas acciones que debían ejecutarse sin falta. Empezó dirigiéndose a Masinisa.

—Bien, joven rey de los maessyli, me has pedido una nueva misión y la tendrás ahora mismo. Estamos en guerra y en territorio enemigo y eso no deja mucho tiempo para la celebración o el descanso. Varios centenares de jinetes númidas, masaessyli sin duda, hombres de Sífax, y algunos caballeros cartagineses han escapado a la emboscada. Tu misión será dirigir la persecución de los restos de la caballería enemiga hasta matarlos a todos o hasta hacer que se desperdiguen por los confines de la frontera entre los dominios de Cartago y Numidia. Te llevarás a tus hombres y la caballería de mis voluntarios y parte de las *turmae* de la VI legión. Te pongo al mando porque has mostrado tu valía, porque conoces el terreno mejor que nadie y porque confío en tu lealtad. Al cabo de siete días deberás presentarte junto con la caballería que te adjudico de nuevo al pie de las murallas de Útica.

Masinisa no preguntó ni se quedó a escuchar qué otras órdenes recibía el resto de los oficiales. Saludó al cónsul y partió raudo con sus cuatro jinetes. El procónsul estaba contento y tenía una misión que cumplir. Había entrado de pleno en el servicio del ejército de Roma. Ya no cabía marcha atrás alguna. El camino hacia su victoria, hacia el inicio de su reinado en Numidia, pasaba por conseguir la victoria de los romanos. A cambio del riesgo que suponía ligar su futuro al de Escipión, el romano le prometía no ya recuperar su antiguo territorio, sino ser rey de toda Numidia. Su destino y el de aquel procónsul, para bien o para mal, estaban unidos para siempre por la sangre cartaginesa derramada en aquel valle y que fluía humillada por los barrancos en busca del mar.

Publio y Cayo Lelio se quedaron mirando al joven rey de los maessyli mientras éste se alejaba veloz para reunir a sus hombres y a los jinetes de la VI legión. Lelio fue el primero en hablar.

—Por Hércules que ese númida ha luchado con valor. Al final resultará ser un valioso aliado. Lástima que disponga de tan pocos hombres.

—Lástima, sí —corroboró Publio—, pero su conocimiento del terreno es ya en sí mismo un arma y deberemos utilizarla siempre que nos sea útil, como ahora.

Lelio asintió. Estaba cansado. Había matado a seis o siete cartagineses aquella mañana. Tenía sangre en la coraza, en los antebrazos y en la espada envainada que goteaba salpicando sus sandalias enrojecidas de pisar cadáveres. Publio presentaba una estampa similar, sólo que llevaba las manos limpias, pulcras, después de que unos esclavos le trajeran una bacinilla con agua con la que lavarse. El cónsul se limitó a hundir sus manos en el agua fresca. No quería perder más tiempo en su higiene personal. Había asuntos más importantes que debatir.

Lelio miraba alrededor. Las pilas de cadáveres cartagineses eran cada vez mayores, así como las de espadas, lanzas y otras armas arrebatadas a los muertos que los legionarios acumulaban en un gran montículo en el centro del valle.

—Esto ha sido una gran victoria —dijo el tribuno.

—Sí, los dioses han estado con nosotros —respondió Publio—. Es una pena que se olviden de ayudarnos en las murallas de Útica. —Y suspiró antes de continuar—. No tiene sentido que seamos capaces de masacrar un ejército entero de caballería enemiga y que nuestra presencia en África se quede en una larga serie de ataques fracasados en el asedio de Útica. —Publio había empezado hablando a Lelio, pero luego su mirada se perdió entre la multitud de pilas de cadáveres enemigos que se levantaban por todo el valle. Lelio comprendió que más que hablarle a él, Publio estaba pensando en voz alta—. Hemos perdido dos centenares de legionarios en Útica —continuaba el procónsul—, dos centenares y no tengo con quién reemplazarlos; los cartagineses sustituirán a sus jinetes muertos esta mañana con otros que reclutarán en la propia Cartago o que harán traer de las naciones vecinas. Giscón se está encargando de reunir un imponente ejército con el que atacarnos y sé que Sífax acudirá en su ayuda. Juntos, Giscón y Sífax, serán casi invencibles. Invencibles. Nos triplicarán en número, lucharán en su territorio, por su territorio y, lo peor de todo: no nos temen. No nos tienen miedo.

—Esta derrota, la muerte de su general Hanón, les dará algo en qué pensar —replicó Lelio con tiento, pues sabía que interrumpía los pensamientos de su amigo, de su general, de su procónsul.

Publio volvió a mirarle a la cara.

—Eso es cierto. Ahora tienen algo en lo que pensar, pero no es suficiente. —Y calló en seco. Lelio sabía interpretar esos súbitos silencios. Publio había tomado una determinación—. ¿Sabes lo que haremos? —preguntó el procónsul.

Lelio negó, despacio, con la cabeza.

Publio mantuvo la mirada fija en él un segundo antes de decir nada.

—Vamos a arrasar la región —dijo Publio con una frialdad que helaba la respiración de los propios *lictores*—. Todo, Lelio, lo vamos a arrasar todo. Todo lo que se levante entre Saleca y Útica. No ha de quedar nada. Saqueo y destrucción. No nos tienen miedo. Se atreven a perseguir a nuestros aliados con avanzadillas de caballería sin reunir sus fuerzas. Nos menosprecian. Eso va a cambiar, Lelio. Todo. Lo quiero todo arrasado. Cogerás a la V legión; no, mejor a la VI. Llevan el ansia de saquear, matar y destruir en la sangre. Estuvieron años haciéndolo en Sicilia. Ahora podrán hacerlo nuevamente, pero bajo tus órdenes, con disciplina, ciudad a ciudad, pueblo a pueblo, cada granja, cada cobertizo, cada campo de labor. Todo. —Publio posó su mano derecha sobre el hombro de Lelio mientras le hablaba, como había hecho en la tienda del tribuno cuando le visitó tras su caída de la torre de asedio en el mar—. Quiero que reúnas el mayor botín posible: necesitamos grano y ganado, aceite, todos los víveres que se puedan reunir, para nosotros y para enviar a Roma. Y coge todo el oro, plata y piedras preciosas que guarden en Saleca, sus puertas están incendiadas y no tienen defensores. Cógelo todo y al que se oponga que lo maten, no, mejor, que lo torturen y que luego lo maten. Crucifica a todos los que se levanten contra la VI legión. Nos llaman las «legiones malditas». Y se ríen de nosotros. Llevan razón en una cosa, Lelio: tengo el mando de unas legiones malditas, pero vamos a cambiar el motivo de ese sobrenombre. Los cartagineses han de saber que estas legiones no son malditas ya por su destierro del pasado, sino por su crueldad, por su efectividad en la lucha, por el dolor y la muerte y el sufrimiento que extienden a su paso. Quiero que hagas que los senadores de Cartago se reúnan en unos días y, al saber de tu ataque, tiemblen y nos tengan miedo. Si quieren venir contra nosotros que reúnan todas sus fuerzas. Veremos entonces quién es el más fuerte. ¿Podrás hacerlo, Lelio? ¿Crees que podrás hacerlo?

—Por Hércules, cuenta con ello, mi general —respondió Lelio encendido por las palabras de Publio y por la confianza que el general depositaba en él. El cónsul apretó sus dedos contra el hombro de su tribuno.

—Al final siempre he de contar contigo —dijo Publio, y sonrió.

Lelio asintió intentando ocultar cierta emoción.

—Ahora bebamos un trago antes de que te marches —añadió Publio.

Los mismos esclavos que habían traído la bacinilla con agua limpia, sacaron rápidamente unas copas y un ánfora de vino de la improvisada tienda del *praetorium*, y allí, bajo las insignias de las «legiones malditas», Cayo Lelio y Publio Cornelio Escipión bebieron en un silencio especial que sólo ellos podían interpretar, un silencio bajo el que ambos, sin decirlo, recordaron la primera vez que en el norte de Italia, junto a una hoguera, próximos al río Trebia, la noche antes de combatir contra los ejércitos de Aníbal, brindaron por su amistad eterna. De eso hacía ya catorce años. Y año a año habían compartido batallas y penurias, luchas en el Senado, intrigas en Roma, espías en los campamentos, la sorpresa de la traición, la injusticia de una rebelión y la impotencia ante la enfermedad.

Cuando al cabo de unos minutos, Lelio partió para cumplir con su misión, Publio se quedó con cierto sabor amargo: acababa de ordenar la muerte y destrucción de decenas de pequeños pueblos, de campesinos, de tierras de labranza, el pillaje del ganado y el saqueo de las riquezas de toda la región. Sacudió la cabeza y escupió en el suelo. Aníbal llevaba catorce años usando aquella estrategia en Italia. Ya era hora de que los cartagineses sintieran en su propia piel el áspero látigo de la guerra. Ahora él debía regresar a Útica.

Tenía una ciudad que conquistar. Necesitaba el control de esa población y sus murallas, pues esos mismos muros que ahora le impedían terminar con éxito su asedio debían ser los muros que les protegieran del ataque de Giscón y Sífax. Sin la caída de Útica, el paso de las «legiones malditas» por África sería un nuevo fracaso romano que añadir al desastre de Régulo y sus hombres. Publio recordó entonces las palabras del poeta Nevio, el mismo por el que Plauto había intercedido en Siracusa y que ahora debía de pudrirse en las cárceles de Roma por criticar a los Metelos en especial y a los patricios en general, el mismo al que había prometido ayudar si regresaba vivo de África. Eran las palabras en las que Nevio hacía referencia a la épica muerte de Régulo y sus legiones: *seseque ei perire mauolunt ibidem quam cum stupro redire ad suos populares...* [Prefieren morir en su puesto antes que regresar cubiertos de deshonra ante sus conciudadanos].* Si no querían ser sólo el recuerdo de poetas caídos en desgracia, Útica debía ser conquistada.

* Traducción de Manuel Segura Moreno en su edición sobre *Épica y tragedia arcaicas latinas*.

74

El ejército de Cartago

Útica, norte de África, otoño del 204 a.C.

Cayo Valerio plantó su escudo en el suelo y miró atrás. Los manípulos de la V legión le seguían con disciplina. Miró a su derecha, asomando su cabeza protegida por el casco un centímetro por encima del escudo, y observó cómo los legionarios de la VI, al mando de Quinto Terebelio, habían ascendido también por el otro terraplén. Miró entonces al frente. A cien pasos estaban las murallas de Útica. Al haber levantado aquellas colinas de tierra, el final de su camino terminaba reduciendo la altura de los muros a tan sólo un par de metros. No se veía ningún movimiento especial de los defensores. Les recibirían con flechas y lanzas. Una gran lluvia de las mismas. Los escudos deberían resistir. Luego el asalto.

Cayo Valerio, *primus pilus* de la V legión, blandió su espada en alto. Sabía que todos le observaban. No iba a ser original. No era momento de palabras brillantes, sino de luchar.

—¡Al ataque! ¡Al ataque! ¡Al ataque, por el procónsul, por Roma, por los dioses!

Los trescientos soldados que le seguían ascendieron el pequeño espacio que les quedaba antes de alcanzar las murallas a la carrera. Al llegar al muro se detuvieron y pusieron sus escudos en alto para protegerse. Los dardos y las jabalinas no tardaron en llegar. Chocaban contra sus escudos como rocas afiladas. Alguna lanza de especial envergadura conseguía traspasar un escudo más endeble de piel seca reforzada apenas con algo de metal y atravesaba el pecho o el brazo de un legionario. Gritos de dolor. Al minuto sólo silencio. La andanada de armas arrojadizas había terminado. Era el momento. Cayo Valerio volvió a hacer resonar su voz a los pies de las murallas de Útica.

—¡Ahora! ¡A por los muros! ¡Ahora, por Júpiter!

Y decenas de legionarios se lanzaron a escalar las murallas, ayudándose los unos en los otros, pero los que ascendían eran embestidos por jabalinas que los defensores usaban a modo de picas con las que los ensartaban. Los romanos sustituían a los que caían con nuevos legionarios, pero nuevas andanadas de flechas y lanzas caían del cielo y, de pronto, desde un ángulo de la muralla, emergió un enorme caldero que los ciudadanos de Útica volcaron haciendo que su espeso líquido llameante resbalara por las hasta entonces frías piedras del muro que, tras el paso de aquella sustancia, quedaban ennegrecidas y humeantes. La pez ardiendo alcanzaba los pies semidescubiertos de las *caligae* de los legionarios y éstos, abrasados y torturados por el insoportable dolor de sus extremedidades en llamas, se arrojaban desde lo alto del terraplén, rodando, sin protegerse ya con sus escudos que habían soltado en su huida para perecer pasto de las flechas y las jabalinas que llovían incesantemente sobre ellos como una tormenta de locura sin fin.

A Cayo Valerio le temblaba la barbilla. Tenía órdenes de intentarlo hasta lo razonable y de ordenar la retirada si la defensa era demasiado poderosa. Cuando recibió esa orden la consideró absurda, pues pensaba que sus hombres de la V estaban lo suficientemente motivados como para exhibirse ante el procónsul, pero ahora, al ver a decenas de sus legionarios como cuerpos inertes por todo aquel campo de batalla, sus cadáveres ensaetados hasta el delirio, inspiró aire, se tragó el orgullo y aulló desde lo más profundo de su alma las nuevas instrucciones a sus soldados heridos, rajados, acribillados.

—¡Retirada, retirada, retirada! ¡Nos replegamos! ¡Descended! ¡Retroceded!

Y así, ensangrentado por una flecha que le había rozado la sien, con lágrimas en los ojos por la rabia y la vergüenza, Cayo Valerio, *primus pilus* de la V legión, una legión maldita, retrocedió con sus legionarios sin haber conseguido tomar las murallas de Útica. Tras él, cadáveres.

Lelio, tal y como le ordenara el propio procónsul, había conseguido tomar Saleca y multitud de poblaciones cartaginesas en toda la región y había regresado con un imponente botín en forma de oro, plata, grano, víveres de todo tipo, aceite, vino y ganado, pero pese a la caída de Saleca y esas poblaciones púnicas, la resistencia de Útica era un problema que estaba poniendo nerviosos a todos.

—Las fortificaciones de Útica son poderosas y muy resistentes. Así no conseguiremos nada —dijo Lelio a un abatido Publio y a un muy preocupado Lucio, su hermano, que también les acompañaba en aquel altozano desde el que observaban el frustrado asedio de Útica.

El procónsul de Roma se volvió hacia Lelio y admitió la dificultad de la empresa.

—Es cierto. Además, nuestros hombres no combaten con fe. Les falta confianza en sí mismos. Así no se puede conquistar una ciudad. —Y calló mientras seguía contemplando el repliegue de los hombres de Valerio.

—¿Qué hacemos?

Publio iba a responder cuando Marco Porcio Catón, que terminaba de ascender hasta la colina en la que Publio y Lelio se encontraban, se inmiscuyó en la conversación. El *quaestor,* a la vista de los pobres resultados del asedio, se sentía con ínfulas y ganas de atormentar al general.

—Parece que las murallas de Útica no son como las de Locri o las de Saleca, ¿verdad? —Catón acompañó su pérfido comentario con una mueca de su rostro que pretendía simular una torpe sonrisa. Era un gesto tan poco frecuente en su persona que su faz se contraía de un modo extraño, antinatural.

Publio ignoró sus palabras y se dirigió a su hermano Lucio.

—Hermano, ha llegado una pequeña flota de reaprovisionamiento desde Sicilia y pienso que podemos aprovechar su viaje de vuelta: Quiero que vayas a Roma en esos mismos barcos, con el botín que hemos conseguido tras nuestra victoria sobre la caballería de Hanón y con las incursiones que ha realizado Lelio en Saleca y toda su región. Es importante que Roma vea que vamos consiguiendo resultados tangibles. —Esto último lo dijo mirando al *quaestor*. Catón dejó de forzar las facciones de su rostro y se mantuvo en silencio, mientras se volvía para mirar hacia atrás. Se escuchaban cascos de caballos. ¿Un mensajero?

Un explorador de los que el cónsul había ordenado que patrullaran en torno al campamento, adentrándose hasta medio día de marcha en tierra africana, llegó, polvoriento, cansado y algo nervioso, hasta el puesto de observación del alto mando romano. El jinete desmontó y se situó frente al procónsul.

—¿Y bien, soldado? —preguntó Publio.

El legionario miró a derecha e izquierda. Dudaba.

—Puedes hablar. Estás ante mi estado mayor y ante el *quaestor* de las legiones —dijo Publio con aplomo. En realidad, le habría gustado sobremanera que aquel explorador se hubiera presentado en otro momento, cuando Catón no hubiera estado presente, pero eso ya no era posible e intentar entrevistarse con el explorador a solas no habría hecho sino despertar las sospechas de Catón. Era osado hacerle hablar ante todos, pero era digno de su *autoritas* y esos desplantes le hacían sentirse superior al *quaestor*, una sensación que el cónsul disfrutaba con deleite, aunque en aquella ocasión, su vanidad le iba a traicionar. Quizás hubiera suerte y el legionario sólo fuera a anunciar el regreso de Masinisa, que, por cierto, llevaba días de retraso, lo que había incrementado también la preocupación de Publio, pues si a la resistencia de Útica se añadiera la defección de Masinisa con las fuerzas de caballería que el procónsul le había cedido o que dicha caballería hubiera sido aniquilada por los númidas de Sífax, eso significaría una dificultad añadida, quizá la piedra de toque final, a toda aquella complicada y agotadora campaña militar.

—Los cartagineses vienen de camino, mi general. Dos ejércitos: Giscón por el este, con unos cuarenta mil hombres, y el rey Sífax por el oeste, con unos sesenta mil. Son muchísimos, mi general.

No se trataba de Masinisa. Eran peores noticias aún. Y el último comentario sobraba, pero ya estaba dicho. El propio legionario se dio cuenta al ver la indignación en la cara del procónsul, pero ya era tarde para desdecir lo dicho. El soldado miró al suelo y rogó a los dioses que lo mataran allí mismo y se lo llevaran al Hades, pero el procónsul estaba ante la presencia de todos sus oficiales incluidos la molesta e inoportuna visita del *quaestor*. Publio se contuvo.

—Está bien, legionario. Ya has informado. Ahora márchate y descansa. Pronto entraremos todos en combate... aunque soy yo quien debe decidir cuándo el enemigo son demasiados.

—Sí, mi general —dijo el explorador, y se retiró sin levantar sus ojos del suelo.

Catón, como era de imaginar, fue el primero en romper el denso e incómodo silencio que se había apoderado de todos en lo alto de aquella colina.

—Cien mil hombres contra treinta mil. Esto va a ser una gran hazaña, procónsul. —Y dio media vuelta sin esperar respuesta y empezó a alejarse colina abajo al tiempo que su cuerpo se convulsionaba de forma peculiar en lo que quizá pudiera ser una carcajada entrecortada y medio oculta, cuando de súbito se detuvo, desanduvo unos pasos y volvió a dirigirse al cónsul—. Por cierto, creo que en calidad de *quaestor* acompañaré al hermano del cónsul en su viaje a Roma. Debo hacer recuento de todo lo sustraído en los ataques a Saleca y creo que debo velar por que el botín llegue intacto a Roma. Sí, procónsul, creo que aprovecharé mi rango para ponerme a salvo. Las cosas en África las veo mal. Además, parece que has perdido a gran parte de la caballería en manos de un rey númida exiliado y rebelde. —Y volvió a dar media vuelta y, esta vez ya sí, no pudo controlar que una sonora carcajada perturbase los oídos de todos.

—Deberíamos matarlo y olvidarnos de que es un *quaestor* —dijo Lelio con la sangre hirviéndole en las entrañas y la mano en la empuñadura de su espada.

—Pero es *quaestor* —dijo Publio—. En cualquier caso, será un alivio verlo marcharse. Combatiremos mejor sin sus comentarios.

Lelio retomó el tema del mensaje del explorador, evitando referirse a la alusión de Catón sobre Masinisa, un tema sobre el que todos los tribunos de Publio mantenían un profundo silencio, sobre todo porque el general le había cedido al rey de los maessyli varios centenares de jinetes de las legiones, algo que pronto necesitarían para defenderse de los ejércitos de Giscón y Sífax y cada día que pasaba se extendía más y más el convencimiento silencioso de que Masinisa o les había traicionado o había sucumbido a una encerrona de Búcar y su caballería númida.

—Cien mil hombres... —dijo Lelio sin terminar la frase. No quería arrogarse la capacidad de concluir que ésos eran demasiados enemigos, como había hecho el explorador, pero era lo que todos pensaban.

Publio se giró hacia las murallas de Útica. Ahora era ya del todo imposible conquistar aquella ciudad antes de la llegada de los refuerzos enemigos. Los cartagineses se habían tomado su tiempo, pero ya estaban de camino. Sin mirar a nadie, el cónsul respondió a la frase inacabada de Lelio.

—Nos triplican en número, sí, pero como dice Catón, eso hará que nuestra hazaña tenga aún más mérito.

Todos los oficiales se miraron entre sí. Eran palabras valerosas las que pronunciaba el procónsul, pero las palabras por sí mismas no serían suficientes para detener a los cartagineses y a los númidas del rey Sífax. Todos, Lelio, Lucio, y el resto de los oficiales que allí se habían congregado, Digicio, Terebelio, Valerio, Silano y Mario, todos, menos Publio, miraban al suelo y sentían que aquellas legiones estaban malditas de verdad.

Publio Cornelio Escipión mantenía su mirada oteando el horizonte. Nadie sabía qué buscaba.

75

Una nueva vida

Roma, invierno del 204 a.C.

—¡Aaaaahhhh!

—Empuja, mujer, empuja.

Las voces de Secunda, la matrona romana que Pomponia, la madre de Publio, había hecho traer para ayudar a Emilia en el parto, resonaban en las sienes de la joven esposa del procónsul tanto o más que sus propios gritos. Aquél era su tercer alumbramiento pero estaba resultando, con mucho, el más doloroso. Y eso que todo se había dispuesto con tiento. Estaban en una amplia habitación, bien ventilada, con todo lo necesario para el parto preparado hacía días: aceite de oliva que no se había usado previamente para cocinar, agua caliente, aceites para el cuerpo, esponjas de mar suaves, paños de lana, vendajes, una almohada donde colocar al recién nacido, todo tipo de cosas para oler, desde barro a manzanas, limones, pepinos, melones, para ser utilizados cuando fuera preciso despertar a la parturienta si perdía el sentido, un asiento especial de matrona, que la propia Secunda había traído, pues las matronas gustaban de tener en propiedad dicho material tan necesario para su profesión, dos camas, una dura para el parto y otra blanda para después del alumbramiento, y todo ello en una habitación de tamaño medio y templada de temperatura.

—Viene al revés —dijo la mujer que la ordenaba empujar.

—¿Se puede hacer algo? —preguntó Pomponia mientras consolaba con un paño húmedo la arrugada frente de su nuera, derrotada tras varias horas de contracciones interminables.

—Puedo tirar de las piernas y si la madre empuja más quizá lo resolvamos, con la ayuda de los dioses pero... es un mal presagio, un mal presagio... y eso que lo primero que hice fue poner las plumas de buitre bajo los pies de la parturienta. Quizás haga falta más ayuda de la que pensé... como era su tercer parto, pensé que todo sería más fácil, pero algo podremos hacer...

Y la matrona se alejó de la cama y fue a un cesto donde tenía todo tipo de extraños objetos y amuletos. Regresó victoriosa con una amplia sonrisa en la boca.

—Poned esto encima de su vientre. —Y Secunda esgrimió una pata de hiena aún ensangrentada que alargó para que Pomponia la tomara y la pusiera sobre el hinchado vientre de Emilia.

Pomponia obedeció y puso la pata de aquel animal en el lugar requerido por la matrona, pero no se sentía satisfecha, y parecía ser que la matrona tampoco porque observó cómo Secunda regresaba a su cesto y extraía pequeños frascos de vidrio y mezclaba varios líquidos en un pequeño cuenco en el que luego introdujo una cuchara para revolver los fluidos con rapidez.

—Que beba esto —afirmó Secunda con rotundidad, con esa seguridad que da la experiencia y los años—. Es semen de oca con los fluidos del útero de una comadreja. Eso la salvará.

Emilia bebió, se atragantó y regurgitó parte de lo bebido. Secunda sacudió la cabeza con desdén.

—Así no avanzaremos —musitó la matrona ofendida.

Pomponia empezaba a estar cansada de los comentarios, amuletos y brebajes de aquella maldita matrona, por muy bien considerada que estuviera entre las mejores familias patricias de Roma. La madre de Publio apartó el cuenco de la matrona y lo reemplazó por otro que ella tenía preparado con leche de cerda mezclada con miel y vino. Emilia bebió y pareció encontrar algo de sosiego en la sustitución. Lo que parecía un diminuto pie emergió por la vagina de la exhausta Emilia.

—¡Tira del niño, por Júpiter! —replicó Pomponia con furia—. ¡Y déjate de presagios y amuletos! ¡Tira ahora! —Y continuó bajando la voz, con ternura, mirando a Emilia—. Y tú, pequeña, empuja con fuerza. Empuja. ¡Empuja!

—¡Aaaahhh!

En un último esfuerzo desesperado Emilia empujó con todas sus fuerzas, la matrona tiró del bebé y, milagrosamente, en pocos segundos, el llanto de una criatura lo inundó todo. Emilia escuchó los primeros sollozos, sonrió y perdió el sentido. Secunda tomó el bebé y lo miraba con cara de disgusto. No era varón. Una esclava acercó un trozo de vidrio roto y sucio con el que Secunda pretendía cortar el cordón umbilical, cuando Lucio Emilio, el hermano de Emilia, acompañado por Icetas, el pedagogo griego de los niños, entraron.

—¿Qué ocurre, por los dioses, por qué tardáis tanto y por qué esos gritos? —exclamó Lucio, pero al ver a su hermana envuelta en un mar de sangre, rodeada de todo tipo de restos de animales muertos, se detuvo sin saber qué hacer o qué decir. Él nunca había visto un parto y no sabía lo que era normal o extraño. Ante su indecisión, Icetas avanzó y empezó a retirar las plumas de buitre, la pata de hiena y otros trozos de animales que arrojaba a una esquina de la habitación mientras pedía paños limpios y un cuchillo afilado y lavado. Secunda sostenía a la criatura, que no dejaba de llorar, pero Icetas le ordenó que no usara aquel vidrio sucio para cortar el cordón umbilical. En su lugar, en cuanto llegó el cuchillo limpio, lo examinó, empapó uno de los paños con agua clara, lo pasó varias veces por el filo y luego, con rapidez, cortó el cordón umbilical. Con sus manos, presionó el segmento final del cordón hasta extraer toda su sangre, extrajo un hilo de uno de los paños de lana y ató el cordón dejándolo caer encima del ombligo de la pequeña criatura.

—¡Que limpien todo esto y que den leche y agua a la madre y que la dejen descansar, por todos los dioses, y que retiren todos esos animales muertos!

La irrupción de Icetas había sido del todo inusual y contra todo lo acostumbrado, pero el tutor griego se había ganado la confianza de Pomponia y Lucio Emilio con su amable a la vez que exigente trato con los pequeños Cornelia y Publio y nadie, en medio de los sollozos de dolor de Emilia, se atrevió a discutir sus instrucciones.

—Es una niña —dijo sin demasiada ilusión una humillada Secunda buscando así recuperar algo de la atención que todos le estaban negando pese a lo que ella entendía que habían sido unos excelentes servicios prestados por su persona en aquella difícil situación—. Es una niña —repitió. Roma necesita soldados, no niñas.

Pomponia no la escuchaba, aunque había registrado que era una nieta lo que acababa de nacer. Estaba más preocupada por el estado de Emilia. Además, había mucha sangre.

Lucio Emilio Paulo se retiró de la habitación junto a Icetas una vez que ambos comprobaron que Pomponia se hacía con la dirección de lo que ocurría allí dentro.

Lucio había estado horas esperando. Ya había oído a su hermana gritar de dolor en otros partos, pero no de aquella forma. Ante la ausencia del padre, Publio, y del hermano del mismo, Lucio, ambos en África, le correspondía a él como tío materno recibir a la nueva criatura y aceptarla o no en el seno de la familia de los Escipiones y los Emilio-Paulos, pero aquellos desgarradores aullidos le habían aturdido y se sentía ofuscado. Pensó en beber algo, pero todos los esclavos estaban absorbidos por el parto, corriendo de un lado a otro, trayendo más agua fría, caliente, paños... Lucio respiraba algo más tranquilo tras la intervención final de Icetas en el desenlace del parto, pero no dejaba de sentirse inquieto.

Pomponia emergió al fin en el atrio con la pequeña recién nacida envuelta en un manto blanco y la depositó en el suelo a sus pies. Él la miró con tiento. Se la veía sana y a decir por la potencia de su llanto, fuerte.

—Es una niña —insistió una implacable Secunda que se incorporó al atrio tras Pomponia—. Y ha venido del revés. Es un mal presagio para esta familia, yo...

Pomponia se giró hacia la mujer y le lanzó una mirada fulminante y ésta calló y se quedó mirando al suelo sin añadir ya nada más. Lucio Emilio Paulo se arrodilló ante la niña que, de forma desconsolada, continuaba llorando sin parar. El joven tribuno acarició la sien de la pequeña y ésta pareció remitir en su congoja. Lucio la tomó entonces en sus brazos y la levantó en alto.

—Esta niña es de la *gens* Cornelia y de la familia de los Escipiones y los Emilio-Paulos. No importa cómo haya venido al mundo. Es una de los nuestros y hará fuerte a nuestra familia. Como hija de Publio Cornelio Escipión y de acuerdo con nuestra costumbre, al ser una niña se la conocerá también, como su hermana, por el nombre de su *gens* y todos la llamarán Cornelia, siendo, a partir de ahora, Cornelia la mayor, su hermana, y ella, la recién nacida, Cornelia la menor.

Pomponia asintió satisfecha mirando a Lucio. La matrona romana a sus espaldas, sin levantar su mirada del suelo, sacudía la cabeza una y otra vez. Aceptar a aquella niña traería mala suerte.

—¿Y mi hermana? —preguntó Lucio devolviendo la criatura a manos de su abuela.

—Perdió el conocimiento por los esfuerzos del parto, pero se ha recuperado. Ha perdido mucha sangre. Estará débil unos días, pero tu hermana es fuerte como las rocas. Ahora debo llevarle a su nueva hija. Verla la animará.

Lucio confirmó su consentimiento con un cabeceo y volvió a preguntar.

—¿Cuándo podré hablar con ella?

—Mañana, por la tarde, mañana —dijo Pomponia.

Lucio iba a aceptar las instrucciones, pero el amor por su hermana y su preocupación eran demasiado poderosos.

—No, prefiero verla ahora.

Pomponia no estaba acostumbrada a que la contradijeran y un leve ceño se dibujó en su frente. Se volvió lentamente hacia Lucio Emilio.

—Por favor... —añadió Lucio.

La niña había dejado de llorar. Aquello apaciguó a su vez el ánimo de su abuela.

—Pasa entonces. —Y se hizo a un lado abrazando con mimo a la recién nacida para que Lucio pudiera pasar. El joven entró en la habitación de su hermana y la encontró aturdida, pero consciente, envuelta en una montaña de paños blancos ensangrentados que dos esclavas se afanaban en ir reemplazando por otros limpios. Lucio se sentó en un taburete junto a Emilia, en el mismo sitio que durante el parto había ocupado Pomponia.

—¿Estás bien?

—Sí... cansada... no... agitada, pero sí, bien. Sólo necesito dormir. ¿La niña está bien?

—Está bien. Es guapa, como su madre.

Emilia sonrió. El único que además de su marido se atrevía a lanzarle un cumplido era su hermano.

—¿Se sabe algo de África? —preguntó Emilia.

Su hermano dudó antes de responder. Era malo mintiendo y su hermana siempre sabía cuándo lo hacía. Desde niños. Dijo la verdad.

—Se sabe poco. Sabemos que ha desembarcado, con las legiones V y VI y sus voluntarios itálicos y sus veteranos de las campañas de Hispania. Sabemos que ni las tormentas ni los cartagineses se opusieron a su travesía. Los dioses le amparan, como siempre. Se sabe también que está asediando la ciudad de Útica.

Emilia sonrió. Era enternecedora la forma en que Lucio intentaba sosegarla.

—Pero desde el desembarco... ¿no se sabe nada más?

—No —admitió Lucio Emilio—. Sólo lo de Útica.

—¿Y eso es bueno? ¿Tan pocas noticias?

Lucio volvió a pensar su respuesta.

—Es pronto aún para tener más noticias, y las rutas no son seguras. Hay que esperar.

Emilia iba a replicar, pero una fulminante sensación de extenuación se apoderó de su cuerpo.

—Debemos dejarla descansar —dijo Pomponia, en pie, tras Lucio.

—Sí —concedió el tribuno, y dejó a las tres mujeres, de tres generaciones distintas, que se acompañaran y se protegieran mutuamente. En el atrio, Lucio vio salir a la mujer que había ayudado en el parto. Secunda dejaba la casa cabizbaja, sin alegría, y Lucio Emilio recordó sus palabras: «Es un mal presagio.» Lo cierto es que Publio debería haber enviado ya mensajeros. ¿Qué estaba pasando en África?

LIBRO VII

LA GUERRA DE ÁFRICA

203 a.C.

Victa pugnaci iura sub ense iacent.

OVIDIO, *Tristia*, 5, 7, 48

[Las leyes yacen vencidas bajo la espada guerrera.]

[*Castra Cornelia...*] *Id autem est igum directum eminems in mare, utraque ex parte praeruptum atque asperum, sed tamen paulo leniore fastigio ab ea parte, quae ad Uticam vergit. Abest directo itinere ab Utica paulo amplius passuum milibus III. Sed hoc itinere est fons quo mare succedit longius, lateque is locus restagnat; quem si qui vitare voluerit, sex milium circuito in oppidum pervenit.*

JULIO CÉSAR, *Bellum Civile*, II, 24, 3-4

[(Castra Cornelia...) Es, en efecto, un peñón cortado que se cierne sobre el mar, abrupto y escarpado por ambos lados, si bien con pendiente algo más suave por la parte que mira a Útica. Dista en línea recta de Útica poco más de tres millas. Pero en este trayecto se encuentra un fontanal, donde el mar penetra un tanto, y queda este paraje empantanado en bastante extensión.]*

* Palabras de Julio César describiendo el lugar donde Publio Cornelio Escipión se refugió en su campaña de África, al visitarlo intrigado por saber por qué lo eligió el antiguo procónsul Publio Cornelio Escipión cuando le rodeaban dos ejércitos enemigos que le triplicaban en número, recogido en *Bellum Civile*, II, 24, 3-4. Traducción de Javier Cabrero.

76

Castra Cornelia

Costa norte de África, primavera del 203 a.C.

Publio era un hombre valiente, pero no un loco. Rodeado por las fuerzas de Giscón y Sífax decidió abandonar el asedio de Útica y buscar refugio para sus tropas en un lugar donde poder fortificarse adecuadamente para pasar el invierno resistiendo si ello era necesario un asedio del enemigo. De esa forma, reunida información por todos los exploradores romanos que el cónsul había distribuido por la región, hizo que las legiones V y VI de Roma marcharan hasta una pequeña península muy próxima a la propia ciudad de Útica, con la ventaja de ser un promontorio elevado, lo que lo protegía de ataques por mar, aunque en un lado quedaba algo más bajo el terreno, dando lugar a una pequeña bahía natural donde ordenó fondear la flota. Luego fortificó el istmo con varias empalizadas y dispuso las tropas por las mismas a la espera de un ataque inminente por parte del enemigo. Confiaba en que al ser rechazados eso enfriaría un poco los enardecidos ánimos de cartagineses y númidas y así, ganado algo de tiempo, poder concebir un plan para poder salir de allí con vida. De pronto, la victoria, derrotar a Cartago, hacer que Aníbal regresara de Italia, todo eso, pensó Publio con amargura, todas esas maravillosas ideas, no parecían sino un sueño inalcanzable. Ahora debían luchar por sobrevivir. Y también debía ganar tiempo con relación al Senado de Roma. Si Máximo averiguaba que la situación era desesperada, seguramente haría que los senadores aprobaran la retirada de las legiones y su regreso a Sicilia. Quizás eso fuera hasta sensato, pero el orgullo de Publio se negaba a admitir esa opción. Debía hacer algo, pues Catón o bien habría llegado a Roma, o bien habría remitido ya mensajes a Máximo con correos urgentes. Publio llamó a Lelio al *praetorium*.

—Netikerty sigue contigo, ¿no es así?

Lelio, aunque con cierta desgana, asintió.

—Bien. Pues es hora de que nos vuelva a ser útil. Tráemela.

Pasaron unos minutos, pero al poco, Lelio regresaba a la tienda del general en jefe con la joven esclava. La muchacha avanzó un par de pasos por delante de Lelio y se arrodilló a los pies del procónsul.

—¿Han vuelto a comunicar contigo, alguien, algún agente de Máximo?

La joven egipcia asintió un par de veces sin dejar de mirar al suelo.

—¿Dónde, cómo?

Netikerty habló sin levantar el rostro.

—Cuando salgo con los otros esclavos del tribuno Lelio a buscar suministros en el *quaestorium*, a veces se me acerca un hombre y me dice: «¿Sabes algo de la guerra?» Es la contraseña que me indica que es un hombre de Máximo. Nunca es el mismo y se guardan de que les vea bien, normalmente van con el casco puesto, mi general.

—Sea —aceptó Publio—. Pues acudirás al *quaestorium* con frecuencia estos días y cuando te interpelen deberás decir que la posición y la moral de las tropas es alta, que el general es muy respetado y que ninguno de los oficiales del cónsul duda del éxito de la misión, que los hombres están animados por las victorias de Saleca y contra la caballería de Hanón. Y dirás que el general y el tribuno Lelio se muestran muy esperanzados en la victoria final. Todo eso deberás decir. Y también que esperamos refuerzos... —Aquí Publio se detuvo un instante, pero al fin se lanzó—. Sí, que esperamos gran cantidad de refuerzos de Masinisa. Eso debes decir. Y que Sífax duda en atacarnos y que, seguramente, terminará siendo neutral. Eso también. Eso es todo. ¿Lo has entendido?

—Sí, mi general.

—Bien, pues ya puedes marcharte.

La joven salió por la tienda y tras ella Lelio, que un instante antes se giró hacia el procónsul; pero, al ver a Publio mirando al suelo, apretando los labios y concentrado, pensó mejor en no decir nada.

Pasados unos días, Lelio concluyó que, de alguna forma, Publio se comunicaba con los dioses, pues dos amaneceres después de que el procónsul dictara aquel mensaje a Netikerty, Masinisa apareció frente a las puertas de las nuevas fortificaciones de aquel campamento que todos daban en llamar Castra Cornelia, en honor a la *gens* del general que les comandaba. Y no sólo eso, sino que el rey de los maessyli había regresado de su incursión no sólo con los jinetes romanos que le había cedido el cónsul, sino con varios miles de guerreros de su pueblo. La voz había corrido por el noreste de Numidia: Masinisa había regresado, estaba vivo y estaba acompañado por los romanos. Eso hizo que por todo el nordeste de Numidia, centenares de maessyli se unieran a las filas del rey rebelde para recuperar la libertad y zafarse del yugo de Sífax.

—Te dije que volvería y sé que me he retrasado —se explicaba Masinisa ante Publio Cornelio Escipión en el *praetorium,* rodeados por las atentas miradas de Lelio, Silano, Marcio, Mario, Cayo Valerio, Terebelio y Digicio—, pero ha sido por una buena causa: he conseguido reunir varios miles de guerreros maessyli para servirte mejor.

Publio se levantó y avanzó hacia Masinisa; éste no sabía bien qué hacer, pero las palabras del procónsul, poniendo su mano sobre su hombro, le tranquilizaron.

—Has llegado tarde, pero me has traído todo un ejército de caballería. Masinisa, rey de los maessyli, doy mis órdenes por cumplidas y aprecio el valor de tu lealtad. Me has servido bien y me servirás aún mejor. Lo presiento. Y no dudes que sabré recompensarte más allá de lo que puedas imaginar.

Masinisa dudó, pero no lo pudo evitar.

—Puedo imaginar mucho.

Publio sonrió.

—Eso está bien. Un rey con ambición. No te preocupes, joven rey. Yo soy capaz de imaginar aún mucho más. Créeme.

Y con aquellas enigmáticas palabras, despidió al rey de los maessyli, que se retiró algo confundido, pensando con intensidad, pero satisfecho de que el procónsul se sintiera bien dispuesto hacia él. Sentía que la recuperación del nordeste de Numidia podía estar más cerca, aunque la enormidad del ejército de Sífax y Giscón reunidos a escasa distancia de las fortificaciones romanas le tenían confuso.

Tras aquel feliz regreso, que animó un poco a las acorraladas legiones de Escipión, Lelio vio cómo otra parte del mensaje que el procónsul dictó a Netikerty parecía cumplirse: el rey Sífax, en lugar de atacar, envió emisarios para parlamentar. Sífax se erigía como mediador entre los cartagineses y los romanos y ofrecía al procónsul de Roma una tregua para poder parlamentar y así pactar una salida negociada a aquel conflicto. Una negociación que, sin duda, Sífax dirigiría a favor de los intereses de Cartago dada su tremenda posición de fuerza. Lelio, como el resto de los oficiales, observó que Publio hacía lo que debía hacer dadas las circunstancias: aceptó negociar. Los legionarios de la V y la VI compartieron aquella decisión con una mezcla extraña de sensaciones: por un lado, veían su recién recuperado orgullo herido, pero, por otro lado, comprendían que existía la posibilidad real de que se pactara una retirada y salvar así la vida, aunque como eso sólo conllevaría el regreso al destierro de Sicilia, nadie tenía claro que no luchar fuera el camino. Pero les triplicaban en número. Eran tres enemigos contra uno. No se podía hacer nada. A no ser que al general se le ocurriera algo, pero todos, aunque tenían esa pequeña llama de esperanza en sus almas, entendían que nada podía hacerse, ni siquiera alguien como el procónsul podría conseguir algo más allá de una humillante retirada pactada.

El invierno era frío y el viento arreciaba en lo alto de aquella pequeña península. La humedad del mar trepaba por las rocas de los acantilados y los barcos debían ser asegurados con cadenas y gruesas amarras. El viento helado se colaba por todas las rendijas de las tiendas y la comida, aunque aún abundante, se racionó. Entretanto, los emisarios de Sífax visitaban el campamento romano y establecían las condiciones para la paz y, a su vez, Publio enviaba mensajeros, encabezados por Mario y Cayo Valerio, para dar respuesta a las propuestas del rey de Numidia con la posibilidad de un acuerdo modificando Publio y sus tribunos algunas de las cláusulas iniciales de la propuesta de Sífax.

Sífax se había comprometido a permitir a los romanos embarcar en sus barcos y retirarse sin ser molestados; a cambio, exigía que se le entregara a Masinisa y su caballería. Publio contrapropuso que antes el rey de Numidia debía firmar un pacto de no agresión con Roma y comprometerse a no ayudar a Cartago en su guerra fuera de África. Sífax no cedió e insistió en ofertar, por última vez, la retirada de las tropas romanas, a cambio de que el procónsul abandonara a su suerte a los cuatro mil jinetes de los maessyli, que, tras la partida de las legiones V y VI, quedarían rodeados por los cien mil guerreros de Sífax y Giscón. Los últimos emisarios insistieron en que con ello Sífax se mostraba generoso e imparcial, pues su propia esposa Sofonisba, hija de Giscón, así como su suegro, no dejaban de insistirle en que debía atacar sin dilación y que, si no lo hacía, era por responder con elegancia al valor que el procónsul mostró en el pasado al acudir a Siga y que, además, ya había advertido en varias ocasiones al propio cónsul, cuando estaba en Siracusa, de que no debía desembarcar en África.

Publio, sentado en su butaca, reflexiona en silencio. En torno a sí están congregados todos sus tribunos y centuriones de confianza. Cayo Lelio mira al suelo, Marcio y Silano aprietan los dientes, Mario se pasa una mano por la parte posterior de la cabeza, Terebelio y Digicio fruncen el ceño, Cayo Valerio, al igual que los doce *lictores* que velan por la seguridad del procónsul, mira atento a Masinisa y este último, con la boca abierta, no puede creer que el cónsul esté considerando seriamente partir y abandonarlos a su suerte, una muerte segura después de haberse rebelado una vez más contra Sífax. Los emisarios del rey de Numidia, por su parte, parecen inquietos, miran al procónsul y luego a Masinisa. Tienen prisa, pero no se atreven a hablar.

Publio Cornelio Escipión levanta la mano derecha y con el gesto consigue la atención inmediata de cuantos están en la tienda.

—Podéis decir al rey Sífax... —empieza el procónsul, y aquí se detiene un segundo para mirar fijamente a los ojos de Masinisa—; podéis decirle que acepto sus condiciones y que en cuanto pasen unos días, a lo sumo unas semanas, en cuanto tengamos un día de buen tiempo, para que podamos organizarlo todo convenientemente y podamos tener una navegación segura, partiremos de regreso a Sicilia.

La mayoría de los tribunos y centuriones niega con la cabeza pero sin osar contradecir con sus palabras la decisión del cónsul. Cayo Lelio mira a Publio con la frente arrugada, inquisitiva. Masinisa vocifera.

—¡Eres un traidor! ¡Publio Cornelio Escipión traiciona a aquellos que mejor le han servido! ¡He luchado para ti, he matado para ti y he traído todo un cuerpo de caballería para ti y ahora tú me abandonas frente al peor de mis enemigos! ¡Eres un miserable, un miserable! —Y se lleva la mano a la espada, pero antes de que el puño del exiliado rey de los maessyli llegue a la empuñadura, la firme mano de Cayo Valerio le detiene. En un segundo, Masinisa es rodeado y reducido por los *lictores*, Publio se levanta de su butaca y grita con potencia.

—¡Cállate, rey de los maessyli! ¡Cállate! ¡Nadie grita en mi *praetorium* excepto yo mismo y, por todos los dioses, que nadie me llama traidor sin pagar por ello!

Masinisa, desarmado, asido por brazos y piernas, deja de gritar, pero sólo la furia y el odio fluyen por sus venas, mientras respira con vehemencia.

Los emisarios de Sífax miran al joven rey rebelde y sonríen como hienas que babean deleitándose en la que saben será su próxima presa herida ya de muerte. El más veterano responde a Publio con brevedad.

—El procónsul de Roma ha elegido sabiamente. Informaré a mi rey y a los cartagineses de esta decisión.

Publio levanta un brazo y los oficiales abren un pasillo para que los emisarios abandonen el *praetorium*.

Nada más salir los emisarios de Sífax, Publio se aproxima al inmovilizado Masinisa.

—¡Soltadle! —Valerio y los *lictores* aflojan, pero permanecen atentos a cualquier movimiento del regio maessyli. Publio se dirige a él con voz serena y segura—. Y ahora, haz el favor de escuchar con atención y en silencio y no se te ocurra volver a insultarme hasta que termine de exponer cuál va a ser nuestra forma de actuar. ¿Está claro?

Masinisa permanece en el silencio forzado de quien se contiene para no empezar a gritar sin posibilidad ya de detener el flujo de su furia.

—Te-he-he-cho-u-na-pre-gun-ta —pronuncia el cónsul sílaba a sílaba.

—¡Sí, te he oído, te he oído...! —responde en un ladrido Masinisa escupiendo saliva sobre el rostro del procónsul. Valerio va a golpear al joven rey de los maessyli, pero Publio levanta su brazo izquierdo y el *primus pilus* de la V legión se detiene.

—Bien, eso es lo que quería oír —responde Publio Cornelio Escipión limpiándose la saliva de Masinisa con el dorso de una mano. Se vuelve entonces hacia sus oficiales y continúa hablando con la misma serenidad con la que lo hacía siempre que explicaba un plan de acción—. Vamos a atacar y vamos a hacerlo muy, muy pronto y... —se vuelve hacia Masinisa—, vamos a atacar todos juntos, pero había pensado que quizás era mejor no decir esto a los emisarios de Sífax, más que nada porque en la sorpresa reside nuestra única posibilidad de victoria. —Masinisa le mira con los ojos cada vez más abiertos, va a hablar, quiere hacer la evidente pregunta «Entonces... ¿no vas a entregarme?», pero el cónsul levanta la mano derecha para que guarde silencio y continúa explicando el plan de ataque, girando sobre sí mismo, mirando uno a uno a sus tribunos y centuriones—. Ellos son más. Entre cartagineses y númidas leales a Sífax tenemos casi cien mil hombres. Nosotros, contando los refuerzos de Masinisa, las legiones V y VI, los voluntarios de Hispania, la caballería reclutada en Sicilia y las tropas auxiliares de las legiones no llegamos a treinta y cinco mil hombres. Además, hasta ahora, ellos han llevado la iniciativa, pero si he estado negociando todo este largo tiempo no ha sido para escapar, sino para conseguir que Mario y Cayo Valerio pudieran entrar en los campamentos enemigos para transmitir nuestras respuestas. En esas misiones de negociación, les pedía a Mario y a Valerio que se fijaran en todo lo que allí vieran: en cómo están armados, en cuál es el estado de las tropas, cuál es su moral, cómo están organizados los campamentos enemigos... y bien, esto es lo que sabemos. —Publio fue a la mesa de los mapas y allí se congregaron todos, incluidos un Masinisa algo más sereno, pero aún desconfiado. Publio continuaba sus explicaciones señalando en un mapa en que había dibujado los campamentos enemigos—. Han constituido dos campamentos muy diferentes. Por un lado está Giscón con su ejército cartaginés, en un campamento algo fortificado y más o menos organizado, pero aun así atacable. Tan seguros están de su fuerza que no se han molestado en protegerse de un posible ataque. Pero lo de Sífax es aún mejor: el campamento númida está completamente desorganizado, centenares de tiendas en su mayoría levantadas con madera y hojarasca, ramas secas que prenderán como aceite hirviendo en cuanto les apliquemos una llama.

Publio terminó su exposición y, satisfecho, dejó de apoyarse sobre la mesa y miró a sus oficiales. Lelio asentía despacio. Desde que se descubriera lo de Netikerty, Lelio andaba ensimismado en cuanto a su estado de ánimo, pero estaba mucho más dispuesto a aceptar cualquier plan de Publio; el resto parecía tener más dudas. Fue Silano el primero que planteó un problema.

—Pero nos verán acercarnos. Es imposible sorprenderles.

—No, eso no es así —respondió Publio con determinación—. Sí que es posible sorprenderles y lo haremos. Les sorprenderemos porque atacaremos de noche. Esta noche.

—¿Una batalla nocturna? —repitió Valerio, confuso, incrédulo, con incertidumbre.

—Así escapó Aníbal al cerco de Fabio Máximo en Casilinum —ilustró Publio recordándoles a todos la magnífica estratagema de Aníbal en Italia cuando estaba en clara inferioridad numérica al estar acorralado por las legiones al mando del *princeps senatus*—. Atacó de noche y nosotros haremos lo mismo. —Publio veía que sus hombres aún dudaban, pero a la vez empezaban a mostrarse más y más atraídos por una idea que alejaba el fantasma de la humillante huida; continuó con el plan—. Yo, con la V legión y la caballería romana atacaré el campamento mejor organizado, el de Giscón, mientras que Lelio, con la VI legión, apoyado por la caballería de los maessyli —aquí miró a Masinisa, que asintió con lo que ahora era una boca muy cerrada—, atacarán a Sífax. No, no te voy a traicionar, sino que muy al contrario, lo que hago es brindarte en bandeja que destruyas con tus propias manos y todo nuestro apoyo a tu peor enemigo, a quien te ha arrancado tu tierra, ha matado a los tuyos y te ha condenado al destierro perpetuo y a quien quería comprarme para que te vendiera como un esclavo. Masinisa, te estoy dando la posibilidad de que emerjas en la noche y arrases el campamento de Sífax respaldado por todos mis hombres. Sífax me ha traicionado, mientras que tú me has mostrado lealtad. Si Sífax hubiera sido fiel a su pacto, me habría conformado con que al final de esta guerra hubiera cedido el noreste de Numidia para ti, pero la mayor parte de Numidia continuaría bajo su poder; eso si se hubiera mantenido neutral, pero ahora eso ya no me vale. Creo, joven Masinisa, que ya ha llegado la hora de que haya un nuevo rey de toda Numidia. —Masinisa abre aún más los ojos y arruga la frente; Publio asiente para reforzar el significado de sus palabras—. Ya te dije que yo podía imaginar aún mucho más que tú, Masinisa, rey de los maessyli y, pronto, muy pronto, rey de toda Numidia.

Tribunos y centuriones observaban a su general en jefe con una admiración sin límites. Aquel procónsul, rodeado de una fuerza que les triplicaba en número, estaba nombrando rey a quien no lo era, daba por muerto a quien lo era, planeaba una batalla nocturna y a todos les transmitía la sensación de que la realidad no era la que era, sino que la realidad era o iba a ser pronto lo que él anunciaba. En medio de aquel admirativo silencio, Cayo Valerio se atrevió a hacer una pregunta complicada.

—Pero... —el cónsul le miró y asintió para invitarle a que planteara su duda—, ¿cómo llevaremos fuego para incendiar sus campamentos en medio de la noche sin que nos vean?

Publio Cornelio Escipión pasó su lengua por debajo del labio superior con lentitud y tomó asiento en su butaca. Todos se hicieron un paso atrás. El procónsul, por primera vez en toda la tarde, habló con algo de incertidumbre.

—Sí. Eso me ha tenido ofuscado un tiempo... no podemos utilizar lentes para ayudarnos del sol porque será de noche y pensé en ir sin fuego y prender antorchas cuando estemos cerca de los campamentos, pero al empezar a distribuirlas nos verían y necesitamos muchas llamas para encender no sólo antorchas, sino lanzas y flechas. No... no... hay que llevar fuego, muchas llamas y que no nos vean al acercarnos... eso, es cierto, me ha tenido unas semanas alargando las negociaciones... pero ya se me ha ocurrido algo... algo que teníamos a nuestro alcance todo el tiempo y que ya hemos usado... pero hasta ayer mismo no lo pensé... pero eso valdrá. Tendrá que valer...

77

Las dudas de Máximo

Roma, primavera del 203 a.C.

Quinto Fabio Máximo, sentado en el amplio atrio de su gran villa a las afueras de Roma, sostenía dos tablillas diferentes, una en cada mano. En la izquierda, tenía la carta que Marco Porcio Catón le había remitido por correo militar desde Sicilia, para que llegara antes que él, pues debía permanecer unas semanas en Sicilia en razón de su cargo de *quaestor* de las legiones V y VI cuya base era aquella isla. En su carta, Catón era rotundo: la situación de Escipión y sus legiones era desesperada, acorralados en las proximidades de Útica y rodeados por fuerzas enemigas que los triplicaban en número, abandonados por los númidas de Masinisa y con Sífax aliado junto a los cartagineses. Su derrota y la consecuente pérdida de todas las tropas era cuestión de semanas. Según ese informe, lo sensato era solicitar al Senado que se le ordenara a Escipión que regresara, haciendo uso de la flota o, si persistía obstinadamente en su actitud de no abandonar la campaña africana, recurrir a lo que Fabio más deseaba: votar en el Senado una *senatum consulere* o moción que presentara uno de los nuevos cónsules de aquel año, Cneo Servilio o Servilio Gémino, que propusiera el relevo en el mando de aquel cónsul joven, rebelde y desproporcionadamente querido por una plebe romana dada a engrandecer cualquier victoria contra los cartagineses, por pequeña que ésta fuera. Pero en la mano derecha, Quinto Fabio Máximo tenía un informe procedente de Netikerty en el que se explicitaba todo lo contrario: la moral de las legiones era alta, Masinisa había traído una poderosa y numerosa caballería de maessyli y el rey Sífax estaba a punto de declararse neutral, lo que dejaría a los cartagineses y romanos en posiciones muy equilibradas.

Quinto Fabio Máximo meditaba en el silencio de su atrio. Una de las jóvenes esclavas egipcias, hermana de la que le suministraba información secreta desde el mismísimo campamento de Escipión, entró y le trajo un vaso de agua para refrescar a su amo en una tarde especialmente calurosa de aquella primavera romana. ¿Mentiría Netikerty? ¿Mentiría sabiendo que la vida de sus hermanas estaba en juego? No. Eso no era probable. Pero, ¿cómo entonces era posible tener dos informes tan dispares? La carta de Catón bien pudiera ser un poco anterior y quizá las condiciones hubieran cambiado en unos pocos días, pero ¿tanto?

Quinto Fabio Máximo, *princeps senatus*, cinco veces cónsul y augur, por primera vez en mucho tiempo, no sabía qué hacer. Y ya había acudido al *auguraculum* esa misma mañana para leer en el vuelo de los pájaros, pero su vista... suspiró... su vista no era la de antes. No lo admitía en público, pero era consciente de que no veía bien, sobre todo con su ojo derecho, de modo que su lectura del vuelo de los pájaros era indecisa, forzada, incierta. Le inquietaba no saber desde cuándo exactamente no discernía bien el vuelo de las aves en la distancia, pero la cuestión era que no sabía qué hacer. Las dos cartas tan contrapuestas le dejaban sumido en una confusión casi desconocida para él, acostumbrado siempre a disponer de suficiente información y de tomar decisiones rápidas y frías. Quinto Fabio Máximo se sentía bloqueado. Era extraño. Lo mejor sería que África misma decidiera por él. La misma África que había masacrado las legiones de Régulo en el pasado, volvería a hacerlo con las tropas de Escipión en el presente. África no era para Roma. No lo era. Escipión, sencillamente, no entendía bien dónde estaban los límites. Ni los aceptaba en las leyes romanas y así forzó su elección como edil, como *imperator* o como cónsul siempre antes de los límites de edad establecidos por la tradición, ni tampoco sabía el rebelde Escipión entender los límites razonables del poder de Roma. África sería su tumba. Una tumba repleta de arena. Una tumba de dimensiones apropiadas para enterrar tan inconmensurable ambición.

78

Una batalla nocturna

Norte de África, primavera del 203 a.C.

Castra Cornelia

En el campamento romano tocaron a retreta. El sol había caído por el horizonte, pero aún se adivinaba un leve resplandor por occidente, tierra adentro, justo detrás de donde se levantaban los inconmensurables campos de tiendas númidas y púnicas. Entre los romanos se había distribuido una cena robusta, sin vino, pero con abundante líquido y rica en carne, frutos secos y pan. El cónsul los quería fuertes y sobrios. Los *bucinatores* y *tubicines* insistían en repetir el toque de retreta, pero en las tiendas de los legionarios nadie se retiraba a dormir, era de las pocas veces en las que hacer caso omiso de lo que indicaban las tubas era la forma de obedecer las órdenes; en su lugar, en vez de retirarse a descansar, todos se equipaban con espadas, lanzas, flechas, arcos, dagas... nada de provisiones. No era una marcha larga. Sólo debían llevar todo lo necesario para incendiar y matar. Fuego y muerte. Y si fracasaban, nunca tendrían ni tiempo ni ocasión de comer los víveres que hubieran cargado. El enemigo habría acabado con ellos mucho antes. Sólo armas. Y agua, eso sí, que transportarían los aguadores en grandes odres de piel de oveja y carnero, aunque siendo como debía ser un enfrentamiento nocturno, el calor del sol tampoco haría especialmente preciso el servicio de los aguadores, pero tampoco sabía el general cuánto iba a durar aquella batalla. Había, no obstante, dos productos que los legionarios cargaron como algo extraordinario: gran cantidad de antorchas apagadas de momento y una pequeña *linterna púnica* por manípulo, de las mismas que usaran para iluminar los barcos durante la navegación nocturna desde Sicilia a África. Cada linterna estaba encendida, llevando el preciado fuego con el que luego deberían encender antorchas y dardos incendiarios, pero para evitar que las linternas fueran detectadas por el enemigo, éstas iban tapadas en sus cuatro costados por paños húmedos de lino, dejando descubierta tan sólo la parte superior para que el calor no incendiara la tela. Cada centurión estaba encargado de la custodia de una de esas pequeñas linternas, que avanzaría con cada manípulo junto al *signifer* portador del estandarte de la unidad. La linterna debía estar situada en el centro del manípulo, de modo que el pequeño resplandor que aún pudiera emitir por la parte superior descubierta quedara oculto entre la cerrada formación de legionarios armados hasta los dientes.

Las puertas del campamento romano se abrieron y no chirriaron porque hasta eso había vigilado el procónsul ordenando que se engrasara triplemente cada gozne, cada bisagra. De la fortificación romana empezaron a emerger decenas de manípulos que desfilaban como una procesión de *lemures*, como espíritus de los infiernos que surcaran la noche, como sombras, fantasmas, miles de ellos, en un silencio profundo, pues las sandalias se hundían en la arena de las dunas que separaban la fortificación romana de los bastiones númida y cartaginés que se alzaban, frente a ellos, orgullosos, repletos de jolgorio, con innumerables luces de hogueras, ruido y alboroto de todo tipo y condición. Los legionarios romanos comprendieron hasta qué punto, tal y como les había vaticinado el procónsul, aquellos enemigos no podían concebir la idea de que pudieran ser atacados por un enemigo que, tres veces menor en número, debía de estar asustado, encogido, tembloroso detrás de sus fortificaciones. A cada paso, el orgullo de cada legionario de las legiones V y VI crecía. El pecho les palpitaba con fuerza. Eran «legiones malditas», sí, pero malditas para quién, ¿para ellos mismos o para sus enemigos?

Campamento general del rey Sífax

Al rey Sífax le gustaba estar rodeado de cierto ambiente relajado a su alrededor y, de modo particular, cuando estaba de campaña. Las obligadas largas, para él eternas, salidas militares para mantener su poder sobre sus vastos dominios eran, para pesar suyo, necesarias, pero si por él fuera viviría recluido en Cirta, rodeado de una amplia cornucopia de placeres gastronómicos y sexuales, pero últimamente el acompañamiento de la siempre tórrida y lasciva Sofonisba, su actual esposa, le compensaba un poco de todas aquellas inoportunas penurias. Pero así debía ser, pues si había pasado el último invierno desplazado hasta las costas de África era, más que nada, por ella, por dejar de oír sus permanentes ruegos por su padre, el general Giscón: «Debes ayudarle, mi rey, mi señor, haré todo lo que tú quieras, pero debes ayudar a mi pueblo, a Cartago y yo te serviré como ninguna esclava lo haya hecho antes.» Y lo hacía. Sofonisba rogaba tan bien y cumplía con tanta entrega a cada gesto, a cada movimiento de estrategia militar que hiciera él en apoyo de los cartagineses, que Sífax se dejaba conducir por su lascivia bien satisfecha que, en aquel momento, era lo mismo que decir que se dejaba guiar por los anhelos de su joven y felina esposa. Acababa de anochecer y Sofonisba dormía plácidamente a su lado. No era para menos. Para su deleite personal había hecho el amor con ella durante un par de horas, con un largo intermedio para que el rey se repusiera. Estuvieron en ello toda la tarde. Y Sofonisba cumplió y cumplió, como siempre, a plena satisfacción de Sífax. Después de aquella entrega, de aquella exhibición, era ya difícil negarse a atacar al general romano, pero había conseguido de sus emisarios un mensaje del procónsul romano anunciando que aceptaba retirarse. Sabía que ese pacto no iba a ser del agrado perfecto de su joven esposa, pero tampoco la defraudaría del todo: retirados los romanos de África, con la sola presencia de su ejército haría que Giscón incrementara su popularidad en Cartago y eso era algo que, no lo dudaba, Sofonisba apreciaría. Sífax contemplaba el cuerpo sudoroso y exhausto de su joven esposa, de su esclava de alta cuna, y se preguntaba qué más cosas podría conseguir de aquel muy corruptible aunque infinitamente hermoso cuerpo. Sin duda, aunque no la mantuviera satisfecha por sus acciones militares a favor de su padre Giscón, podría obligarla a satisfacerle, pero era algo que él ya había hecho con otras, con decenas de esclavas. Era la forma de ofrecerse de Sofonisba, el modo en que ella rendía a su rey lo que, con toda seguridad, era una personalidad férrea, era esa sumisión voluntaria la que enardecía la pasión más lujuriosa de Sífax.

En el exterior de la tienda real se escuchaban risas y algarabía general. El rey, seguro ya de la retirada romana, había permitido que se distribuyera comida abundante y algo de vino. Estaba tan feliz que se sentía extraordinariamente generoso y deseaba compartir esa felicidad con sus hombres. Además eso era una inversión en su futuro como monarca más poderoso entre Mauritania y Cartago. De hecho, ya concebía la idea de conquistar a sus inoportunos vecinos de occidente, incluso rumiaba la idea de obligar a los cartagineses a que le cedieran en el oriente de sus dominios, como pago a su apoyo en aquella guerra, algunas de las ciudades próximas adonde se encontraban, como Saleca, que tan incapaces se habían mostrado para defender. ¿Y cómo podrían negarse, con Aníbal en Italia y el peligro de que los romanos pudieran regresar, si él, el gran Sífax, hiciera público que dejaba de apoyar a Cartago? ¿Por qué contentarse sólo con Numidia cuando se podía ampliar tanto las fronteras de su reino anexionándose nuevos territorios? De pronto dejaron de escucharse las risas y un silencio abrupto interrumpió el fluido de voces y carcajadas que se venían escuchando en las últimas horas. Un silencio siniestro al que siguieron nuevas voces, pero éstas nerviosas. Voces que se tornaban en gritos de pánico. Gritos que se transformaban en aullidos de dolor y aullidos, al fin, que terminaban siendo alaridos de espanto.

Sofonisba abrió los ojos.

—¿Qué ocurre? —preguntó la joven, con sus ojos rápidos, mirando de un lado a otro.

—No lo sé —respondió Sífax, inmóvil, reclinado junto a ella, sin atreverse a levantarse.

Sofonisba, decidida, se alzó, cubrió su hermoso cuerpo desnudo con un manto de lana blanca y se asomó al exterior de la tienda. Lo que vio la sobrecogió pero, rápida, se volvió hacia el rey.

—Hay que escapar. Todo el campamento está en llamas.

Los romanos habían arrojado centenares de dardos incendiarios, antorchas encendidas y lanzas humeantes desde todos los ángulos. Una vez incendiado el campamento por todas partes, vieron cómo los númidas salían de sus tiendas medio desnudos y cómo a los que les había pillado el ataque despiertos, comiendo o bebiendo, no entendían bien qué pasaba. Todos parecían creer que se trataba de un incendio fortuito, aunque no entendían cómo prendía todo por cada rincón del campamento, hasta que algunos empezaron a señalar al cielo negro de la noche desde el que no dejaba de caer una lluvia constante de fuego. Para cuando empezaron a concebir la idea de un ataque, millares de maessyli al mando de Masinisa y millares de legionarios de la VI emergían de entre las sombras más oscuras que rodeaban el campamento, blandiendo espadas veloces y dagas afiladas con las que se entregaron a la mayor masacre que nunca hubieran presenciado. Los númidas de Sífax caían a centenares, heridos, muertos, sobrecogidos por el terror, gateando entre los cadáveres de sus compañeros abatidos, buscando escudos, armas con las que protegerse o luchar, pero cuando las encontraban ya era tarde porque una lanza les atravesaba el corazón. Miles murieron con flechas o *pila* en su espalda, miles envueltos en llamas, agitándose como pavesas incandescentes crepitando entre terribles gemidos de dolor y tortura indescriptibles.

Campamento cartaginés del general Giscón

Giscón vio interrumpida su cena por el agitado movimiento de sus soldados. Dos oficiales entraron en su tienda y, con tiento, para no importunar a su general, le transmitieron lo que ocurría.

—Parece que hay un incendio en el campamento del rey Sífax, mi general. ¿Debemos ayudarles?

Giscón dejó el plato de carne de caza bien condimentado con abundantes salsas, y, mientras se chupaba los dedos, dio su respuesta en forma de otra pregunta.

—¿Cómo... cómo... de grande... es... esta carne está buenísima... ese incendio, cómo de grande es?

—Bastante grande, mi general, y parece extenderse.

Giscón pensó en su hija, pero su preocupación se disipó con rapidez. Ya se ocuparía Sífax de su seguridad.

—Mejor, que se encarguen ellos mismos de poner orden en su campamento —concluyó Giscón. Uno de los oficiales iba a salir, pero el otro dudaba hasta que decidió atreverse a insistir en el asunto.

—Con el debido respeto, creo que el general debería ver el tamaño del incendio... —Y no terminó su frase porque Giscón enarcó la ceja derecha y le miró con furia por atreverse a contravenir su deseo ya manifestado con claridad, pero antes de que el general Asdrúbal Giscón pudiera descargar su ira sobre aquel oficial, los mismos gritos que los cartagineses habían estado escuchando, provenientes del campamento de Sífax, parecían extenderse ahora por su propio campamento. Un tercer oficial entró en la tienda, sudoroso, sucio, desaliñado. Giscón le miró con la boca abierta.

—Las empalizadas... mi general... todas están ardiendo... y llueven flechas del cielo. Nos atacan... mi ge... —Y no terminó la frase, cayó de bruces con un golpe seco, dejando al descubierto su espalda con dos flechas enemigas clavadas a la altura del corazón. Por entre las rendijas de las heridas manaba sangre roja que brillaba a la luz de las linternas de la tienda del general. Giscón se levantó, raudo al fin, tomó su casco y salió al exterior. Olvidó por completo a su hija y se concentró en asegurar su propia supervivencia. Todo era fuego y gemidos de dolor y hombres corriendo de un lugar a otro sin dirección ni destino. Era como encontrarse en el infierno.

79

La última carta de Publio

Roma, abril del 203 a.C.

Querida Emilia:

Sé que me has escrito pero creo que no han llegado todas tus cartas, algo demasiado frecuente en estos días, pero por uno de los correos oficiales que me han llegado a través de Lucio desde el Senado, sé que estás bien y que tenemos otra hija. Las dos cosas me hacen muy feliz. Dile al pequeño Publio y a Cornelia que los quiero mucho y que no me olviden. Diles que su padre piensa en ellos todas las noches.

La campaña de África, como supuse, no tiene nada que ver con la de Hispania. Vamos de un sitio a otro y nos vemos obligados a levantar campamentos en lugares casi impracticables, como cuando tuve que retirarme de Útica para protegernos del ataque del rey Sífax y las tropas de Giscón. Pero ahora ya todo eso pasó. No debes preocuparte por mí. Les hemos derrotado en varias ocasiones y hemos puesto en fuga sus ejércitos. Nuestra suerte cambió cuando incendiamos sus campamentos por la noche. Lelio y el rey de los maessyli, Masinisa, prendieron el campamento de Sífax, y yo mismo al mando de la V incendiamos el campamento de Giscón. Sé que no te gustan las descripciones bélicas, por ello no me alargo más en el asunto, pero baste con decir que derrotamos a sus ejércitos. Giscón, el general cartaginés, se ha tenido que recluir en Cartago y Sífax ha sido hecho prisionero por Lelio. Lelio, como tú misma vaticinaste, se ha mostrado más leal que nunca. De hecho todos los tribunos y centuriones están mostrando una gran lealtad, incluso en los momentos de mayor dificultad. Eso me da fuerzas para seguir: ver el rostro de todos esos oficiales atentos a mis órdenes y dispuestos para el combate en cualquier momento es la mejor de las energías. La moral está alta y sé que ahora podremos hacer frente incluso a Aníbal, cuando sea que el Senado de Cartago le reclame.

Te quiero cada día más y sueño con el día ya no tan lejano de mi regreso a Roma. Pronto estaré contigo y prometo no marcharme de tu lado en mucho tiempo. Regresaré, no lo dudes, y cada noche, cariño, recuerda lo que hablamos junto al manantial de Aretusa. En Siracusa pasamos días felices. Volverán.

PUBLIO

Emilia caminaba orgullosa por el foro de Roma. Aún estaba asombrada del respeto que le mostraba todo el pueblo. Todos se hacían a un lado para dejarla pasar. Las victorias de su marido eran ya casi leyenda, aunque todos temían el desenlace final si Aníbal, por fin, era reclamado por Cartago para protegerles de los ataques de Publio. Pero Emilia sólo comprendió el auténtico alcance de la popularidad de su marido cuando una de las mismísimas vestales, al cruzarse con ella a la altura del templo de Saturno, se hizo a un lado para cederle toda la calle para ella. ¡Una vestal! ¡Una vestal a la que hasta los mismos magistrados, los propios cónsules de Roma, le ceden el paso, una vestal se había humillado ante la esposa de Escipión! Emilia, en un estado de euforia rayando la más pura vanidad, se encontró con su cuñado Lucio. El hermano de su esposo la saludó con aparente felicidad.

—Me complace verte ya tan recuperada después del parto —dijo él con afecto.

—Sí. Pomponia ha sido, como siempre, una gran ayuda; un gran apoyo.

—Es agradable escucharte siempre hablar tan bien de tu suegra. Por experiencia sé que nuestra madre puede ser algo... estricta.

—Pomponia es una gran matrona de Roma y la tomo como ejemplo, pero ¿sabes que recibí carta de Publio? Todo parece ir tan bien...

Lucio asintió sin añadir nada. Emilia detectó una sombra en su mirada.

—Porque todo va bien, ¿verdad, Lucio? —insistió Emilia.

—Yo también recibí carta y sí, todo va bien. —Pero entonces fingió tener prisa por llegar al *Comitium*—. Debo marchar a la *Curia* y velar por que Máximo no planee ninguna barbaridad.

Emilia le sonrió. Él se inclinó y partió en dirección al *senaculum*, donde se detuvo para saludar a varios senadores que se arremolinaban en torno a algún embajador extranjero que aguardaba turno para poder hablar ante el Senado. Emilia reemprendió la marcha, pero la alegría festiva que la había acompañado se había impregnado de incertidumbre.

Querido hermano:

Gracias por tus informes regulares sobre el Senado. De modo que Máximo se muestra indeciso sobre qué hacer con las legiones de África y no propone nada. Estará confuso y te aseguro que algo tengo que ver yo en su confusión, de lo que me enorgullezco enormemente, pero hay asuntos que es mejor no tratar por escrito.

La victoria sobre Sífax y Giscón en nuestro ataque nocturno fue total. Incendiamos sus dos campamentos y salieron huyendo unos pocos, pues a la mayoría los matamos allí mismo. Ha sido la mayor carnicería que he visto en mi vida, descontando Cannae. Espero no tener que ver nada igual en lo que dure esta guerra, pero quién sabe. A veces, hermano, me siento cansado y echo de menos nuestra infancia, ¿recuerdas? Cuando el bueno del tío Cneo nos adiestraba en el campo de Marte. A veces temo defraudarle, a él y a padre; pero de esto ni una palabra a Emilia. No quiero que se preocupe. Tengo escalofríos y no sé cómo dormir por la noche. El médico del campamento dice que son episodios de fiebre relacionados con la enfermedad que padecí en Hispania, pero parece que tomando mucha agua, manzanilla y otras infusiones me encuentro bien. No he dicho nada a los hombres, ni siquiera a Lelio. No quiero que piensen que tienen un general débil o enfermo. Pero me encuentro bastante bien.

Tras incendiar los campamentos enemigos, Sífax huyó, pero se alió con varios miles de celtíberos mercenarios que Cartago había hecho traer de Hispania y regresó para plantar batalla de nuevo. El rey de Numidia reclutó nuevas tropas y Giscón también. Nos enfrentamos en la región que llaman aquí las «grandes Llanuras», Campi Magni. El enemigo posicionó a los celtíberos en el centro y en las alas se situaron Sífax con su númidas y Giscón con sus nuevos soldados. Las tropas de Sífax y Giscón eran campesinos unos y jóvenes sin experiencia los otros. Sólo los mercenarios de Hispania mantuvieron la línea. Es irónico: los pusieron en el centro porque tanto Sífax como Giscón temían que los iberos se retiraran y, sin embargo, fueron los que se mantuvieron más firmes. Si los hubieran situado en las alas, el resultado de la batalla podría haber sido diferente. Lelio machacó a los númidas y Masinisa hizo lo mismo con la falange de Giscón. Fue una gran victoria y lo celebramos por todo lo alto con los oficiales. Lucio, estos hombres, mis tribunos y centuriones, son los mejores del mundo: Lelio, Marcio, Silano, Mario, Terebelio, Digicio y Valerio. Siento que con ellos todo es posible y espero que lo sea, porque sé que aún han de venir empresas más complicadas. Queda Aníbal.

Después de la batalla de Campi Magni ordené a Lelio y Masinisa que salieran en persecución de Sífax que, una vez más, como una anguila, se escabulló en medio de la derrota. No quería darle más oportunidades de rehacerse y volverse una vez más contra nosotros. Sé que Aníbal terminará regresando y sería terrible que cuando eso ocurriera, Sífax nos hubiera podido atacar por la retaguardia. Mientras tanto, hemos saqueado toda la región, sembrando un terror que sé que sacude las piedras mismas del Senado de Cartago. Me consta que ya han reclamado el regreso de Aníbal y también harán lo mismo con las tropas de Magón en el norte de Italia. Y eso es lo que me inquieta: no sé si tendremos fuerzas suficientes con estas dos legiones para enfrentarnos a las nuevas levas de Giscón, más los ejércitos de Magón y Aníbal juntos. Y el problema no será el número, eso lo sé, sino que Cartago ya no pondrá a Giscón a la cabeza de ese nuevo ejército, ya le he derrotado en demasiadas ocasiones, sino que darán el mando a Aníbal. Incluso si Aníbal tiene enemigos entre los senadores púnicos, él será el que comande ese nuevo ejército. He de reconocer que el nombre de Aníbal me quita el sueño. Y mis exploradores dicen que han visto a patrullas cartaginesas capturando elefantes salvajes. Ya sabes lo que eso quiere decir. Si le dan elefantes a Aníbal y tropas cuantiosas... Como te comenté antes, de esto ni una palabra a Emilia. La moral de los hombres es alta y el miedo de los cartagineses, cada vez mayor. Se nos han rendido infinidad de poblaciones con lo que no tenemos problemas de suministros. Los dioses parecen estar con nosotros. Hasta la propia Túnez ha caído, pero luego sufrimos un tremendo ataque de la flota cartaginesa. Desde las murallas de Túnez vi a todos los barcos enemigos saliendo de Cartago. Navegaban rumbo a Útica. Tuve que salir con las legiones a marchas forzadas para llegar a tiempo de preparar una defensa adecuada. Nuestros barcos de guerra no estaban preparados para una batalla naval, porque los habíamos cargado de materiales de asedio, torres, catapultas, y hasta teníamos algunos arrimados a las murallas de la ciudad allí donde éstas se hundían en el mar. La flota cartaginesa estaba a punto de llegar para intentar desbloquear nuestro interminable asedio de Útica, así que dispuse a todos los barcos mercantes en cuatro hileras, atados unos a otros, como una gran muralla, protegiendo a nuestras trirremes y quinquerremes de guerra. Los cartagineses atacaron con furia y consiguieron, mediante enormes garfios, desgajar varias decenas de barcos de transporte de la formación que habíamos establecido. También perecieron bastantes legionarios y marineros pero conseguimos dos grandes victorias morales: el ataque de la flota cartaginesa no consiguió que levantáramos el asedio de Útica y tampoco consiguió destruir nuestra flota militar, tan necesaria para mantener mis líneas de aprovisionamiento con Sicilia. Fue un empate, pero en tierra soy yo quien lleva la iniciativa. Lelio y Masinisa cumplieron bien su misión y atraparon, por fin, a Sífax. En unos días me lo traerán cubierto de cadenas. Será un gran espectáculo para los hombres. Les animará aún más ver a uno de nuestros grandes enemigos arrodillado ante su general. Sólo hay algo que me preocupa de los númidas: Masinisa se ha casado con Sofonisba, la cartaginesa hija de Giscón, esposa de Sífax. Sé que no puedo permitir que esa mujer vuelva a poner en mi contra a otro rey númida, pero si Masinisa se ha casado con ella es porque el embrujo de esa cartaginesa le ha hechizado. Es como si ella fuera la reencarnación de la reina Dido.

He interrumpido la redacción porque ha llegado Lelio, que se ha adelantado a Masinisa. Ha confirmado mis peores intuiciones. Masinisa parece transformado por Sofonisba. Mañana llegará este nuevo Masinisa y me ocuparé de este asunto.

Pronto reunirán los cartagineses sus tres nuevos ejércitos: las nuevas levas de Giscón, con las experimentadas tropas de Magón y los veteranos de Aníbal. Yo, sin embargo, hermano, estoy intentando no perder el único aliado que tengo en la región. Si Masinisa nos abandona no tendré caballería y sin caballería no podré contrarrestar la caballería púnica y, peor aún, los elefantes que están entrenando para Aníbal. Te dije que la moral de mis hombres es alta y es cierto, pero porque creo que soy el único que realmente se da cuenta de que, pese a nuestras victorias, caminamos unidos hacia nuestra muerte. Si eso ocurre, querido hermano, te ruego que cuides de Emilia y los niños y de madre. Sé que lo harás. Sólo espero que mi muerte valga para debilitar a los cartagineses lo suficiente como para que Roma se imponga al final de todo. Te aseguro, por todos los dioses, que no me iré al Hades sin que mis legiones se lleven por delante al mayor número de cartagineses y númidas que consigan poner al mando de Aníbal, y te juro por Júpiter que no retrocederemos ante sus tropas. No habrá otro Cannae. Puede que nos masacren, pero no huiremos. Quizás ésta sea la última carta que escriba en mi vida. Quiero que sepas que has sido el mejor de los hermanos. El mejor.

Cuídate, Lucio. Tu hermano desde África,

PUBLIO

Lucio Cornelio Escipión enrolló despacio el largo papiro en el que, de modo excepcional, le había escrito aquella larga carta su hermano Publio en lugar de recurrir a las habituales tablillas. Sin duda, la extensión de la misma requería el papiro para hacerla transportable por el mensajero que había traído el preciado documento. Lucio apretó el papiro contra su pecho. Estaba solo en el *tablinum* de su *domus* en medio de una noche ruidosa de Roma, cuyos sonidos de mercaderes, carros, borrachos y *triunviros* patrullando, penetraban por todas las ventanas de la casa. Lucio Cornelio Escipión, con el papiro apretado en su pecho, se encogió, sentado en aquel solitario *solium* del despacho y lloró en silencio. Lloró como no lo había hecho desde que dejara de ser niño.

80

El embrujo de Sofonisba

Útica, mayo del 203 a.C.

Útica era fruta madura. Sus ciudadanos así lo presentían. Tras el fracaso de la flota cartaginesa en su vano intento por levantar el eterno bloqueo al que estaba sometida la ciudad por tierra y mar, los habitantes miraban con desesperación desde lo alto de sus agrietadas y torturadas murallas. Ante ellos, las legiones V y VI de Roma permanecían acampadas en una enorme extensión de terreno. Ni los ejércitos de Giscón y Sífax ni la flota de Cartago habían conseguido liberarles del permanente acoso romano. Y las legiones levantaban nuevas torres de asedio y preparaban decenas de miles de nuevas armas arrojadizas que en pocas horas lloverían, una vez más, sobre su ciudad. Toda la región parecía haberse rendido al general romano que comandaba aquellas malditas tropas y así sus enemigos nadaban en la abundancia con todo tipo de provisiones y materiales para su abastecimiento y para la construcción de nuevas fortificaciones o nuevas máquinas de guerra, mientras que ellos, en el interior de sus desvencijadas murallas, sentían cómo la escasez de alimentos y agua empezaba, después de meses y meses de asedio sin fin, a causar estragos entre civiles y soldados por igual. Y decían que venían aún más tropas romanas que acababan de apresar al que debía haberlos salvado en primer lugar: el mismísimo rey Sífax había caído prisionero de esa pesadilla de general romano. Y Giscón refugiado en Cartago y Aníbal sin regresar. Estaban perdidos.

Campamento romano junto a Útica

Sífax entró en el campamento romano levantado frente a Útica por la *porta principalis sinistra*. Caminaba a duras penas, pues llevaba grilletes en los tobillos enlazados entre sí por una gruesa cadena de hierro oxidado. Otros grilletes le atenazaban las muñecas y uno más pendía de su cuello. Todos ellos unidos también por una larga ristra de eslabones férreos. Los grilletes de los pies habían descarnado la piel de los tobillos y el rey sangraba por sendas llagas cubiertas de arena y polvo. Sudaba con profusión, pues por orden de Lelio, recibía abundante agua, ya que el tribuno había querido asegurarse de que el rey númida apresado llegara con vida hasta el campamento del procónsul. Sífax avanzó con paso cansado, pero aún erguido, con orgullo regio, entre las tiendas de las tropas auxiliares primero, y luego de los *hastati* y *principes,* que no dudaron en aprovechar la ocasión para abuchearle y escupirle. A la altura de las tiendas de los *triari* y la caballería, los escupitajos y los gritos desaparecían. En su lugar, el rey caído en desgracia se veía rodeado de una fastuosa panoplia de miradas de hondo desprecio. Para aquellos hombres era un traidor que no había cumplido la palabra dada a su procónsul de no intervenir en la guerra. Estaba claro que para aquellos legionarios veteranos, las cadenas eran poco castigo. Sífax fue obligado a detenerse en el centro del campamento frente al *praetorium*. El rey sabía quién iba a salir a hablar con él, pero el general romano tardó en presentarse. El sol caía de plano y ya no le daban agua. Estaba agotado. Sífax comprendió que aquello formaba parte de la penitencia que le tocaba pagar. Esperó con paciencia. Escipión no salió en dos horas.

Al emerger del *praetorium*, Publio apareció con el aspecto saludable de quien ha comido hace poco y descansado. Se plantó delante de Sífax y pidió que trajeran agua. Un esclavo vino raudo con un jarro de agua fresca y se lo ofreció al general, pero el cónsul señaló al encadenado rey y el esclavo se giró hacia él con el jarro en la mano. Sífax no comprendía bien aquello.

—¿Primero me haces esperar dos horas y luego me ofreces agua?

Publio le miró y le replicó sin responder a su pregunta.

—Creo que no has hablado con corrección. Tienes una segunda y última oportunidad, rey Sífax.

El númida se irguió con aire de quien no entiende, pero era hombre rápido en entender indirectas y reformuló su pregunta.

—¿Primero me haces esperar dos horas y luego me ofreces agua, procónsul de Roma?

Publio asintió.

—Ahora sí. Te he hecho esperar porque ya no eres un asunto primordial en esta campaña. Tengo otras muchas cosas de las que ocuparme antes de tener una conversación contigo, una conversación ya innecesaria tal y como se han desarrollado los acontecimientos. Y te ofrezco agua porque no te odio.

Sífax sonrió. Tomó el agua y la bebió con ansia. Con la barba aún empapada, volvió a hablar.

—El agua te la acepto, como has visto, pero te equivocas en pensar que una conversación conmigo es del todo innecesaria. Tus problemas en África no han hecho más que empezar. Tú crees que lo sabes todo de esta tierra y es posible que sepas mucho, pero a la vez no sabes nada. Crees que de un tiempo a esta parte estás combatiendo contra Giscón o contra mí, pero eso no es cierto. Tu enemigo es otro y es aún más poderoso, más inclemente e inmisericorde de lo que tú o yo podamos ser nunca y para nada está derrotado. —Y se lanzó a reír con grandes carcajadas que le hicieron saltar las lágrimas.

Publio se quedó mirándole con creciente curiosidad. No había esperado para nada una respuesta de ese tipo. Pensó que Sífax imploraría por su persona, pero se mostraba orgulloso. Bien, cada uno era dueño de cómo afrontar sus desgracias, pero aquella premonición extraña sobre enemigos invisibles todopoderosos...

—Te refieres a Aníbal, supongo —dijo el cónsul con cautela.

Sífax negó con la cabeza.

—Entonces... ¿a quién te refieres?

—¿Ves cómo esta conversación no era tan innecesaria? —Sífax parecía feliz de tener algo con lo que confundir al hombre que le había derrotado, apresado y encadenado.

Publio pidió su *sella curulis* y dos esclavos la trajeron enseguida. El procónsul se sentó. Tras él, en pie, se agrupaban Lelio, Silano, Mario y Marcio. A izquierda y derecha se veía a gran parte de los principales centuriones de las legiones, entre ellos a Cayo Valerio, Quinto Terebelio y Sexto Digicio. Todos los hombres de confianza del procónsul estaban allí. Sólo faltaba Masinisa, que aún no había llegado al campamento. Se estaba tomando el regreso tras derrotar a Sífax con gran sosiego. Publio intuyó que Sífax se refería al nuevo rey de Numidia.

—Te refieres, entonces, a Masinisa.

Sífax sacudió la cabeza divertido porque aun en medio de su más humillante derrota podía ver cómo de equivocado estaba el general romano que le había apresado, lo que le hacía, en consecuencia, un ser vulnerable a las artimañas del auténtico enemigo. Sífax vio tan perdido a Escipión o, lo que es lo mismo, tan cercano a su próximo fin, que se aventuró a ponerle en aviso, pues incluso a sabiendas del auténtico peligro, éste ya era demasiado fuerte como para que el romano pudiera pararlo.

—Me refiero a Sofonisba, la mujer que hasta hace unos pocos días era mi esposa. ¿Quién crees que me ha seducido noche tras noche para que deshiciera mi pacto de no atacarte, romano? Tú crees que llevas meses, años, combatiendo contra los cartagineses, contra Giscón y Magón y los iberos en Hispania, y luego contra mí en Numidia, pero no es así: desde que Asdrúbal Barca saliera de la península ibérica, tu enemigo no ha sido otro que Sofonisba. Ella planea, ella seduce, ella decide. Lo hizo con su padre en Hispania y lo hizo conmigo aquí, en África. La pasión por su cuerpo, no, más aún, por poseer lo que yo creía que era la voluntad de su precioso joven cuerpo de hembra henchida de lascivia me ha reducido a esta condición. —Y aquí Sífax levantó las manos exhibiendo los grilletes y las cadenas con el orgullo de quien muestra una herida heroica—. Y no lo lamento y eso es lo gracioso de todo: cada beso de esa mujer, cada noche con ella, cada orgía, ha merecido la pena, incluso si eso me ha conducido a llevar cada una de estas cadenas y morir como sea que tengáis dispuesto. ¿Me miráis extrañado tú y tus hombres? ¿Estoy loco? Puede ser, pero lo que debería preocupar al procónsul de Roma es que si yo, aun derrotado y encadenado sigo hechizado por el embrujo de esa mujer, ¿cómo de embrujado estará ya quien se llama a sí mismo nuevo rey de Numidia, Masinisa de los maessyli, yaciendo en la cama con esa hechicera del placer y la guerra? Y sin Masinisa a vuestro lado, ¿cuánto tiempo resistirán tus legiones en África? Me has destruido, cónsul de Roma, pero yo sólo era una herramienta de tu auténtico enemigo, ¿o debería decir enemiga? Sofonisba ya tiene un nuevo general a sus órdenes y, por la manera en la que se miraron ante mí, había algo más que interés mutuo entre ellos. Masinisa desea, ama, venera a esa mujer desde los tiempos en que estuvieron juntos en Hispania, y esa mujer, procónsul de Roma, sólo planea tu lenta y definitiva destrucción. Haz conmigo lo que quieras, pero reconozco que me haría ilusión vivir unas semanas más para ver cómo lo que tú crees que es tu gran victoria se transforma en la tumba de tus legiones. Estas legiones siguen malditas, romano, malditas...

—¡Por Cástor y Pólux! ¡Lleváoslo de aquí! —gritó Publio levantándose de su asiento—. ¡Lleváoslo! —Y no es que a Publio le impresionasen aquellas palabras, pero temía el efecto que podían tener sobre sus tropas.

Varios legionarios tomaron al rey Sífax por los brazos y lo arrastraron alejándolo del *praetorium* por la *principia* mientras el númida continuaba gritando y riendo como poseído por los *lemures*.

—¡Malditas, malditas hasta el fin de sus días! ¡Malditas...!

Una vez que se perdieron en la distancia las carcajadas y los bramidos del encadenado Sífax, Lelio se adelantó al resto de los oficiales.

—Ha enloquecido. Eso es todo. Hace unos días era rey de un poderoso país y ahora está encadenado y a nuestra merced. Ha perdido la razón.

Publio asintió, pero su silencio indicaba que no desdeñaba las palabras de Sífax.

—Es posible. Es posible, pero por todos los dioses, Lelio, ahora es mediodía y quiero que Masinisa se presente ante mí antes de que caiga el sol. —Y dio media vuelta y se retiró al *praetorium* y no salió en todo lo que quedaba de día.

Lelio partió a la *porta decumana* y solicitó un caballo. Escoltado por una *turma* de los mejores jinetes de la caballería romana, partió al galope en busca de Masinisa.

Masinisa llegó al campamento romano ya entrada la noche, cuando el segundo turno de guardia estaba sustituyendo a los primeros centinelas. El nuevo rey de Numidia, cabalgando junto a Lelio, una *turma* de jinetes romanos y un grupo de guerreros maessyli, se cruzaron de camino al centro del campamento con las patrullas que hacían la ronda para recoger las *tesserae* que cada legionario de los puestos de guardia debía entregar para mostrar así que estaban en su lugar asignado para la noche durante su turno de vigilancia nocturno. Los soldados estaban atentos a dichas patrullas, pues la ausencia en el puesto de guardia al paso de una de las patrullas de recogida de *tesserae* estaba penada con la muerte. Masinisa contemplaba con respeto aquel cambio de guardias nocturnas. Había aprendido las fórmulas en las que se sustentaba la férrea disciplina de aquellas tropas y admiraba la forma en la que funcionaba la tremenda y compleja maquinaria de las legiones romanas. Sin darse casi cuenta, llegaron frente al *praetorium* y Lelio invitó al rey númida a desmontar. Masinisa saltó de su caballo con agilidad y acompañado sólo por Lelio entró en la tienda del *praetorium*. En el interior Masinisa encontró a Publio Cornelio Escipión sentado en una silla de patas de marfil leyendo unos rollos en griego que su padre le regalara hacía mucho tiempo, en el norte de Italia, justo antes de entrar en combate por primera vez. Al sentir la presencia de Masinisa y Lelio, sin levantar la vista del rollo que sostenían sus manos, empezó a leer en voz alta.

—«El rey tiene respecto a sus súbditos el privilegio de hacer beneficios. Como buen dueño está preocupado por su bien lo mismo que el pastor por sus ovejas. En este sentido es semejante a los padres y sólo la magnitud de los beneficios lo levanta sobre ellos. Lo mismo que un padre, es la causa de la existencia de los suyos, cuida de su alimento y educación.» —Masinisa fue a interrumpir pero el procónsul, imperturbable, levantó la mano derecha en alto y el númida se mantuvo en silencio, mientras el general romano continuaba leyendo—. «La tiranía no acepta comunidad alguna entre señor y súbditos: no hay en ella ni derecho ni justicia. El súbdito es para el tirano lo que la herramienta para el artesano... Hablando con propiedad, el tirano no ve a su alrededor seres humanos, sólo bueyes, caballos y, en todo caso, esclavos.»* —Publio terminó de leer y miró directamente a los ojos a Masinisa—. Son palabras de Aristóteles, Masinisa, ¿sabes quién era Aristóteles?

—Un filósofo griego —respondió el númida algo incómodo. No entendía bien a qué venía todo eso y le ofendía que le tomaran por un completo inculto.

—Un filósofo griego, sí —admitió Publio—. Y también el preceptor de Alejandro Magno, el mayor general de todos los tiempos, el más grande rey. La cuestión es, ¿qué es lo que tú quieres ser, rey o tirano, Masinisa? ¿Rey de toda Numidia o tirano para todos tus súbditos, para los maessyli y los masaessyli? Porque si tomas decisiones que afectan a todos tus súbditos, como la de rebelarte contra mí, sin pensar en el posible perjuicio que les acarrearás a todos, eso es que quieres ser un tirano. ¿Tirano o rey? ¿Qué desea ser, Masinisa? Antes de responder piensa que a mí me vale un rey, no un tirano.

Masinisa permaneció en silencio.

Publio dejó a un lado, sobre la mesa, el rollo con el texto de Aristóteles.

—Dejemos de hablar de filosofía y de política, ya que el tema no parece interesarte, aun cuando alguien que aspira a ser rey, o quizá tirano, debería mostrar más aprecio por estos asuntos, pero dejémoslo correr. Te has vuelto a retrasar. ¿Me has conseguido más hombres?

—Me he casado —respondió Masinisa.

—¿Con quién?

—Con Sofonisba, la que era esposa de Sífax; eso me dará más poder sobre el resto de Numidia.

* Extractos procedentes de la *Ética a Nicómaco. Libros I* y *VI*.

—No sabía que ahora necesitaras de mujeres para hacerte valer ante tus súbditos, pero ése no es el caso. Lo importante es que Sofonisba es la hija del general cartaginés Giscón, un enemigo mortal de Roma. Un hombre contra el que vengo luchando desde hace seis años. Ése es un matrimonio inaceptable para mí.

—El procónsul de Roma no decide sobre los matrimonios del rey de Numidia —replicó con vehemencia Masinisa.

Publio Cornelio Escipión se levantó de su *sella curulis* y se acercó a Masinisa.

—El procónsul de Roma ha esposado con grilletes y cadenas al anterior rey de Numidia porque decidió enfrentarse a mí, así que cállate y no te atrevas a interrumpirme. Hubo un tiempo, no muy lejano, en el que el anterior rey de Numidia, Sífax, también, como tú ahora, se sintió más poderoso que yo y pensó que podía permitirse el lujo de ser mi enemigo y eso, querido Masinisa, fue su error. Igual que fue un error que se casara con esa mujer y que le hiciera más caso a sus besos que a mis advertencias. Masinisa... —Y aquí Publio se alejó un poco dándole la espalda mientras continuaba hablando—. Masinisa, Masinisa, Masinisa. Tú aún estás a tiempo, aún lo estás. —Y de nuevo Publio se gira para encarar los ojos de su interlocutor. Observa que Lelio, el único presente en la tienda, tiene la mano en la empuñadura de su espada, preparado por si es necesario; Publio le lanza una mirada rápida y Lelio se contiene, de momento; el procónsul continúa hablando mirando de modo penetrante a los ojos de Masinisa, que permanece inmóvil, apretando los labios, engulléndose la rabia—. Masinisa, hemos luchado juntos y hemos ganado. En el pasado, sin embargo, en Hispania, luchaste con los cartagineses y fuiste derrotado por mí. Pero ya en ese tiempo, incluso entonces, cuando eras aliado de mis enemigos, te di una oportunidad y fui clemente con Masiva, tu sobrino, pero no malinterpretes, como han hecho otros en el pasado, mi clemencia, mi generosidad, con debilidad. Ese error ha sido la tumba de muchos de mis enemigos: de los iberos que se rebelaron contra mí, de las tropas que se amotinaron en Sucro, de los ejércitos de Asdrúbal Barca o de Giscón o del propio Sífax. ¿Dónde quieres estar, Masinisa? ¿Con los que no hacen sino ganar una batalla tras otra, con mis legiones, a mi lado, o con los que terminan muertos cubiertos de su propia sangre en los campos de batalla? No, no me respondas aún y escúchame bien, porque sólo voy a hablar de esto contigo una sola vez. Nunca más te lo volveré a pedir, al menos no con palabras. La próxima vez que te pida lo que te voy a pedir será en un campo de batalla y tu caballería, poderosa como es, no podrá por sí sola contra mis dos legiones. Puedes pensar que no tengo suficientes tropas para enfrentarme a ti y luego a los cartagineses, y es posible, es posible, pero aun así lo haré, porque he aprendido que hay que hacer las cosas una a una. Primero me aseguraré de que tu cabeza penda clavada de una lanza frente a mi *praetorium* y luego, si no tengo ya suficientes tropas después de destruirte y de arrasar tu reino, y, por supuesto, después de matar a la que ahora llamas tu esposa, si entonces ya no tengo bastantes fuerzas, pediré refuerzos a Roma y Roma me los enviará y con las nuevas tropas acabaré con Cartago. Lo único que tu defección puede ofrecer a los cartagineses es tiempo para alargar su agonía, tiempo para buscar nuevas alianzas, nuevos mercenarios como tú, como los iberos, como Sífax. Deja ya de luchar por quienes no te apoyaron para recuperar tu reino frente a Sífax y, por todos los dioses, Masinisa, recupera la razón. Es sólo una mujer lo que te pido. Debes entregarme a esa mujer y nuestra alianza volverá a ser fuerte. ¿Qué te ofrece ella: besos, sexo, promesas? Yo te ofrezco todo el reino de Numidia y la seguridad de una alianza perenne con Roma. Serás el más legendario y poderoso rey que Numidia haya tenido nunca. Todo eso a cambio de una mujer. Tráeme a esa mujer y tráemela ya. Al amanecer quiero verla ante mí para cubrirla de cadenas y llevarla con su antiguo esposo a las calles de Roma para ser exhibida al frente de mis tropas.

Masinisa fue a hablar, pero Publio levantó ambas manos con las palmas hacia el rey númida.

—No quiero palabras, Masinisa. Las palabras no me valen esta noche. Quiero a Sofonisba ante el *praetorium* antes de amanecer o entenderé que tú y yo estamos en guerra. Y será una guerra especial, Masinisa: será algo personal.

Masinisa pensó en gritar, en insultar, en rogar, en implorar, en hablar con serenidad, en permanecer quieto sin hacer nada, en luchar, en atacar al procónsul allí mismo, en correr... pero se lo engulló todo y con la barbilla temblorosa por la emoción contenida dio media vuelta y abandonó el *praetorium*.

Tras la salida del maessyli, Lelio y Publio quedaron solos.

—¿No es eso lo que busca Sofonisba, que tú y Masinisa, que ellos y nosotros nos enfrentemos a muerte?

—Sin duda —respondió Publio sentándose de nuevo. Estaba agotado—. Pero falta por ver qué desea más Masinisa: ¿Numidia o esa mujer? Y yo creo que es Numidia lo que le interesa más, lo que más desea, pero eso debe descubrirlo él mismo, esta noche.

—¿Y si al final, pese a todo, se decanta a favor de Sofonisba? —preguntó Lelio.

—Entonces... entonces se detendrá a medio camino entre nuestro campamento y el suyo; es probable que llame a sus tropas y que nos ataque antes del alba. Haz que redoblen la guardia y que salgan patrullas de exploradores alrededor del campamento.

Norte de África

Masinisa cabalgaba casi al galope. Sus guerreros debían esforzarse para mantener el paso con su rey. Ya habían avanzado varias millas desde que salieran del campamento romano. El rey estaba de un humor terrible y nadie se atrevía a hablar con él. Y no lo entendían, porque acababa de derrotar a Sífax y además se había desposado con una hermosa joven, la anterior reina, y el rey se había mostrado muy feliz tras yacer con ella la noche anterior. Ahora todo eso parecía olvidado por su monarca.

Masinisa mantenía la boca cerrada y hacía chocar unos dientes contra otros mientras que con sus rodillas mantenía el ritmo del vaivén del galope de su caballo. Estaba recordando cómo llegó al cuartel de Sífax, cómo éste, tras la batalla de las grandes llanuras, corría huyendo hasta que sus hombres los atraparon y lo llevaron a rastras a su presencia y cómo él lo despachó entre risas de sus guerreros para que lo llevaran encadenado a la presencia del tribuno Lelio, un buen regalo para los romanos. Recordó cómo, casi temblando por la emoción de volver a reencontrarse con la hermosa Sofonisba, se acercó muy despacio a la tienda de Sífax, en busca de la muchacha. Era la única tienda que permanecía intacta, por expresa orden suya, pues quería a Sofonisba viva, intacta y la quería para él. No había llegado a la puerta cuando la propia Sofonisba salió para recibirle. Estaba, como siempre, deslumbrante, hermosa, y, para su sorpresa, tranquila. Ella sabía que había caído Sífax, pero que quien le había arrebatado a su actual esposo no anhelaba otra cosa más en el mundo que poseerla. Sofonisba se adelantó al deseo carnal y pasional de Masinisa saliendo de la tienda y ante la atónita mirada de todos se postró de rodillas ante Masinisa, que no cabía en sí, henchido como estaba de vanidad y orgullo y lujuria.

—Me dijiste una vez —empezó la joven reina—, cuando me obligaste a arrodillarme ante ti en mi tienda en Hispania, que llegaría el día en el que yo me postraría ante ti por mi propia voluntad. Bien, mi nuevo rey, ese día ha llegado. —Sofonisba habló con serenidad y dulzura, con un toque de vulnerabilidad, de fragilidad en su voz que Masinisa sabía que era mentira, pero que no dejaba por ello de ser embriagador, sugestivo, como el vino que sabemos que nos emborracha pero cuyas sensaciones buscamos de nuevo en nuestro paladar. Ella, la mujer hermosa que tanto le había despreciado en el pasado, por fin, estaba de rodillas ante él y le suplicaba. Le suplicaba. Era la victoria perfecta.

»Te ruego que como nuevo rey de Numidia —continuaba Sofonisba—, te imploro que veles por mí. Como muestra de que nunca te he podido olvidar, llevo en mi brazo el brazalete que me regalaste y lo he llevado siempre conmigo.

Y Sofonisba se quitó la joya dejando visibles a los ojos de todos las marcas blanquecinas que sobre su piel dorada había dejado el oro que durante varios años había impedido que el sol bañara esa parte del cuerpo de aquella preciosa mujer.

Masinisa alargó su brazo y la ayudó a levantarse.

Masinisa ralentizó sus recuerdos al tiempo que refrenaba su caballo. Del acelerado galope pasó a un trote más llevadero para todos, para el resto de los guerreros maessyli que le escoltaban y para los caballos.

La ayudó a levantarse y fueron juntos a la tienda de Sífax, y sobre el mismo lecho donde hacía unas horas Sífax había poseído a Sofonisba, fue él quien se solazó con ella, durante unas largas y preciosas horas que parecieron volar como águilas en el cielo. Sofonisba se entregó a él con tal pasión que erizó todos los pelos de la piel del monarca de los maessyli haciendo que el nuevo rey llegara al máximo placer en varias ocasiones. Después, en las horas inciertas del amanecer, cuando no se sabe si el mundo camina hacia el día o hacia una nueva noche, Sofonisba le habló entre susurros y su voz acaramelada debía de ser lo más semejante a la voz de las sirenas que trastornaron al mismísimo Ulises.

—Sólo te pido que me protejas de los romanos... que tú mismo te protejas de ellos... Sífax no estaba a la altura... pero contigo todo será diferente... tú eres joven y fuerte y valiente, no como el cobarde Sífax... puedo hablar con mi padre y Cartago te reconocerá como nuevo rey de Numidia... sólo tienes que ayudarnos a expulsar a ese romano de África y toda Numidia y yo misma seremos tuyas... eternamente tuyas... mi señor, mi rey, mi amo.

Masinisa dejó de pensar y detuvo a su caballo. Animal y rey quedaron inmóviles en mitad de la noche. El cielo limpio de nubes estaba plagado de estrellas. Los guerreros maessyli callaban para no interrumpir el silencio de su señor. Masinisa desmontó y dejó que uno de sus soldados tomara las riendas de su montura mientras él se alejaba unos pasos en busca de un recogimiento que todos respetaron. Debía tomar una decisión y debía tomarla ahí mismo, en ese momento. No había mucho más tiempo. Estaban a medio camino entre el campamento del general romano y su propio campamento. O bien seguía fiel a Publio Cornelio Escipión y entregaba a Sofonisba para luego enfrentarse a los cartagineses y tras derrotarlos ser rey de toda Numidia, o bien permanecía del lado de Sofonisba, se aliaba con los cartagineses y les ayudaba a derrotar a Publio Cornelio Escipión para luego ser reconocido rey por los propios cartagineses. En esta última ocasión tendría a Numidia y a Sofonisba, todo a la vez. Sólo había un problema: Publio Cornelio Escipión no había sido derrotado nunca. Ni en Hispania ni en África. El general romano sólo había participado en derrotas romanas en Italia, pero entonces no tuvo el mando. Desde que era general *cum imperio*, *imperator* de varias legiones, había vencido a los cartagineses en Cartago Nova, en Baecula, en Ilipa, apoderándose de todas las minas de plata de la región, y había arrasado a los iberos rebeldes de Cástulo e Iliturgis, había reprimido con severidad el motín de Sucro, y había vuelto a derrotar a los rebeldes iberos Indíbil y Mandonio que, grave error, le creyeron muerto; había conquistado Locri en Italia y luego Saleca en África y había derrotado a Hanón primero y luego a Sífax y, una vez más, a Giscón. Masinisa se debatía con furor en su interior. Deseaba a Sofonisba, pero Escipión era un enemigo temible, un contrincante de una magnitud difícil de medir. ¿Tenía fuerzas suficientes para enfrentarse a él? Quizá con una alianza con Cartago. Quizá si el general que comandara a los cartagineses fuese el propio Aníbal...

Campamento general romano junto a Útica

La señal de alarma sorprendió a Publio mientras intentaba dormir dentro del *praetorium*. De inmediato se puso en pie y, con la ayuda de un esclavo, se vistió, se ajustó la coraza y se calzó las sandalias mientras Lelio le informaba de lo sucedido.

—Masinisa está frente al campamento.

—¿Solo? —preguntó el procónsul, aunque sabía la respuesta, pues si hubiera venido solo o con un pequeño grupo de jinetes de escolta no habrían hecho sonar la alarma para poner en pie de guerra a todo el campamento.

—No —respondió Lelio con contundencia—. Viene acompañado de todo su ejército de caballería. Son varios miles. La batalla será cruenta.

El procónsul estaba inquieto y apartó al esclavo con cierto aire de desprecio ante la tardanza del siervo a la hora de atarle bien las grebas de las espinillas. El propio Publio terminó de hacer el nudo de uno de los cordeles que ajustaban las grebas a su piel para protegerla de las espadas enemigas.

—Vamos allá —dijo Publio, que se dirigió a grandes pasos hacia la puerta de la tienda seguido de cerca por Cayo Lelio.

En el campamento todo eran preparativos para la defensa y, por si el procónsul lo estimaba necesario, para hacer una salida con tantas tropas como el general considerara pertinente. Casi corriendo, Publio Cornelio Escipión, junto con Lelio, Marcio y Silano, alcanzó la muralla fortificada junto a la *porta praetoria.* Quería ver con sus propios ojos a ese nuevo Masinisa que ahora se rebelaba contra él. Una nueva traición. Estaba, hasta cierto punto, sorprendido. Se había equivocado al pensar que Masinisa consideraría más valioso respetar su alianza con él, y conservar así toda Numidia, que su pasión por aquella mujer cartaginesa. Quizá Sífax tuviera razón y Sofonisba era capaz de embrujarlos a todos, o, peor aún, quizá Masinisa hubiera reevaluado las fuerzas de los unos y los otros y hubiera concluido que si Aníbal regresaba era mejor que dicho regreso le pillara del lado de los cartagineses.

Desde lo alto de la empalizada la visión era espectacular. Toda la caballería númida de Masinisa se extendía a lo largo de una extensa milla, en una interminable hilera iluminada por centenares de antorchas en medio de aquella noche de cielo raso. Era una imagen fantasmal. Eran menos de lo que parecía, pero eran guerreros valientes y leales a su rey. El combate, como había vaticinado Lelio, sería tremendo y el desgaste de soldados y recursos, importante. Aquella batalla podía suponer el final de aquella irregular campaña en África sin conseguir el objetivo para el que habían desembarcado allí: la retirada de Aníbal de Italia. Y todo por una mujer.

—¿Ordenamos una salida? —preguntó Lelio.

Publio asintió despacio, pero luego se lo pensó mejor y se contradijo.

—No. Es peligroso. Las tropas tardarán en salir y sólo pueden hacerlo poco a poco por la *porta praetoria*, que es demasiado estrecha. Es lo que esperan. Se lanzarán contra las tropas mientras hacen la maniobra de salida, como hicieron contra los jinetes de Hanón en Saleca.

—Podemos defender a los *velites* y *hastati* mientras forman frente al campamento, disparando desde la empalizada y con las catapultas —sugirió Marcio.

—Aun así tendríamos muchas bajas —contrapuso Silano.

Se estableció un denso silencio.

—¿Y las otras puertas? —preguntó Publio.

—Lo hemos pensado —respondió Silano—, pero Masinisa ha mandado patrullas que rodean todo el campamento. Si organizamos una salida por alguna de las otras puertas, lo sabrán enseguida y con la caballería pueden plantarse en cualquier esquina con rapidez.

—Es hábil, Masinisa —dijo Publio incluso con un cierto aire de orgullo; a fin de cuentas el númida les había ayudado a derrotar a los cartagineses varias veces ya en África—. Es hábil.

—¡Mirad! —dijo Marcio señalando hacia el centro de la formación númida.

Un pequeño grupo de jinetes se adelantaba y todo parecía indicar que el nuevo rey de Numidia pudiera marchar al frente de ese reducido contingente. A medida que se acercaban, la imponente y ágil figura de Masinisa se hizo visible en medio de la trémula luz de las antorchas númidas.

—Quiere parlamentar —dijo Lelio.

—Abrid las puertas —apostilló Publio—. Bajaré. Iré acompañado por Lelio y una *turma* de caballería.

Marcio y Silano asintieron aunque con desgana. Les preocupaba que el general pusiera en peligro su vida. Si algo le pasara, nadie sabría qué hacer, allí perdidos, en medio de África, rodeados por mortales enemigos por todas partes. Con el procónsul al mando, todo parecía diferente, organizado, pensado.

Masinisa cabalgaba cargado de odio y rabia y miseria. Estaba furioso hasta niveles desconocidos para él y para sus leales que durante tantos años le habían acompañado en su largo exilio. Nunca nadie había visto a su rey tan rabioso, tan ofuscado, tan iracundo. Nadie sabía bien qué podía pasar aquella noche. Sólo sabían una cosa: era su rey y le seguirían hasta la muerte.

Publio, aconsejado por Lelio, avanzó sólo un centenar de pasos, una vez que cruzaron la *porta praetoria*. No debían alejarse de la protección que suponían los arqueros romanos establecidos en la empalizada del campamento en caso de que aquel encuentro pasase de un parlamento a un combate cuerpo a cuerpo. Aquélla era una noche demasiado extraña y los acontecimientos se sucedían de forma tumultuosa. Por primera vez en mucho tiempo, Publio sentía que no llevaba la iniciativa y estaba algo confuso, preocupado.

Masinisa no detuvo su avance al paso hasta que se situó frente a la *turma* del procónsul. Númidas y romanos que durante varios meses habían estado luchando unidos, se encontraron frente a frente. El campamento romano también había encendido gran cantidad de hogueras y antorchas. Era una noche de llamas que a todos recordaba la noche en la que atacaron, juntos, los campamentos de Sífax y Giscón y, sin embargo, ahora, eran enemigos... Publio se adelantó con su caballo unos pasos. Masinisa le imitó. Rey y procónsul, procónsul y rey a tan sólo dos pasos el uno del otro, montados, erguidos, orgullosos, sobre sus caballos. Dos magníficos guerreros, dos grandes generales, dos imponentes enemigos.

—Me pediste que te entregara a Sofonisba —empezó sin rodeos ni preámbulos falsos Masinisa.

—Y te lo sigo pidiendo —sostuvo Publio Cornelio Escipión con tensa firmeza.

—Me pides a mi mujer, a mi esposa...

—Debiste consultarme antes de celebrar ese matrimonio.

—¡Por mis dioses y por los de Roma! ¡Soy rey! ¿Desde cuándo un rey pide consejo sobre estas cosas?

Publio no se arredró, aunque sentía que Lelio y los caballeros romanos estaban agitados, a sus espaldas.

—Desde que eres rey por mi ayuda, desde que eres rey porque mis legiones están aquí.

—Yo también he combatido y con valentía, y te he ayudado a ti y a tus legiones y ahora, ¿ahora quieres mandar sobre mí?

—No quiero mandar sobre ti, pero no puedo permitir un enlace que suponga un riesgo a nuestra alianza.

—¿Y estás dispuesto a combatir contra mí por esa mujer?

—Estoy dispuesto. Sí.

Masinisa apretaba los labios y los movía hacia dentro y hacia fuera de su boca, como queriendo seguir con aquel debate, pero le faltaban las palabras en aquel latín que no era su lengua materna. Y él tampoco era orador y no estaba acostumbrado a los tensos debates del Senado romano. Él era un hombre de acción.

—Lo que me has pedido —dijo al fin el númida—, ha supuesto el final de nuestra amistad. —Y se volvió hacia sus guerreros y les hizo una señal. Lelio, raudo, desenvainó su espada y lo mismo hizo el resto de los caballeros de la *turma*. En la empalizada Marcio ordenó que los arqueros tensaran los arcos y que varios manípulos apostados junto a la *porta praetoria* estuvieran preparados para salir, acompañados de otras *turmae*. De entre los guerreros maessyli, emergió un jinete que llevaba un fardo atado con cuerdas colgando por delante de su silla sobre su poderosa montura. Una vez que el jinete númida llegó junto a su rey, Masinisa desmontó de su caballo y, ante la sorpresa de los romanos, tomó en sus brazos el pesado fardo que llevaba el caballo de su guerrero y, cargado con él, se aproximó a los pies del caballo del cónsul.

—Aquí tienes a Sofonisba. Muerta. Muerta para siempre. Haz con ella lo que quieras, romano y nunca más, nunca más —Masinisa hablaba mientras depositaba el cuerpo de la joven envuelta en varias mantas de lana blanca inmaculada sobre la arena de África—, nunca más me llames amigo. Tú y yo, Publio Cornelio Escipión y el rey Masinisa ya no son amigos. Y nunca más volveré a combatir por ti. Jamás. A partir de ahora todo lo que haga será sólo para mí, para el único, legítimo e independiente rey de Numidia.

Y Masinisa montó de un salto sobre su caballo, dio media vuelta y al galope se alejó escoltado por sus soldados y por el viento de la noche y en medio de las sombras de las hogueras y las antorchas, todo su ejército desapareció del horizonte oscuro de la madrugada. Los romanos quedaron con sus armas desenvainadas, sus arcos apuntando al vacío, sus caballos piafando nerviosos porque nerviosos estaban sus jinetes, todos contemplando un espacio vacuo en un horizonte que empezaba a palidecer por los primeros resplandores aún tímidos del alba.

Todo parecía un sueño, una pesadilla extraña, excepto porque a los pies del procónsul de Roma había un bulto del tamaño de una persona pequeña, envuelta en mantas de lana blanca que parecían brillar a la luz del fuego. El procónsul miró a Lelio y el tribuno asintió. Cayo Lelio desmontó de su caballo y se acercó al fardo inerte. Se arrodilló junto a él y empezó a desatar con cuidado las ligaduras que sostenían las mantas. Sólo él, de entre todos los romanos, había visto a Sofonisba, tras la batalla de las «grandes llanuras», junto a Masinisa. Sólo él podía confirmar si aquel cadáver era el de la hija del general cartaginés Asdrúbal Giscón. Las cuerdas cedieron ante los poderosos dedos del veterano tribuno. Lelio estiró de dos cuerdas y las separó de las mantas. Luego tiró de uno de los edredones y, con cuidado, separó la tela hasta dejar visible el rostro de la más bella de las mujeres que con los ojos cerrados, con el cuerpo aún caliente, parecía más dormida que muerta. Lelio se volvió hacía Publio y asintió.

El procónsul de Roma comprendió que Masinisa había decidido cumplir la orden de entregar a Sofonisba, pero a su manera: muerta antes que viva, muerta antes que permitir a los romanos que la humillaran arrastrándola encadenada por las calles de Roma junto a Sífax. Lelio cubrió de nuevo el rostro de la hermosa mujer. De pie, mirando el horizonte, habló al viento.

—No ha habido batalla, pero hemos perdido la caballería de igual modo.

Publio, montado sobre su caballo, contemplaba el amanecer.

—No, Lelio. Hemos perdido la amistad del rey, pero Masinisa necesita, ahora más que nunca, que derrotemos a los cartagineses. Cuando le llamemos acudirá. Lo hará, eso sí, por su propio interés, no por ayudarnos. Por el momento, será mejor dejar que el tiempo restañe las heridas y, si es posible, que se sosiegue el ánimo del nuevo rey de los númidas.

—Pero su amistad nos habría venido bien —insistió Lelio, que veía la alianza con Masinisa demasiado débil.

—La amistad es poderosa cuando no es por interés, o, al menos, eso dice Aristóteles, y entre Masinisa y nosotros sólo ha habido interés. En estas circunstancias, es mejor que nuestra alianza esté forjada sobre su ambición.

Lelio no dijo nada. Un jinete le acercó su caballo. El tribuno montó en él. Otros dos jinetes descabalgaron para poner, con cuidado, sobre otro caballo el cuerpo de la que por un tiempo breve había alcanzado el sueño de ser reina, reina en un mar de hombres, en medio de una guerra larga y compleja que parecía llevarse, poco a poco, a hombres, mujeres y niños, a amigos y enemigos, a generales y cónsules y reyes y reinas; una guerra eterna que se alargaba sobre el mundo como una noche eterna. Una guerra que amenazaba con llevarse por delante a todos sus protagonistas, hasta que en el vacío final, sólo quedara el silencio y el olvido.

A lo largo del día siguiente, los legionarios de la V y la VI pudieron admirar el hermoso cuerpo de la joven reina Sofonisba expuesto en el centro de la *Via principia* frente a la tienda del *praetorium*. En el ánimo de cada soldado que se detenía por un instante ante aquel bello cadáver crecía la admiración por el poder de su general: un rey había entregado muerta a su reina, a la más hermosa de las mujeres que habían visto nunca, porque el general se lo había ordenado. Publio Cornelio Escipión era más que un procónsul o que un *imperator* para aquellos hombres que otrora sucumbieran a la desesperanza del destierro perpetuo. Para ellos, Escipión era el hombre más poderoso y más temible del mundo, era su líder y su única ruta de regreso a Roma. Ante él caían reyes iberos y númidas y todos los generales que Cartago enviaba para combatirle.

Frente a las miradas de asombro de los legionarios, Sofonisba, muerta, permanecía con sus oscuros ojos yertos, cerrados, mientras su espíritu aún caliente pugnaba por no alejarse de la tierra de los vivos, unos vivos que tanto la habían defraudado. Primero tuvo que ver cómo su padre era derrotado una y otra vez por el general romano al que todos llamaban Escipión; luego, tras huir de Iberia a toda prisa, tuvo que ser testigo de cómo su plan de casarse con el terrible rey Sífax de Numidia no conseguía los frutos deseados, pues, una vez más el mismo general Escipión, en un sorprendente y osado ataque nocturno, desarboló a los ejércitos de su esposo y su padre juntos. Los requiebros de sus besos consiguieron que su marido se revolviera una vez contra los enemigos de su patria, pero los romanos, aliados con el astuto y atrevido Masinisa, derrotaron definitivamente a Sífax. Aun así, Sofonisba, como una gata, sacó una vida más de entre sus entrañas y supo atrapar en la red de su hermosura y sus encantos a Masinisa, llamado a ser el nuevo rey de Numidia, a quien si conseguía alejar del general romano, volvería a convertir en ariete de la causa cartaginesa.

Sofonisba vio con preocupación la partida nocturna de su nuevo rey, de su nuevo esposo camino del campamento romano.

—No vayas —rogó ella entre suspiros y caricias y a punto estuvo de detenerlo, pero Masinisa se zafó del enjambre empalagoso de sus brazos tiernos de piel suave y tersa.

—Debo ir —dijo Masinisa—. Quizá pueda conseguir un pacto con Escipión. Quizá podamos conseguir un arreglo entre Cartago y Roma.

Sofonisba negaba repetidamente con la cabeza.

—Eso es lo mismo que dijo Sífax y Sífax está ahora preso de los romanos. Ese Escipión sólo te quiere por tu caballería.

—Es posible —respondió él ya desde la puerta de la tienda, vestido y armado—, pero me ha ayudado a terminar con mis enemigos y me ha entregado Numidia entera.

—Pero te pedirá mi cabeza.

—Hablaré con él. —Y Sofonisba lo vio partir.

Y habló con el romano y el romano pidió su cabeza y Masinisa no pudo ni supo ni tuvo el valor de negársela. Ni siquiera tuvo la valentía de regresar a comunicar en persona el resultado de la entrevista con Escipión. En su lugar, el nuevo rey de los númidas se detuvo a medio camino de regreso y envió a uno de sus guerreros para que transmitiera el funesto mensaje. Cuando Sofonisba vio que no era Masinisa quien entraba en su tienda, sino un subalterno, un oficial desconocido para ella, un guerrero maessyli con más cara de miedo que de respeto, Sofonisba comprendió que el fin de sus días había llegado.

—Mi rey dice... —empezó el maessyli dubitativo—, dice que debe entregarte al general romano. Que no hay otra respuesta posible a las exigencias de Escipión. Que lucharía por ti, pero que no tiene ni suficientes hombres ni ejército para salvarte y que o te entrega ahora o tendrá que hacerlo cuando todo su ejército y su poder haya sido destruido por las «legiones malditas». —Sofonisba escuchaba en pie, junto a una silla a la que se asía para encontrar fuerzas suplementarias en el momento sublime de su derrota final—. El rey Masinisa dice que debe entregarte viva, pero que él tampoco desea ser cómplice del espectáculo de ver a una reina de Numidia cubierta de cadenas exhibida como un animal por las calles de Roma... por eso mi rey... mi rey te envía esta copa... es todo cuanto puede hacer...

Y el guerrero maessyli ofreció una copa llena de vino y veneno mortal a la que ahora era su reina. Sofonisba sonrió con soltura, casi con desenfado.

—Deja la copa en el suelo y márchate, guerrero, vuelve con tu rey. —Y el maessyli, aliviado por poder escapar de aquella tienda de derrota y muerte, obedeció, pero antes de que pudiera salir, la voz de la reina volvió a hablar deteniendo sus pasos—. Pero dile al rey Masinisa, dile que Sofonisba ya sabe que aquel osado maessyli que la cortejaba en los campamentos de su padre en Iberia y que incluso se atrevía a entrar en mi tienda asesinando a los centinelas para poder tocar mi piel, dile que con mi muerte ese rey también ha muerto. Dile, guerrero maessyli, que Masinisa, con mi muerte, deja de ser rey para ser tan sólo un vasallo de ese general de Roma y dile que cuando Aníbal regrese a mi patria y sus elefantes aplasten a las legiones de ese general, dile que entonces ya no habrá reyes númidas en Numidia, sino sólo el poder de Cartago y que todo su pueblo al que maldigo como le maldigo a él arrastrarán durante siglos la maldición de Sofonisba.

El soldado que escuchaba casi de espaldas, junto a la puerta de la tienda, las terribles palabras de la que aún era su reina, asintió y partió de aquella estancia más nervioso de lo que había estado al entrar.

Sofonisba se quedó a solas. La luz de las velas creaba fantasmagóricas sombras temblorosas, asustadas. En el exterior se escuchó a un caballo piafando y varios hombres hablando entre susurros. Todos esperaban ansiosos su decisión, el desenlace final y definitivo. Sofonisba, hija de general cartaginés, esposa y reina de dos reyes de Numidia, caminó despacio hacia la copa que, indiferente a las pasiones de los hombres y las mujeres de su tiempo, permanecía inmóvil en el centro de la tienda.

Sofonisba se agacha, toma la copa entre sus finos dedos y acerca el borde de la misma a sus labios carnosos. El líquido mortífero, oculto en el sabroso sabor del vino, se desliza por la garganta de la joven reina y así, Sofonisba, reina de Numidia, vendida por su padre, abandonada por un primer esposo derrotado en el campo de batalla y traicionada por un segundo esposo henchido de ambición, bebe su muerte.

—Cuántos hombres y qué cobardes todos ellos. Dos legiones enteras han hecho falta para obligarme a beber esta copa. Y se creerán valientes... —dijo entre murmullos de despecho, pero entonces sintió que le costaba inhalar aire y se acurrucó en el lecho, y se abrazó a sí misma, que era lo único que le quedaba, y pensó que se dormía y dejó de sentir los brazos y las piernas y luego se olvidó de respirar.

81

El regreso de Aníbal

Crotona, Bruttium, sur de Italia,
otoño del 203 a.C.

Aníbal miraba hacia la bahía de Crotona con los brazos en jarras. No sólo tenía que soportar el dolor de las terribles noticias de la muerte de su segundo hermano, el pequeño de la familia, a causa de las heridas sufridas en la durísima campaña del norte de Italia, quien, de camino a África, tuvo que detenerse en Cerdeña en un desesperado intento por recuperarse que no surtió efecto. Allí, en aquella isla, quedó su joven hermano. Ese dolor le partía el corazón, pues había albergado la esperanza de endulzar el triste deber de aceptar la necesidad de su propio regreso a África sin conseguir derrotar a Roma con el reencuentro con el único de sus hermanos que aún vivía. Y para colmo de males, además ahora se veía obligado a organizar su propio regreso y la vuelta de sus tropas con recursos insuficientes.

Aquello era increíble: no le habían enviado bastantes barcos para transportar todas sus tropas a África. Llevaban un día cargando las *trirremes* y los barcos mercantes que Cartago había enviado para aquella gran misión y eran demasiado pocos.

—Es imposible, mi general —dijo Maharbal, de pie, tras un desesperado Aníbal—. Tendremos que dejar a muchos hombres atrás.

—¡Por Baal, Melqart y Tanit y todos los dioses! —Aníbal se pasaba ambas manos por encima de la cabeza—. Hay que ser inútiles para no poder terminar con esas dos legiones romanas cuando aquí llevamos años combatiendo contra siete y ocho cada año. Pero sea, hemos de regresar por su incapacidad y puedo entender, Maharbal, que no nos enviaran todos los suministros y refuerzos que necesitábamos, puedo entenderlo, puedo comprender que mis enemigos en Cartago, empezando por el inútil de Giscón, me prefiriesen muerto en Italia, aunque eso supusiese la derrota para Cartago, pero esto... esto no lo puedo entender. Ahora nos piden que regresemos porque están temerosos, todos los viejos senadores están asustados de ese general romano, ese Escipión que ya expulsó a Giscón de Hispania y aun así, estando atemorizados como niñas, no me envían los suficientes transportes para que pueda desembarcar de regreso en África con todas las tropas. Es absurdo.

—Quizá quieran que las fuerzas que se reúnan estén equilibradas y que no sean todas leales sólo a ti —respondió Maharbal.

Aníbal se sentó sobre un montón de sacos de trigo que aún debían ser cargados, aunque no se sabía dónde.

—Seguramente lleves razón, Maharbal. Sé que Cartago espera también el regreso de los restos de las tropas que tenía asignadas Magón. —Aquí se detuvo un instante y bajó la mirada; Aníbal ya no tenía a nadie en quien confiar, exceptuando, quizá, Maharbal—. Sí, eso debe de ser. Quieren que el nuevo ejército sea un tercio procedente de las tropas reembarcadas en Cerdeña, las que comandaba Magón y fueron derrotadas en el norte de Italia, otro tercio compuesto por las nuevas levas del maldito Giscón en la propia África y un tercio más, mis veteranos. Si me dejaran embarcar a todos podría tener casi la mitad del nuevo ejército compuesto por leales a mí. Ésa es la única explicación. No quieren que tenga tantos leales a mí en África.

Pero la explicación no solucionaba el problema inmediato: qué embarcar y qué dejar o a quiénes dejar en tierra. Aníbal sintió la mirada inquisitiva de Maharbal y le respondió lo que él ya tenía meditado desde hacía unas horas, desde que resultara del todo evidente la imposibilidad de embarcar a todo el ejército con el que llevaba batallando desde hacía años en Italia.

—Embarcaremos sólo soldados, y víveres... sólo los necesarios para la travesía. En Leptis Minor y Hadrumentum, una vez en África, podremos reabastecernos. Así podremos embarcar a más soldados. Allí tengo buenas relaciones con muchos nobles de esas ciudades.

—¿Y la caballería? —preguntó Maharbal.

—No la embarcaremos. Los caballos ocupan demasiado espacio. He enviado emisarios al rey Tiqueo de Numidia. Es pariente de Sífax y está ansioso por vengar sus derrotas y por liberarle de las cadenas en las que le tendrá cubierto el joven Escipión, eso si no lo ha crucificado ya, que, por cierto, es lo que se merece, por inútil. De hecho el general romano debería crucificar a Sífax, y Cartago hacer lo mismo con Giscón, pero no se atreverán. Dos imbéciles. Le tenían rodeado y ese general romano destroza sus campamentos en una sola noche, en un solo ataque. Unos inútiles. —Las palabras de Aníbal sobre Giscón eran traición, pues Giscón, pese a su incapacidad, era otro general de Cartago, pero Maharbal estaba tan de acuerdo con lo que decía Aníbal que se limitó a sonreír. Aníbal continuó hablando, como si lo hiciera para sí mismo, como si buscara convencerse de que estaba haciendo lo correcto—. Tiqueo nos proporcionará la caballería. Así podremos cargar hasta quince mil hombres o quizás algo más, pero aun así tendremos que dejar en tierra unos diez mil guerreros.

—¿Y qué hacemos con los caballos?

—Los sacrificaremos todos —respondió Aníbal no sin cierta inquietud—. No podemos dejar ese regalo al enemigo. Dos mil caballos muertos y diez mil guerreros abandonados en tierra. Espero que no los echemos luego de menos. Espero que estemos haciendo lo acertado.

—Supongo que los soldados de Magón y las tropas de Giscón los reemplazarán y no los echaremos en falta —dijo Maharbal intentado animar al general.

Aníbal le miró perplejo y negó con la cabeza.

—Me refiero a los caballos. —Y volvió a repetir mirando hacia la bahía—. Me refiero a los caballos.

Libro VIII

La batalla de Zama

202 a.C.

Deducunt habiles gladios filo gracilento...
Denique ui magna quadrupes eques atque elepanti proiiciunt sese...
Iamque fere puluis ad caelum uasta uidetur...
Hastati spargunt hastas, fit ferreus imbet...

Ennio,
fragmentos del *Libro VII de los Anales*
sobre las guerras púnicas

[Desenvainan las manejables espadas de delgado filo...

Finalmente los cuadrúpedos caballos y elefantes se precipitan con gran violencia...

Y ya se deja ver una inmensa polvareda que se eleva casi hasta el cielo...

Los *hastati* arrojan aquí y allá las lanzas, originándose una lluvia de hierro...]

82

El final del camino

Roma, enero del 202 a.C.

Quinto Fabio Máximo observaba el cielo con aire taciturno. Estaba sentado en una roca en lo alto de la colina en el centro de su hacienda desde la que se divisaba Roma. Era el lugar donde practicaba las ceremonias de augur para predecir el futuro. En otros tiempos siempre veía algo, por poco que fuera. Casi siempre de modo acertado, en raras ocasiones de forma confusa y, que él recordara, sólo se había equivocado una vez. No supo ver que sus planes para terminar con la alianza entre Cayo Lelio y el joven Escipión terminarían en fracaso. Aunque quedaba por ver el desarrollo final de la campaña de África, pero las cosas parecían marchar bien para el eterno procónsul de los Escipiones. Dos victorias consecutivas contra los ejércitos púnicos y númidas habían situado a Publio Cornelio Escipión en una buena situación para asediar la mismísima Cartago.

Quinto Fabio Máximo carraspeó y escupió a un lado, para evitar que su saliva cayera entre las líneas entrecruzadas que había trazado en el suelo para realizar su lectura del futuro. Estaba cansado. No había visto nada. Nada. Era extraño. Era la primera vez que algo así le ocurría. No es que hubiese observado signos confusos, pájaros extraños, bandadas de vuelos ambiguos, ni altos, ni bajos, no, no era eso, o que no acertara por su vista cansada a distinguir con nitidez el origen del vuelo de las aves, algo que le ocurría con frecuencia últimamente. No, era una sensación extraña y diferente. En media hora no había surcado el cielo ni una sola ave y, más aún, en la media hora más que llevaba sentado en aquella roca ni tan siquiera se había escuchado el canto de los pájaros. ¿A qué tanto silencio cuando Quinto Fabio Máximo preguntaba a los dioses sobre el futuro?

El viejo senador se ayuda del *lituus* sobre el que apoyó ambas manos para alzarse de su improvisado asiento y reemprender el camino de regreso a su *domus*. Miraba ahora hacia el suelo. Se tropezaba con demasiada frecuencia. Por fin, había admitido para sí mismo, en secreto, que su vista era endeble sobre todo en el ángulo derecho inferior. Por algún motivo una sombra se extendía en ese lado de su visión. No lo había comentado a los médicos porque no quería difundir sus debilidades.

Fabio Máximo caminaba despacio en su descenso de regreso a su *domus*. Paseaba entre los cipreses que vigilaban el sendero y sentía que cada vez la distancia de un ciprés al siguiente parecía alargarse. Le costaba respirar. Pensó en detenerse y sentarse al borde del camino, pero no había ningún lugar propicio para ello, ninguna piedra o tronco grande sobre el que hacerlo. Ordenaría que instalaran bancos en todo el camino. Así podría descansar dónde y cuándo se le antojase.

El final del camino no llegaba nunca. Se detuvo junto a uno de los altísimos árboles y se apoyó en su grueso tronco con una mano mientras con la otra descansaba sobre el *lituus*. Inspiró con fuerza varias veces. Le pareció sentirse mejor. Algo más aliviado, reemprendió la marcha por el tortuoso sendero. Nunca pensó que aquélla fuera una senda larga y, sin embargo, así lo parecía aquella lánguida tarde.

Quinto Fabio Máximo alcanzó al fin la puerta de su casa. Estaba abierta, pues toda la villa estaba rodeada por muros que a su vez estaban vigilados por un ejército de esclavos y libertos a sueldo del gran ex cónsul. Por eso podía permitirse dejar las puertas de su casa abiertas. El anciano senador entró en el vestíbulo y de ahí, en unos pasos, entró al gran atrio de su mansión. Pensó que entre los sólidos muros de su vivienda encontraría mayor sosiego y descanso, pero no fue así.

Quinto Fabio Máximo, apodado *Verrucoso* por la cada vez mayor verruga de su labio inferior, el hombre que detuvo a Aníbal en las peores semanas de aquella guerra, conquistador de Tarento, cinco veces cónsul de Roma, una vez dictador, augur permanente y *princeps senatus* vitalicio, se desplomó a los ochenta y un años de edad sobre las teselas de uno de los gigantescos mosaicos de su casa que recreaba con todo lujo de detalles su primer gran *triunfo*, el que celebrara en el año 521 *ab urbe condita*, tal y como rezaba al pie del mosaico. De eso hacía ya más de cuarenta años. La sangre de Máximo se esparcía por entre las ínfimas comisuras que quedaban entre tesela y tesela. Con él caía parte de la historia de Roma, con él se derrumbaba una forma de interpretar el destino de la República, con él se desmoronaba un mundo entero. Quizá por eso, porque el propio Máximo así lo sentía, sacó fuerzas de flaqueza e intentó alzarse, pero, aturdido por el golpe y falto de fuerzas, no pudo más que arrastrarse hasta una de las paredes y quedarse allí medio sentado, descansando su espalda en la pared. Un chorro de sangre caliente le brotaba de la frente. No se llevó la mano a la herida; no por miedo de confirmar la seriedad del corte sino por puro agotamiento. Sus últimas fuerzas se habían desvanecido en los dos metros en los que se había arrastrado sobre las teselas del mosaico de su casa. Un joven esclavo encargado de la cocina apareció en el atrio, alertado, sin duda, por el ruido del golpe de la caída, y se quedó estupefacto al contemplar lo impensable: el todopoderoso Quinto Fabio Máximo yacía semirreclinado, herido, vulnerable. Se acercó despacio a su amo.

Fabio Máximo, con un hilillo de débil voz, hizo audibles sus instrucciones.

—Llama a los médicos... y a Marco. Diles... que vengan... rápido...

El esclavo desapareció a toda velocidad, entre asustado y abrumado por las órdenes. Surgieron entonces dos siluetas de suaves curvas, vestidas de lanas blancas muy finas, con túnicas escandalosamente cortas que dejaban al descubierto unas hermosas pantorrillas y unos bien formados muslos. Las dos esclavas egipcias se aproximaron a su amo herido.

—Traedme agua —empezó Fabio Máximo—, agua... para beber y... para limpiarme las heridas.

Una de las jóvenes se volvió para buscar lo que se le había solicitado pero la otra no. Esta última se acercó despacio al viejo senador y se agachó primero y luego se arrodilló junto a él. Le miraba con detenimiento. Fabio pensó que estaba valorando la gravedad de las heridas y la forma de curarlas mejor, pero la muchacha se dirigió a su compañera con un tono frío que sorprendió al viejo e implacable *princeps senatus.*

—No vayas a por agua, hermana. No se recuperará de estas heridas. Está demasiado débil.

La otra joven se detuvo y se volvió hacia donde yacía el malherido cuerpo de Quinto Fabio Máximo. El rostro de la joven mostraba una clara mezcla de confusión y nervios. ¿Qué decía su hermana? Se estaba rebelando contra el amo. Las matarían por ello. Peor, las torturarían hasta morir.

Fabio Máximo miraba con odio mortal a la joven esclava rebelde que le negaba el auxilio. Aún podía ver sobre la piel de la joven las marcas de los latigazos que emergían de la espalda y se vislumbraban por los hombros desnudos. No hacía ni unas horas que aquellas dos esclavas habían estado bajo sus pies, saboreando la piel afilada de su látigo cuando ahora osaban rebelarse. Las mataría, las mataría despacio, lentamente. Tendrían la más horrible de las muertes posible. La joven, además, osaba mirarle directamente a los ojos, ella, una mísera esclava, a él, senador de Roma, ex cónsul, ex dictador, augur, a él. Se puso rojo de ira debajo del rojo sangre que le cubría la piel de su rostro. Fue a hablar, pero le faltaba el aire y no pudo decir nada.

—Deberíamos matarlo ahora que tenemos oportunidad, por Isis —continuó la esclava rebelde. Su hermana negaba con la cabeza, pero la otra insistía y la veía buscando con los ojos algo—. Una almohada bastaría para ahogarle. —Y se levantó para ir en su busca, mientras un incrédulo Máximo registraba cada palabra incrementando el tamaño de la venganza cruel que estaba diseñando para terminar con aquellas esclavas en cuanto se recuperara. Pero en ese mismo momento llegaron los médicos que residían en la villa. Dos griegos contratados por Fabio para velar por su salud y, tras ellos, llegó Marco Porcio Catón. Aquello le sosegó un poco. Por fin un amigo, alguien que entendía, alguien que sabía. Debía decirle tantas cosas... pero no tenía voz... Máximo vio cómo las esclavas, nerviosas por no haber tenido tiempo de llevar a término sus terribles ideas, se retiraban y cómo la misma que le había negado el auxilio y había instigado a la otra abiertamente para matarle, hablaba con fría calma.

»Ha pedido agua, íbamos ahora a por ella.

Los médicos asintieron. La otra esclava, más asustada, al fin, a una señal de su hermana que acababa de hablar, fue a por el agua. Los médicos se agacharon junto al senador caído, pero éste los apartó con la mano derecha, la que aún parecía responder a sus deseos. La izquierda parecía como inerte. El anciano ex cónsul intuía que ya era tarde para médicos. Los dos griegos se hicieron a un lado. Máximo señaló a Catón y éste se acercó y se arrodilló para escucharle. Fabio Máximo miró a la esclava. Tenía que acordarse de acusarla de traición para que ambas murieran con torturas horribles, pero tenía tan pocas fuerzas... sabía que apenas podría pronunciar unas pocas palabras... había que elegir con suma precisión cada vocablo, cada frase... Empezaría por lo fundamental, por Roma y aquella interminable guerra. Roma debía ser siempre lo primero. Sabía que se moría sin hijos, sin heredero vivo. Todos sus planes se habían desvanecido en lo que se refería a dejar organizada su sucesión. Él había iniciado aquella guerra para situar a Roma en el lugar donde le correspondía en el mundo y para, al mismo tiempo, eliminar a todos sus enemigos internos. En esto Aníbal se había mostrado un muy eficaz aliado, pero el propio Aníbal había roto sus planes, de muchas formas y de la peor de todas: instigando la muerte de su hijo. Sin su hijo, Fabio Máximo estaba solo. Quedaba, no obstante, Marco. Marco Porcio Catón. Su fiel y leal discípulo, siempre desconfiado, pero siempre a su lado. Sólo él podía ser ya el nuevo camino hacia la salvación de Roma. Sólo él. Tenía que saberlo. Tenía que estar seguro de que el propio Marco así lo entendía.

—Marco... debes salvar a Roma... debes... salvar a Roma... de su mayor enemigo... de...

Catón asintió con la cabeza de modo ostensible, para que el anciano viera que le había entendido y habló para concluir aquella frase que tan larga se le hacía al noble senador herido y agotado de puro anciano y medio inconsciente por el golpe de su reciente caída.

—Libraré a Roma de Aníbal —concluyó Catón, y con esas palabras esperó apaciguar los últimos instantes de vida del gran senador, pero Quinto Fabio Máximo se revolvió con furia, sacudiendo la cabeza empapada en sangre de un lado a otro como si le sobreviniera un ataque de epilepsia y, furibundo, con rabia, gritó con todas sus fuerzas.

—¡De Escipión... debes salvar a Roma de... Escipión!

Catón abrió los ojos de par en par y asintió una vez más, en esta ocasión más despacio, aún digiriendo el deseo del moribundo, que le miraba como quien se pregunta: «¿Aun después de tanto tiempo, después de tantos años, no entiendes nada, no entiendes nada?»

—Me ocuparé de Escipión —añadió con tono firme y semblante serio Catón—. Lo prometo, lo juro por Júpiter, Juno y Minerva.

Entonces sí, algo más sosegado, aunque con el ceño fruncido e inquietantes dudas en su alma sobre la capacidad de Catón para cumplir con fidelidad aquella promesa sagrada, Quinto Fabio Máximo relajó los músculos ensangrentados del rostro y dejó que por las heridas abiertas en su frente fluyeran sus últimos segundos de vida. En el instante final, su mirada se cruzó con la de la joven esclava rebelde, pero era ya demasiado tarde para poder añadir más, ni tan siquiera para que su rostro reflejara un acusador desprecio hacia ella. Por el contrario, Fabio Máximo se llevó al Hades la mirada de mayor desprecio, odio y rencor que nadie jamás le hubiera dedicado antes; y mientras se moría, Quinto Fabio Máximo comprendió en un último segundo de lucidez por qué las divinidades ya no le habían dejado interpretar el vuelo de más aves y así desvelar el futuro: porque para él ya no había futuro sobre la tierra de los vivos. Ahora iba rumbo al reino de los muertos. Quinto Fabio Máximo había llegado al final del camino.

Non enim rumores ponebat ante salutem,
ergo postque magisque uiri nunc gloria claret.

ENNIO,
Anales, libro XII,
sobre Quinto Fabio Máximo

[No anteponía los rumores al bien del Estado
y así su gloria brilla más de día en día.]

83

Las maniobras de Catón

Roma, verano del 202 a.C.

Marco Porcio Catón era un hombre con un objetivo definido: cumplir la promesa que hiciera a Fabio Máximo en el último aliento de vida del que fuera cinco veces cónsul de Roma. Catón no era magistrado, ni lo había sido nunca, pero tras la muerte de Quinto, el hijo de Fabio Máximo, todos los seguidores del fallecido *princeps senatus* reconocían en la persona de Catón el que debía ser su nuevo líder. Era un liderazgo que estaba sujeto a las acciones del joven senador, pero la decisión con la que el propio Catón asumió la inconmensurable tarea de suceder al viejo Máximo satisfizo a sus seguidores y sorprendió a los Escipiones y los Emilio-Paulos en el Senado. Con el nuevo año se eligieron nuevos cónsules y se prorrogó el mando de los diferentes procónsules y pretores. Catón no intentó relevar del mando en África a

Publio Cornelio Escipión porque era del todo imposible: el pueblo le aclamaba, pues de África no dejaban de llegar buenas noticias, una tras otra. Sífax había sido apresado y hasta exhibido por las calles de Roma, pues el joven procónsul no había escatimado medios para hacer llegar a su gran trofeo, el ahora esclavizado antiguo rey de Numidia, y pasearlo por las calles de Roma. Decenas de ciudades de África se rendían al joven general romano y hasta la mismísima Útica, que había resistido un asedio interminable, había cedido al hambre y la desesperación y había abierto sus puertas de par en par. Escipión, además, había obligado a los cartagineses a aceptar una tregua en unas condiciones humillantes: Cartago debía entregar todos los prisioneros de guerra y retirar las tropas de Magón del norte de Italia y las de Aníbal del sur; debían reconocer el dominio romano sobre Hispania y sobre todas las islas entre Italia y África y entregar toda la flota, con la excepción de veinte *trirremes* que conservarían para la defensa de sus costas; los púnicos debían aceptar a Masinisa como nuevo rey de Numidia y proporcionar 300.000 modios de cebada y 500.000 modios de trigo para las legiones V y VI, que luego se distribuirían hacia Sicilia y Roma; y no sólo eso, sino que además Cartago debía entregar 5.000 talentos de plata y aceptar la independencia de las tribus libias y de la cirenaica. Y lo sorprendente para Catón, al menos en un principio, es que el Senado cartaginés había aceptado. Luego, los acontecimientos hicieron ver al joven sucesor de Fabio Máximo la estrategia del Senado púnico: al cabo de unos meses, cuando un convoy de doscientos barcos mercantes romanos fue sorprendido por una tempestad, embarrancó en las proximidades de Cartago, y los cartagineses, en lugar de obedecer las instrucciones de Escipión de no entorpecer las tareas de rescate y recuperación de las mercancías de esa flota, hicieron caso omiso y permitieron que Giscón usara todas las *trirremes* cartaginesas para saquear a tantos barcos como pudieron. Escipión entró en cólera, pero ya era tarde. Catón sonreía mientras caminaba por el foro de regreso de la última sesión en la que había liderado una maniobra magistral. Era tarde para Escipión porque los cartagineses ya se habían reabastecido con las provisiones que debían haber aprovisionado a las legiones V y VI y, por otro lado, aún no habían satisfecho el resto de las condiciones de la tregua, pues apenas habían proporcionado trigo, cebada o dinero y muchísimo menos entregado sus barcos. Todo lo contrario. El Senado de Cartago había distribuido su flota en tres grupos: una flotilla que permanecía en Cartago, mientras que otros barcos iban a retirar las tropas del ya muerto Magón de Cerdeña y a las mismísimas tropas de Aníbal. En eso sí iban a cumplir las condiciones dictadas por Escipión, pero no como fieles vasallos sometidos a un general victorioso, sino como una maniobra de reabastecimiento y reagrupamiento de todos sus recursos y tropas para lanzar un nuevo y mortífero ataque contra las legiones V y VI, un ataque que en esta ocasión no lideraría el mediocre Giscón ni ningún reyezuelo númida tan vanidoso como incapaz, sino que el reagrupamiento de los ejércitos de Magón, Aníbal y Giscón sería encabezado por el mismísimo Aníbal Barca. De todo esto y de mucho más se había hablado en el Senado. Pasado el *senaculum*, dejando el *Comitium*, al entrar en el foro, Catón fue junto al carro que le esperaba para llevarlo a la mansión del anciano Máximo, villa que utilizaba de refugio para meditar y consultar también los papeles y documentos de Máximo, una insondable sima de conocimiento y, sobre todo, información. Pero Catón desestimó subir al carro y, rodeado por sus guardias, decidió caminar un poco por el foro, un foro que sabía adoraba a Escipión de la misma forma que le temía a él. No era una sensación que le disgustara. El miedo infundía tanto o más respeto que la admiración.

Con el nuevo año se habían elegido dos nuevos cónsules: M. Servilio Puplex Gémino y Tiberio Claudio Nerón. Catón había entendido bien el mensaje final de Máximo: si Escipión derrotaba a Aníbal ya nada le detendría de ser reelegido una y otra vez cónsul, hasta convertirse en magistrado vitalicio de Roma, un dictador permanente. Eso supondría el final del Estado romano tal y como estaba constituido en la República y eso era algo que debía evitarse a toda costa, pues, indefectiblemente, conduciría al final de Roma. Por ello, Catón, arropado por todos los viejos senadores seguidores de Máximo, acababa de conseguir que se aprobara una moción por la cual se nombraba a Tiberio Claudio Nerón con el mismo rango de mando sobre las tropas de África que el procónsul Escipión, a la vez que se proporcionaba a Tiberio Claudio dos legiones y cincuenta barcos con los que partir hacia África. De esta forma, si se conseguía una victoria definitiva sobre Aníbal y Cartago, la gloria quedaría repartida y Escipión no podría presentarse ante el pueblo como el único gran salvador de Roma. Los Emilio-Paulos y también los Escipiones, encabezados por Emilio Paulo, el hermano de Emilia y por el propio Lucio, el hermano de Escipión, intentaron que la moción no se aprobara, al menos no en esos términos. Aceptaban, como era de esperar, que se enviaran refuerzos, pues, en el fondo, todos temían que la conjunción de los antiguos ejércitos de Magón y Giscón junto con el refuerzo de los veteranos de Aníbal, liderados todos por el propio Aníbal, pudiera conducir a la derrota de las legiones V y VI pero, hasta el último momento lucharon encarnizadamente en una maratoniana sesión del Senado, para evitar que a Tiberio Claudio se le concediera el mismo rango militar en África que a Escipión. Sin embargo, Catón, con un verbo ágil y unos razonamientos agudos, infundió el temor a una derrota descomunal, lo que pesó, en particular, en el ánimo de los senadores más influenciables en los que despertó el miedo de dejar todo el ejército en manos de un general aún demasiado joven, pese a sus victorias. La votación fue muy ajustada, pero la propuesta de Catón prevaleció y en el puerto de Ostia ya se cargaban los navíos de guerra que Tiberio Claudio debía comandar para acudir al encuentro de su colega en el mando en la guerra de África.

Catón se encontró, casi sin darse cuenta, frente al templo de Vesta y pensó que era un buen momento para un sacrificio. Mientras entraba pensó que siempre existía la grata posibilidad de que Aníbal pusiera las cosas en su sitio y masacrara a las legiones V y VI y a los refuerzos que se enviaban ahora. Eso simplificaría mucho las cosas. Y, bueno, Tiberio Claudio, después de todo, era —a Catón le costó unos segundos encontrar el término adecuado— prescindible.

84

El ejército de Masinisa

Frente a la ciudad de Útica.
Campamento general romano en el norte de África,
verano del 202 a.C.

Pero las tropas de Tiberio Claudio nunca llegaron a su destino: una tempestad arrasó la flota, hundiendo decenas de buques y dispersando el resto, que regresó hacia Italia y Sicilia en busca de refugio.

Publio Cornelio Escipión y las «legiones malditas» quedaron como las únicas fuerzas de Roma en África. Por ello, cuando el regreso de Aníbal fue un hecho, Publio recurrió de nuevo al único aliado, que no amigo, que le quedaba en África.

—Mario —dijo el procónsul—, ve a Numidia y busca a Masinisa y dile que venga con su ejército. Dile que Aníbal ya está aquí. Dile que si nos abandona, Aníbal, después de acabar con nosotros, le perseguirá hasta darle muerte y destruir su reino. Dile, Mario, dile que venga si quiere seguir siendo rey y señor de toda Numidia. Y dile que Tiqueo se ha unido a Aníbal.

Frontera entre Numidia y Mauritania,
septiembre del 202 a.C.

Masinisa estaba en lo alto del peñasco más elevado de aquellas montañas. Desde allí podía ver las tropas de Vermina, uno de los hijos de Sífax, huyendo por el estrecho desfiladero. Vermina era uno de los pretendientes al reino de Numidia que habían emergido tras el derrocamiento de Sífax por Masinisa y las legiones de Roma. Había otros muchos, pero los únicos realmente peligrosos por el número de seguidores que podían reunir eran Vermina y Tiqueo, un primo de Sífax. Vermina salía huyendo hacia Mauritania y Masinisa estaba considerando la posibilidad de perseguirle.

—Mi rey —dijo uno de los guerreros maessyli—. Mi rey, ha llegado un mensajero de los romanos.

Masinisa se giró y reconoció enseguida la figura de Mario Juvencio, uno de los tribunos de mayor confianza de Escipión en África, escalando la encrespada ladera en la que se encontraba. El rey de Numidia no hizo ningún ademán de descender ni un paso para escuchar al mensajero romano, de modo que Mario se vio obligado a ascender hasta el final. El peñasco terminaba en una especie de cornisa que sobresalía sobre el desfiladero. Mario no era un hombre propenso al vértigo, pero no se sintió cómodo en aquel lugar. El rey le miró.

—Habla, mensajero —espetó Masinisa con desprecio, sin usar el término tribuno, que era el nombramiento que el propio maessyli sabía que ostentaba aquel oficial de Roma. Mario hizo caso omiso de aquella ofensa y se limitó a entregar su mensaje con fidelidad a cada palabra que había pronunciado el procónsul. Masinisa escuchó y, cuando el tribuno terminó, el rey de Numidia se giró hacia el desfiladero, dando un paso hasta situarse en el mismo borde. Mario pensó que aquello era una temeridad, pero que tampoco era asunto suyo.

Masinisa miraba todo aquel territorio, más allá de las montañas. Todo era suyo, pues todo era Numidia. Y pronto podría intentar extender las fronteras de su reino aún más lejos, pero arriesgarlo todo en una batalla le parecía peligroso. No tenía claro que el procónsul romano fuera a ser capaz de derrotar a Aníbal. Más bien pensaba que ocurriría todo lo contrario. Desde el funesto episodio de Sofonisba, Masinisa había perdido la fe ciega que en un momento llegó a tener por Escipión. Sin embargo, no acudir también era imprudente, especialmente si Tiqueo estaba con los cartagineses. Odiaba tener que luchar de nuevo al lado del hombre romano que había exigido la entrega de Sofonisba, pero le humillaba la obstinada tozudez de Cartago en no querer aceptarle como rey de Numidia.

Masinisa habló a las montañas, pero Mario escuchó el mensaje con claridad.

—Dile a Escipión que acudiré a su encuentro, que nos reuniremos en Zama, en el interior de África. Las costas no son seguras. Acudiré con seis mil infantes y cuatro mil jinetes.

Mario dudó en hablar, pero al fin se lanzó e interpeló al rey.

—Masinisa, ahora que eres rey de Numidia, el procónsul esperaría un ejército mayor por tu parte, un ejército de...

Pero Mario no terminó la frase porque la mirada de Masinisa desde lo alto de la roca fue demoledora.

—Diez mil hombres. —Masinisa escupió las palabras con furia—. Yo también tengo mis problemas en Numidia, como Vermina y como tantos otros que debo eliminar. Y quedan muchos seguidores de Sífax que crean levantamientos en diferentes regiones. No puedo reunir a todas mis tropas y abandonar mi reino. Diez mil hombres tendrán que bastar.

Mario no se atrevió a decir más. Asintió y comenzó a descender hacia el valle. Una vez que su silueta se perdió en la distancia, uno de los oficiales maessyli se acercó a su rey y le habló con tiento.

—Realmente mi señor, no quedan ya casi enemigos y, si el rey quisiera, podríamos doblar o triplicar ese número de soldados con facilidad.

—Lo sé y nos interesa acudir para ver si podemos aprovechar la batalla que tendrá lugar para acabar con Tiqueo —respondió Masinisa algo más sereno desde que el romano partiera—, pero tampoco quiero ayudar tanto a Escipión. Si Publio Cornelio Escipión quiere derrotar a sus enemigos, tendrán que ser sus tropas las que lleven la mayor parte del combate. Si son valientes resistirán y vencerán pero, si no, Aníbal los masacrará y nosotros tendremos un fuerte ejército en la retaguardia para defendernos y poder alcanzar un pacto con Cartago. Y la verdad, no creo que las legiones de Roma resistan. No lo creo. Será interesante estar allí para verlo.

85

Los últimos preparativos

Norte de África, campamento general romano
en las proximidades de Zama,
18 de octubre del 202 a.C.

El procónsul caminaba entre sus tropas en silencio, conocedor de que todos sus legionarios observaban sus movimientos con extraordinaria atención. La batalla definitiva iba a tener lugar en pocos días, quizás en pocas horas, y la expectación creciente entre los soldados se concentraba en la figura de su general. Publio Cornelio Escipión, procónsul de Roma con mando de general para las legiones expedicionarias en el norte de África, era consciente de los miles de ojos que analizaban sus movimientos. Y sentía el temor y la duda, el ansia y la expectación, y las decenas de diferentes sentimientos que, intensamente entremezclados, embargaban el ánimo de sus tropas. Por ello, el general caminaba despacio, seguro, firme, invitando a la confianza en sus gestos, al sosiego y a la seguridad de que todo estaba bajo control. Ante ellos, después de casi tres años de campaña en África y después de dieciséis años de guerra o, lo que era más importante para aquellos legionarios, catorce años después de la derrota de Cannae, tenían al fin su oportunidad contra el ejército de Aníbal. La noticia, no por esperada, había dejado de ser recibida con gran sobresalto. Aníbal el invencible, conquistador de ciudades, que había atravesado los Pirineos, el

Ródano, los Alpes y asolado durante años Italia, Aníbal, el destructor de decenas de legiones romanas, el verdugo de cónsules y procónsules, y decenas de senadores y tribunos, Aníbal, el mayor enemigo de Roma, estaba allí. De nuevo. La historia se repetía. La mayoría de los legionarios al mando del procónsul ya se habían enfrentado al general cartaginés, y habían sido derrotados. Y de nuevo Aníbal se cruzaba en su camino. El recuerdo de Locri, con la retirada del general púnico, animaba un poco sus corazones, pero todos sabían que en África los extranjeros eran ellos y que Aníbal no se mostraría tan cauteloso en su patria. Todos sabían que lo de Locri no se repetiría y que Aníbal no se desvanecería entre la bruma de un amanecer extraño. No, Aníbal no se retiraría, no, sino que plantaría cara en una batalla feroz, cruenta, inmisericorde. Sí, Publio percibía el temor en sus hombres. Todo se repetía igual que hace catorce años con dos diferencias: el general al mando de los romanos era otro y ahora se encontraban en África. Por eso los legionarios no quitaban la mirada de su general en jefe. ¿Sería este nuevo general más astuto, más valiente, más inteligente que Aníbal? ¿Será este general el primero con el que consigan la victoria frente a Aníbal?

Estaba a punto de amanecer y, sin embargo, hacía calor pese a ser entrado el mes de octubre. Publio se detuvo en un puesto de guardia y pidió agua a uno de los legionarios. Enseguida se le trajo un vaso y se sirvió agua de un odre de piel de vaca. El general bebió mientras contemplaba desde el puesto de vigía a la entrada del campamento la disposición, a unos diez mil pasos de distancia, de los primeros puestos de avanzadilla que el general cartaginés había dispuesto para vigilar los movimientos de los romanos. Eran pequeños grupos de tropas esparcidos en el horizonte. Nada hacía presagiar un ataque inminente. Aníbal, al igual que él, esperaba el momento oportuno de avanzar con todo el ejército.

Publio volvió sobre sus pasos y se adentró de nuevo por el campamento romano que gobernaba. Las miradas de los legionarios le siguieron mientras su séquito de *lictores* observaba a su alrededor. Así, acompañado por su escolta, el general llegó a la tienda del *praetorium*, en el centro del campamento. Dos legionarios descorrieron las cortinas de acceso a la tienda para facilitar la entrada a su general. En el interior le aguardaba reunido todo su alto mando, cuando un joven legionario entró en la tienda escoltado por dos de los *lictores* que vigilaban en el exterior del *praetorium*.

Los tres soldados apenas dieron un paso en el interior de la estancia y se detuvieron. El silencio se apoderó de todos los presentes: Cayo Lelio, Marcio, Silano, Mario, Terebelio, Digicio, Cayo Valerio, el resto de los tribunos y centuriones de la V y la VI, los seis *praefecti sociorum* de las tropas auxiliares, el rey Masinisa, que a los ojos de todos había respondido, sin ilusión pero con disciplina, a la llamada del procónsul, y los decuriones de la caballería romana, que se miraron entre sí sorprendidos. ¿Cómo se atrevían esos soldados a interrumpir el cónclave del estado mayor cuando el procónsul organizaba el ataque contra Aníbal? Sólo Publio Cornelio Escipión permanecía impasible con su mirada detenida sobre los planos de la región que le habían proporcionado sus informadores de África, sin aparentemente prestar mayor atención a los legionarios. Pasó así medio minuto de silencio intenso que nadie se atrevía a romper, ni los soldados recién llegados ni los tribunos y centuriones que rodeaban, a la espera de su reacción, a su líder. Por fin, sin despegar la mirada de los planos, Publio Cornelio Escipión hizo una pregunta.

—¿Qué ocurre?

Fue una pregunta breve, en la que no había nada sobreañadido, pero en cuyo tono seco se percibía una contenida irritación del general en jefe de las tropas alimentada por el cansancio y, también, por la tensión de la última campaña y las recientes confrontaciones con los cartagineses que se negaron a dejar recuperar la flota de abastecimiento encallada en la bahía de Cartago. Un tono que, junto con esas dos palabras, dejaba entrever a los legionarios que más les valía que tuvieran una muy buena excusa para interrumpirle esa mañana; una excusa como que un incendio estaba devastando el campamento o que el general cartaginés había lanzado un ataque por sorpresa aprovechando la endeble luz del alba. Cualquier otra explicación sería insuficiente para mitigar la incipiente ira del general romano.

El legionario más joven avanzó dos pasos hasta quedar a tres metros de distancia de la mesa que rodeaban sus superiores y, dirigiéndose con voz clara pero respetuosa a su general, arguyó el motivo de su en apariencia inoportuna entrada.

—Tenemos unos emisarios de los cartagineses en la puerta del campamento. Dicen que deben entrevistarse con nuestro general. Les hemos dejado pasar desarmados y les hemos dicho que tenían que esperar, a lo que han respondido que traían un mensaje urgente de Aníbal para el procónsul; les hemos insistido en que aun así tenían que esperar; entonces nos han dicho que Aníbal solicitaba una entrevista personal con Publio Cornelio Escipión, general en jefe de las tropas romanas en África y que necesitaban llevar una respuesta a Aníbal esta misma mañana. Hemos dudado, mi general, y hemos pensado que lo mejor era comunicar el mensaje inmediatamente para que se decida si hay que transmitir respuesta rápida o no.

El legionario inspiró aire una vez terminada su explicación y se retiró dos pasos atrás hasta quedar en línea con los otros dos soldados que habían custodiado su entrada en el *praetorium*. El procónsul de Roma, que había escuchado la explicación del legionario sin levantar la mirada del plano que estaba consultando y sobre el que se había permitido hacer un par de marcas en diferentes lugares mientras escuchaba al soldado, levantó por fin la mirada y exhaló un profundo suspiro. Por un momento había temido seriamente que algún desastre realmente grave hubiera acontecido, algo que desbaratara sus planes. Pero no era así. Aníbal deseaba hablar con él. Aníbal, el general invicto del imperio cartaginés, la joya del poder militar del norte de África, el general que había derrotado en sucesivos combates a los romanos y que había eliminado de la faz de la tierra a más de una docena de legiones de Roma, deseaba, por primera vez, entrevistarse con un general romano. Inaudito.

—Legionario, has hecho bien en transmitir este mensaje. Regresa donde están esos emisarios de Aníbal y diles que esperen. En breve les daré una respuesta que llevar a su general.

—Sí, mi general —dijo, y salió de la tienda. Los tribunos que rodeaban a Publio Cornelio Escipión esperaron una señal del procónsul para hablar.

—¿Y bien? —preguntó Publio—. ¿Qué creéis que debemos hacer?

Lelio, como oficial de mayor edad, incluido el propio procónsul, el lugarteniente del general, el único entre los presentes que le conocía desde su primera batalla en suelo italiano, que lo había acompañado en sus campañas en Hispania y con quien más batallas victoriosas y momentos difíciles había compartido, fue el primero en dar su parecer.

—Puede ser una trampa. Puede que no y que Aníbal desee realmente entablar conversaciones y, si así fuera, lo más posible es que desee negociar un posible tratado de paz. Pero puede ser una trampa para que, o bien pensemos que están pensando en la paz más que en la guerra, para que así nos relajemos y luego atacarnos por sorpresa, o bien... —Pero Lelio no concluyó su frase. Dudó.

—¿O bien? —preguntó Publio.

—O bien es una trampa que persigue el asesinato de nuestro procónsul. Con Aníbal, cualquier cosa es posible.

Los demás oficiales, animados por la intervención de Lelio, aportaron sus opiniones. Marcio, Silano y Mario se inclinaban por la idea de que se trataba de una maniobra de distracción, mientras que Terebelio, Digicio y Valerio estaban persuadidos de que era una conspiración para asesinar al general romano que tanto temían los cartagineses.

—Bien —habló de nuevo Publio tras escucharlos a todos—. Lelio ha resumido con claridad las opciones. A decir verdad, es difícil saber cuál es la correcta. Es difícil... necesitamos saber más. Que den orden de traer a esos emisarios; lo mejor será saber de su boca qué es lo que exactamente entiende Aníbal por una entrevista, las condiciones de ese posible encuentro.

Cayo Valerio salió de la tienda y se le escuchó dar las órdenes oportunas. Publio, entretanto, se sentó en la *sella curulis* junto a la mesa y volvió a observar con detenimiento el plano. Señaló las marcas que había trazado sobre el mapa y preguntó a Lelio directamente:

—¿Cuál de estas dos colinas crees mejor para un ataque con la caballería númida?

El joven legionario que había interrumpido el cónclave del estado mayor en el *praetorium*, tras atravesar las interminables hileras de tiendas del campamento romano, llegó a la *porta praetoria* de la empalizada que protegía al ejército acampado en África. Allí estaban los tres emisarios cartagineses. Eran hombres altos y robustos, de tez oscura. Uno de ellos era, sin duda, el líder; su uniforme de campaña iba cubierto por un manto rojo oscuro, seguramente, un centurión o algún otro importante oficial del ejército de Aníbal. El legionario se dirigió directamente a este hombre.

—Seguidme.

Los cartagineses asintieron en silencio y caminaron siguiendo los pasos del legionario. Unos quince soldados romanos escoltaron a los emisarios púnicos en su recorrido por el campamento. La voz de que Aníbal deseaba entrevistarse con el procónsul ya había corrido por todos los rincones del cuartel. Era un acontecimiento que suscitaba sorpresa y curiosidad, y también un cierto orgullo, ya que nunca antes Aníbal había considerado importante entrevistarse con ningún otro cónsul o procónsul de Roma. Algo estaba cambiando. También había miedo. Muchos de aquellos soldados que ahora veían pasar la comitiva cartaginesa de emisarios de Aníbal habían formado parte de las legiones arrasadas por el cartaginés en Italia. Muchos de esos soldados habían sido ya derrotados por Aníbal y saber que el general cartaginés, al mando de un poderoso ejército, se encontraba a apenas unas millas de distancia, no les resultaba nada tranquilizador. Pero precisamente por eso habían venido. Los soldados de las legiones V y VI estaban allí precisamente por eso, para vengarse, para luchar, para vencer... Y Locri, pensaban, en Locri los cartagineses se esfumaron, se retiraron.

Los tres mensajeros de Aníbal entraron en la tienda del procónsul.

—Cualquier emisario en son de paz es bien recibido en este campamento. Decid esto a vuestro general cuando regreséis —les dijo Publio con estudiada seguridad—. Y ahora decidme, ¿qué es lo que exactamente propone Aníbal, vuestro general?

El oficial cartaginés al mando se adelantó un paso y transmitió el mensaje de Aníbal.

—Aníbal Barca, general en jefe de las tropas de Cartago, desea una entrevista con el procónsul de Roma, Publio Cornelio Escipión, en un lugar conveniente claramente visible para ambos ejércitos desde la distancia. Mi comandante propone que la entrevista tenga lugar mañana al amanecer, pero está dispuesto a considerar otras opciones. También propone que el encuentro sea entre el procónsul y él mismo a solas, con la única presencia de los intérpretes.

Y guardó silencio. Lelio, Masinisa y el resto de los tribunos y oficiales romanos volvieron sus miradas sobre Escipión. Éste no lo dudó e inmediatamente dio respuesta al mensaje.

—Bien, oficial, dile a tu general que Publio Cornelio Escipión, en calidad de procónsul de Roma, acudirá a esta entrevista con Aníbal Barca, general en jefe del ejército cartaginés, mañana al amanecer; para ello propongo que ambos avancemos nuestras tropas a lo largo del día de hoy hasta quedar a unas seis o siete millas de distancia y que justo en el punto central de mayor altura, que sea visible desde ambos lados, nos reunamos. Yo acudiré escoltado por una *turma* de jinetes, treinta hombres a caballo y sugiero que él haga lo mismo. Una vez que estemos a quinientos pasos de distancia el uno del otro, cada uno de nosotros abandonaremos nuestra escolta y sólo acompañados por un intérprete nos encontraremos. ¿Has entendido bien este mensaje, oficial?

—Sí, y así lo transmitiré a Aníbal.

—Bien —y dirigiéndose a los legionarios que custodiaban a los emisarios cartagineses—, que escolten a estos hombres hasta la entrada del campamento y hasta mil pasos de distancia. Que no se les moleste y que se les permita ir en paz sin sufrir daño alguno. Y que se les dé de beber y comer antes de partir, si lo desean.

Tanto los soldados cartagineses como los legionarios se retiraron. Publio quedó de nuevo con sus oficiales.

—Lelio —continuó el procónsul—. Levantamos el campamento y avanzamos hasta esta posición, junto al río —dijo, y señaló en el plano una de las marcas que había realizado—. Acamparemos allí al atardecer. En cualquier caso, que se tomen todas las medidas defensivas necesarias, tanto en el avance como en el nuevo campamento, como si Aníbal pudiera atacarnos en cualquier momento. Y creo que con esto terminamos por esta mañana. Ah... que las tropas coman bien antes de avanzar. Por si acaso... ¿Alguna pregunta?

Se hizo el silencio. No era frecuente plantear dudas al procónsul más victorioso de Roma, pero el cauto Marcio comentó algo.

—Con el debido respeto, mi general, pero ¿es razonable trasladar treinta y cinco mil hombres y un campamento entero para acudir a una entrevista? ¿No sería quizá mejor eludir este tema por completo y concentrarse en la batalla que seguro se cierne sobre nosotros?

Publio Cornelio Escipión se sentó nuevamente, despacio, en su sillón, junto a los mapas. Comenzó a hablar con un tono tranquilo.

—Marcio, sé que me eres leal, lo fuiste con mi padre y con mi tío en Hispania y, desde entonces conmigo, pero estoy cansado de pensar y de meditar. Ha llegado el momento de las decisiones y, Lucio Marcio Septimio, he dado una orden. Cuando digo si hay alguna pregunta me refiero a si hay algo de lo que he ordenado que no se ha entendido bien, no lo digo para que se cuestione esa orden.

Marcio guardó silencio e inspiró aire. Tragó saliva. Miró al suelo. El procónsul estaba más serio que nunca.

—Espero —continuó el procónsul— que eso quede claro para el futuro. —El general hizo una pausa mientras observaba al tribuno y luego uno a uno al resto de los oficiales reunidos en la tienda, deteniéndose en particular sobre la figura del rey Masinisa. Entonces continuó, con el mismo tono tranquilo y pausado—. En cualquier caso, que Aníbal quiera hablar por primera vez con un procónsul de Roma es excepcional y, en circunstancias excepcionales, son aceptables preguntas que en otros momentos no lo serían.

Marcio pareció suspirar lentamente algo aliviado, pero muy en silencio, aún sin levantar la mirada. Se concentró en escuchar al general, que continuó hablando.

—Si el general cartaginés desea hablar conmigo no seré yo quien me niegue, y si para que Aníbal y un procónsul de Roma hablen se han de mover de lugar a treinta y cinco mil hombres y un campamento entero, pues se mueven. Tengo interés personal y, aún más importante, no dudo que es en el interés general de Roma y del pueblo romano, escuchar a Aníbal directamente, sin que su opinión nos llegue filtrada a través de emisarios. No obstante, no vamos a dejar arrastrarnos a una trampa. Como observaréis, en el lugar que he indicado en el plano, nos situaremos muy próximos al río, lo cual nos facilitará el acceso al agua durante el tiempo que estemos acampados allí y durante la duración de la batalla, si ésta tiene al fin lugar. En este avance vamos a mejorar nuestra posición actual si tiene lugar el enfrentamiento. Incluso si Aníbal no quisiera hablar, este movimiento sería indicado, pero aprovecharemos la excusa de la conferencia para que los cartagineses no sospechen que nuestra aproximación al río y a esta posición tiene otros fines que no sean los de parlamentar. En fin, ésa es la explicación. Como he dicho, no suelo extenderme tanto cuando doy una orden pero esta vez quizá sea conveniente. —Se levantó y volvió a dirigirse a todos los presentes—. ¿Hay pues alguna pregunta?

Esta vez el silencio fue completo. Marcio levantó la mirada del suelo pero ya no preguntó nada más. Todos los tribunos y el resto de los oficiales y el rey Masinisa abandonaron la tienda. Todos a excepción de Cayo Lelio.

—¿Sí? Queda algo, por lo que veo —comentó Escipión.

—Sí —se explicó Lelio—, los dos exploradores que avanzaron para espiar el campamento cartaginés anoche han regresado hace una hora y están esperando para informar. ¿Les hago pasar? He pensado que preferirías recibir su información sin la presencia del resto, por si acaso.

—Sí, sí, Lelio, has pensado bien; que pasen, que pasen. Veamos qué tienen que contarnos.

Publio volvió a reclinarse sobre la *sella curulis*. Lelio sonrió, se dio la vuelta, salió y dio la orden de que trajesen a los exploradores. Volvió a la tienda.

—¿Te dejo a solas con ellos?

—No, no. Siéntate, Lelio. A ver qué nos comentan los exploradores. Necesitaré tu opinión.

Cayo Lelio se sentó en una *sella* junto a su comandante. Los exploradores entraron en la tienda. Ya habían oído el rumor que se había extendido por el campamento romano: Aníbal quería hablar con su general, con Escipión. Los legionarios estaban admirados del interés del general cartaginés y, en cierta forma, el suceso no había hecho sino acrecentar la leyenda del procónsul. Aníbal hasta la fecha se había limitado a entrar en combate —y derrotar sistemáticamente— a las legiones romanas. Ahora quería hablar. En ese contexto los exploradores sabían que toda la información que traían para el procónsul de Roma en África era de extraordinario valor. Se sentían importantes y también especiales por la confianza que el general había depositado en ellos. Ya habían servido en operaciones anteriores similares, pero espiar al propio Aníbal había sido, sin duda, su más importante misión. El primero, un legionario romano de la V seleccionado por Valerio, y el segundo, un itálico que se había distinguido en las campañas de Hispania por su valor y que el procónsul se había traído como voluntario para esta nueva aventura militar. Ambos tenían unos veinticinco años, pero por su experiencia pasada, eran de plena confianza. El legionario romano es el que comenzó la explicación de lo que habían visto.

—Mi general, el ejército cartaginés es numeroso; sin duda, mayor que el nuestro. A las tropas cartaginesas venidas de Italia y sus mercenarios iberos, se han unido los libios y cartagineses que ha reclutado Giscón; y a éstos se han añadido los soldados del general Magón junto a más mercenarios ligures, otros venidos de la Galia y hemos visto también honderos baleáricos. Tienen caballería cartaginesa y númida. En total calculo que serán unos cuarenta mil.

Publio y Lelio escuchaban en silencio. El procónsul le pidió con un gesto a su lugarteniente que le pasara un ánfora de vino que tenía al lado de su asiento. Lelio se la pasó y el procónsul se sirvió un vaso sin mirar a los soldados. El legionario se iba sintiendo cada vez más pequeño, menos importante, pese a lo clave de su misión y la sin duda gran relevancia de sus informaciones. Estaba ante el procónsul de Roma y su lugarteniente. El procónsul apenas tendría tres o cuatro años más que el propio legionario, pero en su rostro se adivinaba la huella de innumerables batallas, del sufrimiento de una guerra prolongada en la que había visto perecer a su padre y a su tío; el soldado se daba cuenta de que sólo de él dependía la victoria o la derrota y quizás el futuro de Roma; prosiguió con su relato.

—Bien, nuestro ejército son unos treinta y cinco mil soldados, contando con los aliados...

—Soldado, sé cuántos legionarios y tropas aliadas tengo a mi cargo. Limítate a informar del ejército, o ejércitos, de Cartago —interrumpió el procónsul mirando el fondo de su copa.

—Por supuesto, sí, mi general... la caballería cartaginesa es escasa, inferior en número a la nuestra y, yo diría, que menos experta.

—Bien —comentó Lelio—. No parecen noticias preocupantes. Un poco más de infantería pero les dominamos en la caballería. Al final nos saldrá bien eso de tener de aliado a Masinisa. Es un poco el mundo al revés...

Publio levantó la mano y Lelio calló en seco. Con frecuencia Lelio hablaba de más y ésta habría sido una más de esas ocasiones. En cualquier otro, eso habría tenido alguna repercusión. Pero Publio volvía a ser indulgente con los deslices de su general. Eran infinitos años juntos, desde su primera batalla, en la que Lelio, por órdenes del padre de Publio, se cuidaba de que no le pasara nada al joven hijo del cónsul de las legiones, en la batalla junto al río Tesino. De algún modo todo aquello parecía tan lejano. Y la discusión de Baecula parecía haber quedado definitivamente enterrada tras varios años de campaña en África. Publio volvió a beber un sorbo de su copa. Lo que le preocupaba es que presentía que quedaban más cosas que los exploradores aún no habían contado. Había aprendido que los soldados se sentían intimidados por su presencia y siempre eran cautos cuando presentaban sus informes, especialmente con relación a las malas noticias. Las malas noticias siempre llegaban al final. Siempre. Inexorablemente. Y estaban por llegar. El procónsul dejó su copa en la mesa.

—¿Y bien? ¿Algo más que decir, legionario?

El soldado inspiró profundamente y continuó.

—Sí, mi general. Los cartagineses han traído elefantes consigo. Nuevos elefantes que han unido a los que ya tenían... son muchos, mi general...

Lelio iba a interpelar al legionario y preguntarle cuántos son muchos: ¿veinte, treinta, cuarenta quizá? Pero el soldado anticipó la respuesta.

—Hemos contado hasta ochenta elefantes —dijo, y calló y se quedó mirando al suelo.

Lelio levantó las cejas en señal de sorpresa. Ochenta elefantes. Nunca antes habían juntado tantos elefantes los cartagineses. Nunca antes se había combatido contra tantos elefantes. Al menos no en esa guerra. Esto era grave, muy grave. Aunque tuvieran mayor caballería, los elefantes la contrarrestaban de largo. Si Aníbal lanzaba una carga inicial con ochenta elefantes podría destrozar a la infantería ligera de los *velites*, a la primera línea de los *hastati* y quizás incluso la segunda de los *principes*. Si se salvaban los *triari* como reserva ya sería un éxito. Luego Aníbal lanzaría su infantería sobre las desordenadas líneas romanas. No, el asunto pintaba mal. Tres ejércitos de cartagineses y mercenarios, superior en número a los romanos y ochenta elefantes. No podrían vencer sólo con la caballería, ni aun con toda la ayuda de los cuatro mil jinetes que el rey Masinisa había traído para cumplir con su juramento de fidelidad a Escipión.

El procónsul miró fijamente al legionario y, sin inmutarse ante la información recibida, con una inmensa paciencia, volvió a preguntar.

—¿Algo más que informar?

El legionario, sin levantar la mirada, negó con la cabeza al tiempo que respondía.

—No, mi general; eso es todo.

El procónsul volvió entonces sus ojos sobre el itálico. Éste también miró al suelo. Había algo extraño en el gesto, pero el general no sabía bien qué era exactamente.

—Bien, salid y esperad fuera.

Los soldados se volvieron y se dirigieron hacia la puerta de la tienda, pero cuando estaban a punto de salir, el itálico se paró, dudó y por fin giró sobre sí mismo y se dirigió al procónsul.

—Hay una cosa más, mi general...

Publio miró fijamente al soldado.

—¿Y bien...? Adelante, ¿qué más?

El soldado ibero por fin se aventuró a continuar.

—Yo diría que nos vieron algunos centinelas del campamento cartaginés, pero que nos dejaron ir, como si tuvieran la orden de no molestarnos. Es sólo una sensación; no tengo nada para probar lo que digo y mi compañero no está seguro, por eso no lo hemos comentado antes, pero pese a todo yo quería decirlo.

—¿Cuánto tiempo llevas al servicio de Roma, soldado? ¿Seis años?

—Casi siete, mi general; desde sus campañas en Hispania.

—Sí, así es. Y siempre has servido bien como explorador —concluyó Publio—. Has hecho bien en comentar tus sensaciones. A veces la intuición es tan importante como la información cierta. Podéis marchar. Habéis hecho bien vuestro trabajo. Uno de los *lictores* os conducirá a una tienda. Allí esperaréis nuevas instrucciones.

Una vez solos, Publio y Lelio prosiguieron dialogando y compartiendo vino.

—Estos dos hombres deben permanecer aislados. El resto del ejército no debe conocer nada de los elefantes, o al menos el número exacto, hasta que yo lo decida. ¿Está claro?

—Por supuesto. Me ocuparé de ello.

—Los legionarios esperan encontrar elefantes —continuó explicándose Publio—, pero no esperan ese número. Ochenta elefantes. Eso puede infundir temor en el ejército y eso es lo primero que debemos evitar.

—Aníbal habrá dado orden de que no se moleste a los posibles exploradores que enviáramos. Quiere que se sepa, quiere que nuestras tropas sepan el enorme número de elefantes que ha reunido para la guerra.

—Sí, Lelio; seguramente ése es su objetivo.

—Nos paga con la misma moneda. Nosotros permitimos que sus exploradores de hace unos días entraran en el campamento; eso tuvo gracia; cuando diste órdenes de que los exploradores cartagineses que habían apresado las tropas de la V legión fueran dejados en libertad y que así visitaran el campamento, para que luego se les dejara regresar sin un rasguño.

—Sí; en cierta forma nos paga igual, pero no exactamente. Nuestra estrategia era la de transmitir a los cartagineses nuestra gran confianza y esperar que esa sensación de gran confianza y seguridad en nuestras fuerzas infundiera temor; también quería desinformar, ya que hace unos días aún no habíamos recibido el refuerzo de la caballería de Masinisa y de sus infantes; quería que Aníbal pensara que no disponíamos de esas tropas, pero el combate no se ha producido de forma tan inminente como esperaba; el efecto de esa desinformación puede haberse perdido ya, pues no sabemos si otros espías cartagineses han detectado la llegada de los efectivos del rey númida. Y ahora Aníbal juega a infundir temor con algo mucho más tangible que la sensación de confianza de unos soldados; los elefantes no entienden de sutilezas.

Hay que admitir que en esta partida el general cartaginés nos ha ganado. Además, es muy posible que él también haya aislado a sus exploradores para que no informen de lo ocurrido en su misión. No, Aníbal nos ha ganado en este juego. —Publio, contrario a su costumbre, echó un largo trago de vino y prosiguió—. Ahora nos resta la negociación de mañana. Y más aún, la batalla que seguramente seguirá a la entrevista, pues no creo que podamos alcanzar acuerdo alguno. Es ahí, al final de todas las cosas, donde tenemos que ganar.

—Y ahí al final estarán los ochenta elefantes y sus tres ejércitos, el de Cartago y Libia de Giscón, el de los mercenarios de Magón y el de los veteranos de Italia de Aníbal.

—Y allí estaremos nosotros, Lelio, no lo olvides; allí estaremos nosotros.

—Sin duda. Allí estaremos todos, con las «legiones malditas», las tropas auxiliares, los voluntarios, la caballería de Roma y la que reclutaste en Siracusa poniendo rojo de ira a Catón —y Lelio soltó una pequeña risa—, y las tropas del rey Masinisa. Y todos bajo tu mando. Y siguiendo tus órdenes venceremos a Aníbal. Aunque...

—¿Aunque... qué?

—Aunque hay que reconocer que no nos habrían venido nada mal esos refuerzos que traía el cónsul Tiberio Claudio Nerón. Ya sé, ya sé —dijo rápidamente Lelio viendo la mirada seria de Publio— que a fin de cuentas venían enviados por Catón y que Catón nunca haría nada por ayudarte si no fuera para un objetivo superior que desconozco, pero, qué se yo; con esos elefantes, yo me habría alegrado si esas tropas estuvieran ahora aquí y no junto con las cincuenta *quinquerremes* que se hundieron en el mar.

—Bueno, Neptuno no quiso que llegaran —dijo Publio, y fue él quien en ese momento sonrió levemente, de forma un poco malévola.

—En fin, quizá fuera el deseo de Neptuno y es curioso, porque siempre te fue propicio.

—Y quizá lo siga siendo, quizá lo siga siendo. Sin esas tropas, si vencemos, el triunfo será nuestro, no de Catón y su jauría de senadores ambiciosos y cobardes. Y, desde luego, ya no estará allí Quinto Fabio Máximo para negárnoslo.

—Eso seguro. Bebamos a la salud del viejo augur, *princeps senatus*, y todo lo demás.

—Bebamos.

Y bebieron, pero aquí Publio ya sólo tomó un sorbo, un poco por moderarse, un poco por superstición. No pensaba que beber celebrando la muerte de un ex cónsul de Roma fuera algo que trajera buena suerte. Incluso si ese ex cónsul era el que había sido su declarado enemigo durante años y años. Enemigo de su padre, de su tío y luego acérrimo látigo y oposición de todos sus proyectos.

—Bueno, pero dejemos de hablar de política —dijo Lelio—. Ya sabes que yo de política prefiero no hablar. En fin, en cualquier caso, como bien decías, allí estaremos y allí lucharemos y bajo tus órdenes venceremos. Como en tantas otras ocasiones.

—Lelio, se agradece tu infinita confianza, pero me pregunto si no será que el vino te anima quizá ya algo en exceso.

—Sí, eso es posible. Pero no dudo en que, nuevamente, nos llevarás a la victoria, como en otras ocasiones. Insisto. No tengo ni idea de cómo lo harás porque a mí no se me ocurre la forma de resolver este problema de elefantes y tres ejércitos combinados, pero bebo tranquilo porque sé que, o bien ya sabes cómo hacerlo, o bien se te ocurrirá algo esta noche. O...

—¿O...? —preguntó Publio entre divertido e intrigado por las elucubraciones de su fiel y veterano tribuno.

—O será una batalla hermosa y una compañía inmejorable para morir —dijo Lelio, y alzó su copa; a lo que el procónsul respondió con una sonrisa y levantando la suya.

—Por la victoria o la muerte. Lo que los dioses nos concedan —exclamó Escipión.

Así Cayo Lelio, el oficial más veterano de las tropas romanas expedicionarias en África, y el joven general en jefe, procónsul de Roma, Publio Cornelio Escipión, al abrigo de aquella tienda de campaña y de la amistad que les unía, forjada en decenas de batallas y que había superado la intriga y la traición, celebraron lo que debía ser la futura victoria o la próxima muerte de ambos frente al mayor enemigo de Roma. Aníbal Barca ya estaba allí. Ya estaba allí con todo su ejército. Y Zama no sería Locri. No lo sería. Y los dos lo sabían.

—Claro que... —continuó Publio después de dejar su copa a un lado, en el suelo—, siempre nos queda la posibilidad de Útica.

—¿Útica? —inquirió Lelio intrigado.

—Sí, si la batalla va mal, siempre pensé que podríamos replegarnos hacia Útica y hacernos fuertes allí hasta que Roma tuviera a bien enviarnos ayuda —aclaró el procónsul.

De pronto, Lelio abrió los ojos de par en par.

—Por eso insistías tanto en el maldito asedio de Útica, para tener un refugio, por eso era. —Lelio dio una palmada con su mano derecha en su muslo—. Y pensar que todos creíamos que te empecinabas en el asedio por demostrar a las legiones V y VI que había que acabar lo que se empieza...

—Bueno —respondió Publio—, en parte era eso, pero lo esencial, lo estratégico, era tener un lugar adecuado donde refugiarse para resistir si Aníbal sale tras nosotros. Aníbal no se detendría en una mera fortificación improvisada como la que llamasteis todos Castra Cornelia, como hicieron Sífax y Giscón.

—Por eso ordenaste que se reconstruyeran las murallas y las puertas de Útica.

—Por eso —confirmó Publio—, para tener un refugio, para usar Útica como Cartago Nova en Hispania, sólo que allí la conquistamos en seis días y aquí hemos tardado dos años, pero es algo bueno para tener en reserva.

—Sin duda, sin duda. —Lelio le miraba como un niño henchido de admiración. Publio percibió demasiada ilusión por parte de su tribuno.

—Pero, Lelio, hay que pensar dos cosas: primero, que los hombres no deben saber nada de esta idea, pues deben acudir al campo de batalla como si no hubiera marcha atrás posible y, en segundo lugar, la derrota puede ser tan brutal que no podamos ni llegar a Útica. Eso también es posible.

—Sí —concedió Lelio algo menos agitado—, sí, lamentablemente, ésa es una posibilidad.

Los dos hombres se quedaron juntos, compartiendo el silencio de dos guerreros antes del combate.

Campamento general cartaginés junto a Zama

Aníbal estaba revisando las condiciones de sus tropas cuando los emisarios que había enviado al campamento romano regresaron con una respuesta. El general cartaginés estaba junto a un grupo de cinco elefantes que estaban perfeccionando su adiestramiento. Los mensajeros se aproximaron hasta quedar a unos pasos de su general. Aníbal se volvió para mirarles. Una de las bestias bramó con inusitada fuerza. Los emisarios y la mayoría de los soldados se estremecieron por la potencia de aquel salvaje grito del gigantesco animal. Aníbal, sin embargo, permaneció en pie, erguido, sin moverse un ápice de su posición, esperando las explicaciones de sus emisarios. Aquellos elefantes le recordaban a Sirius, el elefante sobre el que cruzó las grandes zonas pantanosas del norte de Italia. Aquellos bramidos le traían recuerdos de pasadas gestas.

—El general romano acepta —comenzó al fin uno de ellos—. Mañana aproximarán su ejército para parlamentar.

Y continuó detallando el resto de las especificaciones que había dado Publio Cornelio Escipión para que el encuentro tuviera lugar. El general cartaginés escuchó en silencio, atento a cada palabra, buscando descifrar en ellas el carácter de aquel nuevo general romano que se había atrevido a llevar la guerra a África, el mismo que se le escapara en Tesino y en Trebia y en Cannae y que luego derrotara a su hermano Asdrúbal en Hispania. Parecía que al fin los romanos habían dado con un general diferente. La entrevista, si bien pudiera ser que no valiera para conseguir evitar la batalla, sobre todo a la luz del poco margen que el Senado de Cartago le había dado para negociar, resultaría al menos un debate interesante. Uno de los elefantes volvió a rugir con fuerza. Aníbal se alegró, mientras sus propios soldados se estremecían. Ese temor, ese tremendo miedo que inspiraban aquellas bestias podría decidir la batalla final. Debería hacerlo. Y si no, claro, como en tantas otras batallas, lo harían sus veteranos. Tenía varias armas y las pensaba utilizar todas.

Campamento general romano

Aquel mismo día, por la tarde, tanto las tropas romanas como cartaginesas avanzaron sus posiciones según lo acordado. Publio dirigió sus legiones y las tropas de Masinisa hasta llegar junto a Naraggara, situando el campamento próximo al río que por allí transcurría. Aníbal emplazó su campamento a cuatro millas de distancia, en lo alto de una colina, en una excelente posición, pero algo lejano del suministro de agua que proporcionaba el río. Publio supervisó personalmente el asentamiento del nuevo campamento. Caminaba entre sus tropas siempre seguido por los *lictores* de su escolta. Éstos le habían ofrecido un caballo, pero el procónsul, fiel a su costumbre, prefirió desplazarse andando entre sus tropas. Era un pequeño esfuerzo adicional, un poco de cansancio extraordinario al tener que desplazarse de una punta a otra del campamento en varias ocasiones, pero era un agotamiento que lo aproximaba a sus soldados. Los legionarios veían a su general en jefe sudando, dando órdenes, apreciando el trabajo bien hecho en las fortificaciones cuando así era o corrigiendo errores y defectos que debían subsanarse en otros momentos, y se sentían próximos a él. Cada soldado sabía que su general estaba allí, al mando de todos ellos, pero con todos ellos, no por encima, no sobre ellos. Y todos sentían, como el propio Cayo Lelio, que en aquella tierra extraña, con su mayor enemigo apenas a unas millas de distancia al mando de un inmenso ejército, que su mejor aval para salir con vida de todo aquello era seguir al detalle las instrucciones de aquel general que tantas victorias había dado a Roma.

86

La entrevista de los generales

Junto a Zama, norte de África,
19 de octubre del 202 a.C.,
año 552 desde la fundación de Roma,
una hora antes del amanecer

Era la madrugada del día señalado en el que Publio Cornelio Escipión y Aníbal Barca iban a entrevistarse. En el campamento romano, todos los legionarios desayunaban con avidez. Presentían el combate y sabían que necesitarían muchas energías para sobrevivir. El procónsul había reunido de nuevo en su tienda a todos los tribunos, centuriones y *praefecti* de la infantería, a los decuriones de la caballería, a Cayo Lelio y al rey Masinisa. Las linternas y las lámparas de aceite chisporroteaban en su incansable esfuerzo por iluminar la estancia. Todos sabían de la solemnidad del momento y esperaban con nerviosismo las instrucciones de su general en jefe.

—Como sabéis —empezó el procónsul—, Aníbal, como líder de las tropas cartaginesas, desea parlamentar y yo, en calidad de procónsul de Roma en África, he aceptado. Para ello hemos avanzado nuestra posición y lo mismo han hecho los cartagineses. Acudiré al punto de la reunión acompañado por una pequeña escolta. Vendrán los *lictores* y una *turma* de caballería romana, y un intérprete. Nos alejaremos de las legiones para acudir al encuentro de Aníbal y, una vez próximos a él, me separaré de la escolta, igual hará el cartaginés, y sólo acompañados por los intérpretes nos reuniremos para parlamentar. Sinceramente, no espero ninguna maniobra hostil. He de ser claro. He llegado a la conclusión de que es muy posible que los deseos de Aníbal de evitar la confrontación sean auténticos, pero sólo aceptaremos una rendición incondicional de Cartago. En fin, en cualquier caso se trata de una maniobra no exenta de peligros. Por ello Cayo Lelio se quedará con vosotros y a él le cedo el mando del ejército en caso de que haya algún enfrentamiento entre las escoltas y en caso de que yo cayera abatido. Quiero que esto quede muy claro ahora.

Publio guardó unos segundos de silencio mientras observaba a Marcio, Silano y el resto de sus oficiales y al rey Masinisa. No encontró en sus rostros ni sorpresa ni disgusto por su decisión en caso de que algo le pasara. Todos respetaban la experiencia de Cayo Lelio. Ya lo hicieron en Hispania cuando el procónsul cayó enfermo. Se trataba de la decisión lógica, pues Lelio era el tribuno de más experiencia y veteranía y, en el fondo, todos respiraban más tranquilos desde que parecía que el general y Lelio habían restablecido la excelente relación previa a su discusión de Baecula. Publio, no obstante, dio tiempo por si alguien quería replicar pues buscaba asegurarse bien de que la orden era bien recibida y aceptada. Un conflicto por el mando de las tropas, con Aníbal como enemigo, sería fatal.

—Sea, entonces —continuó— veo que todos estáis de acuerdo. Me alegra. Estoy seguro de que Lelio llevará, si es necesario, el ejército a la victoria igual que lo haría yo. Ahora sólo resta que dispongáis las tropas en formación de ataque: *velites* al frente, y las líneas de *hastati*, *principes* y *triari* consecutivamente detrás de la infantería ligera de los *velites*. La caballería romana en nuestro flanco izquierdo dirigida por Lelio, y en el flanco derecho la caballería númida bajo el mando directo del rey Masinisa. —Publio miró rápidamente al rey númida que asintió con la cabeza sin entusiasmo pero con claridad—. Ahora cada uno a su labor; que empiece el despliegue de tropas. Lelio se quedará conmigo y le daré las órdenes precisas para la batalla si ésta al final tiene lugar y para que, como he dicho, en caso de que yo cayese él pudiera seguir con las maniobras necesarias.

Marcio, Silano, Mario Terebelio, Digicio, Valerio y el resto de los tribunos, centuriones, *praefecti*, decuriones y Masinisa salieron de la tienda. Lelio nuevamente quedó a solas con Escipión.

—Bien —empezó de nuevo el procónsul, ahora con un tono más bajo, más relajado, pero no carente de vigor—, Lelio, escúchame bien porque te voy a explicar cómo vamos a luchar en esta batalla. Y escucha bien, porque no hay otra forma. He pensado en esos elefantes días, semanas, años, llevo pensando en esa carga desde que era un niño y mi padre me dijo que si alguna vez me veía en campo abierto contra una gran cantidad de elefantes, Lelio, me dijo que lo único sensato era retirarse. Pero nosotros no lo haremos. He soñado con ellos, Lelio, he soñado con esos elefantes toda mi vida. La vez más intensa en Cartago Nova, cuando deliraba por las fiebres. No nos replegaremos, sino que, pese a lo que pensaba mi padre y mi tío y mi viejo tutor Tíndaro, pese a todo lo que dicen los tratados de estrategia militar, Lelio, nosotros no retiraremos nuestras tropas sino que les plantaremos cara a esos elefantes con las legiones V y VI, con las «legiones malditas». —A medida que hablaba, Publio se emocionaba, especialmente al mencionar a su padre y su tío, pues, por primera vez en su vida, iba a hacer algo que contravenía todas sus enseñanzas, pero era la única forma, la única forma.

Cayo Lelio se acercó a la mesa de mapas donde estaba Publio. Allí, sobre uno de los planos, el procónsul había marcado la disposición de las tropas. Lelio se aproximó aún más y abrió bien los ojos. La forma de distribuir las tropas no era la tradicional. Era algo muy distinto, completamente diferente a lo que se había hecho hasta la fecha. En cierta forma no tenía sentido. De hecho no entendía qué se podía ganar con esa disposición.

—Lo sé, lo sé —comentó Publio nervioso, impaciente ante la faz de incredulidad de Lelio, pues ya había leído el asombro y la duda en los ojos de su veterano tribuno—. Pero no estoy loco, Lelio. No lo estoy. Sólo así podremos hacer frente a los elefantes. Escucha bien. Sólo así.

Y Publio Cornelio Escipión empezó su explicación. Acompañó sus palabras con trazos sobre el mapa mostrando a Lelio las maniobras que debían realizar los *velites* primero y luego el resto de las líneas. Lelio escuchó en silencio, tomando buena nota mentalmente de cada movimiento. Y pronto todo empezó a cobrar perfecto sentido. Sí, era una apuesta arriesgada pero original; si salía bien se podría neutralizar el efecto de la terrible potencia de los elefantes. Quizá funcionara, quizá.

Pasados un par de minutos, Publio concluyó su explicación.

—¿Y bien? ¿Qué opinas?

—¿Que qué opino? Es un disparate, otra locura más de las tuyas, pero ¿qué he de decir? Las otras salieron bien. Como en Cartago Nova o en Locri. Quizás ésta también. En cualquier caso, así se hará, así se combatirá, sea bajo tu mando o, los dioses no lo quieran, bajo el mío. Te juro por Júpiter que si nos faltas, yo dispondré las tropas de esa forma y las haré maniobrar como dices. Aunque nos vayamos todos al infierno.

Publio sonrió y suspiró, ya más relajado. Por un momento temió que el plan fuera demasiado descabellado. Si Lelio estaba dispuesto a ejecutarlo es que, en el fondo, el experimentado tribuno presentía que aquello tenía, al menos, algo de sentido. El procónsul sintió crecer su seguridad. El criterio de su lugarteniente siempre había pesado en sus planes. Y cuando no dispuso de él en la última fase de las campañas de Hispania siempre lo echó mucho en falta. Aunque no lo admitiera.

—Bueno, pues vamos allá —comentó Publio con voz decidida—. Hay un general cartaginés esperando para negociar. La firmeza en la negociación empieza por ser puntuales en el encuentro.

Sin más palabras, los dos abandonaron la tienda para dirigir las maniobras del despliegue de las «legiones malditas». Quizá su último despliegue. Ambos se adentraron en las primeras sombras que proyectaba el alba. Publio se detuvo un instante y admiró el astro solar emergiendo de entre las entrañas de las dunas del desierto. Quizás éste fuera el último amanecer que admirara y decidió dedicarle un muy breve pero intenso instante.

Lelio regresó a su propia tienda para ajustarse la coraza y el casco que, resplandecientes, lucían a los pies de Netikerty. El tribuno había retomado el sexo con ella. Lelio había aprendido a disfrutar de las delicias del cuerpo de la joven sin entrar ya en los entresijos de su alma. Lelio, al fin, había aprendido a tratarla como una esclava. Pensó en solazarse con ella una vez más, quizá la última, antes de partir a reunirse con Publio y el resto de los oficiales. Lo que ansiaba sólo requería cinco minutos.

En el valle de Zama,
19 de octubre del 202 a.C.,
al amanecer.
Media hora después de la última
conversación entre Publio y Lelio

Lelio, Marcio, Silano, Mario, Terebelio, Digicio, Valerio y el rey Masinisa, los centuriones y decuriones y todos los legionarios de las legiones V y VI vieron alejarse a Publio Cornelio Escipión, su general en jefe, esta vez sí, a caballo, escoltado sólo por los doce *lictores* de su guardia personal y una treintena de jinetes de una *turma* de caballería romana. Los *lictores* cabalgaban al frente y los jinetes, distribuidos a ambos lados y en la retaguardia. Protegían de esta forma con sus propios cuerpos la vida de su general ante cualquier proyectil que algún mercenario a sueldo de Cartago pudiera lanzar desde la distancia. Junto a todos ellos, al final del grupo, cabalgaba un joven soldado que hablaba la lengua de los cartagineses y que actuaría como intérprete.

Al mismo tiempo, desde el bando cartaginés, Aníbal, acompañado también de una pequeña escolta, se separaba de sus tropas y avanzaba hacia la colina donde se había acordado la entrevista. Aníbal también se aproximó al punto de la reunión protegido por sus hombres, por delante, por los flancos y por detrás. Parecía que ninguno de los dos generales quería permitir el ataque de un asesino o algún loco exaltado del enemigo. En ambos ejércitos había soldados de muy diferentes orígenes y muchos odios acumulados por el dolor de la pérdida de seres queridos durante aquel largo conflicto. Los dos generales eran conscientes de esto y tomaban precauciones. Además, existía la posibilidad de un movimiento traicionero por parte del otro ejército.

Ambas escoltas llegaron junto a la colina. Estaban a unos quinientos pasos de distancia. Aníbal fue el primero en separarse del pequeño grupo de hombres que le acompañaba y comenzar una lenta subida por la ladera del cerro. Publio hizo lo propio y comenzó también a ascender. Cada uno iba seguido tan sólo por su intérprete.

El sol estaba ya fuerte, poderoso, iluminando el nuevo día.

Aníbal y Publio alcanzaron lo alto de la colina casi al mismo tiempo. Estaban apenas a veinte pasos de distancia. Aníbal desmontó del caballo. Publio desmontó. Los intérpretes hicieron lo mismo. Por fin se encontraban cara a cara. Publio miró en silencio y con detenimiento a Aníbal, su oponente, el mayor enemigo contra el que Roma había tenido que enfrentarse en sus más de cinco siglos de historia, y le había correspondido a él, a Publio Cornelio Escipión hijo, combatirlo. Y ahora que lo tenía tan próximo no vio nada en aquel hombre que pareciera retorcido o desagradable o villano. Era un hombre aguerrido, sin duda, en el que se observaban múltiples cicatrices en los brazos y piernas desnudos. Destacaba la herida en la parte interior de una pierna, producto de una jabalina lanzada desde las murallas de Sagunto. Llevaba un parche en el ojo izquierdo, para tapar la pérdida de vista de ese ojo al infectársele en los pantanos del norte de Italia. Era un cuerpo marcado por la guerra, por mil batallas en donde quedaba claro que no había eludido el combate personal. Pero el porte, la mirada del ojo sano, los ademanes al desmontar, al volverse a su intérprete y darle las riendas del caballo, no eran sino los de un hombre seguro de sí, firme, decidido, pero no presuntuoso. Aquello le sorprendió al bastante más joven general romano. Escipión, con sus treinta y tres años, había esperado mayor altanería de aquel victorioso oponente que le sacaba más de catorce años de edad. Pero no, Aníbal se movía ante él con aplomo, pero sin desprecio, y avanzó despacio hacia Publio con una agilidad sorprendente en su edad. El procónsul, por su parte, avanzó hacia el general cartaginés unos pasos y se preguntó en ese instante qué sería lo que el invencible cartaginés estaría pensando de este nuevo general romano que se había atrevido a plantarle batalla en África, a unas millas de la mismísima Cartago. Publio era hábil en leer en los gestos o en los ojos qué pensaban sus interlocutores, pero en la mirada de Aníbal encontró un igual, alguien que no sólo no rehuía el escrutinio del general romano, sino que mantenía la mirada firme, sin bajar el rostro. Era éste un combate silencioso que el joven procónsul no esperaba encontrar. Por alguna razón había dedicado mucho tiempo la noche anterior a pensar bien qué es lo que iba a decir al general cartaginés y qué podría responder a sus réplicas, pero no había pensado en cómo actuar si ambos se quedaban mirándose fijamente, como ahora, a apenas cinco pasos de distancia.

Alrededor de ellos estaban los intérpretes, un par de pasos por detrás de sus respectivos generales, y, al pie de la colina, las escoltas de cada uno y a unos mil pasos, en ambas direcciones, cuarenta mil hombres entre las filas cartaginesas y treinta y cinco mil soldados entre los romanos, todos dispuestos para el combate, para la gran batalla final entre Cartago y Roma. Y más alla, el mundo conocido, desde la Galia hasta África, desde Hispania hasta Siria y Mesopotamia, pasando por

Grecia, Tracia, Egipto, Macedonia, Italia y decenas de ciudades, tribus, pueblos y reinos, esperaban intrigados, expectantes, el desenlace de aquel debate entre aquellos dos invictos generales de generales, entre el procónsul de Roma y el general en jefe del imperio cartaginés.

Aníbal mantenía, tenaz, pero tranquilo, la mirada en el general romano. Publio no encontró odio, tal y como los senadores de Roma publicaban a los cuatro vientos cada vez que se reunían y apabullaban al pueblo con el tenebroso odio del cartaginés. Quizás estuviera allí, en aquel hombre frente a él, pero no traslucía ese sentimiento en la mirada; sólo, puede ser, parecía adivinarse, en lo más hondo, un cierto cansancio, un hastío infinito, pero tan mitigado por el autocontrol y la seguridad que era difícil saber si eso era así o si simplemente había sido una visión incorrecta, una mala interpretación de los sentimientos profundos de aquel general de generales.

Publio, al fin, aunque le costó, se dio por vencido y echó la mirada a un lado. Se volvió hacia su intérprete y cuando iba a transmitirle a éste lo que deseaba que tradujera, Aníbal, con una voz grave, honda, y, por qué no reconocerlo, agradable, poderosa, comenzó a hablar en un griego algo tosco en la pronunciación pero claro en contenido y forma. El procónsul contuvo entonces sus palabras y su respiración, como un joven legionario en su tienda, y escuchó algo perplejo, con una mezcla de respeto y curiosidad, pues nunca pensó que Aníbal fuera a dirigirse a él en griego.

—Te saludo, Publio Cornelio Escipión, procónsul de Roma, y te ofrezco un pacto de paz. No tenemos por qué luchar hoy. Cartago está dispuesta a reconocer el dominio de Roma sobre todas las islas entre África e Italia y sobre toda Iberia. A cambio, sólo pedimos la retirada de tus legiones de África. Es un pacto generoso, romano. Acéptalo y marcha en paz.

Y calló. Publio le miraba con intensidad. Aníbal había sido breve, había sido directo y había ido al grano. El joven general romano se pasó la palma de la mano derecha por la barbilla que lucía recién rasurada por su *tonsor*.

—Te saludo, Aníbal Barca, general en jefe de los ejércitos de Cartago. He escuchado tu oferta con interés, pero una paz en esos términos no será posible. La paz para Roma sólo es aceptable si Cartago acepta las cláusulas del tratado de paz que habíamos acordado el año anterior, paz que se quebró al robar Cartago parte de nuestra flota de aprovisionamiento encallada en su bahía. Ya no es suficiente que Cartago reconozca nuestro dominio sobre los territorios que ya ha perdido, sino que además debe devolvernos todos los transportes requisados el año anterior en la bahía de Cartago y hacer frente a los pagos en cebada, trigo y talentos de plata pendientes, además de reconocer a Masinisa como rey de Numidia y, muy importante, destruir la flo... —Publio se detuvo. Aníbal había levantado su mano derecha con la palma extendida hacia el general romano. El procónsul, por prudencia, decidió callar. Aníbal no parecía nervioso, pero estaba claro que no quería seguir oyendo las condiciones tan humillantes que Publio estaba exigiendo.

—Esas condiciones, procónsul de Roma —comenzó Aníbal—, las conozco bien, pero son condiciones que pactaste con un Cartago diferente. Aquéllas fueron condiciones con un Cartago cuyo general en jefe estaba lejos. Hoy ese general en jefe es el que comanda sus tropas en África y ese general en jefe, procónsul de Roma, te dice que esas condiciones son inaceptables. —Publio fue a hablar, pero Aníbal levantó de nuevo su mano derecha y Publio, una vez más, receló y guardó silencio para seguir escuchando—. Eres joven y noble, general romano, te respeto, por tu valor en el campo de batalla, por tu rango y por la familia a la que perteneces; te vi luchar con osadía en Tesino y en Trebia, incluso en Cannae, pero no confundas mi respeto con temor, no confundas mi franqueza con miedo. Salvaste a tu padre de morir rodeado por mi caballería en Tesino y en el mismo Tesino detuviste el avance de mis tropas y sólo eras un muchacho. Te envidio por ello porque yo no pude salvar a mi padre en Iberia en una situación similar, pero tus dioses te arroparon, y eso es que te aprecian, y tus dioses han seguido protegiéndote todos estos años, en Trebia y luego en Cannae, donde te salvaste por poco, y en cada una de las batallas que libraste en Iberia, pero joven y noble general romano, piensa que puedes tener cansados a tus dioses de tanto protegerte, piensa que la diosa Fortuna que tanto parece resplandecer sobre ti puede un día estar dormida y olvidarse de acudir en tu ayuda y piensa, piénsalo muy bien, porque podría ser que ese día, el día en que tus dioses decidan que ya te han protegido demasiadas veces, piensa que ese día podría ser hoy, de aquí a unas horas. Piensa que tus dioses pueden abandonarte cuando formes tus legiones ante mi ejército. No es algo tan extraño, pues son innumerables los generales romanos que han vivido esa experiencia y que ya no están en este mundo para contarla. —Y levantó su mano derecha revestida de varios anillos consulares y otro de plata rematado en una piedra preciosa turquesa que Publio no sabía de qué o quién podía ser; el resto estaba claro que habían sido los anillos consulares de Cayo Flaminio, Emilio Paulo y Claudio Marcelo.

—Uno de esos anillos me pertenece.

Aníbal, por primera vez, se vio sorprendido. Ante la perplejidad del general cartaginés, Publio decidió ser más preciso.

—El anillo que llevas en tu dedo anular, en la mano derecha, era de Emilio Paulo, mi suegro, el padre de mi esposa. Me pertenece. —Y en un acto osado, con el atrevimiento propio de su carácter, Publio Cornelio Escipión estiró la mano como si fuera a cogerlo. Aníbal retiró hacia atrás con lentitud su mano derecha al tiempo que apretaba los dedos formando un puño de hierro, impenetrable, pétreo.

—Me temo, joven general de Roma —respondió Aníbal con la serenidad de los años y la experiencia, con la paciencia del guerrero que todo lo ha visto y oído—, me temo, general de Roma, que eso no va a ser posible. Cada uno de estos anillos los he ganado en buena lid en el campo de batalla. Si los quieres recuperar tendrás que abatirme en el campo de batalla; procónsul, si quieres recuperar el anillo que dices que te pertenece sólo tienes que derrotar a mi ejército.

—Entonces esos anillos serán recuperados para Roma en pocas horas —respondió el procónsul con gallardía, aunque algo vacua, pensó el propio Publio.

Aníbal sonrió.

—¿Tan corto piensas que va a ser el combate? Yo al menos me concedería un día para conseguir detener a mis elefantes, al ejército de Magón, a las tropas de Giscón y, si aún queda alguno de tus legionarios en pie, a mis veteranos de Italia. Al menos, romano, necesitarás un muy largo día para recuperar estos anillos. Puede incluso que se te haga demasiado largo y demasiado doloroso ese día y que se te atragante. —Y Aníbal echó la cabeza para atrás y se echó a reír; los dos intérpretes retrocedieron un par de pasos; ambos estaban nerviosos; no sabían en qué iba a derivar todo aquello; era un debate entre titanes todopoderosos y, aunque estaban siendo testigos de la historia, en aquel momento sólo pensaban en salir vivos de aquella loca entrevista. Aníbal detuvo su carcajada en seco—. Será un día demasiado largo, romano; demasiado incluso para ti —concluyó con un tono frío, distante, cansado. Era como el viejo que avisa al joven de lo inevitable, a sabiendas de que el joven elegirá el camino más peligroso, el camino que conduce sólo a la muerte.

Publio tragó saliva antes de responder.

—Concédeme algo más que el reconocimiento de lo que ya habéis perdido —insistió el procónsul, pero con un tono casi humilde, como el amigo que pide un favor a otro amigo; era casi un ruego—. Admite que Cartago haga frente a alguno de los pagos convenidos y que se devuelvan algunos transportes; debes darme algo con lo que yo pueda persuadir al Senado de Roma y así evitaremos la lucha. Yo no tengo interés en combatir a muerte contra ti y tu ejército más allá de proteger a mi patria. Has abandonado Italia. Ése era mi gran objetivo. Dame algo en lo que basar una defensa de una paz duradera con Cartago y te prometo que haré todo lo posible por persuadir al Senado de Roma para que lo acepte, pero has de ofrecerme algo.

Aníbal sonrió con aire agotado mientras negaba despacio con la cabeza. Al general cartaginés le parecía increíble que aquel brillante general romano aún no supiera interpretar los designios de los oligarcas que gobernaban Roma. Estaba ante un gran militar, pero también ante un ingenuo en política.

—¿Acaso crees que el Senado de Roma desea otra cosa que no sea que te enfrentes a mí?

Publio, que en la vehemencia de su mensaje anterior se había adelantado un paso, retrocedió de nuevo a su posición inicial. Las palabras de Aníbal trajeron a su mente con celeridad la imagen del recientemente fallecido Quinto Fabio Máximo y del ahora omnipresente Marco Porcio Catón. Máximo acababa de morir, pero Catón seguía manipulando el Senado de Roma a su antojo. ¿Hasta dónde era capaz Aníbal de leer el destino de los hombres?

—La política de Roma es algo que es mejor que dejes en mis manos —respondió frío Publio Cornelio Escipión.

—En tus manos la dejo —respondió Aníbal con rapidez y mirando hacia atrás un instante, como valorando la posición de sus tropas. Luego, volvió a encarar la figura del procónsul y decidió dar término a aquella conversación—. Creo que esta entrevista no tiene ya mucho sentido. Tanto tu Senado como el mío sólo consideran que el camino de la guerra es el único posible, como lo han considerado durante los últimos dieciséis años. Para ellos, claro, es más fácil. No tienen que combatir esta mañana. —Carraspeó y escupió al suelo—. Tú y yo sólo somos los brazos ejecutores. Nos veremos en el campo de batalla, joven general romano. Reza por que tus dioses no te hayan olvidado. Por mi parte, yo ya no rezo mucho. Me concentro en la disposición de mis tropas y de mis elefantes, pero tú, joven procónsul, no puedes permitirte un solo día sin su ayuda. Si te fallan tus dioses enterraré tu nombre con tus huesos y lo borraré de la historia.

Y sin esperar respuesta, Aníbal Barca dio media vuelta, se aproximó a su caballo, se encaramó al mismo con gran destreza, pese a sus cuarenta y siete años, y azuzó a su montura que, encrespada por los golpes secos de su jinete en su costado, relinchó, y alzando las patas delanteras, dio media vuelta casi en el aire hasta que, una vez con sus cuatro patas en el suelo, salió disparado como una centella de regreso hacia las posiciones de los ejércitos púnicos. Tras él, el intérprete y los caballeros de su escolta partieron intentando seguir una estela demasiado fulgurante y rápida, pues el galope de Aníbal era veloz como impulsado por las fauces del viento.

87

El último discurso

Zama,
19 de octubre del 202 a.C.,
media hora después de la entrevista

No había habido acuerdo entre los dos generales.

Publio había empezado dirigiéndose hacia sus tropas con cierta calma fría, pero, a medida que avanzaba en su discurso, sus músculos se tensaron, las venas del cuello se marcaban con claridad, su rostro se tornó sudoroso y ligeramente enrojecido, henchido de sangre y pasión. Pronto todos y cada uno de los legionarios de la V y la VI no hacían otra cosa sino escuchar a su líder, a su jefe, al único procónsul de Roma que Aníbal había considerado de interés suficiente como para entrevistarse a solas con él. No había habido pacto. Sólo quedaba la batalla y borrar con sangre enemiga la ignominia de Cannae y la vergüenza del destierro de Sicilia, pero el procónsul seguía hablando, seguía hablando...

—¡Parece que tendremos que combatir sin las tropas de Tiberio Claudio! —continuaba Publio Cornelio Escipión desde lo alto de un hermoso caballo blanco con el que se movía despacio, al paso por delante de la perfecta formación de las legiones V y VI—. ¡Tendremos que combatir solos porque los soldados que nos enviaban no sabían ni navegar! —Y el procónsul se detuvo para dejar que los legionarios rieran un poco y rebajaran su tremenda tensión—. ¡Por Cástor y Pólux, no sabían ni navegar y los llamaban refuerzos! —Más risas, carcajadas generales en todas las filas, desde los *velites* de primera línea hasta los veteranos *triari*, desde los legionarios de menor rango hasta los centuriones y tribunos al mando del ejército: Lelio, Silano, Marcio, Mario, Terebelio, Digicio, Valerio. Todos reían; el procónsul esperó que las risas perdieran fuelle y tornó su semblante en una faz seria antes de proseguir—. ¡Mejor solos! ¡Mejor pocos y fuertes y leales y valientes que muchos y, entre los muchos, demasiados flojos y débiles y cobardes! ¡Estas legiones dicen que están malditas! ¡Es posible, pero en ellas no hay sitio para los débiles de espíritu y de físico! ¡Os reís y eso está bien, pero no penséis que ya lo habéis conseguido todo porque habéis logrado algunas victorias! ¡Es cierto que conquistasteis Locri en Italia y que hemos derrotado al rey Sífax y a los generales Hanón y Giscón! ¡Y es cierto que muchas ciudades se han entregado y han abierto sus puertas por el temor a vuestras armas o por vuestra persistencia en el asedio, como en Útica! ¡Por todos los dioses, sé que hablo a hombres valerosos y de gran fortaleza de ánimo! ¡Las únicas legiones de Roma que han conseguido tantas victorias, una tras otra en suelo africano! ¿Pero sabéis una cosa, sabéis qué sois vosotros para Roma? —Y una nueva pausa en la que el procónsul miraba desde su caballo a los hombres ahora silenciosos que le observaban absortos desde sus cascos ajustados bajo el sol resplandeciente de aquel amanecer, quizás el último que vieran muchos, quizás el último que vieran todos—. ¡Para Roma no sois nada! ¡Nada! ¡Os lo repetiré una vez más: para Roma no sois nada más que la misma escoria que expulsó y desterró a Sicilia para olvidarse, para borrar de los anales de la historia de Roma la más vergonzosa de las derrotas ante el enemigo! ¡Para Roma seguís siendo los vencidos de Cannae, los miserables que huyeron en lugar de morir con dignidad protegiendo su patria! ¡Lo sé, lo sé, mi corazón está con vosotros y sé lo que pensáis, sé que pensáis que eso no es justo, ya no, porque creéis haber compensado aquella grave ofensa con vuestro servicio y vuestra sangre en África, con las victorias aquí conseguidas y, aún más, con haber hecho necesario que Cartago reclamara a Aníbal para que, al fin, después de tantos años de terror, abandonara Italia!

¡Creéis que sólo por eso se os debería conceder el perdón y el derecho a regresar a Roma después de estas duras campañas en África! ¡Pero os he de decir una cosa! ¡Eso valdría con cualquier otra ciudad y con cualquier otro pueblo pero eso no basta para el pueblo romano y para el Senado de Roma, eso no es suficiente! ¡No es suficiente para borrar las seis legiones masacradas por Aníbal en Cannae! ¡Y a decir verdad que si juntáramos todos los muertos enemigos que hemos abatido desde que llegamos a África hace ya casi dos años y medio no juntaríamos un número suficiente de enemigos muertos para igualar el número de legionarios que los soldados de Aníbal degollaron en Cannae! ¡A decir verdad, por todos los dioses, que así es! ¡Así que para Roma no sois nada! ¡Nada! ¡Y Roma no os dejará regresar ni os perdonará nunca! ¡Nunca! ¡Nunca! —Publio Cornelio Escipión miró a su ejército; el silencio se había fraguado poco a poco y parecía que los legionarios fueran estatuas de piedra y que ni tan siquiera respiraran—. Y vosotros me diréis entonces y con razón, ¿y para qué luchamos entonces si no es para volver con los nuestros y para recibir el perdón? ¡Un legionario jamás lucha por obtener un perdón, un legionario nunca buscará ser redimido, un legionario sólo puede buscar la victoria o la muerte! ¿Que por qué lucháis? ¡Yo os lo diré, por Júpiter! ¡Lucháis, lucharemos hoy todos por el *triunfo* y por la gloria! ¡Las legiones V y VI no buscan el perdón de Roma sino que Roma se arrodille ante ellos! ¡No lucháis por que os dejen regresar sino que lucháis por recibir un *triunfo* y ser conducidos por mí hasta el mismísimo Capitolio! ¡Lucháis por ser no las «legiones malditas», sino las mejores legiones de la historia de Roma, porque una afrenta tan grave como la de Cannae sólo se puede borrar con una victoria de iguales proporciones, y la batalla de hoy, creedme, será como la de Cannae! ¡Hoy es un nuevo Cannae pero hoy será el Cannae de Cartago! ¡Y a los legionarios que me habéis seguido desde Hispania sólo os recordaré que allí jurasteis seguirme hasta el mismísimo infierno! ¡Sea, entonces: bienvenidos todos al infierno! —Y el procónsul desenvainó su espada y la esgrimió en alto al tiempo que gritaba—: ¡Muerte o victoria! ¡Muerte o victoria! ¡Muerte o victoria! —Y con un último esfuerzo, llorando, salpicando saliva al gritar—. ¡Todos al infierno! ¡Hasta el infierno!

Y los miles de soldados de sus legiones, de las legiones V y VI, desgarraron el aire con un rugido cien mil veces más fuerte que el rugido del más temible de los leones.

—¡Hasta el infierno! ¡Hasta el infierno! ¡Hasta el infierno!

88

La carga de los elefantes

Zama,
19 de octubre del 202 a.C.,
una hora después de la entrevista de los generales

Retaguardia romana

Finalizado su discurso, Publio ascendió a la pequeña loma que se elevaba justo detrás de sus legiones. Todo estaba dispuesto. El general estaba rodeado por sus *lictores* y un pequeño grupo de legionarios compuesto por veteranos de sus campañas en Hispania, voluntarios para una guerra en África que el joven procónsul presentía ya de temibles consecuencias para todos ellos. Le habían seguido por lealtad y esa lealtad iba a conducirlos a todos al exterminio. Era contradictorio, pero después de haberlo esperado durante tanto tiempo, el combate definitivo, ahora, cuando había llegado y estaba a punto de comenzar, era cuando más dudaba de la victoria. Publio fue examinando toda la formación. En primera línea, algo adelantados estaban los *velites* de ambas legiones, esperando la señal de ataque y atentos a los movimientos del enemigo, pues eran la primera línea. Se los veía nerviosos porque miraban hacia atrás de forma incesante. Tras ellos estaban los *hastati*, al mando de los cuales había puesto a Quinto Terebelio, en la VI, en el flanco derecho desde donde Publio observaba, y a Cayo Valerio que, como *primus pilus* de la V, comandaba los manípulos que le correspondían. Tras los cuadros que formaban los *hastati*, venían los manípulos de los *principes*, que en la VI Publio había puesto bajo las órdenes de Sexto Digicio y en la V, bajo la supervisión de Mario Juvencio. Estos manípulos formaban tras los huecos que los *hastati* de primera línea dejaban en la formación. De esa forma los *principes* tapaban esos espacios de modo que ningún enemigo pudiera llegar al final de la formación romana sin encontrar oposición en algún punto. Y, tras los *hastati*, venían los veteranos *triari*, con Silano al frente de los de la VI y con Lucio Marcio Septimio al mando de los de la V. En este caso, los *triari* formaban sus manípulos justo en línea con los *hastati* de primera línea. El ejército romano dibujaba lo que posteriormente se reconocería como las tres primeras líneas de un tablero de ajedrez, donde los manípulos de legionarios ocupaban los cuadros de piezas negras, dejando los cuadros de las piezas blancas vacíos. Espacios útiles para maniobrar. Las diferentes líneas estaban reforzadas por los voluntarios itálicos y por los infantes númidas.

Luego, en los extremos, la caballería. A su derecha, orgulloso y con su caballo piafando y relinchando, se veía al joven Masinisa. Estaba ansioso por entrar en combate. Como todos. Y en el extremo izquierdo, Cayo Lelio, con aire más controlado, adusto, sin moverse sobre su caballo, como una estatua, mirándole, esperando la señal de ataque. Publio estaba tenso, pero se esforzaba en respirar con regularidad, para que sus propios nervios no transpirasen y se contagiaran de sus dudas los *lictores* y legionarios que le rodeaban. Eran treinta y cinco mil hombres a su mando, más los dos destacamentos de caballería númida y romana. Publio se pasó la palma de la mano derecha por su barbilla recién afeitada. Levantó la mirada y contempló el infierno.

A mil pasos de distancia de sus *velites* de primera línea, se encontraba el enemigo: en primera fila lo más aterrador, no por ser lo más temible, pero sí por ser lo más urgente y espectacular. Ochenta elefantes africanos en una larga línea que se extendía de un extremo a otro de la formación cartaginesa. Ochenta elefantes y no había fortificaciones en las que guarecerse, estaban en campo abierto y no había habido tiempo para levantar defensas adecuadas. Aníbal forzaría el combate esa misma mañana, para no dar tiempo a más. Era una de sus grandes ventajas y no pensaba darles oportunidad de protegerse, de prepararse. Publio recordó una vez más las palabras de su padre cuando le comentó en más de una ocasión que si se veía con una gran cantidad de elefantes en formación de combate, si no disponía de defensas, debía retirarse. Retirarse. Publio suspiró. «No puedo hacerlo, padre, no puedo hacerlo, llegados a este punto, no.» Publio apretó los labios mientras contemplaba los imponentes proboscidios moviéndose hacia delante y atrás. A sus propios guías les costaba mantener a aquellas bestias detenidas. Los paquidermos debían de respirar las ansias de todos los hombres que les rodeaban y querían moverse, atacar, pisotear. Y, por si eso no fuera suficiente, tras los elefantes estaban varias líneas de combate enemigas: primero los veteranos del ejército de Magón, el hermano pequeño de Aníbal, luego los restos del ejército de Giscón y finalmente los veteranos del propio Aníbal, sin duda alguna, el cuerpo de ejército más terrible que existía en aquel momento, la máquina de matar más engrasada y perfecta y el auténtico y más mortal peligro de aquellos cuarenta mil soldados que, junto con sus dos destacamentos de caballería, se oponían a Publio y sus legiones. En cualquier caso, aunque los veteranos de Aníbal fueran lo que el procónsul más temía, eran un asunto a ocuparse con posterioridad. Lo primero eran los elefantes. Los malditos y gigantescos ochenta elefantes africanos.

Publio permanecía inmóvil en su altozano. Lelio, Silano, Marcio, Mario, Digicio, Terebelio, Valerio, todos los tribunos, centuriones y *praefecti* le miraban. Todos esperaban una orden suya, pero el procónsul estaba como inmovilizado, parecía que ni tan siquiera respirase.

La caballería númida enemiga, comandada por el maessyli Tiqueo, familiar de Sífax, empezó a agitarse y lanzó varios grupos de jinetes contra los númidas de Masinisa. El joven rey miró a Publio. Pero el general permanecía petrificado. Masinisa ordenó por su cuenta que otros tantos jinetes de su caballería recibieran a medio camino al centenar de jinetes enemigos que se aproximaban al galope. Ambos ejércitos observaron cómo los númidas de cada bando se enfrentaban con ferocidad en el centro del campo de batalla. Era una batalla dentro de lo que debía ser una batalla mayor, pero era cruenta y terrible, pues era personal, era entre númidas partidarios de diferentes candidatos a rey. Los golpes de espada resonaban en el aire estancado de aquella llanura y los gritos de los que eran atravesados por jabalinas rasgaban el cielo raso y limpio bajo el que aquellos jinetes se mataban. A una señal de Tiqueo los númidas del ejército púnico se replegaron y Masinisa ordenó lo mismo para sus compatriotas. En el campo quedaron varias decenas de cadáveres, algún herido arrastrándose por el suelo y algunos caballos que, con su jinete abatido, permanecían quietos en medio de los dos ejércitos, en medio de aquel pulso entre Roma y Cartago. De momento sólo habían entrado en combate los subalternos.

Retaguardia cartaginesa

Aníbal lo observaba todo desde un entarimado de madera levantado detrás de sus filas de veteranos. Uno de sus oficiales se aproximó para preguntar.

—¿Seguimos con las escaramuzas de la caballería, mi general?

Eran oficiales leales aquéllos, los que estaban junto a él sobre aquel entramado de madera, pero Aníbal echaba de menos la sensata voz de Maharbal, a quien había tenido que alejar de sí, para que se pusiera al mando de la caballería africana, a su derecha. Estaban escasos de caballería y Aníbal decidió compensar aquella debilidad poniendo a su mejor oficial al mando de la fuerza montada. Por su parte, Tiqueo se las tendría que ver como fuera con el crecido Masinisa. Ése sería un asunto entre númidas, pero le preocupaba. Si la caballería cedía tendría un problema grave. El secreto era hacer que la lucha se desarrollara de forma que la caballería no fuera decisiva. Gran parte de la clave era la carga inicial de los elefantes. Si éstos causaban las suficientes bajas entre la infantería romana, los legionarios desmoralizados, derrotados ya una vez por él mismo en Cannae, empezarían una desordenada retirada y a partir de allí sólo sería cuestión de exterminar con eficacia. Entonces la superior caballería romana sólo valdría para proteger a un ejército en retirada. La carga de los elefantes era crucial. Si eso fallaba estaría el cuerpo a cuerpo y allí también se impondría la destreza de sus veteranos de Italia. Maharbal y Tiqueo sólo tenían que mantener a Lelio y Masinisa ocupados el tiempo suficiente para que fuera el que fuese el desenlace de la lucha entre las caballerías, ya no quedara infantería romana en pie.

—¿Los ataques de la caballería, mi general? —Insistió con cuidado el oficial, algo nervioso—. ¿Seguimos con ellos?

—No —respondió Aníbal—. Los elefantes. Ya.

El oficial púnico asintió varias veces y descendió de aquella improvisada fortificación.

Primera línea de combate romana. Ala izquierda

Cayo Valerio, posicionado en la primera línea de los *hastati* vio cómo los elefantes del enemigo empezaban a moverse pesada pero decididamente hacia ellos. Respiró varias veces con profundidad. Miró a ambos lados. Sus hombres, al igual que él, tenían los ojos fijos en aquella manada de bestias que se acercaba adquiriendo cada vez algo más de velocidad. Cayo Valerio carraspeó profusamente y escupió en el suelo. Tenía la garganta seca.

—Maldita sea nuestra suerte —dijo en voz baja. Giró su cabeza y miró al procónsul de Roma. Nada. Impasible. Bueno. Cayo Valerio no se movió; inclinó su cabeza hacia la izquierda y luego hacia la derecha. Le dolía el cuello. Había dormido en mala posición y tenía tortícolis. Casi le entró risa por preocuparse de una molestia tan nimia. Los elefantes avanzaban ya a la carrera.

»Maldita sea —dijo en voz normal, y volvió a escupir. Miró de nuevo a sus hombres. Estaban todos con los ojos muy abiertos, los escudos clavados en el suelo, los *pila* a su lado. Vio que algunas lanzas temblaban en las nerviosas manos de sus hombres. Estaban aterrados. «Maldita sea», pensó. «No van a aguantar. No van a mantener la formación. Por todos los dioses.» Vio la tercera fila de los manípulos, donde los soldados no sostenían arma alguna, sino que iban cargados de tubas, trompas, cornetas y otros instrumentos musicales de los que usaban los romanos para transmitir las órdenes en las legiones romanas. Qué desperdicio de fila, pero eran órdenes directas del general. Cayo Valerio notó entonces una extraña vibración que le recorría la pierna derecha, luego la izquierda. Se volvió hacia el enemigo. Los elefantes corrían hacia ellos. La tierra bajo sus pies temblaba. Cayo Valerio vio cómo vibraban los escudos de sus soldados y cómo las miradas de sus hombres ya no eran de terror, sino de un pavor desconocido, un horror que nunca había visto reflejado en la faz de ningún soldado antes de aquella mañana.

»Mierda, mierda, mierda —repetía mientras salía de la formación y daba uno, dos tres, cinco, diez, hasta veinte pasos por delante de la formación de *hastati*, superando incluso a los desperdigados *velites* que de modo casi inconsciente se habían ido replegando ante el avance de los elefantes. Cayo Valerio había leído lo peor que un centurión puede encontrar en el rostro de sus hombres: no iban a mantener la formación; el terror era demasiado poderoso. La tierra se agitaba bajo sus sandalias militares. El tribuno miró hacia los elefantes. Estaban a quinientos pasos. Luego miró hacia sus hombres. Quería que le vieran todos. Él no se retiraba. Él iba a estar allí. Solo, si hacía falta. Si querían huir que vieran antes cómo moría un *primus pilus* de las legiones de Roma. Mierda, mierda, mierda. Miró de nuevo hacia el procónsul. Nada. Quieto, como una insignia. Y no había órdenes tampoco por tubas. El único ruido era el de la estampida de elefantes pisoteando la tierra de África en su irrefrenable carrera mortífera.

Retaguardia romana

Publio Cornelio Escipión, desde su pequeña colina, vio cómo Cayo Valerio, sin recibir orden alguna, había abandonado la formación y había avanzado unos veinte pasos.

—¿Qué hace ese imbécil? —preguntó el procónsul, pero a su lado no estaba ni Lelio ni Marcio ni Silano ni ningún otro de sus oficiales de confianza. Uno de los *lictores* que se encontraba más próximo al general, el más veterano entre los hombres de su guardia personal, se atrevió a aventurar una respuesta.

—Creo que teme que los hombres se asusten, mi general... se ha adelantado para que todos le vean... como ejemplo, supongo...

Publio se volvió hacia el *lictor* que acababa de responderle. Asintió. Se trataba del *proximus lictor*, el último en la fila de *lictores* que precedían a un cónsul, y que se situaba justo junto al cónsul. Era siempre un hombre de la máxima confianza.

—Eso debe de ser —dijo el general y, sin dejar de mirar al *proximus lictor*, añadió una pregunta—. Tu nombre es Marco, ¿verdad?

—Sí, mi general —respondió con sorpresa el *lictor*.

—Llevas conmigo desde Hispania, ¿verdad?

—Así es, mi general —confirmó con orgullo aquel soldado.

—Bien, Marco, quédate junto a mí hoy más que nunca. Tus opiniones me vendrán bien en esta batalla.

Publio miró de nuevo hacia la llanura. Los elefantes, en una larguísima hilera que lo cubría todo, corrían contra su ejército. Tras ellos una polvareda de dimensiones descomunales se levantaba ocultando los movimientos que pudieran estar haciendo las tropas cartaginesas, pero no era probable que fueran a hacer nada mientras aquellas bestias corrían casi descontroladas contra sus enemigos. Los elefantes estaban a cuatrocientos pasos de los *velites* y los *hastati*. A trescientos cincuenta, a trescientos...

Primera línea de combate romana. Ala derecha

Quinto Terebelio, al mando de los *hastati* de la VI, observó cómo Cayo Valerio se avanzaba al resto de los hombres en la V. Quinto Terebelio, centurión que conquistara las murallas de Cartago Nova junto con Digicio y Lelio, no podía permitir que un oficial de los derrotados en Cannae le superara en valor... o en locura. Además, miró a su alrededor y detectó ese miedo abrumador que embargaba a los *hastati* que le rodeaban. Estaba claro que había que dar ejemplo... aunque eso significara dar la propia vida.

—¡Por Hércules y todos los dioses! —dijo en voz bien alta, y se avanzó a los *hastati* hasta ubicarse a la misma altura que Cayo Valerio. Luego continuó hablando en voz baja, para sí mismo, para su alma—. Estamos locos, todos locos.

Retaguardia romana

Marco señaló al procónsul el movimiento de Quinto Terebelio.

—Otro loco —dijo Publio, pero no pronunció aquellas palabras con tono de reproche, sino de admiración.

El *lictor* se atrevió a comentar algo más.

—En esa posición tan avanzada, solos, serán los primeros en ser arrollados por los elefantes. Es un suicidio.

El procónsul le corrigió.

—No, soldado, no es un suicidio, es una *devotio*. Una *devotio* por mí, por las legiones, por Roma. —Marco asintió algo avergonzado de su comentario anterior. No obstante, el general concluyó su valoración con un tinte de tristeza en su voz—. Una *devotio* que aunque admiro, lamento con profundidad. Son dos de mis mejores oficiales. No pensé que fuera a ser necesario llegar tan lejos. No pensé nunca que fuera a ser necesario. No lo pensé así, no de esta forma... —El procónsul repetía aquellas palabras como intentando perdonarse a sí mismo lo que estaba a punto de ocurrir. Ya no había tiempo para cambiar las cosas. Sólo se podía proceder con el plan y rogar a los dioses. Hasta ese momento no se había percatado realmente de lo que estaba exigiendo a sus hombres.

Primera línea de combate romana. Ala izquierda

Cayo Valerio tragaba la poca saliva que su boca acertaba a producir. Estaba seco y clavado en el suelo de aquella llanura como una estaca olvidada por el tiempo. Una estaca que temblaba por la potencia de las pezuñas de aquellos paquidermos al chocar contra el suelo sobre el que avanzaban como gigantescas catapultas en movimiento. Estaban a trescientos, doscientos cincuenta, doscientos pasos. Era el fin.

Primera línea de combate romana. Ala derecha

Quinto Terebelio repasaba su vida en el poco tiempo que le quedaba ya antes del gran impacto. Sólo encontró peleas y pendencias desde pequeño en las calles de Roma. Una vida dura y sin rumbo hasta que ingresó en el ejército, donde luchar y pelear era un honor. Allí se había forjado una reputación y esa reputación había adquirido casi el grado de leyenda tras las campañas en Hispania bajo aquel procónsul que los conducía ahora a todos contra aquella estampida de elefantes. Gracias al general había conocido el sabor dulce de verse admirado por centenares de hombres. Era un orgullo especial el que le acompañaría el día de su muerte. De modo que si se tenía que morir en aquella batalla por aquel general, se moría. Quinto Terebelio se ajustó el casco, dejó el escudo en el suelo y levantó el *pilum* con su brazo derecho dispuesto para lanzarlo. ¿De qué protección valía un escudo contra ochenta elefantes? Por Cástor y Pólux. Por Hércules y por todos los dioses, ¿qué importaba ya nada?

Retaguardia romana

Publio Cornelio Escipión, procónsul de Roma, levantó su brazo derecho en alto. Cayo Valerio, Sexto Digicio, Mario Juvencio, Silano, Marcio, el rey Masinisa y Cayo Lelio observaron tensos aquel movimiento. El único que parecía pasarlo por alto era Quinto Terebelio, que avanzaba contra los elefantes con su *pilum* preparado para ser lanzado. Publio le observó sin mostrar expresión alguna en su rostro. Terebelio iba por libre. ¿Era insubordinación o heroísmo? No importaba aquello. Las tubas transmitirían su orden y todos sabían lo que debía hacerse.

El general de las legiones V y VI bajó su brazo derecho de golpe. Una decena de legionarios con tubas que le acompañaban en la colina hicieron sonar sus instrumentos y su sonido se desplegó sobre la llanura hasta alcanzar las primeras líneas de *hastati*, donde, de pronto, decenas, no, centenares de tubas, trompas y cualquier instrumento que pudiera hacer ruido, resonó no con armonía, sino con el estruendo propio del temor absoluto exhalado por los pulmones de miles de legionarios acorralados. El general había ordenado durante los últimos días recoger todos los instrumentos de música de toda la región y construir más tubas y trompas y los había distribuido entre las primeras filas de sus *hastati* para hacerlos sonar justo cuando los elefantes llegaran a pocos pasos de distancia. Pero eso no era todo.

Vanguardia romana. Primera y segunda líneas de combate

—¡Mantened la formación, mantened la formación! —gritaba Cayo Valerio desde su posición avanzada mirando hacia atrás a los *hastati* de la V.

Al mismo tiempo, entre los *principes* de segunda línea, se recibía una orden diferente.

—¡Maniobrad, malditos, maniobrad, por todos los dioses! —aullaban Digicio y Mario a sus manípulos de legionarios de segunda línea. De este modo, los *principes* se movieron rápidamente hacia un lado, hasta situarse justo detrás de los *hastati* y justo delante de los *triari*, dejando así enormes pasillos descubiertos, sin soldados por toda la formación del ejército romano. Fue una maniobra muy rápida y desconocida hasta la fecha. Extraña.

Retaguardia cartaginesa

Aníbal apretó los párpados de su ojo sano.

—¿Qué hacen? —preguntó, aunque no esperaba respuesta.

—Parece que abren como pasillos, mi general —respondió un oficial púnico.

—Ya veo que abren pasillos, imbécil —espetó Aníbal—, la cuestión es ¿por qué?, ¿para qué?

Pero nadie supo qué responder.

Aníbal se había preocupado de que los romanos no supieran hasta el último momento dónde exactamente posicionaría a su ejército para combatir. De ese modo evitaba que pudieran levantar fortificaciones o cavar zanjas y fosos trampa con los que defenderse de la embestida de sus elefantes. Ahora abrían pasillos. Pasillos. Aníbal cabeceó lentamente varias veces. Era una idea bastante buena. Bastante buena. Igual que el ensordecedor ruido de todos aquellos instrumentos, pero la cuestión era si sería suficiente. Aníbal dio un paso al frente y se apoyó con sus manos en la barandilla de la pequeña construcción de madera sobre la que se encontraba. Estaba genuinamente intrigado.

Primera línea de combate romana. Ala izquierda

Cayo Valerio, de espaldas al enemigo, mirando a sus legionarios, se desgañitaba sin ceder un solo paso de su posición avanzada.

—¡Mantened la formación! ¡Mantenedla u os mato a todos! ¡Por los dioses que os mato!

A su espalda escuchó el pavoroso rugido de los elefantes. Se dio la vuelta. La muerte... pensaba recibirla de frente. A cien pasos de donde se encontraba un paquidermo bestial corría contra él. Los colmillos eran largos y afilados artificialmente por sus adiestradores. Un guía conducía la bestia justo contra él. En lo alto del enorme animal, una gran cesta poblada por cuatro arqueros empezaba a arrojar flechas contra los romanos.

—¡Aaaaaaaaaaaah! —gritó con todas sus fuerzas Cayo Valerio, *primus pilus* de la V legión, una legión más maldita que nunca, pero al tiempo que el centurión desgarraba su miedo en aquel aullido, centenares de tubas y trompas resonaron a sus espaldas generando un fragor tan inmenso y ensordecedor como el de los rugidos de las propias bestias. Cayo Valerio comprendió entonces las palabras del general. Bienvenidos al infierno. Cerró los ojos y en un acto reflejo los volvió a abrir. Lo que vio le dejó atónito. Algunas de las enormes bestias, confundidas por el sorprendente e inesperado ruido que emitían las legiones, se habían asustado y abandonaban la formación de ataque intentando dar media vuelta. Al girar o detenerse, algunos elefantes chocaban con otros. Así había al menos dos decenas de bestias creando confusión en la gran línea de ataque cartaginés. Eran los elefantes más jóvenes, los menos adiestrados, los más inexpertos, sorprendidos por el ruido de las trompas y las tubas. Pero los guías que los conducían, a gritos y a golpes de maza, un gran martillo que, junto con un escoplo de hierro, llevaban para poder dar órdenes a golpes sobre la testuz de las bestias, se afanaban en controlar a los elefantes enloquecidos. Unos guías conseguían su objetivo con más destreza que otros. Pero, pese a todo, muchos elefantes seguían con su avance, los más veteranos, los más experimentados, sin atender al ruido de las trompas romanas, avanzando, pisando con potencia con sus pezuñas de piel petrificada. Una de esas bestias más experimentadas era la que tenía frente a sí Cayo Valerio. No le sorprendió. Era su destino. Desenvainó la espada dispuesto a clavarla donde fuera mientras era pisoteado, pero la gran bestia que hasta ese momento había caminado en línea recta contra el centurión desde hacía varios centenares de pasos, de súbito varió su rumbo un ápice, de modo que, sin arrollarle, pasó junto al anonadado centurión, sin herirle. Valerio se giró y observó cómo la bestia, pese a las órdenes de su guía, había decidido modificar el curso de su carrera para poder adentrarse por uno de los pasillos que los romanos habían dejado abiertos en su formación. Un elefante pisará y arrollará y machacará cabezas y cuerpos y extremidades si tiene que hacerlo, si no hay otra forma de seguir avanzando, pero si ante sí se abren pasillos donde no hay hombres armados, entonces su instinto, como el de un caballo, le conducirá hacia esos espacios abiertos. Además los *velites*, según el plan del procónsul, al sonar las trompas, iniciaron un veloz repliegue hacia esos pasillos, de modo que los elefantes sentían que perseguían a sus víctimas que huían despavoridas.

Los elefantes le habían sobrepasado y él seguía vivo. Cayo Valerio se encontró envuelto en un mar de arena y polvo levantado por las bestias, pero seguía vivo. Vivo. Sacudió la cabeza. No se lo podía creer. Era imposible. El fragor de la lucha, los gritos de sus hombres pereciendo al luchar contra los elefantes lo devolvió a la realidad. Recuperó el sentido de la orientación y espada en ristre recorrió lo andado para reunirse con sus hombres y acabar de una vez por todas con esos malditos elefantes o con su vida.

Primera línea de combate romana. Ala derecha

Todos huyen de los elefantes, excepto Quinto Terebelio, que, una vez arrojado su escudo, camina hacia el paquidermo que se le viene encima a toda velocidad. Así mientras los *velites* se escapan por los pasillos abiertos en las filas romanas, y mientras los *hastati* aprietan los dientes y contienen la respiración, inmóviles, anclados a la tierra aguardando su terrible final, Quinto Terebelio corre hacia los elefantes. Selecciona a la carrera uno que le viene de bruces y se concentra en él olvidándose por completo de las consecuencias de su acción.

Quinto Terebelio corre hacia la bestia. El suelo sigue temblando bajo sus sandalias sucias por el polvo y la arena. Detiene al fin su carrera al tiempo que lanza su brazo derecho hacia delante una vez más y tras él toda la fuerza de su hombro y de su cuerpo para arrojar su *pilum* contra el aire. La lanza surca el aire con un silbido agudo, fino, certero. Quinto Terebelio se reincorpora para ver si, con la ayuda de Marte, su *pilum* alcanza su objetivo. El elefante, encorajinado por su guía africano, avanza temible, brutal, contra el centurión romano. El arma de Terebelio vuela firme y como un misil degüella al guía del animal ensartándolo de parte a parte, entrando por la garganta de aquel hombre, partiendo la faringe, la arteria yugular y saliendo por el cogote con un chorro de profusa sangre caliente. El guía queda atravesado sobre el elefante, pues la lanza culmina su mortal viaje clavándose en la cesta donde van los arqueros cartagineses, de modo que aquel adiestrador de elefantes queda como una marioneta inerme sobre la testuz del gigantesco animal. El paquidermo siente que ya no hay quien le dé órdenes y, al igual que otros compañeros suyos, se percata de los pasillos que se abren ante sus ojos y se encamina hacia ellos desechando el pequeño obstáculo que supone Quinto Terebelio. El centurión siente el impacto del aire que el animal arrastra al pasarle rozando, pero sin pisarle.

Se ha salvado y le entra la risa. Desenfunda la espada y se dirige hacia sus hombres siguiendo al elefante en su carrera. Pero Terebelio se ha desprotegido al dejar caer el escudo para así tener toda la fuerza necesaria para alcanzar con su *pilum* al guía del enorme animal.

—¡Apuntad a los guías! ¡Por Hércules! ¡Apuntad a los guías! ¡Apuntad...!

Pero no termina la frase. Uno de los arqueros le ha disparado con el mismo acierto con el que él acaba de ensartar al guía del elefante. Un dardo se acerca a toda velocidad y todo lo que puede hacer Terebelio es echarse al suelo, pero no es lo suficientemente rápido y el dardo le alcanza en el hombro.

—¡Mierda! —dice Quinto mientras se levanta—. ¡Por los dioses!

Le habían dado. Una flecha. Se puso en pie. Bien. Sacudió la cabeza. Los elefantes. Ya habían pasado. Unos se perdían por los pasillos. Terebelio vio cómo decenas, centenares de flechas y lanzas caían sobre los animales, sus guías y sus arqueros como una lluvia sin fin. Otros animales habían retrocedido y se volvían contra los propios cartagineses que respondían de forma similar. Pronto todas las bestias estarían muertas por unos o por otros, pero entretanto se llevarían por delante a decenas, quizá centenares de hombres. Terebelio empezó a caminar. El hombro le ardía pero no le impedía andar y no parecía perder demasiada sangre. Ya se ocuparía de la herida al final de la batalla.

—¡Mantened la formación, legionarios de la VI! ¡Mantened la formación y atravesad a esos malditos elefantes con todo lo que tengáis!

Quinto Terebelio gritaba sus órdenes emergiendo entre la polvareda que los elefantes habían levantado a su paso. Los *hastati* de la VI le recibieron como un espectro que regresa de entre los muertos. Y le obedecían. Le obedecían. Es difícil no obededer a un centurión que te da órdenes en pie, con firmeza, a gritos, cuando éste tiene una flecha clavada en la espalda y sigue luchando como si nada.

Retaguardia romana

Publio contemplaba cómo sus tropas digerían la embestida de elefantes más terrible a la que nunca jamás se habían enfrentado las legiones de Roma. Contrariamente a todo lo esperable, Cayo Valerio y Quinto Terebelio parecían haber sobrevivido a la estampida bestial.

—Terebelio está herido —comentó Marco al procónsul

—Pero no muerto —respondió Publio—. Una flecha no bastará para frenarle —añadió el general con orgullo. Con aquellos oficiales la victoria, la imposible victoria aún era posible.

Los elefantes habían penetrado hasta las hileras de manípulos de *principes* y *triari* en segunda y tercera línea de combate. Y allí, bajo las instrucciones de Digicio, Mario, Marcio y Silano, las bestias estaban siendo acribilladas con dardos y *pila*, aunque los animales tardaban en morir y heridos eran aún más peligrosos. En su dolor los paquidermos se revolvían sin rumbo fijo y embestían a todos los que se encontraban a su paso. Los legionarios caían por decenas, heridos, pisoteados, ensartados por sus colmillos, golpeados por sus trompas, atravesados por los dardos de los arqueros púnicos, aunque éstos cada vez eran más cadáveres inertes sobre las bestias moribundas, víctimas de las armas arrojadizas de los propios legionarios. Al final, algunos animales, medio arrastrándose, cubiertos de sangre suya y de sangre cartaginesa, embadurnadas sus pezuñas hasta las mismísimas descomunales rodillas con sangre romana, alcanzaban el final de la formación romana y se perdían lentamente más allá de los *triari*.

—¿Qué haremos con aquellos animales que huyen? —preguntó Marco.

—Los dejaremos morir en paz o salvarse, quién sabe. Quizá sean los únicos que sobrevivan a esta batalla. Nosotros ahora tenemos otros enemigos de los que ocuparnos.

89

Los ejércitos de Aníbal

Zama,
19 de octubre del 202 a.C.,
próximos al mediodía

Retaguardia cartaginesa

—Los romanos han sobrevivido a los elefantes, mi general —comentaba uno de los oficiales púnicos a Aníbal. El general no respondió inmediatamente. Estaba evaluando. Observó cómo aquellos animales que habían vuelto sobre sus pasos ya habían sido abatidos por jinetes de su caballería y por los guerreros de Magón, situados en la primera línea de ataque cartaginesa. Un precalentamiento para lo que les correspondería hacer a continuación. Por su parte, los romanos se las componían como podían para matar al resto de los elefantes. La maniobra de abrir pasillos en la formación de las legiones había dado unos resultados bastante buenos para sus enemigos. Los elefantes eran cazados entre dos fuegos interminables en largos pasillos mortales y, al final, en su mayoría perecían, pero no sin antes haberse llevado consigo cada bestia a varias decenas de romanos, no sin antes presentar una cruenta lucha.

—Sí, los romanos han sobrevivido a la carga de nuestros elefantes —respondió al fin Aníbal—, pero nuestro ejército está prácticamente intacto mientras el suyo ha sido más diezmado y los que han sobrevivido están extenuados. Cazar elefantes no es algo que se haga sin gran esfuerzo. Veremos hasta dónde llegan las energías de los romanos esta mañana. —Y miró hacia arriba—. El sol aún no está en lo alto. Quedan muchas horas de luz. Muchas. Y hemos de conseguir que sean demasiadas horas para los romanos. Demasiadas.

Otro oficial, sin decir nada, señaló hacia los extremos de ambos ejércitos: las caballerías habían entrado en acción. Primero Tiqueo se había lanzado contra los númidas de Masinisa y el joven rey exiliado había respondido con todos sus jinetes. Sólo el tiempo dictaminaría quién de los dos contendientes resultaría vencedor. En el otro extremo, la caballería romana había atacado a las fuerzas de Maharbal y éste, muy astuto, las combatía pero replegándose poco a poco, alejando a la caballería romana de la infantería de sus legiones. Aníbal sonrió felicitando mentalmente la destreza de Maharbal. Faltaba ver si Tiqueo estaría a la altura de las circunstancias. Para satisfacción del todopoderoso general cartaginés, los númidas de su propia caballería también se alejaban de la llanura arrastrando consigo a los ansiosos jinetes de Masinisa. Ansiosos por derrotar a sus compatriotas númidas. Ciegos, pensó Aníbal.

—Bien —dijo el general—. Por Tanit y por Baal. Dejémonos ya de prolegómenos. Que avancen los mercenarios de mi hermano pequeño. Veamos de qué son capaces esos mauritanos, galos y baleáricos juntos.

Retaguardia romana

—Que se reagrupen. Esto no ha hecho nada más que empezar —ordenó el procónsul de Roma. Las tubas y trompas transmitieron sus órdenes. A sus pies, en la llanura, sus oficiales repetían las instrucciones sin parar.

Vanguardia romana

—¡Reagrupaos! ¡Reagrupaos! —aullaba Quinto Terebelio a los legionarios de la VI con la flecha clavada en el hombro. Parecía que la exhibiera como un trofeo. El ardor parecía haber remitido, pero estaba más cansado de lo normal.

—¡Reagrupaos todos! ¡Por Marte, todos en formación! —gritaba Cayo Valerio, sudando, con sangre en manos y piernas; sangre enemiga, de modo que se movía con agilidad entre los *hastati* de la V.

Los romanos rehicieron sus filas, dejando pequeñas islas en medio de su formación, allí donde un gigantesco cadáver de elefante yacía inerme, coronado por los cuerpos sin vida de sus adiestradores y de los arqueros púnicos que hasta hacía unos minutos habían estado transportando. No había tiempo para retirar heridos, de modo que éstos buscaban refugio, los que podían arrastrarse, en esas pequeñas islas, junto a los gigantescos cuerpos de las bestias abatidas. Sus compañeros tendrían que luchar por ellos... y vencer, o luego serían rematados por los cartagineses victoriosos. Así era esa guerra. Atilio, el médico griego de las legiones de Publio, se movía de uno a otro de los grandes cadáveres de los paquidermos buscando a los legionarios heridos para intentar asistirles en lo posible. De momento se encontraba con heridos de flecha o lanza y, lo más horrible, con hombres con pies o piernas o incluso el pecho aplastado por el terrible pisotón de alguna de las bestias junto a cuyos cadáveres operaba sin ningún tipo de anestesia ni analgésico. Atilio ya estaba abrumado y sólo era el principio.

El ejército de Roma se reagrupó en pocos minutos. Por el otro lado de la llanura avanzaba hacia ellos un conglomerado de mercenarios que parecían venir de las más diversas regiones del mundo conocido. Eran los guerreros que Magón, el hermano pequeño de Aníbal, había ido reclutando durante años en un intento desesperado por reemplazar al ejército de Asdrúbal exterminado en el Metauro. Las legiones V y VI veían ahora cómo ligures del norte de Italia, galos del sur de la Galia, honderos baleáricos, fornidos mauritanos y hasta un importante contingente de soldados libios avanzaba hacia ellos. Los otros dos grandes cuerpos del ejército de Aníbal, los soldados cartagineses y africanos de Giscón y el cuerpo de veteranos de Italia, permanecían en la retaguardia cartaginesa sin intervenir de momento. Las trompas y tubas romanas resonaron de nuevo. El procónsul ordenaba enfrentarse a los mercenarios de Magón con todos los efectivos. Así, *hastati*, *principes* y *triari* avanzaron en busca de la primera embestida de la infantería enemiga.

El choque fue frontal, feroz, salvaje.

Retaguardia romana

Publio se percató de que tanto la caballería de Lelio como la de Masinisa se alejaban más y más. Parecía incluso que los númidas de Cartago y los jinetes africanos se batían en retirada y que tanto Masinisa como Lelio salían en persecución de cada uno de los regimientos de caballería que huían. Eso era bueno y eso era malo. Estaba bien que la caballería enemiga no pudiera repetir los movimientos de Cannae, desbordando las alas de la caballería romana para atacar por la retaguardia de las legiones, pero estaba mal que los propios jinetes romanos y númidas aliados se alejaran tanto que tampoco pudieran contribuir al combate que se estaba librando en la llanura. Publio comprendió en aquel instante que sería allí, en medio de aquella llanura, donde debería decidirse todo. Infantería contra infantería, cuerpo a cuerpo. Apretó los dientes y su mano, de modo instintivo, se deslizó hasta la empuñadura de su espada. Se contuvo. El general en jefe no debía entrar en combate. No en una batalla de aquella magnitud. Debía mantenerse en su posición para poder dar las órdenes necesarias. Eran sus hombres los que tenían que luchar, por él, por Roma. Tenía los mejores oficiales. Quinto Terebelio, Cayo Valerio, Sexto Digicio, Mario Juvencio, Lucio Marcio, Silano. Era su turno. Ellos debían combatir. Él había pasado días, semanas, años, diseñando aquella batalla. Él había reunido los recursos necesarios y él había hecho posible que aquella batalla tuviera lugar y, pese a todas las maquinaciones de Máximo y de Catón, que esa batalla tuviera lugar en África. Ahora debían combatir sus hombres. Sus hombres.

Primera línea de combate romana. Ala izquierda

Cayo Valerio aguardó hasta que sus *hastati* de la V se encontraran a un centenar de pasos de los mercenarios enemigos.

—¡Ahora! ¡Lanzad! ¡Lanzad!

Y todos los legionarios a una arrojaron una andanada de *pila*. Por respuesta recibieron una tanda similar de jabalinas de todas las formas y dimensiones acompañada de decenas, centenares de piedras de los honderos baleáricos. Piedras y jabalinas golpeaban los cascos y escudos de los romanos, y, con demasiada frecuencia, se colaban entre los resquicios de las armas defensivas y se clavaban en rostros, muslos, hombros... Los gritos de dolor emergían por todos lados, pero pronto ya no hubo espacio entre romanos y mercenarios de Cartago. Los diez mil guerreros del antiguo ejército de Magón impactaron contra la línea de *hastati*. Los romanos interpusieron sus escudos contra el empuje de los bárbaros venidos de mil regiones distintas, adiestrados por Cartago para, una vez más, derrotarles, como en Cannae, pero los legionarios de la V y la VI y los voluntarios itálicos del procónsul no estaban dispuestos a dejarse barrer con tanta facilidad. Los romanos, no obstante, tenían un enemigo adicional con el que no habían contado: el agotamiento. Mientras aquella línea de combate enemiga llegaba fresca, sin prácticamente haber combatido, ellos, sin embargo, habían tenido que vérselas con la carga de los ochenta elefantes, perdiendo a muchos compañeros y, lo peor en aquel instante de reanudación de la batalla, sintiendo ya muchos de ellos el agarrotamiento fruto del cansancio.

Cayo Valerio pinchó por el lateral de su escudo a un mauritano que tenía enfrente. Apartó el escudo un segundo y clavó su espada en el hombro del enemigo, éste se hizo a un lado y el *primus pilus* de la V aprovechó para empujarle con su escudo y avanzar; entonces otros dos mauritanos vinieron para sustituirle. El centurión planta de nuevo su escudo en el suelo y se refugia tras él. Caen los golpes. Pincha de nuevo por debajo, emerge, clava, empuja, hiere, vuelve a empujar y prosigue con su avance. Con el rabillo del ojo controla sus flancos. Los legionarios le siguen, pero muy a duras penas. Se frena o se quedará solo rodeado de enemigos.

—¡Avanzad, por Júpiter! ¡Avanzad y mantened la formación! —grita sus órdenes en los momentos en los que se refugia tras el escudo. Sus hombres redoblan sus esfuerzos por seguir atacando, pero después de la carga de los elefantes muchos están extenuados y no ha habido tiempo para recuperarse. Valerio ve cómo en lugar de seguirle los *hastati* empiezan a ceder terreno.

—¡Maldita sea! —dice, y cede terreno a la par con sus hombres. Quedarse solo allí es una locura sin sentido. ¿Por qué no le sustituyen los *principes*? La segunda fila de manípulos romanos sufrió menos que los *hastati* durante la embestida de los elefantes. El general debería ordenar ya la sustitución de los unos por los otros. Ya. Nuevos golpes caían sobre su escudo.

Primera línea de combate romana. Ala derecha

Quinto Terebelio se protegía de la ferocidad con la que combatían los galos, medio desnudos, pintados de azul, gritando todo el tiempo. Había matado a dos o tres y herido a varios, pero la flecha del hombro había sido golpeada por la espada de uno de sus enemigos y se había movido en su interior desgarrándole algo, no sabía bien qué, pero apenas sí podía sostener el escudo y si lo soltaba era hombre muerto. Los *hastati* de la VI se estaban comportando con honor, pero se les veía que no habían tenido tiempo para recuperarse del ataque de las bestias africanas y ahora la furia de aquellos galos y ligures traídos del norte de Italia les hacía retroceder. Terebelio lo veía cuando miraba hacia abajo. Palmo a palmo perdían terreno y lo seguirían perdiendo si los *principes* no entraban a reemplazarles en primera línea. No era cobardía. Nadie podía acusarle de cobardía. Era necesidad. ¿Por qué el procónsul no ordenaba que les sustituyeran ya?

—¡Aaahh! —Le habían alcanzado por un lateral con una espada. No sostenía bien el escudo por la flecha clavada y eso había permitido que un galo le sorprendiera por atrás. En un ataque de furia producido por una adrenalina suplementaria que su cuerpo generó en aquel instante, Quinto Terebelio empujó con su escudo con bestialidad. Derribó a dos, tres enemigos, bajó la defensa, golpeó, clavó y pinchó con su espada e hirió mortalmente a varios de aquellos galos, luego retrocedió varios pasos para reintegrarse con sus hombres, que parecían retroceder cada vez más rápido. Quinto Terebelio, *primus pilus* al mando de los *hastati* de la VI, sangraba por delante y por detrás de un hombro destrozado. Le costaba respirar. Tenía que dar órdenes pero le faltaba fuelle para gritar. Inhalaba aire a espasmos. Escupió en el suelo y vio que por su boca salía sangre. Y los galos no cejaban en su empuje.

—Mierda de batalla —dijo en voz baja, atragantándose con su sangre, que le supo buena. Tenía sed.

Retaguardia romana

Publio Cornelio Escipión veía cómo los *hastati* retrocedían ante los diez mil mercenarios de la primera línea cartaginesa. Al hacerlo, los manípulos de *principes* y *triari* de las líneas dos y tres de combate romanas cedían terreno de forma similar para evitar quedar todos atrapados en una maraña sin formación ni maniobrabilidad. En eso, Digicio, Mario, Marcio y Silano estaban trabajando bien. Era la línea de *hastati* la que debía oponer más resistencia, pero se veía que no podían. Debía dar orden de reemplazarlos y dar paso a los *principes*, algo más frescos y menos agotados por la carga de los elefantes, pero Publio se resistía a ordenar aquella maniobra. Aníbal sólo estaba empleando su primera línea de combate mientras preservaba las otras dos de refresco, intactas: diez mil guerreros africanos más en la segunda línea y luego sus veinte mil veteranos. Él no podía cometer la insensatez de emplear todas sus tropas para responder a la embestida de la primera línea púnica, pero los *hastati* cedían y cedían. Se pasó la palma de la mano por la barba rasurada e, inconscientemente, apretaba unos dientes contra otros. Sentía las miradas de los *lictores* en su cogote y del pequeño grupo de veteranos legionarios que le acompañaban a modo de guardia personal y de los soldados con las tubas y trompas que debían transmitir las órdenes del procónsul de Roma. Publio se debatía en una tempestad de dudas. Mientras, en primera línea, morían sus hombres. Morían. Y él lo sabía.

Primera línea de combate romana. Ala derecha

Quinto Terebelio veía cómo los legionarios de la VI no podían más. Así no podían seguir o aquello se convertiría en una huida en toda regla. Inspiró aire con todas sus fuerzas y luego soltó un potente alarido.

—¡Mantened la formación! ¡Por Hércules, no se retrocede! ¡No se retrocede! —Y se alzó cubierto de su propia sangre para asomarse por encima del escudo, donde una piedra arrojada por un hondero balear le pasó rozando, pero sin darle. Avanzó hacia dos galos que le encaraban y les atacó con la desesperación de quien se sabe malherido. El súbito cambio de actitud, de retroceder a embestir, sorprendió a los guerreros galos y para cuando quisieron reaccionar se encontraron con la espada de Terebelio seccionándoles la garganta, pero nuevos galos vinieron a reemplazarles. Quinto Terebelio se batía como un jabato con la espada. Asestaba golpes a derecha e izquierda y se protegía frontalmente con el escudo sostenido en alto por un brazo entumecido que no sentía, pero no veía lo que pasaba tras de sí. Los hombres de la VI habían intentado responder a las demandas de su centurión pero tras una breve reacción inicial, volvían a perder terreno abandonando a su *primus pilus* a su suerte. Quinto Terebelio sintió cómo le hendían un hierro, podía ser una espada o una lanza, justo en el vértice de su espalda y sintió algún hueso crujir. Comprendió entonces que estaba rodeado. Se volvió ciento ochenta grados y con su espada atravesó el corazón del galo que acababa de herirle traicioneramente, hecho que los galos de la línea de ataque cartaginesa aprovecharon para abalanzarse sobre él. Un Quinto Terebelio fresco y sin heridas habría salido de allí a mandobles, empujones y golpes, luchando como una fiera, pero estaba extenuado por el combate y por la sangre que llevaba perdiendo toda la mañana. Quinto Terebelio sólo acertaba a dar golpes defensivos y a mantener pegado su escudo a su cuerpo. Seis galos le rodeaban.

—¡A mí, la VI! ¡A mí, la VI!

Fue el último grito del *primus pilus* que sobrevoló la línea de enemigos que le había rodeado y llegó a oídos de los *hastati* que seguían en retirada. Fuera porque ya no era una orden, sino que eran palabras de un romano agonizando, o porque la llamada de auxilio de su superior les avergonzó, los *hastati* de la VI legión de Roma reaccionaron y embistieron a plomo a sus enemigos. Éstos se vieron sorprendidos por aquella súbita reacción y cedieron unos pasos, los suficientes como para que los legionarios pudieran recuperar el terreno perdido y alcanzar la posición donde Terebelio estaba luchando, pero para cuando los *hastati* llegaron allí, su centurión estaba arrodillado en el suelo. Tenía la flecha clavada en el hombro, heridas en brazos y piernas y una lanza que lo atravesaba de parte a parte entrando por su espalda. A su alrededor había cinco galos muertos y uno malherido que enseguida fue abatido por los legionarios y todo era sangre, sangre y más sangre. El centurión les miró con los ojos muy abiertos.

—Mirad que os cuesta cumplir una orden —les dijo al tiempo que salía más sangre por su boca—. Mantened la posición... mantened la posición... —Y cayó de bruces sobre sus propias babas y sangre. Dos hombres dieron la vuelta a su cuerpo con cuidado, mientras una docena de legionarios mantenía la línea de combate alejada del centurión. Quinto Terebelio les miraba sin cerrar los ojos y sin parpadear, con la boca entreabierta por la que no dejaba de manar más sangre. Los dos *hastati* se miraron entre sí y depositaron con cuidado el cadáver del *primus pilus* de la VI en el suelo, sobre aquel creciente charco de sangre.

Retaguardia romana

Marco señaló el ala derecha de la formación romana. El procónsul asintió. Ya lo había observado. La línea de *hastati* de la VI había reaccionado y dejaba de retroceder, lo cual era positivo. Cosa de Terebelio, el Terebelio de siempre, el de Cartago Nova, el de Baecula, el de tantas otras batallas, seguro, pero la V seguía cediendo terreno, de modo que toda la línea de combate romana corría el riesgo de dislocarse, de segmentarse en dos. Eso era inadmisible.

—¡Ahora! —espetó el general con rapidez. Todas sus dudas se despejaron ante el peligro de ver la línea de su ejército partida en dos. No tenía sentido reservar tropas si la batalla se perdía desde el principio.

Las tubas y las trompas resonaron en la llanura.

Segunda línea de combate romana avanzando hacia la primera

Mario Juvencio Tala, al frente de los *principes* de la V, y Sexto Digicio, al mando de los *principes* de la VI, ordenaron el avance de sus hombres. Entraban en combate. Digicio miraba y remiraba entre los *hastati* que, ensangrentados y aturdidos, se replegaban de la primera línea y no veía lo que buscaba. Tomó entonces a uno de los legionarios que se replegaban por el brazo y lo retuvo un momento.

—¿Y Terebelio? —preguntó Sexto Digicio—. Quinto Terebelio, el *primus pilus* de la VI, ¿dónde está?

El legionario sacudió la cabeza cabizbajo. Digicio le dejó marchar. Su rostro serio palideció. Llevaba combatiendo con Terebelio desde la primera campaña en Hispania. De eso hacía ya siete años. Siete años. Tantas batallas. Quinto Terebelio había caído. No se lo podía creer. Terebelio era para él, para muchos, casi inmortal. ¿Qué batalla era esa en la que se encontraban ahora donde hasta el mejor centurión que nunca había conocido era abatido por el enemigo?

—¡Adelante, por Roma, por el general, por la victoria! —gritó Sexto Digicio a sus hombres. Sus ojos estaban inyectados en una mezcla de furia, rabia y dolor—. ¡Y por Quinto Terebelio, por el mejor centurión de Roma!

La voz había corrido por los manípulos de *principes*. Quinto Terebelio, el que abrió las puertas de Cartago Nova hacía siete años, había muerto. Su sangre clamaba venganza. Su sangre pedía, exigía sangre enemiga, ríos de ella. Mario Juvencio reafirmó la pasión ciega de aquel odio entre las filas de sus legionarios de la VI a medida que éstos se aproximaban a la primera línea.

—¡Por Terebelio, por Quinto Terebelio, por los dioses y por su memoria!

Mario había conocido a Quinto Terebelio incluso antes que Digicio, antes de que el general llegara a Hispania. Mario lo conoció combatiendo con él bajo el mando del padre y del tío del procónsul y con él aprendió que tenerlo a tu lado en el campo de batalla era garantía de seguridad. Ahora había caído. Mario Juvencio Tala había contemplado derrotas funestas en el pasado, como cuando el abandono de los aliados iberos provocó la muerte tanto del padre como del tío del procónsul. La muerte de Terebelio le traía a su memoria los peores recuerdos, sólo que allí, en medio de aquella llanura africana, no había lugar donde huir. Sólo quedaba la muerte o la victoria. Eso había dicho el procónsul y eso era lo que había. Mario Juvencio desenvainó la espada. Tenía ganas de matar. Como todos sus hombres. Sólo querían matar.

Primera línea de combate cartaginesa

Mauritanos, libios, iberos, galos y ligures tomaron un respiro henchido de gloria al ver a los legionarios *hastati* retirándose. Los galos dieron saltos y los mauritanos vociferaban. Los libios, más sobrios, aprovechaban para recuperar el aliento, y los baleáricos, cautos y pragmáticos, recargaban sus hondas. Los ligures secaban sus espadas de sangre para evitar que se les resbalaran. Venían más romanos, pero ya habían hecho retroceder a una de sus líneas. Vieron llegar a los *principes* con el escudo en alto para guarecerse y los *pila* elevados a la altura del pecho. Cada manípulo era como una tortuga repleta de pinchos en su caparazón. Los mercenarios de Cartago arrojaron algunas jabalinas y muchas piedras. La mayoría golpeaba los escudos sin alcanzar los objetivos de carne y hueso que perseguían. Aquellos legionarios parecían algo más experimentados. Seguían avanzando. Los galos fueron los primeros en arrojarse desnudos como estaban, lanzando alaridos mortales contra aquellas formaciones del enemigo. Muchos cayeron ensartados por las lanzas romanas, pero su empuje irracional consiguió abrir las protecciones cerradas de la conjunción de cientos de escudos como melones que se abren al caer al suelo. El resto, mauritanos, ligures y libios, aprovecharon la ocasión para entrar en batalla cuerpo a cuerpo mientras los honderos, ahora sí, con los romanos luchando ya con sus *gladios*, lanzaban andanada tras andanada de piedras mortales a velocidades de vértigo. Estaban todos ellos seguros de repetir el mismo éxito y con la misma facilidad que con la línea romana anterior, pero aquellos legionarios que les habían sustituido combatían con un plus de furia que los distinguía de los anteriores. Tenían algo. Tenían odio en las venas. Pero los mercenarios tenían el mismo odio, insuflado en los galos y ligures por siglos de lucha contra el poder de Roma, y en los iberos, mauritanos y libios por la codicia, pues entre las promesas de grandes recompensas de los cartagineses y ellos sólo se interponían aquellos legionarios. Había que acabar con ellos.

Primera línea de combate romana

Digicio y Mario luchaban con destreza, ferocidad y tesón y sus hombres les imitaban. El choque fue bestial y siniestro, por los gritos de sus enemigos en media docena de lenguas diferentes, por el odio con el que todos se atacaban, por la sangre sobre la que se combatía. En un primer momento, los *principes* de las legiones V y VI de Roma no sólo consiguieron detener el paulatino retroceso en el que la pérdida de fuelle de los *hastati* había sumido al ejército romano, sino que además consiguieron recuperar diez, veinte, treinta, cincuenta, casi cien pasos, pero llegados casi una vez más al centro de la llanura, la contienda pareció igualarse y los mercenarios de Cartago parecían más dispuestos que nunca a combatir hasta la mismísima aniquilación. Los *principes* que, aunque no sufrieron tanto la embestida de los elefantes como los *hastati*, también tuvieron que emplearse a fondo en la exterminación de las gigantescas bestias enemigas, empezaron a acusar el cansancio. La necesidad de un nuevo relevo era creciente.

Retaguardia romana

La muerte de Quinto Terebelio llegó a oídos del general mientras éste contemplaba cómo los *principes* conseguían recuperar algo del terreno perdido. Publio sabía que Terebelio había caído por sus dudas, por haber alargado demasiado el relevo de la primera línea de combate, pero es que las legiones V y VI seguían aún combatiendo tan sólo contra el primer cuarto del ejército de Aníbal. ¿Qué iba a necesitar? ¿Todos sus hombres, sus tres líneas para hacer retroceder a esos mercenarios? ¿Con qué combatiría luego si empleaba todas sus tropas en aquel primer embate?, que, claro, no era realmente el primero, pues los elefantes habían desgastado las energías de todas sus líneas con aquella terrible carga inicial. Los elefantes habían hecho mucho más daño del que había pensado en un principio. Mucho más.

—¿Y de la caballería, qué se sabe? —preguntó el procónsul.

—Nada, mi general —respondió Marco con cierta impotencia—. Sólo que se han alejado. Luchan detrás de las colinas, más allá de la posición de la retaguardia cartaginesa.

—Necesito saber qué pasa con la caballería —insistió el procónsul algo exasperado.

—Enviaremos mensajeros, mi general.

Publio asintió y volvió a concentrarse en lo que ocurría en la llanura. Los *principes* se habían estancado y ya no avanzaban más. Necesitaban un nuevo relevo. Podría reutilizar a los *hastati,* pero éstos debían de estar aún extenuados y desmoralizados con la muerte de Terebelio. No. Lo tuvo claro. Tendría que utilizar a todos sus hombres ya. Acabemos primero con estos mercenarios y luego con lo que venga. Aquella batalla había que lucharla paso a paso. Eso sí, ver a los soldados africanos de la segunda línea cartaginesa, tan tranquilos, y, lo peor de todo, a los temidos veteranos de Aníbal, en la tercera y última línea, asistiendo como espectadores de lujo a aquella mortal contienda, irritaba y aterraba al procónsul. Pero no había más que hacer. Aníbal llevaba la iniciativa desde el principio. Un pensamiento cruzó su mente que lo hizo sudar. ¿Sería capaz Aníbal de aniquilarlos sin tan siquiera utilizar sus veteranos?

—Los *triari*. Ya. Por Cástor y Pólux y todos los dioses. Los *triari* —ordenó el general en jefe de las «legiones malditas».

Última línea romana entrando en combate

Tanto Lucio Marcio Septimio como Silano recibieron la orden de pasar al ataque con cierta perplejidad. Quedaban más de dos tercios del ejército púnico sin entrar en combate y emplear todos los recursos parecía algo descabellado, pero las órdenes las daba Publio Cornelio

Escipión y con él habían conquistado Cartago Nova y toda Hispania para Roma y con él habían salido vivos de la carga de los elefantes. No era un procónsul cualquiera el que daba las órdenes allí. Era un general invicto que nunca había sufrido una derrota en campo abierto estando él al mando.

Marcio se ajustó el casco y Silano escupió en el suelo. Los *triari* de ambas legiones se lanzaron al ataque. Pasaron entre los manípulos aún algo descompuestos y repletos de heridos de los *hastati*, que medio sentados, medio de pie, intentaban recuperarse del feroz combate y llegaron hasta las últimas filas de *principes*. Éstos, al verlos, abrían grandes pasillos, por donde dejaban que los legionarios más experimentados y veteranos de las legiones V y VI de Roma avanzaran. Los *principes* los miraban agradecidos al procónsul y en sus ojos podía leerse: «A ver si vosotros podéis con estos mercenarios, por los dioses, a ver si vosotros podéis ya con ellos.»

Los *triari* no eran legionarios normales. Avanzaban protegidos por sus escudos semiovalados de 120 por 75 centímetros que sostenían con el brazo izquierdo al tiempo que con el otro mantenían en alto, punzante y retadora, sus largas lanzas de tres metros. En su formación manipular, eran como pequeñas falanges, similares a las africanas o las macedonias, pero más móviles, dispuestas para maniobrar sobre el terreno con mayor agilidad. Llevaban además varias lanzas cortas para usar como armas arrojadizas en caso necesario y una espada que el procónsul había procurado que en el caso de los *triari* fuera para todos de doble filo y terminadas en punta a modo y semejanza de las temibles espadas iberas. Eran los *triari* en suma los mejor armados, los más duros, los más expertos en el campo de batalla. Por norma general, un general los reservaba para el final, pero el empuje bestial de los mercenarios traídos por Cartago y el agotamiento acumulado en las líneas de *hastati* y *principes* por la carga de los elefantes primero y el combate posterior sin pausa alguna, había hecho que su presencia fuera requerida antes de tiempo. Eso a los *triari* no les concernía. Seguían las órdenes con más disciplina que ningún otro cuerpo y entre sus filas no existían legionarios que cuestionaran las órdenes y menos las órdenes de un procónsul de Roma. Éstos fueron los primeros en recuperar su orgullo de soldado romano al ser rescatados por Publio Cornelio Escipión de su destierro y eran los primeros en querer corresponderle. Las victorias de la campaña africana se debían, en gran medida, a ellos, y lo sabían. Los *triari* eran los mejores, tal es así que eran menos en número que los legionarios de las otras dos categorías. Eran menos pero conseguían mejores resultados. Eso acrecentaba aún más su orgullo, incluso su vanidad, pero una vanidad ganada a pulso entre ríos de sangre enemiga era una vanidad que pocos criticaban. Por eso, porque esas tropas eran las mejores, Publio puso a sus tribunos de mayor rango y experiencia al mando: Marcio, al frente de los *triari* de la V, había combatido junto a su padre y a su tío y fue quien contuvo a los cartagineses en Hispania tras la muerte de ambos; era un veterano oficial respetado y admirado por todos los legionarios, y Silano, a cargo de los *triari* de la VI, más sobrio, casi distante, era gélido en el campo de batalla y de una disciplina tan férrea que nadie osaba hacer bromas ante su presencia.

Mauritanos, baleáricos, ligures, galos y libios vieron cómo habían conseguido poner en fuga a una nueva línea del enemigo. Su moral no podía estar más alta, aunque cierto agotamiento se hacía notar en sus brazos entumecidos de tanto propinar mandobles mortales a diestra y siniestra. Algunos miraron atrás, pero no había señales en la formación de su ejército, con sus hileras de africanos primero y de veteranos de Italia después, inmóviles todos, que hiciera presagiar ningún tipo de reemplazo en la primera línea. Daba igual. No les necesitaban. Pero se habían distraído.

Los *triari* irrumpieron con sus largas lanzas atravesando a decenas de mercenarios antes de que éstos pudieran tan siquiera rozar a uno solo de aquellos nuevos legionarios. Los mercenarios se afanaban por intentar hacer pedazos aquellas largas picas para así poder llegar a aquellos que las empuñaban con tanta fiereza contra ellos. Apenas si les quedaban armas arrojadizas, de modo que sólo podían usar sus espadas para cortar las lanzas y no era tarea fácil, sobre todo cuando desde las líneas enemigas, mientras unos les atacaban con aquellas malditas lanzas, otros les arrojaban jabalinas ligeras que caían sobre ellos hiriendo y matando. Mauritanos, iberos, ligures, galos y libios no resistieron más allá de unos minutos a los *triari*. El curso de la batalla cambiaba por completo. Los veteranos de la V y la VI, reforzados por *triari* del cuerpo de voluntarios que se trajo el procónsul consigo de Italia, recuperaban terreno mientras los mercenarios del maltrecho ejército de Magón se batían en una retirada cada vez más desordenada, lo cual, además, proporcionaba una ventaja adicional a la capacidad de lucha y destrucción de los *triari*. Y es que, al conseguir hacer retroceder a los mercenarios ya no luchaban en la mitad de la llanura próxima a las posiciones iniciales romanas, que era donde más sangre, cadáveres y fango se acumulaba, sino que ahora los veteranos de las legiones, con su empuje y destreza, habían desplazado la línea de combate justo a la mitad de la parte de la llanura más próxima al ejército de Aníbal. De esa forma, cuando la mayoría de las largas lanzas ya no era útil porque los mercenarios corrían en desbandada, los *triari*, casi a la carrera, se abalanzaban sobre ellos desenvainando sus espadas de los tahalíes que colgaban sobre sus muslos derechos y pinchaban, cortaban y herían con saña a todos cuantos encontraban en su camino.

—¡Masacradlos, por Júpiter, Juno y Minerva, masacradlos a todos! —gritaba Silano, en medio de aquel campo de batalla eterno, el único lugar donde su fría personalidad dejaba entrever un atisbo de pasión.

Marcio hacía lo propio, conminando a los *triari* de la V a ejecutar a la mayor parte posible de mercenarios.

—¡El que matéis ahora ya no se revolverá contra vosotros! ¡Herid y matad! ¡Matad!

Retaguardia cartaginesa

Los oficiales púnicos miraron a su líder. Aníbal sacudió la cabeza negativamente. En aquella batalla ninguna retirada era aceptable.

Primera línea cartaginesa

Los mercenarios corrían en busca de la segunda línea cartaginesa para refugiarse entre los africanos del antiguo ejército de Giscón, pero para su sorpresa, a medida que se acercaban, en lugar de encontrar pasillos por los que situarse tras esa segunda línea para descansar y recuperarse, los soldados africanos levantaron sus escudos y sus lanzas largas y avanzaron contra ellos. Mauritanos, libios, galos, baleáricos y ligures se encontraron no con amigos en esa segunda línea del ejército cartaginés, sino con un nuevo enemigo que se echaba contra ellos para embestirles, como si no existieran, en el avance de la segunda línea cartaginesa contra los *triari* romanos que les perseguían. Algunos mercenarios no daban crédito a lo que ocurría y pensaban que en el último momento, los africanos abrirían su falange para poder pasar a la retaguardia o para poder incorporarse a ella, pero para su mala fortuna sólo encontraron su muerte en las largas picas de aquella temible línea de soldados africanos. Aníbal había ordenado que se avanzara sin aceptar el ingreso de los que se retiraban. Así se inició una lucha entre la primera y la segunda línea del ejército púnico, entre los que huían del contraataque romano y los que marchaban contra él. Los mercenarios, como esperaba Aníbal, perdieron el pulso en poco tiempo y tras caer por docenas ante los que debían ser sus propios aliados, daban media vuelta y buscaban la única salida que les quedaba: volver a enfrentarse contra los romanos. Parece que ésa era la única ruta que Aníbal les permitía. Si querían sobrevivir a aquella batalla debía ser desbaratando las líneas romanas. En un acto de desesperación límite, los mercenarios supervivientes, toda vez que asumieron el implacable mensaje de Aníbal, se revolvieron una vez más contra los *triari*.

Avance de la vanguardia romana

Marcio observó el repliegue fallido y el regreso de los mercenarios. Ordenó entonces detener el avance de la V a la vez que resonaban las tubas de la retaguardia indicando tal instrucción. Silano hizo lo propio con los veteranos de la VI. Estaba claro que venía un nuevo ataque cartaginés y era conveniente recibirlos como correspondía.

—¡Picas al suelo! —gritó Lucio Marcio—. ¡Tomad las lanzas cortas! ¡Apuntad, apuntad y por Hércules esperad mi orden!

Los *triari* abandonaron en el suelo, junto a ellos, las picas largas cogiendo cada uno una lanza corta de las que aún llevaban consigo.

Los mercenarios enemigos, desperdigados y en completo desorden, se acercaban de nuevo tras haber sido repelidos por su segunda línea.

—¡Ahora, lanzad, lanzad, lanzad!

Una lluvia mortal de hierro sembró de muerte la última carga de los mercenarios.

—¡Picas en alto! ¡Por Hércules, firmes con ellas! —Marcio miraba a un lado y a otro. Tenían que repeler no ya a los masacrados mercenarios sino a la segunda línea, la de los africanos, que se les venía encima.

Los pocos mercenarios que quedaban hundieron sus tripas en las picas de los manípulos romanos y los *triari*, rehuyendo tomar la espada aún, aguardaron tensos, sudorosos, ensangrentados, el nuevo choque.

El impacto contra la falange de los africanos de la segunda línea del ejército púnico fue descomunal. Algunos *triari* cayeron de espaldas con la pica en alto llevándose consigo a más de un enemigo ensartado. Las lanzas largas no aguantaban la presión y se partían por centenares, por miles. Era el fin de las picas de los *triari*. Ya no dispondrían de ellas para nuevos embates.

—¡Desenvainad! —aulló Marcio—. ¡A muerte con ellos! ¡A mí la V legión!

Sin picas el combate era cuerpo a cuerpo. Los africanos llegaban frescos, resueltos, pero los *triari* estaban enardecidos, borrachos de victoria tras haber destrozado la primera línea enemiga de mercenarios. El combate empezó igualado, pero los africanos eran nuevas levas hechas con las prisas de la necesidad y no eran especialmente hábiles en el combate cuerpo a cuerpo. Los *triari*, aun cansados por el esfuerzo denodado, los mantenían a raya con cierta seguridad, pero, por su propio agotamiento, eran incapaces de ir más allá y ganar terreno. Una vez más, la tierra de aquella llanura empezó a impregnarse de sangre romana y africana, mezclándose en charcos pegajosos, creando un fango espeso sobre el que resultaba complicado luchar.

Las tubas resonaron una vez más, y los *triari*, con cierto alivio, vieron cómo eran reemplazados en primera línea por las fuerzas combinadas de los *hastati* y *principes* que habían dispuesto de un pequeño descanso que les había permitido recuperar algo el resuello. Los africanos veían cómo los romanos sustituían una línea por otra, turnándose en el combate, mientras que ellos no tenían apoyo de la línea final de su ejército, la conformada por los veteranos de Aníbal quienes, sin haber intervenido aún en la batalla, seguían expectantes, pero relajados y frescos, el desarrollo de aquella sangría salvaje.

Tras los *hastati* y los *principes*, de nuevo los *triari*, con renovado ánimo y furia. Las legiones V y VI hacían maniobrar sus manípulos como una inmensa y bien engrasada máquina de matar; se reemplazaban unos a otros, varias veces, y comenzaron a ganar terreno. A la hora del choque inicial y tras dos reemplazos en las líneas romanas donde unos legionarios sustituían a los otros, los africanos comprendieron que su lucha no tenía más finalidad que la de agotar al enemigo, pues seguía sin llegarles apoyo alguno de los veteranos de su retaguardia. Los africanos iniciaron una retirada a toda velocidad y, como antes intentaron los mercenarios que ahora yacían muertos por el valle, los africanos a su vez pugnaron por ser admitidos en las filas de los veteranos de Aníbal. No se sorprendieron demasiado cuando ante ellos no encontraron pasillos para incorporarse a la retaguardia de su ejército, sino las lanzas y los escudos de aquellos veteranos que con indiferencia a sus penalidades, les cortaban el paso a toda huida. Algunos se atrevieron a intentar penetrar en aquella muralla de lanzas, resquebrajando sus carnes contra las picas y siendo rematados por espadas gélidas, mientras que la mayoría, más sensatos, buscaron refugio huyendo por los extremos de ambos ejércitos, corriendo hacia el desierto, alejándose de aquella batalla. Eran africanos y tenían amigos, casas, haciendas, pueblos donde refugiarse, no como los romanos que combatían en territorio enemigo. Así los africanos supervivientes del antiguo ejército de Giscón, rechazados por las filas romanas y despreciados por los veteranos de Aníbal, se desperdigaron por aquellas tierras para no volver nunca ya a aquella llanura maldita.

Los romanos detuvieron su avance y gritaron de júbilo. No era para menos. Habían masacrado a los diez mil mercenarios y habían puesto en fuga a los diez mil soldados africanos. Sólo quedaban los temidos veteranos de Aníbal: veinte mil hombres más, los más terribles, los más fieros, pero todos, incluso cuando sabían que aún les queda lo más difícil por hacer, necesitaban encontrar regocijo en una pequeña victoria, aun cuando en el fondo de sus corazones sabían que dicha victoria podía quedar en nada, pues lo peor aún estaba por venir. Pero así es el ser humano. Así vivieron aquel momento los legionarios de las legiones V y VI de Roma. Estaban malditos, sí, desterrados, sí, pero al menos en medio de aquella batalla, estaban victoriosos, con orgullo, con sus sandalias hundidas en la sangre de sus enemigos y de sus amigos. Pisando un fango de muerte como nunca antes habían conocido.

Retaguardia romana

—¿Cuántos hombres crees que hemos perdido, Marco? —preguntó el procónsul.

—No lo sé. Varios miles... el valle... la tierra... está todo rojo. Es un mar de cadáveres, mi general.

Publio Cornelio Escipión asintió. Era difícil saberlo. Podían haber caído entre cinco mil y seis mil hombres, eso le dejaría con unos veinticinco mil efectivos, quizá más, para luchar contra otros veinte mil soldados enemigos, pero con una diferencia. Sus soldados estaban exhaustos: habían librado ya tres batallas, contra los elefantes, contra los mercenarios y contra los africanos. Era cierto que estaban con la moral alta porque habían ganado los tres episodios, pero Publio tenía la oscura sensación de que no llevaba para nada la iniciativa en aquel combate. Estaba seguro de limitarse a seguir un plan definido con precisión por Aníbal. Jugaban a su juego, seguían sus normas. Tenía que encontrar la forma de quebrar eso.

—¿Y de la caballería, sabemos algo? —preguntó el procónsul buscando con qué sorprender a su enemigo.

—Los exploradores dicen que siguen combatiendo más allá de las colinas. Que al principio los nuestros parecían llevar las de ganar, pero que ahora la lucha parecía más indecisa.

Publio asintió una vez. Era el plan de Aníbal: lo único en lo que eran superiores, en la caballería, lo había alejado de allí. Si quería derrotarle tendría que hacerlo allí mismo, en la llanura, con una infantería brava, valiente, pero agotada. Publio Cornelio Escipión apretó los labios antes de volver a hablar.

—Que abran las líneas, Marco, que se extienda la formación. —El general se agachó y dibujó con su dedo sobre el polvo del suelo—. Así, que los nuestros desborden su formación por las alas. Hemos de envolverles. Sólo así, si conseguimos atacarles por los flancos, sólo así venceremos. Envía mensajeros a Marcio y Silano. Ellos lo entenderán enseguida. Y que en primera línea empiecen los *principes* con Mario y Digicio. Los *hastati* serán pan comido para esos veteranos de Aníbal. Sí, primero las fuerzas de Mario y Digicio. Luego los *hastati*, con Cayo Valerio... Maldita sea, por todos los dioses, qué lástima no tener ahora a Terebelio con nosotros... —el general parecía aturdido, seguía agachado, y dejó de hablar unos instantes, pero al segundo recuperó el aliento—, Valerio detrás, sí, y los *triari* una vez más en reserva. Que los mensajeros insistan a Marcio y Silano en lo de los flancos. Eso es vital. Sin desbordar su falange, no habrá nada que hacer. ¿Entiendes, Marco? ¿Entiendes?

—Sí, mi general, sí.

Publio se levantó de nuevo y empezó a rezar a Marte.

Avance de los veteranos de Aníbal

Los veteranos de Aníbal, una vez que los africanos que habían intentado penetrar en sus filas ya corrían por el campo alejándose del combate, cargaron sus escudos y emprendieron el avance como quien se pone a andar después de haberse sacudido unas molestas moscas que lo importunaban. Eran hombres fríos. La muerte era su ambiente natural, las batallas su vida, la guerra su condición. Entre ellos los había que no habían hecho otra cosa en toda su existencia más que combatir y matar y siempre al servicio de su único general. Con él habían luchado en Hispania y la habían conquistado, con él habían arrollado a cuantas tribus en la Galia intentaron impedirles el paso y con él habían cruzado los Alpes en medio del más crudo de los inviernos. Con él habían asolado Italia durante años y con él habían derrotado una tras otra a decenas de legiones romanas. Ante ellos sólo tenían dos legiones más. Era lo acostumbrado. Era su trabajo. Avanzaban con las lanzas en alto y los escudos protegiéndoles el cuerpo. Cuando entraban en combate era sólo para arrasar. Entre ellos había también otros incorporados en las últimas campañas de Aníbal en el sur de Italia, venidos sobre todo del Bruttium, algo menos diestros, pero a quienes parecía habérseles impregnado la destreza militar de sus compañeros más experimentados. Todos ellos juntos, veinte mil guerreros, eran el arma más mortífera del mundo conocido y lo sabían. Lo sabían. Ese conocimiento los dotaba de un aplomo que congelaba el alma de sus enemigos. No conocían la derrota. Sabían lo que era retirarse a tiempo, porque su general fue especialmente cauto en las últimas campañas de Italia por la falta de provisiones y suministros, pero no conocían lo que era morder el polvo en el campo de batalla. Sólo sabían que si luchaban y luchaban, al final, sus enemigos siempre morían, caían con los ojos abiertos y sorprendidos ante los filos de sus espadas. Así era siempre. Se ajustaban los cascos, caminaban firmes, una falange final. Sus enemigos, además, estaban agotados. Era cuestión de dedicarle unas horas más a matar a quien ya estaba muerto sin aún saberlo.

Vanguardia romana. Ala derecha

Digicio estaba plantado al frente de los *principes* de la VI. Miró a derecha e izquierda. Los legionarios de sus manípulos estaban dispuestos. Miró al frente. El ejército de veteranos de Aníbal estaba a cincuenta pasos. Era el momento de lanzar armas arrojadizas, pero apenas les quedaba un *pilum*. Digicio observó hacia su izquierda y vio que los de la V tampoco tenían mucho que lanzar. Estaban, como ellos, esperando el choque final. Por el contrario sus enemigos detuvieron un momento su avance a tan sólo cuarenta pasos, tan seguros estaban de no recibir jabalinas, para arrojar las suyas.

—¡Escudos en alto! ¡Escudos en alto, por Júpiter! —gritó Sexto Digicio a sus hombres. Los legionarios aún se encontraban alzando sus armas defensivas cuando varias toneladas de hierro afilado cayeron sobre ellos y los diezmaron.

—¡Por Neptuno! —aulló el veterano marinero Digicio cuando su escudo fue atravesado por una jabalina enemiga. Pero no había tiempo para ni tan siquiera evaluar los daños en la formación. Los veteranos, casi al mismo tiempo que sus lanzas, estaban allí mismo. Digicio intentó protegerse de los golpes con su escudo ensartado, pero la jabalina enemiga le impedía manejarlo con soltura, de modo que, como muchos de sus hombres de primera línea, tuvo que soltar el escudo. Sin el arma defensiva quedaba más accesible para recibir los golpes de los veteranos del ejército púnico. Digicio paró dos, tres, cuatro golpes, antes de poder asestar su primer mandoble mortal que, a su vez, fue detenido por un escudo enemigo y entonces, por debajo del escudo, le pincharon en la pierna. Asestó como reacción un golpe con su espada hacia el suelo en busca del brazo enemigo que le había herido, pero al inclinarse fue atacado por arriba, no por uno, sino por dos enemigos que le hundieron sus armas uno cerca del omoplato y el otro en medio de la espalda seccionando parte de su columna vertebral. Este último fue el golpe más doloroso, aunque en ese instante no alcanzó a comprender la gravedad de lo que le había ocurrido. Digicio se revolvió y acertó a herir a ambos con sendos golpes surgidos más de la adrenalina del momento que de la fuerza auténtica que tenía. Los enemigos cayeron hacia atrás pero fueron sustituidos por otros dos. ¿Y sus hombres? ¿Por qué no le apoyaban? Digicio, con el rabillo del ojo, se percató de que se batía solo. A derecha e izquierda sólo quedaban cadáveres romanos casi en su totalidad. Los *principes* estaban siendo barridos. Los nuevos enemigos le embistieron sin contemplaciones. Uno le clavó la espada en la garganta y el otro en el pecho. Digicio nunca comprendió por qué sus brazos no respondían y por qué sus piernas temblaban. Los enemigos volvían a clavarle sus armas sin que él se defendiera. Sus músculos no respondían pero sentía cómo los rasgaban los filos de las espadas cartaginesas. Vio incluso cómo uno de aquellos soldados limpiaba su puntiaguda arma en su uniforme desgarrado. Luego recibió un puntapié y cerró los ojos. Decenas de hombres armados pasaban por encima de él. La posición estaba perdida. Era cosa ahora de los *hastati* y, sobre todo, de los *triari*. Sólo un pensamiento le animó mientras perdía definitivamente el sentido: se iba a reunir con Terebelio en el Hades muy pronto. Aquello le alegró. Cuando encontraron su cadáver vieron que, en medio de aquel charco de sangre, Digicio sonreía.

Vanguardia romana. Ala izquierda

Mario aún estaba ocupado en que se realizara bien la maniobra de abrir los manípulos para poder rodear en los extremos de la formación cartaginesa cuando llegó la lluvia de jabalinas. Al igual que Digicio y los suyos, no les quedaba mucho con lo que responder, de modo que resistieron la andanada lo mejor que supieron y luego entraron al combate directo.

Mario Juvencio Tala combatía con pasión, pero mantenía fijos sus ojos en sus flancos para mantenerse a la altura de sus hombres. Lamentablemente, éstos perdían terreno ante el empuje de los veteranos de Aníbal. Mario no tenía el escudo inutilizado, gracias a los dioses, por ninguna jabalina, y eso le permitía protegerse de los espadazos del enemigo con cierta efectividad, pero la posición se perdía, se perdía...

Retaguardia romana

—Han de entrar ya los *hastati*, mi general —insistía Marco, junto a Publio Cornelio Escipión—. Los *principes* solos no tienen nada que hacer.

—De acuerdo —concedió el procónsul de Roma—. Los *hastati* al frente y enseguida los *triari*. Y que sigan intentando superarles por las alas. Hemos de atacarles por los flancos. En el cuerpo a cuerpo son superiores. Nos masacrarán si no conseguimos esos flancos.

—Sí, mi general.

Segunda línea de combate romana. Ala izquierda

Cayo Valerio estaba ocupado en procurarse cualquier tipo de lanza que pudiera usarse para responder al enemigo. Todos sus hombres andaban entre los muertos del medio de la llanura arrancando jabalinas y *pila* de entre las entrañas de los cadáveres de uno y otro bando, cuando la orden de avanzar y reemplazar a los *principes* resonó en las tubas romanas.

Cayo Valerio se puso el casco que se había quitado para intentar refrescarse. El sol implacable tampoco concedía descanso alguno.

—Vamos allá —dijo el *primus pilus* y, junto con sus legionarios, inició el avance para reemplazar a los *principes*. No hubo que andar mucho, pues los soldados de Digicio y Mario habían perdido tanto terreno que el frente de batalla estaba, una vez más, en medio de la llanura, sobre el mayor lago de fango rojo que Valerio hubiera visto en su larga vida como soldado de Roma.

—¡Ahora! —ordenó el centurión jefe de la V, y sus soldados arrojaron todas las lanzas que habían podido recuperar de entre los muertos. Esta andanada sirvió para cubrir la retirada de los *principes* y para frenar el constante avance de los veteranos. Éstos, no obstante, aún disponían de lanzas suficientes para responder a aquel ataque de igual forma. Y lo hicieron. Los *hastati* sufrieron una nueva lluvia de hierro mortífero y, una vez más, hubo decenas de heridos y muertos.

—¡Vamos allá! —repetía una y otra vez Cayo Valerio—. ¡Vamos allá! —Estaba cansado de matar y matar, pero aquello parecía no haber hecho más que empezar. Ahora entendía lo que el general quiso decir cuando les dio la bienvenida al infierno. El Hades debía de ser un remanso de paz al lado de aquello. Allí estaban al fin: frente a los victoriosos cartagineses de Cannae, frente a los que les hicieron retroceder y huir y caer en la humillación y el destierro y el olvido—. ¡Vamos allá! —repetía una vez más Cayo Valerio, y con su espada en ristre entró en medio de la línea de enemigos, los mejores soldados de Aníbal—. ¡Vamos alláaaaa! ¡Por los dioses, por Roma, por el general!

Sí, por el general. Todos combatían por el general que les había devuelto el orgullo. No tenían la experiencia de aquellos enemigos, máquinas perfectas de matar, pero luchaban con un extra de motivación: los veteranos de Aníbal lo habían demostrado todo, eran los mejores, los más fuertes, los más temidos, y también los más soberbios, los que más menospreciaban a sus enemigos romanos, pero ellos, los legionarios de la V y la VI no eran nada, sólo eran los perdidos, los humillados, la vergüenza de Roma, las «legiones malditas». Bien, pues eso se había acabado: muerte o victoria, como dijo el procónsul.

—¡Muerte o victoria! —gritó Cayo Valerio.

—¡Muerte o victoria! —respondieron al unísono decenas, centenares de gargantas de los manípulos de Valerio y todos al tiempo irrumpieron en el combate con tal potencia que los veteranos de Aníbal, por primera vez en años, cedieron unos pasos al empuje del enemigo.

Última línea de combate romana. Alas derecha e izquierda

Más atrás, Silano y Marcio hacían avanzar a los *triari* para reforzar y dar apoyo a la carga de los *hastati*, quienes, al haber entrado con tanto vigor y ganar unos metros, estaban permitiendo que varios manípulos de los veteranos de la V y la VI pudieran iniciar la maniobra de superar las líneas enemigas para intentar el ataque por los flancos.

Retaguardia cartaginesa

Aníbal Barca, general supremo de los ejércitos cartagineses en aquella guerra eterna, sabía leer una batalla mejor que ningún otro hombre en el mundo.

—Nos van a desdoblar por los flancos —dijo señalando a sus oficiales varios manípulos de *triari* que intentaban envolverlos—. Hay que evitarlo a toda costa. —Y miró a su alrededor, pero los oficiales no sabían qué decir—. ¡Mi casco! —gritó Aníbal, y un soldado ibero le trajo su casco rematado en un llamativo penacho rojo sangre. Aníbal se ajustó el yelmo protector, lo abrochó mientras no dejaba de mirar hacia ambos flancos de su ejército e hizo lo que llevaba años sin hacer: empezó a andar, bajó de la tarima de madera desde la que había estado dirigiendo la batalla, los oficiales se apartaban sin entender bien qué ocurría, pero le seguían apresurados, hasta que, al ver a su general caminando hacia el centro de la batalla, comprendieron que el mayor general de Cartago, el mejor estratega de todos los tiempos, entraba en combate.

Aníbal alcanzó el centro de la batalla escoltado por su pequeño regimiento de veteranos de Italia que cubrían todos sus movimientos. Fue entonces hacia el ala derecha a paso rápido y, después de hablar con uno de los oficiales que estaban en el corazón del combate y al que ordenó dirigirse al otro extremo de la formación, Aníbal aceleró aún más la marcha, no sin antes proferir órdenes bien precisas.

—¡Oficial, ve al otro extremo de la formación con un regimiento del centro de la batalla y aplasta a esos romanos que nos están desbordando en aquel flanco! ¡Yo me ocuparé del otro flanco!

El oficial aludido partió raudo acompañado de tres centenares de hombres fornidos y ensangrentados por la encarnizada lucha que habían estado librando hasta ser reemplazados por nuevos veteranos.

Aníbal se dirigió al ala derecha de su ejército. Su llegada fue sentida por sus veteranos como un refuerzo extraño: un gran apoyo porque el que les daba ahora las órdenes directamente era el mejor general posible, extraño porque hacía muchos años que Aníbal no descendía a primera línea. En las últimas campañas en Italia, Aníbal se había preservado y rehuyó el combate en primera línea. Nadie tomaba aquella actitud como cobardía, pues todos sabían que de la buena salud del general dependía la victoria en aquellas temibles campañas en territorio itálico. En cualquier caso, ahora, en África, en medio de la batalla de Zama, los gritos del general reavivaron el empuje de sus soldados y éstos, para infortunio de los romanos, con renovadas energías, recuperaron la iniciativa en el combate.

Combate en las alas y en el centro de la formación

Silano y Marcio, en los extremos de la formación romana, intentaban denodadamente que algunos de los manípulos de *triari* desbordaran al ejército cartaginés, pero aquellos guerreros estaban reaccionando con una fortaleza implacable y los mismísimos *triari,* los mejores legionarios de las legiones, volvían a ceder terreno. En el flanco izquierdo, Lucio Marcio se adelantó para ponerse al frente de sus hombres y dar ejemplo. Un hispano que llevaba más de quince años combatiendo para Aníbal emergió de entre la formación enemiga directo hacia el experimentado tribuno, que se defendió con el escudo de dos golpes rápidos del ibero. Pero aquel guerrero no cejaba. Lucio Marcio Septimio dio un paso atrás, dos, tres. Para mantenerse vivo tuvo que hacer lo que hacía el resto de sus hombres: retirarse. Resultaba imposible desbordar al enemigo y atacar por los flancos.

A Silano le ocurría lo mismo en el otro extremo y no sólo por el empuje de los cartagineses, sino porque sus dos mejores oficiales, Terebelio y Digicio, habían caído, dejando a toda la VI bajo su mando único y el de los centuriones de segundo rango. En el centro, en una maraña de *hastati* y *principes*, Cayo Valerio y Mario Juvencio se esforzaban por mantener la formación, pero, al igual que en las alas, seguían perdiendo terreno y más aún en la medida en la que los *triari* parecían haber concentrado sus energías en atacar por los extremos de la formación del ejército.

—¡Mantened la formación! —Cayo Valerio se desgañitaba—. ¡Prietas las filas, por los dioses!

Pero todo se desbarataba. Los hombres de Aníbal, los que les habían derrotado en Cannae, iban a conseguirlo una vez más.

Retaguardia romana

Publio Cornelio Escipión empezó a considerar con seriedad la posibilidad de ordenar una retirada en dirección a Útica. Podían intentar alcanzar la ciudad y refugiarse tras sus murallas reconstruidas. Eso suponiendo que quedara caballería para protegerles en el repliegue, un asunto sobre el que continuaba sin información alguna. Pasó así un eterno minuto de duda, hasta que el procónsul de Roma, en un repentino ataque de furia y rabia, desdeñó la idea, escupió al suelo y pidió el casco. Un *lictor* se lo pasó a Marco y éste, rápido, se lo dio al general. Publio se ajustó el casco en la cabeza. Las legiones perdían terreno sin remedio aparente y la maniobra envolvente estaba siendo desmontada por la intervención del propio Aníbal, que había descendido hasta el corazón mismo de la batalla. ¿Qué debía hacer él, quedarse de brazos cruzados, como un cobarde?

—Tendremos que hacer lo mismo, ¿no crees, Marco? —dijo el general mientras se aseguraba que la coraza estuviera bien abrochada y se tentaba la empuñadura de la espada envainada en su tahalí—. El procónsul de Roma tendrá que entrar en batalla —continuaba, y desenvainó su espada de doble filo y la hizo girar en el aire 360 grados con un ensayado giro de muñeca que le enseñara su tío Cneo en el pasado. Era la señal que le había enseñado su tío Cneo cuando apenas podía coger un arma, cuando le adiestraba en las praderas del campo de Marte, en aquellas lejanas mañanas de las primaveras de su adolescencia. Publio Cornelio Escipión trazó el giro de muerte con su espada y empezó a descender desde el altozano en busca no ya de la batalla, sino del propio Aníbal. Tras él, los doce *lictores*, que habían dejado sus *fasces* y empuñaban también espadas afiladas, y el pequeño grupo de veteranos legionarios de las campañas de Hispania. Un total de unos cincuenta hombres escoltando al procónsul de Roma. En un minuto, alcanzaron el pie de la llanura y pasaron entre los inmensos cadáveres de los elefantes abatidos, pequeñas montañas con docenas de lanzas clavadas sobre la piel dura y gris de los paquidermos, algunos aún agonizantes, resoplando muerte y sufrimiento. El procónsul siguió caminando y empezó a pisar el fango espeso de la roja sangre esparcida por la arena de la planicie: sangre romana, cartaginesa, ibera, baleárica, mauritana, númida, libia, ligur, gala, sangre de una decena de pueblos arrastrados todos por aquella guerra interminable al corazón de una batalla desgarradora. Publio caminó con complicaciones por aquel barro denso y pegajoso, hundiéndose sus sandalias hasta que la sangre le llegaba a los tobillos y salpicaba sus piernas en su constante avance. Entre los cadáveres el procónsul encontró a un hombre sin ropas militares doblado sobre un grupo de legionarios agonizantes. Publio reconoció enseguida la figura de Atilio, el médico de las legiones, intentando cerrar alguna de las miles de heridas abiertas aquella mañana, ya mediodía. No, miró a lo alto. El sol había empezado a descender y seguían luchando. El procónsul llegó a las primeras filas de retaguardia romana, donde grupos de *hastati* y *principes* habían buscado refugio para recuperar el aliento. La mayoría estaban doblados, de rodillas o sentados, pero, al ver la figura del general acercarse, todos se erguían e intentaban ponerse firmes y sacar pecho. El procónsul no tuvo que avanzar más. Las legiones habían retrocedido tanto que, en medio de la llanura, Publio Cornelio Escipión encontró la línea de combate. Ante el general sus hombres se separaban y se abría un pasillo por el que el procónsul, arropado por los *lictores* y su pequeña guardia, pasaban en busca de lo que sólo el general sabía. Y llegaron frente al enemigo. Docenas, centenares de veteranos de Aníbal luchaban, golpeaban, cortaban, empujaban, rajaban con espadas, lanzas, dagas... El procónsul entró en la lucha como uno más. Empujó con su escudo, se hizo sitio a golpes de espada. Tajó a un ibero y luego a dos itálicos renegados. Consiguió avanzar y recuperar unos pasos de terreno y, apoyado por su pequeña guardia, parte del centro de la formación romana empezó a recuperar terreno.

Combate en las alas

En las alas, Silano y Marcio, espoleados por la intervención del propio procónsul, intentaron revertir el retroceso de sus manípulos. Silano se puso una vez más al frente de los *triari* y lo mismo hizo Marcio, pero ni uno ni otro contaban con el apoyo de una pequeña pero especialmente efectiva guardia personal, como el procónsul, y el apoyo de sus hombres, agotados por las horas de lucha, no fue el mismo. Silano recibió un corte en el bajo vientre y retrocedió herido, sangrando, aturdido. Y fue afortunado, porque Lucio Marcio Septimio, tribuno de la V legión, centurión que defendiera la Hispania romana de los ataques cartagineses tras la caída del tío y el padre del procónsul, vio cómo una espada le cortaba a la altura de la garganta y cómo, igual de rápido que vino aquel filo, el hierro volvía hacia atrás. Ésa fue la peor parte. Al entrar, el filo sólo había hecho un pequeño corte, pero al retirarlo, el guerrero cartaginés se aseguró de hacerlo apretando hacia el cuello de su contrario. Lucio Marcio Septimio fue a gritar pero la voz apenas podía salir y, sin embargo, la sangre brotaba entre sus palabras mudas y entrecortadas. Lucio Marcio Septimio, tras una decena de años al servicio de los Escipiones, cayó de rodillas. Los *triari* intentaron cubrir al tribuno, pero decenas de veteranos de Aníbal, encorajinados por los gritos de su mismísimo general, se abalanzaron sobre el indefenso Marcio y lo acuchillaron con saña mortal. Lucio Marcio Septimio cayó muerto y su sangre se mezcló con la del resto de los muertos de aquel día luminoso y caliente, de luz cegadora que Marcio parecía mirar sin ya parpadear, con la boca torcida y su mano, fuerte aún, empuñando la espada.

—Por Roma... por el general... —dijo entre tragos de su propia sangre, y el sol quemó las retinas de sus ojos; pero eso ya no importaba, porque en su cuerpo ya no latía el corazón.

90

Aníbal y Escipión, cuerpo a cuerpo

Zama,
19 de octubre del 202 a.C.,
primeras horas de la tarde

Retaguardia cartaginesa

Los oficiales de Aníbal le hicieron ver que el procónsul, el general de los romanos, estaba luchando en el centro de su formación y que su presencia parecía haber frenado el avance de las tropas. Aníbal, próximo al lugar donde un tribuno romano acababa de ser destrozado por las espadas de sus guerreros, se giró despacio.

—¿El procónsul? ¿Estáis seguros?

—Sí, mi general.

Aníbal Barca enfundó su espada y empezó a caminar en dirección al núcleo mismo de la batalla campal que se libraba desde el amanecer. Varios oficiales y dos docenas de veteranos le seguían de cerca. Por todas partes se combatía cuerpo a cuerpo... hasta la muerte.

El centro de la batalla. Ejército romano

Publio Cornelio Escipión veía con orgullo cómo con su presencia se había recuperado la iniciativa en el choque, pero de nuevo todo parecía haberse estancado. De la caballería ya ni se acordaba. En el centro mismo de aquella vorágine la caballería parecía algo ajeno, lejano. Toda su fuerza y su mente estaban concentradas en conseguir detener el avance del ejército púnico, allí mismo, en la llanura empantanada de sangre. De pronto los soldados de Cartago que tenía ante sí se retiraban. Se retiraban. Publio iba a lanzar un grito para que sus hombres aprovecharan y se lanzaran contra el enemigo aún con más energía, pero tras replegarse una parte de los cartagineses de primera línea, emergió la silueta de un oficial púnico con coraza, espada enfundada y un casco rematado en un penacho rojo inconfundible: Aníbal.

El centro de la batalla. Ejército cartaginés

El general cartaginés inspiró aire con profundidad. Por fin tenía ante sí, en un campo de batalla, a su merced, al que cortó las sogas del puente del río Tesino, al que rescató a aquel cónsul en el norte de Italia, al que salvó dos legiones en Cannae, al que había destruido su poder en Hispania, al que le había arrebatado Locri... ahora, por fin, era suyo, por fin, por fin... sabía que el general romano no era el causante directo de la muerte de sus hermanos, pero, sin duda, las acciones de Escipión habían provocado la cadena de acontecimientos que condujo a su desaparición y la muerte de ambos brilló en sus recuerdos, y con esa imagen en su cerebro, Aníbal Barca se abalanzó sobre su enemigo.

En el centro de la llanura, en el corazón mismo de aquella guerra

Publio no lo dudó y avanzó hacia aquella figura. Aníbal le esperó. Publio Cornelio Escipión caminó hasta quedar a tan sólo tres pasos de distancia. Vio cómo Aníbal se llevaba entonces su mano derecha, cubiertos tres dedos por los anillos consulares de Emilio Paulo, Cayo Flaminio y Claudio Marcelo, hasta la empuñadura de su espada. También seguía allí el cuarto anillo misterioso que lucía el general púnico en su dedo meñique, de oro y plata, rematado con una piedra preciosa azul que, decían, era donde Aníbal guardaba una dosis de veneno para suicidarse antes de ser apresado por los romanos. El filo del arma del general cartaginés chirrió al brotar de la vaina de hierro y bronce. Publio miraba la mano que sostenía aquella arma. Uno de los anillos consulares era de su suegro, caído en Cannae. Debía recuperarlo. Pensó en hablar, en decir algo, a fin de cuentas no hacía ni cinco horas que había estado departiendo con aquel imponente enemigo, como hombres libres, racionales, juiciosos, pero Aníbal no venía ya para conversar. Al joven Publio le tocaba conocer ahora el otro Aníbal, el guerrero feroz, implacable, mortal. Así, Aníbal Barca, como sus propios veteranos, entró en lucha con rapidez, sin preámbulos de ningún tipo. Publio tuvo el tiempo justo de levantar su escudo y detener el tremendo mandoble de Aníbal. No fue aquél un golpe normal. El escudo crujió y el brazo del procónsul sufrió por dentro, como si se rompiera, pero Publio observó que sólo era dolor lo que sentía y que el brazo seguía respondiendo. Vino otro golpe más y Publio retrocedió, como habían hecho sus legionarios ante los veteranos de aquel general de generales enemigo. Alrededor de ambos, de Publio y Aníbal, los legionarios y los veteranos guerreros de Cartago se tomaron un respiro para contemplar la pugna directa entre sus generales. Cayo Valerio y Mario Juvencio, próximos al centro de la batalla, asistían también como testigos privilegiados a aquel episodio del combate.

El procónsul reaccionó y lanzó un golpe que Aníbal detuvo sin tan siquiera moverse de su sitio. El cartaginés avanzó y volvió a atacar con su espada en alto, momento que Publio quiso aprovechar para pinchar por debajo, pero en su camino se cruzó el escudo del general de Cartago, y tras el escudo llegó la espada de Aníbal que el propio Publio desvió con su escudo. Empatados, pero el procónsul de Roma se daba cuenta de que había vuelto a dar un paso atrás y Aníbal uno más hacia delante. No sólo la batalla; toda la guerra parecía detenida. Publio escuchaba el sonido entrecortado de su propia respiración. Necesitaba oxigenarse. La espada de Aníbal voló cerca de su casco, pero se agachó a tiempo. La espada enemiga regresaba y la frenó con la suya. El ruido de las dos espadas al chocar resonó en los tímpanos de los guerreros de ambos bandos. Aníbal empujó con fuerza y Publio cayó de espaldas. El cartaginés avanzó y asestó un golpe hacia abajo en busca del pecho de su oponente, pero Publio rodó por el suelo y Aníbal sólo alcanzó a que el filo de su arma cortara a la altura de una espinilla. Las grebas de hierro y bronce protegieron al general romano, que salió indemne de aquel ataque. Publio Cornelio Escipión se levantó y empuñando su espada con la punta hacia Aníbal mantuvo a raya a su atacante unos segundos más. Pensó en cómo poder acercarse a su oponente. Ni tan siquiera le había rozado con su espada. Aníbal permanecía quieto ante él, respirando con sosiego, esperando un error. Publio giró entonces sobre sí 360 grados para sorprender al cartaginés por un flanco y clavar su espada. Fue rápido, veloz, pero cuando, una vez hecho el giro, buscó a su enemigo para herirle no había nadie. Y sin saber cómo, Aníbal emergió por su espalda y apenas hubo tiempo para levantar el escudo. La espada de Aníbal fue medio desviada, pero no del todo y su punta penetró en el muslo izquierdo del procónsul de Roma desgarrando la piel.

—¡Aaaggh! —gritó Publio, y una vez más se hizo hacia atrás. Aníbal le contemplaba sin decir nada. El general romano apoyó con fuerza su pierna izquierda. Aún tenía dominio sobre la misma. La herida física no debía de ser tan profunda como la herida en su orgullo, pero aun así sentía el calor líquido de su propia sangre lamiendo la piel del muslo, la rodilla y rotando despacio, acariciando su gemelo desnudo. Cojeaba un poco pero podía moverse bien. Un ruido le sorprendió. Un ruido que era como muchos ruidos juntos. Publio comprendió que a su alrededor la batalla se reiniciaba. Vio a Aníbal alzando su brazo derecho en alto, al máximo, con la espada manchada de sangre del procónsul de Roma, manchada con su propia sangre, resbalando por el filo hasta mezclarse con los anillos consulares de las poderosas nobles y patricias víctimas que antes habían caído bajo aquella espada púnica. Publio se reincorporó con ánimo de contraatacar y fue a por Aníbal, pero la figura de éste desapareció tras un regimiento de guerreros enemigos que avanzaban contra él, contra el procónsul que ahora sabían herido por su general, los veteranos de Aníbal como buitres ávidos de comer la carroña despedazada, de nuevo, avanzaban contra las legiones. Publio, retrocediendo ante el avance del enemigo, vio el penacho del general cartaginés y aquella espada que lo había cortado en alto y escuchó unas palabras en griego provenientes de aquella garganta que comandaba el más temido ejército del mundo.

—¡Eres hombre muerto, romano! ¡Todos estáis muertos!

Publio no tuvo tiempo de responder. Movido por su instinto de supervivencia retrocedió unos pasos más para reintegrarse con los manípulos de *hastati* y *principes* al mando de Mario Juvencio, que era el oficial más próximo al lugar donde había acontecido aquel épico duelo.

—¡Hay que mantener esta línea sin ceder más terreno! —espetó el procónsul a Mario, y éste asintió, preocupado, mirando la pierna del general.

—Estoy bien. Es sólo un rasguño —dijo Publio de forma tranquilizadora, aunque su cojera era evidente y el dolor también, pero el enemigo ya estaba allí. Ante los ojos del propio procónsul, dos veteranos iberos sorprendieron a Mario Juvencio Tala y le clavaron una lanza por el costado que lo atravesó de parte a parte. El general asestó con su espada un tajo a la lanza, partiéndola en dos, y revolviéndose hirió a un ibero en el rostro y al otro lo aplastó primero con el escudo y luego le clavó la espada, recién sacada de la destrozada boca del otro hispano, y la hundió en el pecho de quien aún sostenía la mitad desgajada de la lanza que había atravesado a Mario. Los *lictores* se hicieron con la posición y protegieron al general mientras éste intentaba asistir al tribuno, que se retorcía en el suelo. Había caído boca abajo y no podía respirar. Estaba ahogándose en el fango de sangre. Publio le dio la vuelta y Mario escupió sangre y arena y pudo respirar durante un segundo hasta que sus pulmones partidos por la punta de la lanza dejaron de funcionar.

—Mi general... —dijo Mario Juvencio Tala—, suerte... mi general... —Y dejó de retorcerse en el suelo. Publio le cerró los ojos.

—Hay que retroceder, general... hay que retroceder —era Marco, el *proximus lictor*, a su espalda—, son demasiados... los *hastati* y los *principes* no resisten, y tenemos los *triari* en las alas; sin su apoyo no podemos...

Publio dejó el cuerpo del tribuno en el suelo. Estaba herido en el muslo, cojeaba, acababa de ver morir a uno de sus mejores oficiales y otros habían caído ya, Terebelio y parecía que Digicio y quién sabe si alguno más. No sabía nada ni de Marcio ni de Silano ni de Valerio. Publio Cornelio Escipión estaba en estado de choque, perplejo, ausente. Los *lictores* lo tomaron por los brazos y se lo llevaron medio a rastras hacia posiciones más seguras mientras que una desordenada formación de *hastati* y *principes* mantenía una línea que permitía cierto orden en aquel repliegue. De pronto un rayo de sentido común invadió la mente del procónsul.

—¿Dónde está la caballería, Marco?

—No sabemos nada de la caballería y no hay exploradores ya a los que recurrir. Los últimos que enviamos para saber de Lelio o Masinisa no han regresado.

El procónsul parecía hundido. Sin la caballería la batalla estaba perdida. Todo perdido. Publio Cornelio Escipión pensó en su padre y su tío y pensó en cuando éstos cayeron en Hispania. ¿Sintieron la misma impotencia, la misma vergüenza? Todo perdido... sólo quedaba el honor...

Publio Cornelio Escipión, procónsul de Roma *cum imperio* en la expedición de África, general en jefe de las legiones V y VI, las «legiones malditas», enfundó su espada. Con ambas manos se quitó el casco y sacudió la cabeza. No había viento pero la sensación del aire envolviendo toda su cabeza fue gratificante. Respiró hondo. Para reincorporarse al combate no tendría que avanzar; sólo esperar que el repliegue de los manípulos de sus legionarios llegara hasta donde él se encontraba. Volvió a ponerse el casco. Se lo abrochó con firmeza. Desenfundó su espada. Se pasó el dorso de la mano izquierda por la barbilla sudorosa. Tragó saliva. Los *hastati* y *principes* estaban llegando a su altura. El general se quedó firme, plantado en la tierra, como una efigie. Dos *signifers* pasaron a su lado con las insignias de la VI legión. Retrocedían. Los *lictores* le protegieron para que los *hastati* y los *principes* se percataran de su presencia y se replegaran rodeándole. Y tras los legionarios, de nuevo, el enemigo. El general encaró a los guerreros púnicos una vez más, pero ya no había furia, sino contención. Paró golpes y junto a sus *lictores* se puso al frente de la formación de la VI. Preguntó por Silano, y alguien comentó que estaba herido en la retaguardia. Tomó entonces el mando de toda la VI, confiando en que Valerio o Marcio siguieran aún vivos y reorganizaran las filas de la V.

—¡En formación! ¡Reagrupad los manípulos! —aulló con energía y, para su sorpresa, los legionarios respondieron. Las filas manipulares se rehacían mientras se contenía el avance enemigo, pero siempre cediendo, poco a poco, más y más espacio. Eso parecía ya una constante inevitable en aquel combate. En aquella derrota.

—¿Y la V? —preguntó el general

—Retrocede a la par que nosotros —respondió Marco—. Cayo Valerio está al mando.

—Bien —respondió Publio asimilando lo que eso implicaba: Marcio también había caído—. Resistamos entonces. Resistamos con todas nuestras fuerzas.

Y recibiendo golpes, lanzas que caían intermitentemente, levantando los escudos para frenar las espadas enemigas, intentando detenerse en ocasiones, pero siempre retrocediendo, las «legiones malditas» caminaron hacia atrás, desandando todo lo andado aquella mañana, pasando por encima de los cadáveres del enemigo y por encima de los compañeros muertos o agonizantes. Siempre retrocediendo, siempre hacia atrás. Resistiendo. Perdiendo. Siendo derrotados poco a poco, una vez más por los mismos soldados que ya los derrotaron en Cannae, sintiendo una humillación parecida y un temor aún mayor, pues aquella tarde ya no había adónde huir. En Cannae pudieron escapar y buscar refugio en ciudades amigas, pero allí, en el corazón de África, todo eran enemigos. Útica quedaba demasiado lejos. Para llegar a Útica habrían necesitado el apoyo de la caballería. Sin Lelio y Masinisa huir era morir, o algo peor: caer preso y ser torturado durante días. Era mejor permanecer allí, prietas las filas manipulares, y morir en pie, con el resto de los compañeros. Quizá todo habría sido más sencillo si eso fuera lo que hubieran hecho en Cannae. Resistir hasta morir. Se habría evitado tanto sufrimiento... pero pensó en Emilia y en los niños y, de pronto, dio por buenos aquellos años de prórroga, pero como todas las prórrogas, también aquélla llegaba a su fin.

El general dejó de dar órdenes. No había nada ya que decir. Habían resistido a los elefantes, habían derrotado al ejército de Mágon y luego al de Giscón. Aquellos hombres habían ganado ya tres batallas, pero cómo pedirles que ganaran una cuarta batalla más en un mismo día y contra el mayor y más intrépido de sus enemigos. Aníbal había jugado bien sus bazas. Era sólo cuestión de tiempo. Aquellos veteranos itálicos, iberos, galos, africanos que constituían aquel último ejército de Cartago luchaban con disciplina y tesón. Pensaban masacrar a todos los que tenían enfrente, pero no tenían prisa. No habían entrado en combate hasta hacía apenas una hora, mientras que sabían que los romanos llevaban todo el día luchando.

Publio pensó reconocer en aquel instante el momento en el que su vida llegaba a su fin.

Ala izquierda. La V legión

Al frente de la V legión, Cayo Valerio mantenía la formación en línea, cediendo terreno, siempre sus ojos fijos en la VI, donde el procónsul había tomado el mando. Haría lo que hiciera la VI. Un enemigo se acercó demasiado y Valerio retrocedió como asustado, pero cuando el cartaginés empezaba a sonreír, Valerio detuvo su retroceso y le clavó una daga que empuñaba con la mano del brazo con el que sostenía el escudo. Era un ardid fruto de la desesperación, pero que había dado sus resultados en varias ocasiones aquella mañana. Cayo Valerio tenía los músculos entumecidos y tenía hambre y sed y ganas de orinar. Recordó cómo había matado a uno de sus legionarios por hacer sus necesidades sobre las insignias de la legión. De eso hacía tanto tiempo que parecía otra vida. Ahora las insignias eran las mismas que retrocedían a sus espaldas. Recordó el olor de las algarrobas de los desayunos en el destierro siciliano y las recordó con nostalgia. Iban a morir todos. Mario y Lucio Marcio, los tribunos de su legión, habían caído ya, pero, pese a todo, Cayo Valerio estaba agradecido al general que los había conducido allí: aun en medio de la más terrible derrota, el general había devuelto el orgullo a aquellos hombres olvidados y menospreciados. Puede que fueran a caer todos allí aquella tarde, pero antes habían derrotado a los cartagineses en Locri y frente al mar, cerca de Útica, cuando arrasaron los campamentos de Asdrúbal y Sífax por la noche, y en Campi Magni, y habían capturado al rey de Numidia y conquistado ciudades por toda África, habían hecho varias campañas épicas y su muerte iba a ser ante las tropas de Aníbal... mil veces mejor aquel destino que olvidados en Sicilia, sin provisiones ni suministros, peleando entre ellos, orinando sobre sus propios estandartes.

Ala derecha. La VI legión

Los legionarios de la VI seguían retrocediendo. Publio pasó a las líneas de retaguardia para descansar un poco mientras los manípulos de primera línea continuaban la lucha. Tenía que reponer fuerzas. Si él se sentía así, cuando apenas había comenzado a combatir hacía una hora, ¿cómo estarían de extenuados sus hombres? El sentido de la batalla estaba decidido. Pensó en algún plan de huida, pero no lo había, no sin el auxilio de la caballería. Todo era desierto o territorio enemigo o ambas cosas a la vez y Útica quedaba demasiado lejos ya para unas tropas agotadas. Habían saqueado la región para generar tanta desdicha que al final Cartago reclamara a Aníbal y lo habían conseguido, pero ahora no tenían un solo lugar donde refugiarse de la embestida bestial de las tropas del general cartaginés. Caerían todos. Debería haber buscado combatir junto a Útica. Ése había sido un fallo imperdonable, pero su vanidad y su orgullo le cegaron: en el fondo de su ser pensaba que podría derrotar también a Aníbal. Ahora comprendía lo que quedaba: una muerte gloriosa, unas legiones que compartirían el destino de las legiones de Régulo en el pasado, destrozadas, aniquiladas por Jantipo.

Publio Cornelio Escipión dio media vuelta encarando de nuevo la línea de combate. *Principes* y *hastati* seguían replegándose. Él, de modo instintivo, también daba pequeños pasos hacia atrás. Estaba recuperando el resuello. Pronto volvería a entrar en la primera línea... Chocó con algo duro. Como una pared, como una gigantesca roca en medio de la llanura y perdió el equilibrio, pero sin soltar la espada paró la caída con sus manos. Se dio la vuelta. Había tropezado con uno de los enormes elefantes muertos. Allí, a gatas, en medio de la vorágine de la más bestial de las batallas, Publio se percató de que habían retrocedido tanto que ya estaban donde las legiones se habían enfrentado con los elefantes. Habían perdido toda la llanura. Le faltaba el aire. Estaba agotado, de rodillas, cubierto de sangre y sangrando él mismo. Era la derrota absoluta. Era el final. En un arranque de rabia el procónsul de Roma volvió a levantarse y a ponerse el casco, lo ajustó y, cojeando por la herida en su pierna, se reintegró entre los *hastati* de primera línea.

—¡No se retrocede más! ¡Muerte o victoria! —gritaba con toda la fuerza de su espíritu y con toda la potencia que sus pulmones le ofrecían—. ¡Muerte o victoria! ¡Esto es el infierno! ¡Vamos a la gloria! ¡Por Roma, por los dioses! ¡Por los caídos en Cannae! ¡Por los caídos en esta batalla!

Y el general embistió como un toro bravo a un brucio que llevaba años con los cartagineses. El brucio recibió un enorme empellón con el escudo del general y para cuando quiso reaccionar, la espada del procónsul le había atravesado la garganta de parte a parte. El filo del arma salió y la sangre salpicó un metro alrededor del brucio, que dejó espada y escudo para llevarse las manos a la garganta en un desesperado intento por frenar la hemorragia letal. Para entonces el general ya le había superado y, sin preocuparse de si le seguían o no sus legionarios, al igual que hiciera en Tesino, fue directo a por más enemigos, como en Tesino, como en Tesino pero... ¿dónde estaba Lelio, Lelio?

Tras el cónsul, los *lictores* y su pequeño grupo de veteranos abrieron una brecha en el enemigo y como por simpatía, toda la legión VI reaccionó con furia superando el agotamiento total en el que estaban sumidos.

Ala izquierda. La V legión

En el ala izquierda de la formación romana, Cayo Valerio se percató del avance de la VI.

—¡Maldita sea! ¡Por Hércules! ¡Hay que recuperar terreno! —Pero sus legionarios no parecían estar por la labor—. ¡Nenazas! ¿Vais a dejar que los de la VI nos digan luego que los de la V no sabemos luchar? ¿Vais a pasar por eso? —Y no mentó ni a los dioses, ni a Roma, ni la gloria. No hizo falta. Los *hastati*, *principes* y *triari* de la V vieron cómo los de la VI recuperaban varios pasos de terreno y, como movidos por un resorte desconocido e invisible, clavaron sus talones en el fango rojo de la sangre de la llanura, plantaron sus escudos, pusieron sus espadas en ristre y, a una, empujaron contra el enemigo. La V volvía a avanzar.

Retaguardia cartaginesa

—Resisten, mi general —comentó un oficial púnico a Aníbal.

El general cartaginés observaba aquella reacción desde la retaguardia, donde se había vuelto a ubicar para volver a tener una visión de conjunto de la formación de ambos ejércitos. No parecía preocupado por aquel nuevo embate de las legiones. Había visto decenas, centenares de ellos.

—Es el último estertor —dijo—. Los moribundos, antes de morir, tienen a veces un último arranque de rabia. Contenedles y luego... exterminadlos a todos.

El oficial asintió con una sonrisa. Se oyeron entonces los cascos de un caballo. Aníbal se giró. Un jinete de la caballería de Maharbal venía hacia ellos. Aníbal frunció el ceño y borró la sonrisa de su rostro.

91

El regreso de la caballería

Zama,
19 de octubre del 202 a.C.,
al final de la tarde

Ejército romano

Publio sintió un orgullo especial al ver cómo sus legiones recuperaban terreno, hasta que de nuevo, en medio del fango pegajoso que como arenas movedizas parecía absorber las piernas de cada soldado hacia las entrañas de aquella tierra extraña, las legiones no pudieron más y, exhaustas, no avanzaron más. En ese momento, los veteranos de Aníbal recuperaron la iniciativa.

El general romano comprendió entonces que la suerte estaba echada, pero se le ocurrió que aún podría hacer algo importante antes de morir. Con sus ojos escudriñó por encima de los cascos enemigos buscando el penacho inconfundible del general cartaginés, pero por mucho que lo buscaba no lo veía por ninguna parte. ¿Estaría ahora dirigiendo el combate frente a la V legión en lugar de frente a la VI? Publio ordenó entonces a Marco y a los centuriones de la VI que mantuvieran la posición el máximo tiempo posible y se encaminó hacia la legión V. Caminando por la retaguardia de su ejército, a paso rápido, escoltado por el resto de los *lictores*, llegó hasta las posiciones de la legión que dirigía Cayo Valerio. Tampoco allí había señales de Aníbal. ¿Dónde estaba el general cartaginés? Sólo quería adentrarse entre los enemigos, abrir una brecha y volver a enfrentarse a él y arrancarle de la mano, siquiera por unos segundos, el anillo de su suegro, y tenerlo él, durante unos instantes, antes de verse rodeado por todos los enemigos del mundo y ser acribillado a cuchilladas hasta la muerte más desgarradora.

Publio apretaba los ojos, pero su búsqueda no cosechaba frutos hasta que en lugar del penacho del general púnico, lo que su vista alcanzó a detectar fue dos grandes polvaredas que se levantaban a ambos flancos, más allá del ejército púnico. Y de entre aquellas inmensas masas de polvo en suspensión empezaron a surgir jinetes, una decena, un centenar, centenares, mil, casi dos mil por cada flanco. Pero aún estaban demasiado lejos como para poder identificarlos.

Sólo la ruta que siguieran sendos regimientos de caballería identificaría si estaban al servicio de Roma o de Cartago: si se trataba de Lelio y Masinisa cabalgarían directos hacia la espalda de la formación cartaginesa, pero si se trataba de las fuerzas de Maharbal y Tiqueo, se abrirían rodeando ambos ejércitos para luego cerrarse de nuevo y atacar a los romanos por la espalda, como hicieron en Cannae. *Lictores*, centuriones y *praefecti* supervivientes, *hastati*, *principes*, *triari*, Cayo Valerio, Marco, Silano, herido en la retaguardia, todos contenían la respiración. Incluso los propios cartagineses miraron hacia atrás. El combate se detuvo. Los jinetes iban cubiertos de sangre. Su lucha, como la de la llanura, había debido de ser también cruenta. La misma sangre imposibilitaba atisbar los uniformes, identificar la forma de los cascos o de las espadas. Hasta los caballos estaban rojos. Todo aquella tarde era rojo espeso.

Publio Cornelio Escipión esbozó una sonrisa de incredulidad. Llevaba desde que tenía diecisiete años cabalgando al lado de Cayo Lelio. Podía reconocer su forma de encorvarse sobre la montura cuando iba al galope desde mil pasos de distancia. Era increíble. Una vez más. Como en Tesino, en Cartago Nova o Locri. Lelio. Una vez más.

—¡Rápido! —gritó el general romano—. ¡Los *triari*, de nuevo, a las alas! ¡Esta vez los rodearemos de verdad! ¡*Hastati* al centro, *principes* en los laterales y *triari* en los extremos! —Cayo Valerio estaba cerca y oyó las órdenes. El procónsul le miró un instante. Valerio asintió.

La V y la VI, a la par que los jinetes de Lelio y Masinisa, se aproximaban por la espalda del ejército enemigo, reiniciaron la maniobra envolvente que Aníbal había abortado anteriormente con el mayor empuje de sus tropas.

Caballería romana en la retaguardia cartaginesa

—¡Matadlos a todos! ¡Por Roma, por los dioses, por el general! —Cayo Lelio blandía su espada en alto mientras galopaba sobre su caballo—. ¡Por Escipión! ¡Por Roma!

La caballería de Lelio embistió a los veteranos de Aníbal por la espalda. Decenas de cabezas de mercenarios hispanos, brucios o galos rodaban por el suelo arrancadas por los rabiosos mandobles de los jinetes romanos. El ejército de Cartago dividía sus fuerzas: unos encaraban su retaguardia para detener la brutal carga de la caballería enemiga, otros intentaban mantener a raya a los *hastati* y *principes* que reemprendían con nuevos ánimos el combate y apenas tenían ya hombres para cubrir los flancos por donde, una vez más, atacaban los *triari*. Necesitaban órdenes.

Por su parte, Masinisa atacaba el otro extremo de la retaguardia cartaginesa. Llegaron más tarde porque se detuvieron a rearmarse de jabalinas con las que ahora herían a la infantería africana que, desesperadamente, buscaba a su general. Sólo quedaban unos pocos oficiales en el centro del ejército asediado, rodeado, atacado por todas partes. Aquellos veteranos habían estado en decenas de batallas y tardaron poco tiempo en comprender que su general les había abandonado. Sólo les restaba luchar, intentar abrir una brecha y escapar, pero tenían un problema, incluso si conseguían abrir un pasillo entre la formación enemiga, la rapidez de la caballería haría que fueran alcanzados por la espalda y todos serían cazados como jabalíes en fuga, acosados por los perros. Se dispusieron al fin a vender caras sus vidas y a llevarse a cuantos más enemigos pudieran por delante.

Retaguardia romana

El procónsul de Roma, consciente de que caminaban, ahora sí, hacia una victoria sin precedentes, se concentró en minimizar las bajas de sus legiones. Ordenó que mientras unos manípulos mantenían rodeados, junto con la caballería, al enemigo, el resto recogiera lanzas, jabalinas y *pila* de entre los muertos para que desde la seguridad de una retaguardia que ya no podía ser atacada al haber sido aniquilada la caballería enemiga, arrojar cuantos más proyectiles mejor. De esa forma, poco a poco, andanada tras andanada, los veteranos abandonados por Aníbal fueron recibiendo lluvias mortales de hierro, mientras que fútilmente pugnaban por defenderse del acoso constante de unos enemigos en cuyas miradas sólo veían el rostro inconfundible del odio. Los mismos que les estaban aniquilando eran los legionarios de los que se mofaron cuando huían de la masacre de Cannae. El círculo del destierro y la venganza se había cerrado.

(...) multa dies in bello conficit unus,
Et rursus multae fortunae forte recumbunt,
Haudquaquam quenquam semper fortuna secuta est.

ENNIO,
Anales, libro VIII

[(...) en tiempos de guerra, un solo día produce muchos cambios,
y por cualquier motivo la suerte varía muchas veces;
no hay nadie a quien la fortuna le haya sido siempre fiel.]

92

El adiós de un soldado

Zama,
19 de octubre del 202 a.C.,
al atardecer

El sol languidecía en el horizonte. Los buitres cenaban entre los despojos mortales de los soldados muertos, en su mayoría pertenecientes al masacrado ejército de Cartago, pues los púnicos habían perdido a más de treinta mil almas. Entre los romanos las bajas ascendían a unos cinco mil entre legionarios y númidas aliados. Los soldados de la V y la VI paseaban entre aquella alfombra de cuerpos inertes y agonizantes hundiendo sus espadas de cuando en cuando para asegurarse de que no quedaban enemigos vivos fingiéndose heridos o muertos entre los millares de cadáveres desparramados por la arena.

Cayo Valerio estaba cubierto de sudor, sangre y polvo entremezclados sobre su piel reseca por el sol. Un legionario le trajo agua en un odre de carnero y el *primus pilus* bebió con avidez. Sus sandalias se hundían en el barro apelmazado de sangre, despojos humanos y tierra. Con la caída del sol empezaba a refrescar. Cayo Valerio devolvió el odre al soldado que se lo había traído.

—Pásalo a otros, legionario —dijo el *primus pilus*—. Todos se han ganado saciar su sed con agua y con vino, si el general al final así lo dispone.

El legionario se alejó tras saludar al veterano oficial. Cayo Valerio oteaba el espectáculo truculento en el que se había convertido aquel anochecer y, sin embargo, era el olor de la victoria total lo que entraba por sus fosas nasales, pese al hedor y al sabor agrio que el viento nocturno dejaba en sus labios, aquello era la victoria suprema. Así que Cayo Valerio cerró los ojos y se hinchó los pulmones de aquel aire oscuro testimonio de la derrota completa de las fuerzas de Aníbal. Sintió entonces un golpe seco en su espalda y un dolor punzante y agudo que lo congestionaba hasta hacerle toser. Cuando se giró vio a aquel maldito ibero que se había levantado de entre los muertos para clavarle una daga. El *primus pilus* tuvo aún energía suficiente para clavarle su espada una, dos veces, atravesándolo de parte a parte. El ibero, ya malherido, cayó desfallecido con una horrible mueca de sufrimiento. Cayo Valerio se tenía en pie con dificultad. Por debajo de su coraza brotaba sangre con profusión.

—¡Maldita sea!

El centurión de la V legión se sentó entre los cadáveres. Un par de legionarios se acercó con rostros que mostraban preocupación. El *primus pilus* desdeñó la ayuda que los soldados le ofrecían para ponerlo en pie. Desde el suelo Cayo Valerio les habló con la energía propia de un oficial al mando.

—¡Llamad al médico! ¡No! —se corrigió enseguida; era horrible pero era lo que había—. Ya es tarde para eso. Maldita sea mi suerte. Llamad al general. Rogadle... que venga, si puede... si le es... posible...

Le costaba respirar. «Maldita sea. Qué forma tan estúpida de caer en una batalla. Por un enemigo herido, vengativo y traicionero. Me hago viejo para esto. Tendría que haber estado más atento.» Se recostó en el suelo. Varios legionarios se arremolinaron a su alrededor. No podían creer lo que veían. Cayo Valerio parecía herido de muerte. El centurión miraba al cielo raso. Sin nubes, con el sol ya desaparecido, miles de estrellas empezaron a poblar la gran cúpula celeste. «Los dioses son grandes», pensó. Qué espectáculo tan magnífico. Recordó cuando sólo era un niño y correteaba por la calles de Roma en busca de algo que robar entre los puestos del *Macellum*. La suya no fue una infancia feliz ni una vida fácil y ahora que todo debería empezar a marchar bien, llegaba ese imbécil y le apuñalaba por la espalda. Quizá no fueran las legiones las que estaban malditas, sino él. Pero en la legión vivió con honor. Habría preferido una muerte más gloriosa, durante la batalla, como Terebelio o Digicio o tantos otros. Cuando abrió los ojos de nuevo vio antorchas a su alrededor y la faz conmovida del procónsul de Roma.

—Te pondrás bien, centurión —decía el general—. Aún deberás prestarme, prestar a Roma, muchos servicios.

Cayo Valerio sonrió. El general hablaba con él. De desterrado a ser atendido por todo un procónsul de Roma. Aquello había valido la pena.

—No, mi general. Mis disculpas, pero yo me quedo aquí... Ha sido una gran batalla, un gran honor... gracias por recuperarnos, por sacarnos del destierro... gracias, mi... mi general... siempre...

Publio Cornelio Escipión abrazó a aquel hombre con fuerza y lo mantuvo fuertemente asido a su cuerpo hasta que sintió que el *primus pilus* de la V aflojaba sus músculos y su cabeza caía de lado, colgando, sin energía. El general depositó el cuerpo de su oficial con cuidado sobre el fango y sin dejar de mirar el cadáver de aquel centurión se dirigió a los legionarios que allí se habían congregado.

—Que laven su cuerpo, que lo limpien, que le pongan un uniforme nuevo y que preparen una gran pira para un gran oficial de Roma. —Publio se levantó entonces y rebuscó entre los que le rodeaban—. ¿Y el resto de los tribunos? Sé que Terebelio y Digicio cayeron, pero ¿y Mario Juvencio y Lucio Marcio y Silano? ¿Dónde está el resto de mis tribunos?

El general sólo encontró silencio como respuesta. Publio Cornelio Escipión se alejó caminando algo encogido, lento. Los *lictores*, siguiendo las sugerencias de Marco, guiaron al procónsul hasta la tienda de un improvisado *praetorium* que se había levantado justo allí donde el general había presenciado la carga de los elefantes y las primeras embestidas de las fuerzas de Cartago. Publio se dejó llevar. Lo sentaron en una butaca, junto a una pequeña mesa donde un *calon* puso una jarra de agua, otra de vino, algo de pan y queso y un cáliz vacío. Luego le dejaron a solas. Estaba agotado. Todos pensaron que el general debía descansar.

Publio miraba el vaso vacío. ¿Dónde están mis oficiales? ¿Dónde está la savia de mis legiones? ¿Quién era él sin ellos? Los había conducido a la muerte. A todos y cada uno de ellos.

La tela de la entrada al *praetorium* se abrió y Cayo Lelio apareció encorvándose un poco para evitar el contacto con el tapiz. Se detuvo en el umbral. Dudó un instante pero al final se decidió y entró en la tienda. Publio no decía nada. Era cierto lo que decían los soldados: el general necesitaba descansar. Y lo decían de corazón. Le pareció un buen comienzo para aquella conversación.

—Los hombres dicen que necesitas descanso... y eso parece.

Publio tardó unos segundos en responder. Su mirada permanecía fija en la copa vacía.

—Es irónico, ¿no crees? —empezó el procónsul—. Ellos que han combatido todo el día diciendo que soy yo el que está agotado, el que necesita descanso, cuando apenas si he luchado medio día. Yo ni tan siquiera me enfrenté a los elefantes, ni a las dos primeras cargas de la infantería enemiga, yo que he alargado hasta lo indecible el reemplazo de unos manípulos por otros en el principio del combate, dejando que mis mejores oficiales cayeran por mi ofuscación...

—Una ofuscación que nos ha llevado a la victoria y sólo tú luchaste contra Aníbal cuerpo a cuerpo y has sobrevivido para contarlo...

Pero Publio levantó la mano con un gesto de desdén, interrumpiendo a Lelio.

—Y casi me mata. Valiente excusa... y el caso es que, por todos los dioses, estoy exhausto... Lelio, estoy vencido, derrotado... no puedo más...

Lelio buscó algo donde sentarse y encontró un taburete junto a una de las paredes de tela de la tienda. Lo tomó con su mano derecha, lo situó frente al general y tomó asiento. La conversación iba a ser más larga de lo previsto y él también estaba agotado, pero no de la misma forma que Publio.

—No lo puedo entender... —El general empezó a hablar como un torrente—. Soy el más débil de entre todos los que han luchado hoy, el que menos ha combatido y el que necesita refugiarse en su cómoda tienda y encima los soldados me excusan... soy el que ha conducido a la muerte a los mejores tribunos, porque eran los mejores, los mejores oficiales de Roma, Lelio, los más leales y nadie me lo echa en cara, porque lo sabes, ¿no? Marcio, Terebelio, Digicio, Mario, Silano... todos muertos... todos. Y Valerio, Valerio acaba de morir en mis brazos hace una hora. Y ni un reproche. Los cartagineses reharán sus fuerzas y Aníbal, Aníbal regresará con un nuevo ejército. Estas legiones serán masacradas en África más tarde o más temprano. Estas legiones no estaban malditas. Ha sido mi mando el que las ha maldecido, Lelio.

Cayo Lelio le observaba intentando entender. Su mente, también exhausta, comenzó a encajar algunas piezas, pero empezó por lo más importante. Tenía que conseguir que Publio volviera a ver la realidad tal cual era.

—Aníbal no regresará. Esto no ha sido una victoria sin más. Hemos aniquilado... exterminado su ejército. Han caído treinta o cuarenta mil soldados al servicio de Cartago y Aníbal ha escapado con apenas un puñado de hombres. Cartago no tiene posibilidad de reunir ningún nuevo ejército, al menos, en bastantes meses, y para entonces ya será tarde. Y lo saben, Publio, lo saben. Nuestras bajas son unos siete mil, puede que algo más, pero dispones de veinte mil legionarios aptos para la lucha ya mismo, a tu mando, quizás haya que descontar algunos centenares de heridos, pero muchos de ellos recuperables. Y la caballería, la nuestra y la de Masinisa. Casi otros cinco mil más descontando heridos y muertos. Tienes dos legiones a tu mando que te seguirán adonde tú digas. Ellos, los cartagineses, no tienen nada y peor que eso: ya no tienen a Aníbal en Italia, por lo que ahora Roma te enviará todos los refuerzos que pidas. Después de lo que ha ocurrido hoy, nadie en el Senado, ni Catón, se atreverá a decir una sola palabra contra ti. Publio, Publio, despierta. Estás agotado, eso es evidente, y estás más agitado que nadie y te culpas por las muertes de tus oficiales que fallecieron luchando, cumpliendo con su deber, pero tu agotamiento es porque has hecho más que nadie. Tú has tenido que tomar las decisiones por todos, las vienes tomando desde que empezamos las campañas en Hispania y de eso hace más de siete años. Llevas todo este tiempo decidiendo cómo formar las legiones en cada batalla, sobre ti ha caído la responsabilidad de cada choque. Esta mañana, esta mañana, con los ochenta elefantes ante nosotros... si no es por tu estrategia estaríamos todos muertos —Lelio se levantó y señaló hacia la puerta del *praetorium*—, y eso, Publio, eso lo saben ellos, lo sabe cada uno de esos legionarios de la V y la VI y los oficiales y lo sabe hasta el rey Masinisa, que no sabe si odiarte o admirarte: todos saben que es por ti que están vivos los que están vivos, y los que están muertos han caído en la más épica de las batallas que ha luchado nunca Roma. ¡Publio Cornelio Escipión, despierta de tu pesadilla! ¡Has derrotado a Aníbal! ¡Has exterminado su ejército! Cartago estará de rodillas en unas horas, en cuanto las noticias de lo que aquí ha acontecido lleguen a oídos de su Senado y de su Consejo de Ancianos. Aceptarán todo lo que se les pida y, si no, sufrirán el asedio más terrible y más largo que recuerde la historia, y todo eso es por ti. Por eso tienes derecho a estar cansado y a descansar. ¿Te sientes culpable por la muerte de esos oficiales? Terebelio, Digicio, Mario, Marcio, todos ellos te siguieron por lealtad, como voluntarios se presentaron en tu propia casa cuando propusiste al Senado la campaña de África. Nadie les obligó y todos sabían a lo que se exponían. Ellos querían estar aquí hoy y son ya leyenda, Publio, son leyenda de Roma y lo son por ti, por haberte seguido hasta aquí. Y Cayo Valerio, Cayo Valerio era un centurión orgulloso y honrado injustamente desterrado y le has permitido recuperar tanto su orgullo como su honor de soldado y le has convertido en historia también. Los vecinos de su familia en Roma ya no escupirán a su mujer y a sus niños cuando se crucen con ellos en la calle, sino que se apartarán y les dejarán paso y considerarán un honor que cualquier miembro de la familia de Cayo Valerio les dirija siquiera una mirada. Publio, no has matado a nadie: ha sido esta guerra la que tanto dolor nos ha traído a todos la que los ha matado, pero su sacrificio ha conducido al final de la guerra misma. Cartago no tiene ya con qué luchar, porque tú has destruido a sus aliados, primero en Hispania y luego aquí en África; Sífax está preso, sus númidas masacrados, sus mercenarios riegan con su sangre la llanura y los veteranos de Aníbal están siendo pasados a cuchillo, uno a uno; Cartago, mañana al amanecer, sólo estará contando sus muertos. —Publio le miraba con los ojos abiertos—. Publio, eres procónsul de Roma, general en jefe de las legiones V y VI y eres el único magistrado de Roma que ha derrotado por completo a Aníbal en una batalla campal, el único que ha conquistado África. ¿Sabes cómo te llaman los soldados? —Publio negó con la cabeza—. Te llaman *Africanus*, el conquistador de África. Lo dicen mientras recogen heridos, mientras se acomodan en las tiendas para pasar la noche, mientras se organizan las guardias; pasaba junto a una de las hogueras que han encendido, porque ya da igual que los cartagineses sepan dónde acampamos porque no tienen ejército con el que atacarnos, así que encienden hogueras para preparar una cena caliente, y los oí hablar del general, de Escipión, de *Africanus*. Para esos hombres no eres ya un procónsul de Roma, o su general, ni siquiera creen ya que estés bendecido por los dioses, para esos miles y miles de legionarios eres tú mismo un dios. —Lelio volvió a señalar la puerta y en ese justo instante, desde el exterior, empezó a escucharse una enorme algarabía, un griterío que crecía y crecía sin parar, como una ola gigante en el océano, pero sólo se escuchaba una palabra: *¡Africanus, Africanus, Africanus...!* Lelio miró entonces hacia la puerta, igual que hizo Publio. El general se levantó despacio y pasó por delante de Lelio, que le imitó y le siguió hacia la entrada. Publio descubrió la cortina y salió al exterior. Lelio cruzó el umbral y se situó a su espalda. Todo alrededor del *praetorium* eran hogueras, decenas, centenares de ellas. Y a su alrededor millares de soldados de Roma, y todos gritaban aquella palabra sin cesar: *¡Africanus, Africanus, Africanus!* Los *lictores* se acercaron a Publio y le dieron un larga capa limpia, un *paludamentum* púrpura. Publio dejó que se lo ajustaran. Con la caída del sol refrescaba de forma sorprendente en aquella tierra desértica. Los *lictores* trajeron entonces antorchas y le escoltaron mientras empezaba a andar. Cayo Lelio observaba al general y a su enfervorizado ejército y pensó en qué lejos en el tiempo quedaba ya aquel jovenzuelo de diecisiete años que le confesara tener miedo a entrar en combate la noche previa a la batalla de Tesino. Ahora aquel muchacho se había convertido en el mayor general de Roma. Lelio recordó algo importante y acertó a comunicárselo al general antes de que se alejase.

—Por cierto, no todos han muerto, parece que Silano ha sobrevivido. Está herido, pero vivo.

Publio se volvió un momento para responder.

—Eso está bien, eso está bien. —Pero enseguida se alejó para pasear entre sus legionarios, que no dejaban de aclamarle. *¡Africanus, Africanus, Africanus!* Era su general, su cónsul y, tal como Lelio había anunciado, su dios.

93

La barca de Caronte

Zama,
madrugada del 20 de octubre del 202 a.C.

Esa misma noche Publio Cornelio Escipión ordenó que se trajeran frente al *praetorium* los cuerpos sin vida de sus tribunos y centuriones caídos. Así, diferentes grupos de legionarios de los diversos manípulos en los que habían servido aquellos oficiales excepcionales por su valor, trajeron a Lucio Marcio Septimio, Quinto Terebelio, Sexto Digicio, Mario Juvencio Tala y al *primus pilus* Cayo Valerio. Publio permaneció frente a los cuerpos mientras eran desvestidos y limpiados concienzudamente. Atilio, el médico de las legiones, cosió las heridas y limpió la sangre seca de los cadáveres. Luego Publio hizo traer togas blancas limpias y no dejó que fueran los esclavos, sino que ordenó a los propios legionarios que vistieran a cada tribuno, a cada centurión desnudo. Y los legionarios no se sintieron humillados, sino, muy al contrario, agradecidos de poder servir hasta el último instante a unos oficiales que por su coraje y destreza habían sabido conducirlos en la batalla para dejarlos allí ahora, vivos y victoriosos bajo el mando del mejor general del mundo. El único que había derrotado de forma brutal a Aníbal y sus ejércitos en la más grande de todas las batallas campales que ninguno de ellos pudiera traer a la memoria. Mientras tanto, dos manípulos de soldados trabajaban en levantar la más grande pila funeraria que ninguno de aquellos soldados hubiera visto antes. Trajeron leña acumulada para varios días y alzaron una montaña de más de seis metros de altura. Sobre la cumbre de aquella meseta de troncos y ramas secas, Publio ordenó que subieran los cuerpos limpios y entogados de sus oficiales muertos. Ordenó que cada oficial fuera dispuesto en lo alto del monte de leña con sus armas, sus *pila*, sus *gladios*, sus dagas y sus escudos. Incluso hizo que rebuscaran junto a los cadáveres de los elefantes para encontrar la lanza y la espada que Quinto Terebelio y Cayo Valerio habían usado para atacar a las gigantescas bestias que pusieron en peligro a las dos legiones. Y las armas se encontraron y se trajeron y se pusieron junto a los cadáveres. Y sobre los cuerpos de Terebelio y Digicio se pusieron además las *coronas murales* que ganaran al ser los primeros en conquistar las murallas de Cartago Nova, y encima del pecho de Cayo Valerio se dispusieron todos y cada uno de los *torques* y *faleras* que el veterano *primus pilus* había conquistado en el pasado. Publio Cornelio Escipión, procónsul *cum imperio* sobre las legiones de Roma en África, único general de la ciudad del Tíber o de cualquier otra ciudad o país que había sido capaz de destrozar a las tropas cartaginesas en África de forma absoluta, ascendió por un extremo de la montaña de leña donde los legionarios habían dejado una ruta con la pendiente más suave, hasta alcanzar lo alto de la pila funeraria. Luego fue moviéndose con tiento por entre los cuerpos, arrodillándose junto a cada uno, abriendo con cariño, con mimo, la boca de Lucio Marcio primero y, sacando de una pequeña bolsa una moneda de oro puro acuñada en Sagunto, la depositó entre los dientes del difunto. A continuación repitió la operación con Terebelio, con Digicio, con Mario y, para terminar, con Cayo Valerio. Aquellas monedas, unas de las mejores monedas de oro que se habían acuñado nunca, regalo de los saguntinos a Escipión por reconstruir su ciudad, las depositó en la boca de aquellos hombres sagrados para el corazón de Publio. No eran ya monedas, sino el óbolo necesario para que el dios Caronte permitiera a las almas de aquellos hombres cruzar el río Aqueronte en las entrañas de la tierra, para que de esa forma todos y cada uno de aquellos oficiales no quedaran sin culminar el tránsito entra la vida y la muerte, entre el reino de los vivos y el palacio del Hades en el Elíseo del inframundo. Publio Cornelio Escipión descendió despacio por el otro extremo de la montaña de leña y caminó hasta ubicarse frente al gran promontorio de incineración. Un *lictor* se aproximó y le dio una antorcha prendida en llamas que bailaban acariciadas por el viento nocturno. No había habido tiempo para una larga *deductio* por todo el campamento ni lo había para esperar varios días antes de la incineración, porque estaban en medio de la más feroz de las campañas militares y al amanecer tenían que estar preparados para cualquier movimiento que los cartagineses, en su completa desesperación, pudieran acometer. Era cierto que no tenían muchos recursos, pero Publio seguía desconfiando, sin creer que aquella batalla pudiera suponer la derrota final de Aníbal. Por eso había organizado aquella rápida pero fastuosa y espectacular incineración de sus más leales oficiales, pero se sentía, al mismo tiempo, mal consigo mismo por reducir la pompa de su entierro y por ello había ordenado levantar la mayor de las piras funerarias que hubieran visto jamás, y por eso había puesto en la boca de cada oficial muerto la mejor de las monedas de oro posible, pero aún había alguna costumbre que se podía cumplir y que debía cumplirse, por tradición, por respeto, porque sus oficiales muertos se lo habían ganado.

—¡Legionarios de la V y la VI! ¡Vuestros oficiales han muerto para daros la vida a vosotros y ahora correspondería a los familiares de los caídos proceder a la *conclamatio*, pero sus familiares están lejos de aquí, en Roma, y yo os digo que vosotros sois ahora su familia y como familia os conmino a que gritéis al viento de esta noche el nombre de cada uno de los caídos! ¡Gritad conmigo, gritad cada nombre! ¡Lucio Marcio Septimio!

Y miles de gargantas respondieron con toda su fuerza.

—¡Lucio Marcio Septimio! ¡Lucio Marcio Septimio! ¡Lucio Marcio Septimio!

Y sólo el viento les respondió. Marcio permaneció inmóvil, tendido sobre la inmensa pira funeraria. Y la misma *conclamatio* se repitió con los nombres de Quinto Terebelio, Sexto Digicio, Mario Juvencio y el mismísimo Cayo Valerio.

Publio deja de mirar a los legionarios y se vuelve hacia el promontorio de leña. Se pasa el dorso de la mano izquierda por los labios y las mejillas húmedas. Está llorando. Se agacha y acerca la antorcha a las ramas secas de la base impregnadas de pez. Las primeras ramas se encienden con furia y como un torbellino toda la pira funeraria arde por los cuatro costados. El procónsul debe retirarse varios pasos primero y luego retrocede, igual que lo hacen todos, hasta dejar casi treinta pasos de distancia entre él y la gigantesca pira funeraria en llamas. La hoguera es la mayor que nunca nadie de los allí presentes hubiera visto jamás. Algunos recuerdan cuando incendiaron los campamentos de Sífax y Giscón. Aquél fue un incendio mayor, pero compuesto de multitud de hogueras diferentes. Aquélla era la mayor fuente de luz y calor que nunca hubieran presenciado emergiendo de una única llama. Publio Cornelio Escipión vuelve a vociferar con toda su energía, gritando entre lágrimas que no se esfuerza en ocultar.

—¡Golpead vuestros escudos, golpead vuestros escudos con las espadas! ¡Quiero que Caronte se despierte, quiero que Caronte oiga el estruendo de nuestro dolor infinito, quiero que Caronte sienta respeto, incluso miedo de las almas de nuestros tribunos, de nuestros centuriones caídos en la más dura de las batallas! —Y los legionarios obedecieron y alrededor de la monumental hoguera se alzó un estruendo de golpes metálicos como no se había oído jamás, que ascendió por el aire y fue llevado por el viento hasta alcanzar millas de distancia. Y Publio levantó sus brazos en alto y elevó su voz por encima de aquel mar de ruido y se acercó a las llamas hasta que el calor clamoroso de la leña ardiendo le detuvo—. ¡Despierta, Caronte, despierta y lleva a nuestros hermanos hasta su descanso eterno! ¡Despierta, Caronte, y escucha nuestro dolor!

Aníbal se había detenido a varias millas del lugar del combate. Cabalgaba en dirección a Hadrumentum, pero había ordenado una breve parada para que los animales se repusieran y pudieran comer algo y abrevar para resistir la marcha que aún quedaba hasta llegar a la ciudad que había elegido como refugio tras la derrota. Un clamor lejano llegó a sus oídos y a los de sus hombres. Aníbal, al igual que todos, se volvió a mirar. En la lejanía de la noche oscura, se intuía un resplandor brillante justo allí donde habían luchado y por el aire parecía viajar un murmullo cargado de misterio que a los oídos de todos aquellos soldados resultaba ininteligible, para todos excepto para Aníbal.

—Entierran a sus muertos y lo hacen con honor —dijo el general de generales—. Eso les honra. Hemos sido derrotados, al menos, por un general y no por un villano. Es el único consuelo que nos queda... de momento. —Y no dijo más, pero se miró la mano en la que lucía los anillos de todos los cónsules romanos que había abatido en el campo de batalla. Era una colección que nadie más había podido lucir y que nadie más podría exhibir nunca. Aníbal apretó los dientes un momento y luego hizo una señal para que Maharbal se acercara. Los dos hombres hablaron en voz baja. Luego Maharbal desapareció a solas en medio del desierto mientras Aníbal y los caballeros de Cartago supervivientes al desastre de Zama montaban de nuevo sobre sus caballos y reemprendían en dirección a Hadrumentum la marcha más dura y más triste.

El viejo dios Caronte surcaba el pantano que el gran río Aqueronte, el río de la pena, creaba en torno al Hades, allí donde los muertos debían llegar si tenían con qué pagar el viaje. Caronte era quien decidía si la moneda que llevaban para pagar su tránsito era merecedora de navegar sobre las yertas aguas de la ciénaga del infierno o si, por el contrario, condenaba a las almas que no acertaran a satisfacer su codicia a un eterno vagar entre el mundo de los vivos y los muertos. Caronte, el hijo de Érebo y Nix, retornaba cansado y aburrido de su último viaje. Acababa de llevar a varios asesinos innobles al otro lado del pantano. Eran almas de miserables que terminarían en el tártaro infernal. Y malos pagadores de monedas de cobre que Caronte despreciaba. Se rió con asco de ellos cuando los dejó en el Asfódelos donde la bestia cancerbera se haría cargo de que sólo pudieran marchar hacia el tártaro y nunca hacia el Elíseo, preservado para las almas honestas, especialmente cuando el juicio implacable de Minos, Radamanto y Éaco, los tres jueces del inframundo, confirmara la sentencia de aquellas míseras almas. Estaba a medio camino, cuando le pareció escuchar algo. Un inmenso torrente de ruido descendía desde el reino de los vivos, un estruendo como no había escuchado desde la muerte de Eneas. Y le extrañó. Aceleró algo el ritmo de su navegación movido por la curiosidad. Su existencia era demasiado monótona y cualquier alteración era siempre vivida por su parte con cierto interés, siempre y cuando no supusiera un quebranto a las leyes que los dioses habían estipulado para el inframundo, como cuando Hércules entró a la fuerza, vivo, en el reino de los muertos, y regresó también vivo. Aquello le valió a Caronte un año de prisión decretado por las deidades, molestas por su ineficacia. De nada importó que Hércules fuera hijo del mismísimo Júpiter. Ninguna excusa le valió, y el castigo tuvo que ser cumplido. Desde aquello, las novedades le interesaban igual que, no podía evitarlo, recelaba de ellas. Caronte alcanzó al fin la costa del pantano donde se encontraban las almas de los recién difuntos. Allí esperaba un pequeño grupo de hombres, vestidos con togas blancas, pulcros, y repletos de armas y todo tipo de condecoraciones militares. Era allí donde el estruendo que descendía desde el reino de los vivos se transformaba en un extraño y poderoso clamor que despertó aún más la mente inquisitiva del anciano barquero del infierno. Bajó de su barca y, yendo de una a otra de aquellas almas, posó su arrugada mano en la boca de cada uno de los recién difuntos y de cada boca extrajo la más hermosa de las monedas de oro. Caronte se sintió satisfecho y sorprendido por la prevalencia de aquel estruendo que no dejaba de descender desde el lugar de donde provenían aquellos hombres muertos. Sin duda algo grande había ocurrido allá donde los vivos dirimían sus diferencias, algo que agitaba a miles de mortales y que no dejaba indiferente al resto de los dioses, que dejaban que aquel sonoro lamento de golpes extraños llegara a penetrar las mismísimas puertas del Hades.

—Éstos no son mortales comunes —se dijo Caronte, mientras acercaba su barca hasta la mismísima arena de la playa del lago y dejaba que cada uno de aquellos hombres ascendiera a su embarcación. Eran cinco. Cinco senadores de Roma o quizá cinco de sus oficiales en el campo de batalla. Muchos muertos habían llegado de Roma en los últimos años, pero pocos que hubieran levantado aquel clamor entre los vivos y pocos que se condujeran con el orgullo y la serenidad con la que lo hacían aquellos hombres envueltos en sus togas blancas y armados con sus espadas y lanzas. Eran un grupo temible y Caronte no tenía duda que su deber era el de conducirlos con celeridad en un rápido tránsito por el río Aqueronte hasta alcanzar la otra playa donde dejar a aquellas almas que, sin duda, debían seguir camino del Elíseo.

Caronte aún se sorprendió más cuando las en ocasiones embravecidas aguas del pantano se calmaron por completo al cargar aquellas almas en su barca. El anciano barquero que todo lo había visto se mostró algo perplejo y decidió seguir con su cometido en silencio sin atreverse siquiera a preguntar a los difuntos, como hacía en otras ocasiones, nada sobre su origen o sobre la causa de su muerte. Estaba intrigado, pero el porte y la dignidad de aquellos espíritus transeúntes le conminaban a guardar un prudente silencio. Así Caronte, sin saberlo, transportó las almas de Lucio Marcio Septimio, Quinto Terebelio, Sexto Digicio, Mario Juvencio y Cayo Valerio, por el pantano que separa a los vivos de los muertos. Su asombro era creciente, pues estaba acostumbrado a transportar almas tensas, con miradas nerviosas que intentaban escrutar su destino entre los vapores impenetrables de la ciénaga infernal. Sin embargo, aquellos espíritus transmitían una extraña sensación de paz. A medio camino, Caronte ya había forjado su opinión y no dejaba de mirar con admiración y respeto a aquellas cinco almas que navegaban con un orgullo inédito rumbo al infierno, con un porte y una templanza sólo propia de los héroes.

94

El anillo consular

Zama,
20 de octubre del 202 a.C.

Campamento general romano en Zama

Al amanecer, bien temprano, tras un frugal rancho de gachas de trigo en leche de cabra y algo de pan y agua, el general estaba en el *praetorium* junto con Cayo Lelio, un encogido Silano reclinado en una butaca por las heridas de las que intentaba recuperarse, un magnífico aunque siempre distante Masinisa, rey ya de toda Numidia, y los centuriones de segundo rango ante la ausencia de los tribunos y los *primus pilus* de la V y la VI. Publio, sorprendentemente restablecido en sus energías y dotes de mando, estaba dando las instrucciones necesarias para organizar la marcha de las legiones hacia Útica, donde podrían recuperarse de la batalla y esperar más refuerzos y provisiones, al tiempo que se enviarían mensajeros a Cartago no ya para negociar, sino simplemente informar de cuáles eran las condiciones de paz que Roma imponía. En ese momento, Marco, el más veterano de los *lictores*, entró en la tienda.

—¿Y bien? —preguntó el general.

—Ha llegado un mensajero.

—¿De Cartago? —inquirió el general con el ceño fruncido. Era demasiado pronto como para que las noticias hubieran llegado y los senadores de Cartago hubieran tenido tiempo de decidir algo.

—No, de Hadrumentum. Es un mensajero de Aníbal. Parece que es allí donde se va a refugiar el general cartaginés.

—¿De Aníbal? —Publio Cornelio Escipión separó sus manos de los mapas que había estado consultando y se sentó en su *sella curulis*, frente a la mesa—. Que pase.

Un caballero púnico, con uniforme y presencia militar, pero con sus ropas, brazos y piernas cubiertos por sangre seca, igual que su poblada barba y su casco polvoriento, entró mirando a uno y otro lado, pasando entre los centuriones del ejército con el que había estado luchando el día anterior. Los romanos, toda vez que lo capturaron en las proximadades de la llanura, respetaron su vida, porque no dejó de gritar que lo enviaba Aníbal para hablar con el general romano y había algo en su voz que imponía no sólo respeto, sino miedo, en los romanos que le rodearon, por lo que los legionarios se limitaron a desarmarlo y pasearle por entre todos los muertos de sus compatriotas y mercenarios de su Estado, de modo que cuando aquel que se decía mensajero de Aníbal, si se marchaba de allí con vida, sólo pudiera contar a Aníbal y a todos los cartagineses que allí no quedaba un solo soldado de Cartago con vida.

—Habla, oficial de Cartago, te escucho —dijo Publio, sin saber muy bien a qué obedecía aquella visita. El caballero cartaginés no dijo nada, sino que rebuscó bajo sus ropas con cuidado de no levantar las suspicacias de los centuriones y demás oficiales romanos, y sacó un pequeño paño de tela que, muy despacio, acercó hasta la mesa del general y lo depositó sobre los mapas.

—Esto es de Aníbal —dijo el cartaginés en un griego bastante correcto—. Mi general dice que una promesa es una promesa, incluso si ésta es una promesa al mayor de sus enemigos.

Publio se incorporó en su butaca y tomó el paño de tela entre sus manos. Lo abrió con tiento y, al separar los diferentes pliegues de aquel tejido, ante sus ojos emergió un anillo dorado: el anillo consular de oro puro de Emilio Paulo, su suegro, abatido por las tropas cartaginesas en la batalla de Cannae. Publio lo tomó con cuidado con su mano izquierda y lo depositó en la palma de su mano derecha, que cerró con fuerza, como si estrechara la mano de un ser querido que no veía hacía mucho tiempo.

—¿Y los otros anillos? —preguntó el general.

El oficial cartaginés se retiró un poco dando un paso atrás. Temía esa pregunta.

—Aníbal dice que... —empezó pero no se atrevía a seguir.

—Habla, cartaginés. Eres un mensajero y me has traído algo muy preciado para mí. Tu vida será respetada. Dime lo que ha dicho Aníbal. Quiero saberlo, quiero escucharlo.

El oficial tragó saliva. Le gustaría poder quitarse el casco. El sol ya había salido y estaba calentando la tienda con intensidad. Empezó a sudar.

—Aníbal ha dicho que los otros anillos son suyos por ley de guerra y que si Roma los quiere Roma tendrá que arrebatárselos, y eso Roma sólo lo podrá hacer de su cuerpo muerto.

Todos contuvieron la respiración, empezando por el propio oficial púnico, firme en medio del *praetorium*, pero Publio sonrió y todos parecieron relajarse un poco.

—Dile a Aníbal que esos anillos pertenecen a Roma y que Roma los recuperará un día, de su cuerpo muerto o apresado, pero es cierto que sólo dijo que si quería recuperar este anillo debía derrotarle en el campo de batalla y no se refirió a los demás anillos, eso es cierto, como lo es también que Aníbal ha cumplido su promesa, lo cual me ha impresionado. —Y continuó dirigiéndose a Marco—. Ahora que acompañen a este hombre a un lugar tranquilo donde pueda comer y beber sin ser molestado. Es un guerrero como nosotros y a la luz de su apariencia luchó con vigor ayer; luego, que se le proporcione una escolta que lo lleve hasta las cercanías de Hadrumentum o de Cartago, donde él os diga, y allí dejadlo libre.

El oficial cartaginés iba a dar media vuelta, el cónsul romano ya se había vuelto a levantar y volvía a contemplar los mapas, pero antes el caballero púnico se atrevió a añadir algo.

—Gracias, general.

Publio Cornelio Escipión levantó la mirada de la mesa y se irguió por completo. El oficial púnico ya se retiraba escoltado por Marco y el resto de los *lictores* cuando el general hizo una pregunta.

—¿Y cuál es tu nombre, cartaginés?

El aludido volvió a girarse para quedar de nuevo frente al procónsul.

—Maharbal, procónsul de Roma, mi nombre es Maharbal.

Todos estaban sorprendidos, porque era la primera vez que oían a un oficial cartaginés dirigiéndose a un general romano reconociendo su rango. La conversación continuó.

—¿Y cuál es tu rango, oficial? —preguntó Publio con curiosidad—. Debes de ser alguien importante para que Aníbal te confíe un mensaje privado como el que me has traído.

—Soy su jefe de caballería, general.

—Entiendo. —Publio meditó un momento—. Resististeis con vehemencia ayer, pese a estar en clara inferioridad numérica frente a mis jinetes.

—Hice lo que pude. Hice lo que me ordenaron.

—Y tu resistencia casi consigue una nueva victoria para Aníbal.

—Me faltaron hombres, general. De hecho, Aníbal está convencido de que si hubiera tenido más jinetes, él sería quien habría derrotado al procónsul.

—Pero tenía los elefantes y yo no —replicó Publio—. Aníbal ha sido derrotado porque yo he planteado mejor la batalla y mis hombres han luchado con coraje.

Maharbal tenía argumentos para rebatir la afirmación del general romano, pero no quiso continuar aquel debate ni forzar su suerte. El propio procónsul pareció también ceder un poco.

—En todo caso, es indudable que no faltó valor entre los cartagineses —comentó Publio mirándole fijamente. Maharbal sostuvo la mirada. El general apostilló una última frase—. Es una lástima que no seas romano.

Maharbal sonrió y el general le respondió con un ligero cabeceo de asentimiento. Luego el oficial cartaginés se retiró y salió de la tienda. En el exterior, Marco se dirigió a él de nuevo. Maharbal detectó cierto tono de respeto.

—Ven. Te daremos buena comida y bebida. Luego, como ha ordenado el procónsul, te escoltaremos hasta donde digas.

Maharbal asintió y ambos hombres desaparecieron entre una gran cantidad de legionarios que se estaba congregando con ánimo de escupir e insultar al oficial cartaginés, pero cuando se cruzaban con la firme mirada de Marco, el *proximus lictor* del procónsul, todos callaban y nadie decía nada.

En el interior del *praetorium*, Publio continuaba con sus instrucciones a sus oficiales, pero su mano derecha la mantenía cerrada, a su espalda, apretando con fuerza el anillo consular de Emilio Paulo.

Hadrumentum

Aníbal escuchó el relato de Maharbal con interés, en especial cuando su jefe de caballería repitió las palabras de Publio Cornelio Escipión en las que insistía que había vencido por haber planteado mejor la batalla que el propio Aníbal.

—Así que, después de todo, es vanidoso —comentó el general cartaginés con una sonrisa extraña—. Noble, pero vanidoso. Deberá tener cuidado el general romano. La vanidad en Roma crea muchos enemigos... —Y Aníbal se puso serio antes de continuar; le dolía que el procónsul de Roma no hubiera admitido que la falta de caballería en el bando de Cartago había sido crucial—. Y no, no debería vanagloriarse de haberme derrotado, pues eso alimenta en mí algo que creía olvidado.

Maharbal le miró confuso.

—Las ansias de venganza —sentenció Aníbal—. No ahora, no en mucho tiempo, pero la vida es larga y quizás alguna vez, en algún momento, en algún lugar, tenga en mi mano la herramienta con la que causar una derrota a ese Escipión mucho más dura y fatal que la que él me ha infligido a mí. No, no hace bien en vanagloriarse de mi derrota. —Y lo repitió una vez más, como grabándose en la memoria aquellas palabras para recordarlas bien en el futuro—. No, no hace bien. No hace bien. Todos terminamos siendo vulnerables alguna vez. Todos.

95

El final de una guerra

Cartago, noviembre del 202 a.C.

Aníbal llegó a las puertas de Cartago en la muralla del istmo bordeando el lago de Tynes en el sur. Llegaba arropado por sus más fieles oficiales. Maharbal cabalgaba junto a él y, al igual que el resto, iba cabizbajo. Todos tenían aún manchas de sangre en sus uniformes. La estancia en Hadrumentum no había servido ni para recuperar la moral ni para reequiparse con nuevas ropas. Sólo para guarecerse de las crecidas y envalentonadas «legiones malditas». Al abrirse las puertas de la ciudad, Aníbal desmontó.

—Iremos andando. Tengo ganas de dar un paseo —dijo mirando a Maharbal. Éste asintió e imitó a su general y lo mismo hicieron el resto de los oficiales y soldados que le acompañaban.

Eran unos doscientos guerreros, la mayoría cartagineses y africanos, leales a los Barca desde tiempos de su padre Amílcar. Habían combatido con aquel primero y luego con su hijo Aníbal en Hispania, la Galia, Italia y ahora en África, compartiendo las más espectaculares victorias y las más dolorosas derrotas. Siempre con Aníbal, allí donde él decía que se debía acudir, aquellos hombres le seguían, como ahora lo hacían en la más dura de las retiradas, en su propia patria, con los romanos siguiéndoles los talones, tras haber perdido todo un ejército apenas a un par de días de marcha de Cartago. Entraron en la ciudad por la puerta de Thapsus y, a buen paso, cruzaron la urbe desde la muralla del istmo hasta el puerto comercial y luego la impresionante bahía militar semicircular de Cartago. Dejando a sus espaldas el monte Tofet, alcanzaron la gran plaza del ágora, a los pies de la colina Byrsa, donde se levantaba el Senado de Cartago.

El edificio donde se reunía el Senado de la ciudad estaba custodiado por un centenar de soldados púnicos. Aníbal los miró y sacudió la cabeza. Eran jovenzuelos inexpertos incapaces ni siquiera de sostener las lanzas rectas. Estaban orgullosos pero también asustados. El general los veía con los ojos nerviosos fijos en las corazas ensangrentadas de sus veteranos. Aníbal empezó a ascender por la escalinata seguido por sus guerreros. Una docena de aquellos jóvenes guardias se interpuso ante el general justo frente a las grandes puertas de bronce que daban acceso a la sala donde permanecía reunido el Senado de la ciudad. Aníbal se detuvo. Escuchó cómo sus hombres desenvainaban las espadas; entonces levantó su brazo derecho y todos sus veteranos volvieron a envainar las armas. Los jóvenes guardias del Senado apretaron los labios. Sudaban. Había un silencio tenso. Aníbal no tenía prisa por hablar. Al fin, uno de los jóvenes centinelas se decidió a dirigirse a él.

—El Senado de Cartago está reunido. Nadie puede entrar.

Los doce guardias mantuvieron su posición frente al gran general púnico. Aníbal respiró un par de veces, con calma, en sosiego. Los malos momentos los había pasado en el desenlace de la batalla. Ahora vivía en una calma fría que en situaciones tensas le hacía moverse despacio, hablar despacio, respirar despacio.

—¿Tú sabes quién soy yo, soldado? —preguntó Aníbal.

El aludido asintió un par de veces antes de responder.

—Aníbal Barca.

—Bien. Pues ahora apártate y preserva tu sangre para derramarla por la patria, pues tu patria pronto te lo pedirá. —Y antes de que el guerrero pudiera reaccionar, lo apartó con su poderoso brazo derecho, haciéndolo a un lado y alcanzando así las puertas de bronce. El resto de sus hombres le imitó y en un par de segundos los jóvenes guardias rodaban por las escaleras. Aníbal y Maharbal empujaron las pesadas puertas del Senado de Cartago y éstas cedieron a su fuerza. Las bisagras chirriaron como si de ratas asustadas se tratara. La luz iluminó una amplia estancia en penumbra y de entre las sombras empezaron a dibujarse las siluetas de decenas de senadores sentados a ambos lados de aquella gran sala. Aníbal miró hacia atrás y sus hombres comprendieron. Sólo el general y Maharbal cruzaron el umbral. Ambos pasearon con lentitud entre los sorprendidos senadores de Cartago hasta detenerse al fondo de la estancia, frente a dos hombres de mayor edad, sentados en dos grandes butacas de piedra. Los sufetes. Uno de ellos, el más anciano, grueso, pesado y lento se alzó indignado.

—¡Por Baal, nadie puede interrumpir una sesión del Senado de Cartago! ¿Cómo te atreves?

—Vengo a informar al Senado de una derrota importante —respondió Aníbal sin enfado, sin alegría, casi sin sentimiento.

—Que has sido derrotado en Zama es algo que ya sabemos. Ahora debemos decidir cómo continuar la lucha, cómo defender la ciudad, así que sal de aquí y espera órdenes —replicó el sufete. Aníbal vio cómo sudaba por las sienes. Hablar debía de ser ya en sí un gran esfuerzo físico para aquel obeso gobernante. El general cartaginés no se movió del lugar que ocupaba en medio del edificio del Senado de Cartago. Maharbal, sin embargo, había iniciado un prudente retroceso que refrenó al escuchar de nuevo la voz de su general, pero no podía evitar sentirse incómodo enfrentándose al Senado de su ciudad.

—¿Seguir la lucha? —preguntó Aníbal en tono normal al sufete, y luego repitió la pregunta elevando la voz y dirigiéndose a todos los senadores—. ¿Seguir la lucha? ¡Por Baal y Tanit y todos los dioses! ¿Cómo, con qué ejército, con qué generales?

El sufete comprendió que Aníbal no sería persuadido a salir con una simple orden. Como hábil político, decidió cambiar de estrategia y ganarse el favor del general, llevarlo a su terreno, al menos en aquella situación. Luego, ya se vería. Ya se vería.

—Tenemos todo el dinero del mundo, oro y plata; en Cartago hay jóvenes dispuestos a luchar y el oro y la plata atraerán a mercenarios a nuestras filas. Tenemos barcos, una poderosa flota. Cartago es fuerte y... y... y tenemos el mejor general. Tenemos a Aníbal.

Aníbal se volvió de nuevo hacia él. Sonrió con despecho.

—¿Tenéis dinero?

—Sí —reafirmó el sufete con seguridad—. Todo el que haga falta.

—Y tenéis jóvenes dispuestos a luchar, como los guardias de las puertas del Senado, ¿es eso lo que me dice el sufete de Cartago?

—Así es.

—Y barcos —repetía Aníbal.

—Sí. La lucha puede seguir.

Aníbal le dio la espalda, puso los brazos en jarras y suspiró. Por un breve instante estuvo a punto de atravesar con su espada a uno de los sufetes de Cartago. Por respeto a la memoria de su padre, siempre fiel a las instituciones y a su lenta y complicada forma de gobierno, se contuvo. Con parsimonia se giró de nuevo hacia el sufete y le habló con decisión pero con una voz vibrante que no podía ocultar su emoción.

—¿Y teniendo dinero, no me enviasteis el suficiente para satisfacer las pagas de mis hombres en Italia, y teniendo barcos no me proporcionasteis bastantes transportes para traer todo mi ejército a África? Unos barcos más, unos barcos más y habría podido embarcar a todos mis veteranos, los mejores guerreros del mundo, los más fieles, los más feroces en el campo de batalla; tuve que licenciar a centenares, a miles allí, abandonarlos a su suerte, para que fueran devorados por las legiones de Roma y su venganza. Unos barcos más, unos pocos barcos más y habría podido embarcar toda mi caballería y, sin embargo, tuve que sacrificar a centenares de caballos porque no tenía suficiente espacio en las bodegas de los transportes que me enviasteis. Y en Zama he perdido porque la caballería de nuestro enemigo era más numerosa. Unos pocos barcos más y habríamos derrotado entre todos al general romano que ahora es dueño y señor de África. —Hizo una pausa; el sufete fue a decir algo, pero Aníbal, mirando al suelo, levantó su mano y el sufete se detuvo sin atreverse a decir nada. Aníbal continuó con su discurso moviéndose por toda la sala, bajo la atenta mirada de todos los senadores de Cartago—. ¿Seguir la lucha? Dices que tenéis jóvenes dispuestos a continuar la lucha. Si son como los guardias de las puertas del Senado Escipión los tomará como desayuno y luego vendrá a por vosotros como postre. Un ejército no se forja de un día para otro. Yo tenía las mejores fuerzas del mundo en Italia, pero ni me disteis los suficientes suministros ni el suficiente dinero para tener satisfechos a mis mercenarios. Tenía que combatir y al mismo tiempo autoabastecerme en gran medida y ahora resulta que aquí hay todo el dinero del mundo; pues escuchadme bien, escuchadme muy bien todos y atended al significado de mis palabras: ya es tarde. ¡Es tarde! ¡Tarde, tarde, tarde! Publio Cornelio Escipión ha forjado su propio ejército con veteranos de sus campañas en Hispania, con veteranos de la guerra de Italia, con los que ha conseguido victorias en Hispania, la propia Italia y ahora aquí en África. Esos jovenzuelos que tenéis apostados como centinelas por las murallas de nuestra ciudad no son enemigo para esas legiones. Los legionarios de Escipión han resistido una carga de ochenta elefantes en estampida, por todos los dioses, ochenta elefantes, ¿entendéis bien lo que os digo? Han masacrado vuestras nuevas levas y sólo han cedido terreno ante mis veteranos, pero claro, si no tengo suficiente caballería para guardar mis flancos, porque mis caballos yacen sacrificados por vuestra avaricia en las costas del sur de Italia, yo solo no me basto para detener a la caballería romana y númida. Y dices que tenéis el mejor general. —Aníbal volvió a sonreír lacónicamente—. Eso son halagos tardíos también. Vuestro Aníbal no tiene ejército y los romanos, además de su ejército, han encontrado en Publio Cornelio Escipión su propio Aníbal. Y me decís que podemos recurrir a más mercenarios. ¿Dónde, pregunto yo? En dos años de campañas, Escipión ha arrasado a todas nuestras tribus y poblaciones aliadas y nuestro gran aliado, el rey Sífax, está expuesto, cubierto de cadenas frente a la tienda del general romano. Son los romanos los que ahora, por medio del maessyli Masinisa dominan y controlan Numidia. Y no sólo eso. Incluso si conseguimos traer alguna ayuda de Hispania o de Grecia o de Asia o de donde sea, Aníbal ya no está en Italia y, sin mí acosándoles allí, ya no tienen motivo para no desplazar a África a todas sus legiones. Y son muchas, más de dos decenas. Y no veo qué fuerza podamos reunir ahora para oponernos a la potencia descontrolada de la venganza de Roma. Sólo nos resta una salida. —Aníbal ignoraba al sufete y sólo se dirigía ya a los senadores—. Sólo os resta negociar una paz lo menos dolorosa y humillante posible para salvar la ciudad. Luego el tiempo deberá ser, una vez más, nuestro aliado. Habéis de negociar una paz que nos dé una posibilidad en el futuro. Ahora ya no se puede luchar. No se puede luchar.

El sufete dio un par de pasos y se puso junto a Aníbal. Estaba especialmente indignado por que Aníbal hubiera decidido ignorarle mientras terminaba su discurso.

—Pues debes luchar y harás lo que el Senado de Cartago te ordene.

Aníbal se volvió hacia él.

—Lo he hecho durante dieciséis años, he perdido a mis dos hermanos en el campo de batalla y no he conseguido la victoria. Quizá la estrategia del Senado no sea la mejor para derrotar a Roma.

—No importa lo que pienses. Eres un general y debes lealtad a este Senado y harás lo que el Senado te ordene.

Aníbal, en pie, bajó la cabeza y negó un par de veces antes de volver a hablar sin mirar a nadie. Era como si, más que contestar, hablara consigo mismo.

—No, gran sufete de Cartago, no. Aníbal está cansado. Estoy cansado. Primero todas las campañas en Hispania para conquistar un imperio que luego Cartago no supo mantener y después dieciséis años luchando contra las legiones y los cónsules de Roma. No. Estoy cansado. No tengo ejército y no hay propósito en continuar la contienda. Aníbal, gran sufete, se va a descansar. —Y les dio la espalda a todos y se encaminó algo abatido, pero con paso decidido, hacia las puertas abiertas donde sus hombres le esperaban ansiosos.

—¡Detente, Aníbal! —le espetó con furia el sufete—. ¡Debes luchar!

Y Aníbal se detuvo. Dio media vuelta y retornó sobre sus pasos. Maharbal vio cómo Aníbal desenvainaba su espada y temió que el general se condenara allí mismo ante todos los senadores de Cartago. Fue a intervenir, pero el veterano general era ágil como una gacela y para cuando el jefe de la caballería púnica quiso moverse, Aníbal ya estaba con la espada en ristre frente al sufete. El gobernante caminaba hacia atrás sin dar crédito a lo que estaba sucediendo. Tropezó al retroceder y cayó al suelo. Los senadores se levantaron de sus asientos. Aníbal se abalanzó sobre el sufete, estiró el brazo izquierdo y ayudó a levantarse al grueso y horrorizado sufete. A continuación lanzó su espada al aire, ésta giró y Aníbal la tomó por la punta acercando él la empuñadura hacia el sufete, que no entendía lo que sucedía.

—Aníbal no piensa luchar —dijo el gran general ofreciendo su espada por el mango—, pero aquí tienes mi arma. Es una buena espada. Quizá te ayude. Ha matado a muchos romanos, incluso cónsules. Quizás encuentres en ella la capacidad para enfrentarte a los romanos, aunque lo dudo. No retrocedas más. Tómala. Tómala. —El sufete cogió la empuñadura y Aníbal soltó el arma. El peso de la espada, inesperado para el nervioso sufete, hizo que ésta cayera al suelo resonando con un golpe metálico por toda la sala—. Vaya, por todos los dioses —continuó Aníbal sonriendo—, quizá la espada pesa demasiado para nuestro gran sufete. Es una auténtica lástima. Combatir es fácil, mentecato, es fácil cuando uno está en su propia casa, engordando con festines y banquetes, pero cuando se trata de blandir una espada, las cosas son algo diferentes; pero no es tan complicado, pequeño y gordo sufete de Cartago: basta con esgrimir la espada de uno con más fuerza que el odio del enemigo, basta con blandir la espada con más agilidad, basta con usar la espada con más rapidez. Eso es todo lo que tienes, lo que tenéis que hacer. Yo, ahora, me retiro a mi casa a descansar. —Y Aníbal se dio media vuelta y no parecía ya que ningún senador fuera a interponerse en su camino, cuando de entre las sombras emergió la figura del general Giscón que, en calidad de senador de Cartago, había acudido a aquella sesión. Aníbal, al verle, se detuvo, sin ocultar su sorpresa.

—¡Y por Baal, aquí está el general Giscón! Te felicito, general, éste es sin duda un buen lugar donde esconderse.

Giscón se situó frente a Aníbal.

—Debes escuchar a los sufetes, al Senado, Aníbal, y obedecer y luchar y...

—Yo no recibo más órdenes estúpidas —le interrumpió Aníbal visiblemente enojado—. Y tampoco voy a escuchar a un mal general que perdió primero Hispania y luego África y que lo único que ha sabido hacer es vender a su hija para conseguir poder, un padre que fue tan inútil que hasta eligió mal a la hora de entregar a su hija. —Y Aníbal se acercó hasta poner su frente junto al agrio y torcido rostro de su interlocutor—. Giscón, debiste casar a tu preciosa hija con Masinisa y no con Sífax. Hasta en eso Escipión supo elegir mejor.

Giscón, humillado, quedó sin palabras y no reaccionó cuando Aníbal reemprendió la marcha hacia las puertas del Senado. No había esperado ese ataque tan mordaz y despectivo. Aunque quizá no fuera ni el mejor general ni el mejor padre, había sentido la muerte de su hija y su aflicción le reconcomía las entrañas. Fue allí mismo, en ese mismo instante, cuando juró vengarse de Aníbal. Los romanos ya no importaban.

Al salir, descendiendo las escaleras del edificio del Senado, Aníbal habló a Maharbal en voz baja.

—Vamos a mi casa. Voy a descansar. Allí pueden pernoctar los oficiales y tú ocúpate de que los veteranos tengan alojamiento adecuado en la ciudad, ¿lo harás?

—Por supuesto, mi general.

—Bien, ah, y procúrame otra espada. En esta ciudad de ladrones no es sensato moverse desarmado.

Maharbal reclamó un arma para el general y varios veteranos ofrecieron la suya. Aníbal tomó un *gladio* de doble filo que le ofrecía un ibero y el hispano se llenó de orgullo. El regimiento de ensangrentados soldados púnicos y mercenarios desapareció por las calles de Cartago en dirección a la residencia de los Barca.

96

El mayor general de Roma

Roma, noviembre del 202 a.C.

El foro de Roma era un hervidero de gentes que corrían de una parte a otra transmitiendo la noticia de la derrota de Aníbal. Los mercaderes descendían por el *Argiletum* y las estrechas calles entre el *Macellum* y las *tabernae novae*. Hasta los sacerdotes habían venido desde los más apartados templos de la ciudad para confirmar que el gran enemigo de Roma había sido derrotado definitivamente. Sólo las vestales del templo de Vesta permanecían en su lugar, preservando la llama sagrada de la diosa. Miles de personas ascendían por el *Vicus Jugarius* desde el mercado de verduras próximo al Tíber y por el *Viscus Tuscus* accedían al foro los que venían desde el mercado del ganado en el *Foro Boario* y también llegaba una muchedumbre por el *Clivus Argentarius* pasando entre la prisión y el *Comitium* para alcanzar así el entonces abarrotado foro de la ciudad. Los senadores confirmaban la noticia a cuantos se atrevían a preguntarles y pronto la felicidad más intensa se esparció por todos los vericuetos de la ciudad latina, capital ahora de un floreciente imperio que extendía sus dominios desde Hispania hasta Italia, desde las fronteras del norte con ligures y galos, hasta la mismísima costa de África, pasando por el dominio sobre las grandes islas del Mediterráneo como Sicilia y Cerdeña y los asentamientos en la costa griega del Adriático. Y todo eso con el mayor enemigo de la ciudad derrotado por el que todos ya aclamaban como el mayor general de Roma: Publio Cornelio Escipión. Un *triunfo*. Sí. Un *triunfo* deslumbrante es lo que merecía aquel procónsul que los había liberado del yugo de Aníbal, después de dieciséis años de guerra, años interminables plagados de esfuerzos, dolor y sufrimientos. Escipión llevó la guerra a África y África reclamó a Aníbal, tal y como había predicho Escipión en el Senado de Roma, y luego en África, con las «legiones malditas», con las legiones V y VI, con las legiones despreciadas por todos, ese mismo general Publio Cornelio Escipión había derrotado al mismísimo Aníbal. Elefantes. ¿Ochenta, cien, mil? Las cifras se exageraban o se invertían. ¿Cuántas bajas? ¿Cincuenta mil cartagineses? ¿Cien mil? Y pocos romanos muertos. Cartago sin ejército, con la flota refugiada en su bahía, con Escipión acechando, preparando el asedio final o negociando una rendición incondicional. No había dudas para nadie: Publio Cornelio Escipión era el mayor general de Roma, el mejor, el más hábil, el más poderoso. No había dudas para nadie, esto es, para prácticamente nadie.

Marco Porcio Catón se retiraba del foro ensimismado, rodeado de una pléyade de ex gladiadores, contratados como guardaespaldas, que se abrían camino entre la multitud a empellones. Iba de regreso a su austera casa, donde refugiarse de aquella locura que se había apoderado de la ciudad, pero de camino decidió que aquello no sería suficiente para escapar de aquel gentío y sus gritos. Un carro le esperaba en el *Argiletum* y con él cruzó por en medio de aquel loco bullicio de Roma y no se detuvo un instante hasta salir de la ciudad y llegar a la antigua villa de su mentor Quinto Fabio Máximo, a quien el Senado había decidido aquella misma mañana concederle una corona *post mortem* en recuerdo por su gran labor y lucha durante los años en que defendió a la ciudad de Aníbal, pero ¿recordaban a Máximo en el foro de Roma? No. Nadie tenía un instante para rememorar al que fue el más grande de todos, al que todos volvieron sus ojos cuando Aníbal estaba a las mismísimas puertas de Roma cabalgando con sus jinetes númidas, paseándose por las murallas, desafiándolos a todos, cuando todos se escondían asustados, como gallinas, incluido el Escipión al que tanto alababan, todos escondidos, excepto Fabio Máximo. ¿Y ahora? Todo era Escipión, Publio Cornelio Escipión. Cuánta razón tenía Máximo en sus últimas palabras. Hasta aquel día en que toda Roma se llenaba la boca con el nombre de aquel joven vanidoso procónsul, Catón no había llegado a comprender el auténtico alcance de las ominosas palabras de Máximo en el momento de su muerte: Escipión, el mayor enemigo de Roma.

Catón entró en el recinto vallado de la villa de Máximo, en la que le estaba permitido entrar por deseo expreso de su antiguo dueño y allí buscó algo de paz, un poco de silencio en el que encontrar la fórmula para devolver la razón a Roma y evitar que el Estado se perdiera en manos de un pueblo hechizado por un general afortunado y manipulador. Un esclavo recibió a Catón a la entrada de la villa. Sólo quedaban los esclavos, pues había vendido todas las esclavas. Cuantas menos mujeres en el servicio mejor. Además, fue un buen negocio. Especialmente en el caso de la venta de las dos esclavas egipcias por las que sus intermediarios obtuvieron unas sorprendentes ofertas en el mercado de esclavos. Eso no le importaba. El dinero que obtuvo por la venta, sí. Allá cada uno con la forma de gastarse el dinero. Marco Porcio Catón sacudía la cabeza de un lado a otro. Debía buscar esposa, una joven matrona romana, decente y casta con la que desposarse y dar ejemplo a una cada vez más caótica ciudad sumida en el delirio colectivo, pero no era sencillo encontrar una joven discreta en aquellos tiempos de constante cambio y creciente influencia extranjerizante. Escipión, Escipión, Escipión. Como si ése hubiera sido el único general de aquella larga guerra. El esclavo se acercó para retirar la toga a su amo y ofrecerle una bacinilla con agua para lavarse y quitarse el polvo del camino. Mientras su señor se echaba agua por los brazos, el esclavo tuvo el atrevimiento de hacer una pregunta.

—¿Es cierto, mi amo, que Roma está salvada?

Marco Porcio Catón se sacudió el agua con frenesí, como si al mismo tiempo quisiera sacurdirse no ya el polvo sino los gritos y el tumulto de toda la ciudad.

—No —respondió con furia—. Roma está más en peligro que nunca. Sólo que los muy imbéciles no lo saben, pero yo lo solucionaré; lo prometí y lo haré. —Y se alejó, soltando una carcajada hueca y tenebrosa, dejando al esclavo con la bacinilla llena de agua sucia, la boca abierta y su mente confusa.

97

El rescate de un amigo

Roma, noviembre del 202 a.C.

Plauto se llevó un paño húmedo a la boca y la nariz. El aire era infecto, mucho más que en su última visita a la prisión de Roma. Debía de ser por el calor de aquel extraño y húmedo otoño de días bochornosos. Las paredes de la gruta rezumaban agua sucia procedente de la *Cloaca Máxima* de la ciudad, cuyo curso transcurría próximo a las galerías subterráneas de la cárcel y los dioses parecían haber encontrado un retorcido entretenimiento en añadir a los males de los presos el espeluznante olor del más antiguo alcantarillado de la ciudad. Y es que el cieno de Roma se filtraba por diminutas grietas y recovecos hasta alcanzar las paredes excavadas en las entrañas de la ciudad utilizadas como prisión para aquellos ciudadanos a los que la metrópoli condenaba a una muerte segura, toda vez que la prisión antigua, la de tiempos de Anco Mancio, se quedó pequeña para albergar a tantos prisioneros como Roma iba acumulando en sus guerras de expansión. Esa prisión más antigua, construida en el remoto pasado de la República y denominada *Tullianum*, era de condiciones aún más duras, pues en ella sólo se arrojaba a los prisioneros para morir de hambre y sed. En la nueva cárcel, la de los prisioneros de guerra, llamada *Lautumiae*, las condiciones no eran mucho mejores, y el olor a cloaca incluso peor, pero los que allí entraban tenían aún una mínima esperanza de salir con vida, si el destino y la diosa Fortuna se apiadaban de ellos. Era por las grutas de esta segunda cárcel por donde caminaba Plauto con su paño húmedo en la nariz, sudando, preguntándose en qué estado encontraría a su viejo amigo Nevio.

El legionario que acompañaba a Plauto se detuvo frente a una verja de hierro oxidado diferente a la de la vez anterior. El soldado golpeó el hierro con la espada y pequeños trozos de los barrotes cayeron al suelo encharcado. El chasquido metálico reverberó en las bóvedas de los pasadizos. Se escucharon gemidos de decenas de personas que venían del interior. Los presos, con frecuencia, perdían el sentido del tiempo y de la orientación y decían que muchos dejaban de hablar, limitándose a gruñir como animales. En ocasiones se mataban entre ellos por conseguir un poco más de comida, robándosela a otro preso que estuviera más débil o enfermo. Llegaron otros legionarios y se apostaron a ambos lados de la puerta mientras el primero de ellos hacía girar una rueda en la que engarzaba una gruesa cadena. El movimiento de la cadena tiraba de la parte superior de la verja y ésta se iba abriendo, chirriando por el desuso.

—¡Nevio, el poeta, que venga! —gritó el legionario una vez que terminó de abrir la verja—. ¡Tienes amigos poderosos, poeta! ¡Tienes más fortuna de la que mereces!

De entre las sombras del interior de la celda, un hombre encorvado por los años de encarcelamiento, con el pelo sucio y largo, barba espesa de meses y meses sin afeitado, el rostro pálido y el cuerpo esquelético por la malnutrición, se aproximó a la entrada de la celda. Miraba con los ojos nerviosos de un lado a otro, desconfiando.

—Soy yo, Nevio —dijo Plauto adelantándose a los legionarios que rodeaban la puerta en prevención de que el resto de los prisioneros intentara algún movimiento en falso.

Nevio llegó al umbral y miró a su viejo amigo. Había pasado año y medio desde su última visita y casi cuatro desde que lo encerraron.

—Plau... to... —acertó a decir Nevio con un endeble hilillo de voz.

—Vengo a sacarte, viejo amigo —dijo Plauto con la voz vibrante por la emoción contenida—, el general del que te hablé... derrotó a Aníbal y ha pedido tu liberación. Eres libre, Nevio, ven, ven conmigo. —Y le ofreció su brazo para que se apoyara en él al salir de la celda.

Nevio dudaba.

—¿Salir...?

Pero Plauto fue contundente: le tomó por el brazo y estiró de él hasta sacarlo por completo. Nada más salir de la celda, caminaron unos pasos y se alejaron de la entrada. A sus espaldas quedó la tumefacta verja que descendía lanzando sus aullidos estridentes al rozar las cadenas con la piedra húmeda de la prisión. Se oyeron gritos. Plauto se volvió hacia atrás y vio cómo varios presos pugnaban por salir de la celda. Los legionarios les contenían a empellones, mientras la verja descendía lenta y pesadamente. Demasiado despacio. Dos de los presos se hicieron un hueco y salieron de la celda. Plauto y Nevio se hicieron a un lado del pasillo. Llegaban más legionarios como respuesta a los gritos de sus compañeros atacados. Plauto temió que en medio del tumulto los recién llegados se confundieran y los atacaran también a ellos, pero el legionario que había abierto la puerta se les acercó y dio instrucciones a los nuevos soldados que se incorporaban al pasadizo.

—¡Éstos no! ¡Éstos son libres! ¡Los de la puerta! ¡Rápido, por Hércules! ¡Matad a todos los que salgan de la celda! —Y el oficial cogió a Plauto por el brazo y condujo a los dos escritores por las grutas mal iluminadas del *Lautumiae*, maldiciendo mientras se oían terribles gritos y golpes a sus espaldas. El oficial caminaba decidido y empezó a hablar en voz baja, como si su voz le acompañara en las entrañas de aquel reino subterráneo que le tocaba gobernar—. Siempre igual, siempre igual. Cada vez que sale alguien tenemos que matar a varios. —Y escupió en el suelo. Se detuvo a mitad de un nuevo pasadizo y señaló el final a Plauto. El escritor asintió y se encaminó hacia allí, ayudando al debilitado Nevio. El oficial dio media vuelta de regreso hacia el tumulto. Los alaridos y golpes habían cesado. Plauto caminó con Nevio hacia donde se le había indicado. Al final empezaba a distinguirse la claridad del exterior, pequeños rayos de sol que se colaban por la puerta de acceso a la prisión.

—Así que tu general ha derrotado a Aníbal... —comentó Nevio, que a medida que se alejaban de la celda parecía ir recuperando el sentido de las cosas.

—Así es.

—Eso es admirable... admirable... —continuó Nevio—. Es una paradoja del destino.

—¿El qué? —preguntó Plauto.

—Fui encarcelado por criticar a un patricio y es otro patricio el que me libera. —Y empezó a toser echando escupitajos de sangre por la boca.

—La vida es contradictoria, eso lo hemos hablado muchas veces —comentó Plauto deteniendo un momento la marcha para que su amigo se recuperara. El aspecto de aquella sangre salida de la boca de Nevio no presagiaba nada bueno. Reemprendieron la marcha.

—Es cierto, viejo amigo. Ha debido de costarte mucho rogarle por mí a ese noble de Roma. —Y Nevio calló y se detuvo una vez más, en parte para recuperar el aliento, en parte para observar los ojos de su salvador.

—Era la única forma de sacarte de aquí —se justificó Plauto.

—Y te lo agradezco. De veras.

—Pues sigamos caminando y lleguemos al final de este asqueroso pasadizo.

Nevio sonrió.

—Ha sido mi casa cuatro años, creo; deberías mostrar más respeto hacia mi humilde morada. —Y sonrió, aunque la tos volvió a apoderarse de él y tuvo que apoyarse en la pared una vez más.

Plauto se sintió feliz de ver cómo Nevio volvía a ser el Nevio de siempre, pero la preocupación por su estado físico era creciente. Al final de la oscura ruta, el demoledor impacto de la poderosa luz del sol hizo que Nevio se llevara las manos al rostro incapaz de mirar en medio de aquel resplandor.

—Deberás guiarme por las calles de Roma —dijo Nevio sin quitarse las manos de su cara—. Creo que seré ciego durante unas horas, al menos.

—No te preocupes —dijo Plauto.

Al cabo de unos minutos se veía a dos hombres cruzando el enfervorecido foro de Roma donde millares de personas celebraban las noticias de la victoria de Publio Cornelio Escipión. Uno vestía con dignidad y era el que ayudaba a otro que parecía un miserable ciego al que hubiera recogido en las peores calles de Roma. Era una pareja que cualquier otro día habría llamado la atención de los *tirunviros*, lo que habría obligado a Plauto a tener que dar numerosas explicaciones y a mostrar el documento que certificaba la libertad de aquel preso. Pero en aquel momento de júbilo general, la extraña pareja pudo moverse por las tumultuosas calles de Roma sin ser molestada por nadie. Plauto había pensado en comentarle a Nevio que su liberación estaba condicionada a ser desterrado, probablemente a África, quizás a la recién conquistada ciudad de Útica, pues los Metelos habían aceptado liberarle pero bajo la premisa de que fuera alejado lo más posible de Roma, pero Plauto, viendo la debilidad de su viejo amigo, consideró mejor esperar unos días antes de comunicarle las condiciones de su liberación. Tenían una semana para sacarle de Roma. Lo importante ahora era que Nevio se recuperara lo suficiente como para poder emprender aquel largo viaje. La tos parecía haber remitido una vez que salieron del infecto ambiente de la prisión. Había esperanza. Quizás el aire fresco del mar y unos buenos alimentos fueran el camino de una lenta pero progresiva recuperación.

A su alrededor, la gente caminaba como poseída. Mujeres, niños, viejos y hombres de toda condición aclamaban a Publio Cornelio Escipión. Un hombre extraño, pensó Plauto. Un patricio que liberaba a uno de sus mejores amigos pese a que no se reconocía amigo de ellos, pero que decía apreciar sus obras. Un patricio peculiar que cumplía su palabra. Si Roma conseguía gobernantes como aquel hombre quizás algunas cosas pudieran cambiarse aún, pero la vida había hecho de Plauto un ser desconfiado por naturaleza. Aquella ciudad estaba creciendo demasiado y en demasiado poco tiempo y la victoria sobre Cartago parecía haber trastornado a todos. ¿Se contentarían los patricios, los senadores, con dominar África, Hispania, Cerdeña, Sicilia, toda Italia... o querrían más? Siempre más.

Los dos escritores se mezclaron entre la multitud, dos pequeños y anónimos seres en medio de la efervescencia de la victoriosa Roma, cuya insignificante existencia habría pasado desapercibida para la posteridad de no ser porque sus palabras escritas sobrevivieron a los siglos que debían sucederles. No pudieron cambiar nada de lo que iba a ocurrir, pese a que lo intentaron, pero pudieron describirlo en sus obras para que otros pudieran entender mejor el pasado de la historia.

98

El rey de Siria

Bosques de Daphne a las afueras de Antioquía, Siria, finales de noviembre del 202 a.C.

Aquella luminosa mañana el rey Antíoco III de Siria paseaba por los bosques de Daphne, cuatro millas al sur de Antioquía, un espacio idílico donde parques, lagos y arroyos se entremezclaban en un paisaje de ensueño. Olía a pino y a agua fresca y clara y el aire era puro y cristalino. Era el lugar donde al rey le gustaba recogerse para reflexionar. Allí mismo fue donde planeó su ataque contra el reino de Egipto para recuperar la Celesiria, y así recuperar las antiguas salidas al mar del viejo imperio, pero aquella guerra fracasó. Egipto se defendió y Antíoco III sólo consiguió recuperar Seleucia de Pieria, el puerto marítimo de Antioquía. Fue algo importante, pero no el objetivo de aquella guerra. En cualquier caso, Antíoco pareció conformarse ante los ojos de los gobernantes ptolemaicos de Egipto y dejó de luchar contra ellos.

Pensó que era mejor que, por el momento, se olvidaran de sus pretensiones. Ya llegaría el día de volverse hacia occidente. Y es que el rey Antíoco III de Siria, señor de todo el antiguo imperio seleúcida, tenía un sueño: recomponer bajo su gobierno el antiguo imperio de Alejandro Magno. Era más que un sueño: era el anhelo vital que le guiaba en todas sus acciones. Después, también en aquel paraje de bosques y lagos fue donde comprendió que lo que debía hacer primero era asegurar el oriente, reconstruir sus fuentes de suministros ancestrales, recuperar todos los territorios desde Siria hasta el río Indo, como hiciera Alejandro, y luego ya volvería hacia occidente y se las vería, de nuevo, con los egipcios. Antíoco planeó entonces su *anábasis*, su gran marcha hacia el oriente, no sin antes masacrar a sus enemigos en el norte de Asia Menor aliándose con el rey Atalo I de Pérgamo, otro contra el que debería enfrentarse, pero que en aquel momento fue un aliado interesante. Con Asia Menor controlada, a medias por él y por Pérgamo, Antíoco partió hacia oriente: desde el 212 hasta el 205 luchó contra Eutidemo, que se hacía llamar rey de la antigua satrapía bactriana, hasta que el propio Eutidemo aceptó rendir vasallaje a Antíoco. Después, el rey sirio, al igual que Alejandro, marchó hasta el Indo, donde consiguió que el emperador indio de la dinastía Maurya le hiciera entrega de una incalculable cantidad de oro y de un no menos estimable numerosísimo contingente de elefantes asiáticos perfectamente adiestrados para la guerra. Una vez acordado con el reino indio un pacto de comercio que beneficiaría al reino sirio-seléucida del paso de las mercancías de la India con dirección a Egipto, Macedonia, Pérgamo y el occidente del Mediterráneo, Antíoco III organizó su regreso hacia el corazón de su imperio, hacia Babilonia, y decidió hacerlo, una vez más, emulando a Alejandro Magno, por mar, navegando por el Golfo Pérsico. Y después, desde Babilonia, pasando por Seleucia, la impresionante capital oriental de sus reinos, retornó a Antioquía. Había reproducido lo que Alejandro consiguió en oriente, pero para llegar a ser como el gran rey macedonio debía de nuevo reconquistar Egipto, Pérgamo, Macedonia y Grecia. Todo se andaría. Una cosa detrás de la otra.

El rey, escoltado por un nutrido grupo de guerreros sirios, se detuvo ante la entrada del gran templo de Pythian Apolo, levantado en medio de aquel precioso bosque por su antepasado Seleuco I, general que fuera de las míticas tropas del propio Alejandro. Antíoco se adentró en el templo, solo, y se arrodilló ante la hermosa estatua del dios esculpida por èl legendario Bryaxis, escultor que antaño trabajara en los monumentos de Atenas. Ante la estatua, atendido por dos sacerdotes y un par de esclavos del templo, el rey Antíoco realizó varios sacrificios y lanzó sus plegarias al dios Apolo. Una vez que hubo cumplido con los ritos ancestrales preservados por su dinastía, salió de nuevo al exterior.

La estancia en el templo parecía haberle ayudado a clarificar su modo de ver las cosas. Lo primero debía ser recuperar las salidas al mar: Celesiria y Fenicia. Ésa era una cuenta pendiente. Luego debería venir la conquista de Grecia, aunque eso conllevara el enfrentamiento con el rey Filipo V de Macedonia, pero así debía ser si quería conseguir su sueño, si quería que todos le recordaran como la reencarnación del propio Alejandro. Antíoco III sonrío con una mueca cínica: paradójicamente había planeado aliarse primero con Filipo para atacar Egipto y recuperar la Celesiria y Fenicia. Hacía semanas que había enviado una embajada a Pella, la capital de Macedonia, para proponer un audaz pacto al rey macedonio y la respuesta debía de estar a punto de llegar; de hecho, mientras caminaba de regreso adonde tenían los caballos, junto a un riachuelo del bosque de Daphne, llegó un mensajero al galope por el camino de Antioquía. Era uno de sus oficiales de confianza, que descabalgó al instante y se postró de rodillas ante su rey.

—Habla, oficial, ¿a qué tanta prisa por verme?

—Ha llegado la respuesta de la embajada al rey de Macedonia, pero, tal y como les instruisteis, los embajadores sólo hablarán ante el rey de Siria y todos los reinos orientales. Esperan en el palacio imperial de la isla.

Antíoco III se volvió hacia el templo de Apolo e inclinó levemente su cabeza. Había que reconocer el trabajo de los dioses y, en especial, cuando éste era tan rápido.

—Vayamos al palacio, por Apolo, y vayamos veloces como el viento.

Y el rey montó sobre su caballo, al que golpeó en los costados con sus talones para obligarle a partir al galope, en dirección al norte, por el mismo camino por el que había venido el mensajero de la capital. Al cabo de unos minutos de galopar, el rey avistó las murallas de Antioquía y redujo la marcha de su caballo a un intenso trote. Antioquía, la capital del imperio seléucida era la segunda ciudad más poblada del mundo conocido, sólo superada por Alejandría, la Alejandría de un Egipto decadente, pensó Antíoco, de modo que eso de ser la segunda ciudad del mundo pronto dejaría de ser así. Antioquía sería pronto el centro de todos los reinos y ciudades, desde Grecia hasta la India, un nuevo renacer de los territorios que Alejandro puso bajo un único gobierno. A medida que se aproximaban a la ciudad, decenas, centenares de soldados apostados en campamentos alrededor de la ciudad, se acercaban al borde del camino real para saludar a su señor. Miles de soldados de todas las regiones del imperio, allí, reunidos, esperando una señal para lanzarse a nuevas conquistas. Desde el regreso de la expedición a oriente, todos aquellos soldados anhelaban nuevos desafíos, nuevas oportunidades donde alcanzar gloria y riquezas y todos sabían que su rey estaba preparando nuevas empresas, nuevas conquistas, hacia Egipto, hacia el Egeo, pero sólo Antíoco III sabía adónde sería el próximo lugar hacia el que marcharía su inmenso ejército. Al pie de las murallas de la ciudad, el propio rey tuvo que detenerse, pues una manada de treinta elefantes cruzaba el camino real conducidos por adiestradores indios que hacían marchar a las bestias gigantes a diario para mantenerlos en forma y dispuestos para el combate. Ése era uno de los diversos regimientos de elefantes que había reunido el rey en sus conquistas de Oriente. Antíoco III no se sintió molesto por tener que esperar: aquellos elefantes, todo aquel tremendo ejército, eran los símbolos nítidos de su enorme poder y gozaba viéndolos marchar ante sí o, en el caso de los miles de soldados, viendo cómo éstos le saludaban y le aclamaban.

Una vez que los elefantes cruzaron el camino, la comitiva real reemprendió la marcha y, una vez más al trote, entraron en la ciudad por la puerta de Daphne cruzando la primera de las murallas defensivas, para al poco tiempo cruzar una segunda muralla por una segunda puerta tras la cual se accedía al corazón de la gran Antioquía: en el interior de aquel complejo de murallas defensivas, macedonios, griegos de diferentes procedencias, muchos de ellos atenienses traídos desde la próxima Antigonia, nativos de la región, muchos judíos y gentes venidas de todas las esquinas de las posesiones del gran Antíoco III caminaban por la gran calle central porticada en ambos lados, quedando a la derecha de aquellos impresionantes soportales la ciudadela levantada en la ladera del monte Silpius y, un poco más hacia el norte, en el mismo lado oriental de la gran avenida, el magnífico teatro griego. Al lado occidental de la avenida, tras los pórticos, se alzaba la vieja muralla que Seleuco I hiciera construir para proteger los antiguos límites de la ciudad, una urbe que había crecido desde los quince mil habitantes de antaño hasta el medio millón de pobladores venidos de todos los rincones del imperio seléucida, una ciudad diseñada por Xenarius imitando los planos de la legendaria Alejandría, urbe a la que cada vez se aproximaba más en esplendor y poder; de hecho, Antioquía era ya conocida como la ciudad dorada, por la enorme cantidad de oro y otras riquezas que fluían por sus calles y avenidas. El rey llegó a una gran plaza, el Nymphaeum, donde giró hacia el noroeste marchando por otra gran avenida que le condujo hasta un puente que cruzaba el río Orontes. Tras el puente estaba la isla: un pequeño islote vadeado por el río Orontes por el sur y por el norte, que el rey Seleuco II Callinicus había empezado a amurallar para anexionar a la ciudad y cuya fortificación había sido terminada por el propio Antíoco III, aprovechando lo inexpugnable de aquel enclave para ubicar en esa misma isla su palacio imperial, al que llegó tras cabalgar por las calles de la isla, donde se levantaban toda clase de edificios para la administración del imperio o para el solaz del rey, como los gigantescos baños reales.

A las puertas de la escalinata del palacio imperial, Antíoco III desmontó de su corcel, y andando, escoltado por sus guardias, entró en el palacio a toda velocidad; ante el rey de Siria las puertas se abrían como por ensalmo ante su presencia, empujadas por esclavos bien adiestrados y temerosos de no estar atentos a las idas y venidas de su amo. Llegó al fin, Antíoco III, a su salón del trono, se sentó en su gran butaca de oro y bronce y, a sus pies, de rodillas, esperaban los embajadores que había enviado a parlamentar con el rey Filipo V de Macedonia. Antíoco III hizo una señal con un dedo y uno de los embajadores, el más mayor, un hombre de casi sesenta años, que doblaba al rey en edad, empezó a hablar con una voz suave, propia del diplomático en el que había convertido toda su persona.

—Gran Rey de Antioquía, Siria y todos los reinos del imperio seléucida, mi señor y dueño...

—No he venido cabalgando al galope desde Daphne para oír mis títulos y tus palabras de adulador profesional. Epífanes, habla y responde tan sólo a esta pregunta: ¿ha aceptado el rey de Macedonia mi propuesta?

Epífanes llevaba toda la vida sirviendo a Antíoco III y antes a sus predecesores. No se sorprendió por ser interrumpido ni se lo tomó a despecho. Respondió a lo que se le preguntaba con precisión.

—El rey Filipo V ha aceptado, mi señor.

—Bien, eso está muy bien, por Apolo y todos los dioses del Olimpo, eso está muy pero que muy bien. Epífanes, tendré al final que recompensarte por tus buenos servicios. —Y el rey bajó de su trono. No tenía ganas de escuchar más por el momento. Ya hablaría más tarde con Epífanes sobre todo lo que se hubiera hablado con el rey de Macedonia. Lo esencial ahora era que Filipo V había aceptado. Egipto iba a ser troceado en pedazos. Las islas del Egeo, de momento, para Filipo, y Celesiria y toda Fenicia para él mismo: su imperio tendría las amplias salidas al mar Mediterráneo que necesitaban para atacar toda Grecia por mar, a la vez que atacaría Asia Menor por tierra. Su ejército tenía ya trabajo. Mucho trabajo por hacer. Una inexorable gran guerra de gloria, riquezas ilimitadas y poder se avecinaba sobre el mundo y nadie podría detenerle. La aquiescencia de Filipo en sus primeros movimientos le permitiría posicionarse dominando las costas de Asia y para cuando Filipo quisiera plantarle cara, su poder sería ya demasiado grande, demasiado inesperado, demasiado irrefrenable. No podrían detenerle, ni Filipo, ni ese niño de seis años, Ptolomeo V, llamado a ser el último rey de la dinastía lágida en Egipto. Y de premio colocaría en una pica la cabeza del tutor de Ptolomeo V, ese astuto Agatocles. Agatocles recurrirá a Roma, le avisaban algunos consejeros, incluso el propio Epífanes, pero otros consejeros menospreciaban a esa desconocida Roma, una ciudad bárbara en el extremo occidental del Mediterráneo que, además, llevaba años y años en una tremenda guerra de desgaste con Cartago. No. Era el momento del gran Antíoco III: Filipo V engañado, Ptolomeo V y su tutor cogidos por sorpresa y las ciudades del occidente enfrascadas en sus propias guerras, agotadas, exhaustas, necesitadas de paz. No le atacarían. No socorrerán a Egipto, porque necesitan reponerse de sus pérdidas, de sus muertos, y para cuando Cartago o esa desconocida Roma quieran reaccionar, si es que alguna vez se atrevían a tanto, sus elefantes, su flota, sus ejércitos, estarán avanzando ya contra ellos. Pronto el mundo entero le rendiría pleitesía. Antíoco III, más grande aún que Alejandro. ¿Qué rey, qué general podía oponérsele?

El rey había regresado paseando hasta las puertas de su gigantesco palacio imperial y se detuvo en lo alto de la escalinata. Desde allí podía observar su hermosa ciudad que se extendía en un diámetro de tres millas entre el río Orontes y el monte Sulpius. Antioquía. El centro de la tierra, sólo que reyes y gobernantes de algunas regiones aún no lo sabían. Habría que hacer entrar en razón a todos con una nueva y definitiva guerra. Eso era: para alcanzar sus objetivos necesitaba un mundo en guerra. Sus tropas necesitaban una guerra, sus consejeros alentaban una guerra, su destino exigía una guerra.

99

Dos almas solitarias

Cartago, noviembre del 202 a.C.

Aníbal entró en la que había sido la habitación de su padre Amílcar. Ahora era suya. Eso es lo que toda una vida de campañas y guerra le había dejado: una gran residencia en el centro de Cartago y, dentro de ella, la austera habitación de su padre: dos ventanas pequeñas por las que entraban los lánguidos rayos del atardecer africano, un lecho limpio en el centro, una mesa con una bacinilla sin agua encima, un taburete y una cortina que daba acceso a un pequeño baño que su padre hiciera construir para relajarse en la intimidad. Eso era todo. Poco. Aníbal se sentó en el borde de la cama. Suficiente. La habitación estaba sorprendentemente pulcra. No había polvo y el lecho tenía dos mantas limpias. Los esclavos de su padre debían de haber mantenido aquellas estancias así durante años. Aníbal lo archivó en su memoria. Tenía servidores leales en aquella casa. Era algo, quizás un principio de algo. Aníbal Barca se levantó, se quitó la coraza y la depositó en el suelo con cuidado. Estiró los brazos. Estaba anquilosado y le dolía el brazo derecho, de combatir, de luchar, de matar. Había estado a punto de derrotar a aquel joven general romano. A punto. Pero a punto no es suficiente en el campo de batalla. Si hubieran enviado aquellos barcos de más... Sacudió la cabeza. El pasado era pasado y no tenía sentido lamentarse. Se hacía mayor. Las energías le abandonaban y no debía perder ni un ápice en pensar lo que habría podido ocurrir, lo que habría podido ser... Su padre le enseñó a ser práctico. Ahora, sin Asdrúbal y Magón, sin sus hermanos, ya nada sería lo mismo. La guerra se los había llevado. Suspiró. Se desató las sandalias. Fue un alivio dejar sus pies desnudos, al aire y mover los dedos mientras se echaba hacia atrás y apoyaba sus manos en el lecho para sostener su cuerpo reclinado.

Pasa así un minuto.

Aníbal Barca, general en jefe de los ejércitos cartagineses, se sienta de nuevo con la espalda recta. Las plantas de sus pies, apoyadas sobre la piedra fría, le dan seguridad al sentir el suelo pétreo. Algo firme, algo sobre lo que sostenerse, nada que ver con las eternas promesas de refuerzos y provisiones que durante años le llegaron de Cartago sin hacerse realidad. Aníbal se lleva despacio la mano derecha al parche que le cubre el ojo izquierdo ciego y se lo quita dejándolo sobre la almohada. Se rasca el ojo muerto con los dedos. Como siempre, no siente nada. Hace algo de frío pero las mantas le arroparán. Se levanta y se desata el cinturón que sostiene la espada. Está dejando el arma sobre la cama cuando se oye un golpe tras la cortina. Aníbal interrumpe su movimiento y desenvaina la espada, dejando sólo la vaina sobre el lecho. Se gira hacia la cortina. Con sus pies descalzos avanza lentamente hacia el baño. No se oyen más ruidos. «¿Tan pronto envían asesinos a por mí?» Se extraña de aquellas ansias por matarle.

Sabía que tenía tantos enemigos en Cartago, en particular Giscón y los suyos, como en un campo de batalla, pero no dejaba de sorprenderle la celeridad en enviar un sicario. Aníbal empuña el arma con fuerza. Matar a un hombre más no era demasiado esfuerzo y así podría ganarse unas horas de sueño. Era peculiar que alguien hubiera podido acceder a aquella estancia. Quizá los esclavos no eran tan leales al fin y al cabo y era fácil comprarlos. El sufete había dejado claro que si algo había en aquella ciudad era dinero.

Aníbal está a unos centímetros de la cortina. Afina su oído. Se escucha una respiración nerviosa al otro lado de la tela. Considera atravesar el tejido con el arma, sin más, pero Aníbal es hombre que gusta de mirar a sus enemigos a la cara antes de matarlos. De un estirón violento arranca la cortina. La tela cae a un lado y las anillas que la sujetaban ruedan por el suelo de piedra desparramándose por las cuatro esquinas de la habitación. Aníbal levanta su espada para clavarla en el pecho de su asesino y encuentra... una mujer.

El general detiene su furia un segundo. Los ojos de la mujer están aterrorizados, pero le miran fijamente, con orgullo. Qué absurdo, piensa Aníbal.

—¿Quién te envía? —pregunta Aníbal en su lengua entre irritado y cansado.

—No me envía nadie. Yo vivo aquí —responde la mujer en la misma lengua, aunque con un acento extranjero.

Aníbal baja la espada y suspira.

—No quiero esclavas esta noche. Márchate y no vuelvas a ocultarte ante mi presencia o la próxima vez te ensartaré como a una alimaña.

Aníbal se dio la vuelta. Había dado el asunto por concluido. No esperaba respuesta alguna, por eso le sorprendió escuchar de nuevo la voz de aquella mujer.

—Yo vivo aquí, pero no soy esclava de nadie. Nunca lo he sido y nunca lo seré.

Aníbal se volvió hacia la mujer y la examinó con más atención. Debía de tener unos treinta años. Era mayor para su gusto, pero no dejaba de tener su atractivo. Sus facciones eran suaves y las arrugas, escasas. Su piel mostraba que no era una adolescente, pero parecía suave y sus ojos, una vez que se habían recuperado del terror inicial, transmitían cierto sosiego que Aníbal encontró, por alguna razón que no acertaba a entender, reconfortante. Una esclava exótica, sin duda, pero no recordaba una mujer de ese tipo entre los esclavos de sus padres. Y esa forma de hablar, esa forma de utilizar palabras africanas, la había oído antes.

—Si no eres una esclava, ¿quién eres? Es difícil justificar tu presencia aquí y quizás al final deba terminar ensartándote con mi espada.

—Nadie en todo Cartago se atrevería a tanto. —La mujer replicaba con una seguridad creciente y se movía por la habitación como si estuviera acostumbrada a estar allí.

—¿Que nadie se atrevería a tanto? Yo sí me atrevería. Hace una hora he estado a punto de matar a uno de los estúpidos sufetes de esta ciudad, así que no veo por qué no iba a atreverme contigo. Pero tienes suerte de que esté cansado. Sal de aquí y ya hablaremos más tarde, ya que vives aquí. —En cierta forma Aníbal se estaba divirtiendo. Hablar con una mujer desafiante y, aunque algo mayor, hermosa, alejaba sus pensamientos de la reciente derrota, del fracaso de toda aquella guerra.

—Yo soy Imilce, la esposa de Aníbal, y no creo que nadie se atreva a matarme sabiendo eso. Ahora soy yo quien pregunta: ¿cómo te atreves a entrar en casa de los Barca, en casa de mi señor y amenazarme?

Aníbal se sentó en la cama para digerir aquella información. ¿Imilce? Imilce. Seguía viva. Giscón, después de todo, cumplió con su misión de protegerla. Una propiedad valiosa, aquella mujer, para garantizarse la lealtad de gran número de iberos, por eso la protegería y la traería a Cartago, pero él la recordaba como una adolescente, una preciosa mujer casi niña. Dulce en la cama, tierna y obediente. Nunca le dio problemas. Tampoco le dio un hijo. Imilce.

—Yo soy Aníbal.

Fue entonces la mujer la que buscó asiento en el taburete, junto a la mesa. Aníbal. Le miró con intensidad. El rostro herido, un ojo sin mirada, la túnica ensangrentada. Aníbal, el general en jefe de todos los ejércitos de Cartago, Aníbal, su esposo. Se había hecho mayor, estaba algo encorvado y sucio y desaliñado. No era el apuesto jefe de los cartagineses en Hispania. Era un hombre cansado que regresaba a casa después de años de ausencia y combate. Imilce lamentó no haberle reconocido.

—Entiendo —dijo Imilce. Meditó unos instantes y luego continuó—. Ordenaré a los esclavos que te traigan agua fresca y paños con los que lavarte y un poco de vino y queso y pan.

—Eso está bien —respondió Aníbal sin dejar de mirarla, y añadió una pregunta—. ¿Los esclavos te obedecen?

—Soy la esposa de su señor.

Aníbal cabeceó un par de veces.

—Eso está bien. Y el agua y el vino, lo que has dicho, está bien. Sólo quiero descansar un poco.

Imilce se levantó y se dirigió a la puerta. Se detuvo y sin volverse a mirar a su esposo habló hacia la pared.

—He procurado que la casa estuviera limpia y en orden. No sabía qué otra cosa se esperaba de mí. Espero haber hecho lo correcto.

—Así es, has hecho lo correcto. —Y Aníbal vio cómo abría la puerta—. ¿Por qué no has regresado a Hispania, con tus padres, con tu familia?

Imilce se volvió hacia el general sin separar su mano derecha del marco de la puerta.

—Mis padres murieron, mi familia también, mi ciudad, al menos tal y como yo la conocí, ya no existe. Fue arrasada por los romanos. Perdonaron la vida de algunos, pero mi padre murió en la guerra y mi familia y todos los que les apoyaban fueron asesinados porque... por ser tu esposa.

—Lo siento.

Imilce no iba a responder pero al fin añadió una frase con sumo cuidado.

—Sé que tú también has perdido a tus hermanos en esta guerra. Lo siento.

Aníbal no se sintió incómodo porque Imilce mencionara a sus hermanos muertos. La miró y asintió aceptando aquellas palabras. A fin de cuentas, sus hermanos estuvieron de acuerdo con aquella guerra, mientras que aquella ibera no había podido elegir. La mujer abrió la puerta, salió y Aníbal Barca, entonces sí, se encontró a solas. Era una soledad que había siempre esperado con temor y que, de forma curiosa, el reencuentro con aquella hispana venida de tan lejos había aligerado un tanto. Ambos eran almas en soledad. Eso les unía.

Aníbal se recostó en la cama. Pasaron unos minutos. Llamaron a la puerta.

—Adelante.

Un esclavo joven, nervioso, entró con una bandeja con un jarro de agua, otro más pequeño de vino, una copa, algo de queso y pan y unos paños. Lo dejó todo en la mesa y salió raudo como el viento. Aníbal miraba el techo de su habitación. Había algunas humedades. Debería ocuparse de arreglar su casa. Aún no sabía si permanecería en ella largo tiempo o si su estancia en Cartago sería, una vez más, breve. Ocuparse de las cuestiones domésticas le ayudaría a olvidarse un poco al menos de la guerra y de la política. ¿Sería posible continuar la lucha contra Roma? No desde Cartago. No desde el Cartago actual. Quizá más adelante. ¿Quizás en otro sitio? ¿Había algún rey lo suficientemente osado como para no temer a Roma? ¿Y lo suficientemente fuerte? ¿Quedaba algún ejército que pudiera retar a las legiones de Roma? Filipo V de Macedonia se aventuró a sellar un pacto con él, pero luego resultó ser un pobre aliado sobre el terreno. No. Ése no parecía el camino a seguir. Debía reconstruir la fortaleza de Cartago o aliarse con otro rey extranjero que realmente hubiera reunido algún vasto ejército, lo bastante poderoso como para infundir temor a los romanos. O ambas cosas a un tiempo. Estaba cansado. Llevaba toda su vida, desde la adolescencia, en guerra, contra los iberos primero, luego contra todos los pueblos que se le opusieron en su viaje a Italia y siempre contra Roma. ¿Algún rey extranjero? Egipto estaba en manos de un niño, Filipo no valía. Pérgamo era aliado de Roma y más al oriente no debían de estar interesados en lo que ocurría en el otro extremo del mundo, ¿o sí? Aníbal pensó en lavarse y comer algo mientras aclaraba sus ideas y tenía esa intención, pero cerró los ojos y se quedó dormido.

100

El respeto de los procónsules

Útica, primeros días de diciembre del 202 a.C.

En el puerto de la conquistada Útica, Publio y Lelio supervisaban las maniobras de atraque de una nueva flota de refuerzos y suministros, mientras que mentalmente repasaban la situación en la que se encontraban. Ante aquella vasta concentración de legiones, Cartago debería ceder pronto ya a todas las peticiones de Roma: devolver los barcos apresados durante la tregua, proporcionar trigo a las tropas romanas en África para los próximos tres meses, entregar toda su flota, excepto diez *trirremes* que conservaría para tareas defensivas únicamente, liberar a todos los prisioneros de guerra y entregar a los desertores romanos para ser ajusticiados según las leyes de Roma; reconocer a Masinisa como legítimo y único rey de toda Numidia, quedando todas las ciudades y territorios de aquel país bajo su gobierno, pagar 10.000 talentos eubocios a plazos a lo largo de los próximos cincuenta años, y presentar ante él mismo cien rehenes cartagineses que actuarían como garantía del cumplimiento de Cartago de todas aquellas cláusulas de paz. Eran unas condiciones durísimas, implacables, que inutilizaban al Senado de Cartago para poder decidir en ningún asunto más allá de sus murallas y que dejaban de hecho sus posesiones en África a merced de la codicia y ambición sin límites del recién instaurado rey de toda Numidia, Masinisa.

—¿Crees que lo aceptarán todo? ¿Tal cual? —preguntó Cayo Lelio, como si leyera los pensamientos del procónsul.

Publio afirmó con la cabeza.

—Lo harán, Lelio, lo aceptarán todo. No tienen ejército y su mejor general, Aníbal, dicen que se ha refugiado en su casa y que se niega a recibir a nadie. Parece que da la espalda al Senado púnico porque considera que los actuales gobernantes de la ciudad no le apoyaron en el pasado.

—¿Y tiene razón?

—Es muy posible, para nuestra fortuna, Lelio, es muy posible que así haya sido. Pero eso ya es el pasado. Yo miro al futuro.

—Un gran *triunfo* en Roma.

—Sí, eso también, pero más allá. —Publio continuaba hablando mientras miraba al mar—. Paz y descanso. Primero, tierras de labor para los veteranos de la V y la VI.

—El Senado te las concederá sin ninguna duda. Los dioses saben que esos hombres se las han ganado.

—En eso confío —confirmó Publio, su mirada siempre fija en el horizonte del mar—. Y luego, paz y descanso, Lelio. Creo que a Roma ya le ha llegado el turno de disfrutar de la paz, de cerrar de una vez las puertas del templo de Jano. Llevamos dieciséis años de guerra ininterrumpida. Eso es insostenible. Con Cartago derrotado, los galos se replegarán al norte y no se atreverán a atacarnos en mucho tiempo y lo mismo Filipo en Macedonia. Roma no tiene ahora ya enemigos de importancia. Podremos descansar todos un poco. ¿No te apetece descansar, Lelio? —preguntó el joven procónsul de Roma y miró hacia su oficial. Encontró a Lelio mirando hacia su izquierda, justo allí donde su esclava Netikerty aguardaba escoltada por dos legionarios. Publio cambió de tema y dirigió sus palabras hacia los pensamientos de su amigo—. ¿Has decidido hacer ya todo lo que te sugerí...? Sobre esa muchacha, me refiero.

—Sí —dijo Lelio con cierto tono vibrante en su voz—. Ya está todo dispuesto.

—Es lo mejor.

—Sí.

—¿Aún te duele su traición, Lelio?

—Sí.

—Pudo ser mucho mayor, Lelio. En conjunto, si lo piensas con frialdad, nos ha prestado servicios muy valiosos.

—Aun así me traicionó. Y no puedo pensar en Netikerty con la cabeza fría. No puedo. Me traicionó.

—Hasta cierto punto... en cualquier caso, éste es un debate sin sentido. Lo mejor es hacer lo que hemos dispuesto.

—Sí —confirmó Lelio, y se separó de Publio tras saludarle con una inclinación de cabeza.

Publio lo vio distanciarse, camino adonde la joven esclava esperaba las palabras de su amo, que debía anunciarle su destino. La mirada del procónsul se cruzó entonces con los hombres que se acercaban hacia él y que, a su vez, se cruzaron con Lelio, ante el que se detuvieron un instante, saludaron y reemprendieron su marcha hacia el procónsul. No eran unos oficiales sin más, sino otros dos procónsules, Lucio Cornelio

Léntulo, de la misma *gens* Cornelia que el propio Publio, muestra del ascendente poder de sus allegados en Roma, y Cneo Octavio, un joven procónsul que ya fuera pretor hacía unos años. Léntulo tenía asignado el mando de la flota que Roma acababa de enviar a África con provisiones y suministros para proporcionar a las legiones de Escipión —ya nadie se refería a ellas como las «legiones malditas»— todo lo necesario para la perfecta conclusión de sus, a la vista de todos ya, gloriosas campañas de África. Cneo Octavio, por su parte, tenía el mando de las tropas de refuerzo que debían complementar a las legiones V y VI.

Eran procónsules. Tenían derecho a desplazarse siempre rodeados por sus *lictores* preceptivos cada uno y, sin embargo... Publio los observó avanzando hacia él y su escolta, pero solos, acompañados tan sólo por cuatro legionarios. Levantó la vista y más atrás vio a los *lictores* de aquellos procónsules aguardando en medio de los muelles. Los recién llegados promagistrados se acercaban al procónsul de África dejando a sus *lictores* atrás en señal de reconocimiento y respeto hacia la superioridad incuestionable mostrada por el que todos ya llamaban Publio Cornelio Escipión, *Africanus*. Publio, durante la conversación con Lelio, se había sentado sobre unos sacos de sal acumulados junto a los barcos que debían zarpar hacia Cartago para empezar el asedio final, pero, impresionado por el gesto de sus colegas, se levantó para recibirlos en pie.

—Te saludo, Publio Cornelio Escipión —dijo Léntulo deteniéndose ante él.

—Te saludo, procónsul, que los dioses te guarden por muchos años —añadió Cneo Octavio.

Publio asintió con la cabeza, sin decir nada más durante unos segundos. Luego se sentó de nuevo sobre los sacos.

—Os saludo a los dos. Espero que hayáis tenido buena mar y que Neptuno haya sido amable durante vuestro viaje. Por favor, disculpad mi informalidad al sentarme, pero estoy... estoy un poco cansado y tengo una herida en este muslo —dijo llevándose la mano a la pierna donde la espada de Aníbal había rasgado su piel y sus músculos— que no deja de dolerme miserablemente.

—El procónsul está herido y debe descansar —añadió Léntulo, y Cneo Octavio asintió. Ambos sabían quién era el autor de esa herida. Era un corte del que un procónsul de Roma podía hablar con orgullo. Publio volvió su mirada al mar. Fue Octavio el que se decidió entonces a hablar.

—¿Cómo crees que debemos conducir el ataque a Cartago, Publio Cornelio?

Nuevos procónsules, y, sin embargo, en lugar de vanidad, Publio encontraba en ellos respeto, con las mismas miradas de admiración que sus propios legionarios de la V y la VI le dedicaban, sólo que estos que le hablaban no eran simples soldados, sino procónsules de Roma, hombres a su nivel y ambos de mayor edad, y, no obstante, los dos se desvivían por mostrarse cordiales y hacer patente que reconocían su mando. Ése fue el momento en el que Publio empezó a ser consciente de lo que había conseguido. No es que hubiera derrotado al mayor de los enemigos de Roma, es que estaba dando término a la guerra más cruenta y peligrosa en la que nunca antes había luchado su ciudad, y más aún: lo había hecho con tropas despreciadas por todos, en territorio enemigo, contra cartagineses y todos sus aliados y contra ochenta elefantes. Todo ello magnificaba aún más aquella tremenda hazaña. A los ojos de millares, decenas de miles, centenares de miles de romanos, él era mucho más que un procónsul, y entre esos admiradores no sólo estaba el pueblo, sino senadores y otros magistrados, como aquellos dos procónsules que aguardaban su consejo para saber la forma más apropiada, a su juicio, para conducir el desenlace de aquella campaña.

—Pienso que lo mejor —empezó Publio— será que Léntulo y yo llevemos la flota de Útica a Cartago y que tú, Octavio, avances por tierra con las legiones. Mi herida no me permite marchar al frente de esos hombres. Lelio regresará a Roma con el botín expoliado a los cartagineses en estos años. Eso es lo que yo haría.

—Sea —dijo Léntulo, llevándose el puño al pecho como quien acaba de recibir una orden, y Octavio una vez más asintió sin manifestar duda alguna. Publio se levantó y puso su mano derecha en el hombro de Octavio.

—Te dejo unas buenas legiones. Cuídalas —le dijo.

—Son buenas legiones. A toda Roma le consta el valor de la V y la VI.

—Bien —concluyó Publio—. Eso está bien. Ahora debo marcharme a poner en orden unas cuestiones de intendencia con uno de los *quaestores*. Quizás, Octavio, quieras acompañarme.

—Sería un honor, procónsul —respondió el aludido sin ocultar su interés.

—Por los dioses, pues vamos allá, y dejaremos a Léntulo que supervise la preparación de la flota —apostilló Publio, dirigiéndose a Léntulo, que afirmó con la cabeza un par de veces.

Octavio y Publio se pusieron en marcha. El primero, admirado por la cordialidad de aquel procónsul herido que era ya casi una leyenda y el segundo, cojeando levemente, pensando en que pronto Cartago cedería a todas las condiciones impuestas por Roma, pensando en que eso traería la paz a su vida, la paz a Roma, la paz al mundo entero. Publio pensó en qué hermoso podría ser ya vivir en sosiego con su mujer y sus hijos, con la seguridad de saber que ya nunca el tan temido Aníbal, nunca jamás, podría estar en situación de poner en peligro la vida de su joven hijo, pues la guerra contra Aníbal había terminado antes de que el muchacho tuviera edad de empuñar un arma. Publio había dado forma al sueño de su padre y de su tío, había cumplido la promesa a su madre de terminar aquella guerra y había conseguido regresar a Roma para poder decir a Emilia, su amada esposa, que no debía padecer ya por la seguridad del joven Publio. Eso era lo más importante de todo. Había visto morir a su padre y a su tío, y su esposa también había visto caer a su padre, de quien traía de regreso, al menos, su anillo consular. Un pequeño consuelo en medio de toda aquella tempestad, pero un principio sobre el que edificar una vida feliz.

Lo único que le preocupaba era un nuevo sueño que había tenido la noche anterior, un sueño que había sustituido al de los elefantes. Era como un nuevo presagio. En ese sueño Publio había visto lo peor que un ser humano puede ver en su vida: la muerte de un hijo, de su hijo. Era un misterioso presentimiento que en aquellos momentos resultaba absurdo y sinsentido, en especial tras la completa y absoluta derrota de Aníbal, por eso Publio lo apartó de su mente, decidió no darle mayor importancia y se refugió, una vez más, en sus ansias de descanso y paz. Sólo quería regresar a casa.

101

Un extraño adiós

Útica, primeros días de diciembre del 202 a.C.

Cayo Lelio vio cómo los nuevos procónsules se dirigían para hablar con Publio. Había notado gran respeto tanto en Léntulo como en Octavio al saludarle a él, cuando Lelio ni tan siquiera era o había sido magistrado. Parecía que el mero hecho de ser uno de los tribunos de confianza de Publio Cornelio Escipión le invistiera de una aureola que inspirara respeto. Sacudió la cabeza. No debía llenar su mente de sensaciones absurdas y vanas. Tenía otros asuntos de los que ocuparse en aquel momento. Continuó su camino y llegó junto a Netikerty. La muchacha preveía que algo le iba a ser anunciado, pues al amanecer Lelio la conminó a que se preparara para un largo viaje. La joven esclava tomó pequeñas cosas que consideró que le podían ser útiles: un par de estolas romanas, dos túnicas, algunos aderezos para su hermoso cabello largo y lacio y algunos frascos con ungüentos y aceites con lo que humedecía su morena piel ligeramente resecada por el viento y el sol. No tomó nada más. No quería que se la acusara de tomar cosas que no le concernían. En particular, no cogió el *nimbus* que Lelio le regalara en Roma. El mismo hombre que la poseyera y la amara; el mismo hombre que ahora la miraba con aparente indiferencia.

—Yo marcho para Roma, con la flota. No nos veremos más —anunció Cayo Lelio con sequedad.

Netikerty asintió y volcó su mirada hacia el suelo.

Lelio, ante la ausencia de réplica o de preguntas, continuó con sus explicaciones.

—Tú marcharás a Siracusa en un barco escoltado por dos *trirremes*. Allí esperarás unas semanas hasta que llegue de Roma una embajada de senadores. Aprovechando el viaje de esa embajada, en una de las *trirremes* de escolta de los senadores romanos vendrán tus hermanas. —Aquí Netikerty levantó su mirada del suelo—. Tus hermanas fueron compradas por amigos del procónsul y luego manumitidas, liberadas de la esclavitud, como yo he hecho contigo. El procónsul ha utilizado la *manumissio vindicta,* empleando a magistrados de su confianza en el foro para todos los trámites. Creo que se lo pidió a su hermano Lucio, quien siguiendo sus instrucciones compró primero a tus hermanas para poder luego liberarlas. —Netikerty fijó sus ojos en los ojos de Lelio, pero entonces, el tribuno dejó de mirarla y volvió su rostro hacia el mar—. Neptuno parece estar tranquilo. Tendréis una buena navegación. Una vez reunidas las tres, podréis marchar en una de las *trirremes* que escoltan la embajada del Senado con destino a Egipto. El Senado quiere reconocer oficialmente a Ptolomeo V como legítimo monarca de tu tierra. Agatocles es el que realmente gobierna, pero como tutor del pequeño Ptolomeo V. Bueno, dejando de lado la política, lo importante es que esa embajada, con su fuerte flota militar de escolta, es la forma más segura de cruzar el mar para devolverte a tu país a salvo de nuevos ataques de piratas. Una vez allí, los oficiales de mi confianza se asegurarán de que contactéis con vuestra familia. Y eso es todo. —Lelio se detuvo y pensó en volverse a mirarla y si lo hubiera hecho habría visto las lágrimas que temblorosas descendían por las mejillas de la joven egipcia, pero el tribuno se contuvo y terminó de hablar sin girarse hacia ella—. Eso es todo. Me traicionaste, pero no mataste al procónsul cuando podías haberlo hecho. El general es un hombre generoso, por eso ha liberado a tus hermanas y ha organizado todo esto. Yo sólo he designado a un par de hombres leales para que lleven a cabo sus órdenes. No tengo más que decirte.

Y Cayo Lelio le dio la espalda y se marchó sin volver la mirada una sola vez hacia atrás. Sólo los dioses saben cuánto le costó mantener aquella firmeza y aquel semblante rígido de fingida indiferencia. Salió de la ciudad sin saber qué calles había tomado y, como un caballo que ha perdido a su jinete en el campo de batalla, Lelio encontró el camino de regreso a su tienda en medio del gran campamento de las legiones romanas levantado frente a las murallas de Útica. Se sentó en el lecho que durante años compartiera con la joven Netikerty, pero sintió algo que se le clavaba bajo el muslo derecho. Rebuscó con la mano izquierda y extrajo el hermoso *nimbus* de oro y piedras preciosas que regalara antaño a Netikerty. Lelio acarició la preciosa joya como quien acaricia recuerdos dulces agriados por el tiempo y la vida. No lloró porque los guerreros no lloran, pero su corazón latía desbocado, sin control, desgarrado.

Netikerty quedó a solas con aquellos dos soldados leales designados por Lelio que esperaron con paciencia mientras ella lloraba de pie, mirando cómo su hasta aquel momento amo y señor desaparecía entre la multitud de legionarios que cargaban y descargaban fardos, sacos, ánforas y provisiones de todo tipo de los barcos anclados en la bahía de Útica. La insistencia del tribuno por subrayar que todo había sido organizado por el procónsul, agudizaba aún más el dolor de aquel adiós extraño. Lelio había querido dejar claro que su despecho y rencor eran tan grandes hacia ella que si por él fuera nada de todo aquello habría tenido lugar. Lelio había sido quien la había salvado de los ultrajes de la humillante esclavitud al servicio del viejo Fabio Máximo, Lelio había sido el único hombre que la había cuidado y protegido y al mismo tiempo fue el mismo hombre al que tuvo que traicionar tan a fondo como su alma le permitió. Ahora estaba todo ya perdido con él. Estaba feliz por la liberación de sus hermanas y la esperanza de poder reencontrarse pronto con ellas la acompañó mientras la conducían al barco que la transportaría a Siracusa. La nave soltó amarras y zarpó para dar así comienzo a una nueva etapa de su vida, sin ver más al único hombre a quien había amado más allá incluso de lo que amaba a sus propias hermanas. Tanto Lelio como el procónsul pensaban que no utilizó el cuchillo cuando tuvo ocasión en Cartago Nova por ser incapaz de matar con frialdad, por el significado de su nombre, pero no fue por eso, no fue por eso. Al menos, no sólo por eso. Fue por Lelio, por el amor que sentía por Cayo Lelio, por lo que no pudo cortar la garganta del general. No podía matar al mejor amigo del hombre al que amaba. Y así, pese a arriesgar la propia vida de sus hermanas, pese a haberlas sacrificado en aquel momento de duda, pese a ese sacrificio sublime, el corazón de Cayo Lelio estaba perdido para siempre.

La nave surcaba el mar con suavidad y el puerto de Útica se empequeñecía en la distancia hasta que al final sólo se adivinaba una línea gris en el horizonte, África, que se alejaba poco a poco, hasta desvanecerse en la confluencia del azul del mar y el azul del cielo. Netikerty cerró los ojos. Ya no brotaban lágrimas porque su corazón se había quedado seco por el dolor y la angustia. Sentía mareos, pero sabía que no era por el vaivén del barco. Se llevó una de sus pequeñas y suaves manos y la hundió bajo la túnica hasta acariciar la base del vientre. Había hecho bien en callar y no decir nada y llevarse de ese modo consigo, al Egipto de su pasado, su más apreciado y dulce secreto.

APÉNDICES

I

Glosario

ab urbe condita: Desde la fundación de la ciudad. Era la expresión que se usaba a la hora de citar un año, pues los romanos contaban los años desde el día de la fundación de Roma que corresponde tradicionalmente con el 754 a.C. En *Africanus, el hijo del cónsul* y *Las legiones malditas* se usa el calendario moderno con el nacimiento de Cristo como referencia, pero ocasionalmente se cita la fecha según el calendario romano para que el lector tenga una perspectiva de cómo sentían los romanos el devenir del tiempo y los acontecimientos con relación a su ciudad.

ad tabulam Valeriam: Cuando en el antiguo Senado de Roma un orador se posicionaba junto al gran cuadro que Valerio Mesala ordenó pintar en una de sus paredes para celebrar su victoria sobre Hierón de Siracusa.

agone: «Ahora» en latín. Expresión utilizada por el ordenante de un sacrificio para indicar a los oficiantes que emprendieran los ritos de sacrificio.

Agonium Veiouis: Fiesta celebrada el 21 de mayo del calendario romano en la que se sacrificaba un carnero en honor de la diosa infernal Veiouis.

Amphitruo: «Anfitrión», personaje de una de las obras del teatro clásico latino que, además de dar nombre a una tragicomedia, a partir del siglo XVII pasará a significar la persona que recibe y acoge a visitantes en su casa.

antica: Lo que quedaba ante un augur cuando éste iba a tomar auspicios o leer el vuelo de las aves. Lo que quedaba a sus espaldas se denominaba *portica.*

Altercatio: Algarabía o tumulto de voces, gritos e insultos proferidos por los senadores en momentos de especial tensión durante una sesión en la *Curia.*

Ara de Hierón: Gigantesco altar para sacrificar animales levantado por orden de Hierón, tirano de Siracusa.

Ara Máxima Herculis Invicti: Altar levantado en las proximidades de las cárceles del circo.

Argiletum: Avenida que parte del *Foro Boario* en dirección norte dejando el gran *Macellum* al este.

Arx Asdrubalis: Una de las colinas principales de la antigua Qart Hadasht para los cartagineses, ciudad rebautizada como Cartago Nova por los romanos.

as: Moneda de curso legal a finales del siglo III en el Mediterráneo occidental. El *as grave* se empleaba para pagar a las legiones romanas y equivalía a doce onzas y era de forma redonda según las monedas de la Magna Grecia. Durante la segunda guerra púnica comenzó a acuñarse en oro además de en bronce.

Asfódelos: Primera región del Hades donde las almas vagan a la espera de ser juzgadas.

Asinaria: Primera comedia de Tito Maccio Plauto que versa sobre cómo el dinero de la venta de unos asnos es utilizado para costear los amoríos del joven hijo de un viejo marido infiel. Los historiadores sitúan su estreno entre el 212 y el 207 a.C. En esta novela su estreno se ha ubicado en el 212 a.C. Aunque es una obra muy divertida, su repercusión en la literatura posterior ha sido más bien escasa. Destaca la recreación que Lemercier (1777-1840) hizo de la misma en la que incorporaba al propio Plauto como personaje. Algunos han querido ver en la descripción de la *lena* de esta obra la precedente del personaje de la alcahueta de *La Celestina.*

attramentum: Nombre que recibía la tinta de color negro en la época de Plauto.

atriense: El esclavo de mayor rango y confianza en una *domus* romana. Actuaba como capataz supervisando las actividades del resto de los esclavos y gozaba de gran autonomía en su trabajo.

augur: Sacerdote romano encargado de la toma de los auspicios y con capacidad de leer el futuro sobre todo en el vuelo de las aves.

auguraculum: Lugar puro donde el augur se situaba para leer el vuelo de las aves.

augurale: Lugar puro donde el augur se situaba para leer el vuelo de las aves dentro de un campamento militar.

auspex: Augur familiar.

autoritas: Autoridad, poder.

aves inferae: Aves en vuelo raso que presagiaban acontecimientos fatales.

aves praepetes: Aves de vuelo alto que presagiaban buenos acontecimientos.

Baal: Dios supremo en la tradición púnico-fenicia. El dios Baal o Baal Hammón («señor de los altares de incienso») estaba rodeado de un halo maligno de forma que los griegos lo identificaron con Cronos, el dios que devora a sus hijos, y los romanos con Saturno. Aníbal, etimológicamente, es el *favorecido* o el *favorito de Baal* y Asdrúbal, *mi ayuda es Baal.*

bellaria: Postres, normalmente dulces, pero también dátiles, higos secos o pasas. Solían servirse durante la larga *comissatio.*

bucinator: Trompetero de las legiones.

bulla: Amuleto que comúnmente llevaban los niños pequeños en Roma. Tenía la función de alejar a los malos espíritus.

calon: Esclavo de un legionario. Normalmente no intervenían en las acciones de guerra.

cardo: Línea de norte a sur que trazaba una de las avenidas principales de un campamento romano o que un augur trazaba en el aire para dividir el cielo en diferentes secciones a la hora de interpretar el vuelo de las aves.

Caronte: Dios de los infiernos que transportaba las almas de los recién fallecidos navegando por el río Aqueronte. Cobraba en monedas por ese último trayecto y de ahí la costumbre romana de poner una moneda en la boca de los muertos.

carpe diem: Expresión latina que significa «goza del día presente», «disfruta de lo presente», tomada del poema *Odae se Carmina* (1, 11, 8) del poeta Q. Horatius Flaccus.

cassis: Un casco coronado con un penacho adornado de plumas púrpura o negras.

castigatio: Flagelación a la que eran sometidos los legionarios por diversas faltas.

Cástor: Junto con su hermano Pólux, uno de los Dioscuros griegos asimilados por la religión romana. Su templo, el de los Cástores, o de Cástor y Pólux, servía de archivo a la orden de los *equites* o caballeros romanos. El nombre de ambos dioses era usado con frecuencia a modo de interjección en la época de Escipión.

Castra Cornelia: Sobrenombre que recibió el campamento que Publio Cornelio Escipión levantó en una pequeña península de difícil acceso, próxima a Útica, con el fin de protegerse del ataque de los ejércitos cartaginés y númida que le rodearon en su primer año de campaña en África.

cathedra: Silla sin reposabrazos con respaldo ligeramente curvo. Al principio sólo la usaban las mujeres, por considerarla demasiado lujosa, pero pronto su uso se extendió también a los hombres. Era usada luego por jueces para impartir justicia o por los profesores de retórica clásica. De ahí la expresión hablar *ex cathedra.*

circuli: Roscones elaborados con agua, harina y queso muy apreciados por los romanos.

ciudadela de Dionisio: Área fortificada próxima al istmo de la antigua ciudad de Siracusa al norte de la *Isla Ortygia.*

Clivus Victoriae: Avenida que transcurre en paralelo con el *Vicus Tuscus*, desde el *Foro Boario* hasta acceder al foro del centro de Roma por el sur a la altura del templo de Vesta.

Clivus Argentarius: Avenida que parte del foro en dirección oeste dejando a la izquierda la prisión y a la derecha la gran plaza del *Comitium*. A la altura del templo de Juno cruza la puerta Fontus y continúa hacia el oeste.

Cloaca Maxima: La mayor de las galerías del antiguo alcantarillado de la Roma antigua. Entra por el *Argiletum*, cruza el foro de norte a sur, atraviesa la Vía Sacra, transcurre a lo largo del *Vicus Tuscus* hasta desembocar en el Tíber. Era famosa por su mal olor y durante muchos años se habló de enterrarla, pues transcurría a cielo abierto en la época de *Las legiones malditas.*

cognomen: Tercer elemento de un nombre romano que indicaba la familia específica a la que una persona pertenecía. Así, por ejemplo, el protagonista de *El Hijo del Cónsul*, de *nomen* Publio, pertenecía a la *gens* o tribu *Cornelia* y, dentro de las diferentes ramas o familias de esta tribu, pertenecía a la rama de los Escipiones. Se considera que con frecuencia los *cognomen* deben su origen a alguna característica o anécdota de algún familiar destacado.

Columna Maenia: Columna erigida en el 338 a.C. en honor de Maenio, vencedor sobre los latinos en la batalla naval de Antium.

comissatio: Larga sobremesa que solía tener lugar tras un gran banquete romano. Podía durar toda la noche.

comitia centuriata: La centuria era una unidad militar de cien hombres, especialmente durante la época imperial, aunque el número de este regimiento fue oscilando a lo largo de la historia de Roma.

Ahora bien, en su origen era una unidad de voto que hacía referencia a un número determinado asignado a cada clase del pueblo romano y que se empleaba en los *comitia centuriata* o comicios centuriados, donde se elegían diversos cargos representativos del Estado en la época de la República.

comitiales: Días apropiados para celebrar elecciones.

Comitium: Tulio Hostilio cerró un amplio espacio al norte del foro donde poder reunir al pueblo. Al norte de dicho espacio se edificó la *Curia Hostilia* donde debería reunirse el Senado. En general, en el *Comitium* se congregaban los senadores antes de cada sesión.

conclamatio: Tras la muerte de un familiar y con el fin originario de asegurase de que en efecto esa persona había muerto, sus familiares y amigos lo llamaban en voz alta y clara mirándolo a los ojos. Después el cuerpo era paseado y exhibido y, al fin, incinerado y enterrado siempre fuera de la ciudad y muchas veces junto a un camino.

consentio Scipioni: «Acepto lo propuesto por Escipión», fórmula para aceptar una propuesta presentada por Escipión en el Senado.

corona mural: Premio, a modo de condecoración especial, que recibían los legionarios u oficiales que conquistaban las murallas de una ciudad antes que ningún otro soldado. Quinto Terebelio y Sexto Digicio recibieron una *corona mural* cada uno por ser los primeros en escalar las murallas en el ataque a Cartago Nova en Hispania en el 209 a.C.

corvus: Un gigantesco gancho asido a una muy gruesa y poderosa soga que sostenía la *manus ferrea* o pasarela que los romanos usaban para abordar barcos enemigos.

coturno: Sandalia con una gran plataforma utilizada en las representaciones del teatro clásico latino para que la calzaran aquellos actores que representaban a deidades, haciendo que éstos quedasen en el escenario por encima del resto de los personajes.

cuatrirreme: Navío militar de cuatro hileras de remos. Variante de la *trirreme.*

cultarius: Persona encargada de sesgar el cuello de un animal durante el sacrificio. Normalmente se trataba de un esclavo o un sirviente.

cum imperio: Con mando sobre un ejército.

cúneo: Espacio de asientos entre escalinata y escalinata en los grandes teatros griegos y romanos. El de Siracusa estaba dividido en nueve *cúneos.*

Curia: Apócope de *Curia Hostilia.*

Curia Hostilia: Es el palacio del Senado, construido en el *Comitium* por orden de Tulio Hostilio, de donde deriva su nombre. En el 52 a.C. fue destruida por un incendio y reemplazada por una edificación mayor. Aunque el Senado podía reunirse en otros lugares, este edificio era su punto habitual para celebrar sus sesiones. Tras su incendio se edificó la *Curia Julia*, en honor a César, que perduró todo el imperio hasta que un nuevo incendio la arrasó durante el reinado de Carino. Diocleciano la reconstruyó y engrandeció.

cursus honorum: Nombre que recibía la carrera política en Roma. Un ciudadano podía ir ascendiendo en su posición política accediendo a diferentes cargos de género político y militar, desde una edilidad en la ciudad de Roma, hasta los cargos de cuestor, pretor, censor, procónsul, cónsul o, en momentos excepcionales, dictador. Estos cargos eran electos, aunque el grado de transparencia de las elecciones fue evolucionando dependiendo de las turbulencias sociales a las que se vio sometida la República romana.

Dagda: Diosa celta de los infiernos, las aguas y la noche.

decumanus: Línea de este a oeste que trazaba una de las avenidas principales de un campamento romano o que un augur trazaba en el aire para dividir el cielo en diferentes secciones a la hora de interpretar el vuelo de las aves.

deductio: Desfile realizado en diferentes actos de la vida civil romana. Podía llevarse a cabo para honrar a un muerto, siendo entonces de carácter funerario, o bien para festejar a una joven pareja de recién casados, siendo en esta ocasión de carácter festivo.

deductio in forum: «Traslado al foro.» Se trata de la ceremonia durante la que el *pater familias* conducía a su hijo hasta el foro de la ciudad para introducirlo en sociedad. Como acto culminante de la ceremonia se inscribía al adolescente en la tribu que le correspondiera, de modo que quedaba ya como oficialmente apto para el servicio militar.

de ea re quid fieri placeat: Fórmula mediante la cual el presidente del Senado invitaba a los senadores a opinar sobre un asunto con entera libertad.

defritum: Condimento muy usado por los romanos a base de mosto de uva hervido.

devotio: Sacrificio supremo en el que un general, un oficial o un soldado entrega su propia vida en el campo de batalla para salvar el honor del ejército.

domus: Típica vivienda romana de la clase más acomodada, normalmente compuesta de un vestíbulo de entrada a un gran atrio en cuyo centro se encontraba el *impluvium*. Alrededor del atrio se distribuían las estancias principales y al fondo se encontraba el *tablinum*, pequeño despacho o biblioteca de la casa. En el atrio había un pequeño altar para ofrecer sacrificios a los dioses Lares y Penates que velaban por el hogar. Las casas más ostentosas añadían un segundo atrio posterior, generalmente porticado y ajardinado, denominado peristilo.

et cetera: Expresión latina que significa «y otras cosas», «y lo restante», «y lo demás».

Eolo: Dios del viento.

escorpión: Máquina lanzadora de piedras diseñada para ser usada en los grandes asedios.

falárica: En la novela *Africanus, el hijo del cónsul,* se refiere a arma que arrojaba jabalinas a enorme distancia. En ocasiones estas jabalinas podían estar untadas con pez u otros materiales inflamables y prender al ser lanzadas. Fue utilizada por los saguntinos como arma defensiva en su resistencia durante el asedio al que les sometió Aníbal. En *Las legiones malditas* se usa el término para referirse a las lanzas de origen ibero adoptadas por las legiones de Roma.

falera: Condecoración en forma de placa o medalla que se colgaba del pecho.

far: Grano en general, del cual extraían los romanos la harina necesaria para el pan y otros alimentos.

fasti: Días apropiados para actos públicos o celebraciones de toda índole.

fatum: El destino que, para los romanos, era siempre inexorable.

fauete linguis: Expresión latina que significa «contened vuestras lenguas». Se utilizaba para reclamar silencio en el momento clave de un sacrificio justo antes de matar al animal seleccionado. El silencio era preciso para evitar que la bestia se pusiera nerviosa.

februa: Pequeñas tiras de cuero que los *luperci* utilizaban para tocar con ellas a las jóvenes romanas en la creencia que dicho rito promovía la fertilidad.

feliciter: Expresión empleada por los asistentes a una boda para felicitar a los contrayentes.

flamines maiores: Los sacerdotes más importantes de la antigua Roma. Los *flamines* eran sacerdotes consagrados a velar por el culto a una divinidad. Los *flamines maiores* se consagraban a velar por el culto a las tres divinidades superiores, es decir, a Júpiter, Marte y Quirino.

Foro Boario: El mercado del ganado, situado junto al Tíber, al final del *Clivus Victoriae*.

fundamentum cenae: El plato principal de una cena o banquete romano.

gaesum: Arma arrojadiza, completamente de hierro, de origen celta adoptada por los ejércitos de Roma en torno al siglo IV a.C.

garum: Pesada pero jugosa salsa de pescado de origen ibero que los romanos incorporaron a su cocina.

gens: El *nomen* de la familia o tribu de un clan romano.

gladio: Espada de doble filo de origen ibérico que en el período de la segunda guerra púnica fue adoptada por las legiones romanas.

gradus deiectio: Pérdida del rango de oficial.

Graecostasis: El lugar donde los embajadores extranjeros aguardaban antes de ser recibidos por el Senado. En un principio se encontraba en el *Comitium*, pero luego se trasladó al foro.

Hades: El reino de los muertos.

hasta velitaris: Nombre usado para referirse en ocasiones a armas arrojadizas del tipo *gaesum* o *uerutum*.

hastati: La primera línea de las legiones durante la época de la segunda guerra púnica. Si bien su nombre indica que llevaban largas lanzas en otros tiempos, esto ya no era así a finales del siglo III a.C. En su lugar, los *hastati*, al igual que los *principes* en la segunda fila, iban armados con dos *pila* o lanzas más con un mango de madera de 1,4 metros de longitud, culminada en una cabeza de hierro de extensión similar al mango. Además, llevaban una espada, un escudo rectangular, denominado *parma*, coraza, espinillera y yelmo, normalmente de bronce.

Hércules: Es el equivalente al Heracles griego, hijo ilegítimo de Zeus concebido en su relación, bajo engaños, con la reina Alcmena. Por asimilación, Hércules era el hijo de Júpiter y Alcmena. Plauto recrea los acontecimientos que rodearon su concepción en su tragicomedia *Amphitruo*. Entre sus múltiples hazañas se encuentra su viaje de ida y vuelta al reino de los muertos, lo que le costó un severo castigo al dios Caronte.

hilarotragedia: Mezcla de comedia y tragedia, promovida por Rincón y otros autores en Sicilia.

Hymenaneus: El dios romano de los enlaces matrimoniales. Su nombre era usado como exclamación de felicitación a los novios que acababan de contraer matrimonio.

ignominia missio: Expulsión del ejército con deshonor.

in extremis: Expresión latina que significa «en el último momento». En algunos contextos puede equivaler a *in articulo mortis*, aunque no en esta novela.

insulae: Edificios de apartamentos. En tiempo imperial alcanzaron los seis o siete pisos de altura. Su edificación, con frecuencia sin control alguno, daba lugar a construcciones de poca calidad que podían o bien derrumbarse o incendiarse con facilidad, con los consiguientes grandes desastres urbanos.

intercalar: Éste era un mes que se añadía al calendario romano para completar el año, pues los meses romanos seguían el ciclo lunar que no daba de sí lo suficiente para abarcar el ciclo completo de 365 días. La duración del mes intercalar podía oscilar y era decidida, generalmente, por los sacerdotes.

imagines maiorum: Retratos de los antepasados de una familia. Las *imagines maiorum* eran paseadas en el desfile o *deductio* que tenía lugar en los ritos funerarios de un familiar.

impedimenta: Conjunto de pertrechos militares que los legionarios transportaban consigo durante una marcha.

imperator: General romano con mando efectivo sobre una, dos o más legiones. Normalmente un cónsul era *imperator* de un ejército consular de dos legiones.

imperium: En sus orígenes era la plasmación de la proyección del poder divino de Júpiter en aquellos que, investidos como cónsules, de hecho ejercían el poder político y militar de la República durante su mandato. El *imperium* conllevaba el mando de un ejército consular compuesto de dos legiones completas más sus tropas auxiliares.

impluvium: Pequeña piscina o estanque que, en el centro del atrio, recogía el agua de la lluvia que después podía ser utilizada con fines domésticos.

ipso facto: Expresión latina que significa «en el mismo momento», «inmediatamente».

Isla Ortygia: Isla que corresponde a la parte más antigua de la ciudad de Siracusa, al norte tiene el puerto pequeño o *Portus Minor* y al sur el gran *Portus Magnus*.

Júpiter Óptimo Máximo: El dios supremo, asimilado al dios griego Zeus. Su *flamen*, el Diales, era el sacerdote más importante del colegio. En su origen Júpiter era latino antes que romano, pero tras su incorporación a Roma protegía la ciudad y garantizaba el *imperium*, por ello el *triunfo* era siempre en su honor.

kalendae: El primer día de cada mes. Se correspondía con la luna nueva.

laganum: Torta de harina y aceite.

Lapis Niger: Espacio pavimentado con losas de mármol negro que supuestamente correspondía con la tumba de Rómulo.

laterna cornea: Linterna portátil con paredes semitransparentes de cuerno de animal.

laterna de uesica: Linterna portátil con paredes semitransparentes de piel de vejiga de animal.

Lares: Los dioses que velan por el hogar familiar.

laudatio: Discurso repleto de alabanzas en honor de un difunto o un héroe.

Lautumiae: Cárcel construida junto a la antigua prisión. El *Lautumiae* se empleaba para encerrar a los prisioneros de guerra y las condiciones, aunque extremas, eran algo mejores que las de la vieja prisión o *Tullianum*. El nombre hace referencia a la vieja cantera en la que se construyó.

legati: Legados, representantes o embajadores, con diferentes niveles de autoridad a lo largo de la dilatada historia de Roma. En *Las legiones malditas* el término hace referencia a los representantes de una embajada del Senado.

***legiones malditas*:** Los supervivientes de Cannae, descontando los oficiales de mayor rango que fueron exonerados en un juicio en el Senado (véase la novela *Africanus, el hijo del cónsul*), fueron desterrados de Italia *sine die*, condenados a la vergüenza del olvido por haber huido frente a Aníbal. Con estas tropas se formaron dos legiones, la V y la VI, que permanecieron apartadas del combate durante años. A las legiones V y VI se unirían a lo largo del tiempo otros legionarios que tras sufrir otra humillante derrota en Herdonea siguieron la misma mala fortuna que sus antecesores de Cannae. De esta forma, las legiones V y VI estaba formadas casi enteramente por legionarios que habían sido derrotados por Aníbal y que Roma apartaba de su vista por desprecio y rabia. Particularmente duro fue Quinto Fabio Máximo con estas tropas a las que negó el perdón cuando el cónsul Marcelo intercedió por ellas tras la conquista de Siracusa (véase la novela *Africanus, el hijo del cónsul*).

legiones urbanae: Las tropas que permanecían en la ciudad de Roma acantonadas como salvaguarda de la ciudad. Actuaban como milicia de seguridad y como tropas militares en caso de asedio o guerra.

lena: Meretriz, dueña o gestora de un prostíbulo.

lenón: Proxeneta o propietario de un prostíbulo.

lemures: Espíritus de los difuntos, generalmente malignos, adorados y temidos por los romanos.

Lemuria: Fiestas en honor de los *lemures*, espíritus de los difuntos. Se celebraban los días 9, 11 y 13 de mayo.

letterae: Pequeñas tablillas de piedra que hacían las veces de entrada para el recinto del teatro.

Liberalia: Festividad en honor del dios Liber, que se aprovechaba para la celebración del rito de paso de la infancia a la adolescencia y durante el que se imponía la *toga viriles* por primera vez a los muchachos romanos. Se celebraba cada 17 de marzo.

lictor: Legionario que servía en el ejército consular romano prestando el servicio especial de escolta del jefe supremo de la legión: el cónsul. Un cónsul tenía derecho a estar escoltado por doce *lictores*, y un dictador, por veinticuatro.

linterna púnica: Las linternas más apreciadas de la antigüedad provenían de Cartago y de ahí el nombre. Eran las que poseían las paredes más finas, pese a ser de cuerno o vejiga de animal y que, en consecuencia, iluminaban más. Posteriormente, las linternas se hicieron de cristal.

lituus: Un bastón largo terminado de forma curva típico de los augures romanos.

Lotus: Árbol centenario que estuvo plantado en el centro de Roma desde los tiempos de Rómulo hasta más allá del reinado de Trajano.

Lug: Dios principal de los celtas. Tal es su importancia, que dio nombre a la ciudad de Lugdunum, la actual Lyon. Aparece bajo distintas apariencias: como el dios-ciervo Cerunnos, como el dios Taranis de la tempestad o como el luminoso Belenos.

Lupercalia: Festividades con el doble objetivo de proteger el territorio y promover la fecundidad. Los *luperci* recorrían las calles con sus *februa* para «azotar» con ellas a las jóvenes romanas en la creencia de que con ese rito se favorecería la fertilidad.

luperci: Personas pertenecientes a una cofradía especial religiosa encargada de una serie de rituales encaminados a promover la fertilidad en la antigua Roma.

Macellum: Uno de los más grandes mercados de la Roma antigua, ubicado al norte del foro. Sufrió un tremendo incendio, igual que todo su barrio, que llegó a extenderse hasta el mismísimo foro en torno al 210 o 209 a.C. Tito Livio menciona este incendio. Nunca se descubrió la cusa del mismo, aunque se atribuyó a criminales. En *Las legiones malditas* el incendio viene recreado en el capítulo «una noche de fuego».

mamertinos: Fuerza mercenaria de origen itálico al servicio de Agatocles, tirano de Siracusa. Tras la muerte del tirano en el 288 a.C., los autodenominados *mamertinos,* hijos del dios de la guerra Marte, se sublevaron en vez de retirarse tomando la ciudad de Mesina y convirtiéndose en una fuente de conflictos durante bastantes años. Los *mamertinos,* conocedores que desde Mesina se controlaba el estrecho del mismo nombre, clave para el tráfico marítimo de la época, negociaron y chantajearon a romanos y cartagineses.

manantial de Aretusa: Manantial natural en la Isla Ortygia de Siracusa que da al mar y que los griegos atribuían a la presencia allí de la ninfa Aretusa.

Manes: Las almas o espíritus de los que han fallecido.

manumissio vidicta: Proceso por el cual se concedía la libertad a un esclavo al solicitarla un ciudadano romano que actuaba como *adsertor libertatis* frente a un magistrado.

manus ferrea: Gran pasarela que los romanos tendían desde sus barcos hacia la cubierta de los navíos enemigos con un poderoso *corvus* o gran polea para abordarlos con sus tropas.

Marte: Dios de la guerra y los sembrados. A él se consagraban las legiones en marzo, cuando se preparaban para una nueva campaña. Normalmente se le sacrificaba un carnero.

Marsias: Estatua arcaica de Sileno en el centro del foro, con un hombre desnudo cubierto por el *pileus* o gorro frigio que simbolizaba la libertad. Por ello, los libertos, recién adquirida su condición de libertad, se sentían obligados a acercarse a la estatua y tocar el gorro frigio.

medius lectus: De los tres *triclinia* que normalmente conformaban la estancia dedicada a la cena, el que ocupaba la posición central y, en consecuencia, el de mayor importancia social.

Mercator: Comedia de Plauto basada en un original griego de Filemón, poeta de Siracusa (361-263 a.C.). La mayoría de los historiadores la consideran la segunda obra de Plauto tras la *Asinaria*, aunque, como es habitual, la datación de la misma oscila, concretamente entre el 212 y el 206 a.C. En esta novela se la ha situado en el 211 a.C. Para muchos críticos es una obra inferior en la producción plautina con una acción lenta y de menor comicidad que otras de sus obras más famosas. Se considera que, en este caso, Plauto se limitó a traducirla sin incorporar sus geniales aportaciones, como haría en otros muchos casos.

meseta de Epipolae: Gran meseta al oeste de la ampliada ciudad de Siracusa tras la anexión de nuevos terrenos con la construcción de la muralla de Dionisio.

Miles Gloriosus: Una de las obras más famosas de Tito Maccio Plauto. Su fecha de estreno, como siempre en el caso de las obras de Plauto, es origen de controversia aunque la mayoría de los expertos considera que se estrenó en el 205 a.C., fecha que hemos tomado para introducirla en la novela. La obra muestra el conocimiento exhaustivo que Plauto tenía de la vida militar, probablemente fruto de su propio paso como soldado al servicio de las legiones de Roma (véase la novela *Africanus, el hijo del cónsul*). El marcado carácter crítico del texto del *Miles Gloriosus* ha hecho que muchos críticos la consideren una de las primeras obras antibelicistas de la historia de la literatura. Su propio título, que traducido *El soldado fanfarrón*, da idea del tono general de la obra.

milla: los romanos medían las distancias en millas. Un milla romana equivalía a mil pasos y cada paso a 1,4 o 1,5 metros aproximadamente, de modo que una milla equivalía a entre 1.400 y 1.500 metros actuales, aunque hay controversia sobre el valor exacto de estas unidades de medida romanas. En *Las legiones malditas* las he usado con los valores referidos anteriormente.

mina: Moneda de curso legal a finales del siglo III a.C. en Roma.

Minos, Radamanto y ***Eaco:*** Los temidos e implacables jueces del inframundo.

mola salsa: Una salsa especial empleada en diversos rituales religiosos elaborada por las vestales mediante la combinación de harina y sal.

mulsum: Bebida muy común y apreciada entre los romanos elaborada al mezclar el vino con miel.

munerum indictio: Castigo por el cual un legionario se veía obligado a realizar trabajos o actividades indignas de su condición, desde acampar fuera del campamento hasta tener que estar en pie toda la noche frente al *praetorium*. En casos extremos, podía suponer el traslado a destinos complicados o el encargo de misiones de alto riesgo.

muralla servia: Fortificación amurallada levantada por los romanos en los inicios de la República para protegerse de los ataques de las ciudades latinas con las que competía por conseguir la hegemonía en Lacio. Estas murallas protegieron durante siglos la ciudad hasta que decenas de generaciones después, en el Imperio, se levantó la gran muralla Aureliana. Un resto de la muralla servia es aún visible junto a la estación de ferrocarril Termini en Roma.

murez: Almejas rojas exquisitas especialmente valoradas por los romanos.

Neápolis: Nuevo barrio de la antigua Siracusa, añadido al ampliar Dionisio las murallas de la ciudad hacia el oeste.

nequaquam ita siet: Fórmula por la que se votaba en contra de una moción en el antiguo Senado de Roma que significa «que de ningún modo sea así».

nefasti: Días que no eran propicios para actos públicos o celebraciones.

Neptuno: En sus orígenes Dios del agua dulce. Luego, por asimilación con el dios griego Poseidón, será también el dios de las aguas saladas del mar.

Nihil vos teneo: «Nada más tengo (que tratar) con vosotros», fórmula con la que el presidente del Senado de Roma levantaba la sesión.

Nimbus: Joya de especial valor, normalmente formada por una lámina de oro y perlas que un fino hilo o cinta de lino mantenía sujetas a la frente. Es más pequeña que una diadema. Plauto menciona un *nimbus* en una de sus obras. Estas joyas eran apreciadas por hacer más pequeñas las frentes de las mujeres romanas, y es que en la antigua Roma no se consideraba bella una frente amplia y despejada en el caso de una mujer. El nombre de la joya hace referencia a la luz que rodea la cabeza de una diosa.

nobilitas: Selecto grupo de la aristocracia romana republicana compuesto por todos aquellos que en algún momento de su *cursus honorum* habían ostentado el consulado, es decir, la máxima magistratura del Estado.

nodus Herculis o ***nodus Herculaneus:*** Un nudo con el que se ataba la túnica de la novia en una boda romana y que representaba el carácter indisoluble del matrimonio. Sólo el marido podía deshacer ese nudo en el lecho de bodas.

nonae: El séptimo día en el calendario romano de los meses de marzo, mayo, julio y octubre, y el quinto día del resto de los meses.

nomen: También conocido como *nomen gentile* o *nomen gentilicium*, indica la *gens* o tribu a la que una persona estaba adscrita. El protagonista de esta novela pertenecía a la tribu Cornelia, de ahí que su *nomen* sea Cornelio.

oppugnatio repentina: Ataque sobre la marcha, sin detenerse. En estos casos, las legiones se lanzan sobre el enemigo, sobre su campamento o contra su ciudad sin detenerse, sin frenar su avance. Se intentaba así aprovechar el factor sorpresa, pues era más habitual que cuando dos ejércitos enemigos se encontraban frente a frente pasaran unos días antes del gran combate.

optio carceris: Castigo según el cual un legionario era condenado a una pena de prisión.

paludamentum: Prenda abierta, cerrada con una hebilla, similar al *sagum* de los oficiales pero más largo y de color púrpura. Era como un gran manto que distinguía al general en jefe de un ejército romano.

panis militaris: Pan militar.

Parentalia: Rituales en honor de los difuntos que se celebraban entre el 13 y el 21 de febrero.

pater familias: El cabeza de familia tanto en las celebraciones religiosas como a todos los efectos jurídicos.

patina: Plato.

patres conscripti: Los padres de la patria; forma habitual de referirse a los senadores. Como se detalla en la novela este término deriva del antiguo *patres et conscripti*.

pecuniaria multa: Castigo por el que se privaba a un legionario de una parte o de la totalidad de su *salario*.

Penates: Las deidades que velan por el hogar.

peristilium o peristylium: Fue copiado de los griegos. Se trataba de un amplio patio porticado, abierto y rodeado de habitaciones. Era habitual que los romanos aprovecharan estos espacios para crear suntuosos jardines con flores y plantas exóticas.

Picus Ruminalis o Ruminal: Una moribunda higuera partida por un rayo bajo la que se suponía que la loba amamantó a los gemelos Rómulo y Remo.

pileus: Gorro frigio de la estatua *Marsias* situada en el foro. El gorro simbolizaba la libertad y los libertos deseaban tocarlo tras ser manumitidos.

pilum, pila: Singular y plural del arma propia de los *hastati* y *principes*. Se componía de una larga asta de madera de hasta metro y medio que culminaba en un hierro de similar longitud. En tiempos del historiador Polibio y, probablemente, en la época de esta novela, el hierro estaba incrustado en la madera hasta la mitad de su longitud mediante fuertes remaches. Posteriormente, evolucionaría para terminar sustituyendo uno de los remaches por una clavija que se partía cuando el arma era clavada en el escudo enemigo, dejando que el mango de madera quedara colgando del hierro ensartado en el escudo trabando al enemigo que, con frecuencia, se veía obligado a desprenderse de su ara defensiva. En la época de César el mismo efecto se conseguía de forma distinta mediante una punta de hierro que resultaba imposible de extraer del escudo. El peso del *pilum* oscilaba entre 0,7 y 1,2 kilos y podía ser lanzado por los legionarios a una media de 25 metros de distancia, aunque los más expertos podían arrojar esta lanza incluso a 40 metros. En su caída, podía atravesar hasta tres centímetros de madera o, incluso, una placa de metal.

Pólux: Junto con su hermano Cástor, uno de los Dioscuros griegos asimilados por la religión romana. Su templo, el de los Cástores, o de Cástor y Pólux, servía de archivo a la orden de los *equites* o caballeros romanos. El nombre de ambos dioses era usado con frecuencia a modo de interjección en la época de Escipión.

pontifex maximus: Máxima autoridad sacerdotal de la religión romana. Vivía en la *Regia* y tenía plena autoridad sobre las vestales, elaboraba el calendario (con sus días *fastos* o *nefastos*) y redactaba los anales de Roma.

popa: Sirviente que, durante un sacrificio, recibe la orden de ejecutar al animal, normalmente mediante un golpe mortal en la cabeza de la bestia sacrificada.

porta praetoria: La puerta de un campamento romano que se encuentra en frente del *praetorium* del general en jefe.

porta decumana: La puerta de un campamento romano que se encuentra a espaldas del *praetorium* del general en jefe.

porta principalis sinistra: La puerta de un campamento romano que se encuentra a la izquierda del *praetorium* del general en jefe.

porta principalis dextera: La puerta de un campamento romano que se encuentra a la derecha del *praetorium* del general en jefe.

Portus Magnus: Nombre con el que se conocía el mayor de los dos puertos de Siracusa, una impresionante bahía para albergar una de las mayores flotas del Mediterráneo en la antigüedad.

portica Lo que quedaba a la espalda de un augur cuando éste iba a tomar auspicios o leer el vuelo de las aves. Lo que quedaba ante él se denominaba *antica.*

praefecti sociorum: «Prefectos de los aliados», es decir, los oficiales al mando de las tropas auxiliares que acompañaban a las legiones. Eran nombrados directamente por el cónsul. Los aliados de origen italiano eran los únicos que obtenían el derecho de ser considerados *socii.*

praenomen: Nombre particular de una persona, que luego era completado con su *nomen* o denominación de su tribu y su *cognomen* o nombre de su familia. En el caso del protagonista de *Africanus, el hijo del Cónsul* y de las *Legiones malditas*, el *praenomen* es Publio. A la vista de la gran variedad de nombres que hoy día disponemos para nombrarnos es sorprendente la escasa variedad que el sistema romano proporcionaba: sólo había un pequeño grupo de *praenomen* entre los que elegir. A la escasez de variedad, hay que sumar que cada *gens* o tribu solía recurrir a pequeños grupos de nombres, siendo muy frecuente que miembros de una misma familia compartieran el mismo *praenomen, nomen* y *cognomen*, generando así, en ocasiones, confusiones para historiadores o lectores de obras como esta novela. En *Las legiones malditas* se ha intentado mitigar este problema y su confusión incluyendo un árbol genealógico de la familia de Publio Cornelio Escipión y haciendo referencia a sus protagonistas como Publio padre o Publio hijo, según correspondiera. Y es que, por ejemplo, en el caso de los Escipiones, éstos, normalmente, sólo recurrían a tres *praenomen*: Cneo, Lucio y Publio.

praetorium: Tienda del general en jefe de un ejército romano. Se levantaba en el centro del campamento, entre el *quaestorium* y el foro.

prandium: Comida del mediodía, entre el desayuno y la cena. El *prandium* suele incluir carne fría, pan, verdura fresca o fruta, con frecuencia acompañado de vino. Suele ser frugal, al igual que el desayuno, ya que la cena es normalmente la comida más importante.

prima mensa: Primer plato en un banquete o comida romana.

primus pilus: El primer centurión de una legión, generalmente un veterano que gozaba de gran confianza entre los tribunos y el cónsul o procónsul al mando de las legiones.

princeps senatus: El senador de mayor edad. Por su veteranía gozaba de numerosos privilegios, como el de poder hablar primero en una sesión. Durante los años finales de su vida, esta condición recayó de forma continuada en la persona de Quinto Fabio Máximo.

principes: Legionarios que entraban en combate en segundo lugar, tras los *hastati.* Llevaban armamento similar a los *hastati,* destacando el *pilum* como arma más importante. Aunque etimológicamente su nombre indica que actuaban en primer lugar, esta función fue asignada a los *hastati* en el período de la segunda guerra púnica.

principia: Gran avenida de un campamento romano que une la *porta principalis sinistra* con la *porta principalis dextera* pasando por delante del *praetorium.*

pronuba: Mujer que actuaba como madrina de una boda romana. En el momento clave de la celebración la *pronuba* unía las manos derechas de los novios en lo que se conocía como *dextrarum iunctio.*

Proserpina: Diosa reina del inframundo, casada con Plutón después de que éste la raptara.

proximus lictor: *Lictor* de especial confianza, siempre el más próximo al cónsul.

puls: Agua y harina mezclados, una especia de gachas de trigo. Alimento muy común entre los romanos.

Qart Hadasht: Nombre cartaginés de la ciudad capital de su imperio en Hispania, denominada Cartago Nova por los romanos y conocida hoy día como Cartagena.

quaestor: En las legiones de la época republicana era el encargado de velar por los suministros y provisiones de las tropas, por el control de los gastos y de otras diversas tareas administrativas.

quaestorium: Gran tienda o edificación dentro de un campamento romano de la época republicana donde trabajaba el *quaestor.* Normalmente estaba ubicado junto al *praetorium* en el centro del campamento.

quinquerreme: Navío militar con cinco hileras de remos. Variante de la *trirreme.*

quod bonum felixque sit populo Romano Quiritium referimos ad vos, patres conscripti: Fórmula mediante la que el presidente del Senado solía abrir una sesión: Referimos a vosotros, padres conscriptos, cuál es el bien y la dicha para el pueblo romano de los Quirites.

quo vadis: Expresión latina que significa «¿adónde vas?».

relatio: Lectura o presentación por parte del presidente del Senado de la moción que se ha de votar o del asunto que se ha de debatir en la sesión en curso.

Rostra: En el año 338 a.C., tras el triunfo de Maenius sobre los Antiates, se trajeron seis espolones de las naves apresadas que se usaron para decorar una de las tribunas desde las que los oradores podían dirigirse al pueblo congregado en la gran explanada del *Comitium*. Estos espolones recibieron el sobrenombre de *Rostra.*

Ruminal: Ver *Picus ruminalis.*

sagum: Es una prenda militar abierta que suele ir cosida con una hebilla; suele ser algo más largo que una túnica y su lana, de mayor grosor. El general en jefe llevaba un *sagum* más largo y de color púrpura que recibiría el nombre de *paludamentum.*

Saturnalia: Tremendas fiestas donde el desenfreno estaba a la orden del día. Se celebraban del 17 al 23 de diciembre en honor del dios Saturno, el dios de las semillas enterradas en la tierra.

schedae: Hojas sueltas de papiro utilizadas para escribir. Una vez escritas, se podían pegar para formar un rollo.

scipio: «Bastón» en latín, palabra de la que la familia de los Escipiones deriva su nombre.

secunda mensa: Segundo plato en un banquete romano.

sella: El más sencillo de los asientos romanos. Equivale a un sencillo taburete.

sella curulis: Como la *sella*, carece de respaldo, pero es un asiento de gran lujo, con patas cruzadas y curvas de marfil que se podían plegar para facilitar el trasporte, pues se trataba del asiento que acompañaba al cónsul en sus desplazamientos civiles o militares.

senaculum: Había dos, uno frente al edificio de la *Curia* donde se reunía el Senado y otro junto al templo de Bellona. Ambos eran espacios abiertos aunque es muy posible que estuvieran porticados. Los empleaban los senadores para reunirse y deliberar, en el primer caso, mientras que el que se encontraba junto al templo de Bellona era empleado para recibir a embajadores extranjeros a los que no se les permitía la entrada en la ciudad.

senatum consulere: Moción presentada por un cónsul ante el Senado para la que solicita su aprobación

signifer: Portaestandarte de las legiones.

sibilinamente: De forma peculiar, extraña y retorcida, derivado de la Sibila de Cumas, la peculiar profeta que ofreció al rey Tarquino de Roma los libros cargados de profecías sobre el futuro de Roma y que luego interpretaban los sacerdotes, con frecuencia, de modo complejo y extraño, a menudo de manera acomodaticia con las necesidades de los gobernantes de Roma. Los tres libros de la Sibila de Cumas o sibilinos se guardaban en el templo de Júpiter Óptimo Máximo en el Capitolio, hasta que en el 83 un incendio los dañó gravemente. Tras su recomposición Augusto los depositó en el templo de Apolo Palatino.

solium: Asiento de madera con respaldo recto, sobrio y austero.

status: Expresión latina que significa «el estado o condición de una cosa». Puede referirse tanto al estado de una persona en una profesión como a su posición en el contexto social.

statu quo: Expresión latina que significa «en el estado o situación actual».

stilus: Pequeño estilete empleado para escribir o bien sobre tablillas de cera grabando las letras o bien sobre papiro utilizando tinta negra o de color.

stipendium: Sueldo que cobraban en las legiones. En tiempos de Escipión, según nos indica el historiador Polibio, un legionario cobraba dos óbolos por día, un centurión cuatro y el caballero un dracma.

sub hasta: Literalmente, «bajo el hasta o insignia de la legión». Bajo dicha hasta se repartía el botín tras una victoria que podía incluir la venta de los prisioneros como esclavos.

tabernae novae: Tiendas en el sector norte del foro, generalmente ocupadas por carnicerías.

tabernae septem: Tiendas al norte del foro, incendiadas en el 210 o 209 a.C. y reconstruidas como *tabernae quinque.*

tabernae veteres: Tiendas en el sur del foro ocupadas por cambistas de moneda.

tablinum: Habitación situada en la pared del atrio en el lado opuesto a la entrada principal de la *domus*. Esta estancia estaba destinada al *pater familias*, haciendo las veces de despacho particular del dueño de la casa.

tabulae nupciales: Tablas o capítulos nupciales que eran firmados por los testigos al final de una boda romana para dar fe del acontecimiento.

Tania: Diosa púnica-fenicia de la fertilidad, origen de toda la vida, cuyo culto era coincidente con el de la diosa madre venerada en tantas culturas del Mediterráneo occidental. Los griegos la asimilaron como Hera y los romanos como Juno.

templo de Apolo: Uno de los grandes templos de Siracusa, con seis columnas en el lado corto y diecisiete en los laterales largos, todas de orden jónico. Levantado en el siglo VI a.C.

templo de Artemisa: Templo dedicado a la diosa Artemisa levantado en el centro de la *Isla Ortygia* en Siracusa.

templo de Atenea: En Siracusa, uno de los mayores templos de la ciudad, construido en el siglo V a.C. y que en la actualidad está reconvertido en catedral de la ciudad, con seis columnas frontales y catorce laterales, todas de orden jónico que aún son visibles y que aún actúan como soportes de la mayor parte de la estructura del edificio. Sus columnas son famosas por su enorme diámetro.

templo de Iupitter Libertas: Templo levantado en el Aventino por Sempronio Graco en el 238 a.C.

tessera: Pequeña tablilla en la que se inscribían signos relacionados con los cuatro turnos de guardia nocturna en un campamento romano. Los centinelas debían hacer entrega de la *tessera* que habían recibido a las patrullas de guardia, que comprobaban los puestos de vigilancia durante la noche. Si un centinela no entregaba su *tessera* por ausentarse de su puesto de guardia para dormir o cualquier otra actividad, era condenado a muerte. También se empleaban *tesserae* con otros usos muy diferentes en la vida civil como, por ejemplo, el equivalente a una de nuestras entradas al teatro. Los ciudadanos acudían al lugar de una representación con su *tessera* en la que se indicaba el lugar donde debía ubicarse cada espectador.

toga praetexta: Toga blanca ribeteada con color rojo que se entregaba al niño durante una ceremonia de tipo festivo durante la que se distribuían todo tipo de pasteles y monedas. Ésta era la primera toga que el niño llevaba y la que sería su vestimenta oficial hasta su entrada en la adolescencia, cuando le será sustituida por la *toga virilis*.

toga virilis: Toga que sustituía a la toga *praetexta* de la infancia. Esta nueva toga le era entregada al joven durante las *Liberalia*, festividad que se aprovechaba para introducir a los nuevos adolescentes en el mundo adulto y que culminaba con la *deductio in forum*.

tonsor: Barbero.

torque: Condecoración militar en forma de collar.

trabea: Vestimenta característica de un augur: una toga nacional con remates en púrpura y escarlata.

triari: El cuerpo de legionarios más expertos en la legión. Entraban en combate en último lugar, reemplazando a la infantería ligera y a los *hastati* y *principes*. Iban armados con un escudo rectangular, espada y, en lugar de lanzas cortas, con una pica alargada con la que embestían al enemigo.

triclinium, triclinia: Singular y plural de los divanes sobre los que los romanos se recostaban para comer, especialmente, durante la cena. Lo frecuente es que hubiera tres, pero podían añadirse más en caso de que esto fuera necesario ante la presencia de invitados.

trirreme: Barco de uso militar del tipo galera. Su nombre romano *trirreme* hace referencia a las tres hileras de remos que, a cada lado del buque, impulsaban la nave. Este tipo de navío se usaba desde el siglo VII a.C. en la guerra naval del mundo antiguo. Hay quienes consideran que los egipcios fueron sus inventores, aunque los historiadores ven en las trieras corintias su antecesor más probable. De forma específica, Tucídides atribuye a Aminocles la invención de la *trirreme*. Los ejércitos de la antigüedad se dotaron de estos navíos como base de sus flotas, aunque a éstos les añadieron barcos de mayor tamaño sumando más hileras de remos, apareciendo así las *cuatrirremes*, de cuatro hileras o las *quinquerremes*, de cinco. Se llegaron a construir naves de seis hileras de remos o de diez, como las que actuaron de buques insignia en la batalla naval de Accio entre Octavio y Marco Antonio. Calígeno nos describe un auténtico monstruo marino de 40 hileras construido bajo el reinado de Ptolomeo IV Filopátor (221-203 a.C.) contemporáneo de la época de *Africanus, el hijo del cónsul*, aunque, caso de ser cierta la existencia de semejante buque, éste sería más un juguete real que un navío práctico para desenvolverse en una batalla naval.

triunfo: Desfile de gran boato y parafernalia que un general victorioso realizaba por las calles de Roma. Para ser merecedor de tal honor, la victoria por la que se solicita este premio ha de haber sido conseguida durante el mandato como cónsul o procónsul de un ejército consular o proconsular.

triunviros: Legionarios que hacían las veces de policía en Roma o ciudades conquistadas. Con frecuencia patrullaban por las noches y velaban por el mantenimiento del orden público.

tubicines: Trompeteros de las legiones que hacían sonar las grandes tubas con las que se daban órdenes para maniobrar las tropas.

Tubilustrium: Día festivo en Roma en el que se celebraba la purificación de las trompetas y tubas de guerra. Esto tenía lugar cada 23 de mayo.

túnica recta: Túnica de lana blanca con la que la novia acudía a la celebración de su enlace matrimonial.

turma, turmae: Singular y plural del término que describe un pequeño destacamento de caballería compuesto por tres decurias de diez jinetes cada una.

ubi tu Gaius, ego Gaia: Expresión empleada durante la celebración de una boda romana. Significa «donde tú Gayo, yo Gaya», locución originada a partir de los nombres prototípicos romanos de Gaius y Gaia que se adoptaban como representativos de cualquier persona.

uerutum: Dardo arrojadizo propio de la antigua falange serviana romana que progresivamente fue reemplazado por otras armas arrojadizas.

uti tu rogas: Fórmula de aceptación a la hora de votar una moción en el antiguo Senado de Roma que significa «como solicitas».

velites: Infantería ligera de apoyo a las fuerzas regulares de la legión. Iban armados con espada y un escudo redondo más pequeño que el resto de los legionarios. Solían entrar en combate en primer lugar. Sustituyeron a un cuerpo anterior de funciones similares denominado *leves*. Esta sustitución tuvo lugar en torno al 211 a.C. En esta novela hemos empleado de forma sistemática el término *velites* para referirnos a las fuerzas de infantería ligera romana.

vestal: Sacerdotisa perteneciente al colegio de las vestales dedicadas al culto de la diosa Vesta. En un principio sólo había cuatro, aunque posteriormente se amplió el número de vestales a seis y, finalmente, a siete. Se las escogía cuando tenían seis y diez años de familias cuyos padres estuvieran vivos. El período de sacerdocio era de treinta años. Al finalizar, las vestales eran libres para contraer matrimonio si así lo deseaban. Sin embargo, durante su sacerdocio debían permanecer castas y velar por el fuego sagrado de la ciudad. Si faltaban a sus votos, eran condenadas sin remisión a ser enterradas vivas. Si, por el contrario, mantenían sus votos, gozaban de gran prestigio social hasta el punto de que podían salvar a cualquier persona que, una vez condenada, fuera llevada para su ejecución. Vivían en una gran mansión próxima al templo de Vesta. También estaban encargadas de elaborar la *mola salsa*, ungüento sagrado utilizado en muchos sacrificios.

Verrucoso: Sobrenombre por el que se conocía a Quinto Fabio Máximo por una gran verruga que tenía en un labio.

Via Appia: Calzada romana que parte desde la puerta Capena de Roma hacia el sur de Italia.

Via Latina: Calzada romana que parte desde la Via Appia hacia el interior en dirección sureste.

victimarius: Durante un sacrificio, era la persona encargada de encender el fuego, sujetar la víctima y preparar todo el instrumental necesario para llevar a término el acto sagrado.

victoria pírrica: Un victoria conseguida por el rey Pirro del Épiro en sus campañas contra los romanos en la península itálica en sus enfrentamientos durante el siglo III. a.C. El rey de origen griego cosechó varias de estas victorias que, no obstante, fueron muy escasas en cuanto a resultados prácticos ya que, al final, los romanos se rehicieron hasta obligarle a retirarse. De aquí se extrajo la expresión que hoy día se emplea para indicar que se ha conseguido una victoria por la mínima, en deportes, o un logro cuyos beneficios serán escasos.

Vicus Jugarius: Avenida que conectaba el *Forum Holitorium* o mercado de las verduras junto a la puerta Carmenta con el foro del centro de Roma, rodeando por el este el monte Capitolino.

Vicus Tuscus: Avenida que transcurre desde el *Foro Boario* hasta el gran foro del centro de la ciudad y que en gran parte transita en paralelo con la *Cloaca Máxima.*

voti damnatus, voti condemnatus, voti reus: Diferentes formas de referirse al hecho de estar uno atado por una promesa que debe cumplir por encima de cualquier cosa. En la novela se refiere a la promesa que Cayo Lelio hiciera al padre de Publio Cornelio Escipión de proteger siempre, con su vida si era necesario, al joven Publio (ver novela *Africanus, el hijo del cónsul*).

Vucanal: El Vucanal era una plaza descubierta donde se levantó un templo en honor a Vulcano cuando Rómulo y Tatio hicieron las paces. Se ubicaba al noroeste del foro y al oeste del *Comitium*, ocupando parte del espacio que César emplearía para levantar su foro.

II

Árbol genealógico de Publio Cornelio Escipión, *Africanus*

En el centro del recuadro queda resaltado el protagonista de esta historia.

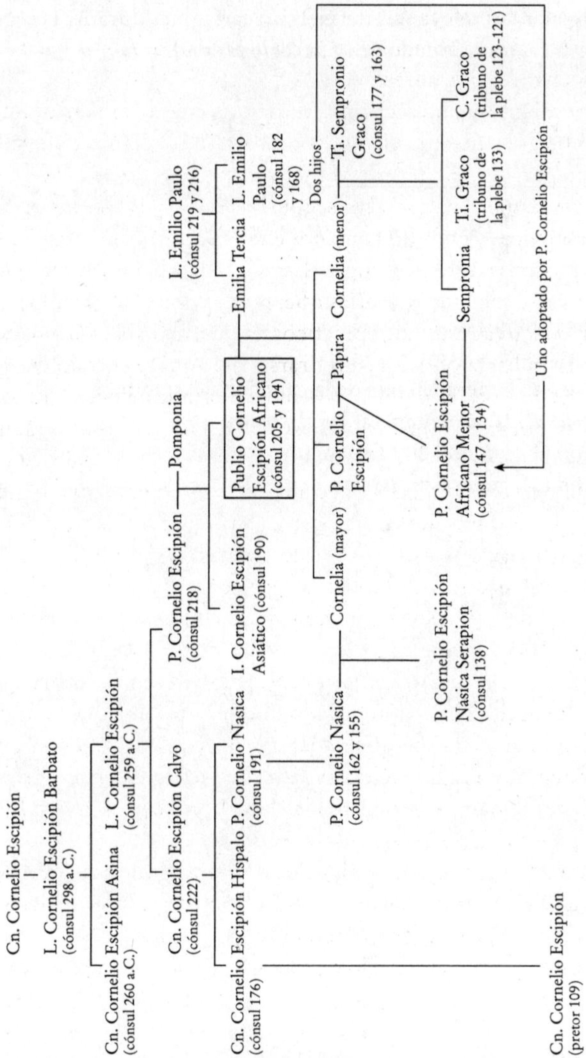

III

El alto mando cartaginés

A continuación se incluye un breve diagrama de los principales miembros masculinos de la familia de Aníbal Barca y un breve listado de otros generales relevantes del ejército cartaginés durante la segunda guerra púnica, mencionados en *Las legiones malditas*.

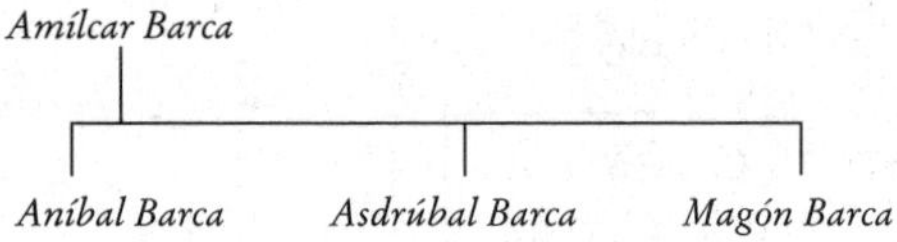

Otros generales:

Maharbal, general en jefe de la caballería cartaginesa
(Asdrúbal) Giscón, general en Hispania
Hanón (1), general en Hispania
Hanón (2), general en África

IV

Listado de cónsules de Roma

Se incluye un listado de los cónsules de la República de Roma (las magistraturas más altas del Estado durante los años en que transcurre la acción desde el nacimiento de Publio Cornelio Escipión, es decir, desde el 235 hasta el 202 a.C., fecha en la que concluye la segunda guerra púnica. El termino *sufecto* entre paréntesis indica que un cónsul es sustituido por otro, ya sea por muerte en el campo de batalla o porque el Senado plantea la necesidad de dicha sustitución.

(235 a.C.) T. Manlio Torcuato y C. Atilio Bulbo
(234 a.C.) L. Postumio Albino y Sp. Carvilio Máximo
(233 a.C.) Q. Fabio Máximo y M. Postumio Matho
(232 a.C.) M. Emilio Lépido y M. Publicio Melleolo
(231 a.C.) M. Pomponio Matho y C. Papirio Maso
(230 a.C.) M. Emilio Barbula y M. Junio Pera
(229 a.C.) Lucio Postumio Albino y Cn. Fulvio Centumalo
(228 a.C.) Sp. Carvilio Máximo y Quinto Fabio Máximo
(227 a.C.) P. Valerio Flaco y M. Atilio Régulo
(226 a.C.) M. Valerio Mesalla y L. Apustio Fullo
(225 a.C.) L. Emilio Papo y C. Atilio Régulo
(224 a.C.) T. Manlio Torcuato y Q. Fulvio Flaco
(223 a.C.) Cayo Flaminio y P. Furio Filo
(222 a.C.) M. Claudio Marcelo y Cneo Cornelio Escipión
(221 a.C.) P. Cornelio Escipión Asina, M. Minucia Rufo, M. Emilio Lépido (sufecto)
(220 a.C.) M. Valerio Laevino, Q. Mucio Scevola, C. Lutacio Cátulo, L. Veturio Filo
(219 a.C.) L. Emilio Paulo, M. Livio Salinator
(218 a.C.) P. Cornelio Escipión, Ti. Sempronio Longo
(217 a.C.) Cn. Servilio Gémino, C. Flaminio, M. Atilio Régulo (sufecto)
(216 a.C.) C. Terencio Varrón, L. Emilio Paulo
(215 a.C.) L. Postumio Albino, Ti. Sempronio Graco, M. Claudio Marcelo (sufecto), Q. Fabio Máximo (sufecto)
(214 a.C.) Q. Fabio Máximo, M. Claudio Marcelo

(213 a.C.) Q. Fabio Máximo, Ti. Sempronio Graco
(212 a.C.) Q. Fulvio Flaco, Ap. Claudio Pulcro
(211 a.C.) Cn. Fulvio Centumalo, P. Sulpicio Galba
(210 a.C.) M. Claudio Marcelo, M. Valerio Laevino
(209 a.C.) Q. Fabio Máximo, Q. Fulvio Flaco
(208 a.C.) M. Claudio Marcelo, T. Quincio Crispino
(207 a.C.) C. Claudio Nerón, M. Livio Salinator
(206 a.C.) L. Veturio Filo, Q. Cecilio Metelo
(205 a.C.) P. Cornelio Escipión, P. Licinio Craso
(204 a.C.) M. Cornelio Cetego, P. Sempronio Tuditano
(203 a.C.) Cn. Servilio Cepión, C. Servilio Gémino
(202 a.C.) M. Servilio Puplex Gémino, Ti. Claudio Nerón

Espacio de tiempo en el que transcurre *Las legiones malditas*

V

Mapas

A continuación, se muestran mapas de las principales batallas relatadas en *Las legiones malditas.*

Batalla de Baecula

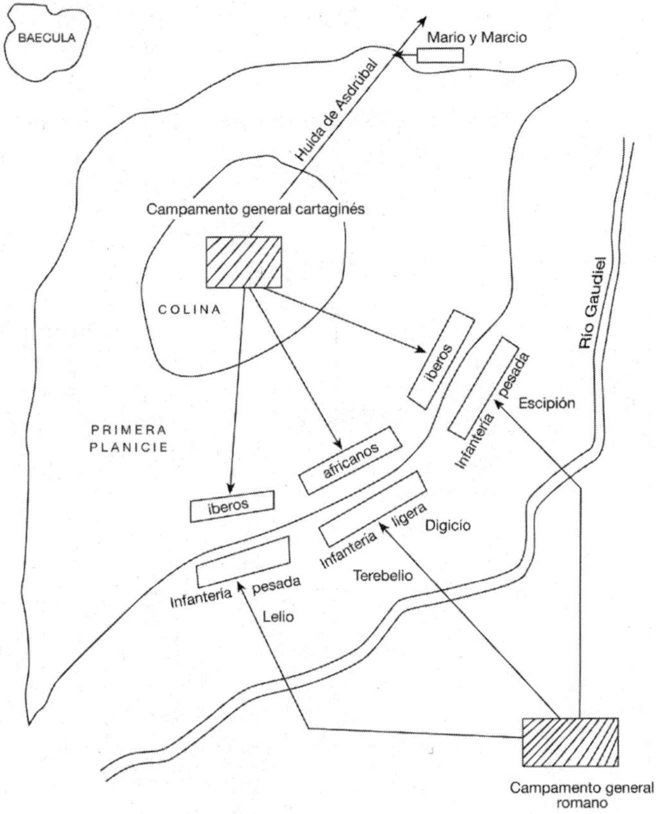

Batalla de Ilipa

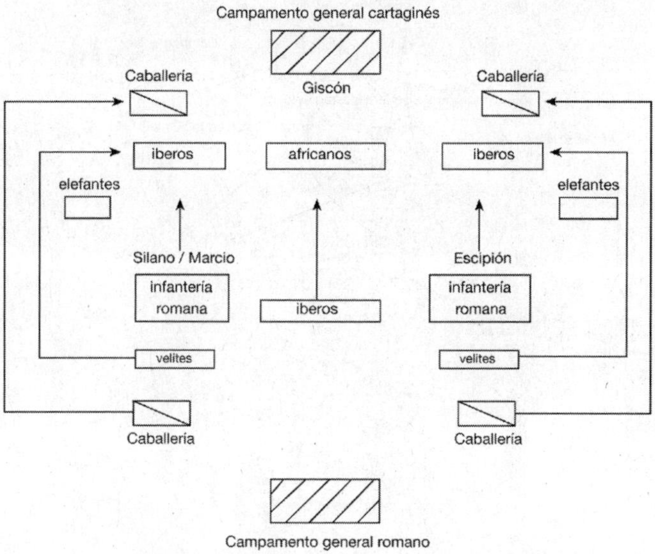

Campañas de África

El mapa muestra el asedio de Útica, la emboscada a la caballería de Hanón, el repliegue hacia Castra Cornelia y el ataque a los campamentos de Sífax y Giscón, durante el 204 y el 203 a.C.

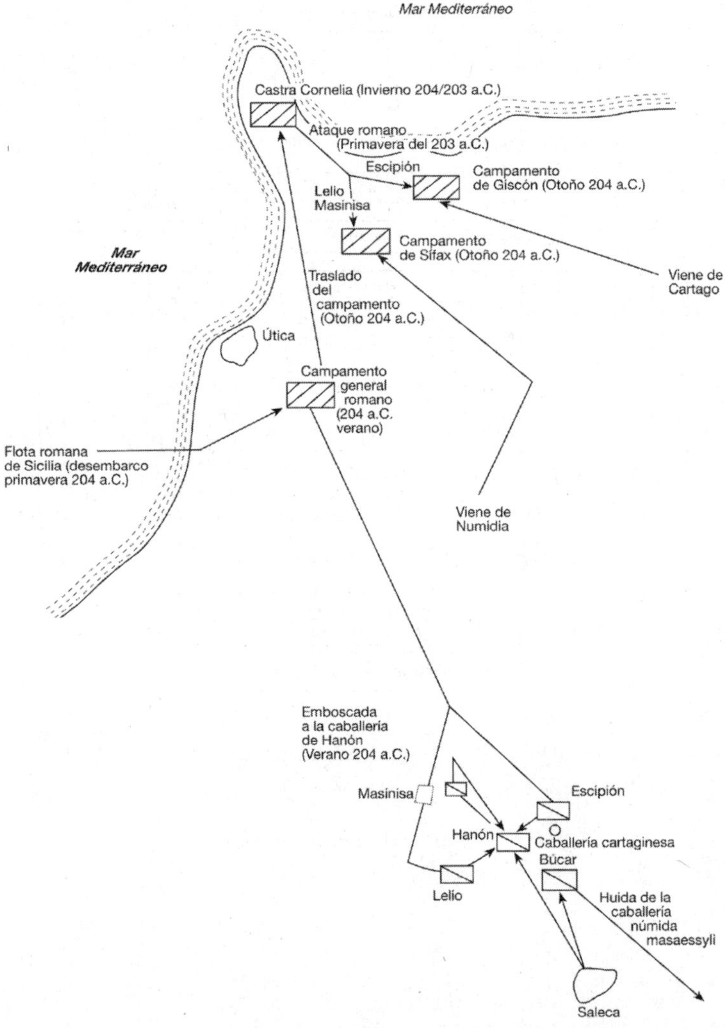

Batalla de Zama. Posición inicial de las tropas

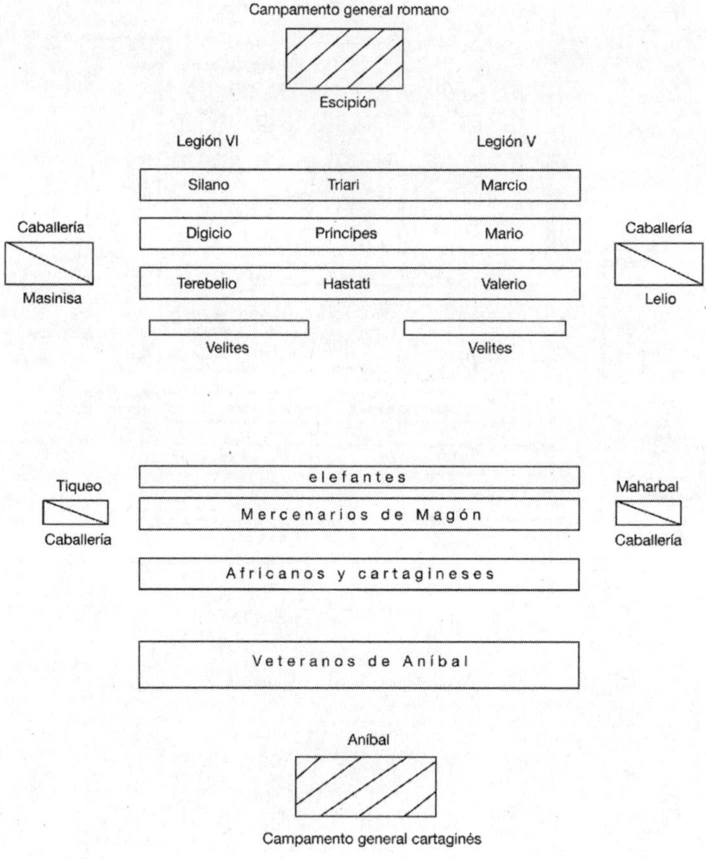

Batalla de Zama. La carga de los elefantes y el enfrentamiento de las caballerías

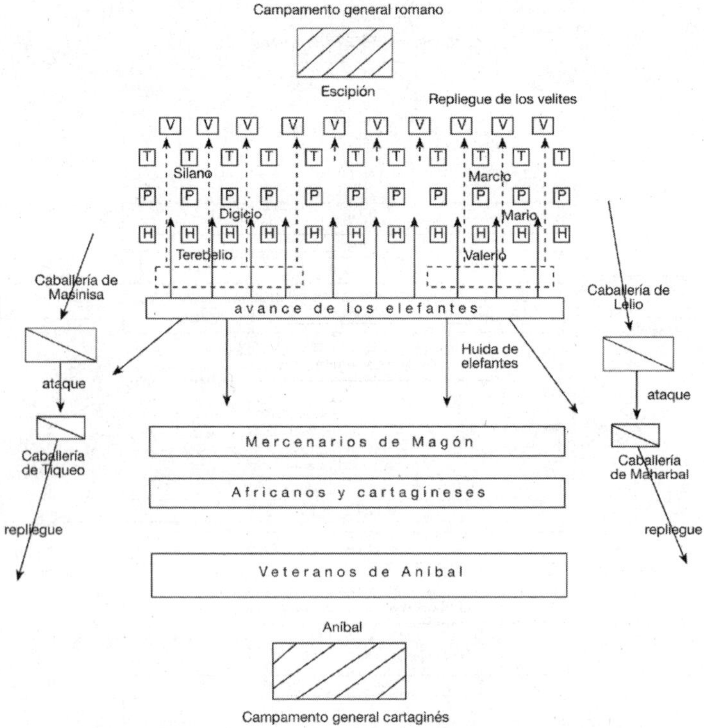

Batalla de Zama. Enfrentamiento de las infanterías romana y cartaginesa

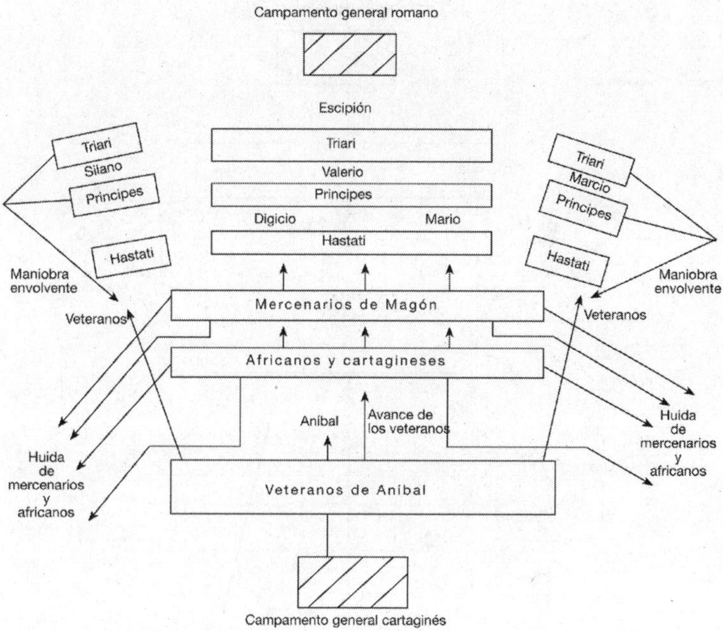

Batalla de Zama. Fase final

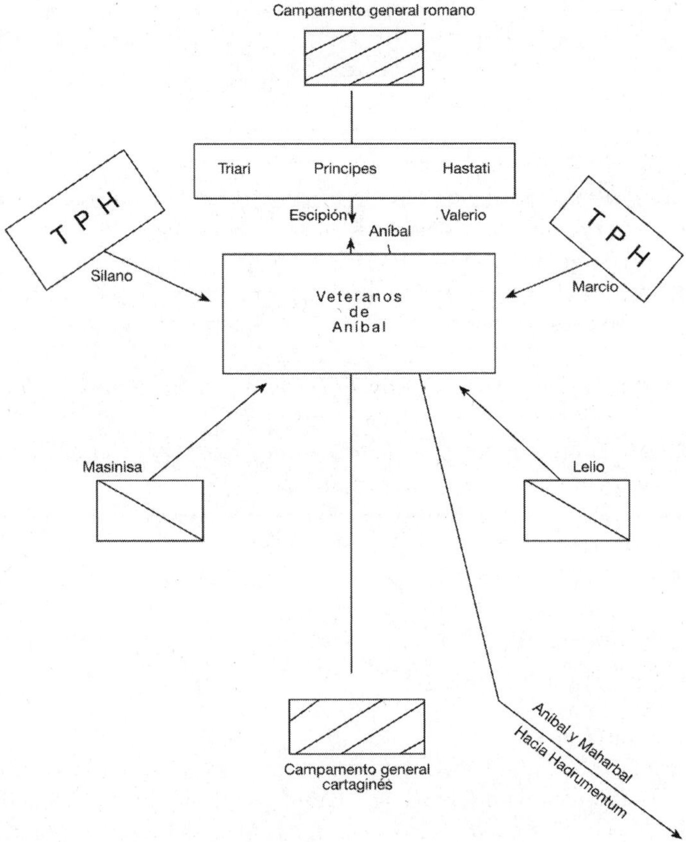

VI

Bibliografía

Sin todos estos historiadores, investigadores, filósofos y escritores esta novela no habría sido posible. Si hay errores en *Las legiones malditas* son responsabilidad única del autor. La documentación procede de estas obras referidas a continuación. En estos libros, los aficionados a la historia de Roma y el mundo antiguo encontrarán muchas horas de conocimiento.

ADKINS, Lesley y ADKINS, Roy, *El Imperio romano: historia, cultura y arte*. Edimat, Madrid, 2005.

ADOMEIT, K., *Aristóteles, sobre la amistad*. Servicio de Publicaciones de la Universidad de Córdoba, Córdoba, 1995.

ALFARO, C., *El tejido en época romana*. Arco Libros, Madrid, 1997.

APIANO, *Historia de Roma I*. Gredos, Madrid, 1980.

ARISTÓTELES, *Ética a Nicómaco*. Libros I y VI. Universitat de València, Valencia, 1993.

—, *Política*. Introducción, traducción y notas de Carlos García Gual y Aurelio Pérez Jiménez. Alianza Editorial, Madrid, 2005.

BARREIRO RUBÍN, Víctor, *La Guerra en el Mundo Antiguo*. Almena, Madrid, 2004.

BOARDMAN, J., GRIFFIN, J. y MURRIA, O., *The Oxford History of The Roman World.* Reading, Oxford University Press, UK, 2001.

BRAVO, G., *Historia de la Roma antigua*. Alianza Editorial, Madrid, 2001.

BUCK, Ch. H., *A chronology of the plays of Plautus*. Baltimore, 1940.

BURREL, G., *Historia Universal Comparada*. Volumen II. Plaza y Janés, Barcelona, 1971.

CABRERO, J., *Escipión el Africano. La forja de un imperio universal.* Aldebarán Ediciones, Madrid, 2000.

CASSON, L., *Las bibliotecas del mundo antiguo*. Edicions Bellaterra, Barcelona, 2001.

CLARKE, J. R., *Sexo en Roma. 100 a.C.-250 d.C.* Océano, Barcelona, 2003.

CODOÑER, C. (ed.), *Historia de la literatura latina*. Cátedra, Madrid, 1997.

CODOÑER, C. y FERNÁNDEZ-CORTE, C., *Roma y su imperio*. Anaya, Madrid, 2004.

CRAWFORD, M., *The Roman Republic.* Harvard University Press, Cambridge, Massachusetts, 1993.

DELLA CORTE, F., *Da Sarsina a Roma. Ricerche plautine*. Florencia, 1962.

DODGE, T. A., *Hannibal: A History of the Art of War among the Carthaginians and Romans down to the Battle of Pydna, 168 B.C., with a Detailed Account of the Second Punic War*. Da Capo Press, U.S.A., 1891 (1995).

ENNIO, Q., *Fragmentos*. Consejo Superior de Investigaciones Científicas, Salamanca, 1984.

ENRIQUE, C. y SEGARRA, M., *La civilización romana. Cuadernos de Estudio, 10, Serie Historia Universal*. Editorial Cincel y Editorial Kapelusz, Madrid, 1979.

ERMINI, F. (coord.), *Gran Historia Universal. Época helenística.* Folio, Toledo, 2000.

ESPLUGA, X. y MIRÓ I VINAIXA, M., *Vida religiosa en la antigua Roma*. Editorial UOC, Barcelona, 2003.

FERNÁNDEZ-GALIANO, M., *Antología Palatina (Epigramas helenísticos).* Gredos, Madrid, 1978.

FERNÁNDEZ VEGA, P. A., *La casa romana.* Akal, Madrid, 2003.

GARCÍA GUAL, C., *Historia, novela y tragedia*. Alianza Editorial, Madrid, 2006.

GARDNER, J.F., *El pasado legendario. Mitos romanos.* Akal, Madrid, 2000.

GARLAN, Y., *La guerra en la antigüedad.* Aldebarán Ediciones, Madrid, 2003.

GASSET, C. (dir.), *El arte de comer en Roma: Alimentos de hombres, manjares de dioses.* Fundación de Estudios Romanos, Mérida, 2004.

GOLDSWORTHY, A., *Las guerras púnicas*. Ariel, Barcelona, 2002.

—, *Grandes generales del ejército romano.* Ariel, Barcelona, 2003.

GÓMEZ PANTOJA, J., *Historia Antigua (Grecia y Roma)*. Ariel, Barcelona, 2003.

GRACIA ALONSO, F., *Roma, Cartago, Íberos y Celtíberos.* Ariel, Barcelona, 2006.

GRIMAL, P, *La vida en la Roma antigua.* Ediciones Paidós, Barcelona, 1993.

—, *La civilización romana: Vida, costumbres, leyes, artes.* Editorial Paidós, Barcelona, 1999.

GUILLÉN, J., *Urbs Roma. Vida y costumbres de los romanos. I. La vida privada.* Ediciones Sígueme, Salamanca, 1994.

—, *Urbs Roma. Vida y costumbres de los romanos. II. La vida pública.* Ediciones Sígueme, Salamanca, 1994.

—, *Urbs Roma. Vida y costumbres de los romanos. III. Religión y ejército.* Ediciones Sígueme, Salamanca, 1994.

HAEFS, G., *Aníbal. La novela de Cartago.* Haffmans Verlag, Zurcí, 1990.

HAMEY, L. A. y HAMEY, J. A., *Los ingenieros romanos.* Akal, Madrid, 2002.

HERRERO LLORENTE, Víctor-José, *Diccionario de expresiones y frases latinas.* Gredos, Madrid, 1992.

HOFSTÄTTER, H. H. y PIXA, H., *Historia Universal Comparada. Tomo II: Del 696 al 63 antes de Cristo.* Editorial Plaza y Janés, Barcelona, 1971.

JAMES, S., *Roma Antigua.* Pearson Alambra, Madrid, 2004.

JOHNSTON, H. W., *The Private Life of the Romans. http://www.forumromanum.org/life/johnston.html,* 1932.

LARA PEINADO, F., *Así vivían los fenicios.* Grupo Anaya, Madrid, 2001.

LE BOHEC, Yann, *El ejército romano.* Ariel, Barcelona, 2004.

LEWIS, J. E. (ed.), *The Mammoth Book of Eyewitness. Ancient Rome: The history of the rise and fall of the Roman Empire in the words of those who were there.* Carroll and Graf, Nueva York, 2006.

LIDDELL HART, B. H., *Scipio Africanus, Greater Than Napoleon.* Da Capo Press, U.S.A., 1994.

LIVIO, T., *Historia de Roma desde su fundación.* Gredos, Madrid, 1993.

LIVY, T., *The War with Hannibal.* Penguin, Londres, 1972.

LÓPEZ, A. y POCIÑA, A., *La comedia romana.* Akal, Madrid, 2007.

LOZANO VELILLA, Arminda, *El mundo helenístico.* Editorial Síntesis, Madrid, 1993.

MANGAS, J., *Historia de España 3: De Aníbal al emperador Augusto. Hispania durante la República romana.* Ediciones Temas de Hoy, Madrid, 1995.

MANGAS, J., *Historia Universal. Edad Antigua. Roma.* Vicens Vives, Barcelona, 2004.

MANIX, Daniel P., *Breve historia de los gladiadores*. Ediciones Nowtilus, Madrid, 2004.

MELANI, Chiari; FONTANELLA, Francesca y CECCONI, Giovanni Alberto, *Atlas ilustrado de la Antigua Roma: de los orígenes a la caída del imperio*. Susaeta, Madrid, 2005.

MIRA GUARDIOLA, M. A., *Cartago contra Roma. Las guerras púnicas*. Aldebarán Ediciones, Madrid, 2000.

MOMMSEN, T., *Historia de Roma*, volumen IV, desde la reunión de Italia hasta la sumisión de Cartago y de Grecia. Ediciones Turner, Madrid, 1983.

NAVARRO, Frances (ed.), *Historia Universal. Atlas Histórico*. Editorial Salvat-El País, Madrid, 2005.

OLCINA DOMÉNECH, M. y PÉREZ JIMÉNEZ, R., *La ciudad ibero-romana de Lucentum*. MARQ y Diputación de Alicante, Alicante, 2001.

PLAUTO, T. M., *Miles Gloriosus*. Introducción, cronología, traducción y notas de José Ignacio Ciruelo. Bosch, Barcelona, 1991.

—, *El truculento o gruñón*. Ediciones clásicas, Madrid, 1996.

—, *Miles Gloriosus*. Ediciones clásicas, Madrid, 1998.

—, *Comedias I*. Cátedra, Madrid, 1998.

PLUTARCO, *Vidas paralelas: Timoleón-Paulo Emilio, Pelópidas-Marcelo*. Espasa-Calpe, Buenos Aires, 1952.

—, *Vidas paralelas II: Solón-Publícola, Temístocles-Camilo, Pericles-Fabio Máximo*. Gredos, Madrid, 1996.

PAYNE, R., *Ancient Rome*. Horizon, Nueva York, 2005.

POCIÑA, A. y RABAZA, B. (eds.), *Estudios sobre Plauto*. Ediciones clásicas, Madrid, 1998.

POLYBIUS, *The Rise of the Roman Empire*. Penguin, Londres, 1979.

ROLDÁN, J. M., *Historia de Roma I: La República de Roma*. Cátedra, Madrid, 1981.

—, *El ejército de la república romana*. Arco, Madrid, 1996.

SÁNCHEZ GONZÁLEZ, L., *La Segunda Guerra Púnica en Valencia: Problemas de un casus belli*. Institució Alfons El Magnànim - Diputació de València - 2000, Valencia, 2000.

SANMARTÍ-GREGO, E., *Ampurias. Cuadernos de Historia 16, 55*. Mavicam/SGEL, Madrid, 1996.

SANTOS YANGUAS, N., *Textos para la historia antigua de Roma*. Ediciones Cátedra, Madrid, 1980.

SAQUETE, C., *Las vírgenes vestales. Un sacerdocio femenino en la religión pública romana.* Consejo Superior de Investigaciones Científicas, Madrid, 2000.
SCARBE, Chris. *Chronicle of the Roman Emperors*. Thames & Hudson, Londres, 2001.
SEGURA MORENO, M., *Épica y tragedia arcaicas latinas: Livio Andrónico, Cneo Nevio, Marco Pacvvio*. Universidad de Granada, Granada, 1989.
SEGURA MURGUÍA, S., *El teatro en Grecia y Roma*. Zidor Consulting, Bilbao, 2001.
SCHUTTER, K. H. E., *Quipus annis comoediae Plautinae primum actae sint quaeritur*. Groninga, 1952.
VALENTÍ FIOL, Eduardo, *Sintaxis Latina*. Bosch, Barcelona, 1984.
WILKES, J., *El ejército romano*. Ediciones Akal, Madrid, 2000.

Índice

LIBRO III. La sangre de Aníbal (207 a.C.)

LIBRO IV. La conquista de Hispania (206 a.C.)

LIBRO V. Cónsul de Roma (205 a.C.)

LIBRO VI. El desembarco (204 a.C.)

LIBRO VII. La guerra de África (203 a.C.)

LIBRO VIII. La batalla de Zama (202 a.C.)

APÉNDICES

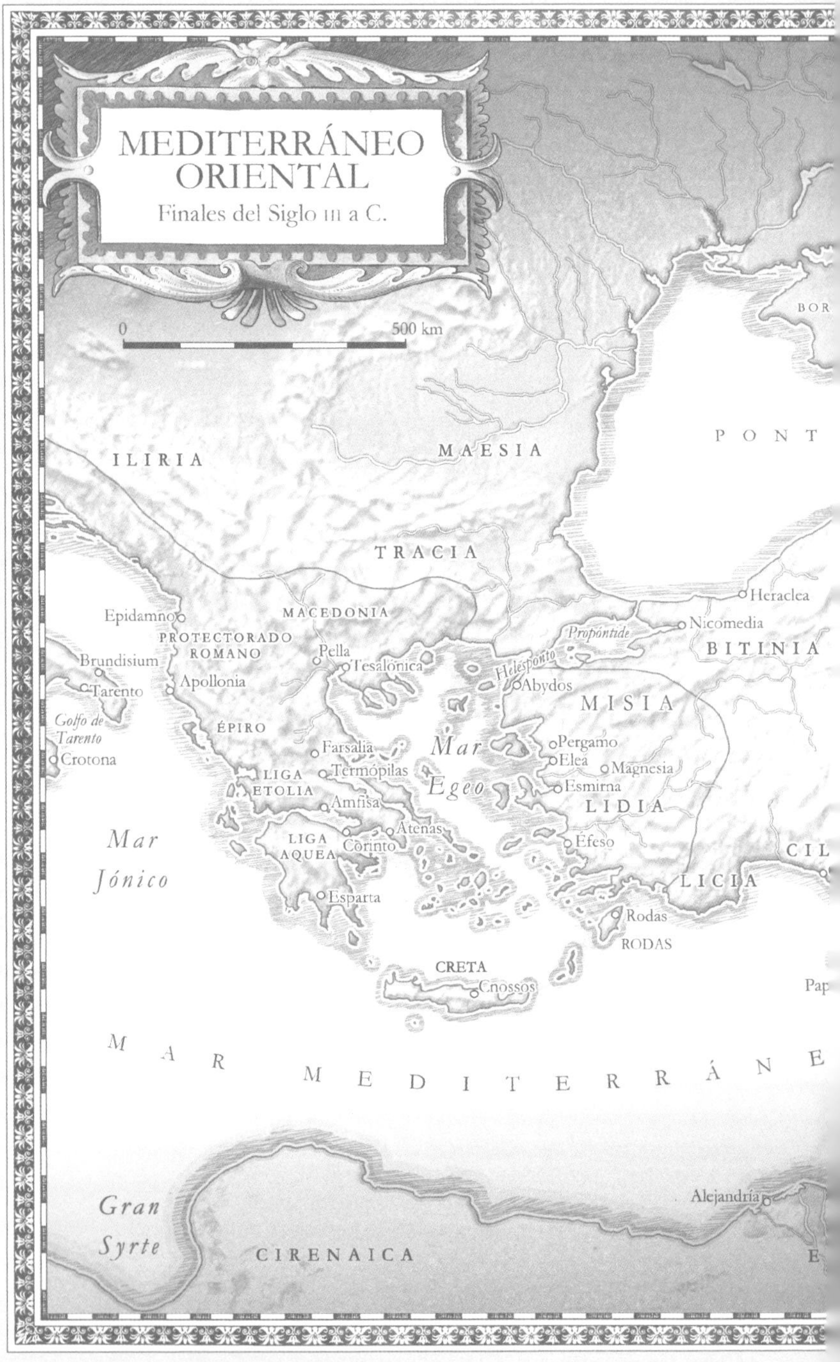

MEDITERRÁNEO ORIENTAL
Finales del Siglo III a C.
0
500 km
ILIRIA
MAESIA
PONT
BOR
TRACIA
MACEDONIA
Epidamno
PROTECTORADO ROMANO
Brundisium
Tarento
Apollonia
Pella
Tesalónica
Propóntide
Helesponto
Abydos
Heraclea
Nicomedia
BITINIA
MISIA
Golfo de Tarento
Crotona
ÉPIRO
Farsalia
Termópilas
Mar Egeo
Pergamo
Elea
Magnesia
Esmirna
LIGA ETOLIA
Amfisa
LIDIA
Mar Jónico
LIGA AQUEA
Atenas
Corinto
Éfeso
Esparta
CIL
LICIA
Rodas
RODAS
CRETA
Cnossos
Pap
MAR MEDITERRÁNE
Gran Syrte
CIRENAICA
Alejandría
E